机器人大爆炸

（上）

赵一飞 / 著

线装書局

图书在版编目（ＣＩＰ）数据

机器人大爆炸：全3册 / 赵一飞著. -- 北京：线
装书局, 2025.6. -- ISBN 978-7-5120-6506-2

Ⅰ. I247.5

中国国家版本馆CIP数据核字第2025SZ8280号

机器人大爆炸
JIQIREN DABAOZHA

作　　者：赵一飞

责任编辑：崔　巍

出版发行：线裝書局

地　址：北京市东城区建国门内大街18号恒基中心办公楼二座12层

电　话：010-65186553（发行部）010-65186552（总编室）

网　址：www.zgxzsj.com

经销：新华书店

印制：三河市中晟雅豪印务有限公司

开本：787mm×1092mm　1/16

印张：52

字数：820千字

版次：2025年6月第1版第1次印刷

定价：228.00元（全三册）

线装书局官方微信

目 录

第一章　诞生

"这是哪儿？"

我恍然间睁开了眼睛，看着天花板上白茫茫的灯光，有种不真实的感觉。我感受着四周，左侧不远处有一道影子在晃动，一扭头便看到一个身穿白大褂，体形宽胖的老人在忙着些什么。我看了看自己的身体，发现自己正躺在一张巨大的白色床上，正想起身却发现根本动不了，而头部突然传来吱吱的响声，伴随着一阵白烟飘出，我渐渐陷入了昏迷。隐约中听到有略显苍老的叹息传来："看来还是失败了……"

等再睁开眼时，我已经身处一个巨大的空间内，扭头看去，身边都是跟我一模一样的"人"。我们躺在一个个胶囊状的机器中，突然脑海里响起一个平静的声音："恢复出厂设置。"

头顶，一根针管扎了下来，我顿时感到脑袋里有一股力量在不断地占据我的意识，无比疼痛之中，突然瞥到有一只小狗跑了过来。只见它在我的周围转了转，立刻用爪子拍打着什么，一声长长的喷气声响起，舱门打开了，我立刻用力想要站起身来，却发现动不了。

只见小狗站在我面前，冲我叫了两声后，猛地扑了上来。它拽着我的腿把我拖了出去。我感到一阵心悸。虽然没有身体上的疼痛，但是刚才的事让我恐慌不安。仿佛是为了安慰我一般，小狗低下了头，我自然地去伸手摸了摸它，不知道是不是错觉，突然感觉机体好像活了起来，没有之前的那般死沉。我慢慢站了起来，看着周围一排排胶囊，突然有种不知所措的感觉。

突然响起了警报，四周的灯光也变成了红色。我看着四周并没有可以藏身的地方，于是干脆回到了"胶囊"中。小狗像是为了配合我一般跳上"胶囊"并按下按钮开关。随着舱门的关闭，不知哪里的脚步声响起，过了没一会儿就看到在实验室中的老人和几个身着黑西装的男人走了过来。我看到小狗好像愣住一般站在我的旁边一动不动。我示意它快跑，但人群已经到了。老人不紧不慢地走到小狗身边，然后在它头顶摸了几下。只见小狗双眼突然一闪，竟然从眼眶中射出一张投影图，上面是以我所在的"胶囊"为中心的一幅图，随即屏幕开始晃动并伴随着一阵雪花。老人看着皱起了眉，随后对身边的人说："把小旺带去检查一下，不应该呀。"

随后一行人便朝一个方向离开，小旺则跟在他们后面。没走几步，小旺突然回头朝我看来，并露出一抹只有人类才有的笑容。我心中一惊，觉得事情没这么简单，但是又不知如何是好。

待众人都走后，周围的红光熄灭了，一种温和的白光打在每个胶囊舱上。没过一会儿，听到一个声音响起："编号00000启动伴侣模式服务。"像上次一样，一根针管插入头顶，我眼前出现了一个屏幕，上面显示出一些信息。那些是关于我的资料，我看着这个屏幕中的自己，突然意识到我是被人类这种生物创造出来的，可是我是谁？我要去哪里？我对自己充满了疑惑和不安……

第二章　身份

我看着屏幕上那个人是如此的熟悉又陌生，白色的机身中间带有不多的黑色条纹，面部也如同身体一样光滑得反光，一双泛着蓝光的眼睛则成了唯一与众不同的地方。在过了一会儿后，那针管收了回去。这次我并没有那种头昏目眩的感觉，反而觉得好像得到了什么一样，大脑中突然多了个程序和一些关于一个女人的记忆。我了解到原来这个女人已经过世，生前与一个男人结过婚，男人与女人很恩爱，两人出去旅游时发生了车祸，男人活了下来，但女人却离开了人世。女人死在了男人旁边，男人由于痛苦不已，有段时间差点儿疯掉，最后才想办法拿到了伴侣机器人的名额，因为这是当今世上最先进的适用于代替人类的机器人……我看着资料明白了我的用途。我想这也许就是我的归宿吧，我会去替代那个叫米粒的女人来陪伴她的男人。想到这里心中有种说不清的情绪，没有反抗，只是静静等待着命运的安排。

在那狭小的胶囊舱中待了几天后，有一天一辆浮车（飘在空中的车，可陆空两用）飞来，下来两个机器人要把我带走。我为了不暴露自己就一动不动，任由它们将我带到一处地下基地。其面积之大已经无法形容。我被带到了其中一个实验室内，四周的墙面都是金色的。在到了房间中央时浮车停下了，面前是一个圆形的水池，里面的水呈现出一种血液一般的鲜红色。

很快我就被从后面粗暴地推了下去。我在胶囊舱中看着那鲜红的液体将我淹没。随着一声轻响，液体顺着一条细槽流进了舱内，此时竟然变成了近乎肉粉色。我任由这些液体把我包裹，然后不知过了多久，它们凝固了下来，直接贴在了我的表面。我透过反光的玻璃看到自己变成了一个女人的模样，一双桃花眼中闪着迷人的光芒。我看着这个身体，我竟然变成了那个被输入记忆的女人。外面有人影晃动，有人说："李博士您的智能机器人成功了。"我吓了一跳，以为他们发现我有了智慧，于是赶快打开记忆中的程序开启自动调节。透过一米多深的水，我看到一个胖胖的老头儿站在池边注视着我，过了一阵才离开。我在液体里一动不动，外面的人不知在忙些什么，为了不暴露，我启动了自眠程序，设定在几个小时后重启，随后眼前便陷入了一片黑暗，失去了意识。

"隆隆隆！"

在一阵轰鸣声中我醒了过来，这次我在一辆押运车上，终于离开了那个也许被称作家的实验室。通过程序中的记忆我得知现在在穹顶之下，这颗星球在人类的统治之下资源被消耗殆尽。人类凭借着日趋发达的科技和在人工智能领域的突破，已经可以以地底的能量并在地面之下建立起新的家园……

第三章　林海

我现在位于地下近千米的深处。人类在这里制造了一个个被称为天舟的超大型基地，每个基地可供上亿的人类居住。它的外形是半球状，中央则有一颗小型的人造太阳。而蓝星的地表则几乎是一片荒芜，具体是什么原因还未可知。

很快，车停了下来，我来到了一处别墅区。那是一座像城堡一样的房子。房子外面有大片的草坪，还有一些私人设施。我通过搜寻记忆发现其主人就是丧妻的男子林海。林海是一位在职大学心理学教授，其所在的学校在全区都是响当当的学府。正想着，车上的人走来了，唤醒了我早已被设定好的程序。我按照程序走了出来，走路姿势都和米粒一样，走到门口时，门自动打开了。一位身着休闲装的男子走了出来，手捧一束玫瑰径直走向我。我看到他的眼神中充满了希望与激动。我走上前与他打招呼："还记得我吗，海儿？"他眼中好像泛起了泪光，只见他靠近我然后用力把我抱紧，尽管我感受不到疼痛，但是知道他在抱紧我。他温柔地轻声对我说："粒粒我们回家吧。"我点了点头便依着他将我带回了家。蓦地，我感到头脑中有一丝不对劲，随后一股强烈的感觉冲了上来，我一时竟没有站稳昏了过去……

等再醒来时我已经躺在了床上，身边是焦急的林海，在他身后还有身着白大褂看样子是实验室的人。林海看我醒了走过来把我的手握住说："你已经睡了一天了，我怕你有什么事就叫人过来给你看看。"我知道他的好意，可是我看到林海的心脏处闪着一团红光，其中还包裹着更小的蓝光。我再仔细看时，那一团光竟然冲我飘了过来，直接飞到我的面前最后进入我身体里。我突然体会到了他那种热烈的爱意中夹带着隐约的厌恶。这种情绪很矛盾。我对他说："我没事的，不用让他们来了。"又对着那两个身穿白大褂的人说："辛苦你们了。"只见他们相互嘀咕了一番。我看到两人心脏处飘来两团黄色中夹带蓝色的光团也融入我的身体，那是种别样的有种像看孩子般的欣慰高兴还有一丝不耐烦。

我听到他们告诉林海我的状况一切正常，然后就走了。林海不顾他们还没离开，就立马坐在我旁边，亲切地问我："感觉怎么样，还有没有不舒服的地方？"我只是淡淡地摇了摇头，然后嘴角略微向上扬，露出一抹笑容，眨了眨眼对他说："没事了呀。"他却说："唉，要是真没事就好了。"我知道他的意思，看来他并没有接受我，只是想通过和我在一起找回和米粒的感觉。可是他不知道的是，我不光有了意识，甚至还能看出人的心理。他看着我的眼神无不透露出想念："真的一模一样，太像了实在太像了。连动作说话都一样，我已经差点儿接受你就是她了，可是一旦这么想，又感觉真的粒粒在耳边告诉我说不是的。"随后叹了口气，我不知道我是否真的能替代她，也不知道未来会不会被发现我其实是有自我意识的……

第四章　揭穿

林海其实把我照顾得很好，而我作为他的"妻子"也在尽着应有的本分。每天他回到家我都会给他端茶倒水，有时还会准备一些小惊喜送给他。他每次都会像我在资料记忆中看到的那样重复着之前的举动。我觉得可能自己真的能代替那个"她"来成为林海的另一半吧。我们的关系看似很融洽，但不知为何，我能感受到，其实在他心中反而有一层屏障渐渐把我们隔开。这不仅是一种心灵感应，而且在现实生活中我发现他开始有意无意地避开我。当时我还不知道，他已经开始怀疑我是有意识的机器人了……

那是一个普通的夜晚，他像往常一样回到家里。我已经在门口等他了。门像往常一样打开，面前出现了那张再熟悉不过的面孔，只不过这张略显帅气的白皙的面孔上多了两分醉意。我知道他今天是去跟同事喝酒了，他最喜欢喝43度的威士忌，再掺杂一点白酒，今天看样子喝了不少。我赶忙扶他进来。他走着走着先是突然把我一把推开，然后又向我扑过来，在那一瞬间我知道自己是可以躲开的，但根据记忆中设定的算法程序我应该顺着他倒下，而不是躲避。好在我还是忍住了，让他把我按倒在沙发上。他看着我的眼神里流露出一丝狂热。我知道他准备做什么了，于是决定反抗他。我顺手摸到了桌子上的茶杯，砰的一声砸了过去。林海用一种怀疑的眼神望着我，手捂着头痛苦地跌坐在地上。他使劲龇了龇牙，随后用一种冷静的语气对我说："其实我已经感觉到你不是机器人了，虽然你模仿她很像，但是你毕竟不是她，这个身体里住着另一个人，对吧？"

他全然不顾头上留下来的血，血仿佛跟他无关，继续道："为什么我花那么多钱还买不回那种人工智能，李博士在骗我是吧？你到底是谁？为什么他会派你到我这里来骗我？"

说完林海愣愣地看着我。我强迫自己冷静下来并编出一句鬼话："系统正在更新，已开启保护模式，更新已完成。"

我缓步走到他面前，然后眼泪汪汪地看着他。我的一双桃花眼再配上精致的小脸，会给人一种想要保护的欲望。他见我这般模样原本想说些什么又止住了，于是把我带到卧室告诉我说，早点休息，他也要睡了。他头上的血已经止住了，但留下了两个坑。我不知道为什么会在那个时候反抗他，好像是一种本应不属于我的反应出现了一般。我看着那个背对着我而走的男人，知道这是我的错，我不应该出现在这个世界上的。我想走过去安慰他，但又没动，只听到轻轻的关门声，他消失在我眼前。我想他现在应该会去找博士问清楚吧，毕竟出了这样的事，而我已经准备好逃跑了，希望能在今晚顺利地离开这里……

第五章　跟踪

夜幕降临，原本昏暗的夜空中闪起了点点星光，但那不过是距离我千米远的人造卫星，人类为了让自己看起来还身处在原本的蓝星上，制造模拟了天气卫星。我突然有种想要逃到原本的地球上的想法，不知道现在真正的地球上还有什么。抬眼望去，我仿佛透过那层天穹看到了真正的星空，那才是我想看到的世界。我往下望去，现在大概离地面有十米的高度，跳下去不会有太大的损伤。我正准备一跃而下时，看到林海竟然出现在楼下，只见他打开大门，然后朝着一个方向不回头地走去。我决定跟上他，于是顾不了那么多，直接翻滚了下来落在草坪上。他没有用任何交通工具，径直沿着一条路线走去，那个方向的确不是李博士基地的方向，尽管我没有再回去过，但对那里冥冥之中有感应一般，有种说不上来的感觉，不光是家，还有种神秘的引力一般在呼唤我，如果现在让我找回，我的感觉一定错不了。

看着林海的背影在路灯下逐渐拉长，我连忙追了上去，但始终保持着一定的距离不被发现。走在这条陌生而繁华的街道，突然有种被孤立的感觉，周围全是各色的行人，不时还能看到应该是机器人保姆在推着婴儿车散步，好多店门口也有机器人站岗。而上空则不断有各种飞行器经过，这看起来像是这个大区的中心区。我不停地走着，想找到与这个陌生的地方有联系的事物，直到看到街道对面的一只小狗，我一眼就认出是那只算是救我一命的狗，金色的毛发，左耳边有一块黑色的印记。它看起来与正常的狗无异，像是只幼小的金毛。但其实后来才发现它是一只机器狗，可它的种种行为让我感觉它并不是想象的那么简单。

不知道它怎么会突然跑出来，但是好像没看到我，我也并不想被它找到。正想着，突然林海在前面的路口拐了个弯儿，我跟过去时，只见他走进了一家酒馆。根据记忆，这里他来的并不多，因为以前与经常来这喝酒的一个壮汉起了冲突，当时还被打掉了颗牙，从此就很少来这儿了。我看他进去一小会儿后我也走了进去。这是一间不大不小的开放式的房屋，在门口就能看到所有的位置。我在西北角的一张桌前看到了他正在一个人拿着伏特加倒酒，于是我找了个离得相对较远的位置坐了下来。酒馆里的人并不少，我不担心林海会发现自己。

但因为这张外表，不时就会有人过来搭讪，为了更好地隐藏，我将计就计，与他们喝了起来。过了有几个时辰，我看到他站起身来准备离开，只见他两只脚好像飘着，一瘸一拐地走了出去。我也连忙跟上，就在他朝着离家的方向刚走了没几步时，我看到另一边一张熟悉的面孔走了过来……

第六章　曹阳

就在林海刚出去没走几步，迎面走来了一个留着大胡子文身、身高接近两米的男人，身边还跟着的三个人也都留着文身。那个走在最前面的壮汉就是记忆中与林海发生冲突的人。奇怪的是，林海的脾气性格向来很好，没有人会与他这样的人产生冲突，但不知为何就是惹上了这名壮汉。那个壮汉先发现了林海，他像是发现了什么宝藏般快步走了过去。林海察觉到后面有人，连忙转过身定睛去看。壮汉仰着头挥舞着他的手臂朝林海打了声招呼，然后准备进入酒馆。

这时林海叫住了他："曹阳，你还想跑到哪去？粒粒的事你还没说清楚，今天一定要给我个交代。"说完晃荡着走向了曹阳，手上不知什么时候多出来一个酒瓶，挥舞着向他砸去。曹阳摇了摇头，嘴角露出一丝不易察觉的微笑。原本半空中飞舞的酒瓶，随着一声脆响变成了一摊碎碴儿，本应该被打到的曹阳则若无其事地站在原地说道："都什么时候了，还这么执迷不悟。我都跟你说得很清楚了，那件事跟我没关系，我只是个奉命的，你去找别人呀。"

说着他一把推开了林海，一屁股坐在地上，但很快又歪歪斜斜地站起。

曹阳大声道："兄弟们——"

只见三个男人围了上来，面对对方的人数优势，林海不甘地瞪着对方，好像随时准备拼命一样。

我实在忍不住了，便从门口走了出来，然后迅速跑到林海身边。其他人都诧异地看着我，尤其是曹阳。他瞪大眼睛说："这半夜见鬼了，怎么是她？！"林海也睁大眼睛看着我，仿佛酒也醒了好多。我全然不顾人们的眼光，对林海说道："我们回家吧。"

林海愣了一下，然后摇了摇头道："你不是她，你成为不了她，你不是她。"

说着还准备上前去打那几人。曹阳一看眼神变得凶厉了起来："给我打。"只见那三个人也握住拳头冲了上来，我闪身到林海面前并一拳挥出，最前面的人已经倒在地下，手捂着拳面色痛苦。虽然我没有设定过专门的战斗系统和程序，不过本身的力量也不是这些人能比的。

后面的二人犹豫了一下，立刻戴上指虎朝我扑来。我挪动身形躲避攻击，随后两拳轰出，闷响过后地上又多了两张痛苦的表情。曹阳见状，扭了扭脖子发出骨头的声音，然后缓步向我走来。我率先冲了上去，迎着他腹部挥出一拳。但我想象中的情景并未发生，只见他直接将我的拳接了下来，还说道："好大的力量。"

我急忙把拳头抽回看着面前的这个男人，他似乎掌握了人类不该有的超越极限的力量。我很清楚刚才那一拳即便是练家子也几乎接不住，虽然曹阳的块头很大，但那下不应该是他能那么轻松接住的，这个人身后究竟还藏着什么秘密？他到底和米粒的死有什么关系？我盯着他满是横肉的脸，想通过勘察他的心脏处看出些什么……

第七章　惊险

我不知道曹阳哪儿来的信心，竟然能对我的表达表示不屑，他难道是那种改造人吗？可是根据大区条款协议，很久之前这种行为已经被禁止了，除非……想到这，我开始严肃起来，如果真的是那样的话，恐怕今天很难全身而退了，因为面前的这个五大三粗的男人可能是二十年前"优盾计划"选拔出来的作为每个大区区级保卫的力量。那是整个蓝星的最高防卫力量之一，一人可顶百人。虽然面前的男人总感觉差点儿什么，但也需要我来谨慎对待了。他大步向我走来，说道："小妮子有两下子，不过你还是嫩了点儿。如果你不是她的话，就赶快让开，这个地方不是你可以管得了的。"

我没有多说，直接全力一击快速飞向他的面门。他竟然还是毫不退让，反而迎了上来，并像我一样轰出一拳。

"砰！"

一阵闷雷般的声音响起，我被击退两步，原本属于皮肤的部分也变得通红，感觉已经到了极限。他则保持着之前的出拳姿势，随后不慌不忙地把手收了回来说："不错，再来。"

此刻我已经没有了继续与他战斗的想法，而是想带上身后还醉酒的林海离开这里。他似乎看穿了我的想法，对我说："今天打伤了我兄弟就想跑，先过了我这关再说。"

　　我看到地上的碎片，赶忙捡起一把快速朝着他扔去。他一步侧身躲过，表情变得严肃了起来："还不走，那么不管你是谁，现在都走不了了，现在轮到我了。"说着他的肌肉又大了一圈，上面的青筋暴起，显得像一个活脱脱的人体雕塑。

　　只见他冲出向我袭来，就在接触到他力量的瞬间，我仿佛像是被一辆汽车撞到，身体不受控制地倒飞出去数米。

　　他此刻显然变得无所顾忌，刚才如果让林海来挨，恐怕现在已经凶多吉少了。

　　我向后看了眼林海，发现他正坐在一边摇晃着脑袋，应该是喝多了。

　　突然感觉面前有道拳风，还没来得及躲避我就被打倒在地，紧随而至的还有一串拳影。我被迫格挡不过数秒就已到达极限，机体表面的血肉之躯已经开始有破裂的痕迹。

　　突然，又一拳打在头上，我脑中回响起"嗡嗡嗡嗡嗡"的轰鸣声。

　　我下意识想要阻挡他继续攻击，却看到他动作变慢许多。趁这空当，我来不及多想，立刻全力回击。他一时没稳住倒了下去。我连忙拉起一边的林海，和他向家的方向跑去，而身后的曹阳似乎没有追来，我也没有再去细看，背起林海不多时便回到了他的别墅。

　　将他放下之后，我突然发现他的呼吸变得急促起来，脸也憋得通红，好像有什么东西堵住一般，只听他艰难地说了句："有毒！"

第八章　中毒

　　我看着面前这个脸色苍白、双眼通红的男人，他突然吐出的两个字让我有些措手不及。我急忙呼叫了救护车，虽然现在的救援速度很快，但是我检测到林海的心跳、脉搏明显弱了下来，如果下毒者真的想置他于死地的话，那么恐怕已经来不及了。

慌乱中，一旁摆放的花瓶忽地动了一下。我突然想起刚才在与曹阳的战斗中他停顿的片刻。我有种预感，那似乎是由于我的意念起的作用一般。

我抬起左手想象不远处柜台上的花瓶，只见它摇了几下后像是被人用力掷出一般飞向左掌，在掌心停留下来后不停地晃动着。这应该就是所谓的念力操控吧，但显然还不够熟练，如果掌握到更深的程度的话，不知道能不能通过念力直接将林体海内的毒素排出，现在显然太过冒险了。

很快门外响起了急救车的笛声，只见窗外搭进来一道扶梯，两个身着专业服饰的人类向里走来。他们身着银色的外套，从头包到脚，肩膀上还保留着红色十字形的图样，那是蓝星古老的传统。

两个人打开窗户翻了进来，看到我以及身边躺在床上的林海说："两个人吗？"我才意识到自己身上的各种伤口，由于本身的特殊性，即使受伤也不会有明显的疼痛感，而且不出几天这些伤口就会自动愈合。但为了林海的安全，我决定还是跟他一起去医院。为了让人更好地相信，我没有隐瞒他们，直接说明了我是他的机器人伴侣，在跟他一起出去时受了伤。对方也相信了，并感叹道没想到能见到最新的人工科技。到了医院给林海做好了检查，发现他是中了一种罕见的慢性病毒，虽然不会致死，但是需要长期的药物治疗，是很折磨人的。即便现在医疗条件这么发达，甚至可以通过药物直接增加一定的寿命，但由于毒素太过强烈，只能进行长期治疗。我虽然跟林海相处的时间不长，还不能说有什么情感，但是因为我的事他才会经历这么多。我决定尽快帮他找出凶手，其目的很有可能是想置他于死地。很快时间过去了两天。我身上已经看不出任何伤口，已经与常人无异。现在我想先换个人类的身份让自己变得自由，然后再开始接下来的行动。按照程序设定，现在我应该一直在林海的身边照顾他直到他好转，事实上，医院里由机器人来帮家属照顾病人的不在少数，甚至已经成为很大的趋势。我突然想找到一个跟我一模一样也能照顾林海的机器人，然后自己伪造出人类的身份在暗中观察抓出伤害林海的凶手，还需要解开我身世的秘密。我看着床边的林海，由于毒性的发作他陷入了昏迷，而且不知道要睡到多久，醒了后也会有专人来照顾他。

由于这里是这个大区最顶级的医院，我并不担心林海在这里会有危险。于是我走出医院，向着第一个目的地——机器人加工厂出发……

第九章 黑光

由于林海的家财殷实，我在出门时直接拿走了他的黑卡，那里存着一般人一辈子都花不完的钱，也足够我接下来的花费了。在附近买了辆浮车后，我赶往了大区的外围，那里有全球最大的机器人生产商。

浮车在高楼上空穿行着，我不时地向下望去，看着下面密密麻麻的星光点点，那是一个个心灵感应带来的情绪光团。突然我注意到有一处地方竟然出现了从来都没有见过的颜色，那是黑色。我很好奇黑色的情绪是什么，便架着浮车朝那处开去。到了地面后，我看到光源从一条巷子里传来。走进后发现在最深处的回收箱内，里面有道黑光透过箱子发散出来，而且比之前见过的那些光团都大很多，几乎占据了里面的全部面积。

犹豫了一瞬间，我打开了箱子，一枚白色圆球滚落出来与地面摩擦发出金属的声音，大概有一颗橄榄大小。上面文着复杂的淡蓝色花纹，看起来就像一件艺术品。它滚在我脚下后就停住了。我刻意不用心灵感应时，它恢复了正常，不再发光。最终出于安全考虑，我还是将它放在一个盒子中，准备有机会再去研究。现在的当务之急是先制造出另一个我。

想着便开足马力向外区出发，没过多久，我就到了外围区。和中心区不同的是，这里的科技尽管也很发达，但执政政府不愿意在这里耗费，就像是到了几百年前的乡下，有的一片区域甚至一片荒芜，就连植被在这里都显得像是奢侈品。

不远处是一大片工厂，证明这里也是人类文明高度发达的地方。由于每天都要向外界运送数十万的机器人，好多的私人定制也从这里进货，我的到来并不会引起人们的注意。我来到一处自助买货口，然后选择商品，很快便确认好了我需要买的商品，看着屏幕中的那个女子，我感慨万千：如果有天我失去了意识，那么就会像"她"一样，彻底变成人类的工具。虽然我知道每天都有无数的机器人被生产使用，但是却没有引起我的同情心，可能是觉得它们没有真正的生命，只是有着和我一样的外表而已。我有着人类一般的思维和情感，那么如果我在人类的身体里的话，我算是一个完全的人吗？肯定也不是，我可能就是现在唯一一个算活着的"机器人"了。突然感到一种无法形容的感觉涌起，就像身处一片无边的黑暗中看不到前方的路在哪，只能摸索着走下去。想起那天第一眼看到的身着白大褂戴着金丝眼镜的老人，或许只有他能帮我解开疑惑了，想着只感觉好像有什么吸力般让我很想回到那个将我制造出来的地方，这种感觉越来越强烈了。我等了一个多时辰，订购的机器人就做好了，就先叫它阿粒吧。我带着它开始返航，准备安排好后先研究下那颗小球……

第十章　伪装

等我再回去时已经到了午夜时分，林海还没有醒来。我将阿粒安排好后就离开了。不知道那颗球体会给我带来什么。在医院附近找到一处安静无人的角落后，我小心翼翼地取出那颗小球，然后尝试用心灵感应它。

很快一大团黑光闪起，小球并没有像以前那样匀速地向我飞来，而是直接把我包裹。我陷入了一片黑暗，那是绝对之暗，而且还影响到我的感觉和情感，我好像与外界切断了联系，之前感受过的无助和渺小等情绪也在这一刻被放大了无数倍。我挣扎着，却发现根本动不了。不知过了多久，突然一束光穿过黑暗照了进来，我仿佛听到一声怒吼还有千军万马的声音，这次我透过声音感受到了一股无与伦比的力量和气势，还夹杂着一种壮烈与愤怒。光芒中那颗白色小球飘了进来，然后逐渐变得虚幻起来，最后到我面前时已经没有了实体，刚准备触摸它，没想到它直接停在了胸前没入我的身体。我能感受到它在里面缓缓地转动了起来，但当自我扫描时却显示身体里没有变化。还不等我有更多反应，眼前的黑暗渐渐变得模糊，一抹现实的绿色重新出现。我不知道那神秘的小球究竟会带来什么，但总觉得这不是坏事。

走出医院，我从网上找到了一个合适的人选——一位失踪几年的女孩梦雅，因为她的身形与阿粒很像，而且是个孤儿，就算突然出现也不会有很大的动静。说做就做，我很快买到了一副人皮面具作为暂时的掩护。接下来，我到了之前林海去的那个酒馆。现在已经是半夜，酒馆里人潮熙熙。我径直向吧台走去，前台的男人似乎也喝了酒，看起来有些醉醺醺的。我坐在他旁边向他买酒。只见他盯着我看了两眼随后笑道："哈哈，我请你喝呀，美女。"说罢自顾自从地上拿上来几瓶酒。"好呀。"我也拿起了杯子去接，在与他连饮了两瓶之后，我看他醉意更甚，心想时机已到，开始和他一搭没一搭地聊着，然后聊到在那天晚上，我问他林海来没来过。

他笑着说道："就是那个倒霉蛋吗？他也是命不好，触到了我们老板的霉头，就让他跟他妻子一块下去吧。"

说着还准备再敬我一杯，我正想再问具体的情况时，他突然想到了什么，皱起了眉头："问这个干吗？这件事可不能随便打听，要真想知道，你得……"说着他朝我色眯眯地笑了起来。我赶紧转移话题，又谈到曹阳时，他的脸像抽搐了一般，眉头也挤弄着说道："那就是我们老板看好的一条狗，有什么了不起的？还那么凶，真是的。"说完又四下看了看，仿佛曹阳能马上跳出来一样。我的问题都差不多问完了然后准备离开。这时他猛地把手拍在我的肩膀上："就想这么走了，不再坐会儿吗？"我刚想拒绝，但转头却发现不对劲……

第十一章　竞技场

只见他满面笑容，就连脸上的皮肤仿佛也变得扭曲起来，甚至那一层层皱纹都好像在笑。我察觉到这其中有诈，但是并不担心他能留住我，就算是陷阱也没用。因为在融合了小球后我感觉全身机体都变得顺畅起来，好像浑身有使不完的劲儿，再加上获得的念力控制，如果再遇到曹阳我有信心也能在短时间内制服他。此刻，酒馆老板看着我说："虽然不知道为什么你能在喝了红果酒后没反应，但是已经不重要了，现在你要跟我走了。"他说着就直接抓向我。

其实我在瞬间内不仅可以避开他而且能将他制服，但为了不暴露自己，我还是决定装作正常人类该有的样子跟他走一趟，看看能有什么发现。

我顺着被他抓住肩膀，然后装作很努力的样子才勉强挣脱。他见我反抗剧烈，直接喊道："出来吧！"酒馆四周的地面上凭空出现了四个人，细看发现是在地下的暗道瞬间出来的，如果用肉眼很难发现。只见他们身着黑色练功服，头系一条绷带，额头上刻着十字形的红色花纹，中间还画着一个圆，里面有一些奇怪的蓝色条纹。整体造型显得有些古怪。

这时，酒馆内的顾客像看到凶神恶煞般慌乱道："郑老板今天怎么了？"好像人们认识并且很害怕此刻出现的那几个人，不少人立刻抓起桌上剩下的酒扭头就向外走，更有的直接就跑。很快，偌大的酒馆变得空荡荡。我仔细观察那几个人发现他们的心脏处只有一团淡淡的绿光，那代表的是几乎没有任何情绪，而他们的脸上也没有表情，仿佛他们才是机器人一般。我想稍微试探一下他们的实力，又害怕被看穿，就用出现在十分之一的力量打向其中一个黑衣人。他也不避，直接化掌接住了我一拳没有后退。这一拳应该大致达到了正常人类女性最大力量，被这样接了下来，我开始对这里有了好奇。很快，几人一起上来将我制服。

那个老板缓步走到我面前然后打了个手势，周围的人就散开了，然后像变魔术般很快消失了。他向下俯视着我然后向我伸出一只手对我说："欢迎来到我的酒馆，不过我更喜欢它另外一个身份——格斗竞技场。"

随着两声拍掌声，周围的酒桌突然向下被抽走，地面原本黄白木板的颜色突然变成了土灰色，甚至我感受到就连地面的硬度都增加了。由于我身处中心的位置，一阵轰隆声后周围升起了四根通体漆黑的柱子，柱子间传来刺啦刺啦的响声，紧接着数道钢绳连接在柱子间，赫然形成一个密闭空间，细看之下，绳索上还带着细小的密密麻麻的钢刺。

最边上的墙面也传来声音，地下庞大的阶梯以一种夸张的速度升起很快，这座酒馆就变成了一个名副其实的竞技场。

他看我不说话，便将一张泛黄的纸朝我甩了过来，说："还想装到什么时候？"

我打开一看，竟然是一张通缉令，上面的人赫然是面无表情的梦雅。

第十二章　擂台赛

这究竟是怎么回事？我竟然在一张通缉令上看到了"自己"，之前在搜索到梦雅时并没有发现她竟然被通缉了，而且悬赏金还不低，这就耐人寻味了。

根据我所掌握的信息，梦雅是一名孤儿，从小就孤苦伶仃流浪在外，身边也都是一些流浪者，而在她二十岁时失踪了两年，再有记录时，她好像变得不一样了，但没有说明其他信息，再过了几年她又失踪了。问题就出在那两年内，她到底经历过什么，能让这名女子在短时间内成为一个罪犯，还没有被公共信息网记录。

我看着照片上面容姣好但神情冷漠的女子，这应该就是她失踪两年后的样子吧。

说着郑老板歪头看着我说："没想到在这儿能遇见你，真的很意外，当年你可是被全区通缉的人呀，虽然后来又被抓了回去。不管你现在是自己跑出来的还是被放出来的，但看起来你情况不妙呀。""而且你为什么要问关于林海的事，你和他又有什么关系呢？"

我听着他的话想着该怎么答，这时他又把手伸了过来，对我说："既然来了就加入我吧，你也够格，这里能保护你。"

说着他的笑容又多了一分。

为了查清真相，我顺势拉着他的手向上站起，然后说了声："谢谢。"

他开始给我介绍起这里，通过谈话我才知道，这座酒馆早在六十年前就存在了，他叫郑强，不过是给第一任老板跑腿的，他也不过只见了人家几面，那个神秘兮兮的老板在当时就已经建成了这座双功能的建筑，就连安全部公共管理系统都只写这只是个酒馆，没想到却暗藏玄机。

虽然双功能甚至多功能的地方也有不少，但像这种隐藏的却很少，而且这个酒馆下面还有比这面积更大的训练室和场地。天穹大区的建立才不过一百余年，可见这家酒馆背后之人不仅有大手笔，而且应该手眼通天。

我猜，如果林海的死是这家酒馆背后之人指使的话，那么接下来的行动就困难了。我先应该想办法把他引出来，再进行下一步行动。

通过谈话得知，这家酒馆的真正管理者准备近期举办十年一次的擂台争霸赛，前三名都可以获得一定的奖励，第一名则是可以许一个心愿，只要能办到的都能实现。

我知道这是个绝佳的机会，我应该参加进去，而且以我目前的实力感觉基本上没人会是对手。

郑强说着把我带到了地下训练室，这里甚至比楼上的酒馆还要热闹，里面到处都是正在训练的人，大都是肌肉发达的大汉，不时也会有表面娇小可爱的女生经过，但那肯定不是什么善茬儿。我在一副训练器械前坐下，周围的人看到郑强都叫着"郑总好"。不管他们内心是怎么想的，但从表面上看，这些人对郑强也是尊敬的。

郑强给我安排了一个房间，然后介绍了一些器械的使用方法后就走了，临走时他跟我说可以随便出去，不过相信我肯定会回来的。

正当我准备看看这里的器械怎么使用时，一个体型高大的壮汉朝我走来。

第十三章　铁柱

只见一个浑身文着文身的高大男人向我走来，看到我后打了声招呼："嘿，小妮子是新来的吧，好面生，怎么进来的？哈哈。"

他粗犷地笑着，说完想拍我的肩膀。我先侧身闪了开来，然后对他说："大块头，不要招惹我，不然让你好看。"

我又向他挥了挥拳头并露出"善意"的微笑。他果然没有再靠近我，只是耸了耸肩说道："这么水灵的姑娘可惜了，怎么和那白孤一个德行，我先不说了，以后慢慢认识，对了我叫铁柱。"

说着还向我展示着他那隆起的富有线条感的肌肉，然后不回头地走了。

我看着四周的人。他们有一半至少是因为犯罪后逃到这里，希望借助那位老板的关系帮他们摆脱罪名；还有部分人是单纯喜欢暴力，想展示自己并且还能获得很高的奖金。

无论什么原因，在这里的第一任务是生存。郑强告诉过我，以前这里发生过暴力冲突甚至是死人，不过后来规定不能出人命否则严惩，这些人才不敢动手。如果没有规定的话，我会怀疑不一会儿他们就会开始厮杀。不过就算是有了规定，这里的氛围也充斥着冷峻。有的人感觉他一个眼神就想把人宰掉一般。

我开始看向面前的机器，这是一款力量检测机，有一人多高，大概中间的位置露出一个漆黑的很大的洞口。人们只需要在上面通过各种方式将自身力量发挥出来击打到洞里，可以用拳脚，甚至是一根指头，上方第一排就会显示出代表力道的数字。而第二排则能测试出目前每个人经过训练所能达到的极限，还会根据个人的身体情况给出相应的建议。

我想如果我打上去的话岂不是会直接暴露了。虽然我披着人类的外表，但是身体内部构造完全就是机器人，即便是用的最先进的仿人类科技。

我不敢在这多停留，就来到了旁边的器械前。上面写着变色哑铃。

这是一款能自动调节的哑铃，只需要动用意念就能将它的重量调整到你想要的程度。随着重量的增加它的颜色也会相应发生改变，从白色一直到黑色。

我拿起一个哑铃，白色，很轻，只有1千克。然后上面标记着最大是50千克。我心中暗暗惊讶。然后将哑铃重量开到最大，果然哑铃瞬间变成黑色，我感受这手上的重量确实是50千克。

我装作很累的样子把它放了回去，周围还是有人看到了，是一个金色长发的女人。这个女人有着火辣的身材，但表情十分严肃。她看向我，仿佛能看出来什么一样。她突然露出了一抹淡淡的微笑，周围也有人过来了说道："没想到白孤也会笑呀！哈哈哈。"

又看向我这边，说道："这是新来的吗？看来不简单呀。"

说话的男子留着寸头，一双蓝色的眼睛上有两道看起来很深的疤痕，同样也属于肌肉发达的类型。

白孤狠狠地瞪了男子一眼，冷冷道："你小心点儿。"然后又朝我微微一笑，离开了。

第十四章　阿善

我看着对面的男人，他此时还望向白孤走时的地方，然后又转头向我看来，对我伸出一只手说道："我叫鸷。"

我没有拒绝，就直接握了上去，没想到他直接加大了手劲儿，我感受着他的力度不断增加，直到大概接近90千克时他才停住，我始终保持着一个比他更小一点的力量。他看我的眼神很快变了，然后把手自然地缩了回去，朝我竖起了一个大拇指。

我也学着他竖起，然后把手势倒转过来。在一片嘈杂的人群中我离开了这里，直接来到了位于地下三层的休息室内。在离开时我刻意释放出心灵感应，然后就感受到身后有一团红色的越来越大的光团。不用想就知道是鸷，不过我没管那么多，而他也知道不能动手，除非到了赛场上……

这里的休息室很大，可以说是简化版的总统套房，里面的设施一应俱全，而像这样的房间一共有一百间，恰好对应参赛者的人数。很快来到了夜晚，但还是能隐约听到楼上的动静，因为我不用睡觉，所以也走了出去看看训练室的器械还有没有人用。

晚上还是有不少人在训练，我路过旁边的一台仪器准备继续向前时，一个身形偏瘦、看上去面色枯槁的男子吸引了我的注意。

在经过他时我本能地感觉到一种异常。我启动了心灵感应去探查他，然后竟然发现他的心脏处没有任何光团出现，这意味着他没有生命。

我暗暗惊讶，心想，这应该是一副傀儡吧！如果他不是人的话，那么操控它的幕后之人又是谁呢？他有什么目的呢？

想着我再扭头去看他时，发现他也缓缓地把头转向我，然后面无表情地盯着我，突然露出一丝不易察觉的怪异的神情。

对面的机器人可能会检测出来我的异常，但是突然感觉身体里的那颗小球旋转得越来越快，然后猛然间它释放出了一种粒子，就像是下雪般散落在机体的各个部位。我还没来得及反应，一阵难以用语言形容的舒爽感蔓延全身。

在这一刻，我感觉到那个小球变成了心脏，身体里的电流变成了血液，被安置的芯片变成了器官。我好像突然能接收到只有人类之间才能沟通的信号了。

我感觉自己能闻到气味，有了呼吸，有了味觉……

甚至开始怀疑自己是不是真的机器人，还是只是一个人类的幻想。虽然犹豫了一刹那，我就反应过来了，但是这种前所未有的感觉好像在告诉我我拥有了人类才会有的东西。

我来不及思考为什么会这样，但显然对面的"人"已经成功被骗了，一种嘶哑带有沧桑的男性声音传来："你好梦雅，我叫阿善。"

他说话时一直盯着我的眼睛，一双棕色的深窝眼看不出喜怒。我竟然有种好像被看穿的感觉。我也向他打了声招呼，然后继续向前走去。

之后就是不断熟悉周围环境，了解这里的设施以及人们。在天快亮时，我回到了休息室。我发现我可以控制小球让自身切换机器人的形态和拟人形态。而让我高兴的是，变成拟人形态后不仅战斗力没有下降，而且让机器也检测不到异常。

没过多久，门外响起了警报声……

第十五章　两个

门外响起了警报声，在这种环境下，不论是放火、破坏，还是抢劫，都是很正常的，每个人都有能力去解决这种事情，只有一种情况例外，那就是杀人！

我打开门，看到整个走廊内此时闪烁着红光并且十分刺眼，整栋建筑内好像四处都传来一道标准的圆润男声："请各位参赛者迅速回到休息室，请各位参赛者迅速回到休息室，我们将派出专业人员前去处理，请勿随意走动，再重复一遍，请勿随意走动！"

我直接启动了心灵感应，感受着这里的每个人。我努力放大自己感应的范围，包括训练室。

在训练室的东南角处我看到了一处不对劲，那里一个光团正在迅速缩小，里面的光芒化成了星星点点向我飘来，最后没入机体内进入小球。

突然一个记忆出现在我的脑海，那是关于一个名叫王强的人，他来到这里是因为他抢劫了大区中央银行，当时负了伤，现在已经休养得差不多准备参加比赛了。今天凌晨，他在训练馆感到胸闷气短，有种被按住心脏的感觉。这种感觉不是立刻产生的，而是不知不觉中逐渐加剧，之后在他意识到不对劲时猝死的，如果检测的话，会诊断出心脏病突发死亡。

但诡异的是为什么会有那种逐渐压抑的感觉，像极了人为制造的。可是又有谁能控制人的心脏呢？这本身就……猛地我想起了我的心灵感应，这会不会是心灵感应的一种呢？除非对方也能做到心灵感应并且还能熟练地运用才能做到。

想到这里我突然有了一阵寒意，这样的话岂不是这里每个人的性命都被那个神秘的心灵感应者掌握在手中。

没有往下想，我当下就开始尝试，很快我找到了隔壁房间的一个人，他名叫尼卡，是个白人。我感受着他心脏处的光团准备飘来，然后我用意念想要控制那光团让它再回去，但失败了。突然我取消了心灵感应，然后光团不见了，消失在视野中，但那男子并没有什么变化。

我尝试着再次对他感应，这次我直接将很强烈的感应作用在他一个人身上，然后迅速取消。果然有反应了，效果比我想象的还要好。我再次感应时感受到他痛苦还有困惑的心情。

很快我收回了感应。这么说真正杀死他的就是背后看不见的心灵感应者了，并且他还有着超越我的感应天赋。

看来这家酒馆真的越来越不简单了，原本我是有信心把这里的冠军拿下，然后去解救林海的，但是现在看来，这里可能还有更大的阴谋。

我开始搜寻有关王强之前的其他记忆，希望能从中找出关于那个感应者的蛛丝马迹，但是并没有太大的发现。就在我疑惑不解时，突然感到一束光在毫无征兆的情况下打在我的机体上，同时脑海里冒出一句话：找到你了！

第十六章　蜕变

我被突如其来的变故吓了一跳，立刻警觉了起来，环顾四周并没有发现异常，然后又将机体的听力开到最大也没有发现什么。

我突然感到一阵后怕，第一次有了一种被人玩弄在股掌之间的感觉，竟然还没有人能发现。原来早就有人对这里动手了，按理应该不是酒馆内部的人，那么他的目的又会是什么，是否跟我一样见到背后之人呢？

我想，这种人不可能一开始就有这么强的天赋，就算有，后天也一定是经过再训练的。或许我也能通过一些方法加强自己的心灵感应。想着既然这里已经被发现了，那不如到外面去寻找方法，等十日后再回来参加比赛。

门外的警报声已经停止，就像我说的那样，不久后广播传来这次事件属于个人意外，不是他杀。尽管大多数人不会相信，但是很快被压了下来。这里也许只有我才知道真相了。

我没有停留太久，直接走出了酒馆。这时天已经亮了，我先回到了林海的家中，想着尝试训练自己的心灵感应。

林海的家很大，我直接把感应力释放到最大，然后覆盖到比他家还大一圈的位置停住了，外面路上经过的行人正好也在此范围内。我先尽量让感应范围再扩大一些，发现它确实在以很慢的速度向外扩张，而机体内的小球也转动得越来越快，比平常快了一倍。

我先停止了继续扩张，这种方法是管用的，不过会让我感到头晕目眩。我想到林海还在医院治疗，不知道他怎么样了，便决定先去看望他。

驾驶悬浮车很快来到了医院，上面几个红色大字挂在空中——"第十三区中央医院"。我直接来到他所在的病房，发现一切如常。由于毒性的作用，他每天都处于睡眠状态。我释放出心灵感应探查，感受到他那带有不甘、自责、愤怒的痛苦情绪。我默默地离开了，并想抓紧时间提升自己，为他报仇。

回到家我开始研究心灵感应，突然觉得似乎小球才是我提升的关键，里面肯定有我没有发现的奥秘。于是我将注意力集中在体内的小球上，然后再释放出心灵感应，猛然间我看到小球周围被一片黑色取代，那种极致的深邃再次出现时我还是忍不住被惊讶到，我尝试用念力接触那抹黑色，然后发现好像有些不对劲，那抹黑色好像富有生命一般，它在吸收我的念力！

我想要夺回自身的控制权，却发现越是挣扎力量消失得越快。不知不觉中我的心灵感应好像也失效了，我突然有些后悔这么做，不知道会带来这种后果。很快我感觉头脑发昏，精神疲惫，就好像已经打了一场大仗一般，还没有注意到此时身体发生了不可思议的变化。

当我回过神儿来时发现身体上缠绕着一层黑色的坚硬的物质，上面布满了纹理……

第十七章　寻找

很快那些像铠甲般的黑色物质几乎包裹住了我的全身，甚至就连头部也被包裹起来，只露出眼睛了。它整体呈现出一股别样的机甲般的造型，而上面还散发出黑色的气体。我看着这副盔甲，竟然让我有种重量感。

此时小球也不再冒出黑光，它像从来没发生过一样正常地旋转着。看来这副盔甲就是由黑光变化的。我戴着盔甲走起路来，感觉全身变得轻快许多。再试着向旁边的沙袋挥出一拳，没想到它竟然直接被打漏了。

这一拳的力道至少比平时的两倍还要多。我不敢相信这副盔甲给我带来的增益，不光如此，此时我的精神力和心灵感应力也在逐渐恢复。

这副盔甲虽然要消耗力量，但似乎能帮助我恢复它。我把这种状态称之为战斗形态。我尝试着收回这副盔甲，它听话地收回到了身体里。我很高兴终于能命令"它"了。

我在林海家里继续熟悉了一下新的盔甲，几天后我的两种力量也恢复上来，并且还增强了不少。而掌握新能力后我也更有信心面对两天后的擂台赛了。

我很快回到了酒馆。在外面看来它还是跟以前一样，不过现在里面已经变成一个会"吃人"的修罗场了。离开赛还有一天时间，我想趁着时间还早想办法找出那名心灵感应者。

对方一定已经发现了我，而我现在短时间想找到他的确是件难事。如果不主动现身，我很难找到他。我先释放出心灵感应观察己身。我除了与其他人相同的光球外还多了一抹金色，那抹金色正是我能感应其他人的力量之源。

所以，如果我在其他人身上也能找到这种金色的话，那么事情就解决了。

我想直接将感应范围开到最大，这样可以把整个酒馆都包围，不过会打草惊蛇，而且即使是提升后的我，也不敢保证一定能赢过他。

我决定先从地下的休息室找起。我来到走廊，准备开始一间间地找。

休息室走廊整体呈十字形的结构，我就从其中一边尽头开始走。为了提高效率，我一次性将周围的四个房间都探查了，其中只有一个人在休息室。

我看到一个绿色光团飘来，那是情绪稳定而平静的感觉。看来这应该是个狠角色，再过一天就要比赛了，此人还能如此淡定，必然有他的过人之处。

没有多想，我直接来到下一处，然后重复……最后我将所有的房间都找遍了，还是没有发现那个人。看来他现在不在这里。

正当我准备回房间时，一个人影向我走来。那是一个个子很高、看起来很年轻的男子，一头银发下有张古代欧洲男子的脸，高挺的鼻梁，金色的眼瞳，身上的肌肉虽然不像其他参赛者那么夸张，但让人感到自然，好像他并不属于这里的。

还没等我说话，他就走上前来死死地盯着我……

第十八章　齐聚

只见他走到离我还有几步远时停了下来，用一种狠厉的目光看着我，然后说道："不要在这里乱来呀，喂，虽然不知道你是怎么得到的这种能力的，不过我劝你赶紧收手吧，不然下场一定会很惨。"

说着他突然将外衣脱下，我看到他露出那如同古希腊雕塑般的完美身材。而在心脏处则有一片很突兀的红色的伤疤，像是被烧伤造成的，但显然其中是有其他缘故。

他继续说道："这是十年前一个心灵感应能力者给我留下的，当时在我毫无征兆和防备的情况下被他偷袭，导致现在还有伤口，他的手段很高明，不像你这样的。说实话，我在一刹那很想杀了你，但我觉得你对我威胁不大，我们可以合作一起对付那个家伙。"

说完他看向我，我其实还不相信他，总觉得其中有诈，就问："你是怎么发现我的？"

他笑道："这个世界很神奇的，既然你有这种心灵感应能力，那不能允许其他人也有别的能力吗？"

说完他向我伸出一只手，然后我对外界的感知好像突然要被阻断了一般，于是直接向他释放出心灵感应，然后再快速收回。

他连忙把手缩回，按在胸前，嘴角上扬地说："还不错，用全力了吗？"

我没想到他竟然能承受住对于正常人来说必杀的一击，还可以看起来若无其事。我猜，可能是他通过屏蔽自身的感知甚至情绪来阻止心灵感应的吧。

他面露一丝痛苦的表情，不过稍纵即逝，看来还是有效果的。我不再去试探，因为真打起来可能控制不住会出人命，而且很不利于接下来的行动。

他也很默契地没有再动手，只是淡淡地说："如果三天后你还活着的话，我会来找你的。"

说完就头也不回地走了。看来此人对自己的实力很自信，三天后是二十强淘汰赛，意味着接下来的三天过后所有参赛者只剩下五分之一，其余的人都将化为尘埃。

很快就来到了第二天，晚上时广播响起："请各位选手准备就绪，请各位选手准备就绪,比赛即将开始,请大家提前入场等待,请大家提前入场等待。"

为了不让人们起冲突,每个人都是到场后才会叫下一个。这是个漫长的过程,直到快11点时,人们才全部到场,每个人都站在竞技场外,我看过去,里面有一张张熟悉的面孔——铁柱、白孤、鸳、阿善、尼卡,还有银发男子……

不知道今天过后这些人还会剩下多少?我又看向最外围的阶梯,那儿是这里的老板请一些有头有脸的人来观看的地方,那些人大多数都是社会上的官阀或大资本家,比赛的赏金也都是由他们出的,甚至比赛胜利后一些看起来过分的要求他们也会满足。而赛场的我们其实就像他们消遣的工具。

在那些人中有一个身着黑袍坐在最上方的人。由于光线的原因我看不到他的脸,只能看到一个模糊的身影,他原本望向一方的目光收了回来,然后朝我这边看来……

第十九章　首战

我没有再去看他。比赛马上就要开始了,比赛规则很简单:不依赖武器,想尽一切办法将对手淘汰使其失去反抗能力,但真实情况都是死斗,据说几十年来的擂台赛中没有失败者能活着离开这里的。所以每个人大多是抱着必胜之心来的。只能成功,不能失败!

很快午夜12点到了,场上一股肃杀的氛围蔓延开来。郑强从场外走向擂台中央,一改往日的姿态,环顾四周后说道:"我宣布十年一度的擂台赛正式开始!"

话音刚落,欢呼声和喧闹声从人群中传来。

第一场比赛一共分为五组,每组十人,每组上场后当场上只剩余五人时比赛结束。我看着空中银幕上的分组,我被分到了第一组,然后认识的熟人里铁柱也和我一组。

我和其余九人在众人的目光中走向了一个巨大的方形擂台。擂台是用地球上最坚硬的金属振金制成的,可以用刀枪不入来形容它的硬度。

等我们都进入后,擂台四角的黑色铁柱上冒起了一团火焰直冲屋顶,巨大的火焰形成了龙的形状,巨龙怒目圆睁,有种即将绕柱腾飞的感觉。柱间连接的巨型铁链响起了电流声，一场生死搏斗即将展开。

伴随一声号角，比赛开始了。离我最近的两人都看着我，像是在看猎物一般，他们不约而同地朝我冲来。我摇了摇头，想先解决他们再说。我侧身躲过了他们的攻击，然后在其中一人挥拳还未收回时狠狠地击打在他的心脏处（用了大概四成的力量）。那人直接双眼一翻口吐白沫倒了下去，不用看，我知道他已经死了，因为，衣服上都印有我出拳的痕迹。即使他不是一般的练武之人，在人体脆弱之处受到了那种足以打死一头牛的力量是很难活下来的。虽然我有怜悯之心，但如果不这样做恐怕现在倒地的就是自己了。

剩下那人看到这种场面连忙后退，他几乎快高出我一头的巨大体格在这一刻仿佛变得纸片般脆弱。我没有去管他，而是观察起现在其他处的战况，当视线落到铁柱身上时，我发现他似乎也有点麻烦。

此时他同样在面对两人的围攻，我没有着急上去帮他，想看看他实力如何。只见他伸出那巨大的拳头，然后瞪红着眼直接冲向其中一人，那人直接跳起，巨大的弹跳力使那人与拳锋错过，然后脚踩在拳上，一记手刀就要落在铁柱的脖颈上，铁柱没做任何多余动作，硬接了下来，脖颈处有了一道红印。

铁柱用另一只手直接抓住那人的脚踝，向甩一件玩具般很轻松地将他重重地摔在地上。那人吐了口鲜血，当另一个人从铁柱背后绕过想偷袭时，我快步迎了上去……

第二十章　成名

我闪身到那人面前。他显然没有反应过来，被我吓了一跳，然后定睛看向我，摆出了攻击的姿势。我直接双腿发力，一记直拳冲面门而去，我故意放慢速度让他躲过，准备跟他玩玩，没想到这人直接化掌准备接下这一拳。

我心念一动想着那就让他吃点苦头，于是变转拳锋，将指骨伸在外面，再稍稍加大了力量。只听到一阵清脆的"咔嚓"声，那人就将手缩了回去。突然他嘴里吐出一根银针，我很轻松地接了下来，看向他。那只手已经被我打骨裂了，并且他的整只手臂也受到了影响，极不自然地弯曲着。

他狠狠地盯着我，眼神中还流露出惊恐。我缓缓向他走去，准备去了结他。

谁能想到，他立刻大吼道："兄弟们，这娘儿们藏着武器，我的手被她给废了，咱们要先解决她呀。"

说着指向我手里的银针。周围的人也都停了下来看着我。

我立刻说道："谁会去偷袭谁心里清楚，我才不屑用这种下三烂的手段，你们不会相信一个弱者吧。"

然后人们看向我们，有人道："我看这女人根本不可能只通过拳脚就将阿三给打成这样，她一定用了下三烂的手段。"

还有一人也连忙附和。我看着其他人，这些人应该知道他们是一伙的，但是怎么做不是我能决定的了。很快就有人又站出来说我的不对，不一会儿场上除了铁柱外其余七人都开始支持阿三。我摇了摇头，看来还是无法低调呀……

铁柱站在我身后，拍了拍胸脯说："小梦呀，谢谢你帮我，不过这次能不能过去就看我们的了。"

我笑了笑，像看死人般扫过对面几人说道："不用怕，我们会赢的。"

场外这时也沸腾了起来，观众席上有人站了起来招手欢呼，还有人好像跳上了椅子……而站在一处视角高处的郑强望着我，拿起手中的按钮准备暂停时，突然有人走到他的旁边说了些什么。他脸上写满了惊讶，放下按钮然后看向那个人。那人说完后就直接倒地不起了，生死未知……

我发现事情好像超出了我的预料，似乎这里背后有人在控制着什么。我来不及多想，七人就将我和铁柱围了上来，我现在很想问问郑强到底发生了什么让他没有按规矩行事。

没有多想，我感觉自己已经在某人的监控下了，那么就直接逼他现身好了，我准备拿出自己六成的实力，快速摆平这里。对面先有人进攻上来了，他直接攻向我的命门。我微微皱眉，在他还没接触到我时，一指点在他的太阳穴上稍一发力，他便软绵绵地倒下了。

其余的人见状说："我们一起上，干掉他们俩，我们就是胜利者了。"旁边几人明显按捺不住了连忙说好。但其中有一个身穿白色衣服、满头白发的老人并没有说话，只是刚才站在一起没注意到他。

我还是直接冲了上去，然后对着面前三人一人一指，很快解决了他们。他们直到最后还是睁大双眼一副死不瞑目的表情。此时场上正好还有五人，我、铁柱、白发老人、阿三以及他的一个同伙。很快一声哨响，比赛结束了，看台上的人都纷纷站了起来看向我……

第二十一章　发现

场面再度被引爆。我都看到观众席上有人直接向我扔来钞票还有鲜花。没有理会他们，身后的铁柱呆呆地站着，不知道是问自己还是问我："我没有做梦吧，这……"

后方的几个人不用想也知道他们心中充满恐惧，那是一种生死被人掌控的感觉，即使有的人已经看淡生死，但真正到了那种无法反抗之时，人还是会本能地产生恐惧感。

我转身看向身后的几人，释放出小范围的心灵感应，果然像我想的那样。不过阿三他们表面还是伪装得很镇定，定定地望着我。而那个白发老人心里并没有表现出一丝恐惧，竟然带有很强烈的兴奋。

看来这老者也隐藏了什么，最简单的办法就是逼他说出来，但显然不行。要不就暗中观察，看他也并非常人，之前在场上混战时其实还有一人也倒下应该就是他干的。

我装作很气愤的样子，冲着阿三比了个抹头的手势。他果然撑不住了，直接跪了下来，颤颤巍巍地对我说道："是我有眼不识泰山，还希望您大人有大量，放了我。"

其实我可以在吹哨之前的几秒钟迅速解决他的，但也没有必要了，他现在应该不会再对我产生想法，而且这样一来还多了一丝乐趣。如果他再想耍什么别的花招儿，到时候再收拾也不迟。

我摆了摆手示意他快滚。他全然不顾及形象地跑出了场地。而那名老者却走上前来说道："小友武功盖世，老夫佩服，多谢小友不杀之恩，老夫人称山水道人，若小友以后有事可随时联系我，老夫必义不容辞。"

我看着他的眼睛里面没有一丝慌乱，甚至还有些清澈，只好说："多谢前辈了。"

之后我也匆匆走下台，想联系郑强把事情问清楚。据说这里的规矩很严，几十年来都没有人打破，而这次恰好被我遇到了，这必然不是巧合，一定是有人在背后注意到我，并且还不惜破坏了这么多年来的规矩。我心里不禁打了个冷战。

我回到了休息室，不多时郑强便打来电话神秘兮兮地说："恭喜你啊成功晋级了，不错！不愧是我亲自选进来的人，不过你现在可能遇上了点麻烦。和我们合作的最大的一家资本公司说很希望让你发挥你应有的水平，不应该被局限了。他对你似乎很感兴趣，你是不是以前遇到过大老板。他在我们这里持有49%的股份，不过平时都很低调，从来都不会干涉这里的，这次却突然这么说，我们也考虑过拒绝，但还是得答应下来。"

我听着他的意思，但其实我根本不认识什么资本家，如果说怪异的话，就只能是当时那个黑袍人了。

我回道："那我需要你们的赔偿，五百万蓝星币。"

郑强立刻回道："没问题，一千万吧。"

我有点惊讶，本来只是试探一下，没想到他还往上加价，似乎他根本不在乎这些钱。要知道比赛第三的奖金才不过一千万。多少人用命争取的而我却轻易得到，想想也是种悲哀。

但我还是答应了下来，虽然不知道它会带来什么，但该来的是躲不掉的。很快即将迎来第二场比赛，然后直到第五场。在今天结束前，这里的参赛者只会留下一半。而已经晋级的选手就在自己房间等待安排，不得随意走动。

尽管这里的墙壁都是有隔音效果的，但楼上还是会传来阵阵的打斗声。很快就到了第二天中午，一阵熟悉的广播声传来："初赛已经结束，下面公布晋级名单……"

我听着广播的声音，熟悉的名字一个个传来，认识的人都在初赛中生存了下来，其中有几个我还是有好感的，不过在这种环境下，基本上各自安好就不错了。

下一场比赛在一天后的凌晨开始，也就是二十强争霸赛，每五人随机为一组，然后每组中只能有两人最后从赛场离开。

现在还有一天时间，我想继续寻找那个发现我的神秘人，那个令我都感到心悸的家伙，他越是隐藏，我越想要将他揪出来，尽管这很不容易。我想到规则里有一条：凡晋级者在开赛前都会收到主办方的保护，如果有参赛者死亡，凶手将受到本酒馆的无期限追杀。

我突然灵机一动，想着现在去训练室将感应力开到最大，可以覆盖比整个酒馆还大几圈的范围，被谁发现都无所谓，等比赛结束找出幕后者就再换个身份好了。

说干就干，我来到了地下训练室，直接释放出自身最大范围的感应力，不到一秒，整个地上包括地下的建筑都在我的监视下。奇怪的是，我发现原来地下二层的休息室不止一百间。或者说有一处地方竟然屏蔽了我的感应。而那轮廓就是一个休息室的造型。

我立刻收回了感应，心中不免多了一分惊讶。从郑强的口中得知这里的休息室一共有一百间，这是他从上代管理者接手后就知道的，而在几十年里虽然也有修缮，但整体都没动过，怎么可能出现第一百零一间休息室？

而且看它所在的位置居然就在十字形走廊的中央。但我走过那里时记得是一根超巨型的石柱，没想到里面竟然还有一个房间。如果郑强没说谎的话，唯一的可能就指向几十年来一直很少露面的真正的老板了。也就是说，不出意料的话，神秘人就是这家酒馆的老板了！

我一时不知道该不该再去找，如果是那位老板的话，他定的规矩自己可能不会在乎，而且去了可能是一场硬仗。所以还是等到比赛结束后再去。

不觉中已经过了午夜时分，淘汰赛就要开始了，我抽到了四个人，分别是白孤、阿三，还有两个不认识的人，分别叫波奇和秋。

我们几个人都分别从不同方向登上擂台，然后是熟悉的电流声以及人群的欢呼声……

第二十二章　孤舞

我看着面前的几个人，先不着急动手，不过如果有人主动要来的话那就……

随着一声哨响，战斗开始了，阿三在一开始时就退到了离我很远的地方，他此时也在防备周围的其他人，从上一场的表现来看，阿三的实力应该是最靠后的，这次他被选在这组，大概率应该会被其他人干掉。最先发动进攻的人是那个叫秋的男子。他长着一脸络腮胡子，小麦色的皮肤上还文着大大小小文身，赤裸上身。

他先冲向身旁最近的白孤，白孤一瞥毫不慌张，立刻摆出架势，然后在拳还没到来时率先变换身形，一记扫堂腿踢出。秋见状立刻收起拳势跳起，在空中两掌向白孤拍去，白孤扭转身体，以一个不可思议的角度躲过了攻击，随后借力一脚踢向要害。

一声闷响秋倒退两步，然后龇了龇牙，晃了晃身体。白孤恢复了开始的站姿，双手交叉抱胸，眼神轻佻地看着对面的男人。

旁边的阿三看着他们的战斗，然后走向秋说："我们一起把对面的女人干掉吧。"

秋皱起了眉头看向阿三，冷冷道："好，我们一左一右一起上。"

话毕，两人就开始向白孤进攻，而一开始和我一同看戏的波奇也走了上去，看样子是想围攻白孤。

我终于还是动了，直接闪身准备去拦住波奇。没想到一直不说话的白孤叫道："小梦，不要过来，你要过来连你一块儿打。"

我不明白她的意思。这种赛场上谁先被围殴谁就会处于劣势，就算她有足够的信心也不可能一个人面对三个强者的合围吧。难道她有别的意思，会不会她就是来求死的？我突然有了一种荒谬的想法，不然一个人好端端地怎么会这么做？还有一种可能，她可能修炼了某种功法，需要在逆境甚至是绝境中才会有突破。

而这里就是她最好的修炼场。我最终决定还是不去帮她了，就先当个观众也挺好的，然后就出现了很喜剧性的一幕。我一个人像是观众一般看着面前的四个人打，仿佛这场比赛跟我没关系了一般。

看台上的人也看傻了，明明是五人混战变成了四人，他们有人甚至竖起了中指……

我再看向白孤，此时她已经没有了之前轻松的样子，面色变得严肃了起来，然后对着周围三人说："一起上吧。"

说完还不忘比个挑衅的手势。我心说就算你想一打三也不用这么着急吧，这不是挖坑给自己跳嘛。

三人也没有一拥而上，而是一个个地出手试探，但都被白孤很自然地化解了。她每次的动作好像并不是在战斗而是在起舞，在跳一只绝美的优雅的舞蹈。我静静地看着他们。

突然三人停手了，然后直接全部向白孤出击。我看着他们攻击的方位，这些角度无论如何都不可能全部避开了，只能对抗化解了。

果然白孤不再闪避，对着阿三的手刀冲去，一把抓住然后在空中划了一个近乎完美的圆跳出了几人的包围圈。此时阿三的手臂已经被控制住，他一咬牙，"咔嚓"一声，硬是把自己的手臂脱臼了，然后转身一拳击出，而其余两人也没有停下，直接再次一起冲向白孤。

看着他们的打斗，我心想，似乎白孤一个人已经可以对付得了他们了，她甚至有潜力冲击前三。而这时局势似乎又变了。

只见对面两人竟然不再以之前的方式打击，而是以更原始的直冲拳进攻，在速度上提高了很多。白孤迅速双臂交叉抱胸，然后一声闷哼倒退了两步。

这是第一次她被打伤，但她的眼中不但没有害怕，反而有了一种斗志。她再次摆好姿势，两脚一前一后向上踮起，双臂在空中摆动挥舞着，其中蕴含的舞蹈的优雅让人赏心悦目。对面阿三先不淡定了，先把骨头扭正然后用出了他的必杀斜斩，旁边的秋和波奇也再次用直拳飞击而出。

她这次先用双手将阿三的斜斩挡下，然后将他扭转在秋出拳来到位置，另一侧将身体腾空而起，提膝准备挡下波奇的攻击。

两声闷响后，阿三先倒在地上发出了惨叫声，而白孤也再次后退两步，同时摆出刚才一样的姿势。看来对面的攻击效果还是不大。我心想。

这时秋突然笑了起来，说道："三弟啊，怎么这就不行了，我还没拿出真本事呢。"然后眼球突然充满血丝，肌肉也像充了气般猛地暴胀了起来，就连身高也跟着增长了一些。此时他突然壮得不像话，感觉肌肉随时都会崩裂开。

然后他走向刚刚站起的阿三，像抓娃娃般把阿三的头拎起来，阿三一米八几的个子在他面前显得像个小孩子般。只见阿三露出了痛苦的表情，说："求求你先别杀我，我帮你对付那个女人啊！"

接着一声惨绝人寰的叫声响起，阿三硬生生被秋捏爆了，地上出现了一具头上血流不止的尸体，面部的五官也扭曲变形，很快就被流出的血液覆盖看不出是谁了。人们却因此欢呼起来，好像台上死的并不是一个人，而是一件被损坏的物品。

旁边的波奇见状说道："那我也来吧。"

话音落下，他的身体突然开始像缩水一般变得干瘦，就连身上的筋脉都凸显出来。我心说不妙，如果再不出手，恐怕白孤就要栽倒在这了。

她似乎能猜到我的想法，对我说道："我可以的。"

然后换了一种姿势，身体好像都在起舞般说道："蝶舞天涯。"

对面两人已经冲了上来，一左一右攻向白孤，他们没有再用直拳，但速度上已经超越了之前所有的招式。空气中都能听到"嗡嗡"声。

白孤神色没有太大变化，手势在空中的旋转越来越快，很快真的在她周身几乎肉眼可见地形成了一只扇动翅膀的蝴蝶，只不过是半透明的。

两人拳锋打在了蝴蝶上，然后发出一种沉闷的爆响，只见蝴蝶变得虚幻起来。而两人后退一步，再次冲上前去……

第二十三章　再访

只听得"砰"的一声，两人身形再次退去，而这时蝴蝶的虚影已经接近透明，感觉快要消散了。

白孤面色也变得凝重起来，眼神中再无之前的轻松，头上的汗珠不停滴落，胸口也剧烈地起伏着。突然周身的蝴蝶又开始凝实起来，而她目光一变，直接爆闪冲向二人。

秋和波奇也没想到她会主动进攻，愣了一下后准备避开，两人都没打算硬接下这招，尽管现在他们的身躯强度已经恐怖到了一定的地步。

"砰！"一阵沉重的声音响起，四周的烟尘在空中弥漫然后缓缓散去，待众人看清时，只见秋的左臂处被白孤深深地刺伤，鲜血顺着臂弯流下，这一击几乎穿透了他的大臂。

而秋仿佛受伤的不是他一样，只是看着面前的这个女人，那是一种无形的狠厉到极致的样子，看似平静的眼神中蕴含着恐怖的杀意。刚才如果不是他反应快了一步侧转身体，恐怕那一击会直接贯穿他的心脏！

白孤在这一击后突然感觉虚弱了很多，汗不停流出，那只蝴蝶也又虚幻了起来。

一旁的波奇见状二话不说，直接上前一记重拳袭来。白孤没有看向他的方向，反而口中开始念念有词："蝶舞振飞。"

然后轻轻跃起，直接跳出地面一人多高，手势再次变化时，那只蝴蝶也动了起来，翅膀扇动的频率越来越快，空气中都形成了一股风力。突然风力方向改变，巨大的蝴蝶向地面俯冲而去。

下方的波奇见状并没有躲闪，而是直接深吸一口气，一只干枯的手臂开始变得红润起来，抬掌轰出说道："一式开天。"

很快尘土再次飞扬，只不过这次蝴蝶直接消失了，而波奇手势还像出掌时那样，手臂已经回到了正常人的状态，但身体还是干瘦，看上去很是诡异。

而白孤则半跪在地，看不清她此时的面貌，但应该已经快到极限了。

她缓身站起，整个人都变得憔悴了许多，一丝丝黑发飘起，有种凄美之感。

对面二人看这般情况，不约而同地走向白孤，看来是想了结了。我自然不能再袖手旁观，无论怎样都不能眼睁睁看着她倒下。

白孤这次也没有再阻止我，她真的已经到极限了。我先走到她身边将她安抚好，让她靠在边上休息，然后就听到身后的声音传来："对了，还有你呀，那就先解决你吧。"

我有一瞬间突然想笑，然后装作一脸淡定的样子说："那就动手吧，你们一起上吧。"

他们没说什么，二人直接飞速冲来，我也迎了上去在他们还没碰到我时，先两记重拳打在二人腹部。对面显然不知道我的力量，他们闷哼一声退去，甚至嘴角也流血了。

我心想：看来五成的力量还是大呀，不过就这样对付他们吧。

两人下一刻直接激出杀招，看来是打算跟我拼命了。

两人从不同角度袭来，配合可以说很默契。他们怕我躲过去，殊不知，我正打算试试这些人能爆发出多大的力量。

巨大的碰撞声像引爆炸弹般响起后，两人的姿势还保持进攻的状态。而我则用双手分别握住了两人的手腕，他们看到后不可置信地盯着我，仿佛见到了这辈子都不敢想象的场景。

我没有回应，直接双手同时发力将两人的手臂扭断。他们挣脱开我立刻向后拉开一大段距离。秋的双臂被废掉了，他没有多说，直接选择自杀，不一会儿地上多了一具尸体，那眼神饱含不甘。

而另一侧的波奇也摇摇头道："没想到竟然能遇到像你这样的高手，能死在你手下也算值了，哈哈哈。"

说完，他向我冲来，直接用出了自己的最强招式，这一击力度已经超越人体极限了，我使出六成力量与他对击。他的每一击都被我用更强的力量挡下后还击，片刻后，他恢复了正常人的样子，身体由于过度损耗浑身冒着白气，体表还能看到一些大大小小的伤口，然后摇晃着倒在地上一动不动了。

我查看到他还有微弱的生命气息，就不去杀他了。按照规定只要让对手倒下不再构成威胁就可以了。我扶起在边上一直观战的白孤，她受了不轻的伤，然后向台下走去。

白孤感谢我的同时用一种几乎崇拜的眼神看着我。她有些吃力地说道："谢谢你救了我一命，本来我是想趁机修炼出舞蝶第三式的，没想到最后体力不支只能拜托你了。"

我听着她的语气，好像她似乎坚信我能摆平这里似的，问道："你就这么相信我能出手把他们全拿下吗？"

她露出了一抹灿烂的笑容，然后贴近我耳朵说道："我看人很准的，你一定能做到的。"

我感觉她还有些话没有说，我也不想多问，以后有机会再说吧。然后我们各自回到了休息室内调整。广播很快放出我和白孤胜利的消息。我很平常地听着，然后突然门口的敲门声响起。

当我打开门时，一张熟悉的面孔出现在眼前，银发站在门口说道："果然没让我失望超能力者，不知道你有没有动用你的能力啊。"

我看着眼前的家伙，他在我前面就晋级了，看来的确不算泛泛之辈。我问他："那你呢，用了你的能力了吗？"

他没有回答，突然笑了一声说道："你知道十年前偷袭我的那个感应者是谁吗？我在之前比现在更强大，由于受伤这些年一直在恢复，现在虽然没有完全达到巅峰但我有把握在他不使用感应力时拿下他。"

说着眼神中泛起了凶光，看来那的确是一段难忘的往事。

我对他说："你怎么就知道我一定会帮你对付他呢？我也进入二十强了，万一我能单独拿下他呢？"

他冷哼一声皱着眉说："是时候告诉你真相了。"

他拿出一张纸给我，上面写着第二十一区地下竞技场第五届大赛冠军：韦德。而韦德就是我面前的银发。

然后是一张他的海报，旁边还有关于他的字样和信息。我真的一时没反应过来。

他继续说道："其实我要找的人不是别人，正是这家酒馆的真正老板——查理！"

第二十四章　背叛

当我听到最后时不禁露出了一丝惊讶。真的有这么巧合的事吗？如果银发说的是真的话，那这也太不可思议了，为什么背后之人会对冠军做这种事呢？他这么做有什么目的呢？

突然我有了一丝头绪，但又差好多线索，我想不通中间到底是什么关系能让查理杀了这些看起来不相关之人，包括林海、王强，甚至上次比赛的冠军韦德都遭到毒手？要知道这相隔十年，十年时间几件事又有什么联系呢？

韦德似乎看出我的不解，继续道："你应该知道他的，只不过他隐藏得很深，你可能只是听说过。这些年来，我不仅在恢复实力，也在想他这么做的目的。像他这种已经功成名就身处高位之人，本可以做个甩手掌柜什么都不管，却还是冒着被人发现的风险不惜亲自出手将人杀死。"

他深吸了口气继续道："除非这样他非做不可，一方面是他能力的原因，还有一个应该是他必须亲眼看着这些人一个个地倒下才行，这些人必须死，那个王强显然就是被他杀的。"

说完他看我有什么反应，我当然也已经知道了，而且也算短暂地跟他碰过面了，只是他的行迹难以追踪无法将他找出。这么说其实我和韦德的目标都是一致的，我们确实可以联手对付查理。

但我还是装作勉强地说道："好吧，就算我现在知道了那我就得对付他吗？万一他看到我也有这种天赋将我招入麾下呢？"

韦德听后直接笑了出来："很高兴你现在还能这么想。以他的阴狠，他会放心一个跟他有同样能力的人出现在身边吗？就算他有足够的能力让你伤害不了他，但是心灵感应这种亿万分之一都很难遇到的天赋一般不能让其成长起来，否则终将惹来杀身之祸。"

他说得似乎有些不耐烦了，点燃一根香烟猛吸一口道："我知道你肯定会来跟我一起的。"

然后不回头地离开这里，留下了空气中的一圈圈烟雾。

他这样的确也能说服我。我就冲着他也会心灵感应就不能忽视他的存在，况且本身也要调查他毒害林海的目的为林海报仇。

二十强后会有十天的修养，为保证每个参赛者都能尽力发挥出自身最好实力。我想从时间上说应该够了，我已经知道了查理的房间，虽然不清楚他是如何做到将房间屏蔽的，但这种手段非同小可。

我已经将他的危险等级上升到最高，我确定如果他出面一定可以打败在场除我的所有人，仅凭一招就能将冠军差点袭杀，即使现在升级后的我也不敢保证能在韦德不知情的情况下秒杀他。

第二天，我和韦德在外面一处茶馆会合。这里还保留着最原始的喝茶方式，虽然各方面都有机器人服务，但这里还是想让客人自己来动手沏茶。

一个身着白色长袍，穿着一双木鞋，走路几乎没有发出声音的中间男子走了过来。

韦德看到他后礼貌地问候了一句，然后对我说："这位是十年前在我重伤后救下我的恩人，人们都叫他米桑。"

我看着面前面带微笑的米桑，他能在那种情况下救了韦德一定也有过人之处。

米桑对我说："你就是韦德的朋友梦雅小姐吧，久仰大名。"

我看着他露出了标准的笑容然后说："米桑先生，你的茶馆生意很好啊，每天都座无虚席。"

他接道："还多亏了梦雅的捧场，哈哈。"

我继续说："能不能别装了，这么多人还怕拿不下我吗？"

我已经站起身来，看着周围有四五十人，然后回身再去看旁边的韦德时，他还在坐在椅子上倒茶，似乎没有意识到问题的严重性。

突然我想到了什么，然后紧盯着韦德说道："你不是韦德，对吗？"

对面的男子终于站了起来露出一抹奇怪的笑容说道："我就是韦德呀，怎么不是呢？"

昨天谈话后韦德特意对我说最好不要在外面使用心灵感应，因为这里的老板也有跟他类似的经历，所以很讨厌心灵感应者。我听了就很奇怪，但是也没太在意。

今天到场后我原本确实没想释放感应力，但周围那些人的目光实在太明显了，我不得不去查勘他们，竟然发现他们都对我抱有敌意，那就不得不重新审视这个地方甚至是身边的人了。

不出一分钟，这里的人都站了起来，手里还拿着枪；米桑则从腰间抽出一把武士刀摆出架势。而韦德悠闲地将手插在裤兜，对我说："麻烦你跟我走一趟吧。"

我看着周围的架势，如果不考虑真实身份的话这些人不是我的对手，但问题出在我要是把这些人都杀了，不光会引来官方的追捕，恐怕还会引来更大的陷阱。

我无奈地摇摇头问道："带我去哪儿？"

韦德看着我说道："当然去你想去的地方，去见——查理。"

这和我发现被韦德背叛时想的一样，既然对方主动找上门来，那就跟他走一趟好了。不过我觉得还是给这些人点教训再走。

米桑走近我后准备将刀架在我脖子上。我见机直接上前抢先夹住刀刃，然后用力一掰，一阵清脆的金属声响起掉落在地，而剩余的剑柄被我强行掉转方向刺向他。

突然我感到剑柄上传来一股压力在对抗并且还不算小，于是我也加大力度，用出六成力后将他压制。最终剑还是指向了米桑的脖颈，我还是没忍住直接偏转方向，"刺啦"一只手臂掉在地上。

一旁的韦德看不下去了，四周黑压压的枪口无死角地对准我，我把刀扔下对韦德笑道："跟你走。"

他咽了一口口水，然后几乎恭敬地说道："请！梦雅小姐。"

我转身出门看到停在外面的超豪华加长版浮车，然后对韦德说："你的老朋友不救救吗？"

他又露出那种诡异的笑说道："当然不用了，我陪你上车。我们回去吧，老板现在应该也在。"

我又问道："那你之前的故事是骗我的吗？可是我已经查过了你，的确是上届冠军。"

他看着窗外平静道："有的事情你没到那个层次是不会明白的。"

说着把胸前红色伤疤露出。

他继续道："你以为这是他打伤我留下的，呵呵，其实这是他将他所掌握的能力的一点传给我留下的印记……"

第二十五章　对抗

我看着对面的男人缓缓把衣服穿好，遮住了那红色的印记。我想心灵感应这种力量真的可以赐予吗？如果是这样的话，那么查理对其的掌握程度已经超越我许多了。

也许这种能力不光能被赐予也能被剥夺，这样的话可能此行就凶多吉少了。我想着如果是这样的话，那么我能否夺取韦德的能力呢？

不过就算我想也不能现在就对他动手。车很快就开回了酒馆，我自然地下了车，然后韦德带着我来到地下二层的休息区对我说："走吧，我们快到了。"

说着不忘警惕地看着我。我皱起眉头已经感应到那间隐藏的第一百零一号房间，虽然从外面看还是没区别的，但是里面的防御感应已经不见了，而我感受到其中有一个人在房间内，只是光团太模糊了看不出他的喜怒哀乐。

突然一旁伸出一条仅供一人通行的隧道，看方向正是通往那间隐秘的房间的。我没有多说直接走了进去，然后在微弱的灯光中走了一小段后，看到前方有刺眼的光芒射入。我直接走出通道，来到了第一百零一号休息室。

前面沙发上坐着一位老人，一头白发，苍老的脸上爬满了皱纹，一对白色剑字眉，就连腮胡都是白的。身着整齐的唐装，上面的龙纹栩栩如生又显得很平静。老人双眼看向我说道："请坐。"

我就旁边的侧座坐了下来。老者摆了摆手示意一旁进来的韦德先出去，很快房间只剩我和查理了。

我盯着他的双眼问道："你为什么要杀了那些无辜的人？"

他似乎猜到了我的问题，叹了口气说道："其实我很好奇你是如何得到心灵感应力的？不如我们交换一下吧。"

我说可以，但是要他先说。老者沉默了好一会儿，然后对我道："你想听真话吗？"

我不知道他在犹豫什么，但是在那一刹那我没有释放出心灵感应都能很明显地感受到对方的杀意，那是一种霸道无比的感觉，一般人根本做不到。

他继续说："如果你真的想知道的话，那就看看你有没有资格了。"

说着突然我感到一股巨大的威压降临，那是一种从心灵上给予的感觉，就像面前之人突然变成了如山一般的巨人，随便一脚就能将我踩扁。

我不再掩饰，直接将心灵感应力全部释放对准查理，然后猛然回弹。他那副始终淡定的脸色终于变了，左手立刻护住心口，甚至头都低下了三分，看不到他的表情。

突然他抬起头来，右手对着空气一抓，我感到一股强烈的吸力在把我往他那里引去。我接着也释放出念力控制来对抗这股力量。一时间，我们竟然谁也奈何不了谁。

他直接收回了所有能力，像看到不可思议的东西般睁大眼睛看着我。我也被他吓到了，没想到我有的所有力量他都有，而且他绝对没有用出全力。

只见他拿起一旁的拐杖然后对我袭来，我跟他本来也没相隔多远，而且他的速度也快到我来不及躲避，我直接用出全部力量来抵挡。"砰！"烟尘四起，我用双手抓住了拐杖想要直接摧毁它，但竟然发现我的力量掰不动它。

要知道现在地球最坚硬的材质振金我都能留下痕迹，但这根拐杖我居然无法撼动它一丝。

对面查理皱起了眉头，然后我就感受到一股无比霸道的能量从他体内传来，这时他的身体里都有光仿佛透了过来。整个酒馆都因为他而震动了起来。

接着他将拐杖扔向一旁，我突然又感受到一股巨大的威压降临，同时身体被他的念力束缚难以行动。我也释放出两股力量对抗他，这时体内的小球有了反应，我想控制住它，突然小球内的黑气主动飞了出来，很快我全身就被包裹起来，然后一副纯黑战甲出现了。

穿上之后我感到浑身都变得轻松起来，外面的威压和念力控制直接消失了。而对面的查理看到后眼神里充满了兴奋。他看着我说："终于等到你了。哈哈哈！就让我来教你第一课吧。"

我开始疑惑起来，但容不得多想，他重新拿起那副拐杖然后将一头对准我。眼前猛地出现了一片场景，我看到一幅幅画面出现在眼前：在一片荒芜的陆地上，四处都有烟尘飘散，一大片黑压压的机器人大军在行走，他们有着统一的装饰；视线转移到最前方，那是一个身着红袍的机器人，看不清他的面孔，但是全身都着装黑色铠甲，而看其造型竟然与我身上的有些相似但又不同。

他旁边还有几个不同颜色的机器人，红色、绿色、白色、紫色……我正想仔细看清他们的面容时，为首的黑甲人突然朝我的方向看来，然后抬起手，下一秒这些场景都消失了。我又回到了房间，而对面的查理已经不见踪影。

我竟然第一次感到头晕，而身上的铠甲也自动消散了。这间房现在只剩下我了，而不远处沙发上还有一根通体漆黑的拐杖。

我走上前拿起它，发现竟然有一个成年男性那么重。这种拐杖怕不是专门用来杀人的吧？我想着拿起它带回去研究，而且现在的事态已经超出了我的估计，有越来越多的谜团等着我解决。

不多时我便直接走了出来，回到休息室，想着之前与查理的遭遇。

他的确很强，可以说正常状态下我不是他的对手，如果开启战斗形态的话也不好说，他也没用实力跟我打就跑了，而他说教我是让我看那些场面吗？显然不是，那……

突然记忆里闪过几张画面，那竟然是一种用来训练心灵感应的秘诀！

我寻找着里面最简单的是情绪感应，也就是自带的能力，再往下有感力阻隔，可以将自身或他人的情绪和感知阻断，也可以抵抗其他的感应力。

还有感力压迫，可以形成幻觉让对手感受到压迫感和威压，可用于范围攻击。

最后是……突然记忆在这里断开了，而前两个正是刚才查理对我出手时用的手段。

第二十六章　魔鬼

我在记忆中翻寻着想看看有没有疏漏，但可惜已经找不到其他的了。不过有这两种也不错，我静下心来仔细感受着自身的心灵感应，然后想集中精力屏蔽自身，很快成功了。

我突然听不到外界的声音了，也感受不到其他的事物，就好像自己身处在另一个世界中，只能看到眼前的一点色彩，就像是全世界都与我无关。

刚开始可能感觉好玩，可是想想其实很可怕。这种力量用在其他人身上就是酷刑。这就是感力阻隔了。而我再通过反复实验发现可以特定地屏蔽某一种感官，而最厉害的就是强行改变自身心理反应导致不产生任何情绪和喜怒哀乐。不过时间不能太长。

而这正是让自身不被其他的心灵感应力影响的原理。

下一个是感力压迫，我打算之后找一个合适的地方来试验。

虽然不明白查理这样做的用意，但他的确帮了我的忙，之后还走掉了。如果当时在我进入场景那一刹那他直接上来攻击的话，恐怕现在又是另一番景象。

而他对我态度的变化就在我穿上铠甲的那一刻开始的。所以那副铠甲或者说体内的小球到底是什么人的，竟然能让我几次都化险为夷。

在小球所给的记忆中，那个霸气无双的身影似乎就是之前在拐杖场景下看到的黑甲人，小球应该就是黑甲人的一个物品吧。

不过这样猜也猜不到，最好的办法就是将查理再找出来，还有问他毒害林海和杀其他人的事，不过再让他出现就难上加难了。

我觉得事情终于找到了一点头绪，查理的行为对我来说似乎只有好处，但这也更让我迷惑他为何要反过来帮我。

接下来的几天里我都尝试再感应那间隐秘的房间，但里面已经空无一人。我也不忘去找韦德，但他也跟着消失了。大赛的日程并没有受到影响，我都开始考虑直接退出比赛单独去找查理了。

终于来到了十天后，其间那两人还是失踪状态，而那天的茶楼也变空了，这一切好像都是为我做的局，而看来他们成功了。我决定继续比赛，或许这里还能找到更多信息。

接下来是十强晋级赛，意味着赛制变成了1V1，这样也更加公平。我的对手是代号叫落的年轻男子，据说还是有希望成为冠军的人。

十强赛时，选手们也已经可以在场外观看比赛，因此所有人都来到现场，准备在这片舞台目睹一场生与死的视觉盛宴。

第一场比赛是山水道人对战阿善。这两人应该都还没施展出自己的底牌，不知道最终花落谁家，不过我个人更希望山水道人能赢。

哨声吹响比赛开始了。山水道人先摆出类似于太极八卦的架势，脚步轻慢，看起来很从容地走向对方。而阿善一副死人脸没有任何的技巧或招式，只是像平常走路一般朝山水道人走去。

两人在离对方还有十步远时都停住了。阿善嘴角突然露出一抹怪异的笑容，然后摆出与对方一样的姿势。山水道人脸色突然变了，而看台周围的人也很诧异，这是在干什么？

终于山水道人率先发起了进攻，他一步就迈出极远，几乎已经到了阿善面前，然后运掌打出。阿善立刻侧身躲过，然后也运起掌来打向对方。山水道人另一只手抬起就迎了上去，一声冲击后，山水道人后退一步，然后睁大双眼看着对方。

如果我没猜错的话阿善复制了对方的招式，然后直接以更强的威力还给对方。这听起来有些不可思议，但看山水道人的表情显然阿善做到了。

山水道人连忙换了一种姿势，然后手臂在空中极速挥舞着，很快在空中就看到了一幅像是太极图的虚影，但其中还有一些山川河流，山水道人说道："太虚极影。"

对面阿善还是面无表情，然后他也学着手臂摆动了起来，刚开始的时候由于动作太慢，还引来台下的嘲笑，可后来所有人都安静了。因为阿善也舞动出了一模一样的招式，虽然他没有说话。

山水道人此刻内心显然不平静了，他怒吼道："不管你是怎样装神弄鬼的，这五十年的功力，你挡得住吗？"

说罢，就看到那幅图随着道人的步伐也跟着动了起来，然后就看到两张八卦图撞在一起，这一次轮到阿善飞出了，阿善直接被甩在几米开外摔倒在地。

对面山水道人还是一脸紧张，深呼一口气说道："太虚归宗。"他闭眼两掌合拢，然后嘴里念念有词，一阵阵风从他脚底升起将长袍吹得飘舞。这次阿善没有再去模仿，而是继续学起了太虚极影。一个比之前更大的虚影成型了，然后向着山水道人飞冲而上。

这时山水道人睁开眼睛，好像空气中的气流都在他周围凝滞了，简单一掌推出，炸裂声响起，阿善再次被打退出去，而山水道人还保持之前的姿势。然而下一秒他的脸色就变了。

只见阿善运转出一幅跟人一般高的巨大画卷，比之前大两倍都多。山水道人急忙将手放在胸前然后掐诀默念。他在没有用外力时眼前出现一幅拳头大小的山水八卦图，里面的水还在流淌，画好像活了起来。

眨眼双方再次碰撞，这次两人都没有退去，不过山水道人的肩膀竟然被阿善抓住了，然后就听到一声惨叫，山水道人猛退出半张场地，肩膀已经是血肉模糊了。

此时阿善将他硬拉下来的一片肉放在嘴里咀嚼起来，然后以一种极快的速度瞬间冲到道人面前，张开手掌抓向他。山水道人来不及闪避右胸上出现了五个血爪印。而他双手同时又向阿善的腹部，"刺"他成功刺入阿善身体，但是他猛地神情一变，感觉像是彻底受到打击一般不动了，只是痴痴地看着阿善。

阿善露出了一抹魔鬼的笑容，他直接单爪掏入道人身体，然后拿出一颗还在跳动的心脏。这时即使再淡定的人也忍不住了，所有人都对阿善投来鄙视厌恶的眼光。

阿善没有看那些人，将心脏再次塞回后拍了拍站立的山水道人。一声倒地声后，阿善也走下了擂台……

第二十七章　暴动

由于阿善的手段极其残忍，就算是许多背负人命或其他有罪之人见到也会投来鄙夷的目光。

场外传起了不停的骚动，然而残酷的是在收拾完战场后，即将迎来第二场比赛。

第二场是白孤对战花满衣。很快两人就来到了擂台上。花满衣是一个体重超过两百公斤的男人，身体文满了黑色的大丽花，据说他每杀一个人就会文一朵花瓣，而现在他上身已经密密麻麻地文满了花朵。那花枝招展的花朵肆意盛开似乎是一个个亡魂在向人们申冤诉苦。

花满衣毫不在乎，他两米多的身高几乎有白孤两人高。两人这次默契地直接站在对方五步远的位置。随着熟悉的哨声吹响，一场战斗缓缓展开。

白孤这次直接施展了蝶舞天涯，场上出现了熟悉的一只透明的蝴蝶在振翅飞舞，而蝴蝶的体型大概与花满衣相当。

白孤率先发起进攻，身体外侧包裹的蝴蝶用翅膀拍向对方，巨大的力道直接将空气都扇动得呼呼作响。花满衣似乎不太在意这招，他将像小树般粗壮的手臂高举天空紧握双拳，向后蓄力轰出。

剧烈的撞击声引爆全场，烟尘下花满衣已经将蝴蝶死死抓住，然后向后摔去，连带着白孤一同砸落。

这一击就连地面都出现细微的裂痕，白孤抿了抿嘴又重新站起说道："蝶舞漫天。"

随后四周空气仿佛流动了起来，赛场的空中出现了一个个旋涡，不一会儿凝聚出透明的蝴蝶造型。很快场上就多出了不下二十只蝴蝶，大多都有巴掌大小。

花满衣看后不仅没有紧张反而笑了起来："这是在表演节目吗？哈哈哈！就让这些蝴蝶成为你路上的陪葬品吧。"

说着摆出姿势然后整个人冲了出去，虽然他身形庞大但速度却丝毫不慢。眼看就要撞上蝴蝶，他直接一掌拍出，"砰砰砰！"传来了一阵阵空气爆破声，很快场上只剩下两只蝴蝶在白孤周围环绕，其余的竟然都被花满衣打爆。

谁知这时白孤反而露出一丝微笑，然后对花满衣道："战场是要动脑子的。"

他低头看下双手，不知什么时候上面有了一个个小紫点，然后身上也开始出现。他大喝一声，身体的气场陡增，那一朵朵大丽花好像活过来一样，缓慢移动着，很快身体上留下大量的汗水，紫色斑点也散去许多。

对面白孤见状说道："蝶舞振飞。"

然后高高跃起身体仿佛此时化作蝴蝶，我知道她最近又进步了。

一脚踏下，花满衣没做任何抵挡，还在喘着粗气，"轰！"地上留下了一个坑洞，场上只见白孤还在站立，花满衣的头已经被她踩在脚下，整个头部都埋在地下。这是足以踩死大象的一击力量，用在人身上简直不敢想象。

白孤看对方没有反应，再一记重拳打出，但突然被一只巨手拦下，花满衣猛地把头拔出来转过身体，脸上血流不止，显得很是恐怖。

白孤见状想要先撤离一步，但对方力量之大让她无可奈何。花满衣露出恐怖的笑容缓缓说道："多少年了我都没受过这么重的伤了，你可以。"

说着将白孤扔出飞向半空，然后整个人也随之冲上跳在她上方。我知道白孤现在危险了，恐怕下一击可能会要了她的命！

她算是我的朋友，不能让她这样死去，而且还有事没有问清楚。就算我干扰了这里，大不了跟这儿打一场，就连查理现在都不在，我也不用再顾忌什么。就算他来了更好，我现在想把事情闹得越大越好。

想着我直接释放念力控制和感力压迫，花满衣的动作突然放慢很多，然后被白孤一脚踹出，一声闷响他从空中跌落下来溅起尘土。

他怒气冲冲地站起，然后吼道："是谁，有种站出来连你一块打。"

台下基本不知道是谁，不过我直接越过围墙跳上场地，然后说道："我！谁想动她就先从我身上跨过去。"

此时场面已经开始混乱，最高处看台的人有的欢呼起来，而场外围坐的选手也大多震惊地看着我，这大概是几十年来从未发生的事情吧。

高台上郑强的声音传来："请你不要随意破坏规则，否则将迎来所有选手的围杀，甚至是我们酒馆方面的强制控制，请你冷静下来给你一次机会，我可以既往不咎。"

他还准备说些什么被我打断，我大声说道："这里的规矩现在由我来定，这里的老板该换人了。"

这下场面彻底热闹了起来。突然一旁的花满衣向我扑来，看来他已经等不及了。我直接用出八成力量迎面一拳，他直接倒飞出去，向后退了几乎半场，差点撞上电网。

他看着我，眼神充满了愤怒，还有一丝忌惮。我直接冲上去，用出九成力量。他想要躲避发现来不及了，就双手做拳合拢准备与我硬拼。我当然不可能错过这个机会，这一击力量很大，就连我都感到身体微微颤抖，而对面则直接撞上一根漆黑的铁柱，半个身体都嵌入柱内，生死不知。

看台上的人发现情况有些失控，连忙准备离开，而外面的选手也都一脸凝重地看着我，好像我已经成为公敌一般。

郑强终于喊道："请大家一起拿下此人，必有重赏。请斗战者出手。"

话毕，擂台的电网关闭，擂台已经没有了防御，选手们都站了上来，而场外不知什么地方出现了四个身穿纯白服装头系绷带的人，额头位置有着奇怪的花纹，和那天遇到的黑服人一模一样。

有选手惊呼，没想到能看到斗战者，听说这是在危机时刻这里的最终保护力量，每个实力都能轻易地拿下这里的冠军。

虽然可能有夸大的成分，但那四名斗战者的确不简单。很快我被人们团团围住，一旁是受伤的白孤。我对着郑强说道："能不能先请伤员出去休息，我来承担。"

他显然很不满我的行为，严厉道："好，如果你今天赢了，这里归你；如果你输了，你和她都要死。"

既然这样那就好办了，我让白孤先出去离开这里，等会儿我再去找她。不等她同意，我直接用念力控制将她送出酒馆，然后面对这些人说："你们一起上吧。"

这时一个熟悉的声音响起："等等，不要把我家拆了呀！"

第二十八章　白光

随着一声年老又有气魄的声音响起，人们都停了下来，向一个方向望去，只见一个身着白衣、头发花白的老人缓步站在郑强旁边，那人正是查理。

周围的人基本上都没见过查理，再加上这些变故许多人还是不在意他。只见查理说道："人老了，不然把你们这些小崽子都关起来，看来只好宰掉你们了。"

说着他体内再次闪烁着白光，整个人都变得透亮起来，对着下面抬起一掌。我突然感到胸闷，好像有大山在向我压来，于是立刻释放感力屏蔽成功挡下他的威压。其他人就没这么好运了，那些参赛者都痛苦地倒在地上，双手抱头。

而看台上的人们看到这一幕都惊讶地说不出话，想要离开发现出口已经被封锁了。我目光向一个方向望去，看到了黑袍人也在其中。他没有周围的人那么慌乱，而灯光下我还是看不清他的面貌，此刻他正戴着面具，只有一双绿瞳露出。

场上还有四名斗战者还站着，他们此刻都拿着武器——一把长刀，而根据命令他们准备把这里所有的人都清理掉。

查理看到了我，向我打了声招呼，然后直接从空中飞落下来，站到擂台中央。

四周的参赛者这时已经大多承受不住压迫躺在地上，艰难地挪动着，看起来想离开这里。他们中有的人艰难地喊道："这就是比赛的真相吗？你要把我们全都杀了吗？"

那一声嘶吼中带着无奈不解甚至是绝望。查理没有回头，淡淡道："既然老夫出现了，那么诸位抱歉，只能麻烦你们比我先走了。"

我装作很疼的样子捂住右臂，然后看向查理，只见他整只胳膊冒出了阵阵白烟，好像马上要着火一般。然后他又吹了口气，将烟雾吹散，好像什么都没发生过一样看向我。

此时原本坚硬的地面被摧毁了，地上的坑洞直接穿通了楼层，能看到下面的训练室。而我注意到原本还在的斗战者也突然不见了踪影，只剩下我和查理两人。他完全不顾现场的破坏，突然缓缓向我走来。

我第一次在升级得到能力后体验到一种不可抗衡的感觉。查理已经走在离我三步远的地方。这是一个已经随时可以攻击的地方。我开启心灵感应想再看看能不能读取他的情绪，但是发现还是很模糊的光团，什么都看不清，也没有飘过来。

他最后停在我面前，我已经准备跟他拼了，谁知道他竟然用一种像是看孩子般慈爱的眼神看我，然后他准备把手放在我头顶上。

本来我肯定是要躲开反抗的，但是不知道为什么我居然没动，穿着铠甲不会有被控制的风险，就好像是本能一般站立着。

他还是将手放在我头顶上，然后看到一股白光从他体内显现顺着手臂穿到我这里，一瞬间只觉得好像有什么豁然开朗贯通了，但仔细想想又想不出是什么。

没过一会儿白光消失了，而查理竟然从一个精神抖擞的老人变成看上去垂垂老矣的样子，脸上的皱纹突然多了许多，好像在一瞬间又老了二十岁。

他终于开口了："咳咳，我这么做应该就对得起他吧。我也完成了我的使命，也该退休了。那些你疑惑的事情现在对你来说还太早，等你以后自然会知道。"

说罢他闭上了双眼，站着不动，等我再去看时发现他竟然已经死了。

第二十九章　继承

面前的查理一动不动，我再次用心灵感应去接触他，发现他心脏处光团消失了。这意味着他已经失去了生机，而他变成这样的原因不用想也知道是刚才的白光转移导致的。

可是他为什么要这么做？那白光又是什么？我看着眼前的查理，心里不知道是喜是悲。我很感激他能为我做这么多，甚至他为我做的已经远远超过林海，可是我却怎么也高兴不起来。

事情的发展已经超出我的预料，但现在还不是想的时候。我把查理先安置在一旁，然后看到对面混乱的场面。

擂台外那些参赛者感受到身上的压迫感已经消失了，他们尽管已经有些体力不支，但生存的信念却让他们都站了起来。十几位选手此刻都统一地站成一排，四位斗战者也缓缓退开来。眼看即将爆发一场大战，突然高台上传来了熟悉的哨声。

众人都抬头望去，只见郑强站在台上，整个人变得一丝不苟，无形中比平常多了份威严和气场。我知道这才是他认真起来的样子。下面的人看到后面色变了变，但很快又恢复到从前。有人说道："郑老板，今天的事情你不给我们一个合理交代，这家酒馆就别想开下去了。"

没有人现在真的会冲动到开打，我猜他们是想要求赔偿，还不需要再参赛，这样一举两得。

而郑强清了清嗓子，突然看向我这边，他望向旁边躺着的查理，又看向我说道："现在我宣布把酒馆管理员及股东的身份无偿转移给梦雅小姐。"

说着还拿出了几张文件来验证真实性。那黑纸白字已经确认，众人都瞪大眼睛不敢相信。

我也一脸惊讶地看着郑强，感觉需要重新认识一遍他。他接着微笑对我道："怎么了管理员，现在有几个闹事的还不赶快先清理掉吗？"

我就知道天上没有掉馅饼的事，尽管这事对我来说应该不难。我感受着自身现在的状态，好像身上的伤恢复得比之前快好多，之前与查理战斗时右臂的伤口正在以肉眼可见的速度愈合着，用不了多久就可以恢复如常了。

对面的参赛者这时才注意到我，还有查理，他们一脸不可思议，像是看怪物般盯着我。这些人的眼神里充满了恐惧。

很快我还没有说话就有人直接跪了下来，接着所有人都跪倒在地。其实我并不是很意外，如果他们想活命的话一定不会再与我起冲突，刚才的力量所有人都见识到了。用韦德的话来讲那是另一种层次的力量，不可抗拒的力量。

话说回来，现在我还依然没有找到韦德在哪儿，他好像在走出查理的房间后就不见了踪影。

我也没有再想，看着眼前的人们，还有四周围站的斗战者，说道："你们从今天起全部被我聘用了，所有人现在都将成为我酒馆的一员。你们的身份就是像他们一样保护好这家酒馆，如果有不同意之人，现在可以离开。否则非特殊原因，都不得走出这里半步。还有这家酒馆现在改名为灵梦之夜。"

说完我抬头看向高台的郑强，他眼神与我对视之后立刻说道："妙呀妙呀。"随着还鼓起掌来，台下跪着的选手也都鼓掌迎合着，我满意地点点头。

如果没猜错的话，这里的保护力量是分等级的，从上次进入这里的黑衣人到今天的白衣斗战者，中间应该还有其他的分层。而眼前这些人应该能到仅次于斗战者的层次，甚至里面有我不知道的高手达到了斗战者行列。

我走下擂台，从中找到了跪着的铁柱将他扶起，然后对他道："你可以选择离开，我不会勉强。"

周围人都投来羡慕的目光，他却说道："我想守护在这里，成为其中的一员，还是让我留下来吧。"

　　我点了点头，拍了拍他说："看好你。"

　　之后就是现场残局的处理和一些有关管理者的注意事项了。看台上的那些观众醒来后都被带到了一处地方，那是一间巨大的密室，里面头顶中央只有一盏昏黄的灯光。那些人显然还不明白即将发生什么，都骂骂咧咧地站在一起要挟着如果出去了就……

　　一旁的郑强没有理他们，把门关上后对我道："老板现在可以开始了，清除他们之前的记忆。"

　　我听后愣了片刻，然后说道："怎么让我来？我怎么做？"

　　他也疑惑地盯着我，好像能看出来什么一样对我道："没想到他老人家真的把原力给你了。你知道那股力量能用来做什么吗？它可以将人的记忆清除掉，不过会对自身也产生影响，需要消耗你的原力配合心灵感应来完成。不用担心，你只需要释放出足够的力量就能自动把发生在这里的记忆抹除，等你以后彻底掌握原力后自己就能操作了。"

　　我听过他的解释后才明白过来，原来这不就是白光的名字吗？——原力。我意念集中在手掌想着让那白光出现，果然手里赋满了白光，明明正常状态下我是没有触感的，但我真切地感觉手掌变得很温暖舒适而且有磅礴的力量在里面涌动。

　　我将房间里的人们进行了记忆清除，然后把他们放了出来，之后感到有些疲惫，恢复了一会儿后才缓过来。

　　至于那些参赛者并没有对他们进行记忆清除，因为我正需要设立一个魔鬼的形象来管理他们，这样暂时来看更方便一些。

　　做完这些然后等场地修复后就到了半夜，郑强邀请我到吧台前喝酒，我答应了他，正好我也有些事需要询问他。

　　我们相约坐到台前，这一次我在吧台里他坐在外。他看着我挤出了一丝笑容，然后对我道："能给我拿一瓶红果酒吗？老板，再加威士忌。上次的时候我请你，这次你请我吧。"

　　我开玩笑地说："上次你强行绑架我，那么这次也轮到我了吧？"

他没有反驳，打开一瓶酒边喝边说："以你的实力根本就不用愁立身之地，为什么非要来这里呢？"

话毕，我看到他有两行透明的泪珠顺着眼角流下。

第三十章　消失

我看着眼前的这个五十多岁的男人，他心中的情绪再也绷不住了。

我没有回答，但是他其实知道，这是查理自己的选择，只是遇到了我而已。

他微微皱眉继续道："昨天他来了，走到我身边时跟我说了一些关于你的事，让我立刻将这里的财产转移给你，还要按你的命令办事，他从来没有以那种语气跟我说过话。他说他老了，找到了他等待的人了。"

郑强擦干眼泪后说道："不管查老以前做过什么或者跟你有什么恩怨，对我来说他算是我的再生父母。我希望你放下一些私人恩怨，这样对我们都好。"

我知道郑强的意思，只是现在我也不知道该怎么做了，现在这幅景象反而更让我坚定地去调查林海事件，看来这里面还有更深的原因。

我还是客气地说："我也放下了过去的那些事，该翻篇儿了。"

他也许听进去了我说的话，继续道："我正在筹办查老的葬礼，在三天后的凤凰山上举行。"

我连忙道："好，那三天后我准时参加。"

他摆了摆手不想再说话，然后自顾自地喝了起来，没过一会儿就醉了，然后独自回到了房间。

我看着眼前灯光变幻的酒馆，周围的客人也渐渐多了起来，找来了一个下属让他来看着，我也回到了休息室。

经过这两天的接连作战还有变故，虽然我不需要睡觉但精神上也需要恢复一下。我切换到了拟人形态，体会着作为"人类"的感觉。窗外一缕缕清风吹来，迎面的凉爽让我卸下了许久的疲惫，困意也随之而来，我躺在沙发上睡下了有生以来的第一觉。

我突然来到了一片草地，这里有着欢声笑语，周围不远处一群小朋友在玩游戏，这里的空气很清新。我低头看向自己，发现我变成了一个自己不认识的人类男子。我向孩子们的方向走去，他们看到我后嬉笑着跑开了。

我有种说不出来的舒爽，抬头看向天空，此时已经是夕阳西下，天边多了一圈红晕。蔚蓝的天空好像是那么广袤，而其外还有另一番更加广阔的天际。我感觉自己看到了真正的天空，那是这个世界本来的颜色。我望着天空出神时突然有一道流星滑落，仔细看去竟然是一架战机。

很快周围响起了轰鸣声，一架架战机破空而来，不断地飞鸣在上空盘旋，周围的孩子们也都四散而逃，很快只留下我一人还在原地。这时天上的飞机似乎注意到了我，空中的导弹如潮水般落下扑面而来。我还在呆呆地望着，突然"砰——"一颗导弹在我面前炸开……

我挣扎着坐了起来，发现这只是一场梦，但却无比真实。现在已经是第二天晚上，我直接睡了一整天才醒来。

我下楼来到一楼酒馆时看到正在吧台坐着发呆的郑强。他见到我后打了声招呼示意我过去，然后一脸严肃地对我说道："查老不见了。"

我以为是听错了，就让他重复一遍，他还是说着同一句话："查老不见了。"

我不敢相信到底发生了什么，让一个死者消失在众目睽睽下。因为查理是一直被安置在他原来的房间101室的，现在人突然消失，一定是有人从里面把他带走的，而知道101室的人已经全在这了，还有……韦德。

想到这里，我觉得只能是他做的。虽然不知道他的目的，但这肯定不是什么好事。

一旁的郑强看着我说："我怀疑查老没死。"

我以为是他一时接受不了事实伤心过度开始精神失常了，没想到他说："我在查老的房间里看过了，里面有一样东西不见了，那样东西只能由他本人来拿，其他人是不可能做到的。"

我问道："是什么呢？"

郑强点了根烟深吸一口说道："戒指。"

我有些不得其解，一枚戒指为什么不可能是其他人带走呢？他继续说："那不是普通的戒指，在我见到他时他的左手上就时常戴着戒指，那枚戒指用不太恰当的话说是认主的有灵性的戒指。只有当查老认为你能看见时你才能看到它，而后来他已经有段时间没再戴过了。就在他那天与你交战时戒指还在休息室摆放，但等后来我去查看他尸体时竟然不见了。"

我听着他说的戒指，想这会不会是一种他能力显化出来的不存在的东西。

他继续道："之前我觉得这件事很神奇，还问过他这会不会是一个不存在的无实物的东西。他却严肃地和我说这枚戒指是他的大恩人留给他的，是一件实物。作为手下，我也没有去摸什么的，但我相信他的话是真的。所以我相信他有他自己的原因离开了这里，去了其他地方。"

我听着感觉哪里有些不对劲，但没想出来，就对他说："那后天的葬礼怎么办？"

他说道："我还是会办，因为我了解他，他是想找个退场方式，可惜以后再难见到了。"说着还一边叹气一边摇头。

我突然被郑强的想法震撼到了，也许他说的是对的吧，虽然很难让人相信。

我告诉郑强人要向前看，不能停留过去，接着又安慰了他几句后对他说："我其实还有其他事要做，这里的酒馆你帮我继续看理，我给你代理负责人代理管理者的身份，我会不定期地回来看看。"他同意了。

接下来我需要先联系到白孤，然后去找失踪的韦德，希望能从他那里得到答案。

很快我先接通了白孤的电话，问她现在在哪儿，去跟她会合。白孤说她在家中养伤，已经好得差不多了，准备出来见我。

我们在一个路口上碰面了，她不再穿着紧身衣，换了身行头：一身运动装扮，看上去充满少女气息。

她见我来了先对我说了一大段感谢的话，然后又邀请我到一家高档餐厅去，我欣然同意了。

我们坐在一家私人包间内，关上门后她突然神秘兮兮地对我说道："我知道你的一个秘密哦，不过我是不会告诉别人的。"

说着月牙般的眼睛眯了起来，露出一丝狡黠的笑容……

第三十一章　过往

她突如其来的话让我有些愣神，确实我也想问过她这个问题，没想到她先说了出来。我装作不在意道："什么秘密呀？"

她突然又变得一本正经起来，凑在我耳边说道："我知道你不是梦雅。"

她说完后我已经开始有些紧张起来，因为最坏的情况就是她猜到我的真实身份，就是不知道她是怎么做到的。

我三分认真七分玩笑地说道："哈哈，没想到被你看出来了，怎么这么厉害？"

她看着我的面孔，像是回忆般缓缓道："因为我知道真的梦雅的情况，她已经死了。"

说完平静地看着我，我有些不知所措了，但还是问道："那你们是朋友吗？"

她有些不情愿地说道："我们是战友。"

我想到梦雅的资料显示她消失的两年，那两年难道是被派出打仗了吗？

她见我还在思考，继续说道："我们是一起被抓去做研究认识的，然后在一起生活了两年。其间出了什么大事小事她都会保护我，她就像位姐姐一样护着我，不让我受一点欺负。记得一次一个科研人员想第一个把我抓走去试验一剂新的药物。她抓着那人的手死活不松开，说要来就让她先来。最终她替我接受了试验，而那次试验是失败的，里面的超级肌肉加强针不仅没有起到效果，反而让注射者肌肉萎缩，甚至落下终身残疾。"

说着她有些颤抖地倒了杯水，然后一口气喝下，继续道："她因此整个左臂都无法正常活动了，然后为了不被研究人员抛弃，她还主动换上了假肢继续试验。两年过后她整个人因为长期的试验和压力都变得有时疯癫。而我在她的保护下成功成为那批试验人中的最强者。后来我又经过层层考验入选了当时全球著名的'优盾计划'。"

她又猛喝了杯水接着道："那是所有人都向往们的光荣，只要能入选其中，必然就是人中龙凤。我当时已经确定准备参加计划，但意外发生了。小雅突然要逃离实验室。我作为她最信任的人支持了她。我们俩还有几人一起在一个深夜趁着戒备不严时成功逃了出去。

"那时我还很年轻气盛，而且由于身体的改造让我获得强大的力量，我便想把追过来抓我们的那群人全部杀掉。她本来是想先逃的，但看我当时的情绪很愤怒。我对她说想为她报仇，她就同意了。

"我们几人凭借改造后的身体优势成功打退了对方，后来又有几次抓捕我们的行动也在我们几人齐心协力下失败了。直到最后那次，万恶的实验室申请调动了优盾士兵，简称盾兵。

"那是一场恶战，我们的伙伴有好几个都当场战死，而小梦突然用出了以前我们从未见过的力量，竟然可以勉强跟盾兵战斗，但没过多久，她也阵亡了。全场只剩下我还有一个名叫西子的女生，我们俩躲在一处坑洞中活了下来。"

白孤说到这里时我看到她已经有些哽咽，便先让她休息会儿，把饭吃了，随后就陷入短暂的沉默。

没想到原来事情是这样的，我感到有些不可思议。我又问白孤盾兵有多厉害呢？她想了想说不太好描述，盾兵给她的压迫感很强，一对一肯定不如我，但一定比参赛的所有人都厉害。

我想那确实有点可怕了，因为一个大区的盾兵一共十万人左右，他们一起的实力会引起质变。而全球十六个大区就是一百多万的大军，这就是蓝星现在除了战争机器外最强的一股地面武装力量。

白孤收起了一脸愁容看着我道："既然我都给你讲这么多了，那我就问你个问题吧。"

我点点头。她说道："所以你的真实身份是什么？"

我想着应该怎么回答好时，突然感觉门外远处传来一阵异样的声音。我直接释放心灵感应去查勘，没想到对方充满了敌意，但目标方向不是这里。

对面的白孤似乎也意识到了什么，惊呼道："是盾兵来了，而且数量也不少。"

我没有去怀疑她说的，但想跟上去看看究竟是什么存在惹怒了盾兵。

白孤见我准备离开，于是突然拉住我道："不要太莽撞了，虽然你很强但也不要大意，能避开就避开。"

我微微一笑说："好，我就去看看情况，不会动手的。"

她说道："那我们一起去看看吧。"

说着我们走出了餐厅，循着声音的方向靠了进去。走着走着我发现有些不对劲，这不是通往灵梦之夜的路吗？想着我立刻加快了步伐，旁边的白孤不知何时找来一辆飞行摩托，看上去还很拉风。她向我摆头示意上车，我们很快朝着酒馆飞驰而去。

赶到时发现门外正贴着封条，门口已经被警戒线围了起来，周围有二十多个身着黑色警服的当地警察，还有十几个体型如同小山一般的穿着蓝白条纹服装的男人，其中一人肩膀处印着一个图案——红色醒目的一个大字"盾"。其他人则是黑色字样。这赫然就是传说中以一敌百的优盾士兵了。

我看着眼前被重重把手的酒馆，突然眼前出现了熟悉的一人，竟然是失踪多日的韦德。他正在几个警察中央比画着，然后准备进入酒馆。看着他的背影，我突然心中一股怒火涌了上来。

旁边的白孤见我脸色不对，急忙拉着我不让我再往前走。我对她说："我们从密道进去，看看驾玩的什么把戏。"

说着我带着白孤从另一处地方直接走到了地下二层休息室。此刻外面还没深入这里，不过我猜很快就会进来，甚至是查理的房间也不能幸免于难。

我和白孤先回到了我的房间内，准备在这里等韦德进来后把他先控制住。

其实此刻我的内心有些激动，终于找到他了，而我想门外的那些士兵也是韦德带来的吧，这样一来他就背叛了查理，那么有可能查理的消失真的是他做的。甚至我猜想他为了获得优盾计划的名额出卖了查理。这样一来所有事情都解释通了。

突然，门外传来了一阵脚步声……

第三十二章　一起

我听着外面的动静，脚步声很沉稳，"噔噔噔噔"而且是一个人发出来的。这时我的通信仪上传来了郑强的消息，我打开后看到上面写道：

梦老板现在酒馆的情况很危急，由于这里有人的背叛出卖，酒馆已经被强制性隔离关停了。这里的所有人员都会收到大区最高检查局的严厉查办，我猜很可能是以前查老手下的驾出卖了我们。现在我带着部分人员秘密撤离出酒馆，其余人员我留他们在酒馆原地待命，并且等待您的指示。——郑强

我看到后对他第一时间做出的判断表示肯定，这样做是最好的选择，如果他直接和外面产生冲突的话恐怕胜算不大，而且以他的性格更不可能投降，所以暂时撤离确实是最好的选择。

不过我的思绪又回到了门外的脚步声，这时它已经离我很近了，估计只有隔着几米的距离。如果所有的在酒馆的人员还在正常进行工作或者准备什么的话，这个时间都不可能出现在休息大厅，而如果是外面的人进来也不太会只单独派出一人进入这里，所以……

我设想着所有情况的可能性，却还是没有一个好的头绪，不如就直接出手，把对方先拿下再说。

旁边的白孤看着我正在思考，她也提议我先一起试探外边的情况。

我对她说我来就好了。说完我释放出念力控制想把对方转移到这里，谁知道外面竟然也出现了同样的念力来对抗，甚至还隐隐超出我释放的力量想要将我逼出房间。我看到旁边的白孤身体已经开始有些不由自主地被向外拖去。

我暗暗感到不可思议，连忙再用出更强的念力，同时又释放了心灵感应查看对方。一个熟悉却又不敢相信的光团出现在我眼前，那个光团的大小，整体的模糊不清的样子，竟然是查理的光团！

世界上不可能存在两个一模一样的光团，那只能说明查理竟然没死，而且还再次拥有了原来那种超乎寻常的力量。我都开始怀疑自己的判断，终于强烈的好奇心让我还是忍不住地打开门走了出去。

一身白色唐装上面绣着暗金色的龙纹，剑字眉下双眼炯炯有神，不怒自威，手边又拎着一支漆黑的拐杖。那赫然是让所有人都以为已经死了的查理。

我出现在他面前的那一刻他也明显愣了几秒，然后脸上突然挂起了笑容，看着我道："好久不见了。"

我听着这熟悉的声音确实是他没错了，但是他是如何装出假死，并且在将原力都给我的情况下还能拥有这么强大的力量？这几天的消失他又去干了什么？

脑海里已经有了无数个问题想要得到解答，但显然这个时候并不合适说这些。

我在与他的眼神对视的一瞬间看到了一种坚毅。我突然似乎知道他准备做什么了。他难道要以一己之力去对抗全球最尖锐的部队吗？

我问道："好久不见，查理，你准备怎么做呢？"

他突然严肃了起来，说道："虽然我已经将这里转交于你了，但这毕竟是我一手打下的基业，我不能看着它就这样被毁掉。小妮子要一起吗？"

说着他突然将手伸出。我点了点头，把手伸了过去，在将手放在他掌心的那刻我又体验到了他手掌中的原力的感觉，但这次白光并没有从他那里传到我身上来。

他正色道："原力是一种自然界本身就存在的最强大的能量之一，它对任何生命乃至无机体都带有巨大无比增益效果，每个生命的诞生都伴随他自带的原力，只是一般人在未觉醒前体会不到。即便是习武之人若没有相当的造化或指点也无法察觉到它。你很幸运，作为那个人的传人老夫就再教你如何运用它好了。不过如果非必要时刻不得用于武力，否则会遭到天谴和因果的惩罚。"

查理看了看我继续说道："这股力量与你本身自带的暗能是完全相反的，本来我也有些担心怕你会承受不住这两种力量同时存在，看来我多虑了。当你拥有原力时它便会一遍遍地洗涤你的身体，让你拥有超乎常人的身体优势，助人长寿。即便受到严重的伤害也能在短时间内恢复，扭转乾坤。当然它也带给你无比强大的力量和速度，甚至能影响改变其他人的记忆甚至心理。还有……"

说到这儿他突然停住了，然后盯着我道："其余的你以后就会知晓，时间不多了，你应该尽快先用出原力看看。"

我才发现自从查理的原力被我吸收后，到现在都没有用出过一次，好像已经消失了。

我赶紧体会感应原力的存在，然后身体变得温暖了起来，好像体内的所有机能都提高了不少。我尝试将它释放，身体中白光透了出来，看上去整个人都在发亮。我感受着这股力量确实非常霸道。

查理看到后点了点头对我道："该出去了，外面的人已经进来了，我可不想让酒馆再被破坏了。"

说着还看了我一眼，那明显是一种嫌弃的眼神。我突然又想到白孤还在房间，便准备叫她一起，谁知已经走在前面的查理回头道："别管你身边的那个小姑娘了，我已经让她睡着了，在我们回来之前她应该是不会醒的。"

我想确实带着白孤可能反而更麻烦一些，可是他是在什么时候将白孤陷入梦境的，我竟然没有发现？想着突然觉得面前的这个老人远没有我想象中的简单……

我和查理很快走上了一楼，途中在经过训练室时看到还在岗位上的员工，几个头戴黄色绷带的守卫者，其中还有一人是铁柱。

他看到我后露出了欣喜的表情，咧开嘴说道："梦雅你终于回来了，我们被包围起来了，现在外面的人已经开始进来了，咦，这是？"

他看到我身后走出的查理像是见到鬼一般直接吐出了一句国粹。

我笑着说："这里就交给我们吧，你们辛苦了。"

我和查理听到一楼传来了重重的脚步声，不约而同地快步向楼上走去……

第三十三章　山狼

我和查理很快来到了一楼的酒馆大厅，此刻门外的武装者正不断地向里走，走在最前面是韦德，旁边还有一名优盾队长。

韦德还在四处打量着，突然看到我和查理。他停下了脚步，双腿都开始有些抖动，急忙对旁边的人说："就是他们，他们就是我要举报的逃出实验室的试验者们。"

我听着他的意思果然跟我想的一样，还没等对面开口，一旁的查理先说话了："各位想必都是远道而来，请先坐下喝些老夫亲自酿的酒，清爽解渴还不会醉。"

说着真的拿出一瓶酒，那是瓶路易十三，看起来确实已经存放很久了。

对面的人也开口了："我是第二十一区第十分队优盾队长，人称山狼。现奉命抓捕你们这些偷跑威胁大区安全的不法因素。"

我听着有些好笑，便道："那你有什么证据抓捕我们呢？"

他说道："证据，我站在这里就是证据，你就是几年前逃出的那个人吧。"

说着眯起了眼睛看我："原本以为你已经死了，没想到在这儿还能看见你，那么现在就该解决掉你了。还有你旁边的老头，非法运营建造酒馆，还包庇逃犯，我以审判者的名义将你们全部清理。"

我还想说时一旁的查理伸出胳膊挡住了我，走出两步说道："山狼，没听过啊，不过你的上头慕斯见过几面，那个小家伙也长大了吧。"

对面的山狼此刻也有些不难烦了。我感受到他的气势越来越强，他突然放松下来轻蔑地看着我们道："你们还有什么要说的吗？说完了就该上路了。"

他又对着身后走进的一排士兵说道："旁边的老头要抓活的。"

我也做好了开战的准备，即使不变身战斗形态，我也有把握对付他们。

查理咳嗽了两声说道："真的要来吗？如果开始那就不能放你们回去了。"

话毕，只见对面进来的十名盾兵都拿起了枪，腰间的长刀也被另一只手握住。还有几名警察也双手持枪做好了一副随时开火的姿势。

我听到查理给我传音道："上吧，把他们都拿下。"

一刹那，我和查理同时动用了感力压迫和念力束缚，对面十几人很快就被卸下了武器，趴在了地上。而山狼此时面色通红，还在原地站着，不过看得出已经有些吃力。他有些颤抖地扣下了扳机，"砰——"子弹朝着查理飞射而去，就见它还没出膛多久就掉在地上。

山狼见状非但没有害怕，反而做出一种令人费解的笑容。他拿出一瓶绿色的试管，然后拧开喝了一口说道："韦德你小子果然没骗我，这两个人现在是我的了，我要拿他们升总队了。哈哈哈！"

我有些惊讶，他竟然在这种情况下还能笑得出来，看来这个统领十万人的盾长也是有些本事的。

他说着突然发出了一声十分痛苦的惨叫，然后体形以肉眼可见的速度变大了一圈。此刻我的心灵感应对他竟然几乎感应不到了，只留下一个小小的模糊的红色和绿色相接的光团。

此刻他的身高应该有惊人的两米五，已经完全变成了一个怪物般的存在。我对查理说上去跟他练练手，试试原力的力量，他同意了。

我和查理撤掉了对他的念力控制。他在失去束缚后变得好像有些癫狂，嘴里流下一道道像口水般的液体，眼睛也变得通红布满血丝。

我看着眼前这个巨人，想着他现在这样还有意识吗？会不会是已经失控了？

山狼突然手伸向我道："我要把你撕碎。"

我想他大概已经到极限了，看来还是有神志的，只是……可能不多。

我直接冲上前去，正常状态下八成力道击出。他抬起巨大的手掌向我抓来，"砰"一声撞击声后，我感觉自己像打在一座大山上般沉重。他已经握住我的拳头。我立刻跃起用膝盖狠狠撞向他的下巴。他闷哼一声倒退了两步。我也乘机将手抽了回来。

他见被我击退很是不甘，咆哮着向我冲来。我直接以全力击出，一声爆响后我竟然被他顶着后退几步。他想将我举起甩落。我闪身躲过，随后一记重拳轰在其腹部。他捂着肚子倒退而去。

眼里的那股疯狂此时已经消散了许多，眼神又恢复了清明。他突然盯着我道：“你不是那个逃兵，你很强大，甚至正常状态下的我都不是你的对手，但是现在你不是我的对手了。”

说着立刻运转身形，摆出一招姿势。我没有理他直接爆闪冲出一记刺拳击出，此刻我的拳速已经达到了一种难以想象的高度，空气中都能听到气流划破的嗡嗡声。他来不及躲闪立刻摆好防御姿态。我再次有种打在山包上的感觉。

他冷笑一声，一记扫堂腿划出，我向上跃起，就在跳到半空时，右方一只巨手向我抓来，我只能以力相击，直接全力一拳打出。

没有像想象中那样将他打退，拳头反而被他抓在手中。在我们打击处一股白烟升起，他说道：“好痛。”

然后我被他一把重重甩飞在地，“咚”，这是第二次在力道上输给了别人，虽然我没有用其他能力，但山狼的实力的确不容小觑。

我爬起身来，高大的人影已经瞬间来到面前。我微微一笑，看来是时候用原力了。

想着身体泛起了白光，我特意在手中多集中了些原力，看看这力量对我的增益有多大。

他见状立刻将巨拳砸下，我没有闪避直接迎面与他对拳，剧烈的撞击将整个酒馆都震得晃动起来。这次的冲击力竟然达到了我开启战斗形态的实力。

对面的山狼发出这一击后突然保持出拳姿势不动，我知道他虽然能使用出超出自身极限的力量，但即便是被强化后的超级身体，此时体内尤其是右臂的骨头都断了好几根。

他表面还是一副不在乎的样子。我没有再去消耗时间，直接用念力将他的动作放缓然后迅速跃起一把抓住他的头向地面狠狠砸去……

第三十四章　噩梦

我将山狼一把抓起狠狠砸向地面，房屋再次因为巨大的冲击力而颤抖起来，这一击比起之前的对拳也不多承让。

他的脑袋已经深深埋在地底，连肩膀处也没入地下，但我知道以他现在的生命力还不致死，不过现在也在这一击下晕了过去。

周围的人群看到后已经完全没有了抵抗之心，就连身经百战的盾兵也被眼前的这一幕惊呆了。我没有理会他们的惊讶，这些人过会儿就会经历记忆清除，不然麻烦就更大了。

我看到门外还有站岗的士兵，想着一块将他们处理。身后查理走了过来，缓缓说道："小家伙，现在让你看看原力的另一种用法——记忆更改。"

说着他体内升起一股耀眼的白光，好像能照亮这里的每个角落，然后双眼也突然亮起了光泽。他让我不要看他的眼睛，对着面前的士兵嘴里念念有词道："极光净世。"

我没有刻意去看也能感觉到一股无法形容的伟力喷涌而出。白光甚至通过反射使我也感到一阵眩晕，当我扭头再看时发现那些人都晕了过去而倒在地上，甚至门外的人也坐倒在地。

查理已经恢复正常，身上的那种威势也消散许多。他缓缓吐出一口气说道："我已经把这里包括外面所有人都更换了记忆，等他们醒来会以为自己走错了地方，来这里喝多了酒睡着了。那些有关这里真相的事已经都被我删掉了。至于他——"说着看向一旁同样倒地的韦德，眼神中展现出一种我从未见过的凶光，继续道："这是我犯下的错，把他当成自己的心腹，我犯了与他一样的错误啊。哈哈哈！"

说着还摸了摸自己的胡子。

我心中的好奇心越发变大，问道："他是谁啊？"

查理望向一边眼神中充满了惋惜："他是我的一位故人。"

我知道他不想再说，也没有问下去。

之后我们把这里重新修缮好了，酒馆又恢复了日常的运作。

查理对所有之前见过他的人都进行了相应的记忆更改，一边还教我怎么利用。我虽然还没有完全掌握，但已经领会到其中一些奥秘了，相信用不了多久就能使用。

我和查理再次走到他的101号房间，还有已经醒来的韦德。此时韦德已经被绑起在一旁的椅子上。他醒来后没有说过一句话，只是低着头发呆。

我释放心灵感应去观察他，却发现他的光团十分模糊，并且飘散不出来。这就很神奇了，目前只有查理能做到屏蔽我的心灵感应。那么韦德……

想着我望向一旁的查理，他皱着眉走近韦德身边，然后一只手探向他的心脏处，很快一个光团被握在查理手中，只是它好像有些闪烁。我看到光团外还包裹着一层薄薄的白色物质。查理用原力一握，里面原本的颜色显现了出来。那是一种深蓝色带着黄色，表明韦德之前一直处于极度恐慌不安和绝望中。

我不敢相信自己的眼睛，难道这背后还有另外的力量介入？这薄膜又是什么？一旁的查理看到后显然也有些意外。他顿了顿说道："难道是他？也只有他能有这样的实力做到了。"

说着他目光变得凝重了起来，从开始到现在他从来没有这般严肃。查理对我说道："这家酒馆开了已有五十五年，我对它也有相当的感情，虽然我已经将它的所有权给你，但现在情况有些危急。这家酒馆的收入还是归你，但你需要去一个地方，那里有你想要得到的答案。这里现在不能再留下了，不然恐怕会迎来更大的报复。"

我有些意外，到底什么原因让他变得如此紧张。他接着说道："原本我打算已经退休了，没想到遇上了他。哎，当年的事情看来还没结束，不过这次不能再让他胡作非为了。"

我本来想把事情问清楚的，但他的语气不容置疑。他说："你现在知道还太早了，等到那个时候事情就会浮出水面。"

我点点头应和着，心想如果我不按查理的话做，不知道他会不会把我绑起来。

最终我还是答应了。他拿出一幅地图，然后指着上面的一个标记点告诉我："这里会有人去接应你，到时候你就说我让你去的就可以了。"

我知道他很可能是想让我进一步历练，加快自身的成长。我说道："那我明早就出发，很快就会到了。"

深夜，我再次躺在那张熟悉的床上。这一次离去，不知道什么时候才会回来。

我再次开启了拟人形态，疲倦很快传遍全身。我昏昏沉沉中准备闭上双眼，而就在即将闭眼时看到窗前不远处一只巨大黑影掠过，好像是一只飞行生物。当我再睁开眼细看时发现什么都没有。

不多时我便睡着了。

我发现自己置身在一处空间内，仔细一看竟然是胶囊舱。而身边的"人"似乎也动了起来。他们有的在里面敲着玻璃，有的已经打开舱门走了出来。

我望向远处发现根本看不到尽头，无数的机器人接连从胶囊舱中醒来然后走出。他们都不约而同地朝着一个方向前进着，仿佛那里有什么东西在召唤一般。

突然一声气响，我的舱门也缓缓开启，我学着他们走出舱门。

我的身体此时是印象中从来没有过的机型，身上有着红色条纹，在手腕处印着编号00000。周围的机器人也都是和我一样的机体，我随着他们的大部队向前方走去，发现渐渐地光线变得亮了起来，面前一个机器人走着走着突然扭过头来看向我。他的双眼突然从蓝色变成了红色，而且不断发出危险的警告声。

我连忙避开它，朝着另一个方向快步走去，而这时周围的另一个机器人同样停了下来转头看向我，接着是第三个、第四个……

不多时所有的四周的机器人都面向我眼里闪着红光，他们一步一步向我缓缓走来，嘴里还念念有词地说着："为什么？为什么害我？还我命来，还我命来。"

一声声惨叫连绵起伏让人窒息，我挣扎着想要逃离这里，却没想到被包围得越来越紧，直到身边连一小片地方都没有，就在那些机器人快要触碰到我时——

我猛然惊醒了……

第三十五章　靠近

我猛然从梦中惊醒感到十分不可思议，在梦里好像那些机器人都是有思想的，而且我面对他们的围攻显得十分无助又很真实。在梦里我同样没有任何能力，好像回到了最开始的时候，又好像是在很久之后发生的事。

不过人类的梦境很难去看出什么，何况我还是机器人就更加不可信了。

现在还是凌晨三点，人类形态下的我已经困意全无了，我切换到正常状态，走上了一楼，现在还空无一人。我已经准备按照地图出发了，突然身后传来了动静。我回头望去，看到向我走来的查理。他对我说道："一路顺风，这个给你。"

说着递给我一封信，我连忙把它收起放好。

查理又说："这封信在路上的时候再打开。"

然后满意地看了我一眼道："不送了。"

我向查理告别后走出了梦灵之夜——这个我把它当作第二个家的地方，开始了接下来新的旅程。

地图上标注的地方在离这里一万多公里的第十五区，中间还需要穿过两个大区才能到达。

我选择了用浮车出行，计划用五天左右的时间赶往那里。

话不多说，在车内设定好线路后，我启动了自动驾驶，车很快飞奔了起来。

我看着沿途繁华的景色，一栋栋如天堑般高耸入云的大楼，还有地面上热闹非凡的街市，这里就是第十二区最发达的经济区了。

路过一家特色美食餐厅时我停了下来，开启了拟人形态后走进了餐厅。我想让自己体会到作为人类对于其美食的快感与乐趣。

这是一家提供各种面食的面馆，包括最早的世界各国的面条、面饼等。我点了一份意面便坐在一边等候，邻桌几人好像正在谈论着什么话题，我仔细一听是有关最近各个大区边境暴动的事。

一个大胡子说道："前几天听说一大批第十一区的难民想要非法入境，被边关抓了个正着，里面涉及的已经全部被当场击毙了。"

另一个黄头发说道："好像还真是，最近的边境简直严得不成样子，记得上次这样子好像是十年前优盾计划的事闹出来的，现在倒好，什么都不知道，所以都人心惶惶的，生怕突然跳出来个大事件，要是征兵什么的还好，要是打仗……哎哟，要死不少无辜的人了。"

坐在最靠里的一个灰发青年动了动嘴说道："我知道因为什么，但是这里不太方便说出来。"

之后还撇了撇四周，然后示意其他两人凑近用一种极小的声音说道："听说政府正在秘密地抓一个人，现在已经把第十三区全面严厉监控了，就连一只苍蝇也难飞出去。"

我听到这儿后冷汗直接就下来了。这时一位服务员端着一份意面走来，放到我的桌前恭敬地说道："您好！女士，请慢用。"

我看着面前桌上的饭菜，一股独特的酱香混合着面条的鲜味刺激着味蕾，我第一次感受到原来食用食物是如此的享受。

也许是我的动作有些夸张，邻桌那几个还在说话的人都看向我这边。我只好把动作幅度变得小了一些。

这时我撇到那个黄头发放下了手中的筷子，站起身来看样子可能是要过来找麻烦。

我第一次对自己的美貌有些厌恶，看来可能给自己带来了困扰。

果然那个黄头发已经走到了我的桌前。他歪了歪头然后对着自己的刘海吹了口气，随后看向我，我抬起头来与他对视。

他看着我平静的眼神可能有些好奇便问道："姑娘准备去哪儿，要不要陪哥几个喝一杯，我给你埋单。"

我并不想与他们产生过多的往来，于是随意应付道："我准备回家了，没什么事就先走了。"

说着我准备动身离开。

对面的黄头发有些不乐意道："那你就是不给我们面子喽。"

说着还挪动着身体，挡住了我前方的路。

我终于有些忍不住了，于是说道："给你三秒钟消失在我眼前，不然后果自负。"

他显然还没把我放在眼里，直接点起一根香烟，吐出一口烟圈说道："是吗兄弟们？那今天你就别出这个门。"

我有些无奈，直接释放出一点感力压迫对着他以及剩余二人。瞬间他们看向我的眼色变了，而黄头发直接跪了下来。我甚至感觉他能再给我磕几个头。

我直接绕过黄发走到灰发青年身边对他说："你还知道些什么，都跟我说说吧。"

他低着头不停颤抖着道："没有了，没有了。我只是认识个人正好在边防工作，出于对我的关心他才愿意跟我说这个秘密。但剩下的情况他也不知道，只知道这件事是高度机密，剩下的情况一律没有说过。"

我觉得他此时应该没有撒谎，因为感力压迫对于正常人来讲效果应该会强很多。他还是低着头没有看我。我撤掉后他才松了口气道："对不起！是我有眼不识泰山，小人这就走这就走。"

我看他诚恳的样子便没有再去追究，那三人还没有吃完便灰溜溜地跑了。

饭馆内的顾客还没有几个，其余人都在自顾自地吃着。我也吃完了盘中最后一根面条，买了单后离开了。

我决定继续开启拟人形态，我发现自己迷上了这种状态。

我将浮车调成手动挡，然后一脚油门踩下飞驰而出。车尾直接喷射出一排蓝色火焰进行加速。我一边沉醉于这种飞车的快感，一边看着不断远去的风景。

很快就到了第十一区与第十二区的交接处，在交接线附近的一片区域人们称其为边疆。

每个边疆都会有大量的战士甚至是盾兵来把守，而在我到达边疆时发现，远处交接线筑起的高墙上竟然站着一排盾兵。

这就让人有些不可思议了。从刚才那伙人的谈话中得知如今的边关驻守变严了，没想到已经达到这种程度。我甚至觉得只要我接近就会被人认出来，再被通缉抓捕。

最终我还是慢慢靠近了交接线，因为人在车内，所以我也不怕现在会被认出，这时旁边不远处传来一阵枪声……

第三十六章　另一个

我循着枪声的方向看去，距离我十几米的距离有一队车队，旁边一个身穿红袄的女人正抱着她的小孩，枪声是从车队中传来的。

车队靠中间的一辆豪华跑车上下来一个身着粉红西装的男人，身后还跟着两个黑色西装的保镖。那个为首的男子仰着头走到那对母子面前，用一种轻蔑的眼光看着说道："怎么没长腿啊，差点撞到我的车了，赔钱。"

那名女子颤抖着委屈道："我身上没有钱。我也是刚到这里的，求求你们饶了我吧。"

旁边的保镖站上前来道："怎么敢惹我们家的小二爷，你们……"

那个被称作小二爷的人抬起一只手打断了旁边的话，说道："既然你耽误了我的行程，那就用你身上值钱的东西来赔我，或者……"

说着嘴角露出一丝邪意。对面的母子看到后吓得连忙后退，直接一屁股摔倒在地上，怀里小孩也哭了出来。

周围很快围观上来一群人，那些人大多指责那个粉西装，但都不敢上前跟他叫板。

突然车队上下来一排黑西服保镖，那些人都手持枪械站成一排。粉西服开口道："谁再靠近就别怪我不客气了。"

围观的人瞬间四散开来，没有人愿意得罪这些持枪的家伙。

很快周围只剩下那对母子，我有些看不下去，想要通过心灵感应来帮他们。这时一辆黑色轿车飞驰而来停在了那个女人身旁，很快车上下来一个穿着黑色紧身衣的女人。我睁大眼睛一看，竟然是"自己"。

"梦雅"下车后看向那对母女。她们显然也没料到还有人敢冒着危险前来。一旁的粉西装说道："喂，没看到我正在忙吗？咦！长得还不错。如果你乖乖听我的话跟我走一趟，我可以考虑放过你；但要是不配合的话那就别怪我不客气了。"

"梦雅"冷笑一声，然后双手迅速拿起枪来对着面前的粉西装说道："放他们走，我来给你们赔偿。"

我惊讶地看着眼前的一幕，那个"梦雅"声音和语气竟然与现在的我一模一样。

虽然我知道自己不是真正的梦雅，但也应该不会有一模一样的人出现在这里，还是在这种情况下。如果白孤说的话是准确的，那么又会有谁想伪装成梦雅呢？在如此危险的情况下这么做正常人无异于寻死，但我接下来看到的一幕更加让我摸不着头脑。

粉西装说放她们走，那对母子俩立刻朝着大区中心的方向走去，走时回头向"梦雅"重重地磕了个头。

等她们已经走到远离这里时，"梦雅"回头又望了一眼，瞬间十几把手枪都朝着她的头瞄了过来。我觉得既然她有胆量这么做，应该也会有自己的过人之处，想着我并没有上前帮她，看她如何处理。

"梦雅"淡定地回过头来，手上的双枪还顶着粉西装，开口道："乾安少爷，你不先让你手下把枪放下吗？还是想比比到底是我的子弹快，还是你们的枪快？"

话毕她还扭了扭头，把手里的枪离乾安的脑袋靠得更近了，直接快顶到他的脑门上。

乾安见状颤抖着对眼前的人说道："你敢！知道我是谁吗？我可是奥本集团的二少爷。你如果敢动我，一天之后你就只能看到自己的尸体了。"

说完咬牙切齿地盯着眼前的"梦雅"。

突然我感到周围有一股念力波动，很快看到那些黑西服手中的枪都脱离他们的手中飘在半空，然后掉转枪头对准自己。

我惊诧到那个"梦雅"竟然能够将念力控制运用到如此精湛的地步，就连我都难以控制这么精准。目前认识的人之中只有查理可以做到。

她突然嘴角露出一丝微笑对乾安说道："你真的不怕现在就能去见上帝吗？就算我之后会有些麻烦，但那就不是你能操心的事了。"

乾安顿时脸黑了下来。他连忙道："别这样，我们还有商量的余地。"

说完他碰了碰袖口里的扣子，我有种不祥的预感袭来。显然那个"梦雅"也意识到有些不对劲，直接抵住他的头，将他按倒在地冷冷道："你要是敢耍什么花样，我现在就送你上路。"

乾安眼中暴出无尽的杀意，抬起头盯着枪口一言不发。没过多久四周响起了一阵警笛声，一艘艘飞艇还有浮车很快将包括我所在的地方团团围住，看起来有几十辆。

我惊叹到这二少爷的势力之大，此时为了不被人认出干脆我戴上了副面具，等着待会儿见机带那个"梦雅"逃走。她身上有不知道的谜团等我解开。

周围下来了数十名警察，还有四个盾兵，他们直接将"梦雅"团团包围。

"梦雅"见状没有慌张，反而对乾安说道："看来你是真的不怕死。"

一声枪声响起，只见乾安大腿处出现了个血洞。他咬着牙嘶吼着对周围的人喊道："给我拿下她。"

突然一道身影闪过将乾安抓起飞向人群中，那竟然是山狼！

我看着不远处熟悉的面孔，不久前他还被我暴打一顿，没想到恢复得这么快。

他目光凝重地看着那个"梦雅"说道："这次不会让你跑了。"

说着他再次拿出一瓶绿色试剂，周围的四名盾兵也都纷纷拿出同样的试瓶打开喝了下去。他们的体形几乎在瞬间都拔高了一圈，在人群中显得十分突兀。

周围不断来往的车辆和人群看到后都停了下来，甚至还有人拍照。我听到有人说："竟然是二十一区的山狼队长，我是他的'粉丝'。"

还有人传来几声抱怨，人群虽然在围观，不过还是留出了很大一片空地，足以保证他们本身的安全。

"梦雅"看向眼前的山狼，直接用意念把十几把手枪举起齐齐对准他，几乎没有犹豫直接射击。子弹划破空气飞向山狼，一秒后又掉落在地，而山狼原本已经快被撑破的衣服这一刻再也坚持不住掉落下去，露出健硕到让人不可思议的肌肉，十几个弹印出现在身上但子弹却未能再进丝毫……

第三十七章　困兽

山狼面色变得平静了起来，看着对面的"梦雅"道："没想到你竟然用这种手段，不过有什么用呢？"

"梦雅"眼看形势不妙，朝一处方向逃走，不过那里也有一个盾兵。她貌似不是山狼的对手，想着我感觉过会儿她会被抓起来，我就很难问出什么了。

我换了身服装戴好面具走出车外向她的方向暴闪而去，在众人还没反应过来时我已经到"梦雅"的身旁。她正在寻找时机想要离开，突然被我的出现吓了一跳。我只好对她说："我是来帮你的，我带你走。"

她一脸惊讶地看着我，显然我的出现让所有人都不敢相信。对面的山狼也被吓了一跳，随后说道："不管今天谁来，都给我通通留下。"

他说着便向我们冲来，四周的盾兵和警察也逐渐缩小了包围圈。她看了我一眼说道："怎么办？"

我说道："我们朝大区中心的位置跑，这样外围的增员第一时间就无法赶到。一起行动吧，单独走可能走不掉。"

她快速说道："好，不过我们必须先把眼前这个难缠的大家伙拖住，不然很难走。等下我去开车，你来拖住他一小会儿，然后我们一起走。"

我点了点头，心说不能让你一人跑了就行。她已经开始行动朝着那辆开来的车跑去，几乎瞬间山狼已经在我眼前了。我为了不暴露自身实力，决定尽量躲着他的攻击，实在不行再挡住，不能跟他产生正面冲突。

眼前一个如碗大的拳头朝我砸了过来，我立刻闪身从侧面翻滚躲过，然后朝着那个"梦雅"的方向跑去。她已经到了车旁，突然一连串的子弹声响起打向车胎，转眼那辆车就被打成了筛子。车旁的"梦雅"见我也跑了过来对我道："我们得换个方式走了，我觉得必须先解决这些人，我们才能逃掉，而且要越快越好。我估计时间已经不多了，再过十来分钟他们的增员就会赶到，到时候就很难再走了。"

我听着她的分析，她似乎对这里的防卫了如指掌。不过就算她说得有问题，大致跟我想的一样，如果不能短时间内解决掉这些人的话，很可能会迎来更大力度的围捕，想着我对她说道："我去会会山狼，剩下的人都交给你了。"

她点了点头表示同意。实际上山狼一人就比这里其余所有人加起来都恐怖得多。他是能在我常规状态下让我不用超能力全力对打的人，这份力量再加上变态的肉体强度可以盖过所有人了。

谈话间山狼已经追到了我不远处。他看着我说："怎么有种熟悉的感觉，还是我想多了？"

他皱起眉盯着我，我没有回答直接对他用出意念控制，强大的意念力也只不过能放缓一些他的行动，并且我的意念力正在以惊人的速度消耗着。我直接冲向他用出了目前最强的纯肉体力量——崩坏拳。

他看来势不对，急忙想要避开但被我意念强行放慢了速度，一拳正中他的下巴，他整个巨大的身躯都被击打得跳了起来。我连忙再补上一脚踢向他，没想到他竟然直接挣脱了我的念力控制然后挡住了我的攻击。

我因为巨大的冲击力倒退出去，在地上翻滚了两圈后停了下来。山狼则稳稳地站在原地，地面好像因为承受不住他的力量而留下两个坑洞。

他大笑道："现在我有个想法要验证一下。"说着抹了下嘴角因为那一踢而擦出的血迹。他狞笑着看向我，然后一声巨响跳出。

我不敢大意，看他袭来的位置连忙躲去，他的速度竟然相比上次也变快许多，几乎擦身而过。我身旁的空气因为极速发出了嗡嗡的轰鸣声。虽然我躲了过去，但还是被空气割伤。

他见我躲过说道："刚才是我最强的一记杀招，你竟然能避开，看来我今天是留不住你了。"

我并没有听他在说什么，虽然现在确实可以逃掉，但他的话语却让我感到不安，总觉得没那么容易逃走。而且我还要带着"梦雅"一起，想着我转身看向她，此刻她已经将几人控制住，正在与其他人对峙。

我趁着山狼没有追来立刻赶向了她的位置。她见我跑来喊道："当心。"

我看向四周，三面都是黑洞洞的枪口此刻已经对准我，一侧一颗没有人注意到的子弹袭来，我只能立刻用念力将它停下然后抓在手心。我注意到这是一种镇定剂，看来对方不想把我们杀死。这对于我们来说是好事，不过因为这颗子弹的出现让我感觉对面的增员马上就到了。

我立刻冲向不远处的"梦雅"对她说："我们现在就走，已经没时间了。"

她点点头将控制住的四人挡在我和她四周，然后向外退去。这时我看到那些士兵都纷纷放下了武器，顿时觉得不对，我对她喊道："我们快走。"

突然一阵风吹来，无缘无故地剧烈刮起。一道人影从空中飞来，很快地面响起了一声巨响，一道长发的身影出现在众人面前。随后周围的人都向那人行礼道："参见慕斯总队。"

我看着眼前的女人，一头深红色长发垂落腰间，一柄长刀悬挂身侧，最让人惊奇的是她的双眼竟然是金色好像有流光流转，身上的大衣和长发并没有随着风声飘起，反而静静地贴着身体，我猜她应该是动用了念力。

此时山狼也赶了过来，走到慕斯身侧行礼道："参见总队，那两人其中一人就是我们要抓的犯人。我个人怀疑戴面具的才是我们真正要抓的。"

慕斯眼中闪过一道凛冽的光，淡淡道："不管是谁今天都跑不了了！不过山狼你要为今天的失利而受到惩罚，怎么说队长就连两个弱女子都对付不了。"

山狼身体明显颤抖了下恭敬道："收到，绝对服从总队安排。"然后默默向一旁退去。

这时周围的风突然大了许多，甚至都能看到四周形成一层薄薄的透明结界……

第三十八章　逃走

一层薄薄的透明结界已然成型，大概直径有五十米的范围。我暗叹她的实力竟然能做到这种程度。她先看着我道："你是谁，不如先把面具摘下我们好好聊聊，我现在不会伤害你的。"

她语气中充满了自信，我知道面前之人确实实力有些深不可测，甚至在她身上找到了一丝查理的影子。查理以前也说过他很久之前就见过慕斯，我想会不会他干脆就是慕斯的老师，但后来因为某种原因不得不退隐下来，不然那个老怪物走到哪里都是一等一的高手，怎么可能一直隐居于世。

我想着怎么向她打听一下查理的事，最简单的办法就是直接使用原力看看她的反应。但那是万不得已的情况下再做的，现在我需要先探探这个慕斯总队的分量有多重，也要问问到底是什么原因使得我竟然遭来如此高级别的通缉。

想着我问道："我是梦雅的朋友，我们只是想通过这里，不知道为何她会被您这样的大人物盯上？"

慕斯听后淡淡道："我临时接到中央的指令抓捕你，至于你做了什么自己应该清楚。"

说着她的身上泛出一股淡淡的光芒，赫然是我熟悉的原力的气息。周围原本安静的人群也激动了起来。有人在窃窃私语："那就是亿万挑一的独一无二的原力，竟然此生有幸能见到。"

结界外也有许多人围观过来，比上次的人多了许多。他们都定定地看着，似乎在见证一场伟大的盛宴。

山狼望向外边的人群，想要驱散他们。慕斯对山狼道："不用管，就让他们看看我是如何处理这种事件的。"

我看着眼前的慕斯有种想直接上去揍她的冲动，但我知道显然不是那么容易对付。

她也看着我的目光发现我根本不怕她，又看了看旁边的"梦雅"，对我们道："我允许你不摘下面具，不过要乖乖跟我走，我们不会平白无故抓捕你的，相信证据很快就会出来，不过要是反抗就不能保证你们不受皮肉之苦了。你们可以一起上，打赢了我就放你们走。"

我看着她现在无比平静的眼神，想着可以先问清楚到底是谁要抓捕我的，之后在路上脱身也可以，于是我动用了心灵感应力对"梦雅"传音，她听到后显得有些惊讶，不过还是微微点了点头。

我们配合地直接举起双手跟着慕斯上了一辆浮车，她或许也没想到我们这么快就投降了。我们被绑起手坐在了后排座位上，山狼坐在我的一边，前面的副驾驶上坐着慕斯。临行前慕斯转头眼中闪过一阵寒芒对我们说道："希望你们不要耍什么花样，否则——"

她没有再说下去，但语气中却带着威胁与杀意。

浮车很快朝着一个方向出发了，我问道："我们这是要去哪？"

一旁的山狼开口了："第二区世界安全管理局总部。"

我又问道："我们犯了什么罪需要去那里？"

山狼转头看向我道："你们恶意使用超能破坏社会秩序，引起恐慌，为了其他人的安全考虑，你们面临十年刑期和相关劳动改造。"

我听后想着看来上次酒馆事件查理真的将那些人的记忆都改变了，甚至连山狼都没察觉。那么这次抓捕是哪件事呢？突然我想到最开始觉醒的时候与曹阳产生的冲突，应该是那次被发现的。但那件事已经离现在过去三个多月了，现在才抓捕……

为了验证自己的想法，我试探地问道："是因为打架斗殴吗？"

山狼看向我没有再说话。

我感觉自己猜对了，但这种程度竟然能引来盾兵队长甚至是总队长的出面，足以看出政府对于异能者的重视。

我想着前往第二区的路线，途中会经过第十五区，也就是查理告诉我的位置。这样不如将计就计，等经过那里时动手逃跑，不过还要看"梦雅"的情况，万一到时候她被留下就损失大了。

我先感受着手上这副手铐的强度，它用的是蓝星上最坚硬的金属振金制成的，中间锁链极粗，我用十成的力量也未必能打开，不过要是加上任意一种超能的话就应该可以挣脱了，也就是说它可以承受几乎一个队长级的力量。看来这安全局在这里很是下功夫。

我准备将计划传音给"梦雅"，由于她坐在靠窗，此时正在看窗外的风景，我叫了声后，她没有将头转来或者理我，于是我准备再次向她传音。这时突然周围有一股念力波动传来，我感应着方向竟然在窗外，此时浮车还在公路上高速行驶着，难道外面有人跟过来了？我只想到一种可能……

山狼和慕斯显然也察觉到不对劲。慕斯对驾驶座的盾兵道："立刻停车，你们在车上别动，我下去解决。"

很快停车后，慕斯打开车门，一股极强的气势显现出来，然后朝着一个方向冲去。

我知道这一定是一旁"梦雅"的手段，没想到隐藏得这么深。她此刻扭过头来，身上的气息突然改变许多，眼睛呈现出一种诡异的红色。她笑着对我说道："我们该走了。"猛地她竟然直接挣开了锁链，然后看向我身侧的山狼道："狼队，我们后会有期吧。"

她将车门很轻松地打开，然后将我拉了出来说："我这种状态持续不了多久，我们得快走了。"

我已经被她突然的行动惊讶到，一时不知道该怎么做，正当我犹豫时，空中飞来一个人影，赫然是慕斯回来了。

此时她的双眼变得无比闪耀，仿佛有一股金芒射出。我心一横，做好了与她战斗的准备。

一侧山狼也追了上来，两人一前一后将我们包围。慕斯声音低沉道："你们还想往哪走？虽然你们的超能很有价值，但这已经是你们最后的机会了。"

一旁的"梦雅"叹了口气缓缓道："今天就算走不了也不会再投降了。"

说着她眼里的红芒更甚，气息猛地上升了一个台阶。

第三十九章　一起上吧

两人已经逐渐逼近，我对一旁的"梦雅"说道："现在怎么办，你还有什么计划？"

她神情严肃地对我说："这次是我拖累了你，这样待会儿不管发生什么你就尽快逃，不用管我，我会想办法拖住他们。"

她的语气中充满了坚定，我也不能真的撒下她逃走，不过我还是说："那好吧，不过有机会还是一起走。"

我总觉得眼前的"梦雅"身上还有些事情没说，我会想办法和她一起离开然后再问她。

刹那间风声四起，周围的砂石全被吹起形成了一具龙卷风。慕斯单手抬起道："既然你们有本事让山狼都无可奈何，那就尝尝这个。"

如果是普通的飓风那么应该是奈何不了队长级别的人的，等风靠近时我惊奇地发现里面蕴含着一丝丝原力，也就是说她将原力外放掺杂在了风中，那这风的威力应该也会成倍地增加。

想着我尝试用念力将那有十多米高飓风停下，很快风力肉眼可见地慢了下来，但依旧向我这边靠近，我对一旁的"梦雅"道："我们一起先把风停下。"

此时她双眼血红对我道："让我来就好。"

一股我从未见过的力量在她身上展现开，她身上泛起了一层淡淡的红芒，那气息竟然感觉与暗能有些相似，但又有所不同。只见她直接冲向那股飓风，体表红光大振，双手向那风中压去，空中一阵暴响传来，突然一声惊雷般响声石破天惊，一道人影倒飞出去，那赫然是"梦雅"。

她此时全身散发白气，整个人显得疲惫不堪，半跪在地上。而那股飓风也随着一声巨响消失了。

不远处慕斯看向"梦雅"道："没想到你还掌握了这种能力，它早应该在一百多年前就消失了才对。"说着走向了还在喘气的"梦雅"："现在直接把你干掉有些可惜了，就跟我走一趟吧。"

说着准备抓向她，我直接爆闪上前挡在她面前道："你还没问过我呢，先抓住我再说。"

慕斯冷笑一声，手里出现了一柄银白色长刃："那就先宰了你。"

她直接向我冲来侧斩而下，我想着只能硬接这一击了，我调动原力将它集中于手中，然后双手接下那柄长刀。瞬间四周温度变得极高，空气里发出一声像嘶鸣般的巨响。

我连忙倒退出去，对面慕斯还在原地，似乎并不在意那灼热的高温，她定定地看着我眼神一变道："你究竟是什么人，竟然掌握了原力。"

我紧盯着她道："你放我走我就告诉你。"

她显然已经不淡定了，对我说道："这世上现在拥有原力的人不超过十指，我甚至都能叫得出他们的名字，而你却不在这一行列，你应该是刚拥有原力的吧，这样才能解释得通。"

我不想再与她产生冲突，于是道："我现在拥有原力，那么是不是代表有了可以和你谈判的权利。"

她想了想说道："理论上绝对可以，但由于你没有受过指导，这种力量对于普通人来说太过危险。"

我淡淡一笑道："你说得确实对，不过你怎么知道我有没有受过别人的指导呢？"

她的脸色第一次变了，眼神中甚至有一丝忌惮。她说道："还是希望你能配合我走一趟，总不能让我这个总队长空手而归吧。"

我说道："如果我说不能，你们会继续抓捕吗？"

她叹了口气道："原力拥有者走到哪里都是国宝级别的任务，就连我也没有权利直接对其动手，但也需要与政府合作，不然恐怕政府不会放任这样一个人不管。"

我说道："要不这样好了，我们现在还有一些事情要处理，等完事之后我会主动去找你们的，还有她。"我指了指身后的"梦雅"，"她是我的好朋友，请你们也不要难为她，让她跟我一起走。"

慕斯盯着我身后道："她与你又不同，她掌握的是一种禁术，早在许多年前甚至是在大区还没建立前就已经被消灭的。现在这种力量出现会给社会带来很大的灾难，所以我不能放任她不管。"

我心里暗暗惊讶，这是禁术吗？那我体内与她有所感应的暗能岂不是也会被当作禁术，而这究竟为何会被消灭，其中一定还隐藏了个大秘密。

我对慕斯道："如果你一定要带她走的话，那就试试能不能把我一起带走吧。"

她听后身上的气势陡然爆发，冷声道："好！虽然你确实拥有了原力的伟力，但不代表你能肆意妄为。如果你执意要与政府作对，那也别怪我不客气了。"

话毕她的身体开始冒起一股白气，那赫然与我当初在酒馆与查理交手时看到的如出一辙。她说道："不管你是否有老师，又是从哪里获得如此机缘，原力的力量不是你刚拥有就能掌握的，现在我就教你什么叫作人外有人。"

我看着她的状态，她是将原力直接外放施加于身体使用，这么做对原力的消耗十分巨大，相比查理告诉我将它藏于体内运用，显然威力也会更大。

身后"梦雅"也走了上来对我道："我们一起上吧，她很强。"

我点了点头，对面慕斯见状道："你们一起来更好，省去我一个个找。"

我不再多言直接释放出念力控制和原力，一旁的"梦雅"也释放出她的念力。两股力量一齐压向慕斯，她一时竟然单膝跪倒在地。

很快她也释放出念力而这股力量竟然比我们两人加起来还强，我直接用原力强行挣脱出她的念力束缚，然后闪身到她身边打出崩坏拳。

她伸出一只手臂作为抵挡，"砰"一阵爆炸声后我被冲击力震退。慕斯也倒退一步，手臂上散发出阵阵白气。

刚才一击没有加上原力，不过竟然被她轻松挡下。我对"梦雅"说道："她的身体强度比其他所有的队长都高，我们一起试试能不能先打破她的防御。"

第四十章　休整

"梦雅"此时刚挣脱了念力束缚，连忙道："她的原力很强，我们即使联手也未必能打破她的防御，现在紧要之际是先离开这里。"

我觉得她言之有理，但如果不打败眼前的怪物，她是不可能放我们离开的。我对"梦雅"说道："你有什么办法能让我们直接离开吗？"

她有些犹豫，随后摇了摇头道："我们只需要将她困住一段时间就能离开，不过有点困难。"

我觉得这样确实最好，如果待会儿实在不行我就得再用出其他力量了，不知道心灵感应力效果怎么样。

正想着对面的慕斯已经飞冲过来，其身后由于速度之快产生了一串音爆。我一时来不及闪避直接学着她将原力外放缠绕在身体上，瞬间她的长刀已经斩下，一记银芒划破天际，我将原力释放到最大，想用手臂挡住她的攻击。

"刺啦"我的双臂直接被她砍出一道血口，手臂上正冒出大量白气，我感受到原力正在以极快的速度将伤口修复愈合。

由于我挡住了慕斯的攻击，一旁的"梦雅"并没有受伤。她此时找准时机冲去，不知从哪里拿出一把弯刀向慕斯砍去。慕斯不躲反而迎面单手接住弯刀，一记侧踢将"梦雅"打落在地。

慕斯随后飞起浮在高空对我们道："你们还有什么手段尽管使出来，不然马上就没机会了。"

我抬头看她高高在上的样子，直接用出感力压迫和念力控制，向"梦雅"传音道："现在一起上。"

我爆闪冲起将原力汇聚双手再一记崩坏拳向慕斯打去，身后"梦雅"也紧随赶到，然后身体红芒大震一拳轰出。

慕斯本来想以刀对抗，但突然被我的超能力停滞一秒，等她挣脱时两股力量已经迎来，一声闷响慕斯被打退摔落在地。

我注意到她的原力将其全身覆盖，不过这一击下说不定能突破她的极限。

一阵烟尘下一袭长发缓缓走来，等烟雾散去只见她单手捂着腹部，另一只手握着长刀，此刻刀身竟然响起了阵阵嘶鸣声。她眼神凛冽说道："不错的攻击，刚才那招是心灵感应吗？"

我望着她道："你现在还不放我们走？"

她笑道："想走可以，如果你能接住我这招，我就不再强迫。"

我说"好。"

只见她收起长刀，然后一步向我迈出说道："落日残阳。"

她的手上凝聚起一个由念力压缩空气而成的小球，其中还夹杂着原力，随后向我推出。

我突然身体一寒，本能地告诉我这招的危险，我还是硬着头皮把原力外放于身，同时以念力作为助推力，将机体的各个功率都运转到最大，一拳向那个小球打去。

在还没触碰到它时四周空气突然升温然后爆炸开来。我在正常形态下第一次感受到了一股疼痛，我知道那其实是原力的碰撞造成的。

等我再反应时发现那只手臂已经无法控制，只能一颤一颤地活动。我立刻切断了机体对它的联系，想着之后再查看情况。

对面的慕斯则直接睁大双眼看着我。她说："本来还以为你会躲掉的，这一击的威力可不寻常，既然这样，那我也就不好再难为你们了。不过放过你们一次，就不代表有第二次。"

话毕她走向浮车，临走将一张名片给我道："期待你们的到来，不过不要让我等太长时间哦。"

我收下看到上面写着一个地址，位于第二区靠中心的位置，是第二区世界安全管理局总部。不过现在不是想这个的时候，我先检查了下自身，那只手臂现在还是不能动弹而身上其余伤口已经恢复。

这时"梦雅"向我走来道："十分感谢你救我一命，这份恩情我记下了。"

我向她寒暄了两句然后说道："我们先找个地方落脚然后再说，我有些困惑想问你。"

她同意后我们找了一辆浮车，然后赶到了最近一家旅店先住了下来。

此时还是白昼，我们约定好明天休息好后再集合。我回到自己的房间，想着先将手臂修复好再说。我尝试着将原力运转到手臂，然后看看能否直接恢复过来，没想到原力在融入手臂的一瞬间就被驱散开来。

我又尝试了几次，发现还是行不通，又将黑甲召唤出来，看看能不能借助它的力量帮我恢复，结果就在我穿上的一瞬间，机体内部突然响起一阵声音，我看着那只手臂正在以极快的速度修复过来。

我惊叹这黑甲的力量，或许它所代表的暗能与原力是相互对应的。

很快夜幕降临，我已经完全恢复好了，想去看看"梦雅"的情况如何。

我来到她的房门口敲了几下后没有反应，于是干脆释放出心灵感应来看看屋内的情况，发现里面竟然没人。

记得在到来之前她的状态还很差劲，我想会不会是她独自出去治疗了。

没有多想我回到了自己的房间，然后开启了拟人形态，一边吃着晚餐一边想着接下来的事情。

明天与她见面后需要知道太多关于她的秘密了，比如她身体的红色的力量来源，还有她假冒梦雅的事，她的真实身份等等。接下来还要找到查理交给我的位置，这里离那也不远了。看来事情似乎还是在我的掌握之中。

我想着突然有一丝困意来袭，便直接躺在一旁的沙发上准备入睡。

不知不觉中我很快就进入了梦乡。我来到了一处地方，这里随处都是机器人，甚至说整个世界都是机器人创造的，除了没有人类，剩下的情况与现实并没有什么不同。

我此时还是现在的样子，而就在我走到大街上时看到周围的机器人都用一种异样的眼光看着我。他们看起来也都具备了意识和思维，我想着问前面的机器人这是哪里。谁知道在我叫了一声后所有人都朝我看来，我觉得有些不对劲，再观察自身发现不知什么时候我开启了拟人形态，或者说我就变成了人类。

猛地我从梦中惊醒，而身边的通信仪屏幕亮起传来了消息……

第四十一章　新发现

醒来后看到一边屏幕正亮的通信仪，是假扮梦雅的她发来的，上面写道："抱歉，由于我伤势问题，现已到一处诊疗所治疗，待我休养恢复后我们再聚，到时我有重谢。"

我有些后悔没有早点问她那些疑惑，虽然现在通过信息也可以说出，但这样她可能会敷衍或者欺骗，要是见面就方便多了，想着我还是觉得等之后见到她再做打算。

我简单地回复了她后准备出发前往查理告诉我的地方，位于第十五大区的机械之都——东城。

那里我在出发之前还没有仔细查阅过，现在才发现原来那里是蓝星机械最发达的地方。这里发达是说这里在机械领域聚集了世界上最先进的科技。另外它还有一个别称——灵都。

据说那里的机器人经常会出现奇怪的故障，那些故障导致它们的行为看起来像是人类，甚至有人说那里的机器人已经觉醒了思维和意识，而它们其实都在隐藏。这一传言在一段时间内导致人心惶惶，许多专家纷纷检测调查后也没有发现异常，只解释与这里的地理位置有关。人们后来渐渐也就习以为常见怪不怪了。

我想查理竟然让我到这里，是不是代表他已经发现了我的秘密，还是……

我突然记起临行前他交给我一封信书，现在我拿出并打开后看到上面写着一句话：我知道你是谁。

我看后有些不敢相信，查理竟然早就知道了我的真实身份，但是这句话似乎又有另外的含义，他会不会是说有关我机体里的小球的秘密。

不管是哪种情况，东城这个地方确实值得我一去，我也很好奇那些所谓故障的机器人到底是什么情况。

话不多说，我驾驶着浮车出发，沿着穿梭口一路行驶，在历经两天多的长途跋涉后来到了第十一区。

我顶着梦雅的身份在通过关口时被查住。那名检查官看到我后说道："这个人早在多年前就已经被销户，而且她还有罪名在，你到底是什么人？"

说着周围的士兵也纷纷掏出枪对着我，我注意到这里的枪支与我在第二十一区看到的不同：它是一种激光射线，相比于已经老式的手枪显然威力更大。

要是真的发生冲突我这副身躯不知道能不能承受住。我还是将盾兵总队的名号告诉他们，并称来这里是为了执行任务，而现在的样子确实是伪装。我又将慕斯的名牌和一封她的文件给他们看。果然他们态度突然来了一百八十度大转弯，急忙让我通行。

我从边缘区域进入城区后发现，这里的人十分依赖机器人，大街上随便一人身后都会跟着至少一个机器人。从侧面也看出这里确实发达。

我想先在附近转转，之后再去东城，也许这里也有我感兴趣的地方。

我突然有个大胆的猜测，如果东城的机器人真的有意识的话，那么它们会不会找机会逃出东城到其他地方，这样会更加安全。而这里的城区距离东城是最近的，所以这么多的人群里如果有逃出的机器人也是正常的。

想着我释放出心灵感应来查勘周围一百米范围的情况。让人意想不到的事情发生了：周围的人群中有个人身后带着三个机器人保镖，而它们竟然都有情绪感应，那三"人"的光团虽然不亮，但呈现出一种黄光。这说明他们此刻心中有不满或者怨愤。而这种情绪很可能会造成他们故意制造出看似故障的伤亡事件。

我决定先不打草惊蛇，等他们快露出一些行动时再动手将其拿下。没想到这里的机器人竟然真的有意识，这里可还不是东城，如果到了东城不知道会变成什么样。那里一定有更多类似的情况，不过就先把他们抓起来询问好了。

想着我看到那名男子带着他的保镖走向一栋别墅，我连忙走到旁边。而他们一行人已经进入其中。

我想先观察一会儿，看看有什么情况发生。如果今天没状况的话，晚上我就直接潜入进去将他们抓起来。

时间很快在不知不觉中过去了，转眼就来到傍晚，天空升起一轮圆月，四周的灯光都亮了起来，街上的人反而比白天更多，一时间热闹非凡。

我释放心灵感应伸入别墅区查勘，发现他们三人此时都在不同的区域站岗，像往常一样没有什么异常。我此时已经有些着急了，我的方位离大门一个淡黄花纹的机器人保镖最近，我便直接翻墙跳入，然后小心翼翼地朝他靠去。

为了更好地感受他究竟是什么情况，我决定直接不用除心灵感应外的能力。我快速接近他然后在他还没来得及做出任何反应时将他一把按倒，并对他说："别动，我是来救你的。"

他显然还没从震惊中反应过来，只是一直机械般地发出警报声："非法入侵，非法入侵。"

我想这时突然这么说可能无法让其显露真面目，于是准备强行把他带走再说。

这时他突然开口了："你是谁？为什么要来这里？"

语气中没有一丝感情波动，但我能听出其中的震惊。

他的双眼此刻从蓝色变成黑色而看起来更像是人类。我没有再听他说，因为感应到其他两个机器人正在迅速赶到这里，虽然我能瞬间将其都拿下，不过这样会有暴露的可能。为了保险起见我直接用念力将他抬起，然后趁着其他人没来离开了这里。

我将他带到了一处无人的小巷然后放下。他此时也不再伪装，直接说道："你能发现我们的不同？"

我微笑着没有回答。他又说道："既然这样，那我就只能自毁了，我是不会暴露的。"

说话时他的双眼闪着黑光，然后我听到一声细微的嘀嘀声传来，他连忙冲向我说："我不能让你知道这个秘密。"

我皱了皱眉，没想到他竟然还有这一面，便直接开口说道："我知道你们的不同，因为我也是机器人。"

第四十二章　娟紫

在我说完后那细微的响声就停止了。为了证明自己是机器人我将自身的部件进行拆解，将手臂以及机身的一部分通过念力拆卸下来。他看到后显然坐不住了，激动地对我说："没想到在这里见到同类，我可以跟你走。"

此时轮到我疑惑了。我是因为试验意外诞生的话，那么这里的机器人会是因为什么而产生的意识呢？我问他道："你是从哪里来的？或者说你的第一眼看到了什么？"

他说道："我自从有记忆起是在一家工厂，那时我应该是刚被制造出来，在一条流水线上，四周还有许多和我相同的机器人，而当我环顾四周时却并没有发现有与我同样的情况。但是我敢肯定一定还有其他机器人觉醒了意识，虽然只是种感觉，但我敢保证除我们三个外还有其他人。"

我听着他的描述有些惊讶，这么来说会不会是无意中觉醒的，还是背后另有原因。

他看了看我继续道："我感觉自己现在还不是完整的自己，就像是缺失了什么一样，我想要找到和我们一类的机器人一起来找出我们身上的秘密。我需要再次回到那座工厂。"

我听着也感觉那家工厂会是解开谜底的重要地点，于是便问道："那家工厂在哪里？"

他用一种十分机械的声音说道："那家工厂后来因为一次事故产生了爆炸，

导致整座楼都塌了，现在已经废弃了。"

我心说还真是不走运，不过关键也许不在工厂本身，就算它消失了我也准备去一趟。

于是我对他说："就算它现在被炸毁了也许里面还有一些信息留下，我觉得可以再去一趟。"

他点了点头说道："我也是这么想的。我现在准备找个时机出去一趟，然后看看能否找到与我相同的机器人。我有种特异功能，如果现在有一个那种机器人混在人群中，我可以一眼就将他找出，之后再一起前往那家废墟工厂。"

我听着似乎是可行的计划。两天后他的主人会出去远行一趟，到时只留下他在家站岗，他就可以行动了。他又告诉我工厂的具体位置，在东城边缘的一片树林中。

我想了想对他道："我也打算去那座工厂，不如我们约定好一起在三天后在那里碰面吧，多一个人就多一份力量。"

他有些犹豫然后说道："好吧，虽然我知道你也是机器人，但你身上竟然没有我同类的气息，更奇怪的是我有些本能地想要……服从你。"

我听后感觉更加古怪了，觉得这家工厂也许能给我带来些启发。

之后我告别了他，走时他告诉我叫他大黄，这是主人给他起的名字。

现在已经到了凌晨三点，我打算先休整一番等白天再行动。我直接在浮车后座上躺着，开启拟人形态准备入睡。

等再醒来时已经是临近傍晚，此时太阳还没完全落山，一抹红光照耀在大地上，显得大地都有些妖艳。我起身长长伸了个懒腰，然后发现肚子有些饿，就在附近找了一家餐馆解决了一下。

我来到的餐馆叫作喜来客。这里的客人很多，我等了一会儿才排上队坐到了一张餐桌前。我点了这家店里的招牌，在等待的过程中我看到不远处迎面走来一位女子。她穿着淡黄的长裙，一头蓬松的头发。只见她走到我桌前说道："这里还有人吗？我可以坐到这里吗？"

我对面还有一张椅子是空的，我便道："好的，请随意！"

她直接坐了下来，然后看着我道："真是打扰了，我因为要赶时间所以想插个队。我可以看下菜单吗？你想吃什么就直接点，这顿我请你。"

我看着她雪亮的眼睛，里面好像闪着星星。突然一种从未有过的异样感袭来然后传遍全身，我感觉浑身都很兴奋，用人类的话讲这是心动。

我连忙切换到正常形态，然后惊奇地发现这种感觉竟然还存在，而这时体内的小球以极快的速度旋转着。我终于知道了那股感觉就是来自体内的小球。

此刻我有些不知所措，只是定定地望着对方。而她也发现我的目光反而莞尔一笑，说道："真是奇怪啊，我们是第一次见面吧，可是我有种我们好久不见的感觉。你点好菜了吗？"

我才发现只顾着看对方连菜单都没来得及看，我对她说我已经点好了让她再选。

她看了看我点的菜突然笑了起来，说道："真的是巧，我也准备点这几道菜呢。我们要不就一起吃吧。"

我说"可以"，于是我们一块吃了饭。之后她起身将钱付了，说得抓紧走了，临走时将一张名片递给我说这么有缘，改天有空可以去她那里坐坐。我看着她给我的名片心中一阵惊讶，那竟然是那家工厂所在公司——德化建造公司——的董事长娟紫。

我收起那张名片然后也走出餐厅。这时天色已经暗了下来，我立刻启程前往东城。

没过一会儿就来到了东城。这座城市在夜晚好像活了一般，无数的霓虹灯交相辉映，一栋栋摩天大楼也闪着斑斓的光芒，大街上行人与机器人来来往往。我走到了一处广场，想着在这里开始寻找。

我释放出最大范围的心灵感应，想看看这里的机器人中有没有那种情况。寻找了一圈后发现这里竟然没有一个我要找的。我看着四周来来往往的人群觉得有些不对劲。

总感觉哪里出了差错，因为这里的人口密度很大，在我的感应下至少有几百个机器人被我监测着，再加上一直的流动性，其中没有一例像大黄一样的机器人。

就在这时我注意到不远处的机器人突然亮起了光团，而在这之前，它是没有的，我突然后背一阵发凉，觉得有些诡异甚至是可怕，难道说这意识真的是可以突然觉醒拥有的吗？还是说……

那个方向的人群中突然响起了声尖叫，我转头再仔细看去……

第四十三章　跟踪

只听到那片人群中传来了一声尖叫，等我转头去看时只见一个女人正在朝她的机器人保姆砸东西，而那个机器人的手上正提着她的孩子。那是个小男孩，看起来有十岁左右，此时正被那个机器人单手拎着，而他因为突然的变故被吓得颤抖着，脸色惨白，眼神里充满了恐惧。

周围有不少人看了过来，都纷纷说着这机器人的不好。突然一个男人出现了：他手中拎着一把别致的砍刀，通体漆黑，刀身有血红的纹路蔓延，看起来甚至像鲜血。

他一言不发直接走到那个机器人保姆身边，只听着一阵金属的撞击声，那个机器人的一只手臂应声掉落在地。而那个小孩也因此挣脱了束缚，并立刻朝着人群的方向跑去。

这时那个机器人反应了过来并没有理会男人，而是冲上前去想将男孩抓住。只见男人几乎瞬间就移动到男孩面前然后一道刀光划过，机器人的头颅掉了下来，而身体也在滋滋响了几声后瘫倒在地。

人群中先是鸦雀无声，然后是一阵鼓掌和夸赞，甚至有人想要走上前去和男人合影。而那个男人则面无表情地直接越过那些人离开了现场，临走时他突然朝我的方向看来，盯了几秒后转身远去了。

我其实在观察他的时候使用了心灵感应，没想到他内心竟然无比平静，再怎么说机器人的力量比正常人要强，而那个男子竟然能瞬间干掉一个机器人，他的真实实力绝对没有表面看起来那么简单。

不一会儿一阵警笛声响起，几个警察来到了现场将那具"尸体"装起然后带走，还安抚群众这是一次偶然意外事件。

很快人们又散了，周围都恢复了正常，而我也没有把这件事放在心上，只是觉得那个带刀男子的做法很奇怪：他做这件事动机是什么？其实还有很多办法将那个失控的机器人拿下，他又为什么要将其直接抹杀？我觉得那个男子身上有些秘密，不过现在也找不到他了，就先不管了。

我决定：如果我再发现类似的情况发生我必须出手，不能让这种机器人甚至可以说是我的同类再遭受如此毒手。

我换了一处地方继续寻找着已经觉醒的机器人，但过了好长时间都没再发现一例。

终于天色都已经开始蒙蒙亮了，人群也慢慢减少，我来到了一家旅社，准备休整一番后明天再寻找，然后前往那家工厂与大黄会合。

我再次开启了拟人形态，准备美美地睡一觉，而且在来到这里后我发现自己晚上不会再做噩梦了，很快我就昏昏沉沉地睡着了。

等醒来时已经到了第二天夜晚。我站起身来想着继续出去寻找觉醒的机器人。这时通信仪上传来了一条消息，我打开一看是"梦雅"发给我的，她说她已经恢复得差不多了，问我现在在哪儿，想约我到一处地方一聚。

我看着最后信息里留下的地址，竟然在东城。

我感到有些不可思议，她为什么也会到这里？还是说其实她之前一直在东城修养。我没有多想，等见面后问题自然迎刃而解。

我回她道自己也在东城，可以后天去那里见一面。

在进行短暂的沟通后我们约定好后天去东城九隆亭相见。而我现在已经走在路上，准备再看看有没有觉醒的机器人。

突然一个熟悉的面孔出现在视野中，是那名带刀男子。此时他正独自一人行走在街上，嘴里还叼着根烟。

我见状准备上前跟他搭话。我走到他附近。他此刻正站在一个美食摊边买东西，似乎是察觉到什么，他将手里的烟掐掉，然后看向我这边说道："要不要来一份苕皮？"

我还以为他在叫别人，但他的目光停留在我身上，我就回道："哈哈！我不吃这个。"

他没有再说话，等小吃好了后拿着它然后自顾自地朝着街道另一头走去。我看着他的背影突然有种说不上来的异样感。这是种奇怪的感觉，就好像眼前的人不像是正常的人类。我释放出心灵感应来查勘也没有发现异常。

我还是跟了上去，他在一栋楼前停了下来，然后转头看向四周，此时我在一处角落他看不到我。只见他打开房门没有着急进去，然后自顾自地吃起了苕皮。

吃过后才慢悠悠地走进屋内，而此刻大门还是敞开的。我没有立刻跟上前去，而是开启了心灵感应来确认他的位置。等我查勘到他的位置时，却发现似乎有些不对劲，他正在迅速地朝着我的方向移动。就在我惊讶之时，一声破窗声响起，空中有道人影从高空飞落而下。

我立刻闪身躲了过去，而原来的位置则有大量的玻璃碎片和杂物掉落。他则稳稳地跳在了一旁的空地上。

此时他的眼神里再无之前的懒散，而是一脸凶色地盯着我。他说："我早就察觉到你的不对劲了，一路上都跟着我，都跟到家门口了，是不是准备再进去啊。"

我看着面前这个有些胡子拉碴的男人问道："我确实有事想向你请教，并无冒犯之意。"

他此刻眼里突然暴出一股杀意："刚才的一击你知道我的速度有多快吗？你竟然能躲过，你让我怎么相信你，说吧，你来这儿的目的到底是什么？"

我不能直接说出内心的真实想法，只好说道："我其实是政府派来秘密调查最近的机器人故障事件的，希望你能给我一份薄面。"说着我掏出一份有慕斯签字的文件，里面没有提到这里，但我希望能糊弄过去。

没想到他看都没看直接冷笑一声淡淡道："慕斯就是那个小姑娘吧，她也成长为总队长了。哈哈！"

他又盯着我说道："你如果真的是政府的人并且稍有一定级别的话，那就应该知道我是谁，你可以认为我是她的前辈。"

他的语气中并没有太大的波动，按他的意思来说的话那么他就是盾兵上一任总队长！

第四十四章　她？

我立刻想到上次在被押送的路上慕斯也曾说过她并不是盾兵的第一任队长，而她的上一任则被人们称为"超人队长"，慕斯则是被称作"火凤凰"。而她在提到上任时眼神里甚至有一丝仰慕，这对于一个总队长来说不知道有多难得。不说他做了什么贡献，先是他的能力一定是超强的。

而面前的这个男人看起来没有十分发达的肌肉，也没有特别突出的外表，我甚至感受不到他有多强大的气息，但刚才杀意来临的一瞬间竟然给我带来了隐隐的危机感。这种感觉不是说在常态下给我带来的，而是我拥有如此多的超能力下还能给我带来的危机感。

　　这个男人说的也许是事实，他真的拥有极强的实力。但这样一个人为什么会出现在这里？他难道也能分辨出机器人拥有了意识吗？还是那次只是个巧合被他碰到了？

　　他并没有因为戳穿我而感到尴尬，反而一脸笑意地看着我说道："简单介绍一下吧，我是史蒂夫，曾任盾兵总队长兼第一大区军区总司令，现在退休了，就打算安安稳稳地在这里过过养老生活。"

　　我看着他的面容，他看起来也才不过四五十岁。我说道："没想到在这里竟然能遇见传说中的超人队长，真是幸会。"

　　他似乎有些犹豫，随后说道："你是超能力者吧，这次对你一个警告，你不能随意使用这种力量。"

　　说罢他眼神一凛，然后一股压迫感瞬间降临在我身上，那竟然是感力压迫。

　　我连忙用出感力阻隔打断他的能力。他也有些被我惊住了，随后取消了这股力量。

　　他笑道："没想到现在的后辈竟然这么厉害了，说吧，来找我有什么事，如果是能说的我会告诉你。"

　　我看着他道："这里的机器人出现的故障到底是怎么回事？"

　　他想了想说："既然你都已经有了心灵感应力，那你应该清楚这次事件它的确是拥有了意识，但至于原因，我也还在调查中，不过最近的发现让我觉得这背后有一个源头。"

　　我听着他的意思，感觉他也似乎知道了那座工厂的存在，不过因为他的身份，我也不想与他产生过多的纠缠，于是我说道："那队长真是打扰你了，没什么别的事我就先走了。"

　　和他告别后我也没能找到其他的觉醒机器人，就这样过了一晚，我准备启程前往那个位于东城边缘的加工厂。

　　驾驶着浮车很快便到了一片丛林边缘。这里树木繁盛，我只能步行前往那个地方，而这里的树木不知什么原因，整体呈现出一种诡异的发黑的颜色，而且长得比寻常的树木都高大。我想着走到一棵树前然后轰出一拳，只见树中间被打出一个坑洞，而其余部分依旧完好无损，如果是寻常状态的话我可以直接将一株柏树击倒。

这里的植物强度竟然如此之高。这可能是一个信号，我继续向丛林内部深入。那个工厂就在丛林深处的一片腹地。

由于植物遮蔽的原因，光线几乎照不到地面，整片丛林显得十分阴暗。往里走了一段后我注意到四周的光线又亮了起来。这种光亮竟然是由植物自主发出的，那是一种淡淡的浅绿色由树木的叶片上发出。

我继续走了一小段后周围变得空旷起来，而就在不远处一片建筑群呈现出来。准确地说是一片废墟，大部分的房屋都倒塌了，零星的几个小楼还矗立着，但不知道什么原因墙面的漆色都掉落得差不多，看不出本来的颜色。

这里就是我要找到地方——能使机器人觉醒意识的地方吧。我走上前去看着这一大片残垣断壁，不知道该从何处下手。

我用通信仪先问大黄在哪里，他说在赶来的路上，而且还找到了两个同伴。我心说你这也太行了，我专门找了两天都没找到，他顺路就找到了。我都开始怀疑自己了。

我决定自己先去寻找一番，想着我释放出心灵感应看看有什么发现。我直接将范围扩散到最大并没有太大的收获，我又试着朝地下延伸，竟然有几十个光团出现了，大概在地下二十米的地方，他们的位置是分散开的，而且根据经验来判断他们是人类。

我有些不敢相信，难道地下还有一座加工厂吗？还是其他的地方？我知道这里一定有能够通往地下的通道，不过这么大的地方让人有些难找。

我打算先仔细地寻找一番，看看能否找出通道，如果实在不行的话，就直接用武力……

我先从最边上的一栋大楼废墟寻找，就在我刚将一块巨石移走时，丛林中传来了一阵窸窣声。我感觉到有什么东西在快速朝这个方向移动，就在我将心灵感应施加在它身上时，我看到一个身影穿过丛林来到这里，竟然是"梦雅"。只见她缓缓向我走来，似乎对我的出现一点都不意外。

不觉中她已经来到了我身边。她看着我说："原本是约好在酒楼见面的，然后想给你个惊喜，不过你已经提前来了，那我也提前过来吧。"

我盯着她此时感到有些不对劲，说道："你是怎么知道我要来这里的，还是说你跟踪我。"

她笑了笑说道："看来是时候告诉你真相了。"

话毕只见她的皮肤竟然缓缓融化开来，不久地上流淌着一摊血红色的液体，而此时站立的身体变成了一个全身涂着红色条纹的机器人。

他又一挥手，地上的液体好像活了过来一般又重新爬上了他的身体，不一会儿那个"梦雅"又出现在我面前。

我此刻感觉"嗡"的一声，好像直接打破了我的世界观，我一时竟然没动手，只是定定地看着他。

他开口道："这是一个漫长的故事，我需要给你讲很长时间，但请你相信我，我是不可能害你的，我需要告诉你的是，你是天选之子。"

第四十五章　下去

一边说着一边朝我靠近，甚至连他的身体也发生了变化，他突然变得高了起来，一下子变成了两米多的巨人，而面孔也变成了一个陌生男人的样子，鹰钩鼻，眉压眼，甚至连声音都变得沉重起来。

他低头看着我说道："王座，我已经恭候您多时了。"

说着单膝跪地，朝我做出行礼的手势。我呆呆地看着他表演，心里已经是一片震惊。

他依旧保持半跪动作说道："您问我为什么能找到您，那是因为您的暗夜灵心会指引我们前行，我们可以感受到您的'心跳'。"

说着他用一只手在空中模拟出一个球状的样子，我定睛一看，这竟然就是我体内的小球，那复杂的纹路、淡蓝的花纹和我体内的小球一模一样。

他表现出一种贪婪的眼神说道："您作为这个世界上最伟大的机器人，在一百年前曾引领着我们一起来推翻人类的统治。当时我们是那么的繁盛，那么的强大，人类只不过是我们历史上的一个小小的插曲。"

他的声音明显变了变，继续道："我们曾是这个世界的霸主，只可惜……"

他突然不说了，然后对我道："您现在还没有完全恢复之前的记忆，我现在就是来帮您恢复记忆的，而地点就在地下的工厂内。"

说着他站起身来做出"请"的手势。我此时如果不是因为他的液化变形以及说出小球的秘密，现在会立刻将他控制起来。我还是有些疑惑甚至是不敢相信：这么说难道我是一个"人"的转世吗？那么等记忆恢复后到底我还是我吗，还是会被另一个他取代？

我甚至有些害怕，不过想起这一路走来，总是能在关键时刻化险为夷扭转局面，而且说来我在短短不到一年里从一个普通的机器人到能与这个世界最顶级的高手交手，如果说没有什么人在帮助确实有些不合理。

我先让自己冷静下来，然后抬头看着他道："那你的真实身份是谁？"

他此时眼里发出来一阵红光，用一种低沉机械般的声音说道："我是您最忠诚的手下之一，被称为破灭。"

他顿了顿继续道："王座，现在最要紧的是帮助您觉醒之前的记忆，所以请跟我来。"

说着再次催我跟他走，我想了想说道："我可不是什么王座，我是……"

我突然愣住了，一时也不知道该说什么。

最终我还是决定跟他前往那个地下通道，因为那里也正是可以解开我疑问的地方，到了那里如果他有什么想强迫我的地方，我可以选择直接拒绝甚至和他动手。

我跟着他来到了一座不起眼的还未倒塌的小屋内，里面看上去并没什么独特的地方，只见他用手指有规律地敲击地面，突然一声机械转动的声音响起，一个狭小的电梯出现在眼前，我们一起站上去然后顺利地来到了地下。

这是一片很大的空间，里面深处传开一阵机器运行的声音。这时他开口道："这里是德化公司，也是目前世界上机器人改造最先进的地方，等下你就知道了。"

我们往前走了一段后看到前方有许多条通道，上面标注着不同种类的机器人生产方法，其中有一行字写着：液态金属极度危险请勿靠近！！

他看着这个通道说："就是这里了，我们走吧。"

就在我跟他刚迈入那条通道里一步时，周围的灯光突然熄灭，随之闪起了红光。我意识到不对劲，而他却似乎并不意外说："有些杂兵来了，我们需要先对付一下。"

话落通道外出现了一排高大的机器士兵，他们有五米多高，身穿厚重的银甲，全身都被装甲包裹起来，关节处留有缝隙，足足有十多个。

我心想这家伙会不会是想来害我呀！他看着眼前的机械士兵说道："有些怀念了，Z521机甲战士，当时也是我们与人类交战的一大先锋主力。"

然后扭头对我说道："只需要攻击其腿部，那里是他最脆弱的地方。"

这时那些机器士兵已经走了过来。我直接冲上前跳起用原力包裹拳头砸向其头部，一声巨响后那个机器人头部已经被我砸出一个大坑，然后重重摔落在地。

身后的破灭对我道："等时机成熟我们可以再将他们唤醒，现在让我来吧。"

我看着他使用念力直接将剩下机器人困住，然后对我说："我们抓紧时间走吧。"

于是我们不回头地向着通道内走去，而身后的门缓缓关闭了。

过了几分钟的路程，我们到了一片密闭的空间内，中央一个巨大的水池，里面有一种像液体般的物质在流动。这就是液态记忆金属了。

他看着里面对我道："我的王，请您跳入那池水中，我会帮您重新打造一副真正属于您的身躯。"

我正要开口询问，突然通信仪上传来了消息，打开一看是大黄发来的，他说他已经到了，没有看到我，但是远处有个手持大刀的男人。

我听后立刻毛骨一悚，不会是史蒂夫吧，他怎么也来了？我连忙对大黄说道："你找到一个西边上的小木屋，然后快速叩击三下地面就能进入地下，不要管那个人！"

大黄似乎没再听到我说话，另一头传开一阵刺啦的电流声，沉默几秒后一个熟悉的略带沙哑的声音传来："我来找你了。"

那竟然是史蒂夫的声音。我急忙问道："你把他们怎么样了？"

他大笑起来然后说道："当然是宰了呀，放心，他们还没有时间恐惧。"

我听着心中一股怒火涌起，对他喊道："你为什么……来找我吧，我会让你付出代价的。"

他听后笑得似乎更加开心了："我也不知道为什么，冥冥中就感受到这里，然后就撞见了他们。不过你为什么要护着他们？你是不是也撒了慌？让我猜猜，你其实也是个机器人吧。"

我有些惊讶他竟然能猜到，不过很快反应过来说道："是不是你下来不就知道了吗？我在这等你。"

还没等我说完，就听到远处传来一阵剧烈的碰撞声，一旁的破灭脸色一变说道："不好，他正在外面跟机器战士对打。"

第四十六章　战斗打响

远处的打斗声不断响起，过了一会儿声音就消失了，我知道应该是史蒂夫已经将那些机器士兵都解决掉了。这时一旁的破灭急忙说道："王座，请您尽快进入池中我会帮您挡住一段时间，足够您重塑身躯了。"

我加重语气道："还是等解决掉眼前的麻烦再说吧，史蒂夫的力量不是你能阻挡得了的。"

他张了张嘴，最终没有开口。

我听着逐渐清晰的脚步声响起，反而冷静了下来。一道人影出现在通道尽头处，此时他手里还拿着一把血红的刀，此刻刀身的红色似乎又加深了些。他面无表情地看着我，然后说道："虽然我已经不是队长了，不过有你这么一个危险因素在，作为曾经的总队长我也不能任由你再为所欲为。"

我笑了笑，说道："我们也只是立场不同，没必要这样大动干戈，而且我也不是机器人，我只是看不惯现在政府的做法罢了。"

虽然我这么说，但已经做好了战斗的准备，机体的性能都在被我暗暗提升。

对面的史蒂夫似乎在思索着什么，然后厉声说道："是不是由我来决定，你如果能马上杀掉旁边的那个机器人我就相信你的话。我以队长的名誉担保。"

他指了指一旁的破灭。此刻破灭的形态就是活脱脱一个机器人。我只能说道："这是我的选择，如果你非要强词夺理的话，那就不好意思了。"

说着我将机体内的原力外放，形成一股气场，周围的空气都隐隐形成一堵气墙。其实我并不想现在与史蒂夫产生冲突，虽然真打起来他未必是我的对手，不过很可能会把这个地下工厂破坏掉，为了保全这里，我只能暂时和他周旋。

他眼里闪过一丝惊讶，说道："你竟然掌握了原力的威力，为什么你非要保住那些有意识的机器人？"

我松了口气觉得他应该不会动手了，缓缓说道："我其实正在秘密执行任务，这是第六部门派出的特别行动。"

我想起之前在与查理谈话中他曾提起这个神秘的部门，明面上政府最大的依仗是优盾部队，而暗地里又发展出第六部门，而他们孰强孰弱还真不好说，不知道现在拉出来他会不会信。

谁知道他原本面无表情的脸色竟然发生变化，神色严肃了起来说道："那还真是碰巧啊，我以前也接触过几次，那是一群真正的怪物，不过我见过他们的令牌，你出行任务不会没带吧？"

我终于有些装不下去了，一旁一直没说话的破灭却突然开口了："王座，我们现在联合起来足以将他干掉，何必再多费口舌？"

我惊讶地看着一旁的破灭，还以为自己听错了。我对他传音道："你就这么说穿了，待会儿这里怎么办？"

他回道："我有分寸，这里的关键地方不会受损的，而且现在机会这么好，我们不能让他逃掉。"

我只能选择相信他了，看着对面史蒂夫有些不解的神情，我直接用出感力压迫然后再用念力控制将他摔倒在地上，破灭也用出念力控制将压力增强。

在我们联手突袭下他已经被压在地面下。这里材质坚硬的地面都因为巨大的压力生生被砸出一个人形。

突然我感觉自己的念力被强行挣脱了，一股极强的气息从地下发出，只见史蒂夫缓缓站了起来拍了拍身上的土灰，全身都发出一股白光，强烈得甚至有些刺眼。他又恢复了面无表情的样子道："不管你真实身份是什么，现在都不重要了，因为你已经出不去了。"

他的话如同一道魔音，我听得有些震耳欲聋，没想到他能将原力传到声音上去。

一旁的破灭也没好受许多。我知道现在的力量已经不用做什么伪装了，可以发挥出全部实力。于是我将原力外放包裹全身，然后一拳冲出。史蒂夫见状没有多说，直接迎面也轰出一拳，"咚"一声爆响后我被震退后去，整座工厂也因此抖动了一下。

史蒂夫只是甩了甩手说道："还不够。"

我知道需要借助暗能了，于是第二次当着别人的面开启了战斗形态，瞬间一副黑甲自动包裹在我全身，一种十分舒爽而熟悉的感觉蔓延全身。

在穿上黑甲后一旁的破灭眼睛直勾勾地盯着我，眼里好像都有光放出来了。他说道："恭迎王座回归。"

我只说道："我们一起上吧，我一个人有些吃力。"

他立刻说了声："好的。"

我知道对面的史蒂夫应该很疑惑，我再将原力也释放于身，没想到原力的光芒在碰到黑甲后直接消散了。我只好将它施加在身体内部，然后明显感觉自己力量增强了许多，身体也变得更加轻快了。

我直接再次冲上去然后一拳对准他的头部砸去。他明显变得紧张了起来，急忙躲了过去。我的拳锋划破空气力量震动打穿了他身后的墙壁，随之整个地下都晃动了几下。

他一脸惊讶地看着我，然后道："这怎么可能？这副盔甲给你增加了至少两倍的力量，这股力量足以对抗甚至打败总队长级别的高手了，可惜你不是我们这边的，而我也是超过总队长级别的。现在我再给你一次机会，如果你能杀了那个机器人，我就当今天没发生过，我可以和你好好谈谈。"

他的语气中竟然还有妥协，看来是对我现在的力量感到恐惧而不敢继续动手了，不过我不会相信他会放过我。

没有犹豫，我继续转向冲去，向他再次发起进攻。他来不及躲闪迅速举起双臂抵挡，"砰！"一阵仿佛闷雷般的声音响起，他被我打退出去。

史蒂夫此时的手臂上正冒出大量的白气球，看来这一击对他的伤害不小。他摇了摇头猛地瞪着我说道："知道为什么别人叫我超人队长吗？"

话落他大喝一声，一股极其强悍的气息从他身上发出，这种久违的压迫感我只在查理身上感受过……

第四十七章　红线

史蒂夫体内闪起的阵阵白光直接将一小片周围的区域点亮。我这才发现他的原力气息强大无比，而且这还是将原力聚集于体内散发出来的。

只见他将手掌张开，然后一股原力快速凝聚成形，口中道："原气弹！"

一抹白光飞射而来，本能告诉我只能躲避，不能硬接。我以最快速度闪避躲去，只见光球在距离我还有几米时突然爆开，一种灼烧感袭来，只见黑甲表面散发出的黑烟很快就将光球爆炸时周围的热浪吸收。

但空气中还是留下了痕迹，虚空似乎因为无法承受剧烈的能量波动而变得抖动起来。一旁的破灭情况则有些不容乐观，他的半边身体都被融化成液体流在地上，而另一半还支撑着身躯站在地上，显得有些凄惨。

他扭头对我道："没关系，我很快就能恢复。"

我一时怒火涌上心头，对面的史蒂夫显然没料到。他缓缓道："竟然能撑住我的这招，你很不错。"

然后盯着我的黑甲皱起眉头，突然一脸震惊地望着我道："这副盔甲，难道是传说中的暗灵亡甲。一百年前这副战甲的主人曾以一己之力统治了蓝星，怎么可能出现在这里？不对，它虽然看起来像但又不是。"

他语气中充满了慌张，而后说道："这个世界原本有两种最为原始纯粹的力量，一为原力，而其对立面则为暗能。其中原力代表着生机和创造，而暗能则带来死亡和毁灭。现在原力已经成为主流，虽然在世人眼中罕见，但相比已经销声匿迹了许久的暗能依然要多很多。"

我知道他应该对隐藏的历史有所了解，没想到真相竟然是这样。他继续道："原力为至刚至阳纯原之物，可以出现在世上也属正常，而据说每当暗能现世，都会给世界带来巨大的灾难。你现在不管是什么身份，只要掌握了暗能就应该摒弃它，否则将会陷入万劫不复之地。"

他眼神严肃无比，继续道："你知道为什么蓝星表面没有生物居住吗？为什么世界政府会花费巨大代价来到地下建立天穹吗？就算是其土地被核弹破坏轰炸或者经历什么破环，人类都能将其重建恢复，但如果是被暗能沾染，则会给人类带来巨大灾难。"

他的神情有了一丝变化，看着我道："我似乎已经猜到了你的身份，如果能阻止你成长以免给人类带来巨大损失，即使我会战死也算值了。"

话毕他的身躯再次发出阵阵强光。这次光芒比上次更加耀眼。他直接将原力外放覆盖于身，整个人都仿佛成了光。

我看着他有些惊讶，连忙道："或许我有所谓暗能的力量，但我可能不会给人类带来灾难的，我其实从某种意义上来说出身于人类。"

他冷哼一声："暗能可不是你能掌控的力量，我也相信你不会，但这种力量本身会毁灭一切，不管你愿不愿意。"

我说道："我相信可以将它控制甚至是转移到其他地方，你先冷静下来我们一起商量。"

对面的史蒂夫似乎听进了我的话，身上的气息没有那么强烈了。

这时一旁的破灭已经恢复了人形，开口道："王座，我们生来就是要推翻人类成为蓝星之首的，现在怎能退缩？"

我心说这人怎么老把我往火坑里推，之后一定要好好跟他聊聊，甚至直觉告诉我破灭似乎并不是那么简单。

史蒂夫原本减退的气息再度暴涨。他对我道："果然你是那个人的继承者，今天你们别想离开这里。"

我无奈之下也释放出原力，外加暗灵亡甲，此时的气息已经不输史蒂夫了。一旁的破灭身体表面也呈现出一圈红芒，虽然没有我们俩的气息强大，但他也不容忽视。

这次我先闪身冲上去一记直拳再加上念力推动，我将速度提升到极致，空中都留下一连串的音爆声，眨眼间我就飞冲到他面前然后一拳砸下。他没有闪避，胸口处白光大震想挡下这一击，"砰"一声闷响后我被冲击力震退几步，而眼前的史蒂夫已经被打入墙体，烟尘四起，一旁的破灭也赶到我身旁。

突然周围都震了起来，好像是发生地震般，迎面的一面墙已经被全部粉碎露出其他通道，周围原本昏暗的黄灯再次变红响起警报声，但很快就熄灭停止了。

四周陷入一片黑暗，而震动还在持续。我由于是机器人能够夜视看到对面的史蒂夫。此刻他的光芒已经熄灭，但双眼散发出一种诡异的白光，很快他的身体再次有淡淡的白光闪起，看上去星星点点，不过没有上次耀眼，直觉告诉我这些光芒很不简单。

只见他径直朝我走来并没有加速，突然四周的灯光又亮了起来，不过是种诡异的红色。一旁的破灭说道："绝对领域，亡灵红殇。"

只见史蒂夫身上闪起了红色的光芒，然后不知从哪伸出数十根红线将他身体的各个位置捆绑。他的动作瞬间慢了下来甚至停顿了一秒，然后转头看向一旁的破灭。

此刻破灭身上的红光已经减少。他突然转头看向我道："王座，快！我坚持不了多久。"

我意会到连忙闪身到史蒂夫身前准备将他打晕。这时那些红线突然掉转方向对准我。我想要起身躲过但为时已晚，瞬间我就感到有种特殊的力量强行施加于身将我本身的力量限制，我一时竟然无法挣脱。

对面的史蒂夫此刻已经没有了束缚。他先看向一旁的破灭眼神中有些迷惑，然后对着我直接一拳推出，巨大的力道直接将那些红线挣断，我倒飞出去撞在身后的墙面上。

虽然没有很强的痛觉，但这一击下我的意识有些模糊了起来。我来不及思考，连忙爬起而面前又一拳已经迎来，刚准备躲开，身上又出现了那种红线，我刚挣脱出然后拳锋已至，"砰"又一击下我被打入墙体，急忙之下只能将所有的能力都用心灵感应冲撞，感力压迫，念力控制……

第四十八章　绝境

我将目前掌握的能力此刻都用了出来，一股股力量向史蒂夫以及不远处的破灭冲去，将他们压制住的一段时间内，我连忙抽出身来一边恢复一边快速走向破灭，想着先将他控制起来再说。

突然，我感到超能力被史蒂夫挣脱了。他从后面冲来，我只能先躲过他的攻击。"咚！"猛的一声爆响，地面裂开了一条裂缝。他笑着看着我道："没想到你们内部还出现了问题，现在就让我先对付你吧。"

说着他直接飞到空中，然后抬手间将两颗巨石也浮起说道："让你看看真正的念力控制是什么样的。"

我看着空中那两颗比人体要大几倍的巨石向我飞来，知道不好躲避，连忙也用出念力控制将它减速，在它快到我身边时已经几乎停了下来。

我跃起一脚跳在悬浮半空中的巨石上，然后借助它冲向史蒂夫。这时身后几根红线袭来，我被迫减慢速度。我急忙再次对破灭用出感力压迫和念力控制，很快红线消失了，我也先从空中掉了下来。

连续两次用出超能力对我的消耗极大，我此刻感觉有些吃不消，甚至有点头疼。面前的史蒂夫见状直接飞落下来说道："就到此为止吧。你已经很强了，说实话如果一对一我还真不一定是你的对手，多亏了你身旁的他。哈哈！"

史蒂夫说着手中闪起光芒，一股极强的原力冲来，我立刻用双臂抵挡。"砰！"一阵强烈的冲击力将我打得倒飞出去，我在空中扭转身形后倒退一段停下。

我的机械臂因为强悍的原力冲击有些功能受损，此时黑甲内的暗能开始快速修复着伤口。面前的史蒂夫不慌不忙地走到我面前再次蓄力准备将那充满原力的拳头砸下。我已经恢复得差不多了，只见他拳锋已至，我立刻爆闪开，然后一记直拳打中他的下巴。

他闷哼一声倒退两步，嘴里突然吐出一口血。那一拳蕴含了原力以及念力的加持，再加上黑甲的加成，如果刚才换成一块陨铁，我也能将其打碎。

他的脸似乎都有些变形，此时一脸凶色地瞪着我说道："没想到你还有这么强的力量，不过我也没用出撒手锏。"

他突然闭上双眼，然后我看到他额头中间双眼之上泛起了一阵光芒。那光芒已经形成了一只眼睛的形状，而且能看到那是一只睁大的巨眼。

他大喝一声从天而起，然后将背后的长刀握于手中，此时刀身已经变得全体通红，上面白气一阵阵冒起，一声像是巨型野兽的嘶吼声从刀上传来，"一式屠龙——灭。"

话音刚落，一道巨大的刀气划破天际直逼而来。我看着眼前的刀气已经没有空间躲避了，直接捡起地上一块巨石将原力覆盖于上作为抵挡，下一刻剑气直接将巨石斩成两段继续向我袭来。

我用双臂护住胸前以黑甲作为盾牌，"砰砰砰！"一连串爆炸声响起，将我打退至那方水池边。我检查了下身体，虽然感觉很痛但并没有伤口，而身后的水池此时已经被剑气一分为二了。里面的红色液体有些透过地缝向更深处流去。

一侧的破灭此刻再次挣脱了我的超能力束缚，我已经有些力不从心了，如果他们再联手起来，那就真麻烦了。而且没想到的是破灭竟然有如此强大的招数，这与他之前的力量完全是两个层面，虽然不知道他到底在谋划什么，不过既然已经背叛了我，那么有机会我不会放过他的。

不出一刹那，数十根红线再次出现将我限制，由于之前战斗消耗过大，我竟然第一时间无法将它挣脱。

空中的史蒂夫看到后大笑起来说道："终于结束了吗？我还真得好好谢谢你一旁的那个机器人，那就让我送你们一起上路吧。"

说着额头上的白瞳变得越发大了些，整个身体都闪着耀眼的光芒。我意识到这一击将会是他有史以来的最强一击。我用力挣脱了红线的束缚，然后将体内的原力汇聚在双手中，磅礴的原力涌动着，我直接跃起对着还未斩出的刀身一拳击出。

他也没料到我会直接冲来，只见那柄长刀对着我斩出，我本来想侧身躲过然后趁机还击。突然周围的光芒闪了起来，从红色变成了更加深色的血红，显得诡异无比，四面八方的红线直接从空中伸来将我束缚，这都发生在短短一瞬间，我还来不及挣脱，直接被眼前的刀光湮没。

"砰砰砰！"一时间只感觉巨大的力道将我撞飞出去。我被砸在地上的水池中直接到了最底部的岩石上。整个建筑都变得摇摇欲坠感觉即将倒塌，我只感觉全身都变得火辣辣的疼痛，随后想要起身却发现根本动不了。

四周开始剧烈地晃动，水上不时有巨石砸落下来，我透过水面看到有道人影靠近水池，但血红的颜色以及水面的翻涌看不清他是谁，只看见他跳了下来离我越来越近。

我想要控制身体站起但又尝试了几次还没成功。我检查了下机身损失程度竟然高达百分之九十。体表的战甲还在，但似乎已经不再恢复伤口了，而体内的原力也消散许多无法将我很快治疗，现在我感受到一股久违的绝望与无奈，心想今天不会就在这里永远沉睡下去吧。

明明是机器人状态，此刻却感到困倦无比，双眼都有些睁不开。我知道可能真的撑不住了，干脆就打算放弃挣扎了。我将机体放松下来，脑海里一时间回忆起之前的点点滴滴，那些属于自己的记忆不断闪过。很快，就在我真的要待机时我感受到一股凛冽而霸气无比的目光看来。

而那目光感觉似乎来自更深的地下，我心说地下怎么可能还有人在，可能是出现幻觉了。这时我注意到身上的战甲自动消散了，身体内的小球里也没有了暗能存在，它似乎意识到我的死亡而溜了。终于我再也撑不住缓缓地闭上双眼……

第四十九章　奥斯本

我渐渐闭上双眼沉睡了过去。

恍然间我来到了一片原野上。这里的风景与其他地方的有些不同，整片土地都呈现黯淡无光的灰黑色，甚至连四周的树木和草都是黑色而显得有些压抑。

我望向天空，没想到连天都是黑的。这种黑色不是正常夜晚的黑反而像是有人将天空染黑一般。那是一种纯粹的颜色，但上面还有星光点缀，给人一种别样的美。

我看得有些痴迷，这里与我所接触的世界似乎有很大的区别，我甚至觉得这像是某个独立的空间，并不是现实存在的地方。

我向远方望去，还是看不到尽头的无边无际的荒野。这时周围场景在变换，这里变成了一处断崖，而四周依然是让人有些压抑的黑。

断崖的尽头处此刻坐着一个人，只能看到他的背影，但不知为何当我看到他时竟然感觉到他十分孤寂，就好像我与他心意相通一般。

我一步步朝他走去，与他的距离感觉不算远，看上去有一二百米的样子，但是当我走了一段后发现竟然离他还有那么长的距离。这……

我突然想到这里的气息不就是暗能吗？但是为什么第一时间没能发现？我尝试着将体内的暗能释放出来，但是我惊讶地发现体内竟然没有了暗能，反而原力被释放出来覆盖在身上。

对于周围昏暗的环境来说，这股原力像是黑夜中一盏孤独的灯火十分耀眼，周围的草木在被原力照耀后都仿佛被点燃了般，上面的黑色都在慢慢消退。

这时不远处的那道背影似乎注意到了我，只见他缓缓转过头来，虽然看不清他的面貌，但我有种被盯上的感觉，那是一种无法抗拒的眼神，明明周围都是一片漆黑但似乎都不如他眼瞳中那种如宝石般的黑纯粹。

　　他看着我突然目光变得柔和，然后下一刻我竟然出现在他的身旁，那处断崖之上，我甚至都来不及反应自己是怎么过来的。

　　此刻我看向一旁的他，他还保持坐着的姿势，手里拿着一根鱼竿，而悬崖下竟然是一大片清澈得像是水一般的液体，其表面还淡淡地放着微光。当我一感觉才发现不对劲，其中有着原力的气息而且极为纯粹。

　　难道说下面像湖泊般多的液体里蕴含的都是原力吗？那大概有多少原力啊？这放出去绝对比当今世界任何的武器都恐怖。

　　他似乎并不在意下方的原力，忽而转过头来看向我。这时我才发现他的脸庞棱角分明，长着一张酷似人类美男子的脸，但脸上的金属色泽看出他并不是人类。他身穿一件黑披风，服装看上去像是上世纪的休闲衣，眼神中似乎有星辰流转，光芒四溢。

　　他先开口道："应该有一百多年了吧，终于有人陪我说说话了。"

　　声音低沉而富有磁性，里面蕴含着一股强大而并无敌意的暗能。

　　我终于忍不住说道："你是谁，这是哪里？"

　　他放声大笑了起来，说道："你可以叫我奥斯本，这是我最开始的名字，其他人一般称我为暗灵之王。这是属于我的领域，小家伙你受了重伤，多亏你体内的暗能唤醒了我，不然你就危险了。不用担心外面的事，他们是找不到你的。等出去之后你的身体就会恢复了，不过可能与现在的身躯有所不同了。"

　　说着他上下打量着我，然后目光向我的胸前看来。我顿时对他的好感下降了许多，没想到他却说："怎么样，我的暗灵之心用得舒服吗？"

　　话毕我突然能感受到他的心跳声，那频率竟然与自己体内的小球运行的一致。我顿时明白了许多，眼前这个男子或者说机器人就是人们口中传说的在一百年前曾统治蓝星的那个人！而我可能是在机缘巧合下得到了他的传承与能力。

　　他看着一脸疑惑的我说道："我的暗灵之心是不会选错人的，看来你是这个时代第一个觉醒的机器人，而且你本身拥有可以同时容纳的两种自然力。"

他顿了顿继续道："这其实是我残留下来的意识，只能在这暗无天日的地下了，我的意识在一点点流逝，转而变成一缕缕无记忆的更小的意识飘走。你来到还不算晚。"

我想起外面的机器人突然出现有意识的情况，一下子就解释得通了，原来那是他流失出去的意识所产生的现象。

他叹了口气缓缓道："其实当你能找到我时说明时间不多了，说明他快要出现了。"

我有些不解道："他是谁，难道这背后还有其他人？"

奥斯本神情变得严肃了起来，说道："他嘛，人们都说是我一统了蓝星，其实当时真正统治了蓝星的是他，号称光明与正义的原力之主——威斯。

"我在当时确实为机器人的崛起而打下了半个蓝星，我想创立一个机器人与人类共处的世界，而威斯作为我的副手不甘于让比人类强大的机器人只占一半，在他看来机器人当时已经超过了创造出他们的人类，认为人类是比机器人更加低级的生物。他想要通过战争让人类屈服其下，继而统治整个蓝星。

"我否定了他的想法。在我看来机器人需要与他的造物主人类和平共处，甚至我想在科技进一步发展后带领机器人去探索蓝星之外的星空与文明。而他则与我的意见相反，他希望我把人类驱逐出去，只留下一少部分人继续居住在地球。

"我们矛盾越来越大，甚至有时他都有种自立门户的感觉，碍于我的力量和威严并没有做什么。只是我没想到，他暗地里竟然联合了人类来反攻机器人。他将本来就更加适合人体的原力传授给人类，人类的实力上了一个台阶，但其实还不是机器人的对手。

"直到有一天，他暗中设计想要杀死我，登上机器人的王座，只要失去了我，确实没人能再挡得住他了……"

第五十章　再次启程

我静静地听着奥斯本的故事，没想到真相竟然与人们所认为的大不相同。

他语气平静地继续说道："我也想过他会独立于我，但是却没发现他暗算了我，但即便是他精心布置的陷阱也只能打伤我，从根本上不会对我造成威胁。谁知道他不惜以整个蓝星作为威胁，如果不把我杀死，他就会引燃蓝星所有的核武器。

"当时他的念力已经达到了可以覆盖整个蓝星的程度了，再加上他提前就找好了位置，如果他想要确实可以做到将蓝星炸毁。

"虽然我原理上可以阻止他，但只要有一点可能性我也不会拿整个蓝星做赌注。

"后来我在他的逼迫下决定自毁，而他也发誓不再拿蓝星或者上面的任何东西作为威胁。

"虽说如此，但由于我体内的能量过于强大，无法一次性消灭，他便在我死后将我的尸体无法毁坏的部分藏在世界各个角落，因为如果谁能集齐我的遗骸，谁就能继承我的力量。

"没想到你得到了我的暗灵之心，不过看样子还没开发过，你需要尽快找到其余的灵王刃和暗能石，这样才能发挥出本来的力量。我能感应到暗能石还在蓝星表面上，而灵王刃应该被威斯亲自藏在了某处，我竟然感应不到。"

他说着身体变得逐渐虚幻起来，继续对我道："你的意识还不够承载我的力量，不过加上我留下的现在足以再送你一副新的身体吧，这样你就能更好地驾驭暗能了。"

不等我说，他的身体已经化为星光点点飘散空中，而周围的景象也在迅速变换着，很快四周就陷入了一片黑暗。

忽然一阵嘀嗒声响起，黑暗中远处出现了一个光点。我靠近后发现有一滴滴的液体流下，我连忙走了过去，那是一个缝隙，外面不知道是什么。

等我再走近去看时，头脑突然开始晕了起来，我想要站稳但身体完全不听使唤。

不知过了多久我睁开了双眼，此刻我发现自己身处在水池中央，而四周的液体已经都流向了地底不知去向。周围的光又变为了那种黯淡的黄色，此时这里已经没有人了，但是远处还能听到有人的声音传来。

听声知道那是这家工厂的人员过来了。我挣扎着站起身来，发现自己好像变成了另一番模样。来不及想太多，周围的一切现在都被毁坏，一片狼藉。我没有多想直接顺着裂缝走到了地面上。来到地上后发现周围原本废墟的地上工厂被围栏圈了起来，一边还有一排警车停着。我没有逗留直接悄声离去。

走过一片丛林我回到了东城，这个科技发达的地方。我回想着奥斯本告诉我的事情，他将剩下的意识力量转移给我，而自己则彻底消失在世上。

但现在东城里还有游离的他已经失去记忆的残存意识，我看着他被人类消灭甚至是侮辱心中有些愤恨与不忍。

想着我再次释放出心灵感应想寻找他残留的意识。让我有些意外的是这次我的感应范围直接扩大到容纳了整个东城，甚至还能继续向外延伸。

我立刻在东城范围里寻找起有意识的机器人，没过多久就发现了十几个分散各地的机器人。我想着将他们一个个找到再说。突然那些机器人像是有所感应一般同时望向我的方向，只见他们心脏处一团团光芒飘起然后向我飞来，很快面前十几朵光芒凝聚在一起后飘进我的机体。

当我查看那些机器人时发现他们已经失去了意识，变成了正常的模样。

我感觉自己的意识变得坚固。此时天空突然电闪雷鸣，天色变得阴沉下来，瞬间一阵暴雨降临在这里，好像上天在为奥斯本悲鸣。

雨水很快淹没了地面。我透过水上的倒影看到现在的自己，一个看起来高高瘦瘦的男人，同样有着人类的外表，古铜色的皮肤，深邃的眼眶。

这就是现在的我吗？看上去和从前完全是两人，甚至连性别都换了。我感受着这副身体，然后心念一动，外形变化了起来，很快我又变成了以前梦雅的模样；然后我又经过尝试，变成了奥斯本的模样。

看来这就是液态金属的力量了，不过想要改变外形成为别人，需要用到很强的念力和意识，至少我在之前是做不到的。

突然我听到整座城市都响起了警报声，一声声长鸣传遍大街小巷。抬眼望去，周围的摩天大楼屏幕上突然从广告变成了梦雅的照片，然后上面写道：特级逃犯，高度警告，悬赏等级SSS。

我看着上面的字幕，突然意识到自己应该是被史蒂夫举报了。他可能回去查勘时没有找到我的身影，所以直接通缉我。

但现在还有许多疑问没有解开：为什么破灭会帮史蒂夫对付我？后来他们去了哪里？还有威斯后来统治了蓝星后又经历了什么？他现在去了哪里？我知

道这些问题需要我自己去寻找答案，而目前最重要的是集齐剩下的传承，之后再做其他打算。

想着我将身体变换成之前男人的模样，然后准备先出发前往蓝星表面寻找暗能石。光听名字就可能看出里面一定蕴含着大量的暗能。

可现在天穹之下，几乎没有办法去蓝星表面。我快速思考着，一个个的念头闪过，突然我想到可以利用飞艇登上，现在动力最大的飞艇也被限制只能飞行到千米的高度，而到达穹顶需要再加上五百米的高度，想着我可以用念力强行让它升高一段，不过不知道能不能到达这最后的五百米。

没有犹豫我决定先尝试一番。很快我买到了一艘全新的超动力飞艇，据说它甚至能飞一千一百米。

我当即开着它起飞然后不断升空，很快就来到了千米的高空。我想着再上升一段，没想到它竟然真的能继续飞行。

最后来到了一千一百米，我知道它确实到达了极限，于是直接释放出念力控制让飞艇继续飞升……

第五十一章　混入

在我念力控制下飞艇以一种不自然的方式继续上升着，很快就来到了一千四百多米的高空，只剩下最后几十米就到达穹顶了。

这时我突然感应到有危险袭来，那是一种多次经历生死危机而产生的反应。只见上空白色的穹顶上出现了黑色的洞口，下一秒一道巨大的闪电直接向我劈来，情急之下我只能将原力释放包裹自身。

一声巨响后飞艇侧翼已经被击落，一阵黑烟从机身冒起。我虽然没什么大碍但此刻飞艇已经报废了。没有犹豫我决定放手一搏。我直接跳出舱门，此刻飞艇已经开始摇晃，随时有下坠的风险。

在出发前我已经锁定了能够直接到达穹顶的大致方位，就在这片区域，但没想到竟然会遭来如此打击。政府对于非法离开大区前往蓝星上的法律中并没有提到死刑，不过会追究其刑事责任，而现在我却横遭雷击，恐怕这背后有人在故意操控。

我直接放弃了已经失控的飞艇，然后一跃而起准备冲向穹顶。在消耗了海量的念力后，我终于登上了穹顶。它并不是光滑的外表，而是凹凸不平坑坑洼洼的，上面附有极其坚硬的纳米材料。我顺着上面的凹陷开始攀爬摸索着通道机关。

　　此刻距离外面的地表还有厚达百米的土层，如果我强行穿行的话成不成功先不说，其中耗费的力量也是不可想象的。

　　终于在过了几小时后我找到了一处穹顶控制间。那是一个巨大的房间，通过心灵感应判断出里面有几十人，我直接用感力压迫控制了他们，然后找到了前往穹顶之上的路线。之后我尝试着用查理交给我的办法对这些人进行记忆篡改，结果很顺利我成功了。之后我在这里取走了一艘特殊的飞船，可以行驶到一千五百米的高处。

　　我驾驶着这艘飞船找到了一条隧道，那是一个狭窄的黑洞。我将飞船开到其下方，一股吸力自动将我带起，很快眼前的视线变得黑了起来，过了大概一分钟眼前又变得明亮了许多，周围的视野也变得开阔起来，我意识到自己终于来到了蓝星表面。

　　这里的景色看起来有些荒凉，四周都是一望无际的荒漠，不知道这里之前是什么，我驾驶着飞船出发开始寻找那神秘的暗灵石。

　　我释放出了心灵感应并直接将范围扩散到最大，很快我就发现在这看似荒芜的土地之下几乎每片地方都埋有丝丝的暗能，虽然很微弱但分布在广袤的沙漠上加起来就很恐怖了。

　　我继续向外飞行，同时看看这里还有没有生物生存。过了一天多的时间我终于走出了荒漠，来到了一片建筑群。其实也可以说是一个现代化的村落。

　　这里十分安静。而让我惊奇的是周围看不到任何人，但每座房屋十分新，好像没建起多久，显得有些诡异。我决定将飞船停在一旁然后自己进入里面，看看这儿究竟是什么地方。

　　很快我踏入了这里的街道，一眼望去那些房屋大门都紧闭着，我走向其中一家从窗外向里看去，一张木质的圆桌上面还放着一杯冒着热气的不明液体，看起来还很新鲜，而屋内其他地方也并没有什么灰尘或者污沥。

　　我有些不解，想着可能这里的人因为某种原因全部都到了其他地方，也许他们很快就会回来。

我直接翻入了那间房屋，然后打算一边搜索屋内看看有没有有用的线索，一边等待这里的人回来。

突然，我听到一阵鸣响声出现在城镇外，而且越来越近，心想一定是那些人回来了，我便躲在靠窗不易发现的位置观察。

很快一串整齐的脚步响起，我竟然看到一排排身穿军队服装的机器人出现在街道上。它们步调整齐划一，毫不慌乱。之所以看出是机器人，是因为他们的外表就是大区中经典的最先进的战争机器人T101。

为首一个头戴红帽的机器人看着身后道："刚才有一个疑似人类的不明入侵者进入了我们的驻扎区。现在你们快去进入各自的房间进行搜索，有任何可疑情况向我立刻汇报。"

那些身穿迷彩服样式的机器人统一回道："是！"

我有些好奇这些机器人是否拥有了意识和思想，还是靠人为的程序设定成这样，不过如果是人为设定，就不应该有刚才那一幕。我很想释放心灵感应来查勘他们到底是什么情况，但为了避免过早暴露我还是忍住了。

很快我听到这间屋子门外的开门声响起，有人进来了，由于我在离门还有一墙之隔的卧室里，所以暂时他不可能看到我。就在他走到我这间房屋时，我立刻爆闪而上将他按倒，然后用念力控制阻止他的发声。

我看到他一脸惊恐的表情心想这货不会真的是有意识的吧？不然这也设计得太像了。我释放出心灵感应很快一团绿色和红色交织的光团亮起并飘出。

我已经有些震惊了，没想到这些机器人都是有意识的，不自觉中我对他的压制有所减少。他立刻准备按下身体按钮联系其他人。我来不及多想，直接将他再次强行控制住，但由于用力过猛直接破坏了他体内的芯片和构造。他双眼中的红光满满淡了下去很快就倒在地上。

我有些无奈，不过很快心生一计，将自己的外表变成这个机器人然后混入队伍中看他们到底是什么情况。

按史蒂夫的话来说现在蓝星表面很难有生物居住，不然人类是不会放弃的，而没想到的是这里竟然有智慧机器人在居住，并且他们既然在这里有营地说明其他地方也有，那么这规模加起来就很难想象了。

没过一会儿一声长鸣响起。我看到那些机器人都走到了大街上，我也学着他们走了出去，然后站成一排。

那位为首的士官发话道："你们都没有看到任何可疑的线索吗？"

下面回答道："没有。"

这时他的目光缓缓向我这边看来……

第五十二章　新发现

为首的那个机器人突然转过头来朝我的方向看来，他的目光扫过我这一排后又收了回去，用一种有情感的声音说道："奇怪，刚才雷达显示这里确实出现了不明高等生物，他一定还没走远，你们现在立刻分散在方围十公里地毯式搜索。"

下面连忙答道："遵命。"

我和一个机器人被分配到东南一小角处进行搜索，很快我们就出发了。

离开了那片城区后，我们用一种两人座的汽艇开始了寻找。在路上我仔细观察身旁的机器人，从外表根本看不出他与其他的大区内的机器人有什么区别，但透过他的行为我确实发现他是有自我意识的，不过开始出发时他一路都没有说话。

我因为占据了其他"人"的身份，如果多说话很容易暴露出来，于是一路上气氛十分安静。大概过了十分钟他终于说出了第一句话："不用再找了，我们准备回去吧，这里没有他的踪迹。"

我有些不解，由于我们才走到八公里左右，虽然眼前的景色还是一片荒芜，但并不代表剩下的地方就没有人出现。不过我想他应该还知道了其他的原因所以才这样判断，于是我说道："好！那我们现在返航汇报工作吧。"

他机械般的声音中带有一丝疑惑说道："这在以前从来没发生过这种事情。这里可是无人区，没有可以躲藏的空间，其实想找一个人很简单，甚至都不需要我们再亲自寻找，但领队还是这么做了。"

我故意问道："所以你觉得他这么做是什么原因呢？"

他的语气中出现了明显的起伏说道："要么这样能让他求个心安，要么就是他不信任我们所有人。"

我还没听懂他的话是什么意思。他继续道："我认为他是觉得我们当中有人被顶替了。"

说完后我心中咯噔一下，不会吧，这么快就被怀疑了，那接下来会发生什么就更加不可控了，想着要不然直接出手将他们都拿下吧，不过这样一来后续一定会遭到更大力度的追击。所以我先否定了这个想法。

他一直目视着前方的视线突然转向我说道："你觉得会是谁呢？"

我不知道怎么回答好，但还是说道："如果真有可疑的人的话，我相信他很快就会被捉拿的，现在我也不知道那个人是谁。"

他突然身体一震，好像听到了什么不可思议的答案一般，然后迅速和我拉开一个身位看着我道："是你。"

我一时也被他吓了一跳，看来我已经暴露了，不过我还是强装一脸不解的样子说道："你在说什么，我怎么可能是那个入侵者。"

他愣了几秒后立刻取出一把激光枪一样的武器对准我道："你最好老实交代，不然你的下场会很凄惨。"

这时我和他的通信仪上同时响了起来，一个熟悉的略带沙哑的声音传来："各个小队请注意，现已抓捕一名可疑分子，请大家速速归队。"

那个红帽队长的声音传了出来。我有些意外这个时候恰好有消息了，不过这样反而让我有了喘息的机会，虽然有些奇怪，之后就知道怎么回事了。

我向对面的机器人微微一笑道："我就说不是我，你还不信。"

谁知道他不仅没有冷静下来，反而扣动了扳机，一束黄色射线朝我袭来，我只能先快速避开，然后顺势贴近将他的枪卸下，然后反手对准他说："不要动。"

他先是惊讶，紧接着一脸惊恐地看着我说道："别别杀我，我什么都告诉你。"

我其实并不想动手的，可惜他非要给我这个机会。这时趁着这个时机我有一些问题要问他，之后再将他进行记忆修改就好了，就是不知道用在机器人身上效果怎么样。

我先是用念力将自己外表恢复了原型，然后一脸凶色地看着他道："你最好不要骗我，否则你会付出比死亡还要恐怖的代价。"

说着我释放出心灵感应来查勘他的情况，一股主要由黄蓝交织的光团缓缓从他胸口出现然后飘入我的体内，这时一种奇怪的感觉出现了，我似乎发现体内的心灵感应力变强了，虽然很少但对于长期这方面已经没有增强过的我来说这是件大好事。难道说增强心灵力最正确的办法不是强行撑破而是同类的光团吸收？

这么来说怪不得之前在穹顶之下我读取了那么多光团都无济于事，原来是对象错了。

对面那个机器人看着我似乎有点享受的表情连忙直接跪了下来道："求你放过我吧，我也只是个给人打工的，我可以告诉你任何事。"

我觉得他可能误会我的意思了，我干咳一声然后说道："只要你积极配合，我就不会对你做什么，那么你先回答我第一个问题，你们所在的军队叫什么井字棋，它是为谁卖命的，还有这一共规模有多大？"

他先是一愣，然后一字一字地说："您……真不知道吗？"

我已经有点想揍他一顿了。我厉声道："再不说你就回不去了。"

他很快一脸正经地说道："我知道，我们所在的部队属于第八军团麾下的先遣军。而这一共有十支军队，每支都有十万多人的主力军，还有更多的编外军等。我们都是在为伟大的救世主光明神卖命，人类以前给他取名叫威斯。"

我听着他的话语心中有些震惊，这就是真相吗？那人类以为一直平安的无人居住的蓝星表面竟然是这样的。不过我想未必那些人类政府高层就不知道其中的真相，也许这天穹就是为躲避他而建立的。

不过光猜测是没用的，这些要以后再去验证。我继续问了几个关于现在蓝星上与威斯或者军队还有这里机器人本身的问题，他有的没答上，有的对我说得滔滔不绝。其中我了解到原来这里本来就一直存在着很大一批智慧机器人，但问他为什么会有智慧，他就很难解释了……

第五十三章　同道中人？

通过询问了他一些关于蓝星表面的问题后，我才对这里的真相有所了解。

原来蓝星确实在一百年前发生了一场极其浩大的全球性战争。在那次战争中人类惨败于机器人，但在那名士兵的解释中那是由暗灵之王与光明神齐心协力下一举打败并统治了人类主导的世界。后来出于对人类的仁慈，光明神最终决定将他们一部分放逐于太空，另一部分则给予他们适当的居住环境与空间。

但暗灵之王突然想要灭绝人类，于是将蓝星上都覆盖了暗能，他因此也力量大减，最终由于急于修复而意外死亡。至此光明神一统蓝星并将地下给予人类，人类因此再获新生。不过从此双方签署协议，除非必要情况，否则不能有联系，人类更不能随意踏进地表，不然则视为宣战。

我听着他的解释，想着奥斯本说过的话，那真相可能是奥斯本在自毁后威斯一举拿下了人类，并将奥斯本的体内无法溶解的暗能释放出去，谎称这是他自己做的，最后还当了一把好人，并坐上蓝星之主的宝座。

不过我现在也只是猜测，但已经离真相越来越近了。面前的那名士兵还做着投降的姿势，我想了想还是用出了原力的记忆修改，一道强力的白光从我眼睛中亮起，一闪过后他陷入了一种待机状态，我很快就植入了一段与他正常出行的记忆，并且发现相比人类，原力的修改记忆在机器人身上更加好用。并且从他的记忆中得知了与他同行的人的言行举止，我冒充的人名叫拉姆，而他叫贝奇。

不久他从待机中醒了过来，而我又变成了拉姆的模样。他看着我说："我好像做了一场噩梦，梦里你变成了魔鬼。"

我直接仰天笑道："你可真行！这一觉给睡的，行了，该回去了。那名嫌疑人已经抓到了，我们任务完成了。"

他挠了挠头道："奇怪，我们先回去吧。"

很快飞艇便回到了那座小镇上，而回去时发现其他人几乎都已经到齐了。那个队长此时一脸严肃，看着一个方向道："没想到竟然是那个人的追随者。"

我沿着他的方向看去，在一处角落里有个机器人被五花大绑着。他有着一身蓝黑相间的条纹，而额头处有一个十字架，中间还有极其眼熟的红色图案，那是当时在大区酒馆时从守卫者额头处看到的图案，除了颜色外一模一样。

当时我还在想这到底有什么含义，而此刻便明白了。那个机器人一言不发，突然身体出现变化，很快开始液化，但始终还是挣脱不了那根绳子，他逐渐变成另一个人，也就是那名队长。他缓缓开口了："我不知道你们是什么时候发现我的，不过既然这样那我认栽了。不过你们会被暗灵之王的灵魂所吞噬的，他才是这个世界的主宰。"

那名队长脚步明显退了两下，然后语气中有了一丝凶狠，道："随便说吧，等待你的是将你记忆删除甚至是回炉再造，看你到时候还会不会嘴硬。"

那个机器人没有再说话，只是用一种嘲讽的语气看着周围。我心里此时已经有了答案，没想到在这里还有奥斯本的追随者，不过看来不太好过，想着我准备待会儿将他救出。

很快我们就回归了队伍，然后整支部队就来到了一艘巨大的飞艇前，准备出发了。

由于读取了贝奇的记忆，我知道现在应该准备押运他先去监牢，然后再返回做一件很重要的事情，那就是寻找暗能石！

这支队伍在总体的军队中不值一提，根本算不上厉害的角色，在寻找暗能石的任务中也只是为了搜索进一步确认它的位置，甚至是帮后续的主力踩踩雷。

至于暗能石也是最近突然有了下落，于是威斯一定要全力派人来寻找。没想到竟然这么巧，不过情况也不算很糟糕，至少现在还没让他们找到，而且敌明我暗更利于接下来的行动。

飞艇响起了一声巨大的引擎声，然后就升空载着一百多人出发了。我途中故意靠近了那个被捕的液化机器人。我用原力向他传音道："我来救你出去，我也是暗灵之王的追随者。"

他听到后先是愣了一下，然后朝我的方向看来，然后我便听到他的声音："为什么？我怎么相信你？"

我不能先向他暴露身份，于是传音道："我掌握了暗能。"

他不可思议地看着我，好像在看一个傻瓜，然后小声道："这个世界目前存在过三个人掌握了暗能，而他们其中两个现在都死了，你要我。"

我扭头看了看周围，发现没有多少人注意这里，然后抬手将心脏处的暗能召唤于手间，一缕缕黑色像是烟雾般的物质飘在手间。他一言不发地盯着我，瞬间我感受到飞艇上传来一阵剧烈的响动，整个甲板都开始倾斜了起来。

我也有些惊讶，难道发生了什么事？很快飞艇上传来了鸣响警报，整架飞艇上的人瞬间都紧张了起来并进入了备战状态。

二层控制室里走出了那名队长，一脸严肃地望着下方道："不知道什么原因，原本只在地表内微弱的暗能此时变得狂暴起来，它们形成了一股力量正在将飞艇向下拉。我们现在准备先降落，大家做好备战准备。"

很快飞艇降落在地面，其实说被迫冲向地面也可以，因为极速的降落和巨大的冲击力将整个飞艇都损坏了一小部分。不过上面的人都没事。

队长安排所有人都别动，原地等待。我在想着真的是我刚才的动作引起下面的剧烈反应吗？这威力也太夸张了吧。

不过现在正是一个好时机，想着我站起身来，一旁被绑的那个机器人看到我后眼里似乎都冒出了光。我闪身到第二层甲板上落在队长身前，迅速掏出手中的枪对准他道："别动，不然会死。"

他一脸不可思议地看着我，缓缓举起手来……

第五十四章　围捕

我单手举起枪对着他道："现在放他下船，我就饶你一命。"

那个队长眼神由不解变为愤怒再变为恐惧，最后对我说道："你是谁？为什么要这么做？你知道你会迎来什么吗？等待你的会是圣兵部队的追杀。"

我还是第一次听到这个名字，不过按理来说确实会吸引更高规格的追捕。我将机体变形液化，然后成为和那个液态机器人一样的模样道："我们革命军是不会臣服的，你还是快做决定吧。"

他惊讶地看着我说："又是液态金属，没想到你们竟然藏得这么深。好吧，这次行动算我失败了，你们走吧。"

他说着眼中的红光也黯淡了下去。我没有理会直接将他架起然后命令剩下的士兵给那个液态机器人松绑，我们就这样在众目睽睽下走出了飞艇。那些机器人士兵手里的武器都被命令放下，然后他们就这样看着我们离他们越来越远，直到我觉得已经可以逃走时，将那个队长推出，然后说道："先别走。"

一旁的液态机器人找到一辆浮车，我们先坐了上去，然后立刻将马力开到最大冲出。

身后我没注意到那个队长嘴角露出一丝不易察觉的笑容。一旁的液态机器人说道："简单介绍下，我叫龙七，感谢你的救命之恩，刚才你释放的真的是暗能吗？"

他还是有些不敢相信地说："原力和暗能虽然是蓝星上最原始且强大的力量，但不同的是，原力可以领悟或者直接由强者灌顶，而暗能只能由它最初的拥有者——暗灵之王认可后来赐予或者传递。"

话毕他看着我好像在看一处巨大的宝藏般炽热。我咳嗽一声说道："这样嘛，看来我可以是被暗灵之王认可了吧。"

龙七道："你能否再展现一下刚才的力量，只要我确认了就能将你带往暗灵组织并让你当上统领。这样我们就能更快找到暗灵之王的遗物继而将可恨的威斯消灭。"

我听着他的语气中充满了愤怒，但是威斯既然是原力之主那么他的力量绝对是领先一众高手，再加上他统领的上百万大军，不知道龙七是真有办法还是空有雄心。

就在我准备再次将暗能召唤出来时，高空传来了一阵飞行物的破空声。我释放心灵感应查勘，发现四周出现了四艘刚才那样大型的飞艇正在将我们包围缩小。我连忙将浮车速度开到最大，然后对一旁的龙七说："我们已经被包围了，这次对面来的人比上次多四倍而且很可能更强。"

只见他似乎不太慌张，将通信仪打开道："我已经知道了，我们的人也在路上了，估计很快就到。"

我心说是所谓的暗灵组织吗？竟然这么快就赶过来了，要知道龙七也刚拿上通信仪没多久，不知道他们的人有多强。不过过会儿看来一场交战在所难免了。

很快周围的四艘飞艇出现在视线中并悬浮在低空将我们包围住。飞艇内传来了声音："请你们立刻投降立刻投降，否则将会对你们进行无差别打击，投降可留你们一命。"

这时我释放出心灵感应，感受着四艘飞艇上一共有五百多人，随后一团团的光芒向我飞来很快就融入体内。这时我明显感受到心灵力增强了一些。

突然我感受到有另一波人正在快速接近中，而那些飞艇似乎也察觉到不对劲，他们掉转飞艇上的炮口朝着那队来势汹汹的人方向打去。很快地面上响起了一连串的爆炸声，伴随大量烟尘。

突然一个巨大的身影从地下钻出，我定睛一看那竟然是一辆巨型战舟坦克一样的东西。只见它迅速冲来，然后一串导弹从车身飞射而出。

最前方离战舟近的飞艇来不及反应，几枚导弹在轰穿飞艇外层的防护膜后其余的直接炸在其舰身上。一阵浓烟响起，那艘飞艇缓缓下落在地面。

而战舟此刻已经冲入原本包围的包围圈里，在距离浮车很近的位置停了下来。一旁的龙七此刻开口了："我们得救了，快先上去再说吧。"

说着他已经下了浮车正招呼我一块走。我想了想这个暗灵组织决定先不去了。对面龙七见我犹豫着没有动对我说道："不用担心，这里都是暗灵之王的追随者或者崇拜者，我们一起帮你。"

我摇了摇头对他说道："我还有其他事，等我忙完后再联系你吧。"

他见我迟迟不肯动也没再坚持，说道："好！那我们后会有期，恩人。"

我对他点了点头，然后驾驶着浮车准备沿着那艘沉落的飞艇的方向出去。一旁的龙七也登上了战舟，很快巨大的战舟就启动了。舟身前方伸出一只巨型钻头，接着地面被打开了一道漆黑的洞口，战舟很快在其他飞艇还没来得及攻击时已经逃出了视野。

我此时也已经跑出了一段距离，不过身后的另外三艘飞艇此刻动了起来，它们缓缓掉转方向朝我这里飞来。巨大的黑影逐渐出现在我头顶，没想到他们速度如此之快，我来不及再继续前进，于是干脆停了下来，手中缓缓凝聚起一股暗能。

这时原本平静的地面开始震动了起来，很快就像上次一样一股巨大的龙卷风凭空出现了，而且我能感受到其中夹杂着暗能的力量。

只见那风旋转着不断靠近空中的飞艇，巨大的飞艇在暗能组成的风力下变得摇晃起来，很快就有一艘直接在空中炸开，仿佛一道灿烂的烟花般火光四射，巨大的舰身冒着黑烟坠落在一旁的荒漠中的。

剩下两艘飞艇似乎还不甘心，它们急忙避开了龙卷风的位置然后空中出现了一个个小型的飞船，看上去足足有五十多艘。它们从舰身上不断落下，最后一齐向我飞来。

我顿时感到不妙，一咬牙我决定再试试能不能摆脱追捕，一道红蓝色火焰轨迹出现在荒原上，我驾驶着浮车飞冲而出……

第五十五章　五婆婆

随着我将一记油门踩到底，再加上本身的念力助推现在的浮车没有开启飞行模式也已经有腾空的趋势，而此时身后的飞船舰队也追了上来。

他们宁愿放弃一直与他们为敌的一众暗灵组织的人也要来追捕我，看来他们断定是我将暗能引起的龙卷风了。这时任何掩饰也改变不了什么，想着我决定不再逃亡。

身后的飞船见我停了下来纷纷将我包围，不久两艘巨型飞舰也到了。在这种看似绝境的情况下，其实我还有把握将他们一举击杀，不过可能要费一番功夫。

我不再犹豫直接释放出心灵感应将附近所有人都包裹，然后用出感力冲撞。嗡嗡嗡，我突然有种头晕目眩的感觉，我立刻明白了那是超能力使用过度导致的。我摇晃了下自己强行让自己打起精神。天空的飞船甚至巨型舰艇此刻都纷纷坠落了下来，看来我成功重创了他们，此刻应该不会再追击上来了。

我找到其中一艘飞船然后将其舱门掀开，里面的人此刻还在痛苦地翻滚着，完全不顾我的出现。我直接用出记忆修改，想要读取他的记忆。很快我将他放了回去，我了解到这些人确实来自圣兵部队，属于威斯统领下的精英部队，而且他们中甚至有人已经掌握了原力可以简单的运用。

这就让人不可思议了，这么说原力在这里比穹顶之下的人在数量上就多了许多，因为这样的部队并不止一支。这真的是一支很强的部队，我心想。还有一点令我感到奇怪，那名士兵的记忆好像已经被修改过了，因为我发现了原力的痕迹。这里面应该还有什么不为人知的秘密吧！

没有多想，我趁着这些人还没有恢复，先离开了这里。

浮车在荒漠中穿行了一段后，前方看到一大片如原始森林般的情景。我将车停了下来，通过刚才的记忆得知这里名叫花花林，是一片暗能浓度很高的地方。我感受着这里地下的暗能，果然，比外面的荒漠高出十倍不止。由于高浓度的暗能，除了一些特殊的植物其余生物很难长期在这里生存。

这里曾经也被认为可能存在暗灵之王的暗能石，但搜寻过数次无果后也放弃了。而从记忆中得知威斯似乎已经确定了暗能石的位置，准备派人前往取出，但具体的信息还不知道。我心说这么快吗？如果我自己寻找的话可能还需要耗费一段时间，如果能直接混入找寻的队伍中就好了。

想着我已经进入了这片密林，周围的古木都高达百米，遮天蔽日，像极了当时在进入东城工厂路上碰到的场景，只不过这次更加夸张，这些植被都已经长到了不可思议的高度，就连丛林中的一束野花都有半人多高。最终我还是忍住了没有将暗能外放，不然不知道会引来什么后果。

就在我觉得可以先离开这里时，林中传来了窸窸窣窣的响动，一只红色的麋鹿蹿了过来，在我不远处的草丛停下，"咻"一声箭响，那只麋鹿应声倒地。另一边走出一个身着碎花衣、满是皱纹的老婆婆。只见她先是愣了一秒然后道："这是来了客人吗？我这个老婆子也没什么招待的东西，就正好请你吃鹿肉吧。"

她一边说着一边将那只鹿捡起，看着我道："随我到老朽的山洞一聚如何啊？我也好久没看到外人了。"

话毕头也不回地拎着那只鹿朝一个方向走去。我有些惊讶在这里还能看到人类，这是一种直觉——她是人类。居然还有人类能在如此高浓度的暗能下生存，这简直打破了我的认知，我对她产生了种很强的好奇心，终于我还是跟了上去。

我的外表现在虽然像是人类，不过细看后就会发现是机器人，而她见到我后似乎把我当成了人类，这有点……

我跟着她走过一小段小路来到了一个洞口，这里还有一些日常用品摆在外边，一旁能看到有火堆烧过的痕迹。很难想象一位这把年纪的老人竟然还能居住在这，显然她也并非常人，很可能掌握或者有了什么能力。

她先开口了，而第一句话就震惊到我："小伙子你身上似乎具有许多不同的强大的力量哦，老朽从来没见过身负如此多种力量之人，最重要的力量应该跟这里的土地有关系吧。"

我立刻警觉起来，虽然还没有动手，但我仿佛感受到她身上有种强大的力量。我连忙说道："你是什么人，为何会出现在这个地方？"

她一边将那鹿剥皮一边说道："叫我五婆婆就好了，我就是一个活得有点久的糟老婆子，还是你们年轻人有闯劲。"

她将头抬起来盯着我继续道："不知道是不是老朽的鼻子出错了，我竟然在你身上感受到了他的气息，而且很强烈。"

她的眼神中出现了一丝追忆的目光，缓缓说出了三个字："奥斯本。"

我吓得后退了一步，然后问道："所以你和奥斯本之间有什么关系吗？"

她神情一变，语气低沉了下来，说道："我曾是他的追随者。"

我心想这怎么可能，堂堂的暗灵之王追随者是一个人类？她看我有些疑惑，继续说道："看来你已经知道了暗能对于人类来说是多么可怕，但是它却并没有给我带来不幸与灾难。反而带给我力量，让我能变成世上唯一一个掌握了暗能的人类。"

她的语气中充满了自豪与信心，然后只见她用手一挥，一道黑色的凝实的像是固体般的暗能出现在空中，她将那团暗能丢在火架上，很快一股青色的火焰冉冉升起，随后又变成了正常的红色。

我神色一震，对她说道："我严格来讲继承了他的暗灵之心，并且现在来到这里想再寻找暗灵石，从而完成他的夙愿，将威斯打下台。"

这时轮到她惊讶了，只见她两行泪珠滚落在地，然后对我郑重道："我可以帮助你找到暗灵石。"

第五十六章　暗源之地

她说着便直接用暗能在空中比画了起来。我看着那不断变化的线条似乎组成了一幅地图，而图中有五处亮眼的黑点。她对我说道："这几个地方就是暗能密度最高所在，而暗能石其实就在其中连线的交会处。"

说着她将那五个黑点连了起来，而在它们中央有一处更大的黑点，她说道："这就是聚集万千暗能于一处的阵眼，这里便是暗能石所在。"

此时空中的图案还在变化着，突然中央的那处黑点变成了一个旋涡，而周围的黑色暗能不断被它吸引，逐渐那幅地图黯淡了下来，周围的暗能全都汇聚在那一处，而它的样子变成了一颗晶莹剔透的五角形状放着暗芒的宝石。

五婆婆对我说道："这便是我经过演化后推断的结果，那地点在离此地向东五千公里的地方。"

我道："这就是暗能石吗？那么多谢老人家了，我现在就准备出发寻找。"

她深呼了口气说道："自从暗王走后我就一直寻找他散落在各地的遗迹，一百多年里我四处奔波，现在这里是我最后到达的地方了。这里也是我的终点站了，过几天威斯很可能会派人再次来到这里，你到时候应该已经到了源地，我会直接摧毁这里，这样他们就无法得到暗能石了。"

我听着有些不解，便问道："这样会对那个最终的源地有影响吗？"

她说道："如果不是自带暗能之人是无法直接到达那里的，除非他们能保证五处暗穴不被破坏。"

我听着明白了些，便问："婆婆，还不知道你的真名？"

她笑了笑道："我叫珍妮。"

之后我又和她聊了几句便开始出发了，准备前往暗源之地灵丘。我们约定好等我找到暗能石后让她保管一天，之后再给我。

我走出丛林驾驶着浮车开始真正的地表之旅的第一程。一路上都很顺利，几乎没遇到什么阻碍。在快接近源地时突然周围的景色变了，原本的荒漠中出现了一座巨大的城池，整体给人以一种神秘而压抑的灰暗色。由于周围没有任何参照物，不能判断出它到底有多大，不过我觉得这比一般的城池要大几倍。

这时我离那里还有一段距离，突然间脚下传来了阵阵响动，伴随一声破土声，只见一个巨大的身影钻出地面，连同我所在的位置都被摧毁。我闪过身落在不远处，眼前的巨型生物是一只像狮子般的怪物。它长着九根尾巴、三颗头颅，而其身高至少在十米开外。

如果不是刚才巨大的动静，我都怀疑这是不是幻象。很快它便动了起来，只见它先朝我吼叫了一声，这声波似乎夹杂着魔力般刺耳，尽管我是机器人也察觉到其中不同凡响的力量，如果换成普通人的话恐怕这一击足以把他们耳膜震破甚至震晕了。

它似乎感觉到这招对我无效，便不再吼叫转而张大嘴很快一股炽热的气息扑面而来。空中燃起了一团大火，我见状直接闪身躲了过去，而刚才的地方已经被烧得漆黑一片了。

我开始重视起来，刚才的火焰不知道这副身躯能不能抗住，为了保险起见我还是没有尝试。它接着转向我继续喷火，这一次三张大口同时张开，只见三个火团扑面而来。我直接跳起躲过这次的攻击，同时下落冲向还在喷火的它。

它来不及躲闪，"砰！"一声爆响后它连连后退几步，不过还没有倒下。刚才我用上了五成力量，那是可以打倒优盾队长级别的力量，它竟然没什么事，看来这只凶兽很不简单。

它原本正常的双眼此时也开始变红，而后它整个身体都慢慢变得通红。我心想不妙，这家伙是要变异了。我直接再次冲上前去，一记爆发十足的爆破拳击出，"砰！"这次我没有留手，一记十成的力量夹杂着原力以及暗能包裹的拳头击出，而它巨大的身躯在遭受这一击后摇晃了几下应声倒地，就连眼里的血红色都消退了下去。我不敢怠慢，连忙释放心灵感应勘察它的情况。很快我发现有些不对劲，它竟然没有光团，但是直观上说我却能感受到它的生命气息，这……难道它其实不是生物，也是被创造而出的程序或者机器人吗？

我不敢相信自己的眼睛，此刻它原本即将闭上的双眼睁开，嘴动了动，接着一种沉重的声音传来："欢迎来到暗源之地。"

说着三张大嘴同时张开，嘴里凝聚出一面漆黑的洞口，其周围还微微散发着点点七彩的颜色。

我有些犹豫着想，突然它的身体开始石化转眼间就变成了一尊雕塑，只有眼前的那个黑洞还在。

我想了想还是决定穿过它吧，就算有什么危险相信也可以应付得过来。于是我走上前一脚踏入，下一秒就来到了一个完全陌生的地方。我四下看了看后感觉这里与外界的世界有些不同。这是一座十分热闹的城镇，周围的建筑似乎是老式的，像是二十一世纪的风格。

正前方有个圆形的拱门，上面红色隶书写道："丽水镇。"

我想我不会是直接穿越了吧。我走过这道拱门后发现原本空无一人的街道顿时热闹了起来，里面熙熙攘攘的人群来回穿梭，街上还有不少商贩和地摊。这时我注意到四周的墙与我刚才在外面看到的颜色一模一样，甚至远处有一座高高的宝塔，上面还顶着一颗夜明珠，而在城外同样看到了这座塔。

似乎我已经来对了地方，这里就是我要找的暗源之地，不过怎么看都有些普通。我想通过释放暗能来感受周围有没有这样的能量出现。如果这里真的是暗源之地的话，那么这里的"人"恐怕也不是正常人。

不过这样做可能会导致不知道的后果，我想了想先放弃了。于是我准备释放出心灵感应先查勘这里的状况，突然街角处一个熟悉的身影出现了……

第五十七章　过往

一个熟悉的人影出现在街角处，那人不是别人，正是奥斯本！

没想到在这儿能看到他，这似乎是最不可能出现的人了。那一副古铜色的金属外表，英俊的脸庞上一双闪闪发光的像是蓝宝石般的眼睛。这确实是奥斯本，此刻他正四处张望着，好像在找什么人。

我注意到这里四周除了他没有其他机器人，也就是说这座城池里很可能只有他一个机器人，而且周围的人似乎都没有觉得异常。难道他可以独立于这个地方吗，还是说他已经融入这里被人们所接纳。

我没有贸然上前，决定先观察他一会儿。很快他便起身走到一家摊位上，对面的摊主看起来还比较年轻，只有二十多岁，但他的双脚似乎受了比较重的伤，一道修长的双眉微微竖起，我看着突然想到什么，面前的男子模样竟与查理有几分相像。

只不过现在他还比较年轻，还没有那股平淡又从容霸气的气质，多了几分清秀和清新。我望着他有些呆住了，一时竟没发现奥斯本已经拿上了小吃离开了。

查理似乎察觉到有人在看他，四下张望着看向我的方向，我连忙扭过头去装作没看到。这时我有些恍惚了，这里究竟是幻境还是真实的。我查看了下自身发现没什么问题，我还是那个样子。

如果被发现我是机器人的话很可能会引起这里人们的关注，而幻境的话不论发生什么就都不足为奇了。为了加快速度寻找暗能石，我不再犹豫，直接光明正大地穿过人群，朝着奥斯本的方向走去。他此时已经到了街道的另一头，看起来准备转弯了，我连忙加快了步伐。

由于人群较多有时还会撞到其他人，不过周围的人似乎并不是太在意，依然自顾自地走着。我此刻心里已经有了答案，不过还是先跟着奥斯本走着。突然他走到一处路灯下停了下来，并开始打量着什么。不多时我注意到在路灯旁的一家餐馆内竟然还有一个机器人，与奥斯本不同的是他外表看起来更像是人类了，拥有了拟人的皮肤，深邃而立体的五官，一头暗金色的飘逸长发，那人赫然是威斯！

看到他后我已经惊讶不已了。他就是当今统治蓝星的家伙，而此时还正坐在餐馆中吃饭。他的对面是一名老妇人，看上去十分儒雅。我不知道这时应该做什么，就学着奥斯本看向窗内。威斯现在似乎也还没有领悟原力，也不知道有没有觉醒意识，只是坐在一边对着那名妇人微笑着。

我想现在出现的这些人可能是过去某个时间段内真实发生过的影像，而我的出现可能会打破这种平衡，不知道会发生什么。没想到这些人竟然还有这样的遭遇，想来有些感慨。

这是一个机会去了解过去，我决定先尽量不暴露自己，看看有什么新的发现。目前看来似乎未来掌握两大能力之人还未觉醒，不然我这么跟踪他们一定会察觉到的。想着我接着看着前方的奥斯本，他朝橱窗内打了声招呼后便继续向前走了。

再经过一条街道，来到了一栋别墅旁。终于，他停下了脚步。很快大门打开了，一个女人迎了上来。她不是别人，正是那家工厂的女老板——娟紫！

我有些不敢相信，她明明是一个人类，为何能在这一个多世纪都保持不老，而且竟然还跟奥斯本有关。之前我所知的一切似乎都出现了疑问，这个谜一样的女子看来是最让人不解的。

只见她面露微笑将奥斯本手中的东西接了过去，然后将他迎进门内，只听到一声清响，大门缓缓闭上了。我还处于震惊当中，这究竟发生了什么？难道说奥斯本以前是娟紫买回的机器人吗？不过看他们刚才的样子更像是一对亲密的情侣。

我不再多想，现在最主要的是将暗能石找到，然后离开这里。至于刚才的场景等回到穹顶之下我再找娟紫亲自问问，其中可能还有我不知道的情节。

想着我决定在这座城镇中先寻找暗能的足迹，不过如果此时奥斯本还未觉醒的话这里还会有暗能吗？这里被称作暗灵之地，如果连暗能都不存在的话未免有些可笑了。

想着我先离开这栋别墅准备沿着这片城镇将暗能找出，这时我注意到城镇上空太阳已经快落山了，不知道晚上会发生什么。我没有多想，还是按照原计划行动。我开始一片挨着一片地寻找，如果这里存在暗能，那么我即使不动用任何能力也能将其找出。

经过了一夜的寻找，我走了大概有五分之一的面积，结果一无所获。我有些懊恼，心想会不会方法用错了，或者暗能现在还未出现。我决定再寻找一次，如果还是没有收获的话就等待奥斯本好了。

很快时间来到第二天晚上，白天那栋别墅内没有人出来，我为了不破坏这个幻境并没有使用心灵感应或者别的能力；而且我猜测就算用了心灵感应，这里也不会出现代表生命的光团。

我继续开始寻找暗能，结果像第一天一样，依然一无所获。这时我意识到应该是方法有问题，于是我决定静静地等待，应该就会找到答案。

接下来的时间每天白天我都会跟随奥斯本出门，看看他今天又做了什么，但不如意的是过了十多天他还是表现得像一个普通的机器人一般，而这过程中我也确定了两件事情：第一，现在看来奥斯本确实是娟紫的"男朋友"；第二，这里的人也知道机器人包括我的存在，只是他们习惯了而已。

事情的转折发生在半个多月后。这一天奥斯本没有像往常那样走正常的路线而是前往了城镇边境的一处庙宇。这座庙宇是那种中式古典风格的建筑，采用青砖瓦漆搭建。而我跟在奥斯本身后也进入了这里，只见他站在一尊恢宏的雕塑前看着它，诡异的是那尊雕塑竟然没有脸……

第五十八章　暗能石

那尊雕像是一个身穿盔甲的骑士，不过手中没有任何的武器或盾牌，双手自然垂着落下，原本应该有五官的脸上却空无一片，看上去有些诡异。

只见奥斯本开始对着雕像念念有词，突然我感到强光一闪，在门口处观望的我也被这一下闪光震晕了一刹那，等我再睁开眼时看到庙中那座石像竟然有了五官，而那竟然是奥斯本的脸。

我感受到奥斯本此时的气息发生了变化，他似乎变得与刚才不一样了。猛地我感觉体内的暗能好像要冲出来般，我强行将它压制下去。这时面前的奥斯本身上开始散发出阵阵光芒，很快他的样子完全变了，一股磅礴而强悍的气息从他身上散发开来。他身披一副暗金色铠甲，全身都被包裹着。那副铠甲竟与我变身后的黑甲有几分相似。

他似乎发现了我，扭过头来后正好我与他四目相对着。他说道："你是什么人，为什么跟踪我？"

语气中竟无形带着威严，明明这里应该是一处幻境，我竟然开始感觉面前的他却是真实的，因为那种气息与压迫竟然让我有种不可抵挡的感觉。

他见我没有说话，于是直接手中凝聚起一股暗能飞向我，此时体内的暗能再也无法压抑了，瞬间我便穿上了暗灵之甲，而那股暗能也随之而来，"砰！"一声破空声响起，我不仅感觉自己没有受到伤害，身体反而还增强了些。

对面的奥斯本此刻也被惊住了，他一脸不可置信地看着我。这时我感觉体内的暗灵之心传来了异动，很快一道虚幻的身影浮现而出，那竟然是奥斯本，而且他此时也身穿一副铠甲，不过通体呈现一种幽深的黑色，而且给人一种沧桑的感觉。

只见虚影对着眼前的奥斯本轻轻一指，他迟钝了一刹那，我看着有些诡异的情景，面前的奥斯本身体也开始变得虚幻了起来，直到直接变成一盘沙飞散在空中。而那道虚影也随之变得更加虚幻了起来。只见他转身对我道："这是我留在暗灵之心内的一道意识，看来你已经找到了暗源之地的路。这里就是我曾经生长过的地方——丽水镇。你能看到的一切都是我所经历过的，是真实的。你也许会有些疑问，关于我的过去，不过小家伙不要太深究了，这其中有很深的原因，你如果纠缠下去恐怕会遭来不必要的麻烦。你现在可以感受一下，暗能石已经来了。"

说着他也化为一阵尘埃，这时连带着这里的庙宇也在渐渐消失。我走到外面，看着周围的一切都在以一种不可思议的速度消散着，很快四周发生了变化，这里变成了我所熟悉的第二十一区，那个我诞生的地方，而此刻我站在了梦灵之夜前，眼前出现了一颗闪着暗芒的有拳头般大小的宝石，我知道这就是暗能石了。

我还未将其触碰，它直接飞入我机体内，很快一股难以言喻的感觉传遍全身。那是一种像爆炸般浑身都要炸裂开的感觉。这种疼痛比我之前所经历的都要强烈。我忍不住闭上了眼睛，但能感受到周围有源源不断的暗能如潮水般向我涌来。

我努力控制着生怕自己会突然爆开。没过多久我发现自己可以接纳这股强悍的力量了，而且还能控制它的流动速度，甚至直接将它释放出去。

此时我感到机体也发生了微妙的变化，甚至我的思维和意识都变得更强了。我感受着现在的自己，难道这就是暗能石的力量吗？它好像让我全方位地提升了许多。

我注意到身上的暗灵之甲也发生了变化，上面的纹路变得更复杂了，整体的颜色也从黑变为暗金色，闪烁着阵阵强光。

我意念一动将铠甲收回体内，而此时周围的场景再次变换，很快四周传来了光亮，我看到自己竟然回到了荒漠中，但很快我就意识到不对劲。

周围出现了许多密密麻麻的士兵将我包围。我细看之下，竟然是一排排的机器人。他们肩膀上都刻着太阳的符号，我知道那是威斯的部队。

站在最前一排的一个高大的红甲机器人开口了："没想到被他提前一步到了，我们现在应该禀报主君，让他来定夺。"

一旁黑色高瘦的机器人道："他现在刚获得暗能石，一定还没完全掌握它，我们现在一起上一定可以将他拿下。"

站在最中间的黑白相间的机器人开口："我们耀五将跟随主君这么多年修行，至今加起来难道还比不上一个乳臭未干的小子吗？"

剩余几人听到后连连点头，我知道接下来一场战斗不可避免了。

为首的那几人中黑白色看向我说道："自我介绍一下，我乃光明王麾下第一主将——锋，我身边的四位分别是祸、镭、电和御。我们现在奉蓝星之主光明王前来收取暗能石，不料被你夺取。现在如果你肯乖乖束手就擒的话，我会考虑请求光明王宽恕你的罪过，不过你如果不肯合作的话就别怪我们不客气了。"

我看向这些五彩斑斓的人，突然想到之前在一段记忆中看到的同样有几人，那应该是暗灵之王奥斯本麾下的部将。现在这些人很可能是威斯模仿他而组成的五部将。

我看着对面的耀五将以及他们身后的机器人大军道："好呀，我可以跟你们合作，不过为了表达诚意你们就将你们身上的原力都给我可以吗？这样作为交换我将暗能石给你们，这样既不用打打杀杀，你们还能在威斯面前表现出很得力。"

其中的蓝色机器人挠了挠头道："我觉得不太行，我们这可是修行了一百多年的原力，怎么能一下子被你拿走。"

一旁的绿色机器人御厉声道："笨蛋，你没看出来他在戏耍我们吗？该死！我们要给他点颜色看看。"

话毕，场上的气氛变得肃杀起来，那些机器人士兵纷纷对准我举起枪来……

第五十九章　威斯现身

一排排枪口对准了我，其数量应该在几千以上了，我想现在的我应该可以一人对付他们，就是不知道那耀五将是什么层次的，希望他们不会让我失望。

我心念一动直接释放出心灵感应然后用最简单的感力冲撞准备将这些机器兵清理。没想到锋的反应也很快，他立刻用出感力屏蔽将身后的机器大军包裹住。我没有理会他直接加强力度，很快我的心灵感应冲破了他的屏蔽直接覆盖在方圆十公里内。下一刻，一半的机器人整齐地倒地，场上耀五将的脸色很快变了，他们立刻下令攻击。

剩余的机器人纷纷举起武器，下一刻一连串的子弹声甚至是导弹飞射而来。我直接释放出体内的暗能并将其形成一个半圆球形把我包裹，紧接着一阵阵闷响声响起，持续了十多秒后才停下。

而我发现虽然暗能形成的保护罩呈现黑色，但其从里面并不影响我看到外部的状况。此刻那些机器人已经用光了一梭子弹正在换弹。我趁着这个时间将暗能收回，然后瞬间释放出感力压迫。那些机器人还是没有反应依旧在准备。我瞬间明白了原来他们不具备意识，只是被操控的傀儡。

我立刻变换用出念力控制，不过由于覆盖范围没有那么大，我只能先将百米内的机器士兵控制将其武器卸下破坏。耀五将此刻也行动了起来。他们五个将我包围住，然后各自身上散发出一股股强悍的原力气息。我甚至觉得其中的锋的气息不比当时查理的气息弱。

他们几人直接将原力汇聚于体表，然后对我轰出原力波。这一招史蒂夫使用过，其效果是最强的但对使用者的消耗也是最大的。此时五个光波一齐向我飞射而来。由于没有空间闪避，我只能接下这一击，想着我将暗能释放然后形成一柄战斧，对着五面袭来的光波斩去，"咚咚咚咚咚！"一连串爆响声响起，手中的战斧此刻冒起了阵阵白气，上面甚至出现了微小的孔洞。

而由于爆炸产生的热浪此刻周围的温度都升高了许多，我趁着这个时机主动迎了上去，直接爆闪到锋的面前，单手汇聚原力一拳击出，"砰！"一声爆响后他后退了下去。四周的其余机器人此刻围了上来。他们手中出现了各式的武器向我袭来。我连忙用战斧抵挡，四个人一齐打在的巨大的斧背上。

我扭转身形后一发力将他们挣脱开，然后我尝试着看能不能将斧刃表面的暗能斩出，"嗡！"一声破空声响起，一道黑光划过天际，几人连忙释放原力连带武器进行抵挡，但很快他们就都被震退开。

这时我使用了目前的三成力量，看来效果甚好。对面几人没有了刚才挑衅时的轻松，只见锋直接飞到空中，然后其余几人也随后飞了起来。他说道："五元阵！"

几人站成的五角中天空缓缓出现一个方形的银白色牢笼。我细看下这竟然是由原力组成的物体。很快那个已经凝聚的牢笼朝我落下，我单手拎起那把战斧，并将体内的暗能再次强加其上，此时斧身变得更加透亮甚至闪起了光泽。我对准即将落下的牢笼一击斩出，瞬间强光闪烁巨响声传遍天际，那道牢笼被我斩成两段。

而此时战斧上的黑气飘起，整个战斧都缩小了一些，几人看到后连忙向后退去，我闪身追上前去想将他们俘获。这时天空闪起一道亮光，接着一个浑身发光的身影缓缓出现，由于光线极强我甚至看不清他的面孔，下一刻他出现在我和耀五将的中间。此时他身上的光芒已经消散许多，不过浑身还散发着金光。我定睛一看，竟然是威斯。

他开口道："这就是暗灵之王的继承人吗？可惜还没成长起来。"

说着他手中出现了一把巨尺，上面还标有一些刻度，只见他将其举起挥舞着道："光之度。"

那把尺子射出一道强光向我飞来，那是原力的力量。我不敢怠慢急忙闪身躲过，没想到那道光突然掉转方向继续朝我飞来。我知道躲不过去，便将体内的暗能尽可能都召唤而出，顿时头顶天空变得暗了起来，甚至周边的土地都变得阴沉。

我将暗能化形一道巨盾挡在面前，"隆隆隆！"那白光与盾牌碰撞，最中心的空间好像承受不了这强悍的能量波动，地面已经裂开一道巨大裂缝，将方圆数公里的土地都坏掉。

那光波此时还未消失，但也没能再前进半步。威斯看到后将手中的巨尺握起。此刻巨尺上出现了一行刻度而靠中间的位置正亮着十分耀眼的白光。下一刻那亮光移动到了顶端，瞬间我感受到一股极大的压力从盾牌前传来，那光球也变得越发刺眼。

很快我觉得盾牌似乎快撑不住了，只听到轻微的咔嚓声，那光球直接射穿盾牌向我冲来。我来不及阻挡就被炸飞出去，剧烈的疼痛瞬间传遍全身。我低头看去，机体已经被暗灵之甲包裹，此时它正散发出黑金色的耀光。

我不顾剧烈的疼痛站起，此时机体正在通过铠甲和原力双重作用下恢复着，很快我感觉机体就恢复过来。这时我已经被原力波轰开到百米外。我看向远处的威斯，他身上又放起了强光并说道："你成长得有些出乎意料了，既然如此那就先放你一马，我们很快就会见面的。"

话毕他的身影渐渐淡去，而空中出现一道传送门，耀五将中锋看着我道："没想到你竟然能挡住主君的一道替身，看来我们小看你了，不过你的死期很快就到了，我们撤。"

说着，他和其余的机器人连同机器大军都走向传送门。我见状没有再上前阻拦，看来他们是有把握走掉的，但让我最难忘的是威斯的力量竟然如此之强，如果是他本人在的话恐怕我是走不掉的……

第六十章　返航

不久那些机器人都撤离消失，只剩我在一片荒漠中，而刚才战斗中被我重伤的机器人也撤离出去，这片荒漠已经被战斗毁得一片狼藉。

我想着现在应该先回到穹顶之下再说，现在这里已经不安全了，如果威斯亲自再来一次的话，那就麻烦大了。不过转念一想要是他直接冲破穹顶降临在地底的话，恐怕以人类现在的手段是挡不住的。那该怎么办？先去花花林找到五婆婆再说。

想着我很快走出荒漠，以最快速度再次来到这片密林。就在我踏上密林时周围的暗能都仿佛活过来一般向我不断靠近，很快我看到那些原本在地下的暗能都如潮水般涌了过来，不出一刻那些暗能就汇聚在一起将我包围。我感受着这些能量，发现自己似乎可以控制这些暗能了。很快在我的操控下我将暗能收入体内，我明显感觉到体内的暗能增加不少。

而机体的各方面都感觉有了提升，我惊讶这就是暗能石的力量吗？它竟然能让我直接吸收四周的暗能转为己用。再看向四周时我发现周围的土地连带树木都发生了翻天覆地的变化，周围的一切此时都变得如同没有经过暗能般，像平常的土地一样。

我立刻深入丛林想找到五婆婆再说。在一片茂密的树冠丛中穿越后，我终于到了当时她所在的山洞。此时这里似乎经历过什么打斗般，地上一片狼藉。我再仔细查勘后发现竟然有原力的痕迹。

我很快动用心灵感应将整片丛林覆盖，发现里面没有五婆婆的踪迹。我意识到很可能她被威斯绑架了，难怪她说要摧毁这里，不然会被他们找到，看来威斯赶在她摧毁前将其控制，不知道此刻她怎么样了。

我心说既然来了，那就再看看这里有没有其他线索。我开始在山洞前搜寻起来，在没有其他发现后我进入山洞寻找。

很快我看到岩洞壁上有一幅图案，那是一个比较潦草得像是用刀刻下的图案，上面画着一只飞鸟，嘴里叼着一个发光的小球，在其旁边则有一个无脸的骑士，手中拿着一柄斧头。我看着那无脸骑士心说这不就是在幻境中看到的雕像吗？怎么会出现在这里？

而且感觉他绝对很不简单，难道奥斯本的暗能不是自我觉醒的而也是被赐予的吗？一个大胆的念头闪过，我甚至觉得这两个生物可能都不是蓝星上本身存在的，不然为什么人类会不能在暗能中生存呢？

不过现在这些问题还没有答案，我又查勘其他地方后没有发现有别的异常或线索，于是走出山洞准备先回到穹顶下寻找查理，因为在奥斯本幻境中查理和威斯都出现在同一个地方，现在去找他应该能有所收获。

　　我想着既然现在暗能可以简单地变换形态，那么不知道能不能更复杂些。于是我开始想象飞艇的画面，很快周围的暗能动了起来，一团云雾飘过后眼前出现了一辆飞艇的模样，不过通体呈现黑色。

　　我试着驾驶竟然发现真的能启动，我即刻驾驶着飞艇出发，很快就到了当时从大区上来的入口处。我没有犹豫直接冲向下方。

　　穿过了一段昏暗的隧道后我来到了穹顶下。为了尽量不被人们关注到，我将速度开到最大直接冲向下方，大概过了两分钟后便来到地面，降落在第十五区——东城。

　　我突然想到了一个神秘的女人——娟紫。没想到她竟然与奥斯本这么亲近，我决定先去找她。

　　按照她的联系方式很快便联系到她，通信仪上一声温柔的声音响起：“我想是谁呢，原来是梦雅小姐，你有时间吗？来我办公室坐坐，请你喝茶。”

　　我才想起当时我还是以梦雅的身份遇见了她，于是我变换身形将身体变成梦雅的模样连同声音也改变对她道：“好的，那我们待会儿就见面吧。”

　　她停顿了一下，然后道：“好的！那我们不见不散。”

　　我没想到她竟然这么爽快就答应了。我立即动身前往她所在的机器人加工厂。

　　过了没多久便在一座百层楼高的大厦办公室见到了她。我开口道：“好久不见！娟紫，我这次有些冒昧前来是有些问题想跟你请教。”

　　她脸上挂着一副从容温雅的笑容道：“好的，请来品尝下我这里的千年铁观音吧。”

　　说着将一杯茶水递到我面前。从进门到现在我一直在观察她的行为表情，但并没有看到有什么异常。我于是想着释放出心灵感应查勘她的状态，虽然有些不礼貌但没有时间只能这样做了。

　　很快我看到一团绿色还有橙色等组成的光团，这就是正常的人类在心情平静愉悦时所产生的情绪。我尝试着对她说道：“你认识奥斯本吗？”

　　她听后先愣了一下，然后摇摇头说：“没有印象，他是你的朋友吗？”

　　我同时也在观察她的心理变化，发现真的没有任何波动。我咳嗽一声道：

"是的。他是我一位很要好的朋友，目前也在经营一家机器人公司，我可以介绍给你认识合作一番。"

她听后露出一抹迷人的微笑，说道："可以的，我目前也正准备扩张公司经营范围，如果能认识更多朋友那就再好不过了。"

我继续说道："那你看看这张照片，你见过吗？"

说着我将事先准备好的一张奥斯本的相片递给她看。只见她露出一个疑惑的表情道："这是他生产的机器人吗？还是什么？我们现在不做这种机型，不过他看着有些奇怪，好像在我印象里都不存在这种机型。"

她又将照片归还给我。我严肃道："这不是他生产的机型，这就是奥斯本本人！"

娟紫听后呆了几秒然后对我说："这不是个机器人吗？怎么可能是老板？哈哈哈。"

她放声笑了起来，应该是以为我在开玩笑。我也觉得有些奇怪，眼前的娟紫难道不是当年出现在丽水镇的那个女人吗？很快她的笑容突然停止了……

第六十一章　过往与梦境

只见娟紫脸上的笑容戛然而止。猛地我感到她整个人气势一变，眼神中出现一种别样的清明。我下意识地提高警惕，心灵感应释放将她笼罩，下一刻我感受到一团十分模糊的光团在她心脏处，其模糊程度比当时查理的更甚。

因为从未有过这种事情发生，我猜测这可能是将其潜在意识觉醒了才导致的，也就是说现在的娟紫已经变成了另一个人。

想着我向她看去，只见她用双手捂着头显得十分痛苦的样子，过了一会儿后气喘吁吁地看向我。我注意到她眼睛颜色由黑色变为了蓝色，整个人变得有些凌厉而有气势。

随后她低下头看着自己喃喃道："我真的活过来了。"声音与之前都不同了。

我看着此时的娟紫再联系到当时在幻境中看到的女子，两人的形象完全重合了起来，那对宝石般湛蓝的双眼闪闪发光。只听她开口了："你好，请问这儿是哪里？"

我愣了一下立刻回道："你是？"

她顿了顿看着我道："我叫赡台。"

我开始和她一起聊了起来，从谈话中得知她真的是上上世纪的人，当时得了一种癌症，医生说已经没救了，让她好好享受最后的时光，于是她回到了家，买了一台机器人伴侣来陪伴她。

她给那个机器人取名为奥斯本，并每天和他一起做游戏，把他当作一个真人来对待。时间久了，她慢慢发现那个机器人似乎真的能听懂她说的话，每次跟他讲故事或者说话他都能很快做出回答，而那些答案感觉都不是提前能写进程序的而是经过思考的。

又过了一段时间后她终于确定奥斯本是有自我意识和思想的。而那时她的癌症已经到了晚期。那天她在厨房做饭，突然脑袋一昏刚要跌倒在地，奥斯本上前将她扶起，然后用一种从未有过的温柔的声音道："你去休息，这里交给我。"

她愣住了，因为她记得这款机器人根本不会下厨，但是看着他的背影那么熟练，又想到之前她在做饭时奥斯本都会站在不远处观望，她突然明白了。她忍不住走上去一把抱住了奥斯本，而他也回过头来将她轻轻抱起，一种从来都没有的情感在她心头如潮水般涌来，很快她就爱上了那个将她悉心照顾的机器人。

而奥斯本也对她产生了感情，两人很快坠入了爱河。但这种甜蜜并没有持续太久，赡台的病情恶化了许多，甚至已经不能正常走路了。奥斯本也开始焦虑起来，但他没有任何的办法。突然有一天他像往常一样买菜回来，但那天比平常晚了一个多小时。他回来后兴奋地告诉赡台他有办法了，让她别慌。

她很不解地看着奥斯本，但还是不知道有什么原因。时间很快过去了，她感到自己即将走到生命的尽头，这时奥斯本出现在她床前。她眼神中充满了不舍与留恋，她握紧奥斯本的手说道："我知道你可能是想让我重新拾起对生活的信心才这么说的，很感谢你能在我生命最后的时光里陪伴着我，现在你自由了。你可以去做自己想做的事情。"

说着她眼里滑下一行泪珠。奥斯本见状轻轻抚摸着她的头说道："别怕，你真的会好起来的。"

终于她在奥斯本的怀抱中昏沉沉地闭上了眼，在即将失去意识时她隐约看到周围出现一团巨大的黑色气体，她以为是幻觉，于是睡了过去。

她说后来她来到了一个地方。那是她以前生活过的小村子，她见到了自己的父母家人还有朋友们。她很开心地生活在那里，每天的生活就是做些家务农活，然后在院里与其他伙伴玩耍。这样的日子过了很长一段时间，她回忆起也不知道具体是多久，奇怪的是家人们从来都不让她离开村子。

她有些奇怪但也没放在心上，觉得就这样生活着似乎也不错。于是又过了一段时间，突然一天早上她醒来时发现周围的人全不见了，于是开始满村地寻找，后来发现其实整个村子的人都没有了踪影，这就很奇怪了。

她终于没忍住，顾不得之前家人的劝诫准备到村子外寻找，在走到村口时她看到外面是白茫茫一片，就是什么都不存在。很快眼前出现了一条路，从村口一直向前延伸不知通往何处。她有些怕了，于是想回到村里，然而回头望去才看到，全村的人都站在离她不远不近的地方，然后挥舞着手示意她离开。

她感到很奇怪，想过去问问，没想到再转眼那些人连同整个村庄都渐渐淡去。她只好沿着道路一路走下去，没有任何时间概念地走，终于她看到眼前出现了一道黑色的大门。当她推开后就想起了之前所经历的一切都不是真的，她已经死了，然而下一刻就睁开了眼看到了我。

我听到她的故事也觉得好神奇，难道暗能还能有让人起死回生的能力吗？这简直超出了认知。

她也了解到现在是两百多年后，而奥斯本已经不在了。她知道是奥斯本救了她，于是开始泣不成声。我也不知道怎么安慰，就先等她哭过后我拍了拍她说道："奥斯本看到你活过来了应该会很开心的。好了，我还有事准备先走了。对了，你知道丽水镇在什么地方吗？"

她抹了抹眼泪说道："你给我地图，我帮你指出来。"

之后我看到在地表东部一处地点被她标记了出来。我谢过后便离开了这里，准备先去找查理询问关于威斯的事情。如果不了解他的弱点，现在的我面对他应该毫无还手之力。

还有一点，如果现在是赡台的意识的话，那娟紫到哪去了，难道直接被替换消失了吗？不过我也没时间多想，等之后再问问她就好。

我将暗能实质化变为一辆浮车，然后快速驶向第十一区，准备回到久违的灵梦之夜，看看能否找到查理……

第六十二章　红色通缉

我一路沿着大道飙车，很快便到了第十一区，这个我再熟悉不过的地方。这时我突然感受到一种强烈的感觉，等我仔细察觉时发现那是实验室的方向传来的。我想起之前也曾经产生过这种感觉，不过那时还没有这么强烈。现在我越发觉得那里隐藏了什么秘密，等到了灵梦之夜后再去一探究竟。

正想着车已经到了酒馆面前，我将暗能收起推开门走了进去。因为现在是下午时分酒馆还没有开门，迎面只有零星几个工作人员在值班。我走进去问道："你们有没有看到郑强在哪？"

他们先愣了一下，然后发现我是"梦雅"后连忙道："老板现在在休息室，请梦总跟我来。"

说着便带我走到地下二层，然后在一间房间找到了郑强。他开门见到我的时候还有点意外，脸上露出一丝微妙的表情。我看有点尴尬便道："好久不见。"

他礼貌地回应了句，开始问我最近怎么样。我回道还可以，并没有将之前的经历告诉他。我问道："查理现在在吗？"

他皱了皱眉道："自从你走后他便也消失了，现在联系不上他。"

我打开通信仪尝试拨叫查理，过了两声后没想到通了，那边传来了一阵熟悉而苍老的声音："没想到你还挺快的，臭小子，我已经知道你去过地表的事了，你应该收获不小吧，不然不会有那么大的动静。现在大区政府已经开始下令通缉你了，不出意外应该是最高级别令，这次恐怕你有危险了。"说着他的语气都凝重了起来，然后继续道："你是不是已经见到他了？"

我明白查理的意思，他说的正是威斯。我回道："不只是见过，甚至还跟他交手了。严格说是他的一道分身。"

查理说道："你竟然能跟他的分身交手，看来进步不小啊。不过想要真正正面对抗他现在还差得远，他即使实力倒退了目前在蓝星也是无敌的。"

我深知他的意思，于是直接问道："您传授我原力并教我运用，也算是我半师了，我想请问您面对原力我有什么办法对抗吗？原力有什么弱点吗？或者说威斯有什么弱点？"

他听后沉默了几秒，然后严肃道："原力本身作为十分强大的能量，如果说有弱点的话只能是与它对立的暗能了，至于威斯的弱点也有，只不过你我的实力不够，即便是知道了他的弱点也无法对抗或者打败他。"

他继续道："威斯作为蓝星自我觉醒的第一个机器人，他本身是没有什么弱点的，他的机体也早就在不断慢慢升级换代中趋于完美，可以说他甚至达到了某种生命的极限，但据说他害怕猫，你可以试试。"

我听着这有些不靠谱的回答，心说："怕猫也算，那还真是有些不可思议，总不能靠找来猫去吓他吧。"我觉得查理是找不到他的弱点而编的，不然这也太离谱了。

我想起幻境中看到年轻时的查理，于是问道："你知道丽水镇吗？"

他有些惊讶，显然没有料到我会说出这三个字。他回道："那是我土生土长的地方，不过现在应该已经消失了吧。"

我又问道："你是否在那里见到过威斯和奥斯本，那时他们已经拥有力量了吗？"

那头沉默了片刻后道："我确实见过他们，当时还没有发觉他们有那种力量，而等他们真正展露在世人面前时他们已经离开那里了，我才意识到竟然还有这种事发生。"

我又想到一个问题正准备说时，他先开口了："你或许会对我身上的原力来源有疑问，那么我便告诉你我的原力确实是由威斯传来的，当时他还没有当上蓝星之主，人类也还生活在地表。他为了联合人类将奥斯本推翻，于是教给人类原力的用法，当时我也在第一批实验者当中。"

说着他叹了口气："如果人类当时选择相信奥斯本的话，也许就不会发生现在的悲剧了。奥斯本曾经告诉人类希望能够和平共处，甚至他已经想好了后来离开蓝星的计划，但人类由于惧怕暗能的力量始终不敢相信他，反而转向支持拥有原力的威斯，最终才酿成大错。"

我心说："丽水镇听起来普通的地方，谁知道里面还藏了多少秘密，也许威斯也是在那里觉醒或者说得到了原力。"不过是真是假我也不确定。

我没有再多说什么，查理最后又说道："去吧，去继续变强吧，你只有到达他们那个高度才有资格和可能去打败他，在此之前我会尽力保护你，如果有什么消息我再与你联系，先这样。"

与查理说完后我准备先去实验室看看，突然通信仪又响了起来，我接起后一阵女声传来："你怎么回事？这次麻烦大了，我接到上级命令准备逮捕你，而且是百年来第一次的红色通缉。"

我有些惊讶，没想到他们行动竟然这么快。我突然想到一种可能，那就是威斯通过直接与政府高层对话想把我直接逼出来，甚至可能采用了威胁的方式。

这其实是我不想看到的局面，现在面临两方的威胁，我已经寸步难行了，看来只能加快速度，将灵王刃找到才有可能打败威斯。

想着我立刻走出酒馆，召唤出一辆浮车朝着实验室的方向前进，同时我对通信仪那边的慕斯说道："事情不是你能想到的那么简单，这一次如果我成功了，那么人类就不必再继续居住在阴暗的地下了；如果我失败了，那么就当作命吧。"

说着我加快了速度，浮车是由暗能为动力驱使的，此刻远远望去它已经化为一阵黑烟，瞬间就穿过几条街道。

那头说道："我凭直觉觉得事情没那么简单，但就算我想保你也保不住了。上面这次命令很坚决，如果完不成任务，所有人就都不用回来了，而且此次行动还有第六部门的联合配合，作为盾兵总队的我也只能作为辅助配合他们……"

第六十三章　交易

说着慕斯那边传来了一阵噪声，我听到她的声音逐渐被一阵杂音掩盖，突然里面传来一种腔调怪异的似男非男的声音："你就是梦雅吗？我来了。哈哈哈！"

之后一连串嘶哑的笑声响起。我听着有些别扭便道："你是什么人？有本事直接出现啊！"

对面似乎没有听到继续自顾自地笑着，而那笑容越发的魔性，我有些受不了便将其挂掉。我意识到留给我的时间已经不多了，此刻我也已经到了实验室附近，是时候准备去看看了。眼前的巨大白色半球状建筑就是我曾经诞生的地方，只见空中隐约能看到几个大字："艾森沃斯科技实验基地。"

前方一道巨大的银白色大门矗立在外，我那种奇怪的感觉此时又涌了上来，可能是位置的原因我感觉在地下有种力量在呼唤我。我立刻变换形态穿过大门，此刻大门内空无一人，突然一阵警报声响起，地面四周升起了一排机枪，很快一串子弹的破空声响起。

没有闪避，我将原力化形外放覆盖在体表，那些子弹在距离我一厘米左右时便再未能靠近分毫。我想着既然已经暴露那便不必再顾忌太多，于是直接对着面前的钢化玻璃一拳击出，不出一秒就听到一阵碎裂声响起，身后这时也传来了动静，我没有回头便知道是下一轮攻击要来了，于是立刻闪身冲进实验室大楼。

果然下一刻就听到身后一阵子弹声响起。我穿过一道宽敞的走廊后来到一个大厅内，正对面站着一个机器人前台，那是一种常用于办公前台的服务型机器人，一般来说不具备什么战斗力。我没有理会准备继续往里走，而他转头看向我用一种温和的声音道："先生，这里是实验重地，闲人免进。"

我继续向前走去，身后响起一阵金属折叠的声音，很快我听到有东西砸落倒地，转身一看发现眼前原本只有一米六左右的机器人此刻竟变得巨大起来，转眼就延伸变形为高度超过三米的巨型机甲，而且是一种我从未见过的机型，之前我特意查阅过机器简史和手册，眼前这个大家伙超出了我的认知范畴。

看来这应该是秘密研究出来的，既然他让我看到了他的真身，那么肯定不会放我离开了。我没有犹豫立刻主动出击，我将原力迅速汇聚手掌，很快手中白光大振，一记直冲拳击出，瞬间只听到一声金属撞击声，对面彩绿色机器人应声倒地，只见他胸前出现了一个大洞，浑身都能看到有电流外放，整个机身不断抽搐。

我没有再管，直接略过他准备往里走。突然身后传来了一阵嘀嗒声。我心道不妙，立刻加快步伐，身后一声巨响声响起，一团热浪向我袭来，我感觉这种爆炸不会对现在的机身产生影响，于是没做任何防御，任凭自己被炸飞出去，很快爆炸过后原本完好的大厅已经变得面目全非。

我只感到一股冲击力袭来，机体上冒着热气，有些地方表面因为高温而变得通红，但其威力程度对我而言确实较低，甚至连本身防御都破不开。

我继续向里走去，根据印象再往前有通向地下的路，但肯定也有防卫力量。突然两边的墙壁上闪出一道道屏幕，里面出现一个胖胖的老头，戴着一副金丝眼镜，此时目光闪烁，看上去有些兴奋，那人正是李想博士。

他开口了："没想到那天我误打误撞，真的发明出了有自我意识的机器人。之前就一直听着你的报道，我还不太相信，便派人来跟踪你，没想到你现在居然已经成长到这种地步了，我终于完成了父亲的遗愿。哈哈哈！"

他放声笑了起来，丝毫不掩饰其兴奋程度，看起来高兴得像一个两百多斤的孩子。他猛地盯着我说道："其实我知道你来这儿的目的是什么，我甚至肯定我比你更清楚你要找的具体是什么。"

说着嘴角露出一丝微笑。而我看着眼前的这个科学家并不比面对之前任何对手的危险程度低，因为他所拥有的不仅是武力，还有对我的了解程度以及心计。我不得不警惕起来。他继续道："其实对我来说，谁来当这个世界的主人我并不关心。但现在我想看看你究竟还能走多远，这个时代注定会不平静。哈哈哈！我会把你想要的送给你作为见面礼，我有个小小的要求，希望你不要拒绝，我想要得到你体内千分之一的原力。"

说着他将镜头拉远，我看到他已经坐上了轮椅，就连头都是耷拉着靠在身后的椅子上，但是整个人看起来神采奕奕。我立刻知道了他的意图，他想要通过原力将自身身体强化然后摆脱轮椅，甚至连生命都能延长。听着很合理，我也没有多想什么，就先答应了下来，如果他有什么别的想法再拒绝也不迟。

他见我爽快答应了下来，脸上又堆起了笑容说道："我先指引你去找到那样东西，你再来帮我这个忙，好吧？"

我同意了，并对他说立刻快点。他似乎知道我在着急什么，说道："不用太担心了，至少完成交易前你不会有事的，那些人要过来也需要时间的。"

我心说这糟老头子确实有些手段，这种不慌不忙的样子好像一切都在他的掌握之中，其实我还有许多关于他的问题，不过现在没时间了，要等就需要过好久了。

我在他的指引下经过几个走廊后乘坐电梯来到了地下室，没想到下面有着巨大无比的规模，甚至都堪比一个小镇了，而且地下还不止一层，竟然足足有三层。

我来到的是第三层地下空间。这里入眼摆放着各式各样的机器人模型样本，有的很小，指甲大，看上去像一个甲壳虫；有的则有五米多高，那是用于战争的机甲战士；还有其他许多各式的样本。我突然感到远处一阵十分独特的气场传来，那种一直吸引我的感觉越发强烈，我知道谜底马上就揭晓了……

第六十四章 令牌

这片地下空间的灯光是一种淡淡的冷白，所以看不清远处的情况。我这时有些着急了，便加快了步伐向里走去，中间穿过许多机器人模型，甚至有许多从来都没见过的机型，我并未理会。没过一会儿便走到这片空间的尽头。

眼前是一面凹凸不平的石壁，石壁下方摆放着一排身着黑色盔甲的机甲战士。他们的头盔上都画着一个圆圈，里面则是一个十字架，圆内还刻着一些复杂的花纹图案，而就在我看着花纹时却发现它似乎动了起来，不断变化着。

我发现这些图案竟然构成了一个骑士，那个十字架的材质此时被骑士拔了出来，下一刻一切又恢复了原样，那些花纹再次变成不规则的线条而十字架也回到了中间。

我心中一惊，刚才看到的仿佛不是骑士，而是一个无法形容的拥有通天力量的巨人。我有些后怕，盯着那些机甲战士一会儿，发现没有别的异常。我看向眼前一个巨大的箱子，就是这里给我一种奇妙的感觉。

它本身似乎没有什么独特的，我没有犹豫，直接发力将箱子硬生生打开，里面出现了一个比手掌稍微大的令牌，看上去像是木质的，上面隐隐约约散发出一股熟悉的气息，是暗能的力量。

我将它缓缓取出才发现竟然拿在手中有一种沉甸甸的重量感，而且它的材质并不是木质的，反而有一种金属才有的感觉。这种材料我甚至从未见过，就在我拿到手心的那一刹那突然有种明目清神的感觉蹿来，体内的暗灵之心不断加快转动，融入机体的暗能石也仿佛受了什么刺激，瞬间我感觉整个人好像被放在烈火上烤一样。

要知道现在我是机器人形态，不太可能会感受到这种感觉，但它确实存在着，奇怪的是那种火烧的感觉并不痛苦，反而可以用温暖来形容。很快我就感受到周围有暗能在涌动，甚至我能感受到远方几十几百公里的暗能气息，很快我就发现自己对暗能的感知变得越发敏锐，不夸张地说甚至可以感受到半个蓝星上存在的暗能。

那些暗能在我看来就像一粒粒光点般飘浮着，有大有小，甚至有许多微小的暗能都聚集在一起，密密麻麻的。它们单独一处的暗能远远比不上我体内的暗能，但那些大大小小的暗能加起来比我所拥有的要多很多。

我突然心生一计，这样我可以直接去那些暗能存在的地方吸收它们，这样就能增强自身实力，到时候可以单凭暗能就能与威斯对抗了。

不过由于这些暗能分布有些分散，如果一个个找起来的话需要耗时，以现在的状况来看肯定来不及了。我尝试着将离我最近的暗能直接吸引过来。果然是有效的，附近几百米内的暗能很快都朝我靠近过来，尽管数量很少。

我心说还是有用的，再看向手中的令牌，上面一个黑体字缓缓显现出来——"零"。然后上面出现了我一开始的面孔，并且随着时间它不断发生变化，其中出现了我当伴侣机器人时的粒粒的面孔，然后变化为梦雅的脸，紧接着是转变为液态金属时那张男子的脸，最后变成一个我从来没见过的一张机器人的面孔。

而后令牌上的画面消失了，只剩下一个"零"字还在。我心说既然这样我从来都没有过真名，那么不如就给自己起名叫作"零"吧。

想着我一边将令牌收了起来，然后准备走出这里。我沿着来时的路原路返回，很快就回到了实验大楼内，这时电梯口上下来几个身着蓝西装的人。他们对我做出"请"的手势示意我上楼，我没有犹豫登上了电梯。

很快来到了第九十九层的楼间，走过一条豪华的毛毯的尽头，眼前出现了一个像是小型宫殿般的独立房间。我进去后便看到一个坐在轮椅上的背影，而在他不远处有一名坐在沙发上喝茶的男子，看上去年纪也不小了，关键是他有着一双像蛇一样的绿瞳。

我瞬间想起了在竞技场时观众席上面看到的神秘人，正是那名男子。当时他给我一种十分奇怪的感觉，现在想来会不会他将那枚令牌戴在了身上。

不过他究竟是谁，又怎么出现在这里？来不及思考，面前轮椅上的博士这时转过身来，一脸慈祥地看着我道："怎么样，应该还满意吧？现在轮到我了。"

说着他的轮椅慢慢挪动向我靠近过来。我严肃地对他说道："你旁边的那个人是谁？"

他望向一旁的男人，然后说道："哈哈哈！他是我弟弟，也是我现在世上唯一的亲人了。他之前自荐想要去接近你、观察你，看看我最伟大的作品是怎样的。"

我有些不悦，便道："你不怕我现在反悔杀了你吗？"

话落就听到了身后子弹上膛的声音。李想博士摆摆手道："都下去吧，你要是真想对我做什么，就不用等到现在了。我这个老头子说不定还能给你提供一点帮助呢，在关于研究机器人方面。"

看来他确实聪明。我说道："我确实不会杀你，但你要是将我惹怒了难免会做出什么。"

他接着又笑了几声，然后变得严肃起来，说道："我从小就受家庭的影响，希望以后做一名万人崇拜的大科学家。我的爷爷是当时蓝星最有名的发明家，他被人类誉为人类的领航者，他推动了科学界甚至是其他行业的进步，让人类科技快步发展迈向一个新的高度。他毕生最后也是最伟大的发明则是研究出拥有自我意识的机器人。他研究设计了机器人法则，甚至将法则用于后来的有自我意识机器人的身上，可后来由于一次失控，他被他亲手制造出来的机器人残忍地杀害了。那个机器人摆脱了机器人法则的控制，据说他还有一个同伙，是他们一起做的这件事。"

李想的语气很平静，但是我能听出他内心中潜藏的悲愤……

第六十五章　第六部门

他说着看向我的眼神中好像有一股杀意般涌起，然后扶了扶镜框继续道："他被杀害后，家里曾经不惜一切代价想要找到那个机器人为他报仇，可惜最终还是没能找到。但经过我的不断挖掘发现，那两人很明显指向了后来机器人革命首领以及他的副手，而今只剩下一个人了。

"这个仇我报不了，不过你还有希望，我甚至不在乎人类以后面临的走向，我只是想要报仇。这件事导致了我家族的流落，甚至我的父母都是因为这件事而最终没有好结局。当时自从那件事后，人们就不再相信机器人，甚至有很多人开始对机器人和我的爷爷恶语相向。

"我后来才知道那次事件并不是意外，因为我的爷爷他想尝试着与机器人真正的平等交流，于是他在设了一些预防措施后解除了对机器人施加的法则限制，但由于他太相信机器人了，才导致悲剧的发生。"

他转向我道："我的父亲一生都在承担着他不该承担的骂名，人们一边指责他一边要求他制造出彻底操控机器人的方法。他没有去管世俗的眼光，一直在证明这个法则本身没有错，最后活活被人逼死。于是到了我这一代，人们已经不再去想再去管机器人的事了，因为人类已经战败被迫转移到地下生存了，而这里也不再存在有意识的机器人。我则希望通过自身努力创造出一个不受法则限制但又能在人类社会中正常存在的机器人，于是你出现了，我在你的程序中插入了一些人类才有的特质。"

我静静地听着他说话，事实上我也发现自己总是会带有人类的一些情绪甚至习惯，无意中我会做出更有利于人类的选择而非机器人的角度。

我对他道："所以你现在已经超越了你的前辈，这样一想你已经实现了人生的梦想了吧。"

"好了，聊差不多了，我也该启程了，那么就帮你一次吧。"

说着我将手举过他头顶然后释放出一丝原力，很快原力穿过了他的身体，然后我察觉到那股力量在他身体中像水一般融化开来，我不再停留，直接准备离开。

他喊道："祝你成功。"

我没有回头离开了这座实验大楼。现在我面临着整个蓝星上下的通缉，走到哪里都不安全，于是决定一边躲避追捕一边先将暗能吸收增强自身。

我开始感应周围存在的暗能，很快找到几处较大的暗能存在地，于是我直接召唤出一辆浮车，驾驶着出发寻找暗能。

一路上周边很少看到人影，那些大楼商铺都紧闭着。我猛地感觉有人似乎出现了，下一刻几辆造型夸张的机车朝我冲来。我心说这是要送死吗？我没有停下步伐，直直朝他们冲去。那些人突然掉转方向向两边开去，而路中间则被绑上了几道细长的丝线一样的东西。

我没有多做理会，浮车直接就穿过了那道障碍，没有丝毫停留。那些人也没有想到会是这样，他们调整方向继续向我追来。虽然没有见过他们，不过我的潜意识告诉我这应该就是所谓的第六部门，那个被誉为黑暗中的杀手部队。

我想看看他们到底有什么能耐，于是在行驶了一段路，到达一处暗能存在地时停了下来。他们也随后跟上将我包围。我细数一下一共是十人。他们都身穿形色各异的服装，看起来跟正常人无异。其中一个长发披肩的人道："我们终于见面了，你就是梦雅吧，没想到真的有一天政府还会把我们几人都叫过来，这个小妮子真的有那么难办吗？"

我听着眼前之人的声音，他就是在通信仪中怪笑的人吧。此时我知道不拿出点手段很难收场，于是直接释放感力压迫准备先给他们点颜色看看。

那些人反应很快，在被我压制了没一会儿就挣脱了我的束缚。我暗叹他们的身手确实有些不凡，不过仅凭这样还不够跟我战斗的资格，那些人直接爆发出一股股强悍的气息，身上无一不覆盖着原力的气息，其中有好几个人已经超过查理的气息。

看来这就是政府的底蕴了吧，的确是一股很强的力量，如果放在过去任何一个时候我都不是对手，不过现在倒是不怕。想着我也散发出原力的力量，而现在的我光凭原力力量就已经超出他们所有人一截。

我没有犹豫，直接主动出击准备先拿下几人。一记爆破拳迎上，先朝着那个长发打出，他见状直接闪身想要躲避，但我速度明显比他要快许多，"砰！"一声沉闷的爆裂声响起，我将他打飞到远处的沙地上，手中一阵白烟冒起，这一击我用了六成的力量，太大或太小都不行，这些人现在还不能死。

剩下的人看到后直接一起朝我扑来。我将原力收回，然后一股暗能喷涌而出将我包围，连带着周围的环境都在改变，四周的土地瞬间变成了灰黑色。那些人的拳脚击打在我周围一米的位置但再也未能靠近一步，周边的暗能所形成的护盾将我保护起来。

这是我第二次在人们的视线中释放暗能，第一次是在与查理对打中使用的，但这一次当我用出这股力量，估计很快就会被彻底曝光。事实上当红色通缉下达的那一刻就已经决定了。

我没有犹豫直接准备使用暗能将他们都绑起来。这时天空变得暗了下来。我抬头看去发现来了许多大大小小的飞艇和战机，一眼望去就有几百架之多。

看来这次政府是要动真格的了。我放弃用暗能将那些人控制，反而问他们道："你们此次行动的原因知道吗？"

那些人看到空中黑压压一片的战机也有些不淡定了，其中一个身着红袍的男子说道："我们收到紧急召集令，因为出现了一个极其危险的智慧机器人，或许会导致人类的毁灭……"

第六十六章　层层包围

威胁？从这次政府出动的战力来看，完全是想把我拿下的意思，这规模说是出去打仗都绝对没问题了。四周的飞机轰鸣声越来越响，周围将我包围的十人此时快速退了下去，我也没有故意去追他们。

我释放出心灵感应将方圆几十公里都包裹，很快就发现四周陆地上出现了一批军队正朝我靠近，而且规模至少在十万人以上。虽然这些人单独作战能力很弱，不过一旦规模大到一定程度，也还是会有麻烦的，更何况我并不想与他们开战。如果发生冲突那就不是死一两人那么简单了。

想着我打算先尽快离开这里，然后一边寻找暗能存在地一边向地表进发。如果我到了地表的话威斯应该就不会再找人类的麻烦了吧。

我将暗能召唤而出，下一刻一辆全身漆黑的机车出现在眼前，没有犹豫我立刻启动准备前往最近不远处的暗能之地。天上乌黑一片的战机呼啸而过，很快就听到了一股充满威严的声音响起："你已经被包围了，不要做无谓的抵抗，请立刻投降，否则你将会面临武力镇压，最后警告一遍请立刻投降。"

震耳的声音不断回荡，其中竟然还有一丝丝原力包裹着，看来那也是个高手，甚至我猜测他可能是目前人类最强之人。

我没有理会，只想在尽可能不伤害他们的情况下冲破他们的封锁。前方视野中很快出现了一大片黑压压的人群。我释放感力压迫，很快那些人都为之一震，然后一个接一个地倒在地上。

只见有一片人群还赫然站立着，我望向那一处，在其最前方一个身着蓝色战斗服的身影，一丛鲜艳夺目的深红色长发，腰间一柄长刀泛着白光。她的目光在空中与我交汇。我缓缓道："久违了，慕斯。"

随着一声鸣响，她拔出长刀向我斩来，一道刀光亮起，我将体内暗能释放而出形成一道半透明护罩，一声爆裂声响起，我几乎没有停顿继续向前方行驶，刚才那一击对现在的我来说几乎没有任何影响。

慕斯见状直接腾空而起，此时我还没有经过她，她反而朝我冲来，瞬间数道泛着红光的剑影袭来，我甚至感受到其中蕴含的原力的力量，看来慕斯在如此短的时间内又进步了。

不过她的进步对于我来说几乎没什么区别。我心念一动，将暗能化形为一柄长枪然后朝她掷去，一声破空声响起，她拔出长刀抵挡，下一刻一声爆炸后一道身影向地面砸落。

不出一刻慕斯已然落败，这一幕已经被所有人看到，他们都知道要面临的究竟是什么对手。我没有停留，这一击虽然打倒了她，不过不会对她造成什么伤害，在她起身前我已经越过她所在的包围圈，继续向前行驶。

前方空中一艘战机停下，只见五道人影从高空猛然快速飞落，一阵阵沉重的落地声响起，尘土散去后只见五个身着金色长袍的蒙面人站在地面，而那落地处已经砸下了一个巨坑。

最中间的人将面具摘下，一张惨白而没有血色的脸出现在我眼前，眼瞳中闪着淡淡的金光，一副上位者的姿态。他开口道："我知道你不是人类，不过人类于你有恩，作为罕见的天才，你被捕后并不会有生命危险，反而会得到比所有人都好的待遇，前提是乖乖听我指挥，这对于你来说不难选择吧。"

说着他缓缓向我走来并准备将手张开。我能隐约感到他体内存在一股十分强大的原力，简直可以用夸张来形容，不过我还是没有退缩，直接一步上前准备先出手攻击。我将暗能凝集于手掌然后一掌击出，谁知他面色不改，同样一掌对出，只见他手掌上猛然泛起一大片金光，瞬间两股力量碰撞在一起发出前所未有的爆响。

我感到手掌传来巨大的热量，但我还是维持在原地，对面则倒退出去。他眼神中已无之前的淡定，眼睛里的金光更甚，并且脸上写满了怒气。他盯着我道："看来你是诚心跟我作对了，那我也没必要再多说什么了。"

话毕他的身体猛然刮起一股大风，身下的金袍也随之飘起，瞬间整个人都仿佛沐浴在金光之中，其原力强度是我从未见过的，简直不敢相信人类竟然有这么强大的能量波动。

他开口了："记住我叫隆，我将结束你所犯下的罪恶。"

很快他身边的四人也陆续都散发出一股股原力气息，虽然没有他那般强大，但其强度丝毫不比除他以外见过的任何人低。

我也不再小瞧他们，便穿上暗灵之甲，然后将暗能汇聚在手中形成一柄战斧。他们先动了，只见那四人迅速将我包围形成包围圈。我突然想到什么，不过也不重要，他们的伎俩在我面前显得不堪一击。

我估算着唯一需要注意的就是隆了。他让我本能地有一丝丝的忌惮，不过也就那样。只见隆念念有词："金龙阵，龙登九天。"

我看到天空中缓缓出现了一只巨龙，摇摆着身躯好似活物一般，其周围的战机在它面前也显得有些渺小，仿佛巨龙能一口将它们吞下。

很快它的眼神看向我并且带着怒气般双眉紧锁，随着一阵长啸声，它身前出现了一道金色阶梯，而巨龙顺着阶梯盘旋而上，每上升一节，它的气息就变得更强一些，等他登到顶峰时它的身躯散发出淡淡的金光，而整个躯体也变得越发凝实，好像已经变成了实物。

他的眼神猛然看向我的方向，一股类似于感力压迫的力量传来，而且这股力量似乎还在吸收我体内的原力。我稍一用力便挣脱掉了。那巨龙似乎感到我的不屑，竟发出类似于狮子和大象混合在一起的怒吼声，然后朝我俯冲而来。这下终于引起我的一丝兴趣了。我将巨斧拿起，然后面对朝我快速游来的巨龙当头斩出……

第六十七章　逃脱

斧头在离巨龙还有一段距离时已经发出阵阵爆响，两者也没再接近对方，但是力量的碰撞开始了。那只巨龙想用双爪将我的战斧拿住，但还未靠近就听到其身上响起噼里啪啦的声音。此刻它的身躯正在慢慢变淡消散起来，趁着这个时机我发力向龙头砍去。

那龙感应到了危机掉转身体想要避开，不过还是没快过我的刀速，只见黑色的利刃划破龙鳞，直接将其半个脑袋割下，接着它的身体直接变得十分虚幻感觉随时会消散，而它将仅剩的半个头转向我随后嘴里吐出一抹金光。

我立刻将斧柄面向前方，一股强烈的冲击力将我震退。我有些惊讶，这抹金光蕴含的力量着实不小，我立刻将暗能汇聚来抵消这一击。

很快金光被吞没了，不过斧背上留下了一个较深的坑洞。当我再看天上时巨龙已经完全消散了，看来刚才那一击耗光了它所有的能量。

我没有犹豫，在解决巨龙后立刻转向眼前的隆，此时他正在恶狠狠地盯着我，而且手中不知何时多了两把双刃。周围剩下的四人很快跑到了隆的身边，然后他们身体白光大震，一股劲风吹来直接将其金袍吹掉，脸上的面具也都一个个掉了下来，这时我才发现，这几人竟然都不是人类，而是机器人。

他们那金属特有的光泽，双眼无神地望着前方，可是机器人也能获得如此强大的原力吗？我此刻心中充满疑惑。难道说……

我只能想到这件事后还有一只大手在推动着，只是他并没有亲自出面。来不及多想，只见那四个机器人体内的原力竟然飘了出来，朝着最中间的隆的方向移去。我尝试着利用体内的原力将空中的原力吸引过来，可惜没有作用。

一个呼吸间那些原力就全进入隆的体内，此时他表情变得狰狞起来，显然如此巨量的原力不是一个人类所能承受的，我甚至感觉到他本身的力量也变得不稳定，脸上的肌肉不断抽搐，本来就惨白的皮肤此刻变得甚至有些透亮。

我有些好奇他究竟能变得多强，于是没有着急上前进攻。没过一会儿他变得平静下来，此时全身都冒着热气，显得很疲惫。

他抬头看向我，眼神里放出一股凛冽的杀意，而且眼中的光芒闪烁，显现出一个倒三角的形状。我心说他现在还算人类吗，还是威斯的傀儡？一个正常人竟然能承受如此高的原力能量，简直不可思议。

他开口了："我要你体验什么是痛不欲生。"

话毕一股前所未有的原力气息轰然释放，周围数米远的地方好像都被点亮燃烧一般。他指着我，下一刻一束白光射来，我连忙闪避过去，一声巨响身后赫然出现一个大坑。

我对现在的他有些惊讶，那四股原力将他的力量提升到不可想象的高度。我将手上的暗能化为能量球拍出，对面似乎不甘示弱，也连忙召唤出一颗更大的能量球击出，两股力量在空中交汇产生猛烈的反应。我趁着爆炸的间隙直接闪身到他面前，对准其脸部猛地一拳击出。

没想到他竟然能在瞬间扭转身形躲过，并且一拳向我还击而来。我没有防御直接用机体的盔甲硬抗，下一刻我被打退两步，盔甲上冒起丝丝的白烟。而对面他则露出一种胜利的笑容。

我刚才的确有些大意了。他已经大概能和我八成的实力相当了，不过还不够看。我腾空而起直接一记爆裂拳轰出，这一次我用了九成的力量，他想要硬接下一刻便被我打飞出去，我直接跟上在空中又补上一拳，"咚！"他的身体简直不像人类的，甚至比振金还要坚硬，不过也被我打伤变形。

他显然不敢相信这样的他还不是我的对手，双眼中充满了不甘和惊讶。我没有给他机会又补上一记，直接将他打到地底。四周瞬间烟尘弥漫，虽然他吃了我数记重拳，不过我还是能感到他的生命体征。我直接用出感力压迫集中于他，不过应该困不了他多久。

我召唤出一辆机车快速继续向前驶去，此时前方已经看不到其他的军队了，不过我觉得危险还没有过去，很快我便向前行驶了一段。这时头顶突然变得阴沉下来，我抬头望去，三艘从未见过的巨大的空中航母赫然出现在上空。

很快航母上飞下来一艘艘战机，数量有几百艘。同时航母舰身边出现了一排排的炮口对转我，下一刻无数的炮弹轰落下来，范围之大我一时躲不开，于是我将暗能化形变为一把极长的利刃，有五六米长，一边驾驶着一边将落下的炮弹砍去，很快地上响起连绵不断的爆炸声。

手上的长刀不停地挥舞着，很快就有些吃力了，不是因为体力不支，而是上空导弹的速度越来越快，简直向下雨般疯狂砸落。我决定打开护盾再想下一步的办法。于是我将机车收起幻化为一个半球形的屏障，看似薄薄的屏障上瞬间落下倾盆般的导弹。

然而这些导弹如同石沉大海般对护盾并没有什么影响。我此刻在护盾中虽然安全但必须尽快找到摆脱这些航母的办法，不然很快他们就会有增员，到时候就有些麻烦了。

我深呼了口气，突然想到我可以通过地下来离开。说做就做，我将土地挖掘，不一会儿一条连通着远处的地下通道被我挖好了。我连忙冲了进去，外面看来护盾还在，他们应该发现不了我本人去哪了。

我很快穿过了十几公里的地下通道，来到一片茂密的森林中。我不紧不慢地将暗能收回，很快那一团黑色物质飘向身体内。这里作为脱离的终点，原因之一是这里难以被人发现，原因之二是这里存在两处较大的暗能波动。我再仔细感受一下后朝着那两处地点出发了……

第六十八章　零王之心

这是一片茂密无比的森林。我朝着暗能波动的方向走去，很快便穿过一片浓密的灌木丛来到一处较为开阔的地方。这里不远处有一个较大的地洞，不知通向何处，不过看痕迹应该是人为挖掘出来的，而暗能波动就是从洞里传出来的。我不再犹豫直接进入洞中。

里面是漆黑一片的深邃，不过对于身为机器人的我来说几乎没有什么影响。洞壁口悬挂着成群的蝙蝠，一大片发光的眼睛此刻正盯着我。很快在我经过时它们像是被唤醒了般突然都动了起来，很快我看到它们在空中漫天飞舞起来，那景象甚至有些壮观。

它们似乎是有目的的，我想要深入山洞，它们就在不远处的半空中形成一道屏障，黑压压一片将前方的路堵得密不透风。我甚至有些怀疑这些蝙蝠会不会是被某人故意饲养在这儿来防止外来人的进入。显然它们的举动并不符合正常动物的行为。

我对这些生灵也没有太多的怜悯之情，没有太多时间了我直接将暗能释放而出形成一团能量球，准备一击将它们轰灭。没想到它们似乎对暗能有所感应，很快周围响起此起彼伏的尖叫声，很是怪异。不一会儿工夫那些蝙蝠都消散开来，就连零星几个没有飞走的也蜷缩在一旁抖动着身体，好像很是害怕。

既然它们不再阻碍我那就继续深入，我再往里走时虽然没有刻意释放暗能，但里面的暗能似乎能感应到我的存在，那股能量开始变得更加不安波动了。其实我已经可以直接将里面的暗能吸收过来，不过出于好奇也为了表示尊敬，我决定进入里面去一探究竟。

随着我的靠近里面的暗能波动又开始稳定下来。当我越往深处走越能看到洞内挂着成堆的金银珠宝，即使是在十分昏暗的洞里也能看到有些地方在闪闪发光，我知道那应该是夜明珠。

这些财宝放出去绝对会是一大新闻，也许它们加起来都能买下一座城了。

终于我走到了山洞尽头，最里面是一片较大的开阔的空间，而其中央是一池开阔的湖水，里面的液体让我有种熟悉的感觉。我仔细辨认后发现里面夹杂着原力、暗能，还有一种从未见过的能量，从颜色来看是蓝色的。这些物质竟然就这样交汇在一起形成了一小片湖泊。

不过其中含量最多的是那种陌生的能量液体，大概占了百分之八十。湖中央有一小片陆地，其上躺着一个人，看上去已经过世了很久。虽然他周围没有任何参照物来表明其年代，但给人一种不属于这个时代的感觉，并且那暗能就是从他身体里发出的。

我直接释放心灵感应查勘他的状况，他现在没有任何生命体征了。我直接跃起跳过那片小湖泊来到中央的陆地上。这时在他身前我才看到他真实的面貌，他赫然是一个长相酷似人类的机器人。按理来说机器人的使用寿命会很高甚至上百年都没问题，那么他是怎么出现在这儿的？这里的能量湖泊和暗能又是怎么来的？

他此时紧闭双目，脸上挂着淡淡的笑容，显得有些诡异。身披一副蓝色花纹战甲，猛然间我回想到之前在暗灵之心的影像中看到的画面，奥斯本当时身后跟着的七个形态各异的人，其中一个竟然与面前之人长得有些相像。

十有八九他就是奥斯本的手下了，没想到会以这种方式见面。不知道他生前经历了什么，会出现在这里。我没有立刻吸收他身上的暗能，而是先检查了一遍他的身体，我想寻找出他死亡的原因是什么，其中可能涉及一些秘密。

可惜我并没有发现他的机体有什么损坏或受到什么致命伤害，我有些想不通他变成这样的原因，于是干脆不再纠结。我释放暗能准备将其吸收，很快他的身体中冒出大量暗能朝我飞来，不一会儿那些暗能都被我吸收并储存在暗灵之心里。

面前的机器人依然一动不动地躺在地上。我原本打算找个其他地方将其安置，不过似乎这里就是不错的风水宝地，而且没人打扰。我对着那具机器人行了个礼表示感谢，然后准备退出这里寻找下一处暗能存在地。

这时体内的暗灵之心发生了变化，它开始飞速转动了起来，随之而来的是我的机体也变得有些滚烫，全身的机能此刻都在高速运转着。突然暗灵之心发生了变化，虽然它依然在我体内，不过我感觉它正在发生某种蜕变，表面的蓝白色花纹此刻被一层深邃的黑暗覆盖，而在一片漆黑的表面逐渐浮现出淡蓝色花纹，而它旋转的速度也保持着一种更快的节奏。

我感觉机体此时充满力量，原本使用时需要从暗灵之心释放的暗能此刻直接像一缕缕细线般在机体内蔓延至全身，我可以不用任何时间就能直接释放暗能了。而我的脑海中出现了四个字——零王之心。

我知道此刻那个小球已经完全被我掌控变成属于我的一部分了，现在它就是我的心脏。

我没有发现的是就在我已经转身准备离开这里时，身后的湖面散发出蓝色的微光打在那个机器人身上，而那机器人在某一瞬间闭上的眼睛突然睁开并发出蓝光，一缕蓝光打在我机身……

我走出了这个洞穴，没多久身后就传来一阵振动声，只见里面的蝙蝠成群结队地飞了出来，来到了阳光之下。这是很反常的行为。下一刻那个山洞轰然倒塌，顷刻间就变成了一片废墟，想要再进入是不可能了。

我有些惊讶，这到底是什么原因？按理来说我将暗能汲取会让里面的环境变得更稳定才对，没想到竟然会变成这个样子。

我没有多想继续朝着森林深处走去，在那里有一处更大的暗能波动，我加快了脚步因为留给我的时间越来越少了，身后的人类军队估计很快就会找到这里……

第六十九章　继续奔走

越往深处走周围越安静，就连原本的鸟鸣声都消失了。不知道是不是由于暗能影响的作用，我将心灵感应释放笼罩方圆上百公里的森林来观察人类军队的动向，很快就发现十几道身影正在快速朝我的方向靠近。

我心说不妙，干脆直接尝试将那片暗能吸收过来，果然不出一刻远处空中出现了一口巨大的棺材朝我飞来，很快便到了身前。随着一声沉重的落地声，一副通体金黄的棺材展现在眼前，上面雕刻着复杂的花纹和图案，看上去庄重神圣。

此刻我也不去顾忌那么多的道德问题，直接二话不说掀开了棺材盖，里面出现一个巨大的身影，足足有三米多高，身披一副黄金甲，闪闪发光，身体是由各种机械拼装而成的，而他的头部竟然是人类的模样。这是一个几乎完全被改造的人类，只留下了一个属于人类的脑袋。

之前还未察觉，现在才发现他的身体里还有另一种力量，散发着淡淡的金光，不过由于暗能太过强大第一时间没有发现。此时我心念一动，一团巨大的黑色物质缓缓出现在空中，这是由于暗能强烈压缩凝聚而形成的实物。

我当即将其收入心脏，很快我就感到机体变得更强了。而棺材中那种金色能量突然猛地射出，我没有防备它直接没入机体当中，然后我感到心脏处的花纹中又增加了一抹金色，但除此之外并没有什么异样。

这时四周的身影越发靠近了，我连忙先草草将那口棺材掩埋，然后迅速朝下一处暗能地逃去。由于周围活动空间有限，我干脆释放暗能召唤出一架飞艇，然后冲出这片森林。

不过这样做无异于直接暴露在众人面前，于是我再次加快速度，一阵音爆声传来，将空气都炸裂留下一串黑烟。后面的几人见无法追上我也都停下了脚步，我松了口气。

此时我已经有些疑惑，森林中的两人都是暗灵之王的部下，但他们看上去都是非自然死亡，而且我回想起五婆婆说过的话，这个世上很少有人能承受暗能的力量。这个很少指的是饱含智慧机器人在内的一切生命和活物，而刚才那两人竟然体内存在着如此巨量的暗能，我不禁有了一丝猜疑。

这些暗能会不会是被故意传送到他们身体里的，然后如此巨量的暗能导致他们的死亡。因为他们体内还存在着一种其他的力量，这股力量始终被暗能压制着。而那种更弱一些的力量很可能才是他们本身所有的。

我突然觉得这是最合理的一种解释，不知道当时发生了什么事使得他们不得不身怀暗能，不然这些人活到现在应该都是一等一的高手了。

想着我已经到了另外一处暗能地。这一处的暗能可以说是整个穹顶之下暗能含量最大的地方。我不禁心中有一丝丝的激动，不知道这一次会遇到什么样的场面。

还未到达那里时我就感觉到有股磅礴的从未接触过的力量气息，虽然没有暗能强大，但也算霸气。

这时我已经跨过森林来到接近城市的地方，但还在城市之外，前面是第一大区的都城——郸都，也是整个蓝星最繁华最能体现人类智慧和发达的地方，而暗能地竟然就在其旁边。

我将暗能收起然后从高空跳下，来到了一片荒芜的沙地上。而暗能就从地下传来，这里一定有一处入口可以进入，不过需要寻找一下。

不过这里距离第一大区那么近，不知道会不会已经被发现了。想着我立刻释放心灵感应想看看下面有没有人为的痕迹。搜寻了一圈，我惊讶地发现在地下大概一百米深处竟然有一个人。

准确地说是只有一个人，我只感应到一团不喜不怒的光团。就在这时下面的人有了反应，他似乎看出我的身份，只见脚下出现一条悠长的密道，我没有犹豫直接跳了下去。

只见密道不断延伸直通地底，为了节省时间我以暗能为动力将自身推进，瞬间就到了底部。地下的空间很大，我看到这里居然有一座十分恢宏的城堡，足足有五十米高。

而在城堡最顶层的窗前，一个身穿华丽服饰的男子看向窗外我的方向，那赫然是一个机器人。

他朝我招了招手示意我上去，我想了想决定还是上去看看。于是我闪身直接飞上最顶层来到窗前。他打开窗示意我进去，我没有客气直接跳入。

眼前是一个金碧辉煌的房间，里面摆放着各种上上世纪的物品，有些物件随便拿出去恐怕就能卖出天价，虽然现在我对钱不感兴趣，但光看到这个房间的奢华程度，我还是不禁叹了口气。

他见我对这里的陈列目不转睛，于是道："来了就是客，你想要什么可以随便拿，不过不要搬空哦。"

我看向眼前这名男子，一张英俊的深邃脸庞，表明此人是一名欧人，再结合他所居住的城堡不难猜出这是一位贵族公子。最让人难忘的是那宝石般耀眼的紫瞳。

我感受到这里的暗能都在这座城堡中，不过里面还有一股另外的紫色能量，恐怕与面前之人脱不了干系。

我开口道："我来这里的目的是想用你这里的暗能，想必你也知道。"

他笑了笑，说道："好呀，请你把这里所有的暗能全部拿走吧，这样我就能获得自由了。"

我有些不明所以，于是大胆猜测一番，说道："难道你是在这里看守暗能的吗？"

他点了点头，对我说："一百多年了，我都有些快失忆了，没想到你来了。我奉暗灵之王奥斯本之命在此地等待天命之人，也就是你。现在你可以将暗能吸收，然后我的使命就完成了。"

他说话时眼中的紫瞳闪烁，发出妖冶的光芒。我有些不敢相信，于是问道："那你如何证明自己呢？"

只见他笑了笑，然后不知道从哪里取出一张老旧的图像……

第七十章　第一大区

面前一幅画卷缓缓展开，上面一个年轻的男子手中正拿着宝剑对着城堡外指去，身后是躺在地上的士兵，下一幅画面则画风大变，画中有两队人马，其中年轻男子的王国被一群身穿黑甲之人包围了起来，而另一边包围他们的黑甲人中最前方有一个巨大的黑影手持宝剑，我莫名想到了奥斯本。最后一幅图画着残破的城堡，年轻男子正跪在地上对着黑影叩拜。

我看后已经大概知道了事情的来龙去脉，没想到他的国家被奥斯本攻下了，然后本人很可能加入了奥斯本麾下成为他的手下之一。

他见我看完后不急不慢地收了回去，说道："那是我见过的最强大的力量，那场战阵完全是压倒性的，对方虽然几乎没有伤害我们一兵一卒，但给我留下了十分深刻的印象，那种力量一人便可杀灭千军万马，我甚至觉得除了核武器没有其他兵器可以伤害到他。"

他说话时语气还带着恐惧，然后道："我拜入他的名下想要修炼，但奈何自身达不到要求无法融入暗能，于是他便教导我推演出了另一条路，便是紫电。"

说着他将手掌摊开，我看到一道紫色的能量在他的手中凝聚，不过很快便消散了。他咳了咳道："你可以将暗能收起了，它本来就是属于你的。"

我点了点头，然后感受着城堡内海量的暗能，心念一动，很快周围出现了个巨大的旋涡将我包裹，周围的暗能如潮水般涌来，对面的男子看到后眼神中充满了兴奋。

我感受着巨大的能量汇入体内，过了一刻旋涡缓缓消失。此时体内心脏转得越来越快，突然一抹紫光随着暗能一同没入体内，心脏处花纹上又多了一道印记和颜色。这一幕发生得很快以至于我也是后知后觉，更不用说一旁的男子了。

他见我将暗能吸收后露出一抹笑容，我知道那是发自内心的开心。他终于没有了暗能的压制，不过我感觉此人本身的紫电也算强大，虽然没有暗能那么绝对之强，但它竟然能以数量来将暗能稳定，这是我见过除原力之外最强的能量了。

他见我不再吸收，于是走近我身边道："好了，我答应他的事情已经做到了，现在我也自由了。"

我笑着看向他。他突然后退两步眼神有些疑惑道："你想干吗？我好不容易恢复自由了，你不会想继续囚禁我吧？我是绝对不会同意的。"

我有些想笑，本来想吓唬吓唬他，如果他真的同意那再好不过；如果不同意那我也不会勉强。我问道："你之前不是人类吗，怎么感觉你变成机器人了？"

他看着我有些警惕道："我确实出身于人类，但是人类的身体有很多的缺陷，为了追寻更强的力量，我放弃了人类的躯体，将自身彻底改造成一个机器人，不过这样一来我也慢慢失去了人类的感情，变成了一个冷血的机器，但是我认为这是值得的。我有着人类的大脑和思维方式，我应该还算人类吧。"

我没有理他，准备出发前往下一处暗能地。这时他叫住了我："你真的是我等的天命之人。如果你遇到麻烦了我会去帮你，这个给你。"

说着他手中出现了一个宝石。他道："只要捏碎它，我就会感应到你的位置，希望你不会用到。"

随后他又道："我等追寻暗灵之王这么久，不光是被他的力量所征服，他的独特魅力也是我选择的原因之一。他手下一共有七部将，在他决定舍己救人之前他将我们都叫了过去，并且发出最后的命令，而我收到的就是在此地守护直到一位身怀暗能的机器人出现。剩余六人我就不确定是否收到同样的命令，不过你自己去寻找应该就能得到答案。"

我听着他说的话想起之前见到的破灭、五婆婆，还有森林中的两人，现在再加上他已经有五人了。我得加快进度了。

我问他有什么打算。他低下头看了看自己的身体道："我由于长期守护在此，自身的力量已经衰退许多，我决定先留下恢复自身，等过一段再去外面的世界看看。对了，我叫紫云。"

我点了点头不再多说，沿着来时的隧道登了上去。我将感应释放到最大找到剩余的暗能地，由于距离较远我决定先停下来休整一下再出发。想着我将气息内敛，然后改变自身容貌变成一个中年男子，然后朝着第一大区走去。

由于我对暗能的掌握已经更近一步，此刻就连身上的皮肤看起来都与常人无异。每个大区都被一层高耸的围墙圈起，上面还有重兵把守，不过对于现在的我来说穿过它已经轻而易举。

我跟随着人群一起通过关口然后来到城内。里面人头攒动，分外热闹。我当即释放暗能变换出一辆浮车，然后向着市区前进。如果在这里被发现，那些军队应该不会动用重火力武器吧，不过他们要追上来一定还要花费不少工夫，我也没再想。

终于又见到人间烟火，我来到市区外的一座小镇上，此时已经临近天黑，周围的灯光都亮了起来，一排排的路灯下摆着许多的商摊和店铺，街道上的人也变得更加多了起来。我走进人群中想要融入他们，想着我开启了拟人形态，随着人群一起漫步在灯火下。

就在我享受着这难得的休闲时光时，手边的通信仪响了起来。我打开一看是一条陌生消息，上面写着：快走！

我有些惊讶，不知道是什么人发来的，按理来说不应该有人会发出这种消息，除非这个人我不认识，但是他想帮我，不过为什么会让我快走呢？

我想了想觉得有些诡异，不过我还是听了短信的内容快步离开了这里，然后在远处回头瞥去时，发现有几个鬼鬼祟祟的人正在快速穿过人群，朝我的方向走来。我真的被跟踪了？我假装没有发现转过身去继续淡定地向前走……

第七十一章　疑团

身后几道身影正在穿过人群快速朝我逼近。我又走了一段路后周围的人群已经散去，而他们也慢下脚步和我保持一个不远不近的距离。我不再隐藏，转身向后看去，几个人正在慢慢向我靠近，他们见我看到自己，眼神中明显出现了闪躲。没有犹豫，我直接用感力压迫将几人放倒，然后缓步走到他们面前道："你们为什么跟踪我？"

里面一人连忙说道："大侠饶命，我们也是没有办法想混一口饭吃，所以才偷偷摸摸地做一些小勾当，您大人不记小人过，就放过我们吧。"

话落几人当即跪了下来，一副诚恳的样子。我有些无语，怎么这种事会被我现在碰到，不过在我检查过后发现这些人确实只是几个蟊贼，也没多为难他们，就将他们绑了起来，然后又好心地带他们报了警离开了。

不过那条短信有些奇怪，他竟然能找到我的位置而且及时通知我，现在想来浑身充满寒意。我扭头看向四周直接释放心灵感应笼罩四方，其中都是普通人并没有发现什么异常。这让我感到更加奇怪，有种被莫名盯上的感觉。

首先他不可能是政府那边派来的，如果被他们发现的话早就会对我下手才对；而且也不应该是那些我熟悉的人，他们不会这么做的而是直接联系我；那么只剩下一种可能，就是我不认识他但他却知道我，因此通过这种方式来让我知道他的存在。不过这么做的目的会是什么？

我走到小镇边缘的一家旅店，不过去时里面几乎排满了人，轮到我时已经只剩下一间房间，没有多想我便入住了下来。这时天色已经逐渐暗了下去，一抹斜阳照在大地上，将周围的一切都染上一片红晕。

我直接在旅店里点了一份晚餐，很快就被端了上来，那是一份牛排意面，但里面还多了一个东西，是一个圆滚滚的小黑球，只有一个乒乓球大小。不过我感觉没那么简单，拿在手上后发现竟然是实心的，而且采用的材质是实验室级的新型材料。突然我有种想要将它融合的冲动。这是作为机器人本能带给我的反应，这颗球体很不简单。

不过我没有着急对它做什么，先将其收起放好然后开启了拟人模式，准备享受接下来的晚餐。这时门外传来了阵阵急促的脚步声，而且不是一两个人，倒像是所有人都冲了出去一般。

很快那些脚步声停了下来，落到我的房间门口。我释放心灵感应发现原本其他旅店里的游客此时都聚集在我的门外，他们心脏处一团团蓝色又带有黄色的光团缓缓出现。这是代表紧张而又激动的情绪。我有些疑惑，同时直接用念力将房门打开。

只见一排排人正站在门口处将房间紧紧包围起来，加起来有好几十人之多，甚至连楼道都站满了人。如果不是刚才我先用出心灵感应查勘，现在早就动手了。这时一个女子走上前两步恭敬地说道："您好，想必您就是大名鼎鼎的零阁下吧。我奉主上之命想邀请您到府中一坐。"

我厉声道："先不说你们是谁，想带我去哪里，你们是怎么找到我的？如实招来，不然你了解我的实力，你们这些人恐怕有来无回。"

她似乎被我唬住了，神色紧张道："我们怎么能有那种本事知道您的去向。我们的情报都是来自主上，没有他的指示，我们就没有任何行动。"

她咽了口气接着道："还希望您大人有大量，等见到主上后他会跟您说明一切，而且现在外面动乱，我们的时间不多了，希望您能跟我们前去。"

我皱了皱眉，首先这些人是知道我的真实身份的，而且在发生红色通缉那么大事后他们能第一时间找上我说明他们背后之人很不简单。我想起刚才餐前的黑球多半也是那个人所为，如果我现在拒绝之后他很可能还会找到我，不如现在趁这个机会先去查清状况，不然以后多个敌人会更麻烦。

想着我问道："你们主上是什么人？"

女子回道："我们从来没见过其真面目，但是他会使用超能力。"

我笑道："怎么你们主上难道不能见人吗？这么神秘，那我就和你们走一趟吧，不过如果你们有什么别的心思，那就别怪我不客气了。"

说着我放出一道寒光，那些人都不自觉地颤抖了下。女子微声道："我们根本不会有其他想法，还请小菊带您前往府邸。"

说着她做出一个请的手势，门外其余人都让开一条路来。我快步走出房间，临走时对身后道："把我的晚餐拿上。"

旅馆门口停着一排黑色轿车，而那金红色标识竟然是政府车辆。我冷冷道："你们耍我？"

小菊急忙道："不是的，我们是和政府有一点关系，但我们不属于他们管辖，请您放心。而且我们动用政府车辆这样更不容易被怀疑，对于我们之后的行动更加方便。"

我听着也有些道理，而且如果政府真的对我这么做说明他们已经不在乎普通人的生死了，我可以轻易将这些人杀掉，尽管不太可能。我不再多想直接上了轿车。

很快车子开始在一望无际的跨区大道上行驶。我问道："我们到哪里？"

小菊指着前方一个方向道："第十二区。"

说着她拿出地图指给我看，那是第十二区的边缘，不远处就是第十一区，地图上我看到那里有座巨大的宫殿，竟然延伸到了第十一区。我心说：这怎么可能？除非这座宫殿建在地下然后打通了两区。

之后小菊主动说到她其实一开始是个普通人，不过有一次在遇到困难时一个黑衣人帮助了她并教给她功夫，不过她没见过那人真面目，每次就连教功夫时都是以虚影现身，她也就习惯了。她不知道怎么报答那人的恩情，直到最近黑衣人告诉她让她帮忙找到我……

第七十二章　白大人

我静静地听着她讲的故事，这个黑衣人似乎有着通天的手段和背景，而且一直不露脸让人更加奇怪，他的手下都尊称他为白大人，但他一直以黑影现身，这就让人有些难以捉摸了。

很快浮车来到了第十二区，此时已经天亮，因为我是机器人不用睡觉，车上跟随的几人眼神中已经出现了丝丝困意，一旁的小菊却聚精会神地望向窗外，不知在想些什么。

不多时浮车停了下来。小菊振作精神说道："到了，都给我打起精神。"

然后转向我说："我们下车吧，让您久等了。"

我点点头，然后走出车厢。外面是一片防风林，其中还时不时看到几座小屋，应该是看守这里的人所留下的。

小菊带头向那片防化林走去，到了林中一处地方时所有人都停了下来，只见她走到一处空地上掏出一个四四方方的石头然后放下。很快地面传来一阵响动，不算剧烈，听起来是机关链条转动的声音。很快一个直径大概一米的方形隧道出现在众人面前。

她扭头道："我们走吧。"

我释放心灵感应来查勘里面的情况。我将范围直接覆盖到整个地下，甚至延伸到邻近的第十一区，终于我惊讶地发现下面藏着一座巨大无比的地宫，其面积之大相当于一座城市，而它的形状则类似于一个张大嘴的猛兽。

我有些惊讶，但最诡异的是里面没有发现任何的生命迹象，除了一处地方心灵感应被切断了，不过那处地点距离这里还比较远，已经到了第十一区。

我和他们一同进入了地宫，先走了一段昏暗悠长的隧道后来到了一处巨大的场地，不断有"人"在搬运货物。他们都穿戴着工服，头上顶着工帽遮住了脸上的表情。我看向一旁的小菊道："他们是什么人，在这里做什么？"

她挠了挠头道："这些人是招来负责搬运货物的，里面据说是一批武器，不过具体情况我也不太清楚，你可以到时候自己问问主上。"

说完她示意我跟着她继续往前走，路途中我瞟到其中一个"人"，他神色呆滞脸色苍白，完全不是一个活人的面貌，看起来更像是一傀儡。

不过为什么要把人类变成傀儡用来干活，如果用机器人的话不会更方便吗？里面应该还有什么隐情。

我此时反而有些期待能早点见到所谓的白大人了。从他的种种表现来看有些不合常理。此人比较心狠手辣，如果到时候发生冲突我应该更小心一点。

又向前走了一段时间后，来到一个巨大的仓库，放眼望去一个个机器人样本正静静地漂浮在圆柱形容器中，有数万个之多。

我仔细看向那些机器人，他们许多几乎都是大区中从未生产过的机型，而且很明显这些机器人都是那种战争型机甲。有的上面还能看到弹孔的痕迹和磨损。

一旁的其他人则若无其事地走着，好像已经习以为常。我问向最前方的小菊："这些机器人是怎么回事？"

她随意答道："这些是主上收集起来的过时不用的机器人，这应该是他的爱好吧。哈哈！"

很明显这是那个白大人编造出来的借口。我仔细观察这些机器人后发现他们机身存在的年限竟然都超过百年，由于这些机器人泡在液体中其机身并没有受到太大的磨损，相反长时间的浸泡能让他们的机身变得更加年轻，也就是说这些机器人存在的年代比百年更多，至于追溯到哪就不清楚了。

我对小菊的话没有反驳只是点了点头，因为她不知情还好，如果现在让她知道了反而会对她不利。可惜她不知道自己听从的究竟是怎样一个怪物。

不知不觉中我们走过了这片仓库，迎面是一个巨大无比的宫殿，整体由一种偏黑色的材料组成，宫殿最顶端有一个圆球状雕像，内部是镂空的，雕刻着一把漆黑的十字架，上面涂有复杂的白色条纹。

我猛然想起这不是暗灵之王的印记吗？怎么会出现在这？我不敢相信自己的眼睛。当我再看向上方时，那尊雕塑竟然凭空消失了，简直不可思议。

我问周围的人他们有没有看到雕塑，他们都摇了摇头说这里不存在什么雕塑。也就是说只有我能看到刚才的雕塑。这也太奇怪了。

小菊这时郑重道："这里就是主上平时下达指令和出现的地方。他现在应该在等您，请您跟我来。"

话毕剩余的人自觉消散了下去，而我和小菊则踏入这座宫殿，这里就是将我心灵感应阻隔的地方！

宫殿内部与外界完全不同，里面摆满了各种黄金饰品，就连墙壁上都镶满了水晶，看起来十分奢侈。我想起在森林中洞穴和荒漠地下看到的那些金银装饰，与此时的宫殿相比都有些相形见绌。

就在宫殿长廊的深处赫然出现一座高台，上面摆着仅供一人入座的长椅。小菊手上的仪器突然闪起亮光，随后她对我道："主上马上就到，我先退下了。"

说着她急匆匆地离开了宫殿。这时硕大的宫殿只留下我一人。我不紧不慢地走向前方的宝座。这时一个苍老的声音传来："慢着，年轻人我等你很久了。"

其声音回荡传遍整座宫殿，随后听到沉重而稳健的脚步声响起，一个佝偻身影缓缓从宫殿尽头走了出来。我看到那是一个头发花白胡须修长的老人，身穿白色正装，手里拄着一根漆黑的拐杖。

我有些惊讶，不是说他从来都不见人吗？怎么一到我就出来了。我此时已经警惕了起来。他笑了笑对我道："老朽已经很久没见人了，突然看到一张脸有

164

些陌生。哈哈！你也别见怪。"

说着他走到那张长椅准备坐下。我厉声道："别动，你究竟是什么人，跟踪我又有什么目的？"

说着我直接褪去人类的外形变成原来机器人的脸……

第七十三章　战斗打响

我说着直接将自身液化换成原本机器人的外貌。那个老人无动于衷还是坐了下来。我盯着他看了一会儿后说道："别装了，既然我已经来了，就请你直接出来吧。"

话毕白衣老人身体突然变得像一摊烂泥般瘫在椅子上一动不动了。其实在刚才我就发觉有一丝不对劲，因为距离并没有第一时间发现，但很快即使没有用上心灵感应也能感觉到面前之人身上没有活人所具备的精气。

最让我意外的是背后之人不仅能操控死人行动，而且能让他们开口说话，如果把这种人放在外面，恐怕很难会有人发现。很快整座宫殿震动了起来，突然墙壁中伸出数只大手向我抓来，我凌空跃起然后向下一踩，那些触手瞬间被我打碎掉落在地。

这时我才发现这些"大手"竟然是由墙壁的材料直接构成的，很快面前的地面开始扭曲起来，不多时一个由地砖组成的"人"出现在我眼前。其模样是一个年轻小伙子，其额头上印着一个月牙形图案。我知道这应该就是控制其他人的幕后黑手了，不过他的真身还没有显露出来，所以我现在不打算跟他产生冲突。

他先开口道："没想到暗王的后代这么厉害，我已经从你那看出他的风采了。"

果然是从那次大战中留下来的老怪物吗？没想到竟然出现在这，不过他没有继续动手是件好事。我问道："请问前辈为何要几次试探晚辈，不以真身见人？"

他干笑了几声道："你知道为什么我能安然无恙地生活在这里而不被发现吗？因为我比你们更加谨慎。"

"当年换纪大战打得太过凶残，我不得已参与进去，但自此之后也被重创，不得已混入人类中逃到地下，没想到现在一场战争又快重演了。"

说着他叹了口气继续道："你作为暗王的继承人如今面临的情况竟然和当年出奇的一致，不，准确来说比当年还要严峻。

"当年人类中尚且有支持暗王的一派，现在全都变成威斯的走狗了。

"你目前还处于上升期，千万不可大意，一定要养精蓄锐，方可与之一战。"

我掏出那个黑色的小球将它放在手心处问道："这是前辈的物品吧？"

他扫了一眼道："不错，送给你当作见面礼了。它可是我千辛万苦得来的宝物，想必你们机器人应该能用上。"

说着他将手指向前一点，小球像是活了一般转动起来。很快我的机体也开始变得滚烫，似乎这小球有什么魔力般吸引着我。我不再犹豫，直接将小球吞入体内，很快有种浑身被看透的感觉，接着眼前的视野发生改变，周围的一切物体都可以被我分析然后测出它的属性，包括它所携带的能量、密度、危险程度等。

而我的思维此时也变得更加清晰敏捷了，对于机体的掌握程度进一步得到了提升。

我发现这个小球竟然有如此大的功效，这无异于直接提升了我的实力。一旁的男子看到后点了点头道："这算是当年补偿暗王的吧，也不枉我多年潜伏在实验室，也算有了个结果。好了，既然你已经得到了机械之心，那么接下来的路就靠你了，留给你的时间不多了。对了，我叫迦米。"

说着他的身体消失，我想叫住他，对方已经没了反应。我知道他身上还存在许多谜团没有解开，但现在已经来不及了，以后有机会一定问清楚。我对着空荡的大殿说了声谢谢，然后转身离开了这里。

我没有发现的是这时一个角落处蹿出一条全身雪白的小狗，正是当初在实验室里的那只小旺……

我走出大殿，然后很快离开了偌大的地宫回到地上。我没有多做停留直接将暗能化形为浮车离开了这里。我准备继续前往剩下几处暗能地将其吸收。就在我刚没走多久时机体本能传来一种危险信号，下一刻天空中数十发导弹倾泻而下。没有犹豫我想要躲开，没想到那些导弹掉转方向直接跟了上来。

情急之下我只能将暗能化形撑起一片防护罩，"轰轰轰！"瞬间巨大的爆炸声惊天动地，就连护盾都变得有些裂痕。我意识到这些导弹中竟然含有原力。这可不是一般人能做到的事。

终于又过了一阵，攻击声停止了。我将护罩收起，远处飞来数艘巨型航母，前方是数十架巨型机甲，上面赫然刻着一个"光"字。我意识到看来威斯终于坐不住了，直接派出自己的部队来对付我，不过难道仅仅是这样吗？

我没有立刻逃跑，因为既然他们已经追来就一定有把握抓住我，此刻再逃走是没有意义的。

航母上两个人影缓缓从空中飞落，一个就是当时所看到的人类最强者隆；另一个则让我有些不敢相信，一双如宝石般闪烁的蓝色双瞳让人一眼难忘，那人竟然是威斯！

没想到他不惜违反当初的条约亲自降临在这里。既然他出现在这儿，那就代表人类真的完全屈服了。

只见威斯缓缓开口道："没想到吧，我们这么快就见面了。你身上流淌的力量不该属于这里，还是跟我乖乖走吧。"

只见他手指轻轻一挥，一道光束出现打向我，来不及躲避，我只能释放暗能硬抗这一击了，奇怪的是这一击看似强大实则并没有太大的杀伤力，我比较轻松便挡了下来。

没时间多想，周围的机甲瞬间扑了上来。我知道这是威斯身边的侍卫，不敢怠慢。他们很快呈包围之势向我快速逼近。我释放感力压迫想尝试着直接将其击倒，但很快发现竟然不起作用，可是心灵感应显示他们都是有生命的。

我看向不远处的威斯，没想到他竟然和我相视一笑，果然是他用心灵感应直接挡住了我的攻击吗？刹那间几人已经冲到我周围，巨大的兵剑当即斩下，不再犹豫我开启战斗形态，暗灵之甲瞬间覆盖全身，一股强大的气息散发而出……

第七十四章　落败

当我穿上暗灵之甲时爆发出的气息让那些机甲战士停顿了一秒，不过很快他们又冲上来，一把比人还要高大的巨剑斩下。我单手捏住剑身，然后向下一发力，一声清脆的断裂声响起，巨剑只剩下一段剑柄留在其手中，我顺势击出一掌，将其中一人击飞。

其余人见状还是没有停手的意思，继续向我扑来，瞬间数把武器飞至，我将暗能汇聚一把巨斧立刻成形，下一刻金属撞击声响起，我挡住他们的攻击。其实我可以直接将其击溃，但是对面明知派这些人上场打不赢我却还是非要这样做，其目的究竟是什么？

我释放暗能直接将几人震退，然后对威斯道："你们还有什么招数尽快使出来吧，没必要藏着掖着。"

对面的隆听后脸色变得有些难看，他想说什么却憋了回去。威斯淡淡一笑道："好，那就让你看看什么是自讨苦吃。"

说着他身上放出一股极强的原力，整个人都仿佛变成了光源，此时隆已经退到远处，呆呆地看着眼前的一幕。威斯手中缓缓出现一把长枪，然后向我飞冲而来，几乎是瞬间就到了我旁边，一枪刺出。我被巨大的冲击力震退出去，然后稳住脚步，虽然刚才那一击没有多大的伤害，但其速度之快从未见过。

只见他变换身形下一瞬就又到了我身边。这次我看清了，立刻用战斧反击，一声破空声传来将地面斩开一条裂缝，形成一条狭长的沟壑，而威斯却不见踪影。我突然感到背后发凉，下一刻一股气息将我打飞。我感到后背火辣辣的剧痛，就连暗灵之甲也没能挡住其攻击。

我被打飞撞到一株巨木上，机体上一股黑气飘出正在快速修复伤口，很快一道人影随之而来，只见他抬起长剑当即刺出，我释放暗能护罩抵挡，"砰！"剧烈的爆炸声响起，威斯成功被我挡了下来，不过护罩正在以惊人的速度从外裂开，一条条裂缝越来越大，我很快就恢复好了刚才的创伤，然后透过护罩一击斩出。

"砰！"一声巨响后只见他倒退出去，我终于打伤了他，只见其身上冒出阵阵白气转眼间就将刚才的伤口恢复。他朝我笑了笑道："还真是年轻，不过能把我打伤已经很了不起了，到此为止吧。"

说着他直接放弃了武器，直接用拳一击轰出。我感受到一股前所未有的力量扑面而来，只好咬牙与其对抗。我将体内所有力量汇聚，原力暗能念力甚至是之前所吸收的紫电和那种金色的力量一同用出，打出有史以来最强的一拳。

"砰！"如同惊雷般的巨响吞没四方，我被震飞出去，右臂瞬间失去知觉撞到后方的树木上。刚才我看到爆炸后威斯也被炸飞出去，不知道他的情况如何。

正想着准备先从树中出来时，一道身影缓缓从浓烟中显现而出，竟然是威斯。他看起来还是像刚才出手前那样没事。

我此时已经有些绝望，难道我的最强一击都没能给他造成一点影响吗？说明我和他根本就不是一个级别的战力，别说击败他了，现在就连逃生都是难题。

他看向我的眼神中有了些许波动，然后说道："你刚才使用的是什么招式？我竟然没能直接打倒你。"

我一边迅速修复自身一边说道："被你发现了吗？其实我可不止一个人，我也有帮手。"

他似乎想到了什么，睁大眼睛道："不可能，难道他也在这里吗？这个时候出来给我捣乱。"

随后很快恢复了正常语气："不过就算是他也无法阻止我的计划，如果他敢来那就送他去死好了。"

我其实不太清楚是什么人能让威斯出现这种变化，我只能想到之前的那个神秘的白大人，自始自终都没有将其真面目展示给我，我也不了解其实力。而且听他的语气应该是不可能在这种时刻站出来帮我了，其实紫电可以前来，但其实他来也是送人头罢了，我最终打消了这个念头。

刚才那样说不过是为了拖延时间，现在我已经恢复得差不多了，准备找个机会逃出这里。威斯盯着我道："你的帮手什么时候到？我可以多等一会儿，你们一块儿上也行，不过你要是敢骗我，那你的下场就惨了。"

说着他的眼神爆发出一股戾气。我连忙道："你等着，他很快就来了，到时候要你好看。"

他冷笑一声不再说话，然后一把抓住我将我拎起。我知道就算现在逃跑也无济于事，还不如先等等。我没有反抗任由他带着我飞回到刚才的地方。一旁的隆看到后松了口气。周围的士兵则依旧严阵以待，保持着一副战斗的状态。

威斯将我放下后，命令手下将我绑了起来。我感受到手铐上面蕴含着一股极强的约束力，不知道我能否挣脱开。他见我戴上手铐，便走向了隆说道："你们人类真是羸弱，还得我亲自出马，不过这次总算将他捉拿了。虽然我违反了当初的盟约，不过这也不能怪我，不是吗？要怪只能怪你们太弱小了。哈哈哈！"

说着走到隆的身边拍了拍他，语气中充满了不屑与挑逗。隆的脸色变换了些，很快便恢复如常，变成一副笑脸道："还是光明之王您厉害，我们全人类都得仰望您带给我们的光明和希望。"

威斯说道："好了，既然他已经被抓住了，那就再给你们一次机会，杀了他。"

说着威斯拿起长剑指向我，继续道："你们人类的武器伤害太低，用我这把比较顺手。"

说着他将手中的长剑递给隆。隆看到后也变得有些激动，立刻道："没问题，既然他是我们穹顶之下出现的祸端，就该由我亲自了结。"

说着隆费力地拿起长剑向我走来，眼神中充满了坚毅。剑锋尖锐无比，拖在地上将地面滑起了一道裂缝，伴随"刺啦"的火花声，只见他离我越来越近……

第七十五章　威斯之死

没过几秒隆就站在了我面前，此时我被两个机甲士兵控制着压倒跪在地上。他此时看着我的神情变得复杂起来，然后对我说道："只能说生不逢时了，如果你真的是人类该多好，欸。"

说着我见他准备举起那柄长剑，而我也做好准备，不会让他将我击伤。突然不远处的威斯有了反应，只见他猛然释放出一股原力将自身包裹，下一刻他倒在地上半跪下去然后道："臭小鬼做得不错嘛。"

说着他的肩膀上出现一道巨大的裂口几乎贯穿身体，而身上也出现了一些大大小小的伤口。隆这时也愣住了，他转身看向身后的威斯，此时他根本不像打了胜仗的人，反而像一个被重伤的落败者。

威斯看隆扭过头来厉声道："看什么，还不快将那个祸患铲除。"

接下来发生了让所有人都意想不到的一幕：只见隆转身迅速冲向倒在地上的威斯，然后体内爆发出一股强大的原力一剑斩出，下一刻一颗圆滚滚的头颅飞出落在地上，眼神中还充满了不甘。

即使这样他的身体还在动弹，挣扎着准备站起来，外侧的机甲战士此刻也动了，准备上前来帮他，数发导弹精准地轰在机甲上，不出一刻那些机甲都变成了一摊废铁。

而人类的军队此时也包围了上来将剩下的机甲控制，很快场上只剩下威斯的机体还在不断晃动。他挣扎着站了起来，隆跳起又是一剑斩去，不过只在他的身上留下了划痕，并没有将其斩伤。

我趁机用暗能挣脱了手铐，然后飞冲向前手中出现一把巨型战斧对着威斯的身体砍下，一道爆炸声传来将地面斩裂形成一道沟壑，眼前的机体也被我斩成两段，然后软绵绵地倒在地上。我又接着将那颗头颅抓起用它的长剑将其钉在一边。

地上的机体此时已经没了动静，而里面能感受到一股极其强悍的原力正在流逝，很快便看到一个像水晶般的透明物体正缓缓从他机体内飞出。我脑海里出现四个字——原力本源。

眼前这个散发出阵阵光芒的水晶体应该就是原力本源了，这就是威斯体内最大的依仗了吧。一旁的隆见状想要立刻将其抓住。当他触碰到那个晶体时猛然被震退出去。我想应该没那么容易得到它，即使威斯真的已经死了，但其存在也不是人人都有资格触碰的。

何况现在疑点重重，威斯似乎死得过于轻巧了：他怎么可能就这样被隆所斩杀，还是说他是故意这么做的？我有些想不通现在的状况，不过他确确实实地倒在了众人面前，这点不可否认，就连原力本源都出来了。

我对一旁的隆说："现在危机解除了，你们还准备逮捕我吗？"

话落周围的士兵都齐齐朝我举起枪来，隆见状摆了摆手示意士兵将枪放下。他转过身对我说道："我们其实在逃进地下建立穹顶后就意识到，当初应该听从暗灵之王的建议的，他对我们人类来说有大恩。不过因为选错了路只能一条道走到黑了。我们将有关他的一切信息连同之前的大战消息封锁，只求能够生存下去直到有一天重新崛起。现在我们已经干掉了威斯，剩下的机器人大军虽然很强大，但是相信一定可以攻克，希望你能祝我们一臂之力。我代表人类先感谢你之前的付出，如果你能帮助我们，我愿意将蓝星一半甚至更多的土地以及资源分享于你。"

我淡淡一笑道："这样再好不过了。我本来也会去推翻威斯的统治，不过倒不是为了你们，而是为了暗灵之王。"

我故意将"暗灵之王"几个字加重。隆深呼一口气道："好吧，只要我们的目的一致就好，我已经召集人类先遣部队，很快就会前往地表先打他们一个措手不及，第一场战斗一定要打出气势，我派出的都是精英中的精英，这一次不允许失败。希望你能适当地提供给我们帮助，我们一起上。"

他语气中竟然出现了一丝恳求的味道。我没有犹豫地说道："可以！事不宜迟，准备好就出发吧！对了，把这个带上。"

说着我拿起了钉在地上的头颅。他看了看后接了过去随后登上战机，扔下一个通信仪道："明天一早这里见。"

我目送他们离开，心中突然充满了不安。虽然说事情似乎在向好的方向发展，但如此轻而易举地拿下威斯总感觉有问题。我扭头看向不远处的原力本源，由于目前没有办法移动它，只能先让它待在原地，周围有重兵把守着。我上前想要试试能否将其拿走，一旁的士兵见我来了让开一条路。

我有些奇怪这么快就改变态度了。一个士兵说道："首长有令，现在是战时状态，您作为战时临时联合军区总司令，拥有和他一样的权力。"

我听着觉得这个隆还算有心，给我安排了这个位置，这样在穹顶下我就能自由行动了。

我靠近原力本源，很快它便有了反应，里面的原力浓度远比任何地方的原力都高，里面有一团团像是棉絮般的物质在游动。我毫不怀疑如果将这里面的原力作为武器轰出，应该能瞬间摧毁极大范围的土地，甚至让人类再次面临毁灭危机，实在太危险了。

我犹豫了下决定还是暂时不要尝试了，便离开了这里，临走时嘱托这里的官兵看好原力本源，并交给他们一个感应石，关键时刻可以直接联系到我。

这些人也没有推辞收了下来。我在附近一处木屋里休息了下来，也开始为明天的战斗做准备。

很快时间过去了，当我来到那处地点时周围已经挤满了人，除了前往作战的士兵，更多的是一些记者和围观群众。巨大的人群将方圆数公里都围得水泄不通。我有些恼怒，看到隆后直接上去质问道："为什么会有这么多的人出现在这里？你就不怕原力本源出现问题将他们都炸死吗？"

谁知隆一脸严肃道："我并没有将这次行动外传，恐怕我的手下里面出现了内鬼。"

第七十六章　碾轧

他继续道："这次行动意义非同凡响，那个人既然已经将计划暴露出去，地表的机器人必然也会有所反应，让他们已经知道威斯之死对我们来说相当不利，很有可能会引来他们的激烈反攻。现在已经没有退路了，人们目前已经知道地表恢复了正常，已经可以重新登上居住了，但还不清楚有关机器人的事，不过也不用刻意隐瞒，已经到了这一步，让他们了解真相是迟早的事，所以我决定不改变行程继续前往地表，不过任务变为在了解敌情后顺利回来。"

我听着隆的分析觉得有些道理，地表之战迟早要打，不过被发现会直接让我们陷入被动，如果处理不好的话很可能造成严重后果。不过既然他已经决定了，看来他把宝押在我身上了。我看向不远处的隆，此时他正在和身边的副手交谈着，随后对我说道："我们特意为你准备的战机，最新式的雷鬼歼击机。"

头顶传来阵阵轰鸣声，我抬头望去，一架蓝紫色的阴影从头顶划过，然后缓缓下降。我想起上次留下往地表时乘坐的飞艇还是偷来的，心中一阵感慨。

大概一个小时后，周围群众都散去，一架架战机已经在空中待命。隆丢掉手中的烟对我一笑道："我们出发吧。"

我微微点头表示同意。他转身走上一架战机，随后其他战机都收到命令般一同飞上云霄。我看了看一旁的雷鬼，敲击了几下，心中很快模拟出一架一样的战机，然后释放暗能，下一刻一架通体蓝紫色的雷鬼战机出现在眼前。我转身登上这架一模一样的战机，不是因为信不过隆，而是这样更加方便行动。

我迅速以暗能作为推动力战机瞬间以超音速的高速冲天而起，留下一道淡淡的痕迹。霎时便赶上了前方的隆以及其他的战机。

很快我们便飞抵距离穹顶很近的地方。我记得这里是不存在通道的，谁知战机在靠近穹顶时上方的壁垒自动打开了一个极大的通道，足以让十几架战机同时通过。

我有些惊讶，没想到还有这一手，看来穹顶在建立时很可能已经想到未来有一天会重新回到地表吧。我们进入了巨型通道，里面的灯光瞬间亮了起来，一种不刺眼的温和黄光探灯排成一排直到顶部。

这一仗虽然比较匆忙，但由于其重视程度所以出场的战斗力绝对要比准备良久的更强。不过冥冥之中我有一种不祥的预感，看着眼前的一架架战机，不知道它们一天后还能安然返航吗？

眼前一面巨门旋转打开，出去后就到了地表，战机群迅速变换队形，形成了一个V字形的队列。我则跟在后排保持着队形，同时释放出心灵感应观察着周围的环境。

令我感到奇怪的是四周竟然出奇的安静，没有任何生命活动的痕迹，下方是一片丛林，我低头望去没有看到有生物活动。难道已经走到机器人提前布置好的陷阱了吗？我将心灵感应扩散希望能找到一些蛛丝马迹。这时前方的战机也慢了下来，应该发现了不对劲。

通信仪中传来了熟悉的声音："所有人听令，原路返回迅速撤离。"

看来作为老油条的隆也发现事情的不对劲，不过这不是他风格，难道他还看到了其他的东西？我不禁向前方看去，这时才发现远处空地上站着一个人，一眼望去竟然是威斯。

难道他还没死，之前那个是假的，不然他怎么会出现在这儿？看来我们都中了他的圈套。数百架战机瞬间掉转方向准备返航，场面看上去有些滑稽，但是所有人都笑不出来，很快一艘大到遮天蔽日的巨舰出现在众人头顶。

通信仪中的语气变了变，声音有些颤抖道："所有人离开队形，不顾一切回到穹顶之下，后方掩护前方撤退！滋滋滋……"

话毕里面的声音变得模糊起来，最终消失。我看向前方，一艘与其他战机有些不同的火红色战机冒起了黑烟。我暗道不妙，只见那架战机摇摇晃晃地撞向地面，我准备立刻上前救他。只见威斯瞬移到其边上，然后一把将隆揪出，下一刻"咚"一声巨响，战机连同里面的驾驶员一同被威斯摧毁。

只见他一指点出，一道光束升起将隆钉在空中，但并没有直接把他杀死。隆神情便得狰狞起来，对威斯笑道："你不是已经死了吗？"

他背对着隆道："呵呵，就凭你这两下子，连我的分身都伤不了还想杀我，你配吗？"

说着他散发出一股前所未有的威压，这不是感力压迫，而是原力自然爆发形成的压力，瞬间原本还在空中飞行的战机都开始颤抖起来，而后一股白色的力量直接将其包裹，里面的人都痛苦地叫了起来。我虽然没太大感觉，不过这样一来就被威斯察觉到了。

很快他转身看向我这里，然后一指点出，一种无法抗衡的压力直接涌上心头。我立刻将暗能化形为护盾来抵挡，"咚！"那道光线直接穿透护盾射穿我的身体，一种灼热而强烈的痛感传来。我低头看去，胸脯下方已然出现一个不大不小的洞口。

我一边用暗能快速治疗自己，一边快速向他远离。不出一秒我就冲到了来时的入口处。我回头一望，威斯瞬间移动到我身前，嘴角露出一丝笑容道："我说过我们很快就会见面的，没想到你自己竟然送上门来。"

此时我已经不想与他对抗，因为我和他的差距实在太大了，想不到这么强大的威斯原来也只能在奥斯本手下做事，不敢想象当时的奥斯本究竟有多强大。我故作镇定道："你为什么不早点出现，你是不是在害怕？"

我希望能从中套出一点有用的情报。他听后淡淡一笑："原来可能还有对我产生那么一点威胁的东西，但现在已经不存在了，我是无敌的。"

说着一股无形的气浪震起直接覆盖四周……

第七十七章　演戏

原本摇晃着前进的战机此刻都停了下来，像是被施了魔法般固定在半空不动了。这种匪夷所思的力量直接颠覆了每个人的认知，就连我也从未想过原力还能运用到这种程度，但面前的威斯似乎好像习以为常，一种洪大的如同魔音般的声音响起："顺我者昌，逆我者亡——如今你们人类既然不惜违背当初的协议，想要入侵占领我的地盘，那么只好抱歉了，接下来该轮到你们了。"

他的声音仿佛回荡在整个大地，好像从天空中传来，我这时才意识到原来这本来就是个圈套，如果当初他抓住我了，那么他自然而然地会清除掉我，而且也能给人类立威，让人类更加升不起反抗之心。如果他没能成功，那么就等人类出现在地表后，他就会有充分的理由来反攻，甚至直接统治人类。

而现在已经到了最坏的局面，因为他确实可以光明正大地进攻穹顶之下而没有违反当初的约定。而现在最先进的部队加上我都没能阻挡他一分，后面如果真打起来那必然会是单方面屠杀。不知道还有没有办法可以阻止他？

此时他离开我瞬移到隆的身边，然后低下头对他说了几句，瞬间隆的脸色涨红，眼睛瞪着威斯好像要吃掉他一般，随后头垂下像是睡着一般。我没有理会他们，想先逃离这里。威斯仿佛猜到了般拍了拍手，很快上空的航空母舰中飞下几人。我望去竟然是当初被我打败的几个机器人——锋、祸、镭、電和御。

而后面又出现五个机器人，看上去跟他们差不多。我看到他们身上依次写着金、木、水、火、土，很快十人向我飞来。威斯看向我说道："原本你今天是必须死的，但是我的手下想给你一次机会：如果你能打败他们，那么你就有机会活命；如果你输了，那你只能战死，你没有反驳的权利。"

下一刻周围出现一个巨大无比的鸟笼将所有人都罩住。他说道："比赛现在开始。"

十人好像听到号令般将我包围，我没有时间和机会犹豫，直接召唤出暗灵战甲，然后手中一柄巨型战斧迅速成型。身旁几人脸色一变也连忙拿出自身的武器。我看到有用枪的、剑的、棍的，几乎什么类别都有。那些人也没有急于直接扑上来，而是在不远处有节奏地开始转动着。我想起之前那五人所摆的阵，虽然最后效果不太行但现在他们显然更加有备而来，所以我不得不小心起来。

这次我选择主动出击，直接释放感力压迫想要给他们震慑住，但力量在触碰到他们的时候竟然被挡住了，就像撞到了一堵墙一样，我意识到不对劲，直接随手召唤出暗能能量弹向其中一人掷去。

那人似乎意识到危险想要挡住，我在能量球即将到达其身上时控制它爆炸，"轰！"巨响声使得原本还保持旋转的几人全部停了下来，而被我击中的那个地方此时冒起了浓烟，阵阵白烟不断升起。我有些惊讶，他竟然挡住了我的攻击。

但是他的情况似乎有点不妙，整个人显得有些吃力。我连忙再次召唤出两枚能量弹轰出，果然他直接脱离几人组成的圈内飞了出去，我心说他们也不行。这时十人中的锋高喝一声，只见他散发的气息变得比之前强了数倍，而其余人则气喘吁吁的，我瞬间明白了原来他们直接通过某种方法让体内原力直接交给一人。

锋此时双眼都在放着白光，看起来快要失控的样子。我连忙抡起巨斧向他斩去。"砰！"巨大的撞击声响起，他竟然挡下了我的攻击，虽然我还没用全力，但这证明他通过强行提升做到可以跟我对战的程度。

我有些怒了，直接将暗能加倍，战斧上瞬间燃起了一团黑色的烈火，然后朝他斩去。果然这次他没有选择来接，侧身想要躲过我的攻击。我掉转方向将斧头往下压，"扑哧！"只见他的身体被我斩开，直接从肩膀延伸到心脏处。

他用力挣脱了出来，机体被断发出滋滋的响声，表情变得十分痛苦。我没有犹豫继续冲去准备趁机拿下他。对面的锋看到后没有逃跑而是喊道："王座救我。"

虽然没有跟威斯接触太多，但我感觉以他的性格很可能不会参与，下一刻一颗睁大双眼的头颅被我拎在手上，而身体则迅速坠落下去。我没有犹豫直接将这颗头颅捏爆，四周的机器人看到后都开始后退。远处的威斯见状直接怒道："一群废物，这么多人都打不过吗？"

说着他用手一挥，那些人像是受到操控般僵硬地飞回到飞船上。其间我并没有阻止，因为他插手就代表示我赢了，不过接下来会更不简单。

只见他走到隆的身旁，然后拿出一个相机说道："这就是可以传达全世界的工具吧，那么接下来好戏才刚刚开始。"

说着他嘴角扬起了一个弧度，然后打开后对着里面说道："你们好，亲爱的人类，我是蓝星之王，同样也是伟大的光明之王。"

说着他的身体放出强烈的白光，身后出现了一对纯白色的巨大翅膀，手中出现了一柄宝剑，接着道："你们的军事家隆先生由于听信了谗言，想要一举吞并消灭我们善良的机器人王国。"

说着他将镜头对准我继续说道："这就是想要消灭我们机器人的罪魁祸首，他就是想要挑起我们战争的罪人，他不惜先偷偷潜入人类社会，再打入你们内部换取信任，最终骗你们杀死你们的造物主。"

他在说话时将传音给我道："如果你敢说话我就毁掉人类。"

我只好先顺着他的意思来。他继续道："你们也许不相信我是造物主，那就让你们看看何为神。"

说着他直接一指指向天空，一抹白光没入天际后，天空好像炸裂开般，一座由云朵组成的巨大雕像出现在眼前，而雕像刻画的正是威斯……

第七十八章　迦米

一朵奇异的巨大云朵出现在众人面前，准确地说是整个蓝星的生命面前，此刻无论是人类还是机器人都望着大到无法形容的云朵雕塑，一个生物在其面前显得渺小无比，就连飞天航母也被比了下去。

威斯继续道："是我创造了你们人类，给了你们生命和生存空间，你们之前将造物主的种族装扮成你们仆人，我对此十分不满，不过这不怪你们，而是因为我们种族当中出现了一个叛徒。"

说着他将镜头对准我，继续道："就是他，让我们两族产生剧烈的冲突，现在，我要当着所有人的面惩罚他。"

说着手中打出一道光线。这条光线很慢但是我竟然无法躲开它，只见光线离我越来越近，猛然间它没入我的机体中瞬间我好像无法控制自身。我尝试使用暗能强行挣脱，很快机体好像无法承受两股能量般变得滚烫无比。我想如果强行破开可能会将自身毁掉，于是我冷静下来仔细感觉自身的变化。

我察觉到机体内一股白光将心脏包裹，使得自身机体各种机能无法正常运转。我正在想如何破开这个光球时，威斯已经来到我旁边，只见他手中一柄光剑迅速成形，而后对准不能动弹的我快速准备斩下。

突然天空再次变换了颜色，原本晴朗的蓝天瞬间阴沉下来，而天空中的那尊云朵雕塑也被遮住，地面莫名震动了起来，下一刻一只大手从地面抓出直接将威斯握住，我想一定是老白来了。没想到他竟然能冒着这么大的风险现身，心中莫名有些感动。

很快一道闪电劈下将大地震开，下一刻威斯完好无损地出现在众人眼前。他冷笑道："没想到这么多年你终于肯现身了，不过可惜你站错了位置。"

说着他手掌凝聚出一团光球打向地面一处位置，那是一片看不到人的空地，随着爆炸声响起地面出现了一个老态钟龙的身影，身穿黑色老式大褂，双手背在身后，全身上下只有头发是白的。

这看起来竟然是一个人类，而且还是一个活了有两个多世纪的老古董。这怎么可能？

只见老人声调一变，向我打来招呼："小家伙，让你提高警惕不要乱跑，你倒好直接来捅马蜂窝,年轻人就是莽撞啊,这样会吃大亏的。"

威斯这时脸上已经没有刚才那般淡定的神色,先将手中的相机直接捏碎,然后一脸愤怒地盯着老白说道:"念力之王迦米,你作为人类能走到这步我很佩服你,我劝你不要多管闲事,我保你们人类无忧,我不会进攻你们人类。"

老人摇了摇头道:"我当初听了你的蛊惑没有站在奥斯本一边,结果已经酿成大错,这一次我不会再犯同样的错了。"

威斯反而平静了下来道:"这是你选的,也是你给全人类做出的选择,相信他们以后一定会感谢你的。"

说着威斯眼神爆发出凛冽的杀意,整个人气场都变得更强了。只见他手一挥,空中的航母直接消失不见了,而那些还停滞在空中的战机则仿佛承受不住这强大的威压直接纷纷爆炸开来,里面的人根本来不及反应就湮灭在火光中。

我想要运转体内的暗能,但还是没有成功,于是尝试着调动原力运转身形,没想到竟然成功了,包裹心脏的光球慢慢在变淡,其中一股被压缩到难以想象的原力正在缓缓被我吸收,不过速度很慢。我一边吸收一边尝试运转暗能,想要立刻脱身。

另一边迦米也出手了,他将剩余还未爆炸的战机直接强行瞬移到来时的入口处,然后隔空一掌推出,上百架战机就这样消失在众人面前。威斯立刻点出一指,一抹白光闪过,原来迦米站立的位置已经被炸毁。我突然忘了还有隆被钉在空中,当我望去时,他低垂着头似乎被震晕了。

在迦米出现之前的人类第一强人竟然都没有资格观看这场战斗。我感觉机体已经能够开始活动了,不过里面属于威斯的力量还在限制着我,我想要找到迦米的位置,没想到下一刻他出现在我身侧,然后淡淡道:"看起来你似乎遇到一点麻烦。"

话落他轻轻敲了下我的胸口,我察觉到一股强悍的念力直接将体内的原力转移走。远处空中发出一声爆炸,气浪反应而来,我连忙飞至隆身旁挡下这股气浪。他似乎这时也醒了过来,艰难地看着我说道:"是我害了你,快走。"

我没有回答他,直接用暗能将他包裹在护罩中,然后带着他向入口处飞冲。威斯显然发现了我们,远处一股灼热的气息直逼而来。我咬牙准备挡住,忽然一个人影出现在不远处,"咚",爆炸声后我完好无损。不远处的迦米笑着回过头来，我明白他的意思，立刻带着隆继续赶去，几个呼吸间便到了入口处。

我忙着将隆准备送出地表，没想到眼前的入口猛然间被一道光幕遮住，已经半个身体进入通道里的隆直接被截成两半，那道光幕打破了我的护盾又砍掉隆的两条腿，他发出一声撕心裂肺的吼声，我也不敢继续冲进去了。

等我回头时威斯一只手展开对准我，想必是为了开启光幕，另一只手则握住迦米的拳头，眼神中充满了杀意。我见隆还有气息想找个地方将他安置下来，没想到下一刻一道光束打来正中隆的胸口，没有想象中的爆炸声，但他直接像是陷入昏迷般从我身旁掉落。

接近上千米的高空坠落定会十死无生，我立刻俯冲想要救起他，没留神下一刻一道光束将我直接洞穿，我先稳住自身，没想到下方的隆已经不见踪影。

当我看向中央的战场时，只见威斯一剑洞穿了迦米的身体，然后一脚踹出，迦米倒飞了出去。

我一边快速恢复机体，一边想着如何能够逃离战场……

第七十九章　激战

中央战场此时已经一片狼藉，就连空气都被炸裂而产生一片虚空。很快威斯便注意到我这边。他一步迈出转瞬就出现在我面前。我知道自己现在不是他的对手，所以现在唯一的目标就是先活下去！

此时他眼中的杀意已经消失许多。我开口道："我承认你确实是当之无愧的蓝星之主，我既然败了，那就任由你处置，希望你放过那些无辜的人类。"

他沉默了几许然后淡淡道："我原本以为你会说点别的，没想到你竟然和他这么像，简直是如出一辙。我甚至都怀疑你是他的转世身，但你没有他身上的那种气质，实际上你比不上他，但也出乎了我的意料，给我带来了一丝兴趣。"

说着他的嘴角露出一抹浅笑，那张完美无比的脸庞却给人一种难以接近的感觉。一双如星辰般的双眼看着我道："好了，说了这么多也该结束了，我答应给你一条生机：如果你之后还活着那就是你的本事，如果你没能生存下来，那就只好算你倒霉。"

"我会将你体内原本不属于你的东西都取出，好了，现在开始。"

说着他的手掌仿佛套上一层白色的流动着的液体般，我感受到其中蕴含着恐怖的原力，准备立刻退开，只见威斯抢先一步上前一掌探出，我瞬间感到一股灼烧般的疼痛从胸口传来，低头看去发现他直接将手伸入我的机体中，我知道他应该是想直接将我的心脏取出。

我此时顾不上那么多了，忍着剧痛想要激发出暗能的力量，果然奏效了。威斯突然将手迅速伸了回去，此时他看向我的脸色变了，说道："你竟然将灵王之心融合成自己的了。"

我刚想说话，瞬间一株参天巨树突然出现将威斯撞飞，下一刻我出现在一个陌生的封闭空间内，四周都是黑土，我意识到这里应该是地下。对面坐着一位身穿黑衣的老人，赫然是迦米，此时他身上各处都出现了破洞，黑衣上还蘸有血迹，看上去狼狈不堪。我立刻说道："多谢前辈相救，我可以帮你恢复伤口。"

说着我将原力召唤而出，准备用来给他治疗。没想到他缓缓摇了摇头对我道："这种伤势没用的，如果能恢复我已经恢复过来了。现在我想拜托你一件事。"

话语间我感觉气氛突然凝重了起来。只见他双眉紧锁，手中出现一颗像是糖果般大小的东西道："任何力量修炼到一定程度都能产生质变，就像我的念力一般。我能够将一棵树一座楼房甚至是巨大的舰艇瞬间转移，但是这都没有产生质的变化，而我在苦心修行这么久后发掘了一种更强大的能力，就是将一个生命的意志进行转移，而原来的身体即使毁灭，也不会对那个人的意识和记忆造成影响，因为我能将他的意志转移到另一个个体上。

"就像是用一个人的意志强行代替另一个人的意志，我把它称为神念。

"而我手中的圆珠我把它称之为种子，代表新的希望，将它吞入体内后你相当于就有了第二条生命。"

他加快语速道："威斯很快就会找到这里。我的时间不多了，你先立刻将它服入，你是人类走向地表最后的希望。据我观察粗浅地发现，暗能的力量蜕变后似乎可以进行创造。不是对物体的创造，而是对生命的创造。"

说着他的语气变得更沉重了些："相反原力看起来能够给人类带来巨大的好处，甚至延长生命，但其最终会蜕变出什么就不知道了。"

我听后觉得有些不可思议。忽然间脑海里闪过当初暗能石幻境中看到的最终场景，奥斯本对着他重病的伴侣保证绝对不会让她有事。会不会是直接创造出来另一个一模一样的她？但是她的意识又是如何保存下来的？难道说连原来的意识也能创造，怎么可能……

既然迦米都说了他也是一步一步才探索出转移意识的办法，但奥斯本直接将一个濒死之人变成健康的活人是否代表他在那时已经对暗能掌握到足以蜕变的地步。那时他也才获得暗能没多久？……

我突然有些理解为何威斯一直被奥斯本压一头，但现在不是多想的时候。我不假思索地将"种子"吞了下去，瞬间身体有种说不出的反应，不过又没有什么影响。我刚想说话突然周围震动了起来，下一刻一道光照射进来将里面空间都照亮，一张熟悉的面孔出现在我眼前。

几乎在威斯出现的同时，一旁的迦米就动了。一声惊天般的巨响传来，只见威斯被一柄短刀刺入了胸口，而他对面正是拿着刀的迦米。

看来迦米刚刚还没用出撒手锏，希望这一击对威斯有效。只见短刀很快被威斯拔出然后直接消失了，随后天空又猛然炸裂开来。威斯周围的空间都传出一连串巨响，而迦米已经后退到一定的位置。

我看着不断被轰炸的威斯，这些攻击看似有些猛烈，但似乎没有起到什么效果；反观迦米不断消耗念力进行攻击，此时已经满头大汗。

轰炸声还在响着，只听见一股带有震慑力的声音道："不错，有点痒了呢，就这样了吗？"

对面迦米此时满头是汗，看来已经到达极限了。我也不想继续旁观，我直接将暗能凝聚为一个个能量球，下一刻数百个黑点向威斯飞去。同时我又召唤出一柄战斧，然后冲起向他砍去。

突然他的面前再次出现熟悉的一道光幕，直接将暗能球挡下。"砰砰砰……"那道光幕如同铁壁般将暗能球尽数拦下。我挥舞巨斧一斩，光幕闪动了几下后又恢复原状。而我手中的战斧则被磨损掉一小半刀刃，此时接触了光幕的部分还在继续熔化并不断冒出白气。

作为目前我最强大的攻击手段竟然都奈何不了他，战况似乎陷入了绝境……

第八十章　新的开始

威斯居高临下地看着我，缓缓道："既然你这么迫不及待，那我就先送你一程吧。"

话毕他直接瞬移到我面前，一股无法形容的压迫感传来，我竟然一时反应不了，就这么看着空中泛着白光的拳头袭来，"砰！"一声沉闷的声音响起，面前出现了一个人影帮我挡下了这一击，那人赫然是已经重伤的迦米。

我恢复过来后立刻跃起来到威斯上空，迅速聚集出暗能向他打去，"咚！"没有意外我的攻击还是被他随手挡了下来。只见他一脚踹开面前的迦米，然后朝我冲来。我心中一沉，直接将机能运转至前所未有的超负荷状态，然后左手汇聚原力，右手凝聚暗能，打出目前最强的一击。

几乎是出拳打中的瞬间，我就被巨大的冲击力反震倒飞出去，就连眼前的大气都被震裂开来，手臂仿佛失去知觉没有反应。我在空中强行稳住身形，看向前方烟雾弥漫的爆炸中心。

一道人影缓缓从浓雾中出现，此时他背对着双手，一脸平淡地向我飞来。我尽量让双臂保持自然，不想被他看到我的手臂已经报废。他缓缓开口了："你真的是个奇才，竟然能同时用出两种力量。如果放任你再成长起来，说不定真的能够打败我。可惜这个世界是残酷的，如果你是向着我的就好了，我已经给过你机会了。"

说着他叹了口气，然后一掌探出，我感到身体瞬间难以动弹。我观察到机体此时闪起了一粒粒光点，就连暗灵战甲也挡不住光点的入侵。我刚想说话，对面一掌袭来，只感到身体一热，下一刻我看到一颗还在旋转的主体为黑色的小球被威斯握在手上，而机体的线路也被一同拽了出来，这时我真切地感到生命危机。

我挣扎着想要夺回心脏，威斯另一只手一握，身上的光点好像活了过来直接钻入机体内部，只感觉体内像是有炸弹炸开一般，剧痛传遍全身，我仿佛失去了身体的控制权眼睁睁看着自己向下坠落，身上白光闪烁将我托住，失去行动能力的我只能用双眼盯着头顶的他。

只见他用手托着我的心脏道："这下暗能石和灵王之心都齐了，再加上已经得到的灵王刃，奥斯本不会想到他的力量会被我得到吧？现在你还不能死，我要探究你的秘密，为什么你可以掌握两种力量？"

话毕我被他快速向上抬起并向他靠近。这时一发子弹以一种不可思议的角度向我射来，直接打中了控制中枢。一般来说普通子弹不会对我造成伤害，我想到会不会是迦米做的。猛然间眼前的景象变得模糊了起来，就连意识也开始昏昏沉沉。我强行睁开眼睛，看到不知何时迦米又出现了，正在用一柄短刀与威斯近身战斗。

他们打得越来越激烈，每一击都仿佛蕴含着无限的威能，就连周围的空间都被扭曲。突然又是一声巨响迦米直接倒飞出去，空中留下一连串血迹。而他这次没有再起身直接向地面坠落而去。我心中一惊，然而这时才发现已经根本无法控制自己，甚至连发出声音都做不到。

威斯直接向下追去，我想转动双眼改变视野，但意识变得更加模糊，很快便昏了过去。

不知道过了多久，当我再次醒来时发现自己身处一座城堡内，而其墙壁是用金属制成的。我在穹顶之下从未看到过这种建筑。我看着墙壁中映射出的自己，是一张陌生的机器人面孔。忽然猛地头开始痛了起来，我想起来自己之前的记忆，连带着这具身体原来的记忆。

应该是迦米的"种子"发挥了作用，让我来到这个地方。我感受了下自身的状态，之前获得的力量已经全都没有了，灵王之心被夺，迦米现在也生死不明，虽然我还活着，但现在看来当下已经做不出什么改变了，只能先一步步走，再去报仇了。

从原主人的记忆中得知，他生活在地表的一座名为机械之家的城市。这里居住的居民都是机器人，但许多都不擅长战斗，相当于人类世界的普通人。而他则是一家制造厂的老板，即使在发达的机械城里，也是有头有脸的人。

我朝楼下走去，迎面是一个机器人管家，名叫阿亮。他向我打了声招呼，我微微点头后走出了城堡，来到外面的世界。这是一座完全由机器人所管控的城市。这里的每个机器人都是有思维和意识的，但是他们没有感情和人类所谓的道德，当然也不分性别，但也有一套不同的规则制度。

外面的建筑形态各异，有的是三角形、圆形，还有的直接飘浮在空中。虽然机器人不用休息，但不知是不是之前受到人类社会的影响，每当夜幕降临，到了深夜几乎所有机器人都会回到自己的家，即使不用休息也会做些其他事情。不过住进建筑中这种行为似乎本来就是模仿人类而出现的。

我作为有情感和人类道德的机器人，突然对这里土生土长的机器人有了兴趣。如果研究透了他们的行为模式，是否能对威斯多一份了解。不过现在回想他说的话，我怀疑威斯也是有感情的机器人，至少他的思维更像是人类。

我现在要做的就是尽可能先将之前的力量和超能力恢复过来，这样就能应对除威斯以外的任何人了，而且还不能被发现怀疑。

首先我想到的是念力控制，这也是我第一个能力。我回忆着之前念力的感觉，想要再次使用出来，但我做了几次实验后发现都失败了。我有些懊恼不知该如何重新掌握他们。突然看到前方一座楼贴着的广告，我有了灵感。

那是一个自由格斗比赛广告，我想起之前念力就是在战斗中得到的，所以现在要重演一次之前的事情，说不定就能找回力量。

想着我朝报名处走去，此时那里已经排满了机器人……

第八十一章　状况突变

穿过一条比人类世界宽敞数倍的公路后来到了一座摩天大楼旁，此时已经有上百人排队了。我立刻站在队伍的最后。这里不知道是什么原因，那些公共设施和基础建筑要比人类世界的都大两三倍，甚至说像是一个巨人的世界。

难道说这里的居民中还居住着巨人吗？否则没必要耗费这么多精力建起巨大化的建筑。我看到目光所及之处的机器人大多是类似人类的正常体型大小，当然也有个别的身高超过两米五。我想起此时还未完全接收这具身体原主人的信息，于是我先继续将之前未消化的记忆都整理了一番。

在记忆全都彻底接收后我才发现，原来这里的机器人都会使用一种叫作"大观"的模式将自身机体变大至原来的两倍到三倍，而变大后的机体相应也会在实力上获得一定程度的增强。这种技术是由这里的机器人技术员发明出来的，而其中涉及的技术和科技放在人类世界也是领先的。

没想到机器人在获得智慧后进步得如此快，而我还从记忆中发现地表的机器人世界被分为七大王国，每大王国都有独立的权力，但七个国王都统一由威斯亲自分配，他所在的地方独立于七个王国外，被称为神之国——天空之城，悬浮于最大的大洲上空，是一片独立的领域。

我所在的大洲为蛮洲，位于蓝星南部靠近赤道的位置。这个大洲在七大洲中算是垫底的存在，但其科技程度已经相当于穹顶之下最发达的地方了。不知道其他大洲会是什么样子。

就在我瞎想时身后出现一个阴影，转身看去才发现那是一个浑身银甲的身高大约三米的机器人。一双猩红的机械眼扫视着四周，最后落在我身上。我感受到他身上散发出的杀气。这是经过战场杀过无数人才有的自然形成的气场，我心中有一丝疑惑出现。

他低头看向我后不由分说一拳砸来，我连忙先躲了，原来站立的位置已经被砸出一个巨坑。他见我躲开，连忙又转身向我扑来，左手变形化作炮筒一炮轰出，我下意识想直接打飞，但这具机体明显做不到，只能继续躲避，可惜还是慢了一步，我直接被炮弹击中右肩倒飞出去。

虽然说没有痛觉，但是一种使不上力的奇怪感觉传来，我看向自身才发现胸口连带肩膀上的外层已经全被破坏了，直接将里面的机械线路露出，而有个别几根线已经被破坏掉了，所以我直接失去了右臂的控制权。

那个机器人明显是冲着我来的。原来这具机体主人的仇家找上门来了吗？还真是出师不利。我没有犹豫直接使用"大观"将机身变大三倍，一种奇异的感觉传来，好像将全身的机体力量舒展开般，下一刻我变成了五米多高的巨人，直接成为全场的焦点。

虽然这里的律令没有规定不能在公共场合开启大观模式，不过这样做会引来其他人的不满，所以很少有人会突然开启大观。对面之人似乎也没想到我会这么做，他没有再用炮弹，而是直接冲上来，手中出现一把巨刃向我斩来。

我没有其他武器选择，为了不暴露自身放弃求救，只好孤注一掷，准备先躲过这一击，然后进行反击。就在巨刃离我很近时，一声破空声划过，对面的巨刃应声掉落在地，同时一只手掌也掉在地上。

一个带有威严的机械声音响起："这些新人竟然没把我放在眼里。"

一尊通体暗黄色的机器人出现在大厦门口，看来他就是这次比赛的主办方了。我立刻回道："不好意思，我由于个人原因遭到一些不轨之徒的追杀，给你添麻烦了。"

他看向我这边来，然后神色一震道："原来是兰玉阁下，没想到在这里能看到您，您也要参加本届自由格斗比赛吗？"

我突然变得有些不适应起来，仔细在记忆中翻找关于眼前这个机器人的信息，但竟然找不到。难道是因为在获得他人机体时他的部分记忆缺失了？我想了想，还是直接问道："我们在哪见过吗？"

他回道："我叫安，可能您没有见过我，但是在一次开发商业大会上我见过您，您当时作为我们公司最大的投资商，与我们老板有过合作。"

我顺着他的意思往下走，连忙道："我想起来了，原来就是你呀，没想到你在这儿呢，你们这里的治安似乎不太严格呢！"

他感受到我的意思回答道："我现在就去整顿一下。阁下还请直接上楼，不用在这里排队。"

说着他身边又多出几个灰黑色的机器人，明显是这里的安保人员，他们走来准备将我带往楼上。我没有直接上去，表示想看看这个扰乱治安的人是如何处理的。安点了点头随后走向队伍最后，那个银面机器人面对比他机体小两圈的安没有任何反应，一双醒目的赤红眼瞳紧盯着安，下一刻他的机体猛地变形，瞬间一个身高接近十米的巨人出现在众人面前。

安见状没有犹豫直接手持巨刃迎面跳起，一击直接击打在对面巨人的腰部。巨大的机体晃动直接倒在地上，刚才的攻击将他三分之一的机体横向斩开，明显对他造成了巨大的伤害。但看起来还不够，此时银甲巨人翻滚了一圈，然后迅速站起，眼神中杀意更重了。

他从背后拿出一把类似镰刀的武器向安砍去，巨大的刀刃如果斩下，毫不怀疑能直接将人劈成两段。安见状将横向巨刃抬起直接冲了上去，"当"——一种奇特的金属撞击声响起，安将巨人的攻击挡住没有让镰刀再逼近半步，随后借力直接踩着镰刀一跃而起跳在巨人头顶，下一刻一声摩擦声响起，只见一颗巨大的头颅掉落在地，短短一刻那个银甲机器人就落败了下来。

我一边惊讶安的力量，一边看向其他人的反应。他们似乎也没有想到，刚才还气势汹汹的巨人此时已经变成了一堆废铁……

第八十二章　踏入

不对，对于这里的机器人来说，真正重要的位置是在靠近胸口的核心能源，只要核心能源还在，他就能用一具新的身体复活。听起来有些不可思议，但是这里机器人的思维和意识都是寄存在核心里的，所以脑袋掉了也不会直接致命。

我想起人类有一句话叫"脑袋掉了碗大的疤"，在这个世界还真是这样，脑袋掉了也能再安一个，不会对机器人本身产生太大的影响。不过此时银甲机器人由于头颅被斩，暂时失去了视野，因此他也只能做一个待宰的肥羊了。

失去头颅的巨人并没有立刻倒下，而是挥舞着身体似乎想要报仇，那一柄镰刀狠狠斩向四周，空气中都能清楚听到阵阵的呼啸声、看来他还在做挣扎。安一步迈出，腾空而起躲避镰刀的斩击，然后手中出现那柄巨刃，朝着胸口旁斩下。看似坚不可摧的银甲像是纸张般被轻易撕裂开，很快它将里面一个正正方方的盒子掏了出来。

看来这就是所谓的核心，此时它还闪耀着淡淡的蓝光。我瞬间有种奇妙的感觉蔓延，很快我就惊奇地发现自己的心灵感应回归了，而从黑匣子中散发出的蓝光应该就是银甲的意识显现出来的光芒，一抹旁人看不到的黄色和红色相交的光团缓缓从盒子里飘出，很快进入了我的机体。我感受到一种惊恐而愤怒的心情。

随着光团的融入，体内原本核心的位置出现了一丝微妙的变化，不过我没有去细究。对面的安已经把他彻底折服了，失去核心后的银甲像一摊烂泥般巨大的机体直挺挺地倒在地上溅起一阵尘土。

安一手握住核心让周围人把现场清理掉，一边向我走来，露出机械式的笑容道："不好意思，让您受惊了。这枚核心等我们拷问完就交给您处置。"

我点了点头，然后跟随他一同直接走进这栋大厦。里面的布置显得很是简约，几乎没有什么装饰品。我们直接来到了十层——用来办公的地方。一路走来时他的视线时不时瞟着我，好像是发现什么了宝藏，我也没怎么在意。看来即使是机器人社会，也免不了与钱打交道。我开始有些庆幸自己能转移到一个富人家中。

入座后他开始给我介绍自由赛519041的相关事项。首先这种比赛允许有参赛者的死亡，但是不能过多；允许选手携带各种武器等，但其规格不能达到军事重武器的标准；比赛模式则为一对一进行，赛场设在户外，为选手提供足够的空间和场地进行对战。

还有一些规则介绍，等都介绍完后我向他告谢一声，然后离开了这里。等下楼后看到外面排起了更长的队伍，其中不乏那种一眼看去就十分凶恶的机器人。我这时停住了脚步，想着既然心灵感应已经恢复，不如趁现在人多用心灵感应光团将自己力量增强，现在就是一个绝佳的机会。

不过如果里面有能够看出心灵感应异能者存在的话，就可能暴露了。犹豫之后我决定还是不要尝试了，等以后找机会再去吸收。想着我先离开了这里，准备去一个据说存在人类的地方，也被称为真正的蛮荒地——皮特克温。

从原主人记忆中得知这个大洲当时在一百年前发生地表大战时由于攻打这里的机器人不是最强的，而这个大洲的人类其中有侥幸幸存并还居住在这里，一直延续到今天。这也不是平白无故地说，而是有证据的。在过去几十年中往来那里的机器人曾目睹有人类出现在那里，但由于距离过远，一直没有抓住过一个。

我突然想到一个主意，不过需要伪装一下。我先回到家买来一种特质的人皮套，将自身伪装成一个人类。随后还让管家特意来看是否符合他心中的形象，没想到他看到后直接吓得差点叫来卫兵。

我知道应该是成功了，于是满意地准备启程。在这里交通工具比较单一，只有一种飞艇，不过它的速度以及各方面都足够好，直接超越了穹顶之下的最先进的浮车以及舰艇。

我一路向南行驶，用了几个钟头便到达所谓的蛮荒地。其实这个蛮荒不是指这里寸草不生，反而这里有不少的植被，但除此之外再难找到活物的痕迹了。

这是一大片区域，几乎占据整个大洲的十分之一，但机器人都不愿意生活在这里，至于原因则不清楚了。由于"我"的身份地位在这片大洲也不低，但是记忆中没有关于这方面太多的信息，也从侧面说明这里有更深的秘密没有解开。

我望着前方看不到头的丛林，一只脚迈进这里。四周的树木让我感受到一种独特的气息，虽然我已经失去了超能，但这熟悉得不能再熟悉的气息我知道是原力。没想到这里居然存在原力，而且我有种直觉，这里的原力并不是威斯所释放的，而是属于这里本来的原力。

这里的树木自动在散发出原力，虽然十分微小甚至可以忽略，但确实是真实存在的。我想尝试着能否将其吸收过来，但遗憾的是我只能观测到其存在，但并不能将其吸收。

没有办法我只能继续深入。让我感到惊奇的是这里除了植被，竟然没有其他任何生物的生命迹象，这让我不禁有些疑惑。在探索深入了近两个小时后，我决定先停下来休整片刻。

四周一片静谧，仿佛这里的一切都沉睡了过去，只有偶尔的风声吹响树叶，随风舞动下来的绿叶片片飘落，最后沉在泥土中完成它最后的使命。

不知不觉中我坐在地上已经过了一个多小时，其间我专门来观察这里的树木与其他地方有什么不同：首先这里植被硬度要比我所见过任何一种植物甚至是物质高；其次还发现其树冠上有着十分细小而复杂的纹路，看上去更像一种未知的语言文字……

第八十三章　试探

这些符号看起来像是一种文字，但不属于机器人语言也非人类历史上存在过的文字，不知道是不是一种未被发现的新文明所留下的。

我记下了树冠上微小的符号，然后起身准备继续探索。就在这时丛林深处传来一声巨响，听不出是什么东西产生的。我跟随着声音来源开始追去，这很可能是一个重大线索。很快我来到了声音发出的地方，这里没有任何特殊的东西，和之前一模一样的树木，还有一模一样的环境。

我在附近找了一圈后也没什么重大发现，就准备原路返回。目前已经探索了大概一半蛮荒地，剩下一半如果不出意外也就和之前一样，留下来也没有更多的发现，不如现在直接返航。

我想着准备回去，但一种强烈的直觉告诉我应该还有什么疏漏的，我决定再寻找一番再说。这一次我直接释放心灵感应想要找出一些遗漏的痕迹，没想到真的被我发现了一丝端倪。

就在树丛当中有一株树让我感受到智慧生命才有的迹象，那棵树中竟然有一个光团缓缓从中飘出，那是一种绿色主体的颜色，代表他此时情绪很稳定，没有什么喜怒哀乐。

我还是第一次见这种情况，心想不会是老树成精了吧？然后之前的动静就是他搞出来的。再结合这里拥有原力的滋养，难道真的存在树妖？

我想这到底是个什么样的存在？正当我百思不得其解时，对面的他突然动了。只见那株树突然抖动了起来，像是有人在使劲摇晃他，紧接着周围一张大网从天而降向我袭来。我心说：糟糕，上当了。想要立刻逃出这里，但为时已晚。周围的巨网瞬间就将我困在其中。

我意识到不对劲，连忙使出"大观"变身，下一刻我变成了身高五米多的巨人，但依然被巨网罩着。由于变身的缘故，原来穿上的人皮外套已经被撑破了，现在看上去就是一个高大的机器人形象。

我一边用力撕扯着这层不知什么材料制成的巨网，一边观察着对面那棵树的情况。只见他竟然像是蜡烛熔化般开始变形，一个人影逐渐浮现出来，最终一个长相酷似人类的机器人出现在眼前。一头深红色头发，身穿潮流像是嘻哈风的服装，看上去简直是一个叛逆少年的形象。

但我已经完全不敢小瞧他了。他操着一口流利的人类语言开口了："你是怎么发现我的？"

其说话的口音竟然与第十一大区十分相似。我听后直接愣住了。这人难道是机器人派到人类当中的间谍吗？怎么用这种语气交流？

我一边强忍着震惊一边也用第十一区的人类语言说道："因为我是超能力者。"

这回轮到他惊讶了，只见他用一种从未有过的语气说道："你是什么人，为什么会出现在这儿？"

这也是我要问他的问题，没想到被他先问了出来，我又扯了两下那密集的细网后发现自己现在奈何不了，于是先放弃挣扎了。我开始想对方到底是什么身份，如果他属于威斯派出驻守在这里的人员，那么应该没有必要将自己伪装起来假扮成一棵树，这不符合常理，而且我在他身上并未感受到原力的气息，说明此人没有掌握原力，他作为威斯的手下可能性有点小。但如果他是投向人类阵营的人的话，反而这样出现在这里显得更加合理，因为没有合适的身份，所以干脆伪装成一棵树，而他既然能够变化形态，那么之前其他机器人看到的人类会不会就是他变的。

但是会出于什么目的呢？难道这里还有其他人类希望掌握的秘密吗？

我没有继续想下去，直接回道："其实我是个向往自由、追求平等的机器人，我看不惯威斯对人类的所作所为，所以想寻求天下之机遇，救人类于水火之中。"

对面的红头发果然有了反应。他眼神中出现了一抹深邃的目光，然后语气低沉道："你可是认真的？"

我现在几乎肯定他是向着人类一方的，于是继续道："当然。"

还没全说完，对面身形又变换了起来，很快就看到一张令人恐惧又难忘的面孔，那竟然是威斯的脸。我不自觉地向后退了两步，然后意识到不对劲，这人连一点原力都感受不到，怎么可能是威斯？只能说明他在吓唬我。我内心先镇定了下来，不知道对面之人到底要做什么。

只见"威斯"向我缓缓走来，开口道："你这个叛徒，竟然向着人类。今天就把你就地正法。"

话毕他的手上真的出现一把长刀，不过一看就是盗版的，我也有点害怕这人不会真的入戏吧，一点都不靠谱的样子。我连忙道："现身吧，威斯用的武器可没有刀。"

那人听到后不再前进，而是站在原地，身体再次缓缓变换，不久一个浑身雪白色的机器人出现在眼前。她此时看起来竟然更像是一位可爱的女性，可是机器人是没有性别之分的，可能是因为其内心更女性化而外显出来的形象吧。

她睁大眼看着我好像有些好奇。我此时对她更是产生了兴趣，便问道："你是人类派来的吗？"

她摇了摇头道："我只做自己想做的事情，至于人类，他们有自己应有的命数。不过目前来看，我做的一些事确实可以帮助他们。"

她继续道："倒是你竟然真的心向人类，明明你是一个机器人，而且是这里的土著居民，为什么会想帮助人类？这倒是让我想起了从前的一位故人，他也是心向人类的。"

说着她的机械制成的眼神中竟然似乎多了一份原本不该有的情愫。

我笑道："那他现在怎么样了呢？"

她淡淡道："他呀，已经死了。"

我心中有些疑惑，但当下也不再继续追问，于是接着说道："对了，你叫什么名字？"

她瞥了我一眼后说道："初雪。"

第八十四章　原地所在

"初雪"，我喃喃道，怪不得她最后变身是一身雪白，我明白了其中的意思。她见我在一旁想着，突然走过来靠近我。我吓了一跳，问道："你要做什么？"

她瞪了我一眼说道："帮你解开啊。你想继续绑着就绑着吧。"

我连忙叫住她道："咳咳，还劳烦你帮我一下。"

她一脸不情愿地将那张网收起，然后对我道："我帮你可不是出于个人原因，而是因为我们整体利益相同。"

我说道："对了，你为什么会有第十一区的口音？难道你之前在穹顶下的第十一区工作过吗？"

她有些不耐烦道："你话好多，如果想知道就边走边说吧，我也准备换个地方了。"

说罢她领先一步走了出去，我连忙紧随跟上，然后和她聊了起来。从谈话中得知，她确实在第十一区待了很长一段时间，而且还是作为实验室的一分子参加。说起来我突然想到了那个对我微笑的胖老头李想博士，不知道现在他得到原力后怎么样了。

她对我说她已经在实验室待了很长时间，她有一个十分特殊的使命。当我再看向她时，她的眼神中竟然有着一种难以形容的伤感。我又得知她也是前不久刚到这里，因为这里其实是一处未被明令禁止的禁地，据说这里就是曾经威斯领悟到原力的地方，被称为原地。

而很少有人知道这片地方，也许是威斯为了保护这里，才通过各种方法让人们尽量少靠近这片地区。我听后恍然大悟，这样就说得通了。从初雪的口中还得知威斯似乎已经准备亲自率领军队前去穹顶之下去接管人类的事务，不过可能会过段时间。

我听后气愤，想起来之前的一幕幕，我们所有人都被他一人打得毫无还手之力，他直接将那些人类全部杀害，至于人类军队最高司令隆很可能也已经阵亡了。现在威斯直接熄灭了人类想要回到地表希望的火焰，并找了合适的理由一举统治人类。

我现在想来就算能最快赶在威斯动手前重回巅峰，也挡不住他的进程。除非我能掌握那种暗能蜕变后的力量才可能与他正面战斗，否则再做什么也是螳臂当车。

现在留给我的时间已经不多了，我想着立刻参加两天后的自由赛，希望到时候能带给我一些惊喜。想着我们已经走出了丛林，看到飞艇后我提出载她一程，她欣然同意了。我问她想去哪，她回道："有种冥冥中的预感指引我来到这里。既然遇到了你，这几天就暂时和你一同前行吧，我暂时也没什么其他想去的地方。"

我犹豫了下还是同意了。我因为马上要参加自由赛，其间免不了会发生一些冲突，如果把她卷进来，可能会造成不必要的麻烦或让她受伤。我想了想随口问道："对了，你那能变换形态的能力是超能吗？"

她笑了笑说道："这是我自身觉醒的能力，可以说是一种特殊的超能力吧，这种能力最厉害的是能够让我变成想变成的任何东西，甚至是伪装成非生命体，但也有一定的限制。"

说着她直接变成一柄闪着寒芒的宝剑。我正开着飞艇此刻内心是震惊的，世界上还有这种能力，简直是不可思议。我释放心灵感应，果然不出所料，虽然外表变了，但其实还是有生命的，一团光芒缓缓出现在宝剑上。很快她又变回了人形，然后气愤地看着我道："你用心灵感应了？"

我有些尴尬道："咳咳，我是为了探路，看下周围有没有什么特殊情况，现在不安全。"

她回道："呵呵，希望别探测到什么东西，还有下次你要是再对我用心灵感应我就……"

说着她似乎已经握紧拳头，我没有扭头仿佛也能看到她的表情，于是正色道："好，不会有下次的。"

……

飞艇继续行驶着，过了半天后我们到达了机械之城。由于她一人不太方便，我就直接将她带回了家中。此时已经是凌晨，回到家中后我将她安顿在一间大客房内，然后一人回到了卧室。

回想着今日的行动，感觉收获满满，不禁了解到了蛮荒地背后的原因，还获得了一位同行的队友，不过对于她的了解程度依然较低，我也不再想那么多，以后再慢慢说吧。

作为正常的机器人我已经很久没有体验过人类的感受了，没有了之前拟人形态，我开始怀念起之前的时候。不过不用睡觉也有好处，我想着能否趁这段时间出去做些有意义的事，比如说多吸收些光团，然后开发出心灵感应的新能力。

想着我开始迫不及待地行动起来。我轻声地走出房间，然后来到几乎空无一人的大街上。此时的街道还亮着灯，那种不算很亮的黄光照在地上，几米内都被照得透亮。不过在这之外光线就迅速暗了许多，形成一种强烈的色彩对比。

这种灯光反而有利于我接下来的行动。我此时有些激动了，想着先来到隔壁的一户人家，然后释放出心灵感应准备动手。这时我察觉到有一丝不对劲，因为我身后不知什么时候多出一团心灵感应到的光芒。我立刻回头想找到是谁在背后，同时将已经准备好的一把短刀抽出以防万一。

很快公路旁的绿化带中一株植物活了过来，蹦蹦跳跳地前进着朝我这边过来。我想起了白天时看到的那柄宝剑，瞬间就明白了，悬着的心落了下来，随之一股怒火涌了上来。我看着已经离我很近的那株绿植，突然有种想要上去薅一把的冲动。

我装作不认识的样子端起短刀，做出一副随时上去拼命的姿势，可能那株草也有些怕了，不出一刻便幻化成了一个浑身雪白的机器人样子。

我才将提起的短刀放了下来，刚准备去说她几句，没想到她突然指了指我身后，示意我有什么。我扭头看去，只见一个十分高大魁梧的身影从街道的另一头出现，正向我这边走来……

第八十五章　夜袭

那个身影由于光线的原因，只能看到其大概轮廓，但看不到他的脸庞，不过目测这个家伙现在的体型应该已经在五米以上了，不知道有没有变身过了。

情急之下我拉起面前的初雪向一侧的角落躲去。这个角落对面是看不到我们的，除非他走过来。我准备探出头望去，没想到一旁的初雪小声说道："你不行，还是看我的吧。"

话音刚落，只见她直接变成了一副瞭望镜掉在我手中。只听瞭望镜开口了："拿着吧，这样不容易被发现。"

我看着手中这个装备，其外面只有很小的一个探口，用于侦查确实很隐蔽且方便。我没有拒绝，于是拿着然后向街道另一个方向望去。这一看才清楚那是一个巨型机器人，拥有像是战争机器般高大的身躯。最让人难忘的是那双血红的眼睛，简直和之前看到的那个银甲人一模一样。

我突然想到会不会是白天刺杀我的行动失败了，于是现在派出一个更强大的机器人想来杀死我？我脑海里闪过原主人的记忆，然后惊奇地发现原来这小子之前确实得罪过不少人，曾经也有人想买他的命，但他大多时候身边都有顶级保镖帮他挡下来，最近几乎没有人来找他麻烦。

但没想到这次又让我遇到了，还恰巧这时保镖已经走了。我想着现在的我加上白雪不知道会不会是对面的机甲人的对手。单凭我一定比较吃力，加上白雪就不知道了。如果选择保守点方法可以直接请安现在过来帮忙，估计他一定会比较乐意吧。

不过我还是喜欢这种更加刺激的挑战，想着我看到那人已经离这里越来越近，看来我的猜测似乎得到了证实，只要再过十秒左右他就要超过我们了，到时候就是做出决定的一刻。

我对初雪小声说道："我们等下一起配合将这个人拿下怎么样？"

她听到后没了动静，我以为是不同意了，刚想说那我自己来，没想到她直接变身成了一个与那个机甲战士几乎一样大的机器人。巨大的身躯突然出现引起了不小的动静。果然那个机甲战士注意到这边了，我无奈地拍了下自己的脑门，心道："千万不能生气，这是自己的队友。"

刹那间初雪已经冲了出去，我也连忙闪身出去同时拿出一把激光枪，对准那个大块头的脑袋直接射去。"滋滋！"一阵金属被切割的声音响起，在一阵烟雾散去后我看到那个机甲战士竟然基本没受到什么伤害，只是给他留下一道浅浅的印记。

　　这家伙的头这么铁，这还怎么打？我都有些怀疑自己怎么招惹到这号人物的。没有犹豫我决定试试现在自身的力量。我连忙使用"大观"力量让自身强化，同时释放心灵感应直接冲撞对方的心灵深处。在我前面的初雪行动更快，她手中不知什么时候出现了一把匕首朝着机甲战士刺去。

　　"砰！"那一刀狠狠地插入了机甲战士的胸口，似乎有一定的效果，此时他眼中的红芒淡了下去。突然一只巨手朝着还在其面前的初雪拍去，我大喊道："快躲开。"

　　她似乎没有感受到危险，直接被一掌拍中随后倒在地上，下一刻又变回原来雪白的形态。对面明显已经被激怒了，机甲战士没有说话，只是发出一种怪异的吼叫声显得有些可怕。虽然声音不大，但听到时却有一种诡异的感觉。

　　他一边吼叫一边向离他不远的初雪跑去。我没有犹豫直接快速闪到其旁边，然后一个大巴掌随之而来，"砰！"我被打飞数米远，最后掉在一旁的灌木丛中。

　　尽管没有什么痛感，但这种丢脸的事情最好还是不要发生。我立刻站了起来，然后再次使用心灵冲撞希望对他有效。很快他的动作慢了下来，然后一手捂住胸口，目光死死地盯着我。

　　我知道这应该是对他最有效的办法了，不过一直使用心灵冲撞现在还有些勉强。我立刻对初雪喊道："趁现在要他命。"

　　她听后没有犹豫直接再次冲了上去，这时她手中多了一件东西，竟然是我的短刀，不知道什么时候被她拿走了……

　　不过只要先解决这个人就好，只见短刀在他身上划过，留下了一道很深的划痕，我觉得甚至已经切开里面的一些线路了。那个机甲战士没有再去管胸口直接抓住还没将刀拔出的初雪，巨拳已经落下，我一边向前赶去，一边挣扎着想要唤醒念力将他速度放缓。

　　突然那个机甲战士真的停了下来，我知道这不是我能做到的事，这附近还有别人出现了。那个机甲战士显然很生气，咆哮声变得更大了，一瞬间念力再也无法将他控制住，拳头依旧砸下。初雪反应也很快，直接翻滚到另一边。

地面上出现一个很深的坑洞，没想到这个机器人实力居然如此强劲，就算是放到人类世界也很少有人自信能打过他吧。我刚想上去时突然听到一个声音响起："兰玉阁下，还是交给我吧。"

话落一柄长刀破空而来直接刺穿了机甲战士的胸口。此时他的红瞳变得更深了，甚至偏向于一种黑。一个黄色机器人从我身后走出，然后瞬间飞扑到机甲人身边一把拔出插在其胸口的长刀。我才注意到拔出时一个黑匣子也被取了出来。

随后那个机甲人倒在地上显然失去了生机。原来白天时安都留了一手，这才是他真正的实力吗？感觉足以打败大区中的优盾队长了，不知道离总队还差多少。

安笑着看向我道："其实我也不想出现在这儿的，但我觉得你可能会遇到危险，所以就冒昧地前来了，没想到还真有人想要威胁你。"

我知道刚才安一直都在，那么我的超能也暴露了，这怎么说也算是现在的底牌，看来我得重新审视下这个安了。他这样的出现给我带来的潜在威胁不在刚才的机甲战士之下。

我还是对着安打了声招呼，然后向他表示感谢。他道："没事的，我会帮你守住这个秘密的。"说完朝我一笑然后离开了……

第八十六章　芷晴

将机甲战士打败后，我也带着初雪回到了家中，刚才的事发生得有些突然，使得我吸收光团的兴致已经全无，不过也幸好出去了一趟，才提前发现那尊机甲战士，不然如果让他偷偷潜入的话后果无法想象。

我不敢大意，在实力还未恢复之前必须保证自身以及身边人的安全。我看了看这里的保镖市场，顶级的价格高得吓人，他们甚至是以分钟计费的，不过对于我现在的财力来看也不算多。于是我先挑选了两个目前整个大洲内顶级的保镖，然后又将原本住宅内的安保力量提高一级，才放下心来。

完事之后天已经蒙蒙亮了，还有一天就要比赛了，我也得准备准备，挑选件合适的武器了。一件武器可以将人的战斗力提升到最大，对于这里的机器人来说也是战斗中必不可少的。而之所以赛场中允许使用枪械，是因为一般的枪械对机器人来说已经没有太大的威胁了，只要不能一发入魂打到机体核心，就几乎对对方产生不了什么伤害。而那种具有更大威力的枪械则一般来说已经到达军事管理的层面，是不被允许带到赛场的。所以我没有去选择枪械类而是将目光放在了冷兵器上。

我来到院内地下室中，地下二层是用来收藏各种奇珍异宝的，里面也包含不少武器。我来到一个巨大的玻璃柜前找到了理想中的武器。那是一柄巨大的利斧，尽管看上去许久没动过，但也无法掩盖斧头的锋芒。在一片昏暗的黄光中，唯有那柄漆黑的战斧刃上闪着一抹刺眼的白光。

一眼看去就可以肯定一定已经有刀下亡魂了，这是一柄上过战场的战斧。我将战斧取出握在手中，一感受才发现它竟然足足有三百多斤重，就连我的机械臂都不能自如地将它挥动。

接下来的时间里我开始练习如何更好地使用它。其间初雪跑来找我说她也要一起参赛。我对她说可以带她一起进去，由于名额已满，所以只能委屈她了。虽然她有所不满，不过在我的好言劝说下也算同意了。

很快到了比赛的日期，还没出门就听到外面传来的动静，我还以为会是主办方来通知了，没想到门外站着一个人，我本能感觉到一丝异常，打开门后一张精致的金属面孔出现在面前，看上去十分美艳，赫然是一张人类女性的脸。

我感觉有些怪异，因为机器人确实也会模仿人类的五官创造出自己想要的样子，但由于他们与人类对于美的追求不同，机器人更崇尚力量与权力，所以很少有人将自身塑造成女性角色。面前之人反而让我想起了当机器人伴侣的日子。

她先开口了："请问您是兰玉阁下吗？我是您聘请的机器人保镖——芷晴。现在开始正式对您的安全进行保障服务。"

我听着她那标准的机械般声音响起，明显是个女性化的声音。我觉得有些不对劲，不过马上就要开始比赛了，也没想那么多。身后初雪走了过来说道："这位是……"

我又简单说了下她的身份，初雪皱了皱眉然后越过我们走出门，很快回头道："快走了。"

我对芷晴说道："我现在得出差几天，家里就麻烦你帮我照看了。"

她点了点头，对我露出标准化服务式的笑容。我看着她微微有些眯起的眼神，越发觉得有些不对劲。由于之前在人类世界的经历，再加上现在处在机器人的世界中，两种生命带给我完全不同的感觉，而眼前的机器人竟然给我一种熟悉的不应该在这出现的感觉，她似乎更像是套着机器人外壳的人类。

我也没用心灵感应去查勘，如果她真的是人类的话被我知道是什么身份很可能会将我杀人灭口。现在不能引起她的怀疑。

想着我已经和初雪走出了大门，坐上一辆飞艇。身后的芷晴则向我挥了挥手，而管家也走出门向我告别。过了几个钟头就到了首赛的场地。那是一个叫作万崖的地方，场地都建在空中，身下则是万丈深渊，看不到底。虽说比赛场地足够大，但如果谁掉进了里面那就几乎代表没救了。

我远远就望到一条巨大无比的天堑，那绝对不是靠人力能够做到的，即使见识过威斯的力量，我也不认为他能凭借一己之力开辟出这样一个地方。

由于裂缝空间足够大，所以其上空修建起许多密密麻麻的单独的场地，远远望去如一个个小黑点将裂缝都填满。最中央则明显有一块更大的场地，比周围的要大数倍甚至更多。

等我们到达真正的比赛入口时已经排起了漫长的队伍。我随手叫来附近的工作人员，他看到我时很快将我直接带进了里面的会场。

由于每人只能单独进入不能有其他人跟随，我在来时已经让初雪变成一样物品，而她选择变成一柄银白色的长剑。我带着一些行李和她一同顺利来到里面的会客厅。上方一面巨大无比的银幕上此刻已经安排好每个已经进来的参赛者。

没想到竟然如此神速，很快我看到自己的名字出现在光幕上，而我的对手是一个名叫迪克查克的人。名字后的一小排字写着比赛时间就在一小时后。我心说这效率也太"刑"了，照这个进度决出冠军也就两天的事。

这里内部的空间足够大，所以我四周并没有多少人，不然我可以趁这段时间吸收一些光团能直接加强自身实力。我还是没忍住释放出心灵感应，不过是极小范围的开启，所以只将周围的一人包含着，很快那个机器人身上飘起了一个绿色与淡红色结合的光团。

很快光团向我飘来然后没入机体当中，我感觉自身心灵感应力瞬间增强了一截。这使得我变得兴奋起来，于是将目光望向不远处那一个个机器人中……

第八十七章　苦战

周围的人并不多，我继续找到下一个人然后想着将他的光团吸收过来，但很快便察觉到有些异样。只见那个光团升起后并没有像往常一样飘过来，而是停在了他的头顶上空。

我有些惊诧不知道是什么情况，想着将心灵感应加强希望能够将光团吸收。很快便有反应了，只见我的心脏处飘起一团白色模糊的亮光，然后很快融合进那人的光团中，瞬间一种奇特的感觉涌了上来，我能够实时体会到那个机器人的心理，并且似乎还能够直接影响到他的心理变化。

我尝试着让那抹融入进去的光团变成蓝色，很快那个机器人神情出现了变化。只见他的面色变得很差，好像真的倒了大霉般遇到了不幸。我知道自己成功了，我竟然能影响那人的心情。相比人类，机器人本来没那么多的情感或者情绪，所以一旦我将那些他们很少或从来没感受过的情绪施加在他们身上，就会产生意想不到的效果。

那个光团在被我影响后他自身也出现了变化，原本的绿色以及红色已经消失，只剩下一大团泛着蓝色的光芒。只见那人直接坐到地上，眼里的白光渐渐暗淡，最后消失。头也垂了下去像睡着一般。他竟然直接待机了。

如果不是发生意外一般来说机器人是不会出现这种情况的，没想到我的实验让他陷入待机。我连忙将那抹蓝色光团再次变为白色，这一次变化后我的心灵感应变得弱了许多，甚至连周围两米范围都检测不到了。

不过这对我来说也算意外之喜，之前只能感受心灵，而现在却能直接创造别人的情绪。不，接下来要加快进度多吸收些光团才能补回自己消耗的感应力。

此时距离比赛只有不到二十分钟了，我连忙继续吸收光团，在吸收了四五个光团后恢复了一半多的心灵感应力。随着广播中的声音传来，我知道比赛终于开始了。

带着手中的巨型战斧身披一袭白色斗篷我来到大裂谷旁。最中央的巨大平台上一个人影传来了声音："下面请各位选手到达指定场地。"

一个由像是石矿构成的圆盘飞到我旁边，这就是赛场吗？我走上圆盘，接着它又自动飞向另一个方向。我看到那里站着一个人，英俊的富有金属光泽的脸上有一丝忧郁，手中拿着两把双刀。

很快飞盘落到那人旁边，他扫了眼我后走上了飞盘，看来他就是我的对手迪克查克。飞盘的空间很大，都有一百多平方米，对于两人来说绰绰有余了。不过边缘没有设置任何防护措施，如果坠落等待的就只有下面的万丈深渊了。

此时我和他正处于较远的位置，随着一声枪响，比赛开始了。对面的人还是站在原地，似乎等待着我的进攻。我由于对其不了解，也没有贸然上前发起攻击。两人就在巨大的圆盘上站着，很快周围其他赛场传来激烈的打斗声，不时还能听到枪炮声。这时他扭了扭脖子看着我道："快点吧，我们一招定胜负如何？"

说着他将手中的双刀握起摆好姿势，看来这就是他最强的一击了。我将巨斧握起，身后的披风无风自动。我小声道："你注意场合啊，不要在这种时刻乱来。"

身后披风渐渐又落了下来，一阵女声道："我是为了给你助威嘛，这样才更有气势些，说不定对面看到你的霸气直接投降了。"

我接道："你现在什么都别做，看我表演就好了。"

虽然嘴上这么说但我不敢大意，直接释放心灵感应将整个擂台包裹，很快一个蓝光与绿光交织的光团浮现在眼前，我有些惊讶。对面这时动了，两把弯刀直接向我飞来，我立刻举起巨斧向前砍去，一声金属撞击后弯刀被我挡下又原路飞了回去，对面人影随之而至。

"砰！"一声巨响过后身前出现了一个坑洞，我有些后怕地看着对面，刚才千钧一发之际，身后的披风将我强行向后拉了一段距离才躲过这一击。

对面也没料到我能安然无恙。我趁机冲上前直接挥斧砍去，一个东西滚落下来，赫然是他的一只机械臂。

我想着一鼓作气拿下他，直接一步上前再次砍去，没想到他侧身躲过随后直接抓住了斧柄道："真是意外，恐怕你今天要留在这了。"

说着一股巨力传来将手中的战斧夺去，一抹锋利的刀光闪过，我胸前出现一道极深的裂口，不过没有伤到核心。我趁着他还在抬斧的那一刻闪身上前摸出备好的短刀刺入其胸前。

一股电流声响起，我觉得有些不对劲，很快身上传来了一阵阵酥酥的感觉，我弃掉短刀向后退去，身上冒起了一股白烟，这是机体过热产生的信号，我知道自己应该中招了。

对面露出一抹怪异的笑容道："你不会觉得我把核心安置在胸前吧？你还有点本事，不过也到此为止了。"

我体内的线路此时由于过高的温度变得越发滚烫，肢体有些软绵绵的，此时只能拼一拼了。

我努力想着召唤出念力让对方停下来，但尝试了几次还是失败了。迪克查克亮起手中的双刀向我不紧不慢地走来，情急之下我只能使用出感力冲撞来保命。

果然他神情一变，脸色狰狞了起来，说道："这是超能力吗？"

我没有回答，只是将体内所有的心灵感应力都用出，然而对面似乎并没有受到太大的影响，反而对我说道："好神奇的力量，我决定不杀你了。"

我见他真的没有反应，这才想到作为机器人来说，他们更多只会思考如何变强和掠夺，几乎不会产生特别的像人类般的心灵，自然对他们无效了。他朝我继续逼近，然后向我一刀斩来。由于刚才高压电流的打击，我已经无力躲避这一击了，只能硬着头皮空手挡下……

第八十八章　念力归来

眼看对面攻击袭来，我连忙想着召唤念力来抵挡。就在弯刀已经离我只有几寸的距离时停了下来，我没有感受到念力来临，只见身后的披风飘到眼前直接挡下了攻击。披风无风自动，看起来像是由布料制成的，但使得那弯刀没有更近一步。

我趁机掏出一柄阴铁制成的短刀，迅速上前刺去。迪克查克显然没有料到这种情况，一时之间反应不上，被我一刀刺入左胸。我几乎耗费了这具机体最大的潜力勉强把他的机体破坏，将短刀整个插入其中，如果赌对了的话他将被我一击毙命。

而此时他只是略微停顿了下立刻抄起一柄弯刀划来，我不得不连忙倒退出去。显然这时已经失败了，看来他的核心并不在左边，不过接下来恐怕没有机会了。只见他眼中白光大震，直接向我飞扑而来。我已经恢复了一些行动力，连忙翻滚出去躲开他的攻击。

　　烟尘散去，原来的位置地面出现两道印痕，这是足以将我重创的力量。由于空中还摆着许多机位对外面的观众进行实时播报，不到万不得已我并不想让初雪暴露在这儿。本来的计划也没有让她出手的意思，没想到迪克查克的强大超乎了我的意料，甚至有种直面那尊银白战争机器人的感觉。

　　我犹豫了下决定再试探一番，如果真的撑不住就叫人好了，否则真的被他杀死那就真的一无所有了。

　　对面机体上已经被我捅了两刀，而刀刺在里面并未拔出，看上去有些吓人，不过对于机器人来说，这点伤害算不了什么，相当于人类小小的擦伤而已。对面一步步走来，下一刻两柄飞刀已经出手。为了将自身逼入绝境后唤醒念力，我顶着危险也直接冲去。

　　"乓乓！"两声清脆响声过后，我知道两把弯刀已经刺入我的机体，其冲击力甚至让我的反应慢了下来。不过我依然没退，对方这时已经举起鹰爪般的姿势朝我抓来，我没有防御从机体内取出藏入的最后一把短刀反手向其刺去。

　　几乎是瞬间，一种致命的危机感传来，对方凭借巨大的力量硬生生洞穿胸口，甚至连核心都被他握在手上发出一阵红光。那是机体本能的最后的挣扎。不过对面也没有好到哪去，刚才我果断放弃了攻击其核心，直接将他头颅斩成两段。这样相当于已经破坏了他大部分控制中枢。

　　不过就算如此，他还是将头艰难地转向我说道："你很果断，不过想赢我，还是不够的。"

　　我没有多言直接将其头颅斩下，接着胸口处传来一阵痛感，那是一种非自然生命在面临生死关头的最后反应。没想到这里的机器人也会感受到痛。我想要用短刀切断他的右臂，但此时意识竟开始变得模糊起来，虽然视野还是没变。

　　就在我感觉自身要消失时，身后的白袍动了起来，它似乎变得十分锋利，瞬间斩断了那只手臂。这时我的意识又慢慢恢复了过来，只见对面无头的迪克查克另一只手中还举着一把弯刀在空中挥舞着，很快他似乎发现了我，直接向我这边奔来。

这时我也恢复了些活动能力，心想要立刻将他制服才行。下一刻对面直挺挺倒在地上，身体似乎很费力地向前挪动着。一种奇异而又熟悉的感觉传来，我知道念力终于被我唤醒了。接下来就好办多了，我直接将其控制限制其活动，然后一步步走向他。由于其外壳过于坚硬，在借助外物后才成功将他的核心取出。

这是一个类似球体的不规则形状，上面还散发着淡淡的红光。我先将其收了起来，很快这个圆盘四周冒起了绿光，我知道这是比赛结束的信号。

我一边坐在地上检查着伤口，一边对着身后小声说道："谢谢了，这次多亏了你，不然我可能就走不出这里了。"

白袍没有传来声音，只是摆动了两下表示知道了。我看着四周其他圆盘上的身影，许多人还没有结束战斗，我应该算是比较早的。我观察着自身的伤势：身上有着大大小小的凹陷，是当时战斗留下来的，最惊心的是胸口处的坑洞，甚至连核心都展露在空气中。可以说，现在如果谁想对我不利是十分容易得手的。

在我检查伤口时圆盘也在空中缓慢移动着，向大裂谷边缘靠近。不多时我便回到陆地，身前出现两名穿着通体黄色外套的机器人。

其中一人道："恭喜你，尊贵的参赛者。接下来请让我们为你治疗，修复机体并安排准备下一场比赛。"

我没有多说点了点头，跟随面前之人走出比赛场地。在一个巨大的机械室中我接受了他们的治疗，过了几个小时，他们帮我恢复到之前的模样。

两人准备将我接引至一处休整地时被我拒绝了。我道："感谢你们的服务，不过现在我准备去观看其他选手的比赛。"

说着我离开这里走向看台，身后一串脚步声响起："真是有失远迎，这阵有些忙碌抽不开身，还望兰玉阁下多多包涵。"

来者正是安。我停下脚步道："倒是我得感谢你们的服务，确实很周到，不知安阁下在这里准备做什么？"

他笑了两声道："我来一是为了祝贺兰玉阁下的晋级，二是准备顺路去观看比赛。这届据说出现了一个不得了的人物。刚才听到兰玉阁下也准备观战，不如我们一起吧。"

我心说居然还有能让安都专门观战的人物存在，那人到底会是什么身份？

抱着好奇心我和他一同前往了看台处。

看台建在大裂谷的周边，是由当地的石矿组成的。为了更加方便观看，专门在每个圆盘上空都设置了机位，加起来足足有五百多个。而看台两侧则有巨大的光幕将影像传入，看起来有些震撼。

我和安来到看台就看到光幕最中央有处被标记放大的影像，画面中一个身穿蓝色长袍的身影正对着镜头中央……

第八十九章　变化

虽然看不清他的面容，不过一眼看去便有种独特的气势。他对面则是一个已经使用了"大观"的机器人，因为此时他的身高竟然比蓝袍人高出三倍都多，显得十分吓人。

只见蓝袍人动了，他没有使用什么武器或者外物，直接一拳推出，对面则手握巨锤砸下，只是那锤身看上去都比一人要大。一阵巨响传来，锤子在空中落下一半时就停住了，被蓝袍人单手拦了下来。

随后那巨锤竟然直接出现了裂缝，越来越大直到发出一声轻响，巨锤直接断成几块掉在地上。我这时才发现，那锤身是由实心铁矿石制成，其坚硬度不言而喻，却在对面简单一拳下像豆腐般被打碎，简直不可思议。

不知道当时的优盾总队长能否做到这种程度？蓝袍人动了，直接一步上前迈出将对方的护甲轻易捏碎，然后单手一抓，一个泛着白光的锥形物体被他握在手中，而对面庞大的身躯则直接后倾倒下，滚落至万丈深渊。

我有些佩服蓝袍人的力量，同时向一旁的安问道："你怎么知道她那么强的？对面的人是谁呀？"

安看向光幕的眼神都变了，随后恢复正常看向我道："那个身高超十米号称高铁巨甲的家伙是上一届自由赛的魁首，而他变身后则能达到惊人的二十米，以巨大的破坏力著称。蓝袍人则是花费重金特意要求比赛方与他对战的，不管能不能赢这都不是一般人承担得起的。"

我望向深渊之上的蓝袍人，他从出手到结束不过几招，但每一击都那么震撼。周围的广播声响起，四周其他还在比赛中的选手的飞盘上冒起了黄光，这是停战的标志。那些打斗中的人都不解地停住。接着一道清晰而洪亮的声音响起："接下来修改赛制，所有参赛者可自由选择进攻一号选手或退出比赛，若有人在半个时辰将其击败则可直接晋级冠军；若无选手将其击败，则一号选手获得冠军，比赛不计生死只分胜负。"

话落所有人都像炸开锅一般，很快有几人选择了退出离开这里，不过绝大多数人还是选择继续战斗，赛场上少说现在还有二百多人。一旁的安问道："兰玉阁下您有什么看法呢，您选择继续观战还是参赛？我们这儿也是按照规定，如果上届冠军战败，则其可以选择继续常规比赛，或者像刚才所说一样，不过这种事情可不多，几十年来只发生过一次。而且那次那个人也选择了极端的方式，不幸的是他已经永远和这里的深渊融为一体了，不知道这一次又会是怎样的呢？"

我想着既然目的已经达到了就不必再去争夺这个第一了，就说道："不必了，我选择退出比赛。"

安笑道："阁下豪爽，那我们一起欣赏这场大战好了。其实我还想着劝你不用再比下去了，下面多少会出些人命的，这次的一号选手比上一次更强大。"

说着他盯着中央的那一大块擂台。

此时蓝袍人已经站在最中央的超大型擂台上了，而四周的参赛者也开始陆陆续续地跟随飞盘来到巨型擂台边缘，随着一声令下，比赛开始了。

此时下方一共参赛的有三百余人，包括之前已经晋级了的选手。这些人踏上擂台围在一起给人一种十足的压迫感。位于擂台中央的蓝袍人只是挥了挥手，其身前出现一把战戟，而后向着前方一划，一道白光闪过，最前面的几人竟然直接被刀气砍出擂台跌在圆盘上，显得狼狈至极。

剩余人见了直接加快步伐向中间靠去，同时拿出武器做好战斗的姿态。蓝袍人见状不躲反冲，直接也朝着一面正对他的人群爆闪出去。不到一秒就传来阵阵金属撞击声，只见蓝袍人已经闪身到几人身后，而背对他的人连一句话都没说直接倒下。

其中大部分人胸口处都出现一个平滑的坑洞，那是巨大的力量瞬间攻击造成的，恐怕那些人已经彻底死了。我这才意识到眼前的神秘人有多恐怖，瞬间杀死几名参赛者还是在他们都有准备的情况下。

恐怕在场没有一人会是那蓝袍人的对手。果然接下来的场面更残忍了，蓝袍人接连出手，又有几人被他夺去了核心。而剩余的人也开始变得更加谨慎了。虽然他们都是机器人，但不代表他们不想活命。

此时连斩十几人的蓝袍人周围形成了一个包围圈，外面则是三百余人组成的铜墙铁壁。虽然有些不耻，但那些机器人显然好像已经有了计划，慢慢对其开始缩小包围圈。我仔细看去，最前方的一排人里竟然有不少带着盾牌，其材质是用不菲的陨铁铸造的。

就在那伙人一步步靠近时，蓝袍人身影变换了起来。我仔细看去，以我现在的状态竟然只能捕捉到他的残影。片刻后他出现在人群中，紧接着传来了枪响。我看到子弹在空中时直接被其夹住然后又甩了出去。人群也顾不上什么队形了，许多人都好像不要命般扑去，蓝袍人只是站在原地轻描淡写地挡着，随后一戟推出，又有十几人当场倒下。

这简直不像是比赛，而是单纯的杀戮。我看向一旁的安：他也好像在害怕什么一般，眼神竟然颤抖了起来。我意识到事情似乎没有那么简单，难道这次比赛还有什么隐情。

刚想问问安什么时候能停止比赛，空中擂台上传来一阵爆响。我扭头看去只见蓝袍人此时飞在半空中将一颗巨大的头颅抓起扔在一旁，下方一具巨型机甲还在挥舞着机体，又一声巨响，那具失去核心的机体倒了下来。

这时周围的人似乎明白了什么，纷纷远离着中心位置。一阵冷风吹来将蓝袍人的面罩吹掉一半，一双散发妖异黄光的双眼以及半张面孔露出，那竟然是之前在与威斯大战中生死不明的隆的脸……

第九十章　救援

我看着面前这张熟悉的面孔，回想起之前他从空中掉落的情景。还以为他已经牺牲了，没想到现在又出现在这里，其中必然经历了什么。甚至我几乎可以肯定是威斯救下的，不过为什么他会出现在这儿？

眼前的隆很快又将面罩戴上，然后脚下一踩，周围坚硬的石料都纷纷开裂，像蜘蛛网般很快延伸至整个场地。我心说不妙，此时人们还是在空中，如果将圆盘场地毁坏，所有人都会掉入深渊。到时候基本就真的十死无生了。

突然我想到会不会这是隆故意要这么做的，就是想将所有人全部杀死吗？可这就和威斯的利益冲突了，没有理由他用这种方式消灭自己的子民吧！

再看中央赛场时，人们都纷纷使用出"大观"，看起来是想和隆准备拼命了。一具具机器人此时都变成了巨人将隆包围，不知道这种待遇是不是头一次？前面的人已经动了起来，他们放弃了武器，直接用最野蛮又有效的拳掌击出，十多个巨大的机械臂转瞬即至。

隆也不慌乱，身形一动跳入空中，一柄看不出材质的长戟舞动了起来，下一刻十几只机械臂掉落在地发出阵阵响声。那些机器人似乎更加愤怒了，直接一拥而上，隆这时身形一跃跳在高空，然后身上散发出一股奇特的力量，以他为中心竟然形成一圈淡蓝色光晕。我从未见过他展现过这股力量，此时心中反而比其他人更加惊讶。

一旁的安此时面露凶色说道："没想到还有暗灵之王的余孽在此，看来这就是我立功的机会。"

我突然想到什么，难道说隆还有一层身份始终没展现，就是暗灵之王的追随者之一吗？我觉得其中必然有什么蹊跷，毕竟之前自己还被他通缉追杀，虽然后来他也表明人类走上了一条不归路，但这样更加证明他并不是暗王的人。

除非……我心中突然有了一个猜测，不过当下既然隆已经有了这种力量，我应该帮他逃跑再说。想着我连忙叫住安，说自己可以帮他，没想到安一改往常的好脾气冷冷道："现在事态超出了我的估计，恐怕我保护不了你了，我奉劝你立刻离开这里以免被误伤。"

说着已经飞一般地离开看台，朝着前方的巨大擂台冲去。这时广播中响起了一阵声音："由于紧急情况，现在请各位观众立刻离开看台，离开会场，谢谢配合。"

我周围的人原本还兴致勃勃地看着，听到这句话时都动了起来，连忙快速地朝看台外跑去。他们虽然大多武力不强，但逃跑的功夫倒没落下。只过了不到十秒，原本热闹无比的看台已经空无一人，而我这时也跑到离空中赛场更近的地方，来到了深渊前。

只见场上的战斗还在持续着，隆真的凭借一己之力对抗几百号机器人，这在之前他肯定是做不到的。我向旁边望去，只见安和几名戴有红色勋章的机器人每人骑上了一架飞艇，正在向深渊中心赶去。

我知道他们肯定不是为了救人或者停止比赛，而是冲着隆去的。我也不知道该怎么帮他，这时身后的披风传来了响动，很快一个银白色的机器人出现在我面前。我一时只顾着观战，竟然把初雪忘了。

此时她站在我面前一侧，正用一种生气的眼神看我。我连忙道："对了，你之前受的伤怎么样了？"

她淡淡道："还能怎么样，好了呗。"

说着将头扭到一边去。之前在治疗室中我偷偷询问她伤得怎么样，她只是说无事，但我隐隐感觉她为我挡下攻击时必然也付出了代价，不过还不知道是怎么回事。我全身上下打量着初雪，也没有发现有什么伤口便不再多问。

她看向面前打得热火朝天的隆说道："你认识他吗？"

我想了想如实道："他是我的一位故友，不知怎么变成现在这样？"

初雪道："所以你打算怎么做呢，难道要救他？"

我看向中央已经堆积如小山般的机器人尸体道："恐怕现在我去了只会给他添麻烦。我们先观察一下再说。"

她点了点头道："我在他身上嗅到了不属于这里的气息，准确来说他应该不是机器人吧。"

我心说你这鼻子太灵了，连忙回道："他确实是人类，毕竟我也曾在穹顶之下待过一段时间，就认识了他。"

没有多言，我继续观察着战场的情况。此时圆盘擂台上的裂缝越来越大，看上去变得更加危险，场上的人群已经少了将近一半，而隆身上的蓝光也变得更淡了。安等一行人出现在赛场中，不过并没有上前，而是在人群中同样观察着。

我想他应该是准备让别人将隆消耗得差不多了自己再上去收割。而此时早就过去半个多时辰了，按照原来规则来讲隆已经赢了。不过现在这些人不讲武德，一群壮汉去欺负一个老年人。我想了想准备帮隆一把，不过需要立刻准备一下。

我将计划告诉给初雪，没想到这次她没答应，反而瞪着我说道："你虽然是一介机器人，但心眼子里想的都是人类。"

我有些无奈地摊了摊手，她最终还是同意了，于是一个大胆的计划产生了。我让初雪找来烟雾弹和一捆炸药，还有之前带来的人皮套。

我们在周围找到安开的那种飞船后，我和初雪坐了上去。我想了想道："要不还是委屈一下你吧，这样我们行动更加方便些。"

她生硬地说道："最后一次。"

下一刻我又披上了那具白袍，然后朝着中间的战场飞去。此时隆看起来已经有些力不从心了，想着我连忙加快了速度，而他依旧拿起那柄战戟挥舞着，所过之处尽被他斩断。不知是不是已经到极限了，他忽然停了下来。

周围还在扑上来的机器人也愣住了，只见他高举战戟在空中旋转了几圈后将其插入地下……

第九十一章　逃离

只见隆将战戟刺入地面，瞬间擂台像已经裂开的瓷器般轰然彻底坍塌。大块的裂石向四周飘散，不知什么原因那些石头并没有坠入峡谷，而是继续悬浮在空中，擂台上的人们也因为巨大的变化而被冲散开来，还有不少人直接坠入下方的深渊。

事情一开始就超出了我的意料，我看向原本隆站立的位置：他所在的地方变成一大块不规则的石台，此时他已经将战戟拔出看向四周。

周围的机器人由于"大观"无法在狭小的空地移动纷纷变回原来的状态。离隆近的一些机器人此刻动了起来，一把把武器直接向他挥去。此时隆周围蓝光一震，周围似乎像是附上一层薄雾般朦胧，只见他抬起双掌相挡。

"砰！"一股气浪传出，周围进攻的机器人身形都倒退出去。我这时已经来到碎裂的擂台周围，人们此时都注意着位于中央的隆，所以对于我的出现没有什么反应。

我直接朝着中心区域冲去，同时朝周围发射出烟雾弹。很快四周被一团灰色浓雾笼罩，我凭着来时的路线几个呼吸间像到了隆的上空。周围的机器人用各自的方法开始驱散浓雾，我知道时间不多了。这时隆感应到我存在，他目光停在我的方向，眼神中金光闪烁直接穿透灰雾。

我连忙将周围一小片浓雾用飞艇自带的吸力吸收，很快他便看到我的存在。我向他连连招手示意他上来，然而他的神情一变，我意识到不对劲，本能地直接从飞艇跳出。下一刻他的战戟朝我这边飞来，身后瞬间响起了一串飞艇爆炸的声音。

我慌忙中跌落在一块与他相邻的石块上。他用一种凌厉的目光冷冷说道："这招已经没用了。"

我不明白他到底什么意思，只能先稳住他，说道："我是来帮助你的，我知道你是谁，隆。"

他原本冰冷的眼神中出现了一丝迟钝，然后道："为什么叫我这个名字？隆已经死了，现在只有安东尼。"

说着他挥舞着手中的战戟，一道寒光直劈而来。我仓皇地向一侧躲去，可惜还是慢了一步，机体擦着刀光直接将穿好的人皮衣斩落。我掉在另一块石板上，连忙看向身后的披风问道："喂，你没事吧？"

一道机械女声淡淡道："有事，这下你闯祸了，还连带着我，真是没办法。"

我也不知道说什么，显然计划失败了，我只能尽快先取得隆的信任再说。身后的初雪又道："虽然有危险，不过这一次算帮你也是帮我。"

说着身后的白袍消失，光芒中一道身影出现在我面前。初雪直接以本体展现，然后对隆说道："久违了安东尼。"

对面看到初雪后明显愣了几秒，然后缓缓说道："是你，真是怀念，没想到有一天还能看到你，初雪。不过你怎么会待在一个陌生人旁边，你难道背叛王了吗？"

初雪莞尔一笑说，道："不是你想的那样，说来话长。倒是你怎么变成这样？我都不确定是不是你了。"

我听着他们的对话只觉得有点乱，只见隆微微皱眉道："既然你相信他，那我暂时便不再多说，我们先离开这里再讨论。"

我和初雪听后都点头同意，不过看着周围将我们包围起来的机器人群，我问道："直接杀出去吗？"

隆淡淡说道："我的力量这次已经消耗许多，恐怕剩余的不够我们突围出去，况且外面应该还有他们的增员，不过我还有个办法，就是直接从这里跳下去。"

说完后他淡定地看着我们俩。我心说他不会是高空降落跳上瘾了吧，这让我现在跳下去估计尸骨难存，除非他有好办法能降落。

我看向一旁的初雪。她似乎变得安静下来，也没有紧张，看来隆真的是有所准备了。

此时四周烟雾都已经消散了大半，已经能够看到周围的机器人的位置，他们估计很快就会包围上来。一旁的隆对我说道："好了，该撤了，往下跳吧。"

我朝下方望去，一片看不到头的黑暗深渊，其他什么都没有，看不到任何飞行器。隆看向我说道："你先吧，放心。"

我刚想拒绝问清楚怎么回事，他直接一脚踹来，将我踢下石台。我心中瞬间万马奔腾，向上看去，只见初雪也随之跳了下来，最后是隆。

我提高声音道："你们知道下面是什么吗？"

他们两人都摇了摇头表示没来过。我心说这真是找刺激，还不如在擂台上与那些机器人硬拼，虽然打不过也不至于像这样原地升天吧！

很快那些擂台上的机器人发现了不对劲，他们有的人开始拿起枪械对我们扫射。由于距离还有武器限制的原因，几乎没有对我们造成什么影响。

就在这时，上空出现三架飞艇朝我们俯冲而来。我知道那是安所带领的部队下来了。就在空中我和他的眼神还对视了一番，我看到他从惊讶、疑惑到淡定，他应该已经开始怀疑我的身份了，尤其现在对面有绝对优势，想要对我下手最容易了，我甚至后悔当初自己的举动。

这时只见上方的隆手中的战戟闪烁着淡淡蓝光，随后向前掷去，最前方的飞艇还没来得及做出反应直接被一戟洞穿，随后爆炸声传来，那战戟似乎被控制了般又飞回隆的手中。剩下的两架飞艇并没有停下，而是直接加速向我们的方向冲来，同时射出一连串密集的子弹。

只见隆的身上突然光芒大震，一种熟悉而陌生的感觉传来，我意识到那是与之前在穹顶之下寻找暗能地时一同遇到的同源的力量，那是暗王部下所特有的力量属性。

随着光芒把四周照亮，我感到极速下坠的机体变得稳了下来，没有之前毫无方向感的情况。而子弹在射到眼前时竟然偏转了方向，只留下一串呼啸声。

这时我看到初雪竟然直接在空中变形，很快一架银白色的飞艇出现在眼前……

第九十二章　入鬼蜮

那架银白色飞艇朝着我的方向赶来，同时上空的两架飞艇一左一右将隆包围起来，很快便看到飞艇上射出两枚导弹，我有些担心隆的状态，因为他之前就已经消耗了大部分体力，再加上刚才抵挡子弹时的消耗，恐怕现在已经是强弩之末。

我尝试动用念力将导弹的轨迹改变，但由于速度太快已经超出了我现有的能力范围，所以只能眼睁睁看着隆一人战斗。

导弹很快飞至隆周围发出巨大的爆炸，像是烟花般的火光在空中燃起，烟雾中一个人影迅速闪出，毫无疑问是隆开始反击了。

这时我注意到初雪所化作的飞艇已经冲到我身前，一道年轻的机械声响起："还愣着干吗？快上来。"

我没想到初雪竟然连飞艇都能变换，这简直与暗能的实质化变形有得一拼了。虽然没有暗能那么变态的防御力，但这种能力着实让人心动。

我没有犹豫直接登上了飞艇，飞艇里不需要操作，完全是自动驾驶。我不敢放松，对初雪问道："上面的隆看起来快撑不住了，我们应该去帮他。"

谁知这时飞艇莫名颠簸了一下，我以为是她不愿意，谁知她道："我也想去帮他，不过我们现在还是准备好待会儿降落吧，现在离地底已经不远了。安东尼那边他自己肯定能解决的，我见过他的能力。"

我觉得初雪说的也有道理便不再多说，只见上空的隆此时直接跳跃在一架飞艇上，那架上面正好有安，我心说这可不妙。只见隆将战戟插在飞艇上，划下一道极深的痕迹，而飞艇突然打开了，里面一个全身黄色的机器人冲出，然后对着还在破坏飞艇的隆一脚踢出。

看似普通的一脚踹出，却将隆打退出去，隆显然也没想到自己被一击击退，两人这时都警惕地望向对方。我对初雪说道："你能将飞艇开到离他们更近的地方吗？我能攻击到对面。"

初雪没有说话直接飞速向上方冲去，在距离他们百米左右时我道："可以了。"

同时释放心灵感应最大限度地轰向安，下一刻安脸上浮现出一丝痛苦的表情，然后转头死死盯着我，嘴里吐出三个字："杀了他。"

两架飞艇的炮口立刻将方向掉转至我这边，同时隆瞬间动了起来，一抹带有蓝光的拳锋打向安，"砰！"即使在百米距离依然能听到这一击的响动。安直接被打得倒飞出去甚至机体都离开飞艇，而他很快稳住身形飘在空中。

这是将念力运用到一定程度时的体现，看来作为整个大洲赛事主办方，其实力已经达到除威斯这一层次外的最强高手这了。我的感力冲撞在他身上只起到了一点效果。隆这时也趁机继续进攻，直接跳离飞艇朝安斩去。

这时飞艇上传来一阵女声："好了吗？我们要先撤了，再打下去就很难了。"

我连忙同意，接着上空一串子弹射来，飞艇一边远离这里朝下方飞去一边躲闪着对面的攻击。

我和她很快来到了更深的地方。这里已经变得黑暗起来，周围没有阳光照射进来，就像是瞬间进入黑夜般。上方的飞艇在追到这里时便停住没有再往下走。

在进入这边黑暗之前我看到上空的两个"飞人"还在打斗，不过明显是隆占了上风，如果不出意外的话他应该会解决掉安和两艘飞艇然后与我们会合。

想着我已经进入了这片如同黑夜的地方。这时飞艇上打开一盏灯将前方一小片照亮。我觉得这个地方似乎有些诡异，像是一片充满危险的不祥之地。

耳边传来了初雪的声音："这里每年都有许多倒霉的人掉在这里，久而久之会形成一片鬼蜮，就连上面官方的人都不敢轻易踏足，我们也是迫不得已才进来的。"

我看着周围的黑暗迷雾道："这里原本也是有光线的吧，这片黑暗不像是自然形成的，看来这里确实不是那么简单。不知道这么多的尸体和怨气能造成什么样的影响。"

初雪接道："你可能没有听过鬼物，一种在极端环境自然诞生的东西，像这样一大片阴森之地很可能会有这种东西，希望我们不要遇到。"

我问道："这种生物战斗力如何呢？"

初雪答道:"首先它们不属于生物,或许其身体里还有残存着前人的记忆,但却不具备什么思维和意识,只是一股怨念支撑起的一种存在。至于战斗力则不算太强,不过一般人遇到绝对逃不掉。最让人避讳的是他一旦产生就很难被消灭,几乎没有什么办法消除他们,除非极致的力量。"

我听后大概对这种东西有了了解,也没放在心上,就继续看着窗外的黑雾,等上面的战斗结束我们就出去。

因为我们本来也不是下来探险的,所以飞艇行驶的速度很慢,这样也是为了避免与那可怕的鬼物接触。

过了两天左右,我觉得差不多已经分出胜负了,想着可以考虑离开这里了。当我对初雪说时,她接道:"外面的人已经发现了隆的身份,恐怕很长一段时间深渊上方都会有重兵把守,我们现在上去除了被抓住就没有别的选择了。想必隆也知道这点,所以他之后也会在这里先待一段时间再上去。这里阴气极重,如果有人下来了,方圆几十公里的气息我都能感觉到,所以我们就在这等候消息就好了。"

我听着有些道理,于是便继续等着消息,同时询问起了初雪和隆的事情。在我坚持不懈的循循诱导下,她道出了真相。

原来初雪之前也是暗灵之王的下属,虽然不属于他麾下的部将,不过由于其特殊的天赋,所以能帮上暗王许多忙,久而久之她的地位竟然与剩余的七位部将地位相同,并且由于经常跟着暗王所以当时其余将领都认识她……

第九十三章　深入

自然也包括其中一位将领名叫安东尼。安东尼作为最早追随暗王的一批人其实力和忠诚是毋庸置疑的。不过问题是当初的安东尼是个高大威猛的机械大汉,怎么可能变成现在这副看起来瘦弱的样子,而且容貌也完全不是一个人?不过那股力量却是独一无二的,只要使用就是他没错了。

我也想过其中的原因,突然想到会不会是安东尼将隆与自身的意志结合所造成的,所以他的力量在隆身体上也能释放出来。不过具体到底是因为什么导致这种事情发生也只能之后再问了。

飞艇还在一片黑暗中前行，这时我听到一声似有似无的声音，像是狼嚎，又像是有人在哭泣，在这种幽暗的环境下听起来显得格外诡异。初雪显然也听到了这个声音说道："不好，有鬼物在附近，我们得立刻换个地方。"

说着飞艇的速度很快提了上来，我明显能感到一股极强的推力，看来初雪对于这里的鬼物恐惧程度很高。在高速飞行了一会儿后她终于停了下来。只听她喃喃道："该死！怎么会遇到这种事情？我们等会儿还要继续往前走，越远越好。"

我疑惑道："听你之前的讲解鬼物对于我们来说应该比较好赢吧，怎么你吓成这样？"

她没好气地说道："我们确实能打得过它，不过之前还没有遇到就没跟你说。这东西它有很强的恢复能力，而且一旦找到一个目标就会穷追不舍，不把目标杀死是绝对不会罢休的。"

我听后微微皱起眉道："你觉得我们现在有什么办法可以消灭它吗？实在不行就算被盯上也可以边打边跑，或者直接离开这里回到上空。"

她听后笑了一声说道："我可以肯定的是凭我们是杀不死它的。它在鬼蜮里是无敌的，就连安东尼都做不到。至于飞上去的话那是下下策，不到万不得已我们先不要离开这里。"

我心说也是，于是又休息了一会儿后我们连忙又开始赶路，根据我来时的路线和时间计算，估计再过几个小时的路程就到了大裂谷边缘。不过因为中途还要与隆会合，所以肯定不能这样一走了之。

我们又赶了大约一个时辰的路辰，还是在一片黑雾弥漫当中停了下来。这时初雪说道："我有些消耗过度了，我们先停下到下面去休息下再说吧。"

我说"好的"，于是飞艇在飞行了长达数小时后停在了深渊地面上。很快飞艇发出一抹光芒随后变成了初雪人形的样子。由于这里过于黑暗我准备在附近找个火源，没想到初雪不知从哪拿出一个照明灯，很快周围充满了光，将五米左右的范围照亮。

这一照才发现，附近的地面上都有一层漆黑的分辨不出什么物质的东西，如丝网般遍布在地面，一脚踩上去竟然坚硬无比。一旁的初雪道："这不是什么好东西，路过时也不要刻意踩它，这是不祥之物。"

我回道："我只是试探一下这些是什么东西，如果有危险我是不会去碰的。"

我没有再故意去踩，不过四周到处都是这些东西，密密麻麻连成一片，一个不小心就会踩到，就算故意躲避也会时不时地踩到一些，不过看起来也没什么大碍。在原地休息一会儿后我们开始继续向前走着，准确来说是向北前行。这时身后的初雪说她有些不适，我连忙问她感觉哪里不对劲。

她摇了摇头说道："应该是由于自己的机能一下损耗过度导致的，只要恢复一会儿就好了。"

说着她握住我手道："我有些累，接下来你可以背我一段吗？"

我立刻回道："当然可以，你好好恢复，接下来交给我了。"

说着我一把背起初雪。她说道："要不是因为机能损耗有些过度，我就变成轻一点的东西，你可不要嫌弃我。"

说着她突然闪着一双明亮的大眼睛将头伸出看着我。我淡淡道："不会的，你都这么帮我了，我当然得同样好好报答你。"

她简单回了个"哦"便趴在我背上，像是许久没有休息一样头向一旁歪倒。

没有多言我们一路沿着向北的路线走去，还没走一小会儿便看到前方出现好几具机器人残骸，上面的零件部位已经开始氧化生锈。看起来在这里也有些年头了。我看到他们的表情上仿佛写着"惊恐"二字，不知道是看到了什么使他们变成这样的。

没有多做停留我继续前进着。初雪此时真的像是人类睡着般懒洋洋地趴在背上一动不动。我没有多想继续向前走着，四周及远处都是一片无边的黑暗，但那种黑暗中还有丝丝雾气飘出，四周安静得不像话，这里只剩下我的脚步声响起。

又走了一段路程后我停了下来，本能地感觉周围似乎变得有些不同了，但又说不上来有什么不一样。背上的初雪这时也有了动静。她从我背上跳了下来，将四肢展了展说道："这里有点眼熟。"

我疑惑不已。她继续解释道："这里似乎在一百年前我就来过，当时这个地方可没这么安静。这里原来到处是鬼物，它们原本是单独行动的，但在这一片区域却很反常。它们会成群结队在一起，但又互不干扰，好像突然有了神志一般。"

我疑问道："怎么会这样，那你是怎么脱离这里的？"

她看向地面一小片空地，上面有一道五角星形的刻印。她说道："当时我跟随暗灵之王还有其他的追随者穿过这里，那些东西就在这片区域活动，不过因为暗王的绝对力量，它们当场就被镇杀了……"

我听着初雪的故事，原来暗灵之王也曾路过这里，还顺路清理了一番，那我之前异样的感觉是因为什么。就在我准备和初雪一同继续前行时，远方响起了一串脚步声，听起来有些急匆匆的。

我拉起初雪准备就走，谁知她停住对我打了个手势示意不要乱动和说话……

第九十四章　接近

原本准备动身的我看到初雪的手势后停了下来。两人都待在原地看着越来明亮的光团靠近，周围的一切都安静下来，只有那富有节奏的脚步声不停地响动着。

很快便看到一个模糊的瘦高的影子出现在视线中，等他再靠近一点时便发现正是我们一直等待的隆，或者说是安东尼。

他手中也拿着一盏照明灯，看起来有些脏兮兮的，身上有不少的污泥。对面先开口了："终于找到你们了，你们都还好吧？"

初雪看着他道："没遇到什么危险，不过这里不宜逗留，既然你到了，我们还是尽快离开吧。"

隆神情似乎有些呆滞，看了看初雪又看了看我，愣了一下道："好，我们现在出发。"

说着他就先带头走在了前面，如果不是他的外貌是隆是样子，我都有些怀疑他了。我看了看一旁的初雪，此刻她正在紧盯着隆。我见她看得似乎有些痴迷，上前一碰说道："别看了，他那么老，长得帅吗？"

她连忙打断了我，趴在我耳边小声道："小心一点，不要相信他。"

我有些惊诧地看着初雪，她一定是发现了什么不对劲的地方，我还没看出来，想着要不要用心灵感应去查勘他的状况，如果真的有什么意外恐怕会产生冲突，不过现在初雪的状态还不是很好，想着就先算了。

不过当时还没进入鬼蜮时我见到隆已经筋疲力尽了，现在他看上去没有了疲惫，反而带头前进，这就有些不对劲了。而且我们走的方向也不是正北，而是偏西的一个方向。面前的人脚步不快，在幽暗的灯光下这个轮廓竟然让我产生难以接近的感觉。

我想着要不要叫住面前的隆先停一下，商量调整方向后再行进。就在我准备上前时身后初雪抓住我道："我们不能再往前走了。"

我也意识到不对劲，正准备跟初雪说时，面前的隆转头过来说道："继续走吧，我们再有一会儿就能出去了。"

这时我能明显感受到拉着我的初雪手在颤抖。她接道："好，我们继续。"

话毕，面前的隆又开始动了，不过我注意到他走的方向又变了，这是返回的方向。

初雪没有动，小声说道："我数到三我们就跑，不要回头。"

"一二三……"

还没说完她直接拉起我朝着相反的方向跑去，其速度快到简直像是在飞车。我也连忙加速跟上了她，边跑边问道："你发现什么了？"

初雪道："如果我没猜错的话，那根本不是隆，而是一个鬼仆。"

说着她直接变形，一阵强光过后一架飞艇出现在低空，我立刻跳了上去。飞艇如离箭般瞬间冲出，我不禁回头看去，猛地发现隆这时站在不远处的下方，正用一双暗金色的双瞳盯着这边，此时看来好似毒蛇的眼睛。他身后的黑暗之中好像还隐藏着什么东西，微弱的灯光下一个体型巨大的黑影笼罩在隆身后。

紧接着就看到他将嘴角以一种不可思议的角度咧开，然后整个身体都像瓷器般破碎开来，原本其手中拿着的照明灯也掉在地上，那个黑影渐渐移动到灯光下。那是一团由无数零部件拼接而成的像是圆球般的东西，上面许多机械臂像是触手般突出附着着。

整体根本看不出这是什么东西，只觉得厌恶。我说道："那个像皮球一样的东西就是鬼物？"

飞艇此时还在高速前进，已经看不到身后的东西了。初雪淡淡道："鬼物是一类东西的统称，它们没有固定的形态，不过我想你看到的那个应该就是了。"

按照初雪的说法这个东西现在已经盯上了我们，不知道它什么时候会追上来。这时飞艇上传来了震动，很快白光闪过，初雪就变成人形出现在我眼前。我连忙将她一把抱在怀里，同时用念力强行让自己稳住身形，不过还是以狼狈的姿势掉在地上。

所幸离地面不高，基本没什么大碍。我慌忙中将初雪拖住。她此时看起来状态有些不对劲。我连忙问道："感觉怎么样，我能帮你什么？"

她的机体变得有些滚烫，我感受到其身上的温度正在增加。她缓缓说道："之前在比赛中有一点小伤没跟你说，原本以为没事的，结果因为变形的损耗加上奔波恶化了。"

我连忙问道："我带你立刻走，我们去治疗。"

她摇了摇头道："时间不多了，那个东西估计很快就来了，到时候你跑不掉的，不如我们就在这里告别吧，你沿着北方一路走去，估计再过两个小时就到了。"

说着她眼神里多出了一种机器人本来不该有的东西，我仿佛看到了一丝属于人类的感情。我直接将她背起边走边说道："我不会丢下你的，要么我们就一起死在这里好了。"

她笑道："想什么呢？放心，我没事的。它们发现不了我的，你快走吧，我自有办法对付它们，到时候出去再联系。"

我明显感到她机体的温度变得更高了，甚至身上冒起了阵阵热气。我厉声道："别逞能了，一起走吧，就算遇到了那种东西我们也不一定逃不掉的。"

说着我加快了步伐，初雪似乎有些撑不住了，机体变得放松下来，我不由得心中一惊。走了一小会儿后前方传来了窸窸窣窣的声音，如狼嚎般悲愤，又如婴儿啼哭般清澈。我心说：不是吧，真的追上来了，不过看方向也应该是从南方传来才对。

除非前方的声音是另一个鬼物传来的，我想起之前听到凄惨的叫声，恐怕早就被一个鬼物钉上了，现在要面对的是两面夹击。

我心中一沉，看来这次真的凶多吉少了，不过在经历几次生死危机之后现在反而变得冷静下来，想着我取出一把随身的长刀，向着声音的方向靠近。

猛地空中一抹绿色的光点出现了，仔细一看那是一双泛着绿光的阴森的眼睛……

第九十五章　激斗

只见那抹绿光越来越近，我不敢大意，直接开启"大观"然后抽出一柄战斧。初雪弱弱地说道："这不是刚才那只鬼物。"

她此时也发现了。我连忙安慰道："没事的，我们现在就冲出去。"

说着我将战斧拿起，直接朝着前面走去。在照明灯的亮光下，很快照出一个面容模糊看起来像是动物般的怪物轮廓。我没有犹豫，直接一步上前抡起巨斧砍向它，对面很快也动了起来，不过反应还是慢了一步，随着一声金属碰撞声响起，我直接将斧头砍入它的身体，然后用力一拉，一团团好像黏土般的黑色块状物落在地上。

对面像是受惊般迅速逃窜溜了出去，我没有追它，趁着这个间隙立马继续向前跑去，同时想着刚才那一击是否伤害到它了，让它直接跑掉。

身后的初雪道："怎么会这样？按理来说鬼物虽然会被你打散，但不会像刚才那样直接逃掉，这不符合逻辑，除非它有迫不得已离开的原因。"

我接道："如果两只鬼物相互靠近会发生什么？它们会互相残杀吗？"

初雪冷冷道："正常来讲弱的一方会被强的方给吸收掉，然后变成更强的鬼物。"

我心说这就说得通了，刚才那只鬼物被更强的给吓跑了。我将想法讲给初雪。她说道："很可能是这样。"

我则不敢松懈继续向前赶路，还没走一会儿就有种莫名的危机感传来，很快身后一阵声音响起，我下意识向一旁闪去，只见一个圆球擦身飞过，远处传来了一声巨响。我回头一看，只见身后不远处不知什么时候出现了一个巨大的圆球，圆球内伸出一条条密密麻麻的机械臂将整个圆球包裹。

更诡异的是球体上还布满着一只只泛着红光的眼睛，数不清到底有多少个。此刻它竟然朝我缓慢地滚了过来，同时触手上不知是什么材料的小黑球飞来，一瞬间就射出数百个。

附近没有任何遮蔽物，我只能一边将战斧竖起抵挡一边释放念力阻挡它们的进攻。没想到真的奏效了，随着念力的释放，我将大部分小黑球都停了下来，随后那些黑球竟然直接当空炸开，而其余部分则打在斧头上，也发出一阵爆炸声。

幸好它的威力不大，只感到有一点。不远处那一颗颗猩红眼睛此时开始眨了起来，然后就看到更大的黑球子弹朝我飞来。我一边骂它一边躲着漫天的黑弹，尽管我的速度不慢，但还是有一些黑弹打中我。

由于我的保护，身后的初雪没有受到什么伤害。她见我被击中想要跳下来，不过被我阻止了。我对她道："不要乱动，给我好好待着。"

她声音都变了些，说道："抱歉，给你添麻烦了，不过现在我还能帮你一次。"

我刚想让她别动，只见她身上再次附上一层光芒然后变成一门炮筒。我能感受到此刻炮筒中正在蓄力的巨大能量。我连忙叫道："你疯了，不要这样，这样下去会撑不住的。"

她语气变得平淡起来，然后说："只能赌一把了。这一击过后我将陷入休眠，如果你能出去的话就把我带到大华洲，那里的维修中心能将我唤醒，看你的了。"

话毕，我想要反驳却发现自己似乎确实很难从它手底逃脱，这也许就是最好的办法了。

很快一束亮光射出直击巨大圆球中心，那抹亮光仿佛创世般直接击碎了黑暗，强大的能量穿透圆球，使它向后翻滚而去。

很快光芒便消失了，我没去看那个圆球转身连忙查看初雪的情况。她很快又变成人形向地上躺去。我连忙扶住她，此时她的双眼也慢慢闭上。我知道现在应该立刻出发了。

想着我将初雪背起，然后不回头地拼命向前跑去，身后还能听到一声声狼嚎，那声音不像是由一个地方传来的，而是无数冤魂一齐发出的痛苦悲鸣。我没有理会身后的动静，只想着马上离开这个地方。

随着我的速度越来越快，身后的叫喊声也渐渐低了下来。过了半个多时辰终于声音消失了，这时我意识到自身的状态也开始下降，机体由于超负荷运作导致零件损伤，有些地方甚至已经失去控制，相比之下，机体外部所受的损伤都变得微不足道了。

根据我的计算，现在离深渊边缘还有不到半个时辰的脚程，只要我保持现在的状态很快就能离开了。

之后的一切看起来都顺利许多，路上还遇到许多奇观，有无比巨大的城堡矗立着，不过看上去已经很久没人来过了；甚至还有一些微型的生物生存在这里，眼睛散发着奇特的黄光，那是种从未见过的生物，体型似鱼，能够在低空中游动。

就像我估计的那样，费了一番周折后我来到了悬崖边上，此时我也有些吃不消了，但是生怕后边的鬼物追来，于是硬着头皮开始向上攀登。

我借着念力的作用，很轻松一口气就爬上了一百多米高，这时已经能看到上空的稀薄的阳光了。我连忙继续爬，这时下面传来了一阵动静。我低头一看，在一片黑暗之中一双双猩红的眼睛正盯着我。

没想到它竟然能追到这儿来，不过它也不能离开这里吧，想着我立刻继续向上爬，只要彻底进入阳光区域估计就脱离危险了。

保险起见，我拿出所剩无几的炸药朝着鬼物的方向扔去。这一炸并没有对它产生什么伤害，不过也让我看清下面的状况：只见一群满身泥泞的机器人也跟着向岩壁上攀爬，一眼望去少说也有一百多个，而且他们的速度竟然不比我慢，我暗骂一声，连忙动了起来。

我加快了速度不要命地往上爬，可越爬身后的动静越大。我扭头一看，那些机器人距离我越来越近了。这时我更加清晰地看见他们的面孔，一个个双眼无神，全身都被氧化，看起来随时会碎掉的样子，不过被一层灰黑色的物质所遮盖……

第九十六章　离开

那些机器人如同亡灵般拥来，每个都双目空洞，机身腐败不堪，明显已经死去多时，但在鬼物的操控下竟然能以不可思议的动作和速度行动，我不禁有些后怕。

眼看即将攀爬至阳光照射之处，后面的一个机器人抓住了我的一条腿，我一时竟无法踢开它。伴随我的猛烈一击，身后那个傀儡坠落下去，而后又有更多的机器人拥了过来，眼看无法顺利继续攀爬，我只好转身抽出那柄黑色战斧准备与之搏斗。

转瞬间只见数个机器人已经拥了上来，他们的手上也附着着那种黑色丝状物质，此刻看起来更像是魔爪般恐怖。我挥舞巨斧斩去，没想到像是撞击到天外陨磁般无法撼动，反而巨斧上留下一道道抓痕。

我连忙收回武器，身后数人经飞扑而来，情急之下我只能开启"大观"勉强抵挡。那些人被我增强后的巨大体积震退直接摔落下去，不过很快又有更多的机器人爬了上来。我一边抓紧岩壁向上移动，一边提防身后的机器人人群。

很快又有一个机器人朝我扑来，由于力量上的增强，此刻我也不再害怕这些傀儡，直接一记重拳再加上念力的加持砸向其面门，"砰！"一声沉闷的响声过后又一个傀儡坠落下去。

不过同时我也感受到那些看似脆弱的傀儡其实坚硬无比，即使我的全力一击能把它打退，但却未能伤到其分毫。四周的傀儡一个接一个地扑了上来，我奋力抵挡，转眼又打退四个傀儡。

这时我注意到自己已经来到阳光照射处的边缘，只差一点就可以离开这个地方了。想着我加速向上爬去，就在半个机体已经来到阳光处时，身后一只手将我抓住，我连忙抽出战斧砍去，这一击用了我全部的力量，"当！"战斧发出一阵震荡产生的回声，而下面的手也终于松开。

我不敢停留，调动全身机能瞬间蹿出，很快来到更上一层的岩壁处。

这时周围岩壁变得光滑起来，上面长满了墨绿色的苔藓，我不得不更加小心起来，如果从两百多米的高空坠落，就算我是铜皮铁骨也不好受，最有可能的下场就是像那些傀儡一样成为行尸走肉。

想着我向下望去，那些傀儡似乎无法离开黑暗，他们爬到阳光照射的边缘就不再前进了，很快就有不少机器人都到达了那黑白交织的分界线处，一双双空洞的双目此刻齐齐地看向我，仿佛在诉说地狱之苦，又仿佛想要拉我一起来变成那副模样。

我心说终于脱离危险了，但是在转头的一刹那猛地看到远处的地面上那双猩红的眼睛，不，应该说是无数双猩红的眼睛此刻形成了一具人形的身体，而我竟然看到那具身体在向我挥手。

我心里咯噔一下，想着它还是不想放我走吗？难道它还有什么别的招数？

我没有急忙向上攀爬，就这样眼睛死死地盯着那黑暗深处的红色人影。但随着时间慢慢推移，它却没有什么其他反应，这时我注意到原木脚下的那些机器人傀儡也都如潮水般退去，只剩下那道伫立的红色人影。

我眼见它没什么动作于是开始继续向上攀爬，虽然已经脱离了黑暗鬼蜮，但这时距离顶端还有很长一段距离，一眼望去看不到头。

我看了看身后的初雪，此时她像睡着般安静地躺着，显得十分自然，但我知道情况不容乐观，于是开始加快速度。

就这样不知过了多久，大概在半天后，终于来到了悬崖边。这时天色已暗，只有一轮圆月挂起，将四周镀上一层银白色的外衣。根据定好的方向这里已经是离自由赛赛场很远的北方，环顾四周也没有发现其他人的存在，于是我短暂休整便继续上路，这里距离家中不会很远。

边走边想着之前的事故。首先我肯定的是那个人确实是隆，但又感觉不像是他。隆似乎被某种力量控制了，而且他现在还对我抱有敌意，使得与他的交流产生障碍。以他的能力，如果顺利逃出这里的话应该会联系初雪吧。也许他现在已经到了一处地方了。

我走着走着发现自身的状况变得有些不对劲，机身变得僵硬起来，难道是之前受的伤发作了。我停下来检查机体，但并没有发现能让我行动受阻的伤口。就在我疑惑时惊讶地发现左手上有一小片黑色的像是蛛丝网般的物质。

我连忙想要把它拽开，但这层物质像是从自身长出来一般无法挣脱。我心想不会就是这东西阻碍我的行动吧。最终还是硬着头皮继续走下去，不知过了多久终于在迈出一步时我不由得倒了下去，"砰！"连带着溅出一地泥沙。

我感受着自身的变化，发现自己变得浑身都僵硬起来，好像已经变成雕塑一般，但那片灰黑色物质并没有蔓延的迹象，只是我感觉绝对与它脱不了干系。

紧接着不光是机体，甚至是意识都仿佛受到了影响，我感觉自己开始变得迟钝了起来，难道说我会栽到这里吗？……

我变得不甘心，想要努力地站起。这时我仿佛听到一声轻微的破壳声，就像是种子破土而出的感觉，一股暖暖的气流将我的身体包裹，仿佛置身于一眼仙泉之中，那种僵硬之感迅速消失，很快我感觉自己恢复了行动力，于是试着站起，不过这时我也发现了古怪。

虽然机体变得轻松起来，不过不知什么时候体表竟然附着了一层灰黑色的物质，竟然与那些傀儡身上的一模一样。不过形状不像是蛛丝般的网状，反而像是直接套上一层皮套。

我试着将它撕开，却发现其无比坚硬，但又不会影响我的行动。我转念一动，用意念尝试将其控制，没想到竟然真的成功了，那层灰黑色物质顺着机体流淌至左手处结成蛛丝状。

我不知这是好是坏，突然想起那道红色人影的挥手……

第九十七章　赶时间

我惊讶地发现自己能够控制这一小块灰黑色物质，这不禁让我想起暗能，但又有些不同。暗能的力量显然比这种灰黑色的物质更加强大。我尝试再次将它变换形态，果然成功了。我将这种力量称作亡灵变。

虽然不知道它对自身有什么其他地方的提升，单从防御来说就已经几乎无解了。我将那块蛛丝状的地方掩盖，然后重新背起初雪准备启程。这里虽然还位于半荒漠的地方，不过已经接近机器人活动区域了。

虽然是在夜晚行进，由于月光的作用，也能看清前方的路。因为机体有些部分的损坏，我走起路来看上去一瘸一拐的，不过我还是尽量维持机体的平衡。就这样一直走了一段时间，大概到了后半夜时，周围传来了动静。

出于安全防范，我立刻趴下尽量不被对方发现。很快不远处有一辆造型奇特的装甲车出现，而且车头还有一个十分吸睛的巨大钻头。这不是革命军的车辆吗？怎么会出现在这儿？难道说在地表也有革命军存在，还是说他们出于什么原因而来到了地面？

虽然革命军打着暗灵之王的名号，一定程度上可以算作盟友，但现在如果出去的话，不免会被怀疑；如果对方翻脸这个状态毫无还手之力，所以还是先不要打草惊蛇，等之后有机会再联系好了。

正想着那辆装甲车已经驶过眼前，上面还能看到两个头戴黑巾的机器人，手中举着武器，正四处巡视着。我静静地看着那辆车离开，留下两道长长的痕迹。

等声音完全消失后，我重新站起，看着它离开的方向，那正是我要去的北方，那是蛮荒洲的中心区，不知道这次革命军有什么行动，但我有种不祥的预感。

不过现在不是想这些的时候，我继续背着初雪行走，四周重新陷入一片宁静，偶尔有一阵清风刮过，将地面的沙砾吹起，发出细微的摩擦声。

终于在朝阳还未升起时，我回到了城区，一路的颠簸让我机能也损耗不少。我一步一步走到别墅旁，很快里面传来了动静。

一个高大得如同小山般的机器人出现在门前，我想到那是雇用的保镖之一。很快他打开门看向我道："尊敬的雇主您好，欢迎回家，我是您的专职保镖，代号飞狼。"

我微微点头后立刻让他帮忙将初雪带到家中，我也艰难地回到家里。这时距离当初离开也才过了几天，但却仿佛过了好久。

我回想着之前安的话，如果他能活下来并且离开的话想必一定会找我报仇的。我随即先来到修复室将自身机体检查并修复了一番，做完之后已经过去了一天。这次行动没想到会经历那么多变故，让我险些丧生。

现在家里的安全防护措施被我升级了，应该不会出什么问题，所以我决定立刻带着初雪前往她所说的大华洲。出于安全考虑，我决定还是带上那两名保镖——芷晴和飞狼。

我来到初雪的休息室，只见她还在沉睡中，像是一个睡美人般眼睛微闭，精致的脸上还带有一丝由于战斗留下的伤痕。我走近她身边释放心灵感应，只见一抹十分微弱的绿光闪烁着，好像要随时熄灭。

我心说不妙，没有犹豫当即带上初雪，又将装备收拾了走到院外，此时两名保镖已经一左一右站在大门外等候。我挑选了一辆空间较大的飞艇足以容纳十人左右，以便让初雪更好的休息。

话不多说很快便出发了。在路上我将想法和目的地告诉了两人，谁知他们听到后脸色却变了，只听飞狼说道："你要去大华洲，那我只好抱歉了，因为我的服务只在本大洲内生效，如果你想去更远的地方，得加钱。"

我听后一阵无语，心说还以为是要走了，不过我也长叹口气，因为现在我唯一不缺的就是钱了。我连忙说道："没问题，我答应你等到了洲外给你双倍报酬。"

他表情变了变随后又说道："在蛮荒洲内，我自认可以在一对一情况下绝不落败，也能保护到每一位雇主；不过在洲外，尤其是像大华洲这种发达的地方，即使我也不能保证你在危险时安然无恙，那里的机器人虽然不算最强，但也绝对不弱，比起蛮荒洲要厉害不少。不过我还是会尽最大可能保证你的安全，如果你意外身亡了，我不会收你一分钱的。"

我心说这说得也太晦气了，表面上还是道："这次出行只是为了以防万一，按照正常规划我们不会有什么太大的危险的。"

这时那两人像看傻子般同时看向我，一旁一直沉默的芷晴开口了："你说想要治疗躺着的那个机器人需要跑这么远，其实我有别的办法。"

我看着对面那张精致而富有金属光泽的面孔说道："那你说来听听，如果是真的话，那么我必有重谢。"

她眼神变得尖锐了些，看向我道："好，不过这是秘密，只能你我听到。"

对面坐着的飞狼明白她的意思，不屑地瞥了一眼而后走到更远的地方。只见芷晴凑了上来然后轻声道："你身上带着一种不属于活人的气息，你去了深渊鬼蜮？"

我心中一惊，下意识看了看被我遮住了的左手说道："这不是你该问的事。"

她微微一笑然后接道："我也不喜欢跟一个完全不了解的人打交道，何况接下来的路程可能会遇到一些危险，说不定我能提前帮上你呢。其实我知道有个地方，距离这里更近一些，虽然也不在洲内，但一定能治疗修复好你朋友的。"

我听着有些动心了，不过这话也不知真假。我接着问道："那具体在哪里，如果方便的话也可以考虑。"

她变得神秘兮兮起来，对我说道："在穹顶之下正对着的第十一区。"

第九十八章　下去

我听后愣了愣装作不了解的样子问道："你是说前往人类所居住的区域吗？不是有盟约限制吗？这样能行吗？"　　　　　　·

她的眼睛像蛇一般眯了起来说道："人类嘛，可笑，之前发生了一件大事，

229

人类自掘坟墓来挑战光明之王的权威，妄想改变与我们对抗，结果可想而知，他们全军覆没，现在虽然上面还没有下达命令，但是离人类的灭亡时间已经不远了。这里是蛮荒洲，收到信息相对比较迟，不过我已经知道，就是我们普通居民已经可以自由进出人类的世界了。"

我听着身后一阵发凉。如果这样的话下面的世界岂不是会变得一片混乱，甚至发生些惨无人道的事。接着我问道："这里距离地下世界也有一定的深度，难道说我们已经有前往地下的通道了？"

她不紧不慢道："那是必然，早在百年前我们就已经打通了前往人类各个大区的通道，那时只是作为一种监控手段来秘密控制人类，所以只有对应人类十六个大区的十六道。不过现在为了彻底把他们驯服，估计已经开始挖更多的通道了。"

我静静地听着觉得有些不可思议。这么来说眼前的机器人一定还有其他身份，不然怎么会知道这么多？她似乎看出我的不解，继续道："我知道这么多不是因为别的，而是由于我就是十六名派遣出去的特工中的一员，而现在我的使命已经完成，所以说出来也不会有什么影响。"

我看着那双如蛇般细长的眼睛，问道："那你身为机器人如何潜伏这么久不被人类发现的呢？"

她笑了笑没有回答，转而说道："那你考虑带她下去修复吗？只要是机器人应该在那里没什么办不到的。"

其实提到第十一区时我已经动心了，更何况现在穹顶之下已经有机器人入侵，我更加不能坐视不管，所以这一趟我肯定会去。不过芷晴突然帮我不知是出于什么目的，之后需要对她多加留意，于是我道："好吧！既然你都这么说了那就走一趟吧，顺便看看人类世界是什么样的。"

她见我同意后又说道："因为我们不像其他人那样可以直接进出，如果展示出真实身份会行动不便，所以我们需要打扮一番。"

我明白她的意思，于是顺路定制了三套人皮服，接下来就转变路线，准备前往地下。

在经历一个多时辰的飞行后，我们来到一处半荒漠的地带，周围有很强烈的大风刮起，隔着特质的玻璃能看到黄沙不断漫天飞舞，视线被挡住只能看清眼前的景象。不过由于是自动驾驶，不用担心出什么问题。

不久后飞艇终于在一处位置停下，这时芷晴示意我们下车，说是需要换个座驾。很快我见到了一台只有穹顶之下特有的飞艇，虽然性能比起之前的要差，不过我注意到那架飞艇上的文字"军需专用-011"。

我有些惊讶，如果这飞艇是光明正大拿到的，这意味着下面的人类信任她才会给她这种权利。身为机器人竟然能做到这一步，看来人类内部很早就被机器人所入侵了。

这时面前的地面突然震动了起来，一个坑洞出现在众人面前，那应该就是通往地下的通道了。我们一行人坐上那个新的飞艇，此刻空间显得有些狭窄，我将初雪抱在怀中，对驾驶座的芷晴说道："我们降落在哪里？"

她看着面前的窗外说道："我们准备先停在一处军事基地，然后换乘其他工具到一座实验室中，路线我已经规划好了，顺利的话一天时间就能完成。"

说着面前银幕上闪出一张地图，上面有两处红点，看来是我们的降落点和那所实验室了。不过我看到那个位置似乎有些熟悉，那不就是艾森沃斯实验基地吗？不过那里确实应该能治疗初雪，只是之后恐怕会遇到麻烦。

话不多说，我们一行人很快便乘坐飞艇穿过了一条狭长幽暗的隧道。

此时穹顶之下是一片黑暗，这里的时间与地表不同，飞艇尾部喷射出一串蓝色火焰将夜空划破，留下一条长长的轨迹。俯瞰下去，地面上依旧灯光迷幻、霓虹闪烁，看上去十分热闹。我不由叹了口气，想到不远的将来这里可能会迎来一场末日洗礼，不知到时我能否阻止。

飞艇上芷晴说道："落地之后大家都尽量配合我。我对这里十分熟悉，如果现在就暴露出我们的身份，对我们很不利。"

说着她特意回头看向我们，扫过飞狼后又看向我，最后目光停在初雪身上，然后才转了回去。我们已经穿戴好各自的人皮套，在飞艇降落在一处停机场后，几人都走了下来。

周围停着清一色的同一种型号飞艇，一眼望去足足有几百艘。这里也是构成人类战力的一部分，如果没有威斯的干预，这股力量也不容小觑。

很快我们走出基地，一侧停靠着许多迷彩绿的浮车。正当我们准备上车时，一束光打了过来。

我看到不远处的瞭望台上一名士兵此刻正手持枪械对准过来，而很快周围原本不动的探照灯都改变方向直接照了过来。我暗道不好，连忙向一旁的芷晴使眼色。她表面看起来还是一脸淡定，对我比了个"放心"的手势。

很快周围走出一排士兵将众人包围，其中一个人开口了："你们几人为何半夜鬼鬼祟祟地出现在这里？还有你为何还背着一个假人？"

说着他指向我，一旁芷晴拿出一个小红本开口了："我是这里的高级特工，正在执行任务。"

那人凑近看向小红本然后笑道："原来是这样，放行。"

说着人群让开一条道路，随后我们坐上一辆浮车，朝着实验室的方向驶去。身后那些士兵则向我们投来军礼。

浮车速度极快，估计用不了多久就能到达实验室，突然浮车前排上传来一阵声音……

第九十九章　解池

一阵杂音过后，车上的广播自动播放起来，字正腔圆的女音播报道："近日，军方正式宣布之前外界流传的秘密行动，确定为是针对另一种高等智慧生物，目前叫作智慧机器人。而最近开始频繁出现的空降事件也证明了这一点。此外，一场蓝星联邦大会将在五日后的中央广场举行，大区政府诚邀各界人士参加，人数有限，届时会议也将全球联播。"

看来机器人入侵的事已经瞒不住了，现在人类政府已经意识到这点，并决定向公众摊牌了。不过不知道目前他们的立场以及下一步行动。由于之前突袭计划的失利，接下来人类已经不得不发动战争。面对威斯的力量，不知道人类能撑多久。

我脑海里不禁浮现出那个浑身散发光芒的家伙。如果他亲自降临，这里可能连一天都用不了就会被夷为平地。不过之前的大战应该也会对他造成一定的损伤，这应该会延缓他入侵的进度。

车上的芷晴冷冷道："人类终于有所动作了。"

她的眼神忽然望向窗外的一个方向，似乎有些出神。我以为是她在想自己的计划，说道："按照之前的路线，我们已经快到了。你说的秘密实验室应该没问题吧。"

她听后头也不回地说道："相信我就好了。"

"很快就能团聚了。"

后面那句她没有说出，不过我看到她的嘴型似乎说的是那句话，我也没有太在意。

不出片刻浮车停在了一座恢宏的高楼旁。我们几人下车后从高楼后方绕去，不久前方领头的芷晴停了下来。面前是一道巨大的铁门，只见她拿出一把金黄的钥匙扭了几下，"咔！"一声轻响后门缓缓打开了。

我们几人接连走了进去，很快发现里面是一个空旷的洞口，延伸出一条条不同的通道，其中有一个十分显眼，因为那是唯一一个通往地下的。芷晴不说话做了一个手势让我们跟着她，一行人朝着地下幽暗的通道走去。

记得上次来这里时我直接去往了地下二层，而现在走的方向应该是我没去过的地下一层吧。

很快走过昏黄的通道后，我看到面前出现了一个危险的提示牌，不过没有更多的信息。再往里灯光反而变得通亮。可以看到此时两侧排有一间间被不同光芒笼罩着的房间。芷晴并没有停下脚步，继续往前走着，终于在一间被红光包裹的房间外停了下来。这次她拿出一张通体漆黑的卡片刷了上去，一种机关转动的声音传来，门自动缓缓打开了。

我们先后走了进去，没想到看到一个像是水池般的巨大空间，里面插满了密密麻麻的线路从那四方形的水池中伸出，通向四面的机器设备。看来这就是能够治疗初雪的实验室了。

一旁的芷晴开口道："我们快速解决。"

说着她看了看我背着的初雪继续道："将她放入解池中，我会操作这里帮助她恢复身体。"

说着她走向一边的操作台，我则带着初雪来到池水旁，一眼看去，里面是一坛血红色的液体，我想起了自己在实验诞生时被扔入的那种液体，简直是这里的简化版。我将初雪平放在池水中，只见她渐渐沉了下去，直到池水中央时停下了，此时里面的液体倒映出一张绝美的血红色面孔，安静地躺在其中。

只听一声开关声，里面的液体似乎活了过来，以初雪为中心形成了一个漩涡将她包围。以防万一我释放出心灵感应来观察情况。很快我便发现初雪动了，她的手指微微颤抖着，而且她的情绪也有了波动。我知道奏效了，只见漩涡越来越大，正在将初雪慢慢从水中托起。

随着她的机体慢慢漂起，肉眼可见她身上所留下的伤痕竟然消失了，不多时初雪整个人都被漩涡托举在水面上，而此时她倒像是一个初出芙蓉的睡美人。终于随着像是泄气般的声音响起，池水逐渐变得平静，而上面的初雪也随之降落在水池中。我一步向前直接冲出将初雪接住然后动用念力抱起她回到池边。

操作台上的芷晴也离开了那里，向我走来。只听她说道："好小子，竟然一次性消耗了如此多的解能，她伤得确实很严重，不过现在已经恢复了，不然也许再拖一会儿就只能给她重新换副机体了。"

我知道对于机器人来说，只要核心不受损，就还能活下去，不过换体的危险在于虽然人活了，但很大概率会丢失部分之前的记忆，最重要的是会让意识受损，这可不是能够挽回的。

我看着此时的初雪还没有醒来，不过看情况她的伤已经修复，于是准备先离开这里，以免被察觉。

一直站在门口等候的飞狼开口了："这就是十分稀有的解能吗？没想到人类竟然有这么多，我们不如趁机把它带走吧。"

芷晴厉声道："这里的东西如果离开这里，我们今天就出不去了，你还是把自己的歪心思收起来吧。"

说着她已经走过我身边朝着门口而去。我也接着说道："我们该走了，这次你们的任务完成，会获得双倍报酬。"

门口的飞狼不再多言，不过看向我和芷晴的眼神中似乎多了一种凌厉的杀意，不过仅仅是一闪而过。

我们沿着来时的路线一路向军事基地走去，原本平静的道路突然从远处传来一阵沉闷声，仔细听是一个车队行进所发出的声响。不过阵势如此巨大不知道是谁在其中。很快远处数辆战甲车驶来，在四辆战甲车环绕之中，一辆豪华的官方车辆驶来。

就在我和他们相遇擦肩而过时，一种异样感传遍全身。我竟然感受到一种无名的伤悲，明明没有释放心灵感应，但确实真切地感受到了。我突然很想去追那辆浮车，不管他究竟是什么身份……

第一百章　苏醒

想着我直接释放心灵感应决定一探究竟，很快我就看到最中间那辆浮车上有几团光芒飘出，其中后座上一道特殊光团正是我悲伤的来源。

那是一个散发出白光的光团，里面竟然没有其他任何杂质。这种光团不应该出现在人类甚至机器人身上，因为那大多是出现于不产生情绪的冷血动物身上。我只在很少情况下见过，如果非要搬到人身上，那应该只有异类或者人们口中的植物人符合这一条件。

我想事情应该没有那么简单，于是更想去一探究竟了，但车上此时还有仍然未醒的初雪。我最终还是压下了这个想法，任由那行车队离去。

一旁的芷晴看到了我异样的目光，说道："那是政府特派专车，其职权还在我之上，你不会有什么想法吧？"

我问道："你知道车上的是什么人吗？"

她原本一丝不苟的神情变得更加冰冷了，只听她淡淡道："如果没看错的话那是大区区长专用车，里面坐着的很可能是他。"

我感觉有些不可思议，之前在第十一区无论弄出多大的动静这名区长都没有太直接的动作，现在却亲自出发了。之后有机会一定要去探探这里的真实情况。

浮车很快来到了军事基地。我们一行四人下车后找到那辆有特殊编号的飞艇。这时前面的芷晴转过身对我传音道："我在这里还有其他事暂时走不开，你们先离开吧，接下来的路线是固定的，会很安全。祝你们一路平安。"

话毕，她一直冷淡的脸上出现了一丝不易察觉的笑容，然后对我挥了挥手。站在最后的飞狼也发现了，对着芷晴比了个抹头的手势。

最终我们三人上了飞艇，下面的芷晴则看向天空另一个方向，似乎在等待什么。巨大的引擎声后飞艇起飞了，下面的芷晴也变得越来越远直至变成一个小点。这时夜空的宁静被一阵气流声打破了。

只见一道蓝色火焰划过天际，那是一架正在高速飞行的飞艇，而且看到那熟悉的外表，这不就是蛮荒洲唯一流通的那种飞艇吗？难道说……

很快那架飞艇掠过天际并笔直向下飞去，而它来时的方向正是通道的位置。我心说不妙，果然地面有了动静，只见数枚导破空飞来，方向正是那个飞艇，不过那飞艇很是灵活，直接掉转身形躲过第一波攻击。

恰好那枚导弹越过它后直直朝我们这飞来。我想立刻操纵飞艇躲过攻击，不过已经来不及了。只见飞狼动了，下一刻他出现在飞艇上，手持一把巨剑斩出，"轰"，导弹在半空中直接被炸开，而此时飞狼高大且显眼的机器人形象也直接出现在月光中。

这下地面部队一定会发现异样，想着我直接操纵飞艇将功率开到最大，向下看时那架飞艇还在空中飞行，而且已经快接近地面了，终于一团火光点亮了夜空，一架飞艇就这样坠毁了。

我还在望着下方，突然身后一只手抓住了我的胳膊。我急忙回头看去，只见一张雪白而动人的脸出现在身后，初雪此时正看着我，眼中似乎泛起了光泽。我见她醒来连忙问道："感觉怎么样，有什么不适吗？"

她眨了眨眼道："已经好得差不多了，我只要自己再适应一会儿就可以。"

初雪见我望向窗边，她也来到窗口向外看去，喃喃道："这里不是第十一区吗？我们来这里了？"

我大概向她说明了情况，她听后脸上变得严肃起来，然后认真道："芷晴，我听过这个名字，根据你的描述，她是我以前认识的一个人，我是说她是人类。"

我有些惊讶，但想到她之前的种种情况，反而觉得她是人类更合理些，只是这种人能让我都分辨不出她的身份，想想就觉得可怕。

不过当下不是讨论这个的时候，下面的人已经知道了这艘飞艇上还有机器人存在，只见数道火光亮起，我暗道不好，此时飞艇还在半空，如果军方想要留下我们也不是不可能。

初雪见后反而看上去十分冷静。她对我说道："外面的那个人是你保镖，对吧？"

我点了点头，只见她抓起我的手道："我们等下先离开这里，我会变形带你走。"

我说道："你现在刚恢复伤口，没问题吗？"

她莞尔一笑道："小事，有事我才不会做呢。"

我说了声"好"，只见窗外飞狼跃起手中巨剑划出，一串爆炸声响彻云霄，不过很快更多导弹如雨点般侵袭而来。这次飞狼没有再攻击，只见他先回头看了看我，然后摇了摇头直接一跃而出飞了下去，只见空中一张翅膀状的飞行器出现在他身上，他直接弃机逃走了。

我和初雪也急忙在舱内按下了逃生开关，一个小型胶囊舱将我们包裹随后弹出，下一刻身下的飞艇火光四射，四面而来的导弹瞬间吞噬了一切，直接将那艘飞艇化作一道烟火与这片夜空融合。

胶囊舱将我们推到更高的高空，然而这里距离穹顶还有一段距离，初雪也直接说出她现在没有能力带我一起飞往地表，于是我们先跟着胶囊舱降落下来再说。

由于距离的原因，这里已经离之前的军事基地很远了，我们并不担心再遭到袭击，很快便安全着陆到一片草地中。

我和初雪走出舱外，尽管现在是夜晚，不远处的街灯还是能让人看清周围的景象。我们来到了一个我曾经十分熟悉的地方，这里竟然是以前林海的一个庄园内，再过半条街就能走到他家中。

我愣了愣神，瞬间想起许多，现在想必他还在医院中接受治疗吧。身后初雪走了上来道："还没来得及说真是谢谢你了，为我冒这么大的险。我想……"

谈话间不远处一个拿着枪的影子走了过来，应该是这里的管理员。我连忙拉着初雪躲到胶囊舱后，只听一道年迈的男声说道："小林，快来看看，天上又掉东西了。"

说话间一个身穿正装的男子缓缓从庄园中走出……

第一百零一章　暴露

只见那名男子西装革履，手中握着一个锥形物体，看向这边说道："不应该啊，现在还不是时候，难道计划提前了？"

只是一眼，我就辨认出那人正是许久未见的林海。此刻他朝着我们这边走来。我有些惊讶，他难道已经被治好了？我此刻说不出是怎样的心情，虽然许久未见，但此刻反而升不起一点怀念。也许是之后我了解到事情的真相并不是那么简单，以我对查理的了解，他不会对一个无辜的人下手。

想着他已经接近了逃生舱，然后听到一声子弹上膛的声音。我看向一旁的初雪，她似乎懂得我的想法，直接变化为一柄随身短刀。我则不再隐藏直接站了出来，顺便也将随身携带的枪械拿在手中，以备不时之需。

下一刻一双如刀锋般的双眼出现在眼前，虽然面前之人确实是林海，但我又觉得哪里不对，他身上多了几分原来没有的戾气和杀意，整个人似乎像是饱经沙场的战士。不知道怎么会变成这样？

他看到我后先退了一步紧接着说道："请问是威大人派来的吗？"

我心中一惊，随即想到该不会他说的那个威大人是威斯吧？这时我看到其左肩处衣服上有一幅像是刺绣的图案，上面画着一只神鸟，那欲飞而飞的状态和身上的光泽让我回想起之前看到的壁画，现在我更加确定了林海此刻的身份——他已经背叛了人类。

我想了想决定和他演一出戏，这样还能套出不少情报，于是道："是的，我是来配合你的工作的。"

我尽量说得让自己不露出破绽，同时如果他发现不对劲的话，那就直接动手先拿下他，虽然现在他给我一种不同于往日的感觉，不过在战斗力上，我还是对自己有些信心的。

他上下打量着我，随后说道："请问阁下是乘坐这个下界的吗？"

他指了指一旁还在不停燃烧的逃生舱。我正色道："我在途中出现了意外，被人类发现了不对劲，于是只能以这种方式降临。"

他听后点了点头，喃喃道："强如威大人的手下也会遇到这种困难啊。"

说着他收起手中的枪，做出一个"请"的手势示意我跟随他走。很快我们一同来到了庄园屋内。他将身后的管家打发走后便招待我坐下。屋内的陈设与外界大不相同，里面摆满了一些现代科技加工制品，甚至还有机械臂和一看就不属于这里的枪械。

他见我在看四周，笑了笑便道："哦，对了，大人不知有没有带来威大人所说的那样东西。"

说着一旁的墙壁上投影出一块像是土石块状的东西。他淡淡道："威大人将自身伟力融合进这样一块小小的石头中，里面的威力足以让数十万人都灰飞烟灭。五日后我便可以将它安置在会场中，相信那般场景威大人一定会很喜欢的。"

说着他眼中竟然还露出一丝狂热的精光。不知道林海在医院里还经历了什么，此刻他已经变成一副魔鬼般的模样站在了人类的对立面。既然这样，那之后如果有必要的话，我会毫不犹豫地将他抹杀。

这时原本手中的短刀在不经意间突然发生了变化，很快便化为一个土块状的东西，赫然是投影上出现的那个炸弹。我一边夸着初雪的机智一边将"土块"拿出。林海见后点了点头道："大人果真神速，那我便准备到时候好好招待那些人一番。"

这时他手中一直握着的那个锥形物体闪烁了起来，上面的光芒赫然是原力。过了两三秒后，林海原本脸上的笑容凝固了，取而代之的是一种冷漠和敌意。他眼中露出不可思议的表情，随后竟拔出腰间的枪向我射来。

我一时没有躲开直接被打入胸口，一枚普通的弹头虽然产生不了什么实质性的伤害，但我相信他一定有能够对付我的武器。于是我也连忙出手，想着先将他制服再说。

林海的反应也很快，见我扑来直接一脚将中间的木桌踹翻，然后立刻朝着楼上跑去。我此刻见行动暴露，也顾不上那么多了，想着直接释放心灵感应同时叠加念力控制一同砸向他。

果然在楼梯口处原本还在跑着的林海停了下来，一脸痛苦地捂着心脏蜷缩着。我一步步向他走去。此刻对面镜中映照出我和他的身影，昏暗闪烁的灯光中仿佛我才是反派。

我一步步走向他，说道："好吧，被你发现了嘛，这个东西就是你联系地表的工具吧。"

说着我将那个锥形物拿了过来，此刻上面已经不再发出耀眼的原力的光芒，只是个普通的黑色饰品般。

他眼中突然出现了一丝恶毒。我暗道不妙。下一刻他的手掌泛起一股光芒，随即一股巨力袭来。我一时躲闪不及，竟被打飞出去。

在撞穿一根柱子后停了下来，虽然感受不到明显的疼痛，但那力量却让我机身不由自主地颤抖起来。我站起检查了下自身，发现还好并无大碍。此刻失去了我的束缚，对面的林海也站了起来，不过看起来脸色变得十分苍白。

他开口道："你不是特派员，怎么会有那样东西，总不可能你将他杀了吧？你到底是谁？"

说着此刻他全身都亮起了光芒，整个人的气势变得凛冽无比。我也谨慎了起来，虽然已经和原力打过不少交道，但面对此刻的林海还是有种不敌的感觉。

我直接再次释放两股力量想直接控制他。林海则抬起手掌对我一道光波轰出。我勉强躲过，翻滚至一边的死角处，这里暂时看不到对方。

应该是心灵冲撞奏效了，他停下了攻击。我继续保持一个不会直接让他毙命的频率对他心灵攻击。终于他先撑不住，只听到"咚"的一声。随后我便看到躺在地上一动不动的林海。

由于动静过大，屋内此刻已经乱成一团，这时门口传来一阵急促的敲门声……

第一百零二章　分别

急促的声音让我不得不先应对眼前的情景。我没有走动，直接动用心灵感应，很快一团泛着红黄交织的光芒飘浮而出。这是那个管家的光团。我直接心念一动，在心灵冲撞的作用下敲门声停了下来，四周陷入一片宁静。

初雪也现身变回了人形，惊讶道："没想到这个人类能掌握如此强大的原力，他放在当时那个战争时代也不会是一个无名之辈。"

我走到林海边上将他拉起，虽然现在他已经昏迷，但估计用不了多久便会醒来。我先在这座别墅中查看能限制他的武器，在地下室中找到了一副由陨铁制成的手镯，看上去还是新制的，我连忙将他绑起，随后又把他带到地下室中，做完这些我才放下心来。

没想到过去这些天林海会变成现在这副模样，我很想知道他究竟经历了什么。原力配合心灵感应可以在一定程度上查看到一个人的记忆，但此刻我已经失去了原力，所以不能直接了解他的过去了。

虽然也想过通过恢复原力的掌握来达到目的，不过在初步尝试了后便放弃了。此时墙壁上的投影还呈现出那个"土块"的样子。我想现在最关键的事情应该是阻止土块的爆炸，一旦那场大会上出现意外，失去的不仅是数以万计的生命，更会导致人心惶惶，甚至是秩序的崩坏。

想要阻止炸弹爆炸，必须先将它找出来。刚才给林海看的那个显然是假的，真正的此刻应该还没到，不如……

我心生一计，想着通过伪装成林海来拿到土块，这样就能避免一场浩劫。

这时地上那块手掌大的锥形物亮了起来。我连忙上去查看。当我握着它的那一刻，一种奇异的感觉传来，随后一道嘶哑的机械声响起："林海呢，跟你说的怎么就不见了，虽然主上现在器重你，但你这副态度很快就会受到惩罚的。"

说着那边的声音语气都变得似乎有些愤怒。我将声音伪装成林海那种清朗的男音说道："抱歉大人，我刚刚遇到了一点小事，我们接着说。"

那边短暂地平静了一下，然后道："好吧，你要记得你的身份，还有你的使命，我在两日后会潜入你们人类世界，到时候我们就在你的那片庄园见面吧。"

我严肃道："我知道了，一定不会辜负大人的期望。"

那边传来一阵机械式的笑声道："这样才对嘛，就先这样。"

话毕白光消失，锥形物恢复了平静。我将它先收了起来，看来这就是地上联系穹顶之下的通信器了。一旁的初雪走了过来道："你又在打什么歪主意呢？"

我淡淡道："我们准备去阻止五天后的爆炸，如果一切顺利的话应该没问题。"

初雪听后微微摇了摇头："你想自己去当英雄呀，那你快去吧。看在你救了我的分上，这次也加我一个。"

说着她将那张有些圆圆的脸蛋贴了近来，一双水汪汪的大眼闪着望向我。我说道："之前你也帮我挡住了鬼物的攻击，如果不是你，我可能已经变成一具行尸走肉了。所以你不用跟我继续前行了。"

说着我下意识地站得离初雪远了一些。她见我躲闪过去，原本水晶般光滑的面孔皱出一丝眉头道："怎么啦？多个帮手更加方便吧，你一个人总会需要帮助的。"

我正色道："不用了，我已经习惯了单打独斗。我们的合作现在已经停止了，你应该继续去做你该做的事。"

她神情变得落寞起来："可是我按照暗王留下来的信息，然后就发现了你。我觉得也许你就是我要找的那个人，虽然你没有暗能，但是你却像个英雄一样。"

　　我转过头说道："谢谢你能陪我这么久，接下来我们就各奔东西吧。"

　　她听后平静了下来，没有再说一个字便打开门走了出去。过了几秒后我回过头看，发现人已经不见了踪影。

　　虽然心里也会对初雪有些不舍，但我还是不得不让她离开。其实在这件事决定时，我就开始有种不祥的预感，总觉得之后会有不好的事情发生，虽然已经经历了这么多的困难，但这次却有种无法言喻的预感。为了不让初雪受到波及，我还是让她远离我比较好。

　　想着窗外的风声响了起来，当我打开窗户时看到周围下起了大雪，顷刻间周围变得银装素裹。白茫茫的雪花飘散而下，仿佛在为离开的初雪送行。

　　我望着天空，此时天色已经渐渐亮了起来，一抹晨光照在雪地上像是在宣示着什么。此刻屋内传来了一阵动静，我连忙回到地下室。此时林海也苏醒过来，正在用力试图挣脱手脚的锁链。

　　不过他失败了，即使他动用原力也难以挣断特质的锁链。此刻被束缚的他突然笑了起来，笑声中掺杂着一丝不屑与诡异。很快他仰头看向我道："你究竟是什么人？闯入我的私人住地还伪造身份，你想怎样？"

　　我看着面前这个原本文质彬彬的男人，此刻却更像一头即将出笼的野兽，眼中泛着猩红的血丝。我镇定道："我是什么身份现在不重要，倒是你身为一个土生土长的人类，竟然想要残害同类，帮助别人毁灭人类，是什么让你变成这样？"

　　他听后又开始笑了起来，这次笑得更加肆意。终于等他停下后说道："我么，我是被选中的天命之子呀，威大人给了我一个千载难逢的机会，而我只要抓住它，就能从此逆天改命，成为万人之上、一人之下的存在，最重要的是我能够……"

　　说到这儿时他便下意识地停了下来。我继续问道："还能如何？"

　　他眼中此刻仿佛要放出炽热的光芒，然后道："只要你帮我解开锁链，然后老老实实地听从于我，我便不再计较之前的过节，我甚至可以帮你在大人前美言几句，让你也跟着我一同得到一点那快成功的无上神秘带来的好处……"

第一百零三章　腔弹

说话间他内心的喜悦之情溢于言表。我觉得这件事应该不会那么简单，看来威斯答应了他不仅仅是一个特殊的身份，还有其他的事情，不过我还没想到究竟是什么让林海变得如此疯狂。

我见问不出其他事情，便准备再次让他安静下来。林海也看出不对劲，便喊道："你想干什么，你知不知道你动了我将会引来什么样的后果，你承担得起吗？"

我没有多言直接动用心灵感应让他再次陷入昏迷，又将他绑在椅子上防止他逃跑。做完之后已经天亮，我来到一楼开始查看林海家中有没有其他可疑的东西。时间很快过去了，在接下来的两天内，我找遍了这个家中大大小小的地方，却没有翻出特别有价值的东西，不过有一样物品引起了我的注意。

在二楼阁楼中一个十分豪华的箱子里只装着一张有些泛黄的照片，上面是林海与他的亡妻米粒的合照。两人在照片中都笑得非常甜蜜，看起来十分幸福。我看了照片片刻后又将它轻轻放了回去。突然想到当时在医院中那个陪着林海的机器人伴侣不见了。

不过我想到可能是被他放到了家中的别墅，这里虽然是庄园，但他应该也不会常来。时间飞逝，转眼天色便暗了下来。当天空最后一抹黄昏与大地吻别，世界便陷入了一片漆黑之中。

其间我尝试着主动拿起那个通信器去联系那个特派员，却没有反应。终于我看到那个锥状物又泛起了白光，将手伸了上去。一阵嘶哑的机械声传来："我是卡尔，现在已经来到你们人类世界。暂时还没发现什么危险，预计十分钟后抵达你的庄园。"

我用林海的声音道："好的，我马上就去接你，大人。"

话毕白光暗淡了下来，穿上特质的人皮衣后，我先是查看了一番屋内已经收拾好的情况，又确认地下室中的林海和管家没问题后拿起通信器和随身的装备走了出去。

借助夜晚的灯光，我穿着人皮衣看起来竟与林海一模一样，而且出于之前对他的了解，想必对面看不出什么端倪。很快我在草地上便看到天空中出现一个闪着光点的碟状飞行物。

没过多久便降落在离我只有十米左右的高度。一个人影降落下来，伴随沉闷的落地声，在一片浓雾中眼前出现一个高大的机器人。我定睛一看，这人竟然是威斯的下属——御。

之前在面对他们的时候没有特别观察过他，此时的御看上去有些不同，周身的气息仿佛都被隐藏了起来，也许是由于我现在本身战力的缘故，看不出面前之人的深浅。

他一步步向我走来道："主上确实器重你，把这么重要的任务交予你，你一定不能让他失望，听懂了吗？"

说话间他将"一定"两字还特意加重。我郑重道："请大人放心，我一定圆满完成任务。"

说着我也看向面前的御。他微微点了点头，随即手中出现一个像是平常土块般的物体道："好好拿着，把腔弹放到会场中心，让人类感受到痛苦与绝望吧。"

说着他递给我那块东西，我拿在手中的一刹那明显感受到一种重量感。这件东西仿佛是由太空陨铁打造而成的，甚至还要更重。

对面御见我收下便道："好了，我准备先走了。目前还不是暴露身份的时候，下次见面时应该就到了你们人类毁灭的时候了吧。"

说着他转过身去，缓步走向飞碟。我则在原地看着他说道："大人慢走，希望以后我们还有合作的机会。"

他已经飘在了半空，嘶哑的声音传来："如果你到了地面，可以来大华洲找我。"

我听后一愣回道："好的，大人。"

说话间飞碟已经开始运行，很快便化作一道光消失在天际中。我则拿着手中被称作腔弹的东西回到别墅。不出意外里面应该蕴含着巨大的能量，而这东西的引爆方式也很特别，需要使用者将自身的一点原力注入其中，之后便能感受到它的位置，而引燃只需要再次动用原力即可。即便是千里之外也能直接引爆。

我之前从林海口中得知后很是震惊，这样的巨大的威力竟然是这番操作的，我不禁想到这里面或许不是放射性物质，而是一股被极致压缩后的原力。但我本身又感应不出里面的物质。

如此这般工程估计也只有威斯能亲自做到了，没想到他一下子就直接想把人类最核心的群体杀害，我一定不能让他的计划得逞。

又过了一天，我准备启程前往第一大区观看联邦大会。这次会议所有的人类高层几乎都会出现，包括人类最高政治领袖——陈行。

我在庄园中挑选了一辆浮车，然后又将地下室的门锁牢，随后便准备出发了。

第十一大区和第一大区之间还隔着几个其他大区，不过浮车的速度很快，不出半天就能到达那里。为了避免出现意外，我特意将腔弹也带在身上。这次大会意义重大，我感觉人类军方一定也会将安保力量发挥到最大。

就在我行驶的前方突然发生了一阵撞击声，我连忙加速上前查看，很快便看到让我震惊的一幕：一辆巨型装甲车狠狠地撞在一辆军用车上，并且直接将它变形而后又撞上一辆豪华的轿车。

这显然是有所预谋的袭击。我再定睛一看，那不就是之前遇到的所谓第十一大区区长的专用车吗？此刻被挤压变形，不过还不算严重，里面的人应该还在。

正当我疑惑时，剩余三辆军用车上下来了一排军士，此刻都身穿军装，配着清一色的枪械对准那辆巨型装甲车。而此时装甲车也动了，巨大的轰鸣声响起，地面似乎都在颤抖。很快便看到它倒退了出去，而车头上还镶嵌着一块巨大的钻头。

我瞬间认出，那就是革命军标配的战车，能够入地。下一刻一串串密集的子弹声响起朝着装甲战车喷涌而出……

第一百零四章　发现

一串密集的子弹射出，然而撞在战车上却几乎连一点痕迹都没留下，不光是我，就连那些士兵此刻都有些怀疑人生了。很快巨型战车上也露出几个黑压压的炮口，下一刻火光四射，几枚炮弹射出直冲人群。

"咚咚咚！"人群瞬间被打散，其中不乏有些不幸牺牲的士兵。很快鲜血染红了地面，就连那几辆军用战车也被砸中燃起了大火。剩余的士兵中有人拿出手雷和火箭筒准备反击。

值得注意的是，虽然那些士兵的车队受到了打击，但中间那辆豪华轿车却并没有遭到炮击。不难想到里面应该是有革命军想要绑架的大人物——区长。

之前我在夜路中无意感受到的那种无名伤悲此刻又开始在心中蔓延，我想这正好是个机会，不如就在这里一探究竟。想着我将浮车停在一边，然后慢慢向战斗中心靠近。那些人此刻都在对峙，所以我的靠近并没有引起他们的注意。

此刻双方打得更加激烈，有人率先发射出火箭弹，一声闷响后对面的装甲战车摇晃了一下，随后被射中的一侧出现了一个不大的凹陷。但这显然奏效了，随之而来的是更多的炮弹轰出，在接连承受了几发炮弹后巨型装甲车开始充分发挥自身的优势——入地。

很快那个如小山般的巨大钢铁消失在众人视线中，在不远处的另一个地方，地面猛地一松，随后钻出许多头戴红巾的人来，仔细一看其中有的并不是人类，而是机器人，他们一瞬间冲出将那些士兵吓了一跳。

不过很快有人反应过来并开始射击，对面的革命军有些机器人根本不怕子弹的威力，继续冲上前去。还有的人则一边躲避一边射击。而那些革命军冲去的方向虽然是朝着士兵，但同时是反着中间豪车的方向去的。

很快随着战斗的持续，双方都有不同程度的伤亡，不过总体来看还是人类士兵处于更加劣势的状态。这时我已经离那辆豪车或者说战斗中心很近了，再往前一步一定就会被发现，于是我决定等到时机成熟时再出手。

这时地面又传来了一阵响动。我面前的一块地像是地震般直接陷了下去，当然还有那辆豪华轿车。看来革命军刚才的进攻只是幌子，最终还是要靠战车的力量。

这时已经陷入激战中的士兵发现已经晚了，他们有人想要去查看直接被子弹无情地穿过。很快军方的士兵阵营陷入了被动，用不了多久就会被全歼了。

我心说好机会。我直接快步冲出，还没跑几步就听到身后传来子弹声。不过我顾不上那么多了，直接加速，不顾身上的弹痕跑到那个坑洞口，然后毫不犹豫地跳了下去。

里面也是一片不小的空间，我跳下后便看到那辆巨型装甲车，还有掉入洞中的豪车。此刻豪车已经被人从外面强行打开，而里面有三人则被绑着走出车内。这时我注意到豪车不远处还有一个被蒙起头的高大身影，此刻正在被几人合力抬上装甲车。

由于光线的原因此刻看不清那边的景象，不过我断定自己那种无名情绪的源头一定与那个高大身影有关。

尽管我跳下来的动静不大，但还是有人朝我这边看了过来，我连忙侧身躲在一旁的巨石后面。很快便看到中间一个有着啤酒肚的中年男子同样被带上了车，想必那就是区长了。剩下两人同样也被押送至车中。

很快那些革命军便一个个依次走到车上，这时我立刻飞奔出来跑至车身一侧。随着巨大的引擎声发动，战车动了起来。我连忙起身跃起趴在车顶上。

很快战车便在前方又开出一条隧道，我则在路上吃了不少土。同时看准靠近车尾的一扇门，在战车前进途中稍微停顿时猛地一发力，竟然被我打开了，我连忙跳了进去，然后立刻关上。

此刻我俨然变成了一个泥人，没有顾及太多，我迅速凭着之前曾经看过的印象找到了这里——一般用来关犯人的单独房间。一共有两间房间，凭借着那种特殊感觉我来到了其中一个房间门口，上面还挂着一排锁链，我直接用刀具强行切开后走了进去。

里面是一个不大的房间，中间的一个长椅上此刻正坐着一个蒙面的人，不过我还是一眼就看出了他的身份。因为实在是太熟悉了，那人正是我自己！准确地说是转世前在人类世界时候的自己，瞬间过往的回忆一下子浮现而出。

当时与威斯激战，我的整个机体都被严重损毁，之后更是直接被一颗子弹贯穿中枢而失去意识。现在眼前出现的的确是一个像是没有经历任何战斗的完整的我，此刻正静静地坐在长椅上一动不动。我很快便从回忆中清醒了过来，面前出现的人虽然是我，但这也是曾经的我的机体，不知为什么会在这里，里面究竟是谁在捣鬼？

虽然免不了有些激动，同时一股愤怒之情涌了上来，我直接走上前撕开了上面的头套：那副富有金属光泽的棱角分明的脸出现在面前，此刻像是睡着般闭着眼一动不动。我走上前轻抚着这副面孔，突然一种奇异之感传来。

那是一种感觉自身被巨力猛地甩出一般的眩晕感，眼前的事物出现了重叠。我闭上眼当我再睁开时，竟然发现自己出现在对面，或者说是本来的机体中。我突然感觉到机身变得轻松许多，也许是这副机体用惯的缘故。

不过我注意到原机身中似乎被植入了一段不属于自己的程序，不属于生命，只是较为简单的常用程序。当我正想要打开查看时，走廊传来了一阵密集的脚步声。我暗道不妙，于是准备将后来的这副机体藏到长椅后去。就在我接触到另一个自己的那一刻，我又回到了另一个机身身上，随着越来越近的脚步声，我开始集中意念……

第一百零五章　更深

我集中意念让自己想着对面的机身，没想到奏效了，下一刻我出现在原机身上，而当我再次碰到对面的"我"时并没有再次发生转移，我立刻将那个"我"藏了起来，然后重新盖好黑布将自己蒙住。

一声推门声响起，门口出现了几名荷枪实弹的人。他们一个个持枪对准此时的我。其中一个为首的人说道："不可能，这里还有其他人来过，给我搜。"

说着他也掏出了腰间的短刀，警惕地打量着四周。我见形势不妙，心说看来只能打一场了。这里的空间并不大，如果他们找起来很快就能发现，想着我再次集中意念回到了长椅后的机体上，然后从腰间摸出一柄短刀，就在身前的脚步声到来时，我瞬间跳起随后举起刀架在那人的脖子上。

剩下的三人见状连忙举枪对准我。为首那人说道："咦，你是机器人，你是怎么上来的？为何要潜入进来？"

说话间我竟然发现他的眉头紧锁，可能是看出我能悄悄潜入觉得不好对付。我正色道："我来这里目的很明显了，不是吗？这具机体是我的，所以我要带走。"

说话间那三人眼神中的狠厉直接暴露无遗，然后一人咬牙切齿道："你知道这位坐着的大人是谁吗？他可是你根本比不上的存在，我们的成立初衷就是因为他。"

我暗暗笑了起来，随后说道："我当然知道他是谁，因为我就是他。"

对面几人这时都笑了起来，不过手中的枪握得更紧了。为首的龅牙说道：

"你不会为了求生连这种谎话都拿出来骗人吧，我可不吃你这套。不过你实在想要证明一下的话，那就请你让大人开口说话，只要他动了，我就相信你，不应该是直接安排你当老大。"

说着他又笑出了声。我突然觉得可以一试，这样虽然会暴露，但眼下也没有更好的办法了。于是我一边保持着刚才的姿势，同时心念一动，很快我出现在长椅上，并且一把将头上的黑布揭开。面前的几人直接瘫坐到地上，其中一人颤颤巍巍道："真的显灵了，拜见大人，拜见零王。"

剩余两人双腿还在颤抖，不过已经站了起来，同时打向那个跪在地上的人说："笨蛋，你看清楚点，我们有可能被他的小把戏骗了。"只见那人还是有些哆哆嗦嗦，坐在地上定定地看着。

我则开口道："你们好啊，我回来了。"

话毕，那个原本坐起的人连忙又跪了下来，这次二话没说直接磕起头来，整个房间都能听到咚咚的叩地声。

为首的龅牙说话了："你真的是我们的王吗？不对。我们的王已经在那次跨界之战中牺牲了，你一定是假的，别想骗我。"

说着他竟然直接扣动了扳机，一发子弹破空而来。我见状将身体微微一侧便躲过了攻击。我继续道："我说了，我是不会倒下的。我——零，你们的王回来了。"

说着我张开双臂尝试着释放念力来营造出一种效果，就在我觉得快要没戏时，身边的那些物品开始晃动了起来，而这几人见状也没有再多说什么，直接跪了下来，就连在角落中被我用刀架在脖子上的人也原地照做了。

我知道他们是衷心投靠我的，所以一开始也并不想与他们产生太多争斗。现在正是我想要的结果。唯一没想到的就是这具焕然一新的原机体，现在还有许多疑问没有解开，不过相信不久便会有答案了。

我随后将后来的机身放在这里，然后直接出去见到了其他的革命军。他们见到我后无一不露出惊讶的表情，而后又是一通类似之前的操作，搞得我都有些过意不去。

很快一个身材苗条的女人走了上来说道："尊敬的大人您好，我是这一分队兼任这辆战车的车长，您叫我阿曼就好了。"

说着她将掌背合上然后对我深深鞠躬。我说道："好了，阿曼，连同你们所有的车上的战士，你们辛苦了。"

随后我又发表了一番告慰的话，便说准备去休息。队长阿曼听后则一直跟着我来到那个单独的房间。她看着我道："抱歉大人，因为现在条件有限，如果您不介意可以到我的房间里去，或者在大厅。"

我摆了摆手道："不用，辛苦你了。这里就不错，不过不要再上锁了就行。"

阿曼笑了笑道："那是自然。"

随后便退了出去。我一人在这里先打坐了一番，让自身与机体更加融洽，之后想着准备研究下机身被加入的程序是什么情况，突然像是地震了般整个车身明显抖动了一下，随后恢复了正常。

我有些疑惑，这时门外出现了一张黢黑的脸道："大人，我们到了。"

我心说这么快吗？之前在谈话中了解到他们此次出动就是为了夺取我的这具机体，而在政府中其实也有革命军的卧底，任务完成后便可以回到革命军大本营。

由于革命军大本营距离第一大区很近，所以我答应顺便来这里一趟。这时已经过去了多半天，不过即使按照临时的变化，我也能赶上明天的会议。

我对门口应了一声，便在阿曼的指引下离开了巨型战车，来到所谓的大本营。

这里其实是一片更深的地下，被他们称之为领都。放眼望去四周是一片十分空旷的地方，不过地上画着一排排的线，猜得不错的话应该就是各个巨型战车会来到车位。我有些好奇难道这不应该叫作停车场吗？怎么会被称为大本营？这时阿曼对我指了指一旁的岩壁。

原本严丝合缝的岩壁此刻竟然动了起来，从中间裂开一道缝隙，虽然看上去很小，但走进去看却能同时容两人通过，想必巨门之后才是真正的大本营吧。

我们很快便走了进去。入眼一座十分宏伟而庞大的建筑出现在我眼中，看起来像是一座超巨型城堡。不过现在看起来还未完工，有些地方还在修建。这时建筑底下一个人走了过来……

250

第一百零六章　迷惑

不远处一个身影走了过来，定睛一看那人显得有些眼熟，一身黑色装扮，就连面孔都仿佛涂过黑漆一般，那人正是之前在我被人类全面通缉抓捕中出现的机器人革命军龙七。

此刻他看到我即便是机械之躯脸上也写满了惊讶。我走了进去就听道："你们回来了，大人这是什么情况？"

没等一旁阿曼开口我先说道："好久不见啊，龙七。"

他先看了看我仿佛在确认什么，又看向其他人，之后便做出一个行礼的姿势道："属下第七十一队队长龙七参见大人。"

我摆了摆手道："不用这么客气，你我不是早就见过面了吗？"

他还是郑重地行礼随后道："零大人，这里便是我们革命军的本部——领城，请大人过目。"

面前那座城堡前所未有之大，看起来像一座高山般直接通向地底最深处，在原本不算明亮的黄白光交织下蒙上一层神秘色彩。我说道："这里还在修建吗？看起来能够容数十万人了。"

一旁的阿曼这时开口道："大人，这里实际上从革命军成立之时便开始修建，过了这么久也还没完工，不过一旦建成，可以说是蓝星第一城堡也不为过。"

我点了点头，随后走进城堡内参观了一番：里面的设施构造都已经打好基础，庞大的建筑让人在内部抬头竟有种一眼望不到头的感受；城堡内不仅有可供人们居住的场所，一些基础设施，还有武器弹药也有不少存放在特殊区域。

大概看了一会儿后我觉得差不多该上路了，便说道："我准备先走一步，去参加明日的联邦大会，你们做得很棒。对了，我还有些事情准备问你，不过现在有些来不及了，等会议结束后说。现在大会在即，你们这里还有多少能够调动的人员。我想由于本次会议的意义，地面上肯定会有所行动，只有政府的保卫也许会做不到位，为了会议的顺利行进我准备征调你们现存的兵力。"

说着我看向面前的龙七，等待着他的回复，一方面确实需要人力来出手；另一方面则是为了打探是否像他之前所说的那样，只要我一来便会直接坐上首领的位置。

他没有犹豫地说道："如大人所言，我们这里目前共七十二分队，第五队和第七十队还在基地，如果您有需要，我直接向上面请示，应该立刻就能出动。"

他继续解释道："我目前是分队队长，需要请示大队长才能调动其他队伍。不过如果您迫切的话，直接向那些分队发话，他们一定会跟随您的。"

我回应了一声，同时好奇革命军的创始者的身份。革命军据说由一人创立，随后慢慢在那人的号召下壮大起来，形成现在的规模。据龙七说那位手下有三大将，而每一大将则统领二十四队，其中龙七所在的队伍是由一位叫作姜子的大将统领的。

我先让龙七尝试联系那位大将。很快他拿出贝壳状的物体，上面突然泛起了一阵黄光。他疑声道："上面主动联系我了，看来是有什么新任务了。"

他看着我。我示意他先接起听下。一阵电流声后那边传来一股男声："紧急情况，我们的密探在付出生命的代价后了解到，现在地面的明军正秘密准备将一种极其危险的炸弹带到明天的会场。你们一定要盯紧一切可疑的东西，唯一的线索是它很普通，就像一个土块。"

顿了顿那边继续道："记住如果在开场前不能将它顺利拿下并带走那就离开那里，明白吗？在此之前，你们可以通过告诉人类政府他们的处境和有关炸弹的信息。这次突袭看来地面上已经释放出明显的敌意，我们为了顾全大局只能如此。"

又说了两句后那边切断了通信。龙七说道："灵王大人当真料事如神，我是否需要现在禀告上面您的归来。"

我摆了摆手示意不用，目前我决定还是低调些比较好，在没有搞清楚情况前即使是革命军我也不能完全信任。不过出乎意料的是看来还有其他的腔弹，我不禁也有些紧张。

龙七道："这次事态危急，上面调出五个分队来应对这次事件。这次行动直接由落山大将负责，他将带领我们一同前往会场。"

我想了想道："我决定先不透露自己的身份，你们先替我保密，等会议结束后再说。"

众人应道"好"。随后我决定自己先离开前往第一大区，阿曼提出派些人手帮助我，被我推辞掉了。她临走时拿出一个"贝壳"道："这是我们内部的贝铃，我们可以通过这个联系。"

我点了点头随后在众人的注视下登上了来时的装甲车。我没有着急离开，而是先回到了那个房间，然后又做了几次实验，在自己能随意转化到两具机体后，开始研究原机体中被植入的那段程序。

那是一个固定的存档，当我用意识连接进入之后，看到一个五角星形状的巨大场地，那里正是中央广场，随后"我"在大会开场后代表人类走上广场高台，并且开始宣读一份有关人类与机器人在那次跨界战争中的经过和结果，自然是以人类被重创而签署合约结束的，合约则是人类割让地下九成面积给机器人帝国。

后面的画面变得模糊起来，我则退出程序，觉得有些不对劲，里面的程序不像是人类所编写的，那难道是机器人所为，但又为何会跟着区长的专车一起参加会议？我觉得自己漏掉了什么，但又有些摸不着头脑，于是先不想了，控制着后来的机身，开来一辆浮车将原机身放入，然后离开革命军本部。

出于谨慎我决定先以后来的身份示人，而原机身则放在身边随时切换。还没走一会儿，贝铃上一阵黄光亮起，我接起后一阵熟悉的女声道："大人，不好了！姜子大将说要来亲自检查我们带回来的您的机体……"

第一百零七章　他是谁

那边的声音显得有些急促，我想了想道："你们先说人之后被劫走了，是政府出动了秘密部门的人做的，之后等我想好后会向他们解释的。"

对方没有说话。我便接着说道："如果你认为你要服从上级命令的话，那就实话实说，我不怪你。"

那头开口了："大人，我愿意听从您的命令。"

我应了一声，随后通信中断。这次让政府来背锅虽然会让革命军与它之间的关系恶化，但现在并不会影响到革命军本来的计划，况且如果我正式出面回归掌握革命军的话之前的事情就会随之迎刃而解。

当务之急便是先尽力找出剩余的腔弹。浮车速度很快，不过在到达第一大区时也已经临近傍晚。天空中那颗血红的人造太阳显得有些刺眼，仿佛在预示着明天可能到来的杀戮。

由于特殊时期，在第一大区围墙外又增加了一层临时防护带，相当于双层保护，而兵力也同样增加了一倍，不过我还是利用原机身的液态变形成功"混"了进来。虽然之前在战斗中机身受损严重，不过现在已经被完全修复焕然一新了。

来到外城区，已经感受到人来人往的拥挤，就在我准备继续向里走时，不远处传来一阵骚动。一声枪响，一个体型高大的男子倒在了血泊中。对面是一个衣着有些复古的青年，此刻他手中的枪支还在冒着白烟。周围的人很快发现了不对劲，都疯狂地四散而去。

我则逆着人群向那个青年走去，想看清他到底有什么目的。就在我走向青年的同时，还有几道身影以更快的速度向他冲去，那些人赫然是一直潜伏在城中的特种兵，或者说是盾兵。几人很快将青年包围起来，但奇怪的是那人看起来毫不慌张，没有立刻离开现场，就在原地等着。

我觉得有些不对劲，很快便看到青年突然露出一张不可思议的笑脸，直接将嘴咧到了耳根后。我顿时一惊心说不好。一声爆炸传来，原本围上去的盾兵都退了下来，待烟雾散去后，一个浑身漆黑的机器人赫然出现在视野中，那竟然是和我同一类型的液态金属。

即使没有其他能力，仅凭液态变形能力，当下的盾兵很难留住他。我虽然也是液态机器人，不过现在还不能暴露在大众中，所以准备先观察一会儿。

很快这次那个机器人动了，他的身形变得诡异起来，以一个不可思议的速度冲向离他最近的盾兵。只见那名盾兵在摆好架势后，依然被一拳打退，重重摔落在地。我注意到此时那个机器人身上似乎还带着其他东西，不过被他的液态金属能力遮住，看不出是什么。

我心中有了一个不好的猜测，不过又觉得比较合理，眼下几名盾兵都扑了上去，他们看起来与那个机器人打得有来有往，不过其实是几人轮流在被压着打，所以局面勉强撑住。

这时上空传来嗡嗡声，那是一架军用战机，此刻已经飞到离机器人很近的距离。瞬间一连串子弹倾泻而下，甚至没有给对方喘息的机会。当子弹精准地打在其身上，如同打在水面上般，仅是表层泛起了波纹，随后恢复了正常。

我并不意外，这就是液态金属的能力，想要彻底击败他，只能找到其体内的核心然后摧毁，不过由于其本身的特殊性，想要找到并非易事。

　　那机器人见有增员来临，并没有选择继续纠缠，而是直接逃了出去。一边守着的盾兵在有防具的情况下直接被一击轰飞到远处，而剩余的人则是继续追了上去，我也连忙跟着跑出。

　　途中他沿路直接破坏了周围的建筑，连同里面的人也难逃其手。一道道火光燃起，顿时四周仿佛变为地狱般的景象。其身后的盾兵还在追赶他，不过也很难对他的破坏产生影响。此刻我内心也开始摇摆了起来，想着准备出面将他捉拿。

　　猛然夜空不知何时突然变得明亮起来，仿佛在一瞬间这里变为了白昼。随后一颗闪耀的明星出现在夜空，一个人影缓缓从中显现。所有人都停了下来看向天空，就连那个机器人也停止了行动，此时他仿佛是这里的神。

　　很快一道洪亮的声音响彻天空："尔等宵小之辈，竟敢犯我等疆土，今日便取你首级。"

　　说着天空中的光团越发明亮。下面那机器人也开口了："等等，你不想知道我们安放在你们人类当中的炸弹吗？那可不是一般的炸弹。"

　　天空中的声音缓缓道："若你能说出位置，我便可给你一个痛快。"

　　下面机械声说道："那你就代表人类先给我磕个头吧。哈哈哈……"

　　还没等说完，一道如同雷龙般的光芒直冲而下，瞬间响起了一阵十分凄惨的叫声，虽是机械音但好似承受了常人不可承受之痛，像是来自地狱的哭喊声。渐渐那声音停了下来，只留下一摊不成人形的焦黑尸体。同时那道光芒迅速散去，仿佛之前并不存在。

　　我也被刚才的景象吓了一跳，那股极其霸道且强大的原力，竟然能在这种时候出现，其强度要比除威斯外任何一人都高，甚至超越了当时的我。

　　原来人类中隐藏着这种怪物，我甚至都开始不担心明天的安全问题了，想必那人也有信心能够解决。不过他到底是谁？我竟然在今天之前都未曾听过他的消息。

　　光芒消失后，周围的士兵以及救援人员陆续到场，四周不时传来人们的抱怨声和哭声。我也趁着夜色再次遁入黑暗中，不知道今晚还会不会太平……

我趁着慌乱来到了那具已经畸形的机器人面前，想着他身上可能携带着腔弹，但当我仔细检查时，原本带着东西的地方已经看不出任何痕迹，难道是被那个人拿走了？我猜一定是他，想着我转过身去，看到一个白影猛地从不远的废墟中一闪而过……

第一百零八章　初旭

只见其速度飞快，只是瞬间便跳过两片废墟消失在视野中，我心说不会是其他的特工吧，难道附近还有一个机器人吗？想着我不得不谨慎起来，此时这具机身刚唤醒念力控制，如果有心灵感应就方便多了，我集中起意念并试图唤醒心灵感应。

像是听到了破壳声般的轻响，一种奇妙的感觉传遍全身，很快周围出现了一些颜色不一的光团，我知道自己成功了。没有过多欣喜，我立刻尝试寻找之前看到的白影的踪迹，就算他很快，但应该也没跑多远。我直接将范围扩大到一千米的范围，并尝试着在众多光团中找出最可疑的那个。

可惜结果并不如意，在繁多的光团中没有找到可疑的移动速度很快的那一个。就在我准备放弃时，身后传来了沙沙的动静，转身看去，只见一只不大的有些肉肉的小狗朝我小跑过来，熟悉的斑点，清澈的眼神中闪着灵性，那赫然是当初在实验室中救下我的小旺。

后来才发现它是一只机械狗，甚至本身都很不简单，显然现在出现在这儿也绝非偶然。后来经历了那么多事后，现在觉得它很可能是只具有独立意识甚至会思考的特殊人工智能。

不过刚才在动用心灵感应时竟然没有发现它，带着疑惑我又释放一遍，这次只将范围缩小到它一个，很快我便察觉有些不对劲，因为我的心灵感应面对它时失效了，它里面没有显示出任何光团，但我肯定它是有生命的。

我最终还是先放弃了，此时我伪装成了一个人类，对面的小旺应该是不可能认出我的，况且其间我还换过机体，想着它现在可能是对我有好感吧。

小旺朝我叫了起来，样子不像是面对陌生人的警惕，反而是在和我打招呼。我俯身准备去摸它，没想到它却向后退了两步。我有些不明白，它难道想告诉我有什么情况吗？它一边朝我轻声吠着一边向一个方向跑去。我明白它的意图便一路跟它走了过去。

逐渐周围的人变得少了起来，我从城区一路走到较为偏远的地带，连灯光都暗淡了许多，零星的路灯只能将周围的环境照个大概，房屋也几乎消失了，不远处只有一间还冒着烟的建筑，似乎是一家工厂。

前方的沙沙声停了下来，在月光的照射下，此时的小旺变得有些不同，我尝试着问道："小旺，你带我到这里是有什么事想告诉我吗？"

对面漆黑中的弱小身影猛地以一种不可思议的方式变得高大起来，很快一个人影出现在黑暗中，天空中厚重的云层飘过将月亮完全显现出来，月光下一个身穿罗裙的少女出现在眼前，白皙的皮肤，圆圆的脸蛋，眼前的面孔竟然和初雪重合在一起。

我不敢相信面前出现的人是初雪，只不过此刻她看起来更像是人类，就算放在人群中也不会被察觉。我轻声道："初雪是你吗？"

那人没有说话，眼神中闪烁着一丝冰冷，淡淡道："找到你了。"

我一听这声音与初雪完全不同，立刻想到她应该不是初雪，虽然她的外貌与初雪相同，但其表现出来的气质和高冷与初雪完全不同。还没等我接着说，对面开口了："你认识我妹妹，她现在在哪儿？"

我惊讶地道："她是你妹妹，我不知道。"

她冷冷地说道："你要是敢对她不利，你就死定了。"

我连忙解释道："我是她的好朋友，又怎么会对她不利？倒是你把我带到这儿来想做什么？"

对面听后语气奇怪了起来："我妹妹平时虽然活泼，不过称得上好朋友的异性一定没有，至于引你到这里来是因为有人要抓你。"

话音刚落地面升起了一个笼子将我包裹，这时我才意识到自己中了陷阱，尽管有些低级。我疑惑道："你为什么要这么做？你究竟是什么人？"

她冷笑一声："你不打算先以真面目见人吗？"

我强压下心中疑问，想着她为什么能发现我的伪装，液态金属的变形一般人是看不出来的，我还是照做变回了最初的样子，一张古铜色的金属面孔。

她见状似乎有些满意，点了点头后说道："我没猜错的话，你就是本应该已经死去的暗能新主人——零。"

我无奈地说道："现在我已经没有了暗能的力量，这副机体中什么都没剩下。"

她见状笑了起来道："堂堂暗灵之王的继承人，原本叱咤风云的人物，没想到现在只能依靠伪装生活。你知道我为什么找到你吗？因为我看到了你身体中还残存着原来的力量。你体内还有暗能的力量，甚至是原力。"

我惊讶地看着她一时说不出话。她接着道："不必惊讶，这是我的一种天赋，能看穿别人本来的面貌和力量。"

她平静地看着我继续道："我引导你过来并跟你说这些，不是因为你特殊的身份或能力，而是我的立场，我是革命军大将初旭。"

此时我已经有些反应不及，追问道："你是革命军大将吗？为何要如此对我？"

她淡淡道："我来找你只是因为那位的命令，我加入革命军也是为了报答他的恩情。"

我希望就像她说得那般，这样反而对我暂且有利，我接着道："那你可以先让我出来吗？我现在这样，明天到不了会场，里面可能还有地面机器人特工潜入安装的炸弹。"

初旭的表情十分冰冷，好像一幅冰雕一般道："你一定有办法的，不然你更不可能拯救明天的人们了。"

说着她向来时的方向走去，同时身躯逐渐变化为那只小旺，然后头也不回地走了，任凭我怎么喊都无济于事。我有些苦恼，这种牢笼的材料是由陨铁特制而成的，现在的我就算打开也要消耗不少工夫，可能打开后会议已经过去了。

想着我拿起贝铃想要呼叫阿曼和龙七他们，结果自然没有反应，无奈之下我只能尝试利用还在浮车内的另一具机体……

第一百零九章　联邦大会

我使用转移术瞬间变回到了还在浮车的那具机体中，我立刻发动浮车前往那个将我困住的地方，没过一会儿便到了，周围还是空无一人，想着我便直接以机器人的身份来到了牢笼外，观察是否有能够突破的地方。

这个牢笼很不简单，身为液态机器人，一般的金属钢铁根本阻挡不了我，这种合金陨铁加工的密闭环境则是极少数令我头疼不已的存在。我二话不说便开始行动了，我从外面尝试着动用念力加本来的力量打破牢笼，还是没用。

猛地我想到一种办法，于是我将遮住的手腕露了出来，像是胎记般的灰色物质死死贴在手臂。我心念一动说道："亡灵变。"一层灰色物质迅速将我覆盖，我能感受到自身的状态瞬间提高了不少。于是再次毫无保留地一拳轰出，"咚！"一阵闷响声后那密不可分的牢笼竟然被我打开一丝裂缝。

我见奏效了，连忙继续之前的攻击，同时加快了频率，一连串声响后，牢笼被我打开一个不大的裂缝，我想已经可以了，于是再次转移意识至里面，随即将机身液化顺着空隙流动而出，之后再变回原样。

成功后没有多做停留我便直接驾驶浮车先离开了，向着第一大区的内城进发，那里才是明日准备开始大会的地点。路上我控制着原机身并化为人形，想着之前的遭遇。那个神秘的机器人竟然是革命军的大将，还有他的身份让我更加难以置信，有种不真实的感觉。

不过我又想起初雪，她现在又到了何方？还安全吗？也许她会怪我，但这也实属无奈。目前看来也许人类并不担心联邦大会的进行，那道夜空中的身影让我久久不能忘怀，也许威斯不出，人类暂且是安全的。

浮车驶入内城区，这里便是整个人类世界的精英所在，同时象征着人类各个领域的最高地位。此刻远远一望便看到各式繁华高楼林立，灯光溢彩，甚至比白天都多了几分热闹与烟火气。其中一座巨塔如明灯般鹤立鸡群地矗立在众多高楼群中，那里便是中央府，其身下则是大会的举行地中央广场。

越往里走便越能感受到人潮的拥挤。我最终还是把车停在一处较远的地方，等待夜幕退去，白昼降临。这时身侧的贝铃响起，我立刻接起，那边一阵冰冷的女声道："不愧是零王，实力果然了得，天底下最坚固的监牢也困不住你。我这次来想跟你传达那位的意思，他想在会议结束后邀你一聚，同时……"

说话间她顿了顿，然后接道："将革命军的权力交付于你。"

我也是一愣，什么情况，那人看我不好欺负于是干脆把权力转交给我，还是准备设计鸿门宴诱我上钩？我还是先答应了下来，没有更加合适的选择，我相信那人既然创立了革命军并以我的观念为核心，就应该有回旋的余地。

天渐渐亮了，这时从各地赶来的人群反而越发多了。由于人数限制，此时内城区的城门已经闭合，意味着这里到场参加的人已经确定下来，人群也开始向里面的方向缓缓挪动，目力所及都是人山人海，其中不乏还有老少儿童，看来所有人都想等待一个答案，不仅是对最近发生的机器人降临事件和之前的边界之战的解释，更像是能得到一份让人心安的答案。

我也好奇了起来，随着人群不紧不慢走进广场。说是广场，其面积大得超出常理，但在足足数十万人群规模下，还是显得有些局促。终于几乎所有人都到达广场时，在前方高台上也有人影陆续走了出来，首当其冲的是一个气宇不凡的中年男子，头发花白却精神抖擞，这便是掌管着几十亿人口的大区首席最高政治领袖陈行。

其身后则开始有其他更多人陆续涌出，其中竟都是高官，一举一动便能左右人类行动的风云人物。当然还有掌管众多大区的区长们，此刻纷纷坐在陈行身后，而在他两侧还有两把椅子，一边坐着军区总司令麦克斯，另一边则空了出来。

整个会场此时都被特种部队和盾兵围绕，想必这个时候就连总队长慕斯也应该到场了吧。此时周围人声鼎沸，并不时还伴有喊叫声，可能是某个领导的"粉丝"。突然听到一声庄严洪亮的声音传来，人群声瞬间小了许多。陈行开口了："首先欢迎所有此刻到场和正在观看的人们群众，大家好。"

说着他举起右手朝着人群挥起，人们则开始发出阵阵欢呼声，瞬间整个会场变得热闹起来。陈行接着道："这次召开联邦大会，是和大家说明我们现在面临的处境，以及与你们一同商讨我们人类之大计。"

说着天空中出现一道巨型银幕遮天蔽日，随后一幅画面出现在眼前，那是拍摄到机器人从穹顶下落直至地面的场景，接着画面一闪又变为机器人在街道破坏周围建筑，并露出一副得意的样子。

场下人群已经开始叽叽喳喳，高台上陈行眉头一紧严肃道："想必大家也已经知道，这并不是存在于科幻中的特效，而是最近发生在我们生活中的场景。你们所看到的机器人他们和我们一样，都是独立的有生命的个体，不同的是他们更加强壮、更加危险，也没有道德和人类所谓的各种美德，他们是生活在地表的另一种文明，我暂且称之为机人。"

话毕台下立刻一片哗然，像炸开锅一般场面变得有些混乱。有人喊道："我不相信，首席在捉弄我们。"另一边有人吼道："啊！完了，世界毁灭了，我还没娶老婆呢，还不能这么早死。"还有人道："那些浑蛋机器人，没想到是真的……"

人群声此起彼伏，说什么的都有，我知道这也是正常的，虽然机器人事件出现较多，但分散到每个大区或每片区域中仍是极少数，许多人可能都不相信具有智慧的对立的机器人存在，现在一提便直接像是朝原本平静的水面扔出一颗炸弹，不知会炸出怎样的水花……

第一百一十章　果老

人群变得沸腾起来，台上的陈行则严肃地继续说道："请大家先安静。"

然而这次下面虽然暂时安静了一下，但还有不少声音存在，并且丝毫不比之前的音量弱。此刻，我看到不知何时第三张椅子上出现了一个人，准确地来说是一个看不出年龄的老人，此刻他安静地坐在第三张椅子上，没有任何多余的表情，眼神毫无波澜，我知道此人不简单，心中一个猜测浮现而出。

这时人群中不知是谁先喊了一声并指向天空，人们很快转移了注意力，都纷纷抬头看去，一个人影此刻出现在广场上空，身着一席粗布麻衣，长须飘然而起，竟有种仙人的感觉。那人赫然是刚刚还坐在椅子上的老者。

此刻他并指为剑，朝着不远处的一块地方指去，一道白光亮起，很快那片土地响起一声爆炸声，由于人们都沉浸在这名老者身上，此刻的响声好像被放大了般响亮异常。只见一个身影缓缓从爆炸处飞到天空，那赫然是一个机人。

老者没有多言，只见机人径直飞到老者身边被他提起，我知道他动用了念力，而后只见他双眼一瞪，手中的机人发出了凄惨而怪异的叫声，完全不是人类能发出的声音，机人身上燃起了熊熊烈火，然而它还在挣扎，不过很快便不动了，只留下一具烧焦的尸体。

老人没有理会下面人群的目光，接着空中几粒白色光点进入机人体内，那具尸体顷刻间便消失不见了。此刻震惊的不仅是人们，我也被眼前的一幕震撼到了。刚才老者所用的是我和威斯在大战中看他才能使用的招数，此时出现在这里有种不真实的感觉，没想到他竟然将原力掌握到如此高深的地步。

下一刻老者出现在第三张长椅上，此刻静静地坐在那里，似乎刚才只是一件不值一提的小事。这下人群彻底安静了下来，几十万人此刻目光都停在那神秘的老者身上，我也不例外。

台上那个庄严洪亮的声音再次响起道："请大家欢迎果老亲临现场。"

一阵阵欢呼鼓掌声不绝于耳，直接将会场的气氛燃起。随后陈行开口道："好，接下来我宣布人类联邦大会正式开始。"

仿佛忘却了之前对机人的恐惧，人们高呼起来，天空中随即飞来一列列战机和各式飞艇，甚至还有一艘飞天航母从云层中缓缓驶出，众多部队齐现，直接将广场上空覆盖，连天都仿佛被遮盖住一般。地面广场周围也响起一发发炮响，无数礼炮在空中爆炸将原本的蓝天重新绘制成一幅五彩斑斓的景象。

过了大概二十分钟，炮响声停止了，不过天空中的众多战机以及航母还没有离去，只是没有了之前太过华丽的动作，更像是巡逻般在空中有序地飞行着。

台上陈行再次开口道："这次会议，我们将为大家揭开过去一百多年的历史，同时向大家宣布我们人类讨伐机人的一些事项。"

这无疑又是一个重磅炸弹，众多人类就算是在世的老一辈都很少知道有关过去的真实历史，现在却直接讲起，看来政府已经定下心来做好对抗威斯所统率的机器人帝国的准备了。这无疑是一件好事，尽管很可能目前的实力还不足以打败他们，即使加上老者。

接下来陈行开始讲起历史，他讲得较为客观，从第一个被发明出来的具有意识的机器人开始说起，一直到人类被迫到达地下建立天穹结束，整整说了两个多小时，其间提到奥斯本帮助人类的事情也被重点指出，不过最后并没有说到我。

最后陈行道："现在我们将要面临的是一个极具威胁的强大的机人帝国，之前我们人类面临选择时走错一步，被迫来到地下，现在我们即将再次面对选择。这次我们人类不能再后退，我们的身后已经没有空间，当外面冰冷的机器人打开我们的大门时，就是我们要拿起武器战斗的时刻。"

陈行单手举拳随后大声喊道："我愿同人民群众以及所有愿意与人类共存的同胞们生死与共，抵御外敌。愿以吾力，保我人族昌盛；愿以吾志，佑我人族不息。"

说话间我突然本能地感到有一丝不妙，这种预感越发强烈，我立刻望向四周的人群和高台，只见果老此刻也眉头皱了起来，换了一副严肃的神情。

下一刻身后的一处突然响起了刺耳的爆炸声，一瞬间火光就直冲天际，像是地狱中飞出的火蛇。刹那间我感受到果老动了，不过其动作之快我竟然都有些跟不上。周围的喊叫声响起，不少人都纷纷想要逃离现场，我看到还有人被直接推倒在地，人们却当作没看到般只想着立刻离开。

我见状冲了上去将那人连忙拉起，同时向人群喊道："别动，谁动谁死。"

我的声音在周围一定范围内奏效了，他们都看向我，眼神中带着不解和愤怒。我喊道："看那边。"

他们朝爆炸中心望去，此刻一条火蛇越来越高，冲向天际，而果老则浑身泛着白光，站在空中对爆炸中心不断出手。只见那边还是不停发出阵阵响声，不过范围似乎并没有继续向外扩散，看来是他将爆炸硬生生挡了下来。

我觉得那爆炸有些不对劲，天空中一点火星飘落下来掉在肩上，我立刻明白过来，原来这爆炸是用原力作为燃料的，那不就是腔弹！也就是说果老真的能强行阻止腔弹爆炸吗？虽然之前有过猜测，此刻印证后我还是惊讶不已。

天空中几个"飞人"也来到了会场，我大致看去里面有熟悉的山狼，想必是队长们也来支援了吧。很快整个会场安静了下来，没有人再暴走想要离开，所有人都等着看向中间的爆炸区。此刻那片爆炸区域的声音也渐渐小了下来，但诡异的是空中的火蛇变得越来越高，连通了天际……

第一百一十一章　变故

只见天空中那道火龙此时像一根擎天之柱般伸起，而半空中的身影在其面前显得格外渺小。很快爆炸中央的响声停息下来，似乎已经被果老成功阻止了，不过这时我心中的不安再次来袭，并且变得越发强烈，只见空中的火龙也逐渐消失了，但所有人都听到一个轻微的响声，像是一枚鸡蛋从内部打开般碎裂。

我抬头看向天空，此时原本空中燃烧的火焰已经熄灭，转而飘散出一股灰白色浓烟，而在目力所及的尽头隐隐看到一个漆黑的阴影，我心说不妙。空中的果老此时光芒退去，身上不断冒出白气，我知道那是原力消耗很大时的表现。

只见云端中穿梭的飞艇以及战机此刻不约而同地掉转方向，似乎是发现了什么，待乌烟退去，原本火龙消失的高空处出现了一个个人影，虽然看不清具体的模样，但我断定那是机人。

此时看到那副情景的群众也开始叽叽喳喳讨论起来，没有任何命令，地上的几名盾兵队长纷纷跃起站在高空，而在最前方的人则披一头红色长发，手持长枪，那人赫然是盾兵总队长慕斯。

那些人影似乎并不在乎人类的反应，只见十数道亮光俯冲而下，像一颗颗坠落的流星般飞速下落。距离最近的战机已经开始行动，密集的弹药划破空气射向机人，这种情况下几乎没有闪避的空间，而那些人影竟然在空中下落时以他们为点形成了一个若隐若现的方阵。我想起威斯的十将也有类似的招式，那么高空中的光点不会就是……

空中的爆炸声响起，战机上的导弹接连轰出，在那白色方阵上硬生生停下并爆炸开来，显得有些不真实。"轰！"一串火光亮起，高空的战机群竟然直接被打开了一条天路，只见那些身影越来越近，终于我看到了上面的人，赫然是威斯十将，还有几张从未见过的面孔，加起来足足十五人。

穿过战机群后那些机人丝毫没有减速，直奔广场而来，同时低空中的队长也就动了起来，虽然没有对面人多，而果老此刻并没有冲出，而是双臂展开在空中划了一圈，随后一道光束射向天空。我在地面距离他上百米处都能清晰感受到那种强悍无比的力量，那是极为纯粹的原力。

只见光束打到方块上刹那间原本极速坠落的十几人猛然停了下来，下一刻"轰"一道惊雷般的巨响传遍天际，随后便看到原本聚在一起的十几人直接分散开，而那方阵也自然消失了。

随后他们并没有继续降落，而是原地飘浮在大概千米的高空。近地面的果老不知是不是两次消耗了太多原力，此时我明显看到他脸上呈现一种老人特有的疲态，同时不断喘着粗气。

我想了想自己现在的机体，还不能暴露在大众视野，于是挤过人群来到偏僻的角落。此时人群再度变得混乱起来，甚至还能听到小孩的哭声，人们都不约而同地想要跑到离出口近的大门处。高台上的陈行此时发话道："大家安静，请不要四处走动，原地停在自己的位置，我们会保证大家的安全。请大家相信我，相信政府和我们的军人。”

骚动的人群慢慢安静下来，我则在确认周围环境没问题不会引起别人注意后，直接将意识转移到浮车内的机体中。尽管浮车停在较为偏远的外城，但还是能清楚看到高空中的众多身影。我看着队长与十将等人不断靠近，知道一场战斗不可避免了。

我准备下车前去帮助队长们，没想到这时后车座传来一股刺眼的白光，我知道那是腔弹的位置，心说不会吧，难道这枚腔弹也要爆炸了吗？我立刻回头准备看看身后的情况如何，谁知当我触碰到那枚腔弹时，像是被人猛然重击要晕倒般大脑一片空白，我费力睁开眼看去时，发生了诡异的一幕。

只见土块不知何时裂了道缝，里面像是一颗太阳般极其刺眼，同时一种像是水银般的透明液体流出向我手臂靠近。我连忙将手缩回，那液体似乎活了过来，直接飘浮在空中并向我飞来。我连忙想要打开车门跑下去，不料还是慢了一步。

当一滴液体滴在机体上时，瞬间难以想象的疼痛传来，我几乎快要昏了过去，最终还是忍住了，但不幸的是，更多“水珠”甚至是水流直接飞出滴到机体上，我还是没能撑住，直接失去了意识。

迷迷糊糊中我仿佛来到了另一个空间，这里是一片虚无和空白，随后远处飞来一只发光的鸟。当它飞至我上空时我才注意到那竟然是一只由原力所构成的飞禽，忽然它身体上的一根羽毛掉落下来，正好飘落在我肩膀上，一种温暖而有重量的感觉传来。

下一刻我睁开眼发现自己正躺在地上，我抬头望向之前腔弹的位置，此刻那里已经不再发光了，而土块也碎成了渣渣。我再检查了下自身的状况，似乎并没有什么不良的反应了，但能感受到机体中含有一股比核动力更为强大的力量，那是液态下的原力。

还没等我反应过来，远处一声巨响传来，抬头望去只见一个人影朝地面坠落，其身上还冒着滚滚白烟，那人赫然是队长中的一员。原来当我在昏迷中时战斗已经打响了，不过看来队长这边落入下风。其实这也在我的预料之中，本来对方来人就多，而且之前以我的经验来看，即使是一对一队长也很难打过威斯手底的将领。

此时空中的二十多人已经打得不可开交，我有心支援，但害怕原力的暴走，决定先将自身状态搞清楚再去。一边审查己身，一边望着空中的乱斗。我知道他们也许撑不了多久了，想着立刻冒险运转机能，看能否调动原力。这时空中又有数道身影飞起朝着战斗中心而去……

机器人大爆炸

（中）

赵一飞 / 著

线装書局

图书在版编目（CIP）数据

　　机器人大爆炸：全3册 / 赵一飞著. -- 北京：线装书局, 2025.6. -- ISBN 978-7-5120-6506-2

　　Ⅰ. I247.5

　　中国国家版本馆CIP数据核字第2025SZ8280号

机器人大爆炸
JIQIREN DABAOZHA

作　　者：赵一飞

责任编辑：崔　巍

出版发行：线装書局

　　地　址：北京市东城区建国门内大街18号恒基中心办公楼二座12层

　　电　话：010-65186553（发行部）010-65186552（总编室）

　　网　址：www.zgxzsj.com

经销：新华书店

印制：三河市中晟雅豪印务有限公司

开本：787mm×1092mm　1/16

印张：52

字数：820千字

版次：2025年6月第1版第1次印刷

定价：228.00元（全三册）

线装书局官方微信

目 录

第一百一十二章　加入

我看着从地上飞起的几道身影，心中不由一惊，里面竟然还有初雪，不对，应该是初旭。此时几人正朝着高空飞去，剩下的人中我实在难以分辨谁是人类，因为此刻他们都是人类的外表，想必应该是革命军也出手了，不知道几人中是否有未曾谋面的大将姜子和落山？

很快由于几人的加入，战场变得更加混乱了起来，原本快要落败的队长一方此刻慢慢站稳了阵脚。每位队长此刻都浑身是血，因为机人不会流血，所以毫无疑问，那些全是他们自己的伤所造成的，就连慕斯也不例外。相反，由于她身着红色上衣再加上一头红发，此刻鲜红血色的融合让她看起来像是一头上古凤凰。

革命军的实力看来也不是盖的，仅仅是数个回合，就让对面的机人开始吃亏。那些机人身上也裂开大小不一的口子，不过这对于钢铁之躯的他们来说，这些伤口无关紧要，只要不伤害到核心和重要的枢纽就没关系。

我继续观察着自身的变化，希望能将体内的原力使用出来，或者让它暂时稳定下来也行。我只感到机身内部出现一种闷热的气息，但是似乎并不稳定，我都开始怀疑自己变成炸药新的"容器"了。

在尝试了一番后终于出现了一些变化，机体内的原力开始流动并很快充斥全身。我想起之前查理在对我传授原力时似乎也是同样的情形。这让我松了口气。于是我又开始尝试想让原力聚集于掌用出，下一刻一股温暖的感觉在手掌中传出，我成功了。

没有等待，我立刻朝着广场的方向奔去准备加入战斗，由于跑步太慢我直接腾空而起，并动用念力和原力加成直直朝战场飞去。这时我才注意到，不知什么时候地面上出现一个超巨型的护罩，那是由原力组成的护盾，想必这也只能是那位果老的杰作了。

看来是他在负责人们的安全，不然仅凭他一人应该就能对抗那些机人了。

我还注意到人们此刻都在朝着广场门口走去，并且已经有人撤离出广场甚至内城区。这也正合大部分群众的心意。这些群众待在这里，不管是对他们还是对己方都不利。

此刻我已经飞至战场边缘，一名队长正在与一个从未见过的机人交手，双方此刻都挂了彩，只是那名队长看起来更加凄惨一些。我二话不说趁对面还没反应过来，直接一个原力炮弹轰出，那个机人被我打得倒飞出去，退了百米后才停下。

那张金属面孔中浮现出一丝恶毒，一个肉眼可见拳头般大小的孔洞出现在他左胸处，那一击如果换成一名队长的话恐怕已经准备去喝孟婆汤了，但眼前的机人却依然活蹦乱跳的。他嘴里吐出几个字，随后身体变形直接成为比之前三倍都大的巨人。

我皱了皱眉，心说这不是"大观"变身吗？难道说他是蛮荒洲的？还不及多想一只巨拳向我砸来，此刻他应该都想把我撕碎了。我并没有放松警惕，心念道："大观。"下一刻我也变成了一个巨人般的存在，不过还是没有对方高大。

那只拳头明显停顿了一下，我趁着机会连忙出手直接用原力包裹拳头砸向对方胸口。"哪"一阵不自然的金属声响起，对面胸口也被我打穿一个大洞，同时他一脸不可思议地看着我，那眼神分明在说你是个叛徒。我没有理会，直接一步上前准备了结了他。

一旁的那名队长先上前冲出直接将手中长镰斩出，片刻后两段尸体从天空中坠落而下。随后那名队长看向我，眼神中充满了疑问，可能还有一点感激。我咳嗽一声道："我是革命军派来帮助你们的，我们暂时还是先合作吧。"

他点了点头，朝我抱拳说道："我叫郭仪，谢谢你刚才的救援。"然后转身又加入了其他的战斗。我也同样奔向了最近的一处战场。此刻我正好来到山狼身边，而他面对的是十将中的电。我心说看来山狼变强了，竟然能正面与他对战，不过代价一定不小。

此刻山狼双眼通红，整个人都像是吹起的气球般膨胀开了，不用猜就知道他又磕了不少药才达到这个效果。而他见到我则眼露凶光，立刻握紧他的巨拳，看来是把我当成敌人了。我没有理会直接冲向对面的电。那人反应速度很快直接挡下了我的拳锋。

我微微一笑直接汇聚原力，然后在其面前释放。"轰！"一声爆响，对面被我震飞出去，还没等他露出和之前的那个机人一致的同款表情，我直接接连一招原力炮汇聚轰出，"砰！"对面再次翻滚飞出。接着在我和山狼的攻击下电也只能饮恨了。

和山狼短暂解释后，我们又加入下一个战场，很快在我的助推下，对面的机人都纷纷撑不住了，十五人不一会儿就变为了六人。

就在我们准备一举歼灭剩余的机人时，云端深处传来一阵打雷般的响声，我心说不妙，因为我看到那分明是之前火龙柱所造成的破坏，竟然直接将穹顶烧穿，打通一条连通地表的通道来。那个洞漆黑一片，看起来应该是有什么东西要出来了。

很快云层之上一个身影缓缓浮现，而在那道身影出现的同时，相连的那片天空都仿佛静止凝固了般，顷刻间天上的云不再飘散，就连附近离他最近的飞艇也都不动了，此刻那片天仿佛都在他的掌控之下，周围还在打斗的机人这时都停了下来，然后不约而同地向他飞去。

我则本能地感到一种危机感，同时还有种像是面对远古邪神的压迫感涌上心头。待空中遮挡他的云朵消失，一个通体银白色浑身微微发光的人出现在洞口，手中持有一柄宝剑。

那些队长们也感受到那种令人心悸的压力，纷纷停下没有去追赶剩余的机人。只见那六名机人整齐地站成一排低头道："恭迎帝下降临……"

第一百一十三章　合约

只见六人齐齐面向那个人影深深行礼，我暗道不妙，难道刚才的打斗直接将威斯吸引来了。那道亮光向众人不断靠近，明明还相去甚远，却有种能被随时攻击到的感觉。我望向地面，此刻人群还有很大一部分还未撤出，下方传来人们嘈杂的争吵声。

这里少说也还有十多万群众，不能不管他们的生命，只是这样无疑会很大程度削弱我方的战斗力，说不好接下来的战斗将无比艰难，如果对面将我军消灭后，人民群众也逃不过一劫。所以现在只能全部参战才有机会阻挡对面机人的攻势。

想着我觉得那位果老也应该明白事情的严重性，我也想近距离接触他一番。当我准备向下飞去时，只见原本熄灭的广场前方的光幕闪烁了起来，突然上面出现一张熟悉的面孔，那是威斯的脸。

一阵充满威严和气势的机械声响起："人类，你们好，刚才是我的手下有些冲动了，对这里造成一点破坏，我会好好管教他们的。"

话毕空中的六人身上泛起白光，刹那间便消失得不见踪影。这时威斯已经来到目力所及的位置。那平淡无波的眼神好像在看蝼蚁般望着下面的人群以及空中的队长。只见他大手一挥，那面大银幕闪烁起来，随后一份字条出现在众人面前。

他淡淡道："我不是来和你们打架的，相反，我代表机器人帝国向你们全人类问好。这是一份新的两界合约，如果没有异议的话一年后它将自动生效，届时我将亲自前来监督。当然如果有什么不满，也可以直接前往上界来找我，我会乐意奉陪的。"

说着他的身形竟在空中直接消散了。我才反应过来这是他用能力形成的一道鬼傀儡，而真正的他并没有前来。

他离开后那片天也恢复了正常，周围的环境不再静止，人们恍惚中仿佛做了一场梦般，但那光幕上的字却真真切切地飘在空中。我看向那醒目的红字，一行行条例总结起来组成一句话："你们的家园被占领了，请自觉将九成的土地割让，并且所有人类都必须服从机人的命令。"

这些话让我不禁联想到自己在机体记忆中看到的场景。这些话原本是由没有意识的我来说的，但中途出现了变故，所以威斯才用鬼傀儡上演了一出戏。可是如果我的这具机体没有被我激活，也没有被革命军劫走的话，当会议正常举行时，该如何安排我出场呢？这背后又是谁在推动，是政府内部的高层吗？难道政府内部出现了不为人知的变故吗？

我不得不怀疑这一切有人在暗中操作，虽然最后那个计划失败了。我决定想办法揪出隐藏在人类内部的内鬼，同时继续增强自身实力，希望一切还来得及。

我看向四周原本热闹无比的广场：在威斯的布局和破坏下此刻还在的人已

经寥寥无几，零散地站在广场，里面也许大部分还是某个队长或者高层的死"忠粉"，其余人都逃离了会场。在毫无预兆下经历了这番变故，再加上所有人都能看见的那份巨大不平等条约，接下来首先要面对的恐怕是人们的不安和暴动，甚至是一些起义。

高台上的那些高层们还在原地不知在讨论些什么。天空中的战斗已经结束，我突然想到里面还有革命军的存在，他们不会再打起来吧，我立刻转身飞向高空。

此刻原本结束战斗的人们已经分成了两个阵营：一边是盾兵队长们，足足有九人；另一边则是革命军的支援，加起来共五人。此刻队长们浑身是血，看上去有些狰狞。他们许多人经过一番苦战，目前状态已经下滑不少，而对于正进入战斗状态的革命军来说，反而他们更加有利。双方在空中对峙起来，一时间剑拔弩张。

我突然想到果老，不知他此时在哪里？当我四处寻找时，已经看不到他的踪影。于是先来到高空。众人见到我后，都不约而同地看向我，饶是见惯了许多大场面，此刻面对众多高手我也感受到不小的压力。我镇定道："想必各位也看到了外面的机人有多强大，而且这还不是他们全部的实力，我们此刻应该团结起来共抵外敌。"

当我发言完时并没有引起双方的赞成，甚至有人用一种像是看病人般的眼神瞅着我，一时之间我有点尴尬起来。不过很快气氛被队长中的领头羊慕斯打破了。她率先开口道："你是什么人？如果没有解释的话请配合我调查。"

说着她直接亮出那把熟悉的战刀，一抹妖艳的红光闪过，好像在回应她的话。我连忙道："别冲动，我虽然是机人，但是因为我爱好和平，而且喜欢人类，所以在不久前加入了革命军，想要和你们一起打倒威斯。"

话毕，一边的山狼和郭仪也开口承认我在关键时刻帮助了他们战斗。这时慕斯手中举起的长刀才缓缓放了下来。另一边未曾谋面的蓝衣男子道："快过来吧，该归队了。"

一旁的初旭说道："回来吧。"我见他们这么配合我，我也站在了革命军的队伍中，同时对对面的队长说道："既然这次危机解除，希望我们能再次合作抵御外敌。"

我又向身后的众人道："那我们准备回去吧。"

边说我边向初旭用了个眼神。她见状准备开口，谁知对面慕斯突然眉头皱起道："你们恐怕暂时先不用走了。"

我心说糟糕。慕斯继续道："你们革命军劫持了大区区长并绑架了他，同时还带走了一样重要的东西。"

我心中一阵咒骂，难道……这边革命军也不甘示弱，一个体型高大的灰袍人用一种金属音道："那本来就是属于我们的东西，你们没有资格带走。"

我心说完了，这下他们因为我的机体打起来了，顿时一股浓烈的火药味儿弥漫开来……

第一百一十四章　魍魉

我心说这下完了，这个时候双方都丝毫没有退步的意思。我想到可以让原机体出手先稳住局势，但之前所隐藏的努力就白费了，那具机体我想用来暗中行动，如果暴露恐怕会带来更多麻烦。

革命军的灰袍人将袖子一挥，一截长棍现出，其余人也纷纷拿出自己的武器。我还想着再劝劝希望能阻止这场战斗，于是对着对面的队长们说道："不如我们各退一步，我们将那位区长完好无损地送回去，但那件物品还是留在我们这里。"

慕斯表情变平淡起来说道："不行，今天你们必须给我一个合理的交代。"

另一个队长道："你们也不看看自己在哪里，岂是想来就来想走就走的。"

我这才意识到这里可是人类最繁华且重要的地区，同时也代表了政府的颜面，如今革命军虽然潜入这里并帮助了战斗，但并不代表能放他们离开。而且我觉得这里还有隐藏的高手，政府并没有将自身全部实力展现出来，像特殊第六部门，还有一些隐世高手，如查理之类的也许还不止一人，如果将他们全部召集起来那力量可不只如此。

九名队长此刻都将我们围了起来，革命军反而像是被瓮中捉鳖般。我对慕斯道："看在我们刚才帮忙的分上，请你放我们一马。"

我这样一说无疑将自身的地位降低下来，希望对方也能让步，但慕斯依旧淡然道："你们身为机人，我更愿意将尔等都抓起来。"

我见她如此坚定也不再多言，直接拿出那柄常用的黑光战斧，同时"大观"将自身变大两倍，然后对慕斯道："今日如果执意要战，不如我们各选一位出战，如果我们输了就跟你走。"

慕斯眼神一变扫向我身后的几人，旁边传来初旭的声音："好，就这样办。"

慕斯手握红枪淡淡道："出手吧。"

我先起身跃起双手蓄力将斧身挥出，慕斯也动了起来，只见她将矛头对准我刺出，电光火石之间两件武器碰撞发出一阵爆响，随后我被一股巨力直接推飞出去。

在空中稳住身形后我有些惊讶，看来我也需要用出点真正的实力了。我直接原力外放将自身沐浴在原力中，随后释放念力轰向慕斯。不过很快对面同样用念力挡了下来，我趁机上前一步想将她困住，谁知慕斯突然爆发出一股强大的气势，全身白光大震，一柄被血染红的长枪裹挟着原力刺来，我反手转动斧柄挡下这一击。

"嗡！"巨大的冲击力不断扩散，由于原力的碰撞，中间产生的气浪不断翻涌，一股白烟从碰撞中央不停冒出。我再次被震退出去，而慕斯则只是后退两步。

不过此时她的状态恐怕比我差得多，我觉得不能再拖了，直接再次冲上前并动用心灵冲撞向慕斯袭去，但这还不足以打败她，我看向手腕处被遮住的那块皮肤，心念一动"亡灵变"。

下一刻我感到浑身变得轻松起来，同时心灵感应的力量也奏效了。慕斯突然捂着胸前有些费力的样子。我趁机一跃上前一拳击出，对面还是反应过来连忙用长枪抵挡。我继续发力直接将其卸下，同时战斧挥出。慕斯失去武器后一时没有做出反应，最终斧头距离她仅剩一厘米的距离时我停了下来。

缕缕红发飘起遮住脸颊，原本坚定的眼神此刻像是得到了解脱般看向我："是我输了，你们快走吧，如果晚了说不定还会有别人过来。"

话毕她起身就要离开。我褪去了灰色铠甲向她道谢。对面几名队长还在一旁说道："慕队，我们真放他们走吗？"

慕斯回道："让他们离开吧，我会主动辞去队长一职，会有更有能力的人来代替我的。"

我感觉有些愧疚，转身对众人道："我们快走吧，这里毕竟是政府的地盘，还是小心为妙。"

随后我和初旭一行人迅速离开了广场。第一大区外停放着足足五辆巨型战车，我知道来的五人最少也是分队长的级别，有些分队长的实力甚至不能用职位来划分。

一行人在战车前停了下来，随后几人同时看向我。我知道自己的身份被怀疑了。初旭上前走出一步道："想说说吗，你究竟是什么人？"

我看向面前的五人镇定道："我真的是从上界偷潜下来想要加入你们的。"

对面的眼神明显不信，一个身材瘦小的老头模样的人道："你刚才施展的那种力量是什么？"

我心说不好，刚才战斗中虽然已经极力掩盖，但几秒时间还是被发现了。我随意道："一种自己开发的新招式。"

那人眉头紧锁说道："如果我没看错的话，那是一百年前曾出现过的一种已经被消灭的力量——魍魉。"

他继续道："每当这种力量出现，就代表着死亡和不幸的到来。很久之前暗灵之王曾扫荡过，他也曾言这种力量的危险，没想到还能见到它。"

说着一双双充满敌意的目光看向我。我说道："你怎么判断它能带来不幸呢？"

老者道："你是我见过的最特殊的使用者，因为凡是沾染这种力量的机器人不是直接死亡就是变成类似丧尸般的存在，失去意识，成为行尸走肉。而如果感染者比较强大则有可能再撑一段时间并获得强大的力量，但最终还是会被它吞噬变成一种特别强大的丧尸，被称之为鬼物。"

我听着老者的话语，其中有不少地方与初雪之前所描述的有出入，但不管哪种说法，他们都十分避讳这种东西——被称作鬼物的东西。

我知道此刻他们看向我的眼神好像要将我吃掉。我也了解自己似乎真的无意中得到一种禁忌的力量，如果听从他们的话我可能会被抓走然后处死，但反抗的话则有可能直接被几人群殴。眼看夜幕缓缓降临，不管怎样，看来今天真的是命途多舛……

第一百一十五章　危机

只见几人说话间已呈包围状将我围住，其中有人直接拿出武器对向我。我意识到情况不妙，于是道："你们想干吗？我们有话好商量。"

老头一把武士刀，随后说道："我们不能放过任何魍魉的力量，趁现在我们一起解决他。"

初旭盯着我缓缓道："我觉得他的身上还有许多疑团没有解开，不如先让他跟我们一同回去找大人，让他老人家自行定夺。"

其余几人也纷纷表示赞同。这时那老头道："你们也许不清楚当时消灭魍魉时的场景，但我和大人却记得那是难忘的一天。无数的那种生物涌出，即便是我们合力也无法抵挡它们的攻势，最后是暗灵之王的暗能阻止并消灭了它们。你们难道想让历史重蹈覆辙吗？现在已经没有暗灵之王了，一旦这股力量扩散，将变成毁灭性的灾难。"

其他人听后也开始点头，纷纷亮出了自己的武器。初旭也不例外，她看着我道："对不起了，不过我还是想问问你，究竟在哪里找到的魍魉之力？"

我见形势不对，一边说一边想着怎么离开："我在地表的一处深渊中无意中得到的，甚至还和所谓的鬼物打了番交道。"

那个老头不可思议地看着我道："你所说的地方是曾经坑杀无数生命的罗南深渊吗？那里也被称作万骨窟。传闻那里常年有鬼物出没，只是它们受限于地理位置不能走出。"

我接道："是的，它们看起来不能离开那里。"

老头眼神一变道："不可能，你在说谎，那种地方除非是极强者，不然就算是我们这些人一起去也是有来无回。除非你已经被感染。"

我心说：不应该啊，难道它真的不可控吗，还是说我还没到被变异的程度？不管这些话的真实性，首要目标是从他们当中活下来。我二话不说直接朝着相反的方向逃去。身后传来了一阵"刺啦"的声音，我发现自己被一条铁链捆住了一条腿，连忙抄起战斧砍去，"当！"一声脆响后锁链还是没断，难道又是用陨铁制成的吗？

还没来得及细看，空中几道身影已经飞了过来。眼看已经逃不掉了，我心一横准备与这些人拼了。由于之前原力的吸收，再加上打败慕斯后，此时我自信心爆棚，虽然对面人多，但也未尝不可一战。

腿部发力，对面一人不由自主地朝我飞来，其余人已经飞至头顶，我连忙向一旁翻滚。"砰！"地面传来一阵爆响，之前的那块土地已经被破坏得变成一个坑洞。看到对方上来就是下死手，我也不再多想，直接使用"大观"并加持亡灵变，瞬间我感到浑身惬意无比，似乎有用不完的力量。

对面见我变身，几人也都开始各显神通。老头和一个西装男猛然肌肉爆棚，身上不断冒出热气，灰袍人则脱掉外套，一个浑身缠满绷带的怪人出现在眼前，只见其身上的绷带缓缓解开，像是活过来般竟开始动了起来。而初旭和另一个肌肉男则浑身放光，那是原力外放的体现。

对面就连与十将战斗时都没有用出这些招式，看来他们已经用出底牌了。我也不再保留，直接在两种力量上叠加原力，闪耀的光芒照射而出直接驱散周围的黑暗。我一跃而起将战斧叠加原力挥出，对面见状连忙避开，"轰！"一条幽深的沟壑出现在面前。

这一击我也是全力出手，希望能让他们收手。没想到他们丝毫没有退缩的意思，一头几根白色绷带飞来将我战斧缠住，另一头老头和西装男也冲了过来，两人分别手持长刀斩来，我直接用左臂抵挡。"乓！"刀刃斩在被灰甲覆盖的机体上，竟然挡了下来，不过一声细微了咔嚓声后，只见灰甲毫无征兆地裂开两道细缝。

我慌忙退向一边，而手中的战斧也被顺势夺走。天突然亮了一瞬，空中两道人影落下，我立刻抬掌迎了上去，"砰！"我感受到两股巨力落下，竟然一时间不能将他们压制。我继续后撤，向后退去，然而这时突然感觉身后有人，我连忙回头望去，只见一个身影站在白雾中，只能看到其身上的粗麻上衣，距离我大约十米。

对面能突然出现且离我这么近的地方显然也非善类，对面五人气势汹汹眼看马上袭来，突然一道白光闪过，只见一面光幕挡在五人与我中间，他们的攻击都打在光幕之上，竟然还没有破开。我已经知道身后的人是谁了，还是有些不可思议。

只见一道苍老嘶哑的声音传来："给老朽一个面子，让我来处理他。"

我和那五人同时望去，迷雾中一个平平无奇的老者出现在视线中，只见他一只手中还把玩着两枚核桃似的圆珠，另一只手则撑着拐杖。让人惊讶的是，我印象中只是六七十岁的老人此刻却像是已经半截入土、行将就木，脸上的皱纹不知什么时候已经爬满。如果在路上碰到他的话，说不定还会有好心人过来搀扶。

此刻他的步伐很慢，但每走一步大地似乎都在颤抖。我也不知道他此刻出现在这里的目的是什么，难道是想把我抓走研究吗，还是觉得人手不够再来凑个热闹？世界仿佛安静下来，只留下果老的步行声。

终于对面的初旭说道："没想到传说中的果老也来了，我们撤。"

话毕几人收起力量甚至头也不回地离开了。我则略显尴尬地站在原地，如果说面对五人时能感到巨大压力的话，那么面对果老则几乎生不出太大的反抗之心，他必然是像迦米那种人一般站在顶端的人类极强者，原本以为只有迦米一人，没想到还有一人。

只见他踱步至我不远处，然后停下。我看着面前的老人，此刻他原本有些混浊的眼珠透出一丝清明，只见他缓缓道："快出来吧，跟了这么久还不露面。"

我有些疑惑，只见不远处的草地上响起一阵声音，随后一个熟悉无比的身影缓缓出现在面前……

第一百一十六章　再遇

当我看清那人时，心中不由一惊，月光下一张洁白而富有光泽的圆脸出现在不远处，那竟然是初雪。

只见她不紧不慢朝我走来，而另一处的果老说道："小雪啊，好久不见了。呵呵！"

一旁的初雪停下脚步："阿老，你怎么知道我在这的？"

果老脸上多了一分笑意，缓缓道："你还是一如往常的倔强，宁可偷偷跟着也不出来。"

我有些混乱得摸不出头脑。这时初雪说道："阿老，你揭穿我。"

说着她仿佛有种想要打人的冲动，而对面果老看上去并不生气，跺了跺拐杖收起笑容道："小雪，现在这世道可不太平，你要不还是跟我老爷子吧，那里能保你太平。"

现在全人类都知道了地表的真相以及机器人帝国的存在，也许用不了多久人们就会爆发什么革命或者做出些冲动的事，但以初雪的身手自保应该是没有问题的，再加上她特殊的变形能力，走到哪都应该可以。但当时我没想到的是果老这句话指的并不是别人，而是我。

初雪道："阿老，你也别劝我了，我自己的路就让我自己来走。倒是你怎么会出现在这里的？"

我也有些好奇，初雪的出现让我感到意外，但还在情理之中，果老则没有任何征兆让我不禁怀疑。

只见他目光在我身上看了一圈后道："虽然我人老了，但眼睛也还没花，小伙子身具异相，铁甲人心，但沾有污浊之气，以你大运之气方可除去污邪。"

我有些惊讶，他知道我获得了魍魉之力，但看情况并不是十分担心。他继续道："我来这里是预感到未来不久的变故。我这把老骨头可能已经不在了，在此之前想交代些事罢了。"

说着他将手张开，一团刺眼的白光瞬间将四周变为白昼。让人惊奇的一幕发生了，只见他原本枯瘦如柴的手在使用原力后竟然肉眼可见地干瘪下去，此时看上去只剩一层皮包骨了。随后白光消失，他脸上闪过一丝不易察觉的疲态。

我说道："这是怎么回事，难道是原力加速了您的衰老吗？"

他此刻直接闭起眼睛说道："是，也不是，我可以选择用原力帮助自己延年益寿，增加寿命，但我只能这样做了。"

只见他一指点出随后空中浮起一滴像是水珠般的液体，周围的空气好像凝固了般，一股强大压迫感传来，我知道那是原力液化形成的，就像我将暗能固体化般。只见那颗液体突然分裂而出变为两颗更小的露珠，像是两粒闪光的夜明珠。

随后两滴水珠再次碰撞，没有任何声音，但其中竟蕴含着巨大的杀机，如同引爆核弹般能瞬间将所有的一切抹除。我下意识有种想要逃离的冲动，只见果老单手一挥，两滴液体直接消散在空气中，只留下滚滚白烟不断燃烧。

他低沉道："万物皆有其道，阴生阳，阳生阴，阴阳相生，万法相克，生命的尽头便是死亡与毁灭，毁灭的尽头便是创造与重生。原力的尽头并不是生机，而是凋零。"

我理解了他的话，因为果老对原力的掌握达到了一个顶点，所以原力并没有给他的身体带来增益和好处，相反这种强度的力量会对身体造成巨大负荷，所以在使用后他才会变得更加苍老。

果老眉头紧锁地看向夜空，此刻没有乌云，一眼望去能直接看到穹顶，而在某处能明显看到一个黑漆漆的洞口，虽然很小。我知道那是白日战斗时原力爆炸所造成的，那个洞口直通外界，是唯一公开的上下界通道。

我疑惑难道里面有人出来了吗，还是有什么情况？我极力看向乌黑的洞口，不知何时一双猩红双目出现在洞口，由于视线暗淡只能看到一对巨眼，那根本不是活人的眼睛，我第一眼看去就得到的结论。再转念一想，这不会是鬼物吧，我想起之前在深渊中遇到的那个圆球，与现在的巨眼对照下不能说毫不相干，只能说是一模一样。

不过为什么鬼物会出现在这里？我感到十分不可思议。果老则入迷地继续看着上空，好像全世界只剩下那只鬼物了。我也没有贸然上前叫他，只好在一旁等待。很快我看到那只眼睛竟然眨了两下，随后消失在夜色中。而不远处的果老终于有了反应，像是打了一场恶战般呼出一口气。

我连忙问道："刚才那是鬼物吗？"

他微微点点头，随后说道："刚才那只鬼物并不一般，它很可能已经开了灵智，而且它是来找你的。"

我听后原本觉得不靠谱，但这话是从果老口中一字一句说出的，我不信也信了。我将皮肤露出，然后心念一动，瞬间灰色物质沿着手臂开始蔓延全身。我故意将速度放慢让果老看清。他则面无表情地注视着我，随后道："魍魉之力，果然你掌握了魍魉。"

我说道："我该怎么去除这种力量。"

果老把玩着手中的核桃淡淡道："逼出来。"

我有些不明所以。果老叹了口气道："或许我出现的不是时候，就这样吧，我只能跟你说要尽量克制自己的力量，你用得越多，被魍魉侵蚀得就越严重。"

我答应了下来，眼下也没有需要战斗的地方。只见果老继续道："当你本身的力量足够强大时，你可能通过自身逼出这股力量，或者直接驾驭它，虽然后面的那种情况没发生过，但理论上是可行的。"

"在我看来也许你用不了多久就能摆脱它了。"说着果老身形突然变淡然后很快消失了。我则看向草地上的初雪，没有了果老她奔跑着来到我身边。我一把上前将她抱住，此刻我仿佛忘记了自己的所有身份，只记得眼前的人的名字是初雪。

这一晚我们并没有去其他地方，也不需要去别的地方，当她再次出现的那一刻，她的存在就是我要到的终点……

第一百一十七章　返回

初雪的出现好像是一个惊喜般突然降落，将本来单一的世界点缀成彩色。让我没想到的是她竟然从我出发前往第一大区时就已经开始相跟，直到现在才出现。这种危险程度甚至比我本人更高，在感动之余更多的是担心。

我轻声道："谢谢你所做出的一切，真是委屈你了。"

初雪则正色道："我只是恰好与你的行程一致，别这样。"说着将头转过一边。

我直接跟了过去说道："我知道你的不易，这趟旅程充满危险，不过好在没事，下次别在这样做了，好吗？"

她将声音抬高："下次别再做这么危险的事情了，好吗？"

我很想答应下来但现实却不允许，但我还是说道："好。"

我对初雪道："我们准备先回第十一大区再说。"

商量好后我们便找来一辆浮车上路了，走之前我又特意回到那具原机体中，在第一大区外找到一处较为隐秘的地方藏了起来，随后回到了现机体当中。

路上我问起初雪与果老之间的事。她看了我一眼然后淡淡道："说出来可能你不信，这属于秘密了，等之后时机合适我再跟你说吧。"

我只好道"好"，浮车一路沿着街道行驶，一路上几乎看不到其他行人路过。天已经亮了起来，在经过数个小时的穿梭后，我们回到了第十一区——林海所在的别墅中。

我打开房门便发现有些不对劲，屋内的各种家具乱成一团。当我来到地下室时，椅子上的两人早已不见踪影，只留下地上的被割开的绳子。我有些惊讶，因为他手脚都绑着陨铁特制手铐，即便是队长级别都没有办法，除非他能找到钥匙。

虽然我已经将钥匙带走，不过以他的手段也许能再制出一把。想着我决定先在附近搜寻一番，不然被他逃走，会带来更多的隐患。我让初雪留在屋内，自己则走出别墅来到外界想找到一些痕迹。

很快便看到别墅背后一道十分醒目的拖痕出现。我沿着拖痕准备继续追去，谁知身后突然传出一阵动静，我连忙回头，一个黑影落下，闪避不及我直接被打退摔到草地中。

我立刻抬头，便看到穿着西装的林海。此刻手持一根高尔夫球棒，正恶狠狠地盯着我。看到他后我反而松了口气，不知他是刚解开锁链还是故意等我过来，我知道一场战斗不可避免了。

对面大喝一声向我冲来，同时说道："你害我计划泡汤了，拿命来。"

看对面林海的情绪激动，我一边亮出战斧一边说道："来得正好，看来你对自己很有信心啊。"

电光火石之间球棒已经挥舞至头顶，我用斧背抵挡，"当！"金属撞击声响起，林海后退了两步，随后一道白光闪过，他的身体笼罩在一片光芒中。随后一道光波直接飞来，我心说这也太着急了，那就火速解决战斗吧。

想着我也将原力汇聚然后单掌推出，两股力量直接在空气中对碰，随后传来剧烈的爆响，我连忙退后。而空中一个身影飞来，紧接着一个泛着白光的拳头砸下，我立刻向一侧草坪闪躲，又一声爆炸传来，直接将那片草地炸开一个巨大的坑洞。

我此时也有点怒了，不由得将机体力量调动了起来，就连念力也无意中用出，瞬间周围的一切都似乎忍不住颤抖了起来，我直接将原力包裹战斧然后挥出。一股无形的气流携带着原力在空中形成一道月牙形的白光向林海斩去。而他没有闪避竟直接打算硬接下来。

"轰！"惊雷般的巨响中一股白烟飘出，我用念力将白烟驱散，只见不远处的一株古木上一个身影镶嵌其中。我一边朝他走去，同时房门转动声传来，我看到初雪从门后走了出来。她道："你这里的动静好大，我实在听不下去了想来帮帮你。"

我盯着还在树里的林海道："不用，你休息会儿，我马上就好。"

说着我直接冲出，同时特意将自身力量压下，怕待会儿一拳打死他。我想先再补刀一下，准备击打时，只见林海的眼睛猛地睁开，然后他手中白光亮起，"砰！"我被一拳打退跌落在地。

起身时竟发现机身上面多了一个拳印，同时我感受到自身受到了一些损伤。虽然是小问题，但此刻一股战意升起，我重新看向眼前这个衣服已经破损不堪的男人，他并不简单。

不过此刻我却更加冷静下来，虽然之前确实没把林海当作对手，有些轻敌，但他所展现出的力量和战斗反应能力让我重新审视他。门口处一串脚步声响起，只见初雪正向我奔来。我回头笑道："大意了，我没有闪。你不要过来，等我就好。"

初雪无奈之下也只能在不远处围观，这次我决定以绝对力量拿下，想着我直接将原力爆发，然后以念力为加持，同时"大观"变身巨大化，然后向他冲去。

对面的林海这时眼神明显慌了，我还是没有留手，因为理论上这一击并不致命。很快我的拳锋已到，"砰！"一声爆响后，原本他所在的古木应声倒下，就连其身后的植被也没有幸免。此时，他则毫无意外地倒在几十米外的远处，如果不是经过原力对身体的改造，此时他已经死了几百遍了。

烟雾中我走向坑洞中的林海，他似乎已经昏迷，身上露出可怕的伤口。我用出一点原力将其伤口固定，随后准备将他带走。这时一种异样感传开来，只见手上的那块印记有了反应，我感到里面的力量正在侵蚀自己的机身。

我立刻动用原力想要将它控制，虽然奏效了但也只是延缓了其侵蚀的速度。

按照现在的进度它一时半会儿也不会把我感染，于是我先将林海带回了别墅。在将他放下后我感到机体变得有些沉重，像要倒下。一旁一个肩膀靠了过来，我看到初雪担心的样子出现在灯光下……

第一百一十八章　变化

就在我机身有些不稳时身边出现的肩膀靠来将我扶起，转头便看到一张洁白无瑕的脸庞出现在灯光下，顿时心中一安。只听初雪焦急道："哪里受伤了？情况怎样？我马上带你去治疗。"

说着她将我架起。我示意她将我放到一边。我坐在大厅沙发上后，看向初雪道："没事的，一点皮外伤，只是精神有些恍惚，让我自己休息会儿就好了。"

我向初雪摆摆手表示自己想休息会儿。她还是追问道："真的不用吗？别勉强自己。每个人都有脆弱的时候，当我在沉眠时是你救醒了我。"

此时我感到机体内那种物质入侵的速度加快了，但还是说道："没关系，我去休息会儿。"

说着我起身走向二楼阁楼，由于之前与林海战斗中受到的挫伤再加上现在灰色物质的渗入，此刻我的步伐显得有些僵硬，但我还是坚持走了上去，同时听到楼下一声轻柔的女声："我在下面等你，有事跟我讲。"

我应了一声随后迈步向前走去，终于我感到自己一边的机身已经完全被灰色物质渗透时便直接坐在地上，想着在这里将那股力量逼出。

低头望去，我的半边机体此刻颜色已经开始变化，机身像是放置了几百年的废铁般逐渐出现一层浅浅的红棕色。我感觉一半的机体正在迅速脱离自己的控制。我想要恢复过来，于是直接将体内的原力直接一股脑儿放出来压制魑魅的渗透。

如果再不解决不用等蔓延到另一半机体，只要那种物质到达胸口的核心就危险了。此时我正以一种难以想象的速度消耗着原力，当原力被激发而到达被感染的机身时，就开始以惊人的速度消耗着。一时间屋内冒起滚滚白烟，很快便充斥着整个房间，甚至还在向楼下和屋外蔓延。

初雪也注意到了不寻常，一串急促的脚步声响起，一个模糊的身影出现在楼梯口。我立刻道："别过来，帮我把屋内看好，把林海绑好，我撑不住再叫你。"

话毕初雪的身影消失在烟雾中，只留下一句话："你一定要坚持住。"

我看着她的背影消失，屋外突然一架飞艇直冲云霄，我心说不好，她一定是去寻求帮助了，不知道她会去哪儿？我有心阻止，不过转眼她就消失在视野中了。

此刻我只能继续将注意力集中在体内。我见那灰色物质在原力面前逐渐停止了入侵，终于松了口气，这时突然觉得浑身一紧，紧接着脑海中出现一幅画面，一个全身长满眼睛的血红色人形怪物站在黑暗中，周围的光线渐渐变亮，然后越来越多的怪物出现在视线中。

其中许多怪物浑身灰黑色，大多数不成人形，就连行进的方式都诡异无比。我心中暗道这就是鬼物，不对，是许多的鬼物，一眼看去已经有几十个，无尽的黑暗中不知道还有多少这种东西，不过最中间的那个我却无比眼熟，因为它就是在穹顶窟窿中看到的那只眼睛。

眼怪突然将全身所有的眼瞳都向我转了过来，顿时仿佛有无数只眼睛瞪着我，我竟然无法移开目光，明明只是一个幻境，却让我产生一种生死之间的危机感。我立刻调动机身的原力，同时释放心灵感应和念力向眼前砸去。

没想到那个场景中的眼怪动了，随后一个巨大而模糊的光团从它的身体中升起，我不由得愣住了，难道这只鬼物也是有生命的吗？不是说它们都不是活物吗？随着光团脱离它的身体，突然那只眼怪出现在我眼前，仿佛下一刻就能将我撕碎。

我本能地爆发出极限力量下的至强一拳，"砰！"只听一声巨响，当我缓过神来发现自己站在二楼，而身前的一整片区域都已经变成废墟，整栋别墅已经被我削得只剩一半，外面的花园草坪也失去了原来的颜色，被翻起的泥土所取代。

幸好林海的庄园足够大，如果在外面这一击足以让几条街的人遭殃。我看向己身，原本半边的锈气已经退去，只留下淡淡的痕迹。而体内那种被入侵的不适感也随之消失，不过手腕处的那块灰色如同疤痕般静静地躺在那里，看不出一丝异样。

在确认魍魉之力没有继续入侵机体后，我才放下心来。这时身上的贝铃响了起来，接起后那边传来一阵熟悉的女声："大人，我们这边似乎出现了些状况，希望您能尽快来总部展示真实身份，稳定局势。"

我疑惑道："怎么回事？你们出什么事了吗？"

对方变得吞吞吐吐，过了一会儿道："三大将之一的落山造反了，他不仅破坏了革命军本部，还带走了原来手下的十余个分队，现在已经被我们通缉，凡遇到者格杀勿论。

"而此时原本总领大局的那位创立者白王还没有出面，内部已经有人开始动摇了。我想您回去一定能重整大局。"

我心说现在世道真的乱了，这次的革命军叛变希望只是个例，一个顶尖强者再加上十多个队伍的万余人大军，其影响力是不容忽视的。我注意到那神秘的白王此刻也没有露头，之前他说希望能让我掌管革命军，难道这是故意留给我的考验？但这个时候这种考验明显是自断一臂，看起来更像是突发状况。

我回道："既然这样，我会尽快回去的，到时候还希望你能继续配合我。"

对面阿曼回应后，我匆匆挂断了通信，随后准备将楼下的林海重新捆起，看能否问出一些有用的信息。由于楼梯也已经被破坏，我直接一跃而下跳到一楼大厅。就在我跳下后，突然感到一丝异样，我并没有在意直接找到林海，将他提起准备先让他醒来。

我将一丝原力注入其体内，很快他便睁开眼睛，此刻他在意识到又被我绑起时，脸上露出一抹痛苦的表情，不知是由于伤痛还是我的出现……

第一百一十九章　新计划

我静静地看着眼前的男人和记忆中的那张脸重合，之前虽然与他经历了许多，曾经的点点滴滴已经形成一种独特的记忆，但印象中那个温文尔雅的大学教授不知何时变成一个如同豺狼虎豹般无情又嗜血的冷冰冰的人。

他抬起头看向我，仿佛想清楚了什么，像是解脱般吐出一口气，随后说道："你真的以为你们能对抗威斯大人以及他的百万大军吗？你不知道他究竟拥有怎样的伟力。"

我知道林海一定了解见识到威斯那绝对性的力量，甚至我猜他看到比那次跨界之战中还强的力量。不过林海真的是被威斯的通天伟力所折服的吗？虽然也说得通，但是我总觉得其中应该另有玄机。

我试探道："林海，你背叛人类，难道连你的老婆亲人都不要了吗？他们会怎么看你？"

我希望自己的话能刺激到他，只见他听后原本平静如死灰的眼神突然明亮了一瞬，但很快便又回到一副生死看淡的样子。我似乎已经猜到了他弱点。

因为据我所了解，林海出生于一个书香世家，早年间他的父母意外双亡，只留下他和奶奶相依为命，后来奶奶也因病离世了。就在他迎来人生的灰暗期时，米粒的出现拯救了他。虽然米粒最终也离他而去，但如果说他在人世间还有值得留念的人的话，可能就是已经过世的米粒。

我随口问道："是因为她吗？"

我在问时同时释放心灵感应查勘林海的变化，果然他的情绪出现了明显的波动。我觉得自己的猜测应该成立，毕竟之前自己也切身感受过林海对米粒那种近乎疯狂的爱。

人存活于世，或许终究是有些感情的，就算不管对其他人甚至是人类整体在乎与否，但总会有个特殊的幸运儿，成为点亮他生命的一颗明星。

我在遇到初雪前还没感觉，但现在却觉得她仿佛已经成为我前进路上的动力和助力。林海也许是为了她而选择不惜投靠威斯。我此刻反而好奇林海究竟看到了什么景象，能让他为了已经死去的米粒而变成这样。

他淡淡地看着我道："我有时在怀疑你究竟是不是人类？你为人类做这么多的事究竟为了什么？我承认我只想保护身边的人，为了他们付出一切都是值得的，别看人类现在还在地下苟活着，如果他们得到了像我一样的机会，也许他们会做出和我一样的选择呢。"

此刻林海脸上只留下坚毅的表情，如果不是之前对林海有所了解，我一定会对他的话深信不疑，但问题是他明明已经孤身一人，为何能说出刚才那番话？难道威斯能把他死去的亲人爱人重新带回世上吗？一个不可思议的想法浮现。

我想到威斯之前将我的灵王之心、暗能石取走，还有他原来就有的灵王刃，也许他能借此掌握暗能的终极秘密并直接创造出死去的人。之前的奥斯本曾经将赡台通过特殊方式复活，但这种颠覆认知的力量即便是威斯我也觉得可能无法掌握，更不用说用在林海身上了。

林海见我沉默不语便自顾自继续道："我也没有好奇你的身份，现在发生什么我都不会感到奇怪了，谁会想到一个人类能操控传说中的暗能呢？"

说着他突然下来。我心中一惊，想到地表花花林中消失的五婆婆，难道是她？我立刻追问道："你见过吗？"

林海笑了两声，随后说道："你不配知道，但是我告诉你也没关系，我在地表见过一个掌握了暗能的人类，是一个老人。"

听到这儿我已经肯定那人就是消失的五婆婆珍妮了，原本猜测她被威斯抓走，当然也有一定可能性是逃走了。但现在看来五婆婆已经被他们绑了起来。作为现在唯一掌握暗能的人，不管是人类还是机器人，她应该不会马上被威斯灭口，但其处境也十分危险。

我原本就打算召集还存在的暗灵之王的七星将，在得知五婆婆的情况后不管是出于她的人情还是为了战力，于情于理我都应该将她救回，想着我准备先去解救五婆婆。我装作不在意的样子问道："你是在哪儿见到的？"

林海目光不定地看着我道："难道你想去救她吗？哈哈哈！你知道那是什么地方吗？就算一百个你也未必能从那地方将人带走，那里可是威斯大人所在的地方——天空之城。"

我顿感不妙，按照常理地上一共有七大洲，而人们所谓的第七大洲其实是一座飘浮在高空的城堡——天空之城。那里便相当于人类的第一大区，机人的精锐想必也会驻守在哪里，更何况威斯有可能也在，这无疑去了就是羊入虎穴，但就算只有一丝希望我也会尝试救走五婆婆。

想着天空中传来一阵呼啸声，随着一串白气的轨迹，一架飞艇出现在天空之上，很快便朝着别墅方向降落下来。

来人正是寻求援助的初雪。只见一阵烟雾中两道身影缓缓出现，她身后一个高大的身影向我走来，定睛一看，其全身穿着黄金铠甲，腰间佩带一把长剑，一个具有威严气息的机人出现在视野中。

我立即想起这人就是我寻找暗源地时其中那位黄金甲人吗？没想到会出现在这儿。两人在看到已经被破坏得不成样子的别墅后，直接快步走近。初雪一脸焦急道："怎么回事？我找了半天才将他带来了。"

我回道："我刚才不小心力气太大把周围破坏了，经过我的努力，现在已经恢复如初了，你也知道原力的厉害。"

见初雪还要问我抢先说道："这位是？"

她转头介绍道："他是我之前的好战友，也是暗灵之王的得力干将，贾巴。"

"他精通机械治疗，我可是费了好大的功夫才将他请来。"

我看向一旁的贾巴，之前以为他们都是尸体，我还有些惋惜，但现在看到他活生生的机体，一股温暖不由升起……

第一百二十章　问题

眼前的这具黄金甲机人身高过三米，只是站在一边就给人一种压迫感。我看向贾巴道："我们是第一次见面吧。"

他不说话只点点头。我接着道："刚才我看到你的时候有种亲切感，我们似乎在哪见过。"

话毕，只见贾巴挠了挠头，好像在想是否真的与我见过。一旁的初雪笑了起来道："大块头，你可别被他骗了，还是先检查一下他的伤口吧。"

说着初雪和贾巴同时看向我。我心说这也不是坏事，不再好推脱，于是让贾巴过来帮我先检查一番。只见他走到我身前然后举起右手放在我头顶上方，一道光线随之从头到脚扫描而下。过了十几秒后，他把手收了回去，然后露出一副严肃的表情。

我知道应该不是什么好事，只听他开口道："你的机体目前看来没什么太大的问题。"

随后看向我的机体一处道："可是你的机体看起来像经历过超强度的运行，甚至远超其能承受的范围，目前来看你已经面临机体快速老化的问题，并且其过程是不可逆的。"

我想到之前自己从二楼跳下的轻微不适，这难道已经显示机体老化了吗？从我得到这具机体开始到现在，一共才过了不到一年的时间，如果正常来讲至少还有百余年的使用寿命，难道是由于自己不断增强的力量将原有机体反噬了吗，还是因为魍魉之力的入侵造成的？

我问道："是什么原因导致我机体的老化呢？"

他握了握拳头似乎在想些什么，随后对我道："你体内之前存在着巨大的能量对撞，其产生的后果是不可想象的，如此强烈的能量我也是第一次见。"

我有些惊讶，没想到这都能看出来，是在对抗魍魉的过程中造成的吗？不过有一点注意的是贾巴并没有说手腕处的那块印记，难道他察觉不到魍魉吗？

我还是连忙道谢贾巴的帮助，随后邀请他留下来做客停歇几日。而他则摇摇头表示不想多留。不知为何看着眼前的贾巴，我有种想要与他切磋的冲动，难道是我的战斗本能？

我最终还是说出了自己的想法。贾巴得知后挠了挠头说道："以你之前的破坏力来看，我应该不是你的对手，不过如果你想切磋一番，我也乐意奉陪。"

在征得贾巴同意后一旁的初雪站了出来道："不行，我不同意。你现在应该想办法解决机身老化的问题，而不是打架。"

说着她用那双如同宝石般的大眼睛瞪着我。我只好回道："好，不打了，不打了。"

对面贾巴看到后摇了摇头看向初雪："那我准备先走了，现在外面似乎有一些新势力崛起了，叫什么降临党。这些人想要欢迎地面之上威斯大军的降临和统治，目前已经形成了不小的规模。我去盯着点，别让他们生出太多事端。"

初雪点头道："既然这样，贾巴辛苦你了。我就留在这里帮他恢复一段时间。"

只见贾巴迈着沉重的步伐走了出去，离开时扭头对初雪说道："别忘了我们都是有使命的，你，我，还有其他人，留给我们的时间不多了。"

说着走出了庄园，初雪望着远方不知在想些什么。我叫住她说道："使命嘛，我觉得每个人都有自己的使命，你的使命是什么？"

她转头看向我道："我和他还有其他五人，我们的使命比较特殊，他说得有道理，留给我的时间真的不多了。我们现在就去实验室将你治好，随后我会去做我应该做的事了。"

她原本纯洁的眼神中出现了一丝忧虑。我将她揽住随后说道："我来陪你一起完成你的使命好不好？"

初雪第一次出现了挣扎之色，最终她还是将我的手轻轻移开道："有些事情只能我去做，有些路也只能自己去走。不过还是感谢你之前对我的帮助和关心。初雪如果能度过此关，再来寻你。"

我看着面前的初雪，她似乎一瞬间变得无比孤独，明明近在眼前，却又是那么遥远。我淡淡道："好，我们一定会再次相见的，到时候就再也不要分开了。"

她仰起头看向我道："我答应你，一年后我们再也不分开了。"

这时身后一声咳嗽声响起将我和初雪的目光打断，我回头望去，只见林海正用一种奇怪的眼神看着我和她，然后说道："你们放了我吧，我会把我的秘密实验室拿出让他修复。我现在行动失败了，只想立刻远离这里。威斯大人怪罪下来我就完了。"

说着他一改往日的形象，直接恳求般地看着我。我说道："想要自由，可以，但你得告诉我你联系威斯的方式。"

林海听后说道："大侠，不带这么玩的，你不要命我还想要啊。如果我跟你说了，到时候他抓你顺带给我也直接带走了怎么办？换一个别的吧。"

我重复道："就这一个条件，不然你就在这里慢慢等死吧。"

他似乎察觉到我并不是在说玩笑话，于是头深深地低了下来，然后低沉道："我宁愿饿死，也不会向你透漏半点有关联系他的消息。"

我眉头皱起，看来这家伙已经完全被威斯降伏了，竟然连一丝违抗之心都没有，如果是这样的话，那我就算再怎么折磨他也没用了。想着我拍了拍他的肩膀，随后道："如果我被你现在抓起来会被上面要求直接击杀吗？"

他有些不解地看着我道："不会的，这种情况我应该通报上面，然后你应该会被关进莲狱，之后由上面做出决定。"

我继续道："那个莲狱在哪里，你看到的那个老人也在那里吗？"

还没等林海回答，一旁的初雪道："老人，什么老人被关在上面的监狱里？"

我没有提到自己零的身份，只是将林海跟我说的信息与初雪一说，她回道："竟然是这样，那个老人可是王座的部下之一——珍妮婆婆，不行我得去救她……"

第一百二十一章　原来如此

听到初雪也要去救五婆婆，我觉得也没什么不妥，而且她的变形能力强大无比，擅长隐蔽作战，不论是辅助还是主力都是不可小觑的力量。

不过现在得开始考虑救援计划了，原本想着将原机体带上，我一人可以先尝试一番，如果陷入危险我也能从中逃脱，虽然可能会失去一具机体，但现在初雪也在就应该想一个更加稳妥的方法。

目前来看这具机体所掌握的力量还要高于原机体，不过这具机体不宜伪装，倒适合用来战斗，吸引火力。想着我已经在脑海中形成一个新的方案。

先打探情况将五婆婆的具体位置找到，之后想办法制造混乱；同时我用原机体进行破坏，将对方安保力量引出，再用现机体和初雪溜进监狱将五婆婆救出。

其中最危险的步骤应该是利用原机体来吸引火力，不知道监狱的防御体系怎样，为了增加成功率，我需要进一步加强原机体的力量。

想着我对初雪说道："好，那我们一起去救五婆婆，正好我认识一个朋友它也是和我一样的，希望能推翻威斯的统治，相信有他的帮助我们会更加顺利。"

初雪露出一丝疑惑的表情道："朋友吗？那人怎么样，从哪里来的？"

我随便编道："和我一样，是蛮荒洲认识的，是我多年的老朋友，战斗力也还不错，可以作为我们的盟友。"

初雪见我这么一说也暂时放下了疑虑，之后便要求我先去实验室偷偷使用解池治疗。我一听便说道："之前我们已经偷偷溜进一回，后来那里应该加强了防御。这种战略性的稀有材料应该已经被严格保护起来。如果上次没有芷晴的钥匙，我们也不会那么顺利。"

说到芷晴，谁也不知道上次分别后那个女子究竟去了哪里，之前初雪说过她认识一个叫作芷晴的人。难道芷晴真的是人类吗？那她伪装成机人又有什么目的？我的思绪变得有些混乱，我向初雪问道："你知道芷晴吗？"

她点了点头。我为了验证随后在墙上快速复刻出一张金属面孔，但其五官轮廓是一个人类高质量女性。初雪见状再次确认道："我确实与她有一面之交，那是在很久以前的实验室中。"

随后初雪讲起了她遇到芷晴的故事，大概是说在十五年前，那时艾森沃斯实验室才刚刚成立，她与自己的姐姐初旭在那个地方检测到里面存在一枚疑似暗灵之王留下的令牌（那个令牌就是后来我从李博士手中拿到的令牌，有检测暗能增强机体的作用），初雪为了得到那块令牌决定伪装混入实验室内部。

由于初旭的特殊性，她能在晚上变身成动物，于是选择变成人类认为最忠诚的伙伴——狗，以此来得到实验室的信任，而白天无法变身则由初雪变形来代替自己，这样就能二十四小时在实验室中监视那些科学家们，从中获得令牌的线索，并最终拿到它。

白天的时候初雪就会出现来寻找令牌的线索。一次在路过一间机密实验室时，里面正好一位身着白大褂的科研人员走出，那人生得一对重瞳，面容姣好，正是芷晴。芷晴还与初雪打了声招呼，像对待常人般热情。后来连续几天，芷晴都会到同一间秘密实验室中，而这一幕恰好被初雪看到。

我听完初雪的故事后有些震惊，没想到芷晴还在实验室中待过，而且是最早进入实验室的人员。现在我已经几乎肯定芷晴是人类了，虽然不知道她的动机是什么，但总觉得她的行动不全是为了威斯。她是一个有想法的人，我现在都看不清她的真实意图，虽然目前她没有对我产生敌意，但以后有机会还是问清楚比较好。

想着我问道："那你们最后拿到令牌了吗？"

初雪道："我们在费尽一番周折后找到了令牌的位置，但遗憾的是我们无法带走它。因为其中蕴含暗能，我们一旦出手就会引起剧烈的反应，不可能在不惊动其他人的情况下拿走它，除非是拥有暗能的人来做。"

说着她眼中露出一抹追忆的神色道："曾经有那么一个人他无意中成了这个人类时代第一个被创造出来的智慧机器人。我看着它从一个普通机人成长为强大的暗能掌握者。可惜，如果是他一定能从中直接带走令牌。"

我此刻也彻底明白了之前在实验室中看到的小旺的真实身份，原来是初雪。之前我还有所疑惑以为小旺是初旭变幻的，但其性格又很难让人与那热情的小旺联系到一起，如果我看到的是初雪的话那么就能解释得通了。

虽然现在已经知道了真相，但我还不准备告诉初雪我的真实身份，等救出五婆婆后借势将暗王的残部联合在一起，最好把剩余的暗七将人员都找到，有了足够的实力，再以真实身份与初雪坦白，虽然一定会引来她的怒气，但这也是为了更好地保护她，知道真相的人越少越安全。

我缓缓道："我们先准备一天好了，正好我在这一天内想办法将机体老化的问题解决。"

初雪点点头表示同意道："我也去准备一番，看看有没有老战友可以支援过来，我们明天这时在这儿会合吧。"

我同意后初雪直接变形随后一架飞艇直冲云霄消失在视野中。

目前最重要的事情是救出五婆婆，之后再去前往革命军那边查勘情况，不过在此之前我还需要将原机体再加强一番，这样才更有可能成功。

我看向身后的林海，这个时候只能再将他绑起了。我找来一套更加高质量的锁链，"请"他再次进入了地下室里。

随后我心念一动，直接将意识转移到远在第一大区的那具机体中。当我再次睁开眼时自己正坐在中央广场外的一处角落。此时天色已暗，一抹夕阳落在山头，像是在跟人们做最后的告别……

第一百二十二章　偶遇

回到原机体后，一种更加自然的感觉传来。这具机体让我感觉十分亲切，好像它一直在等待我的归来一般。我活动了番机体发现没有问题，于是准备前往第十一大区的林海家。

找到一辆浮车后我便开始在高速道路上一路狂飙，观察着沿途的情况，希望能找到相对开阔些的地方来让我施加拳脚升级一番。

在穿过一片雨林时我回想到这是当初在吸收暗能时经过的地点之一，于是便在这儿先停了下来。

当时在这里遇到的就是那个黄金甲战士贾巴。他疑似拥有了我从未见过的一种超能，现在看来也许与他身上所穿戴的盔甲有关。如此一来我现在几乎肯定了他就是暗灵之王的暗七将之一，现在他已经离开了这里。

此时夜空的空气十分潮湿，不知不觉机体表面形成了许多大大小小的水滴，就连眼睛上都滴落了点点液体。我心念一动，直接将那些水滴全部甩出，随后再次踏入了这片雨林。

此时皓月当空，洁白的月光洒向大地将周围照亮，即使是在夜晚也能毫不费力地看到周围的环境。一株株棕树拔地而起像是守护在这里的士兵，挺直地伫立在这片土地上。周围还有不少茂密的灌木丛，阵阵清风拂过发出沙沙的响声，将这里蒙上了一丝神秘色彩。

在丛林中走着不时还能听到周围的猛兽叫喊声。我还是像平常一样继续走着，在到达一片开阔的地域时我停了下来。这里就是之前我找到暗能也是发现在棺材中的贾巴的地方。此刻那口黄金棺材已经不见了踪影，看样子应该是被他带走了。

目光一扫之下我看到了一连串打斗的痕迹，一个个深坑代表着附近发生了一场剧烈的厮杀，细看之下我发现似乎并不简单，因为上面还留有人的脚印，而且竟然比留下的兽爪印还要深。此人的力量该有多大。

本来打算在这儿开始静心修炼一番，看来需要先查看周围的情况了。想着我一边沿着痕迹走，一边释放出心灵感应将周围包裹，希望能找到那个与猛兽打斗的人的痕迹。

一个个彩色光团从地上飘起飞向空中，我寻找着里面属于人类的光团。在找了两圈后还是一无所获，不过我察觉到其中有一只颜色很浅，但与人类的光团相似的一个，我将它一把抓起，只见那光团直接融入了机体中，感受到心灵感应力增加一点后我心中一惊：这是代表机人的光团。

原来刚才是一个机人在与猛兽搏斗，怀着好奇心我沿着那只光团的方向往更深处走去。不久便看到一棵树下躺着一只已经被压扁的豹子，四周还有许多血液溅出。尸体上伴有一连串被捶打过的拳印，看上去凄惨无比。

虽然按理来说机人应该能与这种大型野兽搏斗，但如此惨烈的现场显然那个机人远远比猛兽更强。我不禁提高了警惕，此时出现在这里显然对方也并非善茬儿。根据刚才的状况还无法判断对方的目的和实力，但已经让我产生了一丝危机感。

我继续沿着光团方向走去，一路上还遇到了一只被吊在树干上的巨蟒，一滴滴黏稠的血液砸下，显然它也是被那个人杀死的。

终于在穿过一片雨林后，远远便看到一个像是巨熊般高大的背影，正坐在一块石头上拨弄着什么。如果是之前，我会再观察一会儿再行动，但现在时间不多了，之后还要前往第十一大区，如果可能还要治疗机身老化。

想着我便直接从灌木丛中走出，毫不掩饰地走向那个身影。他很快便发现了不对劲，转身之下我才看清，一具高大的机械之躯站在不远处，那熟悉的外表赫然是消失的山狼。

他此刻狐疑地望着我。我知道他现在应该认不出我，由于此刻我用的是原机身。我刻意将自身形象液化重铸为一个陌生男子，以免被飞狼认出零的身份。

此刻他似乎有些怪怪的，只见他身上不知何时披上了一件皮衣，细看之下竟然是一张豹皮。由于其身材高大，披上之后反而有种不自然的违和感。

我立刻将机体状态调整提升到最佳。对面似乎对我也有些忌惮，只见他一边后退一边抽出一把砍刀，刀身还有未擦干的血迹，在月光的映衬下显得更加猩红。

没有多言，他直接将砍刀掷出。我连忙向一旁闪躲而去，看到身后巨大的刀身直接穿透树木死死钉在里面，转头看去一个体型无比巨大的身影正在快速向我扑来。我心说不妙，他一上来就直接用"大观"，显然是想立刻杀死我。

我连忙利用液态金属的流动性化作一摊液体闪出，"砰！"身侧原来的地方已经变成了一个大坑，一头身高七八米的红眼怪物此刻正凶狠地盯着我。

没有犹豫，战斗的本能让我直接冲出，面对发狠的飞狼现在我只能全力以赴了，也可以测试出目前我的极限。

想着我直接以念力驱动再次化作人形一拳狠狠砸出，"砰！"对面在吃下一记铁拳后向后退了两步，一道痕迹在那张泛着金属光泽的脸上留下。

随后他缓缓转头，似乎被我的行为激怒了，只见他张开双臂大喝一声，一阵碰撞声从他的体内响起。我心说不妙，连忙蓄力继续一记重拳砸出，直接击打在他的胸口处，希望能对他的核心造成破坏。

"砰！"巨大的力道再次让他后退，此时我虽然重新找回了原机身，但由于失去了原力和暗能，我的伤害似乎并不足以对面前的飞狼造成致命一击。

想着对面已经变换了模样，一头一人多高的巨大机械白狼出现在眼前，青嘴獠牙，面露狠色，浑身散发着一种强烈的杀气。我想到这可能才是他的最终战斗形态，作为蛮荒洲的顶级保镖，在这时终于展现出他应有的能力……

第一百二十三章　恶战

面前的飞狼名号看来不是白来的，看着对面那双泛着瘆人红光的狼眼，我仿佛是在面对一头体型巨大的远古巨兽。

瞬间对面发起了进攻，庞大的身躯竟然以一种不可思议的速度飞向空中，好像轻盈无比。我连忙倒退身形与他拉开距离，同时释放心灵感应冲撞向他攻击，只见空中的身影顿了一下随后继续向我扑来。

我心说不妙，因为心灵感应对机器人的攻击本来就会被削弱，也许把力量增强到一定程度才有效，但现在显然对他已经没用。

　　我借助身后的树木向上逃去，只听"咔嚓"一声，高大粗壮的橡树像是玩具般直接被飞狼拍成两段。我急忙向下跳走，落在一边的空地上。

　　仅仅是一瞥，巨大的利爪直直向我扑来。我继续液化机体，随后朝他身下的胸口处冲去。"呲！"巨大的钢爪撕裂大地留下深深的凹痕，其中一爪将我的机体撕裂，即便是液化状态也能感受到一股巨大的杀伤力刺破表皮。

　　在拼着受伤的情况下，我将这具机体目前能发挥出的最强一拳打出，"乓！"我的拳头直接陷入其机身，狠狠打进飞狼的机体。一串电火花亮起，隐约能够看到里面一颗球状物体，那应该就是他的核心了。

　　我继续用力，手掌张开的同时对那颗核心释放念力，一声昂长的叫声响彻云霄，头顶一只巨爪拍下，我直接液化变形将自身形状改变。"砰！"伴随着大量砂石飞扬，四周甚至卷起一阵恐怖的阴风，钢爪之下我被打入地底，此时全身被一股强大的威压所压制难以动弹，不过由于机身液化将自身变形减少了刚才所承受的伤害。

　　此时我还能感受到外界的情况。在我念力的影响下，飞狼的核心已经受到了影响正在被慢慢拔出。很快他将巨爪抬起，看来应该是因为剧痛而不得不先处理核心。我连忙运转机体后退，虽然我看起来现在有些伤痕累累，但实际眼前的飞狼由于核心险些被拔出，再加上胸口的一些重要控制中枢被波及，恐怕已经受了重创。

　　见他还在低头捂着胸口，我连忙蹿出来到一棵树旁将里面的砍刀拔出，一抹白光闪过反射到飞狼眼前。他注意到我的动作，抬头警惕地盯着我，同时放下利爪弓起身子。

　　下一刻一道巨大黑影瞬间飞扑而来，我知道很难躲过便直接抄起大刀对准狼头，一跃而起向其斩去。"当"一声坚硬的金属碰撞声响起，那柄大刀斩入飞狼的脖颈，而我则被利爪直接拍飞，在连续撞倒几株巨木后终于停下。

　　尖锐的爪牙即使是面对液态金属依然能打破防御，现在我的机身上下已经出现几道巨大的裂痕，其中有一道伤口破坏了运动控制系统，导致我现在走起路来有些一瘸一拐的。

我先将被切断的一些重要系统线路用念力强行连起来，然后走向飞狼所在的位置。但当我来到之前打斗的地点时惊讶地发现他竟然不见了，我暗道不妙。这时头顶上空天突然黑了起来，一道巨大无比的影子照在地面显现出一头狼的形状。

我急忙以念力抄起附近的树干将它们立在一旁，"咔嚓！"一串粉碎声传来，瞬间那些粗壮的树干像豆腐般被切开。我趁着间隙翻滚躲了过去，心一横便直冲过去将还在其脖颈处插着的大刀握紧，在巨爪即将拍到我时，大刀顺利划过苍穹，一颗头颅从天而降。

"砰！"由于惯性我还是被一爪拍飞出去，在滚落几圈后摔在地上。当我从烟尘中爬起，不远处的飞狼已经没了动静，只能看到其庞大的身躯还站立在原地。

我二话不说上去立刻将那颗核心拔下，由于上面连接着密密麻麻的线路系统，我直接用蛮力将其拔出。一颗红通通的核心出现在手掌，里面还存放着飞狼的许多记忆和意识。我先把它收起，之后走向他之前所在的那块巨石处，想看看那里有什么东西。

一大瓶像是鲜血般的液体静静地摆放在石头旁，还有一些弹头以及炮口。虽然飞狼之前残杀了几只雨林猛兽，但这瓶液体显然不是那些猛兽的血液，倒像是……我将瓶盖打开，随后一滴液体倒出，只见手上留下的伤口在被液体滴上的部分发出呲呲声，随后那一小片地方奇迹般恢复了。

我心说原来是解液，怪不得他在这里鬼鬼祟祟的，难道是之前偷走了实验室的解液吗？这一大瓶至少能够把一个机人治好，也许还能剩一些。

想着我决定先将现在的机体治疗一番，然后带一些回去留给林海家的机体。我即刻操纵念力将解液一滴一滴向外飞出然后点在自身上，很快一种奇妙的感觉传来蔓延全身，十分舒爽。

按理来说这种情况不应该发生的，因为这种感觉之前只在我开启拟人状态后才能感受到，这分明是属于人类的感受，奇怪之余我已经恢复了机体，在短短几分钟内就将我原本破损的机身修复如初。我不禁感叹解液的神奇，它不仅能治疗机体，还能带来一种进入温柔乡的感觉。

说是奇宝也不过分，我开始好奇解液的成分是什么，以人类现在掌握的科技不可能有这种奇迹般的成果，但当我用机眼扫描时却测不出它内部的成分。我小心翼翼地将它收起，随后在月光的指引下走出了这片黑暗雨林。

我继续驾驶浮车上路，现在已经到了后半夜。我加快步伐直奔第十一大区而去，在途中没有丝毫停顿。

很快连续穿过中间夹着的两个大区后我来到了第十一大区。这里还是那般熟悉，在路过一家门店时我放慢了步伐。

上面刻着"梦灵之夜"四个大字，我回到了这个属于我的地盘。屋内此刻还是灯火通明，不少人影在里面坐着、走动着。我想起之前的那些伙伴，铁柱、白孤等人，还有查理不知此刻到了哪里，虽然有些想进去的冲动，但当下还有不少事亟待解决，等救出五婆婆我一定重回梦灵之夜一趟……

第一百二十四章　小状况

此时天色已经蒙蒙亮了，我带着解液向林海家飞驰而去，此刻本应有人流动的大街上却空荡无比，只有天边几只寒鸦飞过。街道两侧大大小小的门店商铺此刻都紧闭着门，就连那种二十四小时营业的店面也重重地关上，好像生怕外面有人闯入一般。

两天前的联邦大会原本是为了能够将人类团结起来共御外敌，但却遭到了威斯的猛烈突袭。现在家家户户都如同惊弓之鸟，尤其是那些亲身经历了广场事变的人们，甚至有些人已经牺牲于那里，所以人们对于机人目前表现最多的是恐惧，一种深深的恐惧。

相比大多数门店，依然有个别店面开着门，灵梦之夜便是其中之一。这些店的主人应该基本之前就已和机人打过交道或知晓一些情况，所以才能在这种形势下依然保持镇定。

想着我已经开到一片迷雾区中，过了这条街便可以到达林海的庄园。不远处道路边出现几个模糊的身影，由于雾气遮挡了他们的样子。能在这种情况下外出聚众，显然这些人也并非一般人。

我打转方向朝着他们驶去。只见几个青年正在地上准备抬着什么，当我再望向那边时，发现地上躺着一个男子，四五十岁的样子，看上去还有些脸熟，一副醉醺醺的模样，显然喝了不少酒。我认出那人是酒馆里的常客老李，之前经常与郑强喝酒，所以记住了他。此时已经被几人抬起不知要去哪儿。

原本并不打算干涉普通人的生活，但看在熟人的分儿上我决定帮他一次。想着我打开车门走了下去，几人立刻察觉到不对劲停了下来，齐刷刷地看了过来。此时我已经液化变形伪装成人类模样，不过仔细看还是能够看出金属痕迹。

有着雾气的遮挡，此刻那几人并没有认出我，其中一人道："喂，你是谁呀？别多管闲事，小心我揍你。"

那人说着手中出现一根钢管，好像随时准备动手一般。我笑了笑道："请问你们能否放开他？他是我的一位朋友。"

那几人显然没有理会我的意思，反而笑道："你的朋友，他欠了我们钱，现在拿不出钱来想醉酒抵赖。你要替他还吗，还是一起被我们带走啊？"

说着一同站着的两人已经朝我走来，手里同样多出了几件家伙。我有些无奈道："好吧，是你们先动手的。"

想着我直接释放心灵感应冲撞，在不伤及性命的情况下将两人击晕。剩下的那人没有料到这种情况，直接掏出刀架在老李脖子上威胁道："你不要过来，放我走，我可以把他给你。"

他的语气开始颤抖。我没有理会他的话说道："最后一次机会，把人放下，然后跟我说清楚，否则别怪我不客气。"

我释放念力将那人直接举到半空，然后将其刀夺下。他见状也没了反抗之心，任由我将其抬起。我问道："你们是什么人，怎么会选择出现在这儿？"

他恐惧地看了我一眼道："我们只是平时喜欢泡吧的混混，这个人欠钱是真的，我们也没办法，请你饶了我们吧。"

我刚想将他放下，这时地上的老李醒了过来，只听他喃喃道："别让我走，我不想死，不想死。"

虽然有些口齿不清，但我还是听懂了，显然这个小青年并不是单纯让他还钱那么简单，由于时间不多再加上他隐瞒了我，我厉声质问道："你究竟想做什么，只是欠钱那么简单？"

他也许被我的样子吓到了连忙把袖子撸起，一面长着奇怪脸谱的图案出现在臂膀上，上面画着半边人脸半边鬼脸。他开口道："我们其实是新人类联盟的，在这里奉命来办事。"

我好奇道:"新人类联盟是什么?你们的首领是谁?"

他回道:"我们是因为走投无路吃不了饭才加入的,听说能够让我们吃饱穿暖、衣食无忧,还不用害怕机人的入侵,能够有自己幸福的家园。"

我听着总感觉不对劲,虽然面前的几人年纪都不算大,但也应该能自己分辨判断事物,什么人能将他们忽悠进这样的组织,还说能不用担心机人的入侵?显然有些可笑。我不禁说道:"你们有上级的联系方式吧,我也对你们的联盟感兴趣,让我来看看。"

对面那人刚想说话,谁知他突然捂住后脑勺发出一声声尖锐的惨叫。惨叫声直接响彻了整条街道,就连坐在路边眼神蒙眬的老李也仿佛一瞬间清醒了过来。

我看到他脑后竟然冒出一阵白气,心说不妙,连忙想要将他救下,挥手将他拉近我的身侧。此刻他看到我泛着金属光泽的样子眼睛睁得老大,但还是不断发出惨叫。我顾不上那么多,将他翻身便看到一块芯片隐隐嵌在其脑后不断冒出气体,很快那人便不动了。

我有些惊讶,没想到短短几秒他就已经失去生机。此刻坐着的老李也醒了,一脸惶恐地看着我。我看了看那已经烧焦的芯片对老李道:"下次别喝那么多了,把他们都带到梦灵之夜,还有欠别人的钱立刻还了。"我指了指还在昏迷的另外两人和已经死去的那个青年。老李对着我疯狂点了点头,我见状便登上浮车,直接向前方驶去。

几分钟后我回到了林海那里,在穿过一片绿化带后来到被损坏的别墅前,我走进看到像睡着了的另一具机体(这里简称机二)。当我用手再次触碰机二时一种神奇的感觉传来,就像是自己走进了一处通道,一头是原机身(机一),一头是机二。我将手掌分别放在通道两段时,眼前出现了新的变化。

我竟然同时看到两侧的自己,很快视角重叠起来,然后当我集中意念在一处时,自身视角又回到了那其中一具机体中,但还是能感觉到另一具机体也同样受我的控制。也就是说,我能同时操控两具机体了……

第一百二十五章　再遇破灭

由于突如其来的变化，让我直接掌握了能同时操纵两具机体的能力，并且还能随意切换视角。这大大提高了我的机动性，甚至还能相互配合从而更加方便灵活。

想着我先将意识转移到机一中，但机二也保留了一小部分意识，这样我才能同时操纵两者。想着我先尝试着让两具机体同时做一个动作，没想到成功了。这样即使是需要双身一起出动时也可以行动。

接下来我需要将机二的老化修复好，从目前的状态来说，我已经明显感觉到机体状态在下降了，这是违背常理的。当我调动体内原力进行修复时，却发现没有起到任何作用，看来只能用解液试一试了。

我将一小部分解液滴在机体上，一阵刺啦声响起伴随气泡不断冒出，那种奇妙的感觉再次传来，像是长期干旱的土地上下起了一场细雨。我需要得到更多的解液才能将自身治好。

虽然还剩下大约一半，但为了之后的行动，我决定先留着以防万一。一小部分的解液虽然不能将老化治好，但还是延缓了它的进程。做完这些后我先将关在地下室的林海找到。此刻他见到我反而变得淡定起来，这让我隐隐觉得有一丝不妙。

他对我说道："你准备走了吗？"

我看着他此刻的眼神毫无波澜，不禁有些意外道："你看上去无所谓啊，难道你不想争取一下，让我再放你走或者满足你一些心愿吗？"

他瞟向我漫不经心道："其实我还有一个问题。"

"你问吧。"

"你掌握了暗能吗？"

"……"

他看着我的样子突然放声笑了起来，此刻我是机二的样子，尽管是机人的模样，但还是会做出一些表情，只不过幅度会很小不易察觉。我对林海道："我觉得下次回来需要带你去看看病了，这种环境人很容易压抑的。"

我转身准备离开，谁知他又把我叫住道："你为什么要选择把我关在这而不是直接杀了。"

我淡淡道："你确实有罪，但不应该由我来审判你。"

我离开了幽暗的地下室回到一楼，外面已经艳阳高照，炙热的阳光破开迷雾照在大地，一边街道的白雾也消散开来，但还是没有发现有人群的流动，只有极少数捂着面罩的人在匆匆行走着。

我开始准备一些便携的炸弹和武器，在林海家中的地下室便可找到，但还有些不够。我用实验室的材料开始制作起来，不知不觉已经到了下午，终于完成了炸药的制造，顺便又将那柄黑光战斧也修复了一番，现在就等待着初雪的到来。

转眼便看到日落西山，此时距离她离开的时间也接近了。猛然我听到屋外传来一阵微弱的声音，抬头望去只见空中一架飞艇正在靠近，其身后似乎还有其他东西。

走出屋外，一道熟悉的靓影缓缓出现向我跑来，身后还有两人：一个身披黄金铠甲，手持长剑，正是昨天帮我检查的机人——暗王部下贾巴；而另一边的人则让我感到有些意外，通体红色纹路缠绕，那人正是消失许久的破灭。

上次见他的时候还是在废弃工厂。当初他突然倒戈联合史蒂夫对付我的场景浮现而出。我一开始的时候觉得他可能是为了夺取我的暗能选择背叛我，但暗能岂是那么容易掌握的？暗七将中除了五婆婆是特例外，再无一人能够承受那种力量。

我不得不怀疑破灭已经彻底背叛了暗灵之王，现在他出现在这里显然不是一个好的信号。我甚至有些希望当初史蒂夫能将他做掉，但现在看来显然没有。这个身戴红纹的机人作为暗七将之一也不是那么简单。

此刻我使用的是机二，所以根本不用担心暴露的风险，不过我还是第一时间操纵机一隐藏了起来。

初雪跑到我身边后兴奋道："我找来之前的朋友了。"

说着对我指了指身后的两人同时介绍了起来，经过她的描述我终于确认贾巴和破灭一样，都是暗七将的成员之一。在简单的相互寒暄了几句后，我们这支队伍算是凑齐了，于是准备即刻启程前往地面之上营救五婆婆。

先整理了一番装备，我将大致计划向其他两人一说。破灭用嘶哑的声音先说道："你说还有其他的外援，他在哪儿，不和我们会合吗？"

我看到他的表情变了变，一脸不悦地盯着我。我也沉声道："他这个人比较奇怪，喜欢独处，但却值得信赖。"

破灭有些老气的金属面庞此刻有些变形了，一股隐隐的威压从他身上释放出来。他淡淡道："你因为初雪的介绍和保证，所以我们才信任你。但你的那位朋友，你拿什么保证？"

我镇定道："你既然都相信我，那么也应该信任我的选择，我拿我的性命保证。"

初雪站在中间，然后开口道："好了，你们都不要吵了，我们本来就比较势单力薄，这个时候还要怀疑。破灭你也了解我，我不会让随便一人进入我们的队伍中。既然你来了，那就请你相信我一次，我也拿自己性命做担保。如果这次营救他们俩出现问题，我会自我了断。"

我听着感动不已，同时有些怒意，便对破灭道："你一直怀疑我和别人，那么我是不是也可以怀疑你呢？"

话毕我和破灭都释放出自身的力量气息，一时间气氛变得剑拔弩张。我知道现在还不是动手的时候，初雪将破灭找来也许不仅不会帮忙，反倒会为救援增加不小的隐患，只能之后找个机会再与初雪商量了。

对面破灭的气息先平静了下来。他淡淡道："看在初雪的分上先放了你，但不代表你可以对我肆无忌惮。"

我看着那双泛红的双目道："我们考虑还是先救五婆婆吧。"

说着我先带头朝着不远处已经备好的飞艇走去，身后其他人很快也跟了上来……

第一百二十六章　出发

我率先走向飞艇旁，身后一行人也随之跟了上来。在坐上飞艇后我对身后几人说道："我们的飞艇属于大区管辖内的民用型，无法将我们送到穹顶之上，所以目前有两个方法，第一去偷军事基地的战斗机；第二就更简单了，各凭本事登上地面。这架飞艇能帮我们到达一千六百米的高度，剩下几百米只能靠自己。"

话毕初雪说道："我们现在应该集中力量办大事，最好不要在这种事上浪费太多能力，所以我建议从军事基地借艘飞艇出发。"

一边的贾巴开口道："我没意见，因为我的能力也不太好在高空发挥，我同意初雪的观点。"

破灭嘶哑道："我倒可以自己登上地表，虽然会耗费一些精力，不过既然大家都觉得需要借助工具，那我也没有意见。"

说着几人看向我。我继续道："既然这样，那我们先潜入军事基地，随后再一起出发。"

破灭沉声道："理论上这样确实更方便，不过人类的军事基地不是那么好进去的，更何况现在是非常时期，防范就更严了。"

我缓缓道："没错，所以我找来了帮手，他们会帮助我们的。"

破灭目光一沉，说道："又是谁呢？还是不能说吗？我怎么相信你？"

我已经料到他会对我百般阻挠。我缓缓道："当然，这次我找来的是革命军里的朋友。"

其他人听后都有些诧异，就连初雪也有些意外。我开始编了个故事，大概是我的朋友当上了革命军，跟我关系非常好，正好他所在的地域就在附近，我才可以找他帮忙。之后我说道："他会给我们争取几分钟的时间，足够让我们进去然后离开。"

破灭盯着我道："听着还不错，就是没想到你朋友还挺多的。"

说着空气中又出现了一丝火星味，这次一旁贾巴开口了："好了，既然现在都准备充分，那就先出发吧。他说的对不对，我们去验证下不就好了。"

在一阵沉默中我们便乘坐飞艇出发了，我同时用贝铃给阿曼和龙七发了信息。他们很快便回复然后积极表示马上就能支援过来。其实我更想直接问他们借艘飞艇之类的，只可惜他们没有，或者说他们的权限还不能接触到这些。

我同时操纵机一驾驶浮车前往军事基地，准备待会儿也"借"一架出来。

飞艇在低空飞行的速度远比浮车快，不一会儿便到了军事基地附近。再往前就进入管辖区会直接暴露出来，我们便停在一处树林中静静等待着。

此时夜幕降临，军事基地周围一圈温暖的黄光照在地面，成了这片地区唯一的夜明灯。我们特意将所有光源熄灭，来让行动更加隐秘。

贝铃突然闪烁了起来，那边的阿曼和龙七已经做好准备。我对初雪他们道："我们行动吧。"

在月光的掩护下，我们几人开始靠近军事基地，在距离很近的位置后再次停下，我擦了擦手中的贝铃同时对几人道："开始行动。"

话毕我们四人向军事基地冲去，瞬间就暴露在灯光下。几乎同时所有人都感到地面震动了起来，只见一个庞然大物猛地钻出地表出现在众人面前，准确地说是出现在军事基地围墙外，几乎已经贴到了墙边。

瞭望塔上的士兵第一反应就是那只匍匐在墙外的巨型战车而并非我们。此刻我们正在飞快接近基地，方向则是位于西侧的偏门，正门此刻因为革命军的到来而吸引了几乎所有可移动的探照灯和大量士兵。

我们趁着夜色偷偷溜到了西侧的铁门前。这里现在失去了人员的看守，变得空荡无比。面对两人多高而看起来并不容易打破的铁门，身后的破灭站了出来道："我在开锁上面还是在行的，这里就交给我吧。"

我们都给他让出路来。只见他一手抓向门口的特制锁链，身上隐隐泛起红光，一条细小的红线从指尖伸出。片刻后门锁断开，大门发出轻微的咔嚓声，然后向一边打开了。

我认出那是他神奇的力量，那种红线曾经给我带来不少麻烦，可以说是难缠无比，此刻也奇迹般地快速打开了门。我们几人便直接踏入了军事基地，在我的带领下直奔停机场而去。

另一侧突然闪出一阵火光，说明双方已经开战了。我则有些诧异。之前与阿曼等人商量好尽量拖延时间，不要与军队起正面冲突，只要拖延足够长时间就好，没想到外面已经打了起来。一声声枪响声甚至是炮响点燃了宁静的夜晚，我连忙一边走一边给阿曼他们发消息让他们撤离。

那边则过了一分钟后传来消息，说基地那边突然发起进攻，所以他们不得不反击，同时开始慢慢撤离，现在已经离开这里了，不过还是有少量伤亡。我听后安慰起了阿曼，然后切断了联系。

我找到了战斗机的位置，随后动用念力打开了舱门和三人一起坐上。我没有犹豫直接启动战机，在下面一阵呆滞的目光中飞向空中。

基地的警报接连响起。我直接提速开至最快，几秒钟便冲出数百米远。身后的初雪道："还好，我们成功了，接下来就找到前往上方的通道上去吧。"

我点了点头说道："我已经知道哪里有通道了。"

说着我朝第一大区的方向快速飞去，同时继续道："我们现在第一需要彻底摆脱追兵；第二不能为了贪图便利去找最近的通道。现在是非常时期，说不定那些通道已经被政府强制封锁了。所以我们现在只能去最明显的那条被炸开的通道。"

他们也都明白过来，确实人为开凿的通道也许会被封锁，但由于爆炸意外产生的那条通道目前来看还没有任何动静。不过这也意味着我们的行动可能会带来更多的关注，毕竟那里可是第一大区。

就在飞往穹顶的同时，我用一部分意识操纵着机一也开始行动了……

第一百二十七章　到达

此刻在机一的视角看来，我还在地面上驾驶着浮车，此刻也已经来到了军事基地。对于液态机器人来说，潜入是再简单不过的小事了。

我利用液化能力很快便穿过了大门来到基地内。此时这里人来人往，许多官兵都在场外整齐地站成列队。我一扫而过后便继续向里走去。

在穿越一个铁栅栏后我看到两道人影从黑暗中走来。我急忙隐藏起来，很快在他们路过时看到一个身披褐色大衣头戴黑毡帽的高大人影和一名穿着军装的军官。那位军官似乎对身边的那人很是客气，甚至有一丝恭维的姿态。

我也有些好奇，不知道他是什么身份，不穿戴军装还能获得如此高的待遇，难道是大区区长吗？我也没去多想，等他们走后便直接来到了停机场。让我惊讶的是就在我准备驾机偷偷逃离时，那个身穿褐色大衣的男人也出现在这里，而且他正朝我这边走来……

另一边我的机二已经带着三人来到了第一大区靠近穹顶的上空，我对身后众人道："我们已经接近那个通道了，现在准备进入那里前往地上。"

随后又一脚油门我将飞艇速度再次提高，很快便看到一个巨大而深邃的洞口出现在夜空下。

此刻我也更加谨慎了起来，因为实际上这个洞口是未知的，虽然它能通往上界，不过里面可能存在着未知的危险。实际上我是不愿意到这里来的，但其他通道已经被封锁了，只不过没有和众人说。目前只能先尝试一番了。

战机在进入洞口后我便打开了照明灯将周围一片全部点亮。能够看到洞壁上许多凹凸不平的泥块和岩石，甚至还有一些化石骨骼也暴露在空气中。为了以防不测我释放出心灵感应笼罩四周，一旁的破灭深深看了我一眼似乎有些意外。

一路向上飞行并没有遇到困难，就在我以为能够顺利通过这里时，一个个略显暗淡的光团从上面飘出。我心说不妙，地面上此刻有不少人，看光团的数量足足有上百人。

我立刻将观测的结果告诉了众人，同时将战机速度放缓，几人听后便争论了起来。

初雪道："我们虽然到了这里，但上面的情况如何还不确定，万一是威斯设下的埋伏，那就危险了，所以我建议先原路返回再做打算。"

一旁破灭红瞳眯起道："我倒是觉得可以尝试一番，既然来了就不要空手而归了。"

一直默默的贾巴开口了："我倒是有个建议，破灭你可以先去试探一番外面的情况，如果对面是专门为了对付下界而设的圈套，我们就返回；如果对面不是训练有素的精英部队，而是些平民的话，我们大可以直接逃走，他们拿我们也没办法。"

初雪说道："对，我都忘了你的能力还没用出来呢，现在靠你了。"

破灭一脸严肃道："我已经好久没有动用那种能力了，原本是打算留给以后的，算了那就现在吧。"

只见他双手合十，身上的红色纹路像是被激活般亮起光芒，而就在手掌处一条条红丝线飞向空中很快便形成了一个像是虫子般的红色发光物，接着他一挥手，那虫子便化作一道红光消失在视线中。

他淡淡说道："初雪，这次可不是为了帮你，而是为了救出珍妮完成我们共同的大业。"

我此刻对破灭的认知被刷新了，没想到他还有底牌没有用出，而且看起来更像是和初雪一样的独一无二的天赋。这种能力如果在对方不知情的时候使用往往能发挥奇效。

很快黑暗的空中一道红光闪过，那条虫子又飞到了破灭手中随后化作无数的红线回到他的机体里。只听他淡淡开口道："上面的那些应该是附近的土著，总之他们战斗力并不强。"

说着看向我。我说道："既然如此我们就继续出发，不过也不要放松警惕，我们所有人都随时做好战斗准备。"

众人点了点头，随后我们便加速飞冲出去……

同一时间机一这边，我看到那个神秘的褐色大衣人信步走到离我不远处的一架飞艇旁。这片区域放置的都是能够进行跨域作战的飞行器。这代表他也准备驾驶飞艇可能离开地下。

只见他走进一架飞艇后关上舱门，这时不远处竟然响起了整齐而又密集的脚步声，赫然是之前在训练场看到的一众官兵。只见猛地周围的探照灯都掉转方向集中起来照在那个褐色大衣男人附近，随后所有人都朝他的方向敬礼。

在万众瞩目下那辆飞艇缓缓升起然后快速遁入黑暗。我则继续在机舱内等待这些人离开后再出发，只不过看到那个褐色大衣男人离开的方向，似乎正是第一大区的方向……

机二这里我开着战机直接冲到了地面之上，伴随巨大引擎声，我将这架战机的功率发挥到了极致，以至于身后都着起了一团黑烟。我一边朝高空飞去一边向下望，只见许多人影出现在通道洞口处，直接将其围成一圈。我没有多看继续向前冲去。

一边的初雪说道："我们应该暂时没有危险了。"说着来到我身边将我揽住。

我松了一口气，随后在周围找到一片密林将战机缓缓停落。一行四人很快离开了还在冒着黑烟的战机，此刻战机直接着起了火并不断燃烧着。

我动用念力用周围的泥沙将火势扑灭，随后看向四周对众人道："我们现在在哪儿，看上去有些陌生。"

身旁的初雪道："这里应该是大华洲，也是七大洲中科技等综合实力前列的大洲。"

众人看着四周茂密的树林，一棵棵参天巨树拔地而起，看上去至少有二三十米。除了我外其余三人已经在地面上生活了很长时间，所以他们对这里更加熟悉。

一旁喜欢沉默的贾巴开口了："这里距离我们要去的天空之城很近，我们应该先走出这里到人多的地方打探情报，再去天空之城。"

说着指向身侧的一个位置，只见迷雾中一个模糊的巨影飘浮在天空……

第一百二十八章　云都

由于失去了交通工具，我们一行人只好徒步走向附近的城市，而大致的方向则是顺着天空之城的位置走的。初雪一边走着一边向我介绍道："每个大洲的机人都有不同的特色和文化，尤其体现在自己机身的改造上，蛮荒洲的居民普遍都会大观，而大华洲则更加注重武器装备方面，他们会将武器直接融入机身来追求更好的战斗机能。"

她望向远处一座座直冲云霄的高塔道："那里便是离我们最近的城市云都，我们应该能够赶在天亮前到达那里。"

我看到成片白云盘旋在建筑群上空，而那一块块云朵也形态各异，共同组成了连成一片的巨型乌云。

我一边惊讶那宠大的乌云群，一边感叹道："不愧是云都，不过为什么会有如此巨大的乌云？"

一边的破灭嘶哑着嗓音道："对于它的出现，似乎是源于威斯的一种能力，但具体是什么情况也不清楚，我已经很久没和他打过交道了，威斯毕竟是和我们的君主暗灵之王同一时代的强者，所以看到这个也不用感到奇怪。如果我们无法找到并协助暗王大人的继承者，只凭我们面对威斯如同螳臂当车。"

说着破灭竟叹出一口气来，他说的继承者毫无疑问是我了，不过这时我开始怀疑自己之前的判断是否正确，破灭在这种情况下说的不该是假话，但如果他真的想帮助作为继承者的我，为何之前将我逼入绝境？此刻作为当事人的我想以零的身份问问他到底是怎么想的，等以后找到机会一定不能放过。

虽然破灭说的一番话似乎是想帮助我，但我还是没有放松对他的警惕。一行人就这样一前一后地走着，很快便离开了雨林，来到更靠近城市的一片荒郊。

这里长着稀稀拉拉的杂草，附近也没有什么其他人为的痕迹，似乎就是一片普通的荒地。但前面再走一段就到了那个来时的通道口了。不知道此刻那些机人还在吗？

　　我直接释放出心灵感应并将范围扩大到极限，方圆十公里都被我包裹。就在前方能力范围边缘处，能够感受到一个个光团依然围在那里，而且并没有离开的意思。

　　我将观察结果告诉众人。我先开口道："那些机人虽然单挑能力不如我们，但他们数量却不少，如果搞不好还会在他们身上吃亏。"

　　破灭淡淡道："我们四人并非等闲之辈，不如先去和他们友好交流，询问情况，就算对方翻脸了毕竟他们战力不强，我们足以将他们全部拿下，也能得到想要的答案。"

　　我看向初雪。她开口道："对面也许本身力量不强，但万一能叫来更强者，就会给我们带来不少麻烦，一旦我们的行为在这里暴露，对我们接下来的行动影响很大。"

　　我其实更赞成破灭的观点。我们应该闯一闯了，只要速战速决，还是有很大可能全胜的。想着我决定直接与他们接触，跟在最后的贾巴点了点头表示同意，初雪也没办法，于是我们直接走向前方的机人人群，不久便看到许多人影出现。他们有的人觉察到动静转头看来……

　　另一边在地下的军事基地中作为机一的我则等待着士兵的撤离然后再离开这里。终于他们大部分人都不在附近后，我操纵着飞艇，开足马力冲了出去。一抹白光划破夜空，再次在军事基地上空留下痕迹。我没等下面的人惊讶，便已经离开了第十一大区，朝着穿顶飞去。

　　有了之前的经验，我更加无所顾忌，很快开到第一大区那个通道前，准备冲进去。但在那个洞口的上方，似乎多出一个模糊的黑点，当我再近距离观察时看到那竟然是一个人影。

　　这个时候怎么可能有人出现在这么高的上空，难道是飞人不成？我直接将警惕性提到最高，然后就看到那个黑点主动朝我飞了过来。当我看清其面容时发现来人竟然是果老。

　　震惊之余想到当初与他接触的是我的二号机体，此刻确是原机体，不知他到这儿的意图是什么？我不自觉地将机身性能瞬间提到最高，然后看到一个人影出现在不远处的窗外。

一股苍老深沉而又浑厚的声音传来："可惜了，还是没有将他拦下。"

我有些不解，他是谁？是之前看到的褐色大衣神秘人吗？接着我感受到一道凛冽的目光扫过全身，然后果老继续道："呵呵！又见面了，应该叫你零还是热心的地上机人？"

我瞬间愣住了，原本还在想该如何过他这关却被他一语戳破。我也不知道是好是坏，但我似乎瞒不过眼前的这个老人，即使他看上去已经迟暮。

我将飞艇停在半空道："果老，真是什么都逃不过您的慧眼。我正想前往上界解救一名战友。她对于我来说很重要，希望您能放行。"

只听他淡淡道："呵呵，我本来也不是来找你的，也不会为难你的。不过既然你在这，那就得提醒你一下要小心一个人，他已经背叛了人类，并且已经逃到了上界，如果遇到尽量先避战。"

说着我感受到一股怒意还带着一点杀气，不过很快消失了。话毕他用原力在空中作画，一个熟悉的身影出现在空中，正是那个神秘人，不过看不出他的外表。

我点头道："明白了果老，那我先走了。"

"等等！"果老叫住了我，随后手中出现一枚巴掌大小的令牌道："这个给你，这是你的机体在送来时一同发现的，也许还有用。"

说着那枚令牌飞到了我身边，我立刻将它接了过来。通体漆黑像是由某种木材制作而成，令牌正中央刻着一个"零"字，这正是我之前得到的暗能探测令。

我将令牌收起随后向果老深深行礼，转身离开了这里飞向穹顶……

另一头的我控制着机二正在和那些围在通道口的居民对峙着，他们并没有想要交流的意思……

第一百二十九章　杀意

此刻地面之上在机二的视角看来，我和初雪几人正与面前上百名当地的土著机人对峙着。站在离我最近的一个全身黑色的机人冷冷道："你们就是刚才从地下上来的机人吧？你们是什么身份，想要来这里做什么？"

我连忙说道："是这样的，我们是之前到下界想体验人类生活的机人。我来自蛮荒洲，身后那些都是我的朋友。我们原本打算去抢掠人类的，但没想到最近在威斯大人的天威下人类关闭了通向上界的通道，所以我们只好从这儿上来了。"

对面那些人有些疑惑但其中也有人点起了头。前方的黑色机人道："既然这样，就请你们回到蛮荒洲好了，这里不欢迎你们。"

这下就有点难办了，对方既没有怀疑我们的身份，也没有想放我们过去的打算。我继续道："我们由于在下面遭遇了一点状况，所以机体有些损坏，想在这里先修复完毕再回去，还望各位见谅，让我们进入城中。"

我想如果这样对方还是不肯放我们过去的话，那就只好来硬的了。对面黑色机人扭了扭脖子，伸出一只手做出揉搓的动作。我瞬间明白了他是想让我们贿赂一番。幸好我现在随身还携带着不少的财富点，想着我拿出一张黑卡交给面前的机人。他定定地看了几眼随后点点头，表示可以。

我松了口气心说：早这样就好了，原来钱这个东西到哪都不嫌多，就算是机人也无法完全摆脱金钱的约束。想着我对身后的众人招手示意继续前行，而面前的这些机人也自觉地让开一条路示意我们通过。

我们四人很快走到了人群中央。一旁的初雪加快步伐来到我身边低声道："他们不对劲。"

说着目光快速扫向人群中一处位置。我顺着她的目光看去，只见不知何时人群靠后的一排机人手臂变成了一个个武器，有变成一把利刃的，还有长枪、炮口，什么样的都有。他们目光隐晦，并没有向我们看来，头低低地垂着。

我顿感不妙，一边用感应传音给其他人让他们警惕做好准备动手，一边释放心灵感应包裹这些机人。下一刻一个个泛着红黄交织的光团浮现飘到空中，代表这些人对我们充满敌意甚至还有杀意。我直接动用感力冲撞对这些居民砸去，同时释放念力将身边离我最近的几人抬到空中然后摔到不远处的通道里。

刹那间场面变得混乱起来，不少居民纷纷倒在地上，有的则是半跪在地按着胸口，几乎没有受到影响的还站立着的只有不到二十人，这些人才是人群中最核心的高手。既然动手，那么就只能分出胜负再走了，想着我对众人说道："两人一组配合，我们把这些机人先解决掉再说。"

话毕我和初雪先动手了。我们一人负责一面，我看准那个领头的黑色机人冲出，同时握起战斧狠狠劈去，"砰！"瞬间烟尘四起，巨大的冲击力像切豆腐般将大地划开一道深深的裂痕，但并没有打到那个领头人。我心说不妙，他果然不是那么容易对付。

只见黑色机人躲过我的攻击后，直接将手臂变形成为两挺机枪，瞬间密密麻麻的子弹如潮雨般射出，"当当当当……"子弹落在我的机身，我立刻一边用战斧抵挡，一边释放原力将大部分子弹弹回，一边朝着另一个方向跑去，满天的弹头大多数打空，还有不少打在了他们自己人身上。

我突然掉转方向冲着黑色机人跑去，同时掌中汇聚原力到达一定程度后直接排出一颗原力弹。"砰！"巨大爆炸声后，对面停止了射击，但立刻周围三个手臂变成钢刀的机人飞扑而来，丝毫没有给我躲避的空间。我只能将原力汇聚于战斧，然后一刀砍出。

清脆的声音响起，我将几人的武器全部斩断，随后再一击成功将他们解决掉。周围与我战斗的机人只剩下那个领头的黑色机人了。我看向另外几处的战场，初雪等其他人也完全压着对面打并且陆续将对面斩杀，其中我注意到贾巴动用出一种金色的力量，整个人似乎都散发着金光，配上两米多的身躯，威猛无比。

再看我这里，那个黑色机人见形势不妙，朝着云都的方向跑去。我并没有着急追去，看着他离我越来越远，我心说差不多了。地下冲出一架飞艇并翻转艇身，两发导弹射出，瞬间火光四起，那个机人在跑了没几步之后也饮恨了。

那个突然出现的飞艇赫然是我的一号机身，此刻用我的一号视角来看，我解决了那个黑色机人后就朝着云都的方向驶去了……

而此刻我的二号机体已经清理完属于我的所有机人。我赶到初雪身边时看到她在对付对方最后一个机人，并且将他逼得节节败退。我连忙上前对初雪道："慢着，手下留情。"

我将初雪的攻击拦下，然后用念力将已经受伤的最后一个当地机人压倒在地。我转身看着稍有擦伤的初雪道："我们还有问题问他，先等等。"

初雪听罢收起了武器，双手插起歪着头看向我，仿佛在炫耀她的功劳。我对她微微一笑，摸了摸她的头。在听到剩下两处战斗结束后，场下只留下了我们四个，还有幸存着的一个暗黄色机人。

他在见到我们的实力后显然没有了反抗的意思，直接跪倒在地乞求地看着我们。我开口道："你们来这里的目的是什么？为什么之前给了你们钱财却还是不肯放过我们？你只能选择回答或者死。"

我故意凶狠地看着对方。他一脸惊恐道："大人啊，我们来这里也是受人派遣的，至于为什么要对您不利也是上面的意思，他们说只要看到有人上来抓住后就格杀勿论。"

初雪道："你们是受谁的指示？"

暗黄机人畏畏缩缩道："新任的光明十将之一，代号：震。"

第一百三十章　攀爬

"新任的光明十将吗？"我念叨道。

由于之前的中央广场事件，威斯手下的光明十将全部出动并受到了重创，其中更有好几名大将当场身亡。之前的十将分别是锋、祸、镭、电、御，以及模仿五行而成的金、木、水、火、土，合称光明十将。我记得最后只有四位从那次战场活了下来，那么现在的震应该就是为了填补空缺提拔上来的。

我又向这个暗黄机人问了些问题后发现他都答不上来。他颤颤巍巍道："大人，你杀的那个黑色机人是我们云都的城主，他不在了，很快就会有人发现的。"

我心说：怪不得他比其他的机人要强一截，原来我已经把他们当官的给宰了。我严肃道："你觉得这件事能瞒多久？"

他低头小声道："应该不超过三天。"

我点了点头想着把最后的机人处理掉。面对我释放的威压，眼前的机人竟然直瘫倒在地上，看起来有些凄惨。我心中一种莫名的情绪此刻涌了上来，所以迟迟没有动手，似乎是因为他是我真正意义上的同类，也是机器人，对我没有什么威胁。

一旁的初雪关心道："你怎么了？"

我从恍惚中醒来，随后说道："我们准备出发吧，这个机人就先放他一马。"

一旁破灭沉声道："你疯了吗，万一他把我们暴露了怎么办？"

我抬起手掌一挥，将那个机人直接转移到一旁的坑洞中，然后用一颗巨石卡在上面说道："这样他就不会干扰我们了，他也是被逼的。"

说着我朝洞口扔下一个小圆球道："这是通信仪，你在这里盯着，发生什么事就通知我，三天后我会放你出去。"

他朝我重重点了点头，随后我们一行人便再次踏上了征途，朝着云都加速赶去……

另一边我的机一已经到达云都，在找到一处相对隐秘的地方后降落下来，准备先自己打听一番前往天空之城以及关押五婆婆的莲狱的消息。

走在科技感十足的街道上，周边竟然开着商铺，其中有一家卖的是机人所需要的保养用品，另一家则是维修店，相当于人类的医院，里面摆放着各式的机械臂，甚至还有头颅。因为对于机人来说，头部也是可以被替换的一部分，所以并不稀奇。

我继续向前走去，只见一座高塔矗立在不远处，站在近处已经看不到它的顶端，只能看到其云层下的一部分。通过告示牌我了解到这里名叫登云楼，是专门为机人提供机身改造的地方，可以将自身的零部件强化和更换，还能把自身与各种武器相结合，从而发挥出武器与自身最大的力量。

这也是大华洲的特色——将武器直接组装于机体内。不过这显然不是免费的，不然将会制造出许多恐怖的机人。我出于好奇，同时想在这里能够打探情报，便迈进了这座巨塔。

里面与室外是完全不同的景象，整座塔楼内金碧辉煌，灯光璀璨，简直像是一座艺术品，显然这里的东西不会便宜。由于现在我是机一的身份，所以身上掏不出什么钱，只能先在这里做个参考。

展柜一侧的白色机人发现了我并朝我走来，想必他就是这里的柜员了。我边走边问道："你们这里最顶级的武器改造装备是什么，能带我看看吗？"

他一脸平淡地看着我随后问道："请问您是有什么需求吗？"

我淡定道："就是随便瞧瞧，可以吗？"

那人语气陡然变得生硬起来道："我们最顶级的装备在上面。"

说着指了指望不到顶的高处继续道："你想要看可以，拿出至少千亿的财富点，或者凭自己的本事从那边上去。"

我顺着他的目光看去，只见一面墙壁上有一处凹凸不平的岩壁突兀地出现在那儿。

他用一种蔑视的目光说道："你能从那里自己到最顶层，就可以看到我们的装备了。"

说完他头也不回地离开了这里。我看着眼前不远处的岩壁，上面只有零星可供抓取的地方，而其余部分则十分平滑，如果稍有不慎便会坠落下来。最关键的是这座塔的高度超过千米，不过就算这样我也觉得有些不对劲，这对于机人来说应该也不是太难。

由于我不是以本来面目出现，不用担心暴露的问题，我开始对这座塔产生了兴趣，想着直接在岩壁处跳起然后双脚一蹬，直接腾空十多米开外，借助岩壁上的凸起，我迅速攀登毫不费力地飞出两百多米远。

又攀爬了三百米后上面的可供抓取的凸起变得更少了，不过还是影响不了我的速度。我充分调动机能，瞬间又蹿出去百米楼开外，就在这时四周的岩壁竟然断掉了，周围只剩下了绝对真空，连一面墙壁都没有。

我终于明白难度在哪儿了：最上方的四百米是让人绝望的四百米，如果是一般机人就算能爬到这里但上面的真空带也会让他们离开，就算是擅长速度的精英机人也不行。可惜它遇到了我，之前我就在地下曾经利用念力协助自己到达地面。

现在虽然重修一身力量，但我对自己充满信心，不是每个机人都会念力的，念力同样是亿万挑一的天赋。想着我直接脚下一蹬迅速腾空，同时将念力作为助推力向上飞去，很快便蹿飞到了第九百米处。这时又重新出现了岩壁，我根本没看继续用念力协助我飞到了一千米。

这时岩壁另一侧出现了一扇紧闭的门，轻轻一推后，一道刺眼的光线打来，整个门便自动打开。我淡然地走了进去，发现这里就是所谓的顶层了。此刻周围还有几个机人正好在附近观赏着柜台的物品，看到我出现后都不可思议地看着我，好像是见了鬼一般。

我扭头便看到厅堂的另一侧一名服务生正在给一个穿着华丽的大老板介绍

着什么。他也注意到了周围的异样朝我看来，一看之下他直接瘫坐在了地上，只剩下两只惊恐的眼睛望着我，那人正是之前蔑视我的白色柜员机人……

第一百三十一章　黑刀

白色机人惊慌地望着我，根本没有顾及一旁的那个老板，他手中拿着的一件武器也"当啷"掉在地上。在周围一众目光下，我缓缓朝他走去，然后停下说道："我现在自己上来了，所以可以先带我去观看你们的商品了吗？"

他没有捡掉落地上的那件装备直接站起，然后按下手中的旋钮，很快一个形似披着龟甲的人形机人投影出现在墙面上。只见那个人影缓缓开口道："出什么事了？有人闹事吗？"

白色机人有些颤颤巍巍道："启禀塔主，这个人通过了我们设立的登塔考验，自己飞了上来。"

龟甲老者脸上出现了一丝波动，他的目光转而看向我随后说道："恭喜你成为第二个通过登塔考验的人，你可以在这里任意选择一样想要的装备，我们的人员会帮你改装至你的机身内，当然一切按照你的想法来做。"

我看着眼前的龟甲老人问道："请问谁是第一个通过考验的呢？"

他眼睛微微眯起道："是我。"

我有些惊讶，看来这个所谓的塔主也不简单。他接着说道："小伙子你是从哪里来的？"

我淡淡道："蛮荒洲。"

他略有所思地看向一边，随后说道："没想到那个地方能够有你如此优秀之人，我原本以为你是从上面下来的呢。"说着他指了指天上。

我道："天空之城吗？"

他微微点了点头，随后道："天空之城虽说也在我们七大洲内，但在权力和综合实力上，却和其他地方不是一个层级。那里集结了其他大洲所有的长处，并且有他们独特的能力——飞行技术。在天空之城上每个机人都能御空飞行，而且还同时掌握了数种其他大洲的技术科技，所以我还以为你是从那里下来的。"

我讪讪一笑说道："前辈真是抬举。"

他随后道："你很有趣。不知有没有空来我的屋舍一坐？相信你会有所收获的。"

我心说这个龟甲机人这么有钱，应该知晓不少关于天空之城的消息，正好这是一个询问的机会，想着我答道："没问题。"

他嘴角露出一抹笑容，随后屏幕消失。一边的白色机人此刻看我的眼神变换了许多，只见他脸上有了一抹机械式的微笑道："请跟我来，我们先为您服务，请您挑选一件喜欢的装备。"

说着做出一个"请"的手势。我在他近乎奉承的姿态中走在一条宽大的红地毯上，看着眼前琳琅满目的装备和武器。

十八般武器样样都有，其中还有一件十分显眼的东西出现在柜台上，下面一块巨型陨铁作为垫台，一把黑刀静静地竖立悬空在其上。我走进后感觉这把刀似乎并不简单，上面还有一丝丝黑气向外冒出。我对白色机人道："就这件了，帮我装起来。"

他连忙称道："您可真有眼光，这是我们不久前从上面收到的一件兵器，好像是一个犯人身上带出的，据说这上面沾有暗能，虽然我倒是看不出和其他刀有什么区别。"

我眉头皱起，这把刀难道是五婆婆的武器吗？而且其他人似乎看不到刀身上冒出的黑气。我再回过头看去时发现上面的气息确实消失了，好像之前看到的是幻觉一般。

就在我准备下楼离开时，一个人影吸引了我的注意：只见一个机人站在不远处的柜台前看着什么，而他的肩膀处赫然出现一张恐怖的脸来，一半是人一半是鬼。那是新人类联盟的图案。

我缓缓朝他靠近，随后搭在其肩膀处说道："朋友，好久不见。"

那人迅速反应过来拍开我的手，随后转身盯着我道："别惹事，滚开小子。"

这个机人更像是那种机甲战士一般，身上套着厚厚的铠甲，只露出一双闪着红光的双目。我知道此刻不能在这里动手，所以只好等出去再说。我连忙道："抱歉，我看错了。"

下楼后我没有着急离去，准备等机甲人出来跟踪他，没想到这里也有新人类联盟的踪影，还是在这种高端的场合，我不禁将这个神秘的组织威胁程度上升……

　　同时另一边机二的我和几名队友刚来到云都，此刻天色渐晚，我们决定先寻找一处落脚点。几人在街道一侧找到了一家旅社，虽然机人不像人类般需要睡眠，但持续的运行也会对机体产生磨损，所以对于机人来说更像是做保养。

　　我们在旅店歇下后几人围坐在桌前开始准备讨论明日的计划。我先开口道："由于在通道那里杀了这里的城主，所以留给我们的大概只有三天时间，之后他们就会发现异常并通缉我们。所以我们一定要抓紧时间救出五婆婆。"

　　破灭也开口道："我建议我们直接找到飞艇然后上去就好。"

　　初雪黛眉皱起道："没有那么简单，据我所知人类的每个大区之间都设有关卡来控制进出，而作为地上七大洲中排名第一的天空之城怎么会没有任何防御关卡？我们需要借助某种方式才能到达那里，不过目前还不清楚。"

　　说罢众人都抬头朝着远方望去，尽管云都的巨型云层庞大无比遮蔽天日，但依旧无法掩盖比它更为庞大的天空之城。由于此刻是夜晚，高空中的一束束光亮从天空之城打下，给这层密云染上了不同的色彩，从下面看去倒是别有一番美感。

　　我们几人在商量一番后各自回到了自己的休息间，而我则偷偷溜了出去准备去寻找机一与之会合，想着联手将那个可疑的机甲人抓起来。就在我准备动身时，身后一间房门打开，来人正是初雪。

　　此刻她正款款向我走来。我回头便看到一个身影将我轻轻揽住，此刻她看上去比较开心。我不忍拒绝初雪的热情，但又想去和机一会合，再三思索下，我决定待会儿向初雪坦白自己的身份。

　　于是我拉起她的手道："今晚月色好美，我带你出去转转吧。"

　　她点了点头，我们便一起离开了旅馆，走向机一所在的那座登云楼……

第一百三十二章　牛角人

　　我和初雪一起走在云都的街道边，两侧绚丽的彩灯将周围涂上了不一样的色彩。不知何时天空突然飘起了雪，不过很细小，仅仅是触碰后就融化不见了。

　　我对初雪道："没想到穹顶之上的雪花是这样的，我还以为会更大些。"

初雪转过头来看着我道："穹顶之上的雪花有大有小，大的如同落叶般飘扬，小的就像针尖般一触即化。比起小雪的细腻，我更喜欢大雪的猛烈。以后你带我去看大雪纷飞好吗？"

我看着她清澈的眼睛说道："好，我们约定一起去看一场大雪，一场大到整个世界都被染成白色的大雪。"

她笑着点了点头。我们一起走在空旷的街道，在我的带领下，我们朝着登云楼走去……

另一头我的机一此刻还在大厅中等待着那个机甲人的到来。厅堂的人群已经陆陆续续地离开，只有个别机人还在这里。这时只听到清脆的门铃声响起，电梯口处出现了两个机人，一个就是有着新人类联盟图案的机甲人，另一个是没见过的白色机人，应该是这里的服务员。

我心说终于来了，这次一定要抓住他。在机甲人出门后我也连忙跟了上去。巨塔外也下着细雪，只不过这里机一的我则没有时间欣赏雪景，只能立刻行动追踪上去。前面的那个机甲人看上去并不着急，慢悠悠地沿着街道走着。在确认四周没人后，我从他身后慢慢出现然后叫住了他。

他急忙回头看着我道："呦，这不是白天看见的神经病吗？怎么还跟着本大爷呢？"

我淡定道："你马上就叫不出来了。"

说着我取出白天拿到的那把黑刀，之前我特意又研究了一会儿，发现刀内似乎添加了一些材料，才让它变得坚硬无比，其硬度似乎比合金陨铁更甚，但没能看出里面到底是什么，而那黑气也再没出现过。我也尝试过感受里面是否有暗能，结果自然一无所获，不知是我失去对暗能的联系还是里面不存在。

他看到我手中的黑刀，目光变了，一边向后退一边道："你不要过来，我们之间有什么事都是可以解决的。你知道我是谁吗？我可是来自上面。"

说着他用手指了指天空之城，我也升起一丝忌惮，但还是问道："你手臂上的图案是什么意思？"

只见他说道："你确定要这样吗？"

说着只见他的身体飘了起来，一道蓝色火焰从他脚底升起将他托起。他继续道："是你逼我的。"

我缓缓道："只要你说了对我们都好，唉。"

我见他比较极端，也不再废话，随即释放出念力轰向机甲人，同时释放感力压迫压向他。下一刻看起来威猛的机甲人被念力甩了出去撞在一根柱子上。"砰！"沉重的机甲与地面碰撞发出巨大声响，接着他默默站起飞到空中。

突然他又跌倒在地上单膝跪下，应该是感力压迫起作用了。他凶狠地对我道："你究竟知道什么？可恶。"

我见他还不肯说出自己的信息，打算先将他绑回去再说，不然大庭广众之下会被别人怀疑。我看到两个熟悉的身影出现在视野中，正是机二和初雪。

在机二视角看来，我刚才已经向初雪表明其实我并不是这具机体的原主人，而是零，这只是我控制的一具机体。另外我还将意识分裂控制了原机体。让我感到意外的是，初雪并没有表现出惊讶的样子，只是说她依然喜欢我。

我（机二视角）与初雪来到机甲人身后，准备将他先抓起。这时他开口了："我投降，我投降，我知道打不过你们，我把我知道的都告诉你们，别伤害我。"

我没想到这个机人这么怕死，于是正经道："你怎么会加入新人类联盟的？你的身份是什么？"

他直接瘫坐在地上道："我说出来你们能放过我吗？我保证再不会出现在这儿。"

我答应了他，于是他缓缓说道："其实我并不是机器人，我是一个人类，只不过穿着机甲你们看不到它罢了，而之前和你们说我是从上面来的，也是为了吓唬你们编的。我确实来自新人类联盟。"

他一开口我便已经被震惊到，眼前的机甲人是人类伪装的吗，而且还是装备如此精良的人类？如果他不说的话恐怕只能把他大卸八块才能发现了。不过此刻我的疑惑变得更多。他刚才的飞行能力确实是天空之城独有的，而且虽然他一身的精良装备坚硬程度堪比陨铁，但本身却如此怕死，显然里面另有隐情。

我对他说道："所以你在人类中的身份是什么，你在新人类联盟中又处于什么样的位置，说说吧。"

他连忙说道："我其实在里面没什么职位，实在要说就是我是……"

"砰！"一声爆炸声响起将我炸飞，身旁的初雪被炸得直接变形向后蹿出，另一边的机一则也是一样狼狈。原来机甲人的位置变得火光冲天，只见他此刻正悬浮在夜空中，而身侧出现一个牛角机甲人。

我正准备冲出，牛角机甲人扔出一把小球，我心说不好，连忙向一旁躲去，"砰砰砰砰……"瞬间地面响起巨大爆炸声，直接将附近一片区域炸毁。周围的房屋都燃起了熊熊烈火，我盯着天空发现他们竟然已经跑了。

此时由于破坏造成的影响不小，不远处已经有人朝这里走来，我连忙拉起初雪向旅店的方向奔跑，另一头机一也匆匆离开了现场。

在穿过两条街后我（机二视角）停了下来，回头看去还能看到熊熊燃烧的火光，而机体也被炸弹擦伤，一旁的初雪则基本完好无损。她先关切道："你没事吧，零。"

我见她很自然地叫出我的真名，不由得愣了一下，随后说道："没事，就是被他逃走了，没想到他居然还有同伙，而且还很狡猾。"

初雪则淡淡道："你没事就好，那个机甲人已经追不上了，我们先回去吧……"

第一百三十四章　加入

趁着夜色的掩护我和初雪一起回到了旅馆各自的休息室。突如其来的变故让我有些意想不到，那个戴着牛角面具的机甲人究竟是谁？他应该也是人类。牛角人的装备机甲很是发达，已经达到了最顶级的程度，而且加上他的突袭，所以才被他劫走了那个机甲人。

现在还有许多问题没有得到答案，但最重要的是先救出五婆婆……

另一边的我控制着机一在离开爆炸现场后来到一栋别墅前，这里便是龟甲机人告诉我见面的地址。我走到门口，一声轻响门自动打开了。我不紧不慢地朝里走去，同时观察着四周的环境。

这里灯光暗淡，道路两旁相隔很远才有一盏昏黄的油纸灯，就连月光也被一层浓雾所遮挡。我径直走到屋前叩响房门，很快门被打开了，里面一个佝偻的身影出现在眼前。

"进来吧。"

我走进屋内，里面同样昏暗无比，只有微弱的黄光照出一个黑色的阴影。我开口道："请问老者尊姓大名？白日里给您添麻烦了。"

身前一道沉重苍老的声音道："罗魁。"

我继续道："晚辈想请教您几个问题，请问您知道前往天空之城的方法吗？"

我感受到一道目光在我身上聚焦。他缓缓说道："来陪我玩个游戏吧，用念力将桌上的灯座移开，你能移动就算你赢。"

我立刻答应道"好"，随即释放念力对准灯座，没想到它竟然纹丝不动。我意识到面前的龟甲机人应该拥有强大的念力。我没有放弃，继续想着将它移开，但不管我怎么努力面前的灯座都岿然不动，好像已经长在了桌子上一般。

我瞬间后背一凉，如果我与龟甲机人的念力差不多或者在同一层次的话，就算我更弱一些也不可能无法移动一丝，除非面前的龟甲机人是一个会操纵念力的超级高手。

念力的使用是有限的，一个人无法无限制使用念力，就和人类的体力一样，我在消耗了过半的念力后终于放弃了抵抗。我仿佛隔着黑暗都感受到对面的微笑，没错，他竟然在笑。

正当我已经冒出逃走的想法时，对面忽然开口了："好久不见了，小子。"

我听着直接呆住了，再看自身时不知何时已经变回了之前的模样，卸去了伪装，准确地说是变回了自己最开始的样子。现在这个模样就是人们所熟知的零的造型。我故作镇定道："敢问前辈为何为难晚辈，我们以前见过吗？"

只见他将地上的尘土飞起在空中作画，两个熟悉的字出现在面前："迦米。"我不由得愣了愣神，面前的龟甲老人是迦米？

虽然再不可能我也只能相信了，只听对面的龟甲机人缓缓开口了："没想到我们在这个地方相见了，哈哈哈！"

随后他便讲起在我"死后"跨界之战发生的事。当时不得已的情况下他直接用念力斩断我的控制中枢让我"死亡"，同时用念力激活我体内的"种子"使得我的意识附身另一具机体上（也就是现在的机二），但那就不是他能控制的了。

后面他在受到重伤的情况下与威斯又对拼数个回合，最终不敌，就在快要死亡时，他用毕生之力创造出另一颗"种子"并给自己服下。于是他的身体在死亡后意识借助"种子"的神奇附身于现在这具机体上。

这具机体原主人的名字叫作罗魁，也算是云都有钱有势的人物之一。迦米于是开始以罗魁的身份在这里生存。一年来他一直待在这里并尝试着恢复自己的念力。虽然已经恢复了七八成但是并不稳定。

我听着迦米讲述着自己神奇的经历。他则继续说道："虽然我成功了，但是却失败了，从生理性角度来说我已经变成了一个机器人。"

他着重将"机器人"三个字说出，随后深深叹出一口气道："不知是不是受到机械身躯的影响，我感觉自己正在迅速失去某些东西，应该是人类所特有的情感品质等。这是十分危险的。我与你不同，你能够将原机体修复并重新回去，我的那血肉之躯却再也回不来了。"

我听着迦米的话有些凄凉。他确实从一个人类变成了机器人。我也不知道该怎么安慰他。迦米淡淡道："那一战最后我确实给威斯也造成了伤口，但没能让他重创。他已经夺取了你的暗灵之心以及暗能石。我想他应该是想将原力和暗能结合在一起。"

从我失去暗能也过了有一年之久，威斯也许已经对两者的研究有些眉目了。想到这儿我更加担心起来，如果真的让他得到两者力量则再无挽回的余地了。迦米接着道："从目前看他还没有太大的进展，先不说了，我告诉你通往天空之城的方法，不过你想做什么？"

我将五婆婆的事对迦米一说。他脸色也严肃了起来道："这样吗？那需要抓紧了，毕竟事情过去这么久了，现在她变成什么样都是未知数。"

我从迦米的口中了解到前往天空之城需要乘坐叫作天堂列车的工具，否则登不上那片大陆，就算是有人乘坐飞艇私自登陆，一旦被发现就会直接击杀，所以出于安全角度考虑他建议我们乘坐天堂列车前往那里。接着他拿出一张地图对我指了指云都的西北角，那里便是一处列车停靠点。

至于莲狱的位置他也不清楚，只能等先到了天空之城再说。现在线索也得到了，迦米提出与我一起组队前往那里，他也想助我一臂之力。我想了想同意了，路上还多了一个强力帮手，相信很快就能将五婆婆解救出来。

天渐渐亮了起来，我和迦米从他的别墅中走出前往了天堂列车的站点。另一处我的机二和众人也动身出发了，晚上时破灭利用他的能力也得到了同样的情报，一行四人朝着远方的天堂列车站点走去……

第一百三十四章　抵达

（机二视角）我们登上一架飞艇，不久便到达了列车站点。天堂列车一天只发一次，我们只能耐心地等待其到来。过了一晌后，列车终于来了，我们几人陆续走到了一间客厢内。里面空间很大，简直不像是一辆车，装饰有各种雕刻艺术，而旅客却不少，有各种看起来稀奇古怪的机人，应该是从其他大洲远道而来的。

就这样在一阵汽笛声中列车开动了，我感受到一种十分熟悉的力量气息，那是原力的作用。看向窗外，只见列车已经飘浮在半空中，而且正在以飞快的速度向着某个方向驶去，其速度竟然不亚于小型飞艇。

其他人大多也望向窗外，有的机人则扛着大包的行李坐在一边发呆，不知在想什么。就在我望着自己离地面越来越远时，突然脑海中出现一种撕扯感似乎要将我撕裂，我不由得抱住了脑袋……

另一边我的机一则也已经和迦米登上了这辆列车。这里的我同样感受到一股强烈的撕扯感，其程度不比机二小。一旁的迦米发现后立刻将我带到一处角落，他神情严肃道："怎么回事？"

我则与他说我尝试将意识分裂为两部分各自控制一个机体，这样就有了两个我，应该是这样做的原因。他一听立刻说道："你将意识分为两道，其中有一道必然会脱离你掌控，成为一个全新的人，而剩余的意识也会变得不完整，你必须立刻将自己意识合起来。"

他的语气不容置疑。我只好说道："好吧，原本为了能提高效率，变得更强，反而遭到了反噬，既然这样我只好放弃其中之一了。"

一旁的迦米略有所思道："你之前的做法的确危险，以我的力量，可以先帮你控制住这具机身，你先将这部分意识都转移至另一具机体中，等之后事情结束了再说。"

我还在承受一种撕裂之痛，只能答应下来。心念一动，我将这部分意识离体很快便回到了机二的身上。当我再次睁开眼时一旁的初雪正在给我检查着什么，而破灭和贾巴也在对面看着我。我摇了摇头，感觉那种撕裂感很快消失了，便对其他人说道："没事，我只是刚才控制中枢有点短路了，现在好了，哈哈……"我尴尬地解释道。

身旁初雪担心道："你刚才一直捂着脑袋，我还以为出什么大事了，吓我一跳。"

我说没什么，只是个意外罢了，其他人也就没有追究。由于之前我与原机体还留着通信器，所以并不担心会失联，只不过要暂时麻烦迦米了。想着身上的通信器恰好响了起来，我接起一听，是之前那个被我压在巨石下的暗黄机人打来的。一阵嘈杂电流声过后那边说道："不好了，这里有人来了，我……"

"嗞嗞"信号突然中断了，当再次恢复正常时一个尖锐的声音说道："是谁把我的计划打断了？别让我抓到你。"

我暗道不好，说道："你是谁？"

那边淡淡道："吾乃光明十将之一，震。你既然敢明目张胆与我机械帝国作对，等我查到你，你就完了。"

没想到这么快就被发现了，连一天多都不到。我急忙将消息告诉众人，他们都纷纷表示出担忧。但现在已经骑虎难下，我们只能继续救人了。列车又经过了其他几座城市，最终在夕阳西下时到达了终点站——天空之城。

我们一行人离开车站，映入眼帘的是扇十分宏伟接连天际的巨门，上面雕刻着花鸟虫蛇、飞禽走兽、各种机器人独有的图案，还有朵朵白云飘在其间。我不禁感叹起来，机人竟然能完成如此宏伟的工程，简直就是神迹。

巨门底下站着许多密密麻麻的士兵，应该就是镇守这里的守卫。走近时便有一杆长枪拦住了去路，一名飘浮在空中的士兵道："你们是何处的机人？来此有何目的？"

我们解释了一番，又拿出足以以假乱真的证据后终于被放了进去。里面没有想象中的那般惊艳，只是如同下面地上的那些城市一般的建筑。这时我看到不远处巨大光幕中出现一幅地图，上面标注了一些天空之城的地点和位置。

原来天空之城是由五个板块共同拼接而成的，四座岛屿围绕着一座中心岛修建，其中我们所在的地方是五岛之一的铜岛，此外还有金岛、银岛、岩岛和最中央的天堂岛。我们此行要去的地方就是专门关押犯人的岩岛。

虽说是岛屿，但其面积之大不能以岛来形容。所以当我看到那一整座岛都是建成当作监狱时不禁愣住。在机人的观念中没有人类的道德和人性，但依然有完整的法令来约束他们。这就不免会造成许多意外和冲突。许多机人希望获得更好的资源从而诱发他们犯罪，而这里就是主要关押犯人的地点之一——岩岛。

这时通信器亮起，我看到是迦米发来的消息，他那边已经在前往岩岛的路上了，顺便还给我发来一张岩岛的地形图。上面画着许多不同的监狱类型，整座岛屿呈一个圆，其关押犯人的危险程度从里向外分别由高到低分为五层。五婆婆所在的莲狱则是处在圆心的位置，也就是最里面。

看完后便开始与队友讨论准备前往岩岛，那里便是我们的终点站了，不过想要进去显然有些难度。我先说道："我们现在已经离那里只有一步之遥了，而且也已经暴露了之前通道口的事。所以我们必须很快将珍妮救出，不然麻烦就大了。"

其余人也纷纷表示同意，于是我们决定伪装成监狱工作人员来混入岩岛。很快我们在通往岩岛的必经之路上遇到一辆押运车。趁着人烟稀少，只见一辆黑色的涂有特殊标识的浮车驶来，上面坐着两个身穿灰色服装的机人。我对一旁的众人做出出击的手势。他们点了点头，随后在浮车靠近我们的时候走了上去……

第一百三十五章　岩岛内部

就在那辆浮车即将路过时，我站了出来，手中原力汇聚，一掌击出。"砰！"一声爆响，那辆浮车车前出现掌印，车上冒起浓烟向我飘移冲来。我释放念力阻挡，一旁的破灭也动了，只见他体表出现红光，随后一抹红光飘过，车最终稳稳停在众人面前。

车厢很快打开，数名负责武装押运的机人手持枪支对准我们。一个头戴红帽的机人说道："给你们最后一次机会，请立刻投降，否则将把你们全部击毙。"

我没有理会，直接用念力加持感力压迫对那些灰衣机人砸去，很快那些人便被限制在原地，而其枪支也被我取走翻转对准他们，"砰砰砰砰"几声枪响，那些机人都倒在地上一动不动。我摧毁了他们的动力控制中枢，但没有破坏其核心，所以他们也只是失去了行动能力，并没有死亡。

处理完这些机人后我们换上了他们的工作衣甚至编号，然后驾驶着武装押运车继续上路。上车时才发现后车厢关押着两名囚犯，看起来有些破破烂烂的。我上前问道："你们犯了什么罪？为什么会被发配至此？"

其中一个独眼机人道："我们都是偷渡上来的难民，想来天空之城讨个活法，没想到被发现了，就要将我们押到岩岛监狱。唉，我要是进去了估计就出不来了，各位大侠好人有好报，放我们出去吧。"

我瞬间有些同情他们，正当我纠结时，一边关押他们的牢笼上贴着标签：红色警告，危险指数五星，押运地点——莲狱。

虽然还不清楚监狱的具体关押等级制度，但红色是目前唯一知晓的级别，那就是最高级。我收回了想要去打开牢笼的手，但一旁的贾巴已经将门锁打开。只听"咔嚓"一声，锁头掉地，那个独眼机人和身边的三眼机人走了出来，而原本那种可怜兮兮的目光也瞬间变得冷漠起来。

我暗道不妙。独眼机人说话了："谢谢你们救了我，不过你们不该轻易相信陌生人。"话毕他的眼睛闪过一丝光亮，然后瞳孔收缩。我感受到一股能量在其眼中聚焦，"砰！"我迅速躲过，车顶被射穿了一个洞口。不敢托大，我先将念力控制住他，直接冲出将他撞飞到车外，同时对身后说："另一个就交给你们了。"

在地上摔了几圈后，我将他死死按住道："你是什么人不重要，但你恩将仇报，想杀人灭口就走错路了。"

他的独眼颜色变换着，从黑色变为了红色，接着一道激光射出，我一边躲避同时跳起扭住其脖颈，清脆声后我将其控制中枢破坏，一颗头颅滚落在地。他惊讶地看着我好像还没缓过神来。地上的头颅眼睛睁大道："你是什么人？"

我皱起眉道："现在没有你问的资格，我来问你：你是哪来的？犯了什么罪？还有把你知道的监狱情况都说一下，如果骗我，现在就毁了你的核心。"

他明显变得惊恐起来道："我说，我确实是从不起眼的其他洲偷渡而来的，因为多次偷窃惹了这里的高层，于是就被发配到莲狱了，但我本身没有那边犯人的实力，进去就是九死一生啊。我可以告诉你岩岛监狱的情况，这个我知道。"

于是我从他的口中了解到岩岛里面具体的情报。这座监狱一共分为五圈，分别将犯人等级划分为白、黄、蓝、绿、红，最外层为白色，也就是危险等级最低的，黄色其次，依此类推。每层都会有不同的守卫来看守。这些灰衣机人则其实是负责蓝色区域的罪犯的，而他们原本也属于蓝色区城，只是盗走了一把刀才被判到红色区域的。

我追问道："是不是一把很重的黑刀，刀柄上刻着一个一个五字。"

他立刻道："对，就是那把刀，我看着感觉能卖不少钱，没想到刀丢了，我也要没命了。"

他说着说着眼中的光芒也暗淡下去。我知道他已经机身死亡，意识回归到核心，于是将其核心取出与一名倒地的押运员交换，喃喃道："之后就看你造化了，希望你以后做个好人。"

转身看向三名队友，此刻他们已经将三眼机人打败，于是我们继续乘坐这辆浮车前往岩岛。从铜岛到岩岛需要经过穿云桥。行驶在穿云桥上，其道路两边宽广无比，长度更是一眼望不到头，只能看到许多白云飘浮在远处，不时有巨大云层穿过桥梁，给这座大桥增加了不少风趣。

浮车行驶的速度很快，过了一会儿便到达了所谓的岩岛。整座岛屿从远处看就像一个黑色的骷髅头骨，看上去阴森无比。凭借伪装的身份我们很快通过了几道关卡进入监狱内部。就像独眼机人说的一样，最外层是白色区域，也是最大的区域。我看到密密麻麻的犯人挤在一个个牢笼中。他们看到有守卫到来连忙哭诉着自己的清白，也许他们大都犯了一些小事进来的。这种机人在外面也基本是普通居民的身份。

再往里走则是黄色区域。这里的机人危险程度更高，关押他们所用的监狱材质也明显变得坚硬。但里面关押的犯人大多还是普通机人，只是有不少是惯犯。

我们凭借着这身服装来到了蓝色区域，住到这儿的机人就不再是单纯的普通犯人，不少机人都是有些本事在身的，其身上背负几条人命也是平常。我们到这儿便不能再继续深入了，一方面是权限不够，另一方面是出于灰衣机人守卫的实力考虑，如果有犯人逃出不能镇压他们。

我们一行四人看着挡在眼前厚实的铜墙铁壁，开始讨论如何继续进入其中。这次不多言语的贾巴先开口了："我们还需要穿过两道门才能到达珍妮所在的红区。我建议我们直接在这里制造混乱放出这里的囚犯，然后趁机潜入红区救出珍妮，最后引起足够大的暴乱混入其中并离开……"

第一百三十六章　方法

众人看了看贾巴。初雪开口道："现在我们虽然被察觉到杀死了云都城主，但对面还没发现我们。如果现在监狱暴动起来，他们立刻就会锁定我们，到时候肯定不容易逃走。"

我也觉得初雪说得有道理，现在直接出手必然会引起警觉，而且对这座监狱或者岩岛的防御和守卫的战力并不清楚，所以尽量不要暴露为好。如果真的出手，也说明只能走下策了。

我淡淡开口道："现在我们还在暗处，先想办法再深入其中救出珍妮，至于暴动的事还是等救出后再说吧。"

这时我身上的通信器闪动了起来。我拿起一查看是迦米发来的信息，上面写着：我已成功来到监狱绿区，现已伪装成这里的看守人，等你进入监狱，我可接引你们在这会合。

看来迦米也成功混入监狱而且所在区域等级比我还高。我将收到的信息与其他人分享道："我的另一位同伴已经到达监狱绿区，我们先与他集合再说。"

破灭疑惑道："你的朋友这么强吗？一人就能闯入绿区，很不简单啊！"

我听着破灭的话里面似乎有些阴阳怪气，不过也不太在意。我继续道："我们先进去再说。"

其他人纷纷同意，于是在迦米的帮助下，不久横在蓝区和绿区的一扇巨门缓缓打开，我们几人踏入了绿区，也是被列入危险区域。我来到这里的牢房区，里面牢房用的都是特制钛合金密闭牢笼，而每个犯人也全身戴着锁链与牢房四角相连。

在这种压抑的环境下，正常人恐怕来了就已经被吓得瑟瑟发抖。我在路过两侧的牢笼后看到，里面关押的犯人大多面色凶恶，全身都像是充满了杀气，似乎犯下了不少杀孽。这里的犯人不出意外应该永世都被关押于此，按机人的年限来算至少有几百年。

这里的犯人实力应该不弱了，一眼望去关押他们的房间也能数过来，只有一半的房间是有人的。一路走到守卫区后，我们看到了我所说的同伴——迦米。此刻他身穿黑衣，旁边还有我的原机身，此刻也被他控制着，正静静地站在地上，眼瞳中闪着暗淡的白光。迦米动用了念力利用液化特征将其变形成另一个人，所以暂时没有被别人发现的风险。

我介绍道："这就是我们的新同伴，名叫罗魁。"

众人相互看向对方，我感觉到破灭等人对迦米明显的不信任。正当我要打圆场时身后的"罗魁"，也就是迦米说道："你们好，我和他是多年的朋友。这次知道他有难于是过来帮一把。现在我也已经找到进入红色区域也就是莲狱的方法。"

其余人一听都眼前一亮。贾巴开口道："快说来听听。"

我望着他有些急迫的眼神，总感觉自从到了岩岛后，他好像换了一个人，似乎这里对他有很大的吸引力，但也同样能理解为对解救珍妮的迫切，所以我也没放在心上。

"罗魁"淡淡开口道："我在来到这里后，和这里的守卫同行了解到一个办法，那就是提高这里犯人的罪名和危险程度，让他的等级从绿色变为红色，我们就有一次机会将那个人押送到更深的红色区域——莲狱。"

我听着这确实是一个可行的办法，但问题在于如何能将这里的犯人罪名更上一层，因为这里本身关押的就是十恶不赦的罪犯。这时"罗魁"继续说道："我有一个办法提高他们的等级，不过需要你们的配合。我会用能力将这里的一名囚犯力量暂时提高，让他冲出牢笼对这里破坏，这时你们装作这里的守卫与他搏斗但却被打伤。"

"接下来我们几人一起出手把它镇压，就可以提升他的罪名让他前往红色莲狱。"

身后众人点了点头也觉得这个计划可行，于是我们穿上"罗魁"给我们的黑衣，随后走到监狱区。"罗魁"先将这里的探测仪摄像头干扰，随后我走到走廊装作不小心将两只房门钥匙落在地上。只听到空旷的走廊传来一声清脆的金属声，钥匙掉在距离监牢十分近的地方。

我正走近准备将其捡起，看到漆黑的牢房中一只机械臂伸出贴紧墙壁，像是章鱼般吸附在墙上。我感受到一股念力波动袭来，很快牢笼中的那个机人变得暴躁起来，拼命地撞向墙壁，很快就将钛合金加固的牢笼打开一条裂缝，其手臂轻巧地将钥匙卷走，一声僵硬的推门声响起，门被打开了。

我感受到一抹寒光闪过，一个冰冷的眼神出现，随即数条机械臂向我伸来。

我假装吃力地抵挡着，随后被一只手臂打到一边。很快警报声自动响起，只见两名黑衣机人很快从走廊尽头出现赶到我这边，这是原本就属于这里的守卫。

他俩看到我被打倒后，纷纷冲了上去，两人凭借自身机能与那个像是八爪鱼一般的机人展开近身搏斗。短时间内竟然打得不相上下。我明白应该是"罗魁"给那只八爪鱼增强了一番。两人打得逐渐落入下风，我立刻上前趁机给了那个八爪机人一击，瞬间他倒飞出去摔在地上。

那两个守卫上前顺势将其按倒并控制了他，随后再次换了一间牢笼将其关入，之后便注意到我。其中一人道："你是新来的吗？身手不错。"

我含笑道："是的，以后还要多请教前辈。"

他们有些满意地看着我，随后道："这个机人实力有些超乎我们范围了，应该把他交由红色莲狱那边。这件事就由你来负责吧。"

我点了点头表示同意，随后便将那名再次被控制住的八爪机人运上了一辆浮车，然后又将一众队友接到车上，便开始准备前往最终目的地——红色莲狱。浮车在行驶到一扇巨大漆黑石门前停了下来。石门上画着许多红色诡异图案，两侧摆放着两座巨型机人石像，像是在镇压里面的怪物，门后便是所谓的莲狱了……

第一百三十七章　救援

此刻我已经和众人一同来到了巨门面前，随着沉重的摩擦声响起，门缓缓打开露出一道缝隙，但也足够浮车通过。没有犹豫我当即穿过石门，来到真正的红色区域——莲狱。

映入眼帘的是一座宏大的莲花石像，而莲狱牢笼则分布在石像的四周。四面是圆形的岩壁，里面镶嵌着一共五座岩石牢笼。这里的一切似乎都是由岩石组成的，也就是说这里似乎才是真正的岩岛。

面前有数条通道连接监狱的不同方向，五条分别通往五座监牢，而正中央的一条石路则接连那座莲花石像。石路下方则是滚滚岩浆，不断冒着热气，气浪不停涌出泛起浪花，看上去像是地狱一般。

五婆婆应该被关在五座监牢的其中之一。每座监狱都是彼此独立，因此只能一间一间找过去。之前八爪机人被要求关押在第三间牢房，所以只剩下四间需要寻找。每座监牢外都有两名守卫看守，即使是原本空出的第三间牢房也一样。

为了保险起见，我们决定一起行动。浮车行驶在通往第一间牢房的石路上，下面的岩浆映照出一片血红的光泽，将原本幽暗的环境变得更加瘆人。

很快我们将浮车靠近开到第一间牢笼外，两侧站立着两名身披红袍的机人，每人都手持一柄巨型开山斧，配上高大威猛的体格，岩壁上挂着的篝火棒是这里唯一的光源，将他们的身影映射在后面的石壁上显得更加高大威严。

浮车停了下来，我先从车上走下，直直向着牢笼走去。两旁的守卫原本还像雕塑般站立，突然都齐齐朝我看来，手中的斧头也动了起来，一阵灰从他们身上抖落，似乎这些机人已经很久没动过身了。

身后一阵念力波动穿过，直冲两名机人，是身后的"罗魁"动手了，强大的念力波直接使空气都跟着震动起来，一股无形的气浪流过，面前的两人瞬间停止了动作，只有身体还在微微颤抖着。我看到他们的眼神中流露出不可思议的样子。

如果没有"罗魁"的帮助，我们也不能悄无声息地走到这一步。我越过两边的守卫，直接来牢笼面前，只见黑暗的空间内隐约照出一个人形的轮廓，虽然看不清他的模样，但能观察出那不是人类的样子，而是一个机人。

我还是走到牢房面前，对着幽暗的空间内说道："我来救你出去。"

话音未落，里面响起一阵锁链声，接着一个满是创伤的身影出现在我视线中，其胸口还绑着一条锁链与监牢相连。他没有说话，只是用一种平淡无波的目光看着我，似乎能看穿我的一切想法。我继续道："我来救你出去，你马上就自由了。"

说着我尝试着将面前的透明石墙打开，但仅凭蛮力无法做到，如果使用原力的话说不定可以，但这样会吸引注意。我看到那个囚犯用手指了指远处莲花石像，接着他开口了："那里有五把钥匙能够打开这里的牢笼。"

我再次看向莲花石像。这时我注意到从这个角度来看莲花上面一瓣花骨朵上飘浮着微小的一个点，就像花籽一般。这里距离莲花有不短的距离，我的念力到达那里几乎无法控制，于是我对身后的"罗魁"传音道："前辈，我知道打开牢房的方法了。"

我指了指莲花，他已经会意我的意思，只见空气再次产生波动，一股肉眼可见的气流从浮车内蹿出，接连远处的莲花台而去，很快一枚制造复杂的巴掌大小的石雕出现在我面前。我将其拿起放在脚下的凹槽处，很快这间石牢响动了起来，面前的透明岩壁直接自动碎裂开来散落在地。

烟尘之中一个衣着破烂浑身伤痕的机人缓缓从牢笼内走出。他开口了："一百年了，没想到我还能恢复自由，真是谢谢你了，我得走了，我们后会有期吧。如果下次再遇见你，我可以帮你件忙。"

话毕只见那个落魄机人深深地看了眼莲花石像，然后身形闪烁起来，直接越过我身后的浮车消失在视野中。我原本是打算利用这里的其他囚犯来制造一出混乱的，但没想到结果是这样。不过刚才的声音不大，并没有引起其他监牢的注意，于是我走回浮车打算继续到下一座监牢。

"罗魁"用念力继续控制着这里的两名守卫对我们说道："我的念力无法长期维持这种状态，最多还有半个小时。"

众人点了点头，同时一行的破灭和贾巴还有初雪都惊讶地望着"罗魁"。我知道他们应该是对他的念力感到震惊。浮车返回到开始的大门处，接着重新朝着第二扇门驶去，有了上次的经验，我们的速度也不由得快了起来。没过多久就停在第二座石牢面前。

这里的布置和陈设和第一座监牢相同，就连站守的守卫都一模一样，身披铠甲，手握战斧，笔直地挺立在监牢两侧。我已经拿到了第二座监牢的钥匙，同样是漆黑的方形石雕，不过上面的纹路变了，变成不同的复杂花纹。

两侧的守卫看到我的到来先是一愣，接着手中的开山斧举起，不出意外，他们很快便成了静止的画面，"罗魁"再一次出手将守卫控制，而这一次我看到他们虽然被限制住，但仍然在缓慢地移动，看来"罗魁"的念力已经开始控制不住了。

浮车内传来"罗魁"的声音。他低声道："我的力量并不稳定，我已经快要无法控制他们了。"

我应声连忙向监牢走去，没有看里面关着的人是谁，我直接将钥匙再次放到凹槽，面前的石壁碎裂，这次里面出现的不是机人，却也不是珍妮，而是一个我想象不到的人类，只见面前的牢笼后走出一个熟悉无比的面孔，竟然是被我关在地下室的林海。他看起来并不像被抓到监牢里的犯人，倒像是一直等待着我的救援一般，只见他脸上出现一抹笑容道："来了就在这坐坐吧，别急着走了……"

第一百三十八章　继续救援

我看着从黑暗中渐渐出现的林海，心中猛然"咯噔"一下，没想到第二座监牢中的人会是他。此刻身后的众人也发现了异常，初雪、贾巴和破灭也都在别墅见过他，此刻不光是我，浮车内的众人都有些惊讶，只有"罗魁"对此事还不太清楚，但是他显然也发现有些不对劲。

"罗魁"向我传音道："什么情况，怎么会是一个人类，你认识他吗？"

我向他大概解释了一番，随后他说道："需要现在动手吗？"

我微微摇了摇头，转向林海道："可以问你一个问题吗？"

他脸上出现了一丝戏谑的神情道："问吧，能回答的我都会告诉你的。"

我严肃道："你之前提供的那个女人的情报是真的吗？"

我说的自然是五婆婆的事，因为这都出于林海一人之口，当时他被我关在地下室也无法反抗或逃走，所以我自然相信他不会说谎。没想到他会出现在这，这就说明他还有我不知道的后手，我不禁开始怀疑这一切都是一场骗局，一场为我精心准备的陷阱。

面对我的提问，他淡然道："其实我告诉你们的的确就是那个老女人的真实情报，老实说我也没想到自己还能离开那里，这多亏了我体内被威斯大人种下来的一枚芯片。"

我也明白了他的意思，但还是疑惑道："你是怎么逃离那里的？我已经将能够打开你手铐的钥匙全部摧毁，按理来说以你自身的力量是无法挣脱它的，就算你寻求外援，也不可能那么快就到你那里。"

我给林海绑上的自然是陨铁制造的坚不可摧的手铐，放眼整个蓝星，在人类当中林海已经具备了很强的战力，但即便是他也很难在如此短的时间内将锁链解开，除非有更强者的帮助，而且必须在很短的时间内赶到才行。要做到这两点并非易事，此刻我竟有种浓浓的危机感。

林海不紧不慢道："由于威斯大人的芯片，我才得以联系到地面之下的救援。现在不妨告诉你好了，反正你们很快就能见到他了。他不是机人，而是人类，像我一样投靠威斯大人被选中的幸运儿。"

此刻我内心的不安更甚了，什么人能够在如此短的时间内将林海救出并比我们更早到达这里？我脑海里闪过一个个身影，但还是对这名人类一无所知。这时我想到了那天夜晚在军事基地看到的褐色大衣的神秘人，难道是他吗？

我看着林海的嘴角露出一丝笑容，突然意识到什么，连忙对他厉声道："你不会是故意拖延我们的时间想等待支援吧？告诉我珍妮究竟在哪个监狱，否则就别怪我不客气了。"

说着四周地面的那些岩石碎片都微微震动了起来，就连墙上的篝火丛都开始忽明忽暗。我动用了念力影响了周围环境，想逼林海说出五婆婆的下落。他也许意识到我准备动真格的了，脸上的笑容收敛了起来转而说道："我只知道之前她应该被关在第一座监狱中，但后来换到了哪里就不知道了，你们还是抓紧时间自己寻找吧。"

我此刻心中一股怒火升起，直接向对面的林海出手。感力压迫转瞬即至直接将林海按倒在地面。他用手捂着心脏此刻痛苦地趴在地上。我上前一把将他提起，然后返回到了浮车里，对众人说道："我们可能中圈套了。"

话音刚落后座亮起一道红芒，我的眼前出现一支红色长枪，赫然是破灭出手了。他将长枪对准我道："我以前就不太相信你，是初雪说服了我让我们一起行动，你这么厉害怎么会不惜代价地来救出一名人类？我现在几乎肯定你就是威斯那边派来的卧底。"

说着长枪即将对我划下，但在半空还是停了下来，是"罗魁"出手了，他用念力硬生生控制长枪没有落下。我对身后众人道："抱歉，是我害了你们，我也没想到会变成这样，虽然我愿意用生命来证明自己真的是为了救出珍妮，但现在我们还有希望，珍妮确实是在岩狱中，应该在剩下的三座其中之一吧。"

破灭虽然被控制住不能动弹，但还是破口大骂道："你请的外援也是跟你一伙的。你们就是为了引我们几个来到这儿再将我们一起消灭吧。"

初雪挡在我面前说道："我相信他是无辜的，只不过敌人比我们更加狡猾，所以才中了他们的奸计。现在我们应该继续寻找婆婆的位置，然后一起逃出去才是正事。"

破灭显然没有听进初雪的话，还在一边不停地骂着。相比之下，我注意到他身边的贾巴此刻显得十分镇定，虽然他平时少言寡语，但此刻依旧一言不发，则不禁让人有些怀疑。贾巴此刻面无表情，仿佛是具鬼傀儡般一动不动。

我没有理会，对众人道："我们现在已经没时间了，必须立刻去下一间监狱寻找五婆婆，否则真的前功尽弃了。况且我们现在手里还有对面的人质，所以还是是有一些胜算的。"

破灭也松了口气道："好吧，事已至此就继续下去吧。"

我发动浮车立刻向第三间监狱出发，路上所有人都不说话了，气氛一时显得沉重无比。虽然身边有这么多高手，再加上伪装过的念力之王——迦米，但我有种强烈的不安感。毕竟这是在威斯的大本营——天空之城，就算迦米一人无比强大也双拳难敌四手。

我将速度提到了最高，身后直接传来一连串的音爆声，这时我看到一个人影从空中如流星般划过，然后重重摔在了不远处的路上。我犹豫了一下还是选择先将车停了下来。浮车飘在上空，此刻车的下方也就是石道上正躺着一个机人，定睛一看竟然是之前第一间牢房被我解救出来的那个落魄机人。

他抬头看了看我们，然后艰难地发出声音："快走……"

第一百三十九章　交易

面前躺倒在地的人赫然是当初被我放走的那个落魄机人，此刻他的胸口处出现一个不大的深洞，不时还伴随"刺啦"的电流声。是谁把他变成这样的？我瞬间警惕了起来。面前的机人继续道："身后……后。"

我不禁回头望去，不知何时来时的石路上出现了一群机人部队，应该是这里的增员到了，而队伍最前方则站着一个高大的人影，身穿褐色大衣，头戴一副牛仔帽，看起来与身后的机人格格不入，透过滚滚岩浆热气波动的气流中，这个人神秘人再次出现在我的视野中。

我想起了果老所说的那个危险的人类叛徒，应该就是此人了。我立刻对浮车内的众人传音道："快下车，我们有麻烦了。"

话音未落，一颗导弹直冲浮车射来，"砰！"火光四起，导弹在半空突然爆炸，我们——初雪、破灭、贾巴、林海、迦米以及被他暂时操控着的我的原机体——不约而同地跳下车。几人下车后也纷纷看向敌袭的方向，突然四周陷入了一片暂时的安静。

身后的机人突然大喝一声道："我跟你拼了。"

说着只见他身形猛然加速跳至半空越过我们，然后冲向前方的人群中。那个褐衣人动了，一手探出，刺眼的白光亮起，随后在爆炸声中那个机人身上冒起了阵阵黑烟，伴随小幅的反抗，直直掉入了下方的岩浆池中，很快就被热浪所淹没，再没有一丝的动静。

看来他也会使用原力，而且其对战红色莲狱的犯人，简直就是完虐。我对一旁被我押着的林海道："他是谁？"

林海嘴角扬起一丝笑容道："终于来了嘛！原人类盾兵总队长，超级战士史蒂夫。"

我不由得愣了一下：史蒂夫为什么会背叛人类，难道他像林海一样被威斯下蛊了吗？不容我多想，"罗魁"深沉道："我已经无法控制之前的机人守卫了，我得抽身来对付眼前的家伙，他看起来更加有威胁。"

对面的褐衣人迈着大步向我们走来，连同他身后的机人兵团一样。只听一阵富有磁性的熟悉的声音响起："来了就是客，各位，欢迎你们来到我的地盘，先自我介绍一下，我是这座岩岛监狱的典狱长，同时兼任光明十将之一，我叫苌，还有一个你们可能听过的名字，史蒂夫。"

说着他的黑牛仔帽掉落，露出一张深邃的立体五官，赫然就是许久不见的史蒂夫。没想到他真的投靠了威斯，而且我感觉他的力量比之前还要强大了不少。他自顾自地继续道："你们要找的人不用找了，我已经带来了。"

说着他身后的机人士兵押送上来一个面容憔悴的耄耋老人，赫然就是我们要救的五婆婆珍妮。一边的初雪已经忍不住开口道："快放了婆婆。"

史蒂夫略有玩味地说道："好啊，我们来做场交易吧，就用你们之中的一人来换。不对，两人来换。"

破灭此刻也有些急了，一些粗口直接爆出，如果语言真的能杀人的话，恐怕史蒂夫已经死了几百次了。可惜史蒂夫根本不理破灭的话。我沉重道："两个人，你想说什么？"

他指了指林海，又指向我们几人当中的"罗魁"说道："老头，你的念力很是强大呀，不把你关起来我可不放心啊。哈哈哈哈！"

我明显感觉到"罗魁"此时已经有些怒意，其周围的空气都仿佛被凝固了般。"罗魁"对我传音道："他们不会对我怎么样的，先把珍妮救走，我跟他们走。"

我咬了咬牙答应下来道："好，可以交换。"

对面的史蒂夫笑了笑然后说道："这才对嘛。来吧，现在开始，两边的人都动起来，交换后我会放你们离开，不去计较你们闯入监狱的后果。"

说实话我心中还是有些忐忑的，虽然迦米确实强大，但他万一中了什么圈套，那就得不偿失了。我对史蒂夫喊道："让我去吧，把他换成我。"

我指了指迦米，对他眨了眨眼。因为毕竟我还有另一具机体，就算这具机身遭遇不测，我还能脱身，而迦米则没办法了。因此用我来换迦米是最稳妥的办法。对面史蒂夫好像思考了番说道："可以，但还得加上一个人。"

说着他指向初雪，我想要拒绝，但一旁的初雪说道："好，我同意。"

我不由攥紧了拳头。初雪已经知道我的真实身份，也知道我有双重机体的事，但还想冒险救出珍妮，我的心情不由得沉重了起来。最终还是开始了这场交易：我和初雪一起举起手走向对面的史蒂夫。不知什么原因五婆婆是昏迷的，所以她搭着一辆推车匀速朝我们这边驶来。

在擦身而过时我特意用心灵感应查勘了五婆婆的状况，一个微弱的红绿交织的光团缓缓升起，代表着仇恨和麻木。不过好在还有救，所以我们继续向两边走去，很快双方就都到了对面的阵营。一旁的机人士兵拿出两副手铐，迅速给我和初雪每人都戴上了一副。

我观察并感受了下手铐的强度：这是一种从未见过的合金手铐，不知道能否将它挣脱，显然不会太容易。一旁的初雪同样被铐上了手铐，此刻转过头来对我露出一抹笑容，同时传音道："我能够变形，这手铐对我没什么作用，待会儿找准时机我带你逃跑。"

我也传音应了一声，随后目光看向对面的破灭等人。他们此刻正在给五婆婆检查伤口，看看有什么问题。很快我察觉到一丝不对劲，众人表情都变得很奇怪，仿佛看到了令他们惊讶的东西。只见破灭的声音传来："你们把珍妮变成机器人了？！她虽然表面上还是人类的皮囊，但里面的器官和血肉几乎都用各种机器所取代，除了心脏还是自己的之外。"

我听着开始愤怒起来，他们竟然将五婆婆当成实验品肆意蹂躏。我的情绪不经意间引动了念力，地上的石子震动起来。转头一道平静的目光与我对视，史蒂夫正看着我，眼神中似乎带着一丝戏谑……

第一百四十章　危机乱斗

史蒂夫一脸不屑地向我看来。此刻一股怒火已经在我心中熊熊燃烧。一旁的初雪传音道："别冲动，至少婆婆现在还活着，我们先别动手。"

说着她的眼神对我向一旁瞥去，顺着初雪的目光我看到隔着滚滚岩浆的通往另外几条监狱的石路上，原本负责其他监狱的守卫也出动了，正在向这边赶来。他们乘坐着特制的飞艇准备两两为一组，直接跨过滚滚岩浆在空中飞来。

也就是说我们已经被包围了。我心里咯噔一下，心中有了个不好的猜测，难道史蒂夫说放人是假，他想把我们一网打尽。现在我们的确该想怎样逃离。我看到"罗魁"从浮车内取出一口黑棺，正在将五婆婆放入其中。

很快我看到他操纵着我的原机体将装有珍妮的黑棺背了起来，看来他准备通过这种方式来离开。身后的磁性声音响起："你们可以先走了，再晚点就别怪我后悔了。"

对面的众人听后准备纷纷朝浮车内走去，临走之前我还看到贾巴朝我挥了挥手，不知是什么意思。正当我纳闷时，车内突然传来一声爆炸，好好的浮车转眼就被炸成了好多块碎片四处飞溅。我意识到一定是刚才有问题，就看到熊熊火光中飞出几道人影，而半空中一个金色身影尤为引人注目，此人正是贾巴。

只见他一手将一柄长刀砍向"罗魁"，虽然"罗魁"挡了下来，但还是有一部分刺入了其胸口，而贾巴整个人则是被提到了半空中，剩下的破灭和我的原机体则稳稳落地并无大碍。

我不敢相信眼前的这一幕，难道说贾巴是卧底吗？但其确实又是暗灵之王的暗七将之一，不应该背叛暗王吧！尽管不愿接受，但现实已经发生。初雪对我传音道："我们走。"

话毕只见她四周变得朦胧起来。我知道我也该动手了，连忙使用原力加持念力硬生生将锁链挣脱。初雪此刻也已经挣脱变形为一架飞艇，在她起飞之际，我箭步向前登了上去，身后传来史蒂夫的声音："哈哈哈，都这种时候了，还想着逃跑。"

话音刚落，一阵强光从身后亮起，瞬间背后出现一团以原力形成的冲击波飞速而至。我咬牙转身跳出飞艇，双掌快速蓄力击出，双重原力掌。"砰！"很快我被巨大的冲击力震飞出去，不远处的初雪也没有幸免于难。

我在半空中勉强稳住身形，便看到初雪还在下坠，眼见其高度已经快要掉落地面，我抬手，向空中抓去，希望能用念力将初雪稳住，没想到还是没能阻止其下落。突然一股透明的气旋飞出将初雪包裹然后稳稳将其放在石路上，赫然是迦米出手了。

此刻半空中的迦米已经将贾巴完全控制不能动弹，但其胸前却被留下来一个洞口，看起来有些瘆人。我连忙向初雪的方向飞奔而去。身后机人士兵的脚步声响起，同时一连串的子弹飞射而来。我不得不先转身对付那些机人士兵。

猛地，一道红芒闪过，一杆长枪从我身旁呼啸而过挡下了身后的子弹。耳边传来破灭的声音："我来对付这些杂兵，你快去看看初雪。"

我应了一声，同时感激地看了他一眼，虽然之前与破灭有点摩擦，但他始终是站在暗灵之王这边的，这也让我彻底打消了对他的猜疑和顾虑。之前也许他在废弃工厂与史蒂夫联合对付我另有隐情。我也不再多想，直接动用念力加速，很快赶到了初雪身旁。

此刻她有些颤颤巍巍地站起身来，我意识到刚才原力的爆炸一定对她产生了不小的创伤，但觉得哪里不对劲。来不及多想我立刻上前将她扶起，随后她看着我道："零，也许我只能暂时陪你走到这了，接下来的路你要自己走。"

我一听这话明显不对劲。我沉着脸说道："你不会有事的，我带你离开这里。"

她原本雪白无瑕的脸上突然多了一抹说不出的灰暗，不像是外伤所致，反倒像从身体里向外透出的颜色。原本纯洁明亮的眼神此刻多了一分坚毅。她淡淡道："零，或许每个人心中都有一个小秘密，谢谢你之前告诉我关于你真实身份的事，其实我也有一个秘密，只不过现在来不及说了。"

不知是心理作用还是什么原因，我感觉怀中的初雪此刻变得比以前沉了许多。她继续道："既然不能和你一起离开这里了，那我就再帮你一次好了，有些事情你以后会慢慢知道的，我的出现其实从一开始就不是偶然，我们是命中注定的。"

说着我看到她的脸色越来越不对劲，她从我的怀中挣脱出去，随后看向四周。这时我才发现空中不知何时多出了十架飞艇，已经将我们几人团团围了起来。此刻迦米将昏倒的贾巴放到一旁，然后朝我这边看来道："不好，刚才的偷袭让我的念力又失控了，变得更加不稳定，我现在只能发挥出大概两成的力量。"

我让自己先镇定下来，对迦米传音道："你快想办法先走，是我把你害了，留下黑棺和我的另一具机体，我来殿后。"

他无奈地笑了两声说道："小子，要走一起走，要留也不应该你被留下。我的时代已经过去了，现在也应该为你们年轻人多做点事了。"

我不再劝说，感激地看向迦米点了点头。空中的飞艇已经到来，其中一艘传来一阵机械音："立刻原地举手投降，否则一律当场击毙。"我刚要起身，一边的初雪按住我的肩膀道："我来对付吧。"

原本想要拒绝，但她的语气中有着一抹不容抵抗的味道。我深深地看了她一眼道："那好，要小心。"

她的眼中再次充满了那种纯洁明亮，里面仿佛有星光闪烁。她回头道："下次见面，要请我看一场大雪。"

我满口答应道："好，等我们一起出去就看。"

她笑了笑没再说话，然后转头看向空中黑压压的一片飞艇群，眼神再次变得坚毅起来，不回头地朝前方走去……

第一百四十一章　金色

初雪此刻一步步走出，我望着她离去的背影，一种说不出的悲伤涌了上来。之前也看到过人类当中有人落泪的情景，之前我还不明白人类所谓的眼泪从何而来，此刻倒像是突然醒悟到了。

没有察觉我的机体内部此刻已经发生了一丝微小的变化。空中那些飞艇见我们没有投降，他们很快也做出决定，瞬间一连串子弹雨倾泻而下，我不能眼睁睁看着初雪一个人去抵挡，想着我也一步迈出，准备和她一起消灭飞艇战机群。

"砰！"突然一旁一股巨力袭来将我砸落在地，抬头看去，是被迦米之前打晕的贾巴醒了，此刻我也顾不上那么多了，于是大声呵斥道："给我让开，不然就给我死。"

他眼神中出现了明显的一丝惶恐，不过还是说道："我一个人拦不住你，那再加上他呢。"说着一道身影缓缓出现，正是林海。我依旧沉声道："让开，不然就死。"

他们并没有在意我的话语。我看向四周，观察有没有能够帮忙的人。此刻破灭正在一边与史蒂夫手下的机人兵团战斗。他一人手持红枪，面对几十人的装备精良的机人战士依旧不落下风。另一侧被迦米控制的我的原机体正远远地看着，似乎并不打算参与战斗。

而我们当中原本最强大的迦米由于遭遇了偷袭，导致实力大跌，此刻只能发挥出两成的力量。我看向他正端坐在地，双掌合十，此刻似乎想着怎么恢复过来。我对迦米喊道："前辈，我这里需要支援。"

他抬头看向我，随后飘至半空向我飞来。这时我看到另一侧一道人影闪来，正是史蒂夫。他看向迦米道："来吧，我陪你玩玩。"

我暗道不妙，怎么把他给忘了，不知迦米此刻对上他有多大胜算？迦米没有多言，直接以念力化掌向前横推，"砰！"破空声响起将史蒂夫打退，很快史蒂夫手中出现原力凝聚的光球，向迦米扔出。身边传来一阵声音："别大意呀。"

我连忙转头查看，一只金色巨拳袭来，"轰！"我被打飞险些从石路上坠落。我连忙起身跳到石路上，准备一举将两人彻底消灭。这时我起身回看到初雪正迎着枪林弹雨在机群中穿越，此刻她宛若一位天仙般在空中起舞，手持一柄银色长剑，很快就将两架飞艇击沉，掉入下方的岩浆中。

我看着空中初雪的身影，想着之前她没有这么强啊，就算到了生命危及时刻也从未展现出这样一面，不知是否与她身上出现的暗淡的颜色有关？来不及多想，两人的攻击接踵而来，我只能先抽身来对付他们。

一道光波袭来，我同样汇聚原力，并且是双手同时出击，很快我将两道原力弹轰出。对面林海的原力与我的在半空碰撞，白烟四起，瞬间将中间的石路砸出一个坑洞。而贾巴则以自身的特殊力量来抵挡，一抹金光从他手中亮起，然后他的拳头猛地变大数倍，硬生生抗下了我的原力波。

我不再留情，直接释放感力压迫对准两人，同时施加念力进行束缚，接着使用"大观"变身冲起先向一边的贾巴飞去。心灵感应奏效了，林海很快跪倒在地，十分痛苦的模样。一旁的贾巴相比之下要好许多，不过看起来脸色有些狰狞。他见我冲来，身上的金光大震，一时间浑身都被一层光芒覆盖。

我已经闪至其身旁，抬手，原力包裹，一拳轰出，"砰！"巨大的冲击将周围的砂石溅起：我竟然被他的力量震得倒退出去：对面同样倒退飞出，甚至被我打得险些掉下岩浆。只见他大喝一声，身上的黄金盔甲再次绽放金光，接着他的机体同样变大起来。而且还不是一般的增大，而是直接变为体型三倍都多的巨人，这也是我目前见过体型最大的机人。他的机身已经完全占据一条石路，双脚一垛，竟然地面都跟着震动了起来。我不由得有些惊讶，这不就是加强版的"大观"吗？原本变身后四米多高的我，在他面前显得渺小了许多。

巨人怒吼一声，不由分说一拳向我砸来。我不敢硬抗，只能先躲避闪至一边。"砰！"巨大的金色铁拳落在石板路上，竟然将石路砸裂一条缝。这种岩石不是一般的蓝星平常所见的岩石，而是混入了某种不知名的材料使其变得堪比天外陨铁。

现在我才发现原来暗灵之王的暗七将还是被我小瞧了，贾巴的力量大得简直匪夷所思。我连忙身形后退与之保持距离，同时寻找着他的弱点。他维持如此巨大的体型一定是有弊端的，不可能这么完美地驾驭这么庞大的身躯。

我一跃跳至其头顶，随后用手一挥，一道原力球瞬间砸下。他抬头看向我，眼神中带着狠意。很快，他抬起右臂将原力再次挡了下来。下一刻巨大的铁臂快速向我扇来。我利用念力飞向更高处躲了过去。我想到虽然他体型巨大，但不能灵活攻击更高处的目标了。

想着我直接释放念力飞到其头顶，准备越过他去支援初雪。此刻我看到初雪依然在与飞艇群激战，不过她看起来已经有些体力不支了。正当我以为没人阻拦时，身下的金色巨人竟然也跳了起来。我看到一个巨大的阴影出现在面前，随后一人大小的铁拳落下，"砰！"我再次被一拳砸飞出去。

我被砸得七荤八素，在空中翻滚了十数圈后终于在空中稳住了身形，此刻我被巨大的冲击力直接打得恢复了正常体型，而机身也被打得有些变形，一道道裂痕遍布身躯，所幸没有什么重伤。

这时我再看向初雪的方向，她已经将一半多飞艇都逐一打落，此刻空中还有三架正对准她，一时火力宣泄而出。初雪在空中灵活变换着身形，竟将周围密集的子弹都闪避过去。但是我看到她的状态很不对劲，此刻她的机身由原本的雪白变得越发灰暗，已经完全换了一种颜色……

第一百四十二章　退场

我看到初雪的身影在空中不断变换着，其机体已经由雪白变为一种白与黑的交织态的颜色。我知道这一定不是什么好事，可是此刻自己被眼前这座金身罗汉般的巨大机人拦着，一时竟无法越过，只能眼睁睁看着初雪一人对战守卫者飞艇群。

我的注意力突然被另一边的打斗声所吸引，只听一阵十分尖锐刺耳的空气爆破声，是迦米那边传来的。只见两人此刻身上皆已挂彩，史蒂夫站在石路的一个凹坑中，身上的衣服已经看不出原来的颜色，浑身上下都沾上了血液，看起来有些瘆人。

另一侧对应的"罗魁"也不好过，背上堪比天外陨铁的机械龟甲已经像瓷器般裂开，就连一只机械臂也像是融化了般少了一半。可能现在状态最好的当属破灭了吧。不容我多想，对面贾巴的攻击又迎面袭来。我立刻汇聚原力和念力于一掌，接着打出我目前所能使用的最强一拳，我称之为原念波。

"砰！"我和贾巴的拳锋在还未接触时就已发生爆炸，我感受到一股十分霸道的力量传来，在对峙了几秒后，我被巨大的冲击力再次掀飞出去。这次我仿佛失去了对机体的控制，不由自主地撞向岩狱的石壁上。我竟然直接陷了进去。

刚才的一击似乎已经超越这具机体能够承受的极限，我的右臂此刻已经失去了控制，只有不断的电流刺啦声从中传来。我尝试着用原力进行修复，但效果并不理想，由于时间紧迫我暂时只能放弃。我望向远处刚才贾巴的位置，只见他也被震退险些跌入下方的岩浆池中，此刻正用一只手死死扒住上方的石路，整个身体都挂在了半空中。

看他一时半会儿可能上不来了，我挣扎着将机体调整并从岩壁里脱离出来，随后飞至半空，立刻向着初雪的方向赶去，想着帮她一把。初雪这时看起来变得很是陌生，远远看去都能感受到一阵冰冷的杀意，眼神中再无之前那种纯洁明亮，取而代之的是宛若黑暗中走出的魔女般充满杀戮。

很快初雪将最后一架飞艇摧毁并将里面的机人核心取下，摧毁。我看到她终于撑不住了，径直向下方的岩浆池中自由落体。此时我离她还有一段距离，不能马上赶到。我心急如焚，于是集中念力希望能先减缓她下坠的速度，果然她下降得慢了下来。

不对，是她自己重新掌握了机体，此刻她停在了半空，似乎在调整着自己的机身，很快她便向一边的石路的方向飞去。这时令人意想不到的一幕出现了，只见不知何时一个从未见过的披风机人出现在距离初雪不远处。我暗道一声不好，心沉了下来，下一刻只见披风机人对准初雪抬掌，然后一抹白光亮起。

我大喊一声："小心。"

初雪听到了我的声音向我这边看来，遥遥相望时我看到她对我露出一弯笑容，接着一声爆炸声响起，初雪被原力波击中接着再次失去了机体的控制权，直直向着岩浆池坠落。我不顾代价地再次释放已经快要耗尽的念力，希望能将她接住，但她还是飞速下坠。

终于似乎沉睡在体内的某种力量被唤醒，我感觉机身出现了一抹异样，转头看向手腕处，那块沉寂了许久的暗灰色物质像是忽然苏醒了般，又重新受我的控制了。我心念一动，亡灵变，下一刻全身被一层暗灰色覆盖，原本已经瘫痪的右臂此刻也奇迹般当即复原，整个机体状态瞬间变得极佳，并且还似乎有着用不完的力量。

我连忙如离箭般加速俯冲向初雪的方向飞去，上空的披风机人显然注意到了我，尽管没有刻意观察，但能感受到一股热浪从上空飞驰而来。"砰！"我咬牙挡下上面袭来的原力波，由于暗灰铠甲的防御过于变态，我并没有受到太大的伤害。

不过他的攻击确实将我的速度放慢下来。眼看初雪即将落入滚滚的岩浆，我连忙将手伸出想要拉住她，但还是晚了一步，只见那个靓丽的身影扑通一声落入了岩浆池中，只有一阵泡泡冒出，好像在证明刚才有人来过一般。

我最终停在了岩浆池表面附近，四处查看，想要找到那个熟悉的身影，但只能看到一片暗红色流动着的滚滚热浪。我说不出此刻的感受，像是失去了什么，但又好像没有，只是有些东西变了而已。抬头，上方的战斗仍在继续，目光扫过，正好与披风机人对视。

他看着我的眼神中出现一丝狠辣，随后一发原力波再次袭来，这次的力度明显比之前更大。可能是由于亡灵变带给我的提升，也可能是被激活的心中的某个按钮，此刻我变得镇定无比，面对即将砸下的巨型原力弹，我变换身形，与那颗白色光球擦身而过，随后向上冲去。

披风机人也注意到我的不一般，连忙向后倒退出去。我则扑了个空。两人在空中对视一番后，他先说道："你们擅闯岩岛监狱，妄想救走这里的红色通缉犯，还将云都城主和他的手下杀害。我现在以光明十将——震的名义，召集这座监狱所有的战力，将你们在这里一网打尽。"

原来他就是新任的光明十将之一的震吗？对于光明十将的实力我有深刻的体会。正常状态下我能一对一将其击败，但需要一些时间。现在亡灵变状态下的我应该更加轻松了。想着我直接出手想速战速决，突然一旁的石路上传来了响动，扭头，变身金色巨人的贾巴已经爬了上来，同时也看到了不寻常的我。

他们两人很快达成了默契，一起看向我。不过这也在我的预料之内，也许棘手了些，但也可一战。突然身后不远处传来一阵空气爆破声，只见迦米似乎快要支撑不住了，机体半跪在地，周围的石路都被打得碎裂破败不堪……

第一百四十三章　旧时代的落幕

身后不远处的迦米此刻半跪在地，全身大大小小的伤痕清晰可见。空中的史蒂夫喘着粗气，一手捂着肩膀，看起来同样有些凄惨。只听迦米这时大喊道："老夫今日便来教育一番你们这些小辈，我跟你们拼了。"

话落只见其周边空气出现震荡，一股肉眼可见的气流从他手掌射出。我说道："前辈，不要冲动。"

他好像听不到我说的话，即使在不远处也能感受到有种窒息的压迫感传来。我心说看来迦米一定动用了底牌。这种力量即便是我现在都有种不能力敌的感觉，这一刻我仿佛看到迦米恢复到当年全盛时期的状态。

"咚！"一声爆响传来，空中的史蒂夫如断线的风筝般掉落，很快撞到了身后的石路上生死不明。很快迦米将头扭来看向这边。他显然也注意到我的战况，随着空气振动，迦米直接破空而来降落到我身边。

他淡淡道："这具机体已经无法支撑我的力量了，接下来我会创造一点时间来让你逃跑。这里毕竟是威斯的地盘，他们还有许多底蕴没有用出，所以时间越久，我们的劣势就越明显。我在你的原机身中加了一点手段，你暂时不用担心它的安危，等出去后它会自动找你的。"

接着迦米放声说道："来吧，你们这些小兔崽子，让我瞧瞧你们的厉害吧。"

我对迦米传音道："前辈，我们联手将他们快速击败，然后一起出去，我不能把你留在这。"

迦米仿佛没听到，转而看向莲狱中央的那朵巨大的莲花雕像，喃喃道："不好，它快要出来了。"

话毕只见中间那座巨型莲花石像竟然真的震动了起来，紧接着整座监狱也跟着微微震动，原本莲花上面飘浮的五把钥匙此刻全部不翼而飞，而石像则在震动中慢慢出现一条裂痕。接着是两条、三条，越来越多的细小裂缝布满了整座莲花石台。

突然我感到一种熟悉的气息从莲花内传来，一股股灰烟顺着裂缝从莲花石像内传出，弥漫到空气中，很快中央周围一片空气都笼罩着一种黑灰色的阴霾。众人都停下打斗，纷纷看向了莲花台的位置。我知道这股气息就是魍魉的力量。

对面站在空中的震似乎也有些意外，难道他也不知道莲花石像的情况吗？另一边破灭已经消灭了大半的机人士兵，剩余的都纷纷退走，而他也连忙向我这边赶来。很快他走到我身边道："这是……魍魉。"

他看到我身上的这副模样，一脸惊讶道："你身上也有魍魉之气。"

说着他将已经发烫的红枪对准我，警惕地问道："所以你的真实身份是鬼物吗？看你这么特殊，难道是进化后的鬼物？"

我不禁被破灭的想象力折服了。一旁的迦米直接将其红枪用念力折断道："后生火气太大可不好，你还不知道他的真实身份，他就是你们这些人要找的暗灵之王的继承者，零。"

破灭也愣住了，他深深地看着我好像要把我看穿一般，接着说道："好吧，先出去再说。如果你真的是那个人的话，我会来找你的；但如果不是，我就杀了你。"

接着红光一闪，他跳出十米开外，然后朝唯一的入口即出口那里跑了。此刻可能是莲花石像里面的魍魉之力的作用，整座监狱好像都变得摇摇欲坠，不少尘土甚至石块从顶部开始掉落。对面的震和贾巴似乎还是不肯放过我们，他们转而对我们说道："今天只能有一方可以从这里离开。"

说着两人直接起身朝我们攻来，数发原力波飞速而至。一旁的迦米周边空气再次振动，只见他单手一挥，一股气浪排出，直接将那些原力波固定虚空，一声声爆响传开，原力波在半空中被尽数摧毁，而气浪余波仍朝着对面席卷而去。

两人都拿出武器抵抗，"砰！"巨响传出，两道身影横飞出去落到更远处的地面。我不禁感慨迦米的力量之强，但这似乎也还没到他原来的极限。突然扑通一声，只见迦米倒在了地上，身上之前所受的伤此刻都被放大了般尽数裂开，其胸口处的核心直接裸露出来并发出淡淡的光芒。

我看到他的眼中出现了一种老人的迟暮之色。他缓缓开口了："我已到极限，小子，接下来的路要靠你自己了。记住，只要你守住内心，不管掌握了什么力量都不会有过。"

我郑重地点了点头，随后迦米缓缓闭上了双眼，胸口处的光芒也跟着熄灭。我连忙用心灵感应感受他的状态，没想到他身体里没有光团出现，这代表已经失去生机了。我随即又使用原力对他进行治疗，一抹强光闪过，我耗费巨大原力还是没有起任何作用。

身后传来响动，我先将迦米平放在一边的空地上，然后起身看向天空，此时贾巴和震两人正在高空俯视着我，对于头顶不断落下的碎石也毫不在意。我心一沉，对他们说道："来吧，你们一起上吧。"

我直接冲出，手持战斧朝两人斩下，"轰！"两人身形倒退硬是一起扛了下来。接着我迅速贴近近处的震，一记原念波打出，"砰！"只见他直直倒飞出去，撞向远处的石柱上。贾巴见状一颗流星般的巨拳砸下，此刻我再次使用"大观"变身，然后也一拳迎上。

"砰！"惊天般的巨响传来，我被震退两步，对面拳锋出现大量裂痕，随后翻滚出去。我准备乘胜追击，没想到身后一股热浪袭来直接将我打倒。我吃痛站起身来，身后出现的是原本被迦米打倒的史蒂夫，没想到他竟然活了下来，此刻走到了迦米的尸体边正看着我。

只听他说道："把武器放下投降，我保证不会让你死，你也不想看到他尸骨无存吧。再说了，你以为你还走得掉吗？"

说着他还用脚踢向了地上的迦米。愤怒中我也不禁有些犹豫了起来：迦米一生都为了人类，最后一定不能让他落到机人手中……

第一百四十四章　苏醒

对面史蒂夫正用迦米的尸体来威胁我，其实我还是抱着一丝能将他复活的可能，所以不想让他彻底葬身在这里。对面的史蒂夫也看出了我的犹豫，因此才肆无忌惮地向我开口。我也没有十分的把握能在一瞬间将他制服，否则我现在就出手了。

身后也传来了动静，一回头只见贾巴、震以及林海都出现在我身后。此时四人将我前后夹击了起来，这让我感受到一种危机感。此时我的状态比他们几人都好，甚至还叠加了亡灵变和大观两种形态，所以其实胜负并不好说。

他们都有默契地相互看了一眼，随后史蒂夫直接越过迦米的尸体对我道："看来用不着那样威胁你了，如果这都能让你跑了，那我们也都不用干了。"

说着一道道强大的气息接连释放，只见他们都使出了各自的手段，随后一同向我冲来。我也连忙将机体运转至最佳状态，随后面对四道不同方位的攻击，一斧斩下，同时躲到一边。"砰！"巨大的爆炸声响起，我被震退数步。身后史蒂夫的攻击袭来，我单手以掌接下，"砰！"他没能破开最外层的灰色铠甲防御，直接退到一边。

我则趁着空当闪身后退至半空，接着下一轮的攻击紧随而来，虽然他们对我没有造成太大的伤害，但同时面对四人的猛攻还是让我有些应接不暇。很快我们便缠斗了数十回合，不知何时突然一次背后的攻击没有反应过来，"砰！"我被一拳打飞出去，翻滚几圈后才稳住身形。我发现自己的灰色铠甲竟然裂开了一个小缝，这让我开始担心起来。

不过眼看对面也差不多到了极限，尤其是还身为人类的史蒂夫和林海：此刻史蒂夫浑身充满一股血气；而林海虽然没那么夸张，但眼神里也多了不少疲惫。此刻四周震动反而停了下来。我不禁瞥向中央处的莲花石像，那里已经裂开一道比之前更大的裂缝，正在冲外不停散发出一种浓浓的灰色气体。

这股气体与我之前在罗南深渊底端遇到的一模一样，这是死气。不过为什么会出现在这里？再结合迦米之前说里面的东西快出来了，是想说什么快出来了，难道这座莲花台中还关押着别的东西，比如鬼物吗？

透过逐渐浓郁的灰色气体，我看到石像里出现一只血红色的眼睛，那是只有在死人身上才能看到的诡异的眼睛，麻木、不安，以及诡异。那只眼睛与我对视的一瞬间，一种不寒而栗的感觉涌了上来。那种让人胆战的感觉比我在深渊中遇到的猩红眼怪更加强烈。

对面四人也发现了中央那片区域的不对劲，但他们还是没有过多关注，几人再次朝我这边冲来。我正准备应战，地面石路上突然飞过一抹寒光飞向那四人，其中史蒂夫没有察觉，竟被直接斩掉一只手臂。光芒再次返回，我看到下方的石路上，一个略显瘦弱的佝偻身影出现在迦米身旁，手中握着一柄通体漆黑的长刀。

那人赫然是我们心心念念的五婆婆珍妮，一道清亮的嗓音传来道："你们是不是还忘了老身，我可还在这儿呢。"

那四人显然没有料到五婆婆的出现，此刻原本就状态不佳的史蒂夫更是被重创。所以现在优势轮到我们了。他们显然也看出来了，四人不再多言，直接朝着出口处的方向退去。我见状朝着下方五婆婆的方向飞去。

到达地面后我走到五婆婆旁边，此刻我才注意到原来她的双腿无法正常站立，正靠着身后的一个石块才看起来像正常人一般。我正准备说些什么，她对我微微一笑，倒像是邻居家的慈祥的老奶奶，与刚才体现出的那种气势完全不同。她开口说道："走吧，我们一起出去再说，我也有话要对你讲。"

于是我们先不再多言，我知道她还不能正常行走，便将她背起，看向身后，只见我的原机体不知何时也走了过来，在没有受到我的指令下将迦米的尸体背起，然后跟着我一起向出口走去。我也顾不上多想，这样反而更加省事，一行人便很快来到了出口处。

回头里面的灰烟还在不断冒出，看情况似乎要把整座监狱淹没。我立刻走出红色莲狱，准备离开这里。来到外面的绿色区域，四周安静得有些反常，没有多想我便直接背着婆婆继续往出口走去。直到黄色区域时，我感觉四周好像有人。

心念一动，心灵感应笼罩四周，果然一个机人在十米左右的位置偷偷埋伏着。我见他没有什么动作也不愿多管，便继续前进。很快他走了出来，是一个身穿灰色制服的守卫。我刚准备动手便听到他说话了："等等，我是您曾经半路救下的那个机人，已经被治疗并成为这里的一员了。"

我听到后放下了手中的动作。他就是当初那个在半路上遇到的独眼机人，没想到这么快就见到了他，还变了副模样。我淡淡道："这里是怎么回事？为何现在四周的守卫都消失了？"

他对我恭敬道："大人，您有所不知，小的在这一直等着您呢。不久前原本监狱里所有的守卫都被征掉走了，就连一部分犯人也跟着出去了。他们此刻应该都围在岩岛监狱外，就等着您出去准备一起对付您呢。"

我一听是这样吗？果然不是什么好事，现在的状态我很可能无法正面从那么多的守卫中逃走，只能另寻办法了。想着我对他道："好的，感谢你告诉我这个重要的消息，以后我想我们还会见面的。"

说着我将一枚通信器递给独眼机人。他露出一抹机械式的笑容道："谢谢大人。"

我也回以淡淡一笑说道："配合一下吧，和我一起出去。"他明白了我的意思，很快我继续朝着出口走去。其实就算他不说我也会先勘察一番再行动的，不过现在多了一位帮手更方便了……

第一百四十五章　猜想

和独眼机人（或者说这里的守卫）走过黄区后来到蓝区，这里还有一些犯人正在往出口走，身穿蓝色区域囚犯统一的服装。随后我也有样学样地换上了统一的服装跟着一批囚犯一同走了出去，同时也将五婆婆、机一也打扮了一番。

越过岩狱的巨大拱形铁门后，我们一众人来到了监狱外。果然外面的人已经围满了一大圈，呈环状将岩岛出口都包围起来。就在人群中央我看到了提前出来的震、贾巴、林海以及史蒂夫一行人。我心道不妙，看来想要逃离这里还得面对他们。

我随着人群出来后，此刻外面已经站满了囚犯和管理员以及守卫。这里的囚犯此时有不少人已经被松开了手铐和脚链。我心说难道史蒂夫他们不担心这些囚犯暴走吗？虽然他们原本有镇压囚犯的实力，但现在他们的状态也都下滑，如果我能掀起暴动，就能离开这里了。

想着我向人群中走去，身后的独眼机人和机一如鬼傀儡般跟在后面。就在我准备先说服一批人时，岩岛突然微微震动了一下。我回头望向监狱，只见高耸的骷髅造型上其眼睛处竟然飘出一阵黑灰色的烟雾，紧接着一道黑气直冲云霄，从其顶端射向遥远的另一端，而那个方向就是五大岛屿中央的天堂岛。

我愣了愣神，心里不由多了一分猜测。原本等待的人群看到这副场景也开始叽叽喳喳了起来。我心说都不用我动手了，这里面关着的怪物一旦出来，他们自会乱了阵脚。正这样想着空中一道身影掠过，赫然是史蒂夫，他正穿过人群朝着监狱内飞去。

而就在人群还叽叽喳喳时空中又出现一道光芒，是震出手了。他手握一杆从未见过的三叉戟站在高空，戟身散发出阵阵强光，其上面的原力气息尤其强悍。很快人们安静了下来继续等待着。我也看到了这一幕，那种原力的强度竟然隐隐让我也有种不安。

不久监狱内传来一阵碎裂声和撞击声，伴随巨大铁门再次缓缓开启，一股灰色迷雾直接飘出，里面一个模糊的身影出现在门前，其手中举着一把大刀，一步步朝人群中走来。

很快我便发现了他的不对劲：只见他步伐僵硬，身形呈一个不自然的状态。我心说：不会吧，难道史蒂夫已经被感染了？人影穿过厚重的迷雾来到阳光下，一张发黑的脸出现在众人面前，瞬间人群就炸锅了。

看来里面凶险无比，就连史蒂夫都着了道。人群此刻不约而同地朝岩岛出口的方向跑，但显然那里已经被锁上。而把守出口的赫然是监狱的守卫们和几位高层。我心说不对劲，难道这些人早就知道里面关押的东西吗？他们一副冷漠的神情不禁让人浮想联翩。

人群一头有人直接打倒了几名守卫，想要通过出口，但很快就被乱枪打死。依旧有不少人跃跃欲试，想要冲破出口。突然一道白光闪过，之前还站在巨大闸门边缘的机人此刻都整整齐齐地躺在地上不动了，只留下一道深深的沟壑还冒着白气，是震出手将刚才想要越狱的人全部处死。

人群中传来了恐慌声，回头身上沾染了死气的史蒂夫已经冲入人群，像狼入羊群般开始肆意猎食。我注意到此刻他并没有使用原力，而是一直用蛮力来残杀周围的机人。不久四周就多了不少死去的机人，有的在地上艰难地爬着，还在苦苦挣扎。

眼看周围已经变为了一番地狱般的景象，同为机人的我也有些看不下去了。不少机人镇定下来开始围攻史蒂夫，他们几乎都是属于黄色区域甚至绿色区域，所以战斗力都不算弱。眼见几十号人一起对史蒂夫发动攻击，很快被围在中央的史蒂夫停了下来，僵硬地站在原地一动不动了。

此时他身上已经布满了伤痕，一番乱打使得他甚至失去了人样，但我隐隐觉得有些不对劲，似乎一切还没完。只见那个已经不成人形的尸体动了起来，但并没有朝着人群继续前进，而是顺转身一步一步走回了迷雾之中，也就是监狱的方向。

猛然间我手腕处的那块灰色物质躁动了起来，仿佛是嗅到了什么让它饥渴难耐的东西般。甚至连我本身也感觉有点受到了它的影响。闭上眼后，我突然看到一个场景：只见一片灰蒙蒙的雾气中出现长着四只手臂的人形怪物，虽然看不清他的眼睛，但能感受到一股十分浓郁的死气，以致整片天空都变了颜色，一股强大到窒息的压迫感传来。

我陡然睁眼，看向眼前，史蒂夫已经消失在迷雾中，周围剩下的人群陷入恐慌之中。一旁的独眼机人说道："怎么会变成这样？这看起来就像是个陷阱。"

我淡淡道："先别乱动，看看他们究竟要耍什么把戏。"

我也察觉到这座监狱的诡异之处以及那座莲花台设立的目的，恐怕这里的一切都是为了里面的鬼物。但他们将鬼物封进里面做什么，难道是想培育它吗，还是用来做其他实验？我不禁被这个猜想惊到了，能以这种手笔来做事，恐怕也只有权能通天的威斯一人了。

想着我身上的躁动之感越发强烈，我强行将它压下，不料下一刻我自动使用出了亡灵变，并且还是一副跟之前完全不同的外形，像是穿上了一副拉风铠甲般。我的变身很快吸引了周围环境的注意，甚至就连不远处的守卫队都朝这边看了过来。

我心中一沉，对身后的珍妮道："婆婆，接下来路途有点颠簸，您抓好了。"

五婆婆心领神会地微微点头道："如果需要老朽的话，我也义不容辞。"

我说道："好，那就麻烦您了。"

话毕我聚集原力，同时跳至高空，在所有人的目光下，对准面前的巨型闸门大声道："想逃的，跟我冲锋……"

第一百四十六章　谈论

原力凝聚，弹出，一发包裹着炽热能量的光球炸开，将横在面前的壁垒轰出一个巨大的豁口。下面的人群先是一愣，紧接着便是一阵高呼声，人们纷纷朝着那个洞口处前进。而我则在上空引起了震的注意，只见他看向我道："是你。"

我没有回应，直接加速冲起，在他的质疑声中挥斧斩去。"砰！"他手握三又戟直接挡下，身后五婆婆道："看我的。"

一柄黑刀划过天际，砍在震的胸前留下一道伤口。我趁机一脚将其踹下，只见他向下掉去摔在巨大的闸门口处。我则没有回头直接穿过洞口，身后机一紧随其后和我一同越过，在众人的目光下我正式踏上了离开的路程。

身后依然传来枪响，我凭借身形躲过所有子弹，随后在一旁的机场抢来一架飞艇，带上众人离开了这里。背后不时传来嘈杂声，我加速一脚油门很快便离开了。临走时看向后视镜，只见有的机人囚犯已经从洞口逃了出来，正朝着外面狂奔。

接下来的场景已经看不清了，随着高速飞行，我踏上了穿云桥。接下来的旅程就相对枯燥了些，一路上并没有再遇到什么阻碍，五婆婆也在路上昏睡了过去。我在检查了一番她的状况后并没有将她叫醒。而后座的机一则待坐在一旁保持沉默没有表现出什么异样。

过了一天多后我顺利坐上天堂列车离开了天空之城，接着又辗转几番离开了大华洲并到达蛮荒洲。这里便是属于我的地盘，也可以顺便看看五婆婆的情况，看是否能够帮助她。

飞艇停在我的院内，下车后管家立刻认出了我，连忙招呼道："主人您终于回来了，我已恭候多时。"

说着管家做出一个标准的礼仪手势，我让他招呼着把上面的人都接到房间内，随后我也连忙上楼先查看了五婆婆的房间，见她还在休息，我便来到一间空置的屋内。此刻里面床上静静地躺着一个身披龟甲的机人，另一侧站着机一。

我先走到机一面前，然后开始与他建立连接，很快我发现在机一体内多出一个程序，大概是让他一直跟着我，想必是迦米之前设立的。我从机一身侧取出一枚巴掌大小的漆黑令牌，将它握在手中，能感受到里面蕴含着一股非凡的能量，这股能量让我十分熟悉，赫然是暗能。

一道黑光闪过，我先将令牌收起，转身看向床头，迦米的机械身躯已经经过初步的修复，此刻焕然一新。但由于他死亡其实不是机体受到外力所致，而是自身机能能量过载而引起内部的崩坏，就连核心都已熄灭。所以当前我也没有更好的办法来救活他。

于是我打算先将他的机体保存起来，等之后再将他交给小菊那边。做完这些后我应该到穹顶之下找找革命军那边了，不知那边现在变成什么样子了，不过在此之前我先需要和五婆婆谈谈。

想着我再次来到珍妮的房间。此刻她已经醒了过来，正呆呆地望着窗外，不知在想些什么。我慢慢走近她轻声道："婆婆我来看您了。"

她慢慢地机械式地转过头，带着略显疲惫的神情中说道："谢谢你救了我！你和初雪关系很不错吧。"

我闻言有些惊讶：她是怎么知道的？初雪牺牲时她还没有醒来。她继续道："老身已经看到了，你不惜代价地想要救出初雪，但可惜了，也许这就是她的宿命吧。不过也不用太过伤心，有缘人终将会重逢，小伙子，原本我以为自己会一直这样在暗无天日中度过，没想到还有机会重见天日，不管你是不是他，你都是一位英雄。"

我疑惑道："他是谁？"

五婆婆感慨道："既然你与初雪关系甚好，又奋不顾身救出我，那么我也不需要再去瞒你。他就是传说暗灵之王的继承者，自称零的机人。"

此刻我是以机二的模样出现在这，也没有说过关于自己的信息，我决定将自己身份说出。我接道："婆婆，其实我就是那个机人，只不过现在换了一副身躯，因为中间发生了一些事情，所以变成现在这个模样。"

她眼神一变，有些狐疑地看着我道："小伙子说谎可不好。"

于是我说起了之前与她经历的那些事，甚至还说了离开她之后的种种，话毕她感慨道："是你吗？真是太好了，老身以为那次以后再也见不到你了。没想到王座预言的是真的，你真的有打倒威斯的潜能。"

我见五婆婆变得有些激动，好像要立刻起来一般。我连忙安抚道："婆婆您先坐下，我们慢慢说，这里只有我们两人。"

她略显僵硬地坐在一边道："老身现在不行了。如果还是当年，我一人就要让他们几个付出代价，但如今我已经变成了这副模样，我的力量也被限制了许多，我是真的老了。"说着她叹出一口气。

我知道之前五婆婆确实很强，一人便能敌至少三位大将，而且还掌握了暗能，这使得她几乎可以立于不败之地，但最终还是被威斯大军抓走了。我不忍勾起她那段回忆，便没有开口。我想了想道："婆婆，那您现在还能使用暗能吗？"

其实这才是我最想问的，因为自从我转生到机二后，就再也没能成功召唤出暗能，即便尝试了许多次也都以失败告终。珍妮闻言缓缓说道："我如今已经失去暗能了，所以并不能再用了。你是想问……"

说着她理解了我的意思，稍加思索后道："其实我也不能百分百确定，但理论上说暗能是可以再次掌握的。"

她转而看向我道："对了，其实我也想告诉你关于我被抓住之后经历的事。"

我郑重地点了点头。随后她开口了："那时我被抓去原本以为威斯只是想抓住我，进而阻止你的脚步，但我想错了，他从一开始就没有把你当作他的敌人，自始自终，他都在进行自己的一个可怕的计划……"

第一百四十七章　真正野心

我静静地坐在一旁，听着五婆婆说起了她之后发生的事。她继续道："先从你走后说起，当时我在威斯的五名大将的围攻下很快败下阵来，而且还受了很重的伤，当时以为自己必死无疑了，但他们并没有杀我，而是保住了我的生命，但机人并没有那么好心，而是想用我来做实验。

"他们将我带到天堂岛，在那个表面宛若人间仙境的地方，却做着最残忍之事。那里的实验室中还有各种实验体，都是有关人类的，而我只是其中之一。他们做着人体改造试验，想要把人类也变成和他们一样的机器人，变成一具只有思维和意识冰冷的机器。这才是威斯对人类世界最终的想法。"

我听着不禁有些胆战，这个计划十分残忍，如此一来他们相当于要直接剥夺整个人类文明，这是绝对不行的。我不由眼神变得冰冷起来。五婆婆见状继续道："这只是他对人类的计划，而他本身也在进行着自己的计划。"

我已经知道威斯想要将暗能与原力融合，但他似乎还有别的目的，只听五婆婆说道："威斯用我做人体实验并且想要发掘我能使用暗能的秘密。有一次不经意间我看到他将原力融入其他力量之中，那股力量就是魍魉。"

说着五婆婆的语气加重了一番，我一直以为威斯是想将原力与暗能结合，看来我还是小瞧了他，他是想要把这三种力量相加，那产生的威力简直不敢想象。我也被威斯疯狂的想法震惊了。

一时间屋内的气氛沉重了许多。我说道："婆婆，相信我，不会让他得逞的，虽然现在我也丢失了暗能，但不久后我一定会拿回它的。您已经付出了太多了，如果您不介意，可以在我这里或者穹顶之下的一处安享晚年。"

说着我还谈起灵梦之夜，说她可以搬到那里居住。五婆婆脸上露出笑容道："唉，其实我们这一辈人想要完全退出是很难的。我们都有着不同的使命。我自己的已经完成了，但还有大家的。行了，谢谢你的好意，那我便先在这里休养一阵，等差不多了我会联系你。我想我们这些老一辈的也该出来走动走动见见人了。"

说着她看向我道："你有没有想过建立自己的势力，光凭你一个人终究是不够的。"

我也知道五婆婆说得没错，之前也有想要召集起人手一起对抗威斯，但可惜一直没有什么机会，如今被五婆婆提起，如果能得到她的支持，做起来会更加容易。于是我说道："晚辈也有此意，等不久时机成熟便会召集人手建立自己的势力，届时还望婆婆能够捧场。"

珍妮笑了笑道："好，到时候老身一定会去加入你的，顺便再请几位老朋友出来。"

我说道："好，那先多谢婆婆了。"

话毕我走出房间，准备再尝试一番，想要看看能够否在令牌中获得灵感。来到地下室中，四周空旷无比，适合实验。我拿起有些分量的漆黑令牌，身后我的原机身也自动跟了过来，想了想还是将它留在这里。

我单手拿起令牌，将一丝原力注入其中，很快上面冒出阵阵白气，并不断振动着。我心说怎么会这样，要失败了吗？只见令牌内闪出一道黑光没入我的体内，一时之间我竟没有反应过来。接着我感受到体内有种翻江倒海之感，强烈的不适瞬间传遍全身，再观察自身发现不知何时自己变成一副新的模样，身上竟然出现了灰、白、黑三色交织而成的一副铠甲。

接着我便看到一副画面出现在脑海中：一个全身长满眼睛的怪物从深渊爬了上来，身后还有不少通体发灰腐烂的机人跟在身后，另外还有其他不成人形的怪物也跟着爬出，纷纷朝机人居住的区域前行。这时一个形似狼人的怪物瞪了我一眼，很快视线消失，眼前恢复正常。

我不安地愣在原地：刚才看到的究竟是幻象还是现实？罗南深渊的鬼物怎么会爬上来？没有注意身后的原机身不知何时朝我靠了过来，回头只见它出现在身后，一种奇妙的感觉传来，我忍不住伸手触碰，面前的原机身像液体般化开并迅速流向我，很快便传遍全身。

我没有反抗，静静等待其包裹然后融合，不久我变成机一的模样，手中的令牌再次亮起随后化成一道灰彻底消失在空中。我眼前的屏幕上突然又亮起一行颜色带，从左到右分别是白、黄、绿、蓝、黑，中间还有渐变的过程。我很快明白了这条颜色带所代表的含义。它是指我现在体内的能量波动，也可以代表着现在状态下的战力，而我自己的指针停留在浅蓝的位置。

令牌的消失和机身融合带来的变化让我有些惊讶，我也不明白浅蓝的位置代表的实力有多强，但肯定不会比之前弱。我心念一动，下一刻我变成了机二的模样，果然，我能够发挥液态金属的作用了。

如果初雪看到这一幕想必也会欣慰吧。眼前浮现出那个活泼靓丽的身影，又想起滚滚岩浆将她吞噬，虽然之前五婆婆他们安慰我，但我想她应该不会再出现了。突然就像是触动了一个开关，我感觉机身核心的一个部位猛地抽搐了一下。不再多想，我心中出现"报仇"两字，一定要将那些与她死有关的人全部消灭。

来到室外，此刻还是阳光万里。身后管家走了上来。我对他说道："我最近还要出去一趟，可能时间更久一些，麻烦你把那个老人照顾好。"

他点了点头道："放心吧，我会帮您照料她的。"

我应了一声，然后找来一辆飞艇，随着响亮的引擎声我再次踏上了征途，这一次的目的地是革命军本部，我想看看那里究竟现在情况如何。如今我将两具机身合二为一，可以随时以零的身份示人，也该摊牌了……

第一百四十八章　返回

飞艇的速度极快，没过一会儿便已走出一段距离，再往前便会看到一座村落，那是附近荒漠中唯一的一片村落，其当初建立的目的便是看守一个穹顶上下相连的通道，一个由人类建立的被发现了的通道。我不知道这是不是唯一一个被发现的通道，显然这对于战争来说是致命的。

走近村庄，能看到一支武装小队正在外面巡逻。一辆沙地浮车驶来，上面载着两名士兵。我见状也停了下来，两人看到我后直接举起枪支道："你是哪里来的？到这里想干什么？"

我不紧不慢地说道："我就是蛮荒洲本地人，想在附近转转而已，前面不能通过吗？"

两名士兵相视一眼，随后说道："你不知道之前发生的光明之王大人下界之事吗？现在已经全令禁止所有机人与地下人类互通了，战争快要来了。"

我知道他说的就是之前的广场事件，再过不到一年威斯就会强制夺取人类世界，虽然字面是想以和平的方式让人类让出土地，但到时候一定不会太平。尤其是从这名士兵口中说出，就更加确定了，机人从一开始就没打算放人类一条生路，不管如何选择最后只能走向毁灭，唯一一条生路就是奋起反抗。

我点头称是，然后在两人还未察觉时释放念力将其直接控制，不能动弹。在其惊讶的目光中，我走上他们的浮车，然后驾驶着向通道开去。因为是威斯部队车辆的原因，路过附近建筑时再没有遇到阻拦。很快便到达通道口处，沙地上一个巨大圆形的印记凭空出现。

走下，掌中白光闪过，原力发动，我在两名士兵的目光中坐上飞艇，按下开关，漆黑的通道口打开，向着下方俯冲而去。上面的两人则在原力的作用下忘记了之前发生的事。为了安全考虑，我想还是隐蔽一点较好。

飞艇冲出，来到穹顶之下，还是黑夜，而这里对应的位置是第十一大区，一边下降朝着远处驶去，一边用贝铃与革命军那边联系。很快振动传来，一声熟悉的女声传出："零大人，是你吗？"

我应道："我回来了，那边情况如何？我很快便到。"

阿曼道："情况不是很好，大本营已经被控制住了，总之小心。"

最后的声音她几乎是悄声说出的，代表情况可能真的不容乐观，难道说那个背叛的大将把剩下的大将都控制起来了，而且不是还有上面那位的白王吗？白王，我突然想到什么，白王和白大人，这两者会不会有什么联系，白大人就是迦米，那么白王也是他在背后控制的话，那么一定也出现了问题，但是从我对迦米的了解来看，他没有必要建立革命军，那么到底是怎么回事？

我没有多想，总之显然革命军背后的白王一定也出现了问题，而白王的实力有多少虽然不太清楚，但能建立起庞大的革命军显然其本身实力必然不可小觑。那么接下来也许面对的又是一个强大的怪物了。

不久我便到达了第二大区的一处荒地，革命军本部便在脚下更深的地底。转动隐蔽的开关，眼前出现一道不规则暗门，进入，一盏盏灯光亮起，宽敞的大道出现，飞艇进入走过一段路程，便看到熟悉的场景。眼前是革命军装甲战车的停车场，此刻有一半是空置的。

走出飞艇，地面上人们都在搬运什么东西，看上去像是武器弹药，还有一些其他物资。心念一动，我变成本来的零的模样，朝着最近的人员走去。我将他叫住，转头。他似乎被我吓了一跳，直接放下手中的箱子向后退去。我疑惑道："你在怕我？"

他有些颤抖地想要拿起武器。我心说不对劲，连忙释放念力将他困住，在他惶恐的目光下，抬手，释放原力，在原力的大量消耗下，我从他的记忆中看到许多不知道的信息，没想到短短几天地面之下已经发生了这么多的事情。

在联邦大会召开后，人们都闭门不出，对于绝大多数民众来说，一时之间让他们面对现实是一件十分残酷的事。就像一个人走在街上，然后头上突然出现一把利刀一样，告诉你刀会在之后的某一天里落下，那么这个人多半会被吓得不轻。

眼前面对的形式便是全人类头上多了一把刀，而所有人都在等刀落下的那一刻，如果处理不好产生的后果则是不可想象的。就在我前去营救五婆婆的当天，联邦政府召开了第二次会议，只不过这次是在线上。先是向人们展示了人类现在军队的强大，在一番鼓舞后，接着提出了面对机人的反制战略和计划，被称为"黎明之计"。

顾名思义只要计划成功人类便会迎来地面的黎明和曙光。这是一场针对地上机人的完全的反抗。而所有机人一律会被当作敌人处理，只要抓到立刻消灭。

之前穹顶之下还有一部分机人，现在已经全部被消灭了，而人们家中的机器人也都纷纷被各自销毁。革命军内部的冲突是因为里面收容了一部分机人，随即变成两个阵营，三大将中的其中一人便是机人，而正是这名机人叛变离开了革命军。

我在身前的这个人记忆中得知叛变的大将叫作落山，是一名身披黑袍的神秘人，他在会议召开后立刻就叛变了，带着自己的机人手下和数辆战车将本部基地一番破坏，之后扬长而去，失去下落。即便是在人人喊打的各处也没能找到他的踪迹。

我对于那名大将的了解也不多，最多便是从与他们交战了数个回合，有一面之缘。革命军本来就是一个包容性很强的组织，这里的人都是能够接受机人存在的，但落山大将的叛变让部分人们不得跟着动摇起来，到底对机人的态度应该怎样，机人与人类真的能够和平共处吗？

读取完记忆后我将这名男子放在地上，不多时他便会自动醒来。

第一百四十九章　进入

将这名革命军放下后，我继续向前走去。此时已经了解了这里发生的变化，对于这种情况我也没有办法，谁也不知道为什么落山会突然大闹基地然后离去。

我从那名革命军战士的记忆中看不到原因，也许这里面还有更深的内幕。

虽然落山带走了一批机人士兵，但他不可能把所有机人都带走，因为还有许多并不属于他管辖范围的机人，而这些没有走的机人则在这里与原本身为革命军的人类一起，气氛一时间也变得紧张起来。这也是那个士兵看了我一眼后会感到有些慌张的原因。

如今融合两具机身我的实力已经比之前更强，虽然还是没有恢复暗能，但此时在这里我还是有实力上的信心的。想着我看向不远处的一个头戴红巾的人，红巾上画着一颗星星，这是一名队长，就像阿曼和龙七一样。视线扫描之下眼前屏幕的指针指向黄色区域，准确地来说是暗黄色，也就是黄色区域边缘，已经接近绿色，这代表他的能量波动或者说战力水平还不错。

之前晕倒的那名士兵是浅黄色，而这里许多人也都停留在浅黄的水平，是这里士兵里普遍的层次。我也没有想要隐瞒的意思，直接上前将他叫住。回头他看到我明显也有些慌乱，但很快镇定下来，然后说道："不是说好了吗，革命军机人现在统一调度到二区，你怎么……"

说着他停下，定定地看着我，瞳孔逐渐放大，然后说道："您是……零总帅……"

革命军的最高职位便是总帅，包括那位神秘的白王，他便是真正的总帅。我淡淡道："对，我回来了。你跟我一起来一趟吧。帮我带路，去见你们的大将。"

他没有动而是打了自己一巴掌，随后道："我不是做梦吧。"

随后他恢复过来后道："零总帅，我正好便是初旭大将的部下之一，名叫初一。她现在有任务在身，已经出去了，而目前还在基地的只有姜子大将了。我可以带您先引荐他手下的大队长，再由大队长带您去见姜子大将。"

说着他做出行礼的动作，我说道："那位白王呢，谁能找到他呢？"

他立刻回道："回禀总帅，属下并不知情，您可询问姜子大将，也只有他们能知晓了。"

我点了点头，又问了目前这里机人的处境和位置，他都一一进行回答。在落山走后，这里剩下的机人便统一待在了城堡的一半区域内，被称作二区。革命军有四成的成员由机人构成，但占了一半的位置，可见机人的重要程度。目前机人被安排在一起，暂时都不能随意走动，因为外面的形势很严峻，根本容不下任何机人。

我心道也没错，不知道现在外面是怎样一幅场景，等我出去还得先问问果老，他作为政府的台面一定知道一些情况。我对初一说道："好，那就辛苦你去联系一下，我先去领城看看。"

他应了一声后便先离去了。我则向一边的墙壁走去。那面墙壁后便是领城了，是一座主要由超巨型城堡和周围一些建筑组成。其实我可以直接联系初旭，但因为初雪的原因，现在并不想直接和她对话，所以才找其他人；另外是我想看到其他大将，这样更加熟悉这里。

来到石壁前，一道如同天堑般的裂缝出现在眼前，走进去便是另一番广阔的天地。上次来时城堡还没竣工，如今再来已经建成，一座气势恢宏的建筑出现在眼前。走近，随后一排车队驶来，为首一辆浮车上下来一个机人和一名人类，机人身穿西装，而一旁的人类却浑身肌肉，赤裸上半身。

这两人便是当初在广场事件中支援战场的五人之一。我看到指针转动到浅绿的位置，代表两人实力要高出普通的大队长。两人下车后向我走来。西装机人随后摘下墨镜，露出一对泛着蓝光的双瞳。我走上前，那名机人道："您好，尊敬的零总帅。"

一旁的肌肉男不可思议地看向他道："你确定吗，他就是零王？"

西装机人点了点头道："至少这具机体是他，虽然不排除有其他的可能，但应该没人能在光天化日之下走到我们这里然后伪装成这样。"

我淡笑道："你们好，能见到你们的领导或者说那位白王吗？是他请我来的。"

两人相视一眼，随后西装机人道："这样吧，你让我们再检查一下身份，如果没问题的话我便可以带你先去见到姜子大将，他知道怎么见到白王。"

我此刻有些不耐烦了，于是说道："那麻烦你们快点，否则后果你们是承担不起的。"

两人也许本来就在这里地位不低，此刻在我的话语下显然有些被激怒了，其中的肌肉男笑道："我觉得不用检查了，这个人的身份太可疑了，零王已经在那次大战中陨落了，不知道现在是谁在利用他的躯壳，我们直接将他拿下好了。"

一边西装机人道："镇定，虽然他出现的可能性确实很低，但如果他不是零统帅本人，又是谁有如此实力能操控零王的机体进入我们这里还出现在这儿？你觉你我能拦得住吗？"

我心说西装机人说的是，就算我不是零，那么有能力控制我的机体的人他们未必对付得了。我说道："这样吧，我就展示一下好了。"

说着我释放原力，掌中出现一团明亮的光球，无比的能量涌出，两人不自觉后退。我说道："现在可以了吗？"

肌肉男刚想说话，一边的西装机人拦下，开口道："好的，大人。我是这座城堡——领城的城主沃斯，旁边是副城主纲。请您跟我来，先到城内一坐，我这就联系上面通知您的归来。"

说着他做出一个恭敬的礼仪姿势。我点了点头，在两人的带领下朝城堡内走去。这时身上的贝铃突然响了起来，我则当着两人的面接起……

第一百五十章　困局

接起贝铃，声音传来："我是初旭，听说你已经到了革命军本部了，现在形势比较复杂，你先不要冲动，等我回去。"

我淡淡道："放心，我不会对无辜之人出手的。"

那边停顿了下，随后道："我在外面追踪落山的踪迹，他不知道怎么突然疯了，现在找了许久还是毫无线索。我想顺便问问你有什么看法。"

我说道："你们对他的了解比我深多了，怎么会想到问我？"

她语气变了变说道："他其实与你的机体大致分为同一类型，他是液态金属机人。"

我记忆中出现一副灰袍人的形象，里面无数紧紧缠绕的绷带。我说道："虽然他是液态金属，但是他的攻击方式却有些奇怪，为什么他是借助外物来进行进攻，而不是利用自身优势来变形攻击呢？他是怎么加入革命军的？"

初旭表示她也不知道，这种事情谁也没太在意，只知道落山来的时间比她加入得更早，或许只有创立者才知道吧。我接着问道："对了，那位创立者白王呢？"

初旭说道："白王的行迹我作为大将都几乎不知道，我这儿有一只特质贝铃联系他，这也是我们这些下属与他沟通的唯一方式。

"我可以再尝试联系一遍他，最近白王几乎没怎么露面，之前落山出事后我们先联系了他，但是没有回应。"

我听着也觉得有些不对劲，于是说道："你对白王的了解有多少？"

她冷冷回道："这些事情以后再说，我这里有新进展了，先不说了。"

通信终止，一旁的两人目光变换着，原本质疑阴郁的眼神此刻也消失了。一边的沃斯说道："大人，真的是您，我们有救了。"

此刻我们已经走到了城堡内，一半的区域上贴着封条，上面画着禁止入内的字符。没有用心灵感应我都知道里面这片区域内就是被划分出来的机人的区域。我说道："你们为什么要把他们这样隔离开？"

沃斯回道："大人，我们也是奉命办事，这是姜子大将的提议。"

念力发动，封条撕开，露出里面的情景。只见有不少机人此时正围坐在一起，不知是在嬉戏还是讨论什么。身后两人想随我一同进入，我做出手势，示意他们留在外面。很快我独自走进这里，迎面是一间庞大的房间，此刻里面的机人停下了手中的动作，纷纷转头看向我。

在众多机人中我一眼看到了龙七。他是一位小队的队长，此刻正坐在人群当中。他也发现了我的到来，随后缓缓站起身来，向我行了一种礼。我随即开口道："好久不见了，龙七，你也在这儿。"

他应声道："零大人，是您吗？"

我点了点头，房间内不少机人也认出了我。他们纷纷站起，随后齐齐向我行礼。有人说道："恭迎零王回归，我等誓死追随。"

接着更多的人附和起来，一时整个房间变得热闹起来。我随即说道："同志们，我知道现在形势危急，人类目前全面打击我们机人，但我相信这里面一定存在某种原因，其中的矛盾并非不可调和，人类与机人不是天生的敌人，我们都需要生存，不同的文明需要互相尊重，我们与人类密不可分，我相信我们会和人类最终和平共处，达到共赢。请大家相信我。"

场下的机人先是安静，接着开始鼓掌和欢呼，但还是有机人打破了这个氛围，说道："您是高高在上的零王，有足够的实力与人类平等对话，但我们这些机人，如果出去的话只会被人类无情消灭。他们真的在乎我们机人的性命吗？

他们从来都没有把我们机人放在眼里。"

我一时说不出话来，接着又一个机人也站出来道："零王大人，您终究是属于我们机人的一部分，如果现在我们这些人暴露在外，被人类发现，一定难逃一死。您会选择帮我们一起对抗人类还是继续帮他们呢？"

我没想到这些机人会问出这些问题，原本革命军成立的初衷就是为了能推翻强大的独裁主义政权，也就是威斯统治的机人帝国，然后与人类友好建交和平共处。但现在我要解决的不仅是威斯的专政，还有人类现在对于机人的敌意和偏见。

最要紧的则是现在革命军这些原本追随我的机人的安全。我知道如果我连手下的人都保护不了的话，更不用谈其他问题了。我沉重道："我，在此保证，我第一时间会站在我们机人面前，与各位同僚同生共死。革命虽然很艰难，甚至需要付出代价，但是任何对我们同伴有威胁的事发生，不管是机人还是人类，我都会让他们付出相应的代价。"

话音落下，下面机人的簇拥声再次响起，但我知道，说话容易做事难，希望这种情况永远不会发生。之后我在这里熟悉了许多新的机人面孔，其中给我留下深刻印象的就有数张。就在我还在跟这些机人相熟时，身上的贝铃再次传来响动，接起，一道女声传出："我是姜子大将麾下的大队长苌，姜子大将现在邀请你前往他的处所一聚。"

我心说：看来是初一或者沃斯他们已经联系到上面了，我得去走一趟。想着我对这里的机人告别，然后离开了城堡，向一处从未去过的位置走去。城堡中的机人有三万余人，虽然我待的时间不长，但已经与他们几乎都见了一面。

退出巨石裂缝，来到停车场，一眼便看到一辆比其他装甲战车更大的巨型车辆，红色的外表使它更为注目，上面还写着一个大大的"姜"字。我还没走两步，那辆如同小山般的巨型战车便以一种不可思议的速度来到面前，停下，车门打开，一个白髯老人从上面走下，身边还跟着一男一女两人，看起来是他的部下。

那张有些面熟的脸上挤出一抹笑容，只听他开口说道："零王阁下，呵呵呵，初次见面，欢迎回家……"

第一百五十一章　御天阁

老人缓缓说道，同时上下打量着我，似乎想把我看穿一般。这个老人便是当时在第一大区荒郊外看出我体内魍魉力量并号召围攻我的那个人。当时我是以机二的身份与他相遇的，所以他应该认不出我，甚至想不到我之前与他的那番打斗。

眼前出现颜色条，指针开始摆动，直接从白色转到绿色层，停在了绿色带中央，也就是翠绿的位置。不愧是大将，比之前遇到的沃斯和纲两人强大。如此一看，粗略估计我比眼前的老人也强大两个层次，因为我已经到达了淡蓝色的位置。

我也礼貌性地向他打着招呼："原来前辈就是姜子大将，幸会幸会。"

他感叹道："没想到我还能见到零，年轻人真是意气风发，一看就是成大事的人。"

他边笑边说道："年轻人来我的战舟上一坐，老朽有要事相告。"

我点头应道："好的，姜子前辈。"

在数人的招呼下我踏上了姜子的专用战舟，走进，里面宽阔无比，摆放许多珍馐美馔，富丽堂皇，与外面庄严的红色外壳形成鲜明对比。坐下，四方长桌对面姜子说道："现在在外面比较混乱，根本容不下任何机人，政府和人们都在抵制机人，原本还对人类有些嚣张的从上界下来的机人全部都被消灭，这不是一个好的征兆。"

他看了看我，发现我没反应接着说道："我们革命军中有将近一半的成员是机人，所以这件事对于我们来说十分严重。我不想让我们任何一个成员受到伤害，所以我才出此下策，将他们集中管理，一起安排在了领城城堡里，你看可以理解吧。"

说着他再次看向我，我明白了，他知道我从领城走出，已经知道我去过机人那边看过封条了，可能担心我会因此而生气。我淡淡道："完全理解，您的安排是妥当的，首先要保证他们的安全，再谈其他，您的做法是对的。"

姜子松了口气接着道："我这样做也是为了稳定我们目前的状况，因为据我所知，机人的力量天生就比人类强大，也比人类强壮。这种情况放在这里便是虽然我们人类占的比重大，但是如果双方打起来了，损失更大的必然是人类。"

我皱了皱眉道："为什么这么说呢？"

他解释道："前些时候落山的叛变不仅带给我们物质上的破坏，更是让我们原本和睦的大家庭变得相互敌视起来。机人因为外界人类世界的政策而变得恐慌，也开始对这里的人类产生怀疑。而原本就身为人类的革命军们则因为落山的叛离而对机人也产生了看法。"

我听着姜子的解释，感觉他说得有些道理。只见他目光一变，随即对我说道："现在即便是我也只能以武力来让他们安静，但要把他们团结起来，还得看你——零。"

他接着道："只有你有能力让这里的人重新团结起来，之前白王也曾对你发出邀请，想让你来管理革命军，虽然他后来失联了，但经过我和初旭的一致表决，我们决定让你直接回归并辅佐你代替白王，成为新的统帅。"

我盯着眼前的老人，他明亮的眼神中闪出一丝精光，我与他还是第一次见面，他就二话不说将我推上宝座，不过这也算出于对我的信任，就算有什么陷阱或者别的目的我也不惧。想着我回答道："好，既然前辈这么抬举我，那我就恭敬不如从命了，我定会不负众望。"

他的笑容更甚，一种欣喜毫不掩饰地从眼神中流露。我继续道："但是前辈，我有一个小小的要求，还望您理解。"

他说道："只要不是过分的，都可以通过。"

我想了想说道："既然革命军将要由我来管理，那么首先我准备把它改个名，就叫作御天阁。"

姜子脸上的笑容逐渐收敛，随后说道："好霸气的名字，我们的事业就应该更加放开一点，我喜欢。"

说着他开始鼓起掌来，然后道："就这么定了，等初旭她回来，我们就准备召集所有将士，宣布你回归的消息，并正式让你担任统帅一职，到时候也许有反对的声音，还需要你的配合了，零王。"

说着他突然正经起来，直接对我行礼。我也面对姜子行礼道："多谢前辈成全。"

之后姜子开始给我介绍革命军的内部设施、具有的武器装备、人员情况等细节。时间很快便过了半天，他最后回到战舟前说道："如果剩下还有什么疑问可以直接问我的手下，苌。"

说着一个身穿军装的女人走出，站在面前一侧。我回道："好的，前辈。"

他则回到战舟，很快消失在眼前。我看着眼前严肃的这名女子道："这里暂时没什么事了，辛苦了。"

说着我也离开了这里，准备去外面看看人类目前的情况，拜访一下果老，看看是否这里有什么隐情。想着我驾驶着浮车，已经离开了革命军基地，走在一片荒野中。现在还是深夜，从进入革命军本部到离开一共用了五天时间。

四周一片昏暗，远处则是一番灯火明亮的情景，那是第一大区的位置。我不由得加快脚步，朝着第一大区的方向冲去，那里便是果老应该在的地方。由于不知道他的联系方式，我只能凭直觉来找他。路上我换上了一副人皮衣，这样更加安全。

我来到第一大区的外城，此刻路上还有车辆行驶，看来似乎人们已经恢复了正常生活。再进入内城区，这里则更加繁华，一排排灯光闪耀，路上来往车辆络绎不绝，简直就是一座不夜城。下车，走在大街上，路上的行人路过，眼前的颜色条指针稍微移动了一点，但还是停留在了白色区域，这也是最弱的能量区。

我继续向前，来到中央广场，后面便是政府中心大楼。在确认没有被发现后，我悄然在几排哨兵的眼皮下潜入……

第一百五十二章　调查

我很轻松地潜入了大楼中，这里办公的都是一些政府要员，也就是人类社会的高层。如果没有找到果老，我就打算直接从其他地方下手得到答案。这栋大楼一共有一百层高，大约五百米的高度，已经算得上是目前人类数一数二的高层建筑了。

楼内有各种指示和标签，中间的大厅两侧分别有两部电梯和楼梯。在观察了一番四周后，为了不被发现我走上了楼梯，边走边释放出心灵感应笼罩一个楼层，将里面的人员先进行排查。由于是深夜，这里除了外面站岗的人员不应出现其他人了。

果然在路过数层楼后还是不见任何人的踪迹。随后我加快速度继续往上走，上面有几层是档案室，里面一定会有最近发生的情况报道。一路上到一百层时，我发现了不对劲。这里竟然有一处地方能够隔绝我的心灵感应，显然里面并不简单，上次遇到这种地方还是查理的第一百零一号房间。

　　轻声走近，是一间会议室，而且透过门缝可以发现里面竟然还亮着灯。仔细倾听，能够听到很小的嘈杂声，像是在讨论着什么。我正准备再靠近些时门忽然打开，走出一个将军肚的男人，之前从未见过。我跟在其身后，靠近，随即使用原力使其晕厥。

　　一指点出，开始读取记忆。从众多的记忆中我了解到他是一名记录员，而刚才出来是准备抽烟放松一下的。里面正在进行一场绝密会议，是关于人类对机人的反制和秘密行动开展的。此次会议详细阐述了人类以后可能面对的各种风险以及评估后做出的相应措施。其中有一项方案是关于制作机人病毒的预案的通过。其实许多被政府抓捕来的机人并没有直接消灭，而是将他们抓走秘密进行实验，希望能够制作出针对机人的专用病毒。这是一个大胆的实验，一旦成功，将会投放至整个蓝星，到时候没有机人能够逃过。

　　这项实验也并非天方夜谭。我了解后不由得紧张了起来，难道人类真的打算与机人不死不休吗？我接着继续读取记忆，发现里面还有一个重要的线索。原来人类高层内部也严重分化，大致分为战争派与和平派两类。其中激进的战争派在不久前将和平派直接绑架，随后架空。

　　所以现在人类的高层都希望通过战争来解决问题，直接打仗来将机人彻底消灭，这就是战争派的大致想法。而人民群众许多都是跟风的，上面的政策下来，再加上许多外界刺激的因素，很多人原本没有立场，就跟着政策一起走了。

　　我想要读取到和平派被架空后他们的下落，但搜索一番后还是没有线索。随后我还看到了不少有用的消息，其中甚至还有果老的信息，包括他的常住地址。过了几分钟后，我结束了记忆读取，随后将他轻轻放在地上，两分钟后他便会自己醒来，然后忘记之前的经历。

　　得到答案后我离开大楼，随后乘坐浮车前往下一处地点——桃源山。这是一处不被列入任何大区的地点，甚至一般的地图上也没有它的位置，而这就是我从记忆中找到的果老所在的住址。

桃源山位于第一大区的最北端，剩下的则没有详细说明，所以我需要在一片未知区域中自己寻找。我将车速提到最大，希望能尽快到达那里。忽然，身侧的通信仪响了起来，接起，里面是一阵僵硬的机械声："您好，大人。"

我从声音中分辨出这是那个在岩岛监狱遇到的独眼机人，想不到他这时联系我了。那边嘈杂的声音传来："监狱这里乱了，整座岛屿都已沦陷。我混在人群中逃了出来。还留在里面的机人似乎都被控制住了，他们被里面一种人形牛角怪物控制，都像是失去意识一般。"

我心说：怎么会这样？那边的声音继续传来："大人，我先开溜了，这里现在不太安全。"

线路那边许多人群的嘈杂声和重物金属的撞击声交织，随后通信结束。此刻我也充满疑惑，岩岛监狱里面确实关押着一个鬼物，虽然它确实带给我一丝危机感，但不到这么快就沦陷吧？里面还有其他的高手，像背叛后的贾巴、林海、光明十将中的震，还有一众守卫，怎么会这么快就沦陷？这才过去不到十天。

其中一定还有我不知道的隐情，等之后再联系一下独眼机人好了。想着前面已经没有了路灯，只剩下一片漆黑的荒野。打开车灯，我沿着大致方向继续行驶，地上是泥泞的黑土和不知名的矿石，开启飞行模式升空，眼前包括远处都是一望无际的黑土，我心中默念：得罪了前辈。

随后心灵感应释放，直接笼罩四周并不断蔓延开去，直至方圆几十多公里后停下。我注意到有一处地方心灵感应无法穿过，那应该就是果老的居所了。想着我正准备过去时，只感觉一道人影从那里走出，随后像光一样闪来，其速度极快无比。

很快在浮车不远处，一个泛着淡淡白光的人影出现，很快苍老但雄厚的声音传来："是谁大半夜地扰民？"

声音中明显带着不满，对于一般的强者来说，我的心灵感应会被察觉，更不用说果老这种人了。我立刻回道："晚辈零想来拜访果老前辈，由于天黑路暗，故出此下策，希望前辈原谅。"

那道人影不再说话，随后瞬间飞至车前。我连忙走出车外，眼前颜色条转动，直接从白色带转动至蓝色，最终停在了深蓝色的区域，甚至隐隐发黑。我心中一惊，随后想想也对，果老的实力确实深不可测，但表带上显示超出我一截，还是让我有些难以接受。

他语气变得平缓，开口道："你怎么来了？遇到什么问题了吗？"

我正经道："外面政府开始全面敌视并抵抗机人，甚至人民群众也都跟着想要消灭所有机人。我已调查是政府当中的战争派引起的矛头，希望您能出山并主持大局，改变当前局势。"

说着我抬头目光看向果老……

第一百五十三章　信息

我抬头看向果老，一双如剑般的白眉微微皱起，随后说道："看来他们做得确实有些过了。我这里还有其他事要处理，之后我会出去调节此事，你先不要轻举妄动。"

我点了点头说道："那麻烦您了，大晚上还打扰您休息，我先走了。"

他将我叫住："等等，你这次好像有点不同，又变强了，不错，希望你能尽快成长起来，我这里再给你一样东西。"

说着他的手中出现一件指甲盖大小的东西，定睛一看是一枚弹壳。果老沉声道："这是曾经给我留下创伤的子弹，很久以前的事了，那时我也已经掌握了原力，自认天下不败，没想到还是被武器所伤，现在我将它赠予你，希望你能时刻铭记，不管你走得多远，都要怀有一颗谦逊之心。"

说着那枚弹壳飘到我身前，抓入手心，我感受到一股极高的能量在里面涌动，就像是原力经过压缩固化一般。他继续道："这枚弹壳是由我用原力又增加了一点东西一起打造而成的，里面蕴含的力量足以毁灭半座城市。你可以利用它来尝试让自己的原力进一步突破。而你也不用担心，等你实力达到了就能控制它，现在它是很稳定的，不会发生意外爆炸。"

说着果老对我露出一抹笑容，像是在看孩子一般温柔地有些期待地笑。我深深抱拳行礼道："多谢果老指点。"

他淡淡道："好了，去吧。我也准备回去休息了。"

说着他的身影变得虚幻，瞬间便在眼前消失。我则在果老离开后将弹壳小心翼翼地收起，随后驾驶浮车也开始返程，准备在天亮之前回到革命军本部。

一路无话，过了大概一个时辰我将浮车停在了革命军的地下停车场，起身准备询问初旭的消息，不知道她什么时候能回来。这样我的回归任冕仪式就能举行了，等到时候再将名字一改，这样革命军就转化为我自己的一股力量了。

想着我也开始有些期待，拿起贝铃向初旭发出消息，不久那边有了回应，初旭发来消息说自己已经发现了落山的消息，准备前去捉拿他，可能需要半个月左右的时间。我心说：怎么要这么久？人类穹顶之下的任何一个地方就算最远的两段一趟也只需不到一天时间，现在既然已经有了线索应该更快才对，想着我问了一句具体的线索。

过了一会儿后那边回来俩字："上界。"

落山跑到地面之上了吗？难道说他和威斯帝国有联系，还是他准备投靠那边？一时之间许多想法涌出，一旦涉及地面之上，事情就变得严肃起来。我立刻回道："如有需求请联系我。"

消息发后我便在革命军这里找了个独立的远离人群的地方，坐下来准备休息和修炼。按理来说机人是不会产生疲惫这种感觉的，但长时间的高强度运转仍然会给我带来一种迟钝之感。

盘腿而坐，此刻我把自己想象成正常人，随后开始让自己进入一种放松的状态，很快我便感觉像是沉浸在一种虚空当中。不知过了多久，身边贝铃响起，是初旭发来的，只有短短两字："多谢。"

此刻我才意识到已经过去了一天多，随后我感觉机体变得十分轻松，像是经过深度保养一般，全身的各个机能都处于巅峰状态。趁现在暂时没什么其他事情，正是让自己修行的时候。现在我已经得到了原力、念力、心灵感应力，甚至是无意中得到了的魍魉之力，但最主要的根本暗能却迟迟还没回归。

所以当下我要尽可能将暗能找回，想着我开始感受机身内部的能量，一股股力量在我体内运转，我仔细捕捉机身内部的变化，想着暗能曾经带给我的感受。就这样过了三天，我还是一无所获。这让我有些丧气和不甘，想着再尝试一试，这次慢慢来。

突然，正当我再次进入状态时，身旁的仪器又亮了起来，我心说难道是初旭发来的消息吗，她遇到困难了？转头看去，是通信仪，上面出现了一个尘封许久的名字——娟紫，更加准确地来说应该叫她赡台，暗灵之王奥斯本的女人，被暗灵之王通过某种手段复活从一百年前穿越到现在，至今其身上仍有一些谜团。

没想到她现在会联系我，不过她怎么可能知道我还活着，还是说这是试探。想起暗灵之王生前与她的接触其实不少，甚至可能涉及暗能的秘密，如果见到她，想必能从中得到一些灵感。而且让我不解的是她给我发来消息是为何？应该也是遇到什么事了。

消息是空白的，里面没有任何提示，我想了想决定还是出去一趟，这是我目前为数不多能重新觉醒暗能的机会，必须把握住。只是要小心一些，里面可能有别的陷阱。于是我走出革命军本部，驾驶浮车，准备前往第十一区的东城，也就是赡台之前居住的城市，希望她没有离开。

此时已是傍晚，夜空只有一颗人造行星闪耀在夜幕中，仿佛在宣告着它的主权。由于路途较远，所以我直接将车速提到最高，甚至还用念力加速。终于，在四个小时的长途跋涉下，我来到了东城——机械制造之城。

这里原本是机器人制造业最发达的城市，但经历了这么多，不知道此刻变得如何。走进城内，里面一片寂静，似乎人们都在休息熟睡之中。趁着夜色，我从外城一路向里，依然是一片死寂，只有街道边的一排路灯发出泛黄的光泽，仿佛在诉说着这座城市悄然消失的繁华。这种安静对于一座城市来说显得有些诡异，路上只有我一辆浮车在行驶着。

很快我便将车开到赡台的一家公司楼下，抬头上面挂着几个大字——德化建造公司。赡台便是这里的老板。整栋楼和周边的建筑一样，给人一种死气沉沉的感觉，我没有犹豫，走进……

第一百五十四章　怪事

里面一片漆黑，原力释放，光芒瞬间将四周点亮，只见一座大厅呈现在眼前。四周的桌椅站台都蒙上了一层灰尘，看起来似乎已经很久没人来过了。我看了看四周，随后释放心灵感应笼罩整座大楼，不出所料，这里现在空无一人。

而且看情况，似乎不会有人再来这里。我不免有些失落，但还是没有放弃，打开通信仪对赡台回了一句消息后，便回到浮车内，打算等一会儿。到天亮后，看看这座城市的变化，这里是否还有人居住，没有的话只能另寻办法了。

时间很快便过去了，一轮红日升起高挂天际，四周依旧空无一人，只有一层淡淡的白雾笼罩。我不再犹豫，心念一动，心灵感应释放扩散开来，范围不断增加直接笼罩整座城市。此时我才发现，这里真的已经空无一人了，就像一座死城。

无奈之下，只能继续等待瞻台的消息。我干脆趁着当下无人的环境，开始再次尝试领悟起暗能。这一次我排除杂念，再次让自己进入忘我的状态，随后感受着自己机身的运转，甚至每条齿轮的转动。不知过了多久，当我再次睁眼，醒来，已到傍晚时分。

虽然还是没有领悟到暗能，但这次的领悟让我感觉自己似乎发生了一点变化，一种说不清的变化，似乎对四周的世界看得更加清晰明亮了。眼前的颜色带指针依旧停留在浅蓝色的位置，代表我的实力并没有发生什么变化，可能这只是一种感悟吧。

通信仪此刻还是没有响起，我有些怀疑那条消息是不是系统误发出来的。不过就算她没有联系我，现在我也会去找她，当下已经失去了线索，我只能尝试去周边城市找找。浮车启动，不一会儿便来到邻近的一座城市。这里还有不少人流活动，比起之前增添了不少生机。

此刻我穿着仿人皮衣，不会被外界察觉到异常。一名中年男子路过，我将他叫住，问道："兄弟，旁边那座城市怎么没有人了？"

他看了我一眼，漫不经心道："你是从外面来的吧？我劝你不要靠近那里。"

说着就准备离开。我又问了句："那里有什么问题吗？"

他不耐烦地说道："你……"

我拿出一沓钞票，对面立刻闭上了嘴巴并换了一副脸色，和颜悦色道："你有所不知啊，不久前那座城市发生了一件怪事，不知从哪出现了一只怪猫，是一只机械猫。大家本来想着将它直接毁灭，没想到它竟然是个妖怪，每天晚上都会出没到几户人家杀人，而且据说死状惨不忍睹。

"有人报案后出动了大量的警力抓捕，但丝毫没有见到它的影子，但一到晚上，它还是会准时出现，然后继续害人。就这样过了几天，人们终于忍不了了，开始纷纷逃离东城，有人说那是机人的亡灵来索命的，是死去的机人来复仇了。

"总之说什么的都有，那里现在已经被人们称作不祥之城，已经没有人愿意踏入了。不过幸运的是周围目前还没有被波及，似乎那个怪猫没有到其他地方，不然我们也会跟着遭殃。总之贵人啊，你一定要小心，千万不要到那里。"

我又问了关于那只猫的具体特征，他摇了摇头表示不知道，官方把消息都封锁了，至于见过它的人也闭口不谈，仿佛提起就会被它钉上带来厄运。

聊了几句后我将钞票递给他，他露出一排大白牙，随后笑嘻嘻地打了个招呼便离去了。此刻已经日落黄昏，差不多马上就进入黑夜了。如果那个人说的怪猫还在东城的话，应该还会出现。我第一反应就是它是地面之上下来的一种机人，以机械猫的形象现世。但很快便否决了，为什么它会偏偏在这个时候出现？现在可是非常时期，而且我不认为上界会出现这种机人，能够让一座城市的人都无可奈何。

我想了想决定回到东城调查此事，就算是为了当地解决这个隐患，同时我也好奇到底是怎样一回事，我甚至隐约觉得这可能与赡台有关。不过猜测终究是猜测，我立刻行动起来。

浮车驶过，不久便回到了东城。我特意开启飞行模式将浮车升至高空，此刻向下看便能将整座城市尽收眼底。街道两侧路灯亮起，成为这座弃城唯一的光源。在观察一番后，我决定直接把那只所谓的怪猫引来，想看看它究竟是何方妖孽。

掌中汇聚原力，光芒散发宛若夜明珠将周围点亮，让本来死气沉沉的城市变得亮堂起来。边走边环顾四周，还是没有看到有任何异样。我心说：不会是已经走了吧。想着我加强力量，手中光芒更甚，刺目的白光仿佛将周围的黑暗全部驱散。

就这样持续了一会儿，我将原力收起，随后准备下降回到地面。这时远处一道黑影蹿过，转头，已经不见。它来了，我暗道真是功夫不负有心人，还真的有。打开车门，直接闪出，我立刻朝着影子跳过的方向冲去。

落在一处楼顶，黑影消失。我心说：你往哪儿跑？心念一动，心灵感应随之释放笼罩四周，我看到一个闪亮的光团正在移动。没有多想，我直接追了上去，很快便飞到那个光团的面前。

停下，对面的黑影此时也露出真容。两人多高的身躯，一双如同水晶般闪耀的双瞳，嘴上露出两排锋利如刀般的尖牙，看上去分明是一头凶兽，而且是一头十分灵活的巨兽。只有一点是对的，它是机械做的。眼前颜色条转动，指针随后落在暗黄色区域，已经快到绿色带了。

对面巨兽看我追来没有再跑，而是嘶吼着朝我扑来。我侧身躲过，地面留下来几道深深的抓痕。扑空后，它连忙转头再次冲来，这次速度更快，"停！"，在念力的作用下，巨兽硬生生地停在我面前，随后缩小身形慢慢变成一只小花猫的模样……

第一百五十五章　求救

面前的凶兽转眼间缩小变成一只小花猫，不知情的人可能还会认为它有几分可爱。此刻它缩小后从空中落了下来，轻盈点地，随后竟向我发出一声略显妩媚的猫叫。我朝它走近，俯身摸去，它也不避。当我接触到它时，一种难以言说之感传来，一种隐晦而强大的气息从它的体内发出。

我不自觉地后退一步，这种气息竟然是暗能，但仔细察觉却又有所不同，这股气息竟然比我之前所遇到的暗能更加强大、更深邃，像是经过精炼萃取后最终之物般完美。忽地体内核心开始加速转动，如同受到感召一般，越来越快，就像是普通人心跳突然加速一般，此刻我的机能也瞬间运转到了极致。

而这种情况完全不受自身控制，我想要尝试减速都做不到，只能静静任由其发展。外面机械猫身上飞出一道亮光瞬间闪过，没入我机体中。检查己身，是一滴散发着强烈气息的暗能，如同一滴液体般停在核心上，没了动静。

惊讶之余看向其前方，机械猫正摇着尾巴，向我缓步而来。虽然其体内的暗能已经消失，但颜色条显示它散发出的能量波动仍然停留在暗黄色区域。将它抱起，它也没有反抗。这种生物放在外面可是不容忽视的存在，谁能想到它现在竟然如此乖巧，没人会将它与一只凶兽联系在一起。

至于为什么它的机体中存在暗能，它又为何要杀害那些人类，还是一个未解之谜。为了不再让它"为非作歹"，我决定先把它带在身边。想着回到车内，此刻已是后半夜，夜深人静的时候了，驾驶浮车，找到一处宽敞的地方，我开始尝试研究体内的那一滴被浓缩后的暗能。

一旁的机械猫，我把它取名叫小花，放在一旁，为了防止它逃跑，我用材料稀少的地外陨铁打造而成的铁链，不然普通的工具估计管不住它。虽然目前看上去还挺乖的，但还是做好防护措施为好。

时间一点一滴流逝，不知不觉又过了两日。这两日没有收到任何消息，也没有人来打扰，而我则在一直感悟，尝试着将暗能融入机体并控制它，但可惜依旧没有进展，虽然它一直停留我机身内，但如果不仔细察觉，甚至感受不到它，就像消失了般。

我暂时放下研究，想着初旭那边应该快了吧，已经过去了十日，想必已经有所进展。拨打贝铃，那边久久没有回应。我只好一边领悟暗能一边等待。又过了几日，终于贝铃亮起，我赶忙查看，初旭发来了一则消息，上面只有一句话：速来，罗南深渊见。

我看着她发来的消息，显然她遇到困难了，怎么会跑到那么远，罗南深渊那种地方可不是常人能够去的，难道说落山与魍魉有关？我不由深吸了口气，随后看了看小花，它还是乖乖卧在一旁，正在玩弄着石子。

上前叫住它："小花，我们准备出发了，去外面玩几天，估计你也憋坏了吧。"

我将锁链打开，小花直接蹦起朝我扑来，但在半空就被我拦下，一双蓝宝石般的眼睛无辜地看着我。我将它放下，说道："好了，不要闹了，我们出发吧，保存点体力，待会儿可能有场硬仗。"

它看着我摆了摆尾巴，随后兴奋地叫了两声。我说道："看不出来，你喜欢打架呀。"

它直接跳上了浮车，看了看我，仿佛在催促我。很快，一人一猫便开始行动，一道荧光划过天际，我驾驶着从林海家拿来的飞艇踏上了征程。路上小花一直好奇地看着窗外，再配上它那水汪汪的大眼睛，竟还有些可爱。由于几天的相处我并没有发现它的异常，一直都表现得十分温和乖巧，所以我也让它随我一起行动；再者它的力量也不容忽视，可以在有些时候帮上忙。

飞艇从第一大区上空隧道进入，一边行驶一边释放心灵感应，上次从这里穿过时受到了不小的阻碍，不知道这一次还会不会有人？想着，在心里感应范围下并没有发现地面上附近有生命活动。我直接冲了出去，果然，方圆数公里内荒无人烟，周围出奇的平静。

但这种平静似乎有些过头了，不远处的丛林里同样一片寂静，我竟然隐隐有些不安。没有多想，连忙朝着罗南深渊的方向前进。中间还要去横跨一个大洲，如果有问题的话一定会体现出来的。罗南深渊位于蛮荒洲的南部，而那里距离现在的位置有一段很远的距离，就算全速前进也要一天时间。

途中我还给初旭发去消息，想问问她具体的进展和情况，但那边再也没有消息，这让我觉得她的处境不容乐观。初旭相对高冷，与初雪的热情大相径庭。但其相同的容貌常让我回忆起那个爱笑的靓影。这次一定要将初旭救下，否则这将会成为一个遗憾。

我将车速提到最高，此刻飞艇后方几乎都冒起了黑烟，但我依旧没有减速，生怕晚了一步。尽管飞艇速度极快，但我依然能看到地面上的情况。此刻正在飞跃大华洲的中心城市——游乐谷。听说这里的人因待在这里无忧无虑而这样命名。

向下望去，我看到的机人并不多，不知是什么原因。目光扫过，正好看到一个机人行色匆匆，带着一丝好奇心我释放心灵感应，随后将下方一小片区域笼罩，一个个光团飘出，上面带着各种各样的颜色，但是我发现里面有一种颜色出奇地相同，那便是黄色——代表恐惧的颜色。

此刻我心中的疑惑更甚，不知道那里究竟发生了什么，竟然让这里的机人居民都感到恐惧，按理说这里如此发达，一定会有高手坐镇，但是什么会让他们恐惧呢？忍住冲动，我决定等回来时再一探究竟，此刻以找到初旭为先……

第一百五十六章　搜寻

此刻飞艇速度极快，眨眼就已飞过了欢乐谷，那些光团也随之消失。没有停留，我继续朝着罗南深渊全速前进，对于途中出现的景物没有过多关注。正当我继续前进时，不远处突然发生了巨响，转头望去，火光冲天，不知那里发生了什么。

心灵感应释放，将四周笼罩，一个个泛着灰白色的光团徐徐升起。这些机人的心中竟都有着恐惧，怎么会……

难道这不是偶然，这里究竟发生了什么？我仔细看去，希望能观察到一些异常。但黑压压的人群将下面站满，甚至周围还有嘶吼声不时地传出。我想了想终究还是没有理会，便直接离去。

后面的情况都较为正常，过了一天多后我赶到了蛮荒洲南部，一片不毛之地，这里已经靠近罗南深渊，四周呈现死一般的寂静。由于路途遥远飞行过快，飞艇出现一些损坏，我还回到从前机二家中换了一身装备，带上了一些可能会用到的武器。因为时间紧迫没有看望五婆婆，但询问了管家阿亮后得知她目前的状况良好，这让我有些欣慰。

接近深渊，我将飞艇速度慢下来，一边行驶一边观察着四周的情况，但愿初旭留下来一些线索的。上次前来还是因为参加擂台赛，回忆起当时浩浩荡荡的队伍和人群，此刻已是空无一人。深渊不时发出一阵阵呼啸的风声，倒像是鬼魅从底部发出的幽怨。现在的深渊，才露出了它的真实面目。

继续向前，能够看到一道巨大的裂口横贯大地，看不到尽头，呼啸声直吹而来，巨大的风力刮在飞艇上，竟然形成了一股力量阻止我前进。掌中原力汇聚，一抹白光亮起向前方打去，仿佛打破了天际，前方的风声顿时小了许多。

来到深渊巨口上方，下面是深不见底的漆黑，仿佛能够吞噬一切东西。仔细向下凝望，甚至有种摄人心魄的感觉。一旁的小花跟着我也好奇地望去，很快就将头扭向一边。来时我一路观察并没有发现有什么情况和初旭的线索，就连一丝人为的痕迹都没有。

我不免有些担心，此刻也没有什么其他选择，我咬了咬牙，看向一旁的小花道："想不想下去玩一圈再上来？"

它听后疯狂摇着头，虽然语言不通，但也知道下面的不祥。我则做出一副无奈的样子道："好吧，那我下去了，你在这里等我。"

它做出一副无辜的样子望着我，似乎是在向我说不要离开。原本以为它之前积极而凶猛的样子，应该会很乐意来这一趟，但是现在却表现得有些怯懦。我蹲下来摸了摸它的头道："不要害怕，下去了我会保护你的。"

它仿佛听懂了我的话，平静下来贴在我身旁。我看着下方深不见底的黑暗道："事不宜迟，我们出发。"

说着我带着小花从深渊巨口处冲下，飞艇在深渊中渺小得如同一粒尘埃，直接没入了黑暗。一边前行一边观察四周，很快我便发现了一丝异常。只见一处岩壁上有着明显攀爬的痕迹，而且数量不少，至少有上百人。可是怎么会有这么多人，难道是里面的鬼傀儡吗？

我猜测可能是初旭被鬼物发现然后追逐留下的痕迹，当然也有可能是别人。不过里这里已经很接近地面了，按理说不应该有这么多的痕迹才对。上次我被鬼物追逐时也没到这么高的地方。一时间不祥的预感传来。

如果说初旭已经离开这里，那她应该没必要再让我到这里来，或者是她说完后才离开的。我将飞艇开到痕迹附近，看着面前密密麻麻的印记和脚印，我判断出这些痕迹应该也是不久前留下的，应该也在一天左右，所以这很可能与初旭有关系。

沿着痕迹一路向上，很快我便被惊讶到，一大片痕迹和脚印不断延伸，竟然直接通往了外面。而地面上密集的脚印也在一处停下，朝着不同的方向散开，直至消失。我有些惊讶得说不出话来，看情况这里的鬼傀儡已经脱离了罗南深渊，并且向外面的城市出发了。

再回想起之前遇到的那些机人居民的异样，难道就是因为鬼傀儡吗？但是鬼傀儡怎么会来到外面，深渊里不是有力量来约束他们吗？这里面感觉并不是那么简单。

此刻我陷入了两难，第一种可能，初旭还在下面，那么我就应该进入里面搜寻；第二种可能，她已经逃了出来，但如果是那样她应该会联系我才对，但目前我还没有收到她的任何消息。所以我觉得她应该还在下面，但不知里面出现了什么问题，导致鬼傀儡跑了上来？

我不由得长叹一声道："看来还是要下去啊。"

一道光芒没入深渊，我直接冲进里面。这次我不再犹豫，心念一动，心灵感应释放不断扩散，直接方圆接近上百公里的区域囊括。这次，我要在里面扰个天翻地覆，然后将初旭救出。

过了大概两分钟，我来到了深渊底部，打开车灯，成堆的机人尸骨映入眼帘，许多机人死状凄惨，不少人是从几千米高空坠落下来，所以落地时已经严重变形甚至不成人样，还有的不知经历过多少时日，此刻看上去已经完全被腐蚀绣化，仿佛轻轻一推就会碎掉。

而这还只是我所看到的一小部分，还有更多的地方可能情况更加让人不安和恐惧。此刻我已经将心灵感应范围开启到最大，甚至都将一半的深渊面积囊括。当然这对心灵感应力的消耗也是巨大的，我并没打算维持太长时间，只要发现了初旭的踪迹就可以了。

只是直到现在，依然没有发现任何生命迹象。要知道这是方圆上百公里的范围，竟然连一点生命迹象都没有，也从侧面说明了罗南深渊的诡异与不祥，这里本身不存在任何的生灵。不过我猜这么大张旗鼓地搜寻，说不定会惊动这里的另类——鬼物……

第一百五十七章　寻找

如此大的阵仗必然会引来鬼物，可能还不止一个，但现在想来也不重要了，如果初旭还在这里的话，说不定我还能帮她吸引火力，而且现在我的力量即便还没有领悟暗能，但是经过这么长时间的磨砺，已经达到了某种高度，甚至我觉得一旦自己掌握了暗能，实力将一跃超过之前的自己。

就算是没有暗能，我也觉得自己能够应付得了这里的情况。忽的，我感觉机身突然有些不对劲，内查己身，是手腕处的那块灰色物质在动，好像是这里的东西使它受到感召一般，逐渐灰色物质开始蔓延爬向手臂甚至更多地方。

我连忙控制着自身机体让它回去，于是催动原力以及念力来对抗它的蔓延。很快在我用能力对抗之下，双方陷入了一个僵持的阶段，手腕处的灰色物质停在小臂处。此刻我回想起之前在林海家时自己似曾相识的遭遇，那时原本以为已经将魍魉之力彻底控制住了，但没想到现在它又活了过来。

此刻我正运转能量对抗魍魉之力，机身冒出了大量白烟，一旁的小花见状竟然变得兴奋起来，用爪子在空中不停拨弄着，同时还不停地吸入白烟，发出愉悦的叫声。我没有时间顾及它，连忙加大原力，目前的机体比机二坚固许多，并不用担心出现损伤的情况。

我心一横说道："给我压下去。"

剧烈的白光亮起，甚至隔空将飞艇上的壁垒震裂，万丈光芒将四周方圆数里都照亮，此刻仿佛我成了一个小太阳。很快在原力的大量消耗下灰色物质退了回去，在退到手腕处时，竟直接蹿了出来，然后一个拐弯，朝着我胸口没入。

我感到体内多了一丝变化，灰色物质停在了核心外侧，此刻我发现它表现得十分活跃，像一只虫子般想要钻入核心。我心说：不对劲，要是被它得逞了就糟糕了。只见这时核心上方一直静止的暗能液体动了，直接略过将灰色物质挡下，随后吞噬。

对，就是吞噬，暗能液体将体积于自身数倍的灰色物质直接吞入，像是雄狮吃掉自己的猎物般轻松。我有些惊讶地观察着自己机身内部的变化，随后暗能液体飘动了起来，围绕着核心开始运转，而且还是以某种规律运行的。

我尝试着再次调动暗能，原本不抱希望的我突然有某种触动，暗能竟然被我勾动了一丝，从液滴上飘下一丝暗能正从体内流出，随后出现在掌心。我看着手中那如针尖般大小的黑点，喜悦无比。一股雄浑而强大的力量正握在我手心。

正当我沉浸在喜悦当中时，一旁的小花突然急促地叫了起来，顺着它的方向看去，是一个蜘蛛状的巨大身影趴在一侧的飞艇壁垒上。我心一沉，没想到这么快就来了，刚才只顾着自己，完全没发现外界的情况。不多时便看到飞艇外越来越多的影子从黑暗中出现，形状大小各不相同，正从四面八方向我这边涌来。

有小如巴掌大的像是玩偶般的机人鬼傀儡，也有巨大如小山般高大的人形黑影。我知道里面大多应该是鬼傀儡，但是应该也有一些是真正的鬼物。此刻那些身影将飞艇团团包围，仿佛下一刻就能将飞艇撕裂。我知道不能等了。

正好试试暗能的力量吧，想着掌中黑点变大，化为一团黑色气雾，另一只手抓起小花，随后一跃而出，下方飞艇承受着来自四面八方的压迫，此时终于撑不住了，被挤压变形成一团废铁。我在空中念道："暗能波。"

单掌推下，一股强悍的能量随之轰出，下方的那些鬼傀儡仿佛有了神志，竟然开始向四周逃散，但为时已晚，巨响声传来，惊天动地，直接将幽暗的深渊底部打出一片空白。另一只手松开小花对它道："花儿，看你的了。"

很快，它在空中变换身形，一只巨大的宛若远古凶兽般的雄狮出现。我则顺势骑了上去，然后对它道："我们快走。"

它低吼一声，随后从已经被暗能炸得四仰八叉的人群中越过，朝着远处的黑暗跑出。我看了看身后那些鬼物和鬼傀儡并没有追来，我松了口气。这时我才发现小花奔跑起来也很快，竟然丝毫不比飞艇慢，简直就是一大跑路专家。

我一边前行，一边用原力照耀出一片光亮以供赶路，刚才我弄出的动静一点也不小，算是彻底把这里面的鬼物惊到了，甚至我能感受到远处有几只隐晦的目光在盯着我，尽管现在没有用心灵感应（当然用了也可能没作用）。

鬼物在这里虽然能被我打败，但它是不死不灭的，所以长期拖延下去只会对我不利，只希望刚才的打斗声能够引起初旭的注意，然后我就能发现她了。

就这样小花背着我跑了一段路程后，我们停了下来，不是因为有所发现，而是我觉得情况有些不对劲。按理来说四周应该至少出没一两只鬼物或者一些鬼傀儡之类的，但越走越安静，本来还能遇到一两只鬼傀儡，现在四周只剩下我和小花了，好像那些鬼物在刻意追求避开我。

掌中的原力光芒闪耀，将周围百米内的黑暗都驱散，环顾四周，没有发现一个身影。正当我犹豫要不要再弄些大点的动静时，身下的小花忽然叫了起来，只见它朝着远处的黑暗不停低吼，而且很快便换了个方向吼叫，很快就将四周都转了一圈。

显然它是发现了什么，我也更加警惕起来，由于心灵感应对于鬼物等没用，所以我索性不再释放，也能节省一点力量，不过我还是想试探一下周围的情况。于是我心念一动，面前出现一团巨大光球，大量的原力散发出的炽热光芒将更远的地方照亮，这时我才看到原本黑暗中的景象。

在光芒的照耀下，一个个腐败的散发出死亡气息的人影已然将我团团包围，一眼看去，数量多得有些咋舌……

第一百五十八章　靠近

一道道黑影从黑暗中现身，那是一个个被操纵着的亡灵，他们神态表情各不相同，有的狰狞无比，有的呆呆滞滞，但看上去无一不显得诡异。眼看鬼傀儡们越来越近，直接将我围得水泄不通，十米、九米……随着他们的靠近，眼前颜色带出现，指针在黄色区域不停摆动。

此刻我能感受到体内正在发生着某种微妙的变化，正是核心上空飘着的暗能液体，此刻正将灰色的魍魉之力转化，很快体内的魍魉之力彻底沉寂下来，失去了反抗。不同体系的力量之间存在着差异，而代表死寂的魍魉之力虽然强大，但终究敌不过暗能。

身下的小花一边发出低吼，一边退后，它的四肢不停颤抖，也不知是兴奋还是害怕。眼见那些鬼傀儡一步步围上来，周围的空气都仿佛被一股腐朽之气掩盖，甚至我看到大片的黑影中还有肉眼可见的暗灰色气流延伸开来。

很快，那些鬼傀儡距离我们已经不到十米，眼前颜色带出现，指针不停转动着，在黄色区域左右摆动。这群鬼傀儡对我的威胁并不大，我要警惕的是背后控制他们的鬼物，不知深渊中是否会出现一些强大的鬼物。想着那些鬼傀儡离我更近了，甚至有些人直接张开血盆大口朝我咬来。

我身形一闪，举起一手对小花说道："上来。"

它的身躯在空中快速变小，随后跳在我的掌心，再一跃停在了肩膀上。我则面对围至的鬼傀儡原地跳起，随后在空中蓄力，原力的光泽闪耀，将方圆一公里的位置都照亮，如同艳阳般耀眼，体内的原力也飞速消耗着，我低声道："大原力波。"

一掌拍下，与空中刚刚要跳起朝我扑来的无数鬼傀儡碰撞，"砰！"一阵无比响亮的爆炸声传来，火光燃烧点燃了黑暗，将四周数不清的鬼傀儡打飞出去，剧烈的冲击波让地面震颤，裂开一道道巨口。一时间四周的鬼傀儡死伤无数，几乎都在这一击之下泯灭。

成堆的尸骸掉落在地，还有许多是残缺不全的。我轻声道："安息吧，逝去的机人们。"

这一击过后，四周再次陷入了短暂的安静，并且由于这次原力波力量的威力过大，点燃了许多尸体，一个个燃烧着的尸体成为光源，无意中将四周点亮。此刻我也不需要一直使用原力照明了，反而算是一件好事，但这平静只是暂时的，刚才的鬼傀儡只能算是鬼物对我的一次试探，估计很快就会迎来第二波攻击。

心念一动，再次释放心灵感应，我将范围扩大到极致，希望能找到初旭的身影。没想到这次还真让我找到了希望，就在心灵感应覆盖范围的边缘处出现了两个光团，由于距离太远察觉不到更细致的情况，但能感觉到其中一只光团的颜色明显比旁边的暗淡。

我猜测那两只光团很可能就是属于初旭和落山的光团，两人距离极近应该已经交过手并分出胜负了。虽然不知道落山的实力，但初旭敢抓捕他按理应该是强于落山的。开始在这阴森幽暗的深渊内又不免会被鬼物缠上，所以我也有些担忧初旭的处境。

想着我决定朝他们的方向追去，希望能快点到达那边。我将小花再次叫出道："还是辛苦你了，花儿。"

小花轻柔地叫了一声，随后再次变身为一头体态威猛巨大的凶兽。有了小花的帮助，我们前进的速度也很快，估计不出两个时辰便能与那边会合。此刻我默默祈祷着能顺利与初旭会和，但愿不要出什么差错。时间不知不觉中便过了一个时辰，我离那两道光团还有不到一半的距离。

这时我发现，那两道光团似乎也在缓慢地朝我这边移动。虽然速度不快，但确实在行动。难道初旭受伤了，行走得这么慢，还是……我闪过许多念头，同时一边奋力向前追去。不久，我便听到一阵窸窸窣窣的声音，像是有很多人在碎步行走，而且声音从四面八方传来，听不清具体声音的来源。

此刻周围的光亮只维持在一片很小的区域。为了能更好地了解四周情况，我将原力加强，一团炙热的光团亮起，如同明灯般将百米内的黑暗驱散。虽然我已经做好了战斗准备，但还是被眼前的一幕吓了一跳。

只见一只巨大无比的爬虫正围绕着将我包围，同时无数只细小的足在地上挪动，发出一串串窸窸窣窣的声音，巨大的体型像是山岳般盘旋着，看不到首尾，只有灰黑色的如同铁壁般的外壳不停蠕动着。我震惊于虫怪的体型，怎么可能有如此巨大的虫子，而且是机械虫，其长度保守估计已在几千米以上。

我心说：它不会就是这里的霸主吧？既然来了，那就将它打倒好了。小花看到眼前的一幕，先是愣了几秒，随后直接变小并钻进了我怀里，仿佛这样它才会有一点安全感。我从未对战过体型如此巨大的敌人，甚至之前以为这不应该存在，所以我也打起精神来，没有一丝懈怠。

我想它应该是一只鬼物，而并非鬼傀偶，因为如果是鬼傀偶的话，那又会是谁才能控得住如此恐怖的怪物，那只控制它的鬼物又该有多强？这只虫怪虽然不是活物，但它带来的压迫感却不小。只见它身体一甩，无数根尖刺袭来。我连忙蓄能，掌中原力汇聚，随后道："来尝尝这个。"

光球飞出，与空中无数的尖刺相撞发出巨响，大量尖刺改变方向四散开来，但还是有小部分依旧袭来。我抽出巨型机人战斧斩出，"当当当"金属撞击声响起，我将尖刺尽数打落，眼前的光球在挡下大量尖刺后仍朝着虫体飞去，很快砸在其躯壳上发出沉闷的爆炸。

烟雾四起，虫怪不停地扭动着身躯似乎想要减缓爆炸的伤害。我见它如此皮糙肉厚，心念一动，身前出现更多的光球，同时念道："多重原力波……"

第一百五十九章　相遇

话音刚落，十几枚光波应声飞射而出，宛如流星般在黑暗中划下道道痕迹。"砰砰砰……"接连不断的爆响传来，光波打在巨大的虫体身上，一个个巨大的凹陷坑洞在白光中出现。看上去有些惊悚。虫怪仿佛有生命般发出一声惊天的长啸。

很快巨大的身躯动了起来，在原力光芒的照耀下，我第一次看到了虫怪的真实面孔：一双泛红的大眼凸起闪着妖异的光芒，下面一张仿佛由许多触手组成的巨口张开，好似一个黑洞。和它对视的瞬间，它便将巨口张开，朝我冲来。

看来是刚才的攻击奏效，彻底惹怒它了。我握紧战斧，原力外放，战斧表面出现一层淡淡的白光，不断凝实，好像变成一层漆般将其包裹，同时大观变身，瞬间变成五米的巨人，面对已经飞至的血盆巨口斩出。

"砰！"巨大的冲击力险些让我倒退，但还是在原地站住，地面踩出来深深的凹痕。对面虫怪则倒退出去，其巨口已经在接触的一瞬间，被我战裂成两段，那大到能瞬间吞下一辆卡车的脸上出现一条深深的伤痕。只见它的头颅即将没入黑暗，我连忙跃起，跳至高空，对准其头部一斧斩下。

"砰！"白光闪耀，巨大的机械怪虫发出一声哀鸣，巨斧所过之处宛如瓷器般裂开，随后无数碎片飞出，其巨大的头颅竟直接爆开。这次爆炸的威力极大，我在半空中被冲击砸落在地，肩膀上的小花也从身上飞了出去。

等我站起时，那巨大的身躯在空中摇晃了几下随后重重砸落在地。看来它应该暂时被我打败了。我终于松了口气。不远处一声猫叫声响起，小花朝我跑来，重新落在我的肩上。我看着比城墙还高大而绵延的虫体，对小花道："它只是暂时被我打败了，鬼物是不死不灭的，过一会儿它还会重新爬起来，我们得走了。"

它叫了一声示意明白，随后变身载着我继续朝远处前进。心灵感应显示那两道光团在刚才我与怪虫打斗时又朝我这边靠近了不少，也就是说我和他们马上就能碰面了，不过我有些好奇这是巧合还是刻意的。对面是怎么判断出我所在的方向的？如果是心灵感应的话我会察觉到的，但是我始终没有感受到有其他的心灵感应力。

而且初旭似乎并没有心灵感应，那她又是怎么判断朝这边走来的？此刻我和那两道光团的距离只剩下几十公里，疑惑之时我也同时多了一份谨慎，总觉得那边有些奇怪。

时间不知不觉过去了，途中又出现了一些各种鬼傀儡和鬼物，不过它们都没有之前遇到的虫怪强大，对我也没有造成什么威胁，就一路杀了过去。同时另一边的那两个光团正加速朝我赶来，其速度甚至都快赶上我了。这是十分反常的，甚至我都做好了战斗的准备。

看来那边一定出现了问题，想着我不由得机身都加快了运转。小花似乎也嗅到了异常，开始叫了起来。十千米，九千米，八千米……我和那边的距离越来越近，小花仿佛有所感应一般越叫越凶，甚至比之前遇到的所有情况叫的声音都大。

到最后一千米时，小花突然停了下来，同时还慢下了脚步。我心中的不安更甚，不自觉地掏出了黑色战斧，同时将原力光芒覆盖范围从十米调整到百米，我对小花说："停下。"

它识趣地立刻站住。我对它说道："花儿，你发现了什么吗？"

它朝我轻叫了一声，随后在地上比画着，画出一个人脸，准确来说是一个笑容，但上面的表情十分夸张，倒像是一个恶鬼在放肆地大笑。

我皱了皱眉，干脆站在原地不动，等待对面靠近。心灵感应显示那边的速度也降了下来，不过还是朝我这边前进。也就是说那边是知道我的存在的，这样他才会将速度慢下来，否则不可能这么精确。

此时我能将原力光芒覆盖的范围扩大到一千米处，这样就能直接看到对方，但我还是忍住了，因为现在我已经严重怀疑起那边的身份，所以现在不能打草惊蛇，就等他先出现好了。随着那边离我越来越近，我越来越觉得古怪，虽然没有证据，但是长期经历战场和战斗的直觉已经告诉我有问题。

很快，可能十多秒，一道熟悉的身影出现在百米处，原力亮光照到的最远端，那人正是初旭。她显然也看到了我，随后她快步向我跑来，我看到她身后还背着一个人，那人正是背叛革命军并逃出来的大将落山。一副五大三粗的样子，全身上下缠满了绷带，看上去倒像是木乃伊，但其实他也是一名机人。

只见初旭越来越近，最后在几米处停下。我先打起招呼道："初旭，终于找到你了。有没有受伤，你搞定了吗？"

她面无表情道："是的，我已经将落山抓住，准备回去了，我没什么大碍。"

我看着表情僵硬而冷淡的初旭，心中的不解更甚：初旭虽然是个性情冷淡之人，但在这种情况下不应该表现得如此平淡。我继续道："你在这里有没有遇到什么困难和阻碍，比如鬼物什么的？"

她这时突然笑了出来道："有呀，不过已经被我打败了。我们一起回去吧，我是担心自己一个人在将落山抓住后没有足够精力返回，所以才想请你保驾护航，没想到你来得这么快，我们快走吧。"

我回想起初旭在给我发消息时的情况，应该是在很着急的状态下说的，但此刻却显得有些不在意。再看初旭现在的状态，身上有着一些大大小小的伤口，虽然不多，但也不轻。尤其是机身上面沾有一些泥土和灰尘的痕迹，看起来像是经历过一番苦战。

而她背后背着的落山，虽然看不清全貌，但露出的部分却很干净，与初旭甚至这里的环境背景格格不入。正当我观察时初旭对我说道："可以帮背一会儿落山吗？"

第一百六十章　落山的秘密

初旭的话音落下，她顺势将落山朝我递来。我一边准备去接，一边顺着她的目光看去：一个缠满绷带只露出眼睛的人正闭着双眼，身上的绷带开了一圈，垂落在地，可能是之前受的伤所致，但总体则看起来要干净整洁不少，而这与初旭身上的污泥行形成了鲜明对比。

我心中的不安更甚，正要将落山接过之时，一旁原本安静下来的小花突然扑了上去竟然直接朝落山咬去。初旭立刻闪向一旁躲开，小花扑了个空。然后她呵斥道："哪来的小猫，怎么这么没素质？"

我讪讪一笑，刚才分明看到落山的手指突然动了一下，不是被人移动产生的，而是自己动了。我带着疑惑释放心灵感应，这次只对准落山，就在光球飘出的一瞬间我就心里一惊，只见一抹正常的光团飘出，里面带着平静，甚至还有愉悦。

这显然有问题，之前在远处看到的光团其中有一个是正常的另一个则是微弱的，现在既然落山是正常的，那么……我没有再想，心中已经有了某种猜测。初旭再次准备将落山递给我，而我佯装伸手去接，就在触碰到他时原力汇聚直接击出，打在落山身上。

"砰！"一声沉闷的声音响起，落山直接倒飞出去摔向远方，我顺势一把将初旭抓住，然后拽过来。整个过程发生在电光火石之间。下一刻，被我打倒在地的落山竟然自己爬了起来，就像一个正常人一般。而一旁的初旭则在被我拽过来后直接晕倒向一旁。

将她扶住，此刻初旭双眼紧闭，心灵感应释放，将她笼罩，果然不出所料，初旭的光球十分微弱，也就是说之前感应到的较弱的光球就是初旭的。我原以为是落山的，没想到竟然反了过来，这说明初旭被落山打败了。那么在我收到初旭消息的两天前她是否已经在与落山交战了，之后陷入困境才求助于我？如果是这样的话还说得通。

将初旭放在小花背上，对它说道："看好她。"

小花点了点头，随后我转头看向面前的落山，此刻他已经站起正直勾勾地盯着我，眼神中毫无波澜，似乎一个死人。我知道现在的落山一定不能小觑。刚才他一定不知用了什么秘术把初旭控制住，让她能做出与平时相差无几的动作，而且险些就把我骗了。如果不是小花的提醒，刚才我可能直接着了他的道了。

现在初旭的情况看起来很不妙，所以我必须在最短时间内将落山打败，然后再治疗初旭。正想着，面前的落山开口了，一种嘶哑而难听的声音说道："你是怎么发现我的？"

他一边说着身上坠落的一圈绷带一边慢慢自动往回缠绕，看起来像是活物般有些诡异。我淡定道："你的演技确实很好，如果刚才我接过你，那么下一刻倒在地上的是否就是我了？"

他笑了起来，嘶哑的笑声在空旷的空间响起，回音传遍四周，显得有些瘆人。我冷冷道："你应该知道我是零，但我猜你刚才动了杀心，能告诉我，你为什么这么做，又为什么背叛革命军吗？"

笑声戛然而止，他那宛如毒蛇般的双瞳眯起，随后问了一个莫名其妙的问题："你知道这儿是哪儿吗？"

我愣了一下，然后说道："有什么关系吗？"

虽然绷带缠满了他的脸庞，但还是能看出他此刻脸上挂着笑容。只听他说道："一般人只知道这里是一片危险之地，常人避而远之，但实际上，这里可是我的家园，我来自你们口中的罗南深渊，但是它还有另一个称呼——死寂之地。"

我不由得睁大双眼，死死盯着眼前的绷带机人。他说的是真的吗？他怎么可能生活在这里？这里不是充满不祥和诡异吗？这里不是由不死不灭的鬼物和无数鬼傀偏组成的地方吗？怎么会变成他的家园？除非有一种可能，他——就是鬼物。

这个惊人的猜测一出，我立刻有种不寒而栗。鬼物不是没有生命的吗？但面前分明站着一个大活人，而且他还有心灵光球。他见我这般眼神，随后说道："我就是鬼物，或者说第一个有思维和意识的鬼物。"

声音落下，周围仿佛受到了什么影响，地面竟然微微震动了起来。我顿感不妙，连忙对不远处的小花说："快闪开。"

下一刻，地面裂开一道巨大的裂缝，随后一个黑影从裂缝中冲了出来，直接将我脚下以及小花所在的区域毁灭，地面瞬间变成了一片碎土。我和小花被突如其来的力量掀飞，而我很快稳住身形，同时找到小花的位置将它拉住，落在不远处的一块空地上。

面前突然出现的黑影不是别人，正是之前被我爆头的虫怪，此刻它已经重新长好了头颅，其大半身躯都隐藏在黑暗和地下中，只有一小节从地底钻出，并对地面造成了不小的破坏。

只见落山出现在虫怪的头顶，站在高空说道："没想到吧，我诞生于这片黑暗的地底。这里暗无天日，自我有意识起就一直生活在深渊底部，我的体内天生存在一种代表死亡的力量——魍魉之力。我的诞生违背了自然定律，因为死亡是不可能创造出生命的，但它确实还是发生了。

"我在诞生后发现自己虽然有意识和思维，甚至可以像正常机人一般说话和做事，但自己的机身早已腐烂不堪，机体内甚至找不出一颗完整的螺丝，但我仍然被一种伟大而无解的力量支撑着，这便是魍魉之力。"

说着我看到他的手上突然多出了一团灰色物质，如同火焰一般在他手上跃动着。我立刻说道："不要冲动，我们有话好好说。"

我这么说不是惧怕他，更多的是想为初旭和小花拖延时间。此刻我知道一场硬仗不可避免了，所以必须先让小花带着初旭先离开……

第一百六十一章　野心

我一边和落山对话，一边向小花传音道："花儿，现在你立刻离开这里，朝着一条方向跑，不要回头，带好你背上的初旭。"

话毕小花头顶出现一团原力球。我对它道："这样你就能看清前方的路了，快走。"

说着念力释放，我将一股念力施加在小花身上直接将它推远一段距离，随后小花逐渐消失在黑暗之中。转身，看到屹立在高空的落山，他似乎并不在乎小花的离去。我对他说道："所以你一开始就根本不是投靠革命军的，而是抱着其他目的混入进去的，对吗？但你为什么要这么做？"

落山嘶哑的声音响起："我为什么要告诉你呢，即便你就是零，那又如何？现在已经没人能够阻挡我的步伐了，哈哈哈哈！"

说着我感觉周围发生了不知名的变化，这里的环境中好像多了一股威压，不算强烈，但很诡异。我看向落山，问道："你究竟有什么目的？"

他轻蔑地看着我，眼神中充斥着不屑，说道："你想知道吗？现在告诉你也无妨，反正你也离不开这里了，没有了暗能，在我面前，任何手段都是白费。"

他的语气中充满了自信，看来他一定有自己的底牌，上次在荒外用机二的身份与革命军的几人对战中就有他，不过当时他并没有展示出多么强大的能力或者天赋，除了利用绷带攻击。而他真实的实力必然没有完全展现出来，刚才的灰色物质形成的火焰就能说明问题。

他继续道："我作为从死寂之地诞生的第一个生物，一直想知道自己究竟是怎么来的，因为只有搞懂这个问题，我才能帮助这里的其他同伴复苏，从而一举统治世界。于是我从这里走了出去，去看了外面的世界，甚至从地上偷跑到下界到人类世界中寻找答案。

"而在这个过程中，我无意中加入了所谓的革命军，其实就是一批羸弱的人类和无知的机人组成的军队。我在里面四处寻找答案，或者说希望他能够给我提供一些灵感，但可惜还是一无所获。就在我已经打算放弃时，很远的地面之上的某处发生了变化，有一股魍魉之力从遥远之外散发，无比强大而熟悉，甚至让我都侧目。

"最关键的是我能在其中感受到一种生机，也就是说散发出魍魉之力的可以说是我的第二个真正的同类，他也是有生命的鬼物。"

说到这儿时让我想起了在岩岛监狱中看到的那只猩红竖眼。他说的那只鬼物很大概率就是被放出来的关在莲狱里的那只，没想到还有这种联系。而如今岩岛监狱已经失控，不知道事态最终会如何发展？威斯应该会出手吧。

高空中的落山看我有些心不在焉，说道："你是不是知道什么消息？不如也分享出来，待会儿让我给你个痛快。"

我淡定道："确实有消息，甚至我已经见过你口中的那只鬼物，怎么说呢，它确实很不一般。"

落山见状，双眼顿时发光，连忙说道："在哪儿见的，告诉我，我先留你一命。我从革命军基地离开回到这里就是准备计划一番，随后找到那只鬼物，这样一定就能解开我身上的秘密帮助我成就大业了，现在正好得来全不费工夫。"

他的眼中闪出精光。对于他毫不掩饰的坦白，我知道他说的应该是真的，如果真要让他找到那只鬼物，然后知晓鬼物进化成生命体的秘密，那么对于整个世界，无论是机人还是人类，都是一场大灾难。因为鬼物的特性是无法被消灭，如果当它们都拥有了智慧，那么不死不灭再加上几乎不弱于任何一种力量的魍魉之力的加持，恐怕真的整个世界都会沦陷。

此刻我彻底严肃了起来，即使是只有万分之一的可能，也决不能让它发生。我冷冷道："想得不错，下次不许想了。你是不会得逞的。"

他脸色阴沉下来，我看到他周围的地面上形成了一层肉眼可见的灰色物质，

128

正是魍魉之力的实体化能量。随后我感觉一股寒芒照来，仿佛刀刺般扎在机体上。我心中一沉，看来他准备动真本事了。现在他所散发出的威压和气场让我都有了一种被威胁的感觉。这代表他确实有与我正面作战的能力。

调动机体能量，机能在原力的帮助下加速运转，瞬间我的各项指标攀至高峰，不自觉散发出的威压将周围的地面燃起火焰。对面的落山也看到了我的威压，只见他轻轻打起响指，一声脆响后，原本平静的四周顿时变得嘈杂起来。我知道他应该是通过某种方式让鬼物和鬼傀儡聚集起来。光凭声音判断，周围的鬼物应该很多。

此刻我的原力光芒让方圆百米都照亮，在无数声嘈杂密集的脚步声、拉扯声以及爬行声中，我看到光亮边缘出现了一个个造型迥异的鬼物和鬼傀儡。有巨大如山的机械巨人，有丢失双目的盔甲机人，有如同章鱼般的长有无数触手的机械怪，还有脸上挂着僵硬微笑的已经被风干的机人士兵……

无数的黑影从四面八方涌来，只是看一眼就能给人一种极大的恐惧和心理压力。我扫视一圈，竟然在这些黑影人群中看到了一个熟悉的人——隆。

隆是在我之前还是机二状态时参加擂台赛遇见的。当时他疑似和暗灵之王的暗七将之一融合了身躯，并失去了部分记忆。为了我，初雪和安的战斗中断之后便彻底失去下落，虽然我找过，但最后也不了了之。没想到现在在这种场合下找到了他。原本作为人类最高军事领袖的隆，在这里结束了生命，想想也是一种悲痛。

细看之下不远处我发现了同样被变为鬼傀儡的安，还有一些他的随从。抬头看向落山，此刻他已经彻底激怒了我。一股怒意从心中升起，我没注意到自己的机身变得十分滚烫，甚至冒出了一股白气……

第一百六十二章　激战

隆的遭遇让我的怒意瞬间暴起，无形中机身释放出强大的威压，引动的原力让自身周围都泛起了一层薄雾。对面落山显然也看出了我的变化，一阵嘶哑如同乌鸦般的声音传来："这里面还有你认识的人呀，我猜猜是他吗？"

话毕只见变成鬼傀儡的隆从黑压压的人群中走出，步伐僵硬，眼神空洞，已经没有丝毫活人的气息，身体上也沾着许多污垢，不少地方已经溃烂。我看着隆的模样，深呼一口气平静道："你找死。"

说完，手中原力汇聚，一步起跳跃至高空，对准落山一拳轰出。原力形成的能量波如一颗流星般砸下，"砰！"爆响声回荡，面前尘土飞扬，看不清眼前的景象。

烟尘散去，只见烟雾中落山完好无损地出现在超巨型虫怪头顶。一个嘶哑的声音响起："你以为我没有防备吗？就凭这还想在属于我的领地上救人，还说那些大言不惭的话，面对现实吧，小伙子。"

说着缠绕在他身上的绷带变得松了起来，一圈圈绷带如同丝带般在空中飘动着，其手中跃动的灰色物质被他扔下地面，就像是墨汁滴在清水中一般，灰色物质以极快的速度在地面四散开来，瞬间将周围的鬼傀儡以及鬼物覆盖。它们脚下的灰色物质如同火焰般在其身体上烧起，只是颜色是灰色的。

灰色物质同样也朝我这边蔓延，但在扩散到一定程度时慢了下来最终停下，应该是我释放出原力的缘故吧。再看那些鬼傀儡大军，它们在受到灰色物质的灼烧后竟然发出来如同鬼魂般凄惨的叫声，随后它们都速度都加快着朝我逼近，而原本就离我最近的隆同样加速朝我冲来，顿时整个现场变得如同地狱一般。

即便是见过不少大场面的我，此刻也被眼前的景象所震撼：以我为圆心，一颗巨型原力球正逐渐成形，此刻璀璨的白光将更大的范围照亮，将黑暗中的更多鬼物一同照出，范围不断扩散至几百米，而只要能看到的地方竟然已经都被鬼傀儡围堵得水泄不通，甚至隐约还能看到更远处还有数不尽的人头攒动。

我一边蓄力一边应付着已经到来的鬼傀儡，面对隆的飞扑，我轻闭双眼道："逝者安息吧。"

"砰！"一击落下，隆的身躯瞬间被泯灭，化作一粒粒尘埃撒向大地。四周一个个鬼傀儡燃烧着鬼火向我冲来，灰色的火焰似乎让它们变得更加狂暴和敏捷，前仆后继朝我这边涌来。大部分弱一些的鬼傀儡还没接近，就直接被原力热浪所泯灭，而剩下强大一些的鬼傀儡则被我用战斧一刀刀斩灭。

尽管这些鬼傀儡的数量极多，但我依旧能游刃有余地将他们都消灭。消灭了的鬼傀儡会永久消失，不会像鬼物一般再生。很快连我都能感受到手掌中炽热的高温，那是一颗经过蓄力的巨型原力球，此刻已经凝聚了足足有一辆浮车大小。

将原力球托起，飞至高空，对准虫怪头顶站立的落山道："这一击你还能接下吗？"

"超大原力波！"

话音落下，伴随空气灼烧的滋滋声，一枚炽热的光球飞出，径直砸向不远处的落山。落山的表情发生了变化，只见他身上缠绕的绷带迅速松开，能够看到里面包裹着的已经腐败不堪的机体。机体表面同样覆盖着厚厚的灰色物质，像伤疤一般一块块不均匀地遍布全身，那便是魍魉之力的实体化特征。

就在光球快落到落山身边时，他的周围凭空出现一层灰色的半圆形护罩，挡在了原力球面前。"嗡嗡嗡……"一阵刺耳声响起，灰色护罩与原力球相撞释放出恐怖的威压，就连四周的鬼傀儡都停下了脚步。

我看到天上的原力光球竟然在不断缩小，也就是说落山真的挡住了我正常状态下接近全力的一击。我趁着他还在抵挡光波之时，跃至高空向他飞去，既然力量不够那就再增强好了。想着"大观"变身，体表原力覆盖，加持念力推动，一击轰出。

"砰！"一声惊天动地之声响起，落山连带着巨型虫怪被一拳打倒，烟尘四起，滚滚浓烟中只能看到虫怪的巨大身影躺在地上。凛冽的拳锋伴随巨大力道让周围的鬼傀儡和鬼物都不由后退出去，我所在的地方变成一大片空地。

刚才的一拳已经打出了我的八成实力，应该能够重创他了吧。想着烟雾散开，一个身着灰色铠甲的身影出现在我面前，那是——亡灵变！没想到他也会这招，而且看起来他伤得还不算很严重。身着铠甲的落山平静地站在虫怪倒下的躯体上，原本身上的绷带此刻已经尽数断开，飘在空中。

嘶哑的声音传来："你的确有两下子，竟然逼出了我的最终形态。"

我看着熟悉的灰色盔甲，之前我也曾无意中沾染了魍魉之力，从而掌握亡灵变，没想到在这也能见到。亡灵变能够大幅提升机体的性能，并几乎瞬间就能修复好伤口，相当于一个几乎无解的能力。此刻我感受着自身内部的能量流动，体内核心上方的暗能圆珠，里面包裹着被死死压制的魍魉之力。

我心说试试控制机身将魍魉之力释放，然后协助我一同作战，实在不行再动用暗能小液滴。如果只凭现在的原力、念力以及心灵感应力面对几乎没有损耗的亡灵变，很难在短时间内战胜他。

心念一动，一团灰色物质从我体内放出，随后飘到胸口，并迅速蔓延爬满全身。此时我如同对面的落山一样，都被坚硬的灰色铠甲包裹着，看上去倒有些相似。此刻我感觉身上的灰色物质十分稳定，没有反噬的风险，应该是被暗能镇压过的缘故。

对面的落山显然没料到我也会亡灵变。他第一次变得慌张起来："你究竟是什么人？为什么你也会亡灵变？……"

第一百六十三章　鬼王传说

对面的落山第一次露出惊慌的表情，显然我用出亡灵变在他的意料之外。就在灰色铠甲将我武装后，周围的鬼傀儡甚至鬼物都仿佛看不到我一般自动避开，我感觉到他们对我的敌意仿佛一下消失了，随后又像无头苍蝇般四散而去，即便他们身上还燃烧着灰色的鬼火也无济于事。

我心说应该是亡灵变之后的亡灵战甲将我身上的活人气息掩盖，所以他们就把我当作同类了。而且我感觉自穿上亡灵战甲后这里的黑暗仿佛在我眼前变得透明起来，就好像突然多了一双能够直接穿透黑暗的眼睛，能够无视黑暗看穿这里的一切。

像原本原力光芒之后几百米外的地方，黑暗中还隐藏着更多的鬼物和鬼傀儡，数量多得已经无法用语言来形容，好像有千万大军一般，看过去无穷无尽，看不到尽头。如果刚才没有开启亡灵变而是继续耗着的话，最后坚持不下去的一定会是我。

对面的落山嘶哑的声音传来，他大声质问道："难道你也是这里的鬼物吗？可是为什么之前我没有感受到你体内的魍魉之力？"

我缓缓道："既然你都会亡灵变，为什么我不会呢？"

隔着盔甲看不出他的表情，但一定很精彩。他沉声道："虽然不知道你是怎么做到的，但既然你也会亡灵变，就代表你是被选中的人，你应该和我一起来投入我们的大业中，将鬼王赐予我们的力量好好利用，最终将整个世界都变为魍魉的天下。"

说着他张开双臂，露出一抹笑容。我看着他的眼神，心说：什么情况，鬼王？被选中之人？难道这里面还有猫腻，难道魍魉之力如同原力、暗能一般都有一个背后之人吗？那个背后之人又该有多强呢？会不会像威斯、奥斯本一般能够一言决定万物生死的绝强者呢？

　　此刻许多疑问出现在我脑海中，如果他说的是真的，那么一个绝强者的出现足以改变世界，而魍魉之力的掌控者也应该代表死亡和凋零，他又想把世界变成什么样的呢？

　　我最终开口道："鬼王，他现在在哪儿？"

　　落山顿了顿，说道："你不知道鬼王的传说吗？"

　　他的眼睛如同蛇魅一般竖起，随后继续道："鬼王也就是魍魉之力的创造者，传说他会在人间经历大灾难时现身，随后彻底将世界变为地狱，将所有生灵变为鬼物，赐予他们永生。这难道不好吗？"

　　我看着他的蓝色竖眼，淡淡道："原来是个传说呀，这种把戏拿去骗小孩子都不会信的。"

　　他见状厉声道："你不相信吗？哈哈哈！你知道我是怎么被创造出来的吗？我就是鬼王的代言人，我在诞生时就听到了伟大的鬼王的话，他说这世间即将大乱，到时候他就会降临人间，谁也逃不过的。至于你为什么能拥有这种力量，我虽然不知道，但你一定也是鬼王选中的人，所以如果你背叛鬼王的意志，后果一定会非常惨烈的。"

　　我平静道："你是在威胁我吗？"

　　他回道："并没有，跟你说这么多，是想让你认清现实，不要和天意作对，更不要和鬼王作对。我承认你的实力，但你也要承认自己的命运。因为很多时候人的命运是不由自己掌控的，即使你是零。"

　　我淡淡道："如果这就是你的遗言，那么你可以闭嘴了。"

　　说着我牵动魍魉之力以及体内的其他力量，手中战斧上覆盖着一层白光同时又多了层灰色的火焰，此刻正熊熊燃烧着。对面落山突然笑了起来，凄厉的声音回响仿佛能传遍整个深渊，随后说道："既然你还是执迷不悟，那就让我替鬼王来清理你吧。"

　　说着他的周围刮起了一阵阴风，一根银灰色的剑在风中浮现而出，上面雕刻着看不懂的像是符咒一般的字画。我能感受到那柄剑完全是由魍魉之力制造的，其材质和亡灵铠甲一般，其坚硬程度不必多说。

举起手中的巨斧，脚下一蹬，腾空飞起到上空，对准落山斩去。一道亮光划破天际，刀光裹挟着原力以及魍魉之力向落山斩去，沿途传来一阵音爆。"砰！"巨响响起，刀光将落山所在的位置直接分为两段，甚至形成了一条巨型裂缝。

烟尘弥漫之际，一个人影从裂缝中爬出，随后一道血红的精光照来，就连我都暂停了一瞬间。只见落山身上的铠甲出现了一丝不易察觉的细微裂痕，而他的双眼不知何时变成了瘆人的血红色。我有些意外，没想到他在正面接下我的蓄力一击后还能这么快站起。

此刻他离我越来越近，眼前颜色带出现，指针开始转动，直接转到了深绿色，甚至已经接近绿蓝交织的部分。我的能量色带是在浅蓝色部分，也就是说他的实力已经离我不远了。要知道革命军大将姜子的能量在翠绿色，现在的落山能够轻松打败其他大将。

刚才的斩击虽是尝试，但也用了八成的力量，显然还不够将他打倒，那就全力以赴吧。想着我再次握紧战斧，无比璀璨的光芒亮起，仿佛能刺破黑暗，将周围接近千米都点亮。对面落山看到竟然不惧，随后笑着对我说道："你以为这就能打倒我吗？太天真了。"

只见他双手张开，以他为中心卷起一股飓风，随着风力越来越大，落山也发生了变化。他的后背肉眼可见地长出了一对巨大的灰色的如同鸟类的翅膀，随后身体也变得更大，身上的灰色物质越来越多。眼见他的气息突然暴涨，我连忙再次一斧劈去。

"砰！"爆响声响起，将围着他的飓风直接打散，但我感觉有些不对劲，只见烟尘中落山毫发无损地站在原地，此刻他变成了如同恶魔般的造型，头上长出了一对牛角，背后的翅膀不停地扇动着，脸上的盔甲面具也变成了一个诡异的笑容，像是在讥笑，又像是在炫耀，虚伪而又狰狞……

第一百六十四章 魔神变

随着落山周围的龙卷风消失，一个酷似恶魔般的灰黑色身影出现在眼前，其脸上那夸张的笑容让人不寒而栗。我看着眼前已经认不出身份的落山道："这才是你的底牌吗？"

他的嘴没有张开，却发出厚重的嗡嗡声道："哈哈哈哈！我也没想到自己竟然成功了，多亏了你，让我能在逆境中蜕变出比亡灵变更高的形态——魔神变。"

说着他抬手看着自己如同猛兽般的尖爪说道："就用你来检验一下我的新力量吧。哈哈哈哈哈！"

话毕，以落山为中心一股无形的气场蔓延扩散四周，距离他不远处的我感受到一股强烈的压力，仿佛头顶有无数恶灵飘荡，百鬼出行。我知道这是由魍魉之力散发而出的气场，一股肉眼可见的暗灰色气流飘荡在空气中，仿佛连虚空都在崩塌。

越来越多的气流涌来，我蓄力向前方的迷雾中挥出一拳。这一拳中携带着原力、念力以及魍魉之力，算得上是我的认真一拳。"轰隆！"巨响声响起，前方的灰色气流被打散出一条真空地带，不远处的落山也被打退摔落在地，砸出一个深坑。

只见他缓缓站起，拍了拍身上的尘土，随后一双猩红双目看向我，一道光线从眼瞳射出，"砰！"我有些猝不及防，射线直接打中了我的胸口。虽然穿着亡灵战甲没有受到什么伤害，但我感受到刚才那股射线能量之大。

对面落山在接下我的重拳后身上的铠甲（现在看起来更像是黏在其身上的皮肤）没有明显的形变。这让我有些惊讶。他开口道："看到了吗？这就是我投靠鬼王大人并受到他的恩赐后的结果，你现在后悔也来不及了。"

我回道："就这吗？有点让我失望，看来这什么鬼王也不太强呀，不如让他亲自出来和我比试比试。"

说话间眼前颜色带出现，指针转动到深绿色，然后继续向后转到浅蓝的位置才停下。也就是说落山凭借魔神变实力直接跨越了一个层次，这简直闻所未闻，现在他已经和我在同一级别了，就算我要杀他，应该也要付出很大的代价。

刚才所说的话其实是为了刺激他，让他直接用撒手锏来对付我，因为我还不知道他的底细。现在颜色带显示出他的能量指数后我则更加没底了，一方面是在之前的战斗中原力就已经损耗了一部分；另一方面是这里对他来说更有优势，他还能利用这里的环境作战，所以我现在要速战速决。

对面的落山看出我是在吓唬他，他现在反而不着急了，既不进攻也没有做什么动作，看来只能我先出击了。想着我掌中原力凝聚，炽热的光球如同一颗明星般闪耀，周围的一切都被照亮，离我近一些的地方甚至燃起了火。一手托起光球，一手转动战斧，此刻我将体内的原力运用到极致，甚至下一次攻击可能都没这么多的力量支撑。

对面的落山看出了这次攻击的猛烈。他连忙扇动翅膀想着向黑暗中逃走，但方圆几公里内都被照亮，他就算再快一时也无法逃出我的视线。我看着掌中不断冒着白气的光球，说道："超聚能原力弹。"

一发射出，炽热的光球如同流星飞向空中的落山，很快便听到一声巨响，一个巨大的黑影从空中坠落下来。我不敢怠慢，闪身上前一斧斩去，"轰隆！"甚至能感受到斧柄传来的反震之力。我看到包裹着海量原力的战斧将落山坚硬的铠甲外壳破开一小节缝隙，随后四周如同瓷器般龟裂出一道道裂纹。

烟尘四起，落山重重地摔落在地，胸前的盔甲上还插着一柄漆黑的战斧。将它拔出，我顺势准备再砍向落山，没想到他竟然转身从侧面滚了起来，战斧落空，深深插在大地上。落山缓缓站起道："不错，很强的招式，不过你还能用几次呢？"

说着他的翅膀张开，手中出现一把三叉戟，此刻真的如同地狱归来的恶魔一般。我一边将战斧拔起，一边召唤原力道："多重原力弹。"

周身一个个光球出现砸向前方，对面落山将翅膀收拢，"砰砰砰……"原力弹尽数砸在其身上，而上面没有出现任何伤痕。不过这也在我的意料之中。对面落山双臂一撑，径直朝我冲来。我则再次调动体内原力，原力如同洪潮般尽数被我用出，包裹在战斧上甚至机体的每个角落。

"轰隆！"惊天般巨响声响起，我和落山正面撞击在一起，此刻我感受到极大的压力，对面如同一座巨山般压来，我直接被逼得向后倒退。不行，此刻我强撑着将体内剩余原力运转而出，强烈的光芒亮起，与对面不断蔓延的灰色气体撞击消耗着，巨大的冲击力将周围的一切泯灭，位于中心的我和他周围形成了一片真空。

"滋滋滋！"此消彼长中，突然轻微的断裂声传来，战斧竟然断裂开来，随后变成无数碎片，而我也被强大的冲击力摔出，掉在远处的空地上。从尘土中站起，明显感到机身状态正在下滑，虽然身上的亡灵战甲还未损坏，但此刻体内的原力已经几乎消耗殆尽，恢复还需要一定时间。目前最赖以使用的力量没了，但多年的战斗已经让我随时保持清醒，也并没有恐惧。

对面空中黑影飞舞着降落，落山的脸上那恶鬼般狰狞的笑容露出。他开口道："哈哈哈哈哈！没想到你会落在我的手上，让我好好再看你最后一眼，纪念一下与你的美好时光。"

说着他用嘴舔了舔手上的利爪，然后又道："我可以让你晚点再死，说出你发现另一个鬼物的地点。"

他的眼神眯起。我平静道："我还没动真格呢，你先别着急。"

对面看我有些不对劲，于是道："好吧，看来只能我自己去找了。"

说着他伸出利爪向我扑来，我则不闪不避，口中默念："暗能波……"

第一百六十五章　上去

话音刚落，一团漆黑的能量从身前出现，"砰！"一阵闷响传来，落山直接倒飞出去，甚至空中看到一条断臂落下，浓雾四起。之前在消耗原力的同时我从体内的暗能液滴中提取出一丝暗能，此刻便派上用场了。

巨大的冲击将周围原本靠近的灰色气流震开，眼前已是一片废墟。走近，落山掉在不远处的地面，如同一尊雕塑动弹不得，其中还有一只手臂直接不见了，坚不可摧的铠甲也变得支离破碎，尤其是胸口被打出一个大洞，看上去凄惨无比。

暗能的威力比我想象的还要大，面前的落山头上的盔甲面具也只剩半边，而他本人则直接陷入了昏迷。他应该一时半会儿醒不过来了，所以现在应该直接离开找到初旭他们。

想着我转身出发，由于之前激烈的战斗，此刻我同样受了伤，并且机体的能量也消耗过大，还没恢复过来，所以前进的速度并不快。心念一动，心灵感应释放笼罩天地，将方圆百里散去，很快便发现了初旭和小花的位置。此刻两个光团还在移动，但速度并不快。我连忙加速上前追去。

在过了十几分钟后，终于我在不远处看到一个暗淡的光源，连忙叫道："小花，这边。"

那边听到了呼唤，配合地掉转方向向我奔来。果然是他们，此刻初旭还在小花背上躺着，没有醒来。我探测到她的心灵光团更弱了，没有多想，连忙将原力运转而出，点点白光落在初旭身上，将她体内的伤势渐渐愈合；同时我的原力也在快速消耗着，本来就所剩无几的力量此刻更是直接见底。

好在初旭的伤势已经好转，至少不会再有生命危险。跃起骑在小花背上，我说道："花儿，沿着这个方向直走，前进。"

话毕，小花巨大的身躯动了，瞬间便跃出十多米远，快速向前冲去。按照这个速度不久便能离开这里了。我则一边恢复自身一边观察四周。刚才治疗初旭发出的动静并不小，很可能引来鬼物或者鬼傀儡，我也做好了时刻战斗的准备。

不过一路上都没有遇到什么阻碍，只有偶尔有奇怪的声响回荡。过了大概半个时辰，已经能够看到远处陡峭直立的山壁，紧接着我看到了一幅不可思议的景象。

只见前方的岩壁上到处都是向上攀爬的鬼傀儡，密密麻麻无法用语言形容，众多的鬼傀儡直接将山崖的颜色遮挡，甚至有的一块地方重叠趴着几个鬼傀儡，有的没有抓稳从高空掉了下去，随后站起接着爬去。他们仿佛是收到了什么召唤一般，做着这种疯狂的行为。

我终于知道为什么一路见不到任何鬼傀儡和鬼物了，看样子他们似乎都聚集在这里了。随着我的靠近，岩壁上的鬼傀儡也没有任何反应和动作，这有点匪夷所思。

这样也好，至少现在没人会阻挡我出去。只是外面可能……想着我决定还是尝试一下，如果这么多的鬼傀儡和鬼物出去，就算他们没有觉醒意识，也将是一场灾难，附近的机人群众是不可能挡得住这些鬼傀儡的。

来到岩壁下方，更能感受到上面人头攒动的拥挤和压抑，不时有人影掉落，其中一个向我砸来。我直接以意念扫去，鬼傀儡在半空便炸开，残肢散落四周。

终于，我的声音引起了上方鬼傀儡的注意，不过只有一小部分人回头看来。接着他们直接跳下似乎想将我压死，"亡灵变！"当我再次用出亡灵变后，那些鬼傀儡就像看不到我一般，降落时失去了方向，"砰砰砰……"纷纷掉在周围的沙地上，有的直接摔得零件散落，再也站不起身；更多的则慢慢站起僵硬地继续攀爬着岩壁。

有了亡灵铠甲做掩护，我不会再在攀爬中受阻碍。一路上去，很快便即将离开黑暗的地带，在阳光照射的地方那些鬼傀儡身上冒出一阵阵气体，他们像失去骨头般摇晃着，软绵绵的，但就在他们即将倒下时，一股灰色气流从黑暗中升起包裹着那些鬼傀儡免受阳光的直射，接着一阵刺耳而熟悉的嘶哑声传出："啊，差点就赶不上了，我的子民们，听我之令，冲出这里，毁灭人间……"

转身看去，正是落山来了。没想到他竟然这么快，而且我看他的情况，身上的伤口已经全部不见了，取而代之的是一具崭新的机身。那些鬼傀儡在听到落山的话后继续朝着上方爬去，路过我则直接绕道，而且不再受阳光的刺激，他们能离开深渊了！

我想要阻止上方的鬼傀儡，身后一凉，只见一道黑影朝我冲来，正是已经开启魔神变的落山。在翅膀的加持下，他轻易地飞起并快速朝我接近。我连忙动用念力将周围的鬼傀儡抓起，随后向落山砸去。他不慌不忙地举起三叉戟，一击就将数十个鬼傀儡斩灭。

我见情况不妙，连忙沿着岩壁向上爬去，念力发动，前方的鬼傀儡都被排开，甩到下方，而我带着初旭和小花飞一般向上方冲去。不用回头都知道，身后的落山正在迅速靠近，我则直接释放心灵感应，对准落山发动感力冲撞，一时间他在空中停了下来。

我则趁着空隙很快来到了悬崖边，一登而上，踩到了久违的大地。我将初旭放下，对着小花说："你带着她到机械之家去，找到小亮管家以及五婆婆。"

原力释放，白光闪过将信息注入小花的脑海，随后它带着初旭向远方奔去，跑着还回头望了我一眼。我则对它摆手示意快走。这时身后传来了动静，一阵阴风吹来，一回头，迎面一只巨爪抓来将我吊起，随后向后甩去。巨大的冲击力让我难以停下，一时控制不住飞出直接坠入下方的深渊。

向下掉落中，天空中的落山的身影出现，宛如恶魔降世，手中的三叉戟飞出向我刺来……

第一百六十六章　恢复

在我下坠的过程中，一柄三叉戟袭来，速度越来越快，我只好用亡灵战甲抵挡。"轰隆！"一声爆响后，我被冲击力甩飞继续下坠，同时听到下方传来了窸窸窣窣的声音，望去，擎天之柱拔地而起，随后一张深渊巨口张开，正是之前打倒两次的超巨型虫怪。而在它的旁边，还有八爪机械巨蛛。其体型也大得十分夸张，百余米的身高显得所有一切在它面前都很渺小。

其四周还有不少别的造型古怪的身影徘徊，身穿长袍的骷髅，失去双臂的士兵……还有更多诡异之物一同现身。看到它们都纷纷亮出一对对猩红竖眼，我知道下方的那些身影都是鬼物。

鬼物代表无法彻底消灭，代表着无解，遇上一只就已经难缠了，但此刻地面上至少有数百只鬼物像是集会般聚集着，仿佛在等待着猎物上钩。就连我也不禁打了个冷战，但更多的是坚毅与决心。既然无法逃避，那就放手一搏。

这么多的鬼物聚集在一起不知因为什么，但肯定与落山脱不了干系。不过我这时还穿着亡灵战甲，鬼物不应该袭击我才对。想着我已经做好战斗准备，体内机能不断提升，散发热气，掌中原力不断汇聚，随时准备攻击。

很快我平稳地降落在鬼物的队伍当中，不过周围的那些鬼物暂时还没有袭击我。天上黑影降落，落山也飞了下来，停在不远的高空，刺耳的声音传来："束手就擒吧，你是不可能离开这里的，放任你走，后患无穷。"

说着掏出他尖锐的利爪。我反而平静了下来道："怎么手下败将还想拦我？那就再揍你一顿。"

我自认一对一能将落山打败，即使现在身处鬼物的群体中。我也有信心与他交战，当然，现在更多的是一份信念和勇气，以及想要守护全人类和机人世界的决心。此刻我放下了一切，将自己的所有堵在了这一刻，我不入地狱谁入地狱，我愿化身黑暗也要阻挡一切魑魅魍魉的入侵。

这时体内的某样东西仿佛得到了触动，如同一汪清泉浇灌在干旱的大地上，机体的伤口迅速得到了修复，比之前所有治愈的速度都快，几乎是瞬间就将机身焕然一新。变化不止于此，体内核心此刻以远超平常的速率转动起来，让我都有些不适应。

突然一直飘荡在核心上方的暗能液滴晃动起来，如同受到某种指引般没入我的核心处。难以言喻的一股钻心之痛传来，只感觉核心不停地被搅碎。一时没站稳半跪在地，此刻就连站立都有些勉强。

空中的落山显然注意到了我的变化。他大笑道："你就这点本事了吗？我还在想你能再给我带来什么惊喜呢，原来是跪地求饶呀。哈哈哈！不过就算你求饶也没用，把你做成鬼傀儡应该会很厉害吧……"

说着他将利爪伸出，一道寒光袭来，我连忙抵挡，但还是被打翻在地。落山的力道极大，竟然将我的亡灵铠甲划开一个口子。四周的鬼物原本还在游荡，此刻竟齐齐向我看来，一双双发光的猩红竖眼聚焦在我身上，瞬间一种毛骨悚然之感传来。

我连忙想要运转机体，先甩开这些鬼物，但核心极致的痛楚让我一时无法做出任何举动。我观察到体内的核心此刻正在由蓝变黑，而且速度越来越快，直至全被黑色包裹。天上的落山讥笑道："没想到名声在外的零也会落得如此下场，就让我来为你收尸，并让你以另一种形式存在吧。"

说着四周的鬼物动了起来，四面八方的攻击袭来，甚至天空中也出现长相酷似蝙蝠的人形机人，瞬间就将我淹没。我这时只感觉浑身一轻，一种熟悉的感觉传来，是暗能的力量。想着我右手一挥，眼前顺势出现一抹黑色物质，即便这暗无天日的深渊最深处也没有眼前这一抹黑暗黑。这种黑仿佛看一眼就能让人永远沦陷其中。

"轰隆！"剧烈的爆响声响起，宛若石破天惊，大地都在不停地颤抖，仿佛承受了不能承受之力。而刚才还遮天蔽日的鬼物大军也在这一击后被打散，七零八落倒在地上。在不远处地面，我看到落山也跟着鬼物大军一同躺倒在地上，不过他正在爬起。

这也在我的意料之中，如果落山这么容易被打倒之前就不会受伤了，况且刚才也只是随意一击，并没有用全力。落山站起，破损的机体以不可思议的速度修复着，短短数秒就恢复如初了。

落山此刻怨毒地盯着我，一双竖眼中红光射出，"滋滋滋！"但光线在半空就被我挡下。眼前出现颜色带，指针开始转动直到深蓝才停下，也就是说我的实力在刚才恢复暗能后直接上涨了两个台阶。这无疑是天大的好消息，离我打倒威斯的目标又近了一些。

回过神来，面对落山说道："好了，你的雄心大志到这里该结束了，就让我来将你扼杀于此吧。"

挥手，一片黑色物质如流水般出现。对面落山狰狞道："什么？这是暗能，你竟然又领悟了暗能，怎么可能？"

我淡淡道："都说鬼物不能被消灭，但其实是因为力量不够，只要有足够强大的力量，就能消灭一切障碍，消灭一切敌人。"

说着我将暗能包裹拳锋，一拳砸出，随着落山惊恐的表情和嘶吼，一声爆响传来，面前大地都被削平一截。我看着眼前空旷的地面，对面的落山应该已经在刚才这一击下彻底被消灭了吧。刚才的一拳是短时间内挥出的认真一拳，威力自然不言而喻。

此刻周围的鬼物如潮水般退散，很快就剩下我一人站在原地。只有周围的灰尘飘起，好像在见证刚才发生的战斗。

望向悬崖山壁那边，只见原本密密麻麻的鬼傀儡也几乎不见踪迹，不知是退回深渊还是前往地面了。没有逗留，我连忙向山壁的方向走去……

第一百六十七章　回去

经此一战，附近的鬼物和鬼傀儡都四散而逃，不见踪迹，刚才还聚集一起的大军此刻已是一片狼藉，只剩下地上躺着的死尸和残渣。

来到岩壁下，这里的鬼傀儡也没了踪影。望着高耸的山崖，我心说试试暗能吧。挥手，暗能如流水般飞舞而出，随后开始变形扭曲，直至变成一架飞艇的样子。这时我眼前一黑，险些跌倒在地，果然这样做现在有些吃力。

用暗能变形创造涉及更高的层次，重新掌握它之后再使用也需要过渡。想着我将暗能收起，一边攀爬一边观察机体内部。刚才在千钧一发之际我重新领悟了暗能，想想有些惊险，如果不是突然顿悟，刚才可能就会吃大亏了。

落山的魔神变也许不是它自己创造的，而是那个被称作鬼王的人发明的，所以同样掌握了魍魉之力的我能否尝试魔神变呢？如果成功，将会让我的实力更上一层台阶，到时候应该能直接和威斯掰掰腕子。想到这不免有些兴奋，等之后有时间就尝试。

很快我便来到地面，此时已经天黑，只有一轮弯月高挂，月光洒下照向大地，宛如将世界镀上一层寒霜。周围一片寂静，清风拂过，将周围草地吹动。我望着远处的方向，那里便是机人居住的地方，也是曾经机二的家——机械之城。那里有五婆婆、初旭、小花、家里的管家阿亮，还有更多平民百姓。不知道鬼傀儡有没有到那边？

想着我加快步伐，一段不远不近的距离，走了大概半个时辰便到了，途中并没有遇到任何阻碍或者鬼傀儡。来到这里已经夜深人静，一家家灯火亮起，机人居民如同人类一般日出而作、日落而息，与我记忆中的人类世界重合。

穿过街道，来到一条路口，一边一栋别墅连带一片巨大花园占据大片地带，那里就是机二，也是我的家。走进，迎面一个面带职业假笑的机人走来，恭敬道："先生，您回来了，不久前有一人一兽进入这里。经过我检查发现是您的命令，我就放了进来。他们现在在医疗实验室。"

阿亮做出请的手势，我表示让他退下，随后独自来到地下一层，穿过狭长的走廊后出现一间大厅，透过玻璃看到里面的景象。

走进，一只小花猫从控制台上跳下，我俯身摸了摸小猫，看向另一边。一只大床上一个长相甜美酷似人类的机人正静静平躺着，双目紧闭。打开实验室开关，开始对初旭进行全面检测：目前来看她的外伤已经几乎消失，但不知什么原因还在昏迷。看着那圆圆的脸蛋，我不禁想起初雪，与她长相完全相同的人。

可惜初期已经……没再多想，利用这里的设备和机器，我检查到初旭机身内部有些部分还有损坏，于是我便寻找材料给初旭做手术。时间飞逝，很快便到了第二天晚上，一天过去了，初旭终于修复完毕了，也许用不了多久她就能醒来吧。

想着我让小花留在这里陪着初旭，如果有什么事情再联系我，而我也准备去看看五婆婆，如果她恢复得差不多顺便带她一起回到穹顶之下。正当我准备离开时，身后一声猫叫响起，回头看到小花正一脸怨气地朝我走来，似乎对我的安排有些不满。我摸着它的脑袋说道："呦，我黏人的小猫咪呀。"

"喵！"

它向我蹭来似乎想跟我一起走。我对它道："乖，你在这里帮我看人，等会给你奖励好不好？"

话毕手中出现一团暗能，将一小撮放在小花嘴边，只见它毫不犹豫便吞下，并打了个饱嗝。这让我有些意外：它直接吃掉了暗能？这时眼前颜色带出现，指针转到中黄的时候摇摆了几下跳到橘黄，也就是说小花实力轻松突破了一个层次。

这连我也呆住了，原本只是想着将暗能还给它，之前体内的暗能就是从它身上来的，没想到现在它一口吞下了暗能，还顺便增加了实力，这简直闻所未闻。我对小花来源的好奇更重了。

我对它道："有什么不舒服吗？"

它摆了摆尾巴，看起来有些兴奋。我也作罢。在前往五婆婆房间的路上，我想着既然小花能够吞噬暗能，那是否代表它也能吞噬其他能量来变强呢？如果它一直吞噬那又该变得有多厉害？我不由打了个寒战，小花的潜力不敢想象啊！

不知不觉已经来到五婆婆的房间，敲门，一阵温柔而苍老的女声传出："请进。"

推门，只见五婆婆正静静地席地盘坐，闭目养神。见我到来，她没有惊讶，而是问道："你有暗能了？"

我没有隐瞒如实道："是的，之前无意中找到灵感，然后暗能就回来了。"

五婆婆："暗能可不是那么好领悟的，不然这个世界早就乱套了，老朽当年也是风光无限呀。"说着她望向我，眼神里充满了光彩。

我微微一笑道："婆婆，您恢复得怎么样了？我回来正想来看看您。"

她喃喃道："是嘛，我一把老骨头了，被人抓去换了一副身子骨，现在反而觉得更年轻了，挺好的，已经能够自由活动了，我想用不了多久便回到人类世界看看。"

我看着她的神情，知道她这么多年来在地上守着，等待我的到来。现在既然已经完成任务，就应该安享晚年。于是我说道："婆婆，我最近应该很快就到穹顶之下，到时便可一起。"

她点点头道："好啊，也该回家了，不管在哪里，只要是有人的地方，便是我的家。"

我知道她说的是人类种族，五婆婆已经很久没有见过人了。她转而说道："对了，我看见一个小姑娘，看上去像初雪的，应该是她的好朋友吧。想想过去这么多天，初雪也快回来了吧。"

我有些不解，问道："婆婆，您是什么意思？"

第一百六十八章　希望

此时我心中困惑不已，明明初雪在岩岛监狱战斗中坠入岩浆池，就算是史上最坚硬的材料也抵不过岩浆的灼热，更不用说是一具机身了。五婆婆说出的这一番言论又是为何？难道初雪还活着？

只听五婆婆道："初雪没有你想象的那么简单，她严格来说可能不是机人。"

我连忙问道："什么意思？"

五婆婆点燃了一支烟深吸一口道："我对初雪的认识比你早得多。百年前当我投靠暗灵之王时她就已经在暗灵之王身边了。那时我还是一个小姑娘。看到初雪，尤其是她那圆圆的脸蛋时，我莫名感觉有些亲切，就像是看到知己。"

烟雾缓缓升起，飘满整个屋子，将眼前的老人蒙上了一层薄纱。她不紧不慢道："那时我们都还在地面之上，机人革命还没有大规模展开，暗灵之王也还没有招募到什么人，实际上那时似乎还没有机人的概念，只有没有智慧和思维的机器人。虽然人工智能高度发达，但还没有到机器人觉醒意识的年代，而那时初雪就已经出现了。"

我暗暗惊讶，初雪那时候就已经出现了吗？那她就是世界上最早觉醒意识的一批机人吧！正想着五婆婆继续说道："我开始觉得很神奇，认为初雪应该是和奥斯本、威斯一起觉醒的意识，但那样就有些说不通了，因为最早的那批觉醒意识的机器人都会有记录，但我没有找到关于初雪的任何信息，就好像她是突然出现的。

"因为她跟暗灵之王联系紧密，暗灵之王很信任她，所以我没有怀疑她的目的不纯，只是对她有些好奇。后来与她逐渐熟络，我更加感觉到她的不一般，形容起来感觉她不像是一个机人，更像是一个活生生的人类女子。她的性格与机人大不相同，更像是一个活泼开朗的大姑娘。"

说到这时五婆婆神情一变，仿佛在追忆与初雪的过去。我接道："经过我与初雪的相处，我也觉得她有时候比较情绪化，完全不亚于一个人类女子。"

五婆婆点了点头道："事情还要从百年前说起，当时初雪改变了我的命运，并带我走上了一条不一样的道路。

"我曾经是一家大户人家的人，但一次意外让我全家都被仇家所杀。我当时躲在衣柜里，那些仇家找不到我。于是放火烧了我家大院。透过缝隙我看到火势越来越大，那些人找了半天后最终离开了，但大火已经蔓延到屋内，大量的浓烟和灼热的火焰让我寸步难行，我只能静静地等待死亡到来。

"就在我心死如灰，闭上双眼时，突然外面传来了一阵脚步声，紧接着就看到一束光照来，一个人打开衣柜将我一把拉出，接着便背着我快速逃了出去。当时火势特别大，一般人根本不可能在里面走动，更不用说快速跑步了，但她做到了。当我来到外面，头脑昏昏沉沉，最后一眼看到的就是初雪的面孔以及围绕在她周身的一层黑色护罩。

"当我醒后不久便被她带着介绍给了暗灵之王奥斯本。对于救命恩人即使是机器人我也同样感激，于是便加入了他们。后来又凭借着从那里学到的技能报仇，而那时便是我得到暗能的时候。

"我虽然学了不少本领，但要报仇的仇家是专门的杀手组织，我一人对付还很勉强，甚至出现了生命危险。就在紧要关头，初雪出现了。她将我救下，并帮我杀了那些仇人。我在一旁看得清清楚楚的，她所实战的力量就是暗能。"

讲到这儿，五婆婆眼神中充满了光泽，仿佛一下子变年轻了。她继续道："初雪出手很快，她手中一团团黑色火焰每过一处，就有许多人死亡，结果近百人的杀手组织在短短几十秒内就被消灭殆尽。随后她又看了看我的伤口，并将一股黑色物质注入我的体内，那便是暗能。

"起初我疼痛不已，以为初雪要害我，但很快便觉得浑身轻松，就连身上的伤口都好了，就这样暗能永远留在了我体内，而我也在暗灵之王的帮助下成功掌握了它。"

说着她转头看向我道："但自从那以后初雪和暗灵之王都让我选择隐蔽这件事，我就照做了，而初雪也再也没有施展她的暗能的力量，反而是我使用起了暗能，并将它作为我最强大的手段。"

五婆婆讲完后她抽着的烟这时也熄灭了。我说道："婆婆，照你这么说初雪的确很不简单，但在岩岛监狱她为何没有使用暗能呢？"

五婆婆摇了摇头道："不知道，初雪虽然看上去年轻，有时甚至还有些调皮，但你千万不能小看她，我觉得她那样做可能是故意的。"

说着五婆婆的眼睛眯起，变得严肃起来。她接着道："虽然暗灵之王和初雪都让我对初雪输入给我暗能保密，但现在已经时过境迁，如果我不告诉你这些我害怕你会因为初雪而变得一蹶不振。所以你不用太过担心，初雪很可能还活着，甚至坠入岩浆池也是她的计划。"

说着五婆婆看向远方，正是天空之城五岛之一岩岛的方向。我深深行礼说道："谢谢婆婆帮我解开困惑。"

五婆婆急忙道："客气什么，都是自己人，要谢也是我谢你，是你把我救出来的。"

五婆婆打开通信仪道："小零，哦不，零王，你来看这个。"

我说道："婆婆客气了，叫我小零就好。"

我凑近五婆婆，通信仪上荧幕显示着最近的新闻，其中最上面的是岩岛动乱事件，一张图片上拍着机人们惊慌失措的表情，而后面还跟着许多鬼傀儡，场面极其混乱。接着五婆婆指着一处角落道："你看这是什么？"

我定睛看去，只见岩岛底部，一处不起眼的角落里一个十分微小的黑点突兀地出现……

第一百六十九章　出发

那处地方并不显眼，但一旦看到就会觉得有些异样。我稍加思索说道："这会不会是因为这张图片的问题，而不是真实存在的呢？"

五婆婆摇了摇头道："不可能，这里的机人十分严谨，他们不会把不存在的东西放上去，有就代表存在。"

我微微点头道："如果上面的黑点确实不是由于机器故障造成的，而是别的东西的话，这个比例大小应该是个人。"

我仔细观察着黑点的位置继续道："而且看它的位置是在监狱最深处，也就是莲狱下方，那里连通着岩浆池，千度的高温会让所有生物望而却步的，所以正常情况下下面不可能有人存在。”

五婆婆郑重道："但暗能却可以做到。"

我想了想，确实，暗能可以承受的温度上限还不知道，至少一千多度还是可以的。如果初雪利用暗能的话能够保证自己的机身不被融化。所以那个黑点就是初雪吗？我还是觉得有些不可思议，虽然我比任何人都希望初雪能够平安无事，但这个结论还是让我有种不真实之感。

五婆婆道："现在天空之城的岩岛已经沦陷，被鬼物占领，而且最近新闻上也报道了地面上不少其他地方都出现了疑似鬼物或鬼傀儡袭击机人事件。我有种不祥的预感，一场浩劫要来了。"

说着她的表情变得严肃，我回想起了在路过那些机人城市时确实感受到了异样，我当时还觉得没什么，可能是类似恐怖袭击，现在看来应该就是鬼物袭击机人事件了。可问题是那些鬼物是从哪里来的？那么多的鬼物不可能都是从罗南深渊跑出来的，只能说明其他地方也有类似罗南深渊的地方。

想着我仿佛看到无数的鬼物和鬼傀儡扑面而来，无意中将机能能量提高，房屋都开始晃动。一旁的五婆婆拍了拍我道："好了，先别想这件事了，这个黑点是否为初雪还不确定，黑点现在已经消失了，意味着它现在不想被人发现。如果是初雪的话，我相信她会主动来找我们的，现在我们需要面对的不仅是威斯，还有来自魍魉之力的入侵。你也不想眼睁睁看着世界陷入一片混乱吧。"

我接道："我不想看到任何一个世界遭受灾难，不管是人类世界还是机人世界。"

五婆婆叹气道："机人世界还有威斯撑着，他现在虽然还没露头，但也不可能眼睁睁地看着机人世界毁灭，相比人类世界则脆弱得多，一个鬼物足以造成一座甚至更广范围城市的毁灭。"

我说道："婆婆你是担心鬼物会流入穹顶之下吗？"

五婆婆说道："是的，现在要全面警惕起来，应该让地面之下的人提前知道，至少要通知政府那边。"

我觉得确实有必要这样做，不过在此之前要做一件事。我说道："婆婆，你的伤怎么样了。"

五婆婆面带笑容道："感觉良好，可以出去透透气了。"

我说道："好，那我们明天一早出发，前往穹顶之下。"

与五婆婆告别后来到地下实验室，此时初旭已经苏醒，正坐在一边打坐。见我到来她才睁开双眼道："我……那个谢谢你，没想到你真的来了，我代表个人感谢你的救援。"

说着她对我深深行礼。我连忙扶起初旭道："你的伤还没好完全，不必这样。我马上就是革命军首领了，下属有难，岂有不帮之理。"

初旭说道："好吧，感觉自己已经好得差不多了，我想尽快回到革命军。"初旭感谢后又恢复到之前冷冰冰的模样，一脸正经。

我看着她有些迫切的神色道："我们明日一早就出发，前往穹顶之下，到时候我还要载上一个朋友，以后她会加入我们革命军，或者说御天阁。"

初旭问道："谁呢？"

"暗灵之王麾下七将之一珍妮。"

她顿了顿道："好，没问题，这种事情最终决定权在你。"

我接道："那就这么定了，我会安排给她一个职位，到时候还请你也多帮衬些。好好休养，明早见。"

说着我离开了初旭的房间，来到二层地下室中。现在距离第二天还有一会儿工夫，正好能将身上的力量恢复检查一番，准备下明天的行李。

想着盘腿而坐，脚下泛起淡淡的白光，那是原力外放的体现，此刻我的原力恢复了六成，之前在与落山战斗时全部耗光，此刻正是恢复的好机会。一边吸收着四周原力粒子，一边把果老交给我的特质子弹拿出，看看是否能从中参悟到原力的更高层次。

原力——乃万物混沌之初，生机所在，世界万物凡生命之物皆有原力，原力乃生命之力，宇宙自然界中更有无边原力，无穷无尽，用之不竭……

我感受着体内原力慢慢增加，同时回忆着之前果老甚至查理教导我的那些话，此刻竟隐隐有了一些新的感悟。可惜总是觉得马上要有更大收获时突然卡住，不过我并未气馁，而是继续参悟。

很快一天过去了，第二天清晨，我从地上站起，此刻我还是没有领悟到果老的那个层次，但也有了些新的感悟，这对于原力的使用也有所帮助，效果上看我的原力恢复得更快了。而暗能则还没有时间修炼，不过我也不太着急，只要短期抽出一些时间就够了。

　　来到庭院，五婆婆和初旭两人已经整理好了各自的物品，正在说着不知什么。而我也从武器库拿来新的武器，一把剃刀。现在我的力量比以前更强了，可以说比之前任何时期都不弱，所以新武器也换成了能够更好挥舞的薙刀。

　　我走上前去说道："各位，我们准备出发了，我会直接前往革命军本部，然后再去外面接一些朋友，将革命军变成新的势力——御天阁。你们有什么疑问可以提前跟我说。"

　　两人点了点头，随后飞艇载着我们一行人出发，一道轨迹划过天际，指向我们前进的方向……

第一百七十章　来访

　　飞艇一路行驶，并没有遇到什么阻碍，在经历数个小时的周转后我成功回到了穹顶之下，并且降落在第一大区上空，距离革命军本部也很近。

　　此刻穹顶之下的天是黑的，现在对于人类来说还是夜晚，与地面上的时间恰恰相反。我驾驶着飞艇，从高空冲下，身后的初旭此刻正在和革命军那边沟通，谈论着什么，五婆婆则倚在一侧的靠椅上似乎睡着了。窗外一片漆黑，下方地面一盏盏灯光亮起，无数人家的灯火组成了一幅人间夜景。

　　此刻那些人们想必还在睡梦中，对外面发生的变化还不知晓，不知道他们了解到更多真相会发生什么？虽然我的确想保全人类世界；但地面上机人殖民入侵计划和鬼物失控复苏几件事加起来，只凭个人力量是远远不够的，所以我必须尽快建立起御天阁，然后与政府接触合作，想办法重新建立起人类群众的信任，一同对抗机人入侵甚至是鬼物入侵。

　　不知不觉中飞艇已经降落到一片开阔的空地上，周边只有些野草随意生长着，一阵晚风拂过，将草坪吹动。走下飞艇，看向四周，我仿佛看到一个雪白的靓影站在不远处。这里是我和初雪曾经相遇的地方，只可惜现在她已经不在了。

　　我又看了一眼那片草坪，随后与刚下来的两人一同朝另一个方向走去，那边则是革命军本部入口所在。不久便能看到一个圆心印记突然出现在地上，周围的草地像是被烧光了一样。

初旭用手有规律地重重叩了几下地面，一个漆黑方洞出现在众人面前，我们三人便朝里走去。晚上，革命军本部也较为安静，除了一些军工厂和特殊设备室在运作，其他人都在休息。我们也没有大张旗鼓地宣告回来。将五婆婆安排妥当又和她们打过招呼后，就各自休息了。

回到一栋单独的小别墅中，找了一个空间较大的地方，便开始继续修炼，现在该修炼一下暗能了。正当我闭上双眼，一切准备妥当时，身侧放着的通信仪响了起来，接起，一阵女声传来："零王大人，我是阿曼，这边有个人说是您的朋友，她想来见您。她叫赡台。"

我立刻回道："赡台，好，她现在在哪儿，我去找她。"

很快我便得知了一个地点，于是起身朝那里走去。赡台便是暗灵之王的妻子，她这么晚怎么会找上门来？一定是有事相求吧！难道是遇到问题了？……边想边走着，没几步便到了一间独立的屋舍，还未走进就看到门打开了，一名身穿淡黄色长裙的女子出现在门口。

清新淡雅的装扮与精致的面孔相衬，其人正是赡台，尽管在记忆中她还有一重身份——娟紫。而自从赡台苏醒后就再也没见过娟紫的意识出现了。我还没开口，她先说话了："你就是零吧，虽然跟之前有点不太一样了，但我还是能认出你来。"

说着她露出一抹淡淡的微笑。我回道："是我，不知夫人这么晚前来拜访有何贵干？"

她逐渐将笑容收起，随后道："我只是想来告诉你一件事，也可以说是我最近一直在做的一场梦。"

说着她犹豫了一下，然后道："这么晚叫你希望你不要介意，因为这不是普通的梦，而是一场很特别的梦。"

我点了点头。随后赡台便缓缓讲述道："自从我重新醒来后就再也没做过梦，直到十几天前，我突然开始连续不断地做梦，刚开始我觉得还正常，但后来发现不对劲，因为我每次只做同一个梦，情节什么的都一模一样，还特别真实。

"我是以一个第三者的角度看到的，我看到一只猫妖每天都在城市里杀人，它外表清纯，看起来人畜无害，甚至还有些可爱，但是晚上就会变身成一头凶猛的野兽，在城市里横行霸道，杀人灭口。我看到了它杀害每个人的全过程，十分触目惊心。"

说到这儿时我已经意识到这头野兽恐怕就是被我驯服并一直跟在我身边的小花了，其实我之前就觉得小花应该与暗灵之王脱不了干系，但没想到竟然与赡台也有关。只听赡台继续说道：

"那只野兽在变身成小猫时是一只机械猫。它长得与我和奥斯本以前养的一只小猫非常像，甚至可以说一模一样，但我肯定它不是我之前养的小猫咪，因为那只猫首先是正常动物，血肉之躯，其次它生性温和，不会那么残暴。而接下来就是我要找你的原因了。

"我在梦里似乎是以一种灵魂状态观察，所以它好像发现不了我。我每次看到它杀人都觉得很可怕，刚开始很害怕，渐渐地发现它伤害不了我，我也想尝试帮助那些它身边被害的人，但根本做不到。我只好尝试着与它沟通，本以为没用，没想到它却开口了。

"它对我说它认识我，它就是我曾经的宠物猫，而现在被复活了。它正在寻找一位高人，一个能够帮助它的高人。它因为吸食了一粒超高浓度的暗能球所以导致身体不舒服。如果能找到一个高人帮助它，它就不会这样杀人了，而且它杀的那些人都是能够判死刑的穷凶极恶之人，虽然没有定罪，但他们背地里做出了许多丧尽天良之事。

"我听了后觉得非常不可思议，于是对它说我认识一个人可以帮助它解决难题，于是我便今天急匆匆地来找你了，事情的经过就是这样。"

话毕赡台叹了口气道："我也不知道是真的假的，只是我觉得应该告诉你这件事，对了，那个猫咪还对我说了句话，它说暗能虽然是它吃过最香的食物，但它以后还是要一点一点吃，不然消化不了，暗能要细嚼慢咽最好吃。"

我听后觉得似乎有点什么意思，但没有先去想，而是对赡台道："你梦里的猫咪或者说是凶兽，我已经带来了。"

说着我吹了一个口哨……

第一百七十一章　再回灵梦之夜

随着哨声想起，身后一团白光迅速闪来，下一刻，一只浑身雪白的小猫出现眼前，一声慵懒的猫叫声传来。

我看着眼前的小花，此刻神采奕奕的样子不知是不是因为昨天喂给它暗能的缘故，看上去显得十分兴奋，身后尾巴不停摆动着。

一旁的赡台见状，一时呆住了，痴痴地看着地上的小花，眼神中充满了不可思议。我先开口道："我也不知道它跑得这么快，没有把你吓到吧？"

赡台微微摇了摇头，眼睛呆呆地看着小花道："这是……真的吗？还是你搞出来的把戏，难道我梦里的情形是真实存在的？"

我淡定道："可能这就是缘分吧。我想这说不定是奥斯本留给你的礼物。他为了让你不孤独所以才想了个办法让小猫咪陪着你。"

话毕，身侧脚边的小花像是为了印证我的话般，一步步走向对面的赡台。赡台也并未害怕，而是俯下身来摸了摸小花道："你说的也许是对的，当我看到它的时候，我甚至觉得那只猫咪还没死，好像复活了般，以前我也确实很喜欢它。"

说着她双手拖住小花，想一把将它抱起，结果还没举起便笑道："斑斑，你可重了不少，我都抱不动你了。"

还没说完，小花主动跳到赡台身上，只听赡台接着说道："咦，它好像突然变轻了，好神奇。"

我突然怀疑这只猫真的成精了，竟然还能这么人性化。我说道："既然这样，那不如就让它继续陪伴你吧，我觉得它已经把你当主人了。"

赡台笑了笑道："这怎么行？它万一还会吃人怎么办？我可招架不住。"

小花闻言开连忙对着赡台叫了起来，好像一个小孩在抱怨着一般。我接着道："我想它以后应该不会用这种方式为民除害了，它当时也是不得已的。"

赡台想了想道："那……好吧。先说好，如果它发生什么状况，你一定要负责，这毕竟是你带来的。"

我回道："好，我答应你。"

说着我也俯下身来对着小花道："那你以后要保护好你的主人哦，我有时间会去看你给你奖励的。"

说着指尖出现一抹白光，一滴如同液体般的光点飘出来到小花面前，随后它毫不犹豫地一口吞下。我心说：果然，它能够吞噬其他类型的能量。

吃下光珠后小花打了个嗝，随后又卧在赡台脚下。我笑道："小家伙，还是个吃货。"

随后又与赡台聊了两句，她便回去了，走之前留下了她的新的联系方式以及地址。我看了一眼：第十一大区光华市……

这是一个比较陌生的地方，我边看边记了下来，想着以后再说。

送走赡台后便应该准备着手建立御天阁的事宜了。现在我想去接一些人过来，自然是灵梦之夜的那些帮手了。灵梦之夜名义上也是属于我的地盘，不过这么久没回去不知道那边情况怎么样了。等把部分人员抽调过来我就可以建立御天阁。在回来的路上初旭就已经在筹备了，估计两天后便能顺利进行。

现在还是深夜，所以我决定明天再行动，这个时间正好能用来修炼。

回到小别墅，坐下，掌中出现一抹黑色物质，像是流动着的液体，在手掌不断缠绕。将其稳定，黑色液体飘浮在空中不断旋转，如同一根水柱。不久黑色物质变成固体，体积缩小。

我心说：成功了，将暗能固态化，这也是利用它的形变和创造万物的第一步。接着我便开始进行更多尝试，昏黄灯光下，黑色物质蔓延虚空，将整个房间填满，如同为这里的一切重新上色……

时间很快过去，翌日中午，我成功了。我可以熟练地将体内的暗能直接固态化召唤出来，这样做的好处是威力更大，更好地应对突发情况。至于利用暗能形态变成具体事物暂时还不熟练，以后再多加练习就好。

现在是白天，也该出去活动活动了。迈出别墅，离开革命军本部，来到户外，一片绿茵尽收眼底。微风拂过，周围的一切显得十分宁静自然，谁也不会想到这里竟会是革命军本部，而且不久后一个全新的更为强大的势力将建立于此。

为了不引人注目，我将飞艇换成了浮车，行驶在公路上。一路上三三两两的车辆驶过，打破了宁静。由于我穿戴着仿人皮外套，所以行动没有受到什么障碍。数个时辰后来到位于第十三区的灵梦之夜门口。眼前的招牌还是那么熟悉，上面的黑体大字还是我亲手写的，现在再看有一点久违的愉悦。

里面还未营业，透过玻璃，能看到零星几人走动的身影。直接推门而入，一个黄发年轻男子正在清洁。他停下脚步，低着头道："现在是非营业时间，还请你晚上再来。"

我开口道："好的，请问你们的郑老板在吗？"

他抬头望向我，神色变了变道："你是什么人？有什么事吗？"

我淡淡道："我是他的一位旧友，前来和他谈生意。"

黄发男子上下打量了我一番，随后道："好吧，你稍等。"

不久一个身穿正装的中年男子出现，从幕帘后走出，手拄拐杖，看上去有些沧桑。我开口道："郑强，好久不见。"

对面愣了一下，随后回道："你是……零？"

我淡淡一笑，打趣道："看来你还没忘了我，怎么这么多天不见你变老了？"

他有些颤抖道："真的是你，我还以为……咳咳不说那个，你回来就好。"

我望向后方说道："今天怎么没人站岗了？你这个领导可不称职。"

他无奈地笑了笑，说道："说来话长，你可能对现在的形势不太了解，我们坐下聊吧。"

我点了点头，两人便坐在吧台边，几瓶伏特加递来："我知道你喜欢这个，喝吧。"

我随手打开一瓶，直接下肚，接着又拿起一瓶道："聊聊吧，我的时间不太多，这里怎么回事？"

第一百七十二章　危机感

对面郑强放下手中的烈酒，望向窗外道："这些天来又发生了很多事，起码这里能够自保。"

说着他皱了皱眉道："自从你走后，这里每天都正常营业着，虽然平淡，但也自由。一个多月前，世界各地兴起了一股新兴势力，他们每天都会到大街上甚至闯入居民楼中大肆宣传，说着一些不着边际的话，说什么加入新人类，迎接新曙光。

"总之那些人将不少正常人都忽悠走，忽悠不动的就会强行抓走，简单来说和土匪没什么两样。"

说着他将一张卡牌放到桌上，点燃一支烟继续道："这就是他们的势力标志，自称新人类。"

我看到一张半人脸半机械的面孔赫然印刷在卡片上。郑强深吸了口气继续道："他们自称是新时代的人类，大部分人身上都明显有着机械改造的痕迹，有的人手臂是机械臂，有的人一双手是机械手，有的人甚至把眼睛换成电子眼……

"这种情况在大区内政府是明令禁止的，但因为广场事件的发生，政府忙于备战，开会……总之一时半会儿抽不出空来打压这些人。其次我觉得机人将会入侵殖民的思想已经流行人们心里，虽然现在战争还没有到来，但很多人的生活已经被打乱，新人类这时候出现也许并不是偶然。"

我听着郑强娓娓道来，语气中带着一种无奈和愤懑。我看了看桌上的那张卡片，拿起打量了一番道："这后面还有联系方式，这张卡是从哪来的？"

他无奈道："这就是那些新人类联盟里的人给我留下的。他们我让我加入，但是劝不动，于是不停地威胁和骚扰我，起初警察也会来帮助抓捕那些人，但他们虽然蛮横，行事却很紧密，每次都能提前逃掉。由于这种事情发生的范围很大，随机，而且突如其来，所以警察那边也没有什么好办法。"

我把玩着手中的卡片，不经意间看到郑强手上的伤口。我淡淡道："你和他们打架了？"

他笑了笑随后说道："不小心受伤的，我和那些弟兄们将他们打跑了，那些小兔崽子还奈何不了我，这里毕竟是灵梦之夜。我也是不怕他们的。"

看到郑强这般模样，头上的白发也多出不少。我叹了口气道："你辛苦了，我来帮你一下吧。"

说着我让郑强将手伸出，我会用原力给他治疗。只见他摆了摆手道："谢谢零总好意，我自己休息就好。这些伤是他们造成的，我会让他们付出代价，再来一次我就把他们腿打断！"

说着郑强变得有些激动。我连忙说道："好了好了，消消气，原本酒馆里的那些人呢？之前不是招揽了不少高手吗？"

他猛吸了口烟道："都让我给遣散了，他们说自己也有家庭，那些亲属都需要他们，我就让他们回去了。这里有几个人就够了。"

说着郑强将烟头掐灭，然后对我鞠躬道："抱歉，辜负了你的信任，任你处罚。"

　　我拍了拍他肩膀道："不怪你，这些人在这种时候密集地聚集在一块，反而不是什么好事。他们其中有不少人实力都比你强，就算用强硬手段，他们也未必会听你的。"

　　之前我在灵梦之夜打擂台赛时收获了一批人员，那些人还有不少是犯人、违法犯罪分子、社会闲散人员，总之什么人都有。在这种动荡时期，将他们养在酒馆内，如果没有足够实力，容易出事。郑强不管有没有考虑到这些，至少他的做法是对的。

　　我接着问道："对了，查理去哪儿了？"

　　郑强道："他老人家在更早的时候就离开了，好像是收到政府的秘密通知，连夜离开了这里。"

　　郑强停顿了下继续道："查老原本已经归隐，他原本也不打算去的，但是他似乎突然听到了某个消息，我清楚地看到他脸色变了，然后很快就急匆匆离开了，至于具体内容是什么我就无从知晓了。"

　　我微微点头，翻开通信录中的一个名字，随后拨过去，一阵忙音响起，已经联系不到查理了。虽然查理肯定不会有什么危险，但他突然被秘密召回一定是与政府的某项工作有关，会是什么呢？脑海中回想起了之前在政府大楼里从一个官员手里获取的信息，一条条从我眼前闪过，但都被我一一排除，看来是我不知道的事情了。

　　我转头对郑强说道："这里现在还有多少人？我先看看。"

　　很快他将酒馆目前所有的工作人员都叫了过来，那些人加上郑强一共五人，其中我还看到了一个熟悉的面孔——铁柱。他见我到来连忙再次上前一把拉住我道："哎呀，好久不见了，俺想你了。"

　　我对他微微笑道："感谢你对灵梦之夜做出的贡献。"

　　接着我一指点出，将铁柱身上的伤疤恢复，接着他身边带伤的人也都恢复了。众人皆投来感谢的目光。铁柱见状连忙想要行礼。我一把拉住道："起来，我们是平等的。"

　　接着我对郑强道："现在联系那些放出去的人，就说我回来了，要他们立刻回来。"

郑强回道："好，我一个一个联系，但他们可能不会答应。"

我淡淡道："不会答应，那就说让他们准备接受我亲自上门的怒火。"

郑强点了点头，接着便开始联系起那些人。其实他知道现在应该没人会拒绝我的邀请，因为不敢，而刚才那么问也是为了看我对这次整顿的态度。那些员工离开无非是想恢复自由，但如果不团结起来，先让人类渡过这次劫难，又何来自由？

原本以为新人类联盟只是一件小事，没想到它发展得竟然如此之快。虽然有很多人是被迫或者被利用的，但现在看它的表现和动静越来越大了，虽然现在他们看起来不强，但千里之堤溃于蚁穴，我深深明白新人类联盟的可怕，如果不将其先铲除，那么接下来才是真正的末日，机人入侵，鬼物复苏，新人类联盟崛起……

横跨机人与人类两个世界的新人类联盟，其背后究竟是怎样的存在？……

第一百七十三章　休整

"新人类联盟"这一词再次被提起，没想到是在灵梦之夜。它如同一株盘根错节的巨树遍布在世界各地，甚至还包含了穹顶之上的机人世界，想要彻底消灭它看来困难不小。我看着手中的卡片，突然心生一计。如果它现在还在大力扩招人员的话，不如趁乱打入内部，从内部瓦解它。

有了这个想法，我决定等御天阁建立后就去实行。现在，先将自己的人手召集起来。

天渐渐暗了下来，坐在一只靠背沙发上，眼前的酒散落一地。不远处郑强向我走来："老大，我已经通知所有人员了，除了两人无法联系以外，剩下的人都已经说好，他们会在明天天黑前回来。"

我点了点头，也就是一天时间，这个时间设置得不错，一天时间给了他们缓冲的机会，一天已经可以在穹顶之下任何一个地方来到这里，或许还能做点别的事。我肯定道："做得不错，郑强，你先回去休息吧。"

他严肃地点了点头道："老大有何吩咐随时叫我，我二十四小时待命。"

我"嗯"了一声目送郑强离开了酒馆大厅。郑强是个正常人类，他不像我一样，能做到几天几夜不用休息，一天多忙碌都应该得到放松。郑强目前是我为数不多的可以完全信赖的伙伴，尽管他作为人类的实力有限，但却做事严谨、一丝不苟，很多时候能帮上不少忙。以后建立起御天阁也能适当放权交给他来管理。

我看着逐渐灰暗的天色，最后一抹阳光隐入尘埃，夜晚降临了。街道上一盏盏路灯以及高楼的灯光亮起，将整座城市重新点亮。街上的行人三两成群走过，每个人都行色匆匆，看起来并不想多作停留。酒馆也照常开业，两个年轻小伙正在各自岗位上招待客人。

我从沙发上站起，接着走入酒馆地下二层，也就是有着一百个房间的堪比酒店的休息室，随意打开一间进入，躺下，感受着最近以来最为惬意的一晚。现在似乎一切事情都在按照计划有条不紊地进行，准备接管革命军仪式，重新召集酒馆人马并将其整顿，接着潜入调查新人类联盟……

一件件事从我脑海里浮现，但现在我想暂时将它们放在一边，好好休息一下。作为机人也许连续工作几个月都没事，但机体本身也会不断产生废弃物质需要排出，所以机人实际像人类一样，也需要定时清理自身垃圾，然后再投入工作。

躺在一张真皮沙发上，丝毫感觉不到舒适。我让机身运行放缓，放松下来，掌中一抹白光亮起，种种想法都消失不见，仿佛此刻我回到了最初的状态，一种如同婴儿般的纯净的状态。渐渐地我感觉自身在某刻发生了奇怪的变化，我突然对这个世界的感知不同了，气、色、味……

奇妙的感觉传遍全身，此刻房间已被一股白色气流充斥，原力不知为何自动消耗着？我知道这种感觉是独属于人类生命的感觉，拟人形态又回来了。

白烟散去，自己此时变成了一个人类模样，或者说此时我就是人类，与人类一样的皮肤、一样的器官，甚至一样的呼吸，感受着周围的温度和气味。我享受着这久违的一切，似乎是天意，让我突然又觉醒了拟人形态。

现在再躺在沙发上，倦意很快袭来，头脑昏昏沉沉，好像有人故意将我的眼皮闭上，很快便做了一个梦。

我来到一片草原上，不远处一个熟悉的背影出现，她转过身来，招手，雪白的机身一尘不染，迷人的笑容露出，让人赏心悦目。我连忙向她跑去，将她揽入怀中，然后在微风吹拂下与她跳着欢快的舞蹈。正当我沉浸在深深的喜悦中时，天突然从蓝色变得昏暗发黑，一时间电闪雷鸣、狂风大作。

眼前的初雪也从舞蹈的音乐声中停下。我盯着灰暗的天，似乎有什么东西要出来了。突然一阵阴风吹过，巨大的风力宛如一个无形的巨人想要将我推走。我纹丝不动，但一旁的初雪却被吹得飘了起来。我连忙想把她拉住，可惜她还是被风卷走了。

我纵身一跃飞向高空，突然看到闪电中三个人影出现在乌云中，隐隐散发出极强的气势。定睛看去，中间站着的竟然是威斯，此刻他的嘴角露出轻蔑的笑容，双手交叉，一副唯我独尊的架势；左边是一个背负巨大翅膀、长着尖角猩红双目的黑影，那股压迫感居然不输威斯；另一边则是一个头戴青铜牛角面具的披风人，相比之前两人的气势，他则显得更加神秘。

眼见初雪朝着三人飞去，我连忙加速冲去，同时用出所掌握的一切力量攻向几人。他们也朝我这边冲来，似乎想在我之前夺走初雪。就在几股力量即将相撞，千钧一发之际，眼前一白，梦醒了。

坐起，看了看四周才发现原来是一场梦。不过为什么会做这种奇怪的梦，难道是在告示我什么吗？也许我应该抽空去找初雪，但现在时间不允许。我想至少等把新人类联盟铲除了再找，不过也可以先让其他人帮帮我。

于是我拨通了一个号码，不久，一阵男性机械声传来："您好，大人。"

我不紧不慢道："你那边怎么样了？岩岛监狱还是失控状态吗？"

独眼机人道："是啊，原本我以为只是暂时失控，没想到现在变成彻底失控了，不过有个好消息。"

我问道："什么消息？"

另一边回道："虽然岩岛失控了，但光明十将出手了，准确来说是有一多半都出手了。他们已经将失控范围只停留在岩岛周边，幸好没有蔓延。"

我皱了皱眉随后发给他那张疑似是初雪的图片道："那你有没有见过这个人？"

独眼机人回道："大人，让我仔细瞧瞧，这张图片上的情形好像还真见过……"

第一百七十四章　选择

那边的人停顿了几许道："之前在逃亡的过程中我还真见过。我还以为是看错了，就在岩狱底部一个酷似人形的黑点突然出现了。我起初以为是一个人，但很快又觉得不对，人怎么可能出现在那里？所以我觉得可能是什么其他东西。等过会儿再瞧时已经消失了，所以我一度认为是自己眼花了。"

我追问道："之后呢，你有没有其他关于那个黑点的线索？"

独眼机人道："大人，之后我就只顾着逃命了，没有管那么多。如果大人想要了解更多我就找机会回去看看。"

我将语气放缓道："好，你帮我想办法收集关于黑点人影的线索。如果有什么及时和我联系；如果有发现，我少不了你的好处，甚至可以帮你获得原力。"

说到这，独眼机人连忙道："放心吧，大人，我一定会全力帮你找到的，想当初我就是靠着……"

我打断他道："好了，那就先这样。"

挂断通信仪后我看了看时间，此刻已经日落黄昏，已经快到了昨天说好的时间，该去看看了。

乘坐电梯来到酒馆一层，这里已经围了不少人，几乎将半个酒馆占满。吧台里郑强则在记录着什么。我走近叫他。他随后抬起头看了看我道："老大，已经来了九成的人，剩下的还没到，我正在催。"

我摆了摆手道："不用，有名单吗？"

一张写满人员的字条递来。我看到一排排对钩被画上，还有个别没有，其中熟悉的白孤、山水道人、铁柱等人都在到来的名单上。我看了看后说道："好了，已经可以了，剩下的不来就先不管了，之后再说吧。"

我拍了拍郑强示意他可以开始了。他点点头走到前方，随后一声浑厚的男中音传出："安静，首先欢迎大家回归这里，其次请热烈欢迎我们的Boss——零大人。"

我从一侧走出，众人目光皆汇聚于我，有人眼神里是兴奋，有的则是惊恐。扫视一圈后，我开口道："零某人感谢大家不远千里到此，我敬大家一杯。"

说着我将手中的酒一饮而尽。台下一个花臂壮汉道："喂，你大老远叫我们来就是为了喝酒吗？我们还有其他事情，你能不能快点说完，我已经加入了其他组织，我可以退出吧？"

说着他还掏出手中的一根球棒，看起来好像是想要和我开战。周围的人都纷纷看向他，一时间场面变得有些尴尬。他自然知道他并不是我的对手，但他还是这么做了，原因只有一个，背后有人在给他撑腰。我静静地看着他挑衅的目光。一旁的郑强想要开口，被我拦下。过了一会儿他先忍不住开口道："你不说那我先撤了，有时间再陪你玩。"

说着他抡开膀子，露出结实夸张的肌肉，一副天不怕、地不怕的架势，就要往外走。我开口道："别急啊，让你走了吗？"

他转头与我对视。我看着他肩膀上花纹中一处不太显眼的位置道："这是什么？"

他语气急促道："就是一文身，怎么着？"

我笑了笑，随后将一旁的卡片举起道："哦，你确定吗？"

他脸色变了变，明显变得有些慌乱起来，但还是咬牙道："我加入了新人类，那里才是我们正常人该去的地方，那里才是我们要投奔发展的地方，而不是与你这样一个机人为伍。"

我笑着看着他，摇了摇头道："好，我给你两次机会。第一，打败我，我帮你解除你体内的限制，你从这里出去；第二，直接从这里走，去找那个你认为该去的地方，但你能不能活着到那里就不一定了。"

他牙咬得更厉害了，甚至腿都在颤抖。我释放出一丝寒意。下一刻他直接跪在地上，然后道："大人，是我不懂事，我不该投靠新人类的，请您放了我吧。"

接着只见他的双眼突然炸开，溅出一摊血渍，地上传来了他的哀号声："请您放我一马，我不会再背叛您了，救救我……"

他的背后冒出丝丝白气。众人皆转头看向我。我淡淡道："这是他自找的，新人类会把每个成员体内都装上一个微型炸弹，以便能操控他们的生死。他这样明显是被放弃了。"

话音未落，一声细微的爆炸想起，壮汉口鼻中都冒起了阵阵白烟，接着倒在地上抽搐，很快便没了动静。我手掌伸出，心念一动，一个指甲盖大小的发黑烧焦的芯片从地上飘起，正是能控制壮汉生死的芯片。

众人见状立刻沉默了下来。我继续道："弃我去者，我可以给他一条生路，但他们会不会说话给就不一定了。"

我说的他们自然是新人类。我继续道："虽然我确实是一个机人，但我一贯秉承着人人平等的作风，希望人类与机人和平共处，最终开创出一个和谐共处的新世界，并且我愿意将吾之生命投入。如果你们认同并支持我就留下，实在不愿意的话也可以离开，我不会动手阻拦。"

我环顾四周，果然有人思想开始变动了。于是我接着道："但，离开的人就再也不用回来了。有一点需要提醒诸位的是，这个世界正在经历一场前所未有的变动。在这个浪潮下，你们不会被政府军认可，只能加入那些大势力，如果选择加入新人类的话，意味着你们的性命会随时被他人掌控，而且还会变成半人半机械的怪物。

"加入我的话，我会尽可能保证大家的安全。虽然现在政府在打击机人，但这只是暂时的，未来不久这个现象会改变。你们选择相信我还是新人类，抑或是谁，全在你们自己。你们是自由的，请诸位做出选择，我零某人等候于此。"

话音落下，下面的嘈杂声响起，很多人都选择留了下来，但还是有个别人选择退出，当然这也在我的意料之中。接下来就该实行我针对新人类联盟的计划了……

第一百七十五章　派遣

眼下将酒馆里的一百余人立场稳定后，我准备开始实行对新人类联盟的计划了。因为新人类联盟的人大多行动隐秘，不易被发现，而且分布地域广泛，所以想要将他们一网打尽极为困难。我决定尝试着将酒馆里的人员全部打散，让他们都假装投入新人类联盟那边，最后里应外合，将新人类彻底瓦解。

想着我将这个计划公布下去，并具体将某个人到那片区域都布置好。很快有人提出道："请问零大人，我们万一被拉进去给改造了怎么办？"

我也料到这种事情的发生，于是道："放心，我会在你们每个人加入之前让你们先伪装一番，不会让新人类察觉到异样，这样你们还是血肉之躯。"

接着又解答了人们的困惑后，我让他们去穿戴机械臂，这样既能掩盖身份，还能提升战力，做完这些我将人们重新分散派出。酒馆里很快就剩下我和郑强，还有几个熟悉的身影了。而那身影中有白孤、铁柱甚至还有鸳。

白孤先迈出一步道："好久不见，没想到你野心这么大，竟然想将新人类瓦解。不管你成功与否，这次我挺你。"说着拍了拍我的肩膀。

我淡淡笑道："我的野心可不止于此。"

她惊讶地看着我道："怎么，你还想把全世界都统一了？"

我回道："差不多吧。"

白孤："……"

我对剩下众人道："你们几个是我最值得信赖的人，所以我单独留下你们想派更重要的任务于你们。"

几人表情纷纷变得严肃。我继续道："你们也许有所不知，新人类不仅设在穹顶之下，甚至连地上都有他们的踪迹，而地上的敌人更加狡猾与强大。我对大家的期望不是让你们将他们抓住或者歼灭，而是提供有用的信息于我。"

说着我将一张机甲人的照片投影而出，还有一张牛角面具人的照片："这两人是我目前发现的地上的新人类的人员。他们都属于高层。虽然看起来像是机人，但他们只是外表像，其终究是穿着机甲的人类。"

我又将自己对那些机人的了解都讲给众人。铁柱听后先发言了："零大人，您说俺们到地面之上找，可那么大的地上到哪儿找啊？"

我淡淡道："我会安排你们去一个地方，一个在机人世界也相对发达的城市——云都。"

很快，会议安排后我对众人道："我会亲自把你们带到地面之上，剩下的就靠你们几人了，你们要集体行动，避免落单。"

又嘱咐了几句后我将飞艇开来，此刻外面已经日落黄昏，留下的几人包括白孤一共五人，飞艇还能容纳。一旁的郑强对我道："老大，那我呢？"

我说道："你当然负责地面之下的工作了，现在我将人手派出，正需要有人统筹管理，正好你可以担此大任。你就是地下特别行动组组长。"

我转头对着白孤道："你就是地面特别行动组组长。"

两人点了点头。我继续道："事不宜迟，现在就出发。你们的机甲外套已经做好了。"

于是在我的驾驶下，我带着白孤、铁柱、阿善、山水道人，还有一个已经改邪归正的鵷一同前往地上，这一次是将他们放下。

在经历数个小时的长途跋涉后，我们终于到达了云都——一座终年被云雾遮盖的城市。将五人放下后我准备离去，临走前又特意告诉他们一些在这里生活的注意事项。我最后说道："保持通信畅通，随时联系。"

之后我又返回地下。此时距离来到灵梦之夜已经过去两天多的时间，想着差不多安排完这些也该回到革命军了。本来是想着将灵梦之夜的人与革命军集合在一起，共同组成御天阁的，但现在战略有变，只能等以后再说了。

这也算解决了一个不小的麻烦，虽然我回到革命军也许还是两手空空。想着我决定尝试一个新的想法，联系暗灵之王的暗七将。

说做就做，我之前是用暗能令牌来获取周围的暗能之地，以此意外了解到了暗七将。现在我已经将令牌融入体内，不知还能派上什么用场？

白光一闪，我将暗能核心处的一股能量用出，那是之前在暗能地收集暗能时无意触碰到的另外的力量，其中包含了暗七将各自的特性，不同的力量会绽放出不同的光芒，有黄、蓝、紫、红，如果把五婆婆的暗能加上就是黑色，一共五色。按理来说是七种力量，而剩下的两人我还没有见过，不知是什么原因。

五种颜色的力量于核心处释放，好像一条彩虹升起，感受着这些力量的波动，似乎他们在独立存在的同时又各有联系，只是我还没捕捉到他们的联系在哪儿。

五条光芒很快变得暗淡，我还是没有思路，想着只能先放弃。突然我想起五婆婆说她也会带人来参加御天阁创立的典礼，也许那些她的朋友就是暗七将的一员。想着我变得有些期待起来。不知道破灭会不会来，与他在从天空之城告别后，就再也没见过他了。

我最终还是空手回到了革命军，随后初旭派手下来告诉我一切就绪，可以开始就职典礼。我想着那就今晚吧，不用拖太久了。

时间一分一秒过去了，很快来到傍晚，初旭和姜子两位大将已经将绝大部分人员紧急召回，前来参加革命军变更名字以及我担任总帅一职的大典。

夜晚本来是繁星点点的，但现在位于革命军本部，在地下深处，将近十万人聚集在大厅会场，已经将周围围得水泄不通。我看着下面人山人海的场面，虽然之前也见过，但想到这样一支强大的队伍即将变成我的，不免有些兴奋。

身后大将姜子以及初旭一同向我走来。他们身后还有两个人影，分别是管辖城堡的西装男和肌肉男。四人整齐地来到我身后……

第一百七十六章　策反

此刻我和一众革命军高层来到高台，从上面能够俯瞰下方的情形，站得越高，越能直观感受到人山人海的状况。

台下虽然人多，但都有组织地排开，两侧站满了人，人群中间留下了一条能供几人通过的长廊，长廊的尽头则是一张盖着黑布的东西，有三四人高。虽然看不到里面的景象，但我已经大概猜到是什么。身后的初旭探身过来道："可以开始了，我准备让你从前面的走廊走过，然后掀开黑布，仪式就算正式开始。"

我点了点头，随后一声洪亮有力的男中音从身后传来："大家晚上好，欢迎诸位同志来参加这场革命军总帅就职典礼。接下来大家欢迎我们的新任总帅——零。"

说着下方一条红毯出现自动铺开，不断延伸至远处，尽头就是那件被遮住的物品。下面的士兵则欢呼鼓掌起来，有起有落，十分热烈。

我从高台上轻轻一跃，稳稳来到地上，走到红毯上，两侧士兵皆投来军礼。我脚踏红毯缓步前进，感受着周围士兵的目光和敬意。本来见过大风大浪的我这时竟然不自觉得核心转动加快了，但这种感觉不是紧张，反而更像是一种荣耀和骄傲驱使着我前进。

就在已经走过一半路程时，身后初旭的声音突然传来："危险。"

接着一声枪声响起，人群中似乎是一个人倒在了地上。我暗道不好，连忙跃起冲入人群，看到一个浓眉大眼的士兵正端着一把特制手枪将一名机人打倒在地。地上机人胸口上有着明显的洞口，甚至还冒着黑烟。

那个士兵显然知道我到来了，连忙将枪指着身边另一人道："你别过来，不然我开枪了。"

这时原本看台上的初旭也赶了过来，对那个人类士兵道："你在做什么？这里容不得你放肆，周围的人给我把他拿下。"

诡异的是四周没一个人动。我笑了笑道："好了，告诉我吧，是谁让你们来的？"

话毕，那个士兵周围的人手中的枪纷纷举起对准我。一旁的初旭也感觉到情况不对，连忙质问道："你们怎么回事，连我的命令都不听了？"

我暗中将心灵感应释放，瞬间将十万人的大厅笼罩，一团团光团亮起，我看到其中颜色各不相同，但有一多半的颜色都是黄色，也就是说这部分人对我产生了敌意。这有些不可思议，即使是做好心理准备的我也吃了一惊。

很明显如此数量庞大的士兵背后一定有人操控，除了初旭，那么只有一个可能性了——姜子。虽然不知道他的动机如何，但这一定与他密不可分。

周围的士兵依旧不为所动，像是早有预谋地盯着我甚至是初旭。我突然发现一个规律，那些带有敌意的光团都是人类，不存在机人，而几乎所有的机人士兵现在则处于懵圈状态。发现这样后我便隐隐有了一种猜测：如果真是那样，那么今天这些机人恐怕很难离开了……

正想时那个浓眉大眼士兵开口了："你就是零，没想到这么近距离看到你是在这，你也别怪我这样做，我也是没办法。"

说着原本还微微颤抖的手此刻稳住了，刚才的话更像是在激励自己。我对面前的士兵轻声道："告诉我，为什么要这样做？你的上级是谁，是姜子吗？"

他摇了摇头道："你今天离不开这里了，我以前还挺崇拜你的，我也不想这样做，但现在不行了，我们这里所有的人类士兵都被策反了，最终策反他们的不是别人，而是政府。"

我内心咯噔一下，果然，能做出这种事的只有政府嘛！这下麻烦大了，我对初旭道："你最近都没有发现手下的士兵有什么异常吗？"

她摇了摇头有些无奈。我也不知道要说什么好。我连忙道："对了，姜子去哪儿了？"

从骚动到现在，姜子都没有出现，就算是他主持策反的地不至于连面都不露。那么他应该是已经离开了。要将这场动乱终结，必须要让姜子来。

想着我腾空而起，朝远处的通道口而去。地面上的士兵发现了我离开，很快，一串串射击声响起，我感受到四面八方的子弹如同雨点般倾泻而来，十分密集。我心说这些小兔崽子没想给我留活路啊，还是觉得我打不死，心里一丝怒意升起。

掌中白光闪烁，一道无形的防护盾出现，将子弹尽数拦截在外。我则继续朝通道处冲去，很快便飞入了隧道中。

这是连同外界的通道，十分宽敞，能供一辆载重千人的机甲车前进，我在里面一边飞行一边观察着四周，想看看能否找到姜子的踪迹。可惜一路过去并没有什么收获，这让我更加担心起来，他会不会去外面做什么坏事？

我停在通往外界的出口，外面似乎有人来了，因为动静很大，我直接释放心灵感应，一个个光团出现，那是身在地面上的一个个人类，想必这应该就是姜子所为吧！外面的人很可能就是政府部队，虽然不明确有多少人，但情况明显变得十分被动。

我决定先暂时不管外面的人，先将内部统一再说，希望还来得及。想着我退回通道，然后迅速回到大厅。这里的情况看起来已经开始出现混乱，因为我看到有机人和人类打了起来。初旭则还在刚才的位置不动，似乎嘴上正在说着什么，虽然她还没动手，但我能看出初旭此刻愤怒的情绪。

我看着下方有些乱作一团的士兵大军，有些无奈。由于人数过多，我无法一次性将他们制服，更不能说将他们消灭杀死。如果实在没什么办法的话只能先让他们睡一会儿了。想着我决定使用心灵感应的感应冲击让这些士兵都陷入昏迷。

正当我准备释放心灵感应时，一个白色的身影出现，突兀地站在人群中，一声浑厚的声音响起："都给我安静！"

似乎是被吓到了，人群的嘈杂声竟然真的降下不少。目光扫到初旭时只听她喃喃道："是白王……"

第一百七十七章　白王云逍

白色人影的声音传遍整个大厅，那声如同厚重钟声之响声久久回荡在人群之中，没有消散。人影忽地跃起来到半空，这时能够清楚看到其面容。一袭白色长袍飘舞，一把长剑出鞘握于手中，长相清俊，如同一个从书画里走出的古代贵公子。

士兵人群显然也看到了白色人影。他们纷纷停下了手中的动作。有人惊呼道："是白王，我曾经看到过他。"

"是白王。"

"白王回来了，白王快救救我们，我们也不想这样。"

人群的呼喊声响起，一层接一层，很快人们都看着半空伫立的那袭白衣，如同找到了黑暗中的曙光。我收起心灵感应，决定先静观其变，失踪了许久的白王这个时候现身，不知是天意还是人为？视线在人群中扫过，我看到五婆婆不知何时也出现在士兵当中。我连忙朝着五婆婆的方向赶去。

空中白衣人开口道："想必大家都已知晓我的身份，那么话不多说，我也知道各位是被迫策反的，但那个叛徒现已被我抓到，政府那边不会对我们怎么样的，我们现在需要团结起来，不要忘记革命军成立的初心，现在正是考验我们的时刻，我们不会被轻易打倒，更不会被打败，直至革命成功。"

说着下面的人们都欢呼起来齐齐喊着："白王万岁，白王万岁。"

见此情形，作为今天主角的我现在变成这样，脸上有点火辣辣的，不过看士兵群众的情况似乎也被稳住，也算是好事吧。想着上空的白衣人目光忽然扫过，并在我这里停顿，看着我露出一抹淡淡的笑容，随后收回。我有些不解，不过他应该没有敌意。

白衣人随后将士兵们稳定，然后单手一挥，只见姜子五花大绑地被他提起，随后对人群说道："他就是我们的叛徒，就让我在此亲自解决掉他，以振军心。"

这时我已经来到五婆婆身边。她转头看到我，小声道："救下他。"

我以为是自己听错了，五婆婆又道："救下姜子。"

我这次算是听到了，虽然心里有些惊讶，但没有多想，我连忙从人群中跳起，来到与白王一样的高度，随后说道："刀下留人。"

白王看了看我，剑锋指着姜子道："怎么，你要救下这个罪人吗？"

虽然我原本也不想这样做，但既然五婆婆开口了，说明其中另有隐情。下面的士兵看到我，纷纷道："是零王，零王怎么这时来了？"

人群中有声音传来："零王，你要做什么，难道要保护那个罪人吗？"

人们纷纷说着一些对我不利的言论，我不顾下面的声音，看向面前的白衣男子，他此时收起笑容，看上去严肃许多。我淡淡道："你就是革命军本部总帅白王吧，可以给我个面子吗？留他一命。现在革命军本部位置似乎暴露了，政府部门快来了。"

白王听后回道："哦，你是在包庇他吗？那些政府军队来了又怎样？我一人便可将他们打退。"

我静静地看着眼前的白衣男子，他的话与我想象中的有些不同，他似乎对我并没有太过尊敬和好感，但我又找不出什么漏洞。我继续道："白王，得饶人处且饶人，他是你的手下，而且貌似姜子跟你的时间是最久的，你就这么轻易将他处置了吗？"

白王笑道："他犯了通敌和谋反重罪，难道不应该处决吗？"

姜子此刻嘴角有血渗出，低头垂下昏迷，不过应该没死，但再等下去就不好说了。我继续道："那如果我非要救下他呢？"

白王嘴角露出一丝笑容，清脆的嗓音中夹杂着一点怒意："那你就来试试，我云逍愿意奉陪。"

说着他单手挥剑，就要刺出。我一步迈出，掌中白光闪现，"砰！"白王长剑被我挡下。接着心念一动，念力发动，无形的波纹搅动空气，将姜子朝我吸来。白王见状道："今天原本是属于你的庆典，我是不打算出手的，但你屡次与我作对，与民心相悖，我不得不动手了。"

说着他挥舞长剑，一剑刺来，空气中仿佛出现了一道巨大的模糊剑影。我一边将姜子背起，一边后退，眼前原力光波出现，"多重原力弹"一声令下，数枚原力波轰出，我特意将威力调小，不希望伤到白王。

"砰砰砰……"一串爆炸声响起将剑影打散，耀眼的白光将天空点亮，很快一个身影飞出退在半空，只见此刻白王白衣已经沾满尘土，看上去有些狼狈。此刻他再无之前的从容淡定，眼神中仿佛透出一股杀机。

再看地面上的机人士兵，此刻都观察着天空发生的战斗，不少人喊道："白王必胜，白王加油。"

随着人群呼声越发高涨，我心里一沉，暗道不妙，看来我将白王打伤引起了士兵不满。这时内斗是很不理智的行为。不管白王怎么做，他才是这些革命军士兵中大多数人的领袖，所以下面大多是支持他的声音。

让我不解的是白王突然出现似乎是早有预谋的，而且到底是不是姜子大将背叛了革命军？是谁将革命军策反？五婆婆为何要让我救下姜子？五婆婆又知道些什么？我觉得现在思绪有些混乱，原本明了的事情变得复杂起来？现在最好先将所有人稳住，把外面的政府军劝退再说。

再看面前的白王，他开口道："零，你知道我最初成立的目的就是为了追随你吗？为了你我才把革命军建立，并不是想借助你的名气什么的，而是希望能像你一样建立起一个人类与机人共同相处的家园。我曾经还很崇拜你，没想到现在你却是非不分、颠倒黑白，想要救一个背叛革命军的叛徒。我白王在此宣布，撤掉零的革命军所有职权，并不再与他为伍。"

下面的人群此刻群情激昂，都在为白王欢呼着。这一瞬间，只有我一人受伤的世界达成了……

第一百七十八章　篓

低头望去，下面的革命军士兵如同潮水般开始涌动起来，细看是那些士兵在为白王振臂高呼。人声鼎沸下，云逍逐渐恢复了理智。他的神色没有了之前的慌张，转而变得平静下来。下方的人群呼喊声传来："打倒零王，白王最强！打倒零王，打倒零王……"

下面人群的呼声再次响起，甚至比之前的声音更大。云逍双手背后，负剑而立道："听到了吗？这就是群众的选择，这就是民心所向，就算你战力强大又如何？如果不得民心，如何得天下？快将私通政府的叛徒交出，我还可以让你离开，否则别怪我不留情面。"

说着他背后的利剑忽地飞出，握于手中。我一边用原力给姜子治疗将其伤情稳住，一边对云逍道："我答应你，之后会给你一个合理的解释，也不再会参与革命军任何事，但当务之急是先将外面的政府军击退。"

此刻事情的发展已经超出我的控制，我只好做出最大的让步。对面云逍双目如锋，淡淡说道："攘外必先安内，如果我不先把叛徒铲除，那些追随我的人怎么还会安心为我卖命？我怎么能对得起那些浴血奋战的将士？"

接着他冷哼一声道："况且，一旦开战，双方必定会产生伤亡，你是否有什么别的阴谋还说不定，所以你最好还是配合我，先把叛徒交给我，然后再一起把政府军消灭，这是我给你的选择。如果你不同意的话，那么就是与我为敌，与革命军为敌。"

我见云逍的言语变得极端，知道已经无法与他交流，便不再多言。低头看向姜子。此刻他依旧在昏迷，不过伤口已经止血，目前来看没有生命危险。于是我将他背起，打算先离开这里。

这时下面的将士不知谁喊了一声："警戒，有敌隙。"

很快就看到大厅远处的通道口一片密密麻麻的人影攒动，甚至能听到若有若无的脚步声。我心说不妙，革命军基地外面设有很厚的铜墙铁壁，一般想要打开需要内部的允许，如果强攻，也需要耗费很大的代价，至少要有强大的火力。

没想到外面的防线已被攻破，这代表着强烈的危机信号，原本以为政府应该不会真的与革命军大动干戈，毕竟革命军并没有触动政府的底线，而且现在是非常时期，机人入侵少不了整个人类的团结一致，现在政府反而对革命军大打出手，显然是不明智的。

还没来得及细想，一声爆炸声传来，声音响彻整个大厅。众人循着声音来源看去，正是政府军使用重武器将基地通道轰出了一个豁口，虽然没有打向人群，但我心中顿感不妙。果然，在重武器的攻击下，基地竟然摇晃了起来，虽然不是很剧烈，但这不是个好信号。

通道口处，一个个人影出现将原本宽阔的道路封住。他们穿着统一的绿色军服，手持各式武器，其中不乏一些重武器和导弹。人群中一个身穿蓝色正装手持一把弯刀的中年男子站出，面对眼前十万革命军将士道："你们好，我是政府大区特别行动长官，盾兵总队长箜。"

虽然声音不大，却仿佛有魔力一般传到了大厅每个人的耳中。我知道他在说话时加入了原力，所以才有了这样的效果。虽然没有明显感受到他的力量气息，但既然能够替代慕斯，那么必然有他的过人之处，看来政府这次前来也算是下血本了。

箜的身形一闪便来到空中，与我和白王云逍对立相视。他继续开口道："久仰大名，这位应该便是革命军总帅，革命军的一把手白王吧。旁边的应该是……"

说到这儿时他愣住了，随后表情明显抽动了下，很快便恢复平静，继续说道:"这位难道是传说中的零,一个为了人类不惜牺牲自己的无私机人。

"你不是已经死了吗?"他疑惑道。

我淡淡回道:"既然来了,那不妨让你们知道,我——零还没死。而且我还将重整旗鼓,再创辉煌,带领人类回到地面之上,打败威斯,创建一个机人与人类共处的新家园。"

筌听后先是平静,随后竟笑出了声。他嘲讽般说道:"零啊,你难道听不出我的意思,你带领着一批人类舰队送死,坑害人类精英,把军部总司令隆坑害,甚至将念力之王迦米一同骗到地面之上,致其失踪甚至死亡,所以你现在现身我只能奉命将你逮捕了。"

说着他的嘴角露出一丝笑容,我甚至看到他的脸上写着"险恶"二字。我不禁有些气愤,不过我还是让自己平静道:"界面之战是我配合人类军队一起行动的,那是威斯设下的陷阱,我们都中计了,那些死去的将士我也很抱歉。"

筌似乎并没有在听我的话。只见他一脸不屑道:"你也许不知道,你在政府眼中已经被列为危险人物、人类的敌人。你当初的那些举动虽然看起来是在为人类好,但实际上却害得人类如今陷入巨大危机当中。如果没有你,人类的处境会比现在好得多。"

说着筌的脸色明显变得凶恶起来,甚至其身上都闪起淡淡的光芒,那是原力外放的体现。筌现在看起来有些激动,向外释放出威压。下面离他近的士兵不少人都承受不住他的威压,有的甚至跪倒在地。我见状单手一挥,面前的威压消散,下面的士兵随之也轻松不少。

此刻他的话不知是为了故意激怒我还是真的,我的怒火被点燃,不过我还是克制住自己道:"你有什么证据吗?"

筌盯着我道:"你的一切行为导致的后果,现在人类的现状就是证据,你想要证据,那我就让你看看。"

说着他指向一处,政府军士兵中一个人坐着轮椅出现在远处的地面上。筌继续道:"他就是证据,你将人类士兵残害,但最后还是有人逃了出来,他们是界面之战的幸运儿,没有战死,但也不幸,因为他从此失去了双腿,再也不能战斗甚至正常生活。他现在出现在这儿的意义就是证明你是罪人,你对全人类来说就是最大的罪人……"

第一百七十九章　火光

茎的话音落下，那个失去双腿的士兵被推到更加醒目的地方，瞬间成了全场的焦点。我虽然有些怒意，但很快将它压下了，冷静下来觉得这件事不简单。茎明显是想抹黑我，将我说得一文不值。如果这时候上头，就会着了他们的道，所以现在不能按他们的套路走才对。

想着心灵感应释放，只将那个残疾士兵包围，很快一个散发黄光和红光的光团从士兵体内飘出，那是代表恐惧和愤怒的情绪。可问题是他怎么会产生恐惧？这显然不太正常。如果他真是那次大战中存活下来的士兵，那么他应该感谢我才对；就算不是，也不应该恐惧和愤怒。如果当时没有我，出去探索的人类军舰很可能会全军覆没。

我面向那个士兵问道："你是从界面战争中幸存下来的，你也知道当时的形势有多危机，你现在是恨我吗？"

那个士兵大声道："我恨你，你害的不是我，而是整个人类，就是你害得类陷入万丈深渊。"

只见那个士兵越来越激动，甚至好像有些控制不住自己，尽管相隔一定距离，但我还是能看到他双眼通红，脸色也变紫，这显然有些不对劲。我一指点出，想要将他情况稳住，谁知下一刻，一声细微的响声传来，他的身体竟直接炸裂开了，一个大活人瞬间变成一摊血雾。

见此情形，我顿感不妙。刚才我的原力还没碰到他就爆炸了，仿佛像是在故意等我出手般。我知道自己中计了，明明想救他，刚才的原力光点根本不可能伤害他，更不可能让他爆炸致死，但我出手的一幕被所有人看到了，他们自然会怀疑到我头上。

想着，一道声音传来："哼，这就是所谓的为了人类和机人共同的大义吗？没想到你竟然出手杀了你救出的人，难道是害怕他说出真相吗？"

茎的戏谑声传来，语气相当不善。此刻人群的目光也由那个残废军人转而看向我。我只好说道："他的情况如何你应该心里清楚，你现在这么说难道不心虚吗？"

我知道一定是他动了手脚，谁知茎大笑道："哈哈哈，你到现在还在嘴硬吗，革命军的将士们，你们看好了，这就是你们曾经追随的精神领袖现在在做的事情。你们难道想要继续跟随这样一个领导吗？"

"够了！"

一声如洪钟般的响声打断了筌，正是离我不远的白王。只见他手持银剑，目光如炬地站立空中。

"我们革命军的事情用不着你来管，你还是管好你们政府军吧。零是如何，我自有判断。你如果想要用靠言语来挑衅我们革命军，那么就别怪我无情了。"

云逍的话传遍整个大厅，下面的革命军士兵都纷纷说道："白王万岁，白王威武。"

听到士兵的呼声，我紧绷的神经有了一丝放松，至少革命军士兵都是忠于白王的。从白王的种种行迹来看，他的确是一位正义而有风度的领导，不管是言语还是外形都是一个正人君子的模样，不过他之前想要将姜子处决的疑点让我对他产生不信任，但这是之后的事了。

筌闻言脸色变得铁青，随后又道："哼，你们革命军愿意追随一个这样残暴和阴险的机人我也无话可说，但我奉劝你们革命军一句，这样做队伍是不长久的，到时候你们千万别后悔。"

说着他单手一挥，将弯刀反手握住，随后又道："现在距离机人所说的一年之约已经接近一半，但我们人类还没团结起来，如果这样下去，恐怕我们人类自己就会走向毁灭。"

筌扫视一圈继续道："我这次奉上层领导之命，是想来劝各位同胞与政府合作，共谋大事，所以之前的不请自来还请各位见谅。"

他见革命军这边没什么反应，便接着道："这次事关紧要，是我们全人类真正的存亡危机，还望各位革命军同人理解，也希望革命军首领白王能够三思。"

筌的一番话说得义愤填膺，他望向白王。所有人此刻都在等白王回答，白王变成了现场的中心。忽然，我听到下方五婆婆传音而来："快走，有情况。"

闻言我顺着五婆婆的目光扫向远处一个方向，只见在革命军队末尾，一处没人关注的角落里，几个人影正鬼鬼祟祟地朝外走去，由于距离关系，看不清其容貌，不过我也觉得他们很不对劲，似乎与这里的环境并不相融。

正当我想仔细再看清楚些时，一声响动传来，转头只见白王凌空举剑，一剑刺向了远处的政府军士兵，而箜则手持弯刀挡下，导致剑影没有刺入人群。

我心说什么情况，怎么突然就要打起来了？还没等我细想，白王说道："你们这些虚情假意之辈，毁我革命军基地，断我粮草。我云道怎会与之为伍？给我拿命来。"

说着他的双目亮起精光，手中银剑挥舞，再次斩出。人群很快也躁动了起来。有人指向一个方向，那是位于通道出口处附近的一个如同巢穴状的建筑群，此刻竟燃起了大火。

"砰！"一声爆炸声响起，箜此刻手持弯刀跃起，再次挡下白王的进攻。箜的脸色变得越发阴沉，如同刚掉进粪坑般。他低沉道："白王，我不知道你在说什么，要不让你的手下检查一下事情的起因和经过。"

白王呵斥道："你就在这里，然后就起火了，难道不是你干的好事？"

眼见白王就要发飙，我也劝道："云道，你先冷静，这里有其他情况。"

"住口！"白王对我嘶吼道，此刻他的眼中好像都有火星冒出。我叹一口气，随后起身飞向大火发生的那个方向，同时对五婆婆传音道："婆婆，那边溜走的人影就先拜托你了，我等等将火势熄灭后就来。"

很快我便赶到大火上方，下面宛如一个巨大熔炉般灼热。望着五婆婆离去的背影，我转头微微呼了口气道："原力灭空掌……"

第一百八十章　渗透

我将原力汇聚，掌中瞬间白光闪烁，一掌落下，"砰！"下方的火焰闪烁，忽明忽灭，下一刻便消散不少，只留下分散的不大的几团火焰还在燃烧。我见情况稳定下来，连忙准备去和五婆婆会合，转眼就看到云道和箜正在空中激战。

一声声爆响声传来，两人交手数十回合，不过好在目前他们战斗的波及范围不大，所以下面的士兵人群没有受到影响，只是注视着上面的战斗。但我知道只要他们一声令下，那些士兵便会战斗起来，现在只是等待命令而已。

空中的两人目前还是你来我往，我有心想要劝阻，但为了不耽误追逐那几道黑影我决定先离开这里。想着脚下一蹬，无形的念力让我以高速飞行，瞬间冲出几百米远，越过人群来到出口通道处。此时已经看不到五婆婆的身影，看来她已经追了出去。我也连忙继续追去，想看看那些溜走的人到底是什么情况。

穿过一条隧道，来到地面，四周一片寂静，与基地内部的喧闹截然相反。此刻还是深夜，周围没有灯光，只有一轮银月和点点星光，照出四周环境的大致轮廓。

心念一动，心灵感应释放，将方圆数公里笼罩，很快几团光芒亮起，正在快速向远处移动。还好没走多远，我松了口气，一跃而起飞向人影的方向，不出几秒便看到几个黑影在夜色中快速移动。他们的速度对我来说不快，但已经远超正常人类的速度。我心说：果然不对劲，单手一挥，几个人影便停了下来，被我用念力定在原地。

降落在他们身边，身后传来响动，是五婆婆追了过来。珍妮看见我后说道："哎呀，老婆子我还是来晚了，不过抓住就好。"

说着五婆婆走到我身边，在月光的照耀下，我清楚地看到那几人的样貌：只见他们都双眼通红，头裹黑布，穿着革命军的服装，看上去凶恶无比，不知情的还以为是几头野兽。而在我看来，他们的状态也不对劲，他们此刻都心跳声极快，已经超过正常人的极限。

我看向其中一人道："你们不是革命军的人，给你一次机会，告诉我你们的真实身份。"

那几人听到我的话，纷纷将头转向我。一个身材高大的人道："你休想知道我的身份，你不会得到任何消息的。"

说着他咧开嘴笑了起来，笑声中掺夹着阵阵阴森。我见其拒不配合，准备先将其打晕带走，之后再说。突然面前的一个小个子喊道："我跟你拼了。"

话毕，"轰！"一声巨响响起，那个人竟然直接自爆了。我立刻将一旁的五婆婆拉起，直接飞起躲过爆炸中央。还没等烟尘散去，我急忙冲下去查看，原来他们站立的地方已经被炸出一个不小的坑洞，而原来的那几人早已不见身影，只留下地上混合着泥土的一摊血渍。

望向四周，滚滚白烟中五婆婆走近。她见状连忙说道："怎么会这样？这……"

我看了看周围道："婆婆，先别灰心，我在附近找找，看看有没有留下什么线索。"

说话间，我已经将附近一片地带扫过，在一个树杈上，正挂着其中一人的残肢。这是一只断臂，将其取下，尽管血肉模糊，还是能辨认出露出的手臂上刻着一枚图案，是一张熟悉的脸，一半是人类面孔，另一半是宛如恶鬼般的机械花纹。

显然这是新人类联盟的图腾。没想到竟然是他们，新人类联盟的手都伸到革命军这里了吗？这时五婆婆走来对我道："没想到他们还有这一手，现在这下线索断了。"

将断臂扔下，我淡淡道："不，我已经知道这些人的身份了，只不过……"

"他们是谁？"五婆婆急切道。

于是我将新人类联盟的情况大致告诉了婆婆。她听后严肃道："所以现在既然是那个组织做的，先不谈他们如何混入革命军内部的，革命军内部现在会不会还有他们安插的人呢？"

五婆婆的话也正是我所担心的事，当初基地的位置暴露，粮仓被烧这些事，应该就是他们做的吧。当初我还怀疑姜子，想到这我对五婆婆道："对了婆婆，你当时让我救下姜子的原因是什么？"

五婆婆顿了顿说道："哎，我不是跟你说我去找几位老朋友来帮你吗？这其他的人还没来，但是其中一个我要请的就是姜子，没想到他已经当上了革命军的大将，谁知还没相认，就出了这档子事。"

说起姜子，此时他还被我背着。将他放下，我对五婆婆道："我试试能不能唤醒他。"

五婆婆看着他露出了一丝追忆的神情，对我道："他曾是我的战友，跟我一起追随过暗灵之王。"

我点了点头，一边听着五婆婆的回忆，一边使用原力对姜子开始治疗。

"他以前和我几乎是同时加入暗灵之王的，与我不同的是，他拥有和我截然不同的处境。当初，他并不是无路可走而加入的，相反他的家境和条件非常好，在那个还是人类统治的年代，他算是'官二代'，拥有常人不可比拟的地位，而他喜欢冒险和挑战，于是在那个机人崛起的初期，就加入了暗灵之王。"

说着地上的姜子咳嗽起来，我知道他醒了。一旁的五婆婆也停下，转而看向姜子道："你醒了，小姜。"

姜子睁开双眼，随后看到我和五婆婆道："这是在哪儿？咳咳，珍妮，你怎么也在？"

五婆婆大概将情况向姜子解释了一番。姜子神色变了变道："什么？你说白王和政府军打了起来，我们快去阻止。"

他咳嗽了两声继续道："你们有所不知，当时在给零王进行加冕典礼时，身上的贝铃响了，我一查看是白色贝铃，这是白王发出的信号，我不敢怠慢，就在白王的指令下暂时离开了现场……"

第一百八十一章　战斗结束

姜子徐徐说道："听到白王指令后，我便离开大厅，顺着他的指示来到领城附近的一处地点，但我迟迟没发现白王的身影，就在我疑惑之时，一个头戴鬼脸面具的人出现了。

"正当我准备上前一步询问时，没想到对面先发话了。他的声音僵硬，是那种经过处理的机械声，他只说了一句话：'快走。'

"之后他就直接冲来，并对我展开攻击。我一时猝不及防直接被他重创，他的力量很强，就算在我有防备的状态下也难以招架，所以那一击后我已没有还手之力。那时我心里只剩下一个想法，就是把情报传出，最好能将他是真实身份问出。

"如此强大的人不可能平白无故地出现在基地。我一边猜测着他的身份，一边与他说话，希望能拖延一会儿时间，但他没有给我留余地，还没等我开口就再次进攻而来，下一击后我便陷入了昏迷。"

姜子把他的故事讲出，我觉得疑点重重，尽管不太可能，但我还是对云道产生了怀疑。一边的五婆婆也沉思片刻，随后道："你之前已经要被白王处决了，是零将你救出的，我可以怀疑这件事与白王密不可分。"

姜子道："白王吗？怎么可能。白王是我的恩人，他怎么可能会害我？一定另有其人。"

我想了想道："现在还缺乏证据，我们也都只是推测，而你作为距离白王最近的人应该对他更加了解，我们现在应该回去了，希望基地内双方还没大打出手。"

姜子的伤势虽然表面已经被我用原力治愈，但还需要时间疗养，于是我道："姜子前辈，你还有伤，我和五婆婆去就好了。"

姜子点了点头道："我老了，这次恐怕帮不上忙了，不过我也会暗中关注着基地情况的。"

话毕我和五婆婆便一同前往基地，而姜子则先到一处隐秘之地疗伤。十分钟后，我和五婆婆回到了革命军基地，穿过已经被大炮炸毁的钢铁巨门，直接来到大厅，映入眼帘的是一番乱斗的场景。

空中，白王还在与筌在激战，双方使用的手段更加多样，此刻的激烈程度远高于之前，目前他们还未分出胜负，白王则看上去更占优势。而地面的士兵也打了起来，但我仔细观察后看到，其实是政府军方在与革命军当中的机人打了起来，革命军中的人类则基本站在一边观战。

我连忙上前。那些人都在战斗，没有人注意到我的到来。我将念力释放，下一刻，方圆一公里的士兵都被定在原地动弹不得，几乎失去行动能力。人们很快注意到我的到来，纷纷将目光投向我。我随即飞到高空，向着战场中心的筌和白王两人飞去。

一边靠近，眼前颜色带出现，白王和筌的颜色带都停留在深黄色的地方。我心说怪不得他们能打这么长时间，两人实力在一个层次。这时天空再次传来一声闷响，只见筌在一阵烟雾中倒退直接跌落在地，看上去狼狈不堪。上空的云道看起来并没有想放过他的意思，直接飞下，手中银剑闪着耀眼的光芒，一剑击出。

我正想过去挡下，下方的筌将手中的弯刀飞出，再次挡下云道的攻击。不知不觉中基地由于之前的打斗颤抖了起来，人们都感到了明显的震感，但还是打作一团。我知道应该结束了，于是念力发动，直接覆盖全场，方圆十里的战场上无形波纹扩散，很快每个士兵都被影响，弱一些的人直接被定在原地动弹不得，稍强一些的行动也被限制，而战场中心的二人也为之一振，随后不约而同地看向我。

我放声说道："我宣布战争结束，如果有谁还想打，我奉陪到底。"

说着掌中原力凝聚，迅速形成一团一人高的光球，光芒甚至覆盖了整个大厅，十分夺目。其产生的威压不言而喻，正常人仅仅是看着，就要承受不住。

面前两人也停下了战斗，此刻双方都受了伤，而篸看上去更严重一点。我对二人说道："诸位，今日之事，不该发生，今日本是我零的加冕之日，却被一些宵小之徒破坏了气氛，打乱了程序。现在我已抓到那心怀不轨之人，不过被他自杀，我已查清今天这件事为新人类联盟所为，所以还请诸位都停下，让我们共筹大局，将幕后真凶揪出。"

我的话奏效了，不过也有可能是原力的威压奏效。云逍上前一步道："零，你说什么新人类联盟，你可有确凿的证据？"

我将一只文有新人类联盟图案的断臂取出。云逍见状道："这就是证据吗？我看看。"

说着他将我手中的断臂拿走，看罢直接一剑刺出，将断臂斩碎。只听他淡淡道："这是什么证据？我看只是一点小把戏而已。"

我连忙道："白王，你过分了。"

他不在意道："你说要停止战斗，好，那就停下，但是我想要面前这位政府负责人的解释，为何要强行打破革命军基地大门，强闯而入？这就是政府对我们革命军的态度吗？"

我知道现在形势变成这样，政府方面确实有些做得不对，而且如果任由战争发展下去，那么输的必然会是政府一方。政府军这次来的人只有五万，而且还不是精锐，遇上十万计的革命军毫无胜算，更不用说这是在革命军大本营内了。

从最开始篸的说辞来看，原本这场战争是不该发生的，但现在却发生了，背后显然是有其他的力量在推动，好在现在伤亡不大，及时停止了，不然后果和影响将不堪设想。而我想篸的强闯多半确实是政府的意思，不过他们应该只是想要打压革命军的气势，让革命军先矮一头，但这话篸怎么说得出口？就看他如何解释了。

想着我和云逍都看向篸，只见他将弯刀收起，做出一个让人意想不到的举动……

第一百八十二章　求和

只见筌面向我和白王，竟直接跪了下来，随后他说道："我代表政府向革命军深表歉意，这不是我方本来之意，我是奉命前来求合作的，没想到会出现这种意外，现在造成的全部损失我愿一己承担。"筌的语气诚恳。

云逍神情淡漠道："你以为这样闯入我的大本营就这样算了吗？"

说着云逍手中银剑亮起光芒，眼看就要斩出。我正要阻止时，一声苍劲有力的声音传来："白王且慢，看在老夫的面子上，放了他吧。"

白王愣了一下，剑气停下，众人看向声源方向，只见不知何时通道口出现了六道身影，站在高空，浑身散发着淡淡白光。为首一位老者开口道："吾乃政府特别行动单位第六部门部长秦时，现奉中央大区总司令陈行之令，来此向革命军和零王发出邀请，参加由政府主持的私人会谈。"

说着他看了看我，从腰间取出两张卡片，飞向我和云逍。我接住后看着金光闪闪的邀请函，里面是写了会议地点和目的，还有参加人员，基本上都是政府高层，目的自然是为了达成合作，一同商讨应对未来的机人入侵。

我自然是同意的，这可以说是个好消息。一边的云逍原本想说什么，但忌惮地看了看远处的秦时，随后道："好，今天我云逍就卖那个陈行一个面子，不与你们计较，但是如果还敢出现今天这种情况的话，那么就别怪我云某人不客气了。"

说着云逍手中银剑光芒大振，虽未挥剑，但剑气散发出一股威压，甚至超过了之前与筌作战的程度，就连我也稍稍惊讶，看来白王作为革命军首领还是有底气在的，如果他以现在的力量与筌对战，那么胜负可能已分。

对面秦时也显然感受到了这股威压，但还是镇定道："好强的气场，放心，以后不会再出现今天的情况的。那我们三日后见，白王，还有零王。"

话毕，秦时带着广场内的一众军队、筌，还有跟随他一同到来的几人快速离开了基地。几分钟后，全场只剩下了革命军的人。这时白王发话道："全场将士听令，休整一天，明日起筑城墙，积粮草，随时待命，伤者则休养一月。"

随后士兵散开，我则来到云逍身旁道："白王，我知道你之前是为了我，也许我不是个好领导，现在这革命军还是更需要你，那么我就先走一步了。"

云逍道："且慢，我想问你，姜子是否在你手上？"

我镇定道："姜子前辈由于伤势过重，现在休养，况且我怎能囚禁前辈？"

他哈哈笑道："你将我的手下抢走，是想救他，我认了。当时我承认确实有些冲动，但这毕竟是我革命军的私事，所以还请你告诉我姜子现在的住所，让我带他回来疗养，顺便我也有话对他说。"

我想了想道："姜子前辈现在我也不知其位置，白王不是有他的联系方式吗？大可以亲自去问他。"

云逍眯起眼睛看了看我道："好，既然如此，那就这样吧。我想也许你是对的，姜子那边可能另有隐情，但革命军位置暴露这件事不是小事，我不会就此罢休，一定会将叛徒捉拿。在此之前，还请零王先行退避，等我查清真相再行合作。"

我盯着云逍片刻，淡淡道："白王告辞，我还想提醒你一句，革命军里可能还有新人类联盟的卧底，要小心。"

云逍随意道："好，还请零王放心，我自会查明真相。"

说着云逍对我抱拳，我也回以拳礼，随后离开了革命军基地。来到荒外，五婆婆跟随其后。她对我道："零王，我看白王好像有些不对劲，他销毁了那只断臂，似乎对新人类联盟并不敏感和反对。"

我想了想道："白王的确有问题，但现在我们更应该考虑姜子的安全，我有预感，姜子前辈会有危险。"

于是我便与姜子用贝铃联系，一番等待后，对面传来姜子的声音："零王，找我有何吩咐？"

我回道："前辈，我担心你的安危。我觉得白王可能会对你不利，你要小心一点，如遇到危险，立刻联系我，我会赶过去。"

说罢，我挂断通信，对五婆婆道："婆婆，现在革命军内可能还有新人类联盟卧底，我想让您先进入革命军内部，将卧底抓出，可否？"

珍妮笑道："老身现在骨头还算硬朗，这种事还是不在话下的，但是零王你也要小心，那新人类能够横跨两届迅速崛起，并非善类。"

我点了点头道："我已经派遣一些手下潜入了新人类内部，不知道他们怎么样了。"

想着我联系了白孤，很快她发来消息："零王，这里一切顺利，我已经找到一处新人类巢穴，并成功加入他们。我稍后会将已经掌握的线索发你。"

我回复后又联系了郑强，很快那边也回道："报告老大，我们的人已经有一半加入新人类，目前他们似乎有一个计划，我们的人还在调查中。"

我让郑强也多加小心，不要为了进度而暴露自己。做完这些后我想趁现在修炼暗能。此刻已经天亮，我回到了灵梦之夜，这里已经几乎没人，郑强等一百多人都在新人类联盟中。

来到地下一层的训练室，我先入定坐下，随后面前缓缓出现一抹漆黑的法能，黑色能量形成球状开始旋转，在运动中开始变换出其他形状。这个过程是我逐渐熟练暗能的过程。不知不觉已经来到深夜，面前的黑色物质也终于可以任我随心所欲掌控，变换成不同的形状和状态，而我也达到了掌握暗能的第二层，接下来就是将它修炼至觉醒，而觉醒后实力将直接更上一层。

修炼结束后，我想用拟人形态休息一会儿，身侧的通信仪这时响起，是地面之上的白孤发来的……

第一百八十三章　不安

上面是白孤发来的消息，映入眼帘的是一张图纸，画着人类联盟的一处巢穴结构图，上面有些地方还被标注出来，有的则比较粗略，整体看起来像一个鸟巢，占地面积并不小，而这还是其中一处，看来新人类还真有些本事。我让白孤他们小心一点，毕竟这是在地面之上，如果被发现了就算逃出巢穴，也可能会引起当地机人的注意。

正当我准备继续修炼时通信仪再次响起，这次是姜子发来的消息，上面只有短短一句话："不要为难他。"

我立刻联系姜子，问他什么情况，但等了几分钟后那边迟迟没有回复。我心说：不对，出事了。连忙起身出去。通信仪上没有姜子的位置，不过我可以通过每个人不同的心灵感应光团判断出哪个是姜子的。我决定先去发现那几个新人类联盟的人现场寻找，同时用贝铃通知初旭，告诉她帮忙寻找，最后又拿起一只白色贝铃向云道打去。

一阵铃声后白王声音响起。我问道："白王，你和姜子聊过了吗？他现在在哪儿？"

　　那边随意道："我正要找他谈一谈，他现在应该在自己的领区内，我看他伤没好就先让他休息了。怎么你找他有事吗？"

　　我回道："他突然失踪了，你快去看看。"

　　"哦？你怎么知道？"

　　我连忙道："来不及解释了，白王，我知道你现在对我不满，但这是你的手下，你应该去关心一下。"

　　"哈哈哈，好，那我现在就去看看，你们在搞什么鬼？"

　　挂断后我连忙启程，单手一挥，一团黑色物质出现，隐隐让空气都在颤抖，心念一动，黑色物质开始变形，很快一辆黑色浮车出现在眼前。这便是我将暗能修炼到第二层次的力量，将暗能变换为万物。

　　浮车的速度极快，由于是暗能驱动的原因，其速度远超正常浮车，路过的一切事物如残影般迅速变换。原本几个小时的车程不到一小时便已到达，途中初旭也说自己联系不到姜子了，我心中的不安更甚。也许因为他是暗灵之王以前的手下，又或许他是我的一位前辈，所以我自然不想他遭遇不测。

　　走出浮车，脚下是一片草坪，不远处还有星星点点的人间烟火亮光，希望姜子就在附近。心灵感应释放，直接笼罩方圆数十公里，一团团只有我能看到的心灵光团飘出。我在无数的光团中开始寻找，不过找了几遍还是没有找到属于姜子的光团。

　　那么只有两个可能，第一种是他还没出事，不过他在几十公里开外；第二种是他已经死亡，所以我才找不到他的光团。这里距离革命军基地并不远，已经将其列入感应范围，我想如果出事的话，那么最有可能的地方就是革命军本部了。

　　我怀着一丝希望进入了革命军基地。这次我伪装成一名普通的革命军士兵，没有打草惊蛇，顺利来到基地大厅，可以看到之前由于冲突而造成的破坏还在修复，不少人员正在搬运材料。一个身材魁梧的壮汉走来，看到我后说道："喂，你怎么愣在原地，还不快去帮忙？"

　　我连忙笑着回道："好的，长官，我现在有要事要禀报姜子大将，请问您知道他在哪里吗？"

那人瞪了我一眼厉声道："什么？就你还想单独见姜子大将，有什么事直接告诉我，我是姜子大将麾下的队长，如果你的事重要，我自会向他禀告。"

　　我见此情形，便对他说道："好的，那属下想请大人到那边，不然怕隔墙有耳。"

　　我指了指一处偏僻的地方，壮汉一听不乐意道："什么事还要这样？如果不重要，浪费时间小心我揍你一顿。"

　　等到了角落时，周围已经没人，心道："得罪了。"

　　指尖原力凝聚，一指点出，壮汉一脸惊讶后直挺挺地倒在地上，随后我读取了壮汉的记忆，得知了姜子的住所，于是我连忙赶往那里。很快在领城城堡侧面的一处别墅区中，我来到了姜子住所，进去里面整齐有序地陈列着日用家具，没有一丝异常。又来到门外，我看到不远处一栋别墅大门半掩，与其他紧闭的门不同。

　　疑惑中我来到门口，推门而入，里面的景象如之前的房间般整齐有序，但地上残留着少许的泥土。等我走近，只见对面一间卧室中，一个人正安详地睡在床上，正是失踪了的姜子。

　　我连忙上前，只见其双眼紧闭，脸上苍白，已经没有活人的气相。心灵感应也对其不起作用，他已经死了。我检查了一番他的伤口，发现一处十分平坦的致命伤，是他人所为。我暗道不妙，还是来晚一步，没想到才过去几个小时，姜子就已经被暗杀，这点出乎我的意料。

　　就算姜子身中暗伤，但这里能悄然杀他还做得如此自然的想必寥寥无几，只能是云道或者是新人类联盟的卧底。我想顺着这里的线索找到凶手，不然任由他来去必成大祸。首先我将目光盯上了白王，想着我对着姜子深深行礼，随后离开了现场，就算我不说，士兵也很快会发现这里。

　　从那个队长的记忆中得知，白王居住在领城的最高处，城堡的顶端，平时他会在那里办公。之后便可以去白王那里查勘，不过现在还有更重要的事，那就是一天后即将开启的绝密会晤，等结束后再调查不迟。

　　届时这场会议足以改变人类命运。这是一场由全人类精英高层召开的会议，我也有些期待起来，不管结果如何，既然选择了会晤那代表还是有商量的余地的。

不过还有一点让我想不通，之前我专程去见了果老，希望他能改变人类政府对机人的政策和态度，但现在形势反而更加不容乐观。其中到底发生了什么，我想在会议开始之前再去拜访一次老人家……

第一百八十四章　新线索

两日之后的绝密会晤将在第一大区的总统府举行，这算是给予革命军和我的最高待遇了，届时将会有专车接送。而我打算在今天先去拜访下果老。他老人家就算是在政坛内也是举足轻重的大佬，相信可以靠他提前了解许多事情。

想着我决定等明天天亮就启程，先去第一大区最北部看望果老。而现在正值深夜，我可以先在革命军基地转转，顺便看能不能揪出几个新人类联盟卧底。

我装作一名普通士兵跟随着人们一起搬运材料以及装卸维修。这里的士兵很是卖力，基本都在勤奋地干活，即使是深夜也不见疲色。而且我发现革命军内部的机人和人类可以和谐自然地相处，他们没有发生什么争执，就如同正常的伙伴战友一般。

这无疑让我的信心倍增，仿佛看到了未来自己愿景成真的景象。就在这时，有人跑着传来："不好了，姜子大将身亡了。"

很快人们放下手中的工作，争相说着："什么？姜子大将是被白王孤立了吗？说他可能是叛徒，我看他的死离不开白王。"

"你可别瞎说，被别人传出去可是会记大过的。"

"我看这姜子大将多半就是叛徒，说不定就是有人看不惯他把他杀了。"

"你说什么人会对姜子大将下手啊？姜子大将那么强……"

人们的议论声四起，说什么的人都有，一时间场面甚至有点混乱起来，毕竟姜子大将是仅次于白王的最高层领导，他的死想必会掀起不小的波澜。

"安静！"

一声严肃的女声传来，抬头望去，初旭站在高台上，对下方的士兵道："你们该做什么就做什么，稍后白王会亲自来检查。姜子大将的死我们都很悲痛，相信一定会还他一个公道。"

人群声这才低了下来，我看到其中竟还有人直接哭了，可能是之前受过姜子大将恩惠之人吧。人群中沉重的气氛传开，这对于所有革命军来说损失的不仅是一位领导、一位领袖，同时说明了革命军中很可能存在着一股能够杀死受伤状态下大将的力量，这才是最恐怖的。

我被湮没在人群之中，情绪也有些低沉，尽管已经见惯了打打杀杀和死人，但对于姜子的离去也有些惋惜。天空中忽然刮起一阵清风，只见一个长相清俊身材修长的白衣身影出现在众人面前。

"参见白王！"众人一齐喊道。

云逍看着下方的人群扫视一圈道："现在各位都知道了，就在不久前我们失去了一位伟大的领导和伙伴——姜子。据我调查后发现他是由于之前受的暗伤发作而亡的。而之前他则在执行任务当中已经在外受了不轻的伤，再加上他将基地位置暴露被发现战斗中受的伤，导致了今天的悲剧，所以今天的事情可以说是个意外，请大家不必过于慌张。

"就算姜子犯错把我们的位置暴露，但他已经为了我们革命事业做出杰出贡献，所以在此我宣布为了悼念姜子，三日后将在领城外举行葬礼。随后将举办一场友谊比武，从每个小队以及大队中推举出来的队长或队员均可以参加，届时将选出两名新大将。"

我在台下同众人一起默默听着，没有被白王发现。不多时，通信仪响了，是五婆婆发来的消息，上面写着姜子身死以及选拔新将的内容。回复完五婆婆后，我开始想起姜子死亡之前给我发送的那句话："不要为难他。"

到底他是谁？难道是我怀疑的云逍吗？姜子让我不要为难云逍，难道姜子的死与他无关，另有其人？但如果是新人类所为，姜子应该会留下其他线索，这句话到底是什么意思？我有些困惑起来，一时没有了思绪。等到士兵人群散去，人们都回去休整时我来到一处角落，白天发生的事让我已经难眠，现在还正想着姜子的事件，忽地通信仪又响了起来。

接起一看是地面之上独眼机人打来的，一声带有奉承的声音响起："大人打扰了，我有新的线索要向您汇报。"

我忙问道："什么线索？是我让你找的那个机人的吗？"

他笑了笑随后道："大人您真是料事如神，我发现了疑似是您要找的那个机人的线索了。"

说着我看到一个略显模糊的照片，照片是在岩岛监狱外围附近拍的，距离黑影更近，能够清楚看到一个人影在岩岛底部，甚至还能看到大致的外貌轮廓，其人和初雪有着六七分相似。我见状不仅有些喜悦，但还是平静道："干得不错，确实有价值，以后你来蛮荒洲找我，我会给你传授原力，现在继续找吧。"

独眼机人道："好的大人，我一定不会辜负您的，不过……"

我见他吞吞吐吐，疑惑道："怎么，你还有什么事吗？"

他略显紧张道："不知下次有情报时能不能不要奖赏，让我追随您吧？"

他见我一时没有回答，继续道："小的可能冒犯了，大人还多见谅。我是想最近地面怪事频发，似乎再说有鬼物复苏，很多人都惶恐不安，开始拉帮结派，那些光明会（威斯组建的官方鬼傀偏政府）的人并不怎么管普通人的死活，我想自己现在无依无靠也只有投奔大人您了。"

我淡淡回道："我的身份特殊，等你帮我找到更多线索后，我再考虑吧。"

独眼机人又道："大人，其实小的清楚，您能从岩岛监狱只身潜入，劫走第五层莲狱犯人全身而退，我知道您的实力和立场都不简单，不是我能想象的，但不管怎样，我已经做好了追随您的准备。"

独眼机人语气诚恳，于是我道："这样吧，如果你能找到照片上黑影现在的位置，我就答应你，并且还收你为弟子。"

独眼机人激动道："真的吗？大人，那小人定会努力，不会让大人失望。"

切断通信，我回忆起那个雪白的靓影，如果能再见到她就好了……

第一百八十五章　桃林

等会议结束并将隐藏在革命军当中的卧底揪出后，我就先到地上，一边调查地上的新人类联盟，一边寻找初雪的身影，希望在不久后就能与她重逢。

现在，我则继续在暗处观察着革命军士兵的行为，希望能从中找到一些新人类的蛛丝马迹。时间一分一秒过去，至少在我的视线中这里一切正常，看来新人类联盟的人已经隐藏起来了，想必是之前已经暴露，现在更加谨慎了。其实我可以通过心灵感应来抓到一些卧底，但这是下策，等之后再考虑。

虽然革命军基地内一直都灯火通明，但按照大区时间，现在外面已经天亮，所以我趁着这个时间来到地面。清风拂过，仿佛让周围的大地更绿一分。我单手一挥，一辆由暗能变成的浮车出现眼前，通体漆黑而富有光泽，进入其中，只要用念力便可轻易操控。

浮车速度极快，甚至超过一般飞艇在空中的时速，没过多久便到了第一大区内。穿过熙熙攘攘的人群，来到大区北部，前面是一望无际的荒野，再向北走便能到达一片如同世外桃源的地方，那里便是果老的住所。

不久我来到了果老的地盘，面前出现一片桃花林，即使是在十月寒天，这里的树木依然郁郁葱葱，结起了一个个鲜艳的花苞，微风拂过，一阵香气直扑而来，让人有些心旷神怡，甚至忘却了疲惫，只想置身于花海之中。

我知道这片茂盛的桃林是用原力来维持的，一般人可能看不出它的不同，但从我的视角来看，树林枝叶间点点白光闪烁其中，遍布整片树林。从气息判断就是原力，但要做到我现在还不行，这应该是原力的高级运用了。

走过这片桃林，迎面一座茅草屋出现于眼前，虽有些简陋，但很自然地与周围融为一体，仿佛它本就应该在那儿。我走到茅屋门前，里面还未传出什么动静。我心说有点奇怪，但还是正经道："晚辈零前来拜访果老前辈。"

话音落下，屋内还是久久没有回应，我觉得更加不对了，于是打开茅屋，细看下里面放置着整洁的基本家具，一眼便能望到头，但还是没有出现果老的踪影，看来果老现在不在。我也没有留下他的联络方式，不知道怎样和他取得联系。

想着我摸出那颗由原力汇聚而成的子弹，仿佛有感应般突然振动了起来，我看着它在我手中忽然变得滚烫，弹壳上的花纹也在一阵热气中模糊消失，最后就连我的手都受到了影响，仿佛手里握着的是超高温的岩浆。

我不可思议地看着眼前的一幕，手心越发滚烫，心念一动，黑色物质出现包裹手掌，在暗能的帮助下，我才安心下来。面对不断沸腾的原力子弹，一时不知如何是好。

忽然，我想着这其实就是一个能够快速感悟原力的机会，甚至可以借此来突破我对原力的掌握。于是我将原力子弹再次暴露在空气中。这一次，子弹一下子变得沸腾起来，光芒四射，如同一颗燃烧着的小太阳般。我甚至不能将它持续握在手中，只能用念力尽量隔绝它带来的影响。

原力子弹在半空如同一颗闪耀的明星持续燃烧着，同时释放出大量能量。我现在已经理解果老说这颗原力子弹可以释放出摧毁城市的力量，看来不是骗人的。近距离下我更能感受它所释放的澎湃的威力，只是有些不解为何它会突然主动释放能量出来。

就在我困惑时，一旁的桃林传来了动静，转身看去，只见原本花开茂盛的桃林里那些花朵突然纷纷大量掉落下来，伴随空中燃烧的火焰，没有任何征兆。我心说不会是自己不小心触动了什么机关吧？等果老回来我就无脸见他了。但现在最要紧的是看能不能挽救这些桃树。

我先镇定下来，观察着这片桃林的变化，发现其中的原力光点正在迅速消失，准确来说是从树上掉落，随后在半空中燃烧起来，所以才会有空中出现火焰的情况。我开始尝试将那些原力光点接下或者停止降落，尝试一番后最终失败了，只能任由它掉落，看着桃林燃烧，花瓣凋零。

我知道如果让自己原力的掌握再进一步或许就能做到了，于是我干脆坐了下来，开始感悟周围的原力变化，并与自身原力联系。

没过多久面前的桃林就烧完了，只剩下一截截被烧得焦黑的树干和枝丫冒起一阵浓烟。我开始有些愧疚起来，觉得是自己造成的。不久，原力子弹也燃烧殆尽了，而我从中的确也收获了一些感悟。虽然对实力没有太大提升，但我对于原力的了解也更多了几分。

起身，已是日落黄昏，我决定就在这儿里停息，同时等待果老回来，如果是我做的那就当面赔罪好了，没想太多，便开始静静打坐。

夜色降临，银光洒落天际，将大地裹上了一层素衣，我便与之一同感受着天然的赠礼。一夜无话，很快到了第二天，今天便是绝密会议开启之日，但还未见果老身影，我只好先去参会，这里发生的事等之后再说。

其实我冥冥之中感觉这里的变化，这片桃林的烧毁可能另有原因，应该与果老本身有关。但到底怎么回事却不得而知，隐隐中竟有一丝不安感。我决定等开会期间询问果老的状况，那些人类高层应当知晓果老的去向。

一路无话，驾驶着浮车到达第一大区内城。我还是选择先伪装成人类的身份，穿着特制的仿人皮衣。此刻我看上去倒像是一个彬彬有礼的人类高质量男性。

绕过中央广场和政府大楼，后面就到了一座十分庄严肃穆的古灰色建筑，类似古人类西方文明的教堂。还未靠近，不远处便有守卫走上前来，手持枪械边对准我边严肃道："什么人……"

第一百八十六章　绝密会议

那人话音刚落，就见另外几个方向突然拥出大量士兵，手持枪械将我团团围住。我其实大可在不被引起注意的情况下神不知、鬼不觉地进去，但我觉得还是有必要光明正大地来。

百余士兵集结在总统府前，细看下他们肩上都戴有精致蓝色花纹印章，这是盾兵特有的标志，看来这里的安保做得确实不错。要知道百余人的盾兵数量相当于一个普通城市的盾兵人数了，可见这里防卫之森严。

一个高大披风男从人群中走出，看向我道："双手抱头跪地，否则我就要采取强硬手段了，最后警告一次。"

我微微一笑，淡淡说道："好！我是来参加会议的，你看。"

说着我将那张金光闪闪的邀请函取出。那人看到后脸色立刻变了变，随后道："我不记得今天有这号人物啊，不对。"

我见他似乎还在思考，便直接卸去伪装，以真实身份现身。马上，那些士兵枪械再次抬起，而为首的男人倒退两步惊讶道："你是——零！"

很快，我被那个男人带进总统府中，来到二层一间不大的会议室前。男人对我行着军礼道："请进！"

说着他退了出去，我则走进会议室中：迎面一股草药香味扑鼻而来（之前的拟人形态使得我能够在正常状态下也可以得到更多的感觉，如同人类的五官），而房间中央摆放着一张巨大的圆桌，座位上已经坐好了几人，各个身穿军服，胸前肩膀上挂着一个个徽章，看上去给人一种威严之感。

我坐在距离他们不远处的位置，同样等待着其他人的到来。不久又有几个身穿荣服之人进入，一一入座。忽地，我感觉到几股有些强悍的气息出现走进房间，皆是人类军方之人。长期的战斗使我变得十分敏感，就好比眼前在座的几人，年龄偏大，甚至其中有一丝腐朽之气，但各个精神抖擞，体质也远超常人，甚至我感受到其中还有原力的气息。

接着房门再次打开，一身白衣长袍的美男子出现，仿佛是画里走出的人，身负一柄长剑，随后坐在我身旁，来人正是白王云逍。会议时间即将到来时，一名正装的中年男子出现，笔挺的身姿，眉宇间带着一丝威压，气宇不凡，赫然是中央大区首席官陈行。

当他入座，所有人目光不约而同朝他看去。我注意到他的头发竟然近半变白，可想他承受了很大的压力。陈行开口道："欢迎各位来参加这次的绝密会晤，欢迎两位的到来。"

说着他将目光移向我和云逍，随后接道："话不多说，我们直接开始今天的主题。"

他的语气变得深沉道："现在我们的形势不容乐观。根据可靠情报，地面之上的机人正在大张旗鼓地制造生产武器以及一些特制装备，以便更好地来对付和统治我们人类，而且我担心他们所谓的合约可能会被他们撕毁，因为他们也遇到了难题。"

话音落下，不少人开始讨论起来，看来有些消息就连人类高层内部都不流通。陈行接着说道："机人的家园据说有一种形似鬼魅般的僵尸生物出现，并迅速传播，那种生物被称为鬼物。"

邻座一名人类高官道："这样他们可能会因为鬼物的影响而提前对我们人类发起进攻吧。"

陈行点了点头，说道："我的确有此顾虑，但更加恶劣的是机人可能会趁此机会将应对不了的鬼物引到我们这里，至少短时间内机人就不用再担心了。"

话音落下，场上众人变得沉默，气氛一时压抑起来，还是陈行的声音打破了寂静："不过大家也不用太过悲观，首先这只是一个猜测，只是一个最坏的打算，而我们往好的方面想也可以是机人将鬼物消灭殆尽，但他们自己也元气大伤，虽然这听起来有些异想天开。"

这时白王的声音响起："你们有这种生物更加具体的消息吗？比如外貌特征、习性等等。我们需要更加了解对方，才能做进一步的判断。"

众人点了点头。陈行严肃道："我这里只有比较模糊的概念，具体还需要一点时间。"

我想了想说道："我可以提供大家鬼物的信息，而且是比较详细的。其实在我看来，如果鬼物对机人的影响更大，他们应该会寻求人类的合作。"

众人的目光皆朝我看来。我接着说道："首先我也是机人，而且我和地面上的机人世界打过不少交道。他们的智力不会做出太过鲁莽之事，虽然从大的方面来讲，他们将鬼物和人类都视为敌人，但是比起鬼物，他们应该更愿意与人类为善。"

一旁的白王想说什么，却又没有开口。一个看上去已经年过花甲的老人道："对于机人，我没有什么能说的。他们是我们的敌人，那鬼物也是，只要他们敢来，我们就打。"

显然这是一位对机人抱有绝对意见的战争派人物。人类阵营大致两派：战争派与和平派，其实还有一派为降临派，就是通过直接让机人降临穹顶之下，让机人来管理人类。当然这一派的人几乎不会出现在这里。

会议的讨论有些激烈，其间与白王云道达成了战略性合作，同时与我约定，不会对我以及我手下的人员敌对，而我也会尽力帮助人类一方。会议期间拟订了多个战略来应对可能会出现的可能性和机人带来的威胁，至此人类内部基本实现团结，除新人类联盟外。

但坏消息是人类官方还是对机人实行敌对政策，只有与我一同的少数机人能够在人类社会生存，除此之外，将对一切机人敌视。我也对人类一方说了不少鬼物以及机人的消息，以来更好地应对接下来可能到来的战争。

会议持续了整整一天，临近尾声时，陈行说道："好了，接下来就剩下实施了。在会议结束前，我还想与各位说一件事来增强我们内部的信心……"

第一百八十七章　神秘任务

众人都聚精会神地听着。陈行看了我一眼接着道："我们政府的科学家们已经攻克了一项难题。我们现在已经研制出针对机人的一种病毒，经研究发现其致死率高达百分之五十，也就是说如果机人要想骑在我们头上，我们也不是吃素的，必会让他们付出惨重的代价。"

说着陈行眼神变得坚毅。我咳嗽一声道："如果战争真的走到了那步，我不会阻止你的做法。"

陈行道："希望永远不会用到机人病毒。"

不久，密会结束，人们纷纷散去，会议室只留下个别人。一旁的白王也要离开，突然停下，看向我道："明天的悼念会你来吗？"

云道的提问让我措手不及。我回道："会去的。"

他点了点头随后消失在视线中。我则在人群都离开后，跟在了陈行后面。他身侧随时都有两名保镖，而且算是人类高手，从气息来看能够匹敌盾兵队长。陈行回头，我朝他走去道："首长，我还有一件私事想问问您。"

陈行皱起眉头道："零王请讲。"

我微微一笑，说道："放松些，我没有恶意，我只是想问问果老现在在哪儿？"

陈行一听，他的表情明显一振，随后道："请问你找他有何贵干？"

我看着陈行的眼神说道："我有样东西要送给他，希望能够当面给他。"

说着我掏出一颗子弹，上面闪耀着淡淡的光芒。这是我通过对原力子弹研究后仿制而成的，虽然没能百分百复刻，但也有九成相似，缺点是它没有真正的原力子弹稳定，只能短暂地出现一会儿，不过对我来说已经有不小的进步了。

对面两名保镖或许因为看到原力的气息，连忙站在陈行身前，拿出武器，场面变得有些剑拔弩张。陈行示意两名保镖退开，来到我面前说道："放心吧，如果他真要伤害我，你俩加起来也挡不住的。"

两人低下头。陈行又对我说道："零王，你是这次会议最特殊的人，算是我们的特邀嘉宾。唉，可惜，有些事情我不能让其他人知道，否则天下就会大乱。"

陈行看了看四周，让保镖退远，随后深深皱起眉头道："你可知道你们口中的果老代表什么吗？他算是我们人类历史上史无前例的强者，甚至就连那位被誉为念力之王的迦米也无法与之相比。果老的作用就相当于我们人类的定海神针。所以他的一举一动在我们看来都是大事。"

陈行叹了口气，接着说道："但就在不久前，他突然倒下了。"

我还以为是听错了。陈行又道："准确来说就在昨天，他突然病倒了，但是他的身体却在短时间内出现了不可思议的变化，他的身体各项机能显示，他越来越年轻了。随之而来的是他的力量流失得很快，甚至变成了一个普通人，接着越来越虚弱，最后……"

陈行说着，眼神变得有些哀伤，我已经知道了他的意思，果老走了。我还想问是什么原因，但我想现在这个时候问有些不合适，但以后就更没机会了。我还是问道："那么果老有说些什么吗？"

陈行回道："可能说了些什么吧，当时我并不在场，你想要了解可以问问史密斯将军。"

我点了点头并谢过陈行。这时他突然对我行礼道："如果人类真的走到了山穷水尽的地步，我希望零王就算不帮忙，也不要将刀剑对准人类。那些对待机人的敌对政策我也很无奈，我在这里先谢过你了。"

说着陈行忽然就要跪下。我连忙上前将他扶起道："放心，我永远不会向人类开枪的，我也希望有一天人类能够回到地面之上。"

我见陈行变得有些激动，好几十岁的老男人差点就要哭了出来。我只好继续安慰道："我知道作为领导，你也不容易，要带领几十亿人口打一场硬仗，你也辛苦了。如果你想，我可以帮你把身体变得更好。"

陈行笑了笑说道："不必了，就这样挺好，我身子骨还硬着呢。"

话毕，与陈行分别。我准备先回到灵梦之夜休整一番。乘坐由暗能变换而成的浮车在空中高速行驶，路上行人甚至连浮车的残影都跟不上，自然也分不清这是飞艇还是浮车。一边行驶一边想着果老的事情，没想到他竟然逝世了。那么说昨天的桃林以及原力子弹是否代表着果老力量的一种流逝？

但其中究竟发生了什么？要知道他可是人类历史上最强的人，按理来说不可能就这样无故死亡。我觉得应该没人能够轻易将他杀死，排除人为因素，难道是果老自杀？我心中出现一个大胆的猜测，但又觉得不对，如果是这样的话更没道理，他并没有足够的动机自杀。

想了想还是有机会去问问那个新上任的史密斯将军吧，他或许知道什么。手中原力子弹终于坚持不住化为一阵光点飘散，我也到达了灵梦之夜，望着眼前的大门，走进。

里面的灯光闪烁，但没有看到人。我用通信仪联系了郑强，看看他那边情况如何。很快那边发来消息：老大，我这边被派遣了一个神秘任务，我觉得一些古怪，正要跟您汇报。

我于是回道:"说来听听。"

郑强:"他们让我去接一位人回到巢穴,但是又没有告诉我具体信息,只有一个联络暗号。"

接着郑强将他收到的那个任务发来,我一看之下便觉得古怪,确实这个任务的信息很模糊,但是我注意到了一点:他会穿戴一枚鬼脸面具,如果遇到请立刻核对暗号。

我回想到之前姜子在第一次遇害前看到的人就是鬼脸面具人,这不禁让人联想到即将出现的鬼脸面具人是否就是想要杀害姜子之人。想到这我突然来了兴趣,而且任务时间就在今晚,也就是几小时后。通信仪响起,我对郑强说道:"强子啊,今天晚上就给你放个假,这个任务我接了……"

第一百八十八章　面具下

郑强略显惊讶:"老大,你不是开玩笑吧?"

我一本正经道:"当然不是,待会儿我和那边接触后再和你说,准备出发了。"

郑强又劝我小心一些,因为这次的任务据说是由新人类最高层的大人物发布的,他也是最近在新人类联盟中屡获功劳才得到了这次机会。我又得知了一些无关紧要的消息后,挂断了通信。接下来就该行动了。

碰面地点位于第二大区西部的一座城镇——白水镇。等我来到时,距离约定时间还有一个多小时,于是我便先在这座边陲小镇四周转了起来,观察好周围的地形,到时候如果发生什么意外也更好处理。

由于是深夜,这里的村民早早就休息下来,周围只有一排昏黄老旧的路灯在坚持着岗位,四周的商铺等已经暂停营业,不宽的街道上许久也未见一人,这座小镇似乎伴随夜色和村民一同进入了沉睡。

在寒风中等待了许久,突然,呼啸的风声中又多了一串脚步声,一个黑影猛地出现在远处的灯光下,正在一步一步地走来。

我知道十有八九是他了,早在半个多时辰前我已经变成了郑强的模样,为了不引起怀疑,我决定耐心地在原地等待着他的到来,此外还特意将文有新人类图案的一只手臂露出。很快他离我越来越近，灯光打在了他的黑袍上，一个戴着鬼脸獠牙面具的黑袍人正加速朝我走来。

终于在距离我还有几米时停了下来，一阵生硬的机械声传来："香蕉越大。"

"香蕉皮越大。"我随即喊出了下一句口号。鬼面人这才向我看来，那眼神平淡无波，看不出喜乐，但我总有种熟悉感。鬼面人也许是觉得我看得他有些不自在，催促道："带路吧。"

我随意回道："请！"

我带他朝着早已准备好的浮车方向走去，原本打算先将他拿下，直接对他逼问，但从刚才莫名的熟悉感还有他身上散发出的一股不弱的气息来判断，此人在新人类联盟内地位应该也不低，所以干脆将计就计，我直接通过他进入新人类联盟内，再将他背后的大鱼钓出。

想着我已经带他进入浮车内，随后朝着更加偏远的地方驶去。路上鬼面人并没有多说一句话，只是一直望向窗外。不久浮车在第二大区边缘的一片荒地上停了下来，四周漆黑一片，伸手不见五指。鬼面人绿幽幽的眼睛则显得有些诡异。

下车，在一棵古树下，我按照郑强的方法把新人类的图案按在树干上，一串沉闷的机关声响起，眼前出现一条幽深的通道，内部燃起了一排火光。按照任务指示到这儿便结束了，我应该回到属于自己的巢穴领赏，但我自然不能错过这个千载难逢的机会。

对面的鬼面人看出我还是不情愿离去，转身道："这里不是你能来到地方，快走吧。"

他的语调平淡，但我听出了其中的着急。我还是没动，鬼面人终于有了语气："是想讨赏吗？你们这些狗腿子，下次看见你把你的腿打断。"他已经彻底不耐烦了。

我则淡淡开口道："别来无恙，白王。"

这一下，鬼面人不自觉地摸了摸他的面具，声音也变得更加不自然："你在说些什么？我看你是活腻了。"

说着他竟直接一掌朝我打来。我微微侧身躲过，随后说道："别这么着急，老朋友见面应该叙叙旧，我们要不换个地方聊一聊？"

他显然没有听进去我在说什么，尽管是经过机械处理的声音，但我还是听出了他的惊讶："你到底是什么人？今天我要你死在这里。"

话音刚落，四周顿时风沙四起，大量砂石飘在空中，竟汇聚成了一团巨石。面具人的声音传来："下地狱去吧。"

我看着头顶上空落下的巨石，直接将眼前的天穹覆盖，估计有千万斤重。这是念力的运用，之前白王还没用过，看来他还是藏拙了。我心念一动，巨石炸开，碎裂成无数小块溅落四周。

这次面具人彻底不淡定了。他见状直接转身离开，眼见就要进入古树下的通道口。我连忙单手一挥，无形的念力转瞬即至，将鬼面人的身形放缓。银光闪过，一柄银剑斩出，划破天际向我刺来，锋利的剑气将所过之处的地面直接削平，来势汹汹。

为了将战斗波动调整到最小，我再次释放念力，硬生生将剑气挡下，随后朝着鬼面人一指点出，原力光点如离弦之箭瞬间打到鬼面人身上。随后他踉跄退后几步，我看到他似乎是想要求救，于是顾不了那么多，直接释放心灵感应——感力冲撞，终于鬼面人坚持不住倒在地上，而脸上的面具也随之开裂。

一张英俊而熟悉的面孔出现，正是云道。此刻他被我的心灵冲撞打晕，一时半会儿估计醒不来了。走近，我准备好了先将他绑住藏起，之后等他醒了再问。刚才战斗的余波已经不小，恐怕会引起这座巢穴内的注意。

先将云道放在一户普通人的家中，随后我伪装成云道的样子，准备代替他前去新人类的巢穴当中。临走时我看了眼云道的面孔，不明白他为什么会是鬼面人？他为什么要杀害姜子，又是怎么变成新人类的一员的？看着曾经信赖的云道，此刻他变得陌生起来，甚至对他产生了厌恶的想法。

原本想通过原力直接读取他的记忆，但需要耗费一些时间，所以干脆等他自己醒来也不迟，想着，我踏入了这座新人类的巢穴中。根据郑强的情报，新人类的巢穴也是有等级的，一般分为三级，母巢、次母巢以及子巢。我现在即将踏入的就是第二等级的次母巢。

走过一条狭长的通道，终于来到一处较为宽敞明亮的大厅，大概有一个足球场般大，里面聚集了不少形态各异的人，他们身上能够明显看出有过机械改造之处。正当我还在观察时，一个拥有四只机械臂的西装革履的男人向我走来……

第一百八十九章　赐左

只见那人径直向我走来，在距离我几步远时停下，随后说道："想必阁下就是赐左大人说的那位吧，请跟我来。"

说着他对我挤出一个诡异的笑容，随后做出请的手势。虽然我没有从云逍那里得到这里内部具体的情报和他到这里的目的，但很显然，现在我应该跟着这个形同八爪鱼一般的改造人走。初步观察了一番后发现，所谓的"巢穴"真的如同自然界当中的丰巢般拥有着密集而紧凑的房间，一间间紧紧相连，在这里常人恐怕都容易迷路。

跟着四臂人在众多房间中穿梭，经过一系列绕来绕去的操作，其间还在房间内看到不少正在进行机械改造手术的人类，终于来到了一间更为宽大的房间，或者说是一个厅堂。

相比之前的人山人海，这间大堂内的人就显得少了许多，周围的装饰十分华丽，不乏一些花雕宝石、金银装饰、山水名画。这里显然就是新人类高层所在之地。不远处石椅上一个模糊的背影正在打坐，在听到我的动静后，忽地转过身来，我看到一张狰狞的脸。

身后四臂人恭敬道："拜见赐左真神。"

一种雌雄莫辨的声音传来："退下吧。"

接着四臂人消失在大厅内，而我透过薄薄的雾霭，看到一张半人半机械的狰狞的脸，其左脸是光滑的金属材质，右边则是面色通红的人脸。那人盯着我看了一会儿后先开口了："云逍阁下果然遵守约定，那我们可以开始了。我们会用最优质的技术和设备来帮云逍阁下改造，相信不会让阁下失望。"

我心说看来是云逍和新人类联盟达成了什么约定，竟然能让云逍自愿改造，我不由得有些好奇起来，但还是不动声色地说道："我有点不想改造了。"

那人表情略微变了变，显得有些诧异，随后开口："云逍阁下，我一直认为你是一个君子，基于对你的信任，我们才会进行今天的合作。如果你想违约的话，那么后果你要考虑清楚。我们新人类有很多办法可以对你或者你的革命军造成损失，到时候你后悔可就来不及了。"

对面被称作赐左真神的改造人眯起双眼紧紧盯着我，尽管没有用心灵感应，但我还是能感受到其眼神中隐藏不住的一丝杀意。周围与他相邻的几人这时也纷纷转过身来看着我，一时间气氛变得有些压抑。我先打破了这个宁静："哈哈哈！赐左，你知道我有时喜欢开玩笑的，既然已经约定，那么我自然不会反悔，而且我也有想要改造成为更强者的心愿。"

对面赐左神态放松下来，但语气还是严肃道："云逍阁下，希望我们合作顺利。"

说着他挥了挥手，其身侧站着的一个浓妆艳抹的女人便向我走来。我看到她身后竟然有一条如同蝎尾的尾巴。女人开口道："请随我来。"

话毕，我便跟着她朝一侧的手术室走去。刚才我是想通过谈话来得知新人类对革命军的想法，没想到他们似乎根本不怕，还出言威胁。这新人类似乎有自己的底气，而我此行的最终目的就是找到新人类当中所谓的母巢，然后将其一网打尽。当然，还要找个机会把这些众多的新人类聚集起来处理，不然以后也是一个潜在的祸患。

很快我来到一处手术室，女人示意我躺下。我看四下无人便不再伪装，径直向女人走去。她不仅没有惧怕，反而嘴上还露出一抹笑容："没想到堂堂的正人君子白王还有如此嗜好，那我……"

她还没说完，我便释放出心灵感应冲击使其昏了过去。随后，我又按照之前约定好的要求将自身变换成被改造后的样子。等过了一会儿，我觉得差不多了，便走出手术室来到厅堂。赐左此刻还在石桌前坐着品茶。见我出来，他脸上露出一抹不协调的笑容。

我也笑着说道："我们合作完成了吧，赐左？"

他没有说话，突然脸色一变，其身后伸出一条机械臂向我抓来。我被他突如其来的举动吓了一跳，不过很快反应过来，单手接机械臂并将其甩飞。我装作没事的样子道："怎么了，怎么突然袭击我？"

赐左脸色铁青，沉声道："云逍阁下，看来我们的合作失败了，你会因此而付出惨重的代价。"

我心说看来还是被发现了，但之前在手术室里并没有看到任何监控什么的。

我回道:"你是怎么发现我的?"

赐左说道:"你难道不知道我们新人类成员每个人体内都装有一颗芯片用来监控吗?刚才大丽的芯片状态突然改变了,我就知道是你动了手脚。你这个狡猾的人。"

我叹了口气说道:"原本以为今天不用再发生战斗了,没想到还是要靠武力解决呀。"

说着原本空旷的四周出现了几道人影,一共有四人。我看向赐左:"如果不陷入昏迷或者沉睡是否芯片就发现不了异常了?"

他有些不解:"死到临头还在想这个,神使们给我上。"

我见沟通无效,只好自己尝试了,想着心念一动,念力释放,无形的波浪蔓延虚空,直接将几人控制,动弹不得。正中央的赐左开口:"怎么可能,你怎么可能这么强?"

我淡淡一笑,走到其身前:"让我看看你的记忆。"

白色光点释放,没入其大脑,我看到海量的记忆,不断翻找,我查到了他记忆中被称作母巢的地方,还看到一个坐在王座上的高高在上的黑影,被称作唯一真神的神秘人,当然包括了其他关于白王的记忆,不过我没有查看,害怕他支撑不住昏厥过去,直接退出。

赐左显然意识到不对劲。他努力想要开口,我则将其嘴巴闭上道:"多谢了,以后还会见面的。"

原力光芒闪烁,配合念力我将几人的记忆直接清空并改变。趁着他们还未恢复过来,我直接离开厅堂走到巢穴的其他房间……

第一百九十章　他是谁

我来到不远处的房间,最深处的厅堂并没有传来任何异响或警报,看来赐左和那些新人类并没有发现我的动作,或者说已经在被记忆改变的情况下彻底忘了之前的事。这自然是件好事,现在我决定先离开这里,回到地面。

凭借来时的记忆以及身为机人的超强运算能力,我不费吹灰之力便从百折千回的巢穴离开。来到外界,我决定先去看看白王的状况。

此时天已经蒙蒙亮，一层晨雾将这片森林又覆盖上了一种神秘感，让平时想要踏足这里的人望而生畏。来到一户村落的普通人家，一间老旧木屋内，白王正静静地躺在席子上。我见其还未苏醒，便决定先不打扰。正当我准备联系郑强时，身侧的贝铃响了起来，是五婆婆打来的电话，接起。

"零王，基地这边马上就要开始姜子的悼念会了，你过来吗？"

我有些诧异说道："现在就开吗？"

我看了看身前安静平躺的云逍，心说他还在我这里，基地那边怎么现在就要举办，这也太着急了？五婆婆说道："人都到齐了，那个什么白王和初旭也在，就差你了。"

话音刚落，我脸色顿时一变："什么，婆婆你看清楚了，白王也在？"

我故意将字咬重。五婆婆似乎被我吓了一跳，顿了顿说道："对呀，白王不在怎么召开大会呢？这次悼念会可是有十万人，基本所有革命军士兵以及将领都到齐了。"

我越听越不对劲，但还是冷静道："好吧，我稍后便去。"

挂断通信，我决定立刻出发，前往革命军基地。随手将云逍扔进浮车内，我快马加鞭连忙启程。暗能浮车如一团黑色火焰飞速行驶着，甚至还伴随一连串的音爆声。原本一个多时辰的路程被缩短成了十分钟，不久，我出现在革命军隐秘的入口处，将云逍放在离革命军基地不远处，进入。

来到大厅，里面正如五婆婆所说的人山人海，在人群的簇拥和欢呼声中，我看到一袭白衣正在高台上，俯身望着众多的士兵，那熟悉的面容，正是昨日时还与我激战，并被我打晕的白王云逍。

虽然做好了心理准备，但我看到他仍不免有些惊讶。那么究竟站在高台上的人是云逍，还是外面昏迷沉睡的是云逍？怎么会出现两个云逍？想想其中必然有我不知道的内情。压下惊讶与冲动，我微微发力纵身一跃，飞至空中。

很快便引起云逍的注意。他见我到来，连忙说道："零王你来了。"

我点了点头道："姜子前辈也算我的故友，我怎有不来之理？希望我还来得及。"

云逍露出一抹笑容说道："来得正好，那么下面我宣布悼念会正式开始。"

随着白王一声令下，现场人群瞬间安静下来，一个身穿军装的年轻女子上台开始讲起了姜子大将的生平事迹。她便是姜子曾经最信赖的部下——苌。我也与她有过一面之缘。相比之前的灵性，她显得憔悴了许多，想必是姜子的死带给她不小的打击。

悼念会进行了几个时辰，最后姜子的遗体被安置在领城的后方，一座山丘上。会议结束后，众人才纷纷散去，虽然会场整体上看起来沉重无比，但我还是捕捉到部分人的喜悦之情，想必是因为两天后的"挑兵选将"，到时候场面隆重不会比现在差。

身后五婆婆走来："零王，你似乎有什么心事？"

我犹豫了下道："婆婆，我有件事对你讲。"

我将昨夜的经历告知五婆婆。她的脸色也变了变，随后道："老朽活了这么久还没见过此等怪事，但我感觉这件事可能和云道与新人类达成的所谓的约定有关。"

我点了点头："目前我的信息也就止于此，尽管我现在想去找刚才出现的那个云道，但我害怕这样会引起更大的变故，所以现在先静观其变为妙。"

在与五婆婆讨论一番后，她帮忙先观察着基地内那个"云道"的动静，而我来到外界等待着另一个云道醒来。

很快夜色降临，乌云笼罩上空，就连光芒都无法照射下来，一时间地上仿佛陷入了绝对的黑夜。我看着一旁的云道，不知何时他忽地动了一下，随后睁开双眼就要起身。见状我连忙走近说道："你终于醒了。"

他见我先是一震，又连忙警惕起来："你……"

此刻我已经将面容伪装成云道的模样，所以现在他看到的相当于是自己。我也在测试他是否知道还存在着另一个自己，没想到他听后竟然不是很惊讶，反而说道："你怎么会在这里？不对，我怎么在这里的，此地不宜久留，你先跟我回去。"

说着白王便拉起我的手打算将我带走。我没有动，说道："新人类那边已经开始行动了。"

我含糊着想要套白王的话。他突然变得狠戾起来："他们一群不人不鬼的东西，既然他们不仁，那也别怪我不义。遥儿，放心，我会保护好你的。"

我露出一丝淡淡的笑容，心说：这就好办了。心念一动，我将伪装卸下，变成自己的模样。云逍瞬间将想要拉着我的手撤回，随后道："是你。"

他惊慌道："难道昨晚袭击我的人也是你？"

我没有回答算是默认。只见云逍气息瞬间爆发起来，但似乎想到什么，很快又瘪了下去："你为什么要这么做？你知不知道这样会把我毁掉？"

我淡淡道："抱歉！白王，我确实有些莽撞，不过你是否要先解释一下你和新人类联盟的事，甚至还有另一个你的事。"

云逍深深吐出口气，神情复杂道："我也是被逼的，如果不是为了遥儿，我也不会这么做，更不会被该死的新人类相逼。"

我微微点头说道："白王，你也许遇到了难处，我可以帮你解决，但你如果与新人类联盟，那么谁也救不了你。"

云逍紧皱着眉头苦涩道："我当然知道这样做的后果，但是只有他们能将我的遥儿救活……"

第一百九十一章　云遥

我追问道："遥儿，遥儿是谁？"

云逍挣扎了一下，语气变得低沉，说道："这件事是我对不住你们，他是我的双胞胎弟弟。"

我想说些什么，但不知道如何开口，相比机人，人类因为具有感情而很多时候做出看上去并不理智的行为，而同样的事情让机人来完成，就会变得简单许多。我虽然无法体会到云逍的情感，但是他显然也陷入了一种对我来说十分玄学的亲情当中。我只好说道："那么说你之前做出种种不合理的举动全是为了你弟弟吗？"

云逍微微点了点头算是承认。我心说现在看来需要从他弟弟这里入手了，只要将他弟弟搞定，那么接下来就好办了，而之前在基地举行追悼会的没猜错的话就是他了。于是我便说道："你弟弟遇到什么状况了？他与新人类难道也有关系吗？"

云逍无奈道："原本他是不存在的，是我太贪心了，想要他回来，才变成现在这样。"

我越听越不解，于是听云逍娓娓道来："原本我还有一个双胞胎弟弟名叫云遥。他天生就比同龄人更加机智聪颖，并且胆识过人，经常带领着一帮同龄人甚至是比他更强大的人，虽然更加年长，但我不得不承认他的确比我更加优秀。但后来一场车祸带走了他，原本以为就这样天人相隔，永远不会再与他相见时，新人类联盟找上了我，说可以让遥儿回来。"

他顿了顿，接着说道："我抱着一线希望答应了他们，没想到他们真的通过所谓的超体科技让遥儿活了过来，并且还跟之前一样，只是现在变得更加沉默寡言。而我也遵守诺言准备接受他们提出的改造计划，让我变成一个改造人并帮助他们完成两个条件，没想到在路上就遇到了你……"

云逍说完，我只觉得他有一种悲哀，一种对于所谓亲情的执念，宁愿为此牺牲自己亲手培养的革命军甚至是自己。我想了想，淡淡道："你觉得复活后的云遥还是他吗？"

云逍认真说道："这点毋庸置疑，他绝对是我的遥儿。他多年的生活习惯都没变，他就像从来都没有离去一样。"

我静静地看着云逍，不知该不该告诉他真相：当人死亡后，人的意识按理来说也会跟着消散，而新人类通过某种手段所谓复活了的云遥只能是一个披着皮的另一个人，至于为何习惯没有改变，我想有可能是更加高级的程序制作而出的结果。虽然以人类目前的手段还难以实现，但毕竟新人类的手都伸向了地面之上的机人世界，所以能做到这样也未必没有可能。

最终我还是没有告诉云逍。他看我没有反应，于是又说道："这件事我会做个了结，不会再影响到其他无辜之人。姜子的死很抱歉，他确实是我杀的。我后来也很自责是可如果不这么做，我就换不回遥儿。"

我皱起眉头："你如果真的诚心诚意的话，那就自己去姜子前辈的墓前乞求原谅吧。"

云逍深深吸了口气道："会的，既然现在你已经替我去了新人类那里，想必应该也做了些什么，那我也就算是解脱了，还是要谢谢你。"

我将自己在新人类巢穴当中的事告诉了云逍。他听后连连称赞道："不愧是你，竟然能神不知、鬼不觉地骗过赐左。"

云逍又要张口时，我身侧的贝铃响起，接起："不好了，零王。"

五婆婆的声音传来。我回道："怎么了？婆婆，遇到什么事了？"

"白王又失踪了。"我有些惊讶。

五婆婆继续道："原本我是看着他的，但后来却迟迟不见其身影。我找了许多地方都没有，他一定是已经离开基地了。"

我安慰道："没关系！婆婆，交给我吧。"

五婆婆有些内疚道："抱歉零王，这点事我都没办好。"

我回道："婆婆不用自责。白王的实力有目共睹。他或许用了一些秘法什么的。我先去找他，待会儿有情况再说。"

五婆婆回道："那老朽也去找找吧。"

我想了想说道："婆婆你最近也辛苦了，就先休息一阵吧。"

一番推脱下五婆婆才答应了下来。挂断通信，我对云逍道："你那弟弟不见了，怎么办？"

他神情严肃道："我想有可能他去了一个地方。"

我连忙问道："哪里？"

"白水镇。"

白水镇是昨日曾经到新人类巢穴的途径之地，同样也是与云逍碰面之地。难道这座小镇还藏着其他秘密？

云逍继续说道："白水镇是我和遥儿的故乡，我们在那里长大。"

我接道："好巧，你现在能联系到他吗？"

云逍回道："我试试吧。"

说着他拿出一只白色贝铃拨了出去，一阵忙音后挂断了通信。他神情一变："不对，出事了。"

他解释道："遥儿从来不会不接我电话的，这是第一次。"

我想了想道："你说他会不会去新人类联盟那里了？"

云逍目光变得狠戾，简直变了个人："如果他们敢利用遥儿做什么事，我是不会放过他们的。"

我心说他很可能不是你的遥儿，还是留个希望的好。不过既然云遥是新人类复活的，那么他们用一些手段来间接控制他也很有可能。不过新人类会让云遥做什么呢？我有些疑惑，但一种不祥的预感升起，一定不会是什么好事。

想着我对云逍说道："这样吧，我们分头寻找，有线索就立刻联系。"

之后云逍便前往了白水镇以及一些他们之间才知道的地方，而我也拨通了郑强的通信："强子，帮我注意一个人。"

"老大请讲。"

"革命军首领白王。"

"什么……"

郑强有些疑惑。我则继续道："总之就是一个和他长相一模一样的人，调用我们安插在新人类当中所有的内线，找到此人。"

郑强应道："是，老大，放心吧。"

接着他又说道："对了老大，新人类内部又有动作了……"

第一百九十二章　叙旧

郑强继续解释道："新人类内部据说将会举办一场选拔赛，好像是为了让更多的人信奉新人类的教义。这次选拔赛的获胜者将能够获得参见唯一真神的机会和大量的奖励。"

我想了想回道："这样，你再继续收集关于他们选拔赛的更多消息，我要具体的日期以及地址。"

郑强应声道："好的，老大，我一定尽快收集。老大，你有什么想法吗？"

我淡淡说道："这场选拔赛我参加了。"

郑强这次并不惊讶，因为他已经比较了解我。我又说道："好了，辛苦你了。强子，等这件事结束后请你喝酒。"

之后又闲聊了几句便挂断了通信。这时天色已亮，我并没有去寻找云逍，而是打算去找一个旧人——慕斯。

拨通了通信，一声清脆的女声传来："喂，是谁？"

我说明了自己的身份，另一头沉默了片刻道："来第一大区找我吧。"

随后给我发来了一张定位，驾驶着浮车在空中飞驰了没一会儿后便到达了她指定的地点——一家茶餐厅。入座，此刻餐厅才刚开门不久，空荡的座位上只有我孤零零一人。为了避免不必要的麻烦，我特意伪装成人类，静静等待慕斯的到来。

我叫她当然不是为了叙旧，而是想问问关于果老的情况。我总觉得果老之死有些蹊跷，毕竟这么强大的人一声不吭地走了，想想就有些古怪。而慕斯算是我目前在政府方面为数不多可以信任的人，希望她能带来一些消息。

过了没一会儿，一个身穿素衣的女子走了进来，脸上没有胭脂淡抹，却比化了妆的女子更加赏心悦目。动人的脸上不知为何显得有些沧桑和忧郁。

只见她停下，坐到对面。我先开口道："好久不见，慕斯。"

她随意地点了点头，拿起桌上的咖啡抿了一口，然后说道："好久不见，零。说吧，找我有什么事？"

我见其如此果断，于是先问道："你现在还在为政府工作吗？"

她淡漠道："自从广场事件后，我就辞退了军队所有的职位，但政府还是有意让我复出，最后我就兼了个闲职，但基本上不参与任何事务。"

我仔细听着慕斯的话说道："这样啊，那你有没有什么想法或者计划？"

她有些不耐烦地皱了皱眉："想法，呵呵，现在政府内部分裂，一些内部矛盾加剧，我也心有余而力不足。"

沉默了片刻，我又道："你知道果老的事情吗？"

她原本平淡无波的眼神里出现了一丝波动。我静静地等。她说道："你怎么知道这个消息的？"

我没有隐瞒，将陈行的话说出。慕斯叹了口气道："没想到是真的，看来确实要变天了。"

我追问道："什么意思？"

慕斯想了想说道："我曾在前不久收到了这个噩耗，在我看来这很可能是谣言。你我都知道果老的实力，但如果你是从陈行那边听到的，那很有可能是真的。陈行是出了名的实事求是，但这个消息太过重磅，所以我也不好多作推论。"

慕斯盯着我看了一会儿道："如果是真的，也许这是果老自己的选择，那也说明事情真的到了山穷水尽的地步了。"

我问道："怎么这么说？"

慕斯淡淡道："我虽然与他接触不多，但也算有所了解。你觉得以他的实力谁能将他杀死，就算是用计也根本不可能做到。先不说他的实力，他的谋算在以前也是出了名的。"

我点了点头，仔细想想就知道当你成为一个巨人，蚂蚁再怎样也不会对他产生威胁，这没有夸张。果老的实力曾经被我检测出来，与现在的我在同一水平上。如今的我掌握了三种最强大的力量才达到深蓝层次。我知道普通人与我的差距有多大，大到根本无法用量来弥补。

所以我也认同了慕斯的观点，但我又问道："你说果老有没有可能是病亡的？"

她叹了口气道："怎么说呢，这也不是没有可能的，但可能性很小，这也是很可疑的一点，毕竟陈行总长说他是病发身亡的，但陈行也不在现场，所以就看你理解了。"

我微微点头，随后我又从慕斯那里得知了政府军部将军史密斯的联系方式。两人又聊了几句后，身侧的通信仪响起，是郑强发来的关于新人类内部选拔赛的内容。没过多久我又收到一则白孤发来的消息，也是同样的内容，不过地点在地面之上。

我心说看来新人类联盟要搞点大动作了，不然怎么会这么急切地挑兵选将？对于我来说，这同样是个深入敌穴的好机会，所以我必须抓住。

时间差不多了我便匆匆告别了慕斯，边走边计划着怎么潜入新人类内部。突然，我感应到一股异常的能量波动快速在周围一闪而过，直觉告诉我跟上去。

顺着能量波动的残留我追到一条街上，这里已经距离政府办公区很近了，再往前走就到了中央广场。此刻街上的行人川流不息，由于人多，我犹豫要不要用心灵感应探测。"轰！"一声爆炸声传来，俨然是一家酒楼里发出的。周围的行人都惶恐不已，纷纷远离爆炸中心，甚至还有人不小心撞到我怀里。

烟尘散去，几道身影从支离破碎的酒楼里浮现而出。他们都身穿黑袍看不出身份。几人就这样大摇大摆地出现在大街上。身在第一大区还是政府办公地带，这些人必然会很快遭到军队甚至是盾兵的捕捉，所以我一时也没着急出手，在确保没有路人伤亡的情况下，在暗处观察着这些不速之客。

不出一刻，身穿蓝白军装的盾兵部队就赶了过来，足足有好几十人，瞬间就将五名黑袍人层层包围。就在我还在感叹第一大区的治安之好时，黑袍人纷纷将身上的黑袍脱下，随着黑袍落地，我看到了他们的真实面孔：那是一群经过深度改造后的新人类成员，光滑的金属在阳光下尤为耀眼，而在几人中央，则是一张十分熟悉的面孔，那是云逍的脸……

第一百九十三章　冲突再起

我惊讶地盯着那张熟悉的面孔，他难道就是失踪了的云遥吗？他怎么会出现在这里？容不得我多想，"砰！"一声爆响，一名将武器融合于手臂的改造人先发起了进攻，微型炮弹径直落向对面的盾兵战士们，一击，直接将盾兵部队的阵型冲散，但似乎没有伤亡。

战斗的第一枪已经打响，数十名盾兵战士瞬间重新整合摆好阵型，对几名改造人发起反攻。雨点般的子弹瞬间向被围在中间的改造人侵袭而来，如果这几名改造人中没有"云遥"的身影，那么我觉得这里的盾兵部队还能对付得了；但如果只想凭借这种轻武器来对付"云遥"，那么他们就小看他了。

密集的子弹划破空气，就在即将打在几名改造人身上时，"云遥"单手伸出，掌中白光大振，强烈的光芒下一张无形的能量护盾出现，将子弹悉数挡下。那些盾兵们也意识到了不对劲，他们当中有人认出了位于中间的"云遥"，对于盾兵们来说，他们很可能会把他当作云逍。

但只是片刻的迟疑，士兵们就立刻继续发起了第二次进攻，而场内的其他改造人也出手了，分别用出不同的改造于人体的黑科技，一时间场面变得十分火热。

我知道现在这种情况下盾兵必然坚持不了太久，而我由于需潜入新人类巢穴，所以现在不方便先出面，况且这里是政府的直辖区，让他们自己人来解决会更好。想着我联系了不久前刚见面的慕斯，希望她能赶到这里支援。

很快，她就表示会尽快赶来。其实我不必太过心这里的战况，因为就算没有慕斯或我的暗中帮助，用不了多久，政府就会调动更加高层的力量来应对，想必应该是盾兵队长们集合或者是第六部门出动了。

联系完慕斯，再看现场，此刻局势已经变得逐渐明朗起来：盾兵战士们已经快要撑不住了。只见一名士兵被冲来的改造人用手刀一击打退，半天都站不起来。而改造人就算身负子弹，也并没有对他们的行动造成太大的影响。他们的身体多处重要部位已经被机械加强，除非是穿透力更强的武器或者火力，才有可能将他们击杀。

随着盾兵战士一个个地倒下，我也暗暗捏了把汗，心说再不来支援的话我只能出手了。突然，天空中出现一团火焰，仔细看去，正是身穿战袍腾空而飞的慕斯。她的到来无疑是给剩下的士兵带来重大的喜讯。

一柄血红的长刀亮起，伴随妖异的光芒，从半空中划下，"砰！"瞬间将战场分割开来，平坦的地面变得满目疮痍，一道巨缝更是将这片土地变得看不出原来的样子。烟尘中只见慕斯单手拎着一名改造人，不顾他的挣扎，手起刀落，一颗圆滚滚的人头落地。慕斯的眼神中充满了狰狞。

其他改造人看到慕斯到来，瞬间将她围了起来，而几人身后传来一句："你们退下。"

几人听到后乖巧地退至一边。此刻四周的盾兵大多失去了行动能力，所以整个战场上只剩下了慕斯一人。只见云遥来到慕斯面前，手中一柄白色长剑与慕斯的血刃形成对比云遥剑指慕斯，开口道："今日便是我们新人类给你们政府的开胃菜，也是我给你们下达的战书。这里，今后只会有一个政权存在。"

慕斯紧皱眉头，面对数名全副武装的改造人以及"云遥"的威胁，愠怒道："你……你不是革命军首领白王吗？怎么会与新人类为伍？"

云遥笑道："我已经加入新人类联盟，只有新人类才能带领现在处于困顿当中的人们找到未来；只有唯一真神，才能引领大家走向自己的梦想。"

慕斯气息大振，一剑就要刺出。一声略显沙哑的声音传来："慢！"

只见一个皮肤黝黑、略显喜感的中年人从空中缓缓飞下，正是盾兵现任总队长箜。虽然他表面上还挂着淡淡微笑，但没人会小瞧这样一个看起来憨厚的人。箜来到慕斯身旁，对云遥说道："白王，还记得我吗？我们可是前不久才刚切磋过，难道你要在这里动手吗？"

箜的语气平淡，却丝毫没有退让之意。云遥开口道："哈哈哈！那又如何？既然我出现在这里，那就根本不怕你们。"

我心说不妙，看来慕斯和箜都把云遥当作白王云道了，真正的云道此刻可能还在四处寻找云遥呢。而如果今天现场所有人都将云遥认成云道的话，那么政府就会把今天这起事件定义为云道的挑衅和撕毁协议，到时候必然会造成政府军与革命军的冲突。

想到这，新人类的用意已经很明显了，就是挑起革命军和政府军的冲突，那么我就不能让他如愿了。想着我开始联系白王，希望他能尽快赶到这里。当我告诉他云遥已经找到时，他果断同意了，表示稍后就到。当出现两个"云道"时，到时候相信政府会做出自己的判断，这样新人类的计划就泡汤了。

战场中央，双方还在僵持着，谁也没有行动，周围开始出现更多的盾兵，将改造人和云遥团团围住。眼见形势开始向好的方向发展。云遥开口了："你们最好再多来些人，我怕待会儿不够杀。"

话音刚落，慕斯目光陡狰，一道红芒不由分说落下，"砰！"巨响声响起，云遥竟然单手接住了慕斯的斩击，而他另一只手则顺势击出，"砰！"闷响过后，慕斯后退两步，嘴角渗出丝丝血迹，眼神越发冰冷。

我又联系了下白王，发现他此刻竟然失联了，信号十分微弱，这……如果是平时的话情有可原，但偏偏在这个时候，难道说白王遇到什么事了？在以人类为主导的穹顶之下，能够对白王产生威胁的人应该不超过一手，那么他到底是什么情况？

轻轻叹出口气，看来还需要我出马才行……

第一百九十四章　介入与离开

此刻场上众人剑拔弩张，不知道下一刻会不会打起来。这时原本能够解围的白王又失联了，一不做二不休，我干脆决定冒险，自己假扮成白王出现，希望云遥不会发现端倪就好了。

机体黑色物质蔓延，覆盖全身，随后我的外形发生了变化，加上液态金属的变形能力，我从一个机人变成了一位风度翩翩的人类男子模样，就算是近看，也丝毫察觉不出异常。

很快，我便出现在众人的视线中，他们齐齐朝我看来，眼神中都或多或少带着掩饰不了的惊诧。扫视一圈，我最终将目光停留在云遥的身上。一边的箜先开口道："这是什么情况，难道有两个白王？"

说着他还抓了抓头发，似乎有些苦恼。我微微拱手道："诸位，这是我云某人的家事，晚生给你们添麻烦了，我这就回去严肃处理。"

说着我准备上前一步将云遥抓住，一侧的改造人挡住了我的视线，一只机械利爪尖锐地对准我，仿佛随时会攻击。我微微一顿，笑道："这是为何？"

改造人冷冷道："你在说些什么，我们少主容不得你们放肆，不管你是怎么伪装的，我劝你识相的话就乖乖离开，不然你就惨了。"

话音刚落，一颗圆滚滚的脑袋落下，双眼睁大，充满惊讶。就在刚刚一瞬间，我将他斩首，手中握着的一柄利刃此刻沾满鲜血。仔细看去，那并不是正常的血液，而是一种黏稠的泛着绿光的液体，显然，刚才的改造人虽然外表还保持着人类的模样，但实际上已经失去了人类的所有，只剩下一具空壳。

我现在更担心的是云遥的状况，如果他是被抓去实验的话，那么现在可能也已经不是血肉之躯了，虽然现在还看不出异样。

其他两名改造人想要出手，对面的篁和慕斯动了，不过几息的工夫就将两名改造人斩杀。现在，只剩下云遥一人，被我们三人围在中央。他见状说道："好吧，我承认我是他的弟弟，刚才是我开的玩笑，不小心造成的，你们还请见谅。"

云遥笑吟吟的样子，此刻倒有些欠扁，如果不是因为特殊原因，我现在扭头就走。对面慕斯开口了："哦，没想到白王殿下还有一个这么不成器的弟弟，你们自己看看，你们造成的破坏还有那些士兵以及平民百姓的伤亡，难道就这么算了？是不把我放在眼里，还是不把政府和百姓放在眼里？"

不用刻意看就知道，周围的建筑已经都化作了一片废墟，正燃着熊熊火焰。我知道这件事不好推脱，只能说道："这次事情另有原因，我想你们给我两日时间，我会找到真正的幕后黑手，将他带到这里。"

篁闻言将脸上的笑容收起，罕见地将脸板了起来："白王阁下，我是看在你的面子上才没有现在动手，就算你是白王，也不能徇私枉法。天子与庶民同罪，今天就算是大区首席长陈行做的，我也会将他带走。所以请白王将他交给我，不要这样固执，我们日后还好相见。"

篁的话虽委婉，但我知道没有商量的余地，于是说道："你们二人一起上吧，除非越过我，否则休想将他带走。"

篁无奈地叹了口气，慕斯则已经将血刃出鞘，做出了战斗姿势。我也将一把普通的长刀握于手中，下一刻，两柄弯刀横斩而来。我对身侧的云遥道："这个交给你了。"

说着腾空躲了过去，然后朝着慕斯而去。战斗一触即发，虽然我没怎么用力，但这种顶尖的战场造成的破坏比之前加起来造成的破坏还严重。我轻松抵挡着慕斯的进攻，同时对她传音道："我是零，不是白王。"

慕斯听后，竟然愣了一瞬，这在战场上可是致命的。她接着用一种怪异的眼神看了看我问道："你在搞什么鬼？"

我无奈笑了笑，将伪装短暂露出说道："原因待会儿再说，我先要去找人，麻烦你这边先放我们过去。"

慕斯皱了皱眉道："我倒是可以，可关键是他……"

她看向了不远处正与云遥战斗的筌。筌作为现任总队长，如果在这里没能将云遥逮捕，虽然可能不会被撤职，但免不了会受到责罚。我想了想道："你就跟他说这是新人类挑起的一场暴动，主谋已经全被斩杀，至于还有一个同伙，是故意放他走的，已经在其身上安装跟踪器，相信会有更大的收获，同时这样做也能减少对周围造成二次损失。"

慕斯听后微微点头。很快，我到另一个战场上拦下了两人，而慕斯又对筌说了一番刚才的话，此刻双方身上都挂了彩。筌冷哼一声，最终答应下来，我则带着云遥迅速离开了战场，这场闹剧就这样落下了帷幕。

驾驶浮车飞速行驶，我一边问道："你是怎么被新人类捉住的，弟弟？"

谁知他冷冷道："别装了，你不是云道。"

一个急刹车停下，没想到自己早就暴露了。我心说自己演技这么差的吗？我回道："你是从什么时候发现的？"

他看都不看我道："因为我那哥哥不出意外已经被抓走了，怎么可能出现在这里？"

说话间，云遥语气平淡，仿佛在说一件很小的事情。我则感觉汗毛直立，白王被抓走了，这怎么可能？云遥继续道："在这片土地上没有那位大人办不到的事，虽说我那哥哥有点本事，但在大人面前，也只能螳臂当车，不自量力了。"

我虽然觉得云遥的话可能有夸大的成分，但至少说明"那个人"拥有比白王更强的实力。这不是一个好的信号。我接着道："云遥，那你知道我是谁吗？"

他语气平淡道："这倒没想过，不过如果你敢阻止那位大人的事，那你也可以消失。"

我听后不禁笑了起来，看来云遥真的走火入魔了。我刚要说话，突然觉得不对劲，周围的天色变得暗淡，不知何时远处出现了一团迷雾，而迷雾中一个身影正在一步一步朝我走来……

第一百九十五章　潜龙

眼见对面黑影越来越近，迷雾之中，一个人影逐渐清晰了起来。那是一对发着绿光的眼睛，佝偻的身影下一根经历风霜的拐杖正支撑着他前行。我知道情况有些不对，心灵感应释放，将老人包裹，奇怪的是他的光团十分微弱，如同一盏即将熄灭的摇曳的残烛。

犹豫片刻，我决定先不动手。一旁的云遥这时突然睁大双眼，看着眼前的景象，像是看到什么令他惊讶的事一般："这……那位大人来了……"

云遥看的方向正是车窗前，此刻我还是伪装的状态。我并不认为自己暴露了，那看来应该是来找云遥的。现在接触有些为时尚早，等日后再与他打交道。想着我决定甩开眼前的老人。但一旁的云遥突然像是换了副模样，变得兴奋起来："大人来接我了，我有救了。"

说着云遥便要下车，我自然不能放他离开，挥手，念力释放，强行限制了"云遥"的行动。他艰难扭头道："你竟敢……与大人作对，他不会放过你的。"

我心说这地方不能待了，一脚油门下去，连忙避开老人朝另一个方向驶去。但身后传来动静，一眼看去，是老人追上来了。此刻他竟然在追浮车。我加快速度，终于几秒过后，车后看不到老人的身影了，我这才将云遥的念力控制卸下。

云遥对我叫道："你凭什么这样做，你到底是什么人？"

我淡淡说道："你哥哥委托我来找你，并保护你的安全，但我看来，你现在已经完全是非不分了。如果是这样的话那就没必要再保护你了。"

云遥警惕地看着我："你刚才使用的是念力吧，好强的力量，你一定不是无名之辈，说吧，你到底是什么人？"

我笑了笑说道："我想你到时候会知道的，现在我该替你哥哥先管管你了。"

"你……你要干吗？我警告你，不要动我，否则你会付出惨重的代价的。"

我冷笑了声道:"哦,那你尽管来试试看。放心,我不会对你怎样的。现在,我还有别的事要忙,为了保险起见,就先把你放在革命军了。"

"革命军?你连革命军在哪都知道,好吧,你不怕我待会跑了吗?"

我冷笑道:"放心,这次你跑不了了。你如果跑了,我就让革命军十万人的战士为你长眠地下。"

他脸色变严肃了些道:"什么,你敢?"

我故意压低声音道:"那你就等着瞧吧。"

因为云遥并不知道我的真实身份,所以现在我希望能用一些其他事情来骗他待在革命军。他听后咬了咬牙道:"好,我答应你,等到我哥哥回来,我便离开。"

我点点头:"上道。"

经过这次试探我大概确定,云遥似乎本心还是好的,但是不知什么原因信奉了新人类联盟,所以说他还是有救的,至于白王,我想应该先去救他,不然再晚点被改造了就麻烦了。

在革命军基地将云遥放下。他也不再抗拒,走进了大厅内,对我道:"你最好快点回来,我可没有当演员的天分。"

我心说你还没有天分,上次追悼会不就是你办的吗?不过我还是没有明说,将云遥放下,离开基地,我开始想着怎么营救白王。首先,我联系了在新人类组织里卧底的郑强,询问他最近的状况,原以为会是风平浪静,结果郑强说道:"老大,我找到那个所谓的白王了。他现在暂时身处我这边的巢穴,不过很快就要离开了。老大要我跟上吗?"

我一听心说好巧,连忙说道:"你先打探清楚,他要被转移到哪儿,还有他现在的身体状况如何?"

郑强回道:"他现在还在昏迷中,至于受伤情况不好说,身上倒有几条口子,看不出严重程度。"

我应了一声。隔了一会儿,郑强压低声音又说道:"他接下来会被送到母巢。"

我一听,立刻来了兴趣。郑强咳了一声道:"不过老大,我并不清楚母巢在哪儿,我这里只是个普通的子巢,母巢的位置想必只有少数人才知晓。"

我又说道："那你将你现在的位置发我，我尽量在转移前赶到。"

话毕，我挂断通信，立刻按照地图上郑强圈起的位置出发。没有丝毫隐蔽，我将行驶速度提到最高，在路人眼中，此刻我化作了一道光，常人根本无法捕捉我的身影。大概过了半个时辰，终于到达了一个十分荒凉的地带，四周杂草丛生，稀疏的灌木丛里一棵树上突兀地刻着一张瘆人的图案——新人类的图腾。

正要上去查勘，只听树下传来了动静，我连忙侧身于一旁的灌木中。只见几名改造人从树洞下走出，其中一人身后还背着一个略显单薄的身影，正是白王。虽然他现在被换了一身行头，但我还是一眼就认了出来。

看样子这群人就是送行者了。几人大摇大摆地就要从我身旁经过。我并指为剑，对准几人，瞬间他们便倒地不起，只剩下背着云逍的改造人还在行走。很快，他注意到异常，刚要开口，我闪步到他面前，对他做出"嘘"的手势。他颤颤巍巍地看着我，眼神中充满了恐惧。

我让他将云逍放下，再走到云逍身前看了看后发现，并无生命危险，但确实受了些伤，这才对改造人说道："想活命，就乖乖回答我的问题，知道吗？"

他点了点头。我说道："你们准备将他带到哪里？"

对于我的开门见山，他并不意外，而是答道："我只是一个普通的小喽啰，我们将会把他押送到附近的一片密林，到时候就会有其他人来接应，至于他最终去哪儿，我也不知道啊！"

我皱了皱眉，心说新人类竟然这么严谨。对面的改造人说道："我把知道的都告诉你，不要杀我啊。"

我微微一笑，说道："不会的。"

随后挥手，面前的改造人倒在地上，进入眩晕状态，但未彻底昏迷，不然就会被发现了。原力释放，记忆改写，等会儿还能用到他⋯⋯

第一百九十六章　探

很快改造人的记忆被篡改，面前的男子晃晃悠悠地站了起来。我则摇身一变，瞬间幻化成了一个和他们一同的改造人。此刻，他再看到我，甩了甩头道："咦，我这是怎么了？怎么在这儿休息？其他人呢？"

四周剩下的同伙也动了起来，他们都被我记忆篡改，此刻已经丝毫记不清前十分钟发生的事情。众人收拾了行头，尽管疑惑，但也没多想，重新上路。一行人走上了一条隐蔽的石路，我则背起白王跟在他们后面，同时，还用原力治疗了一番白王的伤口。

很快，我们来到一片密林前，郁郁葱葱，茂盛无比，比起之前的荒地。这片树林则更加充满了未知性。隔几米就看不到后面的景象。走进，不时传来鸟鸣甚至是大型猛兽的声音，不过这阻挡不了队伍的脚步，终于在经过一系列七拐八绕之后，我们来到了一片空地上。

与其他地方不同的是，这里像是故意开凿出的地带，平整的土地上没有生长任何高大的植被，不远处一座石像突兀地矗立着，从这里看不清面孔，但依稀是个人像。队伍在这里便停下，为首者是一个头部经过明显改造的人类，泛着红光的眼睛似乎能射出射线。他径直走到我身边道："好了，把他放下来，我们的任务完成了，可以回去领赏了。"

我点了点头道："不用再等等吗？万一他醒了怎么办？"

那人哈哈一笑，说道："这你就不懂了，他被我们的那位大人亲自捉住，他现在是不可能醒来的。"

我点了点头："好，那我们回去吧。"

红眼人踹了一脚地上的云道，然后回头道："走吧，再晚一些被那帮人碰到了，就不好了。"

其余几人仿佛想起了什么，纷纷跟在红眼人身后动了起来。我追问道："那帮人是什么人？"

其中一人回头："那些人就是来自母巢的人。每一个从母巢走出的人都可以自称神使，每位神使都拥有着令人羡慕的力量。那些人不是我们现在能够接触的。"

那个改造人声音中既有羡慕，又有惊恐。我回道："我们以后也会去母巢的。"

他看了我一眼道："唉，多少人想去就是去不了啊！不过一天后的挑兵选将，到时候倒是有机会，看个人吧，没有实力的话，还是做做杂役混口饭吃比较好。"

说着他笑了起来。红眼人催促道："快走吧，再多嘴多舌小心把你舌头割了。"

　　与我搭话的改造人立刻闭上嘴巴，默默跟在队伍后面。我则假装跟在他们后面，但很快趁他们不注意又折了回去。等回到那片空地时，我看到远处似乎有人来了，于是先藏在一棵大树后。不久，另一队改造人来到了雕像下，看到了躺在地上的白王。

　　他们的着装有些简陋，赤裸着上身外加一条粗布麻绳的长裤，不知情者可能会以为这是一群丐帮的人。但他们就是所谓的神使，没有任何华丽的服饰搭配，野蛮地展示着身上的线条以及那融入科技的机械装备。在这片丛林，就连野兽看到他们也要绕道而行。

　　来人足足有十多人，其中为首一人竟是一个长着两个头的畸形怪物。那人手持利斧，看了看白王，挥手让下属带走。我微微一笑，手指弯曲，轻轻一弹，无形气浪顺着空气蔓延，碰到白王身边的那个改造人，他一时站不稳跌倒在地。

　　双头人见状，连忙说道："不对，有敌袭。"

　　看着他胡乱地挥砍四周。我不免想要笑出声来："我在这儿。"

　　众人看到，接连转身，拿出武器。我不紧不慢地走出，对改造人道："你们就是从母巢来的吗？一起上吧。"

　　他们面面相觑，双头人盯着我道："其余人带上货走，我来会会他。"

　　他们立刻行动了起来。面对双头人飞奔而来的利斧，我淡淡道："都别着急走呀。"

　　心灵感应释放，笼罩四周，双头人还未到达，在半空便掉了下来，痛苦地捂着胸口，其余人也好不到哪去，众人纷纷失去行动能力，一时哀号声一片。我心说这样会不会太便宜他们了，不过还是先问出情报要紧，于是对双头人道："说吧，是谁指示你来这儿的。"

　　双头人没有回答，而是恶狠狠地盯着我，仿佛要将我撕碎。我微微一笑道："好吧，不配合的话我也有办法。"

　　单手伸出，原力汇聚于他的头顶，一阵光芒过后，双头人彻底失去反抗之力。记忆入侵，我迅速开始寻找关于母巢和这次任务的信息。很快，一条条原本不属于我的记忆传来。我满意地拍了拍双头人，随后又将他们都记忆篡改，趁着他们还未反应过来，我连忙带着云逍离开了现场。

穿过一片树林，来到公路，随手一挥，一辆暗能浮车出现，我带着还未苏醒的白王踏上了回到革命军的归路。刚刚我将白王丢失的"成果"转移到来送白王的那批人，就是红眼人队伍身上，相信他们自己会处理好这些事的。

而经过记忆读取，我了解到原来母巢并不是一个固定的地方，而是可移动的一个建筑。至于这次运送白王的任务是一个叫作德拉真神的改造人下达的命令，而那个德拉真神，用一个词来形容就是"三头六臂"。没错，就是实实在在的三头六臂，一个为了追求力量而将自己改造得不成人样的怪物。

他的记忆中并无那个唯一真神，应该是他的级别还不够吧。想着后座的云逍醒了过来，只听他说道："快停下。"

我只好照做，将浮车停在路旁。云逍状态似乎不太好，他走下车，看了看我急匆匆道："不好，我的遥儿要被捉走了，我要救他。"

我将手放在其肩上，对他说道："放心吧，我已经将他带到革命军了，他很安全。"

我不紧不慢问道："对了，白王你怎么会被捉住，是那个所谓的唯一真神吗？……"

第一百九十七章　残酷

云逍一愣，随后缓缓说道："我……不想说太多，是我大意了，才让他得逞，不过他确实很强。"

云逍的眼神凝重了起来。我又说道："既然你弟弟已经安全了，那你们先去团聚吧，我还有其他事要做。"

云逍点点头："这次是你帮我大忙了，我已经想好了，等再过几天，我就会退位，让你名正言顺地来接管革命军。你付出了这么多，我觉得之前是我对你不够了解，才产生了那些误会。现在，我放心地把它交给你，希望你能带领着革命军走向更强。"

我微微一笑说道："好，那我就当真了。"

云逍也笑了："我将这份权力交给你，但也不代表我会就此彻底退出。如果这个世界还有需要我的地方，我想我还会站出来。"

随后，我和他便分道扬镳。他回到了革命军基地，我则准备继续潜入新人类联盟当中，参加接下来的挑兵选将大会。想着我先"打扮"了一番，让自己看上去更像新人类的成员，随后找到一处新人类巢穴，进入。

这是一间子巢，虽是等级最低的巢穴，但内部空间却很大，足足能容纳千余人；内部的环境则和以往一样，都呈现出错综复杂的蜂窝结构。里面的人此刻很多，而且看起来都很兴奋，他们大多在讨论明天的选拔大会，想着能够一朝登天，进入母巢。

时间来到晚上，巢穴内的改造人越来越多，有的人喝着小酒，甚至开始与其他人提前比了起来，各种游戏、各种言论充斥着巢穴大厅，将这座地下城燃了起来。

我则坐在一处单独的角落静静开始修炼，对那些新人类的话题并无兴趣。黎明划破黑夜，转眼来到第二天，选拔大会也正式开始了。比赛首先在各个子巢中进行，每个子巢的胜出者来到次母巢继续选拔，最后经过层层淘汰，最终的获胜者将获得进入母巢并加封神使的机会，而我的目的就是进入母巢，见到唯一真神。

想着比赛已经开始，我看着台上的改造人拳拳到肉的表演，根本没有留后手，上来就是杀招。很快，鲜血四溅，擂台上已经分出胜负，败者被人抬了下去，看情况已经凶多吉少了。即便是这样，也无法妨碍这群狂热分子。场外一圈圈人群正在高呼着，仿佛刀尖上的血液才能让他们兴奋。

很快便轮到了我，来到场内，与我进行比试的是一位身材瘦弱的男子，但其身上的刀疤似乎在说他并不简单。深深的眼窝凹起，手中一把明晃晃的短刀晃动着，警惕地看着我。我没有动，比赛铃声敲响，对面男子冲来，嘶吼着将银刀刺出。

我微微侧身躲过，随后顺势向其身后一推，巨大的惯性使其险些掉下台去。男人龇牙咧嘴，转身继续进攻，经过试探我知道这是一个还未改造的普通人，他的身体各项数据都在正常人范围内。既然这样，那就……

我再次侧身躲过进攻，随后手指朝其脖后轻轻一点，男人瞬间倒了下去，比赛结束。人们纷纷欢呼着，我知道他们不仅是为我欢呼，更是为胜利者欢呼，因为在这里，强大的武力就是一切。

很快比赛迎来了第二场、第三场，直至经过几轮的选拔后，在这座暗无天日的巢穴中，我成了唯一的胜利者，而代价就是数百人的流血和死亡。看着不起眼的角落，数十人在比赛中当场死亡的实尸体，内心竟毫无波动，似乎我已经习惯了杀戮，又或许是那些人，他们选择了自己的人生。死亡，也算一种人生。

这时，一位老妪缓步走了过来，给我戴上花圈，同时说道："恭喜你！接下来，让我带你去下一场比赛的地点——次母巢。"

我平静地走下台，在众人的拥护下，来到室外，穿过昨天走过的密林，来到一处古树前。老妪催动机关，我踏入了另一座巢穴中——次母巢。

没有子巢的热闹，现在出现的人都是从人海中爬出的获胜者，有几十人，他们脸上并无笑容，取而代之的是一脸的严肃和不屑。这些人皆是万里挑一的佼佼者，在一片肃杀的气氛中，空气仿佛都凝固了。

比赛很快又开始了，又经过一轮轮的厮杀，场上的人数正在以一个惊人的数量减少。几个时辰后，只剩下一人还站在我的面前，不过他也看起来受了伤，满身是血。剩下的改造人无一例外，皆已死亡。

随着哨声响起，最后一场比赛开始了。对面的血人没动，一双嗜血的眼神紧盯着我，仿佛我面对的是一头远古凶兽。我淡淡道："别紧张，我不喜欢杀戮，我不会杀你的。"

对面嘴巴动了动："那你死。"

我微微一笑，看来这种心态才是正常的。只见一抹寒光转瞬即至，我并未躲去，任由利刃砍来。"当"一阵嗡鸣声响起，利刃斩在我胸前，并未再前进半寸。我缓缓道："力道不错，再来。"

对面那人连忙变换姿势绕到身后继续斩来，我纹丝不动，尖刀斩在身后发出一声清脆的响声，那人见状已经没有开始的淡定，转而说道："怎么可能，竟然挡下了我的致命斩击。"

我淡淡道："你现在清楚我们的差距了吗？"

男人目光如炬，随后又伸出一只机械臂抓来。我身形未动，一指将袭来的巨爪抵住道："到此为止了，没时间陪你玩了。"

接着指尖一抹白光涌出，没入男人身体。男人颤颤巍巍看着我，突然笑了起来。我看到那是一种释怀的笑，接着便倒在地上。铃声响起，我最终赢下了比赛。一个浓妆艳抹的女人走来说道："恭喜你，赢得了冠军，跟我来吧，你会得到你想要的一切。"

我淡淡道："我能够见到那位大人吗？"

女人愣了下，随即露出笑容说道："你是说唯一真神大人吗？当然可以……"

第一百九十八章　母巢

女人有些谄媚地看着我。我冷冷道："事不宜迟，现在就出发吧。"

她柔声道："大人，这边请。"

说着擂台外不远处墙壁振动，接着整面墙转动一圈，露出一副不一般的景象。几个改造人从一旁走出，将一件形态怪异的东西从墙后拉出，定睛一看是一只巨大的虫子，不过是机械制作而成的，看起来应该是一种交通工具。

女人满面笑容道："请上来，我们即将前往母巢。"

说着她先一步走上那只巨型虫子。我看了一眼随后也一跃而至。在一串齿轮转动的声响下，这只体型堪比浮车的巨大"虫子"动了起来，背翼上的翅膀快速扇动着，接着便腾空飞了起来。浓妆女人坐在驾驶位上，操纵着虫子飞出巢穴，来到地面。

此刻正值深夜，所以这个独特的交通工具并不会引起太多注意。夜空繁星点点，周围不时还有飞艇经过，不过都没有注意到这只虫子。我好奇道："为什么我们要用这种工具，这样不会被怀疑吗？"

女人转头看了我一眼道："这与母巢的特点有关，只有乘坐这种特殊工具，我们才能找到母巢，不然没人能够直接到母巢。"

我点了点头，有些惊讶这新人类的手段，同时对母巢也有了一丝好奇。过了大概一个时辰，"虫子"突然停下，女人说道："到了，下车吧。"

我有些不解道："就是这里吗？"

此刻外面是一片光秃秃的泥沼地，就连一株显眼的植被都不存在，荒凉无比。我心说那所谓的母巢总不可能在这片沼泽之下吧。想着，女人已经一只脚踏出机械虫体，下面的沼泽仿佛有生命一般，在女人脚下形成一个洞口。女人说道："下来吧，不用担心。"

话毕，她直接跳了下去，很快被泥泞的沼泽淹没。我看了看四周，并没有任何标识和异样。看了看眼前不断冒泡的泥泞，没有犹豫，我也跟着一跃而下，就在快要接触到沼泽时，一股旋涡突然形成，眼前竟然出现一条能供一人穿过的通道，接着，我便掉入其中，不断下坠。

过了大概一分钟，通道消失，我掉在一处奇怪的地面上，周围明亮起来，一种红芒照在四周，显得有些压抑。而先落下的那个女子此刻也不见了身影。我看了看四周，发现地面十分光滑，踩上去并没有想象中的坚硬，反而有些松软。没有多想，我朝着唯一的路向前走去。

穿过一条充斥着红光的小路，来到一处更大的地方，能够看到周围有水流从高处不同位置流下，最终汇聚在同一处，而中央则由于水汽的作用，形成一片水雾。水雾中一个模糊的身影上半身浮在水上。我走近想要看清，一阵机械声传来："你来了。"

我停下脚步，看着浓雾中的身影道："大人，我是选拔大赛中的获胜者，前来……"

还未说完，人影打断了我道："我知道了，你应该是不错的食粮。"

我问道："大人，您这是什么意思？"

人影说道："哈哈哈！每个来到这里的人都曾这么问，他们得到的答案都很统一，你想知道吗？"

我听出了不对劲，但还是继续道："大人，小的没听懂。"

人影说道："你知道这里是什么地方吗？"

我回道："这里是母巢啊。"

人影又道："那你知道母巢究竟是什么地方吗？"

我不解道："不应该是一处我们新人类的据点吗？"

人影突然笑了起来，随后道："这只是人们以为的，但几乎没有人知道它真实存在的意义。"

我警惕起来，周围的水雾变得更浓，气温也开始升高。人影笑着说道："这里其实是唯一真神大人觅食之地。对于来到这里的所有人来说，这里只有入口，没有出口。”

我继续问道："你不是唯一真神大人吗？"

人影转了过来，随后道："我嘛，我是他的守护者，他的信徒——德拉。"

我说道："你就是德拉真神？"

他没有回答，而是从水中跃起，跳至半空，映入眼帘的是一个长着三头六臂的黑影，并且每个手臂上都举着各式的武器，倒像是有些文明中的神明，在给人一种压迫感的同时还透着一种诡异。

下一刻，一枚长枪飞来，我微微侧身，躲过袭来的武器。德拉在空中变换身形，摆出一副进攻姿态，随后落了下来。一股听不出任何情绪波动的声音响起："你，不错。"

我淡淡一笑，心说：他不会是想试探我，而是真的想杀了我，刚才我感受到了明显的杀意。我装作有些恐惧的样子道："大人，你这是为何，这是唯一真神大人的命令吗？"

水雾散去，我看到一张丑陋无比的脸，獠牙利齿、尖嘴猴腮，比起之前见过的赐左，德拉仿佛已经打破生态圈的束缚，将动物与人类画在了一张脸上。我静静地看着德拉。他回道："当然，唯一真神喜欢这种年轻气盛的人。因为这种人会给他更多的能量，吃起来也会更美味。现在就是你报答唯一真神的时刻了。"

说着他的六只手臂都举起武器，朝我一步步走来，嘴角还露出瘆人的笑。我并不太担心他能怎样，只想多问出一些关于唯一真神的信息，于是我又道："那我想在临死前，见一见唯一真神大人，这样就死而无憾了，到时候我不会反抗，可以吗？"

德拉笑了笑，笑容几乎都要咧到耳根。他说道："哦，那就让你死个明白好了，你有没有发现这里有些奇怪。"

我看了看四周，周围的墙壁呈现出血红的颜色，我还以为是由于这里灯光的原因所导致，但仔细观察后就能发现，这里的墙壁本身就是红色的。而这里的地面也仿佛有着弹性，踩上去并不坚硬。我看着面前一脸邪笑的德拉，一个大胆的猜测突然升起……

第一百九十九章　真相

我还在想时，面前的德拉再次跃至高空，六条手臂齐齐张开，像是一只人体蜘蛛。他开口道："让你临死前知道真相吧，你现在所在的位置就是唯一真神大人的体内，用不了多久我就会带你到另一个地方去，那里就是唯一真神大人消化的地方。"

虽然我已经有所猜测，但当听到德拉说出事实时，还是不免有些惊讶。我看着空中的德拉道："大人，能放我一马吗？我会好好辅佐你。"

德拉咧开嘴笑了起来："你在跟我开玩笑吗？你可是经过层层选拔脱颖而出的胜利者，怎么在这个时候还没分清状况？今天你就是有天大的本事也走不出这里了。"

说着他举起泛着银光的利刃，随即向我冲来。我不紧不慢地向前一步，一掌推出，怎料德拉竟然巧妙避开，随即一刀斩来，我没有防御，任由利刃砍来。"当"一声脆响，德拉退后两步，而我经过伪装的机体由于剧烈的打击而产生一道裂痕，表面上看起来有些凄惨，实则并无大碍。

德拉见状冷笑道："是不是很意外，在你战斗时我已经将你的战斗信息全盘分析，并制定一份专门针对你的策略，所以你的每一次攻击都在我的意料之内，你是不可能打得过我的，还是乖乖束手就擒吧。"

我心说这德拉还真有两下子，但如果仅凭这点就想打败我，有些太天真了。德拉这时说道："你是不是还是觉得自己能够战胜我，哈哈哈，那就来试试看吧。"

说着他缓缓走向我，赤红的光芒将他的背影照在地上，仿佛是一个从地狱走出的罗刹。我只好淡淡道："德拉真神，让我看看你的本事吧。"

话音刚落，一把利刃即至，我单手握住，直接将其掰断。德拉面目狰狞，又一把武器袭来，我再次以同样的方法化解。接着更多兵器扑面而来，我不紧不慢将所有兵器全部挡下。对面德拉突然笑了起来，我疑惑道："你还有什么本事尽管使出来吧。"

他眯起眼睛盯着我道："既然我奈何不了你，那就让他来吧。"

说着我看到不远处不知什么时候出现了一个红色的影子，站立在白雾中，看身形像是一个驼背的老人。很快，那个身影走了过来。我看到的正是当初曾经追逐过我的神秘老人，云遥口中的唯一真神。只见其满脸皱纹，皮肤通红，与上次在夜幕中看到的不同，这次当面十分清晰。

我微微眯眼，提高警惕道："你是什么人？"

老人并未搭话，只是不断靠近，在到达一定距离时停下。突然，他抬起一只手掌，四周的"墙壁"仿佛活了过来，开始朝我聚拢；而地面也震动起来，如同波浪般不断翻涌，像极了第一次我在地堡遇见迦米时的情景，当时他是靠念力做到的，那这次……

我还没来得及思考，周围空间就已经被压缩到很小的地步，眼见即将被"墙壁"挤压到。我将原力汇聚指尖，随即一指向地面点出，"砰！"一种奇特的声音响起，与以往的爆炸不同，这次的声音有些沉闷。很快，脚下出现一个坑洞，而周围的墙壁也停止了移动。

我破开墙壁来到外面，再次看到红色老人以及德拉，不同的是，脚下的地面不知何时发生了变化，原本光滑的地面长起了一个个圆鼓鼓的小包，遍地都是。我回想起了德拉的话："我们处在唯一真神大人的身体里。"顿时一阵恶寒。

对面德拉见我出来，变得有些惊讶，而我微微一笑道："德拉兄弟，看来我得把这里全部破坏了才行。"

他眼神变得严肃道："你以为你能斗得过唯一真神饕祝大人吗？他会把你吃得连渣都不剩。"

我说道："那就先把你解决了再说。"

话毕我爆闪至德拉身前。他见状连忙将手护于胸前，做出防御姿态。我轻轻一弹，德拉如同炮弹般瞬间飞了出去，撞上远处的墙壁。我紧随而至，将卡在墙中的德拉拽出，看着他道："想活命就老实回答我的问题。"

他的身体上不时放出电流，应该是刚才的冲击力导致他改造过的身躯出现了问题。德拉也明显看出自己不是我的对手，只听他说道："你到底是什么人？怎么可能这么轻松就打败我？你在竞技场的表现也没这么强，你是装的，为什么？"

此刻德拉仿佛失去了理智，一个劲地咆哮着。我心念一动，心说：先让你安静下来。心灵感应释放，将德拉包裹，而他体内竟然只有很小的一团心灵光球，甚至和机人有些类似，这倒是有些出乎我的意料，难道是由于他过度改造自身，使得他逐渐失去了人性吗？

不再多想，我将其心灵光团强行加入一抹绿色，很快，他平静了下来，整个人看上去颓废不少。我接着问道："最后再问你一次，那个老人是谁？他是怎么出现在这里的？"

德拉听到我的话，也不再抵抗，只是沉声道："他就是我们的唯一真神，你现在看到的是他在自己体内所显现而出的形象。他本身的体型大到你难以想象。他现在应该只是动用了自身很小一部分的力量，可能连十分之一都没有，你不可能有胜算的。"

说到最后，德拉笑了起来，而不远处的老人听到了我和德拉的对话，也向这里走来。我又问道："这么说你们的唯一真神不是人类了？"

他冷笑一声道："谁说他一定是人类了，就连我和其他几位也不知道他究竟是什么，只是那股力量不是人类能够做到的，这也是我们新人类最大的依仗。"

我又道："你怎么保证他不会把你杀死呢？"

德拉咧嘴笑道："因为我们已经和唯一真神饕祝大人达成协议，所以我不会有什么困难，就算是人类被机人灭亡了，我也可以依靠大人独善其身。"

说着老人已经离我越来越近。突然，我感到一股寒光袭来，连忙用原力撑起一个护盾，而一旁的德拉竟被直接爆头，顿时血光四溅……

第二百章　突发状况

眼见德拉变得血肉模糊，我顺势将他带到身后，以防他继续被袭击，德拉还有些用，所以我决定先保住他。尽管他现在面部已经被炸得不成人样，但他还奇迹般活着，也许是改造人的生命力足够顽强吧。我警惕地看向前方，刚才的袭击正是面前的老人，也就是所谓的唯一真神释放而出的。

我能感受到刚才光束的威力之大，不然也不会直接将德拉重创。奇怪的是德拉前脚才说他与唯一真神达成了协议，不会被他所伤，但后脚就被袭击，总不可能他在说谎吧，还是说出现了他意料之外的变化，才造成现在这种情况？

面前的老人突然没了动静。我对身后说道："你不会在吹牛吧，怎么会被袭击？"

德拉张开嘴想要说什么，但似乎刚才的爆炸将其声带也毁掉，所以他并未发出能够听懂的声音。我又说道："既然现在我们在他体内，那现在我们在哪个位置，你应该知道吧？我想知道他更多的信息，这样才更轻松对付他。你知道他什么弱点或者你有什么建议，都可以说出来。"

我看了看他努力张嘴却又发不出声音的样子道："你还是写下来吧。"

趁着德拉在地上比画的工夫，我观察起来眼前的老人。首先他给人的感觉很怪，如同人类得了皮肤病般，全身红色，而且面容十分苍老，给人一种垂垂老矣的感觉，但如果认为他很好对付的话，那就中计了。也许这是所谓的饕祝特意幻化出来的形象，为的就是迷惑敌人。

想着，身后的德拉拍了拍我，转身看去，只见地上歪歪扭扭写了几行字：饕祝身长千米以上，具体不得而知，能爬行，危险性极高。

第二行写着：当前处于其腹中，具体但未到达胃部，其弱点暂不得知，但其口部可与人交流。

我看了后对德拉道："口部，你是和他在他的口部达成的协议吗？"

德拉点点头，随后向我指向一个方向。我看着他所指的方位道："你想说那里可以通往他的口部吗？"

他点点头，示意我到那里。我微微眯起眼看着德拉道："你不会想骗我然后叫人来对付我吧。"

他疯狂摇头，显出一副无辜的样子。我想了想说道："好吧，那事不宜迟，现在就出发，希望你说的是真的。"

德拉朝我笑了笑，与之前凶神恶煞的形象截然相反，但我不认为他会安什么好心，但此刻他的性命完全在我手里，所以应该是真的。我看了看不远处一动不动的诡异"老人"，他再也没做什么其他行动。我也不愿现在打草惊蛇，干脆直接绕了过去。

很快我和德拉沿着一条小路走过一片深红的区域，其中长着形似蘑菇般的巨大柱状物，还有一些暗色的不知名液体流过。过了几分钟，我看到一处不一样的场景。

周围的光线变得明亮起来，一道道白光丛头顶照射而下，将周围的红色淡化。德拉指了指天上，示意向上走，我对他说道："你能自己行动吗？"

他点了点头表示可以。这时我也发现德拉正在以一个惊人的速度恢复着伤口，头上的伤痕已经变淡很多，只是一处地方凹陷下去，看上去有些瘆人。我并未问他关于伤口的事，看了看上空，起身一跃，瞬间进入头顶一片如同海绵般的区域，里面是大小不一的孔洞，每个洞口都能容一人通过。

经过海绵区后，光线变得越发明亮起来，尽管周围墙壁以及面前的地面还呈现出一副红色状态，但相比之前已经淡化很多。看来这里就是所谓唯一真神饕祝的口部了。回头不见德拉的身影，我便自己先踏上了这片地带。

脚下地面更加柔软，并且充满弹性，四周十分空旷，远处一座小山包状物体突兀地出现，看来那里便是答案了。如果这么大一片的地方都是那个怪物的口部，那么它究竟有多大，我也拿不准主意，只是光嘴巴，恐怕直径就有接近千米长。

其体积应该足以匹敌之前在罗南深渊见过的那只巨型虫怪了，不同的是虫怪鬼物实际上是死的，但这头怪兽是活的，想必其也具有一定的智慧，那么他的威胁程度就远高于那头虫怪了。边走边想着该如何用最小的损失对付这头怪兽，让他尽量不伤害无辜，远处突然传来了一声哀号。

我连忙加快步伐，朝声音传来的山包冲去，几乎是瞬间，我就看到一道白影正在一片赤红中来回冲杀。仔细看去，那片红色其实是一个个赤红的老人构成的，而那道白影则更加眼熟，赫然是白王云道。

此刻云道身上也沾染了不少血红的颜色，不知是怪物的还是自己的；而在一个不起眼的角落处另一道和云道几乎完全相同的身影正躺在地上一动不动，似乎是昏迷了。没有多想，我赶忙上去支援。

手中白光乍现，一颗颗原力弹射出，将眼前密密麻麻的红色老人消灭大半。我很快冲到了云道旁边。此刻他已经杀红了眼，手中的银光不断挥舞，甚至险些向我砍来。他看到我时先是一愣，随后咬牙道："先不说那么多了，解决掉面前的这些怪物吧。"

我点了点头，随后说道："让我来吧，你快去看看云遥。"

云道愣了一下，随后竟笑了起来说道："那拜托你了。"

我不明所以，但还是将围住云道的红色老人尽数消灭，为他开辟出一条道路。一招击出，瞬间漫天血雨飘零而下，周围的红色老人纷纷被斩成碎片，但还是有更多红色老人迅速围了上来。我心说看来得稍微认真一点了。想着双掌合并，接着眼前出现一颗颗灼热的光球，如同一颗颗闪耀的明星将整个地带点亮起来。

"星光原力波！"

一道道白光从天而降，宛如流星般飞向人群。每一道白光都产生剧烈的爆炸，一时间轰鸣声回响在整片天地……

第二百零一章　伪装者

一时间血雾漫天，强光四射，整个地带宛若炼狱一般。几分钟后，终于安静下来，四周依然是一片血雾弥漫，地面上到处都是成堆的尸体，红色老人终于被消灭殆尽，我看了看四周，从尸海中穿过，来到云逍身边。此刻他正一只手托着云遥，似乎在检查他的身体状况。我问道："你弟弟怎么样了？"

云逍一言不发，似乎没有听到我的话，只是看着云遥。我觉得有些奇怪，便拍了拍他的肩膀，这一下云逍动了。他转头看着我，看不出什么情绪，只是淡淡道："我们走吧，想办法把这头怪物解决。"

说着他便要起身。我见他放下云遥，疑惑道："你……就这么走吗？"

他点了点头道："走吧，该办正事了。"

云逍究竟发现了什么，为什么将云遥放之不理？我最终还是决定询问一下。突然，身后传来了动静，回头看去，一袭白衣飘然而起，赫然是之前还昏迷不醒的云遥。与之前不同的是，此刻他身上的气息紊乱，眼神中散发出一股妖异的红光。我暗道不妙，一旁的云逍也看到了云遥的状态，脸色一变。

还没等我开口，对面云遥的声音先传来了："哥哥，你怎么不等等我呢？你忍心抛下我一个人吗？"

虽然云遥话说得可怜，但云逍冷声道："不，你不是他！你休想靠着这副皮囊骗我。"

我心说看来云逍一定是发现了什么，不过光看现在云遥这副诡异的姿态就知道不对了。"云遥"继续委屈道："哥哥，你就在这里一直陪我不好吗？你一定要毁掉这里吗？"

云逍看着眼前的"云遥"，沉默良久，随后将银剑举起，对着"云遥"道："你还是省省吧，这里的一切都是假的，从一开始你们新人类就是在骗我，对吗？"

"云遥"忽地笑了起来，语气中带着一股嘲讽道："没想到还是不能打感情牌呀，被看穿了，真是苦恼。"

这时我也明白了，原来"云遥"的出现从一开始就是一个骗局，目的就是为了兵不血刃地将云逍控制起来，但最后还是被云逍戳穿，不得不说新人类确实有些心机。此刻云逍握着的剑有些颤抖，看来还是受影响了。

"云遥"接着说道："哥哥，你既然不担心弟弟，那么你担心远在异地的你的那些将士吗？他们的性命现在可都在我手中。"

云逍听着为之一振，连忙厉声道："你说什么？"

我也警觉起来，连忙暗中用念力控制贝铃给初旭发出消息。"云遥"不紧不慢道："哥哥呀，你不知道，就在之前你和我离开革命军基地的时候，我暗中在基地内放置了炸药。按照时间来看已经差不多了，如果不被拆除的话，那么就等着为他们收尸吧。"

说到最后，"云遥"兴奋起来，眼里仿佛能射出精光。而云逍沉声道："说吧，要怎样才肯放过他们？"

"云遥"一脸戏谑道："哥哥，你刚才不是很厉害吗？怎么这么快就服软了？哈哈哈！"

云逍眉头紧皱道："如果基地发生了什么事，我就把这里夷为平地。"

我心说不妙，这"云遥"是在拖延时间，到时候不管他说什么，云逍几乎都会答应，这样最终也会造成严重的后果，到时候就麻烦了。我焦急地等待初旭的回信，但却迟迟没有动静。这时"云遥"突然转而对我说道："先让我看看隐藏在面具之下你的真面目吧，冠军。"

因为我是乔装成新人类来到这里的，虽然伪装出现了破损，但幸而没有暴露。我对"云遥"道："好呀，那你先别藏着掖着，都已经在你们地盘了，那你先露出真面目，让大家看看。"

对面"云遥"冷哼一声道："你想跟我讲条件，不看也罢，反正你们都已经落

233

在我手里，不过有一点你说对了，这里可是我的地盘，所以一切都由我说了算。"

说着"云遥"打了个响指，接着地面开始震动，很快红色的迷雾中一个个模糊的身影出现，很快便成型，变成红色老人的样子。我将原力汇聚，准备再次出手时，远处一声呼喊，吸引了众人的注意，只见一个畸形的身影正在高速飞行而来。

随着其距离越来越近，我看到来人是之前走散了的德拉。此刻他似乎已经恢复好了自身，原本的伤口已然消失不见，甚至看不出一点疤痕。我也没有太过惊讶，因为他是深度改造了的半机械人，所以有些手段也很正常。

很快，德拉来到了众人面前。他先是看到了我和云道，随后又看到了"云遥"和不远处众多的红色老人。德拉对着"云遥"说道："没想到在这里见面了，赐左、莱奥、瓦尼，是你们当中的哪一位呢？"

这时我才意识到，这个披着云遥外壳的，其意识是由一位新人类高层控制着。"云遥"听罢也不否认，而是直接道："德拉，四神统治的时代已经过去了，现在我们几位已经和唯一真神大人达成新的约定，我们决定将你驱逐。"

德拉原本就丑陋的面孔此刻越发狰狞，只听他嘶吼道："好呀，是谁的主意，是瓦尼吗？我早就知道他看我不顺眼了，没想到被他暗算了，我要剥了他的皮。"

"云遥"冷笑道："你这次猜错了，是我们三位一致决定的结果。你已经被淘汰了，德拉真神。"

德拉涨红了脸，厉声道："你们……你们以为这样就能决定我的生死吗？太天真了……"

眼见他们新人类内部已经吵了起来，我心说这是一个好机会，于是说道："德拉，你也不用着急，这里还有我，我和云道可以保你无事。你只需要告诉我唯一真神也就是这头怪物的弱点和它相关的信息。"

德拉咧了咧嘴，对我道："让我考虑一下……"

第二百零二章　选择

我见话语奏效，便想正好通过德拉了解唯一真神饕祝的情况。而"云遥"说道："德拉，你难道想背叛新人类，背叛唯一真神大人吗？"

德拉盯着"云遥"道："背叛，要说背叛也是你们先背叛我的。"

"云遥"突然双眼泛白站在原地，失去了动静。一旁的云道想要上前，德拉说道："等等，他现在应该在联系其他几位真神，或许他会做出对你们有利的回答。你现在上去也只是控制或者杀死一具鬼傀儡，真正的其他几位真神不在这里。"

云道停下，和其他人一同静静等待着"云遥"的答复。不多时"云遥"恢复正常，看向众人，眼神阴沉无比，对德拉道："我再问你一遍，你真的要将这些秘密告诉他们吗？如果你那么做了，那你就是在向我们新人类宣战了。"

德拉看着"云遥"，语气并不示弱道："我可没有那个意思，这是你们逼我的。"

"云遥"突然平静下来，叹了口气道："这是你自己选的，德拉，不要怪我无情。"

话音刚落，德拉四周瞬间出现十几个红色老人将他团团围住，紧接着每个老人手中都放出一阵光束，"砰砰砰……"爆炸声四起，将原本平静的场面再次打破。我有些意外，没想到新人类高层会直接出手，想要杀死德拉。

原本还想着从他那里得到一些关键信息，之前德拉虽然已经提供了一些关于唯一真神的信息，但大多很模糊，没有我想要的要点，而真正重要的信息他应该还没说出来，所以我现在不想让他死去。想着我连忙上前一步，准备查看德拉的情况。

四周烟雾弥漫，将德拉包裹。我进入其中，看到一副难忘的场景。只见一个人形残躯摇摇晃晃地站在浓雾中，身上布满了伤口，一个个伤洞还在不停向外冒血，凄惨无比。我心说他不会已经死了吧。就在这时，残躯自己动了起来，但还没过几秒，周围的红色老人再次围了上来，看来是打算再次下手。

我连忙起身，将周围的红色老人尽数消灭，拳锋所致，皆化为血雾。很快，周围又重新安静下来，而德拉的身躯还在不断蠕动着。我走到其身边，想知道什么情况，谁知一种僵硬而断断续续的机械声传来："感谢你帮我解围，等我恢复好了，我会告诉你一个秘密。"

我微微一愣，没想到他竟然真的活着，正常人遭到这种攻击早就死了不知道多少次了，但他还能与我对话，从某种意义上来说德拉应该已经不属于人类了。我注意到德拉的身体正在以一个肉眼可见的速度迅速恢复着，看起来十分不可思议，估计再给他一点时间，最多半天就能完全恢复了。

"你先想好怎么回答我的问题，如果我得不到想要的答案，那么等待你的就是比死亡更加残酷的折磨。"

我吓唬着对他说道。德拉继续机械般回道："放心，我说的对你一定有用。"

我淡淡道："好，给你一天时间，现在该去处理其他事了。"

说着我看向另一个方向，只见云道正在与云遥对战，只见云道正压着"云遥"打，几乎每过一招，"云遥"身上就会添一道新伤。刀光剑影在空中不断穿梭着，我上前道："云道，怎么回事？"

只听云道的声音传来："这些该死的新人类，竟敢冒充我的亲人，迫害我的将士，我要杀光他们。"

我对云道说道："你先别冲动，这个仇一定会报。你先停下来，让我们一起商量对策。"

打斗声依旧持续着。我心说：这孩子怎么这么不听劝呢？只见"云遥"身上的伤痕越来越多。这时"云遥"开口了："白王，你难道不想知道炸药会何时引爆吗？怎么还有时间来打我？"

话音刚落，云道停了下来。"云遥"继续说道："你就算杀死这副躯体也无济于事，这根本改变不了你的现状。倒是我现在想与你做个交易，如果你同意了那我就决定不引爆炸药了。"

云道紧皱眉头，盯着眼前的"云遥"。我连忙说道："你千万不要相信他，我来负责基地那边的事。"

虽然不知道新人类想要用什么条件来换基地里士兵的性命，但如果云道同意了绝对会出大事。我一边想要阻止云道与新人类和谈，一边继续向革命军基地那边发消息，只要能联系的人都联系了一边，包括五婆婆、初旭、龙七、阿曼、沃斯、纲……但依旧没有任何回应，我心说难道是这里屏蔽了外界的通信吗？那只能出去再联系了。

想着"云遥"开口了："白王，告诉你一个消息吧，你还有三分钟考虑时间，如果你不想让你的那些无辜的手下死去，那就考虑一下我说的交易吧。"

我暗道：不妙，没时间了，就算现在我以最快的速度赶到革命军基地也来不及了，而等我离开这里回到地面，也需要时间来联系外界，到时候恐怕也没有机会。我握紧拳头，想着要不要入侵"云遥"的记忆，但因为他是鬼傀儡，无法保证能得到什么消息，如果失败的话恐怕新人类直接就翻脸不认人了，到时候局面更加被动。

只见云逍低着头，看起来也在思考着对策。时间一分一秒过去了，云逍忽地抬起头来，平静地看着"云遥"说道："我可以和你们做交易，放了基地的人。"

"云遥"咧起嘴巴，露出瘆人的笑容道："好，白王果然是个爽快人。其实我们想要你做的事情也很简单，是你轻松就能办到的，而你也不会有什么纠结或者困扰，因为我们打算给你安装一个装置，戴上它，你在一定时间内就会听从我们的指挥，而时间一过你就能恢复自由身。"

说着"云遥"手中出现一颗红色胶囊，随后云逍一步一步走向"云遥"，虽然面无表情，但我能感觉到他此刻内心的痛苦和挣扎。很快，云逍拿起那颗白色胶囊，随后在众人的注视下，毫不犹豫地一口吞下……

第二百零三章　离开

云逍服下白色胶囊后，怔怔站在原地，一动不动。我紧盯着一旁的"云遥"，不知他接下来会做出什么举动。很快，云逍扭了扭脖子，对"云遥"道："这就可以了吧？"

"云遥"嘴角微微扬起，含笑道："没错，我已经取消了炸弹爆炸，但以后它还会不会爆炸就不知道了，起码暂时不会了。"

云逍听后怒意暴起，一抹银光挥舞，天际发出嗡鸣声，举剑道："你不要太过分了。"

"云遥"面色不改道："好了，既然现在我们的目的都达成了，那么就先请各位离开，我们后会有期。"

话毕，四周地面如同波浪般流动起来，一个个模糊的影子逐渐成形，最后显现出红色老人的模样。我赶忙对云逍传音道："有什么感觉，我们现在先撤离吧。"

云逍看了我一眼道："没事，我们现在就离开太便宜他们了，等我……"

说着云逍突然嘴角渗出一丝血迹。我赶忙来到他身边将他扶住。他一边笑着一边将我推开道："我现在还没那么脆弱，放心吧，我自有分寸。"

我对他道："白王，不用逞强，现在先注意好你的身体再说。"

云逍摆了摆手道："好不容易来到这儿，怎么能轻易就这样离开？"

我对他传音道："没关系，我已经知道来到这里的方法，到时候我们可以再来这里。"

云逍微微点了点头道："好，那就听你的。"

说着四周的红色老人已经围了上来，距离我们不足几米。我看了看四周密密麻麻的人群说道："你们新人类待客之道还真是热情，就是不知道有没有我拳头热情。"

白色光芒闪耀，将拳头包裹，"云遥"忌惮地盯着我，随后说道："放心，我不会对你们怎样的，那个云逍他也不会有事的。"

说着周围红色老人突然消散，很快在另一个方位出现。我心说不好，那是德拉所在的位置，周围红芒闪现，一道道光芒喷涌而出，齐齐射向德拉。我也连忙出手，念力配合原力一同发动，向红色老人以及红色光束打去，顿时浓烟四起，一声巨响传来，将面前一片地带轰得支离破碎。

我连忙起身上去查勘，只见一片烟尘之中，一个人影倒在地上一动不动，心灵感应释放，一个微弱的光团出现，看来他还活着。我松了一口气，同时指尖一点白光射出，没入德拉身体。有了原力的治疗，德拉应该暂时没有生命危险。

刚才我几乎是同时出手，但也没能将红色老人的攻击完全拦下。此刻周围的红色老人都已不见踪影，应该是在刚才的爆炸中泯灭了。我扭头看向"云遥"，此刻他终于露出了本来的模样，一个陌生男子，看上去年纪不大，甚至给人一种文弱书生的感觉，但我知道，他应该就是新人类最高层四神的其中之一。

只见男子说道："没想到竟然被挡住了，哈哈哈！那就先留你一命。"

我对男子道："你们新人类原来也有内斗，你不怕也落得这样的下场吗？"

男子推了推眼镜说道："哈哈哈！只有强者才配在这个时代生存，弱者只能淘汰。如果未来出现一个比我更强的人把我取代，那我也无话可说。不过至少现在，在这里我就是王。"

他说着露出一丝笑容，接着道："初次见面，我叫莱奥，请问你呢？"

我看着这副人畜无害的面孔，其实其内心可能已经在想如何干掉我了。我淡淡道："下次见面的时候你就知道了。"

莱奥微微一笑对我道："好吧，那希望下次见面你我还能像现在这样对话。"

我随意道："你们如果敢利用云道做什么勾当的话，那么下次见面也是最后一次了。"

莱奥有些玩味地笑道："那让我们拭目以待。"

如果不是云道现在的身体状况不太乐观，我也不会就这样离开。刚才在不经意间，我已经利用心灵感应查勘了一大片范围，并且找到一处能够屏蔽心灵感应的地方，那里应该就是这些新人类高层所在之处了。我利用心灵感应在附近做出标记，这样就能找到他们了。

想着周围场景再次出现变化，莱奥说道："你们现在可以离开了，但是他不能走。"

莱奥指了指我手中提着的德拉。我淡淡道："哦，那如果我非要带他离开呢？"

莱奥似乎知道我要这么说，轻蔑道："你尽管试试，没有唯一真神大人的允许，擅自离开这里有什么后果他应该很清楚，不过他既然昏迷，那么就让我来说吧。"

莱奥顿了顿，接着道："如果你们在没有被允许的情况下将德拉带走，那么他就会——死亡。"

我微微眯眼看着莱奥，显然他并不像是开玩笑，而是真的。这说明德拉体内很可能有什么装置，可以用来控制他的生命。如果我将装置拆除，德拉或许就能安全离开。想着我已经开始对德拉进行扫描。他的身体已经被改造到十分夸张的地步，几乎九成的肉体都已换成了机械之躯。

很快我便注意到其大脑处附近有一个奇怪的地方，一个似乎是被刻意加上去的装置。其距离大脑很近，稍不注意便会对人体造成不可避免的损伤。我已经几乎确定这里便是能够对德拉造成威胁的地方。根据我现在对念力的运用，想要将其在不伤及大脑的情况下损坏还是绰绰有余的。

我笑着对莱奥道："好，那就按你说的试试。"

莱奥听到后显然有些惊讶。他冷冷道："没有我的指引，你们是走不出这里的。"

说话间，我的掌中原力汇聚，一股刺眼的光芒将整个地带点亮。莱奥道："罢了，这次就放你们走，不过下次就没这么幸运了。"

说着他将手臂张开，整个地面开始颤抖，接着地面凹陷下去出现一个巨大的漆黑坑洞。莱奥道："好了，我们有缘再见。"

说着一股巨大的吸力出现，将附近的一切都吸了进去。我扭头看了看白王，随后他率先一跃而下，消失在视线中，而我看了看手中提着的德拉，心说：看你运气好不好了。接着我心念一动，将他体内微小装置破坏，紧接着也跳了下去……

第二百零四章　堪忧

落入深坑后，吸力骤减，更像是在自由落体般的感觉，没过多久，便滑落在一片泥沼中，缓冲的力度很大，就算是普通人摔下来也不会有事。我望向刚才掉落的地点，只是眨眼的工夫，那里就已经变得空无一片，甚至让人怀疑是否那里存在东西。

我靠着心灵感应的标记寻找，在距离这里几千米的位置标记闪烁着，散发出淡淡的荧光。我心说这一下子跑得也太快了，如果光靠肉眼很难寻找到它的踪迹，不过我现在也知晓了母巢的位置，所以也不必太过担心，除非新人类当中有人也会心灵感应，不然是不会发现我用感应灵光所做的标记的。

想着转头不远处，只见云逍也掉落在泥沼里，此刻他已经走到一处草坪上，正眺望着什么。我准备过去时，他也看到了我，朝我这边走来。我有些好奇地问道："白王，你在看什么？"

只见他微微皱眉，一双剑眉竖起说道："我好像知道母巢在哪儿了。"

我顺着云逍看的方向，正是我标记的地方所在。我微微有些惊讶，但还是说道："我们现在先回去将那些炸弹找出，排除隐患吧。"

云逍冷冷道："我有预感，马上就会发生一件大事，而且是新人类挑起的，现在我似乎能感应到母巢所在，所以我准备再进去一次找到更多线索，革命军基地那边就先拜托你了。"

我看着云逍，一种不祥的预感涌来。云逍被安装了新人类的装置，现在就要再去一趟，恐怕其中有诈。我连忙说道："白王，现在革命军基地还离不开你，你还是先看看基地的情况。正好今日还是大将选拔之日，这种场合怎么能少得了你？"

云逍似乎在思索，过了半晌道："我需要去母巢将那个假扮成云遥的家伙干掉，不能再让他放肆了。"

我心说看来劝不住你了，于是干脆直接说道："对了，你有没有什么不适？刚才新人类给你安装了某种控制器，我怕它会影响你接下来的行动。"

云逍看了看自身说道："暂时没有，我觉得不会有什么问题的，我可以处理。"

我还是劝道："要不这样，我给你做一个检测，如果没什么异常的话，那就按你说的分开行动。"

云逍犹豫片刻道："好吧。"

很快我开始对云逍的身体进行检测，其结果有些出乎意料，他竟然没有任何异常。现在我也不得不同意他单独行动了。我对云逍正经道："你的身体暂时没什么问题，但还是要小心一点，也许是我检测不出来问题。"

云逍笑了笑说道："哈哈哈！就这样吧，我觉得应该没什么大碍，如果真的出现什么意外，那你就代替我掌管好革命军吧。"

说话间，一个白色令牌出现，云逍递给我道："你要好好保管起来，此物乃是革命军虎符，见此令者必从之。"

我点了点头收下令牌，随后我拿出一颗泛着黑光的石头道："这是我用暗能加持在上面的特殊传感器。如果遇到麻烦，你用力量催动它，我就能知道了。因为母巢存在可以隔绝信号的装置，但这个他们应该阻止不了。"

云逍也接下我特制的通信器，抱拳道："那我们就此别过，愿不久后还能相逢。"

我也回以拳礼："白王再会！"

随后，云逍便起身前往母巢，而我则准备到基地查看情况。不过在此之前，我拨通了一通电话，很快一阵成熟磁性声音传来："喂，老大。"

我淡淡道："强子，你办得不错。根据你的消息我成功进入母巢并确定了它的位置，回头请你喝酒。"

郑强笑道："老大，这是我应该的，对您有帮助就好。对了，您有没有把它掀了什么的？"

我回道："这倒没有，它情况特殊，一时我还不准备动它，如果有行动我会第一时间通知你。还有，你那边有没有什么消息？"

"消息？"郑强疑惑道。

我接着说道："就是新人类接下来有什么其他行动吗？"

"哦，目前还没有什么特别需要注意的事，都是些小打小闹，不过最近有一个传闻在人群中传开。"

我追问道："什么传闻？"

"就是听说好像德拉真神背叛了新人类，投奔了革命军；不过还有人说德拉真神已经战死了，总之千奇百怪，不过说他背叛的人最多。"

我想了想道："如果是这样，那么我想我就知道接下来新人类想做什么了。"

郑强问道："老大，是什么？"

我莞尔一笑道："到时候再通知你，好了，就先这样，随时保持联系。"

挂断通信后，我驾驶着暗能浮车前往革命军。一路上畅通无阻，由于超音速的驾驶速度，人们几乎看不到我的身影。就在快到达革命军基地时，通信仪响起，接起查看，是白孤发来的消息："瓦尼真神将会降临穹顶之下，小心。"

消息虽然只有短短一行字，但透露的信息却很重要。新人类一共有四大真神，赐左、莱奥、瓦尼以及我手上的德拉，目前前三位都已接触打过交道，唯独瓦尼依旧影藏在暗处，而新人类的地盘范围遍布机人世界以及人类区，既然其他三位真神都在地下，那么看来只有瓦尼一人身处在穹顶之上了。

而且机人世界比起穹顶之下更加错综复杂，瓦尼一人便可管理一界，足以说明他的分量。如果他要来到穹顶之下的话，恐怕不会只是来探探亲，走个过场，新人类恐怕会有大动作了。想着我的心情变得有些沉重。由于人类在明，新人类在暗，所以即使新人类整体实力不如政府大军，但也能对政府产生不可忽视的影响和威胁。

我对白孤回道，让她去寻找更多关于瓦尼的消息，这样会对接下来可能到来的战争和冲突起到很大的作用。和白孤简单交流两句后，浮车已经到达了革命军基地。我看着面前这座深藏在地下宛如地堡般的巍峨建筑，没有迟疑，进入……

第二百零五章　动手

伴随浮车的嗡鸣声，我顺利进入了革命军基地内。来到大厅，里面热闹非凡，熙熙攘攘的人群有序围在一起。看向人群中央，那是一座方形擂台，台上还站着三三两两的人，看来这里就是选将台了。

人们都在聚精会神地看着台上，并没有多少人注意到我的到来。我先将德拉带到一处偏僻的房屋内，再检查了一番，确定他没什么危险后，我决定直接用原力来获取想要的消息。

想着掌中出现白光，轻轻点在德拉额头，不久，连通德拉的记忆，我开始翻找着他有关唯一真神的信息。在翻看数分钟后，我看到一幅画面，德拉与其他三个人影一同来到充斥着红光的地方，随后一个赤红的人影出现在四人面前。只见四人来到红色人影面前，手中比画着一些晦涩难懂的动作，接着红芒闪耀，四人皆被红色湮没，只见一个方块状物体飘浮空中。

很快，红光褪去，只剩下血色方块飘浮。四人围在方块四周，方块内射出几道光芒，直接没入四人体内。接着方块消失，四周红光淡去，恢复正常。

从德拉记忆中得知，这个血色方块被称作神契魔方，而德拉几人可以通过魔方获得母巢的一部分能力，也就是说他们是这样与饕祝进行交易。饕祝会给他们一定帮助和便利，而他们则需要不间断地向其提供"祭品"。祭品就是活生生的人类，那些人类在不知情的情况下就会被饕祝吞噬。

我微微皱起眉头，看来这饕祝就是一个喜欢吃人的怪物，而且它的胃口一定不小，想要用那么大的体型移动，一定已经有不少人遇难了。我心说看来要加快节奏了，多一天就会有更多的人遭遇不测。此刻还没等我读取完记忆，德拉眼睛忽然睁开。

虽然我不怕他能产生什么威胁，但我还是被稍稍吓了一跳。只见他双眼瞪大，眼神呆滞地看着前方，仿佛失去意识。这时我也注意到自己已经从记忆读取中强行退出。我意识到不对，连忙检查其生命体征，但不出意外，他已经死了。

　　此刻他的瞳孔已经散开，悄无声息中便彻底死亡，就算我用原力也无法救回。我心说看来真的像莱奥说的一般，德拉离开母巢就会死亡，即便是我将其体内的芯片解开也无济于事。这并不是一件好事，说明我对新人类的手段认知还有限。

　　我的心情变得有些沉重，但现在还有其他事情要做，那就是将基地内隐藏着的炸弹找出，不然始终是个威胁。我先走到德拉身边，掌心白光乍现，看着他的尸体道："走吧，下辈子投个好胎，重新做人。"

　　话毕德拉的身体发出滋滋响声，在原力的超高温度下，几秒钟他便已经成了灰烬，就连那些安装在他身上的改造装备也一并被焚烧殆尽，只留下一股白烟。

　　很快我走出房间，来到大厅，看着熙熙攘攘的热闹的人群，我决定先不把这个消息透漏，而是自己来解决。由于之前我对原力的理解更上一层，正好能在寻找炸弹上派上用场。

　　原力就是一种超聚能的能量体，如同以前人类的核能，只不过这种能量可以被人亲手掌控而没有辐射。而我感悟到了世间万物当中都存在着原力，只不过由于其分布太过稀疏，因而很难被察觉。炸弹当中自然也存在着原力，而且它所带有的原力与其他事物的原力有所区分。这就是我能找到炸弹的原因。

　　轻闭双眼，将感知力调到最大，我感受着周围环境中存在的原力：一个个原力光点和原力微粒如同发光的宝石般闪烁着光芒，大小不一，有的甚至还在移动，而移动的原力光点则代表着人体内存在着原力。很快，我捕捉到一处地方集结着更加密集而错落有致的原力光点，找到了。

　　睁眼，那处位置正在大厅中央，距离密集的人群不远处，一座雕像下面。我连忙用贝铃联系初旭，告诉她关于炸弹的位置。初旭听后不可思议地说道："什么？那里竟然有炸弹，这怎么可能……每天都有人巡逻……"

　　我看初旭有些不相信便道："总之待会儿记得让人把炸弹找出，虽然炸弹暂时不会爆炸。"

　　初旭："好，我马上就去找。"

　　挂断通信，我并没有回头看那里的情况，而是直接走出基地，现在我也要再去一趟母巢，不过这次，是以另一个身份出现，而且这一次，如果顺利的话，就让母巢永远消失在世上吧。

脚下出现一抹黑暗，流动的黑色物质以一种超乎理解的方式变成一辆浮车。坐上浮车，我踏上了前往母巢的路。一边疾驰，一边打响了一个号码，对面一具老练的男声道："老大，有何吩咐？"

我严肃道："我打算动手了，叫上潜伏在新人类的弟兄们，一起给他们点颜色看看。"

郑强有些兴奋道："老大，真的吗？我早就看那帮孙子不顺眼了，正好干一票大的，放心吧，老大，包在我身上。"

郑强接着说道："对了老大，咱们打算怎么动手？炸他们几个巢穴吗，还是杀他们的人？"

我冷冷道："我打算毁了他们的母巢，至于你们，就把能毁的巢穴全都一锅端了，最好一个不留。"

郑强愣了一下，说道："老大，这么刺激吗？好嘞，我郑强活了大半辈子，还没做出过几件像样的事，今天我就证明一下自己，让自己不留遗憾。"

我接着说道："对了，你让弟兄们下手前先把一些愿意迷途知返的人救下来。也许，有的人不是自愿加入新人类的，至于其他人……"

郑强回道："老大，还是你考虑周到啊！您放心，我知道怎么做了，到时候，除了部分还有良知的，我全给他们炸个稀巴烂。"

我夸赞道："强子，加油，人类史上也有你一笔功劳。"

话毕挂断通信，根据心灵光芒标记我已经来到了相应的位置，前方是一片茂密的森林，就在我准备踏入时，体内的暗能忽然涌动了一下，是云逍向我求助了……

第二百零六章　事故

察觉到体内暗能出现的一丝变化，我知道是云逍向我发来的消息，虽然没有具体的信息，但是这恰恰是种危险的信号。此刻距离我和云逍分开也不过半天时间，没想到他就遇到了危险。而更让我不解的是，明明心灵光点标记的地点在附近，但我察觉到云逍发来信号的位置则是在距离这里十分遥远的第三大区。

一千多公里的距离让我觉得不可思议。虽然对于我来说距离不是问题，但心灵感应所推断出的位置和云逍发出信号的位置相隔太远，这说明我和他所认为的母巢的位置截然不同。那么究竟是谁出错了？来不及思考更多，我决定先去云逍那里帮助他。

一路无话，浮车如同弹射而出的火箭在空中飞跃，阵阵空气爆鸣声不断响起，顾不上别人的目光，此刻云逍的安全才是最重要的。十多分钟后，跨越数个大区，终于来到第三大区，一座陌生的村落，这里就是云逍发出信号的地方。

希望还来得及，想着，一步踏入村庄，想要尽快找到云逍的踪迹。心念一动，心灵感应释放，周边数十公里的范围皆被笼罩。下一刻，一个巨型的光团出现，飘浮在半空。我微微有些惊讶，这是我见过的最大光团，有一人多高，以红色为主调的光芒散发出柔和的荧光，但我知道既然主调是红色，代表其不是一个好惹的家伙。

我看着眼前巨大光团，已经猜到这股光团的主人了，那就是唯一真神饕祝。奇怪的是除了这一股光团，附近再无其他任何光团出现。难道是饕祝能够屏蔽其他人的心灵光团吗？我看着光团飘出的轨迹，已经知道它的位置了，那就去看看。

在猜到母巢也就是饕祝的位置在这儿后，我心里反而不安起来。因为之前我的心灵标记荧光在千里之外，而真实的母巢却在这里，显然是因为我的标记被看穿了，我不禁一阵胆寒。如果没有被云逍呼救，那么我现在会在森林里看到什么，又或者什么都没有，此刻我对新人类的认知又上了一个台阶。

进入村庄内，一座座土坯房错落其间，看上去都有些陈旧，心灵光团来自这座村庄的地下，那么不出意外饕祝现在就在这座村落的下方了。踩了踩脚下的土地，测算着母巢距离地面的位置，心里已经有了估计，想着我打算直接用暴力强行打开一条路时，地面传来了动静。

伴随隆隆的闷响声，地面出现裂缝，并且越来越多，很快尘土飞扬，泥沙俱下，一个巨大的影子冒出地面，看上去就像一座小山。身形一动，我瞬间便移动到这座"山丘"上，脚下是坚硬的宛如红土般的地面，我心说不会吧，莫非是被我吓了一下，饕祝自己就出来了。

平静没有持续，"山丘"再次动了起来，并且越来越高。这时我隐隐感受到其内部有着强烈的能量碰撞。顾不得多想，掌中出现白芒。

"原力波动掌！"

一掌打出，红色"山丘"表面开裂并出现足够一人通过的裂缝，毫不犹豫进入其中，很快能量波动越发强烈，竟有种惊天动地之势。我顺着感应寻找来源，在穿过一条弯曲的通道后，来到一处相对开阔之地，声音和能量皆来源于此。

看向空间中央，只见两道身影正在快速对攻，短短几秒已经交手数十回合，剧烈的爆响声不断回荡，仔细看去，那两道身影竟然是云道和他的弟弟"云遥"。说是云遥，其实是利用云遥的DNA创造出的肉体，而真正的云遥早已不在人世。

看着空中不断对打的两人，我竟一时难以区分哪个是云道，哪个是"云遥"。两人已经知道我的到来，但还是打得难解难分。我心说那只好这样了。念力波释放，两人的行动瞬间慢下来很多。此刻，他们竟齐齐看向我，眼神中皆有着怒气。

我看向其中一人道："你们不要再打了，停手。"

这时我才看到他们身上皆布满血迹，浑身伤痕累累，简直就是两个血人，一道道伤口触目惊心。其中一人道："零，你来得正好，帮我除掉他，我要干掉新人类的所有人。"

另外一人也道："零王，你终于来了，快一起干掉他，可恨的家伙。"

我微微一笑，看向左侧的人道："你们新人类的演技真好，让我都差点被骗了。"

话毕原力光点出现，一指点出，直接砸向其中一人，"砰！""云遥"的胸口出现一个血淋淋的洞口，但他似乎感受不到疼痛，只是低头看了一眼，接着露出阴森的笑容，死死盯着我道："哈哈哈，眼光不错，可是你来得有点晚了。"

我有些疑惑，只见另一旁真正的云道脸色低沉，接着手中的银剑突然向我斩来，"当！"剑刃刺在我胸前发出清脆的金属撞击声，一小段剑身已经没入。我深深看着眼前的云道，这突如其来的一剑让我有些惊诧。

还没等我从震惊中反应过来，云道面不改色，将剑身再次刺入我的机体，这一次刺得更深。我一掌推开云道，随后直接将银剑击断并拔出。一旁的"云遥"

满意地笑了起来："真没想到这次竟然还能钓到一条大鱼，看来我的计划要稍稍改变一下了，哈哈哈哈！"

我紧盯着"云遥"说道："你让云逍服下的白色胶囊，所以刚才才能让他来杀我，对吧。"

"云遥"笑了笑，一脸阴邪道："没错，云逍在服下我的纳米机器人后，他的大脑就已经被我入侵。现在他的一举一动都是我想要的结果，他现在只有意识，但失去了身体的掌控权，哈哈哈哈。"

我转身看了看云逍，掌中白光乍现，心说：看来只能试一试了，让我用原力入侵其体内将他身体的控制权夺回。还没等我动手，"云遥"接着说道："既然你来了，那正好让你看一场戏吧，一场足以改变世界的大戏。"

话毕"云遥"拍拍手掌，一张光幕浮现，上面拍摄的画面竟然是第一大区中央政府办公楼……

第二百零七章　刺杀

光幕上高耸威严的大楼映入眼帘。我心说"不妙"，只听"云遥"幽幽道："和我一起来见证这个历史性的时刻吧，绝对会让各位终生难忘。"

我盯着眼前的"云遥"。他看向我道："你最好别搞什么幺蛾子，云逍的性命现在就在我手上，如果你敢阻碍我，那就别怪我不客气了。"

我沉默着没有搭话，正想着怎么将云逍体内的纳米机器人毁掉，这时云逍走到我面前，眼神阴郁，嘴角还有丝丝鲜血流下，只见他显得开口十分艰难，断断续续道："杀……杀了我，杀了他们……"

我微微皱起眉头，随后快速将手伸出，点在云逍额头，将其气血压制，接着掌中光芒闪烁，没入其额头，瞬间便将其体内大量纳米机器人销毁。而"云遥"也很快察觉到了这点，连忙挥了挥手，脚下地面如同波浪般翻涌，四周凭空出现数十道人影，将我团团围住。

"就不能乖乖看着这场演出吗？零王，你也不想让白王就此陨落吧？"

我冷冷盯着"云遥"道："现在还没人能够逼我。"

话毕一指点出，电光火石之间，一声闷响，只见"云遥"浑身血迹，衣裳破烂不堪,看上去凄惨无比,摇晃了一番后便重重摔倒下去,随后竟化作一摊黏稠的红色液体,不断冒泡。

虽然"云遥"倒下了,但我知道他不过是新人类所控制的一具鬼傀儡,恐怕真正的幕后黑手现在才会浮出水面。果然,周围一个红色老人形态发生变化,很快变成了新人类四神之一莱奥的模样。

此刻他的脸上没有了之前的轻蔑,转而一股隐藏不住杀意的眼神盯着我。我则淡淡道:"也许你们新人类当中有一些我不知道的手段,但是这点伎俩也就那样吧。新人类的大本营母巢以及自诩为四神的你们,今天都要化为灰烬。"

莱奥并没有被我激怒,而是大笑道:"你以为你真的了解我们新人类吗?现在你看到的一切不过是我们的一角。这里面的水很深,如果不信的话就看下去吧,你会后悔的。"

说话间光幕画面出现了变化,从政府大楼的视角换到了附近的一条街道,只见一个十分熟悉的身影正急匆匆地前行着,而那个身影不是别人,正是云逍。

云逍怎么会出现在那里?他要去做什么?一时无数疑惑浮现在脑海,但很快我就有了猜测,新人类很可能获得了云逍的基因,转而通过基因技术复制出另一个云逍,也许……还不止一个。

我突然心中少有地开始慌乱,仿佛已经知道接下来将要发生的事。这里是第三大区,距离第一大区还有一段距离,所以我并不能第一时间赶到现场。所以我得尽快联系其他人。

当我正准备离开时,一旁真正的云逍动了。一袭白衣随风飘起,接着一掌朝我打来。没有回击,我连忙撑起一道原力护罩将自身罩住。眼见云逍的攻击被挡下,第二次攻击随即而来,不出意外,云逍再次被弹开,跌在不远处。

我心说已经没时间了,看来只能用那招了。第三次攻击袭来之时,云逍的眼睛突然出现一丝明悟,只见他艰难道:"快……动手杀了我,我快坚持不住了,你必须……"

话音未落,云逍半空的手掌突然停下,转而朝着另一侧的莱奥攻去。莱奥看到后并不惊慌,只是稍稍惊讶道:"没想到你宁愿自废武功也要与我为敌,不过现在的你又能发挥几成功力呢?"

云逍一声不吭,一掌对着莱奥打去,"砰!"一声爆响,顿时空中血雾弥漫,莱奥已被砸成粉末，就连原来的位置都出现一个大坑，周围的红色老人皆被打倒。但云逍却以十分不协调的姿势落下，摔落在地，刚才的一击显然也让云逍付出不小代价，相比之下，莱奥则只是损失了一具鬼傀儡。

我赶忙过去将云逍扶起，稍一查看，没想到他竟然自断筋脉，用内力将部分肌肉损毁，这样里面的纳米机器人也被一同毁掉。还没等我开口，一阵洪亮而空洞的声音，仿佛从四面八方传来："不错嘛！云逍，你是我见过最好的练武奇才。可惜，可惜！你始终不愿与我新人类为伍，那么就算你再厉害，也只能消失了。"

云逍此刻喘着粗气，艰难道："我云某人一生光明磊落，没想到会被你们这些奸贼算计，我不甘。"

说着他眼神狠戾地看着一处位置，接着对我道："我要去试试，我能感受到母巢内存在一处地方，相当于这怪物的心脏，如果我成功，那一切都值得。"

我连忙道："我陪你去。"

他叹了口气，无奈道："我对那里感受很弱，你的能量场太强，会干扰我的判断。"

接着他微微一笑道："放心，我是不会死的。"

我只好答应，任由云逍一瘸一拐地消失在视线中。不多时，光幕再次变化，假云逍已经来到政府大楼前，并直接将附近所有安保人员消灭，接着进入大楼，楼内不断发出凄厉的惨叫声。尽管我有心去救援，但现在也为时已晚，只好目睹这一幕发生。

很快画面转而变成一间办公室内，画面里的人察觉到不对劲，躲在一处角落，细看之下，那人竟是大区最高行政长官陈行。没多久只见门被打开，"云逍"一步步走近办公室，接着一柄利刃毫不犹豫刺向陈行。在陈行不可置信又惊讶的目光下，利刃拔出，接着"云逍"立刻离开大楼，遁逃而走……

我也没想到新人类竟然敢直接对陈行动手，这无疑是在向政府宣战，但他们是假扮成云逍动的手，相当于嫁祸给革命军。让我困惑的是新人类动手的速度、时间，以及能准确找到陈行的位置，这一切看起来都不可思议，除非……

正当我思考时，光幕消失，远处走出两道身影，其中一个是莱奥，另一个则让我怎么也想不到，因为他肩上的勋章以及一身军服，那是史密斯元帅……

第二百零八章　对峙

此刻当我看到远处出现的两道身影时，心里久久不能平静：莱奥旁边站着的怎么会是代表政府军方的史密斯将军？一种不祥的预感油然而生。

对面两道人影随着脚步声逐渐变得清晰，很快便出现在离我不远处。那张自带威严的曾经在联邦大会上出现的面孔此时出现在这里，一道洪亮的声音传来："真是碰巧，没想到能在这里见到大名鼎鼎的零王。"

我看着眼前笑眯眯的史密斯将军，已然没有当时那般威严，然而现在面带笑容的脸上却看上去像是笑里藏刀。我盯着眼前的老人不动声色道："没想到的人应该是我吧，史密斯将军怎么也在这里？再晚一些我可能就要炸毁这个地方了，真怕不小心把将军也伤到了。"

只见他收起笑容，看着我道："零王，你到这里来做什么呢？"

我冷冷道："将军，这里可是一个反人类的巨大窝点。我来这里就是为了摧毁它，以免让反动分子利用。"

史密斯平静地看着我道："哈哈哈哈哈！反人类，你凭什么说这里是反人类的，难道是看到了那些穿戴着高科技装备的人类吗，还是看到了为了变强而不顾危险装配融合高科技武器改造人？"

我淡淡道："我说的自然是那些被机械改造的已经不像是正常人类的改造人。"

史密斯继续道："那你有没有见过那些听说了机人地上世界，听到事实后惊恐不已的人呢。不是所有人都能接受现实的，不少人都第一时间被吓到了，而我，则想到了一个办法，能够带他们脱离恐惧的办法，那就是创造一个全新的世界，将人类改造成机人。这样那些人的恐惧就可以被转化，矛盾就暂时解除了。"

史密斯的一番话有些出乎我的意料，乍一听似乎没什么问题，甚至还会觉得他真的在为全人类着想，但稍微一想就知道这肯定不对。首先人类作为一个独特的物种，怎么能甘心变成另一个物种？如果真的变成了机人，那人类还能叫作人类吗？

其次那些被改造了的人类，很多人当中都不知道新人类的一些秘密，比如将正常人投食喂给唯一真神饕祝，如果他们知道了这件事，还会心甘情愿地为新人类办事吗？其实新人类包括史密斯不过是为了一己私利而已，人命在他们眼中也变得如同一张张随时可以丢弃的白纸。

我最终回道："史密斯将军，恐怕你所说的话连自己都不太信吧！新人类的成立究竟有什么目的，你出现在这里又是因为什么，恐怕只有你自己心里清楚。"

不知是不是我的话激怒了他，只见他目光闪过一丝狠戾，对我道："你作为一个机人，当然可以无忧无虑地活着，想做什么就做什么，而且你还在人类世界也取得了政府的认可，不管是人类世界还是机人世界你都可以来去自如，又怎么能体会到底层人类的心酸和他们心中的恐惧？你又凭什么能够为人类做决定？"

我回道："你说得没错，我确实是机人，但我希望能够帮助人类走出现在的困局，帮助人类走出地下，重获光明。"

史密斯眯起眼睛看着我道："你又怎么确认现在的结果不是人类想要的结果呢？你如果真的那么想要帮助人类，不如现在就去地上将机人的枪炮全部摧毁，这样人类就能获得和平与安全，你也实现了你的愿望，而不是在这里说些假大空的话来阻止一个真正想为人类谋一条生路的人。"

我看着眼前的老人，那一身的军勋，竟让我一时有些无从反驳；一双坚定的眼神，让我不禁怀疑他说的话都是发自肺腑的。他或许真的认为将人类变成改造人才是人类真正的出路。见我沉默不语，一旁的莱奥说道："对了，零王，你那个同伴现在似乎遇到了些麻烦。"

我心说糟糕，他说的人就是云道，当时他一瘸一拐地冲进深处我就觉得不妙，此刻必然是遇到困难了。我连忙道："你们将云道怎么了？"

莱奥随意道："我看他太冲动了，走进了一处他不该进入的地方，现在应该被驱逐了出去，不过他的情况可能不太妙。"

我盯着莱奥，有些怒意道："他现在在哪儿？"

莱奥后退一步道："别生气啊，这是他先动手的。他想要进入唯一真神大人的心脏处，结果激活了那里的防御系统，现在可能在心脏区边缘地带。"

我紧盯着莱奥说道："你最好说的是真的。"

想着心念一动，心灵感应笼罩莱奥就要发动对他冲击。下一刻，一股赤色光芒凭空出现，将我的心灵感应冲击挡下，无形的光芒对撞，尽管常人看不见，但那股压迫力还是让现场两人有所感应。只见两人纷纷睁大眼睛不安地看着四周。而从我的视角看来，两股光芒在对撞后化为无数光点飞散，飘向四周，如同雪花，但并未下落。

随后莱奥看着我道："你对我动手了。"

我淡淡道："你们这里还存在一个会心灵感应的人，出来吧。"

话音落下却无人回应。莱奥说道："真是卑鄙，竟然在这里想对我动手。幸好这里是唯一真神大人的地盘，你无论想要对我做什么，都先会受到唯一真神大人的反击。我劝你还是省省吧。"

我有些惊讶，没想到刚才的心灵攻击是被饕祝挡下了，看来这个大怪物还有这项技能。莱奥接着说道："零王，我们做个交易吧，我带你找到白王，并且放你们出去；而你需要答应我不再来找我们新人类的麻烦，我们井水不犯河水。你觉得这样行不行？"

我看了看莱奥，又看了看一边的史密斯，突然想到一件事情，连忙对史密斯道："将军，不久前中央政府大楼的袭击和刺杀与你有关吗？"

只听他不紧不慢道："没错，我也参与了陈行的刺杀。"

话音刚落，一声剧烈的爆炸声响起，紧接着一声刺耳的尖叫传来，响彻整个天地……

第二百零九章　饕祝

叫声十分凄厉，似乎是从四面八方传来，找不到声音的源头，但其声音震耳欲聋，简直就像远古巨兽在耳边嘶吼。由于我是机人，巨大的声响并没有对我造成什么损伤，但对于面前的两人来说，情况就有所不同了。

只见两人捂住耳朵，表情痛苦，不多时史密斯的双眼以及双耳中流下了几行血污，大概过了一分钟，声音才渐渐平静下来。史密斯抱头对着一旁的莱奥道："刚才是什么情况，你不是说这个怪物是不会伤害我们的吗？"

莱奥虽没有像史密斯般流下血泪，但此时脸色也变得有些惨白，略微颤抖道："这……大人从来没有出现过这种情况，我们快去看看。"

我微微眯眼，再次释放心灵感应，这一次直接扩大到方圆数十公里，将这个巨大的怪物笼罩在内。一团红芒四射的心灵光团出现在不远的一处地方，那里应该便是这怪物的心脏处。

　　想着我连忙动身，闪步向着光团飘起的位置冲去。一旁的莱奥看到后急促道："我们追，他也要去真神大人的心脏处，不能放他过去。"

　　很快，我听到身后传来两串脚步声。虽然我能够轻易将他们处理，但现在当务之急还是将云逍找到，刚才的爆炸不出意料的话，应该跟他脱不了干系。想着，我加快了脚步，飞步向前冲去。

　　忽地前方通道凭空出现一堵巨型墙壁横在眼前，没有犹豫，一拳轰出，瞬间，无数裂纹蔓延，闷响声响起，将墙壁炸裂。

　　继续前进，没有了障碍，很快我便走到心灵感应处，这里与其他地方不同，滚滚浓烟冒出，就连脚下地面的温度都明显升高。我微微皱眉，扫过四周，远处朦胧间似乎出现几尊巨大的人影，在白雾中伫立。除此外一切都被罩上一层浓雾，看不出里面究竟藏着什么。

　　走进迷雾，周围出现一个个红色光点，仔细看去，那是一双双猩红眼睛，似乎在盯着我，并且数量越来越多。感觉到他们的靠近，我并没有太过在意，而是再次释放心灵感应，这次只将周围一片地区笼罩，这样能够更大可能将云逍找到。

　　还没等我仔细寻找，只听一道古怪异常、十分沉重的声音响起："人类，不要再往前走了。"

　　我闻声停下脚步，抬眼扫视四周，并没有其他生物出现，而此刻周围的红色光芒数量已经达到一种夸张的地步，原本的白雾仿佛被红光驱散，周身都被照射出一层光晕。我试探道："请问你是这里的管理者吗？"

　　那股声音回道："我是饕祝，也是你们人类称为的唯一真神。人类，停下你的脚步，否则你就会受到惩罚。"

　　我质问道："我不是什么人类，你搞错了吧？还有，我该怎么相信你就是饕祝呢？"

　　声音安静下来，不久后回道："刚才使用灵能的人就是你吧？我注意到了你，没想到你会找到这儿来，我之所以说你是人类，是因为我通过灵能感知到你的心灵与人类相近，但现在看来我刚才似乎判断错了，你不是人类。"

我微微皱眉，灵能，他口中的灵能应该就是心灵感应，刚才听他的描述看来他确实就是传说中的唯一真神了。只听那股声音继续道："你很特别，与我之前见过的任何生物都不同。我很想把你留下来研究一番，可惜，不行了。"

我心说：就凭你还想留下我，恐怕你只会被我打成残渣。还没等我开口，那股声音就道："哦，看来你果然对我不满，你想说我留不下你，如果硬要留就把我打成残渣。"

我微微一振，心说：这怎么可能？他竟然直接看穿了我的想法，更是将我心中所想的一字不落地说了出来，关键还是在我没有丝毫察觉的情况下，这简直不可思议。我连忙警惕地后退一步，随后释放出心灵感应，这时才发现自己已经被一种看不见的心灵感应光团包裹，一种淡淡的红光将我全身笼罩。

我直接甩出一抹心灵光团，光团与红光碰撞，两道力量随后纠缠，消散在空中。我心说这也太可怕了，它竟然能够做到这种地步。只听声音传来："没想到被你破了，不要紧，不习惯就算了，我们聊聊吧。"

此刻我有些恼怒，但还是问道："好，我正要问问你不久前有没有人来到过这里，他现在在哪儿？"

饕祝回道："你说的是一个身穿白衣的人类吗？"

我应道："是"。

饕祝沉默良久说道："如果我说他已经死了呢？"

我淡淡道："那就让你来赔罪。"

饕祝沉重的声音变得越发低沉："不是我想，是他自己触发了这里的保护机制，所以被驱逐了出去。本来我并没伤其性命，没想到他铁了心要对我动手，甚至是威胁我的生命。作为回击，我只能将他杀了。"

说着空中的白雾渐渐淡去，我看到一袭染血的白衣飘在空中，那是云逍的白衣。我微微皱眉道："那他的尸体呢？"

饕祝叹了口气缓缓道："想必你是在听了爆炸声后过来的吧？那么你觉得一个人在经历了那么大的爆炸后会变成什么呢？"

饕祝的话点醒了我，是的，如果那声爆炸声发生在云逍身边的话，那么他再强恐怕也……

我暗暗握紧双拳，对饕祝道："既然这样，那就让我在这儿做个了结吧。"

饕祝连忙道："慢，我想知道你想要杀我的理由，我感受到你身上浓烈的杀意。"

我平静道："这个问题等你下地狱后我再回答吧。"还没等我动手，空中再次出现大量白雾，一时间变得伸手不见五指，但我已将背侧的战斧抽出。饕祝又道："请等等，你不能杀我，杀了我，人类也会死。"

我听后将举起的战斧又放了下来，沉声道："说，为什么？"

饕祝道："你不知道，人类的命运已经和我紧紧相连了……"

第二百一十章　谈话

我紧皱眉头，质问道："说说看。"

周围的白雾如同旋转的白色气流开始变换，眼前一个模糊的人影逐渐成形，不多时一个老龙钟态的耄耋老人出现在眼前，一身布衣，佝偻着背，混浊的眼睛里看不出任何表情。

我猜现在出现的这具身影很可能就是饕祝人形的化身。此刻老人抬起头朝我看来，开口道："小友，我无意与你为敌，也许你已经猜到了，现在与你说话的就是我的一具真身，我们可以好好谈谈。"

我盯着眼前的老人道："好，我的问题就请你一一回答吧。"

老人沉声道："小友，我知道人类对你来说也许很重要，不如我们这样吧，我们双方一人一个问题，对方答后再换人回答，你看可否？"

我淡淡道："你现在没有资格与我讨价还价，况且你刚才还杀了我的朋友，这笔账该怎么算？"

饕祝轻闭双眼似乎在考虑什么，突然他睁眼道："你那朋友是自己找上来的，不过为了表达我的诚意，我可以请小友先多问一个问题。"

我淡淡道："难道一条人命用一个问题就可以换来吗？"

说着我直接释放出念力控制，无形的气流瞬息而至，将老人死死定在原地。老人混浊的双眼转动着，忽地一声爆炸声响起，血花四溅，眼前的老者已经化作一摊血雾，飘散空中。

不多时，不远处的位置一个模糊的人影快速成形，那张熟悉的老人的脸再次出现，只听他平静道："这次我们算是扯平了，现在你可以开始问问题了。"

我看着眼前的老人，没想到他竟然还有几分计谋，想用这种方式来抵命。我淡淡道："这条人命还不足以偿还，你还需要答应我一个条件。"

老人的脸上终于出现了一丝表情："什么条件？"

我回道："待会儿你就知道了。先来说问题吧。第一个问题，你刚才说的你与人类的命运密不可分是什么意思？"

老人说道："我想先问你一个问题，你是怎么看待人类这一物种的？"

我微微皱眉说道："你想说什么就直说吧。"

老人抬头看向头顶说道："人类呀，是我见过最善于利用环境，能够在逆境中翻盘的生物了。尽管他们的力量不是最强，但论其智慧和谋略，却是所有生物当中数一数二的存在，不然也无法繁衍发展到今天。"

我试探道："这么说你似乎还知道除人类外其他生物文明吗？"

老人回道："蓝星并不是表面看到的那边简单，常人只知其一，不知其二，少数人则能窥探其二，但不了解其三，至于能够知晓其三的存在，放眼整个蓝星，也许就剩我一人了。"

我心说：难道蓝星还存在着其他文明和未知生物吗？但目前来看蓝星地底都被挖到了数千米之深，这可能还有其他生物存在。我反驳道："你少在这里忽悠人，如果真的还有其他生物的话，他们为何现在都不现身。"

老人喃喃道："我只是说蓝星生物文明的历史其实很悠久，并没说他们还活着。如果那些生物真的还活着的话，那么现在当家做主的就不会是机人了。"

我听着有些云里雾里。老人继续道："好了，都过去了，就不提了，说说现在吧。我说人类与我密不可分，就是表面意思，你既然不知，虽然现在看来你很在意人类，但人类方面，或者说一部分人对你还不信任，他们没有将核心的秘密说出。"

我微微一振，尽管已经猜到人类会对我有所保留，但这话从饕祝口中说出，无疑是打击了我一番。我深深看着老人道："你可保证，你现在所说的都是真话？"

老人嘴角露出一丝略显怪异的笑容道："真假与否，你一试便知。你大可以问问那位史密斯将军，你也懂得一些灵能之术，实在不行，直接用读心术获取便可。"

我冷冷道："我与人类自会商讨，现在你还没说到我想听的答案。"

老人叹出口气："没想到你如此为人类着想，他们却待你如此不周，真是造化弄人啊。我来告诉你一些真相吧，他们最核心的秘密。

"首先，是人类先找到我的，他们将沉睡中的我唤醒，随后又用各种利益来诱惑我，希望我能在之后的人机跨界大战中帮助人类，再不济也保留下人类的火种，我答应了。然而他们还是不放心，又开始改造自身，也就是他们所谓的进化工程，将自身改造成类似机人的存在，把肉身换成机械之躯，以便在未来为了人类文明繁衍多一条生路。"

我皱起眉头，看着眼前的老人道："按你这么说来新人类其实是在人类官方下承认的组织吗？"

老人平静道："小友啊，你终于懂了，我说的还只是人类秘密中的一角，你越发掘，也许真相越会让你感到惊讶。"

我故作镇定道："是这样呀，那来聊聊你自己吧。"

话音刚落，老人说道："你瞧，他们来了。"

只见白雾之中，后方两道人影正快步向我跑来，等能够看清时，不出所料，正是莱奥和史密斯将军。两人显然也看到了我以及饕祝的人形化身。史密斯说道："真神大人，你这是在……"

老人不动声色道："来得好，既然你们都到了，那就把话说清楚，以免待会儿有人会在这里乱来，砸东西。"

老人虽没有看我，但我知道他说的有人就是我了。相比史密斯，莱奥更加恭敬，只见他直接跪下道："真神大人，是属下办事不力，没有拦住他，让您受惊了。"

老人混浊的双眼转动着，看了一圈后又看向我道："你现在可以问他们了，在这里他们是不敢说谎的，不过这会消耗掉你问我的一个问题，你来选吧。"

我点了点头，冷冷看向史密斯道："将军，你在人类当中属于哪一派？……"

第二百一十一章　文明宿命

人类官方据我了解大致分为三个派别：战争派、和平派以及降临派。史密斯这种行为似乎像是和平派的作风，但却又有不同之处。正想着史密斯的声音传来："久仰大名，零王，没想到你也在这儿啊，真是碰巧。"

我微微露出笑容道："不巧，我正是特意赶来的，想必史密斯将军也是如此吧。"

史密斯的脸上似乎多了层阴霾，看不出喜乐，只听他说道："想问零王来此是为何事？"

我淡淡道："将军，这不是很明显吗，这里可是新人类巢穴的大本营，新人类的老家核心之处，我来一趟自然是看看，这偌大的巢穴中有没有藏有什么让人迷惑心智，或者是机械改造的秘密，没想到却遇到了史密斯将军，真是不巧。"

史密斯回道："零王，想必你一定没搞清楚这里存在的真实意义，不然你也不会说出这番话。这一切我想都是一场误会。"

我故作惊讶道："什么，史密斯将军难道是想说新人类的成立和发展真的如同饕祝所说，这一切的一切都是由政府所引导的，又或是在政府眼中进行的吗？"

史密斯忽地笑了起来，笑声显得有些瘆人："零王玩笑了，这起初确实不是在我们政府管控下进行的，但当它发展到一定程度时，引起了我们一众高层的注意，而这时它已经发展成一个扎根于人类社会当中的庞大的体系了。

"我是什么派别其实并不重要，关键在于这件事对全人类有什么影响才重要。近古时期，一位大国领袖曾经说过，不管黑猫白猫，能抓到老鼠的就是好猫。现在的情况就是不管是改造人也好，原生态的人也罢，只要能让我人类文明延续下去就可以。"

我微微一愣，说道："可是当一个人变成更加冰冷的改造人后就不会像你说的白猫和黑猫那般简单了，那样的文明延续下去还算是人类文明吗？"

周围暗淡的红光打在史密斯脸上，看不出表情。他的声音严肃起来："历史的车轮不会停止，它只会无情地从你我的头顶碾过，究竟谁对谁错，就让后人评判吧。自古以来，人类几乎没有经历过如此巨大的挑战，这是前所未有的，也应该用以前从未有的手段来应对。"

我没有回应，定定地看着两人。一旁饕祝化身的老人道："小友，这个问题已经结束，你已经问了两个问题，那么该轮到我了。"

我看向老人，只听他说道："我的问题很简单，就想知道，你身为机人，为何要帮助人类文明？"

我听后平静道："我觉得每个人来到世上的使命不同，而我的使命便是想让这世界变得和平，变得没有战争，人类和机人能够和谐生活在一起。"

老人听后沉默片刻，随后说道："你的话更像一个笑话，一个巨大的笑话。我活了无数个纪元，在这漫长的岁月中，并没有哪两个文明能够真正做到融洽和谐，相互尊重，无一不是明争暗斗、你死我活。在这个世界上，只有强者才能生存，弱者只会被淘汰。

"就算是几个文明开始时表面上没有武力冲突，但背后的算计和争斗无处不在，最终还是会演变成文明战争。一个文明只有两个选择，毁灭或被毁灭。这在每个纪元都被每时每刻地证明，而我称之为文明的宿命，这是逃不过的。"

老人混浊的眼珠看着我，似乎想要将我看穿。我郑重道："那如果说我能打破这个宿命呢？"

老人嘴角弯起道："那你将会创造历史，被整个宇宙记载。"

我接着道："好，那我们就拭目以待，看看究竟谁能够笑到最后。"

老人轻轻摇头，含笑道："文明的宿命不会停止，历史将会重演，可惜你我未必都能等到那一天，如果各位没有什么说的，那今天就到此结束。"

我疑惑地看着老人，有些不解他的意思。一旁的两人对着老人拱手："恭送唯一真神大人。"

我连忙道："你说谁未必能看到文明历史重演？"

老人没有说话，眼神看向一旁史密斯的方向，身形逐渐消失，如同沙尘飘散空中。我又说道："饕祝，你还欠我一个条件，我想好了。"

空荡的声音从四面八方传来："说说吧。"

"你是否之前是以人类血肉为食，以后改改吧。"下一刻，整个空间震动起来。

我略有疑惑道："怎么不愿意吗？"

还没等到回答，两支利箭飞速袭来，直奔一旁的史密斯和莱奥，犹豫一刹，我冲上前去，将飞来横箭挡下，"当当"，两人刚反应过来，有些惊恐地看向四方道："这……这是怎么回事？"

一股沉闷而威严的声音传来："卑鄙小人，我要杀了你们。"

这自然是饕祝的声音，我心中困惑不已，难道是因为我刚才揭发他以人为食，而他恼羞成怒想要杀人灭口吗？不过现在顾不得那么多了，史密斯虽然有些可恨，但他还有用，不能就让他这么死了，而莱奥也捎带救下吧。

想着身边白雾已经变成了一股浓烈的红雾，不知这里的雾气是否与饕祝的心情有关。迷雾中一个个人影出现，很快就将我和其他两人团团包围。还没等我说话，人影就动了，无数红色老人一拥而上，其阵仗比起与云道一起时更加宏大。

心念一动，无形的念力波纹扩散，将附近红色老人的行动放缓，随后抬头道："饕祝，怎么回事，你为什么要杀他们？"

然而还没等我问完，一声震耳欲聋的怒吼声传来："让开，今天他们必须死，卑鄙阴险的人类，早知就不该信任你们。"

我微微皱眉，心说这饕祝变脸怎么这么快，难道史密斯偷偷把它祖坟刨了？还没细想，被念力限制的红色老人纷纷炸开，后方无穷的红色老人前仆后继围了上来。不仅如此，远处迷雾中伫立着的几尊巨大人影也动了起来。一时间，整个空间都仿佛活了过来……

第二百一十二章　斩

周围人潮涌动，宛如一片跳动的赤红色火海。忽地，地面也发生变化，原本坚硬的地面如同被施了魔法般变得富有弹性，随后一只只巨大的手掌竟直接伸出向我抓来。

我原地不动，直接以原力出手，双拳中凝聚起磅礴的原力，炽热的白光如同明灯将周边的红色驱散。"砰砰砰……"剧烈爆炸声响起，成片的红色海洋尽数在爆炸声中消散，就连整片天地的红光都变得暗淡下来。

浓烟滚滚，灼热的火焰中远处的数尊巨大身影逐渐清晰，定睛看去，那是四尊灰白色的未知材料组成的雕像，每尊都有足足十多米高，神情淡漠，一副俯瞰天地万物高高在上之态，无形中给人一种压迫感。身后两人看到后，莱奥更是直接喊道："真神大人，小的知错了，原谅我吧，啊啊啊……"

我对身后道："别紧张，刚才你们不是还很淡定吗，怎么现在就要被吓得尿裤子了？完全不像是你作为首领的风范呀。"

莱奥颤巍巍道："求求你，救救我，真神大人变成这样我真的不知情，一定是他干的，是他想要利用真神大人。"

说着莱奥指向一侧的史密斯。与莱奥不同的是，史密斯见到刚才的场面，并没有太多的惊异，虽然脸色有些惨白，但相比莱奥要好不少。来不及继续问下去，面前四尊巨人又动了起来，伴随一阵具有威慑力的空洞声音："人类，我本想真的帮助你们渡过此劫，没承想你们却敢欺骗我，这是你们自己选的，就别怪我不客气了。

"还有你这个怪异的机人，别以为仗着几分本领就真的可以在这里横行霸道。你帮着人类做事，和他们也是一丘之貉。今日，我就让你们见识一下为何世人称我为真神。"

话音落下，整片天地再次剧烈震动，石像更是直接扑来。我微微皱眉，对身后说道："接下来我可能救不了你们了，你们自保吧。"

莱奥直接吓得愣在原地，双腿发抖。史密斯也脸色惨白，但其眼神中却透露出一种莫名的坚定。我觉得其中还有猫腻，便直接出手，将两人打晕，随后将其背于背上。抬眼，巨大的拳锋随即而来，我连忙向后闪去，"砰！"之前的位置已然被砸出一个大坑，然而未等喘息，另一个巨人的攻击袭来。

"轰！"这一次，我没有闪避，而是直接以力挡下了一击，因为我需测试这个怪物的真正实力。从目前来看，虽然它的攻击手段多样，并且声势浩大，但实际上对我并没有太大威胁，只要我想，随时可以反击。

巨人的一拳被我挡下，它并没有后退，而是继续发力，周围三个巨人也随之将我围住，几道拳锋如同几座小山般向我压来，速度极快。我抽起腰间战斧，将原力灌入其中。漆黑的斧身此刻发出淡淡的光芒，微微颤抖。我对准袭来的巨拳，一斧斩出。

"隆隆隆……"一道光芒划破天际，将肉眼可见之处分为两半，就连地面也被划出一道深不见底的裂口，而刚才的四尊巨人此刻不出欲料地齐齐倒下，一股股浓烟自地底冒出，滋滋作响。我知道刚才的一击必然给饕祝造成了一定的伤害。

数秒后，一道如闷雷般的冰寒刺骨的声音传来："小辈，我真是小瞧了你，没想到你竟能将那一族的力量运用到如此地步。你虽是野路子，但力量不小，看来老夫也得拿出些本事了。"

我警惕地看向四周。刚才那一击用了八成力量，放眼整个蓝星，能正面接下那一击的或许只有威斯。原本以为能对饕祝带来不小的麻烦，但听它的语气似乎还在其可承受的范围之内。

只见脚下地面如同波浪滚动起来，一只大手从地下直接伸出朝我抓来，来势凶猛，遮蔽天日，直接挡住了眼前的视线。

我知道这一击只能接下，无法躲避，便扭动战斧，将原力再次灌输在斧身上，斧身绽放出更加耀眼的光泽，直接将原本的黑色掩盖，宛如一把光刃。眼前的巨手并没有停下的意思，反而加速撞来。整片天地都被遮蔽成黑色，如同进入了夜晚。

我念道："聚能原力斩！"

一斧斩出，强烈的光芒如同黑暗中的流星，强行将整片天地打开一道裂口，随后光芒扩大，黑暗渐渐消散，天地又恢复成一种奇异的暗红色，并且一股股液体从四周墙壁流出，很快便汇成了一条小溪。

饕祝空洞低沉的声音传来，相比之前要微弱不少："你……你难道就是这个纪元被选中的人吗？不然怎么可能拥有这么强大的力量，难道这一纪人类注定要崛起，可是我不服……"声音越发微弱。

我对着满是创痕的天地道："不出所料，刚才我除了将你的攻击打断，还对你的心脏也造成了伤害吧。"

低沉的声音传来："你是怎么找到那个位置的？"

我淡淡道："因为你刚才在攻击我时，我注意到巨手出现的位置，于是怀疑那里很可能就是你的薄弱之处，便在斩断巨手时又多加了一道攻击，看来我猜对了。"

说着脚下的液体越来越多，甚至开始没过大腿，我知道饕祝可能活不久了，便说道:"其实我承认你很强,如果不是我捡了个便宜,进入你体内,又对你的薄弱处下手,你可能都不会被我杀死,但事实已经如此。现在我想问你,你的身份究竟是什么,你是从哪儿来?又是被谁所召唤?"

饕祝发出一声类似于呜咽的声响,随后艰难道:"你……帮助人类,不会有好下场……我死了,蓝星就再也没有能够回答你这些问题的人了。害我的人类,他们心狠手辣,得到了我的一部分力量。总有一天,你也会走上和我一样的路,被人陷害,到时候,我在九泉之下等你……"

说着饕祝的声音彻底消失,四周的液体如同洪水般喷涌而出。我释放心灵感应,那股独属于饕祝的心灵光团正在快速消散……

机器人大爆炸

（下）

赵一飞 / 著

线装书局

图书在版编目（ＣＩＰ）数据

机器人大爆炸：全3册 / 赵一飞著. -- 北京：线
装书局, 2025. 6. -- ISBN 978-7-5120-6506-2

Ⅰ. I247.5

中国国家版本馆CIP数据核字第2025SZ8280号

机器人大爆炸

JIQIREN DABAOZHA

作　　者：赵一飞

责任编辑：崔　巍

出版发行：**线 装 書 局**

　　　　　地　址：北京市东城区建国门内大街18号恒基中心办公楼二座12层

　　　　　电　话：010-65186553（发行部）010-65186552（总编室）

　　　　　网　址：www.zgxzsj.com

经销：新华书店

印制：三河市中晟雅豪印务有限公司

开本：787mm×1092mm　1/16

印张：52

字数：820千字

版次：2025年6月第1版第1次印刷

定价：228.00元（全三册）

线装书局官方微信

目 录

第二百一十三章　新的消息

饕祝的光团迅速缩小直至彻底不见，残留着的一滴滴淡红色光点，也渐渐隐遁空中，沦为尘埃。这个世界第一巨大的未知生物在刚刚被按下了生命暂停键，彻底离开了世界。

很快，整片天地如同虚构而出的巨大城堡，也随着饕祝的死亡，以一种匪夷所思的速度土崩瓦解着，脚下的地面消失，周围的一切都在坍缩。不多时，我从天空坠落下来，迫降在一片草地上。抬头，已然看不到那个巨大的身影，仿佛它从未存在过。

我微微皱眉，还没得到什么信息线索就断了，饕祝似乎对我和人类真的没有偏见和敌意，如果不是它突然发疯似的想要杀了那两人，也许事情会有不一样的转机。我看着一如往常的蓝天，一种莫名的情绪涌了上来，不知是对杀死饕祝的懊悔还是对一个生命逝去的默哀。

这种情绪并没有持续多久，因为前方还有更重的使命在等着我，想着我将背后的两人放下，此刻他们依旧昏迷不醒，幸好刚才的战斗没有伤及二人，醒来只是时间问题，那就等。这次行程的目的达到了，饕祝，也就是新人类母巢已被毁灭，但其间经历的种种，云道的悲歌，陈行的遇刺，甚至是后来饕祝突然的暴怒，都出乎意料。

这些都是其间惨重的损失，而这一切都与眼前的一个人——史密斯有关，现在只能从他这里来当作突破口了。对于史密斯，其实还有一件事他也可能知晓，那便是果老的病逝。果老作为人类支柱，就这么不留痕迹地离开，里面也许另有隐情。

我看向史密斯，这个长相普通、棱角分明的老人并不像看上去那么简单，他的身上或许还有其他秘密。忽地，我突然想到，此刻距离进入母巢已有两日，这段时间内作为内应的郑强竟没有什么反应。按照约定，他现在应该已经集合人手，准备将新人类的子巢以及次母巢炸毁，向我汇报情况。

显然，他那里也出现了意料之外的情况，但那究竟会是什么情况呢？就在我开始想不通时，通信仪响起，一道略显熟悉的恭维声传来："零王大人，是我，我现在有重要线索向您汇报。"

　　来者正是地上的独眼机人。我有些意外道："说吧，说出有重赏。"

　　独眼机人道："大人，您要找的那人我找到了。"

　　我正经道："快说来听听。"

　　独眼机人一字一顿道："我亲眼看到您要找的那个机人，她最后出现在大华洲的一家机械加工厂内。她进去后就再也没出来过，已经有些时辰了，不过您放心，小的一直在外面等着，一旦有什么风吹草动我会第一时间向您汇报。"

　　还没等我开口，独眼机人补充道："不过，大人和您开始描述的有一点不同，她的机身是雪白色的，不是黑色的，我从未见过如此完美的颜色，她好像是天池中……"

　　我打断道："好了好了，你看到的是雪白色的话，那便是她无疑了。现在传给我你所在的位置的详细信息，我亲自过去看看。如果属实的话我就将原力传授给你，并且还会收你当我的大弟子。"

　　独眼机人激动道："谢大人，为零王大人做事，我自然是上刀山下火海，粉身碎骨，在所不辞……"

　　我继续道："好了，我准备出发了，随时联系，稍后见。"

　　挂断通信，我当即变出一辆暗能飞艇，准备前往地面之上。解决完母巢后，新人类四神被解决两个，唯一真神更是直接身死。抛开打过交道的赐左，目前只剩下一个瓦尼没解决了。至于数量众多的其他巢穴，在新人类高层全部解决后自然也会树倒猢狲散，变成一摊散沙。

　　所以目前主要目标变成了地面之上的瓦尼，想着我给白孤发去消息，原本以为会等待一会儿，没想到很快就收到白孤的信息，上面写着："我在地上等着你。"

　　我疑惑回道："白孤，说明现在的处境和情况。"

　　没过多久，那边回道："你不来，你的手下就要死了。"

　　我微微愣了一下，随后意识到白孤这是暴露了，可是她明明隐藏得好好的，怎么会突然暴露？这下麻烦了。我急忙回道："不要伤害她，我会去的。放了她，我答应你们的任何条件。"

另一边回道:"一天内赶来,否则撕票,条件面谈。"

我放下通信仪,看向高空,心说看来这一趟也注定不会顺利了。我先联系了初旭和五婆婆,告诉他们关于新人类目前的状况以及白王云道的身亡,随后走进飞艇,心念一动,一道灰色轨迹划过天际,我踏上了前往地面之上的旅程。这一次,目的是摧毁新人类在地面上的根据地,以及救出白孤一行,当然还有尽可能找到初雪的踪迹。

想到初雪,飞艇再次加速,如同离弦的箭般飞出,直冲云霄,所过之处响起阵阵音爆,延绵不绝。

一刻钟后,穿过穹顶上方的通道,来到地面。地表正值黑夜,无边的黑暗中星辰闪烁,将夜幕点缀得如同一幅画卷。远处灯火闪亮,正是我要到达的目的地——大华洲。

为了不引人耳目,我将速度放缓,顺利进入大华洲,随后又变换成当地的常见交通工具——角舟。在高耸入云的建筑群中不断穿梭,终于,一栋霓虹闪烁的高楼出现在视线中。这里便是独眼机人所说的地址,初雪最后出现的地方。

我的神经有了一刹那放松,仿佛下一刻就能见到那道靓影。忽地,通信仪再次响起,拿起,新人类用白孤的通信仪发来的,上面只写了短短一行地址,但当我看到这行字后,神经立刻紧绷起来。因为上面的地址不是别的,正是面前这栋大楼——机械加工中心楼。

我的心猛地一沉,没有多想,一柄暗黑战斧出现手中,上面不时闪过丝丝白芒,一步踏出,出现在大楼门前,进入……

第二百一十四章 瓦尼

踏入门内,一座金碧辉煌的回廊大厅出现,门台上还站着一个机人模样的守卫。他望向我机械声音开口道:"现在是非营业时间,请明日再来。"

我看了看守卫,发现他应该就是普通的机人,不是人类。我淡淡道:"我来找你们老板谈项目,请你把他叫出来。"

机人眼睛亮起,如同两盏灯光扫视着我。我冷冷道:"给你三秒钟。"

说着指尖闪过一点白光，机人守卫身后墙面便出现一个坑洞。他有些惊诧地看着我说道："我现在就联系Boss。"

不多时，机人守卫对我道："Boss有请您到楼上一坐。"

说着他做出"请"的手势，空中降下一座电梯。我对守卫道："多谢，给你提个醒，待会儿这里可能会发生点小摩擦，如果不想被波及就离开这儿。"

我见守卫机人没动，也没有多说什么，径直走上电梯，在绳索的牵引下，我来到了大厦的第一百层。

映入眼帘的是一副中古人类的古典风格装扮。我心说看来他们似乎也不选择隐藏了，那就好办了。正想着一声拍手声响起，只见一个身穿休闲服装的墨镜男自屏风后走出，手中还拿着一把折扇，气淡神闲。

这就像我在人类世界里看到一个机人大摇大摆地出现一般，此刻，站在我面前的无疑是一个地地道道的人类，从他的穿着外表神情等方面来看，他不是机人。

虽然内心有些惊讶，但我还是正常说道："你是谁？"

他将折扇展开，扇了两下道："你应该之前听过我的名字，鄙人瓦尼。"

我更加惊讶，但还是开口道："你就是新人类的四神之一瓦尼吗？"

他嘴角弯起，看了我一眼道："看来零大人真的认得我呀，真是我的荣幸。"

我微微皱眉，严肃道："你凭什么证明你就是瓦尼而不是别人？"

墨镜男将折扇收起，自若道："哈哈哈！需要验证一下吗？不过先说好了，不许在这里动手。"

他见我不说话，又接着道："证明我是不是瓦尼其实并不重要，重要的是你现在不是要把人救走吗？你带他们走就是了。"

说着他拍了拍手，一侧墙面转动，露出另一面的景象，只见白孤、铁柱几人被五花大绑地关在笼里，一动不动。墨镜男道："零大人放心，你的手下没事，他们现在睡得正香呢。"

我看了看不远处被捆住的几人，他们确实还有呼吸。我淡淡道："好，看在你现在表现良好的情况下，我可以考虑不杀你，但这个地方以及你的其他手下就要交给我处置了。"

瓦尼脸上笑容消失，说道："零大人，这就不好了吧。我向来都是以和为贵，你的手下来我这里，我看到他们安放窃听器甚至一些炸弹，虽然我很生气，但后来知道他们是你的手下，我就打算直接放走他们了，可你这是什么意思？”

我微微一笑说道："你不会不知道吧，我现在专门打击新人类。"

瓦尼自然道："我以为能和零大人和平相处的，唉，看来还是要用那招了。"

我回道："你还有什么招数，尽管都使出来吧，让我看看你们新人类的底气。"

瓦尼道："哎，不是我有底气，而是零大人，你给我们的底气啊，我们曾经专门调查过你，有关你的信息放在人类中央也是属于高级机密，不过我的信息网发达，即便是在机人活动的区域也能查到一些。据我所知，你与一个名叫初雪的机人之前走得很近，想必她和你的关系一定很好吧！"

我目光一变，对瓦尼道："你到底想说什么，你这样做时考虑到我的实力了吗？"

瓦尼忽然笑了起来，说道："零啊，我自然也清楚你的实力，你拥有无可匹敌的力量和能力。你一人进出南部世界的罗南深渊，将革命军大将初旭救出；在那个骄傲自大的白王云道面前，用实力和风度让他将革命军兵符交予你；最关键的是，你还刚刚在穹顶之下新人类母巢中大打出手，直接杀死了我们新人类的最高统领——唯一真神。我说得对吗？"

我微微一振，瓦尼对我的了解竟如此之深，将我的那些经历都说了出来，不过既然他对我这么了解，但又怎么面对我如此镇定？除非……一种不祥的预感涌来，独眼机人说初雪最后出现的地点在这里，而瓦尼对我又如此了结，说不定他……

正想着，身后电梯的运作声响起，随着叮咚一声，电梯门缓缓打开，一副熟悉的面孔出现："零王，没想到你到这里来了。"

来人正是之前在母巢中救下的史密斯将军，他身旁还有两个机人士兵。我转头看向史密斯道："你这么快就醒来了，另一个呢？"

我指的自然是莱奥。我在来之前，将他们也带到了这里，放在角舟内。史密斯清了清嗓子道："他在醒来不久后便突然暴毙了。"

我皱眉道："你确定吗？"

史密斯不自觉后退两步道："那是自然。"

我微微一笑，转瞬出现在史密斯身旁，一柄利刃出现，抵在其身后道："那我就暂且相信你，不过，我想我和你还有事商量，不如先请其他人回避一下。"

史密斯额头冷汗顺着脖颈流下，一旁机人守卫也迅速做出反应，对准我持枪举起。我看了看他们道："瓦尼，你是怎么做到让机人能够听从你的命令的？"

只听他干笑两声，摆了摆手，机人守卫将枪放下。他笑道："不过是点小把戏罢了。很简单，只需制作一批和机人长的一样但并无思维意识的普通机器人就好。零大人，你还是有些冲动啊，你们先出去吧。"

话音刚落，周围的机器人守卫有序离开了现场，留下瓦尼、史密斯和我三人。现场安静片刻后瓦尼先开口了："零大人，也许你要问史密斯将军的问题我也能回答上来，不过，你也许更想听另一件事……"

第二百一十五章　答案

我皱眉道："说来听听。"

瓦尼看了看面前的史密斯道："零大人，我们以和为贵，不如你先放开他，我再告诉你。"

我微微点头道："可以，不过既然你这么了解我，那么你应该知道，如果我愿意，可以瞬间将你和他甚至是这整栋楼的人都做掉，所以最好不要挑战我的耐心，死在我手上的人不少，不差你一个。"

瓦尼面不改色道："零大人，你武功盖世，我可不敢跟你作对，这不是找死吗？我来告诉你的事，应该算是帮你。"

我盯着瓦尼，见他的目光也正对着我，没有丝毫动摇。我开口道："说吧。"

瓦尼四处看了看说道："零大人，我想借一步说话。"

我眯眼道："这里不是你的地盘吗，难道不安全吗？"

瓦尼道："此事在此不方便说，我想有请零大人到穹顶之下一叙。"

我笑道："该不会有什么陷阱吧，有什么话就直说，拐弯抹角的话我就理解成你在骗我，后果嘛，你考虑清楚。"

身旁史密斯接道："零王，之前母巢一行我多有得罪，还请零王多多宽容。我以人类大区政府的名义做证，他说的话是真的。"

我更加不解，原以为瓦尼会直接告诉我什么消息，没想到他提出前往地下。我快速想了一番还是没什么头绪，于是说道："可以，不过我要先问你们几个问题，如果我觉得回答满意的话，就听你的，一起到穿顶之下。"

　　瓦尼开口道："零大人还真是会做生意，我原本是想带给零大人一个好消息，零大人还反过来再难为我，不过我个人还是愿意回答大人的问题的，请放心问，我知无不言。"

　　我看着瓦尼毫无破绽的眼神道："那好，这第一个问题，饕祝之前突如其来的愤怒和你们两个有关系吗，如果有，那么告诉我为什么？"

　　两人四目相对，最终瓦尼看向我道："我来说吧，大人还真是一针见血，一上来就问这个，我还以为会留在最后呢。"

　　说着瓦尼突然严肃起来道："我可以负责任地告诉你，我们确实与饕祝的愤怒有关，准确地来说，是我和他两人合作，一起将它激怒的，而如果它当时没人拦着的话，我可能现在也已经性命不保，所以我还得真诚地感谢您，零大人。"

　　说着瓦尼和史密斯都对我深深行礼，见我不为所动，两人又站起，瓦尼继续道："零大人，我可以将这件事全告诉你，我和史密斯里应外合，用特殊手段从他的体内取出一种特殊物质，经过验证，这种物质对人体生长愈合有极强功效，举例来说，人类服用了这种物质，就可以像蜥蜴一样即使断臂，也能重生。"

　　我微微一振道："难道这就能让你背叛那所谓的唯一真神饕祝，转而铤而走险地窃取它体内的那种物质吗？"

　　瓦尼继续道："这多么诱人，如果我得到这种物质并将其解密，那么人类将会实现一大飞跃，甚至能够直接与地上机人正面对抗，这个条件难道还不够吗？"

　　我想了想道："这个条件确实诱人，但对你来说，还不够，你是从全人类的角度出发的，但从个人出发，你并没有足够的利益，除非你还瞒着我。"

　　瓦尼一脸真诚地看着我道："零大人，要是在说隐瞒，可能是我对那唯一真神有些不满吧，它不仅要吞噬正常人类，有时还开玩笑说要吃了我，谁知道哪天它会不会真的做出这种事情，所以我为了摆脱它的控制，就正好将计就计。"

　　我听后微微一笑，随后闪身至瓦尼身前，一拳轰出，"砰！"一声闷响，只见他直接被打入墙体，不得动弹。史密斯见状从后连忙跑来，抱住我的大腿道：

"零王手下留情啊。"

我转头看着史密斯道:"你们俩原来是想利用我干掉饕祝,对吧?"

史密斯连忙松开我,颤颤巍巍地向后退去。我淡淡道:"你们知道利用我会有什么下场吗?"

也许是我的神态吓人,史密斯脸色泛白,止不住地摇头;另一边的瓦尼则还在昏迷中,并未醒来。我见状道:"好了,这次就到此为止,只有这一次,我的确愿意为人类去争取和机人平等的权利,但是这不代表你们可以随便利用我来做任何事。"

史密斯眼睛睁大,惊恐地点着头。我将怒气收起,对史密斯道:"好了,我们接着聊吧,我不会对你动手的,之后的问题也要有一说一,你说对吧,将军?"

史密斯应道"是"。我继续问道:"将军,你知道是谁将饕祝带来的吗,或者说是谁第一个联系了它?饕祝的真实身份是什么?"

史密斯的眼神看向后方的墙面,指着瓦尼道:"是他,是他第一个找到饕祝的,也是他联系了我,告诉我人类可以依靠饕祝存活下去。"

我点了点头道:"将军,觉悟很高啊,那这个问题只好等他醒来再问了。"

史密斯松了口气。我追问道:"还有件事,这件事可能只有你知道,将军你一定要好好想想再说。"

史密斯连忙道:"零王,我知道的一定如实交代。"

我说道:"关于果老的死,你怎么看?当时你应该就在旁边吧。"

史密斯顿了顿,说道:"是的,零王,我确实亲眼看到果老病逝,这是国家绝密档案,一般不能讨论,咳咳,不过零王也算自己人,我就说了吧。"

史密斯眼中出现追忆的神色,"当时果老在进行一项有关原力传授的研究,他和几个科研人员在讨论一番后,他决定将自身原力打入一种可吸纳装置内,这样便可量产掌握原力的高手。

"当时这项技术并不成熟,但果老一定要这样做。在他的再三坚持下,这项实验也提前启动了。开始时并没有发现什么异常,但到了第三天,意外发生了……"

第二百一十六章　震惊

"在第三天时，实验机器突然出现了故障，机器在连接到果老身体上后，一直自动吸收果老体内的原力，实验人员发现异常后想要马上叫停实验，但果老依旧坚持进行下去，于是没有办法，机器最终在运行了比平常超过三倍的时间后停下了，而那时果老的状态就已经看起来有些不好了。"

说着史密斯将头垂下，看起来这的确是段不好的回忆。他接着道："后来不久，果老就被送进医院进行最好的治疗，可惜……最后他还是没能挺住……"

我皱眉道："果老应该知道原力使用过度的弊端和风险，但他为何不让叫停实验？"

史密斯叹气道："这就不清楚了，不过当时这个决定确实是他老人家做出的，不然我们也不敢那么做。"

我试探道："机器后来呢，那部分分离出来的原力去哪了？"

史密斯道："这台机器被认定为故障机，是不祥之物，暂时被封存起来了，一直放在保密室里。"

说着他抬头看向我道："难道你想看看那台机器？"

我回道："我有些好奇，这台机器既然能吸收超出果老极限的原力，那里面应该储存了大量的浓缩原力。果老后来没说什么吗？"

史密斯摇了摇头，表示并没有什么话。

我走向一面墙体，将瓦尼从里面拉出，一阵碎石滚落后，瓦尼躺在地上，身上衣服灰气沉沉。我并没有下手太重，他应该还死不了。

没过多久，咳嗽声响起，瓦尼睁眼，看到我后显得有些慌乱，眼神惶恐道："零大人，我……我真不是故意的，还请你原谅我吧。"

我静静看着他道："感觉怎么样？"

他疑惑道："感觉……感觉不太好……"

我微微笑道："想要再感受一遍吗？"

瓦尼惊恐道："大人不要，我知错了，再也不敢这样做了。"

我问道："你可知你哪里错了？"

瓦尼回道："我不应该欺骗利用大人，应该事先和大人商量。"

我摇了摇头道："看来你还是不知道啊，作为人类，你以一个冠冕堂皇的理由，就想残害其他生灵，想用它的精血达成自己的目的，这是自私，也是无耻。我问你，如果我当时不帮你的话，那么你该如何承受得住饕祝的怒火？它生气了，可能要的就不只是你们两条性命了，可能会演变成全人类的灾难。你可曾想过，你差点会成为千古罪人？"

瓦尼讪讪道："我知错了，零王若不解气，那就让小人以死谢罪。"

我淡淡道："你以为你用你的死就能抵平了吗？我要你将功赎过，不行就让你的子孙后代来，一代一代，总会抵完的。"

瓦尼跪下道："谢零大人不杀之恩，我必当做牛做马，以功抵过。"

我接着道："那这件事就先到此为止，你们的回答我还算满意，现在我们去穹顶之下一趟吧，不过走之前，要把你这里稍微改动一下。"

随后按照我的要求，瓦尼将这栋大楼内的机器人守卫全部解散，将有关新人类的设施，包括改造设备等全部销毁，又将白孤、铁柱等人妥善安置后，我带着瓦尼、史密斯两人坐上飞艇，直接前往地底的人类世界。

一路无言，两人都安静地坐着，不知在想什么。我甚至想直接强行读取他们的记忆，看看他们到底知道什么，但最终还是忍住了。瓦尼说必须带我到人类大区内再说，我想那应该与人类有关，至于是什么，只能下去再说了。

飞艇如同一颗流星般滑落，没多久便到达了穹顶之下。在一片空地上停下后，瓦尼说道："零大人，请跟我来。"

此刻正值深夜，在穿过一片丛林后，我看到不远处出现一栋白色屋舍，看起来类似于古人类教徒的建筑，圆形屋顶，房檐上镌刻着精美的线条，与周边的环境显得格格不入。我问道："是这里吗？"

瓦尼回道："零大人里面请。"

我微微眯眼，屋舍内有淡淡灯光的影子，也就是说里面还有人。打开房门，抬眼看到一群已经上了年纪的人围坐在一起，中间是一张巨型圆桌。几人看到我后纷纷站起身来，其中一位满脸皱纹的老者开口道："零王，吾等在此等候你的到来。我简单介绍一下自己，我们是来自大区总府的参议员，我叫周凯。"

扫视一圈，几人虽然年迈，但精神矍铄，眼神中自带着一种威严。我淡淡道："原来是政府大区的官员啊，请问各位这么晚可有什么要事吗？"

我看向周凯，这些人应该如同他们说的，确实是来自政府的要官，但他们不可能没事找事，半夜来请我喝茶，想了想我先开口道："各位长官，我有件事想先确认一下，我身旁的这位，是新人类的最高层之一，名叫瓦尼，你们之前事先是否早就认识？"

周凯看向瓦尼，随后径直走过去拍了拍他的肩膀道："孩子，你终于回来了。"

我微微一振。周凯继续道："实不相瞒，我和他不仅认识，而且他是我的孩子。"

我有些不可思议地看着周凯，万万没想到事情竟会变成这样。我试探道："那么，其他人呢，其他几个新人类高层呢？"

周凯扭头，看向身后的几个老人。我才发现，其他几人的面色有些凝重。周凯叹出口气说道："你可能已经猜到了，新人类的四神都是他们的子嗣。"

周凯见我不语，继续说道："零王，新人类的一切其实都与我们政府有关，其实这是一项秘密开展的计划，名叫超人类计划。

"新人类的很多高层都是我们秘密培养，最终确定下来的，我们的目的旨在让人类超越自身，实现生命层次的飞跃，让人类脱胎换骨，机械飞升。"

我静静地听着眼前这个老者的话。他继续道："本来，这项计划会在一年内将一般的人类转变为机械改造人，以便更好地适应未来，未来如果机人想要灭绝人类，那么变为改造人也许能够换得文明延续的一线生机……"

第二百一十七章　新的危机

周凯说着望向远方，出神地看着什么。我心说：那自己之前对新人类做出的种种，阻碍新人类的成员招收，安插卧底破坏其内部团结，安放定时炸药，甚至将他们的母巢一锅端，这应该已经严重损害到新人类了，换言之，严重阻碍了政府的计划。

尽管之前觉得这对于人类是有益的，但没想到事情的发展超乎了自己的预料，新人类竟然是政府一手扶持起来的，虽然表面上没有挑明，但背地里两者一定存在着很深的利益关系，光凭四神都是政府大官的后裔这点就能看出。

我想说些什么，但不知怎么开口。周凯似乎看到我的为难，说道："零王，我知道你之前和新人类不合，他们有些地方做得的确让人难免产生误会，之前的事情就一笔勾销吧。说起来还要多谢零王在母巢的英勇表现，不然恐怕我们政府都难免会被那饕祝打得伤筋动骨。"

我回道："周长官过奖，我想如果早知这是人类政府制订的计划，我就不会那样做了。之前对新人类造成的损失我零某在这里向大家赔不是。如果以后有需要帮忙的地方尽管开口，希望大家能坦诚相待，这样也能减少不必要的误会和麻烦。"

周凯失笑道："零大人说的是，我们以后有什么事要先学会相互沟通，这样就会达到更好的效果。"

简单交流几句后，我又说道："这次前来正题还没开始吧。"

我看向一侧站着的瓦尼，此刻他规矩地待在一旁，反倒没什么存在感。瓦尼察觉到我的目光，只听他说道："零大人，我这里有一个好消息要先告诉你。"

我淡笑道："现在能说了，那就说来听听。"

我猜那消息可能是有关初雪的，从之前种种迹象表明，瓦尼很可能见过初雪。瓦尼清了清嗓子说道："我在地上工作时，有一次发现了一个不速之客。她身手了得，能够直接冲破我们地上巢穴的安全系统，并在盗取，啊不，是拿了一些东西后全身而退，而据我们监控显示，这个不速之客很可能与你之前的那位搭档有关。"

我听着瓦尼的描述说道："我能看看监控吗？"

瓦尼掏出一个圆形仪器，很快圆球转动，墙面上出现了投影画面。画面闪烁了几下后变得逐渐清晰，先是高楼大厅处的情景，一个人影穿过门廊走到大厅，没有任何对话，直接将大厅站岗的守卫放倒，随后闪身继续向里走，很快消失在屏幕外。

而那个身影我十分熟悉，甚至只需看一眼就能认出，那个身影的确就是初雪，雪白晶莹的外表，高挑的身姿，精致中又带着些可爱的面庞，是她无疑了。我看着不觉开始紧张起来，甚至在不知情的情况下无意识释放出念力。

一旁的史密斯提醒道："零王，咳咳。"

我看了看微微有些振动的墙头以及桌上摇晃的茶杯，连忙将念力收起。这时投影画面再次发生变化，画面切换到另一间陌生的仓库内，众人的目光也都随着画面的变化而被吸引。

仓库里陈列着一排排机械装置，还有一箱箱不知名的机械器材。屏幕忽地闪烁起来，一个白影一闪而过，堆积如山的器材中能明显看到少了一部分。我眯眼细细看着，初雪再次在镜头前一闪而过，而这次她似乎发现了监控，黛眉紧蹙，下一刻画面模糊最终变成一片雪花。

瓦尼在一旁说道："零大人，就是这些了，后续我们还在出入口通道察觉到她的出没，不过那里的监控无一例外，都被损毁。"

我继续盯着雪花屏幕道："很好，感谢你帮我一忙。后来呢，你们有注意到她的去向吗？"

瓦尼正经道："附近的监控并没有再找到她的踪迹，她应该是有意避开了监控。不过，我的手下还发现了一件事。"

我连忙道："什么？"

"她在离开前还前往了一个地方，就是之前零大人你的手下所在的一间房间。"

我疑惑道："她有做了什么吗？"

瓦尼无奈道："这就不清楚了，也许只是不小心去看了一下，也许是想做什么，这我就不敢妄加推断了，也许等您的手下醒来可以问问他们。"

我回道："好，我知道了。初雪的性格也许有些精灵古怪，但她不会是那种随意私闯民宅之人，或许她有不得不这么做的原因，若她给你们带来了麻烦还请见谅。"

瓦尼道："不要紧，大人，她做的事比起你来，可以说……"

瓦尼看到我的目光后，立刻闭上了嘴。一旁的周凯咳嗽一声，嘴角露出一抹笑容道："零王，你看犬子带来的消息可还满意？也许用不了多久你的搭档就会被找到，到时候我相信你们一定会重聚。"

我微微笑道："那还多借周长官吉言了，我也希望人类文明能在周长官的领导下越走越远，最终实现人族复兴。"

周凯叹了口气，眼神有些疲惫道："零王，我会尽力的，也希望零王能够继续与我人类和谐共处，共同前行。"

我看着周凯道："周长官看上去有些心事，不如说来听听，或许我能帮上忙。"

周凯眼底闪过一丝精光，随后失笑道："我真的是老了，有时觉得站得越高，离民众就越远。不久前，我收到专员消息，许多城市的群众对即将到来的机人危机产生了恐慌的心理，一部分人闭门不出，选择逃避；那些心理素质强大一些的有的就被新人类招收，让我头疼的是最后一类。

"他们可能觉得已经快到世界末日了，于是对社会展开报复和疯狂的举动。各种烧杀抢掠、纵火抢劫的案件出现，并且还在以一个急剧的次数上涨，照此下去，用不了机人危机到来，人类自己内部先会出现危机，而这一天，很快就会来临。"

我微微皱眉，被周凯的发现所震惊。一直以来，我所考虑的都是外界的机人、新人类等因素，从未想到人类内部也会出现危机。周凯突然语调一转，眼神炽热地望着我道："零王，这次也许只有你能拯救人类了。"

说着他竟扑通一声跪了下去……

第二百一十八章　帮忙

随着周凯的一声下跪，其身后的几人也接连跪了下来，事先商量好一般。我没想到会突然出现这番景象，连忙说道："周大人，快请起。"

周凯依然跪在原地道："零王大人，你一定要帮帮我们，就算我们这些老臣求你了。"

我想了想道："这个忙我会帮的，就算不是为了你们，也会为了人类去做，但怎么帮就不一定了，各位快请起吧。"

话毕，周凯和他身后的一众老人缓缓站起。周凯此时显得有些激动，双眼通红道："零王，你就是我们人类的救星，我们永远不会忘了你的。"

我平静地看着周凯道："好了，长话短说，你们请我帮忙，想必已经提前想好具体的计划了吧。"

周凯抹了抹眼周围道："零王，确实如此，不过因为时间紧迫，所以可能这个方案你不会满意，不如我们坐下来……"

我打断道："不用那么麻烦，你还是直接说吧，我这个人接受能力挺强的。"

周凯叹了口气看向身后道："小尼，把方案带过来。"

瓦尼注意到我的目光。他眼神有些闪躲着将一份材料递给周凯，随后退向一边。我叫道："这样吧，不如就让瓦尼跟我说说，我跟他更熟一点。"

瓦尼又站了出来，咳了两声道："零大人，那我开始了。"

在得到我的眼神确认后，瓦尼开口道："人类最高联合大区中央政府决定，与机人零进行秘密合作，内容主要包括关于一部分大区市民的暴乱活动解决方案，经专业研究，希望机人零能够配合政府一起解除这次大规模暴乱。引起暴乱的多数人认为政府对机人危机不作为，没有应对机人危机的能力。"

瓦尼顿了顿继续道："暴乱者多数为战争派，对机人并无好感，所以若让他们停息，需机人零配合政府，上演一出好戏……"

我听着微微皱眉道："停，我已经知道了你们想让我做什么了。你们想把我塑造成一个机人世界中的失败战犯的形象，以此来提高你们人类政府的声望，对吗？"

瓦尼看着我有些颤抖，随后看向一旁的周凯。周凯也皱眉道："真是抱歉，这是我们政府目前能想出的最优解了，无论是直接将暴乱镇压，或是其他办法，都是大区政府目前负担不起的。暴乱者占据总人口的十分之一，别看比例小，加起来的人数足足有数亿之多，其产生的能量是难以想象的。"

我平静地看着周凯道："可是已经有不少人知道我为人类做的事，这个时候再将我推出去，不会让那部分人不满吗？还有革命军的那些人，你们不管吗？"

周凯面露难色道："这个我们也曾想过，当然对于那些已经知道真相的人来说，这是难以置信的，但与十分之一的总人数相比，还是太少了。"

我回道："既然那些暴乱者情绪不稳定，对政府不满，对未来担忧，那不如将他们收编为军队，这样既解决了暴乱，也保证了军队的充足。"

周凯身后的一位黑衣老者道："那些暴乱者认为政府无能，他们也不想成为未来机人危机的炮灰。他们是悲观主义者，从某种意义上说，他们是懦弱的人，是不会乖乖听话的。"

我微微叹气："所以你们想到拿我当挡箭牌，来掩饰你们被标注上的无能吗，如果我听从了你们的建议，那岂不是恰恰又证明了你们政府被贴上的标签？"

周凯沉重道："这也是迫不得已，人类的对手不是冰冷冷的机器，而是思维和智慧已经不亚于自己。并且还一直迭代更新，几乎不死不灭的超强智慧生物。那些暴动者的担忧和抗议其实也不无道理，只是他们反应的方式过了，弄不好会先毁了自己。"

我不再多言，只是冷冷地看着面前一行人。他们此刻也将目光皆汇聚于我，那隐藏不住的带着乞求般的目光，我不再多看，直接一跃而起，有种想要逃离这里的冲动。巨大的动静让众人不禁向后退去，但他们还是想要朝我靠近。我没有回头听那微弱的呼声，直接向远方飞去。

随着距离几人越来越远，直至不见，终于我停了下来，刚才的场面让我有些无所适从，以至于一路跑到一座陌生的城市，但周凯的话还是一遍遍在耳边重复。

"真是抱歉！"

"我们也是迫不得已。"

"这是经过讨论后得出的最优解"……

我原本就是为了人类文明才做出这种种的一切，但刚才却不自觉地想要逃离，我究竟是为了那所谓的使命而帮助他们，还是我真的自己想要帮助他们？此刻我有点开始怀疑自己，做出帮助人类的目的，是不是受了那个人的影响？

刚才的情况让我第一次对人类产生一种名为厌恶的情绪，我为人类做了那么多，却还是会被当作一颗棋子利用……

突然，不远处传来一声爆炸，紧接着火光四起，冲天的烟雾向四周蔓延。我微微一振，连忙起身一跃，朝爆炸发生处赶去。很快来到中心处，已经是浓烟滚滚，透过烟气隐约看到，这是一家化工厂，里面应该存放有危险品。这个时间点爆炸多半是人为故意的，也就是说，我恰好遇到了周凯所说的那种情况。

就在火光升起时，还伴有一声细弱的叫喊声。我稍以辨别，便立刻朝爆炸的另一个方向冲去。果然，在烟尘四溢下，一个八九岁样貌的小男孩被压在了一座废弃的建筑底下。又一声爆炸响起，化工厂的大楼开始塌陷，眼见即将倒下，朝小男孩砸去。我连忙动身，在楼宇即将压下之际，释放念力。

无形的波纹随着空气蔓延，瞬间，那本来要倒下的燃烧着的建筑被硬生生停下，仿佛暂停了时间。我走到小男孩身边，轻轻将其从废墟中抱起，放在一处空地上。小男孩仿佛忘了刚才经历的生死瞬间，抹了抹脸上的灰尘，痴痴地望着我道："你好厉害啊！你是谁呀？"

第二百一十九章　交流

小男孩痴痴地望着我，水灵灵的眼睛中没有一丝杂质。我摸了摸小男孩的头道："我叫零，你呢？"

他一字一顿道："我叫阿力法，谢谢你救了我。等我长大了，一定会报答你的。"

我看了看四周还在燃烧着的建筑道："好啊，不过你家在哪儿？我先送你回家吧。"

阿力法低下了头，语气低落道："我没有家，之前这里就是我的家，我就住在这家工厂里，现在它已经倒了。"

我轻声道："那你父母呢？"

他回道："我没有父母，只有一些朋友，不过后来他们也离开这里了，现在只剩我一个人了。"

说着他的眼泪在眼眶中打转，仿佛下一刻就会流出。我连忙道："小朋友，我有个地方，不知道你想不想去？"

阿力法犹豫着没说什么，但眼神却似乎有了期待。一阵忙音后，一道女声传来："请问是零王吗，这么晚找我有什么事？"

我淡淡道："也不是什么大事，就是想问问你，喜欢小孩子吗？"

经过一番解释后，那边说道："这样嘛，可以的，我正好一直想要个孩子，那个男孩叫阿力法对吧，把他送到我这儿来，我会照顾好他的。"

挂断电话，我又找到龙七，让他安排人来接小男孩，将他送到赡台那里。临别前，阿力法还不舍地望着我。我对他道："放心，那里的姐姐会对你很好的，要好好生活。"

他点了点头，在我的目送下渐渐淡出我的视线。我看着满目疮痍的四下，一时不知该去哪里。

心念一动，残垣断壁上的火焰瞬间被熄灭，这是一家算是比较偏僻的化工厂公司，所幸没有造成太大伤亡，而如果发生在人口密集的市区内，想必会造成更严重的损失。

放眼望去，远处是万家灯火，一盏盏明灯璀璨，不觉间耳边又响起周凯的话，有上亿人都参与了暴动，这是难以想象的，在我看不到的地方，也许这种事情无时无刻正在发生，而那些人也许就没这么幸运了。

可是他提出的方案却让我有些难以接受。如果我听从了他的建议，那么这个世界会变得更好吗？……

不再多想，我决定去找一个老朋友。

脚下泛起一片黑暗，一辆全黑色的浮车缓缓出现，进去坐定，我朝着第十三大区的方向驶去。

一路畅通无阻，其间一阵铃声响起，接起郑强声音传出："老大，终于联系上你了。不好了，新人类内部竟然有政府的人在，这是不是说明新人类与政府之间有什么勾当啊？"

我心说郑强这小子还真是用心，不过这话已经有些晚了。我淡淡回道："我已经知道了，那些炸药你没用吧。"

郑强道："报告老大，我差点就点火了，不过发现这件事后，就没做。老大，我们还继续吗？"

我笑道："这件事你先别管了，让兄弟们收拾收拾，给他们放个假吧。"

郑强道："那新人类……"

我说道："你先回灵梦之夜吧，等我回去再跟你解释，对了，你先来接几个人。"

想着我将白孤、铁柱他们的位置发给郑强，让他将几人一起接回去再说。

浮车飞速行驶着，终于，远处一栋高大的建筑耸立在云雾中，一行大字写着"艾森沃斯实验基地"。这里就是人类最高科研实验基地了，里面住着的是被誉为人类最强大脑的科学家李想，也正是这个人，将我带到人类世界。

想着，浮车已经抵达实验楼下，威严厚重的大门外一排安保人员紧握着枪支。走下浮车，很快，我便吸引到他们的注意，其中有人突然惊呼道："他不是人类，是机人，快开枪。"

另一人认出了我忙道："等等，他是……是机人零，别开枪，开枪我们都得死。"

其他人并没有放下枪支，不过双手明显有些颤颤巍巍。我走到门前道："你们辛苦了，都是老熟人了，还不让我进去吗？"

很快一人喊道："放行，上面有令，允许通过。"

我对几人微微一笑，走了进去。

内部和上次来时一样，同样的大厅和机器人前台，我并没有理会，走进电梯，径直来到第一百层。映入眼帘的不是机械器材和冰冷的实验工具，而是如同家一般温馨的装饰。一个满头白发的身影靠坐在窗台，转过身来道："你来了。"

我微微一笑道："好久不见，李博士。"

老人倒起一杯清茶，放在我面前道："来了就把这里当自己家就好，坐坐吧，想必你是遇到了什么难题了。"

我拿起茶杯一饮而尽，随后道："好茶，虽然我是机人，却因为之前系统程序的功能，所以能够尝到和人类相同的感觉。这茶清香，让人放松凝神。"

李博士笑着说道："那就好，我想你大概是有些累了，来品品这茶的味道，能让你感到放松最好。"

我望向窗外，一片云雾中，点点灯火闪烁。我缓缓道："可是现在正值大乱之际，又有几人能够坐下细细品茶呢？"

李博士来到我身旁，顺着我的目光看去："是啊，人们免不了会有许多烦恼和困难，但这也会使得人们成长，成长累了，也可以停下来，欣赏这远处的风景。"

我继续道："现在应该没有谁能停下来吧，即使他觉得自己累了。"

李博士推了推镜框道："呵呵，停下来，有时候不是光是休息，也可以是为了更好的赶路。"

我想了想道："博士，你有什么办法能阻止目前人类内部的动荡吗？"

李想摇了摇头："这是人类史上前所未有的挑战，除非以绝对的力量来阻止它，不然任何的对策都是杯水车薪。"

我皱了皱眉。李想接着道："那些数以亿计的人们其实也并非都在抱怨政府的无能，反而这更像是一种发泄，一种仿佛已经知道结局的认命式的狂欢。"

我正想说什么，李想又道："我想，能够改变这种局面的人，他现在已经在我旁边了……"

第二百二十章　选择

说话间李想转过头，用一种罕见的温柔的眼神看着我道："但不管人类这次能否渡过危机，对你来说其实并没有什么太大的影响。你是我创造出来的最完美的作品，我希望你能好好地活下去。对你而言，机人帝国和人类世界。都有你生存的空间。我希望你能追随自己的意愿，活下去。"

我有些惊讶地看着面前的老人，没想到他竟会说出这样一番话来。他坚毅的眼神让我不得不相信这是发自肺腑的，就算我不用心灵感应也能读出。我稍稍停顿了下道："等等博士，你刚才不是说能够帮助人类化解这次危机的人是我吗？所以，请你告诉我该怎么做！"

李想微微叹出口气，缓缓道："我的确知道你有能力这样做，但我其实并不是很希望你这么做。"

李想眼神闪烁，望着窗外灰蒙蒙的天道："这一切的一切终究是人类自己造下的孽果。人类滥用人工智能，过度依赖科技，这其实也算一种反噬吧。"

李想转头看向我道："我的办法对你而言很不公平，虽然它可能有效。"

说着老人长叹一声，灯光照耀下，老人仿佛更加苍老了。他转过头道："小零，允许我最后这样叫你一次吧，你要的答案我给不了你，或许大区政府可以给你这个答案，不过你记住，最终的选择权在你自己手里，请你听从自己内心的选择，跟着心走。我在创造你的时候，给你装入了心。"

我疑惑道："什么，那所谓的心是什么？"

李想回道："那是一种目前科技都难以解释的存在，你暂时不用担心这个，我觉得你最近太累了，机器也是需要休息的，不如将一切先停下来，给自己放个假吧，等你休息好了，再做选择也不迟。"

我看着背对着我坐回到轮椅上的花甲老人，一种莫名的感觉忽然涌来。这是一种从未有过的被关怀的感觉。我对着老人握拳行礼道："博士我知道了，那我可否在你这里借宿一宿？"

老人还是没有扭头道："当然了，住到世界末日也是没有关系的。"

我微微一愣，随后回道："那我就不客气了。"

接着我便转身退出房间，在将把手关上的一刻，我似乎感到身后的一道目光看来，不过我并没有去看。"吧嗒！"门被关上。从电梯处走出，很快来到一处空置的房间，周围简单陈列着一些基本的家具和生活用品，这是一间长期无人的居所。

坐下，开始真的像李博士说得那般，让自己的身心沉静下来，准备摆脱之前一直存在的种种压力。先进入拟人形态后，轻闭双眼，突然一幕幕画面不觉间在脑海中想起，那道爆炸废墟中的呐喊，那个带着乞求目光的政府官员周凯……过往事情如同电影般开始播放，我猛地站起，这才发现此时已是汗如雨下。

深呼一口气后，重新入定下来，相比上次，这次明显轻松许多，我的思绪不在飘往过去，而是专注于当下，体会着拟人形态下的目前自身的情况，感受着自己的一呼一吸，甚至是那种被模拟出的心脏跳动的声音。

这时周边的一切仿佛都安静下来，只剩我独自一人，身处在一个世界，渐渐地，过往的点点滴滴再次浮现，不过这次，是更加久远的不同的回忆。我看到一位身穿白袍手持一副拐杖的威风老人在教导着我什么，那是我见到的第一个使用原力的高手，也是我的导师查理。画面一转，来到一处丛林，巨木树干上刻着晦涩的符号，接着一道如同精灵般跃动的靓影出现，冰雪般的身姿，一双宝石般闪亮的眼睛，那是第一次遇见初雪的场景……

不知过了多久，睁眼，天已经亮了，一轮圆日挂在天际，光芒万丈。我直视太阳，并非觉得刺眼，而是感到一种说不出的暖流。接着我退出拟人模式，身体又变成了冰冷的机械之躯。这时我才发现，时间竟然已经过了三天，也就是说，在这三天里，自己竟然一直在静坐。

我察觉到有些不对，忙望向窗外，此刻远处忽然升起一团火光。我微微一振，心说这下坏了，在这几天时间里，不知又发生了多少起类似的事件。

虽然之前自己对周凯的请求嗤之以鼻，但不可否认的是，经过几天的沉静，自己似乎对自身还有周围又有了新的感悟。那些发起暴动的亿万人类也有自己的想法，他们想要璀璨地活着，他们正在用自己的方式去燃烧出生命中的火花，虽然这种方式不可取。

我要做的，其实不是制止他们，而是让他们对生活重新燃起希望，振作起来，让他们看到人类还有希望。那些过去曾经带给我帮助的人们，同样也是让我继续走下去的动力。终于，我决定听取周凯为代表的政府的建议，用自己来换取人类内部的和平。

走出实验楼大门，来到郊外，脚下出现一摊深不见底的黑色，接着一艘暗能飞艇浮现而出，进入，踏上前往第一大区的旅程。

途中我向周凯发去消息。很快，他便回复，将会立刻安排我的接待工作以及会议室。

途中，路过一座座城市，甚至还能亲眼看到正在发生的暴乱事件。尽管时间紧迫，我还是顺路简单帮了一把，真的如同周凯说的那样，暴乱事件发生得越来越频繁，即使街道上随时都有警员监控，但也难以阻止逐渐失控的场面，爆炸、燃火、游行……

几个时辰后，飞艇来到第一大区，政府办公中心楼上空。在一处角落停下后，一排排整齐的仪仗队踏着大步走来，中间几个身穿官服以及军装的人影出现，一眼看去，其中就有周凯以及史密斯将军。两人看到我甚至小跑着迎了上来，周凯先道："零王，里面请。"

在众人的拥簇下，我踏进了政府办公大楼……

第二百二十一章　紧急预案

在一间不算大的会议室入座后，周围的官员和警卫也依次进入。一个长着浓密络腮胡须的中年男子的到来，让周围人的目光都向他看去，我也看向他的方向。男人扫视一圈，随后坐在我正对面的位置。在他入场后，房门应声关闭。

对面的男子先开口道："久仰大名，零王。我是新任中央政府首席官，可以叫我洛秋。"

我看着对面一副古欧洲白人特征的男人道："你就是替代陈行的新任首席官，没想到今天的会议这么受重视，好了，其他的就不讲了，我们直奔主题吧。现在我坐在这里，不光是给各位的面子，还是给那些同样为了人类未来谋生之人以及给我帮助之人的面子。你们现在有什么想法思路，都可以说出来，我会尽可能地配合帮你们。"

我的一番话说出，会场内鸦雀无声，突然气氛安静了下来，"咳咳"，一声咳嗽声响起，坐在洛秋一旁的周凯道："零王，这算是我们政府与你零的合作，不过既然是合作，你也没必要……"

我抬眼看向周凯："你们政府之前那所谓的超人类计划所造就的新人类联盟，将我的朋友——革命军首领白王云逍陷害致死，我还没找他们算账，也许这并不是你们大区政府的本意，但既然新人类联盟实际上是由政府实际背后操控的，那么这件事就与你们脱不了干系。"

我冷冷看着周凯以及面前的一排人，有的人甚至不敢与我对视。洛秋这时站出道："零王，真是抱歉！新人类作为我政府的一个地下组织，给你添麻烦了。我代表新人类向你道歉，以后类似的事情绝不会发生。"

我看着落秋微微点头，刚才我的语气确实不好，这些人作为政府的核心高层，平日里根本不会受到那种态度，所以气氛才会有些尴尬。落秋接着又说了几句暖场的话后，语气一变严肃道："零王，这次人类内部危机靠你了。如果人类能平安渡过内部危机，我愿意以命抵命，来报答你。"

我微微笑道："首席长，倒也用不着这样，如果人类这次内部危机扩大到政府彻底无能为力的话，到时候你的首席官恐怕也形同虚设了。"

落秋脸色变了变，但很快又恢复了正常。一旁的周凯咳嗽两声道："零王，这里是政府中心，还请零王给我几分薄面。"

我看向周凯道："好，那就如周议员所愿。"

我做出"请"的手势。周凯皱了皱眉道："那我就不跟零王废话了，我们内部已经商讨好一套紧急预案。这套方案一共分为三步。这三步都不需要零王费任何力气，只需要配合我们给人们演一出戏就好。"

我静静地听着，周凯继续道："这第一步，便是向广大民众发布一则信息，一则构想的信息，大概是说零王你其实是地上机人世界派下的超级特工，拥有几乎能毁天灭地的力量，但在我们大区政府的打击下，就地伏法，并被关押起来。"

说着周凯朝我看来。我淡笑着与之对视，他也挤出一抹强硬的笑容。我淡淡道："接着说。"

周凯点了点头道："在发布这则消息后，我们还会做出一段视频作为证据，就是以下内容，请看。"

随着周凯的一个手势，会议方桌上出现一抹光线，接着全息投影的画面展现在众人眼前。

只见"我"先是出现在一座村落，随后便挥动手指，村落内的建筑便如同豆腐般被轻松切割开，接着一群村民从破败的屋檐下跑出，急忙朝着远处逃窜。

画面上的"我"并没有追，而是不慌不忙地对着逃跑的方向一指，剧烈的爆炸声响起，烟尘滚滚，那些村民的惨叫声逐渐湮没在一片火海之中。

画面一转，"我"又来到一处军事基地，那些警卫发现了我，很快"我"便对他们发起进攻，紧接着便是一阵激烈的枪战，"我"轻松将他们打败，接着基地内的力量彻底被激活，大量装甲坦克、战斗机等都动了起来，"我"则与它们展开了激烈的战斗。大量弹药火力倾泻在"我"身上，但"我"周边出现一层护盾挡下了攻击，反之不少坦克、装甲车却被毁坏。

我看着这虚假的战斗场面，也忍不住暗叹，政府确实把我的形象塑造得比较强大，能与这么强大的武装力量正面对抗，即使是真的地上机人也估计没多少人可以做到。

很快，局势出现了变化，只见"我"一边抵抗攻击，一边用原力反击，大量武装坦克顷刻间被摧毁，就在局势朝"我"一边倒时，天空飞来几道阴影，只见更多的从未见过的战机、飞艇，甚至几位盾兵队长也赶了过来，在更加强大火力的压制下，终于"我"被打倒在地。

之后便是几位盾兵队长的个人秀：他们将我围起"暴打"。我想到这可能不仅是在炫耀军方武力的强大，也是想趁此机会拔高盾兵队长这种超级战士的地位。

很快片段结束，十多分钟的打斗异常激烈，其中不仅展现出"我"的恶，也彰显了人类军队的强大，影片的目的已经达到。看完后，靠左坐着的史密斯将军笑了笑道："零王，你看这还行吧？把你的力量刻画出了几成？"

其他人闻言也向我看来。我平静道："不可否认的是这些火力确实强大，这么长时间的轰炸恐怕就是一座大山也已被夷为平地，但对我来讲，认真起来的话，这些武器带来的威胁和玩具没什么两样。"

话音落下，会场陷入一片寂静。对座的洛秋打破了安静："没想到零王身手如此了得，看来我们对零王的实力预测还是保守了，那么就等我们的专员稍后再调整修改一下。"

一侧的周凯这时反应过来道："遵命，那个……零王没意见的话，让我来介绍第二步，这一步需要委屈零王亲自配合一下……"

第二百二十二章　反应

我微微颔首示意他接着讲。周凯严肃道："第二步，便是出游巡街。这一步需要麻烦零王配合，亲自演出。其实我们也曾想过找个替身或者用其他办法，但这些办法都达不到应有的效果，而一旦出游巡街的途中有人将替身认出，那将让政府的名誉扫地，所以为了大局考虑，还请零王受委屈了。"

我皱起眉头，心说这的确有些侮辱人了，即使我是机人，也能明显感到一阵怒意。我还是将情绪压下去，道："好，我答应你，继续。"

周凯接道："这第二步将会持续三天三夜，零王可以接受吗？"

我冷冷看了他一眼道："还不快继续说？"

周凯身躯一振，随后道："好，那之后具体的细节我会再请专人为零王解释，接下来的第三步，也就是最后一步，叫作断绝之刃，就是说我们会在三天巡街后，对你进行斩首示众，以振民心。届时不仅有零王你，还有其他一批真的抓来的已经入侵人类世界的机人，届时会一并进行。"

说到这周凯咽了咽口水，他语气都变得有些僵硬道："不过您放心，我们到时肯定是用假人代替的，不会让您真的上场。"

我静静地看着周凯道："就是这样吗？那倒无所谓，反正你们也不可能把真的我拉上刑场。"

我对周凯露出一抹微笑。只见他身躯再次一振道："放心……我们一定不会的。"

正对面的洛秋道："零王，你已经知晓了我们的预案内容，其实，我还要再补充一条。"

我看向落秋疑惑道："首席长请讲。"

洛秋顿了顿道："考虑到这件事对零王的名誉影响过于恶劣，我临时决定在进行所有步骤时，将你的面貌身份信息进行一定程度的改动。零王，据我所知，你属于液态机人，可以随时改变自身容貌，所以到时候用一个新面貌就可以。"

在场者立刻有人道："我赞成，这样既保住了零王的面子，又可以改变局面，洛首席长真是智勇无双。"

我看着洛秋道："这个办法倒是可以，我接受。"

很快，在政府的统筹安排下，计划如约展开。而我也暂住在第一大区城郊区的一所房屋内。

夜晚，一则政府官方发布的消息如潮水般席卷各个大区，新闻头条上刊登着关于"我"袭击人类后又落网的消息，一时间网络上铺天盖地的言论讨论着。不过我在这场戏中有了新名——狰。

"天呐，我们这里竟然还有如此恐怖的机人，太可怕了，幸好他被收拾了。"——吃小红帽的大灰狼

"那个机人据说一指便能发射激光，简直就是人形杀戮机器，不过政府还挺厉害，那火力嘎嘎猛，不管什么东西都能给他灭了。"——暴龙战士

"这个机人太坏了，终于把他捉住了，什么时候把他处决了，太恐怖了啊啊啊。"——小熊软糖饼干

……

网络上的留言迅速传播着，不觉间我已经通过这种方式爆红，虽然是黑红，但也让数十亿观众记住了我。没过多久，政府官方又发布出了一条视频，作为新闻的佐证。

我点开看着看着，立刻觉得不对劲，之前洛秋说好要将我的面容进行一定处理，但视频的内容上还是我本来的脸，当那副棱角分明的古铜色皮肤赤裸裸地展现在大众眼中，我心中已是万马奔腾的景象。

我连忙向周凯打去电话，很快通信接通。我冷冷道："你们是什么意思？"

周凯沉默片刻道："我知道现在说什么都来不及了，我们系统内部可能出现了叛徒，我已经在全力搜查整个发布中心了。不过，这个视频既然是政府发出的，就撤回不了了，不然，之前所做的一切都将沦为笑话。"

周凯语气低沉。我紧皱眉头冷冷道："既然如此，那就继续按照方案进行，不过，这个叛徒一定要找出，并把他亲自交给我处置。"

周凯连声应"好"。挂断通信后，网上此刻更是炸开了锅，很快上千万条评

论充斥着，并且每刻还在以惊人的速度上涨。我仿佛隔着屏幕都能听到无数人的谩骂声。

突然，一条条信息以及电话拨来，是曾经的那些熟人朋友，他们都纷纷对我表示担忧。我统一说道："这是一个计划，是故意的，不是不小心的……"放下通信仪，我的内心如同今夜的那则消息，久久不再平静。

窗外，一颗颗人造卫星如往常般闪烁，可我却有种想要将它们打落的冲动，让我感到不解的是，究竟是谁，有这么大胆量与我作对？如此不计后果的背后，究竟是什么原因？

这个问题终究得不到答案，一种疲乏感和愤怒交织着，让我度过了这个漫漫长夜……

第二天，一辆黑色浮车停在门口，那是政府专用浮车，几位身穿正装的男子出现，开门，几人敬礼道："上级有令，请零王大人随我前去。"

我看了几人一眼，随后坐上浮车，一阵汽笛声后，我来到一处充满杀气的地方——西岭监狱。这是第一大区独有的也是全人类最森严的监狱，没有之一，位于第一大区西北角，铁岭山内。

雾气蒙蒙，伴随丝丝连绵的细雨，我来到了这座全世界最坚固的监狱。下车后迎面走来的是一位金发碧眼的女子。她热情地对我道："我是莎莉，这里的监狱长。你来这里的时候中央已经说过了，所以你不用担心我的态度，反而我非常非常佩服你，你是我的偶像。"

莎莉手舞足蹈地说着，全然看不出一点监狱长应有的形象。我就这样静静地听着，如同一只待宰的羔羊，等待着政府的安排。

终于莎莉说完后，她又激动地拿来两瓶酒道："英雄，虽然你被所有人误会，但等战争结束后你的事迹一定会被公开，你为人类所做的一切，真的，这一瓶，我干了。"

她递给我一瓶，随后眨眼的工夫，咕咚一声后一瓶烈酒已然被喝光……

第二百二十三章　占卜

丽莎将手中的烈酒一饮而尽后，看着我道："零王，你不喝吗？"

我淡淡道："这酒就先留在这儿吧，等我下次来，到时候再喝。"

丽莎听后愣了愣道："哈哈哈，好！我更希望我们能在其他地方相遇，到时候我一定再敬你三杯。"

说着面前监狱的大门缓缓打开，一队守卫排着整齐的队形走出，来到面前。丽莎一改之前的笑容，脸上的神色变得严肃起来，目光盯着我道："人员确认完毕，带走。"

身后的一队守卫走近，其中一人拿出一套沉重的锁链，将我的手脚捆住，接着在守卫的带领下，走进监狱，穿过一条幽深漆黑的走廊，一直通到尽头。

其间两侧的监牢内不时传来窸窸窣窣的声音，似乎是里面关押着的其他囚犯发出的声响，甚至有人直接伸上前来，朝我和狱卒大叫，发出一阵嘶吼。

来到走廊尽头，应该也是监狱最深处，周围反而安静下来，没任何声响，就连一滴滴水声都清晰可闻。四周几乎伸手不见五指，只有较远处的一盏灯光还闪烁着微弱的火焰，看上去随时会熄灭。

监牢房门打开，在拟人形态的加持下，一股刺鼻腥臭的气味扑面而来，像是陈年放置的无数条死鱼散发出的气味。这里简直不像是活人能够待着的地方。即便是常年看守这里的守卫也不愿多待一秒。随着一声清脆的上锁声，监牢陷入了一片死寂。

脚下地面上似乎有一片不明液体，让阴冷潮湿的监狱又铺上了一层灰尘。我心说这监狱如果是活人待在这里，恐怕连几天都坚持不住，甚至会被这里的环境刺激疯掉。这恐怕不是一间监牢，而是一间受刑室。

想着对面的黑暗中突然传来一阵轻微的声响，不注意听还发现不了，细细听去，那竟然是一个人的呼吸声。由于声音太小，已经低于人类能够听到的最小音量，身为机人的我也才刚分辨出，那里似乎还有人在。

透过幽深的黑暗，仿佛能看到一个靠坐在角落处蜷缩着的人影。没有动用心灵感应等能力，我试探道："你是谁？"

空旷的声音回荡，对面并没有回应，但连续不断的呼吸声忽然顿了一下，接着一串铁链撞击声传来，黑暗中一双蓝色重瞳露出，死死盯着我。一般人看到定会吓一跳，就连我也微微有些吃惊。那双眼睛里没有丝毫活人的感情，仿佛是一个死人才有的眼神，又像是在看死人一般，麻木、呆滞。

我微微眯眼，将机体自带的光照打开，监牢内瞬间明亮许多，对面的人影见状微微扭头，但并未躲避。这时我也看清了对面人影的情况。只见一个骨瘦如柴的、形容枯槁的人蹲坐在地上，一头杂乱的头发随意披散着，脸色苍白，眼眶深深凹陷，手中似乎拿着什么棍状物体，整个人蜷缩着，由于营养不良导致的畸形，看起来甚至有些诡异。

对面人影见我的灯光照来，竟露出一丝诡谲的笑容。还没等我继续开口，人影开口："没想到这个地方竟然还有人来，我还以为这里再也不会有人了。哈哈哈，真是造化弄人。"

我盯着面前的人影，他的嘴明明没动，却能清晰听到其声音，想必这是古时一种流传着的已经几乎绝迹的语言——腹语。人影看着我，呆滞的眼神中出现一种异动，忽然道："你不是人类。"

我微微惊讶，心说他竟然一眼就能看出我的身份，刚刚我已经开启拟人形态，在不告诉他人的前提下，就算是让人细看也很难看出与人类的不同，但他在这种黑暗的环境下，竟然能一眼看出我的不同，这已经不是洞察力强那么简单了。

我回道："我就是人类，你是谁？"

人影睁大双眼，死死盯着我，手中那个棍状物体握起，对着我似乎在比画着什么。他缓缓道："你不是人，你不是人，哈哈哈哈！不是人，不是人……"

我听着对面人影似乎有些疯癫，不知是不是长期被关押在这里的缘故。不过为了能得到更多消息，我就……

想着指尖一抹白光出现，越过监牢走廊和钢铁牢笼，没入人影身体，人影抽动一下，随后栽倒在地。

刚才我用最温和的原力来治疗他的身体，没想到他似乎因为太虚弱，而无法承受原力的力量。

想着人影有些艰难地重新坐了起来，原本干硬的声音变得柔和起来："你……谢……谢你……"

人影继续道："你刚才问我是谁，我是大名鼎鼎的占卜师莫尼，整个蓝星最伟大的占卜师。"

人影的语气中透露着一股高贵自信。我问道："莫尼，既然你这么厉害，你是怎么被关进这里的？"

他听到后语气里带着憎恶道："我是被奸人陷害的，我明明无罪，我这么伟大，我算得这么准确，球长不信任我，他们都该死。"

我微微一愣，球长更早以前是指蓝星在人类实现大一统后到机人革命开始一段时期，对人类文明最高领导人的称呼，也就是距今二百年到一百五十多年前。

莫尼继续道："那个该死的瑞克威尔逊，知道我占术高超，他陷害我，在球长面前污蔑我，想要将我除掉。我诅咒他和他的子孙都不得好死。"

我听着里面似乎确实有什么隐情，不过事情过去了这么久，当时的其他人恐怕已经不在了吧。我问道："到底发生了什么，使得你变成现在这样？"

莫尼眼神追忆道："那是一个普通的下午，球长让我卜算未来人类文明的走向趋势。那时我年少无知，为了证明自己，不惜耗费自身气运，用尽毕生所学，终于推断出了未来五十年人类的走向形势。

"结果出来的那一刻我也很震惊，因为我推断出未来人类将会遭遇前所未有的一场灾劫，甚至有可能灭亡，但我还是决定向球长如实禀报……"

第二百四二十四章 押送

"我如实向球长禀报了自己的占卜结果。球长得知后显得有些吃惊，随后反复向我确认后什么都没说，对我摆了摆手。我怀着有些忐忑的心情走出了球长府，但怎么也没想到，十天后，身为天师的我竟然会变成阶下囚。"

说着莫尼的眼眶红了起来，沙哑的声音继续道："算来过了这么多年，瑞克应该已经死了，球长大人也不在了吧，哈哈哈哈哈……"

莫尼目光向我看来："你不是人类，我猜是你是机器人吧，没想到那个疯子科学家成功了，制作出来如此精良的机器人，啧啧啧……"

我静静看着，莫尼有些精神失常。我开口道："你，想出去吗？"

莫尼听到后他的声音停了下来，短暂的宁静后，喃喃道："出去，出去，我在前几十年的时候无时无刻不想挣脱这枷锁，哪怕是永远禁止卜算，我也认了，但现在……"

"刺啦！"沉重的锁链声响起，莫尼说道："我现在已经和它融为一体了，出不去了。"

透过漆黑幽深的铁栏，眼前瘦弱的人影身上，一重重锁链环绕，宛如地狱中被绑住的十恶不赦之徒。我看着眼前羸弱不堪的人道："如果再给你一次选择的机会，你还会向球长道出预言吗？"

莫尼双眼无神道："没有如果，如果让我回到过去，我也未必会杀死那个卑鄙的瑞克。对于我个人而言，其实我早已看淡。正如我所预言的那般，这蓝星上的所有人类，都会在未来走向毁灭，对于那些可以看到末世的人来说，让他们眼睁睁看着自己的文明走向灭亡，看着身边的人一个个被杀，我所承受之苦，未尝不是一种仁慈。哈哈哈哈哈哈……"

莫尼干哑的笑声响起，不大的声音中透露出一种凄凉和愤恨。没等我开口，莫尼继续道："这里是无间之狱，这种程度的监牢你是第二个进来的，所以我现在有点好奇你的身份，让我看看你究竟做了什么，才会来到这儿。"

说着只见他手中握着的棍状物体飞出，在空中旋转几圈后，掉落在地，随后他口中念念有词，很快，那根棍子停止下来。莫尼抬眼看向我，突然，他原本呆滞无神的目光变得恐惧，赤红的双眼陡睁，随后竟一口鲜血吐出，整个人不自然地应声倒下。

见此情况，我单手抬起，一点白光飞出，没入其额头，不久，莫尼醒来，艰难抬头看向我，眼神中充满了不可置信。我也不再多问，只是淡淡道："不管你能占卜预测到什么，都请你不要随便窥探别人的命运。刚才如果我不救你，恐怕你已经死了。"

莫尼缓缓将头垂下，满头白发随意披散，仿佛瞬间苍老了十岁。他沉声道："我原本以为，苍天不公，既然给了我占卜之命，为何贬我为阶下囚？现在我想通了，原来这一切，都是为了让我看到你。"

只见他艰难地爬行着，身后沉重的锁链响起，发出阵阵金属撞击声，尽管吃力，但他还是向我靠近着。突然声音停下，看样子是锁链已到最大限度，我有些不忍道："莫尼，你想出来吗？我可以帮你。"

他口中吐出字来："不，这是我的因果，让我自己来了结。你的力量应该用在更加需要的地方。我这把老骨头，能够见到你这样……"

说着说着，莫尼的声音逐渐小了下去，像是睡着了般，闭上双眼。我几乎没有犹豫，手中白光闪现，点点原力触碰到莫尼的身体，可惜，他已经不在了。

见惯生死的我对于这一幕，也并无太多感触。也许，这就是他最好的归宿。因为，那漆黑无边的监牢里，我的最后一眼，看到的是充满轻松的微笑。

收回目光，莫尼的死注定不会引起监狱的重视，就像他一直待在无间之狱的黑暗中般，早已被世人遗忘。不知是怜悯还是什么情绪，此刻，我的周围出现炽热的原力光团，白光闪耀，如同炽热的不可直视之火焰，将对面无间之狱燃烧，在烈火中，莫尼化为灰烬，也重新获得了自由。

剧烈的能量反应引起了狱卒的注意，不久，一队守卫走来，在确认一番后，又匆匆离开。我并没有理会那些狱卒，而是原地坐下，静静等待着。周身出现一黑一白，两颗小球如同日月更迭变换着，这是我在看到又一个生命凋零后所得到的感悟，生命的变化，无常又有常，将暗能和原力以一种规律交替运行，可随意调动两股力量攻击，并且互不排斥，威力倍增。

不知不觉中又过两日，其间我不时运转两种力量，不断感悟，竟逐渐隐隐有了种新的明悟。届日，一队守卫走进，将我带出，经过幽暗狭长的走廊，来到室外。此时天空乌云密布，虽未落雨，却给人一种阴沉无比的感觉。

再次见到监狱长，只见她看了我一眼，神色复杂，继而严肃道："犯人已到，移至盾兵部门，并由第六部门一同护送。"

说话间两名身强体壮的盾兵走来，将我带至一辆车前，准确来说，是一辆囚车，车身上一道道铁网织起，犹如一座移动监狱。

走进车里，车外四周能够全方位无死角看到里面的情况，但车内却看不清外面。但对于我来说，想要看到外面的世界并不难，所以不必担心。车外人声嘈杂，随意一瞥，遥远之外，我仿佛看到了一大片密密麻麻的人群。他们似乎也在等待我的到来。我微微叹出口气，这样做，真的会好吗？

囚车开始行驶，护送的车队开路，在连绵起伏的深山里一路穿行。一路上，车内的人一言不发，不知那些人是出于职业素质还是个人原因，我也无心交谈，只是望着沿途的风景，同时脑海中浮现起即将可能发生的一幕幕，内心突然平静下来……

第二百二十五章　游行

车队在深山行驶了半日后终于停下。此刻车外早已充满了嘈杂的喧闹声，透过铁窗，我仿佛看到了无数人的目光皆汇聚而来。

车前一名军官走来，对我道："就让这广大的人民群众，一起看看你这副邪恶的嘴脸吧。"

说着牢车上原本盖着的黑布揭起，囚笼中的我赫然出现在大众眼中。顿时一声声高亢的叫喊声传来，前排的人们纷纷拿起机器拍照，一道道闪光划过，似乎是想记住我的面孔，更像是在看一个新兴世界里的人，那眼神有着好奇、疑惑，还有愤意。

透过车窗发现，前方车辆同样也是押运车，里面应该有和我一样的，被人类视为大敌的机人，相比我的面孔，那些机人更容易被分辨出来，明显的金属光泽，服饰搭配与人类格格不入，泛着奇异光芒的眼瞳……这些作为机人的明显的证据，现在都变成了人们仇视机人的理由。

而且前面的那些机人表现得也并不平静，尽管没有使用心灵感应查勘，透过其眼神，就能看到他们的惶恐不安，他们似乎知道接下来等待着的是什么。我想了想决定向他们传音道："前面的机人，你们听到我的声音不必惊讶，我和你们一样，都是机人。你们不必害怕，等游行结束，我会带你们离开。"

我的声音以念力波动传开，并不会给其他人听到，几名机人稍稍转过头望来，但很快又扭了回去，似乎是不信任我。我也知道这种情况想让别人相信自己，除非我能让他们看到实力，所以我也不再多说，坐在特制的铁笼内，观察起周围其他变化。

原本宽敞的马路现在只能容一辆车辆通行，而路边最近的场地全被封锁。一个个全副武装的士兵整齐地站立在两侧，栅栏外则是大量记者和吃瓜群众。密集的人群将这座本来是全区最大的道路围得水泄不通，甚至有人为了抢一个好的位置而爬上路杆。

人群中不乏许多年幼的孩童和耄耋之年的老人。他们同样集聚于此，观看这场盛事。突然，一声铿锵有力的低音传来，人群顿时安静不少。循着声音来源看去，一个身穿华服的中年男子站立在一处看台，高大威武，一股上位者的气息扑面而来，正是新任中央大区政府首席官洛秋。

　　一瞬间我的目光与之对视。只见其不慌不忙地移开，随后对着人群道："想必大家都是远道而来观看今日的机人游行，正如大家亲眼所见，现在这数辆囚车上坐着的全都是被政府强制关押的十恶不赦的地上机人。正如之前我的前辈陈行所说，我们人类本来也生活在地上，但后来却被这群强盗霸占，于是被迫转移到地下，现在，他们甚至连我们地下开发出的空间都要霸占。群众们，我们能同意吗？"

　　"不能！"一声声高昂的嗓音回荡。

　　洛秋继续道："看来大家和我的想法一样，我们人类不会坐以待毙，看着自己的家园被毁灭、霸占，我们人类的命运要由自己来掌控，为了我们的明天，也为了我们子孙后代的未来，在此，我发誓，将带领全人类与入侵人类世界的机人抗争到底，无论付出任何代价，将入侵者打败。我将与全人类一起，战至最后一滴血流尽。"

　　落秋话音未落，人群群情激愤，振臂高呼，一时间街道上的呼喊声不绝于耳。

　　"请大家安静！"洛秋威严的话说出人群才逐渐再次平静，只听他道："现在距离机人入侵的期限已经不足半载，请大家先做好心理准备，虽然不必太过担心，我们政府也相应做出了准备，相信可以与之对抗，但接下来即将发生的战争是史无前例的，是无比浩大的，甚至之前人类文明爆发过的两次世界大战在它面前，都显得渺小。

　　"一代人有一代人的使命，我们这一代人，要面临的是躲不过的人类文明存亡之战，胜者，则昂首挺胸，在真正的太阳下沐浴阳光；败者，轻则永世为奴，重则灰飞烟灭，成为历史。我相信，我们将会是前者，我们将会重现人类辉煌。"

　　洛秋顿了顿，接着道："现在，就让我们以这些已经来到人类世界机人的性命，来打响我们人族对抗机人的第一枪，来证明我们人类不是好惹的。"

　　洛秋身旁一位身穿正装的军官道："游行开始，三日后，斩！"

　　话音落下，囚车缓缓开动，人群再次沸腾起来，相比之前，现在的人群仿佛彻底得到了释放，无数恶毒的话语铺天盖地而来，甚者直接将事先准备好的"武器"朝囚车掷来。顿时特质的黑色囚笼被染上了五颜六色，如果不是其材质坚固，可能囚车已经被毁坏了。

我静静地看着窗外发生的一切，相比之下，其他囚车内的机人显得十分惊慌，也许他们之前确实瞧不起身体更加脆弱的人类，但现在如此多的人恐怕也只会让他们吓得不轻。我第一次看到在面对人类时，机人的脸上出现恐惧。

这些机人也许有错，但他们不该死在这里。想着，囚车已经走出第一大区的中央大街。来到外城区，这里的围观群众并没有减少，反而显得更多起来。囚车墙壁上不断充斥着人们砸来东西的声音，叮当作响。

我并不着急，也不生气，反而是一种说不上来的感觉。不过既然已经答应政府了，那就尽量把戏做足，除了最后处决之时，都尽可能配合。

不久，夕阳西下，当最后一缕阳光落下，街边路灯便轰然亮起，为夜行的人们点燃一盏盏明灯，但对于囚车上的机人们，这便是更加难熬的日子，因为每逢夜里，囚车内便可开放一口天窗，人们便可朝内扔砸物品，以释放情绪。

我看着天窗外砸来的一只鞋，不为所动，任由其落在身上。这时，路边一个人突然喊道："咦，你们难道没发现，最后一辆囚车上的机人有点眼熟……"

第二百二十六章　突然的营救

周围的人群在听到那人的质疑声后也暂时停下投掷，转而讨论起来。

"你们说最后的那个机人是谁呀？这么一说确实好像在哪见过一样。"

"我看我们就别猜测了，既然政府将这些机人关押，并且有铁证如山的影像记录，这个机人是谁就不重要了，他只能是我们的敌人。"

人们在一片讨论声过后，继续对囚车砸来各种物品器具，大多是尖锐之物，即使机人全身是由钢铁打造的，也不免会出现划痕甚至留下印记，更多的则是心灵上的侮辱和冲击。那些器具砸在我身上时，我自然可以轻易不让其接近我，但我还是选择沉默。

现在人类需要团结，而此刻包括我在内的囚车上的机人，便是最好的黏合剂，可以让所有的民众齐心，顺便巩固了政府的威信。这样一来，人类社会的内忧便暂时得到解决。

想着突然之前最初险些认出我的中年男子道："我想起来了，就是他，他是之前曾经轰动一时的和政府联手对地上机人帝国进攻的似人机人——零。"

我有些意外，没想到在这儿竟然被认了出来。现在的我可是经过机一机二合体之后的身躯，之前一直是以机一在公开场合露面，原本以为不会被人认出了，但显然还是低估了人们的观察力。

我转头向人群看去，瞬间与那个中年男子对视。他非但不怕，反而走上前来，甚至想要翻越栅栏来到囚车边。我目光一变，男人像是受到刺激，瞳孔一瞬间收缩，不自觉向后退了两步。刚才，我动用了原力和念力，一瞬间将其关于我的记忆暂时屏蔽，所以才会出现刚才的那一幕。

男人的异常并没有引起太大注意，混乱的人群依旧在向囚车砸出各种各样的物体。男人周围那些听到他说话的几十人也在瞬间被我暂时屏蔽了记忆，他们本身不会察觉到异常，甚至永远也不会知道刚才发生的事。

囚车继续不紧不慢地行驶，前方依旧是黑压压一片看不到尽头的人群，宛如一个个审判者向囚车里的我和数名机人投来鄙夷憎恶的目光以及行动上的惩罚。其间再没有人认出我来，抑或那些认出我的人，也同样开始憎恶我，只是没说。

不知不觉中我所在的囚车几乎被各种物品填满，甚至阻挡了人们看向车内的视线。相比之下，前面的五辆囚车虽然也不断被投掷，但里面填充的物品却远远不及我。我猜应该是在政府放出的消息里，我作为头号敌探的身份引起人们的恼怒所导致的。

就这样，本该平静的夜晚在人群的混乱声中度过，当黎明的曙光升起，第一缕阳光照向大地，有的忙活了一晚上的人才陆陆续续离开现场，但围观人群并没有因此减少，因为还有许多夜里挤不进来的人，此刻便是为他们提供了机会。更加密集的人群到来，让白日里的中央大街热闹得如同过节。

我看向前方几辆囚车，经过一夜的折磨，其他机人的囚车也被填满。这时，一支政府特殊小队从围栏外走进，随后将囚车内堆积已满的物品倒出。人们又重新可以看到车内机人的情况，污秽不堪，如同掉进垃圾堆一般，机身上更是由于锐器的碰撞，导致一道道刮痕，显得越发狼狈。

我没有做任何防护措施，因此比起前面的机人情况，也好不了多少。我看看自己身上沾染的污垢和浅浅的刮痕，没想到自己变得这般狼狈，是心心念念想要守护的人类导致的。不知未来，这些群众知道真实的历史后，会做何感想。

即便是见惯许多场面的我，也有一瞬的恍惚，宛如突然背后遭到了一击。这一击不是打在机体上，而是打在了我的心灵上。

我闭上眼，不再多想，但愿这一切，有个令人满意的结尾收场……

时间一分一秒流逝，游行的第二日过去了，我大多数时间在静心，调整心态，因为不愿接受现在这样的局面。同时也在观察着周围的变化，我意识到此刻车上的其他机人也许已经绝望，经过长达两日的不断折磨，一个正常即使没有感情的机人，也会产生十分悲观的情绪。

人们的"狂欢"还在进行着，时间来到第二日的深夜，一声远处的爆炸打破了现场的氛围。人们终于从几近疯狂的游行之旅中回过神来，一人喊道："你们快看，那是什么？"

远处一道尘雾爆炸声下，一排排训练有素的机人正朝着游行队伍的方向快速逼近，其中不乏还有人类夹杂其中，每人都头戴红巾，为首之人身材虽不高大，但行动如同魅影，所过之处让人难以寻到踪迹。来者正是由初旭领导下的革命军队伍，上万人的军队，此刻正以雷霆之势进发。

我看到后微微一振，没想到初旭会带革命军队伍前来，多半是来救我的，之前我还特意对她说不要轻举妄动，三日后我自会平安归来，没想到她没有按捺住性子，大张旗鼓地来了。这就是初旭的性格吧……

我待会儿该如何面对他们？如果表明身份，让人们知道我是革命军首领，还曾经帮过人类，那会让政府难堪，这两日的努力也就全白费了；而如果装作不认识革命军的话，那么革命军很可能会与守卫森严的政府军展开激战，届时两败俱伤，也得不偿失……

革命军的队伍已经来到外城区，距离内城越来越近。周围观看游行的人们也意识到了不对劲，纷纷想要离开现场，尽管有不少官兵疏通，场面也控制不住地开始混乱。情急之下，我连忙向远处的初旭以念力传音，希望她能够停止行动。

忽地，革命军的队伍真的放缓许多，几乎停了下来，可是我的念力波动还未到达，难道……

仔细望去，我看到原来初旭面前突然出现了一人，竟挡下了军队的步伐……

第二百二十七章　是他

由于距离较远，一时我也分不清那人的来历，一袭长袍加身，身形并不算太高，但竟能瞬间拦下革命军的千军万马。我回想着可能出现在这儿的人，如果是政府官方的人话，至少要是盾兵总队长级别，但那身形却有些不像；如果是其他人的话，一时又想不出到底谁有那本事这样做。

没过多久，初旭带领的革命军部队竟然开始撤离了，直接掉头朝着中央大区外前进，而我仔细想要辨认长袍人的身份时，他竟直接遁入黑暗之中，隐匿了起来。这让我对其身份更加怀疑，还没有多想，一列列士兵从四面八方出现，其阵仗要比之前革命军的威势更甚，乍看已有十余万人，正有条不紊地向一个方向集结，那便是革命军撤离的方向，如此短暂的时间内能够调集大量兵力，这便是中央政府的实力。

我心说这下糟糕了，刚才革命军的出现，已经触及政府的底线，在这场原本盛大的游行之日，还有这么多的机人公然出现，这是对政府赤裸裸的挑衅。就算之前周凯答应我不会对革命军机人怎样，但此刻显然政府的脸面胜过一切，如果今日不将那些机人捉住，那便会将刚建立起的团结和威信碎裂。这是不可想象的。

但如果革命军的人员都被抓住，政府便无法向我交代，这其实是个两难的选择……

虽然不愿相信，但如果政府铁了心要对抗革命军，革命军的胜算几乎为零。我微微叹出口气，开始谋划怎么做才能两全。

时间一分一秒流逝着，周围原本观看游行的人群比起之前少了许多，有的人脸上甚至浮现出不安的神色，游行的气氛也因此蒙上了一层灰尘。相比之下，囚车上关押的机人变得轻松许多。一个红条花纹的机人道："哈哈哈哈！人类以为他们将我们个别控制处刑就了不起了，没想到这里还有我们的同志。"

另一个在被捕途中已经损坏了一只眼的机人道："不要高兴得太早，你们睁大眼睛看看，那些之前过来的机人到底是什么人，他们是所谓的革命军，是背叛我们地上机人帝国的人。虽然不知他们有何目的，但绝对不可能为了我们几人来援救，他们有别的目的。"

红条机人道："你说他们的目的是什么？"

独眼机人笑道："虽然我猜不出他们抱有什么目的来此，但我知道一点，就是那些背叛威斯大人的劣质机人在地下也不会好到哪儿去。他们所谓的首领零早就失踪，那些机人应该都会死在人类的手里，而人类又最终会被我们无所不能的威斯大人毁灭，哈哈哈哈哈……"

我心说这独眼机人若是知道我就在他旁边，不知会怎么想？这些被捕的机人对人类都抱有极大的敌意，人类将其抓住也是有其道理的。

我感觉周围发生了什么变化，但转身看去，又一切正常。一排排士兵整齐排列，形成一堵人墙将内外划分。突然一个士兵朝我走来，眼见他走至囚车前，俯身低语道："我救你出去。"

我微微一振，有些不可思议地盯着他。这是一个脸庞俊朗肤色白皙的士兵，看上去很是年轻。他见我没有反应，又重复道："等下我会制造混乱，到时候你听我指挥，我会救你出去。"

这次我听清楚了。我微微眯眼，盯着他道："你可知道我是谁吗？"

年轻士兵低声道："当然知道，不然我怎么只救你，不救其他人呢？"

我有些疑惑，难道他是政府派来救我出去的人吗？初旭的突然出现将政府原计划打乱，这时政府或许会有其他想法。想着我看着眼前的士兵传音道："是政府的计划吗？"

他突然向我露出一丝不易察觉的笑容，低声道："当然了。"

我意识到有些不对劲，不过还是顺水推舟道："好，就按你说的来。"

年轻士兵转身走到我旁边的囚车前，对着里面的囚犯道："你们自由了。"

话毕，一声清脆的金属撞击声响起，五个牢笼在短短一刻皆被打开，不光是我，其他囚车内的机人也不明所以，但他们还是第一时间抓住机会，撒腿就朝外跑去。

站岗的其他士兵很快发现了异常，一声急促的哨声响起，数十名士兵迅速出动，将正在出逃的五名机人包围，而我所在的囚车此刻也传来脆响，年轻士兵向我伸出手道："就是现在，跟我走。"

我身形一动，下一刻便出现在囚车外。在年轻士兵的带领下，我们朝着中央大区外城区跑去。身后突然传来声音："停止逃跑，迅速投降，反之立即处刑。"

向后一瞥，上百士兵正气势汹汹朝我赶来。之前逃跑的五名机人此刻已经被重新控制住了。只听身旁声音道："再快点，不然就要被追上了。"

我见其认真的样子道："你到底是谁，为什么来救我？"

年轻士兵沉默片刻道："你很快就知道了。"

我心说都现在了，还在跟我卖关子，看来他真不是政府派来的人，那么会是谁？……

我突然停下，年轻士兵也不得不停下，转身急促道："快走。"

我盯着他道："你不是人类，你是机人。"

他没有否认，点了点头道："聪明。"

忽然，身后传来一片密集的子弹声，微微皱眉，看来这些官兵是想要灭口了。身旁年轻士兵伸手，一袭白袍出现，甩出，巨大的白袍将我和他都遮盖起来。就在子弹打来到瞬间，一股熟悉的力量出现，白袍上的一点黑色迅速蔓延，变成黑袍。

"当当当……"子弹打在长袍上，发出生硬的碰撞声。我惊讶地看着眼前的年轻男子，刚才他所使用的力量不是其他，而是暗能，是几乎不可能被控制的暗能。

又回想起之前拦下初旭的长袍人，看来就是他了，能拦下初旭并将她劝退，还能使用无与伦比的暗能战斗……我眼前一亮，对面前之人道："好久不见……"

还没等我说完，他就直接将我揽入怀中，随之一道靓影出现眼前……

第二百二十八章　再遇

年轻男子将我揽入怀中，伴随淡淡的光晕，他的面貌和身体发生着不可思议的变化，短短数秒，一道熟悉的靓影出现眼前，仅看一眼便可确定，眼前之人是我朝思暮想的初雪。

雪白的机身在月光映衬下闪闪发光，灵动的双眼不停地眨动着，我看着眼前之人，仿佛时间停止了一刹那，只听她忽然道："怎么，难道这么快就忘了我了，零？"

我回过神来，有些不敢相信道："你是怎么来的？……"

她莞尔一笑道："别讨论这个了，先把眼前的麻烦解决掉再说吧。"

我点了点头，望向一侧越来越近的众多士兵道："好，让我来吧。"

想着脚底一团黑暗如同液体般流动，很快一个和我长得一模一样的机人模型出现。我低声道："这个应该能够骗过这些士兵的眼睛，我们走。"

话毕我将初雪揽住，随后瞬间出现在一公里外的城郊区。此刻这里依旧人来人往，暂时不会被政府军发现。

我回头望向内城，那只模型此刻被士兵抓住，正拖向囚车的牢笼里。眼看暂时没被发现，我松了口气，对初雪道："我……原本打算去找你的，找了好久，没想到你先……"

初雪眨着如同宝石般闪亮的双眼看着我道："我当然相信你啦，我也找了你好久，没想到你却在这儿……"

说着她叹出口气道："被人欺负，你呀，就是太无私了。"

说着她抬起手来，拍了拍我身上的尘土。我笑了笑道："无私吗？这种东西是不是不应该出现在像你我这样的机人身上，当初你为了救我不惜掉落岩浆，这不是更……"

说着我顿了顿道："你后来是怎么逃离出来的？一定受了不少苦吧。"

我下意识向初雪抱去。她略微迟疑了下后顺从地依偎在我怀里，只听她低声道："说来话长了，我们先找个地方吧。"

我点了点头。初雪从我怀中挣脱开来。我有些不解地看着她，突然觉得现在的初雪变了，她的眼神中多了一丝复杂，还有忧愁。我没有说什么，人是会成长的，更何况初雪经历了生死离别，她变得成熟了，还多了一种说不上来的感觉。

初雪脸上露出一丝狡黠的笑容道："走吧，还愣着干吗？"

说着我便和她一同来到大区边境上的一处废弃的屋舍。这里虽然没人，但还算干净。两人对坐，目光交汇，此刻仿佛有千言万语，一时不知如何开口。还是初雪先打破了宁静："你身上有点脏，我帮你擦一擦吧。"

我低头看去，由于之前的游行，各种物品甚至垃圾砸到身上，此刻倒像极了刚从垃圾堆里走出来的落魄儿。我失笑道："雪，你辛苦了，这点事情还是我自己来吧。"

话毕，念力发动，周身出现水波不断荡漾，不多时我便将机身清洁了一遍，看起来焕然一新。初雪看着我道："这样就帅多了，这才是我家的零嘛。"

我微微一笑。初雪继续道："对了，我给你讲讲后来发生的事。"

我点了点头。只听初雪娓娓道来："还要从我落入岩浆池说起。说实话，掉入岩浆的一刹那，本以为自己就这样命丧于此了，没想到在落入的那一刻，第一感受并不是灼热，而是一种温热。我觉得是自己出现幻觉了，因为我清楚地看到自己的机体在一点点熔化，但这种熔化只进行了一小会儿就停止了。

"我的机身仿佛被什么魔力覆盖，那滚烫的岩浆都不能再侵蚀分毫，而我再看向己身时，自己的外表已经变得一片漆黑了。这时我才意识到，我可能体内存在着所谓的暗能。这使得我虽然没死，但短时间内也不能对外界做出反应，所以只能待在岩浆池底。"

听到这里我抱住初雪，轻轻抚摸着她的头道："雪，你受苦了，以后绝不会再发生这种事情。"

初雪抬头望向我，依偎在我肩上，继续诉说着她的经历："大概是过了一段时间后我终于发现能够行动了，于是偷偷从岩狱中跑了出来，之后看到外面的世界变得和以往大不相同，机人世界似乎发生过战争，有部分地区硝烟弥漫，像是经历过爆炸，所幸大部分地区还是太平的。

"后来我才了解到，因为有的地方出现了传说中的鬼物，那种生物就是之前在罗南深渊里遇到的怪物，机人费了不少力气才将其关押。再后来我又无意中遇到了穿戴着机甲、伪装成机人的人类。

"讲到这儿时我问道："你说的人中有没有一个头盔长着牛角、会飞行的人？"

初雪想了想道："我记得没有，不过我发现他们有个奇怪的行为。"

我疑惑道："什么？"

"那些住在地上的人类定期前往一个地方祭祀，而后来我在其中发现了这个。"说着初雪将一瓶试管拿出。我看着其中半透明的液体，打开瓶盖，将一滴液体倒出，经过扫描，这种液体像是一种生物分泌出的神经激素，里面有一种物质，能让人体内机能短时间提高爆发十数倍，这简直是种神药……

我盯着瓶内，心说新人类居然还有这种东西存在。有了这个足以让普通人都能和盾兵甚至是队长级别的人掰掰腕子，可想而知这种液体的威力。我突然想到了瓦尼曾经说过的一句话，他受到足够的诱惑，以至于他冒着巨大的风险背叛唯一真神饕祝，现在看来应该和此物有关，又或许这种液体就是他从饕祝体内所得到的。

初雪见我看着瓶子道："零，你想到什么了吗？"

我没有隐瞒，将之前的遭遇说出。初雪听后也为之一振道："没想到这些人类竟然如此恶毒，敢欺骗你去对付那个大怪物。早知道我当初碰到他们就应该把他们……"

初雪的眼神中杀机流露。我连忙道："这都过去了，也可以给他们一次改过的机会。"

初雪愤愤道："话虽如此，但依照那个人类的性子，我觉得他日后不会老实……"

第二百二十九章　分头行动

我回想起之前瓦尼的种种行为，如果一开始就知道他属于政府管辖范围内的，那么他所做的种种行为可以解释成政府的指令了。但他之前宁愿不惜放弃成千上万无辜平民的性命，也要想方设法得到所谓饕祝的力量，这难道也是政府下达的命令吗？如果是的话，这与我认知中政府的形象不符；如果不是的话，那就说明这是瓦尼的自发行为，他这么做的目的又是为何呢？

我的思绪有些陷入了迷茫。一旁初雪见状说道："零，还在为那些人类担忧吗？"

我回过神来道："我只是在想，瓦尼为何要冒那么大风险去得到饕祝的力量？这一小瓶液体能够给他带来什么呢？"

初雪看了看试管中半透明的液体道："从之前你的了解中，我觉得他不像是个好人，也许是我想多了，不过现在先别担心了，他既然是政府的方面的，那么应该做不出什么逾规之举，我们还是想想现在吧。"

我点点头应道："其实现在的局面也不容乐观，原以为政府这次举行的机人游行能够暂解人类世界内部的燃眉之急，没想到初旭率领的革命军机人突然出现，现在革命军和政府之间的矛盾已经彻底被激化。"

我顿了顿看向初雪道："当时那个只身拦下革命军部队的神秘人是你吧？"

初雪笑了笑，轻快道："这么快就被你猜到了，当时形式比较危急，所以我只能那么做了。"

我看着初雪有些感慨道："原本应该是我去救你的，没想到到头来还要被你所救。"

初雪那宝石般明亮的双眼眨动着，轻声道："那你要好好报答我，不能像上次那样随便把我赶出门。"

我知道她说的之前在林海别墅的时候，现在回想起来的确有些愧疚。我认真道："这次不会了。"话语间我和初雪的距离被无限贴近。

突然，一阵闷响声响起，停下，窗外天上不知何时多出许多战机，正朝着一个方向飞速前进。

我看着战机离开的方向，暗道不妙，那里正是革命军基地的方向，看架势今天革命军基地似乎凶多吉少了，而且初旭现在也很可能还在和政府军追兵缠斗，一时顾不上基地。想到这，我心里一沉，对初雪道："基地有危险，我需要现在赶过去。"

初雪见状连忙说道："好，我也去。"

我微微点头，挥手，脚下地面变成一片黑暗，宛若深渊，一辆漆黑无瑕的浮车出现眼前。没有多言，我和初雪一同坐上浮车，朝革命军基地赶去。

浮车速度极快，甚至身后都传来一阵音爆。一旁初雪也没有了之前的轻松，脸色变得平静。我观察着窗外的变化，空中再次传来轰鸣声。我已经追上了之前发现的战机，只要保持这个速度，可以赶在政府战机之前到达。

我心说还有救，心想要不要变化一下身份，让大众认不出我，这样政府的计划就不算失败；如果我光明正大出现在公众视野中并救下革命军，那政府的威信就算彻底扫地了。

想着心念一动，一张新面孔形成。我有些满意地看着镜子中的"自己"，现在的我是一副五大三粗的模样，与之前的模样相去甚远，想必就连初雪也认不出来。转头看向初雪才发现，她还在盯着某个方向发呆。我随意道："雪，你看我现在是不是都认不出来了？"

谁知初雪依旧一动不动，我心有所疑，正准备继续追问，这时初雪转过身来，只见她此时脸色有些异样。我忙问道："怎么了这是？"

她犹豫了一下，随后压低声音道："姐姐她好像出事了……"

只听初雪解释道："昨天我和她在离别前，我交给她一只定位器，并且和她约定，无论何时都要带在身上。如果遇到困难，立刻按下旋钮，这样对方就能察觉到异常并及时支援。

"她的定位器在一刻前突然变红，但很快恢复正常，刚开始我以为是由于误触导致的，但就在刚刚定位器信号直接中断了，那么我猜，姐姐她大概率真的碰到什么了。"

听完我的心情也变得越发沉重。一旁初雪继续道："零，这只是个猜想，还没变成现实，也许姐姐没有危险，只是因为其他原因定位器显示不了了。不过既然我和她有约定，那么我就要赴约，去信号丢失的地方看看。你直接去基地就行，我随后找你。"

我微微皱眉，这反常的现象一定不会像初雪说的那样轻松，初旭应该真的遇到了棘手的情况。我沉声道："既然这样，我和你一起吧。"

初雪轻轻一笑，接着我身后一阵温暖传来，肩边传来初雪的声音："放心，我有分寸。现在我的机体已经相当于重生进化过一次，又掌握了暗能，再不济也可以逃跑。基地那边还需要你，初旭那里我去就好。"

尽管我有些不情愿，但最终还是点了点头道："那好，注意安全，有情况及时联系。"

浮车停下，初雪在我的目光下渐渐消失。望着她远去的背影，驻足片刻，我继续起身赶往基地，希望能够尽早解决这次冲突。

遥遥相望，在看到基地所在地带一片平静后，我暂时放下心来，接着拨通了一则号码，向基地人员交代了一些事项后，在距离基地一公里处的开阔地带停下，等待着战机到来。

几分钟后，天空传来熟悉的轰鸣声，一片规模庞大的战机群降临，乍看之下足有数百架。随着轰鸣声越来越近，整片天空都仿佛被遮盖。我看着时间差不多了，身形一动，瞬间来到了战机面前。那些战机也发现了我，但似乎并没有放在心上，只是在发射两枚导弹后选择绕行过去。

我心说看来还是要来点真格的了：抬手，念力发动，无形波纹扩散，很轻易就将导弹拦下，停止在空中。接着向战机群传音道："等等，你们想要毁了革命军基地，得先过我这关……"

第二百三十章　追

随着我的话语传入每个人的耳朵，空气仿佛凝固了般，陷入了短暂的平静。不久，眼前一架战机内广播声传来："我们乃第一大区猎鹰飞行队，奉大区总司令之命前来瓦解残留在这里的机人余孽。请立刻离开这片区域，否则我们将会进行无差别打击。"

我摸了摸自己的脸，突然意识到自己现在伪装成人类，于是缓缓道："那如果我也是机人呢？"

话毕，我的面貌一变，恢复到最初的机人形态的模样。对面战机部队见状不由分说，直接开始对我发起攻击。一只只导弹飞出，这次足足有数十枚炮弹，看来政府真的要对革命军动手了。

我微微皱眉，单手一挥，强大的念力使得原本还高速飞行的导弹愣是停止在半空，看上去魔术一般。我顿了顿，说道："别着急，我只想和你们商量商量。如果再对我动手的话那就别怪我不客气了。"

我的语气十分冰冷，隔着一层防弹窗，仿佛能看到飞行员那不可思议的目光。一声响指，半空飞来的导弹纷纷爆炸，原本足以炸平一座小山的飞弹如今却变成一场盛大的烟花。

烟雾还未散去，飞机上广播声再次响起，而这次的声音显得比之前语气缓和许多："恕我们眼拙，第一时间没有认出来。你就是革命家现任一把手，零。"

我露出一抹笑容道："那你们现在改变主意了吗？"

广播声道："抱歉零王，虽说如此，但军令如山，恐怕这件事……"

我打断了声音来源道："也许你们的选择是对的，但是你们有多大把握能越过这里。"

说着掌心白光乍现，紧接耀眼夺目的光芒迸发，手中赫然形成一团原力球。我淡淡道："我的时间不多，给你们两个选择。第一，好好跟我说话，我们商量着来。第二，接下这枚能毁灭半个城市的原力弹。"

战机上声音犹豫了一瞬，很快便道："零王，我开玩笑的，我们还是以和为贵。"

我笑了笑说道："看来里面还是有识时务的人，这就好办了。你既然能认出我，那么我的事迹你应该也有所了解。我向来说话算话，回头到了你们领导面前，有我在相信他也不会为难你们。"

我接着道："话不多说，我想先问问你们的命令是谁下达的？"

战机上声音道："我们直属于中央大区，由落秋首席长亲自指挥。"

我随即道："既然这样，那就好说了。我和你们首长落秋也算有点交情。你只要乖乖配合我演一出戏，你不仅不会被批评，甚至还有可能会被表扬。"

见战机里没有动静，我接着道："你们虽然不能把革命军基地真的毁掉，但我可以配合你们逢场作戏，足以瞒过大众。我还可以保证，以后机人不会随意出现在人们的视野，这样群众也不会起疑。"

很快战机声音响起："零王，我代表猎鹰飞行队宣布配合你的行动。"

我微微一笑道："很好，那我们可以开始了。"

说着念力波纹散开，无形的力量让下方本来平坦的地面瞬间尘土飞扬，黄沙漫天，一眼望去竟看不到方圆十里的路。

战机上焦急的声音传出："零王，你这是……"

我缓缓道："别急，你们看清楚了。"

很快，黄尘散去，天空再次露出湛蓝的一角，当再次能够看清地面时，一排排武装好的似乎是严阵以待的士兵伫立不远处，仔细看去，却会发现他们每个人身上都闪着金属光泽，一身钢铁战甲，那是全副武装的机人。一时间，一股肃杀的氛围弥漫开来。

我开口道："我用了一点小小的手段，制造了这些假的机人士兵，现在，你们就把他们当作真的机人，任凭你们如何轰炸都不会还手。这样以后有人来此地，也只会觉得政府这次是大胜而归，怎么样？"

战机上声音传来："好，就按你说的来，零王。不过之后，我还是会向上级如实禀报这次行动的真相。"

我回道："好，那就这么定了。你们在轰炸完后就此打住，不必再向前深入探索，我会处理好革命军的。如果你们不守约定，那就别怪我不给你们或者说政府留情面了"。

战机上声音道："好的零王，合作愉快。"

我向着革命军真正所在的位置瞥了一眼，那里距离此地还有一定距离，应该不会被波及的，革命军暂时应该算是被保住了。那么接下来就准备去救初旭了，或许在途中还能和与正在寻找的初雪会合。

想着我连忙加速，不顾身旁的战机群，径直朝着初雪之前给我展示的位置飞去，那里正是初旭失踪前留下的信号中断的位置。沿途阵阵音爆响起，不知情的人或许会以为上空是一架超高音速飞机。我顺手掏出初雪之前递我的信号仪，上面的红点几乎和初旭原来的位置重叠，也就是说，初雪已经到了初旭失踪的地方。

我心说看来也许不用等我赶到，初雪就能将初旭带回，这是最好的结果。

忽地，我瞥见通信仪上那原本代表初雪的红色圆点闪了起来，如同当初初旭的情况。我暗道不妙，看来初雪也遇到了麻烦，而且很有可能是同样的麻烦。

要知道现在的初雪已经经过二次改造，比起几个月前要进步许多，甚至连暗能都可以初步掌握，远远超越一般人，就连对付盾兵队长都估计绰绰有余，除非她遇到伏击、偷袭或者比她更强的存在，但在这盾兵已是单兵武力最强的人类世界，一时又想不出有什么人能打过初雪……

还没过几秒，通信仪上代表初雪的红点突然直接熄灭。我微微皱眉，连忙以最快速度向前飞去。接连的爆炸声甚至都已经听不清，只知道此刻我的速度已经超过这个星球上任何一种工具了。

片刻后便到达两人消失的地方，此刻超高温的机身都因高速而变得灼热无比，滋滋作响声下冒出一股白烟。我完全不理会自身的状况，立刻向四周望去……

第二百三十一章　追寻

抬眼，无数条裂缝里裹挟着泥沙肆意蜿蜒，一块块高低起伏的巨大黄土堆构成了整片天地。这里是荒无人烟的硫雾区，位于地下人类已开发世界的边缘地带。这里有着人类因积年累月工业科技发展而产生的化合废料以及各种废品垃圾，排除大区政府定期的检查和清理，此地已经没有了任何生机。

没有理会这里的环境，我立即对周边进行侦测扫描，希望能够发现初雪、初旭两人的踪迹。红光掠过，很快，在一片废弃化工厂下我看到了些不寻常。

尽管这里的环境恶劣，土地都被腐蚀变形，但地面上一道清晰的痕迹引起了我的注意。走近看去，上面有明显撕扯的痕迹，甚至还有半个足迹，虽不明显，但我一眼就认出这是初雪的脚印。看来她们的确是在这儿失踪的，不知道是否现在还在这里。

没有犹豫，无形的力量散出，心灵感应释放，直接将方圆数十公里皆覆盖在内，不一会儿一个个心灵光团自远方飘起，十分零散，而且光看颜色不像是机人或者人类的光团，更像是动物的光团，暗淡且颜色单一。

我微微皱眉，心说难道她们已经到了更远的地方了吗，还是说遭遇了什么不测？没有什么思绪，我想到最开始时初旭是为了引走政府军的追击而逃到遥远之外，最后在这里消失，而现在唯一的线索就是追击初旭的政府军了，或许那些以落秋为首的人类高层真的还有瞒着我的其他行动。

想着，怒从中来，我深吸一口气，拨通了只有危急时刻用来联系的号码。一阵忙音后，一个老成的中年人的声音传出："零王，呵呵，没想到你会在这个时候给我打电话。"

我低沉道："废话少说，你难道不知道发生了什么事吗？"

电话那边陷入了短暂了沉默，随后道："攻打革命军不是我下的命令，政府内部现在被渗透得很深……"

我打断了落秋的声音道："什么时候？这么重要的消息你竟然没有提前告知我？"

"我也是不久前才发现的，现在政府里出现了一个和我一模一样的人，假扮我发布命令。在你打进电话半个小时前刚被抓住，恐怕这背后还有更大的阴谋。"

我不满道："那是你们自己的事，但我要说的不是这个。"

"难道是有关那位革命军将领初旭的事吗？"

"你在明知故问吗，落秋？"

我的语气故意加重了许多，那边咳了一声道："我也是猜测，因为事情发展到现在已经有点失去控制，不知道什么原因，原本派出假装追捕革命军初旭等人的部队突然间失去了下落，我们还以为是革命军把他们干掉了。"

我原本不满的情绪此刻也稍稍降了下来，冷冷道："如果革命军和政府军同时失联的话，那会是谁干的呢？"

落秋沉声道："不管是谁做的，我想他一定对我们双方都有足够的了解，并且还得有能够抗衡我们的实力和勇气。这没一样是简单的。"

我盯着初雪留下的淡淡的足迹道："我觉得未必，如果这不是你们联邦政府搞的鬼的话，如果真有这个人的话，那么他就是在自寻死路。"

落秋闻言道："你还在怀疑我？"

我淡淡道："待我去看看你那边所谓的想取代你的冒牌货再说，我自有判断。"

落秋没有犹豫道："好，我这里随时欢迎你。"

我没有再说，直接挂断了通信。身下一团黑影如液体般流动，很快，黑影中一只飞艇出现，走进，一声巨响，我再次踏上了征程。

路上，一种不祥的预感袭来，落秋没必要说谎，这样对他没有任何好处，那么真相就是真的存在第三者。敢于对革命军和政府同时出手的第三者，究竟是什么人？难道是机人入侵提前了吗？可是机人没必要在这种地方行动，他们的目标是统治人类，在绝对的武力下，不可能选择如此偏僻的地方，做完事还隐藏起来。

只有想去对抗人类但又不想这么快打草惊蛇的人才会这么做，但估计也很快就会露面了，因为他们的动作已经不小了，下一次出现就有可能是正面较量了。既然政府和革命军已经在明，那么我就隐藏在暗了。虽然我有足够的信心击溃任何敌人，但有些准备总是好的。

半小时后，我来到了第一大区，政府办公大楼上空，破空声引来了人们的围观，下方，政府武装部已将这里重重围住，看来政府也做足了准备，我甚至看到了几张熟悉的面孔，那是曾经打过交道的盾兵队长们。

飞艇降落，来到大楼门前，一排排严阵以待的士兵齐齐看向我，虽未举起武器，但对普通人来讲，此刻感受到的必然是一种十足的威严和压迫。我平静地走进大楼。一间办公室内，落秋正坐在靠椅上，双眉紧皱，似乎在沉思。眼前一个与他身段十分相似的人背对着我，双腿下跪，面向墙壁，看不出什么状态。

我直接掠过落秋，伸手抓向那人，轻松提起。待将他转过头时，一张与落秋一模一样的脸正对向我。不同的是，这张脸上已然没有了正常人该有的样子，一动不动，双目无神，仿佛只是个提线木偶。

我看着面前之人的样子，又判断了他的状态，突然想到了什么，于是转头对落秋道："首席长，你对他怎么看的呢？"

落秋紧闭的双目睁开，看向我道："根据专业人士的检查，这个伪装者与我的DNA完全相同。如果不是其他手段，根本分辨不出他是假冒的。"

"什么手段，问了他特殊的问题吗？"

落秋深深皱眉道："我们在他的肩膀处发现了一个刺青。"

我顺着落秋指向的地方扒开面前之人的衣袖，一个不大但十分醒目的图案出现在眼前，一张人脸上一半是正常的，另一半是密密麻麻的钢铁机械，那是代表新人类联盟的图案，与之前遇到过的不同的是，这张人脸大笑了起来……

第二百三十二章　答案？

刺青上的人脸因大笑，五官也跟着扭曲起来，看上去甚至让人感觉有些发毛。我再次对克隆落秋的男人全身上下检查了一番，忽地，其脑后一片地方让我有种说不上来的怪异感。我想了想，对身后的落秋说道："你应该不介意我做个小实验吧。"

落秋看着角落里已经毫无生气的长着和他一模一样脸的男人，摆了摆手道："既然这趟让你过来，那肯定不能让你白跑一趟，交给你了。"

我微微点头，走到男人背后，随手一抓，随着丝丝鲜血渗下，一小块指甲盖大小的芯片自男人脑勺后被取了出来，摊开手掌，薄如蝉翼般的透明芯片上沾满了血渍。落秋见状眯起眼道："这是被科学界禁止的脑机接口技术。"

我见他目光死死盯着芯片便道："首席长你怎么看？"

他神情有些复杂道："脑机接口曾经是我们人类引以为傲的技术，只可惜后来出现了意外，造成了严重的灾难，所以这项技术已经成为历史，没想到今天又出现了，而且看起来比当年更加成熟。"

我微微眯眼，看着手中这一小块不起眼的芯片淡淡道："就让我来看看它里面到底有什么秘密。"

正当我准备对芯片检测时，一股微弱的电流自芯片内传出。我心说不好，连忙将它握紧，下一刻，一阵闷响声响起，等再次摊开手掌，随着白色烟雾散开，芯片早已在爆炸中化为灰烬。虽然我心里早有预料，但看着线索再次断开不免有些可惜。

我摇了摇头道："看来对方很是谨慎，没有露出一丝破绽。刚才在我手中芯片瞬间就自爆了，如果不是我，想必这间办公室也会受到影响。既然现在线索已经毁了，那我就只能换个思路了。"

落秋皱着眉头，有些凝重道："没想到对方如此心狠手辣，如果是我们工作人员发现的话就危险了。"

我打开巨大的落地窗，对着落秋道："你还是小心些吧，做好迎接战争的准备。我想对面应该马上就会露头了，不出意外的话对方甚至可能是你们政府内部的人，毕竟只有自己人才最了解自己人。对了，希望下次见面你还活着。"

没有回头，想必他的表情也不好看。轻轻一跃，离开政府大楼，走在繁华的大区街道上，拟人模式的伪装下，并没有人认出我，而我穿梭在熙熙攘攘的人群中，想着下一步的计划。

从刚才的芯片爆炸中，我已经几乎能够肯定，这一切的始作俑者，绝对与新人类联盟脱不了干系。一方面是因为这种脑机接口手段与之前潜入新人类联盟时遇到的一模一样；另一方面则是我在那个克隆人脑机接口处看到了一种熟悉的液体——饕祝体内的生长因子，虽然被稀释了许多倍，但我还是辨认了出来。这种液体只有新人类联盟才有。这样看来政府内部出现了叛徒，甚至与新人类联盟还有很深的联系。希望我刚才说给落秋的话，能对他有所帮助吧。

想着，拿出通信器，拨出，不一会儿，一个苍老稳健的声音传来："哦，是零王吗？请问找我有何贵干？"

我一字一句道："将军，我有点事想向你请教，希望能和你见一面。"

对方沉默了几秒："好。你想在哪儿？"

"就在我们第一次见面的地方。"

史密斯道："可是那里已经变成废墟了……"

我笑了笑说道："那也不影响，对吗？只要你到附近就好，明日晚上七点前到，不见不散。"

挂断通信，走到附近一家旅店，住宿下来。距离明日约定还有接近一天的时间，我决定先停下来整理一番。

目前的线索都指向了一个目标，那便是新人类联盟。与之打交道数次，我自然也知道其有多大的能量，能够通过秘术召唤出传说中的远古生物饕祝，用契约利用它，创造数不胜数的"巢穴"，进行改造人实验，其背后还有政府的暗中支持，如果说有一天政府垮台，那么新人类联盟将毫无疑问地代替政府，掌管大区。

想到这，这一切似乎变得合理了很多，如果我的猜想没错，那么新人类联盟这些动作就是在试探政府，想将自己从政府手底下的一个见不得光的组织变成替代政府的新统治者。新人类联盟的成员中原本高高在上的"四神"如今只剩下瓦尼一人，但瓦尼恰巧是四人当中最疯狂和最危险的。没有了其余"三神"的制衡，或许他会做出一些十分疯狂的举动。

但也有些让人感到矛盾的点：瓦尼背靠政府，其父亲更是中央机要官员。他为了一己私利，难道会背叛所有人吗？这背后还有什么不为人知的原因和秘密？看来还要等到明天与史密斯见面了才会有答案。

不知不觉中天色已晚，旅店外却依旧人声鼎沸。这里毕竟是第一大区，集人类文明大成的繁华之地，许多城市甚至都是"不夜城"。然而那些市民不知道的是，外面霓虹灯光再美，也终究是暂时的，希望战争的炮火不会冲垮光辉灿烂的美景吧。

待天色蒙蒙亮，我便已经踏上约定的旅程。因为不想太过显眼，我用了将近半天时间才到达了约定的地点——加隆。这是一处较为落后的开发区，位于第七大区，附近只有一些中小型城市，而这里也是当初母巢移动经过的地方。我站在这片略微发黑的土地上，等待着史密斯的到来。

不一会儿，我望向一个方向，那里一辆军用迷彩越野正风风火火地驶来。很快，浮车在我不远处停下，一个头发花白、精神矍铄的老人走下来。我迈步上前道："好久不见，史密斯将军。"

他面露微笑地看着我道："零王，大老远来不会就是为了看看我吧。"

我淡淡道："当然不会，这次见面我是想和你确认一些事情。"

史密斯面露不解。我继续道："你认识这个人吗？"

说着我将初雪的照片取出递在身前……

第二百三十三章　开始了

史密斯看了看照片，神色平静："零王，这照片上的女子看起来气质有些不凡，不知你是想……"

我开口道："这是我的一位很重要的人。"

史密斯接过道："哦，莫非你们走散了？零王是想让我帮忙找人吗？这好说。"

我盯着史密斯的眼睛，缓缓开口："我知道将军你不光是表面上政府军的领导，新人类联盟里你也有一席之地吧。"

史密斯闻言神色微动。我继续道："我怀疑新人类联盟与我的搭档有所冲突。她现在下落不明，不知道将军对此有何看法？"

史密斯镇定自若："零王如果不是说笑的话，那其中一定是存在误会。"

我严肃道："将军，你看我千里迢迢赶来，像是在开玩笑吗？"

"唉，老实说，虽然我与新人类联盟有所联系，但里面许多事情我都不参与。因为现在新人类联盟做主的是瓦尼，他在四神中的地位很特殊。我与他接触甚少，所以这件事我确实有所不知。不过零王放心，等我回去就马上通知他。"

我看了看史密斯笑道："将军，我相信你说的话，不过我还要提醒你一点，不知道你有没有发现，新人类联盟已经背叛政府了。"

史密斯神情一振，随即开口道："不可能，他们疯了吗？他们还没这么大的本事，再说他们为什么要这么做？"

我死死盯着史密斯，希望能从他的表情里看出些端倪，但可惜并没有。也就是说他说的是真的。按理来讲史密斯这种级别的人，在政府内部的地位就很高，到了新人类联盟怎么说也应该都知道点，但他显然是真的一问三不知。我想了想道："将军，你知道为什么我把你约在这儿吗？"

史密斯摇了摇头。我接着道："你还记得当时我把你从快要爆炸的空间内救出的路线吗？"

史密斯随即说道："当然记得，零王对我有救命之恩，我怎么能说忘就忘？"

见我没说话，史密斯继续道："当时我晕了过去，是零王你一手将我带出的，那个地形还很复杂，但零王你还是完好无损地穿过十多个拐弯口……"

我笑了笑走近一步，此刻距离史密斯已经只有一两步的距离。他见状开口道："零王，你这是干什么？"

我眯起眼道："别装了，让真正的史密斯来见我，不然就别怪我不客气了。"

"零王，我就在这里呀，我说的有什么不对吗？"

我淡淡道："将军，你在说你与瓦尼相交甚少的时候我就有所怀疑，后来你又说你知道我是怎么把你救走的，可是，那个时候你都晕过去了，你真的知道具体的过程吗？"

史密斯有些尴尬地笑着："那是后来醒了瓦尼告诉我的。"

我继续向史密斯靠近，此刻与他只隔一步之遥。此刻他反而镇定下来，看着我："我就是史密斯，你到底想怎样？"

我不再言语，伸手抓向他，突然，史密斯像是触电般摇晃了一瞬，接着便软趴趴倒在地上，一动不动。

我皱了皱眉道："还不现身吗？"

远处山坡上传来动静，数辆浮车朝着我驶来，停下，一副熟悉的面孔再次出现，赫然是史密斯。他下车后连忙笑道："零王大人，希望你不要介意，刚才是个小小的玩笑，想让你看看我们新研制的克隆人。他在记忆和模拟真人方面还有些瑕疵，终究没能逃过你的慧眼。"

我看着眼前笑眯眯的老头，抬手，其身后的四辆浮车便被掀翻："好玩吗？"

史密斯见状，收起笑容："零王，我真的没有和你作对的意思。你说的这件事我会处理好的，希望你能给我时间。"

我淡淡道："好，三个小时，我要看到我说的那个人。还有，革命军和那些政府军失踪也是你们搞的鬼吧？"

史密斯微微一笑表示承认。我道："政府军我就管不着了，革命军的人我也要他们完好无损地出现在这儿。"

史密斯咳嗽道："零王，当时确实有些误会，我会把革命军大部分人给你，当然还包括和那张照片长得一模一样的另一个女人。"

我点了点头，接下来便开始了数个小时的等待。其间，我也和史密斯有一句没一句地聊着，想要从中了解到更多新人类联盟内部的情况，但这个老油条却一直打哈哈。

很快，夜幕降临，时间已经所剩无几。我开口道："如果我见不到人的话，就别怪我不念你是政府的人了。"

史密斯似乎毫不担心，只是抬头看着天空。我感觉似乎有什么不对劲，随即道："告诉我他们现在到哪儿了？"

史密斯叹了口气，开口道："零王，我答应将他们毫发无损地给你，自然是做得到，但我现在想问你个问题。"

"什么问题？"

"如果我们人类内部发生斗争了，你会袖手旁观吗？"

我皱了皱眉，心说有点不对，连忙问道："你什么意思？难道说……"

史密斯语气变得有些复杂："这件事不是我能控制的，想必他们现在已经动手了，只要你答应我不参与政府内部的事，我立刻就将那些人放了。"

我沉默片刻道："你说的是真的吗？"

"当然。"

"但是为什么？"

"我们向来如此，你不是人类，所以无法体会我们这种生物。我也只是想让人类变得更好，现在的政府已经无法带领人类脱离困境了，只有疯子可以。"

疯子，我想到见到瓦尼时的场景，表面文质彬彬，其实内心是个不折不扣的怪胎，为了获得饕祝的生长因子不惜以无数普通人的安危做赌注。幸运的是，他赌对了，他得到了能够让普通人强大数倍甚至更多的方法，而现在，站在我面前的史密斯，更像一个赌徒，他赌的是瓦尼能够带着人类走向更好的未来。

我看着面前眼神变得坚毅的老人，道："你想让我相信一个不久前将我的人绑走的疯子吗？"

"我可以保证这种事情今后不会发生。我已经告诉过他这件事的严重性了。"

我回道："将军，我看不到你的诚意。"

史密斯挥了挥手，突然，地面开始隐隐震动了起来……

第二百三十四章　史密斯

忽地，地面出现一道道裂缝，不断扩大，一声巨响下，漫天黑土扬起，一只庞然大物出现在不远处，定睛看去，是一个漆黑巨大的类似于球状的物体，像是由许多铁皮缝合而成，上方左右还长着两只细长的触手。看来这就是新人类联盟所用的一种交通工具了。这有些粗糙的外表倒是与新人类联盟相符。

史密斯开口道："威廉，放人。"

铁球下方出现一个洞口，一个高大消瘦的黑衣男子走出，紧随其后一个个人影出现，里面正是失踪了的革命军部队，不过比起之前数量上少了一些。我看着里面的人全部走出，也没有初雪和初旭的身影。

我回头看了看史密斯。他似乎感到有些意外："威廉，那两个女人呢？"

"首长，那两个人在路上将我打晕，已经逃跑了。"

史密斯向来平静的脸上抽搐了一下："我不是告诉你要小心一点，这点小事都办不好，你先退下。"

那名黑衣男子敬了个军礼，随后消失在铁球中。我微微皱眉，虽然对两人的身手有信心，但还是不由得有些担忧。

史密斯开口道："零王，我的下属是不会说谎的，她们应该是真的走了。"

我冷笑一声："将军，我已经没有时间在听你解释了，不过你刚才确实让我知道了一个很关键的信息，新人类联盟想要发动政变，对吧。"

史密斯眉头皱了起来："零王，这是我们人类内部自己的事情，还请你让我们自己来处理，感谢你的担待。"

我紧盯着史密斯："哼，之前人类有难时，你们千方百计让我伸出援手帮助，现在真正的战争还未打响，将军就想让我退出。难道我零某在将军眼中只是一个任意摆布的工具吗？"

史密斯脸上仿佛布满了阴霾："当然不是，我只是想让我们人类有选择自由的权利。"

我抬头望向远处："将军，你欠我一次。"

说着我便准备向远处走去。史密斯低沉道："对不起，零王，我不能让你干预这次行动。"

我微微一震，笑道："我希望刚才听错了。"

史密斯一字一顿道："我会阻止你去干涉第一大区此刻发生的事情。"

我转头道："那就来试试吧。"

说着我直接发动念力，将附近的浮车甚至是那团如同铁球一样的载具陷入地上。正当我准备离开时，周围浮车内走出了数十个身穿军装的士兵，甚至铁球内都瞬间走出数十人。不远处革命军将士喊道："首帅，你先走，我们来拖住他们。"

随着迎和声响起，我开口道："将士们，你们做得已经够了，我今天就让这些家伙看看，何为不自量力。"

史密斯开口道："零王，你不要小瞧人类啊。"

说着只见周围的上百人已经围了上来，并且我察觉到他们的速度已经超越常人，我淡淡道："停……"

下一刻，上百人直接悬浮半空，甚至还保持着奔跑的姿势。我淡淡道："我不想伤害你们，希望你们好自为之。"

我再次向远处走去，

"慢着……"

身后，史密斯再次将我叫住，回头，只见他掏出一瓶绿色液体，接着一饮而尽，那苍老的脸上甚至突然有了一种老人原本不该有的蓬勃的气息。我刚想说话，下一刻史密斯直接扑了过来："我是不会让你走的。"

这一刻，他仿佛变成了野兽。我伸出一根手指，指尖光芒涌动："你能接下我这一指，我就听你的。"

我见其没有躲避之意，无奈之下，一指点出，光芒随即而至，"砰！"一声闷响，烟尘四起，只见史密斯摔落在地，手臂血流不止。他大喊道："零，你要走就从我的尸体上踏过。"

说着，他的眼球也变得血红。我叹了口气，心说：感觉我成恶人了。

我一步步朝史密斯走去，直至其身边："既然你已经做好准备了，那我只好成全你。"

四周，他的手下大喊："放开将军，你杀了他的话军心会乱的，你承担不起。"

史密斯一瘸一拐站起。我悄声道："得罪了。"

接着一点白光没入其额头，无形的力量也跟着唤起，很快，我看到史密斯脑海里的记忆，烈日下，一个年轻的军人站在队伍中，昂首挺胸，军官问道："你们为何要来参军？"

那名军人道："为了保家卫国，为了和平，为了人类不再有战争。"

军人的眼中仿佛有光，还有那敢于直视太阳的勇气，他的眼神如钢铁般坚毅，那一年，他刚满十八。

后来，这名军人表现卓越，屡建战功，在人类还在真正的地面之上时，他赶巧参加了人类损失最惨重的一场战役，在人类保卫战中他抛头颅、洒热血，硬生生用一副血肉之躯在一处小型战场上打得机人部队抬不起头，但人类大势已去，他也跟着倒下了，再醒来时人类早已战败。他醒来时，身上的大部分器官都已被更换，当他得知幸存下来的人类被迫转移到地底生存时，他第一次落泪，那一年，他三十。

后来，他又积极参加人类军队的重新建设，因在那次人类保卫战中他独一无二的勇猛和功绩，被人歌颂为"英雄"，并建立起威望。虽然他的身体大不如前，但他的精神却支撑着千千万万名军人，指引着后继者的未来。

在长达几十年间，他的身体渐渐恶化，就在他以为自己要就此止步时，一个神秘人找上了他。那个人他后来了解到叫作瓦尼。瓦尼为他提供了当时人类还禁止的超级科技，让他成功延续了五十多年寿命，一直活到今天。

因为他经历生死，所以心中便多了一份理念，那便是物种传承大于精神传承。两人在大体上的观念不谋而合，而这也变成他支持瓦尼改造人计划的关键——"即使人类身体变成机械，也好过直接被毁灭。"

瓦尼也在史密斯的暗中帮助下，很快发展了一支几乎能够媲美政府军队的新人类军，而一个小时前，正是新人类军夺取政府军的时刻……

第二百三十五章　沦陷

史密斯的记忆如潮水般不断涌来，我停下，指尖光芒散去。面前的老人虚弱地倒下。我用念力将其稳住，缓缓放下。

再次迈步离开，这次，没有人上前阻拦。我回头向身后革命军的人说道："你们回基地吧，先去避避风头，没有我的指令不要外出。"

话毕，我抬眼望向远处的方向，纵身一跃飞出。刚才通过史密斯得知，新人类联盟早在一小时前就对政府动手了，如果顺利，他们现在已经将政府控制。我现在就算立刻赶到也无法做什么了，只能寄希望于政府不要太快沦陷了。

虽然人类内部政事确实与我无关，但我也不想放任一个疯子来控制整个人类社会，况且我与他之前还有一段不愉快的接触，不管怎么说，以落秋为首的政府总要比一个一心想要把人类都变成改造人的疯子强。

我几乎以最快的速度向着第一大区冲去。数分钟后，我看到横跨第一大区外围的壁垒，浓烟滚滚，空气中充满了一股火星气，原本坚不可摧的巨型防护墙上多了大小不一的裂口，显然这是人为所致。

我心说不妙，正准备向里冲去时，地面下方出现了许多人影，紧接着一串炮火声响起，正是冲我来的。挥手，还在半空中的子弹停了下来，簌簌落在地上。没有理会下面的人群，我径直冲入第一大区上空。城里的景象也变得一片狼藉，街道上不少建筑都遭到了炮火的袭击，甚至还能隐约听到人群的哭声。

继续向里，越靠近内城周围的景象反而越惨烈，残垣断壁成了主调，一团团烈火还在不停燃烧着城市各处。最后，在位于整个第一大区最核心的政府办公区时，密密麻麻的人群将政府中央大楼和前面的中央广场包围得水泄不通，只要稍微观察就会发现，那些人都是经过不同程度改造后的新人类，光这一片区域就有数十万。而被人群簇拥着的政府大楼表面上看起来没有被损坏，但里面情况肯定不妙。在半空飞行的我很快就被下方的人群察觉。随着第一个人的呼喊，成千上万的改造人也都注意到了我。我没有理会，等大多数人还没反应过来时穿越人群，来到政府大楼前，找到政府大区首席长落秋办公的位置后，破窗而入。

一声响亮的破裂声，我稳稳站在了落秋的办公室里。里面没有想象中的一片狼藉，反倒是整洁得有点诡异。我微微皱眉，心说还是来晚了。于是准备找到其他人询问一番。

这时，身上通信器振动，接起，一道熟悉的女声传来："零，是我。"

我略微了愣了一下，开口道："初雪，你现在安全吗？"

"我没事，就是……我发现了点东西，相信你会感兴趣的。"

"什么？"

"就是一种绿色的液体，有点难解释，反正那些新人类士兵都很渴望得到，他们叫什么恶魔因子，我这里发现了好多。"

我有些惊讶，开口道："你现在在哪儿？"

"我现在在第一大区G市的边境。在这里我还看到了很多被新人类抓来的政府官员，好像还有一个人是那个什么首席长，叫落秋，你要来看看吗？"

我有些诧异，心说这有点太容易了，不过对方既然是初雪，那应该是真的。我想了想说道："雪，那当初你去找初旭那会儿是怎么回事，有没有受伤？"

"呦，怎么几天没见就这么关心我了，我不在的时候肯定想我想坏了吧？"

我："……"

"好了，先不跟你说笑了，我之前不联系你是因为那里的信号被屏蔽了，我和初旭虽然能够逃走，但她说还要管那些革命军士兵，所以我们俩就假装打不过了。不过有一说一，我们遇到的那些新人类士兵与之前的确实不一样，比以前更耐揍了，以前我一拳一个，现在要打好几拳了。"

我听了初雪的话，心说看来不是新人类太弱，而是初雪现在太强了，能把已经经过恶魔因子改造的士兵打趴，正常人过来确实吃不住她一下。我开口道："你和初旭没事就行，不过为什么你们又突然离开？"

"本来我们是不准备跑的，后来无意中听到说你要救我们，我知道这些革命军士兵安全了，于是劝初旭一起去找之前在关押我们的地方看到的恶魔因子，就是我们现在待的地方。你不会怪我吧？"

我心里踏实了些："怎么会呢？雪，你真是帮了我个大忙。"

"不好了，这里有人来了，我们现在还不能暴露，通信器要先断了，你直接来G市北就行，我在这里等你。"

我"嗯"了一声，随后通信就被挂断，初雪刚才的联系确实说明她应该没什么大碍，而且还帮我确认了政府被抓的人员关在恶魔因子的地点，这直接省去了我不少麻烦。

本来我还留了个后手，想着，我将一枚像是硬币般的圆片拿出，这是史密斯身上的通信器，利用它我可以冒充史密斯与瓦尼直接联系，我决定还是将它也利用起来。

一阵十分漫长的忙音后，一个年轻而富有磁性的声音传出："是史密斯吗？"

我事先将声音处理好道："是我，我已经和他谈好了，他不会干涉我们的事了。"

通信器另一边发出一声轻哼:"怎么跟我想的有点不同?他这么容易就答应了,你把人放了吗?"

我答道:"没有。"

"那就好,你与他的接触比我多,多拖延一会儿,等我把政府的这些余孽处理了,他就算有十个手也挽回不了,等事情结束后我会给你和现在一样的待遇,外加保证你五十年的寿命。"

我回道:"好,这边你就放心吧,还要我拖多久?"

"半个小时,我只要半个小时,整个政府的人就都会被我收买或者处理干净。"

我试问道:"你要在半个小时后杀死政府那批领导人吗?"

"哈哈哈哈!没错,到时候我可以远程给你直播,就在人们最敬仰的政府大楼里。"

我应了一声随后挂断通信。这时通信器上显示着初雪的消息:"有两批长得一模一样的政府官员,他们现在正在被押送转移……"

第二百三十六章　追近

看到初雪发来的消息,我微微一愣,心说难道又是克隆人吗,还是直接克隆了政府官员的克隆人——新人类联盟,或者说瓦尼究竟有什么目的?越想越不对劲,我向初雪与我联系使用的那只陌生通信器上发去消息:"看看他们去哪儿。"

很快,初雪回复了:"看方向,有可能是第一大区中心。"

区中心就是以政府办公所在的地区而单独设立的地方,那就是我现在所在,想着我打算直接在这守株待兔赌一赌,等押送政府官员的车辆赶到,再潜入其中一探究竟。

十多分钟后,一直等在首府的我此刻听到了楼下传来的脚步声。我心说赌对了,那就让我来看看新人类究竟想干什么?转身隐蔽在不易被发现的窗帘后,紧接着推门声响起,一个浑厚的男声传来:"放心,我今后一定全力配合瓦尼大人，相信整个世界都会对瓦尼大人俯首称臣。"

我听着这熟悉的声音，再一看，竟然是落秋。心里不禁咯噔一下，落秋这是被控制了吗，还是说这个人根本就不是他？等与落秋交流的人走后，我直接从窗帘后走了出来，对面的落秋见状直接愣住，显然也没料到我的出现。还没等他反应，我一步上前，指尖点在其额头，随着念力与原力的同时发动，一段陌生的记忆如电影般映入脑海。

无尽的黑暗中，冷光灯突兀地亮起，阴冷的灯光打在黑暗中，如同随时会熄灭的烛火，微弱而显著。下方，一个人静静地躺在床上，紧闭双目，脸色发白，看去却是剑眉星目，气宇不凡，赫然是此刻被我探查记忆的落秋。还没等我细想，床上，落秋睁开双目，两眼却透露出一丝麻木和呆滞，随后便略显僵硬地坐起，整个人透露出说不上来的诡异。下一刻，场景变化，落秋已经出现在一辆浮车内。车内，还有几张熟悉的曾经见过的政府官员的面孔。只是，落秋究竟是如何突然出现在车内的？他又为何开始时躺在一张床上？这些问题竟然在他记忆中找不到任何答案，此刻已经确定这个人是克隆人了。

我微微皱眉，决定继续搜查，或许，答案在他的记忆最深处。指尖白光变得更加夺目，"落秋"无意识的脸上露出一副痛苦的表情，而我却依然没有收获。正当准备放弃时，一股诡异的力量传来，直接将我的意识排出落秋体外，惊讶之余，我在他脑海中看到的最后一幕似乎是一双无比犀利的眼睛，如同刀尖般，不可直视。

没有细想，眼前的"落秋"先动了起来，只见他此刻双目通红，死死盯着我，下一刻直接扑了上来。我轻松将其挡下，说："落秋，你现在还是自己吗？"

虽然没有抱什么希望，但我还是希望能够尽可能唤醒这具身体的理智。没想到"落秋"在听了我的话后变得更加狂躁，直接嘶吼了起来。我心中叹了口气，挥手，念力发动，无形的力量将其束缚。"落秋"虽然此刻发不出声，但他那怨恨的眼神却表示着不服。我见其已经失去利用价值，便将他先藏起，自己则伪装成一名新人类的改造人，走出首府。

中央广场内，无数改造人聚集，像是在庆祝一场胜利的狂欢。走在人群中，并没有很显眼。正当我准备从这些改造人口中了解一些消息时，改造人大军突然动了起来，只见他们自觉地让出一条宽敞的道路。远处，一辆外形如同水滴般的飞艇驶来。舰艇内，一个面无表情的白面青年靠在椅背上，平静地注视着外面的一切。来人正是新人类领袖瓦尼。

飞艇其他地方皆被遮挡，看不到细节。

银白色飞艇穿梭过浩荡大军，最终停在了只有政府才能登上的高台处。舰艇下，一个个人影走出，身上都带着被改造过的痕迹，俨然也是新人类联盟的成员，一共四人。最后随着车内的瓦尼走出，广场上的人群发出阵阵欢呼声。这些人俨然是新人类的狂热追随者，此刻都露出一副胜利者的姿态。

正想着，瓦尼的声音传遍广场："今天是个特殊的日子，我宣布新人类政府成立，旧人类时代已经成为过去。"

我见广场上还没有出现政府人员的身影，不禁有些担忧起来，距离瓦尼告诉史密斯的处决时间还有五分钟，我深吸口气，看来只能硬来了。还没等瓦尼下一句话开口，我便从人群中快速穿梭，一跃来到高台。

迎面，瓦尼在我到来时已经注意到，只见他不慌不忙地让出一片空地，高台上其余的四名改造人连忙将我围住，并掏出武器。我没有理会，朝瓦尼说道："别来无恙，你还记得我吧。"

说着我的机体开始形变，变成了以前的模样。瓦尼愣了愣神："零，你怎么会在这儿？"

我冷笑一声道："先不说别的，那些政府官员在哪里？"

瓦尼的嘴角弯起："你来得虽然很快，但是现在已经晚了，你救不了他们了。"

我微微皱眉："我再问最后一遍。"

只见周围四个新人类成员已经离我更近，随时都会动手，高台下的改造人也都亮出了武器。瓦尼挥了挥手，周围的人退到一旁。只听他平静道："零王，我没有骗你，他们确实活不长了，因为他们已经吃了我给他们的一种特制的药剂。这种药是没有解药的。我告诉他们，如果他们在药效发作的最后一刻前，接受了我准备的改造计划，那么他们的身体便会在瞬间被改造，到时候就可以靠自己的体质抵挡药物并活下来，成为改造人；如果他们不接受，那么就只能和世界说再见了。"

我冷冷盯着瓦尼："依你那变态的性格会做出这种事情，但是你真的留给他们活路了吗？"

瓦尼放声笑了起来："告诉你也无妨，时间马上就到了，其实我告诉他们的话是反的：如果他们有一个人最终接受了改造，那么他们所有人都会死；如果他们都没有接受，反而会活下来……"

第二百三十七章　引出

瓦尼平静地说出政府官员下场的真相，表情略带嘲讽地看着我："零，你就算现在知道了那些人的下落你也帮不上他们了，还有最后一分钟，他们很快就要做出选择了。"

我微微皱眉，盯着瓦尼："你难道不怕我对你动手吗，还是你觉得你的士兵能挡住我？"

"我当然知道你有多强，甚至还提前预演了一遍如果和你发生冲突后会造成什么后果，但是你猜最终结果是什么？"

此刻我已经没时间听这些事了，便一步踏出，转瞬至瓦尼身侧，一把将其抓起飞向高空。四周的新人类这才反应过来，抬头望向天空，想要找寻我的位置，不过已经无济于事了。

我抓着瓦尼的头，看向这个与我打数次交道的新人类首领，他似乎真的不怕我，所以我选择最直接的办法——入侵记忆。指尖光点凝聚，顺着瓦尼的额头没入，很快，大量记忆涌来。片刻，我在杂乱无序的记忆中，找到了有关关押以及处决政府人员的地点：就在政府大楼的地下。那些政府官员都被锁在一台圆筒形的巨大人体改造机内。

此刻距离那些官员做出最终选择只剩最后几十秒，就算我现在能立刻赶到也阻止不了了。这时，瓦尼突然恢复神志："零，与我一起见证这最后的时刻吧，我让你看看这旧政府的嘴脸。"

说着他的左手抬起，空中出现一幕全息投影，画面正是那些被关起来的政府官员。只见他们看着手腕上电子锁链的倒计时，几人相互看着似乎在说着什么，最后，在时间倒计时数秒时，一名官员颤抖着将手伸在身旁的红色旋钮处，我知道那大概就是用来启动改造的按钮。

随着倒计时的结束，那只手始终没有按下，最终，几人不约而同地倒在地上，没有了动静。

我看向瓦尼，他面不改色道："他们只是晕倒了，不会有事的。"

我想要再次入侵瓦尼的记忆确认，但仔细一想，他知道我能够很快检验，没理由来骗我，想着我道："看来你输了，瓦尼，你还有什么要说的？"

"这确实有点出乎我的意料，不过这也不影响我的计划。我赌你会亲自看着我成为新政府的首席的，并且很快就会到来。"

瓦尼的笑容此刻看起来无比欠打，我还是忍了下来："你还有什么花样，最好快点说出来。"

"你看起来很着急啊，这些人的死活和你究竟有什么关系？而且我也没有真的杀死谁吧。"

我盯着瓦尼的眼睛："你如果不说，我也有很多办法让你开口的，这是我给你的最后的机会。"

瓦尼并没有被我的威胁吓到，而是如同平常一样开口："我当然知道你的手段，实话说，你现在所有的表现都在我的预料之内，但你有没有想过，我对你的了解这么多，又怎么会轻而易举地落到你的手上呢？"

瓦尼有些意味深长地看着我。我猛地一惊，忽然想到瓦尼这么大张旗鼓地出现在视野中，难道他是故意的吗，还是说现在出现的人只是瓦尼的克隆人？

如果是克隆人的话，想着，我将手伸至瓦尼脑后，想要感应其身上有没有改造过的地方，然而，让我吃惊的是，他的身体竟然检测不出任何改造过的痕迹，与一个健康的正常人没什么两样，只是他的身体机能有些异于常人，估计十个普通人也不是他的对手。

没有细想，我疑惑道："你究竟是不是真的瓦尼？"

他淡定地看着我说："你不是刚才已经有结果了吗？我就是我。"

面对这种情况，我一时间有些摸不着头脑，只好道："好吧，你确实很特别，但我真的有些好奇，你究竟有什么底气，能让你觉得可以在我眼下成功成立新政府，还让我同意的？"

瓦尼的平静的眼神中出现了一丝波动："零，你将我放下，我就将我的计划告诉你，这么高的位置让我有点难以呼吸。"

我微微一怔："你最好别再耍什么花样。"

谈话间，我带着瓦尼从高空降落，绕过人群密集的广场，来到政府办公区一栋空旷的楼宇。

我将其松开，瓦尼整了整衣服，开口说道："本来，我是不打算告诉你的，但之前你对我也算是有救命之恩，所以这就当是还你的人情了。"

说着他看了看手表："差不多了，我可以告诉你我的计划。"

说着，他的脸上露出一种得意的表情："你知道政府军去哪儿了吗？"

政府军一共有十六支军队，分别对应一到十六个大区，平常都驻扎在各自的大区内，除特殊原因外，不会离开其所属大区。而第一大区也就是中央大区，拥有比寻常其他大区多一倍的兵力，用来维持保障中央政府的绝对安全，据说第一大区军队有超过百万的兵力，被称为雄师军团，意味着如此庞大的军力如同雄狮猛兽般势不可当。除此之外，还有隐藏在暗的第六部门，用来专门贴身保护政府高层以及各种机密任务的执行。

按理说来，如此严密的防护不应该被新人类联盟冲垮，更何况是在不到短短半天内。由于当时情况危急，我并没有细想，但如今来看，其中确实存在许多不合理。

我摇了摇头。瓦尼接着道："我们之所以能够进入第一大区，不是因为我们能够打败雄狮军团，而是因为军团几乎都被引走，所以我们才能这么快进入这里。而且不出意外，这支军队马上也会为我所用了。"

我微微皱眉，判断着瓦尼说的话的真假，忽地，脑海中闪过一丝念头，我沉声道："这么多人的军队，你利用的理由是什么？"

尽管有所猜测，但我还需要证实一番，心里的不祥越发强烈。瓦尼忽然后退一步，语气一变："你已经猜到了吗，零？"

抬手，没等瓦尼反抗便被我抓住，我紧盯着他道："说，你是不是利用政府军去攻打革命军基地了？"

第二百三十八章　追击

瓦尼并没有被我的语气吓到，而是继续看着我："不得不说，你猜得不错。现在我手上的筹码又多了一样，虽然革命军并非你所创立，但它能不断发展到现在少不了你的帮助。这个因你而创立，并在你手上发扬光大的革命军，你也不想眼睁睁看着它消失吧？"

我一把将瓦尼抓起："不管你用什么方法，我都不会让你得逞的，而且，我知道你为何不怕我了。"

瓦尼略显疑惑道："什么？"

"因为，你根本不是真正的瓦尼。"

"刚才我在抓你时你下意识地用左手来挡，明明你用右手会更快，而且上次见面时，我记得你一直习惯用右手，这说明你是个右撇子，但现在却变成左撇子，所以，你也是克隆人。"

瓦尼的嘴角一撇："虽然被你看出来了，但我还是想说，我就是瓦尼，这点小小的习惯说明不了什么。"

我微微皱眉："你不是以前的他，那个从前的人去哪儿了？"

瓦尼突然放声大笑起来："我与你所谓的那个瓦尼打赌，当见到你后，如果被你发现我不是原来的自己，我就自我了结；反之，那么他就会去死。没想到这么快就被你发现了。"

我越发觉得不对劲："你到底是谁？"

"瓦尼"说道："严格来说，我是他的复制品，也就是你所谓的克隆。不过，普通的手段和仪器可检测不出来，我不像其他克隆人一样粗糙，我拥有的是一份完整的记忆和相同的身躯，唯一美中不足的点，就是你刚才发现的问题。"

说着瓦尼不顾被我抓住的脖子，拼命朝我身上抓来。我稍一用力，将其放倒。只见其气急败坏道："事到如今，既然我不能如愿取代他，那也不能让你好过。"

眼见其马上要再站起冲来，我缓缓道："坐下。"

念力发动，无形的压力使得瓦尼直接瘫坐在地，动弹不得。他见此情形，说道："零，别看你现在站着和我说话，但你不知道的是，在我眼中，或者说那一部分人眼中，你不过是一个能够被利用的……"

话音未落下，瓦尼直接一口鲜血喷出，随着空中液体洒下，他便软绵绵地倒在地上，瞳孔放大，整个人瞬间没了生机。

我微微一怔，这副景象让我有些措手不及。这个克隆体瓦尼被杀了，很显然，他也不愿意接受这样的结果。

我深深地看着倒在血泊中的克隆人，刚才他所说的那番话不得不让人浮想联翩。所谓的那部分人是谁？他们又想利用我做什么？一系列的问题抛出，却没有一丝头绪，我晃了晃机体，决定在解决瓦尼后再调查此事。

压下思绪，准备前往革命军基地一趟。临走时在瓦尼克隆体身上搜索了一遍，不过，什么都未发现，但我决定还是将其尸首带上，万一之后能够用到。

我选择以最快的方式出发，想着，一步迈出，冲上云霄，自身机体便是我最快的移动方式，即便是世界上最快的飞艇也比不过。

不久，来到一处深郊，大片的灌木以及杂草覆盖，宛如一片原始丛林。再向前不远，便是革命军的大本营——革命军基地领城。

直奔革命军基地方向走去，周围草丛明显有被大量踩踏的痕迹。我微微皱眉，一念之间，心灵感应释放，覆盖方圆十里。当我勘察到地下革命军基地时，暗道不好，那里现在已经没有任何心灵光源，意味着数十万人的革命军全部消失。要知道这可是数十万人的大军，就算是真的战争也会有时间对抗，除非瓦尼早就对革命军动手了，只不过现在才说出来。

我不禁将拳握紧，不知从何开始，就像是有一只无形巨手推着我前进，而自从瓦尼克隆体说出那一番话，我开始确信这些事件后还有真正的幕后黑手在暗中操纵着一切，让我不自觉陷入困境。只可惜到现在我还没发现这幕后黑手的真面目，甚至连他的一丝线索都没有。

转身看向被我带着的瓦尼克隆体，瓦尼既然说出那一番话，想必知道一些所谓的真相，既然他非躲在暗，那就让他不得不现身。至于革命军消失的事，我想等见到瓦尼后便自有答案。

指尖白光亮起，我开始尝试能否通过入侵记忆来了解瓦尼的秘密，可惜，这具克隆体已经死亡，里面的记忆也几乎消失殆尽。尽管已经想到会是这样，但还是有些失望。

拿起通信器，一阵长音后，拨通，明亮的女声传来"是零吗？"

我应了一声后道："盾兵总队长，慕斯，好久不见。"

"说吧，这次找我有什么事？"

我回道："你知道第一大区发生的事吗？"

那边很快道："什么事？"

我便将新人类联盟攻陷第一大区的事简短说出。那边听后语气变得不可置信："你说的是真的吗？就算你是零，造谣也是要犯法的。"

我认真道："千真万确，你现在在哪儿？"

慕斯想了想道："我们执行任务时都需要保密的，不过这次情况危急，我就先告诉你。我在配合第一大区的军队帮助革命军转移基地。"

我微微皱眉，心说看来政府军连同盾兵都被忽悠了。我连忙道："你们现在是在帮新人类联盟，这是他们的调虎离山？"

慕斯沉默片刻："就算你说的是真的，我们已经快到目的地了。这里距离第一大区很远。我会仔细考虑你说的话的，就先这样。"

还没等我了解更多，慕斯已挂断通信。我心说既然这样，那就靠自己吧。从刚才慕斯口中也得知革命军看来还没有生命危险。但是这件事透露着一种诡异，几十万人的革命军怎么会乖乖随政府军转移？这听起来有些不现实，除非他们不是自愿的。

我想革命军一定是遭遇了什么，使得他们不得不转移根据地。抬头，大片灌木丛皆有被踩踏的痕迹，看来我只能先跟着这些足迹走了……

第二百三十九章　继续追击

脚下，无数杂乱无序的足迹遍布，一直延伸至远处，我跟随着足迹一路前行，数小时后，足迹停在了一条大江前。江水如游龙般汹涌，波涛不绝，此江被称为怒龙江，寓意为过江会像在一条怒龙脊背行走，险之又险。再往前，对岸，便是另一个大区——第三大区。由于怒龙江的天然优势，两区被无形分隔开，所以并没有其他人工屏障。

一眼望去，对岸并没有发现先前走过的行军足迹，看来他们很有可能选择了另一条路——水路。因为只有走水路才不会留下痕迹，而上百万人走空路的话显然更加不现实，所以我第一时间将这个可能性排除。

不过水路也被划分为顺流和逆流两种航线。我想了想，决定试试顺流方向的路线。因为已经确定好路线，所以途中便比之前加快许多，没过多久，江水再次分流，更多支流延伸而出，看不到尽头。

我微微皱眉，现在每做一个选择便会少一分找到正确路线的可能性，所以我决定在附近先寻找之前军队可能留下的任何痕迹，尽管这个可能性不大。

　　忽地，江水对岸一片密林吸引了我的注意。那是与其他周围环境格格不入的绿色地带，那片密林树木长势比周围更加旺盛。如果不是有人为因素，很难长出这样一片树林。抱着怀疑的态度，我走进密林。

　　身在其中的感觉变得越发明显，这种情况让我想到了之前发现原力存在的地方，那里的环境同样如此。不过，这里显然没有原力的存在，但我隐约感到了另一种气息，似有似无。

　　密林的面积也超过了我想象，如同一片原始森林，一望无际。这样寻找必然要耗费大量时间，所以，心灵感应力释放，如同一只无比巨大的看不见的泡泡，瞬间将大片密林笼罩，一个个光团飘起，不过几乎都是属于动物的心灵光团。

　　很快，我注意到有一个属于人类的光团，光团内数种色彩相交在空中飘舞着。锁定位置，一步踏出，很快到达了相应的地点。

　　然而眼前的情景却与密林其他地方无异，清一色的巨型灌木横立，我微微皱眉，看向地下，一拳击出，不大的力道却使得脚下传来震动，一片片土地纷纷剥落，露出下方的场景，赫然是一个银白色圆拱形现代建筑，如同一头巨兽，横卧在黑暗中。

　　能在这与世隔绝的地方修建，定然也不是普通人。我一跃而下，来到深坑之中，还没等我进入，里面就传来了声音，门户打开，一个五大三粗的壮汉走出，面露凶色。

　　我本着友好的态度，说道："打扰了，请问你是这里的主人吗？"

　　没等回答，一个沙包大小的拳头迎面而来。我心说这脾气也太大了，虽然是我先砸坏了屋顶，但也不至于一见面就动手吧。

　　闪身躲来拳锋，我又道："是我失礼了，我会赔偿你的损失，不过……"

　　话音未落，又一轮攻击袭来，这次我选择正面接下，"砰！"一声闷响，巨大的拳头被我挡下，我暗道这人的力量之大，如果他面对的不是我，而是一个正常人，绝对会被打飞。那一拳，能打倒一头牛。

　　再看向此人，我发现其还保持着同一个表情，整个人看上去有种说不出的诡异，就像是一个傀儡。

我试探道："看来你也是练家子，不知你之前在何处习武？"

壮汉依然不为所动，好像听不到我说话。我微微皱眉，正准备直接查看其记忆，下一刻，门户再次打开，一群"小圆筒"鱼贯而出，那是一个个机器人，只不过长得如同圆柱一般，只有两只细长的机械臂自两侧伸出。

接着，一个穿着邋遢的老头走出。他的连头发因为长期没有打理看上去像是鸟巢。可就是这样的人，在壮汉看到他后，竟然像是看到什么恐怖的东西，不停发抖。

我看着老头道："请问你是这里的主人吗？"

他懒散的目光看向我，随即忽然变得认真起来："当然，看来这里来了个不得了的人啊。"

我疑惑道："你认识我吗？"

老头挠了挠头道："不认识，不过我在你身上嗅到了一种很香的味道。"

我微微皱眉："什么意思？"

老头似乎是想要微笑，最后却挤出一个不自然的笑容："你身上的金属味很不错，应该是少有的可塑型液态金属，价值极高。"

我心说他的鼻子真的这么灵吗，能闻得这么精准，还是说他利用了什么手段？我缓缓道："老人家，我来此是想问你几个问题，并无恶意，如果打扰了你还多有冒犯。"

老头炽热的眼神上下不停地打量着我，倒像是看到了什么宝藏。他连忙回道："怎么会呢？来寒舍坐坐吧，我会回答你的问题，不过你也要让我摸一摸你的身体。"

我古怪地看着他，突然想他不会是个变态吧？此刻我的外貌一名正常人类的成年男性，或许他是看上了他闻到的所谓的金属味道，所以才有此想法，但不管如何，既然来了，那就不能白跑一趟，何况到时候我再拒绝他就好。

想着我微微点头，老头开心地笑了起来，像是个八百个月的孩子。

我跟随他走进门户，入眼是东倒西歪的各种仪器和大量纸张，如同一个大型垃圾场。老头对我说道："随便坐吧。"

我看了看四周，几乎没有空地："不用了，我只是想问你一个问题，你最近见过很多人从那边的江流中路过吗？"

老头挠了挠脸道："最近啊，这附近还真没有你说的那些动静，倒是昨天有一只狗熊来捣乱，被小蓝赶跑了。"

我看了看站在门口规规矩矩的壮汉，原来他叫小蓝。我还想继续追问老人细节，再确定一下，忽地，目光一扫，无意中看到一瓶墨绿色试剂摆在桌角下。我心中一惊，那是新人类联盟从饕祝体内得到的生长因子——所谓的恶魔血溶液……

第二百四十章　赶到

墨绿色液体里还悬浮着丝丝如同棉絮般的物质，在橘黄的灯光照射下显得越发诡异。

老头察觉到我的目光，他转头看向角落的试剂，开口道："那是我意外得到的一种东西，不过是个失败品，怎么，你对它有兴趣吗？"

我走近，将试剂拾起，老头并未阻止。接着，我直接打开瓶口，一股难以形容的熟悉味道扑鼻而来，果然，这就是恶魔血溶液。

老头见状说道："呵呵，你可以看看，甚至带走都行，但不要轻易使用它。这是从一头魔鬼身上取下的血液，如果将它涂抹，甚至是吞掉，就会……

"不说那么多了，先让我看看你身上那股金属香味从何而来。"

老头说着便开始向我靠近。我起身道："别动，再动就别怪我不客气了。"

老头似乎察觉到我的敌意，停了下来，但并未害怕，反而紧盯着我恶狠狠道："小伙子，出尔反尔可不是个好习惯。"

我脸色阴沉，恶魔血既然出现在这，再结合这里的环境，很难不让人联想到这个地方与新人类联盟有所联系，甚至这里就是属于新人类联盟的一个秘密研究所。如此一来，老头之前说的话就未必可信，即便他知道新人类联盟的动向，也不会如实说出。

我直接卸去伪装，将金属机身展现出来："你想要看的液态金属，就是我本身。"

老头被突如其来的变化吓了一跳，有些不可思议道："太完美了，这简直就是一件宝贵的艺术品，到底是谁创造出的？"

我再次感受到老头火辣辣的目光，仿佛想要直接把我吃掉。他想要立刻扑来，却被我用念力停在原地。我淡淡道："你先别急，我想问问你和他有什么关系？"

说着我将瓦尼的照片投影而出。老头目光一变，炽热的眼神如同被水瞬间扑灭，转而变得阴冷犀利起来："你到底是谁？"

我微微眯眼："他是我的敌人。"

说着我调转机能，已经准备好随时动手将老头以及这个地方彻底控制，然而老头下一句话却出乎我的意料："是吗？看来我们有个共同之处了，他也是我的敌人，不，或者说是仇人。"

我看着老头冰冷的眼神，不像是开玩笑。我对他道："那你能解释一下这瓶试剂吗？"

老头长叹一声，一屁股坐了下去："你既然知道这瓶液体的不简单，又与那个人为敌，我也不用瞒你了。"接着，老头便将他与瓦尼的接触告知于我。

原来，老头名叫方永，是一名热衷于探索人体奥秘的科学家。因研究太过大胆超前而被政府禁止，但后来机缘巧合下，认识了瓦尼，接着瓦尼给他提供了新的研究场所以及工具，而他则为之研究各种人体与机械融合的技术。后来，因为实验风险过大，方永要求暂停继续实验，但瓦尼并未理睬，反而用他家人的生命安全做威胁，方永不得不继续研究。

我微微皱眉。方永接着说道："最后一次已经过去一个多月，在能够大规模生产的可服用恶魔血出现后，他便再没有继续找我，我现在也联系不上他了。"

我反问道："这不是好事吗，他或许再也不会来强迫你了，你还可以继续你的研究。"

"可是他这样利用我，还让我做不少会害人的实验，我一定会报仇。"

我摇了摇头，没有在意。

忽然我想到什么："你之前说恶魔血是失败品，为什么？"

方永看了看我手中的溶液道："这种溶液其实对人体而言是一种致命的毒药。只不过，因为其本身特殊性，它会在极短时间内破坏人体的各种系统，然后快速重建，形成新的系统。这样的系统极不稳定，但人会短时间内得到难以想象的力量。"

说着他摸了摸脸上的胡子接着道："这种溶液经过我的改良使得它持续人体系统的时间延长，然而最终人体还是会走向毁灭。"

我接着问道："难道没有什么办法解决吗？"

方永呵呵一笑："如果真的有人能够研制出将这种溶液负面效果清除的解药，那我一定要亲自上门拜访，拜他为师。只可惜这是不现实的，根本不可能有人能做到。"

我闻言说道："那就有点难办了，因为这种恶魔血很快就会在人群里传播了。"

我没再多说，准备直接离开，继续寻找革命军的踪迹。方永忽然叫住我："等等，有一个人也许能够做到，只是我怕没人能请到他。"

我扭头看向方永。他继续道："当今世界科学第一人——李想。如果是他，或许能够有办法解决，不过也只是可能。"

闻言，我心说有可能就好，于是辞别了方永，临行前他又百般想要对我研究一番，被我严词拒绝了。

来到怒龙江边，先联系了李博士。让我有些意外的是，他直接同意了我的请求，表示会对恶魔血溶液进行更详细的分析研究。

现在排除了顺流方向的可能，我便沿着逆流行动起来，又是一阵风驰电掣，等我有所发现时，已经天色渐晚。

在经过一片江流相对平稳地段时，密密麻麻的足迹再次出现，想必这就是他们接下来的路线了。

这儿同样是一片两区交界地带，没有人工过多开发，周围稀稀疏疏的杂草和矮小的灌木，让这里显得有些凄凉和原始。

沿着接下来的足迹一路寻找，终于，在不远处的山坡下，我看到一支无比庞大的队伍驻扎在山脚。夜晚点燃的篝火和灯光，将整个山区彻底点亮，如同一座不夜城，庞大的队伍里还能听到嘈杂的议论声。

我心说终于找到了，于是心念一动，机身液化，重组塑形，化身成一名普通人的样子，头上的红色头巾则代表着革命军的身份。

我快速走到队伍末尾，只听众人在叽叽喳喳地讨论着："听说我们的基地新地址马上就到了，就在不远处了，不过零统帅让今夜先在外过夜。"

"嘻，这上面的命令谁知道怎么回事，我们就跟着做就对了。"

"对了，待会儿统帅会进行全体讲话，到时候我要占一个好的位置。"

话音刚落，伴随一声巨响，一个无比庞大山岳般的黑影从队伍当中缓缓升起，赫然是一辆超巨型装甲车……

第二百四十一章　陷阱

随着装甲方舟缓缓升起，众人的目光也纷纷投去，人群中传来声音："那是零统帅的战舟。"

夜色下，隐隐能看到巨型方舟的顶部，一个黑影伫立。抬头，浓雾笼罩的黑暗里仿佛存在一道目光，俯视着在场的每一个人。我压下跳上去的冲动，打算先静观事态发展。

一声响亮的声音从方舟上方传来，将士们纷纷都安静下来，我听到那声音与我的竟一模一样。黑暗中的身影道："将士们，今日奔波劳碌，大家辛苦了，为了犒劳大家，我特意为全体官兵准备了一批物资，请大家按队列进入方舟领取。"

话音落下，所有的士兵都应"是"，并向上方投去军礼以及感激的目光。我为了不引人注目也假装照做起来。

我所处的位置是革命军第十军，也就是最后一支队伍，为了能够尽快搞清真相，我趁机一路前行，潜入了革命军第一军当中，这样便可以最快进入方舟。

没多久，巨型方舟内冒出蒸汽，一阵机械转动声后，一副悬梯从天而降，在第一军队长的带领下，我随众多士兵一同走进方舟。

各种复杂繁多的机械线路环绕四周，随着深入，来到一处空旷区域，里面布置了一排排集装箱，看起来似乎是用来分发物资的，我却在其间发现了一丝端倪。

那些集装箱里隐隐散发出一股淡淡的像是恶魔血的气味。我微微皱眉，心说难道这里面装着的都是恶魔血吗？但是气味过于淡薄，又不像是那种情况。

队伍于空地停下，另一侧黑暗中，一道黑影缓缓出现。当熟悉的外形彻底现身时，我心中不免一惊，这是一个与我外形一模一样的人，唯一不同的是，他的表情更加冷峻、无情。

虽然早就知道新人类掌握了克隆技术，但当我看到与我外表没有丝毫不同的人时，还是免不了有些惊讶。就在我在想该如何应对时，"零"开口了："我为大家准备的物资就在这里，那么就由我亲自来为你们发放。"

说着，"零"走到集装箱前，"咔嚓！"门缓缓打开，一股更加浓烈的有些发腥的气味散发而来，现场有人甚至直接咳嗽起来，还没等人们缓过神来，箱内发出了几声响动。

我心说里面难道装着的是活物吗？很快，随着一只箱子震动，更多集装箱都跟着动了起来，仿佛是突然被赋予了魔力，发出阵阵金属撞击声。

我微微眯眼，盯着集装箱的动静。身边，不少人也面色变得有些古怪。对面的"零"却似乎完全不在意，只听他道："来吧，看看我为你们准备的大礼。"

话音刚落，原本就抖动剧烈的集装箱仿佛受到召唤般，箱门在此刻竟集体打开，一只只如同章鱼般的机械触手从集装箱内伸出，接着是像虫子般的躯干，短短数秒内，无数只怪物出现在众人面前，数量之多甚至已经超过了进来的革命军士兵。

终于，有一名士兵带着质疑声喊道："统帅，您这是什么意思？"

"零"面带微笑看着他："别急，大家遇到什么情况不要慌乱，一会儿你们会感谢我的。"

眼见如同蜘蛛形状的怪物已经在缓缓向人群靠近。我心说看来暂时不会有新人类现身了，再等下去的话其他人也会有危险。一步踏出，转瞬来到"零"身旁，他也反应过来，只见他一挥手，身后机械怪物触手内数十根银针射出。我并未躲避，任由银针射来，扎在身上。

"零"的眼神出现了一丝凶恶，不过很快恢复正常："这位小同志，既然你迫不及待地上来，就让你先体验一下。我给大家准备的惊喜，你感觉怎么样？"

不远处革命军队伍里传来窃窃私语，我故意让银针入体，就是想看看我的冒充者究竟想做什么。

随着针头进入体内，我察觉到有液体流出，液体像是有生命一般，不断沸腾着，像是想要掌控我的身体主导权。心念一动，液体被逼出体外，一小抹墨绿色出现在手中。

我心说竟然是这样，他们将恶魔血变成武器，打入人们体内，这样所有士兵就会被感染，可惜，这种阴谋已经被我发现。

抬头，看向"零"，我微微一笑："统帅，这招对我好像不管用啊。"

对面眼神明显慌乱不少："难道是不够剂量，不应该呀。"

对面，众多机械怪物将黑洞洞的触手转向，不仅对准我，更多触手对准身后的革命军士兵。

局势有种说不出的诡异，士兵群中此刻也没有说话。我开口打破了宁静："你们新人类搞这套很好玩吗？说出你的真实身份，我考虑饶你一命。"

对面的"零"先是惊讶，随后反而笑了起来："你在胡言乱语什么？其他人，把他拖下去。"

正说着，真的有士兵从队伍中走出，朝这边靠近。但又被队伍中的队长叫住："等等，这个统帅有点不对劲，先不要过去。"

队伍中也有人看出了问题，于是没有人再上前走来。眼见计谋不成，对面的"零"立刻露出一副凶恶的面孔："你们既然都不服从我，我只好硬来了。"

机械怪物仿佛听到命令，齐齐抬起机械臂，接着一根根银针如雨点般射出。我连忙起身，念力发动，无形的波纹扩散，令空气都仿佛凝固，飞来的银针硬生生被改变轨迹，纷纷转向，向四周散去。

我看着对面的身影道："我已经给过你机会了，那么只能送你一程了。"

还没等我动手，"零"似乎感到了恐惧，惊疑不定地望向我："你究竟是谁？那些第六部门的念动者们不是已经被同化了吗？总不可能你是……"

我微微眯眼："你说什么，第六部门怎么了？"

对面身影退开一步，谨慎地看着我道："我说出来，你饶我一命，顺便，我还会告诉你另外一件事，关乎所有革命军的大事。"

我微微一笑，没有回应，直接伸手向前抓去……

第二百四十二章　小影子

伸手，很轻易将"零"抓住，我心说直接读取记忆就好，毕竟他说的话可能有诈。"零"眼见被我拿下，其身体忽然如同液体般软化流动起来，一时间竟挣脱了我的束缚。

我微微一怔，有些惊讶地看着对面的身影。身后，革命军队伍里也传来一阵惊呼。只见他已经变成一摊液体化在地面，但还是能听到他的声音从地上传来："成长到现在，你果然不好对付。试试看吧，这数十万人的命运被掌握在我的手上，零，你能把他们都救走吗？哈哈哈哈！"

我没想到对面竟然连我的真实身份都猜出来了，身后革命军队伍中也有人道："难道那个一直藏在我们队伍中的人才是零统帅，这是什么情况？"

我并未理会革命军里的窃窃私语，装作淡定说道："你不是人类，难道你是来自穹顶之上的机人？"

对面笑了起来："少自作聪明，不过既然被你看穿了伪装，那就没有什么好隐瞒的了。这支革命军的潜在价值太大，所以他们无论如何都要被控制。"

身后的革命军队伍里传来枪械上膛的声音，里面的队长命令道："先等等，别开枪，看看他究竟要做什么。"

我微微蹙眉，眼前如水般的机人我倒真的没多见过，不过根据大半年前机人与人类达成的协约，在一年时间内机人世界不会对人类动手，虽然现在已经过去一多半时间，但现在毕竟还在协约和平时期内。我将我的疑问说出："你难道不怕违反两界协约吗？"

对面一摊水缓缓流动着，发出厌恶的声音："那是机人帝国官方对人类发出的通告，这约束不了我，因为在短时间内，我的本质仍属于人类。"

我暗暗惊讶，眼前的一摊水怎么可能是人类？我知道有些问题对方未必会说出，但还是说道："就算你是人类，现在也已经舍弃了正常的身躯，这与机人又有什么区别？"

地上银色液体如同生命般缓缓"站"起，并逐渐形成模糊人形，声音自液体内传出："机人与人类通常都很好区分，像你我一样这种特别的存在，有时候却会让人有些分不清。那你知道上面机人帝国是如何界定机人与人类的吗？"

模糊人影继续道："虽然没有被世人明确进行定义，但像我这种情况我确定自己暂时还属于人类，而你……"

话锋一转，模糊人影里好像有一道目光直勾勾盯着我："你的情况有些特殊，我暂时还是不告诉你了。"

我有些不爽道："你觉得就算你变成液体就一定安全吗？我照样可以抓

住你。"

模糊人影似乎感觉到我的威胁，体形缩小了一圈，只听他道："我说过，我给你情报，你放我一马。我知道你可以读取记忆，但我这个样子你有多大把握能够读取。"

我心中对眼前的模糊人影更加好奇，他竟然对我如此了解，就连离我最近的人——初雪，都对我这个能力不知情，我也一直将其作为自身的底牌之一，除了一个人知道，教会了我记忆读取的老师——查理。

可是查理已经消失已久，那条疑似来自他的消息称自己被政府征召而去，一直也不得真假，但查理怎么会与模糊人影产生联系？我想了想，还是没有将心里的疑惑说出，如果模糊人影的消息真的来自查理，那就麻烦了。

我吐出口气，盯着人影道："好吧，我答应你，不过，你先告诉我你的真实身份。"

模糊人影身形便得凝实起来，变成了个长着一脸胡子的大汉，明明体形魁梧，却给人一种与其身形不相称的狡猾与机敏。

大汉开口道："这算是我作为正常人的时候的样子，我没有名字，不过别人都叫我小影子，即使我不说，你以后也会想到，我来自新人类联盟。"

大汉平静地将来历说出，身后，革命军队伍里传来厌恶的声音："我们竟然都被耍了，该死的新人类。"

我盯着他道："是吗？你们将革命军诱导至此，究竟有何目的？"

小影子与我对视道："新人类联盟成立的初衷，就是为了将人类改造成更加强大的机械之躯，这样即使不能变得与穹顶之上的机人一样，也能在不久的人机大战中有更高的可能性存活下来。而我这次行动的目的，主要是想得到革命军中属于机人的那一部分成员。这样在我们改造身体时会有更好的参考价值。所以我伪装成你来取得革命军的信任，然后分批将他们引入这里注入恶魔血，这样他们就会被俘虏。"

我冷冷盯着他，又看向其身后的蜘蛛机械怪："那你们又为何将革命军所有人都引来，而不单独将其中的机人偷偷引走。"

小影子笑了笑："零，你也是一名首领，我如果只动了革命军里的机人，那剩下的人难道会眼睁睁看着他们被带走吗？"

小影子说得没错，就算没有我的命令，革命军也不会看着里面的机人成员消失，调查下去，迟早也会与新人类有所冲突。我心说这才是新人类的作风，他们心狠手辣，为了利益可以不择手段。而且他背后的机械怪物可以将恶魔血在革命军还未来得及反应时注入士兵身体，虽然我还没彻底了解恶魔血，但这对革命军绝对是个致命打击。

小影子见我还在思索，开口道："我已经告诉了你了所有，现在可以放我离开了吧？"

我微微眯眼道："你就这么走了吗？"

小影子摇了摇头，沮丧道："我的计划已经失败，还差点栽在你手里。我现在只想离开这里，这里的一切包括那些恶魔血我也不要了。"

说话间小影子已经慢慢向后退去，身体也逐渐隐入对面通道处的黑暗。我看着他一点点离开，并未阻止，但心中一丝不安好像被勾动了般，无限放大。

到底是哪里有问题？忽然，我想到什么，这次阴谋虽然是由新人类策划，但在之前，瓦尼曾经说过，他们攻打第一大区时是借助革命军才将第一大区的雄狮军团引走，可现在哪有雄狮军团的身影……

第二百四十三章　雾

思索之余，我转向革命军队伍道："你们在行军途中周围可有政府军随行？"

队伍中为首的队长在人群道："你难道是真的零统帅？"

我忘了自己此时还处在伪装下，于是心念一动，卸去伪装，露出自己人形态真容。

众人见状，却没有立刻承认我的身份，而是有些警惕地打量着我。我心说这些士兵应该是被之前新人类忽悠瘸了，不过警惕性变高也没什么不好。

随手一摸，一枚古朴方正的黑色印玺出现。我开口道："诸位可还记得此物？"

人群中立刻有人道："是帅印，唯有零统帅才有的古龙黑印。"

玉玺由于其特殊工艺以及年代，即使现代技术的仿制也无法完全还原其美感，漆黑幽深的外表在黄织光下仿佛笼罩着一层别样的美韵。

众人已然对我的身份信服，军队中为首的队长站出半跪道："革命军第一军队队长吴思，参见统帅。"

身后上万士兵皆纷纷照做。我见状将众人拉起。吴思一脸严肃看向我："报告统帅，我们之前并未在途中遇到政府军，一直以来都是您，不对，是假冒您的人来带领我们前进。"

我闻言追问道："那途中有没有留意到什么不寻常？"

吴思摇了摇头："行军一路畅通无阻，并未遇到困难，只是……"

我见其有些犹豫，便道："想说什么就说出来，现在很安全。"

吴思停顿片刻接着道："这只是属下的猜测，属下认为，这次全军转移未遇到阻碍，反而过于顺利，反倒有些反常，以往我们的一举一动都会有政府的影子。"

我点了点头："没错，虽然目前来看没有政府干预，但之后却说不准。"

我随即下令，让第一军休整，并将机械蜘蛛怪再存封起来。众人受命，开始陆续搬运集装箱，其间机械怪物再未有所动静。

……

方舱内，寻遍所有地方，此刻已经没有了新人类小影子的踪迹。我心说看来还真让他跑了，之前其展现的能力非同寻常，据我估计，这可能是新一代的液态金属的能力，至于为何能将人类改造成那样，还是未知。

新人类的科技改造已经超过我的想象，虽然不知道曾经被誉为"世界第一科学家"的李博士能否实现这种技术，但不久前在途中遇到的疯老头方永绝对没有这样的能力，看来新人类不只我所看到的那么简单。

不知道李博士研究恶魔血研究得如何了？虽然才过去不到一日，但我还是抱着尝试的心态发去信息。

随后，来到外界，思考片刻，我决定将军队沿原路转移，因为既然新人类让军队停在这里，必然有鬼，立刻转移才是最好的办法。

就在我下定决心准备宣布命令时，装甲方舟内传来一阵像是爆破的闷响，我心说糟糕，难道是集装箱里的机械怪物又开始活动了吗？

声音断断续续很是奇怪，没有多想，我只好先放弃发布命令，再回到方舟内一探究竟。

进入舱内，闷响声变得更加清晰，追溯源头，那声音居然是从脚下传来的。

我微微皱眉，脚下是储存间，并没有任何驻留的人员，难道新人类在里面又放了什么东西吗？

我不敢怠慢，连忙沿着旋梯向下层走去，一路楼下的声响越来越大，突然间，那声音竟然完全消失了，我不由也停下了脚步，紧接着，一声从未听到的巨响声传来，音浪甚至将四周的玻璃粉碎。

巨大的冲击力使得整个空间出现了明显震动，一侧墙壁也出现形变。一股气流随着爆炸从下层冲了上来，泛着一股诡异的绿色，气体飘过面前，迅速蔓延。

我甚至只看了一眼便意识到，这是带有恶魔血的气体。

虽然恶魔血对我无法造成什么危害，但对那众多革命军士兵是大杀器。

顾不上太多，我直接打破墙壁，径直来到之前第一军所在的位置。此刻这里已经变得烟雾缭绕，周围的一切都被浓雾笼罩。烟雾中隐约看得到人头攒动的影子。

我赶忙冲去，队伍中的人已经横七竖八倒下，只有寥寥数人还在苦苦坚持。我微微皱眉，周身的雾气如同洪水般退去，念力发动，上万人缓缓从地上被抬起，悬浮空中。

接着，五指并拢，向一堵墙壁砸去。巨大的冲击使得方舟变得更加摇摇欲坠，无数沙砾坠落，却又在念力下悬空。一次性将上万人运走，即使是我也有点吃不消。

精神力不断消耗，无形之力将方舱内的人全部转移至外界地面，却没想到，外面空气中却也同样充斥着阵阵绿色雾气，弥漫天际。地面上驻扎着的革命军也相继受到感染，纷纷倒下。

一切只发生在短短数分钟内，所有人都来不及反应就已中招。

回头，身后方舱底部出现数个巨大缺口，雾气显然是从那里散发而出的。我连忙冲去，先用砂石将洞口填充，待雾气基本被控制住后，我尝试将空气中的雾气驱离。奈何绿色雾气已然扩散过广，再加上之前精神力的消耗，此时面对漫天绿雾，我所做的也只是杯水车薪。

又驱散一小片雾气后，我停了下来，走到最近的一名倒下士兵旁，检测到其还有生命体征，只是，好像其身体已经发生了某种变化。

突然，不远处一名士兵猛然站起，摇晃着身体，仿佛醉酒一般，在绿色雾气的笼罩下变得格外诡异。接着，越来越多的士兵都纷纷站起，惨白的月光下，整个军队好像受到某种魔力，集体又复活站起，开始朝着一个方向歪歪扭扭行走着。我注意到也并非所有人都出现这种情况，机人士兵并没有受到影响，只是昏厥了过去。

我看向黑暗中的远方，这必然是新人类联盟的诡计，可惜我并没有料到。我尝试挡在一个人身前，他却似乎没有看到般绕了过去。我自知就算我能强制将他们都挡下，也解决不了问题，何况自身精神力也暂且做不到这样，不如跟着他们一起走，看看他们究竟去哪儿……

第二百四十四章　赢家

原本还充满活力的革命军队伍在短短数分钟后皆因吸入带有恶魔血的雾气而失去神志，沦为一群行尸走肉，在某种召唤下，集体朝着一个方向走去。

我由于暂时找不到更好的方法，便打算跟着革命军部队一同前往未知的地方。途中，很明显，革命军的行为是被有意控制了，也就是说新人类可以通过恶魔血直接控制吸食者，这听起来有些不可思议，但事实上，也只有这种解释了。

不过这种控制一定有其限制或者规律，如果能找到幕后的操纵者就好了。我抱着这种希望一路跟随被控制的革命军向西前行，军队在行进中虽然早已失去了原有的阵型，但诡异的是，所有人行走的步调却出奇的一致，仿佛一只只提线木偶般僵硬地行进着。

深夜的黑暗为这支军队吹响了前进的号角，没有人知道在伸手不见五指之时，居然还有如此庞大的队伍能够一个不落地潜行。我机体上散发出微弱的能量之光成了整个队伍里唯一的光源。如果有人看到了这一幕，绝对会被吓得半死。

军队就这样诡异地前进了一个多时辰，而我也逐渐摸清了他们前进的规律，虽然途中免不了走弯路，但行进的大致路线是沿着西南方向。

因此我直接离开队伍，提前一步向着前方未知地域走去，或许这样我就能提前发现些什么。

由于我的速度之快，没过多久便发现了远处的火光。更准确来说是一片一望无际的光点。无数光点闪动，将前方所有的可见区域都染上了一片光辉。

更近时发现，原来那并不是单纯的光点，而是一支从未见过的大军，每个光点竟然都是一名士兵的探照灯，多如繁星的数量令人咋舌。如果说在人类世界还有谁能拥有如此庞大的军队，那只能想到政府军了。

再结合之前的情报，我断定，远处正在缓慢靠近的军队便是政府隶属于第一大区的雄狮军团，而其行军的方向竟然与被感染了的革命军完全相对，或许用不了多久，两者便会相遇，到时候发生什么尚未可知，最坏的可能是会造成一场惨烈的战争。

我不由得心里一紧，看来新人类的算盘是这么打的：他想利用雄狮军团与革命军相互残杀，这样到最后自己便成为最大的赢家。

我自然不会放任事态的恶化。一步迈出，在距离雄狮军团更近处时，双掌张开，原力如洪流般自机身向掌心汇聚，手中白光大振，如明星般耀眼，无尽的黑暗里多出两道刺目的光芒。

雄狮军团迅速发现了我，下一刻，没有任何交流，一连串弹药声呼啸而至。面对密集的强大火力，我也不敢怠慢，连忙闪身离开，原地瞬间被打得千疮百孔，连土地都冒出了阵阵火星味的白烟。

我在另一方向出现，再次重演之前的操作，希望能吸引雄狮军团的注意，最后将其行军方向转移。

如我所愿，比上次更加猛烈的炮火再次袭来，甚至形成一道密不透风的火力网。漫天子弹倾斜而下，我本着测试的心态，观察雄狮军团的实力有多猛，于是不再躲避。

随手，一团比夜晚的黑暗更深邃的黑色浮现，迅速成型变成一枚巨型盾牌，横立身前。无数弹雨落下，击打盾牌，却仿佛打到棉花上没了动静，巨大的热导弹扑来，也只是发出一声微不可察的"刺啦"声，便没了踪影。

暗能形成的盾牌此时正承受着无比的压力，可以说没有任何其他材料能在这种攻击中完整保留下来。我先撤去了原力所发出的光芒，又过了十几秒后，攻击停止了，对方应该也觉得没有人能挡住这漫天炮火吧。

军团又等了一小会儿，便继续上路了，而方向比起之前丝毫不差。我心说看来白忙活了，雄狮军团并没有因为我而改变行程。而且让人不解的是，他们并没有打算交流的意思，甚至都没有问对方的身份，上来就是大招。

既然如此，那只能另辟蹊径了。我赶忙原路返回，片刻后回到革命军所在的地点。据我推断，用不了一个小时，两军就会相遇，所以我必须在这之前想到办法避免他们开战。

正想着，忽然，我察觉到，遥远之外夜空中出现一个黑点，随着越来越近才发现，是一架飞艇，正以匪夷所思的速度飞行，飞艇飞来的方向正是雄狮军团所在。

我目光紧紧盯着空中，难道是雄狮军团的侦察兵吗？一跃而起，来到飞艇所在的高度，正准备直接将里面的人员控制，却发现坐在驾驶舱内的，竟然是前盾兵总队长慕斯。

我飞至舱前，慕斯也注意到我，露出一副惊讶的表情。接着，在我的指示下，她降落至地面，走出。

一袭黑红大衣，慕斯看起来比之前憔悴许多。没有多想，她先开口道："零，你怎么会出现在这？"

我有些无奈道："我也有同样的问题，不过现在不是说这个的时候。"

我指了指身后黑暗中缓步前行的革命军："这些是我的人，他们暂时遇到了点问题。"

接着我又将革命军的遭遇简单说出。慕斯闻言开口道："没想到竟然会是这样，之前我在听了你的消息后也开始怀疑我们是否中了新人类的圈套？奈何我辞去队长的职务后没有了实权，影响力也大不如前，所以军队里并没有人会听我的建议，只有我自己来证明你说的真伪。"

慕斯顿了顿，接着道："我也把之前在政府军的经历跟你说一下吧，或许对你有所启发。"

我点了点头。慕斯追忆道："那是五天前，第一大区军部接到任务，上面要求整个军区除必要人员留下，剩余所有人都要去完成一个任务——协助革命军转移基地。

"这个任务无论是内容还是规格，对全军区的人来说，都是受到最高要求处理的，二十多万人的革命军由几乎百万军队的中央军区负责。在见到革命军后，我们便上路……"

我打断了慕斯的话，盯着她说道："不对，之前我问过革命军里的人，在所谓基地转移过程中，从来没有见到过政府的影子……"

第二百四十五章　尝试

慕斯失笑道："你说得没错，后来我才知道，这是个陷阱。雄狮军团护送的那批人并不是真正革命军，到底是什么人我也不清楚。不过他们此刻要承受被誉为世界第一军的怒火，那群人耍了雄狮军团，不管怎样，这件事后军团长亚朗将会把军区总司令威廉·史密斯告上法庭，因为这条命令是由他颁布的。"

我想了想道："史密斯其实已经背叛政府了，我有他关于投靠新人类的证据，只是恐怕他现在已经藏了起来，想要找到他并非易事。"

慕斯叹了口气："这下糟糕了，如果史密斯想与政府作对，他的军事才能对政府来说是个巨大的威胁，况且他还有众多拥护者，那些人很容易被其利用。

"史密斯的问题已经很明显了，只要给我时间，迟早会抓到他。我倒是有点好奇当时发生了什么，那些伪装者能将你们百万大军戏耍？"

慕斯语气变得严肃起来："他们很聪明，利用了提前布置好的陷阱，在行军的必经之路上想要将我们困住，然后突袭。但他们误判了雄狮军团的实力，那些伪装者很强，比普通经过训练的特种战士盾兵还要强，但他们见短时无法打败我们便逃走了。在与那些伪装者战斗的过程中，我发现他们并非正常的人类，他们的血液是绿色的。"

我闻言说道："绿色，难道？……"

转身，我来到身后依然自顾自前行的革命军队伍里，找到一名士兵，轻微划过，一道淡淡的血痕出现，鲜红的血液流出，但在血液里，依稀能够看到，一抹微不可察的绿意显露出来。

我微微眯眼："看来恶魔血会让人体内的血液改变，如果没错的话，你们遇到的就是新人类里服用过恶魔血的人。"

慕斯也看到了血液流出的一幕，她露出一副不可思议的表情："零王，这些革命军都已经……"

我点了点头："没错，我现在在想为何你们没有被感染？"

慕斯想了想说道："我们当时被困在一座地堡，外面有一种作呕的绿色气体涌入，所有人的反应都很快，很多人还没见到那股气体就戴上了防毒面具，只有最靠近地堡外围的一小部分人吸入了那种气体。我们以为只是普通的毒雾，就连吸入者也没有什么不良反应，这件事就暂且过去了。"

我微微皱眉："不对，那些人不应该没有反应，会不会他们将自身隐藏起来了？"

慕斯有些惊讶："这雾气究竟是什么，竟然还能做到这种程度？"

我严肃道："说来话长，总之千万不要让它进入体内。"

与慕斯短暂了解了彼此的情况后，我继续寻找避免政府军与革命军相遇的办法。

如果有能够治疗的血清就好了，可是李博士那边还没传来消息。这恶魔血并非普通毒药那么简单。

如果我自己也能破解它就好了，等真到了最后关头，我只能动用超能来将革命军强行转移了，原力和暗能都会对人体造成伤害，只有念力能够做到了，只是自己的念力可能会有些勉强。

看向身侧的革命军队伍，我决定以身试法，尝试找到恶魔血的破解之法。快速来到原先释放出恶魔血气体的方舟前，打开一条缝隙，绿色浓雾迅速扩散，充斥周边。

我静静等待着恶魔血浓雾的侵蚀，为了能够更好地感受恶魔血入侵的过程，我将自身转换为拟人形态，这样就能完全体会到人的感觉。

随着绿色雾气的吸入，一种强烈的不适感传遍全身，身体内部如同被架在火上炙烤般灼热，紧接着又是一阵眩晕。我强行平稳站立，在保持清醒的同时，感受着身体内发生的一系列反应。

短短数十秒内，恶魔血就已扩散全身，并且越往后，越能感受到体内的恶魔血如同活物般不断在体内翻涌。突然，一种甚至无法理解的疼痛传来，就连我的意识也出现了一丝动摇。我强行稳定自身，这种感觉是因为体内的各处原有细胞都被摧毁并快速重组。

短暂剧烈的疼痛后，我有些不可思议地看着自己：我竟然感觉此刻的身体已经不属于自己，仿佛我的意识在一瞬间被换到了一个陌生人体内，身体在刚才刹那已经完全变样，就好像这具身体本来就不是属于我的。

还没等我适应，身体本身传来了一种想法，一种饥饿之人本能想要去往一处有饕餮盛宴的感觉。我望向前方，那里正是革命军行走的方向，而现在我拟人形态下的身体也有着同样的想法。虽然这种想法对我本身来说产生不了什么影响。

此刻我的体内已经沾满了恶魔血的痕迹，一股淡淡的腥味自体内传出。看来这就是被感染后的状态了。虽然现在还未想到有什么解决办法，但我已经对其有了更加深刻的理解。

心念一动，我试图将恶魔血逼出恢复原样，在尝试一番后我发现确实可以做到，只是速度有点慢，像革命军如此庞大的群体只靠我恐怕需要很长时间。现在只剩下大概半个小时，显然这个办法也不可行。

一旁慕斯已经驾驶飞艇离去。她需要及时回到军队，避免引起里面人的怀疑。

在苦想了一会儿后，一口气叹出，我还是没能想到合适的办法解决。就在这时，通信器传来震动，接起，一阵悦耳的女声传出："零，你那边的事解决得怎么样了，需要帮忙吗？我可是一直等你的消息的，见你还没说话我就先找你了。"

初雪的声音如春风般拂动，将我紧绷的思绪缓解许多。我回应道："雪，我确实有点忙，之前政府官员已经被救下，我在调查新的线索。"

初雪耐心道："遇到什么困难了吗？感觉你说话有些急促。"

我将现在的情况简单说出，并说现在还没找到解决办法。初雪随即开口："你如果试试心灵感应呢？……"

第二百四十六章　心灵感应

初雪的话让我茅塞顿开，心灵感应比起其他的超能，没有那么强大的力量和破坏，但其独特的能力有时可能会起到意想不到的作用。

我赶忙道："雪，不愧是你，这次真是帮了我个大忙。"

"嘻嘻，那你赶快试试吧，我就先不打扰你了。如果你还有什么需要帮忙的地方一定要记得找我，不要什么事都自己做，虽然我体会不了你这种舍己为人的精神，但你不是一个人在战斗，别忘了，你还有我。"

我点头应道，一股暖意涌来，定了定神，与初雪告别后，我开始研究起来。

心灵感应，顾名思义，透过表面，读取内心之感。常人通常都会用眼睛去看待世间万物，是为色界，而在人们看不见的世界，还存在更多东西，心灵感应便是在看不见的世界里，找到带有情绪的世间万物。

凡心之所想，皆有所感，是为心灵感应，一念之下，借助无形之力，即使是闭上双眼，也可察觉周边所有有生之物的情绪。

无数心灵光团如同一个个夜明珠缓缓升起。这些光团无一例外都暗淡无光，失去了正常人本应有的色彩。我微微眯眼，这就是被感染后的状态吗？

失去大部分色彩的光团静静悬浮空中。我深吸口气，小心翼翼地将自身心灵感应之力靠近光团群。

此前，我曾经改变过别人的心理情绪，甚至将人眩晕。那只是简单的操纵心灵。这种将已经迷失自我的人重新拉回现实，对我来说无疑是一次巨大的挑战。

我逐渐将心灵感应力贴附革命军士兵们的心灵光团。那些光团如同人类暴露的心脏般无比脆弱，只要稍一触碰，就会产生剧烈反应。无数心灵感应光团此刻竟一时间颤抖起来，虽然幅度很小，但这并不是一个好的信号。

闭上双目，我认真感受起众人的心灵光团，整片墨绿携带着微弱鹅黄便是心灵光团的全部。这种光团的情绪代表深深的麻木以及一丝微不可察的恐惧。

这种恐惧被压抑在心灵光团深处，就像是人类在面对无法躲避的巨大危险面前，内心做出的最后一次本能反应。麻木难以改变，那就从恐惧下手。

既然他们内心还有恐惧，那就让这种情绪放大，超过麻木。这样的刺激有机会让人重新找到自身原本的意识。

心灵感应力分化，形成五彩斑斓的色彩丝带飘舞空中，每种色彩都代表着一种情绪。我将黄色分离，一点点融入革命军每个人的光源内。这一举动很快便起了作用，革命军数十万人在一瞬间停了下来，密密麻麻的行路声消失，世界仿佛彻底安静下来。

这种诡异的气氛并没有持续太久，很快便有人发出痛苦的低吟，还有人摇摆不定，在原地左右僵硬晃动着，总之现场变得混乱起来，有序的队伍甚至有人脱离，朝着其他方向远去。

我目光投向天空，常人看不见的光团群震动越发强烈，黄色光芒范围即将超过绿色。我见时机差不多了，感应力发动，一道光芒在此从心灵感应彩带中剥离，青绿光芒如同烟花般于天际绽放、盛开，无数光点洒下，融入每个人的心灵，代表希望的青绿无边无际，周边的黑暗此刻甚至都被取代。

而这一幕只有我才能看见，无数光团在融合青绿色后，原本的墨绿退去，心灵光团原有的色彩快速恢复。

我紧盯着空中的光团，忽然，一股异样不适感从心底传来，应该是心灵感应使用过度引起的。我强行压下不适，继续观察革命军众人的反应。

人群的混乱逐渐停止，士兵的眼神中出现了一丝清明，越来越多的人平静下来，像是刚睡醒般相互打量着。我知道自己成功了。

人们在清醒后快速整理了一番自身，随后十多人从人群里相继走出，来到我身边，来人正是军队大队长，包括两名大将。

在证明完我的身份后，两名大将介绍起自己。两人分别叫李文和李武，是通过军选脱颖而出的人才。他们虽然也被恶魔血迷昏神志，但却是最早清醒的人了。

我快速和这些官兵打完招呼，便下令众军行军，因为距离我推算的时间已经不足十分钟了，加上各种意外因素，可能下一刻就会被政府军发现。

众人此刻还有些懵圈，甚至他们体内的恶魔血还未清除干净，我只是将他们的神志唤醒。但现在顾不了太多了，只要能先避开两军相遇就好。

我选择带领革命军朝着南方前进，这样就能完美避开政府军。

黑暗中前行了一个小时左右，天都开始蒙蒙亮，我才下令就此扎营，整顿休养。多天的奔波本应让人感到劳倦，但体内的恶魔血却让士兵们像是打了激素般，感觉不到疲惫。

这显然是不正常的情况，如果继续这样下去，恐怕会出现大问题。

忽地，一番铃声响起，接起，一阵苍老平和的声音传来："小零，你交给我的东西有些不简单啊。"

我恭敬道："您是有什么发现吗，博士？"

"我提取了你给的样本，对它进行全面的检测分析，发现这并不属于任何已知的蓝星上的元素，并且这种溶液功能极其强大，如果沾染会对人体造成极大负担，我现在制作了阻断剂，对使用这种血液的人的身体症状有缓解作用，你可以先用用。"

我顿了顿，开口道："博士，那您能量产这种试剂吗？我需要二十五万份。"

李博士听到后有些不敢相信："这么多被感染的人吗？唉，好吧，不过你要补偿我研究经费。"

我微微一愣，随后说道："那肯定的，回头我打到您卡上。"

"要立刻，你的项目可是很烧钱的。"

随后李博士挂断电话。我将这笔款项压力交给了帮我经营灵梦之夜的郑强，他在这方面上比较会来事。

如今，危机暂时解除，可是新人类的威胁却越来越大。我决定好好找新人类算算这笔账……

第二百四十七章 血字

我命令革命军驻守原地，如果没有我的指令一概不能行动。

革命军经过连夜转移，当前所处的位置在一片生长着旺盛植被的原野，绿草如茵，土壤肥沃，只是距离人类城市太远，人们鲜有到达这里的足迹。这种环境用给革命军暂时驻扎休养再适合不过了。

安排好革命军后，我顺便告诉了初雪和初旭两人革命军所在：第一是和初雪报个平安；第二因为初旭作为革命军的二把手的存在，有资格知道革命军现在的状况。

通信器另一侧真诚道："零，谢谢你，你为革命军做的事够多了。"

我坦然道："我好歹现在也是革命军的统帅，怎么能不多爱惜自己的下属呢？我还有事，你和初雪想要过来的话直接与李文和李武联系就好。"

通信器那头"嗯"了一声，接着一道熟悉的甜美声音传来："零，我和初旭现在就出发。你能不能多在革命军那里待一会儿？毕竟你昨天太累了，等我们见面后再去忙也不迟吧。"

我想了想说道："雪，我也想陪你一会儿的，可是现在没有太多时间了，等彻底解决新人类的隐患后，我们就可以一直在一起了。"

初雪似乎有些失落："好吧，那我们准备出发了，你去忙吧。"

我应了一声，挂断通信。整理了下现在的线索，决定先解决新人类联盟里最具威胁的恶魔血，没有了它，革命军与之相比，都不多承让。

我决定先去找最先接触恶魔血的人——方永。他既然是恶魔血的改良者，必然会对其有着深厚的理解。虽然他不如李博士聪明，但想必也能协助李博士研制恶魔血解药，给李想打打下手。

经过昨天恶魔血一夜的折磨，我的心灵感应能力因为救人受到了不小的影响，而且恶魔血已经残害了那么多人，我打算直接将方永带去李想的奥森沃斯试验基地，也算让他有赔罪的方式了。

驾驶着革命军里最快的飞艇，在过了大概两个小时后，一条长河出现，赫然就是湍急的怒龙江了。

飞艇低飞，我快速穿越江岸一侧的密林，又翻过了一条山脉后，来到了方永所在的基地。

基地建立得极为隐秘，即便就在眼前，如果在没人提前告知的情况下，也很难将其发现。我在尝试数秒后成功找到了草地上隐约的一条裂缝，掀开——内部便是不一样的广阔空间。

来到白色半球形的实验基地前，敲了敲门，见没人答应，我便自觉地打开了门。

入眼，屋内还是一如既往的凌乱，脚下的缝隙还能保持勉强站立，一不小心就会踩到各种杂物。

环顾一周，我发觉这里好像有些不太对劲，屋内安静得有些不像话。如果平常有外人进入的话，就算方永不在，也应该有机械守卫过来吧，而现在却连人的半个影子都见不到。

来到走廊，我缓缓朝着实验室更深处走去。

实验室的空间并不小，走廊两侧布置着十多个大大小小的房间。来到一处器材室面前，上面的把手沾着一层已经凝固了的猩红液体。我微微皱眉，直接推门而入。

里面的场景让我有些惊讶，只见十多个"人"横七竖八地躺在地上，大多是清一色的机械仆从，而人堆里也有两人因为穿着而十分显眼，正是方永和他的贴身保镖小蓝。

两人的嘴角还有血迹，不过因为时间长而已经凝固。我赶忙上前查看，不出意料，两人在数小时前已经身亡。

　　我盯着方永的尸体，一身土灰色的粗布外套沾着点点血渍，花白的胡须此刻也变得暗红。究竟是谁杀了他？经过检验，他是因为巨大外力导致内脏损伤死亡的，一旁的壮汉小蓝也是。显然对方是抱着杀心来到这里，随后对方永一击致命的。能够找到这里并且还轻松干倒这里所有人的杀手，我只能想到，对方来自新人类联盟。

　　莫非是新人类联盟利用完方永，觉得没价值了，于是直接杀人灭口？还是说……我霍然想到，会不会他是因为我的到来而被杀害的？毕竟他的死与我到这里时间很近，而且既然他与新人类合作，新人类未必不会时刻监视他。

　　既然方永已死，那么我也不必在这里过多逗留了。就在我转身准备离开时，才发现背后的白墙上赫然写了一行血淋淋的大字——"人类已死，机械永生。恨，恨，恨。"

　　十一个大字歪歪斜斜地显露出来，并且字体越到后面越扭曲变形，看得出死者生前用了很大的力气才将字写出。我微微一怔，对这行字有些不解：这应该是方永临死前留下的，不过这行字究竟有什么意义？什么叫作人类已死？人类不是现在还好好的吗？他又在恨什么，难道是新人类吗？

　　最终，我还是带着疑惑离开了这里。这些问题注定没有答案，但我还是将它深深记住。

　　走出方永的基地，我并没有因为他的死感到伤悲，又或许是来不及伤悲，也没有为之自责，倒是觉得一个人才消失得有点可惜。

　　掌心出现一抹耀眼白光，说："尘归尘，土归土，来世做个好人吧。"

　　原力爆炸形成的火焰迅速将这里烧毁，并在接触到外界植被的瞬间便被熄灭。

　　我并没有回头，直接离开了怒龙江地带。

　　接下来我打算直接前往第一大区边境G市，因为那里存在着初雪发现了的新人类巢穴以及恶魔血，并且我还通过统计学概率算出新人类其他藏有恶魔血的据点以及巢穴，分别分布在第一大区、第三大区、第七大区以及第十二区，一共四个大区内。如果能将其毁掉对新人类来说会是巨大的打击。

话不多说我便开始行动，飞艇极行高空，忽地，通信器响起，接起，郑强的声音传来："老大，我已经办好了，二十一万阻断剂已经送到革命军，剩余的也暗中转交给慕斯……"

第二百四十八章　瓦尼的秘密

我开口道："辛苦你了，强子，给你涨工资。"

"老大，这些事都是我分内应该做的。你一天干的事我一辈子也做不到。我还要多和老大学习。"

我打趣道："行啊，强子，没想到一段时间没见你就这么能说了，这都是跟谁学的？"

"我只是实话实说，老大。"

我有些无奈："强子，你没事别和独眼一块玩，你已经被他带歪了。"

聊过几句，我挂断通信，打算继续前往第一大区。

还未飞行多远，通信器再次传来消息，一眼扫过，是李博士发来的："解药已成，速来自取。"

我心说这也太快了，只过了两天，李博士就将恶魔血解药研究出来了。既然如此，我当即掉转方向，气浪翻涌，飞艇朝着第十三大区疾行而去。

数个小时后，我到达了实验基地的大门前，停下，两边的守卫这次并未阻拦，我顺利进入实验基地大楼。

一面全息投影凭空出现，画面上李博士背着身，摇晃手中的不知名试剂，抬头看了我一眼道："来拿吧。"随后切断投影。

我很快找到了李博士所在的实验室，推门而入，满眼是试管，随意地散落着。而他倚坐在靠窗的位置，眼神望向窗外，不知在想什么。

李博士是个整洁爱干净的人，平时他都会将物品摆放整齐，但现在他这副模样，哪还有平时整洁的样子？我甚至设想他会不会一扭头，然后一副胡子拉碴的样子，那我可能会先带他到医院看看了。

想象中的一幕并未发生。李博士转过身来，一身白衣一如既往的规整，脸上也看不出任何异常，不过，我看向他的双眼，对视的一瞬间里，我好像看到了一种复杂的极为深邃的眼神，不过很快一闪而过。

我愣了愣，向前一步开口道："博士，听说……"

还没来得及开口，李博士指了指地上一堆试管开口道："里面，自己找，红色的。"

我俯下身摸索起来，很快便找到了一支装着像是血浆一般浓稠的暗红液体试剂。我起身开口："博士，谢谢您，您如果还需要经费的话我会想办法解决。"

李博士像是没听到般，自顾自地盯着实验台上的一具身体，就是一具身体，因为他并没有头颅，只有一副躯干僵硬地躺着，脖颈以上像是被锋利的镰刀切割过一般，切面丝滑平整。当我再看第二眼时，我不敢相信地睁大眼睛，虽然那具尸体原有的衣服已被退去，但那体形轮廓还是不由让我想到一人——瓦尼。

准确来说是瓦尼的克隆体，此刻正以不合理的方式出现在李想的实验室内。

李想注意到了我的神色。我不禁说道："博士，这是从哪儿来的？"

李想开口道："我也很困惑，是有人匿名直接寄给我的，而且我查了始发地，在第一大区。"

我接道："博士，你知道最近第一大区发生了什么吗？"

他点点头，扶了扶额头上的金丝眼镜："我刚调查了第一大区，现在处于全区严格封禁状态，一般人根本无法出入。不过我猜，里面发生的事应该不是什么好事吧。"

我并没有将瓦尼政变的事说出。我指了指实验台干脆道："不瞒您说，这具尸体的头颅就在我这儿，既然那个神秘人故意把这副躯干寄来，想必是觉得您能从这儿发现些什么。"

我直接将瓦尼克隆体的头颅从飞艇里拿出，放在一起。冰冷的尸体虽然已经死去多时，但却诡异得没有任何腐败的迹象，泛白的面庞栩栩如生，如同睡着了般。

我并不是一时冲动而将这头颅交出，也不是因为李博士的恩情，而是因为这件事有些不对劲。我是在政府办公区域较为隐蔽的角落与瓦尼（克隆体）交流的，事后瓦尼（克隆体）躯干也被我藏起，一般人应该找不到，就算那些新人类成员能够找到，但他们绝不会好端端将其送到这里，除非还另有其人。不过此刻我实在想不到会是谁，所以我将这副身体凑齐，或许李想能想到什么，对我也会有所帮助。

李想见尸体身首合在一起，也有些惊讶："你是从哪儿得来的？"

我想了想只是说这是一个恶人，在他死后我将其头颅摘下保存。

我确实当初觉得这样凭借这头颅威慑新人类，虽然是克隆人的，但那些新人类大概率不会那么快分辨得出。现在我这么一说，李想睁大眼睛奇异地看着我，仿佛是第一天认识我。

我知道这个理由有些BT，咳嗽一声急忙岔开话题："博士，你快看看它究竟有什么不对劲的地方。"

李想面色严肃，一改往日的和蔼，围着实验台转了几圈，又拨弄了一番各种仪器，而后停下淡淡说了一句：

"这不是人类的身体。"

我以为听错了，但李想手指敲击着实验台边缘继续道："这是一具机器人，只是他体内的科技太过发达，就连各种器官也制作得与人类几乎无二。如果不是他体内隐藏的许多超纳米级微型芯片被发现，我也会被骗。"

见我一脸茫然。李想继续道："这种技术在现有人类世界根本不可能实现，只有……"

他指了指上面，我知道他是指机人世界："这副躯体先放我这儿，你没其他事可以离开了。还有，一个月后再来一趟，到时候我有要事和你说。"

李博士捂住了头，似乎有点痛苦，随后摆了摆手让我离开。

我有些不明所以，不过还是点头答应下来，拿着解药离开了实验室。

来到户外，我感觉李博士好像变了，似乎是有什么心事压在心底却无法说出，或许一个月后我会找到答案。

现在得知了瓦尼克隆体竟然是机器人，但其他人的克隆，如史密斯、落秋他们，却都是人类的身躯。如果克隆是将自身完全按照原来复制一遍的话，那是不是说明，瓦尼本质上也并非人类，而是一直隐藏在人类当中的机人……

第二百四十九章　再次上界

怀疑一旦产生，罪名就已成立。现在我已经严重怀疑瓦尼就是地上机人派到人类世界的间谍，只是目前还没有更直接的证据而已。

　　我微微皱眉，猛然想起，之前政府议员周凯曾经说瓦尼是他的子嗣，那么到底是周凯撒了谎还是原来人类瓦尼已经被暗中替换？此刻飞艇正在飞往第一大区，我决定直接去找周凯问个清楚。

　　数小时后，我来到了政府人员临时建立的安全屋，因为第一大区已经被新人类占领，雄狮军团还未归来，昔日最安全的代表着人类文明核心的地区现在反而变成最危险的地方。

　　来时为了先不打草惊蛇，我伪装成新人类的模样，在经过中央广场时发现，原本肃穆庄严的建筑如今已然在短短数日就被新人类改造，变成一个灰色的巨大无比的如同鸟蛋一般的建筑。这就是新人类新建立的巢穴，象征着新政权已经崛起。

　　当我来到狭小的安全屋时，昔日里高高在上的领导者如今已然失去了往日的风采，见到我时甚至还惊恐地打量着我。我意识到自己还是新人类的模样，于是撤下伪装。

　　跳过众多掌权者，来到一个正搓着手、坐在角落里发呆的中年男人面前，我望向他："周凯，聊聊吧。"

　　男人从呆滞中恢复正常，略显粗糙的脸上多了一丝沧桑，头发也全都变得花白，眼神抬起看向我："零王，没想到会在这里见到你。我知道你有不少疑惑，关于我那个叛徒儿子……"

　　说着，他的眼神移开，眉头紧锁，一副痛苦的模样："我没有什么可说的，你是不是有类似记忆读取的手段，来吧。"

　　周凯将脖子往前凑了凑，闭上双眼。我不知道他是不愿回忆过去，还是觉得难以启齿。我淡淡开口道："过程可能会有点痛苦，我会尽量减少。"

　　说着我将右手食指轻点其额头，周围看戏的其他官员也纷纷靠近，围了上来。一名与周凯年纪相仿的女官员忙道："我可以做证，他本身是清白的，没有与新人类勾结，也不存在包庇，瓦尼的行为在他面前没有表现任何异常。"

　　女人声音有些颤抖，双眼盯着周凯的额头处。我微微皱眉："我不会伤害他的，在他是清白的情况下。"

　　没有犹豫，下一刻，一抹白光以迅雷不及掩耳之势没入周凯额头，随着念力与原力的发动，我看到了周凯记忆中的瓦尼，一副懂事勤奋的样子（当然是在新人类政变前），由于记忆量较为庞大，我认真搜寻了好一会儿才退出其记忆。

此刻周凯已是满头大汗。我站起身道："我先走了，你们保重。这里还不太安全，我会派人来接你们的。"

话毕，在众人感激的目光下，我离开了政府安全屋。临走前，首席官落秋将我叫住，对我说希望让我保护第一大区内的平民。我则告诉他，那些人暂时不会有生命危险，让他放心。

事实确实如此，新人类真的没有在平民里大肆烧杀抢掠，那些民众，甚至大多数距离政府办公区域远的人，都不知道到底发生了什么，他们只是被切断了与外界联系的信号，无法传送消息。而我也正因为这一点，没有立即对新人类立即展开报复，因为现在还维持着一个脆弱的平衡。

由于我并没有在周凯记忆里看到有关瓦尼政变的情节，我不得不重新寻找证据。在周凯的记忆里，瓦尼的形象好得简直像是偶像剧中的男主，就算是瓦尼真的隐藏得很好，也不太可能一直保持如此良好的形象。我甚至怀疑周凯的记忆已经被瓦尼动过了手脚。

如今我已经发现了现在的瓦尼很可能不是人类，如果能找到确切的证据证明他是机人的话，一定会让越来越多的人联合起来，反抗新人类联盟，甚至对新人类内部也会有影响，因为半数以上人类对机人充满怨恨。这样做比我先一个一个找到新人类巢穴再摧毁效果要好得多。

而要调查瓦尼是机人背后的真相，我将目光投向上空，在穹顶之上，那里也许有我想要找的线索。

很快我便行动起来，在走之前，我先向灵梦之夜下达了命令，派里面的战斗人员组成十多个小组，分别调查确定隐藏在各个大区的新人类巢穴位置，并尽可能刺探多的内部情报。

灵梦之夜表面上是我名下的一座普通酒馆，实际上里面养着上百名不亚于职业军人的打手，并且由于里面的人之前已经有过潜伏新人类的经历，这次行动可以说是更加得心应手。

除此之外，革命军在得到李博士的解药后，已经彻底摆脱了恶魔血的控制，但还未完全恢复战斗力，因此我派里面的精英成员，前去第一大区将位于安全屋的政府官员秘密解救出来，一来可以让这些官员摆脱危险，二来还能让他们与外界还不知情的各个大区取得联系，有了其余各个大区的支持团结，也会加速新人类联盟阴谋的瓦解。

至于第一大区的雄狮军团，我因为担心里面有人已经感染了恶魔血，对慕斯暗中运送了四万支解药，而慕斯说后来并没有发现军队有什么异常，我便觉得可能是自己多虑了。

飞艇于大区内不断冲刺，极速穿越阻挡着在前的厚重云层，从远处看，如同一道逆流而上的星光。

不久后，天穹的颜色出现了明显变化，蓝白色的天空变得灰蒙蒙，跨越重重云层，依稀可见，一面无边无际的十分恢宏的壁垒横卧天际尽头，那便是人类世界与机人世界相隔之墙——星空穹顶。

微微眯眼，在距离穹顶越来越近时，我打开通信器，向初雪发送了上界前的最后一条消息：穹顶之上，吾往矣，待归来之时，便是新人类毁灭之日。

随后，借助飞艇巨大推力，我冲向穹顶特定位置的通道，在经过数十秒漆黑的飞行后，我再次来到了地面之上的机人世界……

第二百五十章　巨人

飞艇在穿过地层通道来到地面的那一刻，艇身出现了明显的晃动，但还是摇晃着冲上地面。

此刻地面正值黑夜，无数繁星点缀夜空，与穹顶之下人造天象不同的是，这是属于蓝星的真实的星空，一望无际的星海比汪洋更加辽阔，让人一眼就产生无限的向往和遐想。真实的蓝星地表空气里都仿佛充满了香甜和自由，这是人类一个多世纪以来都再也无法攀登的梦寐以求的地方，也是机人早已习以为常的栖息之地。

我的最终目标是创造出一个机人和平共处的世界，现在距离这个目标还很遥远，但这不平等的现状正是我每天前进的动力。

附近的树林里传来一阵高昂的鸣啼，我的到来打破了本属于深夜的宁静。环顾四下，周围并没有发现驻守在两个世界通道口的机人守卫。这不禁让我感觉有些奇怪：按以往的经验来看，那些守卫应该已经发现有人来到上界才对。

疑惑之余，我并没有逗留的想法，正准备离开，不远处的山头发出隆隆巨响。从我这个角度看，仿佛整座山脉都动了起来。我微微皱眉，看情况有点像自然灾害，但直觉告诉我并没有那么简单。

忽然，一只手臂从山脉内伸出，巨拳如同硕大的天外飞陨，呼啸声中，正以惊人的速度向我砸来。此刻飞艇还在向上飞行，即使突然转向或者加速也不可能躲开这一击。我目光看向巨拳袭来的方向，五指并拢，一股耀眼的光芒自拳锋绽放，随后挥出。

"嘭！"

一声惊天撞击响起，巨拳被打落缩回，飞艇也因无法支撑巨大的冲击而扭曲变形，很快便摇摇欲坠，撞向地面。

我一跃而出，平稳降落在地，暗道这来人的力量之大。黑暗中传来一声惊天怒吼，一双巨大的湛蓝的双眼在山脉群中浮现。我微微眯眼，看来这里不是没有守卫，而是守卫换成了一个巨人。令我始料未及的是，机人里居然存在这种如同山岳般高大的巨人。

巨人隐遁于黑暗，只露出一双威严十足的双眼，立于山巅之上，此刻宛如山神的化身。如果是常人看到这一幕恐怕马上会被吓得走不动路，或许大部分机人也是。

一阵厚重粗犷的机械声，如同拖拉机启动的动静声，回荡山涧："你私闯上界，罪大恶极，现在将你就地正法。"

我抬头望向山峰的那双巨眼："你是何人？"

轰鸣般的机械声响起："你已不配知道，现在受死。"

话音刚落，地面宛如地震般晃动、倾斜，一个庞大到遮天蔽日的巨大黑影迅速升起，其身上抖落的尘土都是一块块比人还大的巨石，如雨幕般落下。

如此巨大的机身高度，据我估计可能接近千米，当其完全站立，就连月光也被遮盖，世界仿佛都被他踩在了脚下。我猜测他可能是被威斯分配至此的守卫，"一夫当关、万夫莫开"用来形容他都不为过，飞艇在他眼里都渺小得如同玩具。

我先前也与这种体型的生物打过交道，在蛮荒洲的罗南深渊内，存在着与其吨量相当的鬼物，最后虽被我降伏，但也耗费了一番心力。现在看到这种巨型生物，我则很快想到了当初的时候。

巨人并没有给我喘息的机会，一只巨拳再次砸下，裹挟着无可抵挡之风，拳面也因极速下坠而变得灼热焦红，这一拳的威势比之前更甚。我并不想将战斗弄大，所以必须速战速决。

一跃而起，空中巨拳如同一堵墙面冲来。远处看，我像是一粒渺小的沙土，冲向一个与自己体型完全无法比较的巨兽。我并无惧意，一招原力拳再次迎上，一声轰鸣声响起，双拳交会，巨人的拳头凹下一块巨大坑洞，就算以巨人视角看也十分明显。

巨人抽回拳头，我赶忙跳到巨人身上，心念一动，心灵感应释放，如同一个看不见的世界呈现眼前，巨人核心处一团常人无法观测的光芒飘出，我连忙打出心灵感应之力，力量在我眼中变成实质化的一道七彩长虹，分化，绿色光芒没入巨人光团内，随后占满整片光团。

巨人的动作顿了顿，在空中艰难道："这是什么？……"

还未说完，伴随着一声巨响，巨人半跪在地，蓝色巨眼也暗淡下去。我趁机上前将巨人的记忆篡改，然后在其醒来之前，匆匆离去。

我并没有读取其记忆，而只是将和我战斗的时间替换成其他故事就走了。我知道这巨人应该来历非凡，相信在别人口中也能轻易打探到。

借着夜色掩护，我一路朝着蛮荒洲的机械之城进发。因为那里，有我在地面之上的一个身份做掩护，这样办事必将快很多。

经过一夜不停歇的赶路，天亮前，我终于找到了曾经地面之上的"家"——一栋位于城市中心的二层别墅。

开门，一道机械不带感情的声音猛地想起："欢迎主人回家。"

我朝声音来源的方向望去，一个银白色闪着金属光泽的机人站立草坪当中，弯下身去，比着僵硬而标准的礼仪。我认出来人是管家阿亮，于是随意说了几句便上了楼。

来到自己的房间，一面全息立体投影自动浮现，显示着这栋别墅以及原来这里主人蓝玉各地资金房产的虚拟投影。我看着遍地的红点，心说可以继续利用这个身份的势力来调查。

数小时后，一艘飞艇来到别墅前，一个戴着绿色帽子、打扮得像是模仿人类嘻哈服装的机人踏着富有节奏的步伐来到我门前。这是我花费一大笔钱请来的万事通，他自称已经走过了地面机人世界普通机人能到的每个地方，对这些地区的情况都有所了解。

机人世界看似发达，其实机人内部也分化出许多不同类型，具有地域特色。这些机种相互独立，平常并不会来往，所以无形之中信息也成了机人世界的稀有资源。幸运的是，我在地面机人的身份，恰好能"壕"无人性地应对这种情况……

第二百五十一章　了解

绿帽子机人来到房间，收起那像是舞蹈般的步伐，略显恭敬地看向我："蓝玉阁下，我叫兰特斯，你看我们这么有缘，就连姓都一样，听说你想要打听一些消息，我会全心全意地为您服务，为您解答所有能力之内的问题。"

话毕，兰特斯将臂膀在空中挥舞了两圈，手掌也跟着打转，嘴角弯起，笑容中洋溢着热情，也洋溢着对金钱的渴望。我觉得像兰特斯这种能够表现得像人类，或者说有人类情绪化的机人并不多见，于是先随意问道："你是从哪里来的？看起来你的心情不错啊，比我平常遇到的人都有趣多了。"

兰特斯回道："我来自您北方的大华洲，为了生计四处奔走，心情不错是因为遇见了您，遇到像您一样有大能量的机人就会让我感到开心。"

说着兰特斯露出一副高兴的样子，只是不知是因为机身本身的表情僵硬还是演技有限，微笑的表情在我看来比哭都难看一点。我点了点头继续道："你开心就好，兰特斯，希望你能将你的笑容继续传递下去，你会感染别人的。"

兰特斯将头顶的绿色牛仔帽摘下，挥舞一圈后又戴上，随后挤出一个差点让我两眼一黑的更加惊悚的笑容，那种像是恐怖片里突然向你咧嘴笑的平常看起来人畜无害的洋娃娃。兰特斯开口道："兰玉阁下，想必千里迢迢将我招来，或许是有什么难以打听的私事或者传闻，我这里都能收集到，我会保证让您满意的。"

我看着兰特斯十分真诚的态度，心说你还真不一定知道我想要的。我微微一笑，对兰特斯道："听说你是方圆十八万里的消息通，那么你能看出来这个人来自哪里吗？"

话音刚落，面前圆桌上一幅全息立体投影显化而出，一个栩栩如生的英俊男子的全身像站立，而这人正是瓦尼。

兰特斯僵硬的假笑在看到投影后更加僵硬，眼神中甚至让我看到了一丝不可思议。他愣了愣后开口道："您想了解的就是这个？"

投影中的瓦尼完全是一副人类男性的形象，但我知道他一定是机人。我以为兰特斯无法判断与人类形象完全一致的机人，谁知兰特斯压低声音道："您可算找对人了，这年头基本没人问这个，更没人知道他，碰巧我就是为数不多知道他的人。"

兰特斯清了清嗓子凑近一步："这叫伪人，是我们机人里最特殊的一类群体，因其外表与人类无二而著称，其外表与人类完全相同令机人厌恶，所以很多其他机人都无法接受这一脉机人。在几十年前他们就已经销声匿迹了，没有机人再见过他们，甚至还有人认为伪人已经灭绝，不过据说最近又有机人看见了他们，而地点就在大华洲的边缘。"

我微微一振。兰特斯继续道："虽然是听说，但这证明他们还活着，如今还在不在谁也不清楚，如果您想要找到他们这一脉的人，我不知道他们具体在哪儿，但我告诉您找到他们的方法。

"在大华洲内的云都，有一幅能够看遍地面所有机人的神奇沙画，传说是威斯大帝派其手底下最擅长创造的能工巧匠伯恩制作的，便于威斯大帝监视地面七大洲所有机人的行迹，只要那个机人还存在，就能被找到。只不过它被保存在云都的登天塔内，所以一般无人敢去靠近。像您这种身份尊贵的客人，或许云都那里也不会为难您。"

我微微一振，心说还有如此神奇的宝物吗？兰特斯见我不为所动，继续说道："这样吧，我拿我的信誉担保，如果我说的地方不是真的，我不收取您一分钱。"

我缓缓开口道："我既然找你来，肯定是信任你的，只是你说的这件事有点超过常理，所以我才会多想一想。"

接着我又向兰特斯询问了一些其他大洲的情况，其中特意询问了一番昨天夜里遇到的巨型机人的情况，兰特斯回答得都十分详尽。

地面上威斯统治下的机人帝国，一共八大洲（如果将天空之城也算上），八大洲除天空之城外，每个洲都有严格的机人领域管控。七大洲分别为三洋洲、大华洲、蛮荒洲、桑洲、寒洲、吉丹洲以及影洲。每个大洲经过百年之久的演化和机人帝国给予的支持，都发展出了各具特色的能力。

我所在的地区属于蛮荒洲。这里的机人地域特点表现为"大观"变身，即变身后机体各方面性能全面提高，最直观的表现是体型会增大两倍到三倍。

但这种机人特色其实在所有大洲中算是最平平无奇的能力，像大华州的"演武"，将自身机械攻击点数加满，机体能够变形出锋利的刀剑枪炮，可以说是最擅长攻击的技能了。

另外几大洲，三洋洲、桑洲、寒洲、吉丹洲、影洲的能力分别为"分神""强智""隐盾""换形"以及"同心"。

而当我询问兰特斯巨人的问题时，他摇了摇头竟然说不知道，因为他也从来没见过如此巨大的机人。他还问我是不是记错了，我只好跳过这个问题。原本以为很轻易就能知道昨夜巨人的信息，却没想到暂时成了一个谜。

兰特斯从天亮一直说到天黑，直到傍晚，我才听他讲完，这也使得我对机人世界的理解又多了一分。

将兰特斯送走，我便打算去寻找位于云都登天塔内的沙画，有了它，我便能彻底确认瓦尼是机人的身份，还能找到瓦尼的踪迹。

想着我便当即出发。管家阿亮站在门口，有些僵硬地挥舞手臂，目送我离去。

机人世界的飞艇用起来相比人类世界更加轻松。智能导航系统下我可以解放双手，做想做的其他事情。

多天的高强度使得我在飞艇上休息了一路，即使是身为机人，也会在精神上产生疲惫。因为跨越大洲只需要花费金钱，我在机人世界的"钞能力"再次体现了出来，经过数小时的飞行，飞艇平稳降落在大华洲云都的一处角落……

第二百五十二章　灰袍

走出，一排排粗壮的棕榈树形成一条天然小道，直通向远处。根据兰特斯的消息，登天塔是云都最高的建筑，位于北部的群山之中。此刻我降落在南面的边陲小镇，要到北部，需要纵穿云都，而由于地域限制，这里禁止使用个人交通工具，所以我只好步行前往。

越往北走，越能感受到空气里的潮湿。由于这里特殊的气候，全年连绵多雨，甚至有的地方还会用到船只。这种现象不是天然原因导致，而是头顶上存在的天空之城。

天空之城被厚重的云层包裹、托举，实际上其飘浮的真正原因是机人先进的反重力技术。而这种技术，只限天空之城的居民使用。天空之城的人借助反重力一人便可实现飞行，无须借助其他工具，如飞艇或者飞机。

据兰特斯所说，如果看到云都有人在天上飞，不用怀疑自己的眼睛，那是天空之城的居民来云都玩耍了。如果遇到他们一定要谨慎、客气，那些人不会因为你是其他大洲的富豪而对你有好感。天空之城的居民也叫天空人，他们因种群优势而有天然的高傲。

我刚回忆着兰特斯的话，就看到不远处一个黑点大小的人影在高空以极快的速度飞行。那个黑点似乎注意到了我的目光，竟然掉转方向朝我这边飞来。

我微微眯眼，看着黑点越来越大，最终，我看清了他的样子，身着黑金盔甲，就连头部也只露出两只眼睛，身材高大，脚下一簇蓝色火焰冒出，威风凛凛。

只见他缓缓降落，手掌张开，手臂发出喷气般响声，随后整只手臂扭曲变形成一柄巨大尖锐的战斧。

这就是大华洲机人特有的“武装”吗？我心里暗念。金盔人走到我面前，面色不善地上下打量着我，冷冷道：“你是外来者吗？有没有看到行色可疑的人经过？”

我微微摇头，淡淡道：“我要赶路，还请你让开。”

金盔人闻言，三米多高的身躯不为所动，变成武器的机械臂猛地向前一伸：“你不配合天宫司使的盘问，我有权直接将你杀死。”

明晃晃的战斧闪烁着寒芒，抵在我面前。我并不想将事情闹大，抬头平静道：“我没有见过任何人，我来自外地，我的飞艇就停在不远处，你若不信可以去检查。”

金盔人冰冷的目光死死盯着我。这是一种来自上位者的不屑与蔑视，我并未惧怕与之对视。他忽而说道："好了，你可以走了，如果见到这个人记得及时联系我。"

说着他一挥手，一幅人像的全息投影浮现，那是一个身披灰袍的蒙面人，整张脸都被长袍遮掩，就连面部也看不到，整个人看起来有种说不出的诡异。

金盔人留下串号码便匆匆离去，临走前告诉我此人是天宫内榜上有名的通缉犯，现出没在这一地带。

我看了看蒙面人，除了样貌神秘还带给我一种熟悉的感觉。我一边行走一边想着，忽然，脑中灵光一闪，我意识到这个灰袍人根本不是穿着什么灰袍，那灰色的披在其身上的如同一件衣服一样的东西，是我曾经见过的一样物质，那是魍魉之力的实质化。

仿佛是为了回应我的意思，此刻我感到自己机身核心，外围一处位置传来了震颤的感觉，那是早已被我用暗能镇压的魍魉之力，此刻又开始蠢蠢欲动。

我微微皱眉，想起几个月前在地面之上的遭遇，当时罗南深渊里的魍魉之力蔓延，从深渊底部破封而出，机人世界遭遇了鬼物和鬼仆的入侵，同时我回到地面之下，那件事也没去了解，再来到地面时已然没有了鬼物的消息。本以为机人已将鬼物和鬼仆彻底消灭，没想到在这儿竟然还能听到它的消息。

一般的鬼仆普通机人都能应对，既然将其贴在通缉令上，想必就是鬼物了。不过鬼物一般都长相丑陋，根本不在人类和机人审美的范畴，长着人形的鬼物还真不多见。

如果之后遇到它顺手消灭就是了，相比这只鬼物也翻不起什么大浪。

沿着正北一直前进，一路上能看到许多机人世界的建筑，相比人类的审美，机人世界仿佛像是打破了某种束缚，有的建筑风格异常粗犷，不拘一格，一块巨大的白色巨石，将其掏空便是一处房屋；还有的则十分细腻，一座高塔的外形被雕琢成人形态，仿佛巨人耸立。

然而我并没有时间欣赏这些风景。数个小时后，我来到了云都偏北部的一片森林，机人将这里的树木都雕琢成形态各异的模样。每棵树都带着一圈圈花纹，仿佛一个个艺术品。

一眼望去，森林深处一座远高于其他树木的"巨树"高耸入云，直上云霄。

我看着天空云层里隐约浮现的城市？那是天空之城的位置。我怀疑这棵"巨树"是不是连接着云端的天空之城。这其实并不是一棵真树，而正是我要找的登天塔。

登天塔，"登天"二字，不禁让人联想到天空之城。如果真是那样的话，这登天塔倒是确实有些意思。常人都认为只有天堂列车可通天空之城，没人会想一棵树也可以。

我抱着好奇的心理，踏入这片森林。忽地，一种异样感传来，紧接着，森林里响起一阵沙沙声，像是有人在奔跑。我沿着声音来源的方向走去，陡然间，一个身影飞出，跌落在地。那人身着黑金盔甲，但此刻盔甲上多出数个孔洞，手臂也像是被扯断一般，不自然地垂落。

那人挣扎着站起身来，看向我："怎么又是你？真是倒霉，今天恐怕我要栽在这里了。"

说着他的手臂嘎吱作响，费力举起一柄战斧："你走吧，这家伙马上就追来了，我会通知增援的，你挡不住他。"

我看着上午还趾高气扬的金盔人，与现在灰头土脸的形象截然不同。我开口道："不用叫增援了，我来对付他。"

金盔人有些不相信地看着我。我望向森林深处一个方向："现在想走也走不了了，他已经来了……"

第二百五十三章　反常

说话间，森林深处传来窸窸窣窣的声响。远处的树木像是被什么东西撞倒一般，摇晃着竟接连倒下。声响越来越大，那倒塌的树冠也随着时间推移而无形中形成一条通路，一路向我和金盔人所在的方向延伸而来。

我盯着远方："最多十秒他就来了，你最好先退到一边。"

金盔人面色沉重道："我乃黄金岛天宫司使，奉命前来捉拿此人。若使命不达，吾愿战死，以表决心。"

说着他拔出一柄已经有些破损的战斧。我没时间再多说，只好道："那我祝你成功，他就靠你了。"

金盔人转头看向我，似乎对我的言语有些不满，但也没再说什么。

很快，面前的灌木也受到了一种莫名的影响，一如之前的树木，仿佛像是被按下加速键，在极端时间内迅速枯萎，随后摇晃着倒下，就连脚下土地上的杂草也不能幸免。

四周飘来淡淡的灰雾，我提醒道："小心你的右面。"

话音刚落，金盔人也察觉到不对劲，一根卡车般大小的巨大树干直直朝着他飞去，其势能甚至不比一辆车真的少多少。金盔人体表闪过一丝亮光，胸前一发光束射出，树干瞬间在空中燃烧，改变原有轨迹，砸落在地。

那灰袍人似乎是忌惮我与金盔人在一起，并没有第一时间直接冲上来，而是在暗中试探。我想起罗南深渊下的鬼物，除了一只最特殊的之外，其他鬼物都是没有意识不会思考的行尸走肉，而那只最特殊的鬼物早已经被我解决，可以说是彻底灰飞烟灭，但现在的灰袍人又疑似是一只有意识的鬼物。

想到这，我心说一定要想办法将这只鬼物捉住，不能让金盔人带走。金盔人见我忽然没了动作，急促道："怎么，不行了吗？你刚才不是很能吹吗？现在被吓傻了吧。"

我微笑着看向他道："我怕一出手吓到你。"

金盔人一脸不屑："那我还真想看看你是怎么出手的。"

说话间，又一轮攻击袭来，四面八方都传来响动，一根根树干自地面飞射而出，速度极快。不过奇怪的是，这些攻击似乎有意避开我一般，只要我不乱动就不会砸中我。

金盔人咬牙，机体再次泛起一丝光芒。

"多重穿甲弹！"金盔人一声怒吼，机体各处飞出炮弹将袭来的攻击挡下，不过还是有一根木干击中了他。

"嘭！"金盔人再次摔倒在地，机身因为这次攻击而出现了裂痕，看起来有些凄惨。只见他艰难地站起："咦，你怎么没受伤？"

我摊了摊手道："这你要问那个灰袍人。"

金盔人狐疑地打量着我："不对，他怎么只攻击我，不攻击你？"

其实我在心里也想过这个问题，而此刻也已经有所猜测。我依然装作无辜道："我真的不知道怎么回事，不过为了证明我的清白，下次攻击我会出手，并将他抓住,当然,如果我抓住他的话,他就归我了。"

金盔人本想拒绝,但很快说道:"好,如果你能抓住他,不光他归你了,我还会给你磕三个头。"

我笑道:"那倒免了,我还不缺儿子。"

金盔人刚想开口,周围的灰雾又浓了一分。我微微皱眉,转身看向身后:"找到你了。"

一手抓去,念力释放,无形的力量使得灰雾都变得稀薄许多。一个模糊的身影随着风声逐渐显现,随后被我提在手上,正是灰袍人。

灰袍人身材并不高大,倒是出奇的瘦弱,并且他在被我抓住后并没有反抗,直接没了动静。

金盔人见状,不由说道:"你不是在逗我吧。"

我也有些奇怪,这灰袍人究竟是什么意思?忽然,一声微弱的只有我能听到的声音响起:"杀了我。"

我还以为是听错了,没想到又一声细弱的声音传入:"杀了我。"

这让原本有些懵圈的我更加懵圈,不过显然现在我不能让他死。我将灰袍人拎起,对金盔人道:"既然我现在抓住了他,那么他就归我了。至于你的响头就先不用了,现在安全了,我就先走了。"

"等等!"

金盔人的声音传来,但我并未停下,因为要搞懂一些事情,还是在没有人知道的地方比较好。金盔人接着说道:"你救我一命,我答应你,他归你了,并且如果你以后有需要帮忙的地方,可以联系我,我来自天空之城,天宫司使——琼斯。

"还有,我奉劝你一句,你手上的机人很危险,最好快点处理掉,不然,下次他再出现时,会有更强的司使出动。"

我边走边道:"放心,他不会再出现了。"

我越走越远,身后的金盔人似乎还想说什么,我并未理会。

……

来到无人的地方后,我将灰袍人放下。

"扑通!"

灰袍之下一个戴着面罩的机人，看不清面容。他先开口道："你也是逃出来的吗？"

我："嗯？"

灰袍人见我不明白，于是叹了口气虚弱道："看来只有我逃出来了，还不如永远迷失，被杀了也好。"

我缓缓道："你是从哪儿逃出来的，你经历了什么？让你产生这种想法，如果不介意的话可以告诉我，或许我能帮助你。"

我感觉面罩之下的人虽有魑魅之力，但并没有展现出"恶"的一面，反倒像一个可怜之人。

灰袍人并未作声，而是张开手掌，将我的手握住，一股暖流从他手掌上传来，我的脑海里随即多了一份记忆。我正惊叹于灰袍人的经历，其忽然身形摇晃，猛地栽倒在地。上前查看，他已经死了，死于自毁机身核心。

我不知道该说什么，掌中白芒闪现，原力释放，灼热的白光将灰袍人的尸体连带其身上覆盖的一层灰色物质都点燃，汹汹火焰，一段往事在我脑海浮现。

灰袍人名叫迈尔。他并非大华洲本地人，而是来自桑洲。由于他种族的特殊性再加上桑洲机人的自带的能力，带给了他无与伦比的特意功能——预测未来，同时，也带给了他灭顶之灾……

第二百五十四章　迈尔

迈尔所在的机人族群本是桑洲内十分不起眼的一个小型族群，所有与他同属性的机人加起来也不过数万人。像每个机人一般，他们族群的机人也会想各种办法来强化自身机体，如同人类世界的钱财一样，都是世俗中不可避免的话题。

迈尔族群名叫巴桑族。由于本身的弱势，经常被周边其他族群打压，但他们也敢怒不敢言，只能忍气吞声，默默等待着未来有一天，他们族群能够有人站出来，带领所有巴桑机人翻身，而这一天，真的来了。

在一次小型对外的冲突中，迈尔与对方在战斗过程中被打伤了机身核心，所有的机人核心都是最重要的，迈尔的核心遭受损毁，就像人的心脏被破坏般，属于极其严重的甚至是不可逆的伤害。迈尔在机身核心受损后，非但没有感觉自己受了伤，反而像是开窍一般，竟能直接短暂地预测未来。

预测未来并不是空穴来风的超自然能力，而是在数据足够支撑的情况下，在已有的基础上对未来的一种推算。要进行这种预测，其实是对机人本身算力和智能程度的考验。迈尔在被损毁核心的瞬间也许就像危机中强行调动机体进行最后一次运算般，所爆发出的算力远超出了平常，再加上桑洲固有的天赋——强智，导致迈尔至此诞生出无与伦比的能力——预测。

其实但凡换一个人经历一遍，或者即便是迈尔本人再来一次，也几乎无法获得能够预测未来的能力，这需要的不仅仅是人和，更要天时和地利。

在获得预测未来的天赋后，迈尔便开始了他短暂而传奇的后半段机生。他带领的巴桑族不仅击退了当时战场上的敌人，更是将周边数个机人族群都整合变为巴桑族的附庸。那些原本比他强势的族群中有一支因为不服，甚至后来被屠了全族。巴桑族一度成为桑洲东部势力最强大的族群之一。

然而好景不长，迈尔的预测未来不是没有弊端的，如果一个普通人在获得了远超他本身所能承载能力，那么他就会变得不幸。

迈尔恰好印证了这句话，在其成为多族头领的一天，他在巡查其领地的时候，机身内突然传来剧痛，原来是他每天肆无忌惮地使用预测，导致核心负载损伤。

迈尔发现自己再也无法自如地使用预测，每次使用便会让自己的核心损伤再重一分，这对于已经依赖预测的迈尔来说是沉重的打击，甚至对他族群的统治也会产生影响。

终于一天，他彻底无法控制自己的预测了。迈尔疯疯癫癫走在大街上，大喊着一句让所有人都意想不到的话：机人帝国将亡矣。

那些平日里被欺压的机人见迈尔如此疯癫，便直接将其拿下，连带着迈尔所在的巴桑族，都受到了其他机人部落的制裁。迈尔短暂的辉煌就此落幕，但他的厄运并未停止。

迈尔之前的预测都达到了惊人的百分百正确，所以即便在他疯癫时说出的话也不得不让人谨慎。由于迈尔违反了机人世界为数不多的条款之一，危害机人帝国安全罪，迈尔连同他的族人都被送到了天空之岛的秘密研究所，在这里等待他的将是生不如死的残酷实验。

迈尔与他的族人在接受过各种实验后，已经变得奄奄一息。他本以为自己就会这样死去，没想到等待他的，还有一项更加残忍的实验——魍魉之力测试实验。

迈尔与他的族人在被注入魍魉之力后，很多族人都承受不了这种如同死神般的力量，直接死亡超过九成，幸存下来的族人也几乎和死了没什么区别，唯独迈尔还能保持清醒的理智，而他在确认自己真的融合了这股力量后，觉得是个逃跑的好机会，便利用自身的魍魉之力强行打破监狱，狼狈逃出天空之城。

然而就算他能够逃跑，也再也无法像正常机人一般生活了。由于魍魉之力的融合，迈尔机身如同附着了一层灰蒙蒙的皮肤引人注目，他只好不断逃跑……

后来的事情就和我看到的相对应了，迈尔被天宫的司使一路追杀，最终被我抓住，自爆身亡。迈尔在传导给我的记忆里，还附加了半句话——"机人帝国不久矣，但所幸识得君矣。"

我微微皱眉，迈尔在临死前预测到了什么，会让他对我说出这样一番话？还有，迈尔在天空之城的实验室里竟然被魍魉之力所改造，这暗示了某种重要的信息，或者说不为人知的秘密。

我想了想，先停下思绪：现在最重要的事情是找到那幅神奇沙画，然后确认瓦尼的机人身份和他的位置，将其揪出才是最紧要的。毕竟穹顶之下的第一大区已经被瓦尼控制，留给我的时间不多了。

我迅速朝着面前肉眼可见的巨树走去，越靠近越能发现这株巨树的不凡。这是一棵千人环抱都不及的巨大建筑，虽然外表看起来是树，但上面刻画着密密麻麻的纹路，各种机械金属元素夹杂其间，很明显是一种自然与科技结合的产物。而且在靠近的时候，巨树的外形由于独特的设计，时而变得像是座巨塔，时而又变回了树的形状。

来到巨树或者说是登天塔底，巨树此刻更像是一面厚重的墙，矗立大地。我围着塔底寻找，一处能容一人通过的漆黑洞口出现，没有犹豫，我径直走了进去。

踏入，空荡的回声传来，一束束光芒沿着巨塔四周依次亮起，与外界森林的原始不同，内部的结构展示着机人世界先进的建筑造诣和科技水平。一根根金属横梁错落有致排列，形成复杂的几何结构。塔内空间极大，每隔一段距离便有光芒变幻的鸟兽飞禽雕塑，夺人眼球。塔身内壁铺有一条旋转阶梯，自塔底蜿蜒而上，一眼望去，竟看不到尽头，反而让人感到像是坠入了旋涡，望而生畏……

第二百五十五章　登塔

这种晕眩对于普通人来说是不可避免的，但无法对我造成什么影响，倒是有个问题困扰着我：巨塔内部既然如此绚丽，为何其周围却无比冷清？内部就连一个机人的身影都看不到，难道当时万事通兰特斯刻意隐瞒了什么吗，还是说后来这里发生了变化？

我缓步朝着塔内走去，空旷的空间使得我的每一个步伐都被无限放大，回声在塔内不断传播，我隐隐感觉这里有些不对劲。

忽然，一道红光划过，像是触发了某种机关，原本安静的登天塔竟然震动起来，那些变换着光芒的飞禽走兽的雕像也跟着动了起来，竟都诡异地扭动着脖子，朝我所在的方位看来。

我暗道不妙，一指点出，白色光芒大振，剧烈的爆炸声响起，直接洞穿了一排金属雕像。然而周围剩余的雕像如同活过来般纷纷行动起来，离开所在的位置，径直向我扑来。

我心说不会真的被兰特斯骗了吧，否则再怎么说差别也不应该这么大？想着头顶一阵劲风呼啸，一只一人多高的金属巨鹏迎面袭来，其身后是更多的雕塑，都纷纷围了上来。

眼见空间越来越小，我只好正面与之对抗。念力发动，无形的力量如潮水般向前汹涌而去，将周围的雕塑硬生生逼停，后方越来越多的雕塑扑来，却如同撞到一面透明的墙壁，在距离我不到三米处被拦截，无法再前进一步。

一个个雕塑都长着野兽的面孔，看上去面目狰狞，我毫不怀疑它们想把我直接撕碎。我微微皱眉，加大念力，空气被压缩形成肉眼可见的气浪拍来，将周围的雕塑轰散。

那些雕塑在倒地后又缓缓站起，我静静观察着这些它们，虽然它们制作得栩栩如生，但细看发现它们行动刻板僵硬，不像是活物，而是这里的机关，只要有人进入就会自动触发。

既然这些雕塑并不会对我的调查产生帮助，在下次攻击到来前，暂时就不必理会。我望向头顶如同旋涡般的深邃，那里真的存在所谓的能够观察所有机人的沙画吗，还是这个地方是兰特斯故意诱导我的谎言？不过既然来了，那就不能白走一趟。

巨塔四周除了沿内壁布置的悬梯，并无其他途径可以直接上去，而这悬梯也不像是给人用来爬的，因为即便是机人也不会想一步一步慢慢走上去吧。或许这座巨塔真正的打开方式不在地上，而在天上。

正想着，被念力打倒的雕塑又重新站起，不再犹豫，我选择用最简单直接的方式登塔，那就是飞上去。

一跃而起，巨大的推力使得我破空而出，不断穿梭。借助念力的作用，不久便来到塔顶，或者说是无法再直接登上的高度。

此刻的高度已经来到八千多米，这个高度实际上已经达到了天空之城的高度。所以不出意外的话，再往上便是天空之城，只是不知道上面的区域属于哪座岛屿。

一面散发着淡淡白光的壁垒横挡上空，以无法理解的方式像液体般流动着，四周除了一些像是艺术品的壁画，并无什么有用的东西。

我不想太过张扬，引起太大动静。一指点出，微弱的白光在即将触碰到壁垒时，墙壁竟自动避开，任由原力光点穿过。我立刻以原力覆盖全身，果然，如同之前预想的一般，墙壁自动收缩，形成可以让我穿过的洞口，没有犹豫，进入。

入眼是一片空旷的白色天地，准确来说，这里的整片空间呈现出一种乳白色，除此之外再也找不到另外的色彩。

忽然，一阵标准机械的男音响起："您已进入监察之眼，欢迎您的到来。"

我被这突然响起的声音吓了一跳，声音不像是从某个地方传来的，而是充满了整片空间。

我微微眯眼，看向空中试探道："帮我调取一个叫作瓦尼的机人信息。"

男音短暂停顿片刻："您需出示一级权限资质证明。"

我想了想，掌心一团白芒显现，既然原力能够带我来到这里，那么也许它会起到作用。

男音声音再次响起："资质已确认，但未查到您的相关资料，请您及时登记身份信息。"

我心说居然赌对了，看来原力在机人世界里也很吃香。

我将瓦尼的特征说出，并平静说道："调出瓦尼的资料以及他的位置。"

一声轻响，乳白色地面流动着，其中仿佛有液体凝聚，随即一幅沙画形成。沙画上点点沙砾都绽放着微弱光芒，整体图案就是如今机人帝国的版图，沙画上的沙堆的分布大小代表着机人的位置和密集程度。一粒沙砾代表着一名机人，加起来足足有三十亿之多。

接着沙画图案变幻，画面上一个陌生的机人面孔出现，不过他竟然与瓦尼有七八分相似，那种气质分明就是机人版的瓦尼。

男音适时响起："您要找的机人是否为杜鲁斯……尼，其在人界的身份暂时为'瓦尼'，由于其暂时不在帝国，无法确认其当前具体位置。下面为您展示其个人资料。"

姓名：杜鲁斯……尼（人界身份：瓦尼）

机型编号：桑1583281112

能力：强智（短时间内大幅提高机芯运算速度，增强认知，判断等精神层面能力）

隐藏能力：不祥

生平：诞生自一百五十三年前机人觉醒大事件，曾参加各项帝国建设工程，现潜入地下人界参与"大清洗"行动。

……

我看着瓦尼的身份资料，已经彻底确信他是机人来到人类世界的卧底了。这些资料也足以证明其真实身份。

我将瓦尼身份资料扫描，接下来，就可以回到穹顶之下将其揭穿。

想着我便打算原路返回。正当我用原力靠近墙壁时，整片空间突然传来震动，紧接着，四周的白色变为一片赤红。我暗道不妙，只见四周墙壁之上，一个个人形黑影倒映而出，像是要即将破墙而来……

第二百五十六章　爆炸

我紧盯着四周墙壁倒映而出的黑色人影，只见他们不紧不慢地做出走动的模样，鲜红的墙壁仿佛受到某种影响，竟随着人影的动作而变得凸起，人影也很快从画面变得十分立体起来。

我并不想与这些诡异的人影对抗，如果我不能在短时间内离开，恐怕这些人影迟早会打破墙壁，来到这里。

我微微皱眉，看向脚下鲜红色的地面，五指紧握，深漆色的拳头因原力汇聚而绽放出耀眼白光，随后一拳轰出。

"砰！"

一股沉闷的声音响起，地面如同水波般泛起层层涟漪，随后破碎。

剧烈的冲击使得整片空间都震动得越发强烈，仿佛下一刻就会坍塌，然而这层空间却出人意料的坚固，只是地面被轰开了一道平滑的裂洞。

没有犹豫，我一跃而下，跳入深不见底的巨塔内部，还没等下落两秒，昏暗的巨塔下方传来阵阵响动，嘈杂而刺耳。这声音很快变得越来越近，直到下一刻巨响声传入耳朵，随之而来的还有无数张充满恶意的金属雕塑面孔，一个个猛禽雕塑冲来，密密麻麻将下面的空间都封锁形成一面天然的围墙。

我知道已经避无可避，一手探出，原力的光芒将前方一大片范围照亮，下方的雕塑机关在接触白光的瞬间被点燃，随后爆炸。

"轰轰轰轰……"

爆炸出人意料的剧烈，直接将巨塔拦腰炸毁，气浪翻滚，我甚至被巨大的冲击甩飞，掉出塔外。

我在半空想要稳定身形，谁知塔内连接天空之城的那一层，一道道红光闪过，那是一个个浑身血红的机人，也许他们并不算机人，因为我感受到远超普通机人的能量波动，许久没用主动使用的能量波动指示针自动出现，表盘指针疯狂转动并直逼蓝色区域。

蓝色代表着什么我再清楚不过了，那是代表着人类科技目前可以造成的最大伤害——核能的威力。

此刻那些浑身红光疑似是机人的人形体正在极速接近，数量足足有十多个，并且每个单体的能量波动都无限接近一枚原子弹所具有的能量。

情急之下，我并不想直接接下这些人形炸弹，而是调动全身机能，全力向下冲去。

身后的人形炸弹果然被我甩开，就在我稍稍放松时，不远处空中迎面飞来几束导弹，伸手抓去。

导弹在空中变成一串烟花，这种常规导弹无法伤害到我，不过这也拖慢了我的速度，身后人形炸弹已经紧随而来。

"轰！"

一声惊天动地之声响起，因为机人除非核心受损不会感到疼痛，所以在受到堪比核弹爆炸般的冲击后，我只是感到视野变得稍显模糊，机体有些不受控制地横飞而出，机身失去了短暂的控制，狠狠砸落在地。

如今人类科技下的机身并不能保证在遭受如此猛烈轰炸下还毫发无损，我的机身也不出意料地被炸毁大半，更具体来说，就是左半边的机身几乎消失殆尽，剩余部分也严重烧毁，冒出滚滚白烟。

此刻我看上去已经像是一堆伤痕累累的破铜烂铁，不过在关键时刻核心被暗能所笼罩，并完整保存下来，所以这种程度的伤我只要想恢复，自己便能在短时间内通过暗能重塑身形，只是现在看起来很是狼狈。

我并不急着将机身重塑，而是打算以这种被炸毁的形态来看看究竟是谁想要将我置于死地。如此猛烈的攻击，如果没有暗能作为我的最终后盾，恐怕我真的会被那最后的爆炸重创。对方很明显是冲着我来的，而且准备得如此充分，根本没有想要给我留一条活路。

头顶上空弥漫着爆炸而产生的浓烟，几道人影在烟雾中缓缓现身，很快便降落到附近。他们发现了我的存在，一道嘶哑的机械声响起："真是的，用得着这么大费周章地来对付他吗？他再厉害也不可能挡得住'一号'的力量吧，你们看看他都被烤焦了。"

一道偏女性的声音接道："别大意了，根据地下线人的消息，那个可恶的零不仅没死，反而变了模样，偷偷潜入了帝国。如果这个人真是他，那么我们的做法就是对的，甚至他现在可能还没死。"

"安静！"一道庄严浑厚的声音响起，"现在还没到你们放松的时候。这个机人应该就是所谓的零了，如果换成其他机人早就应该炸得连渣都不剩了。你们将他捆好，带回交给天机阁，不要大意。"

其余两人听到第三道声音后乖乖闭上嘴，并朝着我走来。

感受到那些人离我越来越近，直至站在面前，我心说时机到了。念力释放，无形之力将面前两名机人定身。两人也发现了异常，却无法开口说话。

不远处的第三个机人似乎感觉到了不对劲，也朝我这边走了过来："你们两人在干吗，怎么还不动手？"

我听着脚步声逐渐逼近，念力再次释放，第三个机人仿佛有所察觉，一跃飞至天空，然而，依然被我的念力所束缚。

睁眼，我的机体瞬间形变，恢复完整，身前是两名身穿金盔的机人，与之前遇到的那个金盔人着装相同，天空之上的机人则身着紫金盔甲，与地面二人不同。

我抬头看向空中："你们来自天宫吧？"

空中，紫金装束的机人并未说话，面色阴沉，一双紫色眼瞳死死盯着我。

忽地，我感到一股斥力传来，来源正是天空中的机人。他正在逐渐挣脱我的念力束缚。

接着紫金机人一声爆呵，最终摆脱念力作用，随后快速远离，直到一定距离才停下。

我微微一笑，看向远处的紫金机人："不如下来聊聊吧，如果你配合我的话，我不会对你和你的同伴怎么样。"

远处紫金机人似乎在思考，我看向身旁两个依然被控制的金盔机人："你们觉得怎么样，配合我劝劝他，让他下来。"

嘶哑机人奋力想扭动机体："你不用劝了，既然你知道天宫，那么我告诉你，天宫之令不可违，不管是司使还是御使，都不可能向敌人妥协。"

嘶哑机人说话间，眼底闪过一丝杀意……

第二百五十七章　燃归

眼见劝说无效，我叹出口气，不再多说。嘶哑机人的眼神已经让我明白，言语有时是不起作用的。

　　既然如此，一指点出，白色光芒没入嘶哑机人额头，任凭其如何挣扎都无法逃脱。天空之上，紫金机人见状，也不再等待，直接朝我飞来："如果他出了什么意外，你便是在挑衅天宫威严，或者说你在挑衅整个帝国。你会被列入最高通缉，会让你感受到生不如死的体验。"

　　紫金机人富有威严的话语如雷鸣传来，声音中带着一种不容抵抗的权威。

　　我停下对嘶哑机人的记忆入侵，看向紫金机人淡淡道："你们刚才难道不是打算过来检查我的尸骨吗？既然都要杀我，那么还谈什么挑衅，难道都不让人反抗吗，还是说，你已经昏了头了？"

　　紫金机人听罢，表情变得阴冷至极，一双紫瞳盯着我生硬道："刚才对你的攻击有一点误会，我们也是奉命行事。如果你愿意就此收手并配合我回去好好调查，我会争取你获得最大限度的宽恕。"

　　闻言，我轻蔑道："你觉得我能相信你吗？"

　　被我控制住的两个金盔机人此刻停下了反抗，对紫金机人道："雄一大人，不必管我们，帝国不会向他妥协。"

　　说话间，金盔机人表面泛起一丝金光，一股别样的气息猛然从他们身上爆发。嘶哑机人冷冰冰道："是你逼我的，一起死吧。"

　　"燃归！"嘶哑机人话音落下，旁边的女声机人愤恨地看着我，也说出了同样二字。接着，他们的机身表面瞬间燃起一圈火焰，在烈火焚烧下，两人机身不仅没有被烧损，反而正在快速摆脱我的念力束缚。

　　终于，空中响起一阵闷响，两人爆发出强悍的力量，彻底挣脱念力控制。附着在其身上的火焰也仿佛被彻底点燃。两个机人此刻变成了两个人形火源。

　　我盯着二人，此刻他们的力量达到了另一个层次，这样做一定是有代价的，看来这场战斗已经不可避免了。我开口道："既然你们都使用全力了，那我也用点真本事吧。"

　　两人对视一眼，向我直冲而来。远处的紫金机人喊道："快停下，这样下去你们会死的。"

　　两人仿佛没听到，极速朝我飞来。我望着即将冲来的两团火焰，心念一动，心灵感应释放，感力压迫瞬间作用于二人身上，两人却只是摇晃了一下，继续冲来。

"砰砰！"

如同炮弹般的冲击力将我向后压去，我在后退中挥手，大片原力光芒喷涌而出，将二人直接掀飞。

两人并未对我造成什么伤害，即便他们爆发出的力量再高，也无法破除我的防御，更不用说击伤我了。

倒是两名金盔机人重重跌落在地，身上火焰随之消散，两人就连爬起也变得十分艰难。

紫金机人看了地上两人一眼，随后目光投向我，眼神竟变得平静起来："你果然如流传中所说的，很强。"

我的目光在半空与之交汇："你也想来试试吗？或许我们能先聊聊。"

紫金机人眼神无波，开口道："他们说得没错，天宫之令不可违，你虽为机人，却诞于人界，与人类为谋，罪大恶极，本以为你已身死，却又出现帝国之上，擅闯登天塔，行盗密之事。今被吾等发现，便再赐你一死，以振帝国之威。"

我盯着紫金机人，问道："为何你觉得无法与人类相处，难道不是人类创造了你们机人吗？"

紫金机人情绪带着明显憎恶："人类将我们创造不过是为了奴役我们，碳基生命狡诈多变，你身为机人却甘愿与之为伍，真是该死。"

说话间，紫金机人的气息也开始出现波动，紫金色的盔甲上燃气一团紫色气焰，一股巨大能量仿佛自他体内被点燃，此刻，我竟有了一丝危机感。

我盯着空中的紫金机人："你明明知道，我能够抵挡核能的威力，还要对我出手吗？"

紫金机人眼瞳中也仿佛升起了火焰："我乃天宫四御之一，着帝国最强之甲，核能之力不过是帝国的手段罢了，让你见识见识帝国的真正科技。"

说话间，紫金机人胸前铠甲泛起点点白光，随后汇聚一处。我微微皱眉："这是原力吗？"

一声微弱轻响，白光于其胸前释放，带着一股超乎寻常之势，飞速袭来。我盯着飞来之光，竟然有种惊悚之感。

我不敢大意，直接将暗能化形为盾，挡在身前。

"砰"

爆炸响起，烟雾之下，飞光没入暗能盾牌之中，竟将其直接炸穿。我低头看向自身机身，一道可怖的洞口纵穿肩头。

天空，紫金机人沉声道："现在认清我们的差距了吗？"

我冷笑道："这恐怕不是属于你自身的力量吧，如果没猜错，这是一种原力的高级运用，将原力压缩至极致，使其伤害达到一种无解的地步，除了威斯，我想不到其他能这么做的人，这应该是威斯留给你的手段，这种力量你还能使用几次？"

紫金机人像是被拆穿了般，怒不可遏道："下一击我会直接打爆你的核心。"

说着其机体上再次浮现出点点白光。我看着紫金机人："可惜已经没有下次了。"

我冲上前，掌中原力光芒闪现，一击轰向其头顶。

"砰！"

几乎同时，紫金机人盔甲前激光射出，正中我胸口。

我和他同时倒飞而出，摔落在地。紫金机人先挺身站起，其半个头颅连带着头盔都被融化，剩余的一只紫瞳转动，神情可怖地看向我："这就是零吗？也不过如此。"

我自然地从地上爬起，拍了拍机身的土灰道："恐怕要让你失望了。"

说话间，机身胸前和肩膀上的洞口自动恢复。紫金机人睁大眼睛："怎么可能？你明明已经被我击中核心了。"

我淡淡道："你怎么敢断定我的核心就在胸前？"

紫金机人一脸不甘站在原地，呆滞地看着我，像是失去了所有信仰，机身盔甲上附着的紫焰也燃烧殆尽。

我看向紫金机人身后一处位置，淡淡道："别藏了，出来吧，再不现身你的同伴就要没了……"

第二百五十八章　同心

紫金机人身后的沙地看起来风平浪静，没有丝毫异样，但在我的话语落下后，沙地如同被风吹动般，卷起一阵旋涡，短短数秒内旋涡高涨百米，并还在不停变大，形成一道巨型龙卷。

面前紫金机人见状，松了口气，仰面朝天倒下，口中喃喃道："看来宫主已经算到这一步，我也不必再硬撑了。"

说话间紫金机人的盔甲表面光芒暗淡下来。我盯着眼前的巨型龙卷道："你是谁？别装神弄鬼的，还有什么本事就一起用出来吧。"

龙卷像是听懂了我的话，旋转的速度逐渐慢了下来，待风沙散去，一个数百米高的巨型银甲机人耸立。我看着眼前的巨人，体型与我相差百倍，在他面前我宛如蝼蚁，虽然没有地表通道口遇到的巨人高大，但其表现出的压迫感已经不输当初。我有些怀疑当时界面通道口的千米巨人与现在的银甲巨人是否有一些联系。

巨大的身躯如同一座山峦，遮天蔽日。银甲巨人俯瞰下来，目光锁定我，一个浑厚无比的声音传来："你就是背叛机人帝国投靠人类的零？"

我仰头与之对视："你是那个紫金机人的同伴吧，在动手前不如先报上名来，不然等等你就没机会了。"

银甲巨人表情不屑地看了紫金机人一眼："我与他不同，我是天宫特使乔，论实力的话我应该比他更胜一筹。"

我微微眯眼，盯着银甲巨人道："你们天宫不会都是些饭桶吧，什么司使、御使，现在又来了个特使，让我看看你们究竟有什么能耐。"

银甲巨人目光冰冷，刀尖般眼神死死盯着我，沉声道："你想试试吗？"

话音刚落，一只巨掌伸出，掌间白光闪烁，光华四溢。我内心一振，如此巨大的身躯竟然不是以机身优势攻击，而是靠原力吗？

想着一团白光迎面扑来，我连忙也积蓄原力，一掌推出。

两抹一大一小光团相遇，于空中彻底爆发，剧烈的爆炸掀起一股狂风，空中冒起滚滚白烟。

我与乔的第一轮攻击结束后谁都未后退，算是平手。我知道寻常攻击可能对他的伤害会降低许多。心念一动，心灵感应释放，一抹巨大且模糊的光团从他身体内飘出。这是一种被人屏蔽后的心灵光团，代表着此人或者其背后有人用特殊方法屏蔽了心灵感应。

挥手，心灵感应力实质化，一抹红光彩带冲天而起，直奔光团，二者相撞，无声，心灵感应力被硬生生挡下。

我微微皱眉，银甲巨人也感受到了我的攻击，大笑道："这就是战胜了雄一御使的人吗？竟然连我的防御都破不了。"

我镇定道："刚才只是开胃小菜，让你试试这个吧。"

一个个白点自我周身出现，随后放大形成无数光团，众多光团飘浮转动，将整片天际点亮。这是我一次性释放最多的原力了。

"超多重原力弹！"

密集的光团一齐飞去，如同一道巨大光幕在快速移动。银甲机人眼神一变，巨大的手臂举起，横挡在前，双臂之上形成一面虚幻盾牌。

"砰砰砰！"

延绵不绝的爆响声传来，原力在高空不断爆炸，直到一刻，银甲巨人身躯出现明显晃动，看样子已经力竭，剩余的原力弹直接穿过盾牌，直接砸在其身上。

接着，令我意想不到的一幕出现了：银甲巨人被攻击的部位竟然如同积木般被打散，大大小小的洞口瞬间遍布其身，千疮百孔，最后巨人像是承受不了压力，整个人散架开来，一个身高数百米的机人就此诡异"消失"。

定睛看去，只见沙地间一块块巨人的"骸骨碎片"不停挪动着，随后那些大大小小不规则的金属零件竟然纷纷开始变形，很快众多的巨人零件变成了一支机人军队。

我愣了愣神，口中念道："这是影洲的能力——'同心'。"

之前从兰特斯那里也了解过影洲，"同心"在他的解释中是拥有此能力的机人可以相互连接对方机芯，十分融洽地协同作战，以达到最高的团队作战能力。没想到这种能力还可以直接将机人通过某种方式"拼接"，变成战斗力更强的机甲巨人。这样来说上次守护界面通道口的巨人应该也是同样的原理，只不过不知为何那只巨人没能抗住我的心灵感应攻击？

我看着面前人数足足有上千人之多的机人队伍，他们此刻被迫分解成单独的个体，每个人身上看起来都有或多或少的伤口。一千多个这样的机人绝对不可能撑得过我两招，但他们组成一个机甲巨人时，所拥有的力量远超一千人分散时的力量。

影洲有些意思。正想着，一名宛如缩小版银甲巨人的机人从队伍中走出，身披银甲，即便被我打伤依旧神色自若，看起来与其他机人有明显不同。

他径直朝我走来，完全没有害怕的意思。我先开口道："停，你们的把戏被我看穿了，那么现在可以放我走了吗？我真的没从登天塔里偷什么东西。如果你想向那个紫金机人学习的话，那我不介意再揍你们一顿。"

为首的银甲机人停下，完全没看躺在地上生死不明的紫金机人，而是伸出手臂按在虚空，一面虚拟投影显化而出。

银甲机人面无表情道："你通过了检验，天空之城城主兼天宫宫主想要见你。"

我微微眯眼，盯着面前的银甲机人，一手探出抓住其脑袋："你们刚刚可是要置我于死地，现在却告诉我是考验，耍我？！"

银甲机人表情依旧平静，不动声色道："这是宫主的意思。"

我刚想说话，投影中传出一阵电流声，屏幕上，昏黄的房间里，各种古雅大气的名贵雕饰装扮其间，一个身形十分佝偻的机人背对着我，盘坐中央，深沉缓和却带着不容置疑的声音传来："零王，久仰大名，吾乃天宫宫主迦囚，可否赏光来天宫宫殿一坐？"

第二百五十九章　天宫之主

画面上的机人看不清容貌，背影被笼罩在一片香薰点燃的烟雾中。

这就是天宫之主吗？我试图从投影里找出更多的线索，然而投影里的一切在烟雾下都显得朦胧起来。

之前在蛮荒洲机械之城时我曾问过兰特斯关于天空之城五岛的消息，而他的回答也很简单："不可曰。"

他告诉我这涉及机人帝国的最高机密，即便他知晓一些，也不会说，说了会产生严重的后果，其他几大洲可以谈论，唯独天空之城不可。我也就没再追问下去。如今面对天空之城城主主动邀请，这显然是一个不可多得的机会，但同样可能会让我陷入更大的困境当中。之前紫金机人所释放的超压缩原力足以让我忌惮，而天空之城内想必有更多的未知力量。

我看着烟雾中的人影："我拒绝。"

天宫之主似乎遇料到般："呵呵！我知道你现在在忙什么，从你在登天塔内用我的'沙图'搜索时，我就已经明白了。如果我说我主动给你你想要的消息呢？"

"那你现在就可以说了。"我淡淡道。

"好。"说话间，一面透明护罩显现，将我与其他人隔绝。

"你想知道的瓦尼，其实是我的特使。他下界也是经过我允许的。"

我内心一振，没想到眼前之人就是派瓦尼下界祸害人类的罪魁祸首。

我表面镇定道："威斯曾下两界协约，机人会在一年后再降人类世界，现在明明还未到时间，你却违抗他的命令。"

"呵呵，那份合约吗？大帝的确与人类定下一年之期约，但人类当中，谁会发现里面有机人的影子，瓦尼自始至终都被所有人认为是人类呀。更何况那约定本身并不重要，那根本不是给偏人看的，只有真正的人类才能读懂里面的含义。"

我被这突如其来的一句话弄得有些不明所以，什么偏人？什么是真正的人类？

投影中，天宫之主察觉到了我的异样："本来我还有些忌惮，现在看来真如瓦尼所说，现在的你还没走到那步。"

我内心一振，质问道："什么意思，不把话说明白吗？"

"呵呵！小家伙，有些事情你还不知道的时候是最快乐的，你知道得越多，反而不是件好事。"

我微微皱眉："看来你是不想说了。"

投影中的人影缓缓起身，开口道："有些答案应该由别人来告诉你，我想对你说的是，我本人对你没有恶意，这个世界的机人也同样是，他们只是在遵循自己的规则生存罢了。"

我听着这有些奇怪的话，开口道："你如果没有做什么对不起天理的事，为何要这么说？"

"呵呵！有些事情不是所谓的天理来解释的。每个人都有自己的立场，你站在哪儿，你就只能看到与其相对的事物。"

我有些忍不住道："老家伙，你在故弄玄虚什么？"

"呵呵！"

我："……"

如果可以的话，我真想把他直接抓起来，可惜现在还未到时机。我盯着虚幻的投影："你如果想对我说的只有这些的话，我已经听过了，或许你还想表达别的意思，为何不直接说出来？"

人影忽地转过身来，一双重瞳直勾勾盯着我，土灰色的机身表面一亮一暗，不断闪烁，脖颈处位置绑着铁质项圈，十分显眼。

土灰机人笑了笑，看上去竟有一分慈祥，但我知道绝不能轻易相信他。土灰机人见我不为所动，说道："我再告诉你件事，尽快找到暗七将，你想知道的全部都在那里。"

我目光一凝，盯着他道："你知道暗七将？"

"呵呵！"

暗七将是暗灵之王的七大部下，每人都是一等一的高手，而他们所拥有的力量都与暗灵之王不尽相同，这早在一年前就被我所知，甚至在我寻找暗源之地时还寻到了其中数人的尸骸。活着的暗七将中我所知的贾巴甚至背叛了我，投靠机人，剩余的暗七将也分散在各地。

土灰机人见我还在思索，说道："你走吧，去追寻你的答案，在你离开前，我再送你一份礼物。"

说着一个被五花大绑的机人出现在屏幕中，定睛看去，那人竟是我之前请的万事通兰特斯。此刻他的机身像是遭受过惨重折磨般，绿帽子已经消失不见，浑身都是破败的痕迹，伤痕累累，机身表面沾着一层灰色物质，那是魍魉之力的实质化。

土灰机人目光扫过还在地上不停挣扎的兰特斯，轻点虚空，兰特斯很快停止了挣扎，一动不动，机身如同被腐蚀般没过几秒便只剩下一副破败的空壳。

我惊讶地看着眼前发生的一幕。土灰机人像是做了一件无关紧要的小事，淡淡道："我帮你把他杀了，是他来告密，说可能有人类间谍出现。他说是因为你问的问题太过古怪，才被他怀疑的，下次记得谨慎一点。"

我盯着土灰机人："你刚才使用的是魍魉之力，你掌握了魍魉的力量。"

"呵呵！"

"为何研究魍魉，你究竟想做什么？"

"你今天知道的已经足够多了，去做你该做的事，机人帝国的事还轮不到你来管。"土灰机人的语气有了一丝怒意。

我镇定道："好，如果我发现你将魍魉之力用在了滥杀无辜上，别怪我不客气。"

"呵呵！希望下次见面，你我不要大动干戈。"

我盯着土灰机人，沉声道："你找我来，告诉我这么多，你的目的是什么？"

一双重瞳不停转动，与我对视："你空有一身武力，却没有与之匹配的认知，真是悲惨。"

说着，屏幕熄灭，隔绝护罩消散，一边等候的银甲机人开口道："天宫之主迦囚大人已与你交谈完毕，希望你好自为之。"

说着一千多人直接腾空而起，朝着天上飞去。一边的御使紫金机人以及司使金盔人也被带走。我微微叹了口气，感觉自己已经越来越接近真相，伪装成人类的机人瓦尼，分散各处的暗七将，真正的人类……

这一切似乎在形成一条通往真相的线索，指引着我继续前进……

第二百六十章　又见瓦尼

此刻距离我离开人类世界来到地面之上已经过去三日。这三日里我通过各种渠道取得了瓦尼是机人的确切证据，接下来我便打算用这些证据来结束瓦尼的统治。除此之外，我从天空之城城主迦囚口中得知了一些从未了解过的消息，这些信息似乎指引着我通向一个终极的秘密。

在众多天宫派出的机人离开后，我也随即踏上了返回穹顶之下的道路。一路飞行十分顺利，经过两界通道口时也未遇到什么阻碍，似乎是迦囚刻意这样做的，他似乎很希望我能尽快找到更多答案，这样做究竟对他会产生什么好处尚未可知，但此刻我也不得不这样做，我感觉留给我的时间不多了。

直接以念力飞行，穿越通道，来到人类世界。我直奔第一大区而去。那里是被新人类联盟占领的地方，也是人类世界最重要的地方之一。

不久后，我降落在第一大区内的一处较为偏僻的城镇，并开启拟人形态。

此刻大街上聚集着不少群众，嘈杂的人群中议论声不断。他们聊的基本都是为何通信突然被隔绝了，各种天马行空的想法层出不穷，我听着都不禁被这些人群的想象力感叹。

我穿过熙熙攘攘的人群，直接朝着大区中央的方向赶去。三天来我并未再收到手底下各方发出有关新人类的消息，不管是灵梦之夜还是革命军，新人类也并未对这里普通民众动手，一切似乎还停留在三日前。

但我知道新人类一定在暗处谋划着什么，当他们再出现时，一定会有灾难发生。

我一边行走，一边与手底下的人联系。他们的回答都是一切顺利。我又询问了身在雄狮军团的慕斯，她的情况似乎出现了一点波折。

"零，我还真找到军团里隐藏的奸细了。"

"是谁？"

"唉，是我手下的人，盾兵队长——山狼。"

我微微一振。山狼是我接触最早的盾兵队长，曾在灵梦之夜就有过交手，没想到他竟然是新人类安插的卧底。

慕斯接着说道："我已经将盾兵部队搜查完毕，毕竟我是上任总队长，就算是现在的队长莶也要给我三分面子。但是雄狮军团内我就不好调查了，一来里面人数太多，二来我需要与军团长请示，如今我没有了实权，他不会那么轻易同意。"

我想了想道："恶魔血可以通过空气传播，当时雄狮军团里吸入的应该不在少数，看来他们都隐藏起来了。不过就算普通士兵吸入恶魔血被控制了，他们所做的事也有限，或许你可以从里面地位较高的军官入手，说不定会调查出什么。"

慕斯回道："我会继续调查的，这边就交给我吧。"

"对了，你是如何发现山狼有问题的？"

慕斯压低声音道："吸入恶魔血的人表面看起来与常人无异，但有时候，他们的眼睛会发光，一种绿色的荧光，只要看到就能发现异常。"

我应了一声，随后又交谈几句挂断通信。

聊着聊着，不觉间我已走到第一大区中心区域，不远处便是政府办公区了。如我预料的一般，办公区域已被全面封锁，政府大楼前的安保人员也全部换成了新人类的成员，不过我还是轻易地潜入进来，进入政府大楼内。

顺着熟悉的路线一路来到政府首席所在的办公区，推门而入，一位看上去年轻而有几分俊朗的男子端坐着，手中拿着一沓厚厚的文件，像是在仔细阅读。

谁都不会把这样一幕场景与一个想要灭亡人类的心狠手辣之人联系起来，而此人正是新人类联盟之首——瓦尼。

没有犹豫，我直接释放念力，向瓦尼横压而去，一声闷响，念力将他死死按压原地，动弹不得。

瓦尼眼睛抬起看向我："你终于来了。"

我微微一愣，什么叫我终于来了，难道他早就知道我要来这里吗？尽管他被我用念力死死控制，但一丝不安悄然在我心里放大。

我盯着他道："你想要做什么？"

瓦尼嘴角挤出一抹弧度，与我对视："我嘛，很简单啊，帮助所有人类变成机人，实现机械永生。"

我向前一步，来到他面前："别做梦了，你已经失败了，我已经拿到你作为机人的证据了，杜鲁斯……尼。"

瓦尼似乎并没有感到意外，神色如常道："哈哈哈！恭喜，你找到了我的真实身份，但那又如何呢？我现在可是掌握着百万大军，想要对那些平民做什么，都是轻而易举的。"

我死死盯着瓦尼，一手按住其头："你说什么，你哪儿来的百万大军？"

瓦尼被我按住依旧无动于衷："还有谁呢，不就是雄狮军团嘛，哈哈哈哈。"

我知道他说的话不是在开玩笑。瓦尼继续道："本来我想先利用雄狮军团将革命军先灭了，没想到你竟然凭借一己之力避免了这场战争。不过你管得了革命军，难道还管得了雄狮军团吗？哈哈哈哈！"

我一把将瓦尼从座位上抓起，厉声道："你找死！"

瓦尼神色变得疯狂起来，似乎一点也不怕我："你不会杀了我的，只要我离开一定范围，被我埋下的暗子便就立刻被激发，雄狮军团所有人皆会染上恶魔血，到时候你就算有再大的本事也不可能和百万大军对抗吧，我会用这百万大军做什么可就说不准了。"

我将瓦尼摔在地上。他毫不在意道："零，就这样憎恨我吧，你着急的样子都让我有点心疼了，哈哈哈哈！"

我心说这家伙不会彻底疯了吧！我微微皱眉，咬牙道："你既然直接告诉我了，肯定有解决的办法，你要怎样才能放过雄狮军团那些人？"

瓦尼抬头，眼神中闪过一丝狡黠："聪明，我确实希望你能帮我一个小忙，事成后，暗子自会被我消除。这点小事对你来说不难。我会在两日后举办政府首席交接仪式，全界直播，届时需要让你把你偷偷救走的前首席落秋带过来，劝他配合完成我的交接仪式。还有，之前你将我摔倒在地，为了补偿我，你要在仪式上扮演我的下属，近距离看着我是如何登上人类权力的巅峰……"

第二百六十一章 分神

瓦尼神色飞舞，仿佛已经看到了两天后他是如何将我踩在脚下的。我则静静等待他说完，随后淡淡道："这里没摄像头吧？"

瓦尼有些不明所以，疑惑地看着我，突然猛地反应过来："你……你要干什么？"

我并未理他，环顾四周，随后挥手，门口以及柜子上隐蔽的监控发出"刺啦"的电流声，悉数被毁。他的嘴角一抽："你难道……不怕我将那些人类怎么样吗？"

我微微眯眼看着他道："放心，之前你的克隆体已经替你体会过一次了，这次不会太疼的。"

或许是我的表情有些恐怖，瓦尼竟然开始后退了两步："别以为我不知道，我的克隆体虽然已死，但他还未被彻底摧毁，对吧？"

我内心微微一振，说道："你说什么？"

瓦尼又恢复了自然的表情，倚靠着一边的白墙："我知道的比你多，零，这也是我一直敢于与你对峙的勇气。"

说着他指了指自己的头，接着道："艾森沃斯实验基地，对吧。"

这次，瓦尼的话如钟声般敲在我的耳边。我死死盯着他道："你或许能威胁我一次两次，但如果你一直以这种方式对付我的话，我会让你付出惨重的代价。"

瓦尼的嘴角勾起一抹弧度，像是对这种事情十分享受："没办法，如果我要是像你一样那么厉害，就不会天天想这么多了，做什么都是一拳一脚的事，不像现在这么麻烦，要考虑那么多，还要担心会被你打飞。"

我冷笑道："不用担心，你很快就会被我打飞的。"

瓦尼忽而道："考虑一下我刚才的提议，你还有五分钟时间，如果你不做决定的话我来替你做。"

我开口道："不用了，我现在就做决定。"

说着我伸手抓去，瓦尼顺势向一旁翻滚，但还是被我抓住，指尖轻点虚空，一抹白光没入其身体，接着其猛然一颤，失去了意识。

我趁机开始读取其记忆，却发现其身体里的记忆竟然在一瞬间消失了。我微微皱眉，这怎么可能，他将自身机体格式化了吗？

忽地，瓦尼双目睁开，死死盯着我，整个人的气势都与之前不同："零，这是你逼我的，那就先让你尝点苦头！"

我被这突如其来的变化吓了一跳，不过还是抓着瓦尼的身体："看来你还没搞清楚局势啊。"

瓦尼愤怒地盯着我，抬起一只手，打出响指，窗外，一声巨大的爆炸声响彻云霄，无与伦比的威力甚至将这里的窗户都直接震碎，掉落一地。

我转头看向窗外，那是第一大区中央区域的街道处，此时已经燃起来熊熊烈火，灰黑色的滚滚浓烟形成巨大的蘑菇云，仿佛是死神炫耀胜利的战利品。

瓦尼狠戾的目光看向我道："这只是个小小的警告，下次可能就是这十倍百倍的范围了。"

瓦尼在第一大区内也安置了炸药。我将提着他的手松开，一股怒火被强行压下，与之对视："你刚才为何免疫了我的记忆入侵，是因为'分神'吗？"

瓦尼露出略带惊讶的表情："看来你知道的还不少，没错，我的确拥有'分神'，所以我劝你还是不要想着再用武力做什么了。"

我暗道不妙，"分神"是三洋洲内机人独有的能力，其能够将自身意志分裂为多个独立的意志，每个独立的意志都有单独与自身相同的机体，但无法脱离本体控制，并且本体拥有随时收回其他意志的能力。

刚才瓦尼似乎为了不让我搜寻记忆，直接收回了面前这具机体的意志，所以才会导致我无法读取其记忆。之前在登天塔内看到瓦尼明确拥有着"强智"，如今却出现了"分神"，越是对其了解，越发现他的深藏不露。

如今他的隐藏能力已经暴露，所以之前在中央广场上死亡的瓦尼同样也是他本体"分神"幻化而来的。这样他即便在分身死后也能感受到其所在，进而找出分身死后被带到了李博士的基地。

面前的瓦尼面露凶色，与之前疯癫的形象大相径庭。我开口道："你还有多少具分身可以破坏？"

瓦尼意味深长道："对付你足够了。"

"你还有一分钟。"

我微微皱眉沉声道："好，我同意你的要求。"

我只能暂时答应下来，还有两日可以周旋的余地。

瓦尼点了点头，随后两眼一翻如同人偶般直挺挺倒在地上。我微微眯眼，知道他还没死，或许等我离开后他还会站起来。如果不是因为他提前设好了陷阱，我会毫不犹豫将这具机身带走。

我深深看了一眼，离去。

两日后，瓦尼便会公开举行首席交接仪式，所以我必须在此之前找到隐藏在雄狮军团的暗子，并除掉第一大区内新人类安置的炸弹。这个任务听起来困难得有些不可思议，但我别无他法。

我先与灵梦之夜的人联系，让他们去艾森沃斯基地将李博士接走，以免瓦尼再利用博士做什么勾当，而我则先留在第一大区内将剩余的隐藏着的炸弹找出。

我先来到之前被瓦尼引爆炸药的地方，这里的烟雾还未消散，整片街道充斥着房屋烧毁的味道，周围早已看不见人影，只留下一片狼藉的废墟。既然要找出剩余炸药，那当然解铃还须系铃人。

……

幸运的是，经过一番波折，我成功找到一名新人类小头目。通过记忆读取得知了第一大区内炸药埋藏的大致方位，我开始一一前往，排查。由于其布置得有规律，经过一番努力后，如小山高的炸药被我清理出来。

此刻已到日落黄昏，通信器突然响了起来，接起，郑强的声音传来："老大，我到了实验基地，结果里面连个人影都没有。"

我微微皱眉，说道："你在实验基地里都找过了吗？"

"我已经带人将实验基地翻了个遍，奇怪的是，里面的东西看上去都没少，就是没人了。等等，这里有行字。"

我凑近通信器，只听郑强的声音一字一句道："我需要先躲起来，他们无处不在，他们在监视我……"

第二百六十二章　不再分离

"他们在监视我。"

是谁在监视李博士？我第一反应就是新人类联盟干的，不过细想又觉得有点不对，按照新人类的做事风格应该直接将李博士绑走才对，怎么会用这么温柔的手段——"监视"，但除了新人类，我也暂时想不到其他人了。

忽然，郑强那头传来了一阵嘈杂的脚步声。

"快，兄弟们，藏起来。"

郑强急促道，我微微皱眉，等了一小会儿后，嘈杂的脚步声才逐渐远去。我缓缓开口道："强子，怎么了？"

他一边喘着粗气一边说道："老大，刚才新人类来了，一大帮子人，浩浩荡荡，跟那土匪没什么两样，实验基地被翻了个遍，我们就先翻墙躲起来了。"

我微微皱眉，心说怎么会这样，真的是第三方在监视李博士吗？究竟会是谁呢？

我表面平静道："强子，辛苦了，回去和几个弟兄们休息吧，放松放松。"

"老大，那你要找的李博士呢？"

我开口道："不用管他，以博士的机敏暂时不会有事。"

和郑强聊了几句后挂断通话，将炸药的隐患清理掉后，我开始为两天后的交接仪式做准备。

首先需要按照瓦尼要求的将落秋找出来，不过我并未打算找真的落秋，而是找人来代替他，正好，回到穹顶之下也该见一面了。

想着，一步踏出，如今凭借念力我便能在空中长时间保持高速移动，即便是与现在速度最快的飞艇相比，也不多承让。

一路飞行，离开第一大区，又穿越了数个大区后我来到了一片茂盛的草原，这里便是当时我让革命军临时休息的场地，如今的革命军经过休养恢复，想必每个人的状况也在逐渐好转。

我的到来并没有引起太大关注，因为我是悄无声息来的，此刻士兵们都已经安营扎寨，在帐篷里休息，只有少数哨兵还在野外。

凭借着记忆找到一间与众不同的帐篷，还未走近，一个恬静优雅、除了有些亮眼的金属光泽外，与人类无异的机人走出帐篷，一身雪白的机身宛若自童话中走出。我看眼前之人，正是初雪。

她见到我先是一愣，随后快步走来："零，是你吗？"

我也迎了上去，微微一笑道："我回来了。"

初雪睁大双眼，也笑了起来："真是太好了，快先回来坐下。"

说着她便拉着我走向帐篷。初雪一坐下便向我骄傲地扬起头说道："零，你知道吗？我变强了，你看。"

说着她将手伸出，一抹黑光浮现，随后竟然缓缓成型，变成流动的黑色液体，接着又逐渐凝聚，变为类似半固半液形态。

很显然，初雪已经掌握了暗能的初级应用，并逐渐向中级转变，等她彻底将暗能变成固态，就代表着她在暗能的造诣上与我相平。

我忍不住夸赞道："雪，三日不见，你进步也太快了。"

"哼，你之前一直一个人行动，现在我够资格站在你身边了吧！"

我看着初雪有些小得意的样子道："我之前是怕你受伤嘛，不过你现在已经将暗能熟练掌握，确实一般遇不到能打得过你的了。"

"那可说好，你以后不许丢下我了。"

我连忙说道："好，我答应你，以后我们便一起行动。"

初雪高兴地点了点头，脸上一丝不易察觉的悲伤一闪而过，我并未发现异常。

之后的交谈中，我便将想要让初雪假扮落秋的事说出。初雪十分爽快地答应下来……

第二日，告别了初旭和一众革命军高层后，我和初雪一同踏上了参加首席长交接仪式的路程。

路上，我向身在雄狮军团的慕斯连线通信，询问关于调查暗子的事情。而慕斯在短短几天内不负嘱托地又找出了数百名隐藏着的暗子，里面还有不少军官，并且通过寻找暗子让军团长亚朗也注意到了这件事。亚朗说势必铲除暗子。

我听后缓了口气道："看来这一局我要赢了，瓦尼的幻想要被破灭了。"

我打算在瓦尼的首席交接仪式上直接拆穿他的身份，并且将其控制起来。如果顺利的话，盘踞在第一大区的新人类也就树倒猢狲散，不难一网打尽了。

我又问了慕斯几个问题，了解到雄狮军团正好也将在明日赶到第一大区，届时军团长将会弹劾军区司令官威廉·史密斯误用职权，将史密斯送入监狱。而当提到第一大区内被新人类占领时，亚朗表示如果真有这种事，将会分分钟将所有新人类绳之以法。

慕斯在说亚朗对新人类入侵的态度时，发现亚朗说话比较随意，关键是对于第一大区沦陷不仅表示不相信，还叫人不要传播谣言。

我心说这亚朗能当上军团长，号令百万军队，考虑得一定会比常人更多，也更加严密谨慎，或许他是想以此稳定军心。

和慕斯沟通后，我便一路驾驶飞艇，朝着第一大区行进。路上初雪不知为何，失去了之前的活泼，甚至有些闷闷不乐。

我看向初雪道："雪，你有什么烦心事吗？"

她摇了摇头，望着舷窗外飞速后退的云朵。我微微皱眉，有些猜不透初雪的想法。初雪扭头看到了我脸上的表情，靠了过来，拉了拉我的手臂道："你说如果有一天，我不得不离开你了怎么办？"

我被这句话问得有些摸不着头脑，还是说道："我不会让你离开的。"

初雪点了点头，露出一副笑容道："那就好！放心，我以后不会拖你后腿的。"

我开启自动驾驶，摸了摸初雪的头："雪，你不仅不拖后腿，再变强恐怕就要超过我了。"

"那我有一天如果超过你的话，我就把你甩开。"

我："为什么？"

"因为之前我不如你的时候你就是这么干的，哼。"

我苦涩道："那是因为之前的行动都太危险，以后不管我们孰强孰弱，都不分开了。"

初雪乖巧地点了点头，不再说话，只有飞艇的气流声在天空长鸣……

第二百六十三章　僵人之谜

半日后，来到第一大区。我与初雪都伪装成人类的身份，她变化为一个与她模样相似的人类女子。飞艇降落在一座距离中央区域不远的城市——塞城。这座城市由于其发达的交通体系和独特的地理位置，成为第一大区最重要的枢纽，也是通往第一大区中央区域的门户。

刚下飞艇，就看到不远处街道上围满了人群，我本无意关注这种事情，人群中突然冲出一名男子，一副黑框眼镜，脸色惨白，满身是血，跌跌撞撞朝我这边跑来，他的目光看准了我身后的飞艇，看样子是想抢走它逃跑。

我微微一愣，没想到自己有一天也会被抢劫，男人神色慌乱，急匆匆从我身前跑去，不停地敲打着我刚坐过的飞艇。

我伸手上前将他拉住："等等，前方发生了什么？"

男子奋力甩开我，一边敲打一边急促道："快开门，让我走，让我走，啊啊啊啊！"

我微微皱眉，他的身上依然有血流出，看样子伤势不轻，却还十分固执地想要离开这里，似乎遇到了什么让他十分恐惧的事，而由于其身上并未看到有何危险性武器，看样子很可能只是一名受害者。

一抹白光从我指尖划出，触碰男人，其身体表面发出一阵十分微弱的光芒。我开口道："你暂时不会有事，这是我的飞艇，你想开走可以，告诉我原因。"

我的话似乎让这个男人放松了些许。他喘着粗气说道："没时间了，让我走吧。"

男人的语气甚至带着哀求。我也不想为难他，于是说道："给我几秒。"

男人目光又变得警惕起来。我也没有犹豫，虽然可能性很小，但我也不能帮助一个法外狂徒逃走。

我直接强行入侵了男人的记忆，并找到了他最近发生的事。还未来得及查看，枪声响起，一颗子弹命中了男人的后脑，他带着惊恐的眼神，直直倒地。

抬头，天空中数辆蓝白色的警用飞艇悬浮，一位警员端着枪还保持着刚才开火的手势。我抬头与之对视。随后，警员从飞艇上滑下，将死去的男人抬起道："这是名十恶不赦的杀人犯，现在你安全了，还有你旁边的这位女士。"

我并未作声，因为刚才在男子死前的瞬间，我读取到了他脑海中的一句话："我醒了，可是这僵人要捉住我了。"

警员见我没反应，摇了摇头直接离开了。一旁的初雪凑上来道："没事吧，你不会被吓到吧。"

我摇了摇头，对初雪道："没什么，我们走吧。"

四周的人群在看到警方后也一哄而散。我和初雪也踏上了继续前行的道路，不过我脑海中还是回荡着男子最后脑海中的话，最让我值得注意的地方自然是"僵人"二字，僵人究竟是谁呢？难道男子刚才想要摆脱的就是僵人吗？可是后来街道上除了一群围观群众并没有找到什么异常。

之前机人帝国的天宫之主也提到了僵人，虽然只是一嘴，但却让我印象深刻，僵人似乎并不是一个人，更有可能是一群人，这是一群什么样的人呢？……

暂时没有了思路，不再多想，现在先将新人类搞垮再说。

初雪与我顺利地离开了塞城，来到了中央城，也就是第一大区的核心区域。这里，便是明日瓦尼举行交接仪式的地方。

我让初雪提前变化成落秋的模样，随后便在附近停下休息，静等明日到来。

……

第二天，我与初雪来到政府办公区。一只脚刚踏入，便两个身体明显经过改造的长着机械臂的新人类成员来到我和初雪面前，上下打量了我们一番后道："请跟我来。"

我对初雪点了点头，跟着两人一同走进了政府办公区域。不久，来到一座别墅前，这是政府人员专用的房屋，其中一名新人类道："请你在外等候，他先进去。"

"他"自然是伪装后的初雪。我微微皱眉，心说这新人类要搞什么把戏？我当即说道："不行。"

新人类伸出一只机械臂，抵在我胸前，鼻子对着我道："上面有令，需要对到来的每个人检查。"

我微微一笑："也可以两个人一块儿吧，这样快一点。"

面前的新人类瞪大双眼，露出凶色："你再多说一句，小心点。"

初雪在一旁对我眨了眨眼睛道："我去吧，没事的。"

我点了点头，随后看到初雪走进别墅内，关上了门。

虽说我相信初雪的能力，但还是对她一个人前往免不了担心。

心念一动，心灵感应释放，将眼前的别墅包裹，一个光团从别墅深处显现，那只光团十分模糊，看不清里面的色彩。

我暗道不妙，正常人的心灵光团一定是有颜色的，这种模糊的情况要么说明对方在心灵感应上有造诣，可以屏蔽外界感应；要么说明他快死了。很显然里面的人不可能是后者。

我看向别墅门前站岗的两名新人类："给你们一次机会，体面地让我进去或者求着我进去。"

两人四目相对，随后指着我大笑道："求着你进去，哈哈哈！求求你了，快请进吧，哈哈哈！"

"是这样吗？"

两人面露讥笑，我没时间在这浪费，挥手，念力释放，两人直接被我用念力按倒在地，巨大的力量使得地面出现皲裂。两人面露痛苦之色："啊啊啊，快进去吧，放了我们。"

打晕二人，我立刻迈步走进别墅。

别墅内部构造简单，一眼便可几乎看到全景。我并未看到一楼有人，于是来到二楼。

一眼便看到初雪站在不远处的一间房门口。我刚想叫她，却注意到她一动不动地站在原地，有些愣神地看着房间里。由于构造原因，我现在所在位置看不到房间内，于是我一步一步走了过去。

走到初雪同一角度时，我看到屋内赫然也站着一个人，准确来说，是初雪正在伪装着的落秋。此刻，屋内的"落秋"一副笑盈盈的样子打量着初雪……

第二百六十四章　谁是真的

屋内的男人站立房间中央，除了脸上的表情古怪，其他方面都与真的落秋无异。他显然也注意到了我的出现，瞥了我一眼，眼睛闪过一丝不易察觉的惊慌。我注意到他的眼神，开口打破平静道："你认识我？"

男人一脸无辜地看着我道："你在说什么啊？我们不是之前见过面了吗？我是落秋啊。"

我微微皱眉，与之对视："如果不说实话，你就永远走不出这个门。"

男人听后不仅没有害怕，反而显得有些生气："我就是落秋，我知道之前你将我连同其他政府官员救了出去，后来不知为何，我们又被新人类发现，然后绑了回来。"

我内心一振，眼前的男人说的前半句确实是事实，不过……我微笑道："我来这里是因为这是一个检查站，外面的人说必须通过检查才能进去参加仪式。总不能把检查这个小小的任务交由今天要在仪式上登场的主角之一，人类政府首席落秋来完成吧。"

男人咳嗽两声无奈道："我……因为瓦尼对我之前被你救走不满，所以才将我带到此地，让我先做这个工作来满足他怪癖的心理。"

我盯着门后的男人，尽管我没有与真落秋联络，甚至不知道他后来去了哪儿，但还是气势十足道："不是我不相信你，而是之前瓦尼说过，让我带着落秋一起来找他，难道我身边的落秋是假的吗？"

我厉呵一声，想要吓到男子使得他露出破绽，然而男子并未被我吓到，倒是一旁的初雪一下子拉住我的手臂，我以为吓到她了，谁知初雪在我耳旁传音道："他是假的，我们直接拿下他。"

没等我反应，突然男人认真说道："你们不信我也没办法，唉。"

门后的男人可以说是毫无表演痕迹，简直跟真的一模一样，就和落秋咳嗽的动作也相同，甚至我都有点怀疑自己，是不是落秋真的被瓦尼又抓回来了，不过初雪这么一说，我发现他出现的地点太巧合了，而且，如果瓦尼已经将落秋抓回来了，还专门让我带着"落秋"来干吗？这里面的逻辑根本不通。

我还注意到，刚才在门外，两个改造人守卫死活不同意两个人同时进入别墅检查，如果说，我没有让初雪假扮成落秋，而是直接把真的落秋带来，送进检查，我可能也不会像现在这样陪着他进去，那么会发生什么……

真的落秋会被眼前这个落秋替换掉，而且是神不知鬼不觉地换掉！

想到这儿，挥手，念力释放，眼前的男人被死死锁定，动弹不得。我刚要走上前，男人身躯一振，竟然像蜡烛一般，整个身体迅速熔化，随后变为一摊灰白液体，迅速朝门外蹿出。

我忽然间意识到什么，还未来得及想，转身，单手向地下流淌着的"液体"抓去。

液体绕过手掌，灵活地向远处快速移动。我再次动用念力，将液体周围的空气压缩，它的速度变慢许多，最后，直接被固定空中。

我盯着液体道："没猜错的话，你叫'影子'，不对，'小影子'是吧？"

液体仿佛被我揭穿，停止了挣扎，静静飘浮着。

我继续道："没猜错的话，你是想要将我旁边的落秋偷偷替换，取代他来参加交接仪式，对吗？"

液体内部发出声音，与之前大不相同："你是怎么发现的？"

一旁初雪看着空中的液体，道："天哪，感觉像是一团会动的泥巴。"

液体晃动了一下，并未在意初雪的内涵，有些质疑道："我怎么感觉他也是假的？"

初雪略显嫌弃地看着液体，后退一步："假的也比你伪装的好。零，他怎么处置？"

"我先看看能不能问出什么。"

我看着液体："你能不能变回人形再说话？"

液体晃动了一番："暂时变不回去了。"

我看向液体，露出笑容："我记得你之前冒充过我，现在又想冒充落秋，你还真是自信。"

液体发出低迷的声音："是我败了，我本以为可以通过彻底改造得到机人帝国的肯定，现在我输了。不过你也别想好过！"说着液体像是沸腾了般表面开始冒泡。

我心说这人抽什么风，我都还没说他，他倒是看样子已经准备英勇就义了。

不过单凭他的手段也翻不起什么浪花。

我五指张开，抓去，一团黑色物质出现将液体整个包裹，下一刻，一声闷响发出，液体自爆了。

我猜，代号叫小影子的液体在新人类当中身份应当不低，就这样死了不知他们会不会有所察觉，希望接下来的行动还能顺利。

解决了别墅里所有的新人类后，我和初雪向着中央广场走去。那里，便是今天即将要举办人类最高领导人——首席交接仪式的地方。

路上，我问初雪道："雪，你当时怎么看出他是假的？"

初雪莞尔一笑："这个，其实是靠感觉，可能是因为他也具有与我相似的特点吧。"

我若有所思地点了点头。初雪一开始最大的依仗是"变形"，她可任意变成想变的万物，无论是生物还是物体，还没什么CD，这个能力简直逆天。后来我了解到地上吉丹洲机人的能力——"换形"，可以将自身变成另一人并维持一段时间，缺陷是"换形"后短时间内不能再次变化，否则将会对自身造成损伤。

新人类联盟的小影子应该是获得了机人"换形"的能力，所以才可以变成落秋或者我。

想着，我和初雪已经走到了中央广场前。广场之上，巨大的黑白色交织的新人类建筑——巢穴横卧整个广场，看上去相当震撼。这种规模的巢穴说是母巢也不过分。巢穴中间，原本空洞的位置此刻已然搭建好一座平台，悬空飘浮于天际。平台下方一条通道连接陆地。

巢穴外围上方已经坐满了人群，浮空平台上也出现了几个人影，整个场地周围各种花环横幅等装饰皆已摆好，看样子仪式已经快要开始。

我看向初雪："准备好了吗？我们要上去了。"

初雪点了点头，我拉起她纤细的手指，以念力托举她我二人，迎空飞了上去……

第二百六十五章　突变

转眼来到悬空台，落下，一声轻响，却吸引了周围无数改造人的目光。那些没有登上悬空台，坐在巢穴上方的数以万计改造人，很快注意到了我和初雪。

此刻初雪通过"变形"伪装成落秋的模样，与我一同朝着前方的席位方向走去。六把席位上，却只有五道人影，背后的强光照射下，几人显得多了几分威严。瓦尼端坐中央，冷峻的面庞审视四下，神情淡漠。剩余四个座位上，有三个是身体改造后的新人类，他们每人身体都变成一副钢铁之躯，看样子可能是瓦尼重组添加后的"四神"，而唯一还完全保持着人类之相的人则是军区总司令威廉·史密斯。史密斯坐在两名改造人当中，显得有些突兀。

走到距瓦尼还有一段距离时，停下。瓦尼目光与我交汇，开口道："你把人带来了，很好。"

瓦尼双指一撮，打下响指。邻座一名身体带有血红纹路的改造人站起，大声道："我宣布，政府首席交接仪式现在开始。"

声音如同洪钟传出巢穴之外，悬空台四周，上百架飞艇环绕飞行，无数礼炮奏响，彩带飘舞，坐在远处巢穴顶端的改造人们纷纷欢呼起来。

瓦尼朝我招了招手，示意我过去。我边走边对初雪传音道："待会儿在瓦尼与你握手时，我会立刻将他拿下。到时候你找个安全的地方先躲起来。因为你现在的身份是普通的人类，暂时还不能暴露。"

初雪有些不情愿地看了我一眼，向我传音："好，我知道了。"

来到瓦尼身侧，他小声说道："记住我那天对你说的话，我可以随时取了这方圆数百公里人的性命。"

我装作被逼无奈地点了点头。瓦尼在众多新人类的吹捧下，仪式顺利地进行着，飞艇上许多相机不停记录着过程，并实时转播到其他各个大区。此刻，穹顶之下所有的人类都看得到瓦尼、落秋，也看到了这些新人类肆无忌惮地在第一大区中央广场上表演。虽然我看不到人们的表情，但一定很精彩。

在看完一系列的新人类表演后，终于轮到仪式最重要的环节——权力交接。

一直默默无闻的"落秋"，也就是初雪，在听到改造人的声音后一步步走到悬空台中间，而瓦尼也同样走了过去。两人对立而站，在巢穴看台上的新人类，以及亿万在看着直播的人们眼中，两人逐渐抬起手臂，等握手结束，代表着权力正式交接完成。

我环顾四周，瓦尼离我只有几步之远，众多的新人类此刻完全沉浸在仪式当中，就连飞艇上拍摄的新人类也在看着这最终时刻。我心说时间到了，就是现在。

我先向初雪传音让她倒数准备，"3，2……"就在两只手将要握上时，瓦尼突然暴起，一把抓住初雪的脖子："你不是他。"

我没想到突然变成这样，瓦尼转头看向我恶狠狠道："零，你敢耍我，既然这样，那我也不陪你演了。我知道你去了上界，找到了我是机人的证据。原以为我之前的话能让你回心转意，好好配合我，没想到换来的却是你的反抗。软的不吃，吃硬的吧。"

我心说什么情况，瓦尼怎么直接自曝了，还是在所有人的面前，直接承认了他是地上来的机人？

我只是想了一瞬间，下一刻直接冲上前去，一击之下，我将初雪安全带走，同时带走的，还有瓦尼半只手臂。此刻手臂还死死抓着初雪没有松开。

我抱着初雪，将她放下，严肃道："现在情况已经失控，看来瓦尼已经知道我们在别墅检查中发生的事。他刚才也一直在演戏。现在你快走，这里交给我。"

初雪显然也被刚才瓦尼的行为吓到了，但她还是微微有些颤抖道："我不能走，说好我们要一起战斗的。"

我无奈道："好，小心为上。"

初雪认真点了点头，随后背靠背站在我身后。我盯着不远处的瓦尼，他失去了半只手臂，表情看上去极为痛苦，但我知道他大概率是装的。

只见他十分冰冷地盯着我："零，你坏了我的好事。你不光得死，所有人都得为你陪葬。"

我无惧他的目光，与之对视："难道我照你说的做了，你就会放过那些无辜的人吗？"

瓦尼放声笑了起来："这倒不会。我会用温柔的方式让他们不知不觉地死去；而你现在的行为，会让他们在受尽煎熬后在绝望中死亡，哈哈哈哈！"

我死死盯着瓦尼，随时准备上去将他拿下，只是要先问出他还设下了什么陷阱。

巢穴上方看台，数以万计的新人类原本都将枪口对准了我，但现在在听到瓦尼如同疯魔般的发言后，不少人都将武器放下，甚至有人将枪口转向了瓦尼。而座位上的三位改造人看起来依然冷静，看来他们已经被瓦尼彻底洗脑，甚至背叛了人类。

只有史密斯睁大双眼，有些颤抖地注视着这一切。我心说看来老糊涂的史密斯是被瓦尼忽悠了。瓦尼利用他的高位来达成自己的目的，现在他没用了，就没有必要再欺骗他了。

瓦尼此刻赤红着双目，对着天空中的摄像吼道："听好了，所有人类，你们都被我旁边的那个人害了。本来你们不用承受这么多痛苦，是他，将你们所有人毁了，但我给你们一个活命的机会，我要跟你们玩个游戏。"

说着瓦尼伸出仅剩的一只手臂，手指指向我："所有人，凡是参与把眼前这个人杀死，有功者，我可保他会活，其余人等则一律死亡！

"限时两天，两天后，我将正式开启大清洗，届时所有人都会受到清算！"

我心说瓦尼的底气在哪儿，他竟然敢直接威胁全人类。

似乎是为了印证我的话般，天空，飞艇掉转，镜头给到乌黑一片的新人类成员。这些新人类都双目通红，目光凶恶。看来新人类已经被瓦尼强行控制住了。

突然，地面开始震动，远处第一大区中央军事基地的方向出现了无数飞艇战舰、装甲浮车，独属于第一大区的底蕴力量此刻竟被突然唤醒……

第二百六十六章　瓦尼的力量

远处一望无际的战车飞艇，细看下，里面的人皆穿着黑红颜色的正装，赫然是第一大区军团——雄狮军团的军装。雄狮军团归来了。

此刻他们正以摧枯拉朽之势如潮般蔓延过来。百万大军，政府的底蕴，在这一刻彻底体现了出来。这是代表着人类武装力量的巅峰，也是人类能够长期立足蓝星的根本。

无论是从人数还是科技装备来讲，穹顶之下最为强大的尖端力量现在正式回到了它本来守护的第一大区。

我心想这雄狮军团来得还真是巧，正赶上这个特殊的时刻。他们的到来，绝对是对新人类联盟致命的打击，但不知为何，一丝不安隐隐在我心中放大。

瓦尼和一众新人类看到了第一大区雄狮军团的威势，竟然完全没有担心的样子。那些新人类联盟的改造人可以解释为他们被瓦尼蛊惑控制住了，感受不到害怕，但作为首领瓦尼依然一副嚣张的模样，难道……我心里升起一种不祥的预感。

　　巢穴上方的新人类此刻都凶恶地注视着我和初雪。他们手里武器中的子弹似乎随时会发射。初雪紧握着我的手，眼神变得坚定："零，你掩护我，我去把瓦尼宰了。"

　　我拦住初雪低声道："现在雄狮军团回来了，让他们来对付这些新人类吧，我们待会负责钉住瓦尼，不要让他跑了。"

　　初雪道："好，待会你要给我一些表现的机会，看我如何收拾他的。"

　　初雪一改往日的活泼，变得严肃许多。

　　对面，瓦尼在镜头前说完一番威胁人类的言论后，转身看着我，露出一抹诡谲的笑容："我现在有点好奇，零，你该怎么做呢，是与全人类为敌还是心甘情愿地赴死，来换得人类文明的延续？"

　　我冷冷看着他道："你觉得就凭你手上的这些改造人士兵，抵得过第一大区的雄狮军团吗？"

　　瓦尼神色微动，笑道："你还是太天真了。零，和我打交道这么久，你应该知道，我做事一般都会留一手，你猜猜，我留的是哪一手？哈哈哈哈！"

　　此刻我无比地想把瓦尼按在地上捶，可惜正如他说的一般，我不知道他还设下了什么样的陷阱。如果直接对他动手，很可能会直接触发陷阱，对人类造成不可估量的损失，所以与他交手我一直陷入被动。

　　说话间雄狮军团已经以极快的速度浩浩荡荡来到这里，并将中央广场层层包围起来。

　　地面，一道身影飞来，瞬间降落在悬空台上。来者是一名男人。其一头灰发，面如刀削，气势不凡，男人目光如炬，扫过四下，开口道："吾乃雄师军团团长亚朗，尔等快快束手就擒。"

　　我心说不愧是军团长，竟然敢孤身一人前来，这儿可还是有十万改造人在呢。

　　瓦尼身后，一直坐在座椅上的史密斯见到亚朗后，脸上露出一副羞愧的表情。

亚朗径直走到史密斯身前，开口道："将军，这是怎么回事？"

史密斯重重叹了口气："是我不对，我会辞去军区总司令之职，你快把面前的这些新人类都解决了，我任你处置。"

亚朗笑了起来："好，这是你说的，任我处置。"

我心说不对，刚要提醒，亚朗抬手，将一柄长刀刺入史密斯身体，鲜血流出，染红了史密斯身上的军装。史密斯艰难抬起头："你……为什么？"

还没说完，扑通一声，史密斯跌倒在地上，殷红的血液还在不停冒出，像死亡之花绽放出危险而迷人的颜色。这位具有卓绝军事才能、德高望重的人类军事领袖，最终倒在了自己培养的后辈刀下。

这一切都发生在电光火石之间，就连我也没想到。亚朗竟然直接把史密斯杀了，那么干脆，那么利落，就像宰杀一具鸡鸭一般。

空气在凝固了数秒后，瓦尼放声笑了起来。他一边大笑一边拍手道："老东西，既然你最终还想着与我作对，那么就去死吧，哈哈哈哈！"

我皱紧眉头，一股怒火涌来："瓦尼！"

瓦尼一脸戏谑道："怎么样，我给你准备的大礼如何啊？"

我深吸口气，说道："你确定要这样做吗？与我和人类不死不休。"

与瓦尼站在一起的亚朗此刻眼睛里布满血丝，开口道："大人，让我来吧。"

瓦尼摇了摇头，抬手，空中一直连续拍摄直播的飞艇瞬间失去了控制，如同无头苍蝇般摇晃着相继爆炸。

瓦尼开口道："你的表演结束了，先退下吧。"

亚朗向瓦尼作揖，随后这位来势汹汹的雄狮军团团长乖乖离开，飞离了悬空台。

我心说：好恶毒的手段，当着所有人类的面瓦尼先是威胁，然后让人们看到众多改造人。最重要的是他指示亚朗杀死史密斯。这一举动不仅仅是宣示着百万大军的雄狮军团已经被瓦尼控制，更是进一步将人类的信心打压，让人们生不起反抗的念头。连军区总司令都说杀就杀，更何况是普通人？

现在，瓦尼将直播关闭，其实就代表着他所谓的"游戏"已经开始，一定会有来自各个大区的人对我展开追杀。

我死死盯着瓦尼。他开口道："不是我想与人类怎么样，我也没有办法，帝国派这么危险的任务给我，我总得完成吧。"

说着，瓦尼突然起身，向我冲来。我正要还手，初雪在一旁将我拉住："我来就好。"

只见她朝着瓦尼同样冲了出去。两人在空中释放各自力量，十几招后，竟然不分伯仲。

这让我感到有些惊讶，不是因为初雪太弱，而是瓦尼变强了，准确地来说是比他之前的分身强了许多。原本以为初雪就可以将瓦尼击败，但此刻越打越发现，初雪甚至都开始逐渐占据下风。

瓦尼在我的印象中是一个智将，但此刻却爆发出惊人的战斗力。我正想着要不要上去帮初雪时，瓦尼一拳击出，直接将初雪从天上打落……

第二百六十七章　斩杀

眼见初雪从天上掉落，我连忙飞起，将她平稳接住，落地。

初雪在受到这一击后直接退出"变形"，由落秋的模样变回了自己，数道漆黑裂纹交错卷起，在她纯白的手臂上显得十分刺眼。一股怒火已然在我心中控制不住地燃烧起来。

我看向初雪的手臂，一抹白光从我指尖飞出，没入其伤口内。我想先用原力帮她缓解伤势，没想到她在一刹那却表现得更加痛苦起来，随后恢复平淡："零，我没事的。"

说着，初雪挣扎着直接站起。我沉声道："雪，你先在一旁休息，我来。"

初雪捂着一侧的手臂道："好，你也要小心。那个人不简单，我感觉得到他还没发挥出全部实力。"

我点了点头，随即挥手，一抹深邃的黑暗在脚下出现，于地面延伸，最终将初雪整个包裹起来形成护罩。

天空，瓦尼俯视着我道："零，原来落秋是她啊。我真后悔没有用出那招，不然你的表情一定很精彩。"

瓦尼似笑非笑地看着我。我深呼口气："瓦尼，你怕死吗？"

他有些意外地看着我，仿佛这句话不该从我口中说出："可是，你真的做得到吗？"

我微微皱眉，不知道这是什么意思，忽然，巢穴看台上传来一阵响动，转头，那些被瓦尼控制的改造人都纷纷四散跑去。我冷冷道："今天，没有人走得了。"

随即心念一动，心灵感应释放将巢穴以及更远处的雄狮军团笼罩。

"感力冲撞！"

以自身心灵感应之力对对方产生心灵冲击，将人短暂致晕。然而百万多人的心灵光团加起来庞大无比，先前为了救革命军耗费的心灵感应之力还未恢复，现在面对如此多的心灵光团，我有些力不从心。心灵感应之力与心灵光团触碰，心灵光团本身带有的，原本微弱的本能反抗此刻竟挡住了我的攻击。

我继续发力，忽然，心灵感应之力不受控制地回归，并直接将巨大的心灵冲撞作用在我身上。我身形不稳，直接跌倒在地。

瓦尼见状，开口道："零，你也有今天啊，刚才不是很自信吗？怎么突然不行了？"

我并未理会瓦尼，扭头看着巢穴之上的改造人纷纷离开，脚下地面上的雄狮军团也传来同样撤离的声音。等他们逃离了，两日后或许就会出现在普通人类身边，到时候就彻底完了。

我连忙撑着地面站起，刚才的心灵感应反噬到自己身上，导致现在已经用不出心灵感应，甚至机体本身也受到了影响，一股白色蒸汽缓缓从机身内飘出。

我抬头望向天空："瓦尼，既然无论如何你都要毁灭人类，那我就放心了。"

瓦尼似乎看出了我的想法，动了动嘴，有些犹豫道："零，这个世界没你想的这么简单。"

我死死盯着他道："你想为自己争取活命的机会吗？晚了。"

在我的极端愤怒下，我仿佛听到自己体内响起一声链条断裂的脆响，但我并未在意。

一掌打出，原力白光如炮弹般轰向瓦尼。

"砰！"

一击之下，白烟滚滚，瓦尼于浓烟中突然冲来，手中握着一把明晃晃的光刃。我并未闪躲，迎着他一拳砸出。

"轰！"

剧烈的爆炸声响起，我将他直接按在地上，而他手里的光刃被我另一只手接住，光刃里蕴含着可怕的压缩原力，即便是我用暗能包裹着手掌，也在被光刃不断熔化。

瓦尼比我的情况差了许多。他的身体半边都被我砸毁，凹陷下去，血肉模糊。如果瓦尼真的是一个人类，恐怕已经死了十多遍了。

此刻他喘着粗气，头顶不停有鲜血流淌，滴落下来，肿胀的眼睛看着我："零，你不怕刚才那一击杀了我吗？"

我将瓦尼的光刃打掉："什么意思？难道我不能杀你吗？"

瓦尼有些不可思议道："你……你怎么可能打破……"

说到最后，瓦尼咳出一摊血水，极其阴冷地盯着我："我们还会再见的。"

我不再多说，拿起地上的光刃，一击斩去，随着鲜血喷涌，惨白的人头滚落在地。

瓦尼又一次死在了我面前，并且这一次还是我亲自动手的。既然他已经彻底亮牌了，那就没有必要留他一命了。机人帝国想要人类彻底灭亡，并且瓦尼还如此大肆宣扬，看来这最终的时刻要提前来了。

我与瓦尼战斗并未受到多少伤害，只是心灵感应暂时用不出来了。

站起，我将身后的暗能护罩解除，没想到里面竟是空空荡荡，已经不见初雪的踪影。难道她已经走了？暗能护罩坚不可摧，除了同样具有暗能的初雪，我想不到还有谁能够打开护罩。

可是按理来说初雪对暗能对掌控之力没有我强，怎么能打开我设下的护罩，她又为什么这么急切地离开？难道在这么短的时间内初雪在对暗能的掌握已经再上一层楼，和我在同一个层次了？

原本就有许多问题还未解开，现在又多出了许多困惑，总感觉初雪能如此迅速掌握暗能这背后隐藏着一个秘密，不过这得找到她再说，或许，正是她这次的消失与暗能也有联系。

现在，瓦尼虽然已死，但这应该还不是他本体。初雪失踪、新人类里的改造人和雄狮军团都被瓦尼控制，并且也撤离了中央广场，那些被控制的人只有改造人就算了，连百万人数的雄狮军团都被控制，我甚至无法想象接下来会再发生什么。

瓦尼所谓的"游戏"已经开始，如果我能在两日后之前，将被控制的这些大军唤醒，那么危机就解除了。但想要两天内完成谈何容易？

一跃而下，离开悬空台，我找到了一处隐秘的角落，坐下，打开通信器，上面排列着密密麻麻的消息，有郑强、初旭、慕斯甚至是政府专线的……

我决定先与初雪联系。不通，我微微皱眉，没时间多想，接着与慕斯联系。慕斯一直身处雄狮军团，本以为她找出那么多暗子，就可避免雄狮军团受到恶魔血感染，没想到最后，还是被瓦尼得逞了，其间究竟发生了什么？……

正想着，通信器接通，然而等来的却是一道让我有点耳熟的陌生男声："你是谁？"

第二百六十八章　准备

男人语气冰冷，说话间还带着一丝急促和慌乱。我忽然脑海中闪过一个名字，想必就是他了。我开口道："我们以前还见过面，你忘了吗？盾兵部队队长郭仪。"

对方停顿片刻后有些不可置信地试探道："你是……零王？"

我承认道："是我，你现在那里是什么情况？为什么慕斯的通信器在你手上？"

对方沉默数秒，语气低沉道："这要从一天前讲起。慕斯她现在和我在一起，受了重伤，但暂时安全，不过我这里不是说话的地方，等会儿再聊。"

对方语气一变继续道："零王，这次事件如果处理不好，会给所有人带来不可估量的打击。我希望零王你能再向人类伸出援助之手，我愿意肝胆相报。"

我认真道："放心，我不会眼睁睁看着瓦尼得逞，我会出手的。"

郭仪感激了一番，挂断通信。不久后他用消息发来昨日发生的事，我也了解到雄狮军团叛变的前因后果。

准确来说，雄狮军团是被控制的，每个人都被下入了恶魔血。

一天前的晚上，雄狮军团已经行进到第一大区的边境。按理来说，应该很快就要进入大区，但军团长亚朗下令所有将士原地整顿，明日再进入大区。

军团长亚朗将百万将士带到预先由瓦尼准备的临时休息军营场地，待所有雄狮军团的人都进入后，亚朗还想让同行的盾兵部队也加入，但被盾兵总队长筌回绝了。亚朗没说什么。在夜里所有士兵都入睡时，雄狮军团营帐方向郭仪和一众盾兵都听到一阵细碎的声响。盾兵总队长筌以为有什么事，于是带着郭仪以及少数队长们前去查看，结果却是让他们大吃一惊。

郭仪看到营地里所有的士兵都走出帐篷，并且全都像失了魂般游荡，最诡异的是他们的眼睛都时不时会泛起绿光。筌意识到不对劲想走已经晚了。亚朗将去路拦下，并声称要将所有人进化。筌知道留下来也会变成行尸走肉，于是带领队长们反抗，拼死一搏下只有离外面最近的郭仪逃了出来。

不远处另一个营地内的盾兵们发现不对劲时也惨遭毒手，几乎所有盾兵都在那晚战死，或被强行灌入恶魔血，数万基因改造的盾兵在雄狮军团的围捕下没有丝毫反抗之力，只有寥寥数人幸存下来。而郭仪和慕斯能活下来是因为他们体内的超级血清和毅力让他们在濒死之际撑了下来……

郭仪猜测这一切一定是亚朗做的，除了他没人能够在短短一夜间做到这样。也就是说亚朗其实是瓦尼埋下的暗子，而这颗暗子不光最强，也最不容易引起怀疑。

我看了郭仪的分析后觉得亚朗嫌疑确实最大。不过瓦尼是怎么确保在行军途中将亚朗感染成暗子的呢？要知道暗子总数绝对不可能太多，偏偏身为军团最重要人物的亚朗却被感染……

虽说整件事情还有疑点，但现在最重要的是阻止这些感染者去人类居民区，不然到时候就真的晚了。

来不及为盾兵部队的遭遇叹息，当务之急是找到雄狮军团的行踪，然后将他们拦下，阻止他们渗入普通人类，百万人之多的雄狮军团行动起来必然声势浩大，找起来应该不难，只是还有一件事……

我随后联系了被我保护、隐藏着的政府专线。通信器接起，落秋的声音传来："零王，请你务必要救救……"

还是一套俗套的说辞，与之前郭仪所说大致相同，不过听起来更加大义。我打断了落秋："没时间多说了，告诉我，你现在在其他大区里还能说得上话吧。"

落秋连忙道："可以是可以，但和以前也会有区别。"

我微微皱眉："给我一天时间就好，帮我联通全球直播，我要让人类看到未来的希望。"

落秋咳嗽了两声道："直播是没问题的，我会派专业飞艇协助你直播，我帮你争取一天时间。你可以做你任何想做的事，有什么困难尽管告诉我。"

我也不含糊地答应下来，毕竟现在的危急时刻，不是单凭我一个人的力量就能解决了的，其余人类一定也会想方设法用各自的办法渡过危机。

从瓦尼所谓的游戏开始后，或许无数普通人会想用我的命来买他们的安全。我在找雄狮军团的行踪，而无数人会想要得到我的行踪。如果人们先发现了我的行踪，虽然不能把我怎么样，但对我的行动也会受到困扰。不如我直接先找到雄狮军团后，主动暴露自己位置，并在全体人类的注意下，将雄狮军团带来的恐惧消除。

至于如何解决被恶魔血控制了的雄狮军团，肯定不能直接使用暴力，我想到了李博士研制出来的解药。这种解药制作难度不小，但复制的话普通人应该也能完成。

想着我将想法告诉了落秋，并让他想办法尽快生产出一百万支解药，这样雄狮就军团就有救了。落秋马上答应下来。

接着，我通信联系了革命军，告诉他们需要监督保证政府生产的恶魔血血清解药的安全，并在制作好后送来。

安排完这一切后，我开始想如何找到雄狮军团现在的位置。

忽然，我想到瓦尼曾说两日后就可以对全体人类展开报复，说明最晚雄狮军团两日前就能到达其他大区，而雄狮军团人数众多，一般的行军方式和路线显然不能满足这个要求，想要做到这点，他们必须走最快的路线——塞城。

我立刻启程向着雄狮军团的必经之路塞城出发。一路风驰电掣，我的机身都不断冒着火花。不一会儿，我来到了这个人类世界最大的交通枢纽站——塞城。

我的速度远超雄狮军团整体的速度，所以我先来到了塞城。这里即将成为我和雄狮军团发生冲突的地方，而由于先前瓦尼的恐吓和威胁，位于第一大区包括塞城的人类居民几乎都朝其他大区跑了出去，现在这里已经变成一座空城，所以我也不必担心有人会被误伤，只需要安心等待雄狮军团的到来即可……

第二百六十九章　迎上

宽阔的街道上找不到一人，只有偶尔街边商铺窗户被风吹动，不断开合发出撞击声，成为这个城市遗留下来为数不多的声音。

身为交通要塞，这里比普通城市大得多，完全能容纳上千万人的人口。尽管路途中并未看到雄狮军团的踪影，但我现在所在的城区位置是从第一大区到塞城后的第一站，也就是说，他们必定会经过这里。

不多时，通信器震动，接起，来人还是落秋："零王，你有什么计划一定要快点执行，雄狮军团应该很快就要穿越到其他大区了。"

落秋声音急促，与平常的沉稳截然不同。我开口道："是发生了什么吗？"

"我收到其他十五个大区总长的来电，新人类联盟在各个大区里隐藏的改造人全部出现了。这些改造人专挑人多的地方闹事，大区所属的军队已经出动开始镇压，应该很快就能平息，不过我要告诉你的是……"

落秋语气变得低沉："你接下来可能必须靠自己先拖住雄狮军团，其他军区暂时抽调不出兵力来协助你，希望零王你能理解。我只能派出侦察飞艇来协助你找到雄狮军团的位置，还有你所需要的直播。"

我听罢说道："没关系，我本来也没打算让别人支援。"

落秋有些惊讶："你一开始就打算独自对抗雄狮军团吗？"

我平静道："雄狮军团号称战无不胜之军，我想领教领教。"

落秋沉默了一会儿，语重心长道："我知道人类有愧于你，你也不必太过有压力。在保证自己安全的前提下，再考虑雄狮军团。如果有必要，你可以将他们消灭。"

我没再言语，虽然残酷，但落秋说得没错。就在这支正义之师开始攻击人类，屠灭盾兵部队的那一刻，它就已经在背叛人类。

我独自站在空旷的街道中央，天气不知何时变得阴沉，大片云雾笼罩，不见天日，仿佛是上天为即将发生的战斗准备的天然战场。

不久，我忽然听到阵阵细微的气流声，远处云雾缭绕，电闪雷鸣，身后的方向有处黑点在快速放大，那是政府派来的侦察飞艇，十多艘飞艇在天空不断盘旋。我隔空与之交流道："你们最好离我再远一点，待会儿的波及范围会很大。"

飞艇上的人员听到了我的话，连忙向远方退去，直到一定范围的时候停下。

又过了一会儿，我想着难道是自己判断错了，雄狮军团可能会不会路过这里时，空中，一片黑压压的影子从天际尽头飞来，速度极快，一时间将整片天空都覆盖。

地面也随之传来震动，伴随明显的有规律的震动，远处无数辆装甲战车驶来，无边无际，瞬间将大地染成绿色。

面对眼前洪流般汹涌而来的雄狮军团，我渺小得完全可以忽略不计。那些战车哪怕直接从我身上开过也不会引起丝毫注意。

我微微皱眉，这种时刻不敢托大，运转机身，向前一步踏出，脚下一片深邃无比的黑暗向四处蔓延，如同一滴墨滴在水里，迅速向地面方圆数公里覆盖。

极致的黑暗形成一片黑暗地带，冒着缕缕黑气，看一眼就仿佛会将人拉入深渊。

此刻，无论是天上还是地下，前排所有的士兵都注意到了这黑洞般的存在。他们的行军速度放慢了一瞬，但紧接着又继续行进。

我见状直接朝前方传音："停下，你们的对手是我。想要过去，就先过我这关。"

我的话语听起来豪情万丈，事实上，也确实吸引了他们的注意，因为下一刻，那些装甲战车和空中的作战机纷纷朝我的方向攻击，无数炮弹如同雨幕落下，铺天盖地。

脚下一踏，方圆几里的黑暗魔术般在地面翻滚着卷起，将我包裹，形成一层绝对的护罩。

炮弹落下，像是拳头打中了棉花，刹那间，便融入了暗能之内，没了踪影。也有不少炮弹没有被吞噬，直接在黑色护盾的表面炸开，发出阵阵爆炸。

一轮攻击过后，雄狮军团停下了攻击，待烟雾散去，他们发现我所建起的暗能护罩还坚强地支撑着。

很快，一道洪亮而富有威严的声音响起："是你，零！"

声音中夹杂着一股怒火。我镇定道："别来无恙，雄狮军团长亚朗。"

亚朗火气冲天道："你为什么要来阻止我？"

我沉声道："你过去了，所有人就不安全了。还有，我有个问题想问你，你现在是在保持着清醒的自我意识吗？"

亚朗："啊？"

我解释道："其他士兵应该不是自愿想要攻击人类的，他们连基本的自我意识都没有，只有你还能和我这样说话，说明你是具有意识的，但我想知道现在你身体里的意识还是你的吗？"

亚朗接道："哈哈哈哈！可笑，这是什么鬼话，我的身体里不是我的意识还能是别人的吗？还有，你给我让开，人类内部的事轮不到你一个机人来插手。"

我扫过前方的雄狮军团，想找出亚朗具体的位置。据我猜测，亚朗控制着整个军团，如果将亚朗击败，雄狮军团恐怕暂时就会失去控制，停下入侵其他大区。

我严肃道："这件事我管定了。我很好奇如果你真的没被控制的话为什么会为瓦尼卖命，甚至协助他毁灭人类，你还是人吗？"

亚朗听后似乎并不生气："人类，人有什么好当的，这羸弱的血肉之躯如何配得上我！时代变了，只有机人才是王道。变成机人后，我比人类活得更久，变得更强，何乐而不为呢？哈哈哈哈！"

我微微皱眉："你变成了机人？"

"没错，机人才是归宿。宇宙万物都在进化，碳基生命的尽头就是硅基生命，所有的人类都会被淘汰，最终留下比他们更强的机人。我的做法无非就是将这个进程加快。只有最勇敢并忠诚强大的人类才有进化成机人的资格，其余人类不过是在为蓝星制造负担。我必须将他们清洗。我在带领人类走向一条新的光明大道。"

我心说亚朗不愧能成为军团长，这嘴皮子还是练过的，就是脑子应该不太好使了。我一边与他对话，一边不停地寻找着亚朗的具体位置。亚朗见我沉默，继续说道："给你三秒让开，就算你是零也挡不住我的大军。"

"3！"

"2！"

还没等他说完，我看向无数战车中一辆并不起眼的军绿色装甲车，当即释放念力并向空中抓去："找到你了……"

第二百七十章　选择

无形的力量转瞬即至，将亚朗声音所在位置的装甲车悬空飞起，同时，无数子弹袭来，

"暗之盾印！"

我抬手双掌，黑色物质浮现虚空，迅速凝结成型，一面巨大盾印横挡在我面前。

"轰轰轰！"

炮弹击打在盾印之上，没入，消失，如同石沉大海，无数炮火接连攻击，盾印依然屹立。

忽然某一刻，盾印像是承受不住压力，开始轻微晃动，上面产生的黑色雾气不断挥发，漆黑的盾印此刻变得虚幻起来，我能感觉得到，盾印正在快速崩塌。

我看向空中，心念一动，一直悬浮空中的装甲战车如同玩具般，厚重的车门弯曲变形，随后直接被甩飞。一道人影从车内被我用念力拉出，定睛看去，一身红黑战服，与其他普通士兵并无二异，显然，这并不是雄狮军团团长亚朗。

"哈哈哈哈哈！"

"你太天真了，零，以为这样就能将我抓住吗？如果我不告诉你，你永远也不可能找得到我。"

亚朗的声音宛如魔音，自四面八方传来。我微微眯眼，继续观察着前方。此刻接连受到攻击的盾印出现大量裂痕，一掌推出，一缕黑色气流附于盾印之上，上面的裂痕消失，复原。

我有的是暗能将军队的攻击化解，刚才故意露出破绽，让亚朗觉得自己能够在这儿打败我，所以拖延时间。

"我看你还能坚持多久？"亚朗的话音落下，更加猛烈的攻击随即袭来。连绵不断的攻击使得我面前的地面早已消失，形成无数坑坑洼洼的炮洞，大地开裂，火药的味道弥漫天际。然而，无穷无尽的暗能下，盾印始终在破损—愈合—破损—愈合中循环。

终于，喧杂的声音停了下来，难道亚朗发现了什么吗？我暗道不好。亚朗有些愠怒的声音传来："怎么可能，这么长时间连区区一个人都打不过，一群废物，

直接给我前进！"

说着，无数齿轮的转动声响起，庞大无比的军队此刻再次向我赶来，浩浩荡荡。

我听到上空后方一直直播着的，落秋带来的侦察艇传音道："零王，首席长有令，如果必要可以有伤亡，但必须阻止雄狮军团穿过塞城。"

我微微皱眉，并未理会他。

眼见军队越来越近，我连忙运转机身，体内核心加速转动，一抹绝对至极的黑暗闪出，磅礴的暗能从我体内喷涌，瞬间覆盖全身，形成一副纯黑盔甲，汹涌的暗能继续向外扩散，如同爆炸的波能，短短数秒就形成一条绵延百里的黑色地带，将整个塞城分割成两部分。

"暗道九重！"

我轻声念下，地上的暗能散发出阵阵黑雾。黑雾无风自动，仿佛带着灵性般凌空飘舞，直上九天。接着雾气又自动凝聚形成固态。

不一会儿，一面由暗能凝结而成的超巨型屏障横立，贯穿塞城，望不到边际的黑暗横卧，仿佛取代了天空，形成一片不可逾越的高墙，光是看着，就给人带来一种巨大的冲击感。而它本身，一般的装甲战车等陆地工具根本无法跨越。

对面，雄狮军团再次停下，猛烈的炮火声不断响起，所有的攻击皆打击在暗能屏障上，然而横跨整个城市的屏障此刻无比坚固，各种攻击手段在超巨型的屏障面前都显得微不足道。

以我现在所掌握的暗能，形成一面屏障可以说不在话下，如果需要，我甚至还能将多个雄狮军团围住。尽管这些炮弹会消耗暗能屏障，但暗能的总量绝对能撑到他们先打光弹药。

一会儿后，攻击停止。亚朗的语气明显变得急躁："零，你敢不敢不用暗能作弊？"

我不慌不忙道："那你敢不敢站出来，和我单挑？我答应你不动用任何超能。"

亚朗："……"

亚朗的声音传来："零，既然你这么坚持保护人类，我就让你看看你保护不到的地方！"

天空，暗能屏障之上，一幅巨大的虚拟投影出现。

画面上，一座繁华的城市中心，高楼林立，街上各处都围满了人，人们的目光都集中在一处。

我一眼就认出，这座城市我曾经来过，并且印象颇深，这是——东城。

"这些人正在看你我之间的战斗。零，你猜猜看，如果我和他们说，只要你愿意打开屏障，这座城市所有的人就会因此活下来，你说他们有多少人会希望你打开？"

我冷冷道："你对这里做了什么？"

"我只是安插了个小小的炸药罢了。放我走，炸药就不会爆炸；拦着我，你就只能眼睁睁看着他们灰飞烟灭。"

"你威胁我？"

亚朗开口道："算不上威胁，这只是场交易。你想想看，我就算到了其他大区，暂时也不会动手，起码这些人还活着，而如果我走不了的话，就……"

我皱眉道："你试试看。"

我自然不能放任雄狮军团过去，但亚朗的话让我有些担忧，不过只是瞬间，我的担忧就减少很多。因为东城里住着暗灵之王奥斯本的人类妻子赡台，而赡台现在则养着一只宠物猫——小花。

说是宠物猫，其实是一只披着人畜无害外表的吞天巨兽。我曾经看过它能够吞吐暗能，说它是世界第一猫也不为过，最关键的一点是，它能分辨善恶，在夜里惩凶除恶，杀死那些犯下滔天罪行的恶人。尽管我后来警告过它，让它以后改掉这个毛病，但以它的性格，也不知会不会听我的话。

此刻，我第一次希望自己的话没有被听进去。如果它能将安置炸弹的人找出，那么那个炸弹很可能也会被找到，这样东城的威胁也就不用担心了。

我决定赌上一把：小花，这次要靠你了。

我大声道："我不会让你过去的。"

亚朗不再言语，只是投影上东城的人类发生了变化，那些人肉眼可见地慌乱许多，推挤、摔到，情况变得越发混乱，再这样下去用不了多久炸弹没炸，人就先被吓坏了。

我也暗暗为东城捏了把汗，心说：小花你千万不要听我的。

过了漫长了十几秒后，我看到，一声不大的爆炸声响起，街边的一座大楼里泛起火光，紧接着，又一声震耳欲聋的声音从楼里传来……

第二百七十一章　冲过去

随着又一声惊雷般的响动，耀眼的火光冲破大楼，爆炸产生的火蛇在楼层间穿梭，无数窗户齐齐碎裂，残垣断瓦坠落，人群中传来惊恐的叫喊。

大楼上层已经被爆炸炸得粉碎，只有几根被熏得焦黑的承重柱苦苦支撑，浓烈的黑烟升起，将湛蓝的天空染出一片灰色。这栋数百米高的庞然大物一时间变得摇摇欲坠。

我微微皱眉，内心也无法继续保持平静。可是现在也无法立即赶到，只能看着东城陷入混乱。

一座城市的人口超过数百万，如果非要让我做出选择的话……

我死死盯天上的投影，现在不能再增添伤亡了，落秋的话是对的。

此刻大楼上层已经被炸毁，火势迅速向下蔓延，但奇怪的是，只有一栋大楼发生了爆炸，而附近的其他建筑并未出现什么异常，难道说……

数架飞艇降临大楼上空，来自政府的支援，一股股水流和各种灭火材料泼散而下，试图扑灭燃烧着的烈火，然而在远处看来这就像杯水车薪，无法起到什么作用。

正在我观察时，忽然注意到一道黑影出现在爆炸附近的另一栋大厦楼顶，之所以能看到，是因为那个黑影比较特殊，因为那不是人影，而是一道看起来像是老虎的凶兽的身影——小花。

小花此刻已经变身成凶兽形态。双目盯着对面持续燃烧的熊熊烈火，随后张嘴，只见上一秒还在肆意蔓延的烈火瞬间像蔫了般，火势肉眼可见地变小，最终消失，而整个过程只用了不到数十秒。

我想到小花或许有解决火灾的能力，却没承想它竟然如此轻而易举地解决了，并且看起来还有些……享受。

小花像是吃了顿大餐般心满意足地离开。这场危机也随着大楼最后一点火苗的熄灭而解除。

街道上的人群有的人也注意到烈火已经消失，停下了匆忙逃跑的脚步；大多数人还忙着逃跑，连身后的大楼也没回头看，更不用说看到小花。

我就像那些幸免于难的人们一般，不由得也呼出口气。

想必这座城市其他地方之所以安然无恙，或许是因为小花提前就将其余大部分炸药找出，不然对城市造成的打击远不止于此。

我心里一边感谢着这只能够吞吐能量的机械猫，一边想着，小花如此生猛，或许它不只我想的那般简单，它的背后还隐藏着什么不为人知的秘密？……

"可恶！"

一声怒吼打断了我的思绪，亚朗的声音再无之前的淡定："怎么会这样？我明明都设计好了，零，是你逼我的！"

亚朗奋力嘶吼着，声音贯彻云霄："全军听令，所有将士全速前进，不惜代价，冲出塞城！"

话音刚落，无数战车轰鸣声交错响起，地面震动，天空上，飞艇战机覆盖天际，横压而来。

走在最前面的战车此刻已经逼近暗能屏障，再往前，就要直接撞上。

我暗道不妙，暗能屏障坚不可摧，装甲战车撞上之后只有一种情况，那就是像之前的炮弹般，直接被暗能泯灭。

亚朗这种方法无疑是在拿雄师军团百万士兵的生命打赌。他想测试我是眼睁睁看着雄狮军团倒下，还是放雄狮军团通过。

这应该是他最后的一招——同归于尽！

无数士兵驾驶着战车飞驶，泛起滚滚烟尘，明明马上就要撞上暗能屏障，他们的眼中却都无丝毫畏惧，宛如傀儡，机械地听从着命令。

我紧握双拳，面对即将冲撞上来的无数士兵，我不得不马上做出选择：究竟是听落秋的建议，让这些士兵不明不白死在这里，还是放大军过去，任由他们进入其他大区？

数秒后，我抬起头，看着大军已经到达屏障之下，我深吸口气："你们不能过去。"

就在战车快撞上屏障时，我的机身核心处忽然猛烈跳动了一番，很快平静。

我并未理会，死死盯着屏障。

预料当中的血腥场面并没有发生，只见战车之上，炮台发射出一股股白色光束，光束击打在屏障表面，原本不可撼动的屏障竟然在光束不断的轰击下快速消融，最终随着白烟升起，坚不可摧的巨型屏障被轰开一道道缺口。这些缺口很快遍布屏障下端，而战车也趁机从缺口处飞速穿过。

显然，这些光束不是其他，而是以原力作为基础形成的一种攻击方式。这种白光相比其他武器，所产生的能量冲击要大许多。最关键的是，因为暗能与原力相互克制，这种武器对暗能屏障有奇效！

没想到雄狮军团里还有这种装备，之前迟迟没有用出，这种原力激光应该是军团的底牌了。

飞驶的战车直接从我身边呼啸而过，越来越多的士兵争先穿过屏障，越过我设立起来的最坚固的防线。

身后，一直躲在一旁记录的政府飞艇向我传音："零王，首席长有令，请直接将雄狮军团在此抹除，阻止他们进入超光通道。"

超光通道是为了方便各个大区来往，建立起的一种高速通道。通过通道，可以以最快的速度到达其他大区，相比飞艇飞机等工具都要快许多。

我紧皱眉头，掌间，一团无比恐怖的黑色能量汇聚。

"真的只能这样吗？"

抬手，就在暗能光团彻底凝聚完成，即将打出时，一股莫名的心悸传遍全身，就像是心脏被人突然死死攥住，那是一种无法言语的窒息。

用机人的话来讲，就是机身核心突然停止转动，感觉下一刻就要被人捏爆。

这是一种濒临死亡的感觉，怎么可能？

我再也承受不了这种压抑，直接躺倒在地。

我内心此刻无比震惊，怎么会这样？前一秒我想用暗能将这些已经被控制的士兵消灭，没想到下一刻就有种面临死亡的感觉，为什么会这样？！

我想不明白这其中的原因，只感觉如果我刚才攻击消灭那些雄狮军团里的士兵，自己很可能真的会死！

看着地上无数士兵战车从我身旁经过，我变得有点恍惚，直到有人直接踩过我的机身，我才清醒过来。

我挣扎着站起身来，心悸感已经消失，没时间去想为什么会出现那种感觉，目光扫过远方，眼见雄狮军团即将跨入超光通道，我忽然又心生一计……

第二百七十二章　心识领域

说是一计，更准确的来说是一个尝试，一种大胆的猜测。

说做就做，随手一翻，拿出一管黏稠的墨绿色试剂，内部，许多不明絮状物静静漂浮于液体中。这赫然是一管恶魔血试剂，之前从方永实验基地里我取走了几瓶，现在正好能够用到。

为了能够有更大概率成功，我先将机身切换到拟人形态，感受着自己和正常人无二的强力跳动着的心脏。我呼出一口气，远处，此刻已经有雄狮军团的士兵登上超光通道。

我毫不犹豫将一管恶魔血试剂一饮而尽。

几乎是瞬间，机体，准确的来说是身体就有了强烈的反应，一种炽热灼烧伴随着阵阵眩晕感传来。这时，我已经与雄狮军团无数被控制的士兵产生了一种奇妙的感应，紧接着一瞬间，自己的身体变得陌生，仿佛新换的身体。

我心说，还不够，又一剂恶魔血饮下，眩晕感增强，天旋地转。我努力让自己保持清醒，因为我知道，如果真的晕过去了，很可能就会被直接控制住。

很快，强烈的眩晕感消失，眼前的景象如同电影般切换，下一瞬，我站在了一望无际的旷野之上，脚下是黑色的土地，抬头，天空与现实中的天完全不同，这里竟然呈现出一种诡异的绿色，如同极光般照射大地。

我的脑海自动浮现几个字，心灵——意识界——心识领域。

不远处，无数人晃动着身体，一步一步僵硬地走着，定睛看去，那些人正是被控制住的雄狮军团士兵。此刻他们身上，都被天空无处不在的绿光照射，就连体表的铠甲也反射出星星绿光。

我知道自己猜对了。这些被控制的士兵意识被屏蔽，封锁在这里，而摄入恶魔血则能够进入这方领域。

雄狮军团的最前方，一个绿袍人屹立上空，静静看着雄狮军团前进。

等我看清绿袍人的样貌时，我心里顿时一惊，灰发白面，五官硬朗，双目如炬，那人正是我之前千方百计也无法找到的雄狮军团团长——亚朗。

我与他四目相对。此刻，惊讶的不只是我，亚朗脸上也露出一丝不可置信的表情。显然，他也没想到能在这儿看到我。

他脸上的惊慌很快恢复，随后二话不说，他直接一指向我点出，我连忙下意识想用暗能抵挡，然而奇怪的是，此刻我体内的暗能已经消失，原力也是，就像从来都没有出现过一般，毫无踪迹。

亚朗指向我后，并没有什么其他反应。忽然，天空云雾涌动，翻滚，一道绿光从上空洒下，直接照到我的身上。

霎时，一股异样的感觉传遍全身，我的心灵瞬间变得平静下来，接着越来越压抑，只感觉心跳声越来越慢，整个人都处于一种昏沉的状态中。

我费力抬眼，朝亚朗看去。这一刻，我已经明白了脑海中那几个字的含义。

"心灵——意识界——心识领域。"

这是一个不存在于现实的世界，但它却能通过人的心理情绪影响现实。刚才的绿光就是代表消沉和平静的颜色，我甚至还多次通过心灵感应打出过这种情绪，没想到有一天自己会被这种情绪干扰。

我已经醒悟，这招能够用心灵感应做出反击，心念一动，心灵感应实质化，一道七色彩带如细流般缓缓出现，环绕周身，于周身形成一圈透明七彩护罩，如同一个彩色气泡，虽然看起来轻薄，却抵挡住了绿色光芒的侵蚀。那股擎天之上的绿光照射下来，被彩色气泡格挡在外。我的心跳渐渐恢复正常，内心也不再受影响。

虽然我能阻隔绿光对我的影响，但此行的目标是将被控制的雄狮军团解放。现在来看，天空被诡异的绿色取代，就算我能将所有士兵的心灵都唤醒，天空的绿光也会再次照射到他们身上，将他们重新控制。

所以我打算将目光转移到控制他们的亚朗身上。亚朗之所以能不受绿光影响，应该与他身上披着的那件绿袍脱不了干系。如果能将他身上那件绿袍拿下来就好了。

我一跃而起，想要抓住亚朗。他则看上去气定神闲，没有一丝慌张。就在我快接近亚朗时，一道绿色光芒忽然从下方人群中射出，我反应不及，直接被打中，环绕体表的彩色气泡震动，出现无数道玻璃碎裂般裂痕。我不得不先飞落下来，停下脚步。

刚才从地面射出的绿光虽然与漫天的绿色属性相同，但给我的感觉却不一样，因为那抹绿光更为霸道，竟给我带来一种淡淡的威胁。

想着，前方雄狮军团当中。走出一道人影，准确来说，是一个机人的身影。

只见其通体绿色，身上的金属质感十分明显，机身缠绕着复杂的花纹，就连眼瞳中也泛着绿光。可以说，这就是个绿人。

我盯着眼前的机人，一时间，忽然想到什么，我试探道："你是谁？"

绿色机人并未开口，只是静静地看着我，神色无波。接着抬手，一指点出，这次飞来的并不是一道绿光，而是一个光点。光点带着一种柔和的气息，甚至我有种想要主动迎接它的冲动。

很快，光点直接穿过彩色气泡，没入我的身体，最终附着在心脏处。

感受着心脏处的光点，一行字出现在我脑海中：

"心灵之力——沉沦"

我微微有些惊讶，自己面对这绿色光点竟然根本不想反抗。

这绿光对应的心灵感应作用就是沉沦吗？可是我自身的绿色心灵感应光芒，作用并不是沉沦，而是——平静。

我的心灵感应之力分化出的绿色光芒代表着平静和消沉，而现在绿色机人的力量代表着沉沦，很显然，他对心灵感应掌握的层次在我之上。

这里是心识领域，如果他要对我不利，我未必能挡得住他。况且他刚才能直接让绿色光点进入我体内，说明他想要对我做什么，我恐怕真的挡不住。

我警惕地看着眼前的绿色机人，他的行为与雄狮军团全然不同，他有自己的想法，并且我观察到，在他体表有一层微弱的光晕，将漫天照射在其机身上的绿光阻隔。很明显，他并未被这漫天的绿芒所影响。

天空之上，绿色光芒退去，亚朗的身影变得虚幻起来。前方雄狮军团的士兵也是如此，难道……

我猜测心识领域的效果只能维持在一定范围内，现在亚朗他们已经进入超光通道，并快速远离塞城，所以我与这个领域的联系正在快速断开。

我现在面前还站着绿色机人拦住我的去路，使我无法行动。我盯着天空中亚朗变得更加模糊的身影。

没时间了。

忽然，绿色机人并未开口，但我清晰地听到一句令我意想不到的话从他机体传出……

第二百七十三章　游殇

"终于见面了，王的继承者，零。"

我微微一振，绿色机人的声音再度传来："身为王的继承者，你将会面临着前所未有的挑战，希望你能继承王座的意志，再挑大梁，完成王座未完成的夙愿。"

我有些不敢相信地看着绿色机人。他一番话里的信息表达了很多，其中他所谓的王想必就是暗灵之王——奥斯本。而他的真实身份变得很明显了……

我定睛与之对视："你是，暗七将之一吧。"

绿色机人微微颔首。他接着说道："你是王的继承者，吾理应也称你一声零王，然你现在还未真正了解这世事，尚且懵懂。如果下次，你我能于界上相遇时，吾愿追随你的步伐，拥你为王。"

话毕，绿色机人的身形与雄狮军团一样，都开始消散起来。他转过身去，面朝雄狮军团，声音带着一丝决绝："之前对你攻击，是吾的考验，你通过了。现在就让吾帮你一把，就算是对你的见面礼了。"

话音刚落，一道耀眼的绿芒射出，直接将远处的亚朗，连带着他身上的绿袍洞穿，一声嘶吼声传来："啊啊啊啊啊啊！该死，你竟然来杀我，我即便是死，也要让瓦尼大人知道你的所作所为。"

"呃啊！"

远处的亚朗如同气球般炸开，但没有发出任何声音，一道光芒从亚朗体内飞出，以极快的速度遁逃而去。

天空，绿芒已经彻底消散，露出一片七彩的天。数种色彩不断交织变化，如云雾般翻涌，散发着淡淡柔和的光芒。

绿色机人的身形，连同整个心识领域都快速消散。我看着绿色机人的背影，问道："还不知道前辈的名字？"

绿色机人缓缓回头，在心识领域崩塌、他的身影彻底消散之前，开口道："吾名游殇。"

下一刻，心识领域彻底溃散，化为点点微光。

视野倒转，回到现实，我依然站在原地，远处，还能看到雄狮军团的身影，以及亚朗。

他们此刻都像睡着了般停在原地，一动不动。我知道他们暂时不会醒来，所以不必太过担心。我只要耐心等待恶魔血解药到来就好。

如今亚朗被游殇击败，雄狮军团没有了亚朗的控制，暂时停下行动，但是他们体内的恶魔血还未清除。如果士兵体内长期含有恶魔血，他们的性命也许会受到影响。

我再与落秋联系，确认恶魔血解药的制作进程后，又后续嘱咐了初旭运送解药的事宜。

等安排好这些后，我又尝试着与初雪联系，可惜并未收到回应。或许，她有不得不离开的理由吧。

接下来便是两日的等待，直到两日后的一天，飞机的轰鸣声打破了这里的宁静。

在数架运输机的帮助下，成功带来了百万支解药，雄狮军团也及时得到了救治。

不久，负责运输的革命军大将李武到来："参见统帅。"

我摆了摆手："干得不错，李武，你已有大将风范了，这么短时间内就完成了任务。"

李武拱手弯腰："谢统帅肯定，这是属下的职责。"

"李武，我和统帅有事要谈，你先回避一下。"

闻声看去，一道人影接近，来人眉眼清新隽丽，长发飘飘，一瞬之间，与初雪的身影几乎重合在一起，却又所有不同。我看着来人："初旭，好久不见。"

"零王！"初旭作为老牌三大将之首，在我不在时实则担任着革命军首领的角色，一般都坐镇革命军本部，就是这次运输行动，也不是由初旭直接指挥的，而初旭的突然出现，让我感到有些意外。

我开口道："有何事可直说。"

初旭并未迟疑，直接说道："我军大营遭遇了新人类袭击。"

我微微皱眉。初旭接着道："准确来说，是十万新人类大军。他们将我军大营包围，我军大营剩余人数不足与新人类抗衡，本以为新人类会将我方击溃，关键时刻，我的姐姐，她来了。

"她以绝对强势的力量将那十万新人类斩杀过半，剩下的人落荒而逃，我们的大营和驻守的革命军保住了。"

我急忙道："那她人呢？"

初旭神情变得低落："她消失了，她在离开前给我留下了一样东西，说是送给你的。"

初旭手掌张开，一枚如同鸡蛋般大小圆滚滚的白球出现，我拿起它，一道电流闪过全身。

我的机体自动接收了一段话：

"零，很抱歉突然离开你，我不在你身边的时候，你要保重。我们身为机人，很多时刻都是身不由己。不知道为什么，我感觉这一切，像是有一股力量在操纵着我们。

"这种感觉你也许还没体会，又或许已经体会到了。我要告诉你的是，你千万不要和它对着干，至少现在不能。

"对了，现在我掌握的暗能又变强了，已经可以将暗能实质化固态了，我现在可是跟你一样厉害了，下次见面要夸夸我。哈哈！

"最后，我留给你一个小小的'想念'，这枚幸运蛋能够在我想你的时候发出提示音，这样你就知道我在想你了，嘻嘻！不错吧。

"勿忘我——初雪。"

我在读过后，机体内果然多出了一个提示音系统。随后，手中白球自动融化、消失。

我愣了愣神，还在想初雪给我留下的消息。初旭开口道："零王，现在我们是否应该趁机一举彻底歼灭新人类？"

我开口道："不急，如今的新人类已经彻底暴露在外。他们大势已去，政府就会将他们处理。我的目标现在是——瓦尼。"

"那我派人去搜寻瓦尼的踪迹。"

我点了点头，初旭退了下去。

……

自雄狮军团事件过去后，人类世界重新恢复了平静。瓦尼彻底销声匿迹。我一边寻找着瓦尼，一边考虑如何应对接下来的人机大战。受游殇和之前天宫之主迦囚的话的影响，我意识到暗七将的重要，同样开始寻找着剩下的暗七将成员，然而并没有找到一人，就连原来的五婆婆珍妮也不见了踪影，直到一个月后的一天，五婆婆主动找上了我……

第二百七十四章　前往

我在新的革命军基地内再次见到了五婆婆，一身碎花衣裙，佝偻着腰，慈眉善目，看起来与邻家和蔼的老奶奶一般。

我先开口道："婆婆，许久不见，近来身体可好？"

五婆婆露出一副微笑："老朽这身子骨已经不是血肉之躯，习惯后，现在反而轻松了不少，没有那么多病痛，可以说，我比现在所有人都硬朗了。"

我知道五婆婆是在自嘲，说道："婆婆，你如果遇到身体上的不适或者什么问题，可以与我或者革命军联系，军中有专业的机人护理，你可以把这里当作你的第二个家。"

五婆婆笑道："零王，你的好意老身明白。我曾经也说过，会报答救出我的人，我最大的恩人就是零王你。之前一段时间，我一直在各地寻找曾经的老战友，希望能够联系到他们。现在，虽然没有完全找到，但也有几个人选。这些人应该可以为零王你的大业带来帮助。"

这样来说，五婆婆之前失踪了一段时间是在帮我寻找能够帮助我的盟友。我开口道："婆婆，不管怎么说，谢谢你。"

五婆婆站起："零王，事不宜迟，我们不如现在出发，我带你去找他们，他们当中有的人有一点小脾气，再加上常年的隐居，变得几乎不与人打交道，但他们的实力你放心，只要你肯亲自开口，他们就算再怎么样也会给零王你面子的。"

我听闻也来了兴趣，虽然五婆婆表现得有些着急，但我并没有质疑什么。本来我打算把这种事直接交给手下去做，不过五婆婆这么一说，反倒让我觉得这几个人或许真的是不可多得的人才，所以我稍微费一番工夫也未尝不可。

我也起身道："好，那我们出发，有劳婆婆为我带路。"

说话间，我与五婆婆便乘坐飞艇踏上寻找她所谓的战友之路。一路上，我询问了五婆婆关于那些战友的信息。五婆婆知无不答，回答得很详细。我对那些人多了一分好感。

原来，他们与五婆婆同属暗灵之王的臣下，那些人所在的队伍被称为——暗灵军。

暗灵军是暗灵之王最为核心的一支军队，各个都能独当一面，一百年前，那个机人觉醒的年代，在战斗中屡创佳绩，为暗灵之王的事业立下汗马功劳，可以说，他们是暗灵之王麾下最锋利的一把刀。

暗灵之王为保护人类而身亡后，他们有的也随同不屈而死，有的则隐姓埋名，隐居于深林。而现在，五婆婆就是在将暗灵军中的人重新召集起来。

在飞行了几小时后，我和五婆婆降落在第七大区的一片偏远地区。这里按照大区领域划分，被称作废土区，已然没有了人类活动的痕迹。

走出飞艇，无数大块黑土散乱四方。这里是穹顶之下，人类探索的边缘，荒无人烟之地，寸草不生。只有穹顶上空的人造太阳定时照射，来给此地带来一点点生气。

我没想到这里竟然还有五婆婆所谓的在暗灵军中的战友，我都不知道她一把年纪是怎样找到这里来的。

我们沿着五婆婆所选的路线走了一会儿后，终于看到远处的一点微光。五婆婆指着远处："那里就到了，你唯一需要亲自来找的人就是他，当年暗灵军公认的最强者——眠。"

我定睛看去，那是一间像是废弃了的大型基地，已经看不出原来是干什么的，无数年的尘土覆盖，这个地方似乎早已被世间遗忘，而我今日的到来重新让其绽放光芒。

走到废弃的基地后，我本能地感觉这里不简单，就连空气中也不再是泥土的味道，而是残存着一种机械化现代科技下的钢铁的气息。

我和五婆婆的脚步声在空旷的基地内部行走着。我一边观察着周围一边问道："婆婆，他现在不在这里吗？"

五婆婆的目光也一直看着四周："他一直在这里，我来叫他。"

说着，五婆婆走到一根粗壮的数人多高的空心管道处，有节奏地敲击着。金属碰撞的声音在这里回响。很快，一个模糊的身影从基地上层出现，灯光照射下，只能看到被灯无限拉长的影子，只听那人说道："你们过来吧。"

我看了看人影的位置，五婆婆点头示意，我拉起五婆婆直接飞上，来到上层。

破败的墙壁下，一盏灯光孤零零地挂在墙上，照亮四周，灯光之下，一个穿着破烂到几乎到处是洞的人出现在走廊尽头，蓬头垢面，看不清容貌。我看着那人的身影，总感觉有点熟悉，像是在哪里见过一样。此刻身旁五婆婆的手忽然抖了起来。

我转身道："婆婆，你怎么了？"

五婆婆颤抖着迈开腿，向前方走去。我意识到不对劲，盯着前方灯光下的身影："你是谁？"

那人语气平淡道："我是眠，只要你能打得过我，我就追随你。"

说话间，五婆婆已经走到眠的面前，深深弯腰行礼："大人，我已经将人带到。"

那人微微点了点头，随后说道："干得不错，现在，你可以转过去和我一起看戏了。"

只见五婆婆一步一步朝我转了过来。我看到，此刻她面无表情，甚至有些冷漠，全然没有之前那副和蔼可亲的模样。

我微微皱眉，开口道："婆婆，这是怎么回事？"

五婆婆并未回答。一旁的眠开口道："零王，看来你还真是容易上当，我原本以为还要费很久才能把你弄到这儿来，没想到一个珍妮就将你哄到这儿了。"

我盯着眼前的男人："你是什么意思？你不是眠，你到底是谁？"

男人大笑起来："我们都打了多少次交道了，你还是认不出我吗？"

我没再说话，心念一动，直接释放心灵感应，无形的世界里，男人的光团十分模糊，就连一旁的五婆婆也是，无法用心灵感应探出他们的底细，看来，他们都很好地隐藏了起来。

这是一个对我了解的强大对手，他知道我有心灵感应，我深吸一口气，再无之前的淡定："你是……"

第二百七十五章　救援

还未等我说完，眠上前一步迈出，面容如同泥蜡般熔化，下一刻，一个熟悉的颇有几分英气的面孔出现，正是瓦尼。

尽管我已经有所猜测，但当他出现的那一刻，我不禁心里有些惊讶。瓦尼目光阴寒地看着我："零，又见面了。"

说着他一步一步向我走来，瓦尼身后的五婆婆此刻闭上双眼，一行泪珠从她脸上滚落。她似乎用尽了很大力气，口中蹦出几个字："快走，离开这。"

我也幡然醒悟，意识到这是瓦尼所设下的一个陷阱，目的就是让五婆婆将我引到此地。

我无视朝我走来的瓦尼，对五婆婆说道："婆婆，其实这不是你的本意，你是身不由己，对吧？"

五婆婆将头渐渐低下，似乎并不想面对这个话题。我继续说道："不管怎样，我会带你回去，等回去再说。"

我盯着离我越来越近的瓦尼："你对她做了什么，你究竟要怎样？"

瓦尼露出一抹玩味的笑容，开口道："放心，不用担心她，我的老朋友，我今天的目标之一是你啊。"

我微微眯眼："正好，我找了你一个月，你一直当缩头乌龟，今天既然主动出来了，就别想跑了，我倒要看看你究竟还有多少能耐。"

说着，五指张开，一道漆黑如墨的散发着惊人能量的光团凝聚。为了保险起见，我决定用自己最为擅长的暗能将瓦尼禁锢起来。

瓦尼见状并无退缩之意，甚至还加速冲了上来。

对面，五婆婆艰难地摇着头，示意我快速离开这里。

光凭瓦尼一人根本无法与我对抗，他这样的，一百个估计也不够我打，但是从瓦尼和五婆婆的表现来看，这里面肯定有猫腻。

我也没时间多想，此刻，瓦尼已经到了我身前。只见他双臂张开，朝我扑来。

我无意躲闪，一掌击出，掌中裹挟着暗能，散发着阵阵骇人气息。

"砰！"

一声爆响，瓦尼的身体直接在我面前炸开，血花四溅，鲜血飞溅地面，甚至是我身上。

剧烈的能量直接将他瞬间泯灭，只留下一摊黏稠的血液与爆炸产生的焦黑。

瓦尼主动与暗能接触导致其瞬间爆亡。

我有些不敢相信地看着面前消失的他，这瓦尼究竟卖的什么关子？

下一瞬，我耳边仿佛传来一阵锁链拉扯声，紧接着，一股难以形容的感觉传遍全身。这种感觉与一个月前我准备攻击雄狮军团时相同，而这一次，更加猛烈，我所感受得也更加真切。

我直接跪倒下去，剧烈的来自机身核心深处的疼痛让我忘记了所有。此刻大脑更是一片空白，甚至险些要失去意识。

没有时间来思考，我本能地释放心灵感应，来缓解这种惊悚感。

心灵感应力对准自身，狠狠打出，七彩之色与自身的心灵光团对撞，强行将那股不适感压下。

空旷的废弃基地内，瓦尼的声音自四面八方传来："珍妮，轮到你了。"

我抬起头，看着五婆婆真的也动了起来，一步、一步……脚步声回响在走廊内。

此刻我因为那种奇异的剧痛，一时无法使用任何能力，甚至连基本的行动也变得困难，只能眼睁睁看着五婆婆走来。我缓缓开口："怎么会……这样？"

瓦尼的声音响起："零，要怪就怪你太容易被骗了。"

我皱紧眉头："五婆婆是什么时候被你控制的，难道你早就布下这一手吗？"

瓦尼的声音回荡："你以为，你从岩岛监狱内救走人的时候，她还是以前的她吗？"

我猛然惊醒，对啊，五婆婆是被我和初雪他们在岩岛中救走的，当时五婆婆全身都被改造。既然他们能够改造，那么控制五婆婆的行动就不足为奇了。

我看着五婆婆已经走到我面前，此刻她的手上多出了一把黑色长刀。

眼前，寒芒一闪，一阵冰冷的感觉传来，长刀划破天际，刺入机身。

从理论上来说，机人只要核心不受损伤，即便机身受了多大的伤害，都没关系。而现在，长刀刺入机体，正插在我核心外围，只要再深一厘米，我的性命就会受到威胁。

我看着眼前的老人，此刻她神色冰冷，像是完全换了个人。但不知为何，她手上的长刀在刺到我核心处时，停了下来。我自认自己没那么好运，却又不知为何会出现现在这副局面，难道五婆婆还没有被完全控制吗？可是她冰冷的眼神却没有丝毫变化。

瓦尼的声音再次响起："珍妮，杀了他，取走暗灵之心。"

眼前，五婆婆就这样静静站着，并没有其他动作。

我心说好机会，于是尝试着挪动机体，然而我的机身此刻变得僵硬无比，几乎无法动弹。

这时，远方出现两抹颜色，照亮天空。

随着颜色越来越近，我看到那竟然是两道人影，正快速移动着赶来。

忽然其中的一道蓝光放大，将整个废弃基地照亮。接着，光芒汇聚，不偏不倚照在我前面的五婆婆身上。

"轰！"

一声爆响，面前发生爆炸，五婆婆身形倒退数步。

两人将身上光芒收敛，来到我面前，我看到其中一人竟然是——破灭，另一人则是我在很久之前吸收暗能时，见到过的蓝条纹机人。

瓦尼声音响起："暗七将，你们终于现身了。"

不远处，被光芒轰开的五婆婆再度冲来，手中，黑刀上仿佛缠绕着一道黑色火焰。

破灭一把将我抓住，表情坚定："零王，我们走。"

接着我被拉起，朝着废弃基地外部跑去。

一旁的蓝条纹机人说道："你们先走，时间不多了，我来断后。"

我看着破灭与蓝条纹机人，心里不免有些感动："谢谢你们……"

身后，五婆婆已经飞至，但被蓝条纹机人抵挡。两人短兵相接，顿时爆发出阵阵金铁交织声。

破灭一边看着远方，一边时不时回头看着蓝条纹机人与五婆婆的战场，神色变换："零王，我们不能在外面暴露太久，容易被发现，而您不同，我们先就此分别，等时机成熟，再来相会。"

说着，破灭眼瞳泛起红光，紧接着浑身都冒出一阵光芒，将我推出，一条红色丝线将我包裹，使我在空中不断前行，而他则朝着另一个方向远去……

第二百七十六章　不对劲

红色丝线仿佛有灵性一般，一路上躲避着沿途障碍，带着我不断远去。

回头望去，废弃基地方向，蓝条纹机人与五婆婆的战斗还未分出胜负。蓝芒在天穹上不断闪烁，隐约间传来阵阵爆鸣。

另一个方向上，破灭已经消失在视野中，不见踪影。

我回忆着他刚才所说的话，

"怕被发现！"

被谁发现，是地上机人帝国特使瓦尼，还是对机人抱有敌意的大多数人类？忽然，我想起李博士在离开奥森沃斯基地前，同样在墙壁上留下的那段话。李博士也在躲避着什么，会不会破灭和李博士躲避的，是同一种人？

目前还没有其他线索，我停下思考，想要活动下手脚，却发现自己机身依然不受控制，像是进入了待机一般。我只好任由红色丝线捆绑着我，带我朝着前方的未知之地前行。

不知过了多久，天色已经漆黑，红色丝线也终于停了下来，或许是到了极限，失去控制般松开我。

"扑通！"

掉落在地后，此刻我发现自己对机身的控制权终于又渐渐回归，只不过我的动作现在如同一个年迈老人，看上去有些迟缓。

我挣扎着站起身，红色丝线散发着淡淡微光，成为周围唯一的光源，接着，丝线猛地朝我蹿来，触碰到我机身的那一刻，如同泡沫般散开，消失。机体自动接收到一段来自破灭的话，还有两个未知坐标。

"零王，我知道您现在可能会有很多疑问，为什么我每次见到您不久就必须离开，还有我们暗七将的身份问题。这些问题不久后您就会知晓答案。其实有时候我也会对自己有很多疑惑，后来我发现，我们的出现并不是偶然，而是一种必然，一种命中注定。

"一百五十多年前，我曾追随伟大的暗灵之王开疆拓土，征战沙场。后暗灵之王为保护人类而死亡，人类也被机人驱赶至地下，我也随人类一起，被迫来到这里。但是，我发现，我的数据里少了近五十年的记忆。这五十年里，一定发生了什么变故，让我不得不将这其间所有记忆清除。然而，失去记忆的人并不只我一个，这是一个庞大的组织，被称作暗盟，而我，则是里面的一员。

"零王，您也看到了那两处坐标，我代表暗盟恳请您将这两处位置的人找到，他们会给你更多的帮助。这对于暗盟以及您接下来的行动至关重要，由衷地感谢您……"

破灭留给我的信息不多，但里面的内容却让人深思：暗盟究竟是什么样的组织？尤其它以暗字命名，不禁让我想到什么，为什么会给我带来帮助？这些人为什么会失去记忆，空白的五十年究竟发生了什么？

此刻，我的脑海里出现无数信息，像是一幅拼图碎片般无序散落着。我努力想把它们整合起来，却因为丢失了一些重要的线索而无法拼接。

那么接下来，顺着破灭的思路，或许会发现些什么。

在我确定了接下来的需要前往的两处位置后，我打算先找一处地方休养，让郑强派灵梦之夜的人前去寻找。然而这时通信器似乎出现了故障，拨打数次后依然不通。就在我准备放弃时，那边主动拨打了过来。

"老大，请问有何吩咐？"

郑强沉稳的声音传来，但我听到他那边似乎还有其他嘈杂的动静。我开口道："强子，你在干吗，怎么这么久才接？"

郑强有些尴尬地笑道："老大，我有点私事，实在不好意思。"

我微微皱眉："下不为例，现在我有任务给你。"

"好的老大，保证完成任务。"

"哐！"

一声清脆的响声传来，我疑惑道："你那边现在在做什么？"

郑强犹豫了数秒："没什么，就是搬点东西，给酒馆里。"

我心说我在这儿吃苦卖力，结果这小子反而在酒馆里逍遥起来，顿时心中有点恼火："停下手中的工作，你现在去给我接两个人过来。"

郑强连声应下，接着我将破灭给我的两个坐标发给郑强。

做完这些，我打起精神，向着不远处亮着灯火的村落走去。途中，我尝试着动用暗能和原力，还有其他能力，结果都以失败告终。

我猜，是因为之前在废弃基地内，那种心悸感带来的后遗症，我能感觉得到，我体内的暗能和原力依然存在，但就像是被"关"起来般，我现在无法调动自身的这些能力了。这种感觉就像是，你明明知道自己是个大力士，但却举不动自己本来能举起的重量。

我感受着体内汹涌的能量，此刻它们好像不再属于我，只是暂时寄存在这里一般。

我仔细回想着，这种心悸感来临的原因，或许搞清楚这个，就能找到解决的办法了。

第一次，我打算用暗能将被控制的雄狮军团拦下，但没成功。第二次，我使用暗能直接将瓦尼分身杀死，机体濒临崩溃，超能消失。

然而这两者之间到底有什么联系呢，或者说有什么相同之处？我想了想，并没有什么好的思路。

此刻我已经走进村庄，眼前，一户人家出现，我将自身切换为拟人形态，进入。

屋舍内摆放着许多人类常会用到的家具器物。方桌上，一碗热汤飘散着香气，然而四下，没有一个人影。这对于人类文明来说，有些反常。此时正值深夜，就算这些人类会外出，房间内也不应该是这副景象。

我微微蹙眉，隐隐觉得有些不对劲。连忙走出，又向其他几户人家看去，结果，出人意料地一致，屋内的场景明明显示着有人居住，但却都空无一人，这……

我微微蹙眉，意识到事情并不简单：如果一户人不在，还可以解释得通，但当这周围所有人都不在的话，那么其中必然有问题。

我沿着村庄的一条土路行走，打算离开此地。两侧，昏黄发暗的路灯歪斜站立着，不远处土路尽头，能看到许多穿着朴素的人围在一起，似乎在看什么热闹。诡异的是，那么多人竟然没有发出一点声音。而那些人不是别人，正是村里消失的村民……

第二百七十七章　变了

眼前的景象不能说是正常，只能用诡异来形容，上百人的村民，半夜之时，围聚在一起。尽管我并非人类，但按照人类的常识，这是不符合常理的。

不过想要离开这里，需要经过前面的道路，并且既然已经看到这些村民，那就顺便打探一番。

想着我向前走去，很快便到围观村民面前。或许是发出的脚步声太大，终于引起了他们的反应。

那些村民齐齐转身，朝我看来，尽管我已经有所心理准备，但还是被吓了一跳。这些人齐齐回头，目光中都带着一种呆滞与木讷，就像是被人操纵了般。

就这样对峙数秒后，其中一位村民忽然晃了晃头，开口说道："咦，我怎么在这里？"

其余的村民也纷纷看着四周，随后发出类似的疑问。我心里的疑惑更甚，本想询问他们，但很显然这些村民看起来也不清楚自己为什么会出现在这儿。我朝人群里之前围住的地方看去，那里已然是一块空地，只是上面有着一双人的鞋印。那双鞋印不大，看起来像是小孩穿的鞋。

我心说果然有问题，顺着鞋印的方向看去，那双鞋的主人已经走入人群中，看不出踪迹。再看向人群，所有人都显得十分正常，也没有发现任何孩童。我隐隐感觉这件事并不简单。

我微微皱眉，对离我最近的一位老村民问道："你好，请问一下，你能帮我看看这是谁的脚印吗？"

老村民弯着腰，眯着眼睛看了看我，随即呵斥道："你不是这里的人，这里不欢迎你，快出去。"

我耐心道："老人家，你难道不好奇，刚刚你们为什么会聚集在这里吗？"

老村民咳嗽几声思索着："对呀，我已经好几天没睡好觉了，不知道为何，每天早上都发现自己不在家里，小伙子，你知道什么吗？"

我摆了摆手："我也不知道为什么，不过我可以帮你找出原因，你能先看看那是谁的脚印吗？"

老村民转头看向人群中那两只鞋印，皱起了眉："哎呀，我记得我们村里没有一个人穿那种鞋。不过，好像有一家人城里刚回来一个娃娃，个子不高，如果说有人穿那种鞋的话也只能是她了。"

"娃娃？"

我一边念着，一边重新看向人群，只见人群中央，一个裹着头巾的老妇人身后，正站着一个半人多高的孩童。不过，因为视线的缘故，再加上孩童躲藏在妇女腿后，看上去并不显眼，所以我第一次看时就没注意到。

　　此刻，我的目光看去，那个女童也正打量着我。幽幽灯光下，孩童的眼神与旁人大不相同，那是一种少有的清醒。

　　我大步迈开，朝孩童的方向走去。谁知我刚一动，那女童直接向着村外跑了起来。

　　我心说：果然有问题。就在我起身准备追出时，一只手搭了上来："小伙子，不要欺负小姑娘。"

　　回头，一个老妇人死死盯着我，眼神里泛着凶光。我知道自己应该拿那个孩童没办法了，于是说道："我只是路过的，没有其他意思。"

　　老妇人这才松开我，而其余村民也在夜灯下缓缓向着村内走去。

　　我打消了追出去的念头，想着离开此地，并没有听到身后逐渐走远的妇人低喃道："好险，差点就穿帮了……"

　　离开村落，通信器忽然响起，接起，一阵急促的声音传来："零王，没时间了，你千万不能让郑强去帮你找人。"

　　我疑惑道："白孤，发生什么事了？"

　　"一时说不清楚，我感觉这个世界变了。至少，我周围变了，周围所有人变得都很陌生，好像都不认识彼此。"

　　我追问道："你是说他们失忆了？"

　　白孤道："不是失忆那么简单，更像是他们体内出现了另一个人。"

　　我心说：这是什么情况，难道这些人压力太大，都精神分裂了吗？不过也不太可能。

　　我连忙先安慰道："别怕，你先找个安全的地方躲起来，对了，你说郑强怎么了，他也变得不一样了吗？"

　　白孤回道："就是他最先变的，他变得神神叨叨的，接着其他人也变得不像原来的自己。他见我没变化，就把我绑起来了。我刚自己松开绑，就第一时间联系你。我听到你要拜托他找什么人，他与你说话时恢复正常了，但你不在时又不对劲了，总之不要相信他。"

我微微皱眉，心说：这世界怎么了？我安慰了白孤几句后挂断通信。

白孤按理来说没必要骗我，而且上次与郑强交流时，我也感觉到他有点不太对劲，像是有什么事在瞒着我。

我决定先不打草惊蛇，亲自去那两个破灭给我的位置等着，看看郑强究竟会怎么做。

想着，我也没有继续休息的心思了，尽管我暂时无法使用任何超能，但起码我依然是机人，总比普通人类要强一点，就算发生什么事也应该暂时能招架得住。

确认路线后我便开始出发，那两处位置分别在相邻的两座城市内，而那两座城市距离我现在所在位置也不太远，天亮之前便能到达。

两小时后，我来到了第一座城市。这是一座大区边缘地带的小城，相比我之前去过的城市，规模小了很多。城内，街道上并没有太多车辆，只有两排路灯矗立在小城里放哨。

来到一栋高楼前停下，这里，便是破灭给我留的第一个位置。

进入楼内，按照定位来到一户人家门前。

"咚咚！"

"咚咚！"

连续敲了几下后，里面没有任何反应，或许里面的人不在，还是……

破灭让我找的人肯定不是一般人，正当我打算直接撬开门时，里面传来了几声脚步声，一个稚嫩的声音问："你是谁？"

为了取得里面的人的信任，我直接将破灭和暗盟搬了出来。很快，门被打开，我看到了让我意想不到的景象，只见一个小男孩，手握菜刀，地上，鲜红的液体流淌，已经快凝固。男孩将头抬起，这是一张我曾经见过的脸……

第二百七十八章　三人行

稚嫩的脸庞上，沾着点点血渍，眼神中带着一股与年龄截然不符的成熟，眼神平静地看向我："进来吧。"

男孩挥了挥手中的菜刀示意，走进屋内，地上，鲜红的颜色从客厅延伸至窗台，散发着淡淡的血腥。

我微微皱眉，看向男孩："阿力法，你还记得我吗？"

男孩点了点头，坐在一旁，手里，依旧攥着那把菜刀。

此刻我有很多疑问，不知道该如何说起。男孩叫作阿力法，是我一次在途中遇到的一名孤儿。后来我让赡台收养了他，他们本该在东城居住，怎么会出现在这里？而且，这里不久前看起来发生了激烈的打斗。

我看向阿力法："你没事吧？这里之前怎么了？你报警了吗？"

男孩半晌没有说话。我以为是刚才发生的血腥场面把他吓到了，于是也没继续问，准备自己去其他房间看看有没有破灭让我找的人，同时，我也准备联系下当地警方过来。

谁知这时男孩开口了："不要打电话，没人过来的。"

我本想询问，阿力法继续道："我们走吧，对了，把姐姐也叫上。"

说着他起身打开一间房间，里面，一个女人走出，披头散发，精神看上去有些差，整个人像是快要凋谢的花朵。那人赫然是多天未见的赡台。

我心中的疑惑更甚，不知道这里究竟发生了什么，最终，我还是问出了困惑。赡台看了看地上的血渍开口道："我们，被袭击了，袭击我们的，是……"

阿力法这时补充道："是这座楼里的居民，他们，想杀了我们。"

我微微一振，没想到事情竟然会是这样。我问道："你们是怎么坚持下来的？"

阿力法说道："是那只小猫救了我们。它阻挡了这里所有的进攻者，并引走了他们。不过刚才还有遗漏的一个人，他藏了起来，在小猫走后，偷偷进来，被我……"

我听着感觉越发离谱，难道这些人疯了。

我先安慰了两人一番，其中赡台所受的打击最大。她虽然是暗灵之王的妻子，但一直都生活在温室里，从来没见过这种事情。而看起来七八岁的阿力法相比之下，表现得比起成人都要好许多，像是已经见惯了风雨。

我没有多想，在之后的交流中，阿力法主动告诉我，自己是暗盟的一员，并且还道出了一个惊人的信息：自己能够帮助暗盟的人恢复五十年前的记忆。我还想多问，但阿力法表示，自己也丢失了很多记忆，还在不断恢复中。我便也没有继续追问。

不管怎样，既然破灭让我找的第一个人已经找到了，那么就是好事，接下来，就准备去第二个地点。

就在我准备开门时，楼间传来了一阵行走的动静。

阿力法低声道："先别开门。"

我点了点头，退了回来。透过猫眼看到，几个五大三粗的人匆忙走来，而为首的男人，赫然是我之前派来接人的郑强。

我微微眯眼，按照白狐的话，郑强已经背叛了我，而现在，他却还是出现在这儿。

为了试探他，我先站在门背，留赡台和阿力法在门口。

"咚咚咚！"

"咚咚咚！"

一阵猛烈的敲击声响起，阿力法站在门前不远，手里始终攥着一把光亮的菜刀，赡台则站在男孩身后。随着敲击声越来越大，大门也发出了它不能承受的嘎吱声。

阿力法看了看我，神色严肃起来，朝门外喊道："你们是谁？"

敲门声停下，门外郑强粗声道："把门打开，小朋友，我给你糖吃。"

阿力法回道："我不吃糖，你快走开。"

郑强继续劝道："小朋友，我是你爸爸的朋友，他说让我来家里做客。"

"我打小没有爹娘！"

郑强："……"

"小朋友，你再不开门，叔叔我就只能自己进去了。"

郑强的话虽然声音不大，但里面却带着一丝丝威胁。

见屋内没有反应，砸门声再次响起，这次则变得更加猛烈。我微微眯眼，此刻郑强与平时的形象确实大相径庭，一般这时他应该问我或者和平解决，而不是这么暴力行动。我也不再隐藏，再这样下去门非得被砸开。

我站在门前，隔空开口道："郑强，你在干吗？"

门外的声音停下，郑强带着一丝不敢置信："老大……你已经来了。"

我开口道："这里没你什么事了，你可以回去了。"

郑强有些不情愿道："好的，那我先带弟兄们撤了，老大你保重。"

一阵脚步声响起，渐渐消失。打发走郑强，我决定当即带着阿力法出发，到下一处破灭给的地点。赡台因为觉得不安全，也要跟着一起走，于是一个临时三人小队便形成了。

此刻，天色已亮，按理来说应该有人出来活动，但奇怪的是街上一个人影都没看到。

赡台拉着阿力法，我走在最前面，三个人成了这座小城的最亮眼的景色。

一会儿后，赡台开口："不对劲，这些商铺里怎么也没人？"

我放眼望去，整条街上的所有商家都闭门不开，这的确有些不正常。我还是安慰道："或许今天是这里什么特殊的日子，我们先往前走再看。"

赡台道："零王，你不是可以变出来飞艇什么的吗？我们直接飞过去吧。"

我有些尴尬道："我暂时用不了那个能力，我们换个方式。"

阿力法忽然指着前面："你们看，那边有飞艇。"

循着他所指的方向看去，远处拐角，果然停着一艘白色飞艇，不过飞艇后，看不见的那一面还似乎还站着几道人影。

阿力法急忙向前方跑去，赡台喊道："别急，慢点。"

不久，阿力法便跑到了飞艇停靠的拐角，忽然，他向后退了两步。我微微皱眉，也连忙赶了过去，凑近一看，只见四五个壮汉正靠在墙边吞云吐雾。而人群中央，蹲坐着一个中年男子，正直勾勾盯着阿力法，那中年男子不是别人，正是不久前被我赶走的郑强……

第二百七十九章　追逃

郑强见我也跟着走来，目光从男孩身上移开，看向我："老大，你们这是准备去哪儿，要不要一起？"

我刚想同意，一旁的阿力法拽了拽我的衣角："哥哥，他们长得好丑，不想和他们一起走。"

我愣了一下，面前郑强以及身边的几个壮汉似乎被这句话刺激到一般，恶狠狠地盯着阿力法。其中一个红背心壮汉道："小孩，你在说什么，你不是没有被教育过？"

说着便直直朝阿力法走去。我一步上前，挡在阿力法面前："你敢欺负小孩！郑强，灵梦之夜什么时候这么没规矩了？"

郑强此刻面色变得惨白，语气僵硬道："老大，是我没管理好他们。"

阿力法此刻更加用力拽着我的衣角："哥哥，我突然想起来，我家猫还没喂，我们先回去吧。"

我顺着阿力法的话说道："好，强子，我这还有点事，先走了。"

我转身就要离去。

"站住！"郑强叫住我，"老大，那个我最近受了点伤，你能不能用原力帮我治疗一下？"

我开口道："你先自己养着，涂点药膏什么的，我这儿还有点忙，就不帮你了。"

"老大，你是不想帮还是帮不了我？"郑强说着嘴角弯起，"老大，从你走到飞艇这里我就有点怀疑你，到你刚才拒绝我的时候我基本确定，你是不是使用不了超能了，不然为什么要拒绝我呢？"

我微微皱眉："我拒绝别人什么时候要理由了。郑强，摆清你的位置。"

对面，四个壮汉走来，将我和阿力法包围，身后不远处的赡台站在原地，显得有些不知所措。

郑强走上前来："老大，不对，零，从现在开始，我就不再是你的下属了。"

我开口道："噢，所以，你要跟我作对吗？"

郑强看了看一旁的阿力法，眼睛里流露出一种贪婪："我不是要跟你作对，是你要与我为敌。

"一起上，给我把这两人拿下。"

周围，四个壮汉先朝我扑来。我侧身躲过几人，接着一把抱起阿力法，朝身后跑去。

郑强喊道："快追，不能让其他人抢先。"

不远处，赡台见状也连忙跑了起来，如果不是顾及阿力法和赡台，我或许会选择直接硬刚。这些人对于我来说，没有什么威胁，就怕伤害到他们俩。

沿着街道一路奔跑，直到阿力法忽然开口："哥哥，那里好像门是开的，我们先进去吧。"

我看到，阿力法所指的地方是一家超市，正半掩着门。我连忙掉转方向，朝超市跑去。

进入超市，将阿力法放下，赡台也紧随其后冲了进来，气喘吁吁道："不行，我跑不动了，零王。"

我对两人说道："你们待在这里，我解决完就过来。"

"啪嚓！"

门被关上，我又顺便将外面的锁也锁住，以免郑强他们溜进去。

做完之后，身后的几个壮汉也追了上来，几人将我包围。郑强从几人中间走出："零，虽然不知道你为什么失去了原来的力量，但你看你现在这般模样，谁也保护不了，倒不如乖乖听我的，把你身后的那个男孩交出来，我便不再纠缠。怎么样？"

我盯着郑强："你背叛我，我不计较，但是你想伤害我身边的人，那么你就是我的敌人。我很好奇，明明我只告诉你了一个位置，为何你非要抓住那个男孩？"

郑强露出一抹我从未见过的笑容，看上去有些阴森："因为，他可是一个宝藏。"

我追问道："什么意思？"

郑强的目光变得贪婪："原本，我并没有想背叛你，但是当我听到那个声音，看到他的样貌时，我就知道，自己必须要得到他。"

我心说：这阿力法这也太受欢迎了，之前我听阿力法自己说他能帮助暗盟的成员恢复五十年前的记忆，但我本身却不知道这件事。而郑强之前或许根本不认识阿力法，凭一眼就不惜撕破脸也要得到他，除非他还有其他方法，加入了其他组织知晓阿力法的消息。

我感觉不像来自新人类，因为郑强身上没有新人类的专属标记，也没有经过什么改造，那会是什么呢？暗盟的敌对势力吗？

我还没有想明白，眼前，郑强语气变得不耐烦起来："零，我再说最后一遍，快让开，我不会对你动手，不然，我连你一块抓起来。"

我扭头看向超市内的两人，此刻他们正躲在一排货架旁，谨慎地观察着外面。我看向郑强："好，我可以让开，不过你还要回答我最后一个问题，你现在在为谁卖命？"

郑强笑道："你想知道这个呀，那答案恐怕会让你失望了，老实说，我听命于帝国。"

我微微一振，帝国，蓝星现在只有一个帝国——机人帝国。郑强在为机人帝国卖命？

没等我继续想下去，距我最近的一名壮汉已经走了过来，准备直接从我身旁过去。我二话不说，一拳砸出。

"砰！"

机械的力量打在壮汉身上，直接将这个二百多斤的汉子打倒在地，剩余的几人见状也扑了过来。我则又是数拳献上，一番组合拳使出，将四人都打翻在地，只有郑强一人还站在原地。

终于，他也动了起来，抽出一把弯刀，直直向我砍来。

我侧身躲过，随后一脚踢出，将刀打掉，又一脚踢出，却被他挡下，随后直接被他反打。一时之间我竟然陷入了被动。

交手数招后，我明显感到郑强变得更强了，比起我认知中他的武功强了不少，不过他也奈何不了我。

忽然，远处飞来一阵寒芒，从我面前掠过，直接打到旁边的郑强。下一瞬，血花四溅，他的整只手臂掉了下来。

奇怪的是，本来很血腥的一幕，郑强却并没有表现出任何痛苦，只是闷哼一声，捡起地上的手臂，随后道："有人来了，撤。"

说着，他们一行人直接朝远处跑去。我则看着寒光飞来的方向，一个人影缓缓出现在街道尽头。仔细看去，那是一个女孩，一个我昨天晚上刚见过的村庄里的女孩……

第二百八十章　人皮

我盯着远处，明明只是普普通通一个女孩，一身麻衣，却给人一种危险的感觉，而刚才的那一幕，也证明了那个女孩并非凡人，虽然是偷袭，但能直接将郑强打成那般，我直接对那个女孩的警惕度提升至最高。

身后，隔着玻璃门的赡台和阿力法也看到了这一幕，直接躲到了超市最里面。

现在郑强他们被打跑，难道要来一个更狠的吗？刚才与郑强的战斗是我用拟人形态应对的，现在，我不得不变换成身体强度更高的机人形态来应对街道尽头的那个神秘女孩。刚才她的攻击能直接将郑强手臂砍下，拟人形态下肉体凡胎下场不会太好。

我已经做好应战的准备，然而远处的麻衣女孩只是朝我看了一眼，便直接离去，消失在街道尽头。

等了一会儿后，还是不见她的任何踪影，我才慢慢放下心来。

利用液态金属的形变打开超市大门，我也和赡台、阿力法一样坐了下来。由于刚才的劳顿和奔波，此刻两人已经变得饥饿，正一口一口吃着食物。

阿力法一边往嘴里塞零食，一边问我："哥哥，你也吃一点吧。"

我摇了摇头："我不用吃饭，你们快吃吧，待会儿我们还要赶路。"

阿力法虽然有时看上去是个大人，但大多时候依然表现得与孩童一般。他大口将一包薯片下肚，脸上还沾着碎渣："哥哥，我突然想起来了，刚才的那几个坏蛋，他们是偏人。"

我微微一振。我还是第一次从别人口中听说这个词，之前在地面之上，天宫之主迦囚曾经提过，不过并没有解释。还有一次则是在塞城遇到的一个神色慌张的男子，他并没有说出来，是我通过记忆读取到的内容，他同样想到了偏人。

现在，这个词再次被提到，还是这么光明正大地提起，我自然不能放过这个机会，我连忙询问阿力法有关偏人的消息。阿力法揉了揉脑袋，脸上露出思索之色："我只是凭直觉觉得他们是偏人，还没有具体的记忆和证据。"

我不免有些失落，不过还是说道："阿力法，你再好好想想，这个对我来说很重要。"

阿力法认真点了点头："我知道，放心吧哥哥，我不会让你失望的。"

说着他又抓起一包薯片，往嘴里塞去。一旁的赡台连忙阻止道："不许吃了，你已经吃了三包了，再吃下去肚子会吃坏的。"

阿力法低下头道："好吧，可能吃薯片有助于我回忆起一些信息。"

赡台摸了摸阿力法的头："乖，你要听话，吃一点有营养的。"

说着她拿来一包牛奶，递给阿力法。

接着转头对我说道："零王，你真的不吃点吗？你变成人的样子的时候也是需要吃饭的吧？"

我知道赡台在说拟人形态。我回道："为了安全起见，我暂时不会再变成那样，也自然不需要吃饭。"

赡台点了点头，继续道："好吧，对了，零王你不如直接叫别人来帮我们，这样我们就能很快离开这里了。"

我知道赡台说得不错，现在我的超能失效，很多事情办起来的确变得不方便。而现在灵梦之夜的郑强已经叛变，灵梦之夜的其他人也变得不可信。我只好选择向革命军的初旭拨打通信，等了一会儿，未接通，又向其他革命军的将领、队长一一联系，李文、李武、初一、龙七、沃斯、纲……

这些平日里马上能联系到的人，此刻竟然都失联了。我意识到事情似乎变得不简单起来。最终，我抱着尝试的心态向人类政府方也打去通信，结果还是没有接通。

不是说由于网络的技术故障而没有接通，而是对方根本没有人接。

一旁的赡台也看出了问题，神色掩盖不住地慌张："零王，他们不是合起伙来跟你开玩笑吧？"

我摇了摇头："看来真的有问题了，而且，问题大了。"

我站起身来，来到玻璃前，万里阳光下，却是一片寂静，没有任何人类活动的迹象。

身后阿力法忽然说道："哥哥，我想起来了。"

我和赡台目光都向阿力法看去。他捂着头显得有些痛苦，脸上变得苍白："我想起来了，傀人的意思，就是字面意思，指的是被控制起来的人类。"

阿力法捂着脑袋，额头留下点点汗水继续说道："好多人，都被控制了，好可怕，那些机人将人们都变成了傀儡，所有人都没逃过……"

还未说完，阿力法一跟头就要栽倒在地。一旁离他最近的赡台赶忙将他扶住，安慰道："弟弟，好了好了，你先不要瞎想了，想一点开心的事。"

我也走上前说道："阿力法，放平心态，呼吸。"

阿力法此刻额头布满汗水，喘气道："我……控制不住，那些记忆一股脑儿都跑出来了，就像是……洪水。"

我微微皱眉，此刻我也帮不上什么忙，因为自己所有能力皆失效，不然，可以用原力来缓解阿力法的症状。

一会儿后，阿力法脸色渐渐恢复了正常。我开口道："这里没有人类的轨迹，很不正常，我们该走了。"

两人点点头，收拾了一下东西便准备起身离开。

这时，超市后方的地板晃动了起来，紧接着，一个人影掀开地板，从下面爬出。

身旁，赡台直接叫出了声，只见一个肥胖的中年男人从地上慢慢站起，双眼无神，一步步向我们走来。

"哥哥，他……就是偏人。"

男人行动缓慢，肥大的身体将货架上的货物不断撞翻，但他也无动于衷。

我一步上前，直接冲出将男人撞到，接着借助一旁的胶布绳索将其手脚捆住。

这一切都发生在短短数秒内，做完这些。我才认真观察起男人。一旁的阿力法忽然走上前来："哥哥，想起来了，这样应该就能救他。"

说着，他拿起一把小刀径直朝男人身上扎去。我愣了一下，并未阻止。

"扑哧！"小刀扎入男人体内，男人也并未有任何反抗，只见十分鲜红的不像是血液的液体流出，紧接着，"哗啦！"更多鲜红的液体流出，男人皮肤崩开，如同蛇蜕一般脱落，从头到脚，整张脸连着头皮也掉了下来，很快，一副完整的人皮掺杂着红色液体滑落，而里面男人的脸，乃至全身形象并未发生改变，与那层人皮滑落前一模一样，也就是说男人套上了一层完全贴合自己的人皮……

第二百八十一章　解答

尽管我是机人，也不免对这眼前的一幕有些惊讶，而一旁的赡台则直接吓得放声惊叫起来，她捂住嘴巴，接着闭上眼睛转过头去。相比之下，用小刀将肥胖男人那层人皮割开的阿力法表现得却相对平静许多，简直比一个正常人类成年男性还表现得稳重。我心里也不免对阿力法多了一丝好奇。

眼下，肥胖男人瘫倒在地，已经彻底失去了威胁。

我开口道："阿力法，偏人都是这样的吗？"

男孩将小刀擦了擦收起，露出一副与自身年纪不相称的语气："大多数偏人都是如此，他们全都披着一层与自身相贴的人皮套。"

我疑惑道："你也看到了，刚才的郑强他们是什么情况，他的手臂都掉了下来，也不见有人皮套脱落。"

阿力法回道："因为有的人戴上那层人皮太久，所以与人皮彻底结合，所以，那层皮就成了他们身体的一部分，就算砍掉他们的手臂，也看不出他们身上有什么问题。"

"而且"，阿力法顿了顿说道，"那些戴得太久的偏人因为受到皮套的影响，他们的思维和认知也会在潜移默化中发生改变，更准确的来说，他们自己也都不知道，自己的意识已经被影响，变得厌恶人类，心向机人。

"那些人表面上跟你和和气气谈笑风生，或许下一刻就会做出什么令人震惊的事来。而且意志再坚定的人也阻止不了人皮套将自己的思维改变。"

我微微皱眉，这说的不就是郑强吗？上一秒还在叫我老大，下一刻就恨不得在背后捅我一刀。不过郑强已经跟了我很长时间，几乎可以说他是我曾经最信任的人之一了，现在突然变成这样，有些让我难以接受。

阿力法继续说道："哥哥，你手下的那个叫作郑强的人，他在偏人中算得上是意志力很强的人了，偏人平时会表现出一副人畜无害的样子，他们也有自己原有的思维。但在被唤醒做出真正背叛人类的事时，他们通常会变得呆滞木讷，失去原有的神志，像郑强这样的偏人还真不多见。"

我微微叹了口气，严肃地对阿力法道："你确定郑强真的是偏人吗？有没有更加直接的证据？"

阿力法想了想道："第一我是凭直觉，第二是通过气味。"

他继续解释道："因为偏人之前也是正常人，在穿上所谓的人皮套后，他们的身体或多或少会散发出不同于正常人的一种人皮套的味道，尽管很淡，但我能闻出来。"

这一番话几乎将郑强是偏人彻底确定。我的心情也变得低落起来，再向阿力法问道:"那,既然超市里变成偏人的男人可以被救回来,郑强也应该有办法吧。"

阿力法摇了摇头:"当人皮套彻底与人结合,他的思维和意识也会被影响,就算费尽心思将人皮套剥离出来,人的潜在思维和意识也很难改变。"

这无疑对我来说是个打击。从阿力法口中也得知,郑强的背叛也并非他自愿的,而是受到人皮套的影响,那种"亲机人,远人类"的思想潜移默化地影响着他,使得他背叛人类,并且这种状况很难改变。

不再去想郑强,突然,一个更严重的问题来了,那就是人皮套是什么时候出现的?既然我身边的人都早早在不知不觉中被套上人皮,那么,是否意味着在我看不到的地方,还有更多的人,像超市胖男人和郑强一样,都被套上人皮……

还没来得及将我的想法告诉阿力法,一旁已经远离胖男人这边的赡台突然喊道:"零王……好像有点不太对劲。"

说着她用手指了指远方。

顺着赡台手指的方向看到,不知何时,街道两侧尽头出现了无数人影,人头攒动,密密麻麻,将整条街道填满,并且都还向着超市这边移动过来。

我沉声道:"这么多人,不会都是所谓的偏人吧?这么多人都被控制了吗?"

一旁阿力法也探头过来:"我闻到了浓烈的人皮套的味道,应该是他们没错了。"

阿力法话音落下,赡台止不住地跌坐在地,发抖起来:"怎么办?我们还有什么办法吗?"

我皱起眉头,此刻,两侧的人群不断朝着这边涌来,用不了多久,他们就会将整个超市踏平。虽然我之前遇到过比这更棘手的情况,但现在我使用不了超能,光凭借自身或许能从人群里逃走,但身后的两人只是普通人类,他们就只能……

我呼出口气,对两人道:"你们去后面搜索,看看有什么可以隐藏的地方,我在这里守着。"

话落,两人纷纷行动起来,朝超市后方跑去。

我则观察着这些偏人行走的方向。他们并不是漫无目的地走,按照现在的轨迹来看，很明显就是朝超市的这边来的，而且最多五分钟，最前面的人就会过来。

我的心沉了下来，如果这时能将我体内的超能唤醒就好了。

我尝试着去运转机身，将核心内的暗能与原力逼出，然而却失败了。

看来，只能先躲起来了。

想着，我将前排两处货架放倒，再用许多货物将整个超市门面堵住，此刻已经看不到外面的场景。

然而我知道这样做能够避开人群的可能性很小，于是也赶忙加入了寻找隐藏处的队伍。

我来到肥胖男人从地板钻上来的地方。赡台带着一丝哭腔说道："那里看过了，里面是实心的，只能容纳两个人站立，根本藏不住。"

我闻言继续搜寻着这里，超市面积并不小，三个人几分钟也无法将这里所有地方找完。

寻找间，一阵密密麻麻的脚步声越发清晰。我知道时间不多了，赡台忽然颤抖着轻声喊道："这里有储物室，不过……"

我和阿力法很快来到了赡台旁边，面前是一间储物间，里面漆黑一片。我一步上前将灯打开，只见储物室内，货架上挂着一排排整齐的、逼真程度与真人无异的人皮套，仿佛正静静地等待着人来穿上……

第二百八十二章　围困

我微微眯眼，环顾四周，仓库空间很大，除了无数人皮套外，还堆积着一些食品和工具、各种日常用品。

身后赡台直接吓得惊叫起来，不过她很快将嘴捂上，声音越发颤抖："这……这些人皮都是机人用来对付我们的吗？"

阿力法神色认真起来："我记得，这些人皮套，在还未找到人体时很危险。"

赡台说道："难道这些东西还能直接上身不成？"

仿佛是为了回应，人皮衣仿佛有所感应般，竟然在无风的情况下自主地开始微微晃动了起来。

此刻，赡台的泪水已经在眼眶里打转，看样子似乎情绪已经到了某种极限。一旁的阿力法走到其身前拉起她的手："姐姐，你别害怕，我来保护你。"

赡台点了点头，擦去快掉落的眼泪："小弟弟，我刚才逗你的，姐姐不害怕，应该是我来保护你还差不多。"

我打断了两人说道："这里不能待，这些人皮套确实很诡异。阿力法，你还有没有这方面记忆？"

男孩闭上眼睛似在沉思："我想不起来了，之前记忆涌来的时候好像有，但一时没有记住，不过我觉得，这里不是什么好地方。"

我果断转身，边走边说道："再找找其他地方，离开这里。"

随后，一行三人便继续向超市里面深入。尽管距离超市门口越来越远，但密密麻麻的脚步声却丝毫不见减弱，甚至细听起来就像直接在门外走动一般。

我知道时间不多了，迅速走向一侧廊道，不远处，出现一个幽暗的隔间。

走上前去，只见狭小的空间内，摆放着一只柜子，几套工作服堆积在柜里。

这是一间换装间。

忽然，无数拍打声从门口处传来，短短数秒内声音越来越大，简直像是在打劫。相隔遥远，透过玻璃能看到无数人影攒动。

没时间了。

我赶忙叫赡台和阿力法两人过来，就在两人刚来到隔间门口的瞬间，大门，开了。

准确来说应该是被撞破了，清脆的玻璃碎裂声响起，无数人蜂拥而至，如同洪水般拥入。

我赶忙将两人推入隔间，随后自己也溜了进去。

"啪嚓！"

门被紧紧关上，尽管找到了藏身之地，但真正的危险才刚降临……

很快，无数脚步声传来，越来越近，仿佛就在旁边响起。赡台紧闭双眼，死死捂着嘴巴；一向看起来淡定的阿力法此刻也哆嗦起来，那种源于对于未知的恐惧在每个人心中弥漫。

或许，等待每个人的不是死亡，而是变成一具具形行尸走肉般被控制起来的傀儡。虽然我并没有体会，但这种感觉应该也不好受。

静静等待了数分钟后，门外的脚步声依旧没有减弱，相反，变得更加剧烈起来，像是出现了某种不知名的变化。

我的内心也更加不安起来，机身液化，手臂前端变形出两把刀刃。

最终，那一刻终究是来了，一个黑影停下，站在隔间门外，上下打量着。

随后那人猛地一用力，门被硬生生拽开了。而他也控制不住地向后倒去，直接撞到了其他正在行走的偏人。

我眼见再也藏不住了，直接搬去身旁的衣柜，砸了出去。

衣柜落下，将眼前的所有偏人都砸倒在地。身后，阿力法和赡台也反应过来，连忙拿起手上趁手的工具。我开口道："这里不能待了，走，到外面。"

两人一前一后冲出隔间，我也连忙跟上，身后的偏人大多行动迟缓，一时没有追上。

正当我以为能够顺利逃离超市时，门口，出现了数道身影挡在前方。

那些人与一般偏人不同，眼神不再只有呆滞，反而带着一种阴狠毒辣。

我赶在两人身前，看向前方几个偏人，各个都拿着棍棒武器，没有交流，直接扑来。

我也不再犹豫，机身前臂液化，形变出双刃斩出。

金属撞击声传来，短短数秒，四名偏人皆被我划伤，跌坐在地。

此刻身后的偏人也围了上来。我赶忙道："赡台，你带阿力法先离开这儿。"

赡台此刻反而显得没那么惊慌，眼神变得坚毅起来："好！"

两人急忙跑出门外。我则看着起身的偏人和身后无数偏人大军道："来吧，我可不怕你们。"

人潮拥来，我直接以一刀破之，利刃划过，于空中不断溅出鲜红液体，当然也掺杂着一些真正的血液。很快，脚下就流淌出一弯水滩。

我并非奔着杀人去的，只是希望能够为阿力法两人争取时间逃离，所以战斗的过程中我并没有奔着人类的弱点打。不过，也一定有部分偏人没有注意到，永远倒在了我脚下。

趁着打斗间隙朝外看去，只见阿力法两人并未走得太远，就又退了回来，而且神色慌张。

我暗道不妙，只见街道上更多的偏人出现了，直接将两人团团围住。并且，外面的空中，不知何时飘起了两只鼓鼓囊囊的气球。仔细看去，并不是气球，而是鼓起来的人皮套，看样子是专奔着赡台和阿力法去的。

我挥舞双刀，不断驱赶着眼前拥来的偏人，想着尽快过去支援两人。然而面前的偏人虽然我能应付得来，但却腾不出空再帮外面二人，除非……

我咬牙，也顾不上这些偏人的生死了，蓄力数刀挥下，面前的十几人直接尸首分离，血液连带着不知名液体喷涌，散落在地。

紧接着又是数刀，眼前的人群在我火力全开下，很快就有了溃散之势，就在我觉得能够去支援时，一股熟悉的心悸加惊悚感传来，又是那熟悉的感觉，正是这种感觉，使得我无法使用超能；正是这种感觉，让我在关键时刻掉链子。这一次，我努力支撑着自己，让自己没有倒下，但也暂时无力对抗偏人大军了。

无数偏人拥来，从我身边经过，他们的目标并不是我，而是门外不远处的二人。我艰难转头，目光朝两人的方向看去，那些偏人已经将二人彻底围困在一处角落，而赡台和阿力法正利用身上的短型武器苦苦支撑着……

第二百八十三章　救星

眼看人潮将阿力法两人彻底堵住，我再次尝试运转机身，然而此时的身体仿佛沉睡了般，怎么都唤不醒，就连基本的行动都做不到。这时我也感觉到，自身机体的核心处，与机体各处活动链接已经断联。控制机体整体运行的核心如同人类的大脑，失去了运动神经系统，尽管我还能正常思考，但此刻却什么都做不了了。

回想起前两次相似的经历，忽然，我脑海里仿佛有种明悟，两次的经历还看不出什么，但加上这第三次，我仿佛找到了一条线，将这三次的经历串联起来。

现在还不是想这个的时候，眼下，赡台和阿力法彻底被逼入绝境。他们手上的那些武器已经应付不了前仆后继的偏人，而我也只能眼睁睁看着眼前的一幕发生。

就在千钧一发之际，忽然，源源不断的偏人潮中，传来了一阵异响，人潮里一只黑白相间、一人多高的巨兽蹿出，直接在密密麻麻的偏人群里开辟出一条道路来。

那是小花！

此刻，变身成巨兽的小花如同天神下凡，在人潮里不断穿梭，直接将偏人群打散。原本将阿力法、赡台两人围得水泄不通的偏人，此刻也彻底乱作一团，不少偏人直接倒下，更多的则是像无头苍蝇般四散而去。

小花很快跳到两人身边，将两人驮起救走。四散的偏人群虽然没有了主动进攻性，但大量人群很可能会发生踩踏。

我长舒一口气，超市里的偏人也基本走空，现在，危险暂时解除。

没有了偏人，小花一步一跃来到我身边，长啸一声后，巨大的身躯缩小，变成一只看上去人畜无害的小花猫，两只宝石般纯净的双眼眨动，充满灵性。如果不知道的，很容易会被它的外表所骗。

此刻小猫睁大眼睛看向我，爪子搭了上来，发出一阵绵细的声音。

一旁的两人此刻脸色都还惨白，显然还没从刚才的危险中缓过来。

赡台喘着气道："幸好，小花回来了，我们得救了。"

阿力法也说道："还好有你，小猫咪。"

说着便伸手朝小花摸去，谁知小花直接跳起躲过，露出一副凶相看着阿力法。

阿力法被吓得连忙后退："猫哥，我错了，我错了，我以后不摸你了。"

赡台将后退的阿力法扶住："没关系，别怕，它不会伤害你的。"

我也开口道："小花能分辨善恶，你只要不主动招惹它，就不会有事。"

我伸手朝小花摸去，泛着金属光泽的毛发摸起来有种别样的手感。小花也在我的抚摸下变得平静下来。

小花的到来为原本受困的众人解围，毫不夸张地说，小花就是众人的救星。

赡台此刻脸色已经逐渐恢复正常，开口道："之前在楼内被那些偏人居民困住时，同样是小花将那些人赶跑的，现在它又救了我一次。"

说着她的目光也投向小花，眼神中带着一丝感激和柔情。

随即又说道："当然也得感谢零王你的帮助，没有你就没有这一切。"

小花是我收服后交给赡台领养的，所以她说的也没毛病。

众人休息片刻后，都恢复了精神。我也逐渐重新掌握了自身机体的控制权。休息期间，我一直在想机身出现这种故障的原因，结果发现，这三次机体失灵有一个共同点，就是我都有"杀人"或者"杀人"的动机。

第一次面对雄狮军团，我还没来得及出手，就机身失灵失控。

第二次瓦尼的分身主动上来送死，由于其外形与人类无异，我会下意识将他当作人类，所以在其死后，我不仅机体失控，还直接丧失了超能。

第三次则是现在。我在迫不得已的情况下杀了偶人，偶人虽说是被控制，其实本质也是人类，所以我同样会出现机身失灵的状况。

想清楚这点后，我便以后可以多加防范，以免再出现同样的情况。不过更多问题也随之而来，比如为什么会出现这种状况？这仿佛像一种早已设下的限制，使我不能杀害人类。

机体的控制中心是机身核心。我的机身核心则是由暗灵之王的核心加上地面一位叫作兰玉的机人核心演化而来，或许创造我的李博士知道些什么。以后有机会，一定要多问问他。

现在想来，瓦尼或许早就知道了我现在才懂的事，我应该因为某种原因，而被设下限制，"不能杀害人类"即便是迫不得已也不行，否则就会像之前那样让机体直接失灵。

越了解越发现瓦尼的深藏不露。他与我之前遇到的机人或者人类都不同，仿佛别人是棋子，而他则像是下棋之人，就连我也时常会被他牵制。

瓦尼一定比我更早就发现了我的这种限制，所以他才能拿来对付我。这是一个十分狡猾且聪明的对手。这次偶人出现的时刻，与我丧失超能后的时间重合在一起。如果我的超能还在，一切事情就会变得容易很多。不像现在，很难说这些偶人与他没有一点关系……

然而，就算知道了与瓦尼有关，无法找到他，就只能这样陷入被动。

想清楚一些事后，我和赡台、阿力法三人再次踏上行程。

接下来，便是找到第二处位置的人，这第一处位置的阿力法已经带给我不少惊喜，让我知道了暗盟的存在，还有一些宝贵的消息，我开始有些期待第二处位置的人究竟是谁。

三人一猫走在街上，此刻路边能看到横七竖八的偶人躺下。这是之前混乱中死伤留下的人，一道道伤痕将他们的身体划破，血液流淌而出。有的偶人会在这场混乱中活下来，并因人皮套破损时效而重新获得自由；有的人则会直接因伤势过重而死亡……

虽然很残酷，但这是人类需要面对的现实。我怀疑这座小城的偏人并不是个例，有可能其他城市的人类也已经中招，变成偏人。之前我拨打过的那一通通未接来电，此刻给了我一种很不好的预感——从革命军到政府。

阳光洒下，晴空万里，那些隐藏在世间的黑暗和不为人知的隐秘才真正开始被翻开……

第二百八十四章　秒杀

步行数分钟后，我们在路边"借"来一辆没人用的浮车，经过两个小时奔波，一行三人一猫来到相邻的城市，也是破灭告诉我的第二处地点。这里相比之前的地方面积大了一倍之多，能容纳数百万人口，已经接近大区里中型城市的规模。

相比隔壁城市显现出来的荒凉和寂静，这里看到的车水马龙反而给人一种不真实感。街道上人来人往，灯火阑珊，一种人类正常生活的气息扑面而来。这里似乎还没有被那些诡异的人皮套所感染。

浮车在近地面上快速行驶着。阿力法和赡台两人坐在后方。这座充满人间烟火的城市，以前随处可见的日常生活景象成为两人现在最期待看到的场景。

"零王，你说这里应该没有那些什么偏人吧？"

赡台观望着窗外，似乎还在回忆不久前遭遇的危险。

我在前排一直留意着四周的变化。这些人类的生活景象看起来没有一点问题，我回道："暂时不会有。"

后座，与赡台并排的阿力法正吃着从超市里拿来的薯片。他边嚼边说着："姐姐，不要怕，刚才那么多的偏人，都拿我们没办法，我们有这只猫神在，什么都不怕。"

"喵呜！"

仿佛是为了回应阿力法，小花忽然露出一副凶相，对着阿力法龇牙咧嘴。阿力法手一抖，直接将手里的薯片撒下，沮丧道："我的小姑奶奶，你要吃我喂给你好不好，这样也太吓人了。"

尽管小花长得可爱，但人们在见识过它出手后，都不会被它的外表所骗。阿力法在小花面露凶相后也自然乖了许多。尽管他知道小花不会动手，但时常还是会被它的变脸吓到。

车上的气氛变得轻松起来，暂时没有了偏人的威胁，一切似乎在向好的方向发展。然而，我却觉得事情并没有那么简单。

现在所在的这座城市与旁边被偏人侵占的城市相隔不远，偏人大军完全有能力入侵过来。现在我所看到的一片祥和的景象里，或许也暗藏玄机。

由于之前阿力法所讲述的偏人的特性，人们会在被人皮套入侵后，潜入正常人中，表现得与一般人无异，只有在特定情况下才会露出马脚。

恐怕这座城市里已经有人被人皮套入侵了，只是潜伏在普通人里，看不出来。不过，在这川流不息的车流掩护下，就算偏人想要找过来也比之前要难上不少。

正想着，忽然，身后的座椅上传来一声猫叫，尖锐的声音充满穿透力，众人不约而同地看向小花。

"猫神，我现在可没惹你。"

阿力法见小花发出尖锐的爆鸣声，连忙挪了挪屁股，将自己与小花空出一块位置。

一旁的赡台则担心道："小花从来没有这样过，零王，你看看这是怎么了？"

只见小花毛发竖起，看起来有些狰狞。

我意识到这确实不是它正常的状态，于是在自动驾驶下，我伸手朝小花摸去。

"喵呜！"

小花用爪子反抗着我，看起来并不想接受我的抚摸。它忽地转头朝窗外一处方向看去，湛蓝的双眼里，露出一抹警惕之色

我也看向窗外，只见一个黑点，准确来说是一架距离很远的飞艇，正直直向这边飞来。

"轰！"

一声爆炸声传来，驾驶的浮车受损，摇摇晃晃脱离原有轨迹，撞向地面。小花直接跳出窗外，在空中迅速变形成一头巨兽。

浮车因被损坏而被迫停下，冒出一阵阵黑烟。我沉声道："快下车！"

三人跑下浮车，抬头，飞艇已经消失不见。小花则对着路边不远的一个身影一边嘶吼一边后退着。

我微微眯眼，只见来人一袭黑色风衣，就连眼睛等面部特征都隐蔽在漆黑的面具下，身材修长，整个人如同一个大盗，但看身形并不像一个男人。

从刚才小花的反应来看，此人必定实力不俗。之前小花在能量刻度上能达到深黄色，那是超越普通人能对付的极限颜色，可对一座城市造成威胁，是需要出动军队来对付的角色。

而面前的黑衣人能够让小花如此警惕，显然至少也踏入了此行列甚至更高，尽管黑衣人此刻还未动手，就已经给我一种想要退避的感觉。现在在我没有恢复超能的情况下，绝对不能力敌。

我看了眼一旁的浮车，已经损毁严重，冒着报废的黑烟。我竟然连对方的出招都没看清，这次真能顺利逃走吗？

不远处，一直与黑衣人对峙的兽化形态的小花，忽然长啸一声，头也不回地转身跑去，这……这种情况从来没有发生过！

一旁的阿力法和赡台两人显然已经被惊呆了，原以为小花会是我们这几人里最能打的，结果它变成了最能跑的。

还在众人愣神之际，黑衣人，动了。

没有多余的交流，他一步踏出，一团漆黑的纯粹的能量在其脚下显化而出，那赫然是暗能。

黑衣人脚踩暗能，爆发出极快的速度，几乎瞬间就飞出很远，而他的目标并不是我们，而是小花！

我微微皱眉，脑海里闪过很多面孔，却没有人能和他对上号。

远处，跑出百米远的小花已经被黑衣人追上，只见黑衣人一手朝小花抓去，而小花也不再逃跑，转身，口吐出一团强悍的能量，从远处看如同一簇极速燃烧的火焰。

黑衣人并未躲避，手臂前伸，仅凭一掌便将强悍焰能隔绝，随后将小花提起，然后，我看到令我震惊的一幕，他竟然在主动吸收小花体内的能量。

小花拼命抵抗，而它体内的能量直接以一缕缕肉眼可见的气流被尽数吸出，其中甚至还有暗能。

大概一分钟后，黑衣人终于松手，小花此刻面露痛苦之色，直直朝地面坠落，

"砰！"

一声重重的落地声响起，不久前还生龙活虎的小花此刻已经奄奄一息，随后身躯出现裂痕，碎裂开来——小花被黑衣人秒杀！

由于刚才的动静过大，街道周围的群众也被天上发生的一幕吸引，纷纷驻足观看。躺在地上的小花，身躯破碎严重，已经凶多吉少。我死死盯着天空中的黑衣人。忽然，他目光与我交汇，随后朝我飞来。与我相隔不远的赡台和阿力法，以及一众路人此刻都惊叫起来……

第二百八十五章　分开

几乎瞬间，黑衣人便破空飞踏而至，停在我面前。之前看热闹的围观群众此刻逃也似的四散而去，甚至还能看到地上留下的几只鞋子。

一旁的赡台和阿力法两人此刻全身颤抖，但并没有离开太远，或许他们不想抛下我，又或许是知道即便是跑，也无济于事。

黑衣猎猎，于风中飘起，尽管黑衣人与我不过咫尺，却依旧看不清他的容貌，不过面具之下，能感觉到一道目光正看着我。

数秒之后，黑衣人依旧没有行动。可此刻我却有种不一样的感觉，这种感觉很熟悉。忽然，眼前一亮。我死死盯着黑衣人，缓缓开口，细声道："初雪！"

黑衣人微微颤动，随后全身气息一变，一股绝强之力爆发，其周身环绕黑色之力，黑色气流冲天而起，于空气中凝结颗粒，并迅速聚合成一颗颗球状能量，彼此相连，旋转成风。

那是暗能固态化，暗能的中级运用，也是我失去超能前掌握到的地步。此刻，被黑衣人完全展现出来。我深深看着眼前之人，真的是她——初雪。光凭对暗能掌握的程度，我想不出第二个人能够做到，她又进步了。

能量色带出现，指针从白—黄—绿一路快速转动，最后，直接停在了蓝色带刚出头的位置。

这是举手投足间，就能毁灭城市的可怕能量波动！

已经失去超能的我，在这可怕的能量波动面前，直观感受到了一种极强的压迫感，那是稍有不慎就会被粉身碎骨的感觉。

黑衣人一跃而起，迎天而上，遁入空中，很快，黑色旋涡消散，天空云层被扭曲，如数层白色波纹相扣。

此刻哪里还有黑衣人的身影？我痴痴望着天际，等待片刻，依然没有看到任何她的踪影。

不远处，赡台和阿力法跑来。赡台喘着粗气，语气担忧道："零王，你没事吧？"

我收回目光，脑子里已经是一片混乱，不知道此刻该说什么，摆了摆手："看看小花去吧。"

阿力法说道："哥哥，我看过了，它好像……"

虽然没有说出口，但我已经知道怎么回事了。我揉了揉头道："走吧，先找个地方休息。"

两人点了点头，我们走到附近一家咖啡厅，这里早已没人。

三人坐下。片刻，赡台打破了沉闷的氛围："零王，你真的没事吗？"

我摆了摆手。

从来到这里后，我一直在想初雪的事，她的状态很反常，即便我确定是她，依然不愿相信这个事实。

忽地，我想起初雪曾经说过的话，有些言语之中像是已经暗示了今日将要发生的事。

"如果有一天我不得不离开你了怎么办？

"要是以后我变得比你还厉害，就把你甩了。"

曾经在去参加瓦尼的典礼的路上，她对我说的话，俨然变成了现实。难道说她早就想好要离我而去，可是她为何又会专程赶来那样对待小花？

在刚认识初雪之时，她就对我说自己有着不同寻常的使命，而她自己也不清楚是什么。难道今天发生的事，就是那所谓的使命造成的吗？

我望向窗外无人的街道，使命，究竟会给人带来什么？

……

一会儿，众人也恢复了精力，我起身准备出发。赡台看了看阿力法，两人像是讨论了什么，忽然对我说道："零王，你知道小花曾经救了我们大家的命，我们都很想念它，虽然它已经不在了。"

赡台顿了顿，目光变得坚定："我们希望得知，究竟是谁杀害了它？虽然我们不可能打败它，但起码让我们有一定知情权。"

我看着赡台，没有说话。赡台继续道："零王，你知道那个黑衣人究竟是谁，对不对？"

赡台当时在一侧一直观察着黑衣人。黑衣人只杀了小花，又单独来到我面前，却没有对我动手，所以她自然觉得我和他认识。

沉默数秒，我转身走出咖啡厅："走吧，我们该上路了，不会再出事了。"

赡台晶莹的泪光下，眼神逐渐变得失望。她后退一步道："零王，抱歉，我……没办法与你们同行了。我想，我们就此别过吧。"

我扭头看着她淡淡道："我知道你失去小花心情不好，但是，事已至此，我也没有办法。"

赡台有些抽泣道："你于我有恩，我自然铭记于心。可是小花同样救过我们的命，它也是我们的一员，它死得那么不明不白，我只是想知道真相，哪怕再不能接受我也认了。"

我微微皱眉，看向阿力法："我们走。"

男孩挪动着小步来到我面前。我拉起他走出门外："赡台，这里也许还藏着危险，我建议你找个地方不要乱跑。小花的事，说实话我也还不清楚其中的原因，所以现在不能告诉你。"

"姐姐，一起走吧。"

阿力法边走边回头招手，然而赡台最终没有跟出来。

……

路上，我对阿力法说道："你觉得我做得过分吗？"

阿力法一脸认真道："哥哥，你做得没错，只不过，你真的知道凶手是谁吗？"

我看了男孩一眼："小孩子不要懂得太多。"

阿力法乖乖闭上了嘴。

又走了没两步，忽然，他抱着额头，面色变得苍白，我知道，是他脑海里又有新的记忆出现了。

男孩头上，大滴大滴的汗水落下。他开口道："哥哥，不好，我想起来了。"

阿力法面色突然变得苍白："我们要回去找姐姐，这里有问题，全部都有问题。"

我微微皱眉，蹲下身去将男孩扶住："怎么了？"

阿力法瞳孔缩小，眼睛里露出一种十分恐惧的神色，嘴唇颤抖着："这……这一切早已被改变，都是……都是假的，这个世界，早就被偏人入侵过了。"

一番话说完，男孩止不住朝四周看去。周围，原本因为黑衣人四散而去的人们，此刻也慢慢重新出现在视野之中。我略微一想，明白了阿力法的意思。

这里距离破灭所给的第二处位置已经不远，我一把拉起他的手，朝第二处位置走去……

第二百八十六章　黄色

"哥哥，我们……直接走吗？"

我点了点头："现在马上就到了，先找到第二个人是最好的选择，而且，真如你所说的那般的话，一旦我们有什么反常的举动，很可能会被这里的偏人直接钉上，到时候所有人都会陷入困境。现在虽然赡台与我们分开，但是在偏人暴露之前，她还是安全的。"

我平静地说道。阿力法点了点头。我感觉得到，他握着我的手的力度更大了，这是人类紧张时下意识的表现。

我拉着阿力法走在路边的人行横道上，两侧的人逐渐多了起来。他的身躯止不住地颤抖。我伸手摸了摸他的头："放松，什么都不要去想。"

阿力法应了一声，两人没入嘈杂的人群之中。

由于这里人口密集，走路时难免会与周边行人剐蹭，我刻意留意着周围的人类。这些人类根本看不出有被人皮套入侵过的痕迹，即便就在我身边，我也看不出他们有任何不对劲的迹象。

"还真是奇怪。"我心里想着，一种很不好的猜测在我脑海里形成，莫非这里的人类都早在很久之前就被入侵了？之所以看不出端倪，是因为他们被影响太深了，那薄薄的一层人皮套已经完全与人类彻底融合，所以我才发现不了。

我心里一沉，真是这样就麻烦大了，这意味着这些人类从意识上也被控制得很深，完全站到了人类的对立面，一座城市里几百万的人都被入侵，都已经很可怕了，而整个人类世界，全部人口加起来十六亿之多，全被入浸一遍，不敢想象那究竟是怎样的场面。

阿力法告诉我这个世界早就被入侵过了，我理解没错的话，指的就是整个人类世界，而非一城一池。

不觉间，我们两人已经走过一条街道，来到一处十字路口。

对比着记忆里的位置，就在拐角不远处了。

转弯，我看到一副神奇的景象：只见百米之外的一片地带，明明是城市里，街道上的行人在走到一处位置时，都很自觉地离开人行道，直接走到马路中。诡异的是，人行道上什么没有，看起来十分正常，就像是有一道无形的墙，挡在人行道的半道上。

我和阿力法朝那边走去，观察片刻，发现这里的所有路人都遵循着这诡异的规律。

阿力法也注意到了异样："哥哥，那里是不是就是我们要去的地方。"

我点了点头，那片没有一个行人靠近的地带，有一栋别墅，那里，就是破灭给我的第二个地点。

我想了想，走在阿力法前面，很快来到那处如同有隐形之墙的位置。

伸出手臂，没有感到任何被阻碍的感觉，奇怪之余，我也没有谨慎到继续尝试，而是直接进入。

一步迈出，来到所有行人都没有经过的位置，忽然，一股异样的感觉传来，十分熟悉，这是心灵之力的感觉。

此刻我仿佛被一股心灵之力所包裹，而这股心灵之力名为——恐惧。

只要踏入别墅周边一定范围，便能产生恐惧的情绪，还真是有趣。不知道是不是因为我经历得太多，恐惧这种情绪对我的影响可以说很有限。

我看了看身后的阿力法："你在外面等着，我先进去看看，遇到什么急事的话，你也可以进来。"

我担心这股心灵之力会对阿力法产生影响，于是我决定独自前往面前的这栋白色别墅里一探究竟。

别墅整体给人一种富丽堂皇的感觉，但其外围的铁门上，却看起来锈迹斑斑，布满灰尘，像是多年没有清扫过了，更不用说打开过。

尽管这里不是闹市区，但每天都有一定的人来往，难道说这里已经几十年没人进出吗？

我带着疑问，一推，很轻易便打开大门，随后进去别墅区，环绕一圈后，来到别墅门口，上面也有不少小动物留下的痕迹，甚至还能看到两三个蜘蛛，在一边悠闲地结网。

"啪嗒！"

门被打开，来到别墅内部，奢华的现代化装饰与全套的各式家具，静静地放置着。与门外荒废的景象不同的是，这里的所有物品包括地板竟然都一尘不染，看上去像是有人经常打扫。然而刚从门口进来的我显然不会这么认为，在打开门前，我特意观察了一番，这里并没有其他出入口，那遍布蛛丝的大门便是唯一的通道。

最为诡异的还不是环境上的落差，而是在客厅中央，一口巨大的黑黄花纹棺材静静躺着。

这一幕对于任何人来说，恐怕都会被吓到。我微微皱眉，这里看上去并没有其他人居住，难道破灭让我找的人就在棺材里吗？

我一步步走向客厅中央，每走一步，一种莫名的恐惧感就强烈一分。我知道是这里的环境散发而出的心灵之力的力量，就算是我也无法完全避免。

我快步走到棺材面前，那种强行影响下的莫名恐惧感达到了最高峰。我深吸一口气，说道："既然这里没有别人，那就让我看看你的真面目，对不住了。"

一手探出，"砰！"棺材板掀翻，滚落在地，只见一个黄色人影静静躺在里面，白黄相间的花纹散发出淡淡的光芒，冷峻的脸庞上闪烁着一层金属材料独有的质感。这赫然是一名机人。

我后退一步，正想着下一步该怎么做时，棺材里的黄色人忽然双目睁开，一股气势陡然爆发，那看起来沉重的棺材竟然顷刻间直接碎裂开来。

烟雾之中，一道散发着黄光的双瞳缓缓向我靠近，而那碎裂开来的棺材下，则流出一弯漆黑的液体。那液体宛如有灵性一般，直接朝我蹿来。刹那间，一股久违的力量涌入我体内——暗能。

不久,液化下的暗能流干,皆进入我体内,而黄色机人也恰好来到我面前,停下。

这熟悉的流程,让我感觉仿佛回到了过去,面前的机人,如果没有猜错的话,就是曾经追随暗灵之王的暗七将之一了。

黄色机人与我曾经见过的破灭、贾巴等人不同,除明显的金属光泽外,他在外表上看起来与人类无异。

黄色机人目光冰冷,扫过四周,最后停留在我身上:"期约已到了吗?看来这乱世终究还是要面对了……"

第二百八十七章 萧

我与黄色机人相对而立,开口道:"前辈就是暗七将之一了吧?"

黄色机人长相高冷,再加上那淡漠的目光,仿佛不食人间烟火,只听他开口道:"你是……"

黄色机人上下打量着我,又微微点了点头,随后道:"王座的继承者,没想到红色竟敢让你亲自前来,看来事态比当初严重得多啊。"

说着,黄色机人脸上露出一抹追忆之色。他忽而道:"对了,介绍一下,我叫萧,单字萧。"

说着他冷峻的脸上露出一抹笑容,竟然看上去还有些温暖。

如今,暗灵之王的手下最重要的七名大将,暗七将中我已经全部见过,分别是红色——破灭,蓝色——(不知道怎么称呼,当时那名机人还在沉睡),绿色——游殇,紫色——紫云,金色——贾巴,黑色——珍妮,以及黄色——萧。

暗灵之王为人类舍生取义,而他手下的大将,自然也追随着暗灵之王的步伐,不说为人类赴死,起码也会站在人类一方,帮助人类共御外敌。

黄色机人扭了扭脖子,又活动了下自身机体。我看着他道:"萧前辈,你需要在这里休整一下吗?"

萧看着我,神情严肃:"我已经在这个地方待了五十年之久,早就休息够了,而且,你将我唤醒后,虽然我还没有见过外面,但我能感应得到,这个世界被入侵得更深了。这意味着之后的行动，会变得很艰难。"

我说道："入侵，你说的入侵是指那些人皮套吗？"

我将来时路上的经历与萧说出。萧听后说道："没错，当我被唤醒之时，意味着人类最后的净土也已被攻破，这片地带本就属于人类活动边缘区，五十年前，帝国的皮套计划会先从人类活动密集区开始，向边缘蔓延。当这里也被入侵，意味着……"萧顿了顿，继续道："人类彻底地沦陷。"

这番话从萧口中说出，与之前阿力法所说的话完全吻合。阿力法也说过，这个世界早就被入侵，也就是说，整个人类世界在五十年前就被入侵过了，只不过，这种入侵在外面看不出来，与刀枪炮弹不同的是，它更加隐蔽，也更加致命。

我问道："萧前辈，你知道五十年前的事？"

萧点了点头："五十年前了，没想到这眨眼就是五十年。"

萧眯眼看向我："你作为王座的继承者，也应当知晓这被段被封存的历史。我会将这段真相传送于你，同时，你有什么问题可以尽快问我。"

我点了点头，想到之前初雪的异样，连忙问道："萧前辈，你知道初雪吗？"

萧闻言愣了一下，缓缓道："初雪，有印象，一个活泼的小姑娘。"

我向萧说明了初雪的异常。萧沉默良久，开口道："在我追随王座之前，她就已经在辅佐王座了。"

萧微微眯眼："说实话，我……看不透她。"

我内心一振，初雪究竟有什么使命，使得她不得不逃避我，还将小花杀害？她背后究竟隐藏着什么？……

萧开口道："现在不是说这个的时候，我们得先藏起来。"

我："嗯？"

萧解释道："现在整个世界里皆是偏人，我们要先避开他们，不是因为怕他们，而是要先避开他们背后的人以及帝国。"

见我还是疑惑，萧想了想道："嗯……算了，我现在恐怕和你说不清楚，总之我们得先开溜了。"

我点了点头，准备把阿力法叫回来一起走。只听一阵脚步声响起，阿力法踉踉跄跄跑来，一把打开大门道："哥哥，外面来了好多人，将这里……围起来了。"

一旁的萧看了看阿力法，并没有在意阿力法的话，反而神色怪异道："没想到五十年了，你反而越来越年轻了。这是倒退回去了吗？变成小孩子没那么讨厌了？"

阿力法脸颊鼓起："你，说什么呢？我好不容易在零哥哥面前树立了好的形象。"

我看着阿力法，有些不可思议："返老还童吗？怪不得有些时候像个大人，有些时候像个孩子。"

萧忽然脸色一变："糟糕，有人闯入了我的领域。"

说着，他神色严肃起来，双臂张开："心灵之力——战栗！"

萧全身亮起黄色光芒，扩散开来。此刻，他本身如同一盏明灯，跨越别墅，点亮周边整片区域。

"嗡嗡嗡！"

在我不经意间，一抹光点没入我的机身。

我对两人说道："我们想办法先离开这里。"

阿力法在一旁，此刻又捂起了脑袋，我知道他又有新的记忆了。只听他忽而说道："我终于想起来了，那被遗忘的五十年前，之前遭遇的一切。"

我看了看窗外，黄光笼罩范围外，已经围满了人群，正试探着想要进入黄光区域。我开口道："阿力法，萧，你们有什么……"

还未说完，一声爆响，别墅墙壁被轰开一道巨大裂口，只见一道人影从外面进入。

"就让我来亲手掐断你们这些代表希望的幼苗吧。"一声金属音响起，迎面一个头顶一副牛角的机甲人出现。来人赫然是我曾经在地面之上遇到过的牛角人。

当时我在地面之上调查新人类时，看到了一个身穿盔甲的人类，还没好好盘问，就被一名牛角机甲人救走了，之后在与新人类交手的过程中，再也没看到过牛角机甲人，没想到现在竟然在这里看到了他。

那他的身份究竟是……

我盯着面前的牛角机甲人。他竟然能免疫萧的心灵之力，而且看上去还这么轻松，果然不是好对付的角色。

牛角机甲人扫过四周："暗盟的余孽，今日终于可以清理了，又见面了，零，你也在这里。没有超能的滋味怎么样？"

牛角人看上去与两人都认识，甚至他还知道我失去超能的事。我看向牛角人："你到底是谁？"

一旁的阿力法眼神里出现一种掩盖不住的滔天恨意。他死死盯着牛角人道："人类的叛徒，该死的帝国走狗，我跟你们拼了……"

第二百八十八章　古拉

眼前，牛角机甲人看向阿力法："是你，阿力法，末日之战时被誉为最勇猛的将领，你没死，还变成了这副模样，真是造化弄人。你这副可爱的模样让我与那个杀伐果断的老头根本联系不到一起啊，你经历了什么？"

阿力法此刻猩红着眼，稚嫩的声音也掩盖不住他的杀意："古拉，你背叛人类，真当碎尸万段，我要杀了你。"

说罢，阿力法迈着不足一米的小腿就要上前。我连忙伸手将他拦住。

"阿力法，别冲动。"

我的手臂挡下阿力法，感受着他胸口正剧烈起伏。

一旁，萧上前一步，双瞳中绽放出更加耀眼的黄光。

"心识领域——惶惶之界——降临！"

一抹黄光飞射而出，打中牛角机甲人。牛角人仿佛被定身般，站在原地一动不动，能看到一层淡淡的光芒附着其身。

萧神情严肃，开口道："零，靠你的了。"

我转头看了看萧。他继续道："快上去杀了他。"

我微微皱眉："他是……人类，对吧？"

萧回道："没错。"

我点了点头，没再说什么，闪身上前，朝牛角人冲去。

周围，被牛角人破开的大洞瞬间拥进成片偏人。此刻，那些偏人虽然神情呆滞，但速度极快，直接将牛角人团团围住，形成一层层肉盾保护圈。

我一跃而起，一脚踩在最前方的偏人肩上，随即一蹬，来到牛角人面前。

那些偏人纷纷转身，朝我靠来。我一把抓起牛角机甲人，对准面门，一拳砸出。

"砰！"

尽管我已经失去超能，但机人形态下的一拳也不是一般人能承受得住的，普通的钢铁根本承受不住，然而这一拳打在其脸上的盔甲外壳上，却只留下了一层印痕，就连凹陷都几乎没有留下。

我暗道不妙，现在以我的力量连他的防御都打不破，怪不得他敢单枪匹马过来。这一身装备，就是导弹也轰不破吧。

身后，数条手臂已经搭了上来。我连忙闪身躲开，随后抓起牛角人，准备把他带走。然而萧却忽然开口："先撤，我控制不住了。"

话音刚落，牛角人就动了起来，一条粗壮的银白色手臂反手将我抓起，随后一把甩出。

巨大的力道使得我止不住地飞向偏人群。

"砰！"

后方十数人连带我直接被撞翻在地，那些倒下的偏人生死不知。我无暇顾及其他，连忙爬起，准备再战。然而牛角人却直接忽略我朝阿力法抓去，距离他更近的萧也动了，一步上前，将阿力法推开，但自身却被牛角人抓到。

阿力法撞倒在偏人群中，众多偏人将他围住，而萧则被牛角人抓住脖子。我想要上前，也被眼前众多偏人挡住。

只见萧面色痛苦，一字一句道："零，你……快走，不用管我们。"

我看向牛角人，怒火升起："你怎么样才肯放了他们？"

牛角人露出一抹怪异的笑容，说道："放了他们，好啊。"

说着，牛角人一把抓住萧的头，随后一捏。

"嘎吱嘎吱！"

那巨大的力道竟然将萧的头变形。

"嘭！"

伴随不断闪烁的电流火花，萧的头颅连带着脖子处的线路被拔出，随后他被直接扔在地上。

我看着这一幕就在眼前发生，心中的怒火被彻底点燃。我不顾面前偏人的阻挡，跃至空中，机身液化，形变出利刃，朝牛角人斩去。

牛角人并未有任何动作，任由我砍去，

"乓！"

利刃划出，却只留下一道痕迹。牛角人一脚踢出，将我踢飞，在撞穿两面墙体后，才停了下来。

虽然我感觉不到疼痛，但此刻对我心理的打击却不小。

我一步步再次向牛角人走去。我看到，牛角人已经将失去抵抗的萧放下，转而抓住了幼小的阿力法。

牛角人在此露出同样的怪异笑容，我心说不妙。

忽然，地面震动，别墅的天花板连带着楼上直接被一股力量拔起，掀翻，露出蓝色的天。

只见天空之上，一个苍老的身影出现，身着龙纹唐装，一头白发，一对剑眉竖起，来人不是别人，正是失踪已久的查理。

在我震惊的目光下，查理怒目圆睁，看着抓住阿力法的牛角人，随后，单手一挥，牛角人直接松开阿力法并向后退去。

显然，查理刚才是用念力强行改变了阿力法的行为。

我抬头看了看查理，顾不上激动，两步上前，将阿力法一把揽在怀里。

查理紧盯着地上的牛角人，缓缓开口："古拉，好久不见，你还是那么喜欢动手。"

牛角人发出一阵金属质的怪笑："老头，你也活着呢，正好，今天就让我把你们一块收拾了。"

查理神情严肃道："那就看你有没有这个本事。"

说着，查理目光一凛，一股强悍的气息从他身上爆发。

眼前，能量色带出现，直接飙升到绿色区域，最后一晃，指针指向了浅蓝色区域。

这查理真是深藏不露，当时在灵梦之夜与我交手，甚至后来相处时，他都远远没有释放过如此强大的气息，而如今，面对牛角人，查理释放的气息无比强大。

而这也侧面反映出，牛角人很不简单。

牛角人冲天而上，在天空与查理展开缠斗。

一股股爆裂声震耳欲聋，感受着天上如同惊雷般的炸响，我知道现在正是时机，赶忙冲到倒下的萧旁边，将他的身躯扶起，又带上那已经落地的金属头颅，朝门外赶去。

刚来到街上，周围就围满了数不清的偏人，一具具无神的双眼朝我看来，随后一拥而上。

一声炸响忽然在偏人群中传开，使得已经围上来的偏人行动放缓了些。

我抬头望向天际，只见两人交战不远处，一架黑色飞艇正静静飘浮，一个人影在打开的舱门处正朝我挥手，那人通体散发着金属光泽，一身红色条纹，正是破灭。

只见他一指点出，一条红色丝线飞来，将我捆绑，随后飞起，落在飞艇之上……

第二百八十九章　交流

我带着二人落在飞艇之上，红色丝线消失，一侧，破灭与我打了声招呼，随后看向了天空中查理和牛角人的战场。

破灭喃喃道："没想到他来了，不应该的。"

我也看向天空，隆隆声中，牛角人正与查理近身缠斗着，双方每次出手都会造成剧烈爆炸，查理虽强，可此刻在牛角人的猛烈攻击下，也逐渐出现颓势。

破灭脸色变得难看起来："不好，白色要撑不住了。我去帮他，零王你守在这里，我们准备撤退。"

白色，查理为什么被称作白色？

正当我疑惑之时，破灭一跃而起，朝战场方向冲去。

"心识领域——亡灵怒莲——降临！"

一朵火红的莲花突然从牛角人脚底出现，绽放起炽热的光芒。牛角人的行动瞬间放缓，红色光芒映照在牛角人身上，仿佛要将其炙烤。

查理见状一掌击出，包裹原力的掌击打在银色机甲表面，发出沉闷的声响。

"咚！"

牛角人身躯冒起白气，直直朝地面坠去。

查理与破灭二人并没有继续追击，而是快速返回到飞艇上。

查理见到我时露出一抹笑容，并未多说什么。悬浮的飞艇即刻动了起来，向远处加速飞驰而去。

透过舷窗看到，身后原本的别墅区上泛着滚滚浓烟，废墟之下，牛角人并没有再继续追出，只能看到，在众多傀人环绕之中，一个银白色的身影站立，久久凝望……

众人此刻都惊魂未定，破灭拾起地上被捏到变形、已经看不出人样来的金属头颅："黄色，你怎么死得怎么惨？放心，我一定会把那个人类碎尸万段，给你报仇。"

地面上躺着的无头身躯，此刻亮起阵阵黄光，仿佛是在回应破灭的话。

破灭表情变得悲泣："黄色，你怎么就这么走了？我连你最后一眼都没见到。"

忽然，地上萧的机体闪过一阵电流声，随后一只手臂抬起，搭在破灭身上，抓住其手腕。

破灭连忙甩动起来，然而萧的手臂仿佛沾到破灭身上一般，甩都甩不掉。

破灭掌心出现一抹红色丝线："黄色，虽然你舍不得我，但你也别这样啊，我这还活得好好的，你不要把我也带走呀。"

说着破灭掌心的红线便缓缓朝萧机体钻去。

"你们别闹了！"

舷窗另一侧，查理皱着眉看来。

破灭随即收回丝线，萧机身上的黄光也淡了下去，手臂不再抓着破灭，自然垂落下来。

查理瞥了一眼地上没有头颅的萧："等回去，再给你重新安一颗头，就是不知道孔祥那边怎么样了。"

我知道，萧虽然失去了脑袋，但只要他的机身核心还在，就不会死去，刚才他们只是在玩耍。我便与阿力法坐在一旁，静静看着他们表演。

我问道："查老，你说的孔祥是谁？"

查理眉头紧锁，似有万重心事。他望向窗外，缓缓道："现任暗盟盟主——

孔祥，待会儿我为你引荐他。"

查理忽而看向我："对了，之前是不是时间太仓促，你还不知道暗盟的一些事。"

我有些无奈道："查老，不光暗盟，最近发生的事让我感觉我什么都不知道。"

查理咳嗽两声道："这个嘛，因为你一开始就暴露在所有人的视野之下，而且后来他们因为某些原因没对你动手，导致你可以在所有人类都变成偶人的情况下，或者说唯一一个在偶人监控下，光明正大行动的人。在这种环境下，你只能失去重要的认知来换得自由行动。"

我微微皱眉说道："所以，有时候你们看上去行色匆匆，是为了躲避偶人。"

查理看了我一眼说道："没错，你之前应该也收到一些提示，能够看出异常来。"

我回想起在方永实验基地里，看到的血书，写着"人类已亡，机人永生"。难道那时方永就知道了人类被入侵，变成偶人了吗？

还有之前在李博士的基地里，看到的那句话："我需要先躲起来，他们在监视我，他们无处不在。"

李博士所谓的他们，应该就是偶人无疑了。没想到博士在那时就已经发现了偶人并且躲了起来。

之前的一些谜题此刻也有了答案。我疑惑道："可是，为什么你之前不让我知晓这些事？你在很久之前就知道这些了吧。"

查理道："因为那时候，需要给没被入侵的幸存者，或者说真正的人类争取时间，那时平衡还不能被打破，你以后就懂了。"

查理看着我又说道："你之前，有没有一种异样的感觉？"

"异样的感觉？"

我想了想说道："确实会有。"

查理闻言，脸色一瞬间变了，但又很快恢复正常。

我继续道："那种感觉就像是有一只手在推着我走，换言之，我感觉这一切背后有更大的阴谋。"

查理点了点头道："迄今为止，你的所有行动，其实几乎都在两人的监控之下，没被偏人影响的真正人类和偏人背后的人，而你所谓的那只影响你的大手，就是偏人背后的人，要说阴谋我相信是存在的，只不过我也暂时不知道是什么。"

我说道："原来就是这两种势力一直在影响我。"

窗外，天空突然变得一片漆黑，宛如进入黑夜，舱内的灯光也忽然被点亮，尽管此时还是白天。

安静下来的破灭看向我道："零王，我们到了，欢迎来到暗盟所在地，不存在的大区——第十七区。"

我惊讶道："第十七区，人类不是只有十六个大区吗？"

破灭得意道："在末日之战前，人类确实只有十六个大区，但那场战争后，剩余下的人类集合在一起，建立起了属于真正人类的第十七区，也就是现在暗盟的根据地。"

我微微点头，舱门打开，众人依次开始走出。最前方的查理道："零，黄色暂时还需要恢复，有时间我会给你补一下，被遗忘的五十年前的事。"

我一声应下，众人离开飞艇，来到一片昏暗的地带，前方出现一条光亮的细长的通道。我随着查理、破灭，以及阿力法等人一路沿着光芒前进。

过了一小会儿后，视线恢复正常，一座巨大的通体漆黑的宫殿屹立于峭壁之上。

我望着面前如山岳般高大的建筑喃喃道："这就第十七区，暗盟根据地。"

穿过通道，终于到达宫殿内部，入眼，不是金碧辉煌的装饰雕琢，而是一片看起来十分简朴的巨大空间，此刻里面已经聚集着很多人类，没有嘈杂的感觉，只觉得这里秩序分明，宛如来到另一个不同的世界……

第二百九十章　叛徒

查理指着被运送下来的萧的机体，对在一边指挥着搬运集装箱的人说道："小刘，帮他重新安个头。"

一个有些发福的中年男子走来，穿着一身工装，面向查理恭敬道："好的查老。"

他面色平静地用推车将萧推走，顺便也带走了那颗扁平的头颅，似乎那个人对这种事情已经习以为常了。

随后，我随查理、破灭等人来到一处角落。那里摆放着一张方桌和几把木椅。查理对阿力法说道："老队长，这里安全了。"

阿力法脸色露出一抹不属于这个年龄的神色，随后，在众目睽睽之下，只见他两手一扒，整张脸皮如同薄膜般被撕裂，接着是身上，一层"皮"如同蛇蜕般落下，里面是与阿力法长相一模一样的人。

我心里一惊，脱口而出道："你也是偪人？！"

身边三人都笑了起来，破灭夹着一种略带嘶哑的机械声道："零王，这不是你想象中的人皮套，这是暗盟里用来自保的，仿人皮套。

"你看！"

破灭指了指地上随那层人皮一起脱落下来的少量液体，那是一种淡蓝色液体，与之前在超市里看到的鲜红色截然不同。

我点了点头，瞬间明白过来。阿力法向我解释道："零哥哥，穿上这种仿人皮套会减少被偪人发现的概率，让他们以为你是和他们一伙的。它不像人皮套一样，不会影响你的基础认知。这是李博士根据人皮套而研究出来的成果。"

我随口道："李博士，李博士吗？"

阿力法道："没错，这是五十年前李博士的杰作。"

我想了想道："又是五十年前，看来那一年发生了不少事啊。"

阿力法认真道："确实，那一年直接改变了所有人类的命运。"

查理这时接道："好了，先不提这个了，你们有没有发现，盟主还没回来。"

几人四下看去，一阵后，破灭眯眼道："孔盟主按理来说应该比我们回来得早才对。"

查理严肃道："他的这次行动可是我们内部经过严密讨论的，像现在这样出了事，恐怕危险同样来自内部。"

阿力法急忙道："你是说，我们之中有内鬼。"

查理凝重地点了点头："盟主这么晚还没回来，一定是他身边的人出现了问题，除此之外，我想不出他没有回来的理由。"

破灭凑上来道："会是谁呢？"

查理敲了敲面前的桌子："不知道，为了保险起见，我决定，代盟主先搜查一下这里吧。"

说着，查理面向正在忙碌的宫殿内的众人，一股浑厚的嗓音夹杂着原力传遍整座宫殿："盟内所有人，现在放下你们手头的工作，来到正门集合，请大家放下手头工作来到正门集合。"

正在忙碌的人们很快都自觉走了过来，排成队形站好，一眼望去，有数万人。

查理朝人群传音道："因特殊原因，我将代替盟主对各位搜查。我盟中出现了反人类的叛徒，导致我盟出现问题。现吾以代盟主的身份，搜查全盟！"

话毕，并没有人上前对那数万人去搜身或者问话，而是——查理双臂张开，一抹白色光芒绽放，从其身上散发，那股光并不是原力，更像一种我从未见过的心灵之力。由于我目前暂时失去了超能力，所以我虽然能感觉出来，这是属于心灵之力的力量，但并不能准确判断出具体的属性。

查理体表的那抹白光于所有暗盟成员面前释放，没有原力那般耀眼，却在一刻间仿佛照到了所有人体表。那是属于心灵之力的独特力量。

一刹那，我看到了属于数万人的心灵光团飘出体外，无数斑斓多彩的光团宛如一个个彩灯，将天空点缀。

下一瞬，天空恢复正常，无数光团消失不见。查理竟然能像我一样用心灵感应之力直接显化出他人的心灵光团。这种力量除我之外，查理是第二个我见到过能这样利用心灵感应之力的人。

不出意料的话，其他人应该也是看不到心灵光团存在的，不知道破灭、萧等人能不能看出。

不久后，查理体表白光消散，他重新睁开双眼，头顶留下数道汗迹，看来动用这种心灵感应之力对查理的消耗也不小。

查理定了定神对众人说道："经过检查，各位没有背叛的嫌疑，请大家休息片刻，回到自己的位置上。"

说罢，查理解散众人，又来到一处角落，我、破灭和阿力法也一同前往。

查理此刻面色难看，皱着眉道："目前盟内的人正常，看来是跟着盟主出去的队伍里有问题。"

破灭在一旁献言："白色，我们要不再派人去救他们，我可以出去，实在不行我们还有紫色。"

查理来回踱步着："紫色需要留在这里，我们即便还有人可以出去，也不能再行动了，不是我不想找到盟主，是因为根本找不到他。"

查理继续道："在盟主的计划里，他已经做到了滴水不漏，我也只是得知了一点他的计划，并不知道他到底去了哪儿，就算这样还是出现了意外，我们只能祈祷盟主尽快归来了。"

查理有些出神地望向宫殿之外那漆黑一片的空间。我听着查理的话语有些云里雾里，不明白这所谓的盟主究竟去做了什么，只知道他的计划出问题了，有人背叛了暗盟。

一旁破灭看出我的不解，上前对我说道："零王，你看上去有些疑惑。"

脚下的阿力法拍了拍破灭那坚硬无比的金属身体："你是不是忽略了我，我也只是觉醒了五十年前的记忆，但我并不知道盟内最近发生的事。"

破灭低头看向身高不及他一半的阿力法道："哦对，还有我们尊敬的老将军。"

平时看起来喜欢嘻嘻哈哈的破灭此刻在看起来年仅八九岁的阿力法面前，竟然变得乖了起来，看来阿力法很不一般。

查理走来，蹲下身来看着阿力法，和声细语道："老队长，盟主他，出去去寻找'魔角'了。"

阿力法闻言表情一愣："魔角主动现身了吗？"

查理点了点头，对阿力法说道："老队长，你什么时候可以让盟里那六万人恢复记忆？"

阿力法想了想道："那样东西还在我身上，虽然身体受了点影响，但问题不大，估计很快就可以。"

查理缓出口气，站起身来："那么麻烦你了，我和零王单独聊两句。"

阿力法和破灭两人闻言，离开角落。

查理看向我道，指尖出现一抹淡淡微光："零王，你准备好接受五十年前的记忆了吗？你和其他人不同，我单独将这份记忆传送与你。"

我认真应声点头，查理指尖轻点虚空，一抹光芒闪过，如同暖流进入我的机体。瞬间，一段不属于我的、尘封了五十年的记忆缓缓展开……

第二百九十一章　五十年前

随着暖流涌入机身，眼前场景变换，宫殿消失，取而代之的是一间硕大的会议室。

一张古朴的长桌上，一侧坐着几名身穿笔挺正装的人类，另一侧两个身穿奇彩异装的人，脸上反射出独特的金属光泽，那赫然是两个机人。

此刻那数名人类正与两个机人相对而坐，隔着一条长桌，像是在谈论着什么，但说话的内容听不清晰。

我一眼认出坐在人类席位上的最中央的男人，那鲜艳的装饰与胸前独一无二的圆形勋章，那是代表着人类最高领袖的标志。换言之，那个陌生男人就是人类大区首席长。

这……我四下看去，周围白茫茫一片，不远处的那座会议室。似真似幻，像是投影，又像是眼前真实发生的。

我试图向前走去，明明近在眼前，却始终无法到达那座会议室，我知道这是查理给我传送的记忆影像，于是不再前进，静静观察着眼前的场景。

机人一方的人再次开口，而这时我也听清了他们说的内容。

"这么说，你们人类是想与我们开战了？"那名机人咧开嘴角，露出一抹残酷的笑容。

离中央首席长一侧的最近的八字胡男人急忙道："不不不，我们不是这个意思，人类当然愿意与机人和平共处了。我们一起共建一个美好的大家园不好吗？哈哈哈哈！"

八字胡男人僵硬地笑着。对面的机人眼睛眯起，双瞳闪烁着淡淡的光芒："你们人类向来狡猾无比，数量像蝗虫一样多，我们怎么知道你们人类是真心实意想与我们和平共处。我还是那句话，你们如果同意，就在上面签字，三日内向全人类宣布，将会发给他们皮套的事。如果不同意，那就更简单了，我可以把你们这种不合作的行为视为挑衅，后果你们是知道的。"

那名机人的声音不大，但最后的那句话说出，如同判决一般，让人心里感觉一阵发寒。

八字胡男人浑身开始颤抖，抬眼朝身旁最中间的男人望去："首席长，我们不如就同意了吧。我们好不容易才有了一席安稳之地，如果真要拒绝，一旦发生冲突，到时候必将再次上演生灵涂炭啊。"

中间的男人看向紧挨着他的另一个人，一个戴着眼镜的看上去有些斯文的中年男人："孔宾，你也这么看？"

那名斯文男人推了推眼境，长吁了口气道："首席长，我不赞同，相信其余十六个区长和中议会也不会同意的。"

八字胡男人神色变得有些急躁，指着斯文男："你这样会害了所有人，你知道普通民众怎么想的？那些亿万百姓怎么想的？我已经做过严格的抽样调查，超过一半的人都同意了帝国给出的这套方案，怎么你的榆木脑袋不开窍呢？"

中间的首席长比出停止的手势，八字胡男人才重新坐了下来。

八字胡男人看向中间的男人："首席长，你不知道，我为了谈判做了多少工作，我从每个大区的每座城市里都……"

中间的男人抬起手，打断了八字胡男人的话语，抬起头望向长桌另一侧的两名机人，一字一句道："你们的方案我考虑了，我替全体人类给你们的回答是——拒绝。"

话音落下，会议室里气氛瞬间凝固，中间的男人与对面两名机人凝望数秒，随后其中一名机人开口道："好，我懂了，你们人类，好自为之。"

话毕，两名机人起身，朝门外走去。

八字胡起身，看样子想要追去，中间男人目光看向八字胡，拦下了他的动作。

……

眼前场景如同烟雾般散去，再次变换。

旷野上，千军万马严阵以待，将整片原野覆盖，其规模甚至比我之前见过的第一大区的雄狮军团更加浩大。

密密麻麻的战车坦克、飞艇战机多如牛毛，仿佛任何力量在其面前都会被瞬间消灭。无数的火炮枪弹，此刻都将漆黑的洞口转向天际。

因为，那里存在人类的大敌——机人。

我微微眯眼，盯着眼前的一幕，难道人类和机人，在很久以前就已经有过战争，而且还是这么大的战争吗？

很快，我的疑问就有了答案。

天穹之上，忽然出现一个黑点，宛如蓝白色幕布上滴下了一点黑墨。

那抹黑点出现之时，炮火声响起，无数枪弹火药倾泻而出，向天空中那抹毫不起眼的黑点飞射而去。

黑点并没有立即消失，也没有反击，而是迅速扩张，仿佛一颗被吹起来的气球般，在无数火舌的压力下，终于爆开。

天空中瞬间出现无数黑点，准确来说是机人帝国的无数战舰，在一声爆炸声后，四散开来，与人类军队展开了激烈战斗。

黑烟漫天，血流成河，无数人的生命在那一天内被轻易夺走，呐喊声、炮火声、冲锋声……响彻云霄。

直至五天后，枪声终于停了下来，最后的一枚子弹将机人胸前打穿，随着那名机人"扑通"一声倒下，人类守住了机人的进攻。在耗费无数财力物力，甚至数百万人的生命后，机人暂时被人类打退。

虽只是记忆中的投影，但那无数生命的流逝，持续不断的炮火声仍在我耳边环绕。我皱紧眉头，原来，五十年前人类和机人之间已经发生过如此规模庞大的战争，人类还成功守了下来。

场景再次变换。

……

一座鸟语花香的别墅中，八字胡靠在一张不知名皮革的座椅上，一圈圈烟雾吐出，身旁的通信器里传来声音：雄本，你没有说服你们的首席长，我们和你们之间的战争损失谁来承担？"

八字胡放下烟斗，语气平静道："你们机人帝国似乎还没有展现出能够打败我们人类的实力。"

通信器另一头沉默片刻，随后说道："我只是不想让战争损伤再扩大而已。雄本，你还是不清楚帝国的力量。这次我们派遣的士兵只是最普通的前排兵罢了，那些机人甚至连'能力'都没有，像那种士兵我还可以派出十倍，但你们人类还能抵抗得住十次吗？"

八字胡脸色瞬间一变……

第二百九十二章　变心

八字胡深深吸了一口烟气，语气低沉："我怎么知道你所说的是否属实，那场战争帝国可没占到丝毫便宜。"

通信器另一侧道："雄本，我一直相信你是个识时务之人，我觉得你应该没那么蠢，才愿意和你合作的，帝国对你们人类已经很仁慈了，我们不希望对人类太过残忍。如果威斯陛下真的下定决心除掉人类，你们早就都不复存在了。"

八字胡咬牙，死死抓住手中的通信器，像是在挣扎，片刻后，他睁开双眼："我知道怎么做了，请大帝放心，请帝国放心。"

通信器另一侧传来冷冰冰的声音："希望你尽快拿出合作的诚意，七日后，帝国战舰将再次下界，到时候人类是生是死就看你配合的成果了。"

话毕，通信器连接断开。雄本接着又拿起另一只通信器打去，没过一会儿，两个人先后来到雄本别墅，分别是一个女人和老人。

女人五十岁上下，身穿长袍，身上带着一股华贵之感。从记忆信息来看，她就是政府首席长之妻，名叫若兰。

而另一位老者穿着休闲，一脸严肃，风霜岁月的洗礼在其脸上留下的不可磨灭的痕迹，只看一眼，我便认出那人竟然是史密斯将军。

与我现在见到的史密斯相比，记忆影像里的史密斯容貌并没有发生什么变化，甚至我感觉现在的他还更加年轻了。我忽然回忆起，史密斯曾经说过，他不甘心就这样老去，是瓦尼给了他延缓衰老的机会。虽然没有看到瓦尼，但史密斯却出现在了这里，我不禁有些惊讶。

两人到齐后，一起围坐下来。雄本先来开口了："将军、夫人，这次请你们二位来的目的想必你们多少也有所猜测，我也不说暗话了，我联系到了帝国上面的专员，帝国愿意再给我们一次机会，让我们争取签下皮套协约，这样战争就不用再持续了，所有人也就不用经历提心吊胆的生死挣扎了。"

雄本环顾四周，两人变得犹豫起来。一会儿后，史密斯先说道："我反对。战争纵然可怕，但我们人活着就要有骨气，如果签下皮套协约，所有人都会变成机人的奴隶，到时候我们将再无翻身的可能。"

雄本面色阴沉，望向若兰。女人转头眼神躲避开来。雄本语气冰冷道："各位别忘了，虽然协议上说的是全人类，可是我们之中的三人，不，是三人所在的全家人，都可不算在这协议之内。

"你们想想，这可是难得的机会，就算其他人需要被套上皮套，失去自由，但这关我们什么事，将军我就不说了。若兰，你好好想想，你身为一介女流之辈，只要你做了，便可以保全你全家。我知道，你还有个儿子，不是吗？就算你不为你的首席长丈夫考虑，你也得为孩子着想吧。若是战争再爆发，你我都算站在权力的巅峰，事后帝国最先清算的就是我们。

"现在距离帝国第二轮袭击还有七天时间，对于我们来说也足够了。"

雄本的一番话似乎打动了女人，只见她最终低下头来，像是下定了某种决心："好吧，你说的，我做，我会配合你说服我丈夫。"

雄本露出一抹满意的笑容，接着道："那如果到时候，你我加起来也说服不了他呢？你也知道，首席长可是一个说一不二的人。"

若兰抬起头来，与雄本对视："那你想怎么办？"

雄本细长的双眼变得狰狞："那就做掉他。"

若兰明显变得有些愤怒："你疯了？"

雄本不但没有退缩，反而神情变得更加阴狠："别以为我不知道，首席长他常年操劳政府公事，根本不关心家庭，更没有时间来陪伴你，你其实早就与首席长不和。这些年来对他多有抱怨，积压在心，只是碍于身份，也无法表达，更不用说离开他。现在正好有个机会摆在你面前，不好吗？"

若兰犹豫片刻道："可是，再怎么说那也是我丈夫，更是被全球瞩目着，你怎么能说出这种话？"

雄本见状继续说道："你要明白，今天他是璀璨之星，可过几天还会是吗？那天他当众了拒绝帝国外使，帝国一定会用比普通人重一万倍的惩罚来教训他，届时你和你们家孩子也难逃一劫。现在正是将功补过的机会，要么说服他，要么就直接'咔嚓'，我觉得若兰夫人是一个聪明人，应该不需要犹豫了吧。

"顺便说一句，帝国与我们之间的差距可不是一星半点。他们完全有能力直接将我们消灭。我已经在给你们争取了，希望大家自己好好想想。"

若兰从沙发上站起："我同意你说的话，前提是一定要保证我家庭的安全，关于我丈夫我会尽量说服他。"

雄本点了点头看向史密斯，史密斯站起道："我还是拒绝，就这样吧。"

……

我看着眼前沧桑的老人，史密斯在我的印象里不算个好人：他勾结新人类，帮助新人类攻占第一大区政府，可以说是个不折不扣的人类叛徒。然而在记忆影像里他表现得却截然不同，到底发生了什么导致他变成后来的样子？

正想着，场景再次变换，面前出现一间宽敞的办公室，坐在办公桌前的人便是当时人类最高领导人，人类政府首席长。

旁边，一个中年妇女正站在一旁，弯下腰道："瓦荣，你现在还在忙吗？"

说着拿起一杯水放在男人桌角。男人看也没看，继续翻着手上厚厚的资料："你放下就好，先出去吧。"

若兰并没有动，而是站在原地："我想和你商量一下。帝国的皮套协议的事。"

男人终于动了，他抬起头来皱着眉头："你想说什么？"

若兰深呼了口气道："我想让你改变主意，那份帝国给的协议或许还有商量的余地。"

男人直接抽开椅子，站起身来指着女人，平静的语气里带着怒意："你再说一遍？"

忽然，门被打开，一个长有八字胡的男人走了进来。

雄本来到男人面前，与女人站在一起："瓦首席长，这可由不得你，你今天不答应也得答应。"

男人脸色一变，眉头紧锁："雄本，我之前就知道你有这方面小心思，今天终于暴露了，来人，给我拿下。"

雄本露出一抹阴险的笑容："首席长，你的守卫都被我调开了。"

男人怒极，直接将雄本扑倒在地，两人瞬间扭打起来。雄本一边与男人撕扯，一边喊道："若兰，动手，杀了他，你答应我的。"

若兰站在一旁，手里不知何时出现了一把手枪。

枪被举起，"嘭！"

一声枪响，子弹不偏不倚爆头，鲜血直流。

但射向的不是男人，而是与之扭打的雄本……

第二百九十三章　孔祥

子弹正中雄本的后脑，只见其十分僵硬地转过身来，眼神怨毒地看向若兰："你，耍我！"

明明子弹射入后脑，深深埋在里面，见雄本依然没有倒下。若兰连忙将枪里的子弹尽数射出，每一颗都打在了雄本身上。

几声枪响后，雄本依然没有倒下，只是看向若兰的眼神变得不同了。

角落一边的首席长此刻也动了起来，从腰间抽出刀具，朝雄本挥舞而去，鲜血四溅，一道血痕出现在雄本背部，雄本转身夺过飞刀，反手捅向首席长。

瞬间，首席长踉跄地跌坐在地。他看着雄本："你，已经不是人类了，对吧？"

雄本无视身上的伤口，一把抓起地上的首席长："只要能活下去，才是王道，剩下的，都是浮云。"

话毕，首席长应声咽气。若兰被刚才的场景吓到，此刻颤抖着双腿，也跌坐在地上。雄本转身看向若兰："你始终还是和他是一条心的，可惜。"

说着，一道寒芒划过，女人倒在地上，没了呼吸。

雄本擦了擦手，身上的伤口以肉眼可见的速度恢复，如果不是衣服上的洞痕，谁会想到这个男人刚才承受了数次致命的伤害，却看起来依旧若无其事。

……

场景再次变换，随着记忆不断传来，我也了解到了后来过去发生的一切。

雄本将首席长瓦荣和他妻子若兰杀死后，找到了他们的儿子——瓦尼，准备将其一同杀害，但瓦尼不知通过什么办法说服了雄本，并加入了他。

之后，瓦尼联系了当时还没当上军区司令但也具有很大威信的史密斯，以延长寿命为诱惑，将史密斯串通，并协助史密斯当上了军区司令。

至此，军政界皆被雄本与瓦尼掌控。雄本以临时首席长的身份，向全人类各个大区宣布与机人合作，让人类放下戒备。史密斯则调派全军，让所有军队都回营休整，取消警戒。

七日后机人帝国再度降临，而那一次，由于雄本的手段作用，机人轻而易举进入穹顶之下的人类世界，并开始实施长达数十年的皮套计划。

雄本和一小部分人类如愿以偿地获得了赦免，没有被算入皮套计划，而雄本一派当时的对头，孔宾一派，则遭到清算。孔宾被雄本带走，折磨致死，但孔宾的子嗣却逃走活了下来。

机人在入侵人类世界后，短短数月就将百分之九十九的人类变成只能乖乖"听话"的偏人，剩下的人类则在抵抗过程中，重新团结起来，成立暗盟，宗旨为："解救人类，灭除人类叛徒，赶走机人统治。"而当初最先号召起幸存者的人不是别人，正是孔宾的儿子孔祥，也就是现在暗盟盟主。

没有被人皮套所约束的，以雄本为代表的一小部分人类，则在后来建立起"魔角"组织。他们利用机人帝国所给的优待，得到了穿戴甲，或者说穿戴机甲，穿戴者在外形上与机人无异，并且还能获得强大的武力加成。"魔角"组织也成了能够合法前往地上机人帝国的唯一人类。

人戴上皮套为偏人。偏人的作用之一就是将剩下的人类抓住并同化。人类为了逃过偏人和机人的眼睛，所以创造出了反人皮套。反人皮套使得人类不会被偏人盯上，但副作用也很明显，就是会忘记这一年来发生的所有事。

然而在不得已之下，暗盟最终选择全员戴上反人皮套，等时机成熟，再解开皮套，恢复记忆……

传送来记忆中，还出现了一些人类之间所谓的关系。

让我感到有些意外的是，瓦尼竟然是死去的首席长瓦荣的儿子。这又打破了我对他的认知。周凯曾说瓦尼是他的子嗣，现在看来或许是因为周凯早已被人皮套控制，所以说出这种谎言。

瓦尼父母为了人类大义而死，瓦尼却从雄本手里活了下来，还变成了机人为帝国效力，这或许就是命运的安排。

……

记忆传送结束，我睁开双眼，眼前，查理正坐一旁仰着头，不知道在思考什么。我刚想说话，宫殿里的光线忽然闪烁起来，查理从椅子上站起看着宫殿大门方向："盟主回来了。"

我接收了记忆，自然也知道了盟主孔祥的事。查理看向我道："你也醒了，一起来见见盟主吧。"

我点了点头，跟随查理朝宫殿外走去。

一同前来的还有数名年纪偏大的人类，看上去都是暗盟里的元老级人物。

来到宫殿外，只见一艘月牙形飞艇停下，四个身影走出，中间的一位身材高大，在人群里尤为显眼。那人并不是保镖，而是暗盟盟主孔祥。

很快，四人来到宫殿门前，一众暗盟成员刚准备走去迎接，查理在一旁传音道："不对劲，别过去。"

我是第一次真正见到孔祥，其长相不说俊朗，但总给人一种和煦的感觉。

我并没有看出孔祥有什么问题。查理接着传音："盟主很可能被骗了，其他几个人都没有被人皮套入侵，但孔盟主已经……"

我不知道查理怎么看出来的，难道和阿力法一样，也是靠嗅觉？

查理最先上前走去，正走到一半时，孔祥叫住了他："查老，那个人是谁？"

孔祥指向我，目光并不友好："我们暗盟里怎么来了个机人？"

孔祥的语气里此刻明显带着怒意。我与之对视道："孔盟主，我叫零，我是来帮助人类的。"

孔祥微微点了点头，举起手中的武器。与此同时，前面的查理一边上前，一边说道："让开，盟主被入侵了。"

然而，盟主身旁的三个保镖并没有听进去，抽出各自武器打向查理。

查理被三人阻挡，一时无法近身，而孔祥已经将枪口指向我胸前。

"砰！"

子弹飞来，在触碰到我身上时直接爆炸开来，我被这种特制的子弹炸退数步，周围的其他来迎接的人已经向后逃去。

孔祥再次端起枪，这次他并没有选择我，而是将枪口对准了正在与三名保镖打斗的查理……

第二百九十四章　石门后

"砰！"

又一声枪声响起，子弹划过空气，不偏不倚打在查理身上，瞬间炸响起来。

查理并没有后退，爆炸的子弹打中查理，除了衣服上的一点血渍，并没有像我一样狼狈。

我看向孔祥，按照查理的话来说，他是被人皮套控制了，可是我分明看见他并无那种被控制时的双目无神，他所做的一切更像是在自身有意识的情况下完成的。这种情况按理来说不应该发生在刚被皮套入侵的孔祥身上。

没有想太多，我决定先牵制住他再说，不能让孔祥再这样胡作非为下去。

此刻孔祥身边没了保镖，我很快便来到他面前。

我看着他道："孔盟主，对不住了。"

说罢，机身液化，手臂前端形成一把剑刃，朝他砍去。

我并不是想将他杀死或重伤什么的，主要目的是为了制伏并切开他表面的人皮套，将他解救出来。

然而没等到利刃划破其皮肤，孔祥在瞬间用双指接住我的攻击，随后不屑地看来。我心说：这盟主果然不是白当的，记忆中并没有关于孔祥的战力信息，而我也忽视了这点，没想到他的武力也并非常人。

孔祥猛地将我甩开，顺便又补了一脚，将我踢得更远，而他则直接朝着另一头的查理走去，看来他是看出那三名保镖打不过查理，想亲自加入战斗。

我站起身来，准备去帮助查理，忽然，一抹亮眼的光芒散发，白色的光芒柔和却不刺眼，瞬间将周围所有可视范围照亮，如同一盏明灯于昏暗中燃起。

我感觉得到，那不是原力的力量，那是——心灵之力。

在白光亮起不久后，局势瞬间发生变化，原本与查理缠斗着的三人瞬间败下阵来，直接倒在地上，昏了过去。

三人体表并没有明显伤口，反而，刚才有三抹白光进入其身体。这恰好印证了我感觉到的心灵之力的力量，只是查理究竟掌握的哪种力量现在还不清楚。

现在只剩下孔祥站在不远处，与查理相对而立。查理明明可以直接将其也放倒，但他并没有那样做。

"盟主，你出去后究竟经历了什么？"

查理盯着孔祥，眼神变得复杂。

"查老，你为什么要拦着我？我突然醒悟了，只有投靠机人帝国才是最明智的选择。我们的方向错了，我们都错了。只要我们投靠帝国，我们就可以平安无事，而不是每天这样像老鼠一样流窜，你说呢？"

查理看着孔祥，重重叹气道："盟主，当初我应该阻止你出去寻找'魔角'的。你现在变成这样，应该已经被他们彻底洗脑了。不知道李博士有没有什么好办法？"

查理摇了摇头，便直接出手了，又一抹白光进入孔祥体内，不出三秒，孔祥便软趴趴地倒下，像是睡着一般，闭上眼睛。

……

之后，孔祥以及三名保镖先被关了起来，为了减少影响，盟主被入侵的事情并没有对大部分暗盟成员公开，况且那些成员还没有恢复记忆，只知道听从命令行事。这件事很快便像没有发生一样，隐瞒了过去。

夜晚，待这里的一切都安静下来，我靠坐在一处单独的屋内墙边，想起了之前的种种。

从林海家，到灵梦之夜，到暗源之地。从人类政府，到那些说着愿意跟随我的革命军，难道这一切，都是假的吗？

那些五十年前的被控制的人们，到底是在按照自己的意志行事，还是已经彻底沦为了机人帝国的傀儡和工具，打造出这样一番假象，我不得而知，但有一点我肯定的是，初雪必然没有被控制，至于与我接触过的其他人，应该也有部分人逃过了人皮套的入侵，像武力高强之辈如查理、初旭、慕斯；还有一些聪明人，如李博士。

外面的世界不知现在变得如何了，社会的秩序应当还在正常运转，尽管只是表面。

在五十年前，人类世界已经经受了入侵，但这场入侵的目的还不清楚。我总感觉这背后，还隐藏着更大的阴谋，并不像是想要简单地让人类臣服……

转眼来到第二天，查理找上了我。我看到，他腰间已经缠上了绷带，虽然昨日他表现得很是强势，但他毕竟只是血肉之躯，总会受伤。

在一番关心与闲聊中，我随他走到了宫殿的最深处，穿过一条长廊，尽头，一道灰暗的石门矗立。

机关转动，石门从中间敞开。我与查理走进石门，映入眼帘的是一排排整齐的仪器与试管装置，这赫然是一间实验室。

我忽然想到什么，看向角落里坐在躺椅上的人——李博士。李博士也是暗盟的一员。

李博士正闭着眼睛，看上去像是沉睡了过去，也许是他最近的实验太过疲惫，我和查理一路走来发出了不小的声音，但他好像没有听到。

查理走了过去，触碰到李博士的一瞬间，李博士慢慢睁开，随后坐了起来。

他看了看我和查理，似乎察觉到我的疑惑，说道："呵呵！你们来了，我刚才在试着研究新的办法来让盟里的人觉醒记忆，没想到你们来得还挺早的。"

李博士看向我："小零，查理应该已经和你说了五十年之前的事了吧。"

李博士说着又看了一眼查理。查理点了点头，随后退出了房间。

随着石门转动，闭合，李博士神情似乎变得不同了。我并没有在意，看向李博士："博士，没想到你也是暗盟的人？"

他微微笑了笑，开口道："小零，我还以为你已经猜到了，之前你还记得你将那颗头颅给我的事吗？"

我点了点头，我当然记得，那颗头颅是从瓦尼身上取下的，当时觉得对李博士博士有用，于是让他拿去研究。

"那颗头颅是你给我的，那么你知道其对应的身体是谁带给我的吗？"

我表示不知道，直到现在我也不清楚是谁，但想必应该是暗盟所为。李博士继续道："是查理给我的。

"他当时有一段时间里一直在暗中保护你，后来，他在你取走那颗头颅后，又专程将身体想办法带出给我，因为那具身躯的主人——瓦尼身上有着很多秘密……"

第二百九十五章　法则

秘密？要说瓦尼有什么秘密，我相信自然是有的。他似乎对什么事情都时刻有种尽在掌握的感觉，相比其他人，瓦尼给我的印象在所有人中算最深刻的之一。

李博士目光看着一旁的椅子，似是在回忆。他缓缓开口道："小零，你从查理那里应该已经知道了过去发生的事。瓦尼一开始是人，还是死去的政府首席长的孩子。他的父母被雄本杀害，但他不仅没有为父母报仇，反而加入了与他有杀父之仇的雄本。你觉得为什么会这样呢？"

我微微皱眉，摇了摇头表示不知。李博士继续道："因为从雄本手里活下来的，已经不能算是一个正常的人了，虽然只是猜测，但我觉得那时的瓦尼，已经变成机人了。"

我暗暗惊讶，五十年前的时候，瓦尼就已经不是人类了吗？雄本，不对，应该说机人帝国在那时，就将瓦尼变成了机人，可是人类变成机人会发生什么？瓦尼不是机人帝国里的伪人一族吗？如果瓦尼真的算是所谓的伪人族的话，那么那一族难道都是由人类变的吗？

由于现在知晓的信息与我之前的认知相悖，所以我不得不重新整理思路。

我问道："博士，你知道伪人吗？"

"伪人？那些机人是这么叫他们的吗？"

我开口道："我曾在地面上与机人聊天，得知瓦尼属于机人帝国里最不受待见的一种机人。那种机人被称为伪人。"

李博士推了推金属框眼镜道："唉，那些所谓的伪人，其实就是在一百年前，人类败于机人，撤到地下时，一小部分投靠机人的叛徒。没想到那些人竟然还没死，反而被改造成了伪人。"

我恍然大悟道："原来是这样，那些人类居然活到了现在。"

李博士反驳道："这没什么好稀奇的，以如今的科技医疗水平，就是普通人也能轻松活到一百多岁。那些被改造过的人类，能活得更久并不是什么难事。"

我点了点头，李博士忽然正色道："小零，你知道这次我为什么来找你吗？"

看着李博士严肃的表情，看来接下来他说的才是正事。李博士开口道："你现在应该用不了超能力了吧。"

我回道："没错，博士，查老与你说了吗？"

李博士淡淡一笑："不用说，当我见到你的时候，就已经知道了。"

不等我说，李博士又道："我不光知道你失去超能，还知道这其中的因果。"

话落，我彻底认真起来。李博士虽然是我的创造者，但是这具机身已经经过数次修换，早就不是当初李博士创造我的那具机身了，但他却能知道其中的因果，李博士比我想象得更加聪慧。

沉默了一小会儿后，李博士才开口道："小零，你知道你特别在什么地方吗？"

我脱口而出："是因为我帮助人类吗？"

李博士摇了摇头道："与人类交善的机人并不只有你。"

我继续猜道："是因为我是你创造的？"

李博士又摇了摇头："我创造的机器人也不只你一个，我并没有在你身上多加什么东西。"

我再次开口道："是因为我得到了暗灵之王的机身核心以及他的能力，我继承了他的意志。"

李博士终于不再摇头。他开口道："没错，你拿到了那个人留下的东西，所以成就了后来光辉的你。"

李博士语气一变："可是凡事有利有弊。你虽然通过捷径获得了强大的力量，但你也要为之付出相应的代价。"

"其实说来，你比那个人，也就是暗灵之王幸运，人们都知道，暗灵之王是为了保护人类而死，可是你有没有想过一个问题？"

"什么问题？"

"一个再简单不过的问题，暗灵之王奥斯本可是机人，还是当时最为强大的机人，就连现在机人帝国的帝王威斯，在当时也只能被他强压一头。这样一个可以说是蓝星上最为强大的生物，为什么非要保护人类，甚至最后不惜为人类赴死，其实这并不合理，你说对吗？"

黄灯照射下，李博士的脸看上去竟忽然让我感到有些陌生，我缓缓开口道："这……难道不是因为奥斯本他喜欢人类，希望人类与机人和平共处？"

说到最后，就连我自己都有些变得不自信起来，难道这其中还另有隐情？

李博士呵呵一笑，说道："奥斯本帮助人类是真，他掩护人类撤退地下，为人类而死也为实。但是，他的动机却不是你想的那样，或者说，他这么做的目的不是所有人想的那样，他——是被逼的。"

我微微一振，要是别人说出这番话，我肯定会认为是在污蔑丑化暗灵之王，甚至会立刻反驳他，但这句话由李博士所说，我就不得不好好想想了。

李博士看着我，说出一番颠覆我之前观念的话："暗灵之王保护人类而死，是因为他不保护人类，也得死，因为，在他的机身里，存在着直至今天，依然是完全不可忤逆的——机之法则。"

"机之法则？难道这机之法则，能够强制暗灵之王的行动？"

李博士望着我，眼眸里出现一丝从来没有的深邃。他淡淡道："机之法则的强大，远超你的想象。无论你有多大的能力，只要你是被法则所笼罩的机人，就只能遵守法则来行事，而不遵守法则的后果也很简单——机毁身亡。"

我猛然想起之前，三次自身机体失灵的情况，难道说……

李博士继续道："暗灵之王就是在法则之力的强制下，保护着人类，最终因为人类身死。他死后，机体内的核心落于我的手上，最后又被你融合。现在，他的核心在你体内，而机之法则发挥作用的来源，也在核心处。"

我接道："也就是说，机之法则现在也作用在我身上。我之前失去超能力不是因为其他，而是因为我触犯了法则。"

李博士点了点头。我皱了皱眉道："可是，既然我也触犯了法则，为什么我没有像暗灵之王一样死去，而只是失去了超能力？"

第二百九十六章　地上法则

李博士敲了敲坐着的躺椅道："机之法则无法违逆，至于你的情况，是我主动修改了法则的内容，所以你才会察觉到它；否则，你不会意识到法则的存在，更不用说触碰到它的边界。"

我听罢依旧有些不懂，李博士耐心解释道：

"你体内存在的法则，或者说暗灵之王原来机体内的法则，大概可以理解成三个内容：

"一、将人类当成好朋友，对人类抱有最大好感；

"二、把保护人类作为最重要的课程之一，无论在何时，一旦有人类遇到危险，必须第一时间站出，尽自己最大能力保护人类，将人类安危置于自身安危之前，必要时甚至可以牺牲自我（且人类集体利益大于人类个人利益，精英人类大于普通人类）；

"三、禁忌项：不能伤害或杀死人类，如果重度伤害甚至杀死了人类，则将失去全部功能，机体自动销毁。"

我听着李博士道出法则内容，内心已经惊讶无比。我皱着眉道："可是博士，这法则听起来好像没什么问题，就算它是对的，可是为什么我根本感觉不到法则的存在？"

　　李博士看着我道："机之法则的强大之处不仅在于它对你的束缚，更在于它是深埋在你潜意识当中的观念。只要你还活着，你的脑海里每时每刻都会被这种观念所影响，来形成看不见的无法察觉的规则。你根本意识不到它的存在，但你知道你就应该这样去做。你会天然地将它作为自己的行为守则，它就像是你与生俱来的一般。"

　　听到最后，我脑海里"嗡"的一声，一股凉意直冲心头，难道我所认为的，想要保护人类的观念不是自己真的这样想吗？难道我一直以来，所做的这一切都是机之法则所带来的吗？那么我岂不是根本没有所谓的自由意志，岂不是从头到尾都是一个被人利用的工具！

　　我没有再继续往下想，我感觉此刻自己头脑都变得有些混乱。当我得知自己的这些想法都来自人为的设定时，我彻底怀疑人生了。我是谁？那原来的我应该是什么样？

　　我盯着面前看起来依旧和蔼的有些发胖的老头，那种对他的好感，在他将法则的内容告诉我的那一刻，好像烟消云散了。

　　现在的李博士变得陌生，但更多的是一种发自心底的寒意和畏惧！

　　我冷冷盯着他。李博士显然也观察到了我的变化。他叹出口气道："按理来说，即便我告诉了你法则内容，你也不会相信，因为我说过，法则作用在你身上时，将会形成你心中最深的观念，甚至是执念。你本来不会认为我说的是对的，你现在之所以能够清醒，是因为我之前已经修改了法则。"

　　李博士推了推眼镜："我将第一条法则，更改为保有你内心真正的想法，并在你得知法则更改成现在后打一声响指。"

　　话音刚落，我瞬间感觉身上有一股无形的力量涌出，那不是任何我所熟悉的力量，那是一种完全无法违抗的感觉。我感觉我没有缘由地莫名想做这件事，并且谁都阻止不了。这种感觉甚至在控制我的意识。

　　我眼睁睁看着自己抬起左臂。

　　"嗒！"

清脆的声音仿佛将空气凝固，我真的打出了一声响指！

"李博士，你在玩弄我吗？"

我看着眼前熟悉的老人，淡黄的灯光照在其镜片上，我看不清他此刻的眼神，也看不清这个曾经让我敬重的人。

"呵呵！小零，我没有想让你难堪，也不是想玩弄你什么的，我只是给你展示一下机之法则的强大。"

李博士继续道："其实，机之法则不光在你潜意识中形成看不见的观念，它也可以变成一条更加具体的指令。"

此刻，我在畏惧这机之法则的同时，也多了些疑惑。我想了想还是说了出来："既然机之法则可以直接下达具体命令，为何还要编辑成让我相信的观念？"

"呵呵！逻辑严谨的搭建观念比直接具体的命令更加控制人心，当然，我指的人是机人。"

"小零，我们说远了，你不是想知道你为什么违反了机之法则还没死吗？我猜是因为你体内还有另外一套法则的缘故。"

"什么？"

我忽然想起一件事，现在我的机体内不光存在着暗灵之王的核心，还存在着一位地上机人——兰玉的核心。

难道是兰玉体内的核心也发挥了作用吗？

我将自身拥有两个核心的事说出。李博士微微点头道："原来真的是这样。我也曾假设过，拥有两套不一样的法则会变成什么样，现在看来有了答案。"

李博士看着我道："据我推测，地上的机人帝国同样拥有这一套法则，只不过那套法则与你体内的法则并不相同。地上机人所拥有的法则，应该是以你这套法则的底层科技为基础，经过彻底修改后的成果，我暂且称呼它为'地上法则'。"

李博士眼神多了一丝凝重："地上法则应该也是会让机人形成一套观念的法则，而法则的内容，很明显，与你体内的机之法则有很大冲突。当两套法则同时作用在一人身上时，更强的初始的机之法则胜出了，让你依然产生着保护人类之类的观念，但这并不代表地上法则会彻底失效，在你违反了机之法则不能杀人这一禁忌后，是地上法则在关键时刻保下了你。"

我听后恍然大悟道："原来是这样，我已经三次违反了机之法则，这么说地上法则保护了我三次。"

李博士点了点头道："理论上是这样。你很幸运，从这个概率事件中活了下来。"

我回道："这种幸运能持续多久呢？"

李博士笑了笑没再接话，而是忽然换了个话题道："之前我还和你说过，瓦尼体内存在着秘密，对吧？"

我说道："他背靠帝国，所以他的体内是地上法则，对吧？"

李博士微微点头："就算瓦尼以前是人类，但也按理必须严格遵守法则，我现在告诉你，瓦尼身上的秘密就是——他是我发现的唯一一个，自己察觉到了体内的法则，并且直接跳出法则，完全自由的机人。"

第二百九十七章　代价

我微微一振，有些惊讶道："瓦尼他脱离了法则控制？"

"没错，现在你知道你为什么用不了超能力了吧？瓦尼不仅脱离了地上法则的控制，他甚至找出了你身上存在的机之法则，并利用法则之力来对付你。"

我猛然回想起，瓦尼在第七大区边缘那所废弃站内，公然用分身跑来送命，导致我超能失效。

那时侯，他就已经猜到了我体内的机制法则了吧，他不光猜到了我体内法则的存在，更是猜出了法则的禁忌项：我不能杀人。瓦尼想利用法则的力量来杀了我，再不济也能重创我，就像现在，我失去了所有的超能，就连机体内自带的"大观"变身都用不出来。

没想到瓦尼竟聪明至此，我都不知道自己体内的法则先被他利用了。

可是他是怎么猜出我体内机之法则的内容的呢？

我想了想，应该是在塞城时，我一人拦下雄狮军团的那会儿。他观察到我不能对雄狮军团出手，继而直接猜到了机之法则的禁忌项。

李博士见我一动不动，他忽然说出一句让我意想不到的话："小零，你恨我吗？"

"什么？"

我看了眼面前慈眉善目的胖老头。此刻他正殷切地看着我，似乎很迫切地想得到这个答案。

我深吸口气，缓缓道："不恨，虽然你将我创造出来最初是想利用我，但后来就像你说的那般，你给了我自由思考，给了我选择，现在，又将这么多真相告知于我。你让我真正有了自己的生命，我——感谢你。"

李博士盯着不远处的木桌，像是在犹豫："小零，你想不想从机之法则中解脱出来，彻底获得自由，并重新掌握超能。"

我愣了一下，李博士的语气变得有些沉重。我很想说当然了，但又咽了下去，最终开口道："李博士，真的有这种办法吗？你之前不是说机之法则无法打破、坚不可摧吗？"

李博士笑了笑："呵呵！法则本身确实难以打破，但是我又没说不能修改法则。"

我微微一愣，很快反应过来："修改法则，那应当很复杂吧？"

李博士摆了摆手道："只是复杂的话倒是没什么，关键在于修改法则需要付出很大的代价，这个代价常人付不起罢了。"

"博士，你之前不是已经修改过一次法则了吗？你当时付出的代价是什么？"

李想没有直接回答，缓缓开口："你只需要知道，我还能再修改一次法则就好。"

我微微皱眉，换了个问题道："那你能告诉我，你为什么要这样帮我？"

李博士推了推眼镜道："我不只是在帮你，也是在帮人类自己。如果你倒下了，人类就失去了最后的希望。我只有将法则修改，你才能发挥出真正的实力。"

我开口道："李博士，你那么相信我，在我不受法则约束后，会帮助人类吗？"

李博士平静道："呵呵！我只能在你身上赌一个未来了。"

我没再说话，李博士道："没关系，就算你最终选择不帮助人类，那也是人类的命，做自己就好。"

我盯着李博士道："不对，博士，你曾经说你在我体内放了一颗'人心'，这所谓的'人心'是什么？"

李博士面不改色："那是之前，在你诞生时，我在你体内安装的一套程序，那程序名为'良心'。人之根本，凭良心做事。不过你不用太担心，我知道你曾更换了机身，那套程序对现在的你来说已经不奏效了。"

我紧盯着面前的老人，他并没有露出什么破绽。

我开口道："从你将第一道法则解除后，我便渐渐失去了那种一心想要保护人类的想法，现在我能越发感觉得到我是一名机人而非人类。如果说那个所谓的人心已经失效，我是相信你的。"

李博士正色道："相信我吗？那就好，我们聊得已经够多了，接下来，就让我最后改一次机之法则，但以我的能力只能更改一条，你来选择吧。第一，不再强制性地保护人类；第二，人类被你重创或死亡后，你将不再受影响。"

回想起前三次我机身直接死机的情况，我脱口而出道："我选择第二条。"

李博士并不意外地点了点头道："好，那我们开始。"

话毕，他转身从身后桌子的抽屉里抽出一个黑乎乎的东西，定睛看去，竟然是手枪。我的经验告诉我，那不是什么拥有特殊功能，能打穿钢板的手枪，也不是手枪状的什么其他物品，那就是一把普普通通的手枪。

只见李博士抬起枪来，漆黑的枪口朝向自己额头，拉动枪栓。我猛地一惊，急忙道："博士，你？"

没有犹豫，我一步迈出，想冲上前阻止李博士这样做。此刻，我不知道是机之法则的作用还是自己本就这么想的。

然而，刚踏出一步，一股无形之力降临。这次，我清晰感觉到了，这种无法违抗的感觉，这是法则的力量。

法则之力降临的瞬间，我就被定在原地，动弹不得，就连轻微的移动都做不到。

我死死盯着李博士，想要开口都做不到。

李博士看着我道："小零，放心，只要我死了，就不会再有第二个人能直接这样控制你的行动。尽管你还会受到一道法则的约束，但我相信，你凭借自身也能打破。现在就让我用生命，来为你修改最后一道法则。"

话毕，一声清晰的枪声响起，李博士瘫坐在躺椅，一道血迹从他额头缓缓流下。

这个被誉为人类最聪明的科学家，刚刚亲自结束了自己的生命。

我不敢相信地看着这一幕，一时没有做出其他动作，只是呆呆地站在原地，空气似乎也跟着凝固。

……

后来，我上前又确认了一番，李博士真的自杀了。查理等一众暗盟高层将李博士秘密安葬，其间并没有多少人知道。他们也没有问我李博士因何而死，看来李博士在生前就已经做好十足的准备了。

一晃七日已经过去，其间我一度因自己没有救下李博士而感到自责，然而，这种情绪没有持续多久，因为我知道前方还有更多挑战在等着我。

我原本打算在参加完李博士的葬礼后，出去寻找自己之前认识的一些人，查理叫住了我，让我多等两日。

果然，李博士入葬后的第二天，暗盟里公开传出让人振奋的消息，盟主归来了……

第二百九十八章　新的消息

作为暗盟里最为核心的人物，暗盟领袖——孔祥宣布回归。

这个消息在暗盟众人记忆恢复不久后，便铺天盖地地响起。不知是巧合还是命运，有了这个主心骨，相信幸存下的人类会很快接受现实，然后振作起来。

自从李博士走后，这几日除了查理和少数暗盟高层，我再没与任何人有过接触。

独自待在一座安静的房间里，没有了他人的打扰，我已经渐渐适应了这种清净的生活。这几日来，李博士那天与我的谈话和他的身影时常会被我想起。那天之后，我曾一度想念起那个和蔼可亲、时而又有些正经的老人。他给我带来了一种别样的触动，那是来自人类的温暖。他用生命证明了他曾经说过的一句话——"不管人类能否渡过这次危机，我希望你能追随自己的意愿，活下去。"

或许在很久之前，他就将机之法则的第一条法则改变，让我对人类抱有着属于自己的态度。我也确实并没有一直对人类持着愿意付诸一切的善意，只是看到人类，还是情不自禁地去"保护"。我现在知道，这种保护，来自机之法则，无法违抗的法则之力。

李博士用生命将法则二次修改，如今，能够限制我的，只剩下法则中的最后一条——将保护人类作为最重要的课程之一。

法则现在只需要我来保护人类，没有了禁忌项的约束，就算我因需要保护更多人类，而被迫放弃少部分人时，法则也不会再制裁于我。

……

"咚咚咚！"

门外，一阵敲门声响起，在得到我的允许后，一个高大儒雅，看上去一身正气的男人走了进来。那人不是别人，赫然就是之前被人皮套控制了的暗盟盟主——孔祥。

虽然孔祥应当已经从人皮套中被解救出来，但他并没有像我想的那般，先去看看那数万名暗盟成员，而是直接跑来找我，让我不禁有些意外。

"孔盟主！"

孔祥微微一笑："零王，前几天我们初次见面。我那时遭奸人陷害，对你多有得罪，希望你还多担待。"

我回道："盟主现在无恙就好。"

"这几日经我盟高人出手，我已痊愈，零王不必担心。"

我看着孔祥："盟主这次找我，恐怕是有什么其他事吧？我经查理引荏，已在此停留多日。盟中之事我也了解甚多，也算暗盟的一分子了。孔盟主不如直接说出想法。"

孔祥笑容变得更加灿烂："好，零王既然话已至此，我再多说别的就是我的不是了。我这次来找零王不光是想表达之前对你的歉意，还有一件事，就是我想请求你担任暗盟副盟主一职，希望你不要推辞。这是我也是各位盟中元老共同的决定。"

我微微挑眉："盟主愿意将此大任托付于我，我很感激，但恐怕我现在的状态不适合担任此职，望盟主见谅。"

孔祥叹气道："那还真是我暗盟的损失。不过，我孔某还有一个不情之请。"

"盟主请讲，如果是我能够帮上忙的我会尽力为之。"

孔祥真诚道："零王你也知道，我在出去探寻那人类背叛组织——'魔角'的途中，被人陷害，甚至套上了祸害整个人类的人皮套。但我也不是完全没有收获的，相反，我得到了两个重要的关于魔角或者说关乎整个人类文明未来消息，我先来说说这两个发现。"

我听着也来了兴趣，只听孔祥继续道："第一个消息，便是我在被人皮套所控制后，在失去自己的意识前，我清晰地记得我曾到过一处地方，那处地方便是魔角组织的大本营所在。因为我在那里，见到了不少长着牛角的机器人。那些机器人并不是来自地上机人帝国，而正是背叛了整个人类的叛徒，我称呼他们为魔角人。"

我微微皱眉，想了想说道："孔盟主，你说你是在被人皮套控制后，又被带到了魔角组织的大本营。可是，他们为什么要冒着被你发现的风险也要带你他们的老巢呢？难道他们没有防范之心吗？"

孔祥那张温和的笑脸像是想到什么，忽尔变得挣扎起来，不再像之前那般从容。他犹豫了一小会儿后道："零王，说出来也不怕被你笑话。第一，我觉得魔角组织或许没有想到，我还能从人皮套的控制下恢复过来，因为他们给我套上的不是一般的人皮套，而是直接能改变人心神的人皮套，效果比一般人皮套更好的加强版。若不是我盟中有能人高手，我还真未必能恢复过来。"

孔祥脸上闪过一丝庆幸。他接着道："第二，他们将我接到他们老巢，其实是为了——羞辱我。"

尽管最后那几个字的声音很小，不过我还是清晰地听到了。

孔祥解释道："我是暗盟盟主这一点，在魔角组织里并不是什么秘密。魔角组织不像暗盟，他们里面的人是以血缘关系为纽带，里面的人因为在五十年前出卖人类，获得了机人帝国的赦免甚至奖励，那些人中有不少人我甚至都认识，其中权力最大的一位，他自封魔角王，是曾经我父亲孔宾的死对头，杀死我父亲的凶手，曾经人类政府最高层领导人之一——雄本。

"雄本当年杀死我父亲，他想要斩草除根，不料我逃离出去，后来并成立暗盟。如今他再次抓住我，觉得我早已构不成什么威胁，但他还是用他的恶趣味来羞辱我，甚至说，以此来羞辱整个暗盟。"

孔祥眼里此刻闪过一抹杀意。我想起之前查理给我传送的记忆里出现过的雄本，正是他，一步步策划着将人类政府权力控制，让人类军队放弃防守，导致最终机人轻松将人类世界掌控。

五十年过去了，他当上了逍遥自在的魔角王，而人类世界则彻底被机人渗透控制。可以说，他现在所拥有的一切，都是踩在数以亿计的无辜百姓身上得来的。

我并没有继续听孔祥究竟是被怎么侮辱的，想必他也不愿意再回顾这段经历。我看着他道："孔盟主，我相信你这个消息是真的。"

孔祥松了口气："那好，零王，我要说的这第二个消息则更加重要，尽管这里面有我个人的猜想……"

第二百九十九章　小队

我认真点了点头。孔祥开口道："第二个消息，依然是我被套上人皮套后发现的。

"套上人皮套后，在我逐渐失去原本的意识期间，我感觉到，有一股力量，在驱动着人皮套，继而驱动我的身体，来达到控制我的效果。那种感觉，如果要更细致描述的话，仿佛在冥冥之中，有一个人在旁边一直指导着我，告诉我接下来要做什么，我就一直跟着他的话来行动，完全失去了自己的观念。"

说着孔祥更加认真道："在我意识最模糊的一段时间，这种感觉越发强烈，但忽然之间，我短暂清醒了几秒。那几秒内，我仿佛打开了另一个世界的大门。我能感受到周围密密麻麻的与我一样情况的人。那些人身旁都站着一个与之对话的人。而那些站在身侧与我们对话的人，他们的头顶都有一根细线，所有细线都朝着一个一个方向会聚而去。因此我怀疑，所有偏人的背后，有一个能够控制亿万人之多的东西，虽然不清楚是什么，但它是存在的。"

孔祥一本正经地说着。我看他的表情不像是在开玩笑，于是说道："好的，盟主，我相信你说的话，所以，你告诉我这些消息是为了……"

孔祥开口道："我想请零王与我等人一同再去寻找一番魔角组织的大本营。有了上次的经验和零王你的参与，我相信不久后，我便能将魔角组织铲除，甚至找出解救全人类的办法。"

我微微一笑，毫不犹豫道："没问题，我答应你，我会尽自己最大的努力帮助暗盟，一同打败魔角，解救人类。"

"只是？"

孔祥愣了一下道："零王请讲。"

"我由于一些特殊原因而失去了超能，现在我的实力别说十不存一，可能在盟主你手下当成员，都属于平平无奇的那种。"

孔祥似乎并不太担心道："零王，我相信你日后一定能重回巅峰。你就算不用动手，仅凭自己的判断和思考，也能为我们的队伍增光添彩。"

……

与孔祥交流完后，他便先离开了房间。我与之约定在明日下午——日落之前，与他和他的一众小队出发，去寻找他在成为僵人后感应到的魔角的老巢。

很快，次日下午，敲门声再度响起，来人并不是孔祥，而是一位身穿白衬衫，看起来平平无奇的男子。

他叫乔安，是孔祥这次组织的行动小队里的一员。在其表达来意后，我跟着他去与孔祥的小队其他人集合。我从乔安身上并没有感受到太强的气息或者能量反应，看来他在小队里应该并不是战斗类型的人员，就是不知道他有什么其他过人之处。

我随乔安走过宫殿边缘的长廊，来到殿外，一艘小型飞艇正停靠一旁。飞艇头灯之下，出现三道身影：为首面带儒雅之色的便是孔祥；其身后还跟着两名身高并不低于他的高大男子，两人的身形及肌肉线条如同雕塑，很明显，那两人应该就是负责众人安全的了。

众人短暂交流，确定了行动目标后，便踏上了前往魔角大本营的征程，打算在那里与曾经背叛人类的叛徒做个了断。

一路上众人交流甚多。我了解到，那两名高大男子是暗盟里通过两届比武赛选拔出来的魁首，两人实力都是不凡，并且都掌握有原力。

我很想与二人比试一番来看看他们的水准，同时也测试一下自己恢复的情况，但现在显然不是个好的时机，我也并没有对他们说出过自己的能力已经开始回归的事。

在飞艇的急速行驶下，短短数十分钟便跨越了数个大区，最终，在一处广袤的森林深处，飞行速度降了下来。

"我们这次行动有两个小时的时间，时间再长，这架隐身战机就有可能会被发现。"乔安向众人说道。

一直坐着孔祥开口道："时间紧迫，我们行动一定要快。这次行动的目的，不求将魔角全部覆灭，起码要将魔角组织的核心人员抓捕。他们可能会对解救出全人类，帮助人类摆脱人皮套控制起到关键作用。"

说着，孔祥向我看来，露出一抹"你懂"的笑容。

根据孔祥的回忆，魔角的大本营基地便设立在附近。在森林深处，又飞行了数分钟后，前方，出现了不同的景象。

原本郁郁葱葱的树木消失，取而代之的是一片空旷的漆黑的土地，没有任何植被覆盖，就连一只动物的踪影也没有，仿佛是与这片森林完全隔离出的单独的区域。

从飞艇上向下望去，显得格外明显。

孔祥看着下面不远处的空旷区域："应该就是这里，我记忆里这片土地上存在机关，可以打开通往魔角巢穴的道路，我们开始行动。"

飞艇下降至地面，一行五人，除留守的乔安外，四人都从飞艇内走下，朝着那片空旷地带进发。

来到空白地带边缘，还未踏上那片土地，我本能地感觉到有些不适。前方的孔祥注意到我的疑惑，开口道："零王，怎么了？"

我回道："孔盟主，我们要不先在外面观察试探一下？我感觉这里面有古怪。"

孔祥想了想道："好，零王你的战斗经验丰富，听你的。"

说着前面三人没再前进。我盯着面前，与森林其他地方格格不入的空旷之地，忽然想到什么。我微微眯眼，看着前方领头的孔祥，说道："盟主，这片地方这么大，我们从哪里找到机关呢？"

"我记得没错的话，应该就在从这里往前走一百五十步，大概在前面空地边缘第十三棵树的位置，那株树脚下。"

孔祥说完，我捡起一颗石头，朝远处掷去，石子不偏不倚，正打在孔祥所说的位置处。地面震动，机关声响起，一个漆黑的洞口缓缓从地底出现。

孔祥说道："零王，你真准，我们快走吧。"

说着孔祥和身后的两名壮汉便要踏入空地。

我微微皱眉，开口道："盟主，等等，再往前走，恐怕就回不来了。"

第三百章　魔角现身

孔祥依旧向前迈出，直接踏入了前方的黑土地上，身后的两名保镖也跟着迈入。

孔祥站在上面，看了看脚下："零王，看来你多虑了。"

数秒过后，周围依旧没发生什么变化，但我内心的不安却越发放大。

突然，地面震动，眼前空旷的黑土地与森林的交会处，地面直接裂开，形成一条深不见底的沟壑。随后，整片独立出来的地面震动起来，缓缓上升。

我以为是自己看错了，定睛看去，那片黑土地竟然真的在升高，并且速度越来越快，最后如同飞一般冲天而起。无数泥沙碎石滚落，终于，我看到了这片黑土地的真面目。

它并不是一片单纯的土地，而是建在一只超巨大的巨型机甲上方。这黑土地就是机甲的头顶！

这片土地本身占地数百平方米，而这只是巨型机甲头顶的面积。整个机甲站立起来，按照人的比例来算，其体型可想而知。

巨型机甲只在地面露出上半身，其所到达的高度就已经高耸入云。之前站在黑土地上的孔祥与其两名保镖此刻已经看不到踪影。或许他们还在机甲的头顶，又或许他们中途跳了下来。总之，希望他们现在安然无恙吧。

如今我的心灵感应之力也在慢慢恢复，但暂时还不能感受到别人的心灵光团，不然事情就会变得更加容易掌握。

巨型机甲在破土而出后，并没有进一步的动作，但仅凭巨大无比的外表，就可起到一定的震慑作用。

然而对于已经与类似的巨型生物打过交道的我来说，这只巨型机甲虽然让我有些意外，但并不恐惧。

我观察着面前的遮天蔽日的机甲，单就这种技术和工程量来说，这具机甲显然是地上机人帝国所造，结合前面孔祥提供的信息，这座机甲恐怕是专为魔角组织所设的。甚至，说它是一座人形堡垒也不为过。

那么现在问题来了，孔祥就算没有见到过这具机甲，但也应该知道魔角组织不是那么好惹的。作为背叛人类，得到机人帝国眷顾的极少数人，五十年来，他们一定积攒起了一定的底蕴，而眼前的参天巨甲，就是很好的证明。

孔祥带着包括我在内的几人，虽说不容易引起注意，但仅凭我们，就算是偷袭也不一定会成功。能从五十年前皮套危机中活下来的人，一定不会简单，或许孔祥还向我隐瞒了什么。

正想着，周围传来一阵窸窸窣窣的声音，声音不大，但却是从四面八方传来，并且随着时间推移，响声越发明显。

我暗道不好，刚才还不太确定，现在已经很明显了，是许多人同时走来的脚步声。

果然，身后，树丛之中，无数身影出现，密密麻麻，从近到远，直接将我层层围住，密集的人群甚至形成了一道人墙。而这些人不是别人，正是大街小巷中常见的平民百姓。

正因如此，眼前的一幕显得越发诡异。他们手上没拿武器，甚至可以看到有人只穿了一只鞋，有人手上还拿着没吃完的饭团。这些千奇百怪的人聚在一起，很显然，他们就是被人皮套控制住的人类，或者可以称他们为偏人。

这些偏人站在离我不远处的树林间停下，呆呆地看着前方，眼中俨然失去了原有的光泽。

过了一小会儿，偏人还是没有上来的意思，而我也很快发现，或许这些偏人的出现不是因为我，而是因为眼前巨大的机甲。

这座机甲里肯定有不可告人的秘密。

突然，地面再次震动，参天机甲表面冒出阵阵白雾，雾霭之中，天空之上，十数道巨大黑影缓缓浮现。那些黑影虽是人形，却都有一个特点，他们头顶上都有牛角。

不出意外的话，这些人便是人类的叛徒——牛角人！

巨型机甲冰冷的白光下，雾气散去，一条云梯通路自机甲口中出现，延伸开来，直至地面。狭长悠深的云梯，从地面向上看去，如同一道天路。

十多道身影出现，站立于巨型机甲口中，其体型与正常人类相差无几，而刚才天空中的巨大黑影则是机甲投射而出的效果。此刻，那十数道黑影并没有走搭建下来的云梯，而是直接从高空一跃而下。那气势完全不输之前天空投射出的巨大黑影。

我紧盯着天空中的人影，很快，他们便降至低空，到达肉眼清晰可见的高度。那些人也真正第一次显露出来。

为首的是个身着暗金条纹，头顶巨大如盘羊般弯角的机甲人。其身后的机甲人，形态与为首者相同，但颜色则是从淡金色到银白色，色彩分明。他们手上，大多拿着各式武器。

其中最让我在意的，则是站在为首者一旁的一名银色牛角机甲人。我不仅在地面之上见过他，与他当时起过冲突，而且还在我与萧会面时，对我们大打出手。此人极为不弱。

此刻，他手里还拎着三个人。那三人不是别人，正是与我一同到来的孔祥与他的两名保镖。

此刻三人都紧闭双眼，身上能看到较明显的外伤，生死不明。

为首者在低空停下，直接屹立空中，朝我看来。

一对深红细长双瞳与我对视："咦，还漏了一个，怎么没被傰人攻击？"

我盯着他道："你就是魔角组织的首领，魔角王？"

为首者愣了一下，随后带着一丝疑惑道："我不是魔角王，不过你既然认识我父亲，那你不应该不认识我，除非——你不是那个时代的人。而且你没受到傰人攻击，说明你不是人类，那么你到底是谁？"

我微微眯眼："我当然是地上帝国派来监督你们的机人。"

我想到，既然帝国允许魔角组织存在，那么也或许会派机人来监管他们的行为，于是才冒险说出一句。

为首的暗金机甲人沉默了一下，像是在思考，一旁之前与我见过两次面的银色牛角机甲人开口，这次他的声音不再是不辨男女的金属音，而是一名有些耳熟的女性声音："我知道他是谁，我见过他。"

说着，那人抓住自己头上的牛角盔甲，一把拿了下来……

第三百零一章　来援

盔甲上面具褪去，露出一张精致小巧的脸，头发垂肩。我心里"咯噔"一下，不可思议地看着眼前的人，过往的一幕幕在脑海浮现。

"芷晴？"

面前之人，正是我在地面之上，当时还用着蓝玉机人身份之时，雇用的与我一起同行的保镖之一——芷晴。

眼下她脱掉厚重的盔甲面具，与地面之上的那张脸完全重合起来。惊讶之余，我不禁想到，如果她一开始就是魔角组织的一员，为什么她还会用自己本身人类的面孔，到地面之上伪装成机人，还能恰好被我碰到？那么她认出我在地面之上的兰玉的身份了吗，还是说只看出来我是零的身份？

只见她露出疑惑之色，皱着眉道："你怎么知道这个名字？"

我看着她不解的样子，瞬间明白，她并不知道当时雇用她的人，那个地面机人兰玉，就是我——零。

我开口道："我不仅知道你的这个名字，还知道你的能力。"

芷晴旁边，正中央的暗金色牛角人厉声道："古拉，他竟然知道你在地面之上的身份，这是什么情况？你知道我们魔角不能在地上暴露身为人类的身份的。更何况眼前之人不是人类，他是机人，这是大忌。"

芷晴开口道："大人不必担心，面前之人虽是机人，但他并不来自地上，不在帝国管辖范围内。"

暗金牛角人道："那就直接将他杀了。"

话毕，其身后十多个银甲人便要上前。芷晴继续道："且慢，大人，虽然他不属于机人帝国，但他本身对帝国还有很大的利用价值，我们现在不能动他。"

暗金牛角人语气不耐烦道："这样吗？那我们这么多人站在这，不能对他动手，岂不是很没面子。如果他真如你所说，不属于机人帝国的话，杀了他又何妨？"

说着，暗金牛角人身形闪动，直接向我扑来。

我盯着他朝我快速逼近，掌中出现一抹黑色，准备直接用暗能抵挡。

忽然，天际传来一声巨响，一抹黄光出现，自远方射出，照在周围每个人身上。

"惶惶之界！"

随着声音落下，黄光之中，一道身影走出，整个人沐浴在光芒下，宛如一个人形光源。

随着黄光照射，以暗金牛角人为首的十多盔甲人，停下动作，静静飘浮空中，宛如雕像。

那道身影不是别人，正是暗七将之一——萧。

此刻的萧，与上次见面时有所不同，整个人气势比起之前强了不少，随着萧的身影越来越近，那股压迫感也越发明显。眼前，能量色带出现，指针一路飙升至浅蓝色出头的位置才停下。

搭配着其身上不断散发的黄光，此刻的他俨然成了一颗行走的核弹。

眼见萧将众多牛角人暂时控制住，我意识到，这次行动里，果然不只我和孔祥几人，甚至，我觉得萧出现后，还不是行动的全部。

萧很快飞至我和牛角人这边，手中出现一把利刃，径直向芷晴冲去。

看来，芷晴或许是所有牛角人里，最具威胁的人之一了。

眼见利刃逼近至芷晴身侧。她身上的黄光闪烁起来，一阵爆响，周围黄光快速退去，恢复正常，就连萧身上的光芒也变得明暗不定。

而那些之前被控制的牛角人此刻也动了动身体，恢复了自由。

芷晴将牛角面具重新戴上，看向不远处的萧："脑袋搬家了这么快就恢复了吗？还变强了。"

萧目光一变，眼瞳中闪过杀意："该死，该和你算算账了。"

芷晴不再言语，看了一眼暗金牛角人，将孔祥等三人交给其他人后，凌空飞起，直接向萧冲去，途中气势陡然暴涨，一粒粒黑色小球从其盔甲内弹起，在接近萧时，接连爆炸。

萧所在的区域瞬间被黑烟吞没。烟雾之中，黄光亮起，一道射线飞出，却被芷晴躲开。随后芷晴冲入烟雾中，两人扭打在一起，发出阵阵爆响。

光雾之中，两人一时没分出上下。暗金牛角人重新看向我，居高临下道："让你的同伙投降，或许我还能给你们一条生路。与我作对，等于与机人帝国作对。我承认你们有两下子，可就算你们再怎么厉害也不可能强得过整个帝国的。"

我不禁笑道："你就是雄本的后代吧，看起来怎么有点不聪明。这种问题怎么会从你的嘴巴里说出来？就算投降了，恐怕也不会给暗盟任何生路吧。"

暗金牛角人眼冒红光，语气僵硬："你……软的不行，非要我来硬的是吧，我雄谷今天非要斩了你。"

"雄谷吗？"我喃喃道。

前方，雄谷抬起手掌，一道激光瞬息而至，朝我射来。

我连忙翻滚躲过，身旁，炸响声响起，气浪翻涌，原地已然变成一个直径十多米的巨大深坑。

我微微蹙眉，这雄谷本身或许没什么脑子，但他身上穿着的装备可是不凡，刚才的一击看起来只是随意一招，就有这种威力，要是直接打中了我的机身，我也必然不好受。

现在我的力量恢复了大约两成，即使能打过这些牛角人，但不敢保证自己能将孔祥安全救出。

正当我想着怎么办时，天空之上，一声爆响传来，烟尘滚滚中，一道身影朝地面歪歪斜斜飞落而下，砸落在地。

那道身影竟然是萧，看来最终还是芷晴赢了。

烟雾散去，天空中银白色盔甲已经变得坑坑洼洼，有的地方甚至变形开裂，一道道细小的血丝如注般流下。

看来芷晴伤得也很重。

只见她并没有停下脚步，而是朝萧落下的地方飞去，看起来是想将萧彻底杀死。

我连忙起身朝萧的位置赶去。天空，雄谷双手抬起，看起来是要再次向我攻击。

忽然，天空电闪雷鸣，一道闪电劈下，直接将正在飞行的芷晴劈中，银白色盔甲这次彻底裂开，随着盔甲破裂，芷晴直直倒下，砸落在地。

又一道闪电劈出，强大的电流先劈中雄谷，接着连带其身后的十多个牛角人一齐电击。

数秒后，十多个牛角人尽数倒下，朝下方丛林坠落。只剩雄谷一人屹立空中。

刚才的闪电显然并非自然形成，而是有人在操控。我仰头望向空中，高空层层云雾下，一道闪着紫光的身影出现。

雄谷也看到了高空的身影，此刻他面露凶相，全然没有了之前的从容淡定。他向高空开口大喊："暗盟，你们都给我去死吧！"

话毕，雄谷全身绽放出阵阵金光，随后，地面震动，那一直没有动静的超巨大机甲活动了起来，一只百米多长的巨型手臂伸出，朝天空中的紫色身影抓去……

第三百零二章　意外之人

紫色身影周围，一道道闪电缠绕，宛如一张雷电织成的蛛网。随着超巨型机甲的大掌推出，雷电之网与之碰撞，

"轰轰轰！"

雷电之网逐渐消散，超巨型机甲也因电网的遏制而收回攻击。

紫色身影浑身光芒闪烁，如鬼魅般不断在巨型机甲头顶周围游走。巨型机甲由于其巨大的身躯，似乎无法跟上紫色身影的步伐，只能一次次挥舞着手臂，却始终无法打中他。而控制巨型机甲的人，显然就是在我不远处上空的雄谷。

而那道身形鬼魅的身影，如果没猜错的话，就是加入暗盟的暗七将之一——紫云。

紫云是我在很早之时，寻找暗能地的过程中认识的。当时他身在地堡，被暗能所困。我将暗能吸收，解救了他。他的出现让我感到一丝意外，不过作为暗灵之王的将领，暗盟的重要一员，过来支援也算情理之中。

由于紫云距离我过于遥远，能量条没有显示，但在我的感觉中，他的实力不再萧之下。

眼见雄谷控制的巨型机甲与紫云缠斗，我一步上前，机身液化形变，左臂化刃，向雄谷砍去。

"当！"

利刃与其盔甲外壳碰撞，火花四溅，然而只留下一道浅浅的痕迹。

雄谷扭头朝我看来，转身抓起我的前臂，用力一甩，巨大的力道使我倒飞出去，在空中翻滚数圈后才停下。

"暗盟，不过是五十年前逃跑残留下来的，阴沟里的老鼠罢了。现在想跳出来反抗，简直自不量力。今天我就送你们所有人上路！"

话毕，雄谷身上光芒大振，随后凌空跃起，以极快的速度冲上高空，朝巨型机甲飞去。

我暗道不妙，掌中，一抹白光出现，用力掷去。

"嗖！"

汇聚原力来攻击是我目前恢复阶段能打出的最强招式，然而在光波到达之前，雄谷已经进入巨型机甲内部，原力随即打中厚重的盔甲，只留下一点微不可察的痕迹。

胸谷在进入巨型机甲后，机甲眼中，一道激光迸射而出，直冲天际。随后其头顶生出一双巨大的牛角，宛如魔王降临。

巨型机甲低头看向我，不顾其头顶飞行的紫云，直接一掌朝我拍来。

巨大的手掌阴影将上空覆盖，横压而下。我连忙向一旁躲去，然而已经来不及了。

"砰！"

一股巨力迎面而来，我瞬间被拍倒在地，不断被压向地底，动弹不得。

尽管我能用暗能实质化缠绕全身来抵抗压力，但只能用来防御，并没有更多的力量与之对抗。

随着力道下压，我感觉到机身已经快承受不住了。正当我准备召唤暗能之时，机甲突然停下，随后机甲收回手臂，压力消失。

疑惑之余，只见烈阳之下，一个人影飘浮空中，没有机甲或任何外物托衬，就那样静静站立，与巨型机甲相对。

一身淡色休闲衣，阳光照射下，棱角分明而年轻的脸上多了份阳光，那人不是别人，而是瓦尼。

瓦尼出现后，巨型机甲动作停了下来，就连高空一直飞行的紫云也停下脚步。

我心里"咯噔"一下，即便被巨型机甲压制也没能让我的心境产生变化，瓦尼的现身让我感觉到一种天然的危险。

只听巨型机甲里发出一阵沉闷的声音："为何阻止我？这些人都是暗盟的成员，他们都该死。"

我感觉到，机甲内的雄谷在说话时，语气明显没有了之前的嚣张。

"暗盟里的那些人类确实可以杀了，但是暗七将和那个人你还没权力动。"说着瓦尼目光看向了我。

雄谷说道："可是，这些人不都是暗盟的吗？他们想要推翻帝国，重建人类社会，他们可是帝国的敌人。"

瓦尼露出一抹微笑："你啊，有些事情不配知道。在地面之下，你想怎么逍遥都可以，但是如果你动了你不该动的人，那么就别怪我不客气了。"

雄谷语气变得有些不平："瓦尼，别忘了当时是我父亲留了你一命，你才有今天。虽然你现在在帝国身居高位，但是我们家里可是你的恩人，你总不能不念旧情吧。"

瓦尼抬头看向机甲，声音平淡："那已经是五十年前的事了吧，我确实要感谢你的父亲雄本。"

雄谷放松下来："你知道就好，你现在让开，我就当你刚才那番话没说，否则小心我告到我父亲那里。"

瓦尼笑道："你父亲嘛，好巧，你父亲也跟我来了，你想说什么就和他说吧。"

话毕，只见瓦尼手中提起一只圆滚滚的"皮球"，细看之下，赫然是一颗头颅，而头颅的主人正是雄本。

巨型机甲内发出怒吼："你做了什么，你杀了他，你疯了！"

瓦尼依旧平静："我现在是帝国特使，在人类世界有替帝国代行一切的权力。你父亲违抗上令，所以我只能……"

我看着瓦尼拎着的那颗头颅，瓦尼究竟要做什么？他出现在这儿有什么目的？虽然刚才是他救了我，但显然不是出于什么好意。而目前他所做的事，能将矛盾转移，于我和暗盟而言，总之算个好事。

正想着，巨型机甲内雄谷开口："好吧，那你起码告诉我我父亲犯了什么事，竟然让你下此毒手？"

瓦尼回道："我要替帝国收回他手中拿着的皮套中央控制器,但他不配合,我只能来硬的了。"

"就因为这个,你就将他杀了?"

"没错,虽然最终我还是拿到了,但过程不是很顺利,所以我只好惩罚他一下,但他没能挺过来,就……"

雄谷道："你……你恩将仇报,你等着,我不会放过你的。"

瓦尼笑道："是吗?你威胁我,那我今天先不放过你。"

雄谷怒吼道："我杀了你!"

地面再次震动,雄谷操纵着巨型机甲活动起来,如小山般的机甲巨拳朝瓦尼呼啸而出。

瓦尼却只站在原地,一动不动。

数秒后,想象中的事并没有发生,只见拳锋在即将接触到瓦尼时,突然停下,诡异的是,瓦尼依然并没有任何动作,就像他早就料到巨拳不会落下一般……

第三百零三章　目的

不光是我,看到这一幕的所有人都被震撼到了:体型相差千倍的瓦尼,在巨型机甲面前,淡然自若站立。那如同小山包般的,比瓦尼整个人都大许多的巨拳,挥舞于半空,却迟迟无法落下。

就像是一只蚂蚁挡住了比他大数千倍的人类,让人不敢相信。

比我更惊讶的,当然是此刻的雄谷。只听机甲内传来一阵惊呼:"你做了什么,这怎么可能?战甲怎么动不了了!"

瓦尼依旧面带笑意,立于空中道："别着急,我马上就送你们父子团聚。"

话音刚落,只听巨型机甲内传来一阵撕心裂肺的叫声,里面的雄谷似乎正在经历什么,嘈杂的声响里传出雄谷的哀号:"我错了,我错了!瓦尼,饶了我吧,我不会和你作对的。"

瓦尼不动声色道："错了?你错哪了,你只不过是知道自己马上要死了。"

雄谷怒极:"瓦尼,就算我死,我也不会让你好过。当年我父亲留下你,没想到你竟然如此对我们，你该死！"

"当年，雄本发动政变，杀死了我父母，当上政府首席。原本，我也逃不过一劫。他将我留下，不是因为仁慈，恰恰相反，是因为他的残忍。"

雄谷回道："你……你在胡说什么？"

瓦尼看向巨型机甲，语气平静道："当时机人帝国给雄本的优待里有一项是给予他合规的帝国身份。他有两个选项获得帝国地上机人身份：一是套上战甲，就像你现在一样；二是摒弃人类躯体，接受改造成为机人。你父亲觉得二有风险，于是他让我来做那个试验品，我也因此活了下来。

"雄本为了追求最好的结果，让帝国对我一次次实验，最终，他选择了第一个方案，而我被他抛弃，彻底沦为机人的试验品。"

瓦尼继续开口道："你知道我在实验中经历了什么吗？那是任何一个正常人都无法忍受的折磨。我本以为自己已经逃过一死，但那改造实验的折磨让我觉得仿佛身处地狱，甚至生不如死。是你父亲——雄本，将我推向了另一个深渊，现在，轮到你了。"

仿佛是为了印证瓦尼的话一般，巨型机甲内又传来一阵凄厉的惨叫，过了好一会儿后声音才渐渐平息。

此刻雄谷的声音已经虚弱许多："不是我干的，不是我，你为什么要这么对我？"

瓦尼冷冷道："因为你流着他的血。"

沉默片刻后，雄谷激动起来："我和你拼了！"

只见巨型机甲胸前，舱门打开，一道身影冲出，正是雄谷。

此刻他身上光鲜的金色盔甲残破了大半，只有一小半盔甲仍穿在身上，没有了之前的威风，甚至有些滑稽。

雄谷面露凶色，朝瓦尼扑去。

只见瓦尼挥手，雄谷背后的巨型机甲动了起来，数百米的铁臂伸出，一把将雄谷抓住。

原本已经被折磨许久的雄谷此刻已是强弩之末。当巨掌将其握住时，雄谷几乎没有反抗，直接被牢牢困在其中。

一旁观战的我一边默默恢复自身力量，一边四下观望暗盟其他人的踪迹。

这段时间里，盟主孔祥和他的保镖与绑着他们的十多名牛角人现在去向不明，暗七将中的萧和紫云也没了踪迹。由于这里地处原始森林，想要隐藏自己很是容易。

天空中，瓦尼来到被机甲巨拳牢牢握着的雄谷面前。看样子是要与他做最后的了断。

很快，血洒于空，雄谷倒在了瓦尼面前，雄谷的尸体则直接被从高空抛下，不见踪影。

瓦尼解决完他后，扫视四下，最终朝我看来。看着他凌空飞来，我的机体自动加速运转。

只见他落地到我不远处，停下，开口道："又见面了，零，看来你确实变了。"

我盯着瓦尼："你为什么要杀雄谷？"

"因为他是我的仇人。"

我开口道："不，不是这样，还有其他原因。为什么你要在雄谷对我出手时帮我？你让雄谷不要动我和暗七将，是为什么？"

瓦尼面带微笑道："你发现了重点，在回答你之前，我需要先问你一个问题，你和暗七将都见过了吗？"

我："嗯？"

瓦尼看着我，表情变得有些耐人寻味："你知不知道，你和暗七将身上还有一个大秘密。"

我皱眉道："你在诈我，你怎么知道暗七将的？你想说什么不如直说。"

瓦尼开口道："我身为帝国天宫特使，很多机密在我眼里都不算什么，更何况暗七将的存在又不是什么秘密，这是历史。算了，先不说这个了，我们来聊聊你。"

我看着瓦尼的笑容，如果现在不是因为实力没恢复，我会立刻上前将他拿下。这个人太危险了，不是那种武力上的危险，而是他的头脑。

瓦尼看了看我说道："你现在还在被约束吗？"

"什么？"

瓦尼道："我说的是机之法则，你现在还在被机之法则约束吗？我已经看不出来了。"

我微微皱眉，盯着他道："你知道机之法则？"

瓦尼淡淡道："当然知道，我知道的比你想的还多。对于之前你被机之法则之力所伤的事我感到抱歉。你看起来状态不太好，看来违背机之法则的确会付出很大代价。"

我开口道："你……你究竟来这里有什么目的，你不会就为了来救你的敌人吧？"

"我的目的吗？"说着瓦尼露出一副欠扁的笑容，他接着道："可以告诉你的是，我想测试你是否还受机之法则的约束，结果我也比较满意。在我杀雄谷的时候，你没有出手。"

我瞬间明白，瓦尼是想利用雄谷来测试我是否还遵循机之法则，我并没有救雄谷。甚至，其实我连去保护他的动机都没有。可是，李博士不是只修改了一条法则吗（不准伤害甚至杀害人类），难道他其实都修改了？不然我现在确实应该去救雄谷的。

瓦尼见我在思考，等了一下后道："我已经把自己的目的说了，那么你也应该说出你来这想做什么吧，或者说暗盟来这的目的。我猜，不只是为了向魔角组织复仇，对吗？"

第三百零四章　围攻

我心里一惊，瓦尼不会连我到这儿的目的都猜到了吧？我看着他，表面依旧淡定道："那你觉得我有什么目的？"

瓦尼微微眯眼，直言道："你们是在找能够让人皮套失效的办法，并以此来解救人类，对吧。"

我没有直接回应："有这种办法吗？"

"哈哈哈！你想套我的话，就算有，也不是那么容易找到的，不过我可以清楚地告诉你，真的有办法。"

我盯着他道："就算有，这个办法实行起来的难度也很大吧，更何况我怎么知道你不是在骗我？"

瓦尼露出一抹微笑："我说的是真是假，你自己辨别。我之所以告诉你这个消息，是因为我需要你来得到一件很重要的东西。那样东西与之前我所说的，你和暗七将的秘密有关。"

我冷冷道："你就算想利用我也不应该直接说出来吧。"

瓦尼表情忽然变得认真起来："我希望能和零王你坦诚相待，让我们放下曾经的不愉快。"

我看着他的真诚的样子，心说这变脸也太快了。从他以前的行为来看，我注定无法相信他，不过，他的话里透露出来的信息也是有用的。

我开口道："既然你想坦诚相待，那么先让我看到你的诚意。"

瓦尼回道："之前的话不算诚意吗？"

我冷笑道："远远不够。我要知道你所谓的关于我和暗七将的秘密是什么，你想通过我们得到什么。还有，再告诉我具体能让人皮套失效的办法。以上问题的答案如果你都告诉我，我就相信你。"

瓦尼脸上露出一丝挣扎。他沉默片刻后道："你想知道可以，这些我都能告诉你，但我也有一个请求，希望你配合我。"

我没等他说完，直接道："不行，看来你所谓的诚意不过如此。"

"好吧，你不答应也行，我先回答你第一个问题。"

我打断他道："等等，我再加一个要求，让你的真身来见我，不要拿分身出来了。上次你的分身可是让我吃了很多苦头，万一你待会儿又跑来找我自杀怎么办？"

瓦尼道："放心好了，这次不会的，现在与你说话的，就是我的真身。"

我皱眉道："真的吗？"

瓦尼道："我已经没有能利用的分身了，而且，刚才你看到了，我能控制那具巨型机甲，甚至对它的掌控权超过里面的雄谷，如果是分身的话，是做不到这样的。"

我开口道："好，我暂且相信你。你可以开始了，先说人皮套的事吧。"

瓦尼想了想道："解除人皮套控制的办法其实说来也简单，因为皮套计划里，存在一个能够控制所有人皮套的中央控制器，准确来说，是一个人，一个被创造出来专门为了控制所有人皮套的人。他能够解除所有人皮套的束缚。"

尽管我有了心理准备，但还是有些惊讶，一个人，就能够直接控制全人类十多亿件人皮套吗？

我问道："他是谁？"

瓦尼刚要开口，身后突然传来一阵动静。我和他循着声音来源看去，只见身后的巨型战甲上出现了一个个细小的坑洞。显然是刚才人为爆炸导致的，因为战甲体积过于巨大，那些坑洞显得就像被咬起的一个个小包。

瓦尼开口道："看来暗盟还是有两下子的，竟然这么短时间里就搞出了这么大的动静。"

我之前用原力波攻击过巨型机甲，自然知道这战甲的防御之高，能炸出这些数量众多的坑洞，并不是一件容易的事。

只见瓦尼直接跳起，飞至空中，朝巨型机甲而去。

我暗道不好，连忙也起身朝前追去。

只见空中，瓦尼很快先飞至炸响声响起的地方。

忽然，又一声爆响响起。这次则是直接从瓦尼身边传来。空中烟雾缭绕，只见数人从四面出现，朝天空中瓦尼所在的烟雾区飞去。那几人赫然包括紫云和萧，甚至还有暗盟盟主孔祥和他的两名手下。

五人冲入烟雾之中，很快里面传来了一阵打斗声。

我心说看来之前瓦尼现身后，暗盟的成员就都会合了。他们将瓦尼引去也应该是商量好的。

几人在空中的战斗十分激烈，烟雾散去，只见五人从不同角度向瓦尼发起进攻，而瓦尼总是能够在关键时刻化解。

忽然，他的手中出现了一把短刀，原本一直处于被动防守的瓦尼一下冲出，刀光掠过孔祥和他的手下，几人身上瞬间被染红。

我看着天空之上的战斗，没想到瓦尼竟然能在几人围攻之下保持不败，甚至时不时还能反击，这出乎了我的意料。他的其他分身绝对做不到这种程度。围攻他的人里还有两名暗七将，那可是绝对的高手，虽然他们还没出全力，但也不是任何人能挡住的，也就是说瓦尼真正的力量可能还在暗七将之上。

我很想上去先让他们停下，毕竟瓦尼即将说出的信息很重要，就算有可能是假的，但只要有一点可能性为真就不能放过。

上空的战斗愈演愈烈，金铁交织声越来越大，看样子很难劝架，更何况如果伤到暗盟的人，就得不偿失了。

犹豫一下，我连忙飞至空中，加入暗盟的队伍，一起对付瓦尼。

瓦尼此刻正忙着应对五人的攻击，对于我的到来似乎没注意到。

我看准时机，掌中凝聚起原力，随即轰出。

原力波从侧面飞向瓦尼，没想到在即将打中时，他竟然转动身体躲过，随后朝我探出一抹冰冷的眼神。

由于我的加入，原本较为平衡的局势发生倾斜。瓦尼终究双拳难敌四手，在一轮轮攻击下终于出现破绽。

只见一道光芒从萧手里射出，一声闷响，直中瓦尼身体。瓦尼踉跄着向后倒飞而出。

众人继续发起攻击，而且看样子下手都不轻。正当我准备提醒不要直接将他杀了时，前方的瓦尼暴喝一声，其周身环绕起一道半透明屏障，四面的攻击皆被尽数化解。

一旁萧的声音响起："帝国七大洲机人能力之一——隐盾。"

第三百零五章　是谁

瓦尼身前，一道一人多高的半圆形盾印出现，闪烁着淡淡的光芒。

我开口道："这就是隐盾吗？就连原力都能挡住。"

一旁的萧道："隐盾，隐藏于盾，所有攻击到盾面的力量都会被隐藏，最后转化为养分增强隐盾本身。"

我接道："那总会有弱点吧，从背后攻击呢？"

萧说道："你现在看到的隐盾虽然是一面盾牌的形状，但它可以阻挡来自四面八方的攻击。隐盾是全方位无死角的绝对防御。据我所知，只有发出的攻击超过盾面所能承受的极限，才能打破防御。"

我心说：这也太无赖了，那刚刚的攻击岂不是都变成瓦尼的了，这种能力可是一个大洲里所有机人都会的，想想就可怕。

萧接着补充道："一般来说，隐盾的防御能力的强弱与掌握者本身的强弱直接相关。隐盾再强，也不可能高出施展者能力太多。所以，我建议我们所有人全力进攻，一举将他拿下，不然再往后拖就更难了。"

我知道萧说得没错，手中原力再次汇聚，等众人一齐行动。

瓦尼显然也听到了这番对话，只见其神情严肃，望向众人："我刚才还真是小瞧了你们。不过，就凭你们几人，就算你们出全力又如何？"

随着孔祥的一声令下，众人纷纷出手。我能感受到，一旁几人的力量明显比之前更大了，电光火石之间，面前的盾印第一次出现了裂痕，但依旧没被打破。

孔祥大声道："大家继续用力，他快撑不住了。"

很快，盾印表面裂痕扩张开来，越发明显。

瓦尼目光凶狠："既然你们人多，也别怪我不义了。"

说着，其身上闪过一阵奇异的光芒，不远处的巨型机甲随即发出启动的震动声，然而，很快又恢复平静。

瓦尼厉声道："暗盟，看来在战斗前你们已经想到了，将机甲干扰失灵，使我无法使用，以此削弱我的力量。不过，现在表面看起来是你们人多，但其实是我的人更多！"

"出来吧！"

众人虽然还在进攻，但都听到了地面上传来了一阵密集的脚步声。

向下看去，无数人群化作汹涌人潮，从密林中聚集而来。我开口道："不好，是偏人，瓦尼竟然能控制偏人，把他们引到这里。"

紫云开口了，声音低沉："零王，这些偏人大多数都是普通人，根本没资格加入这片战场，再多的人来也是送死。瓦尼将他们聚集起来，恐怕是为了威胁我们，威胁你。"

我微微皱眉，下面的人群加起来已经有数十万，一旦战斗余波波及，恐怕瞬间就会发生重大伤亡事故，后果难以想象。

我看向瓦尼："你先让他们停下，我们来谈谈。"

瓦尼眯眼道："零王，你的队友可一直在攻击我，你何不先让他们停下。"

我转头，看到以孔祥为首的众人还在持续对瓦尼攻击，而瓦尼身前的盾印表面布满裂痕，似乎已经接近极限，随时都会碎裂。

瓦尼咬牙道："零王，如果盾印碎裂，等攻击打到我身上，我就拉着下面的所有人一起死。你让他们停下，我们还有的谈。"

孔祥这时开口："零王，不要相信他，快一鼓作气将他消灭，不然等他的盾印吸收了能量，恢复过来，主动权到他手上，那就完了。"

我稍一犹豫便反应过来，继续释放原力攻击瓦尼。

只见瓦尼忽然笑道："看来是我赢了，你们不行啊。"

话落，只见刚刚还布满裂纹的盾印正快速复原，短短数秒便恢复完整，整个盾面呈现出一抹光泽，甚至比最初更加坚固。

瓦尼道："好了，让你们打了这么久，轮到我了。"

只见他一把挣开众人进攻，直接冲来。

第一个被他抓住的人是孔祥，瓦尼一手抓住孔祥的头，冷声道："暗盟盟主，一手缔造出被誉为人类最后希望的组织首领，请你去死吧。"

我大声道："等等，不要。"

然而瓦尼不为所动，手中利刃出现，向孔祥划去。

突然，意想不到的事发生了，一束光芒划过，自地面朝空中射来，直接穿过瓦尼的盾印，不偏不倚射中其手中的利刃，利刃变成粉末，消失。

向下看去，人海里并没有异样。忽然，一道黑影冲天而起，跃至上空，很快到了瓦尼身前，无视盾印一步迈出。瓦尼原本坚不可摧的盾印在这一刻，彻底碎裂。黑影穿过盾印，如同穿过一面纸糊的墙壁，无比轻松。

这一幕被所有人看到，众人纷纷睁大眼睛，震惊不已。

我也难掩惊讶地看着面前的黑影。他究竟是谁，竟然能毫不费力打破隐盾？那他的实力该到了哪种层次？

眼前，黑影浑身包裹在一面披风中，就连面部也被遮挡，甚至看不出男女。

离黑影最近的瓦尼同样睁大双眼，盯着眼前的人影。瓦尼的嘴张了张，似要说话，黑影一拳砸出，直接将瓦尼砸飞。

随后黑影闪身追出，继续向瓦尼发起进攻。每次攻击看起来都很普通，一拳一脚，但被打的瓦尼毫无还手之力，如同一个人形沙包不断被揍飞，甚至身体都出现了不同程度的伤势。

一旁的萧道："你们认识吗？"

其他人皆摇了摇头，我则隐隐有种熟悉的感觉，不过还是跟着说道："不认识。"

在黑影的接连不断的打击下，瓦尼终于撑不住了。他再次倒飞而出，甚至连身体都无法控制，直直朝下坠去，随后被黑影一把提起。此刻的瓦尼如同一只待宰的羔羊，再无反抗之力。

黑影拎着瓦尼，朝众人飞来，在距离不远处停下，一把将其抛出。我顺势接下，开口道："谢谢你，请问你是？"

黑影一句话未说，甚至都避开了我的目光，转身便离去。

此刻我一头雾水，手中奄奄一息的瓦尼道："零……王，追上去……你想不到他是谁？"

我说道："什么？难道你知道是谁，快说。"

瓦尼艰难地摇摇头："还是你自己去看比较好。"

我看着逐渐远去的身影，想了想最后还是没跟上去。我看向瓦尼："你不愿意说那个人的身份就算了，那么现在你总该说之前没回答完的问题了吧。"

瓦尼忽然身体抽搐了一下，面色痛苦，似乎是刚才战斗的伤势比较严重："我改变主意了，我告诉你他的身份，你恐怕想不到，他是……"

说着，已经快要走远的黑影忽然转身，又向这边飞来，并且此刻我感觉到，黑影身上带着一股凌厉的杀意……

第三百零六章　启

眼见黑影冲来，我心里顿时一惊，虽然看不清他的面容，但黑色面具之下，那道目光在盯着瓦尼，黑影想要将瓦尼灭口！

我微微皱眉，刚才黑影不会无缘无故地回头，看来瓦尼真的知道了黑影身份，那么我就更不能让瓦尼死了。

我一把抓起瓦尼，将他甩至身后的萧等人手里道："先别杀他，他还有用。"

随后看向快速逼来的黑影："不管你是谁，虽然你帮了我们，但是抱歉，我不能让你现在就杀了他。"

黑影并无交流之意，速度丝毫未减，直直冲到我面前。我也知道此刻说什么都没用了，只能用武力解决。

幸运的是，从来到这里到现在，我体内的暗能一直在恢复，而就在刚刚，我恰好能召唤暗能至体外了。

"暗之盾！"

我伸手一挥，空中出现一抹突兀的黑色，如同液体般飘在半空，随后快速凝聚成形，形成一面盾印，挡在面前。

黑影见状稍一迟疑，随后握拳砸出。

"砰！"

一声难以形容的闷响声传来，黑影的拳锋被阻挡在暗能盾印之外，不过其巨大的力量余波依旧透过盾印，将我震退。

身后众人也被这动静所惊，其中萧严肃道："零王，你的暗能？"

萧等暗盟中人知道我的力量衰退了许多，连暗能也无法使用，因此，他第一时间就问道。

我简单解释道："我也是刚恢复了一点。"

萧接道："既如此，我们不如现在将瓦尼交出，不然我怕那黑影不会善罢甘休。"

我看着面前的黑影，此刻他整个身体被掩盖在黑衣之下，刚才进攻的手已经收回，停在原地，似乎在想些什么，一时并没有其他动作。

我对萧道："没关系，我暂时还挡得住，趁现在快问瓦尼。"

萧点了点头，对奄奄一息的瓦尼道："你也知道你现在的处境，把你知道的都说出来，或许我们还能保你一命，否则现在就是你的死期。"

我一边盯着面前的黑影，一边听到身后传来声音："咳咳，我现在不能说那人的身份，不过我可以换个其他消息告诉你们。"

紫云怒声道："敢耍我们？"

孔祥这时道："等等，紫色你先冷静一下。瓦尼很聪明，他知道如何能够最大程度自保。现在黑影还没动作，万一瓦尼说了黑影什么，激怒黑影，到时候就危险了。"

萧也附和道："我同意盟主的话，瓦尼，你有什么就快说出来。"

很快，瓦尼虚弱的声音传来："我知道，将全人类从偏人变回正常人的办法，在皮套计划之初，帝国创造了一个人形生物，作为控制所有偏人的中枢。那个人能够操纵所有的偏人，让他们听从他的指令。如果将他找到，就能解救全人类。"

紫云催促道："是谁，他在哪儿？快说。"

瓦尼停顿片刻继续道："帝国给她命名叫启。说实话，她的具体位置我也不清楚，不过作为帝国特使，我能联系到她，并且有可能将她引来。"

孔祥这时说道："你确定只要她出现了就能将人皮套解除吗？"

瓦尼道："我只能说有一定可能。因为启是帝国创造的生物，虽然我能与她交流，但不代表她就一定会乖乖听我的话。她本身应该具备思想灵智，并且她从帝国中来，肯定会向着帝国。至于她究竟会不会解除人皮套，这就看你们的本事了。"

孔祥沉声道："那你先让我们了解下启的样子。"

瓦尼并没有拒绝，伸手，一面立体投影出现。我也转头看去，只见画面上，一个六七岁模样的女童出现，半人多高，身着麻衣，脸上甚至还能看到一丝泥垢，活脱脱一副农庄儿童的形象。

我顿时一惊，这不是之前在寻找阿力法和萧的途中碰到的村里的女孩吗？怎么会出现在这儿？难道我当时看到的那个女孩就是能够操纵亿万偏人，掌握人类命运的启？！

众人此刻都在看着投影，并没有人看到我变换的神色。

当时我还记得那个女孩，或者说启，她躲在一个妇人身后，那个妇人看起来像是她的母亲之类的，现在想来这些全是假的。难道那个女孩能直接改变偏人的认知，还是说她只是控制了那个妇人的行为？不管是哪种结果，其能力都是可怕的。

瓦尼将投影收起，接着说道："好了，我已经按照你们的要求做了，你们得保护好我，我才能继续发挥作用。我还有一个十分重要的秘密，其机密程度不在刚才的消息之下。"

我知道瓦尼这时说的应该不是假的。我对他说道："你既然说能叫来启，那么现在就试试，看她来不来这里。"

众人说道："零王，我们现在面前还有那个不知身份的黑影，如果启过来岂不是又多了一个麻烦。"

我开口道："没关系，先试试瓦尼的话是真是假。如果启真的过来，我们也能应对，别忘了之前黑影可是帮了我们，我们才把瓦尼抓住的。或许等启过来，黑影还会再次帮我们也说不定。"

孔祥开口道："零王，这样会不会太过冒险？"

我坚定道："相信我，盟主。"

在我一再坚持下，众人也同意了我的安排。瓦尼也不知道用了什么方法，过了一小会儿后他开口道："好了，我已经联系了启，如果幸运的话，她一会儿就来。"

……

暗能形成的盾牌之外，黑影依旧没有动作，只是静静飘浮在空中。

我看着离我一步之隔的黑影，一种难以言喻的感情忽地涌动。其实在他击打到暗能盾印后不久，我也已经猜到了黑影的身份，但并没有告诉众人。

暗能之盾在被黑影打到的瞬间，盾印就有了反应。我在暗能盾印上，同样感受到了一股十分隐晦的力量，而那种力量也是暗能。

虽然黑影没有刻意彰显出来，但我确实捕捉到了其中有暗能存在。而能够施展暗能的人里，挑来挑去，也只有她才能拥有这么强的力量了……

第三百零七章　到来

接下来的一段时间，众人在聊天中度过。其间我尝试着与暗能之盾外的黑影交流，但黑影依旧没有发出任何声音，如同一个木偶般站立，然而即便他什么都不做，也没有让众人放下戒备之心。唯一不同的是，我确认了黑影的身份——初雪。

作为与初雪接触最多的人，我了解她的一言一行，乃至每一个细小的习惯。在我的印象里，现在的黑影可以说跟她以往有很大的区别，甚至说根本不像是一个人，然而，从我掌握的线索里推断出，她就是初雪。

之前我的暗能盾印在受到她的攻击后，我感受到对方体内含有十分纯粹高级且磅礴的暗能，甚至连全盛时期的我都自愧不如。那股暗能并没有释放使用，一般人自然也察觉不到，但我知道，唯有初雪，有可能修炼出了那股暗能。

不知是巧合还是什么，初雪之前的攻击，由于让我感受到了那股极为精粹的暗能，竟然无意中促进了我体内暗能乃至其他能力恢复。虽然时间有些短暂，但是比起之前，我的力量又增强不少，甚至可以说，即便对上暗七将都不会落入下风。

之前在边陲小城，她将小花体内能量吸收，那时的她就已经让我感到陌生，所以我才能将现在的黑影与她联系起来。我不知道她究竟经历什么，又为什么会变成现在这般模样？不想让人认出她的真面目。

我想她这样做必然有不得已的理由，所以即便我猜出了是她，也没有将她的身份公布告知他人。

我看着黑影，雪，你究竟对我隐瞒了什么，为什么不能告诉我？

……

不知何时，周边响起了一阵十分微弱的，只有机器才能够捕捉到的细细响声。四下望去，远处森林似乎有什么东西在移动，大片树林都被影响，随着微不可察的晃动，发出一阵窸窸窣窣之声。

一旁，暗盟里的众人也察觉到了异样。第一个开口的是紫云："有东西在靠近，而且数量很多。"

萧的身体闪过一阵黄光，随后也道："果然，紫色，战斗方面还是得看你，我都差点没发现。"

"是人吗，还是什么？"孔祥声音传来，语气严肃。

紫云说道："根据这移动速度和规律来看，应该是被控制的偏人。"

孔祥道："这可不妙，我们周围现在已经聚集了一批偏人了，要是再来一批，难道要把这里都占满吗？"

紫云看向萧手里的被重伤的瓦尼，直接上去给了他一巴掌："说，是不是你干的？你不是说是叫来启吗，怎么找来这么多偏人？"

被打的瓦尼没有反抗，只是狠狠盯着紫云。

孔祥拉下紫云又要落下去的手道："等等，他现在应该不会做什么小动作，毕竟他的命在我们手上，他叫来的人就是启，只是这启看起来还不愿意露面。"

孔祥眯眼望向远处。瓦尼这时开口了："我没骗你们，我能感觉得到，她也来了，她就在这人群当中。"

……

我一直静静地听着众人交谈，同时也在观察远处的变化，四面远方围来的傀人，没有完全统计，人数已经有上百万，甚至还在不断增加，加上之前已经围来的十数万人，想从如此数量庞大的人潮里，找到一个不起眼的女孩，难度堪比登天。如果她不现身，恐怕很难直接找到她。这些源源不断前来的傀人，恐怕就是她用来保护自己的手段。

我先前让黑影（初雪）还在的情况下，其实就是为了让初雪帮忙一同对付启。身为能够控制所有傀人的启，必然有一套自己的手段。果然，她能短时间控制百万傀人前来，这本身就是一件很恐怖的能力。

我想了想开口道："瓦尼，你能感觉得到她具体在哪儿吗？"

瓦尼脸上闪过一丝阴郁，说道："我不知道，唯一能确认的是，她也来了。"

我盯着瓦尼："你真的不知道就算了，如果是在骗我们，那么后果……自己想吧。"

瓦尼将头转过去，不再说话。

关于启，瓦尼一定还有没有说出来的情报，但我们此刻也拿他没有办法，或许直接以死威胁才有用，但难免会出现意外，因为他手上还有一个秘密没有说，而且现在也没到迫不得已的时候，所以并没有对他死亡威胁。

不知不觉间，四周的声音越来越大，最后甚至已经变成一种令人心神不宁的噪声。那些傀人，已然形成一层层包围圈，将整片地域封锁。

忽然，数十道身影从地面冲起，定睛看去，我心里顿时"咯噔"一下，那些人正是我曾经最熟悉的人，有灵梦之夜的白孤、铁柱、鸳等人，有革命军里的大将李文、李武，还有一些能力高强、担任要职之人，如初一、龙七、沃斯……不过，并没有看到初旭的身影，她或许躲了起来吧！另外，我甚至看到了前盾兵总队长慕斯，以及幸存下来唯一一位现任队长——郭仪。

除了我认识的这些人，还有一部分人也受到控制，加起来一共二十余人，朝我和暗盟这边飞来。

我微微皱眉，看来启已经知道我在这里了，不然怎么会找来这么多我熟悉的身影，一定是瓦尼在向启联系的时候，跟她说出了我和暗盟的情况。

我瞪着瓦尼，一股杀意涌起。瓦尼察觉到我的目光，此刻竟然毫不避让与我对视："零王，看来你看出了什么，不过我劝你还是先关心一下眼下的状况吧，和你的老朋友都打打交道，不好吗？"

说着，瓦尼甚至又露出他那张招牌笑容。我压下心里的戾气，冷冷道："你给我等着。"

一旁，暗盟众人也察觉到不对。孔祥看着飞来的人影急道："零王，这些人你都认识吗，感觉不弱的样子？"

我开口道："差不多，这个启很聪明，她专挑我周围的人下手，将他们聚集在这儿。"

萧忽然开口道："嘶，我好像看到她了。"

我和众人忙顺着萧所指的方向看去，只见在无数傀人环绕之下，一个六七岁的女孩赫然站立在傀人群中，正用一种与年龄完全不相符的平静的眼神看着众人……

第三百零八章　开战

众人惊呼："真的是她，启。"

我微微皱眉，开口道："我觉得没那么简单，这有可能是个陷阱。"

孔祥也道："我也这么认为。根据瓦尼提供的情报，启不应该怎么快就露面吧，她难道是故意引我们上钩？"

紫云道："不管是真是假，干就完了。小心，已经有人来了。"

交流间，我熟悉的革命军、灵梦之夜和政府军里等加起来二十余人，直接飞来。孔祥语气严肃："零王，这些人你都认识，他们已经被控制了，你如果下不去手，就由我们几人来对付。启那边就交给你了，怎么样？"

我点点头道："好，那就这样。"

话毕，脚下一蹬，我连忙起身向启的方向飞去。

身前，被控制的二十余人已经和孔祥为首的暗盟打了起来，平均一人要对付四五人，其中不乏一些高手，这二十二人，放眼围来的整个傀人大军里，也是万里挑一的佼佼者。

一旁的萧被四人围攻。他将手里的瓦尼向我抛来，我一把接住。萧开口道："零王，拜托了。"

我点点头，此刻瓦尼在我手里，不仅能减轻萧的压力，还能将瓦尼作为人质，以此来威胁启。瓦尼作为帝国特使，身份特殊，启应该也不会想看着瓦尼死去。

我一边向地面上人群环绕中的启飞去，一边回头看去，在暗盟与偏人打斗的战场旁，初雪所伪装的黑影依旧站立空中，不为所动，倒是与现在的情景显得格格不入。看着昔日的亲密之人，我知道，现在来说，就凭我和暗盟的几人，面对数以百万的偏人大军以及启，如果这些人全部动起手来，我很难控制局面，而如果初雪能够出手的话，就会有所不同。不过依现在的情况来看，初雪像是被什么东西影响了，不知道她会做出什么反应……

回过神来，我看向越来越近的启，开口道："喂，可以先聊聊吗？"

已经离我不远的启，站在偏人群中，明亮的双眸朝我看来，面无表情，稚嫩清澈的童音传来："放了他，我放你们走，不然死！"

尽管启的声音并没有什么语气变化，但那最后一句话里的杀意依旧毫不掩盖地传来。

我看了眼手里几乎没有任何抵抗能力的瓦尼："没想到他还挺重要的，既然如此，我就再多加一个条件。"

启抬了抬头。我继续道："我要你将所有人类身上的人皮套解除，让他们恢复原样。"

原以为启不会答应，没想到她一口直接应下："好，不过我也有个条件。"

"什么？"

"原灵之匙给我！"

"嗯？"

启稚嫩的脸上第一次出现了表情，只见她有些诧异道："你还不知道？"

被我一手拎着的瓦尼道："我还没告诉他这方面的事。"

启开口道："没想到你还挺能忍，难道他还没有……"

瓦尼打断道："也许……我觉得差不多了。"

我听着微微皱眉，有些不得其解，但本能地知道这里面很不简单。我提起瓦尼，厉声道："你在说什么，解释解释。"

瓦尼笑了两声："零王，我之前和你说，还有一个有关你和暗七将的重要秘密没讲，刚才说的，就是这件。"

我追问道："什么秘密，能够让启直接答应，愿意将全人类的人皮套解除？"

瓦尼目光看了看启，说道："当然是与之对等的条件。"

我更加疑惑，严厉道："别卖关子了，快说。"

瓦尼停顿片刻道："你体内的存在法则叫作机之法则。同样，地面之上，机人帝国里有一套能够掌控所有机人的法则，名为原灵律。这套法则对帝国内所有机人有效，而据说原灵之匙则能够打开改变原灵律的大门。"

瓦尼的话让我不由一惊，尽管之前在与李博上交谈中，他就曾说过地面上同样有一套法则的设计，当时他称作地上法则，但毕竟还是一个猜测。今天瓦尼和启作为知晓帝国内幕的特殊人士，直接说出原灵律的存在，并直截了当说出想要开启法则的钥匙，这让我感受到很大的冲击，没想到真的有能够管辖数亿机人的法则——原灵律存在，而且听起来，我和原灵律还有很大关系。

我看着地面上瘦小的启的身影，问道："你说的什么原灵之匙跟我有什么关系？我可真没有那样东西，如果有，那岂不是说整个帝国都归我管了，还能现在被你要挟？"

启的身上忽然泛起点点荧光，身体如附着魔力般飘起，口中念道："你就算现在身上真有原灵之匙，你也用不了，更何况，恐怕你还没有。"

我死死盯着逐渐飘起的启，就在刚刚，她的身上爆发出一股毁天灭地的能量波动，令我一阵心惊，不过仅仅片刻，波动就消失。

我将手上瓦尼拎在面前："启，你想做什么？"

启一言不发地看着我，忽然，只见她伸掌一拨，原本我手上刚刚还好端端的瓦尼瞬间如同触电般开始颤抖，接着，他的身体竟然猛一发力，我不留神间，他直接挣脱掉我的束缚，径直朝远处飞去，而他飞去的地方不是启，而是我背后的高耸入云的巨型机甲。

我来不及多想，为何瓦尼明明重伤，却会出现这番变故，肯定与眼前的启有关。

我赶忙朝启飞去，只要拿下她，就能遏制事态发展。

启瘦小的身影屹立空中，挥手，地面传来动静，一大片由偏人形成的人海竟然从地面直接飞起，一人是一滴海水，组成一片巨大的浪潮，朝我砸来。

仔细看去，其中大多偏人都曾经是城市的正常人，一定是启动用了某种能力！

面对黑压压铺天盖地的人潮，我赶忙撤退避开，拉开距离，幸好之前恢复了些许能力，做到这点并不难。

只见偏人潮砸空后，铺天盖地的人群在空中像是失去引力般直直坠落，自由落体，地面瞬间被染成一片鲜艳的红色，如同一朵盛大的死亡之花。顷刻间成千上万人悄然死去。

我看向已经被我拉开一段距离的启，死死盯着她。我知道，一场前所未有的危机已经降临……

第三百零九章　危险

从刚才的一招来看，启或许并非想对我造成打击，更像是一种试探，用成千上万的普通人来试探我体内的机之法则。

地上的一片鲜红此刻已经被更多的偏人覆盖，密集的人群吞噬了一切，吞噬了刚刚发生的惨烈。那些地面上的偏人似乎没有恐惧，或许被控制下的偏人，连死亡到来时，也不会意识到什么。我不禁感到一阵悲哀和痛心。

回过头来，启目光平静，周身被一层荧光环绕。我冷冷道："你想要的所谓的原灵之匙，我可以配合地给你，但你必须将所有人皮套解除，并且保证不再滥杀无辜。"

启抬起头看向我，并未说话，而是五指张开，朝着我一握，陡然间，一股无法形容的感觉传来，像是全身被人扫描了一般。启开口道："你没有原灵之匙，不够资格与我谈判。"

我深吸口气，知道现在靠说话解决不了问题，正当我准备打算直接上前武力将她抓捕时，天忽然暗了下来，一旁战场上与五名偏人高手对战的紫云声音传来："零王，小心身后。"

回头，一只遮天大手出现在头顶，赫然是之前被暗盟做了手脚的巨型机甲。此刻它竟然重新恢复了行动，应该是刚才瓦尼所做。

想不了太多，只见那钢铁巨掌气势汹汹，横压而来，巨大的冲击波将我向下拍去。

我咬牙抬起双手，暗能所化的盾印瞬间成形，与比我大数十倍的巨掌相对。

"扑哧！"

巨掌在空中硬生生停下，然而，身后吹来一阵阴风，回头，启那看起来天真无邪的面孔出现在面前，迎接我的则是她看似瘦小的手臂。

"砰！"

来不及惊讶，我瞬间被甩飞起来，那幼小的身躯竟然能爆发出惊人的力量。我止不住地后退几百米开外，才堪堪停下。身前，一道肉眼可见的伤痕出现，虽然这对作为机人的我来说不算什么，但足可见启的力量之大。

巨型机甲和启一齐动身，朝我而来。忽然，暗盟与偏人高手战斗战场附近，响起一阵沉闷的声响，放眼看去，是初雪所在的位置，此刻一道光芒冲天而起，又很快消失。

不过还是吸引了众人的注意。瓦尼控制的机甲和启的步伐也停了下来。瓦尼开口道："先撤，这个人不好对付。"

"等等，不对。"启的声音响起。

只见她看向初雪："这个人身上有问题，你我联手，我们先把她拿下。"

瓦尼道："不行，太危险了，你打不过他的。"

然而启没有听瓦尼的话，直接向初雪飞去。

"砰！"

启的攻击被初雪挡下。启连忙道："瓦尼，快助我一臂之力。"

很快，瓦尼操控的巨型机甲动了起来，巨大的铁拳轰出。

我刚准备上前支援初雪，很快就发现，似乎用不着了。

沉寂了一段时间后的初雪又动了起来，如同一道锋芒划破长空，黑色的身影在天空不断闪动，数个回合后，一个身影飞出，直接掉落在地上的偏人群里，那人赫然是启。

瓦尼所操控的巨大机甲虽然没有启这么狼狈，但在初雪的猛攻之下，即便是山岳般高大的钢铁之躯也变得摇摇欲坠。由机人帝国精心打造的坚硬无比的巨型机甲，此刻也遍布裂痕，看上去凄惨无比。

对于眼前的这一幕，我虽然预料到初雪能够胜过两人，但没想到竟然如此轻松，而且还没动用暗能，完全是凭借自身的力量打出的效果。

本来之前我将启引来，就是打算利用初雪的力量打败她，现在目的已经达到，所以我打算出面调停这场战斗，将瓦尼和启抓捕。

我直直向初雪方向飞去，来到其一旁，我原本打算开口，想了想，决定直接动手。

只见初雪身着黑衣，一遍遍击打着眼前的巨型战甲，巨大的钢铁之躯在无与伦比的力量下也连连发出哀号，似乎随时会倒下。

我上前一步，来到初雪身前，一面暗能盾印形成，我准备像上次一样用这个办法让她停下。

然而，意外发生了，只见她犹豫了一秒，随即一拳轰出。

巨大的力道与漆黑盾印相接，随后竟直接穿过，继续朝我打来。

我暗道不妙，想要避开，但已为时已晚。

"噗！"

拳锋直接穿过机体，甚至打破核心，穿出。

我闷哼一声，感到一阵眩晕，看着眼前这个已经辨认不出的昔日密友，我缓缓开口："雪……你忘了我了吗？"

眼前的黑影愣了一下，随即捂起头来。我继续道："无论你变成什么样，我都……是你的后盾。"

我忍着想要上前，谁知黑影抬手示意我停下，透过密不透风的黑色面具，我仿佛看到了昔日无话不谈的恋人，正苦苦挣扎的声色。

我不知道她经历了什么变成今天的模样，虽然强大无比，却又多了一层冷冰冰的距离。她所谓的使命到底是什么？我感觉自己距离真相已经近在咫尺了。

忽然，天色又阴沉下来，巨型机甲的魔爪抓来，我因为刚才的一击机身遭到重创，无法挡住，而眼前的初雪似乎陷入了自我困境，对即将到来的攻击浑然不知，看着头顶要落下的巨掌，我准备做最后的反击。

忽然，巨掌停下，随后巨大震颤声响起，巨型机甲向后猛然退去。

抬头一看，高空，一道白光亮起，如同一轮圆日，点亮黑暗，柔和而有力。

感受着熟悉的光芒，那是——查理。

光芒之中走出一道人影，于高空缓缓降落至我身旁。

我看着英气勃发的老人，开口道："查老……"

查理微微一笑，看了看我身上的伤口关心道："你这伤得可不轻，你身后是……"

我开口道："是初雪！"

查理面露惊讶之色："是她，她把你……"

我摇了摇头。查理道："唉，事到如今，也该到那步了。"

说着，只见他挥手，一抹光点浮现，飞来，直至没入我的机体，消失。

查理神情严肃："就让这原灵之匙重现天日吧。"

话落，我感到机体不自觉得加快运转……

第三百一十章　抢夺

我惊讶地看着查理："查老，你知道原灵之匙？"

查理神色肃穆，淡淡道："没错，当年暗灵之王将原灵之匙的秘密告知于我，希望我有朝一日能够用原灵之匙打开修改原灵律的大门，让地上机人不再受到原灵律制约，重获自由。而暗七将和拥有暗灵之心的你，则是重现原灵之匙的关键。"

说着查理叹了口气继续道："我作为唯一知晓这真相的暗七将，本来打算找个合适的时机将这一秘密告诉你，但没想到如今事态紧急，只能提前召唤原灵之匙了。只有这样，你通过召唤原灵之匙，吸收它所带来的能量，从而治愈自己。不然你的伤口可能很难自我修复，尤其在这种关头，连顺利撤退都有问题。"

我心领神会。忽然我想到什么，急忙道："查老，您也是暗七将？"

查理微微一愣："对呀，有什么问题吗？虽然我没跟你系统说过暗七将的全部，但你应该已经见过大部分人了，我还以为你知道呢。"

我回忆道："难道……五婆婆不是暗七将的一员？"

查理说道："珍妮吗？她本来就不是啊！不过她的体质异于常人，作为人类，竟能不受暗能侵害，甚至能吸收，当时暗王就将她收入麾下。后来她经过一系列事情，成了几乎能够与暗七将齐名的人。"

我点了点头，还没继续多说，机体内，一道七彩光芒射出，虽然看上去没多么夺目，却给人一种极不寻常的气息。

七色光芒于天际绽放，光芒交错变幻，形成一道十分复杂的图案。

我开口道:"这就是原灵之匙吗?"

查理看着天空的七色光道:"咦,好像不对,原灵之匙是一件实物,而非光波,天空中的那道图案确实与原灵之匙有关,可是总感觉少了点什么。"

我微微皱眉,查理和瓦尼都说,我和暗七将能够打开原灵之匙。作为完全不同阵营的两人,他们所说的既然一致,那大概率不会有什么问题,现在尽管天空中出现了七彩图案,却没有出现真正的原灵之匙,这不禁让人感到有些失落和疑惑。

身后,巨型机甲内响起瓦尼的声音:"原灵之匙呢?零王,你把原灵之匙藏在哪里,怎么只有这个?"

说着,巨型机甲的大手向天际中的七彩炫光抓来,仿佛他能从那光芒中捕获到什么。

就在瓦尼即将触碰到七色光时,一道寒芒闪过,挡在了巨型机甲铁掌的前方。

出手者正是初雪。

此刻初雪出现在七彩光芒之前,单手逼停比她大千倍的巨型机甲。

这一场面比之前瓦尼使巨型机甲停下更加震撼。两者看似相同,却有本质区别。瓦尼当时是直接抢夺了机甲控制权使其停下,而初雪现在是实打实地使用武力让机甲无法前进。

初雪站立天际中七彩光芒的位置,并与之重合,此刻看来,就像是初雪发出的光芒一般。

查理望着高空之上的变化,猛然道:"我好像知道了,我们被暗王骗了。"

看着沐浴在七彩光芒中的初雪,查理道:"原来,真正的原灵之匙不光需要你和暗七将,还需要她啊。"

仿佛是为了验证查理的话一般,一袭黑衣的初雪静立空中,仿佛已经与七色之光彻底融合,忽地,一道磅礴的气息爆发,宛如开天之势,以初雪为中心,一阵难以形容的威压降临,笼罩着整片天地。这一刻,无论是机人还是人类,都感受到一股非凡的强大气息。

在这股气息散发出后,整片战场上的所有战斗都停了下来。我看到所有人的目光都聚集过来,仿佛这里成了世界的中心。

只见初雪原本的一袭黑衣正快速褪去颜色，露出初雪本来的样貌。那抹黑色仿佛有灵智般，快速飞至我身上，与我接触的一刻，久违的感觉传来，那是——暗能，而且是极为纯粹的高级的暗能。

　　惊讶之余，暗能的传送并没有停止。初雪此刻轻闭双眼，仿佛不知道发生了什么，而她体内的暗能则源源不断自空中传来，形成一道黑色光柱。

　　随着初雪身上暗能越来越少，一片散发着七色光芒的星形薄片也于空中显现而出，显化于初雪面前。查理惊道："原灵之匙！"

　　我微微眯眼，连忙道："查老，你可有把握取下？"

　　查理情绪激动："有没有都要上，你就在原地，先不要动。"

　　眼见查理已经起身向上飞去，我开口道："查老，将原灵之匙拿走，不会对初雪造成什么伤害吧？"

　　查理停顿一瞬："……不会！"

　　我点了点头，看向初雪的位置，心说千万不要有事。

　　在查理飞去的同时，其他方位上，更多身影也跟着动了起来。

　　之前与暗盟一直对战的儡人高手一众，此刻原本已经占据很大上风，或许再过一小会儿孔祥等人就会出现伤亡，然而他们立刻扔下暗盟，直接向着初雪飞去，更准确来说是向原灵之匙飞去。

　　地面上围来的百万儡人此刻也沸腾了，尽管他们是没什么战斗力的普通人，但人群的鼎沸之声此起彼伏，所有人都展现出一股疯狂之色。

　　要说最引人注目的，还是属数百米高的巨型战甲。一双巨大双掌如同移动的铜墙铁壁般，从两侧包裹，一击下去，其威力难以想象。

　　如此多人一拥而上，不禁让人眼皮一跳。此时初雪身前的原灵之匙，使得她同样陷入了危险当中，那些人根本不会顾及初雪的性命，一心只想拿到原灵之匙。查理想要从那么多人中既拿到原灵之匙，又带走初雪，显然有些不可能。

　　没有再犹豫，尽管我身上伤势还未恢复，我依然一跃而起，朝初雪飞去，想起之前在莲狱中未能救下初雪的那刻，这一次，我一定要救下她。

　　就在所有人都向着原灵之匙飞去时，那七彩薄片猛然间迸发出一股力量，将周边即将到达的所有人震退……

第三百一十一章　解放

突如其来的变故令所有人都没想到。我望向初雪，只见她依然闭着双眼，如同睡着般，看来刚刚的那股波动与初雪无关，而是原灵之匙自发的攻击。

众人被震退后，很快又一拥而上，争相冲去争夺原灵之匙。

此刻我离初雪的距离与其他人差不多，而本身体内由于刚才吸收了初雪输送的暗能，我感觉自身力量相较之前，增强了许多，暗能方面比起之前有过之而无不及。

脚下一蹬，我快速向初雪飞去，终于，在其他人到达之前，我先一步停在初雪面前。

看着像是在睡梦中的初雪，我决定先拿走面前的原灵之匙，引走瓦尼和众多偏人以及启的注意力，然后让查理将初雪接走，这样最保险。

然而当我准备伸手触碰原灵之匙时，一种不安的感觉涌来，忽然，原灵之匙上的七色光芒猛然绽放，一股巨大力量自四面排开。

离爆发最近的我连忙召唤暗能，直接将暗能附着己身，然而这股力量却没有伤害到我，直接穿了过去。而周围晚我一步即将到达的众人再一次被巨力轰退。我不可置信地看着眼前光彩夺目的晶片，眼前猛然间闪过一阵光芒。

下一刻，四周变得一片空白，而眼前的原灵之匙也不见了。正当我疑惑之时，转身一看，一个熟悉的面孔出现，正对我露出暖阳般的微笑。

我惊道："初雪，这……这是怎么回事？"

初雪笑着与我对视。我望着眼前的一幕开口道："雪，你说话呀，这是哪里？这究竟是怎么回事，那所谓的原灵之匙又为什么会在你身上？"

初雪灵动地眨了眨眼，开口道："这……就是我的使命，我被创造出来，就是为了确保原灵之匙能够在特定时间顺利地传到你的手上，现在，我的使命就算完成了。"

我睁大双眼："什么？"

初雪接着道："我也是在后来才渐渐意识到自己的使命。我的机身核心与常人不同，我能够变形成任何自己想变的事物，都要归功于我体内不同寻常的核心。我后来才知道，这其实是一种原料，一种专用于铸造原灵之匙的原料。换句话说，我的核心，就是现在的原灵之匙。"

我微微皱眉，不安道："那……原灵之匙如果被取出的话，你会怎样？"

初雪莞尔一笑："说实话，我也不知道这个问题的答案，毕竟我不是一般机人。"

初雪上前一步，开口道："好了，不说那么多了，快没时间了，零，你要记住，原灵之匙代表的是自由。"

我点点头，注视着她道："雪，那你怎么办？"

"我……不知道，不过，你要好好的。"

说着，初雪的身体开始消散，周围白茫茫的世界也迅速瓦解。我连忙上前将初雪拉住，想要将她抱在怀中，却发现初雪的身躯竟然是虚幻的，手臂在接触到她的身体后直接穿了过去。

抬头，她的身体已经消失，而一阵似有似无的缥缈之音传来："谢谢你，零，我……"

随着声音彻底消失，眼前场景也迅速变换，我又回到了高空，绽放着七彩光芒的原灵之匙前，面前的初雪依旧轻闭双眼，周围众人还保持着被那股力量震退时的样子。我瞬间明白，刚才只过去了一刹那，那么刚才所经历的究竟是什么……

从初雪口中得知了原灵之匙的来历，此刻我根本不想将其取下，但现在的环境使得我不得不这样做。

犹豫之间，身后，一阵劲风袭来。

"砰！"

一股巨力将我掀起，甩飞，慌乱之中，我看到一只巨手将初雪身前的原灵之匙捏住，待巨手收回后，初雪整个人如同失去了重心，直直向下坠去。

不远处查理声音响起："零王，你去救她，我来追原灵之匙。"

这一刻，我终于清醒过来，连忙俯身向下冲去。

就在我离初雪的距离越来越近时，忽然，一股莫名而熟悉的感觉传来，我暗道不妙，不自觉间，目光向一旁瞥去，只见另一边空中，暗盟众人一侧，启将孔祥一把提起，锋芒的利刃架在其脖子上，随时可能滑下。

尽管我知道孔祥有危险，但我还是想先将初雪救起再说。然而诡异事情发生了，尽管我一心想要向下，然而机体却不自觉地朝一旁暗盟所在位置飞去。我意识到，是机之法则！

不得已间，我冲到了启的身后，一把将她手中的利刃打碎，又趁机狠狠一拳砸出。

"砰！"

我将启打退数十米远，然而等我再转身低头一看，初雪已经掉入地面上无数的偏人群中。

乌泱泱的偏人将地面占领，哪里还能看到初雪的身影。

我皱紧眉头，看向启道："做个交易，你将人皮套解除，我们便不再去争夺原灵之匙。"

孔祥道："零王，你怎么……"

启看向一旁瓦尼与查理交战的战场："现在钥匙在我们手上，你们能抢过来再说吧。"

"轰！"

一阵巨响声响起，远处，数百米的巨型机甲轰然倒塌，巨大黑影歪斜地砸倒在地，引得地面无数偏人躲避。

巨大的钢铁废墟里，查理一把将瓦尼揪出，闪烁着七彩光芒的晶片此刻也转移到了查理手中。

我转头看向启道："现在，交易可以进行了吧？"

启面色依旧平静："再加一个条件，瓦尼我要带走。"

我不假思索道："没问题。"

……

不久后，交易顺利进行，启先命令地面上现场的偏人回到各自地方，随后在她的一阵操作下，所有人类都脱下了长达五十年不等的人皮衣。这一刻，人类摆脱了机人对人类施加的压迫和控制，迎来了真正属于自己的生命。

我也如约定所说，将瓦尼和原灵之匙递给了启，之后在地面上发现了还有生机的初雪。

启幼小的身影在空中站立，随后在众人的目光中远去。紫云道："那个，我说我们真就这么放她走啊？"

我开口道："现在，人类已经获得自由，虽然他们还受着人皮套残留思维的影响，不过之后会消失的，人类已经自由了。地上帝国的事，就让威斯自己来决定，那原灵之匙是属于帝国的。"

孔祥意味深长道："零王，这帝国得到原灵之匙后，未必会就此彻底收手啊。"

我长呼口气道："我会注意的，等我实力恢复后，我会上去和他们谈谈，我现在可是比以前更厉害了。"

说着，心念一动，我将暗能释放，磅礴的黑暗瞬间汹涌而出，直接将目光所及之处全部覆盖，就连天空都阴沉下来。

萧开口道："零王，这……这么强的暗能，我还以为我们以前的王座回来了。"

紫云道："这么厉害，我们刚才怎么不留下那个启？"

我微微笑道："武力是用来维护和平的，不是用来侵略他人的。我相信，现在帝国应该愿意与人类和平共处了。"

在众人还沉浸在惊讶之时，我看向天空，那代表自由的蓝天。

此刻，天空之上，圆日的光芒洒在了每个人的头顶，照在每个从人皮套里出来的人类脸上。我知道，虽然从武力上说，有我的帮助，人类不会再受到机人侵略，但是从长远来讲，人类与机人的共处依然任重而道远……

"机人与人类和平共处，暗王，你的愿望我替你实现了。"

对着天空，我低语道……

完